पेंगुइन स्वदेश

कई चाँद थे सरे-आसमां

शम्सुर्रहमान फ़ारूक़ी का नाम उपमहाद्वीप के साहित्य-जगत में किसी परिचय का मोहताज नहीं। आपने चालीस साल तक उर्दू की जानी-मानी साहित्यिक पत्रिका 'शबख़ून' (मासिक) का संपादन किया और उसके माध्यम से उर्दू साहित्य के बारे में नए विचारों को तथा उपमहाद्वीप या दूसरे देशों के श्रेष्ठ रचनात्मक साहित्य को पेश किया। आपने उर्दू और अंग्रेज़ी में कई अहम आलोचना-ग्रंथ लिखे हैं। *ख़ुदा-ए-सुख़न* मीर तक़ी 'मीर' के बारे में आपकी किताब *शे'रे-शोर-अंगेज़* चार जिल्दों में कई बार छप चुकी है और 1996 में उपमहाद्वीप के सबसे बड़े साहित्यिक पुरस्कार *सरस्वती सम्मान* से नवाज़ी गई है। आपने आलोचना, काव्य, कहानी, कोश-निर्माण, दास्तान, छंदशास्त्र, अर्थात साहित्य के हर मैदान में तारीख़ी कारनामे अंजाम दिए हैं। आपको अनेकों पुरस्कार और सम्मान मिले हैं जिनमें अलीगढ़ मुस्लिम विश्वविद्यालय की डी. लिट्. की मानद उपाधि भी शामिल है।

नरेश 'नदीम' का जन्म 11 सितंबर 1951 को देवरिया (पूर्वी उ.प्र.) के एक शहरी मध्यवर्गीय परिवार में हुआ। आपकी शिक्षा देवरिया, गोरखपुर, अलीगढ़ और जवाहरलाल नेहरू विश्वविद्यालय से हुई। आपकी संपादित रचनाएं हैं—*रोशनी का सफ़र, कैफ़ी आज़मीः नई गुलिस्तां (दो खंडों में)*। आपने अंग्रेज़ी, उर्दू और पंजाबी की लगभग डेढ़ सौ पुस्तकों का अनुवाद किया है। आपको हिंदी अकादमी दिल्ली के *साहित्यकार सम्मान* (2000) और उर्दू अकादमी दिल्ली के *भाषाई एकता पुरस्कार* (2002) से नवाज़ा गया है। संप्रति आप एक अंग्रेज़ी साप्ताहिक से जुड़े हुए हैं।

कई चाँद थे सरे-आसमां

शम्सुर्रहमान फ़ारूक़ी

अनुवाद

नरेश 'नदीम'

पेंगुइन स्वदेश

पेंगुइन रैंडम हाउस इम्प्रिंट

पेंगुइन स्वदेश

पेंगुइन स्वदेश, पेंगुइन रैंडम हाउस ग्रुप ऑफ़ कंपनीज़ का हिस्सा है,
जिसका पता global.penguinrandomhouse.com पर मिलेगा

पेंगुइन रैंडम हाउस इंडिया प्रा. लि.
चौथी मंजिल, कैपिटल टावर 1, एमजी रोड,
गुरुग्राम 122002, हरियाणा, भारत

पेंगुइन
रैंडम हाउस
इंडिया

हिंदी का प्रथम संस्करणः पेंगुइन बुक्स इंडिया, यात्रा बुक्स द्वारा प्रकाशित

प्रथम संस्करणः पेंगुइन बुक्स इंडिया, यात्रा बुक्स, 2010
द्वितीय संस्करणः पेंगुइन बुक्स इंडिया, 2013
प्रस्तुत संस्करण पेंगुइन स्वदेश, 2024

15 14 13 12

ISBN 9780143421054

टाइपसेटः इंडिका इंफ़ोमीडिया, जनकपरी, नई दिल्ली

मुद्रकः गोपसंस पेपर्स प्राइवेट लिमिटेड, नोएडा

www.penguin.co.in

MIX
Paper | Supporting responsible forestry
FSC® C191020

कई चाँद थे सरे-आसमां कि चमक-चमक के पलट गए

—अहमद मुश्ताक़

बहर ज़मीं कि ख़बरगीरी अज़ सवादे-अदम
फ़तादा नाम-ए-मा सर-ब-मुहर नक़्शे-क़दम

—मिर्ज़ा अब्दुल क़ादिर 'बेदिल' अज़ीमाबादी

सी हेस्टिंग्ज़ रोड, इलाहाबाद
की
उस ख़ातूने-ख़ाना
और
उन दो बच्चियों के नाम
जो
इस चमनज़ार की
गुलेतर हैं,
और
शायद इसकी
बाग़बान भी हों।

ख़ातून-ए-ख़ाना के चले जाने (19 अक्तूबर 2007)
के कुछ बरस बाद...

एक मुद्दत तक निस्फ़ सदी[1] से भी ज़ेआद[2]
जिसने मुझे जी जान से रखा दिल शाद
कुछ भूल अचानक हुई मुझसे के किया
घर छोड़ के उसने अदमिस्तां[3] आबाद

तू दोस्त थी आशिक़ थी मेरे दिल का मलाज़[4]
मानूसी[5] खुशबू तेरी सांसों के महाज़[6]
दिन में कभी हंस देता हूं भूले से मगर
बेरोए मैं सो जाऊं वो राते हुईं शाज़[7]

1. आधी सदी, 2. अधिक, 3. जहां कोई भी कुछ भी नहीं, 4. शरण लेने की जगह, 5. जाना-पहचानापन, 6. हर तरफ़, आस-पास, 7. दुर्लभ

अनुक्रम

वज़ीर ख़ानम

डॉक्टर ख़लील असग़र फ़ारूक़ी, नेत्र रोग विशेषज्ञ, की याददाश्तों से

वज़ीर ख़ानम उर्फ़ छोटी बेगम (पैदाइश ग़ालिबन 1811) मुहम्मद यूसुफ़ सादाकार की तीसरी और सबसे छोटी बेटी थीं। उनकी पैदाइश देहली में हुई। लेकिन मुहम्मद यूसुफ़ सादाकार असल देहली वाले न थे, कश्मीरी थे। ये लोग देहली कब और क्योंकर पहुंचे और देहली में उन पर क्या गुज़री, यह दास्तान लंबी है। इसकी तफ़्सीलें पहले भी कोई बहुत वाज़ेह न थीं और अब तो कुछ दूसरी भलाइयों के सबब, शायद बिल्कुल ही भुला दी गई हैं। जो कुछ मालूम हो सका है वह सब नीचे है, लेकिन ज़रूरी नहीं कि यह सब तारीख़ी तौर पर बिल्कुल दुरुस्त हो।

वज़ीर ख़ानम हिजरी 1245-46 यानी 1829-30 ईस्वी में नवाब शम्सुद्दीन अहमद ख़ान, नवाब फ़ीरोज़पुर झिरका और लोहारू से जुड़ी रही थीं। लेकिन इससे पहले वो मिस्टर एडवर्ड मार्स्टन ब्लेक अंग्रेज़ के साथ भी रह चुकी थीं। उस ज़माने में वो मार्स्टन ब्लेक के दो बच्चों, यानी एक बेटे मार्टिन ब्लेक उर्फ़ अमीर मिर्ज़ा और एक लड़की सोफ़िया उर्फ़ मसीह जान उर्फ़ बादशाह बेगम की मां बनीं।

ज़्यादा संभावना यह है कि मार्स्टन ब्लेक उनकी ज़िंदगी में पहला मर्द था और उससे वज़ीर ख़ानम की मुलाक़ात देहली में हुई थी। मुलाक़ात के मौक़े का कुछ पक्का पता नहीं चलता। पर्दानशीन मुसलमान लड़की जो बज़ाहिर कहीं कस्बन या पेशेवर नचनी न थी, किस तरह और क्यों एक अंग्रेज़ के अधिकार तक पहुंची, इसके बारे में किसी लिखित परंपरा या किसी चश्मदीद गवाह के बयान की बुनियाद पर तैयार किया हुआ ब्योरा नहीं मिलता। ख़ानदान में जो रवायत एक ज़माने में प्रचलित थी, इस तरह है।

बड़ी-बूढ़ियों का कहना था कि एक बार उर्स मुबारक के दिनों में वज़ीर ख़ानम अपने वालिद के साथ महरौली शरीफ़, ख़्वाजा क़ुतुबशाह की दरगाह फ़लक बारगाह से वापस आ रही थीं। शाम फूट चली थी, सब मुसाफ़िरों को वापसी की जल्दी थी,

क्योंकि हौज़ शम्सी के खंडहर में उन दिनों कुछेक पिंडारों ने चुपके-चुपके अपने ठिकाने बना लिए थे और मौक़ा मुनासिब देखकर वो रात के मुसाफ़िरों का शिकार खेल लिया करते थे। लिहाज़ा सब ही इस भागदौड़ में थे कि सूरज पश्चिमी क्षितिज से नीचे न उतरने पाए और वो हौज़ शम्सी और हौज़ख़ास के इलाक़े को पार कर लें। वज़ीर ख़ानम की बहली का एक धुरा घिसते-घिसते ज़रा आफ़त का सबब बन गया था और डर था कि बैलों को अगर तेज़ दौड़ाया गया तो धुरा टूट सकता है। उनकी बहली आहिस्ता-आहिस्ता चल रही थी, यहां तक कि साथ के तमाम मुसाफ़िर चाहे वो बहलियों पर थे या तामझाम या पालकियों पर, आगे निकल गए। हाथियों, घोड़ों, सांडनियों और बग्घियों पर सवार तो पहले ही ये जा वो जा, नज़रों से ओझल हो चुके थे।

बीच बैसाख के दिन थे। रेवाड़ी और लोहारू की तरफ़ से आने वाली गर्म हवा में जितनी गर्मी थी, उससे ज़्यादा गर्दो-गुबार था, लेकिन यही गर्दो-गुबार हफ़्ते में चार या पांच दिन सूरज ढलने के कुछ पहले, अलवर और रणथंभौर के जंगलों की थोड़ी-बहुत नमी पीकर और रास्ते के घने झाड़-झंखाड़ के साथ मज़े करके जब गुड़गांव पहुंचता, तो आंधी-तूफ़ान की शक्ल ले लेता था। घने पेड़ों से ढकी हुई देहली पर बहुत सारी मिट्टी और उससे भी ज़्यादा ठंडी हवा के झोंके, बल्कि झक्कड़, चारों तरफ़ ग़ुबार की हल्की सी चादर और ठंड का मुहब्बत और मुरव्वत भरा माहौल बिछाकर, देहली और इर्द-गिर्द की ज़मीन और मैदानों को पार करते हुए, दो-ढाई घड़ी के खेलकूद के बाद मथुरा की राहों में ख़ुद को गुम करने निकल जाते और देहली के अमीर-ग़रीब, आमजन व शरीफ़, बूढ़े-जवान सबके कलेजे और आंगन ठंडे हो जाते।

लेकिन ऐसे में उन मुसाफ़िरों की जान पर बन आती जो मंज़िल से दूर होते या जिनकी सवारियां उनसे बेवफ़ाई पर आमादा होतीं। अचानक वज़ीर ख़ानम की बहली रेत और लाल मिट्टी के बड़े-बड़े ज़र्रों से भर गई। बैलों की बड़ी-बड़ी आंखें दहशत और चुभन के सबब बंद हो गईं। बहली के तीन पर्दे झर्राटा मारकर यूं उड़े गोया लोमड़ी के डर से बौखलाए हुए तीतर हों। गाढ़ी होती हुई रोशनी में माशी और क़िरमिज़ी रंग के पर्दे कुछ दूर तक तो हवा में लटके दिखाई दिए, फिर ख़ुदा जाने कहीं दूर उड़ गए या घने दरख़्तों की शाख़ों ने उनको उचक लिया। पर्दों के यूं उड़ जाने, बैलों के भड़कने और सवारियों के जगह से बेजगह होने के सबब गाड़ी का संतुलन जो बिगड़ा तो बहली चार की बजाय दो पहियों पर लटक गई और फिर हवा के दूसरे थपेड़े ने उसे सीधा किया तो चारों पहिये एक धमाके के साथ ज़मीन से टकराए और उसी के साथ धुरे के टूट जाने की कर्कश आवाज़ सुनाई पड़ी। फ़ौरन तो समझ में न आया कि बहली में कोई चीज़ टूटी है या आसपास के पेड़ों की कोई मोटी सी शाख़ हवा के दबाव से मजबूर होकर ज़मीन चूमने लगी है। लेकिन बहली

का एक पहिया भी पलक झपकते अलग हो गया और बहली दोबारा उलटते-उलटते बची तो बेचारे मुसाफ़िरों को मालूम हुआ कि उन पर क्या आफ़त टूटी है।

वज़ीर ख़ानम के बाप ने तो तक़दीर ठोंक ली थी कि आज की रात उसके और उसकी बेटी के लिए आख़री रात होगी। अब कोई इक्का-दुक्का पिछड़ा हुआ मुसाफ़िर तो क्या, कोई क़ाफ़िला भी गुज़रने वाला न था, न कहीं से कोई हाथ थामने वाला मिल सकता था कि सब अपनी-अपनी पनाहगाहों में बंद थे। टूटी हुई बहली के सवारों की रात उसी बियाबान में गुज़रनी थी और सुबह का मुंह देखना उन्हें शायद ही नसीब होना था। लड़की को तो लौंडी या तवायफ़ बनना था और बाप की क़ब्र वहीं बननी थी। गाड़ीवान शायद बच निकलता तो बच निकलता।

लेकिन जिसे अल्लाह रक्खे उसे कौन चक्खे। देहली की तरफ़ से एक धुंधला सा बादल जैसा धब्बा सड़क पर डोलता नज़र आया। फिर सांडनी के पांव की झनाझन सुनाई दी, फिर एक घुड़सवार जिसके पीछे और आगे दो बरछैत हवाओं और गुबार के आगे मुंह को ढके हुए, लेकिन मज़बूत क़दमों से, ठहर-ठहरकर इत्मीनान से पांव रखते हुए, घुड़सवार के दोनों तरफ़ दो पियादे, एक के हाथ में मशाल और एक के हाथ में बादबान[1]। घोड़ा भी ख़ूब सधा हुआ था कि हवा के थपेड़े और पेड़ों की सांय-सांय से उसके इत्मीनान में कोई फ़र्क़ नहीं पड़ता था। सांडनी सवार ने धुंधलाते माहौल में अपनी अक़्लमंदी को काम में लाते हुए थोड़ी दूर से ही समझ लिया कि मुसीबतज़दा मुसाफ़िर हैं। ठग भी हो सकते थे, लेकिन यह मौसम ठगी का न था और न वह इलाक़ा ठगों का था। फिर सबसे बढ़कर यह कि ठगों के गिरोह में औरतें नहीं हो सकती थीं। सांडनी सवार और बरछैत तो आगे बढ़ते आए मगर घुड़सवार अपने साथ रोशनी लेकर चलने वाले पियादों के साथ ज़रा फ़ासले पर रुक गया। अभी कुछ साफ़ न था कि शहसवार की ज़ात-बिरादरी क्या है। बादशाह ज़िल्ले-इलाही के कारिंदे भी इन इलाक़ों में शामों को गश्त लगाते दिखाई दे जाया करते थे और कंपनी बहादुर के भी सिपाही किसी-किसी दिन निकल पड़ते थे। उधर गाड़ीवान ने भी समझ लिया था कि ये लोग डाकू-लुटेरे नहीं हैं, इनसे मदद की दर्ख़ास्त की जा सकती है।

गाड़ीवान आगे बढ़ा तो सांडनी सवार ने अपनी सवारी को डपटाकर उसका रास्ता

---

[1] मशाल की लकड़ी से ज़रा छोटी लकड़ी के सिरे पर पीतल का गहरा प्याला जड़ देते थे, फिर मशाल में जलाने का सामान जैसे सरसों के तेल की गाढ़ी तलछट या रौग़न में तर किया हुआ मोटा कपड़ा उसमें यूं रखते थे कि प्याले की कोर उसके लिए ओट का काम करती थी। इस तरह उसका शोला हवा से बुझता न था। ऐसी मशाल को मशअल्ला कहते थे। दस्ती उससे भी छोटी मशाल होती थी। ऐसा फ़ानूस जो चारों तरफ़ से बंद हो, पर जिसमें हवा के लिए नन्हे-नन्हे सूराख़ हों और जिसे हाथ में लिया जा सके, बादबान कहलाता था। अंग्रेज़ी शब्द लैंटर्न से बनाया हुआ 'लालटेन' और प्रकाश के साधन के रूप में ख़ुद लालटेन भी प्रचलित हो रहे थे पर पियादे और मशालची उसे कम इस्तेमाल करते थे।

रोक दिया और पूछा, "कौन हो तुम लोग? इस वक़्त यहां क्या कर रहे हो? जानते नहीं कि सूरज डूबने के बाद किसी क़ाफ़िले या सिपाहियों के झुंड के बग़ैर यूं फिरना मना है?"

"जानते हैं माईबाप। हम लोग ख़्वाजा साहब बख़्तियार बाबा के दरबार से आ रहे हैं। अचानक आंधी ने घेर लिया, फिर पहिया टूट गया। अब यहां खड़े अपनी जान को रो रहे थे। पर्दे की बीबियां साथ में हैं। अल्लाह ही जानता है क्या हो जाता अगर आप और ओग़लान साहब..."

"ज़्यादा बातें न बनाओ। तुम्हारे मालिक कहां हैं? कंपनी साहब के सामने हाज़िर हों।"

"हाज़िर हैं सरकार, बस ज़नाना एक तिल ओट हो जाए, बेपर्दगी होती है।" उस मुसीबत के आलम में भी गाड़ीवान का इशारा था कि फ़िरंगी मर्द ज़रा दूर ही रहे तो बेहतर है।

वज़ीर ख़ानम का बाप ख़ुद को टूटी हुई बहली से अलग करके आगे आ रहा था कि घुड़सवार ने अपनी सवारी को हरकत दी और एक पल में वह और बहली की सवारियां आमने-सामने थीं। इतनी देर में एक बरछैत ने अंग्रेज़ी तर्ज़ की एक लालटेन भी रोशन कर ली थी। लेकिन इसी बीच हवा और भी तेज़ हो गई थी, लालटेन का शोला धुआं सा हुआ जा रहा था। अचानक एक ज़ोर का झोंका आया। वज़ीर ख़ानम के बदन की चादर उड़ती चली गई और एकाएक उसका चेहरा खुल गया। बड़ी-बड़ी जामनी आंखों के नीचे उसका मुंह ख़ौफ़, घबराहट और शर्म की वजह से घिरे हुए काले हिरन के माथे जैसा तमतमा उठा था और लालटेन की कंपकंपाती हुई लौ ने उसके आपे को ज़रा रोशन कर दिया था। अंग्रेज़ उसे तकता रह गया और उधर एक दिलकश पराए मर्द को अपने में इस तरह लीन देखकर जवानी की बढ़ती हुई मौजों ने कुछ शोख़ होने की ठानी। दोनों की आंखें एक निगाह भर मिलीं, फिर गाड़ीवान ने जल्दी से एक चादर खींचकर उसके बदन पर डाल दी।

यह अंग्रेज़ मार्स्टन ब्लेक था, जो अपनी माशूक़ा के घर रात गुज़ारने अरब सराय जा रहा था। थोड़ी सी बातचीत और कुछ सोच-विचार के बाद यह तय हुआ कि मार्स्टन ब्लेक साहब ख़ुद इन मुसाफ़िरों को हौज़ शम्सी के आगे मुनीर के बाग़ तक पहुंचा देंगे। वहां से किसी भरोसेमंद सवारी का बंदोबस्त मुमकिन था। मुनीर के बाग़ तक का सफ़र ज़नाना सवारियां तो किसी न किसी तरह ठुस-ठुसाकर सांडनी पर कर लेंगी, बाक़ी लोगों को घोड़े की दुलकी चाल के साथ-साथ चलना था। मुसाफ़िरों का सामान बहुत न था। कुछ तो सांडनी पर ही डाल लिया गया, बाक़ी थोड़ा-बहुत बचा तो उसे किसी तरह बरछैतों और गाड़ीवान ने उठा लिया।

इस वाक़ये के बाद मार्स्टन ब्लेक किसी न किसी बहाने से हर दो-तीन दिन बाद

वज़ीर ख़ानम के घर पहुंचकर सैरो-तफ़रीह की बातें करता। कभी-कभी वह उसे चांदनी चौक और नहर की सैर के लिए ले जाता। मां तो थीं नहीं, बाप उनके साथ होता, लेकिन मन मसोसकर और बेटी को पूरी चादर लपेटकर बाहर जाने पर हमेशा ज़ोर करता। फिर भी इस बीच में वज़ीर ख़ानम से उसके क्या संबंध बने या क्या क़समें-वादे हुए, उसका कुछ नहीं पता। ख़ैर, चंद महीने बाद मार्स्टन ब्लेक ने आकर ख़बर दी कि मैं असिस्टेंट पॉलीटिकल एजेंट के ओहदे पर रियासत जयपुर जा रहा हूं। उस वक़्त तो कुछ ख़ास बातचीत न हुई, सिर्फ़ रस्मी अफ़सोस और राहो-रस्म क़ायम रखने के वादों के बाद मार्स्टन ब्लेक उनसे रुख़सत हुआ। लेकिन वह फिर एक-सवा महीने बाद देहली आया तो मुहम्मद यूसुफ़ के यहां भी गया। उसने बताया कि मैंने मुनासिब मकान ले लिया है और गृहस्थी के सब साज़ो-सामान जमा कर लिए हैं। तनख़्वाह भी माक़ूल है, नौकर-चाकर क़दम-क़दम पर मौजूद हैं, हिलकर पानी भी नहीं पीना पड़ता। जयपुर में मेरी बड़ी आवभगत है। साहब पॉलीटिकल एजेंट मेरे हाकिम हैं, वरना और मुझसे निकलता हुआ वहां कोई नहीं।

मार्स्टन ब्लेक की बातें सुनकर सब लोग कुछ देर के लिए ख़ामोश से हो गए। फिर मार्स्टन ब्लेक ही ने पहल की, पर कुछ कहने की बजाय उसने छोटी बेगम को ज़रा मानीख़ेज़ निगाहों से देखा। कुछ उधर का भी इशारा देखकर ब्लेक और मुहम्मद यूसुफ़ ख़ामोशी से एक तरफ़ को हो लिए और सरगोशियों में कुछ बातचीत हुई।

उसके कोई हफ़्ता भर बाद मार्स्टन ब्लेक के क़ाफ़िले में जो जयपुर जा रहा था, सजावट और गोटे-ठप्पे से जगमगाता हुआ, ताज़ा फूलों के गजरों से गमकता हुआ और ताज़ा हरी लताओं और तरकारियों से हरियाला बना हुआ एक रथ भी था। वज़ीर ख़ानम उर्फ़ छोटी बेगम लक़दक़ दुल्हन के लिबास में लिपटी हुई उसमें सवार थीं।

□□

सोफ़िया

डॉक्टर ख़लील असग़र फ़ारूक़ी, नेत्र रोग विशेषज्ञ, की याददाश्तों से

मार्स्टन ब्लेक की मौत रियासत जयपुर में नौकरी के ज़माने में ही एक मुक़ामी बलवे में हुई थी। यह वाक़ेया 1830 के शुरू का है। अंग्रेज़ों ने शायद नाइंसाफ़ी के ढंग से या अंग्रेज़ी क़ानून के हिसाब से छोटी बेगम और मार्स्टन ब्लेक की शादी को क़ुबूल न किया था। लिहाज़ा ब्लेक की अचल संपत्ति और नक़दी या सामान में से छोटी बेगम को कुछ न मिला। न ही उन्हें गुज़ारे की कुछ रक़म या पेंशन मिली। जैसा कि हम बता चुके हैं, छोटी बेगम के पेट से मार्स्टन ब्लेक की दो औलादें हुई थीं: एक बेटा मार्टिन ब्लेक उर्फ़ अमीर मिर्ज़ा और बेटी सोफ़िया उर्फ़ मसीह जान उर्फ़ बादशाह बेगम। सोफ़िया अपने वक़्त की हसीनों में थीं। उनकी पहली शादी मशहूर एंग्लो-इंडियन फ़ौजी अफ़सर एलेक्ज़ेंडर स्किनर उर्फ़ ऐलक साहब से हुई थी

जिसके बाप जेम्स स्किनर उर्फ़ 'सिकंदर साहब' के फ़ौजी रिसाले स्किनर्स हार्स की बड़ी धूम थी। बेगम स्किनर यानी सोफ़िया उर्फ़ बादशाह बेगम उर्फ़ मसीह जान को उर्दू के अदबी हलक़ों में मिस ब्लेक ख़फ़ी के नाम से जाना गया। वो अपने ज़माने के अच्छी सोच वाले शायरों में गिनी जाती थीं। ये दोनों भी अपने बाप की जायदाद से महरूम रहे। लेकिन उनके एक रिश्ते के चचा-चची ने और .ख़ुद छोटी बेगम ने उनकी देखभाल की।

सोफ़िया मार्स्टन ब्लेक और एलेक्ज़ेंडर स्किनर के एक बेटा बहादुर मिर्ज़ा नाम का और एक बेटी अहमदी बेगम नाम की हुई। अहमदी बेगम का ईसाई नाम शार्लट था, लेकिन वह कहलाई अहमदी बेगम। सन 1946 में उनकी औलादें जयपुर में .ख़ुशहाल ज़िंदगी बसर कर रही थीं। कहते हैं कि इस शादी से एक और बेटा मुहम्मद अमीर या अमीर मिर्ज़ा या अमीरुल्लाह भी पैदा हुआ था। लेकिन यह ग़लतफ़हमी है। जैसा कि हम ऊपर बयान कर चुके हैं, अमीर मिर्ज़ा तो मार्स्टन ब्लेक के बेटे मार्टिन ब्लेक की उर्फ़ियत थी।

यह ज़रूर है कि सोफ़िया उर्फ़ बादशाह बेगम के दूसरे शौहर का नाम मुहम्मद अमीर या अमीरुल्लाह था। उनके एक बेटा था, लेकिन उसके बारे में कुछ नहीं मालूम सिवाय इसके कि उस बेटे के एक बेटा हुआ जिसका नाम हसीबुल्लाह क़ुरैशी था। हसीबुल्लाह की पैदाइश शायद 1890 के आसपास हुई। मुमकिन है कि अमीरुल्लाह पहले शौहर रहे हों और उनके इंतक़ाल के बाद सोफ़िया बेगम ने ऐलक साहब से निकाह किया हो। यह भी मुमकिन है कि अमीरुल्लाह दूसरे शौहर रहे हों या उन्होंने सोफ़िया ब्लेक से निकाह न किया हो, उन्हें सिर्फ़ हवेली में दाख़िल कर लिया हो। हसीबुल्लाह क़ुरैशी ने अपने बाप का असल ख़ानदानी नाम क्यों छुपाया और .ख़ुद को क़ुरैशी क्यों क़रार दिया, यह बात कभी न खुली। मुमकिन है कि अमीरुल्लाह ख़ानदान से क़ुरैशी रहे हों, लेकिन हसीबुल्लाह के इस छिपाव से यह गुमान होना क़ुदरती है कि अमीरुल्लाह और सोफ़िया उर्फ़ बादशाह बेगम कभी निकाह के बंधन में नहीं बंधे होंगे। बहरहाल, यही हसीबुल्लाह क़ुरैशी बाद में सलीम जाफ़र के नाम से उर्दू के नामवर अदीब, आलोचक और अरूज़ी मशहूर हुए। सलीम जाफ़र ने नज़ीर अकबराबादी का एक बृहद संकलन 'गुलज़ारे नज़ीर' (प्रकाशनः 1951) के नाम से हिंदुस्तानी अकादमी, इलाहाबाद के लिए तैयार किया था। यह अब भी कहीं-कहीं मिल जाता है। इसके अलावा उन्होंने ग़ालिब और दूसरे क्लासिकी शायरों पर भी लिखा है। संस्कृत और हिंदी भी फ़ारसी के अलावा वो ख़ूब जानते थे और अंग्रेज़ी तो गोया उर्दू के साथ-साथ उनकी पहली ज़बान थी।

सलीम जाफ़र का इंतक़ाल कराची में हुआ। बटवारे से पहले भारत में वो अच्छी सरकारी मुलाज़मत में लगे हुए थे। पाकिस्तान में उन्हें अपनी लियाक़त के मुताबिक़,

बल्कि उसके कुछ क़रीबी दर्जे का भी काम न मिला। ऐसा शायद इसलिए भी हुआ हो कि वो रिटायरमेंट की उम्र (उस जमाने में 55 साल) को पहुंच चुके थे। उन्होंने मीरपुर ख़ास (तब पश्चिमी पाकिस्तान) में अपना डेरा जमाया और एक मुक़ामी वकील मुहम्मद लतीफ़ गांधी के यहां टाइपिस्ट की हैसियत से काम करने लगे। उन्होंने लेखन और रिसर्च का काम जारी रखा और एक सुगठित शब्दकोश भी तैयार किया। 'तहक़ीकुल लुग़ात' नाम के इस शब्दकोश में उर्दू के ऐसे शब्दों के मूल बताए गए हैं जो संस्कृत या फ़ारसी से उर्दू में आए हैं। अफ़सोस कि यह शब्दकोश अभी तक अप्रकाशित है। मीरपुर ख़ास में अदब गुलशनाबादी और फिर प्रोफ़ेसर कर्रार हुसैन के साथ उनकी अदबी सोहबतों ने उनकी ज़िंदगी को कुछ दिलचस्प बना दिया था। कर्रार साहब की फ़रमाइश पर शाह अब्दुल लतीफ़ भिटाई कॉलेज में तुलनात्मक भाषा शास्त्र और ज्ञान-विज्ञान के दूसरे विषयों पर सलीम जाफ़र ने कई लेक्चर भी दिए जो बहुत कामयाब रहे। सलीम जाफ़र का रवैया छात्रों के साथ बहुत ही प्यार भरा था और वो बिला मुआवज़ा उनकी इल्मी मदद करते थे हालांकि .ख़ुद उनकी माली हालत कोई बहुत अच्छी न थी।

सलीम जाफ़र की अकेली औलाद उनके बेटे एजाज़ अहमद क़ुरैशी थे। बाप की तरह वो भी उर्दू-फ़ारसी में अच्छी दिलचस्पी रखते थे। उनको लिखने-पढ़ने का भी शौक़ था। लिहाज़ा उन्होंने क़लमी नाम शमीम जाफ़र इख़्तियार किया, लेकिन उन्होंने कोई रचना नहीं छोड़ी। बाप के उलट उनको नवाब मिर्ज़ा 'दाग़' से अपनी रिश्तेदारी, भले ही दूर की सही, बड़ी क़ाबिले-ज़िक्र बात मालूम होती थी। शमीम जाफ़र ने दाग़ की वालिदा यानी अपनी परदादी वज़ीर ख़ानम के बहुत से हालात किताबों, बुज़ुर्गों के संस्मरणों और बड़े-बूढ़ों से पूछ-पूछकर जमा किए थे।

शमीम जाफ़र (एजाज़ अहमद क़ुरैशी) की शादी सलीम जाफ़र की एक एंग्लो-इंडियन रिश्तेदार हरमाइना मॉर्टीमर की इकलौती बेटी पर्डिटा मॉर्टीमर से हुई थी। उस वक़्त वो पूर्वी पाकिस्तान (अब बांग्लादेश) में किसी चाय के बाग़ के मैनेजर थे। एक बार बाग़ के मज़दूरों ने अपने सेठ के किसी बुरे बर्ताव के कारण हड़ताल कर दी और उनमें से कुछ तो हिंसा पर भी आमादा हो गए। पुलिस या प्रशासन के आते-आते वो किसी ख़तरे की परवाह किए बग़ैर मजमे के सामने चले आए और मज़दूरों के नेताओं से उन्होंने इतने उम्दा ढंग और तौर-तरीक़े से बात की कि हड़ताल वहीं की वहीं वापस ले ली गई। अपने मक़सद की कामयाबी और हड़ताल के ख़ात्मे की .ख़ुशी में मस्त मज़दूरों ने शमीम जाफ़र को कंधों पर उठा लिया और 'मैनेजर साहब ज़िंदाबाद' के नारे लगाते हुए उन्हें बाग़ की तरफ़ ले चले। भाग्य की विडंबना थी कि शमीम जाफ़र की सरकारी ज़िंदगी का सबसे रोशन लम्हा पलक झपकते में हादसे का शिकार होकर उनकी और उनके घरवालों की दुनिया अंधेरी कर गया।

वो दिन बारिशों के थे और चाय के इलाक़ों में बारिश आम मुल्क से बहुत ज़्यादा होती है। फिर ये बाग़ ढलवां ज़मीन पर लगाए जाते हैं कि बारिश से पौधे तर तो हों पर पानी कहीं ठहरने न पाए। जीत और अहसान के जज़्बात से लबरेज़ मज़दूरों ने शमीम जाफ़र को कंधों पर उठाए-उठाए एक ज़रूरत से ज़्यादा तेज़ ढलान पर चढ़ना चाहा। एक मज़दूर का पांव जो रपटा तो सबके सब दूर तक लुढ़कते हुए आख़िरकार बाईं तरफ़ की एक निचली खाई में जा गिरे। जान तो ख़ुदा के फ़ज़्ल से किसी की न गई, लेकिन ज़ख़्मी सभी हुए। शमीम जाफ़र के सिर में गहरी चोट आई जिसकी वजह से वो अपनी याददाश्त खो बैठे। कलकत्ता में लंबे इलाज के बाद उनकी याददाश्त तो बड़ी हद तक वापस आ गई, लेकिन उनकी दिमाग़ी हालत बच्चों या बहुत ही बूढ़े लोगों जैसी हो गई। मजबूरन उन्हें नौकरी छोड़कर बाप के पास मीरपुर ख़ास (तब पश्चिमी पाकिस्तान) चले जाना पड़ा। अपने ख़्यालों में अभी तक वो टी एस्टेट के बड़े साहब थे और उनकी दोस्ती अंग्रेज़ों और बड़े-बड़े सरकारी अफ़सरों से थी। वो हर शाम पूरे सूट-बूट में सजे हुए, एक हाथ में छड़ी और दूसरे हाथ में सुलगता हुआ सिगार लिए 'टी एस्टेट' के 'क्लबघर' को जाते। ज़ाहिर है कि क्लबघर तो कोई था नहीं, वहां दूर-दूर तक चाय की पत्ती की महक भी न थी। लेकिन शमीम जाफ़र अपने ख़्यालों में मगन, मुस्कुरा-मुस्कुराकर ख़ुद से अंग्रेज़ी बोलते हुए, सारी बस्ती का चक्कर लगाकर रात ढले वापस आ जाते। उनकी साहबी चाल-ढाल पर इतनी सख़्त पाबंदी के सबब कुछ लोग, ख़ासकर बच्चे, उनका मज़ाक़ उड़ाने के लिए उनसे पूछते, "बाबूजी, टैम क्या हुआ है?" यहां तक कि उनका नाम ही 'टाइम बाबू' पड़ गया।

हादसे के वक़्त शमीम जाफ़र के बेटे वसीम जाफ़र की उम्र कोई दस-बारह साल की थी। वसीम की एक बहन भी थी जो भाई से कोई दो साल बड़ी थी, लेकिन वह दिमाग़ी तौर पर कमज़ोर और जिस्मानी तौर पर बड़ी हद तक अपंग थी। शमीम जाफ़र की देखभाल उनकी बीवी ने और बाप ने, जितना मुमकिन हो सका, की लेकिन अब उनके दिन बिगड़ने ही पर आमादा थे। सलीम जाफ़र एक हादसे में दाएं कूल्हे की हड्डी तुड़ा बैठे। इस उम्र में और इन हालात में सुधार भी मुहाल था, सेहतमंदी का ज़िक्र क्या! अब उनकी बहू उन्हें भी देखती, अपंग बच्ची को भी और दिमाग़ी तौर पर बिगड़े हुए शौहर की भी देखभाल करती। लगातार पलंग पर पड़े रहने की वजह से सलीम जाफ़र के सारे बदन पर फफोले और ज़ख़्म हो गए जिनमें पीप के साथ-साथ बदबू भी पैदा हो गई थी। सलीम जाफ़र जैसे तौर-तरीक़े वाले और नफ़ासत पसंद शख़्स की यह गत देखने वालों को दुखी और भयभीत करती थी, ख़ुद उन पर क्या जाने क्या बीतती होगी। आख़िरकार बेहद बेचारगी के आलम में वो अपने एक रिश्ते के मामूं के यहां कराची ले जाए गए। लेकिन अब उनकी हालत

को दवा से ज़्यादा दुआ की ज़रूरत थी कि जिससे उन्हें उनकी इस दुखभरी दुनिया से निजात मिले। कई महीने तक मुसीबत झेलते रहने के बाद उन्होंने जान मालिक के हवाले की। कुछ के मुताबिक़ यह साल 1959 का था।

सलीम जाफ़र ने एक वसीयतनामा लिखकर शमीम जाफ़र के लिए बहुत कुछ इंतज़ाम कर दिया था और ज़रूरी काग़ज़ात मुहम्मद लतीफ़ गांधी के हवाले कर दिए थे। पर्डिटा अपने विक्षिप्त पति और बेटी-बेटे को लेकर इंग्लिस्तान जाना चाहती थीं, मगर बाप के चंद ही दिन बाद शमीम जाफ़र का भी बुलावा आ गया। उनके कफ़न-दफ़न के कुछ अरसे बाद पर्डिटा दोनों बच्चों के साथ एक ननिहाली रिश्तेदार की मार्फ़त इंग्लिस्तान आ गईं।

मां की उम्मीदों के खिलाफ़ वसीम जाफ़र ने .ख़ुद को अपने दादा की कल्चरल और अदबी रवायत से पूरी तरह जोड़ना पसंद किया और उनके इल्म और तौर-तरीक़े को सच्चे दिल से और ज़्यादा से ज़्यादा अपनाया। वसीम जाफ़र ने लंदन विश्वविद्यालय के मशहूर संस्थान School of Oriental and African Studies में कई साल तक तालीम हासिल की और उर्दू-फ़ारसी पर अपनी अच्छी पकड़ बनाई। बोलने की हद तक तो वो बहुत सफ़ाई और रवानी से निहायत बामुहावरा उर्दू बोलते ही थे। बाप से उनकी सारी गुफ़्तगू उर्दू में होती थी। मां के साथ भी वे अंग्रेज़ी-उर्दू मिलाकर ही बोलते थे। अब कॉलेज में जमकर तालीम लेने की वजह से वो बहुत अच्छी और अदबी उर्दू लिखने और समझने भी लगे थे। वज़ीर ख़ानम और उनके ख़ानदान के हालात के बारे में उन्होंने अपने दादा से कुछ कहानियों के रूप में तो कुछ बाप-दादा की बातचीत के ज़रिए बहुत-कुछ सुना था। उर्दू-फ़ारसी के अलावा उन्हें चित्रकला में भी दिलचस्पी थी। चुनांचे उन्होंने लंदन के मशहूरे-ज़माना Slade School of Art में कई बरस शाम की क्लासों में शिक्षा पाई। फिर उन्हें महसूस हुआ कि उनका असल मैदान मुग़ल तर्ज़ की चित्रकला है। यहां भी उन्होंने बहुत भागदौड़ के बाद अच्छी पकड़ हासिल कर ली और आख़िरकार विक्टोरिया एंड एलबर्ट म्यूज़ियम में वो 19वीं सदी की हिंदुस्तानी (और कंपनी) चित्रकला के विभाग में असिस्टेंट कीपर लग गए। फ़ुर्सत का ज़्यादातर समय वे इंडिया ऑफ़िस लाइब्रेरी में 18वीं और 19वीं सदी के काग़ज़ात उलटने-पलटने में गुज़ारते। (अब वह ब्रिटिश लाइब्रेरी का हिस्सा बना दी गई है, लेकिन पुराने लोग उसे अब भी 'इंडिया ऑफ़िस लाइब्रेरी' के नाम से पुकारते हैं।)

वसीम जाफ़र कई साल से उत्तरी भारत में 18वीं-19वीं सदी के ऐसे कुछ ख़ानदानों और घरानों के हालात ढूंढ़ने में मसरूफ़ थे जो अपने ज़माने में तो बहुत मशहूर थे, लेकिन अब वक़्त ने उन्हें पन्नों के ढेर में दाब दिया था और उनके नाम अब किसी को मालूम थे तो वो चंद विशेषज्ञ इतिहासकार ही थे। उनमें से कुछ तो

अंग्रेज़ों की सरपरस्ती में ख़ूब फले-फूले लेकिन अपने ही निकम्मे वंशजों की वजह से तबाह या गुमनाम हुए और कुछ ऐसे थे जो 1857 से पहले या बाद फ़िरंगी हाकिमों के जुल्मों की तलवार और इंसाफ़नुमा ज़ुल्म के तराज़ू पर तौले गए और हल्के पाए गए। उन्हें उम्मीद थी कि उनकी दास्तान वो कभी क़लमबंद भी कर सकेंगे।

आज ऐसे घरानों के नाम सिर्फ़ विशेषज्ञ इतिहासकारों को ही मालूम सही, लेकिन अपने वक़्त में ये ख़ानदान इल्म और फ़न ख़ासकर शायरी, चित्रकला और संगीत का गहवारा थे। उनके काग़ज़ात और किताबें अगर देखी जातीं तो हिंद-इस्लामी तहज़ीब के न जाने कितने क़ीमती मोती उनमें छुपे हुए अपनी मौत का इंतज़ार करते हुए नज़र आते। वसीम जाफ़र के सामने चंद नाम थे, जिन पर वो हर वक़्त कुछ न कुछ पढ़ते या ढूंढ़ते रहते थे, बरेली के राजा रत्नसिंह ज़ख़्मी, कड़ा मानिकपुर के राय बालमुकुंद शहूद, बनारस के साहबराम ख़ामोश, बांदा के अली बहादुर ख़ान, फ़र्रुख़ाबाद के तजम्मुल हुसैन ख़ान, फ़ीरोज़पुर झिरका और लोहारू के शम्सुद्दीन अहमद ख़ान और वज़ीर ख़ानम, ख़ासगंज (कासगंज) के करनैल गार्डनर, उनकी बेगम जो नवाब खंबायत की बेटी थीं, और उनकी बहू जो फ़िरदौस मंज़िल शाह आलम बहादुर शाह सानी की बेटी थीं और शाह अवध की मेहरबानियों और अपने पहले शौहर की ज़्यादतियों पर नफ़रत से भरकर करनैल के बेटे के साथ चली आई थीं, देहली के हुसामुद्दीन हैदर और उनकी औलाद दीवान फ़ज़लुल्लाह ख़ान। वसीम जाफ़र ख़ुद से पूछते थे कि क्या सियासी वजूहात को अनदेखा करके भी नए हिंदुस्तान की तरक़्क़ी में उन लोगों का पतन लाज़मी था, और अब हम लोग उनसे जितनी दूरी पर हैं, वहां से ये लोग कैसे नज़र आते हैं। आज उनके बिंब पर गुज़रे ज़माने की स्याह धुंध है या तमन्ना की गुलाबी धुंध? ये लोग अपने बारे में क्या सोचते थे? वो ख़ुद को क्या समझते थे और अपने दौर को किस रोशनी में देखते थे? क्या उन्हें कुछ अंदेशा या ख़्याल था कि उनकी तहज़ीब की चादर इस तरह चीथड़े-चीथड़े होने वाली है कि उनके मूल्यों की व्यवस्था जलते हुए मुल्क का गाढ़ा धुआं बनकर समंदर में घुल जाएगी और उससे जो अलगाव पैदा होगा उसकी खाई में यादें तबाह हो जाएंगी और गुम हो जाएंगी?

वसीम जाफ़र को यक़ीन न था कि वो अपने सवालों के जवाब पा सकेंगे। लेकिन वो इसके भी क़ायल न थे कि गुज़रा हुआ ज़माना एक अजनबी मुल्क है और बाहर से आने वाले उसकी ज़बान नहीं समझ सकते। वो कहते थे कि पुराने लफ़्ज़ों को नए लफ़्ज़ों में बयान किया जा सकता है, बस हमआहंगी और हमआग़ोशी चाहिए।

□□

वसीम जाफ़र

डॉक्टर ख़लील असग़र, नेत्र रोग विशेषज्ञ, की याददाश्तों से

जैसा कि बयान हुआ वसीम जाफ़र का घर लंदन में था। मेरी उनसे कोई रिश्तेदारी नहीं थी, बल्कि पहले से कोई मुलाक़ात भी नहीं थी और न मैं लंदन में रहता हूं। मैंने पिछले साल मौलाना हामिद हसन क़ादरी के पत्र संग्रह (संपादनः ख़ालिद हसन क़ादरी) में वसीम जाफ़र के दादा सलीम जाफ़र के ख़ानदानी हालात के बारे में बड़ी दिलचस्पी से पढ़ा ज़रूर था और क़ादरी साहब के यहां सलीम जाफ़र का जिक्र पढ़ने से पहले मैंने उनकी कई तहरीरें भी देखी थीं। मैं उन्हें देहली, लखनऊ या हैदराबाद का कोई सुरुचिपूर्ण लेखक समझता था, लेकिन सलीम जाफ़र या उनके वंशज अब कहां हैं और कहीं हैं भी या नहीं, इस मामले में मुझे कोई जानकारी न थी। मैं समझता था कि सलीम जाफ़र बुज़ुर्ग आदमी थे, कहीं मर-खप गए होंगे। आम हालात में तो यह होता कि नवाब मिर्ज़ा ख़ान दाग़, और उनके हवाले से उनकी वालिदा वज़ीर बेगम और सलीम जाफ़र के आपसी ताल्लुक़ और वज़ीर बेगम की ग़ैर मामूली ज़िंदगी की बिना पर मुझे उनके बारे में कुरेद होती और मैं सलीम जाफ़र की औलादों का पता लगाने की कोशिश करता। लेकिन उन दिनों मुझे कुछ और ही धुन थी।

पिछले साल एक शादी के सिलसिले में मुझे लंदन जाने का मौक़ा मिला। अपने बारे में कुछ ज़्यादा कहने से मुझे तकल्लुफ़ है और जो दास्तान आगे के पन्नों में दर्ज है, उसका मुझसे कोई ताल्लुक़ भी नहीं। लिहाज़ा इतना कहना काफ़ी होगा कि मैं पेशे के लिहाज़ से आंखों का डॉक्टर हूं। शेरो-शायरी का कुछ शौक़ मैं भी रखता हूं, लेकिन अगर मैं पुराने ज़माने में होता तो मुझे नस्साब कहा जाता, इस मानी में कि मुझे ख़ानदानों के हालात मालूम करने, उनके शिजरे बनाने और दूर-दूर के घरानों की कड़ियों से कड़ियां मिलाने का बेहद शौक़ है और अब हालांकि मेरी उम्र बहुत ज़्यादा नहीं है, मैंने डॉक्टरी का पेशा छोड़ दिया है, मेरा ज़्यादातर वक़्त शिजरे बनाने और बनाए हुए शिजरों को और भी व्यापक और पेचीदा बनाने में गुज़रता है।

मैंने ऊपर अपनी एक धुन का ज़िक्र किया है। इसे दो धुनें कहूं तो ग़लत न होगा। जिन दिनों मौलाना हामिद हसन क़ादरी साहब के ख़त मेरी नज़र से गुज़रे, उसी ज़माने में मुझे गोरखपुर में रहने वाले एक पारसी ख़ानदान बोमनजी ख़ुदाईजी का शिजरा दरियाफ़्त और तहरीर करने का ख़्याल पैदा हुआ था। उनके बारे में कहा जाता था कि उनके पूर्वज जमशेद आर्यनपुर को शहंशाह नूरुद्दीन जहांगीर के ज़माने में अंग्रेज़ यात्री टॉम कोरियेट अपने मार्गदर्शन के लिए सूरत के इलाक़े से अपने साथ लाया था। कोरियेट ने यूरोप और एशिया में हज़ारों कोस पैदल सफ़र किया था और आख़िरकार जहांगीर के दरबार के साथ आगरा से अजमेर होता हुआ सिंध के रास्ते तुर्किस्तान और चीन की तरफ़ निकल गया था। कोरियेट को तो जहांगीर के दरबार से कुछ न मिला, लेकिन जमशेद आर्यनपुर की किसी बात पर ख़ुश होकर उसे शाही तख़्त से अवध के इलाक़े गोरखपुर में शराब और जंगलाती पैदावार, ख़ासकर शहद

और बंसलोचन का कारोबार करने का इजाज़तनामा जारी कर दिया गया था। मशहूर था कि वर्तमान काल के तंबाकू और शराब के कारोबारी बोमनजी .ख़ुदाईजी का .ख़ानदान इन्हीं जमशेद आर्यनपुर का वंशज था।

एक दूसरी चीज़ जिसकी मुझे उस वक़्त कुरेद थी, उसका ताल्लुक़ .ख़ुद मेरे लोगों से था।

यह बात अक्सर लोगों को मालूम है कि हिंदुस्तान के सूफ़ियों और अल्लाहवालों में सैयदों की तादाद सबसे ज़्यादा है, लेकिन कम लोगों को यह बात मालूम है कि अब्दुल मुत्तलिब की औलाद के बाद हिंद के सूफ़ियों की बड़ी तादाद ख़त्ताब के ख़ानदान से है और यह बात भी सिर्फ़ इतिहासकारों को पता है कि सैयद, तुर्क और पठान शासक तो यहां ढेरों हुए हैं, लेकिन फ़ारसियों के सिर्फ़ एक ख़ानदान ने हिंदुस्तान के किसी इलाक़े में हुकूमत की है। बुरहानपुर की फ़ारूक़ी रियासत की बुनियाद मलिक राजा फ़ारूक़ी ने सन 1397 में रखी थी और उसकी औलाद ने दो सदियों से कुछ ऊपर बुरहानपुर और ख़ानदेश पर हुकूमत की। आख़िरकार जलालुद्दीन मुहम्मद अकबर के चढ़ते इक़बाल के सूरज और उसकी सेना ने 1601 में इस घराने का चिराग़ गुल कर दिया।

सल्तनत के ख़ात्मे के बाद बुरहानपुर के फ़ारूक़ियों का ज़िक्र तारीख़ से कुछ यूं भुला दिया गया, गोया मैदाने जंग की गर्द के छंटने के साथ-साथ उनका नाम भी आसमान की गहराइयों में घुल गया हो। बुरहानपुर के फ़ारूक़ियों की बात मुझे बिल्कुल इत्तफ़ाक़ से मालूम हुई और तब से मुझे यह धुन (अपरिपक्व विचार कह लीजिए) लग गई कि इस बात का पता लगाया जाए कि हुकूमत जाने के बाद बुरहानपुर के फ़ारूक़ियों पर क्या गुज़री। हालांकि हम आज़मगढ़ के फ़ारूक़ियों का ख़ानदान तो आम यक़ीन के मुताबिक़ मलिक राजा के भी पहले से, यानी फ़ीरोज़ तुग़लक़ के आख़री दिनों (1388) से इन इलाक़ों में आबाद था, लेकिन क्या पता हमारे पूर्वजों का कुछ रिश्ता बुरहानपुरी फ़ारूक़ियों से भी रहा हो या अकबर के ज़माने के बाद बन गया हो।

मुझे दोनों ही मंसूबों में कुछ कामयाबी न हुई थी और न ही मुझे इसकी सूरत नज़र आती थी, लेकिन शादी में शामिल होने के लिए लंदन जाने को मैंने दरअसल अपनी तलाश को फैलाने का बहाना बना लिया और शादी की रस्मों के दूसरे ही दिन से मैंने इंडिया ऑफ़िस लाइब्रेरी एंड रिकॉर्ड्स में ज़रूरी कार्रवाई के बाद उसके रीडिंग रूम में बैठने, फ़हरिस्तों और किताबों, और उनके अलावा अहम अंग्रेज़ अफ़सरों के ख़ानदानी काग़ज़ात और दस्तावेज़ों को पढ़ने की सहूलत का इंतज़ाम कर लिया। निचली मंज़िल के बड़े हॉल में एक कोना, एक कंप्यूटर, एक छोटा सा डेस्क, किताबों-काग़ज़ों के लिए एक छोटा सा, खुला शेल्फ़ भी मुझे दे दिया गया कि वहां

अपने काम के बीच मुझे ज़रूरी सहूलियतें हासिल रहें। इंडिया ऑफ़िस लाइब्रेरी और रिकॉर्ड अब ब्रिटिश म्यूज़ियम का हिस्सा बना दिए गए हैं और म्यूज़ियम से लाइब्रेरी को अलग करके इस नई इकाई को 'ब्रिटिश लाइब्रेरी' का नाम दे दिया गया है।

एक ज़माने में ब्रिटिश म्यूज़ियम में पैसे की तंगी बहुत थी। अब यह तंगी एक हद तक दूर हो रही है, क्योंकि बर्नार्ड शॉ ने अपनी बेपनाह दौलत का बड़ा हिस्सा ब्रिटिश म्यूज़ियम के लिए वक़्फ़ कर दिया था। उस वक़्त ब्रिटिश म्यूज़ियम और लाइब्रेरी एक ही थे, इसलिए बर्नार्ड शॉ के वक़्फ़ की आमदनी का एक अच्छा-ख़ासा हिस्सा लाइब्रेरी के ख़र्च के काम आता था। लेकिन जब इंडिया ऑफ़िस लाइब्रेरी और रिकॉर्ड को ब्रिटिश लाइब्रेरी में मिला दिया गया तो ब्रिटिश म्यूज़ियम ने एक मुद्दा उठाया कि बर्नार्ड शॉ की विरासत इंडिया ऑफ़िस के लिए तो थी ही नहीं, लिहाज़ा अब यह नई बनी ब्रिटिश लाइब्रेरी इस बात का हक़ नहीं रखती कि बर्नार्ड शॉ की विरासत से उसे कुछ मिले। आपसी झगड़ों ने क़ानूनी शक्ल इख़्तियार कर ली और ब्रिटिश लाइब्रेरी का मुश्किल दौर और लंबा होता गया। अब कुछ दिन हुए मामला ख़ूबसूरती से निबट चुका है तो लाइब्रेरी की परेशानियां कुछ दूर हुई हैं। पेंसिल, काग़ज़, टेलीफ़ोन, काम करने के लिए आरामदेह कुर्सियां, आसानी से समझ में आ जाने वाले कंप्यूटर कैटलॉग सब मुहैया हैं। पहले यह सब कुछ न था। दाम भी ज़्यादा नहीं हैं। हां, अब भी हर चीज़ के लिए इंतज़ार बहुत करना पड़ता है और अक्सर पुराने दस्तावेज़ों और ख़ानदानी काग़ज़ों, जिनमें से कुछ की हालत काफ़ी ख़स्ता होती है. उन्हें ढूंढ़ने और अंदर से निकलवाने में देर अब भी लगती है।

मैंने ग्रेट वेस्ट रसेल स्ट्रीट की एक म्यूज़ में एक कमरा ले लिया था जो मेरी ज़रूरतों के लिए काफ़ी था। जानकारी के लिए अर्ज़ कर रहा हूं कि म्यूज़ किसी मुहल्ले का नाम नहीं। अच्छे मकान यहां आम रास्तों पर लबे-सड़क होते हैं। ऐसे मकानों के पीछे एक तंग सी गली होती है, जिनमें इन मकानों के गैराज (पहले समय में कैरिज हाउस) बने होते हैं। इन्हें म्यूज़ कहा जाता है। बाद में कुछ लोगों ने गाड़ीख़ाने को शागिर्दपेशा बना लिया तो जिन घरों में शागिर्दपेशा का इंतज़ाम घर के अंदर ही था, उन्होंने अपने म्यूज़ को गैराज बना लिया और कुछ ने उन्हें अपेक्षाकृत सस्ते किराए पर नौजवानों के लिए एक कमरे का फ़्लैट बना दिया। सैंट्रल लंदन के इलाक़े में ये म्यूज़ बेहद लोकप्रिय और सम्मानजनक रिहाइश का दर्जा रखते थे। यह मेरी बस ख़ुशनसीबी थी कि मुझे एक बहुत अच्छा म्यूज़ फ़्लैट वाजिब किराए पर मिल गया था। ब्रिटिश लाइब्रेरी यहां से पैदल बमुश्किल बीस मिनट के फ़ासले पर थी। चारों तरफ़ खाने और चाय वग़ैरा की दुकानें भी काफ़ी थीं। हिंदुस्तानी दुकानें तो कम थीं, लेकिन गोआ का चिकन विंदालू, पंजाब का दम आलू और 'मुग़लई ग्रिल्ड चिकन टिक्का' वहां कुछ रेस्तरांओं में मिल जाते थे। मैंने उन्हीं दिनों मशहूर

समकालीन अंग्रेज़ आलोचक और उपन्यासकार पीटर ऐक्रायड का एक बयान पढ़ा था कि चिकन विंदालू ने तो अब मछली और आलू के क़तले को अंग्रेज़ों के क़ौमी खाने के दर्जे से हटाकर उनकी जगह .खुद ले ली है।

ब्रिटिश लाइब्रेरी जाते हुए मुझे अभी दो-चार दिन ही हुए थे कि मुझे वो साहब दिखाई दे गए, जिनके बारे में मालूम हुआ कि वो वी.एंड ए. के 19वीं सदी के मुग़ल चित्रकला विभाग में और कंपनी चित्रकला विभाग में भी असिस्टेंट कीपर हैं। मैंने तो उन्हें कुछ घबराया हुआ सा, जल्दी में सीढ़ियां चढ़ता हुआ, अपने ख़्यालों में गुम, दुबला-पतला लंबा शरीर, निहायत गोरे लेकिन कजलाए हुए रंग, बड़े-बड़े सफ़ेद बालों और हल्की सफ़ेद मूंछों वाला शख़्स देखा जो हर मौसम में ऊनी टोपी पहनता था। उनके दोनों हाथों में ब्रीफ़केस होते। एक में तो काग़ज़ात, क़लम-पेंसिल, डायरी, याददाश्तें, एकाध किताब, चेकबुक, प्लास्टिक (यानी क्रेडिट कार्ड वग़ैरा) होते, लेकिन दूसरे ब्रीफ़केस का हाल किसी को मालूम न था। शायद कुछ खाने का सामान रखते हों। लेकिन खाना तो वो हमेशा ट्रफ़ैल्गर स्क्वेयर के पास एक यूनानी रेस्तरां में खाते थे। मेरा ख़्याल था कि उसमें दवाएं होंगी, क्योंकि वो मुझे हमेशा कुछ बीमार से लगते थे।

जब मैंने उन्हें पहली बार देखा तो गुमान हुआ था कि ये अंग्रेज़ों के वक़्त के कोई पुराने लिपि-विशेषज्ञ या पुरानी पांडुलिपियों के पढ़ने में माहिर कोई मुंशी क़िस्म के हिंदुस्तानी होंगे, जो मुल्क की आज़ादी के बाद भी ब्रिटिश म्यूज़ियम छोड़कर इसलिए वापस नहीं गए होंगे कि घर पर उनका कोई नहीं था। वो शेरवानी पहनते या सूट, दोनों ही ढीले-ढाले और कुछ मलगजे रंगों के होते थे। कपड़ा हमेशा क़ीमती लेकिन ज़रा लापरवाही से पहना गया लगता था। जूते, हैट, छड़ी, छाता सब निहायत क़ीमती और फ़ैशन के मुताबिक़, लेकिन साफ़ मालूम होता था कि पहनने वाले को इस बारे में कुछ ख़ास ख़्याल नहीं है कि कपड़े में शिकन न हो, सफ़ाई और मेहनत से ब्रश किए गए हों, उन पर कोई दाग़-धब्बा न हो। वो ग्रेट वेस्ट रसेल स्ट्रीट पर ब्रिटिश लाइब्रेरी के एक बस स्टॉप पहले बस से उतरते, नुक्कड़ वाले अख़बारी लड़के (वहां अख़बार बेचने वाले को न्यूज़बॉय कहते हैं, चाहे वह बूढ़ा क्यों न हो) से *इंटरनेशनल हैराल्ड ट्रिब्यून* नाम का अंतरराष्ट्रीय अख़बार ख़रीदते और उसे बग़ल में दाबकर ब्रिटिश म्यूज़ियम की तरफ़ पैदल चल देते।

एक दिन बिल्कुल इत्तफ़ाक़ से लिफ़्ट में मेरा-उनका साथ हो गया तो मैंने उन्हें 'सलाम-अलैकुम' कहा। उन्होंने निहायत गर्मजोशी से जवाब दिया, हालांकि मुझे उनकी उम्र और चाल-ढाल को देखते हुए उनसे किसी गर्मजोशी की उम्मीद न थी। आज मैंने उन्हें ग़ौर से देखा तो महसूस हुआ कि उनका ढीला-ढाला सूट महज़ दर्ज़ी की या पहनने वाले की लापरवाही या बहुत ज़्यादा उम्र के सबब न था, बल्कि असल

में वो .ख़ुद बहुत दुबले थे और उनके बदन की जिल्द उनकी गर्दन, हाथों और चेहरे पर बेहद .ख़ुश्क और सख़्ती से खिंची हुई मालूम होती थी गोया अंदर का गोश्त गल गया हो और जिल्द को हड्डियों पर किसी न किसी तरह मढ़ दिया गया हो और अगर उसे हाथ से छुएंगे तो काग़ज़ की सी खरखराहट सुनाई देगी। छड़ी लिए उनके हाथ की कलाई किसी बच्चे की कलाई मालूम होती थी। मुझे 'मीर' का शेर याद आया

तेरा है वहम कि ये नातवां है जामे में
वगरना मैं नहीं, अब इक ख़्याल अपना हूं

मैं इन्हीं ख़्यालों में था कि लिफ़्ट रुकी और हम दोनों साथ ही बाहर निकले। सामने से गुज़रती हुई सेक्रेटरी लड़कियों ने इंतेहाई .ख़ुशमिज़ाजी से 'गुड मॉर्निंग डॉक्टर' या 'गुड मॉर्निंग वसीम' वग़ैरा कहा जिससे मुझे मालूम हुआ कि ये साहब यहां बहुत जाने-पहचाने हैं और इनका नाम वसीम है, पूरा नाम वसीम अहमद, वसीम अख़्तर वग़ैरा होगा। लिफ़्ट से निकलकर वो कुछ मुस्कुराकर, "अच्छा, सलाम अलैकुम, इंशाअल्लाह फिर मिलेंगे," कहते हुए दाईं तरफ़ की राहदारी में मुड़ गए। मैं सामने के हॉल में अपनी तयशुदा सीट पर पहुंचा तो मुझे यह देखकर थोड़ी हैरत और ख़ुशी हुई कि कल शाम जिन किताबों और काग़ज़ात का ऑर्डर फ़ार्म मैं जमा कर गया था, वो सब मेरे आने से पहले ही मेरी शेल्फ़ पर रख दिए गए थे। दस्तावेज़ ज़्यादातर 1661 के बाद के थे, जब मुंबई के टापू को पुर्तगाली हुकूमत ने अंग्रेज़ कंपनी के हाथ बेच दिया था। यहूदी और पारसी वहां मुद्दतों से आबाद थे और उनके बारे में कुछ मालूमात मुंबई के बौद्ध भिक्षुओं और शिक्षा संस्थानों के संस्मरणों में दर्ज थीं, लेकिन उनमें आपस में मेल न था। 17वीं सदी के आख़री बरसों में अंग्रेज़ों ने मुंबई में म्यूनिसिपैलिटी क़ायम की और उसके बाद के दस्तावेज़ और काग़ज़ात कमोबेश मुसलसल बस्तों या बक्सों में महफ़ूज़ थे और अच्छी हालत में थे।

मैं अपने काग़ज़ों की छानबीन में लग गया। लंच मैं खाता न था, इसलिए वक़्त के गुज़रने का अंदाज़ा उसी वक़्त हुआ जब मेरे पास बैठे पढ़ने वाले आहिस्ता-आहिस्ता उठकर जगह ख़ाली करने लगे। मैं भी उठा तो मुझे ख़्याल आया कि वसीम साहब शायद अभी मौजूद हों, उनसे मिलना मुमकिन होता तो ख़ूब था। इस लक़दक़ लाइब्रेरी में एक-दो अपनी जैसी सूरतों के मिल जाएं तो बहुत गनीमत मालूम होता है। लेकिन वो शायद अभी अंदर ही थे या पहले ही उठ गए थे। ख़ैर, कभी और सही, मैंने अपने दिल में ख़्याल किया। अगले दिन इतवार था, टेम्स नदी के किनारे थिएटरों के सामने पुरानी किताबों का बाज़ार लगेगा, वहां अव्वल वक़्त जाऊंगा तो किताबों में दिन अच्छा गुज़र जाएगा। शायद कोई चीज़ मेरे मतलब की भी मिल जाए।

उस इतवार को पुरानी किताबों के अलावा पुरानी चित्रकला के नमूनों और पुराने

नक़्शों की भी कुछ दुकानें वहां नज़र आईं। ज़ाहिर है कि कोई दुर्लभ चीज़ या कोई ऊंचे दर्जे की तस्वीर हासिल होना नामुमकिन था। ज़्यादातर सामान पुरानी तस्वीरों की प्रकाशित नक़लों पर आधारित था। लेकिन 18वीं सदी की अंग्रेज़ी पत्रिकाओं के फटे-पुराने चित्रमय पन्ने मिल रहे थे, और बहुत कम दामों पर मिल रहे थे। एक जगह मुझे जनवरी 1772 की The Gentleman's मैगज़ीन का एक पन्ना सिर्फ़ दस पौंड में मिल गया। पन्ने पर तारीख़ और रिसाले का नाम साफ़ नज़र आता था। पन्ने पर दो जानवरों की सफ़ेद-काली तस्वीरें थीं। एक को जिराफ़ बतलाया गया था और दूसरे को चीनी हिरन लिखा था। हालांकि तस्वीरें बहुत दुरुस्त न थीं, लेकिन उनकी छपाई अब भी बहुत रोशन थी और काग़ज़ पर ज़रा सा पानी लगने का निशान था। मैंने इधर-उधर नज़र दौड़ाई कि कहीं किसी कैलेंडर की ख़ाली ट्यूब मिल जाए तो मैं उसमें इस पन्ने को लपेट लूं। पास ही में एक बड़े मियां पुराने नक़्शों का अंबार लगाए बैठे थे। मैं उधर मुड़ा तो एक जानी-पहचानी सूरत दिखाई दी। ये वसीम साहब थे और एक छोटे से नक़्शे को तरह-तरह से उलट-पलटकर, घुमा-घुमाकर, रोशनी को पीछे रखकर देख रहे थे।

"सलाम अलैकुम, जनाबे-आली," मैंने उनके पास जाकर .खुश होते हुए कहा। "अच्छी मुलाक़ात हुई।"

उन्होंने ऐनक के पीछे से मुझे घूरा। उनके माथे पर शिकनें थीं, शायद इसलिए कि वो उस नक़्शे को ग़ौर से देख रहे थे, या शायद इसलिए कि मेरी दख़लअंदाज़ी उन्हें बुरी लगी थी। लेकिन बाद में मालूम हुआ कि असल बात यह थी कि वो मुझे पहली नज़र में पहचान न सके थे।

"अख़्ख़ाह, आप हैं! यहां कैसे आ निकले...? लेकिन माफ़ कीजिएगा, अभी आपसे परिचय तो हुआ ही नहीं, कल आपको वहां देखा ज़रूर था।" उनकी आवाज़ फंसी हुई थी, गोया हलक़ पर बहुत सा बलग़म जमा हो। उनकी सांस भी बहुत छिछली थी, मालूम होता था कि सांस उनके पेट में समा न रही हो।

"जी, माफ़ी चाहता हूं। ये कोताही मेरी है। आपका इस्मे-गिरामी वसीम है और आप वी.एंड ए. में..."

"जी हां, मुझे वसीम जाफ़र कहते हैं। वी.एंड ए. की बात छोड़िए, अपने बारे में फ़रमाइए।"

"जनाब, मेरा नाम ख़लील असग़र फ़ारूक़ी है। नेत्र रोग विशेषज्ञ था, अब प्रैक्टिस छोड़कर अपने शौक़ का काम करता हूं।"

"बहुत ख़ूब," वो खांसते हुए बोले। "इंसान अपना शौक़ पूरा करे तो इससे बढ़कर क्या चाहिए। फ़ुर्सत हो, अपना शौक़ हो और .खुशगवार घर का ख़ामोश गोशा हो, सुब्हानल्लाह।"

मुझे एकाएक ख़्याल आया, वसीम जाफ़र...? लेकिन मिर्ज़ा दाग़ साहब की वालिदा के परपोते का नाम तो सलीम जाफ़र था। मैंने सोचा पूछ लूं, लेकिन हिम्मत न पड़ी। सलीम जाफ़र साहब ने तो शायद इस पहलू को छुपाए ही रखना चाहा था, वरना अपना नाम क्यों बदलते? लेकिन नाम का बदलना शायराना मस्लेहत, यानी तख़ल्लुस की वजह से भी तो हो सकता है।

मुझे ख़्यालों में गुम देखकर वो हंसकर बोले, "क्या बात है जो चुप हो गए, उमर ख़य्याम याद आ गया क्या? अच्छा, यह बात तो रही जाती है कि आपका शौक़ क्या है। यह शौक़, रक़ीबे-सरो-सामां तो नहीं जरो बेवतन हैं? कहां से आए हैं, या लंदन ही में मुस्तक़िल रहते हैं?"

"मेरा शौक़... मेरे शौक़ को आप नस्साबी कह सकते हैं, और..."

मेरी बात पूरी होने का इंतज़ार किए बग़ैर वो बोल उठे... "भई वाह, नस्साब और इस ज़माने में! क्या उम्दा बात है, आपको क्यों न ग़नीमत जानें। आपने कुछ लिखा-विखा भी है?"

"लिखा तो ज़रूर है, लेकिन मैं ग़नीमत वग़ैरा ख़ाक नहीं, बस तालिबे-इल्म हूं। और... (अब मुझे यक़ीन हो गया था कि ये साहब सलीम जाफ़र के बेटे-भतीजे वग़ैरा हैं, वरना बात-बात में शेरों के इशारे, ये साफ़-सुथरी गुफ़्तगू और कहां मुमकिन!) ... और ग़नीमत इस ज़माने में हैं तो आप लोग हैं, सलीम जाफ़र साहब के नाम से मैं ख़ूब वाक़िफ़ हूं।"

"सुब्हानल्लाह, आप दादाजान की तहरीरों के जानकार हैं, तब तो आप अपनी गौं के यार निकले। मैं तो उनका पासंग भी नहीं। लेकिन बाप-दादा की तरबीयत ने कुछ शब्दों को जानने वाला, कुछ चित्रों को पहचानने वाला कर और दिया, ख़ूब लोग थे वो...।" वो ठंडी सांस लेकर बोले, "रहे-नाम अल्लाह का।"

"और वज़ीर ख़ानम साहिबा...," मैंने हिम्मत करके कहा।

"सुब्हानल्लाह-सुब्हानल्लाह! किस शान और किस आन-बान की ख़ातून थीं। बल्कि इस वक़्त तो मैं भी उन्हीं के बारे में कुछ चीज़ें तलाश कर रहा हूं।"

"ख़ूब, और इस वक़्त जनाब के हाथ में ये नक़्शा कैसा है?"

"नक़्शा!" वो ख़ुश होकर हंसे लेकिन फिर खांसने लगे। खांसी से उनका चेहरा सुर्ख़ हो गया, सांस बिल्कुल तलपट हो गई। मैं बेचारगी से उन्हें देखता रहा। वो जेब से दवा की ट्यूब निकालकर गहरी सांसें लेने की कोशिश करते हुए दवा की फुहार गले में डालकर एक पल को रुके। फिर जब हाल ज़रा बेहतर हुआ तो बोले, "जनाब, यह मुंबई का नक़्शा है, 1694 का। ज़ाहिर है कि आज का शहर कहीं का कहीं पहुंच चुका है..."

"लेकिन यह भी ज़ाहिर है कि इस नक़्शे की तारीख़ी और दस्तावेज़ी अहमियत

बहुत है। और हुस्ने-इत्तफ़ाक़ यह कि मेरी भी दिलचस्पी इस वक़्त एक ऐसे मामले से है जिसमें मुंबई का भी सिलसिला है।"

"भई, बहुत ख़ूब। तब तो यह नक़्शा ख़रीदे लेते हैं, बाक़ी बातें बाद में होंगी।" यह कहकर उन्होंने बिना झिझक वह छोटा सा नक़्शा एक सौ साठ पौंड में ख़रीद लिया।

हम लोग बातें करते हुए पिमलिको की तरफ़ चले जहां उन्हें किसी से मिलना था। रास्ते में हम दोनों ने अपना कुछ और परिचय कराया। नस्साबी के कारण पुराने दस्तावेज़ों और किताबों से मुझे दिलचस्पी थी और पांडुलिपि-विशेषज्ञ, चिह्न-विशेषज्ञ और पुरातत्व-विशेषज्ञ की हैसियत से पुरानी किताबें, दस्तावेज़ें, तस्वीरें उनका ओढ़ना-बिछौना थीं। शेर भी उन्हें ख़ूब याद थे, लेकिन इक़बाल के बाद के किसी शायर को उन्होंने नहीं पढ़ा था। नॉवेल और अफ़साने में उन्हें कोई दिलचस्पी न थी; हां, क़ुर्रतुलऐन हैदर के कई अफ़साने ख़ासकर 'कारे-जहां दराज़ है' उन्होंने पढ़े थे और उन्हें अपने काम में एक हद तक मुफ़ीद जानते थे।

पिमलिको पहुंचकर उन्होंने मिलाने के लिए हाथ बढ़ाया, "अब मैं बाईं गली से होकर अपने दोस्त के यहां पहुंच जाऊंगा। आप अब और ज़हमत न करें। कल मुलाक़ात होगी।"

मुझे ख़ौफ़ था कि कहीं खांसी उन्हें फिर परेशान न करे, लेकिन उन्होंने मुझे ही हंसी में उड़ा दिया कि आप भी ख़ूब चीज़ हैं, ज़रा सी खांसी से डरते हैं। यह कहकर वो मुझे "ख़ुदा हाफ़िज़" कहकर मुड़े ही थे कि रुके और बोले, "आपको मालूम है अरबी में 'खांसी' को क्या कहते हैं?"

"जी, जी नहीं। मेरी अरबी बस मामूली सी है।"

"क़हबा," वो मुस्कुराकर बोले। मैं एक लम्हे को गड़बड़ा गया। क्या ये किसी आने-जाने वाली ख़ातून की तरफ़ इशारा तो नहीं कर रहे हैं?

"जी, क़हबा? मैं आपका मतलब नहीं समझा।"

उन्होंने हंसने की कोशिश की मगर उन्हें फिर खांसी आ गई। वो कुछ देर खांसते रहे। इस बार उन्होंने सीने को दोनों हाथों से दाब लिया था लेकिन खांसी थी कि आए चली जा रही थी। जब उनकी हालत ज़रा ठीक हुई तो बोले, "मुझे इस खांसी ही पर याद आया। प्राचीन अरब में क़हबाएं चूंकि अपने ग्राहकों को रिझाने के लिए हल्के से खांसती और खंखारती थीं, इसलिए उन्हें भी 'क़हबा' कहा जाने लगा।"

मैं हंसा, "बड़ी अजीब बात बताई आपने। ज़बान भी क्या शै है, ख़ुदा की क़सम। अमेरिकी अंग्रेज़ी में तवायफ़ को Hooker भी कहते हैं। इसकी भी शायद कुछ ऐसी ही तारीख़ी वजह है। लेकिन साहब, आप अपनी खांसी का इलाज कर डालिए; इस उम्र में कोताही ठीक नहीं।"

उनके चेहरे पर कुछ अजीब सा रंग आया, “हां-आं, इलाज तो करता हूं।” फिर वो कुछ मुस्कुराकर बोले, “क़हबा तो क़हबा, जाएगी कहां। अच्छा, .ख़ुदा हाफ़िज़।” वो गली में मुड़ गए।

अगले दिन लाइब्रेरी में उन्होंने मुझे ख़ासतौर पर ढूंढ़ा और दिन का खाना खिलाने के लिए अपने रोज़मर्रा के यूनानी रेस्तरां में ले गए।

“जानते हैं आप, वर्जीनिया वुल्फ़ भी इसी रेस्तरां में दिन का खाना खाती थी। जब वह ब्रिटिश म्यूज़ियम में देर तक काम करती तो ज़रा सा खाना यहीं आकर खा लेती। उसने अपनी किताब A Room of One's Own में इसका ज़िक्र किया है।”

वसीम जाफ़र का दिमाग़ और बहुत सी चीज़ों के अलावा किसी बड़े अजायबघर के उन कमरों जैसा था जिनमें वो चीज़ें रखी जाती हैं जिनको नुमाइश पर रखना किसी वजह से मुमकिन नहीं होता। ऐसे कमरों में एक से एक अजीबो-ग़रीब और नायाब सामान भरा होता है। वसीम जाफ़र साहब भी ऐसी ही अनोखी मालूमात का ख़ज़ाना थे। मुझे वो अपनी राय में कुछ शर्मीला और मुंह-छुपाऊ समझते थे। एक दिन रॉयल सोसाइटी के सामने से गुज़रते हुए उन्होंने मुझे बतलाया कि शर्मीला और घरघुसना होना ऊंचे दर्जे के वैज्ञानिक या साहित्यिक कार्यों की ज़मानत हो सकता है। मशहूर वैज्ञानिक हेनरी कैवेंडिश इस क़दर शर्मीला था कि किसी से, यहां तक कि अपने नौकरों से भी, बात नहीं कर सकता था। उसके घर की मैनेजर ज़रा-ज़रा से मामले में हुक्म पाने के लिए उसे दिन-रात परचे भेजती रहती थी। मैनेजर के सवालों के जवाब वह अक्सर ‘हां’, ‘नहीं’, ‘जाने दो’ वग़ैरा शब्दों में देता था। इसके बावजूद कैवेंडिश ने कई ऐसी वैज्ञानिक खोजें कीं, जो उसके ज़माने से कई दशक, बल्कि एक-दो सदी आगे थीं। कैवेंडिश ने घर बैठे सिर्फ़ एक भोंडी सी मशीन, काग़ज़-क़लम, एक-दो मामूली औज़ारों की मदद से ज़मीन का वज़न पता किया। उसका निकाला हुआ नतीजा आज के निहायत बारीक और सूक्ष्म यंत्रों की मदद से निर्धारित किए गए वज़न से बस एक प्रतिशत से कुछ कम है।

“तो मियां ख़लील, जिसने की शरम उसके फूटे करम कुछ अक़्लमंदी की कहावत नहीं। ज़रूरत तो दरअसल .ख़ुद से शर्म करते रहने की है। कल मैं लॉर्ड लेक और महारावल बख़्तावर सिंह के काग़ज़-पत्र देख रहा था। उन्होंने कुछ अच्छे चित्रकार भी नौकर रखे थे। मुझे उनकी बनाई हुई तस्वीरों की तलाश है।” उन्हें बेतरह खांसी आ गई, यहां तक कि वो सड़क के किनारे एक दुकान की सीढ़ी पर ज़रा सिमटकर बैठ गए कि खांसी थमे तो बात को आगे बढ़ाएं।

ऐसी बुरी खांसी, फंसी हुई आवाज़ और सांस की तंगी कोई अच्छा संकेत तो न थीं। बात को बदलने की ग़रज़ से मैंने कहा, “लेकिन आप नवाब अहमदबख़्श ख़ान और वज़ीर ख़ानम के बारे में भी कुछ तलाश कर रहे थे? जनाबे आली, .ख़ुद से शर्म

करना तो एक नाज़ों भरी अदा है। वह हम लोगों को नसीब कहां। यह आप वज़ीर ख़ानम से कहते तो बात भी थी।" मैंने उन्हें छेड़ने की ग़रज़ से कहा।

उन्हें दोबारा ज़रा सी खांसी आई। उन्होंने फ़ौरन रूमाल से मुंह साफ़ किया और बोले, "हां मियां, हम ट्यूब ट्रेन और इंटरनेट के ज़माने के लोग नाज़ों भरी अदा जैसी नाज़ुक चीज़ को क्या समझें। लेकिन जनाब, मेरा मतलब यह था कि अगर अपने कुकर्म का अहसास हो..."

"वल्लाह, यह लफ़्ज़ कुकर्म आपने कहां से निकाला, अच्छा-ख़ासा इंसान कुत्ता मालूम होने लगे।"

"यही तो इस लफ़्ज़ की ख़ूबी है। वह किसकी नज़्म थी, Auden की नज़्म थी न The Dog Beneath the skin...? तो फिर मैंने क्या झूठ कहा।"

"जी हां, अमीक़ हनफ़ी साहब मरहूम ने भी एक नज़्म में लिखा है: मेरे अंदर भौंकता कुत्ता बंधे।"

"ये अमीक़ हनफ़ी साहब कौन थे? इनको तो मैं जानता नहीं, लेकिन बात पते की कही है उन्होंने। तो लीजिए, कितना कारगर लफ़्ज़ है। लेकिन साहब, मैं सच कहता हूं, अगर हमें अपनी बुराइयों का शऊर हो जाए..."

"तो निगाह में कोई बुरा न रहे," मैंने बादशाह बहादुरशाह के शेर का एक टुकड़ा कुछ बदलकर पढ़ दिया।

"न, न, न... हरगिज़ नहीं, यह बात नहीं। बुरे तो हम सब हैं, लेकिन हम अपनी बुराइयों को अच्छा समझते हैं। विलियम फ्रेज़र को लीजिए, बड़ा हिंदुस्तानी बना फिरता था, लेकिन शम्सुद्दीन अहमद ख़ान से वज़ीर ख़ानम का इश्क़ बरदाश्त न कर सका। शम्सुद्दीन अहमद ख़ान की वालिदा के साथ उनकी सौतों ने अच्छा सुलूक न किया तो शम्सुद्दीन अहमद ख़ान के दिल में उनके लिए और उनकी औलादों के लिए नफ़रत उमड़ आई।"

"और वज़ीर ख़ानम, आपकी दादीजान?"

"बड़े पेचीदा मिज़ाज की ख़ातून थीं, हिम्मत वाली भी थीं। मैं उनकी तस्वीर की धुन में हूं कि कहीं से मिल जाए तो शायद उनका किरदार कुछ और समझ में आए। उस ज़माने के कुछ हिंदुस्तानी चित्रकारों ने चित्रकारी में चरित्र को उभारने के भी ढंग आज़माने शुरू कर दिए थे।"

फिर मेरी-उनकी मुलाक़ातें अक्सर होने लगीं। उन्हें वज़ीर ख़ानम, मार्स्टन ब्लेक, नवाब अहमद बख़्श ख़ान, मिर्ज़ा फ़त्हुल मुल्क बहादुर वग़ैरा के बारे में बहुत सी बातें मालूम थीं। मार्स्टन ब्लेक की मौत का हाल उन्होंने मुझे तफ़्सील से बताया था। मैं देर तक ताज्जुब करता रहा कि अंग्रेज़ों के ख़िलाफ़ उस ज़माने में भी ऐसी कार्रवाइयां और 'ग़द्दाराना' वाक़ेआत हो सकते थे। वसीम जाफ़र साहब ने मेरी ग़लतफ़हमी दूर

की। उन्होंने बताया कि सन् 1800 और 1857 के बीच हिंदुस्तानियों ने तीन या चार बार फ़िरंगी हाकिम के ख़िलाफ़ बग़ावत की थी और हर बार अंग्रेज़ों को ख़ासा जानी और माली नुक़सान पहुंचाया था। उन्होंने बरेली और बनारस के वाक़ेआत का ख़ासतौर पर ज़िक्र किया। "बनारस में तो शाहआलम द्वितीय के सबसे होनहार बेटे मिर्ज़ा जहांदारशाह ने अंग्रेज़ पर गोली ही चला दी थी और अंग्रेज़ों के ख़िलाफ़ बग़ावत की अगुवाई की थी। एक और मुग़ल शहज़ादे मिर्ज़ा जहांगीर बख़्त ने भी किसी बदतमीज़ी की वजह से एक अंग्रेज़ अफ़सर को गोली मार दी थी और इलाहाबाद जिलावतन कर दिए गए थे।"

"सर सैयद की बात में कुछ सचाई थी," वसीम जाफ़र ने कहा। "अपने बिजनौर वाले रिसाले में उन्होंने लिखा है कि हिंदुस्तानियों के दिल में इस बात का बहुत गुस्सा था कि फ़िरंगी लोग हमारे साथ बराबरी का सुलूक तो दूर रहा, इंसानी सुलूक भी नहीं करते। इसी बात को बड़े अजीबो-ग़रीब अंदाज़ में सैयद महमूद ने बनारस में 1891 की एक तक़रीर में कहा कि अंग्रेज़ों का यह ख़्याल ग़लत है कि वो हाकिम हैं और हम रिआया। रिआया हम दोनों हैं। मलिका-ए-आलिया हमारी हाकिम हैं और उनकी रिआया की हैसियत से हम दोनों बराबर हैं, बराबर के अधिकार, कर्तव्य और विशेषाधिकार रखते हैं।"

"उस ज़माने को देखते हुए बड़ी अजीब और हिम्मत की बात थी, बल्कि सैयद महमूद का यह ख़्याल ही बिल्कुल नया था। मगर अंग्रेज़ों का जवाब क्या रहा?"

"अजी, अंग्रेज़ एक काइयां क़ौम है। वह मौक़ा यह था कि सर सैयद ने अपने पुराने कलेक्टर बिजनौर और मौजूदा कमिश्नर बनारस मिस्टर शेक्सपीयर की दावत की थी, शहर के सारे रईस और बड़े आदमी जमा थे। सैयद महमूद की तक़रीर को उस ज़माने के मिज़ाज के मुताबिक़ एक हल्की-फुल्की after dinner speech कहकर टाल दिया गया। वैसे भी कमिश्नर साहब करते क्या? सैयद महमूद की तजवीज़ को हुकूमत के सामने पेश कर सकते न थे। और अगर पेश करते भी तो नौकरी से बर्ख़ास्त हो जाते।"

वो हंसे, लेकिन उनकी हंसी फिर खांसी में तब्दील हो गई।

एक बार वसीम जाफ़र साहब ने मुझे अपने घर खाने पर बुलाया। पोर्टोबेलो रोड ख़ुद ही ज़रा ख़स्ताहाल इलाक़ा है, उसकी एक पुरानी-धुरानी इमारत की तीसरी मंज़िल पर उनका घर था। पुराने ढंग की तंग सीढ़ियां थीं, लिफ़्ट थी नहीं, ख़ुदा-मालूम किस तरह चढ़ते-उतरते होंगे। जब मैं अंदर दाख़िल हुआ तो फ़ौरन महसूस हुआ कि ऐसी ग़ैर-फ़ैशनेबल और कम आरामदेह बस्ती के ऐसे मामूली घर में उनके रहने की वजह यह थी कि वो ज़्यादा किराया नहीं दे सकते थे और ज़्यादा किराया देने में असमर्थता रहने की वजह कंजूसी नहीं, बल्कि दुर्लभ चीज़ें जमा करने का शौक़ था। दो कमरों

के घर में तस्वीरें, किताबें, शीशे के उपकरण, पांडुलिपियां हर तरफ़ बिखरे हुए थे। और यह भी था कि पोर्टोबेलो रोड में पुरानी चीज़ों और छोटे-मोटे अजूबों की कई दुकानें हैं। लिहाज़ा अपना शौक़ पूरा करने का सामान उन्हें काफ़ी मिक़दार में मुहैया था। मैं जिस चीज़ को उठाता, उसे अपनी तर्ज़ की अनोखी ही पाता। मेरी हैरत और लगाव को देखकर वो मुस्कुराए, "मैंने आपको एक ख़ास मतलब से ज़हमत दी है।"

"क्या मतलब? क्या खाना न खिलवाएंगे आप?" मैंने हंसकर कहा।

"खाना... तो खाएंगे, ज़रूर ही खाएंगे साहब। लेकिन यह बताएं आपने मौलाना मुहम्मद हुसैन आज़ाद का संपादित किया हुआ दीवाने-ज़ौक़ पढ़ा है?"

"कह तो नहीं सकता," मैंने जवाब दिया। "ज़ौक़ का कलाम थोड़ा-बहुत देखा ज़रूर है, लेकिन मौलाना मुहम्मद हुसैन आज़ाद का संपादित किया हुआ दीवाने-ज़ौक़ तो... मैंने शायद उसकी शक्ल भी नहीं देखी! अब तो बहुत दुर्लभ हो गया होगा! मगर आप उसे ही क्यों पूछते हैं? तनवीर अहमद अलवी वाला नुस्ख़ा तो हर जगह मिल जाता है।"

"आपने उसकी शक्ल नहीं देखी तो अच्छा ही किया," अचानक उनका मुंह तमतमा गया, जैसे बुख़ार में हों। मैंने उन्हें हमेशा निहायत ठंडे मिज़ाज का और किसी बात का ज़्यादा असर न लेने वाला पाया था। लेकिन आज उनका रंग बज़ाहिर बेसबब और एकाएक इस क़दर बिफरा हुआ देखकर मैं कुछ घबरा गया। मैंने बात को हंसी में टालने की कोशिश की।

"चलिए, फिर तो कोई बात नहीं। मैं तो डरा था कि अगर मैंने वह किताब देखी होती तो उसकी सज़ा में आप मुझे खाना ही न खिलाते।"

उन्होंने कुछ ज़ब्त करते हुए कहा, "नहीं, यह बात नहीं कि उसकी वजह से कोई भूखा सोए। लेकिन जिसने लिखी है, उसने ईमान और इंसाफ़ का ख़्याल न रखा।"

मैं ज़रा परेशानी में पड़ गया। किताब से उनकी मुराद अगर दीवाने-ज़ौक़ से थी तो उसके लेखक के बारे में यह ख़्याल मौलाना हाली या सर सैयद का तो हो सकता था कि उसने ईमान और इंसाफ़ का कुछ ख़्याल न रखा, लेकिन वह तो एक तारीख़ी और तहज़ीबी शिकस्त की बात थी। सन् 57 की जंगे-आज़ादी में लुट-पिटकर हमारे बुज़ुर्ग अपने बुज़ुर्गों की हर बात को 'तेरा जीवन पाप है' कह रहे थे। अब वह बात तो थी नहीं। क्या मौलवी नज़ीर अहमद की रूह ने दोबारा जन्म ले लिया था लेकिन आज तक तो वसीम साहब ने ऐसी किसी राय या रवैये का इज़्हार न किया था। फिर आज क्या बात हो गई थी?

मुझे चुप देखकर वसीम साहब का भी मिज़ाज ज़रा ठंडा हुआ। "देखिए न, इसमें एक जगह मौलाना ने कैसी नाइंसाफ़ी की और दिल-दुखाने वाली बात लिख दी।"

"जी, मैंने उस किताब को पढ़ा तो नहीं है... लेकिन मैं समझता हूं कि मौलाना

तो शेख़ इब्राहीम ज़ौक़ के बेहद चाहने वाले थे। ज़ौक़ के ख़िलाफ़ भला उन्होंने नाइंसाफ़ी की बात क्या लिख दी होगी?"

"थे। वो ज़ौक़ के चाहने वाले थे," वो तेज़ी से बोले। "लेकिन बहादुरशाह ज़फ़र के नहीं, न मिर्ज़ा फ़त्हुल मुल्क के... और न शौकत महल के।"

उनका चेहरा फिर सुर्ख़ होने लगा और सांस फिर फूलने लगी। मेरी समझ में नहीं आ रहा था कि क्या कहूं क्या करूं। शौकत महल के नाम से मैं वाक़िफ़ न था। मुझे यह भी ख़बर न थी कि वसीम जाफ़र साहब पर इस तरह के दौरे अक्सर पड़ते थे या आज ही यह मामला था या यह कि उनका डॉक्टर या नेशनल हेल्थ सर्विस का अस्पताल कहां था। इस वक़्त डॉक्टर को बुलाना ठीक है भी या नहीं। मैं कुछ सहमने सा लगा। मैं वसीम जाफ़र साहब की सेहत के बारे में कुछ जानता न था; बीमार वो ज़रूर लगते थे। घबराहट में मुझे और कुछ न सूझी तो मैंने रेफ़्रिजरेटर से बोतल निकालकर उन्हें पानी पेश किया और कहा, "लीजिए, पहले पानी पी लीजिए, ज़रा सांस तो बराबर आए। फिर बात करेंगे।"

उन्होंने फंसी-फंसी आवाज़ में मेरा शुक्रिया अदा किया। एक-दो घूंट पानी पीकर उन्हें शायद कुछ सुकून हुआ। वो चुप बैठ गए, हालांकि उनके मुंह पर अब भी थोड़ी सी वहशत के आसार थे।

पांच-सात मिनट यूं ही गुज़रे। फिर उन्होंने गहरी सांस ली, दोनों हाथों से मुंह को रगड़ा, आंखें मलीं गोया अभी सोकर उठे हों। फिर वो गिलास का बाक़ी पानी एक सांस में पीकर अपनी आम आवाज़ में बोले, "ख़लील असग़र साहब, चोरी करने के बारे में आपका क्या ख़्याल है?"

मैं गड़बड़ाकर कुछ उल्टी सी कहने ही वाला था कि उन्होंने बात पूरी की, "मेरा मतलब यह है कि चोरी करना आपकी नज़र में कैसा है?"

मुझे उलझन सी हुई, यह क्या फ़िज़ूल गुफ़्तगू हो रही है। खाने पर बुलाकर अजब-अजब तरह की बेतुकी उड़ाई जा रही है। फिर भी मैंने बात को हंसी में टालना चाहा, "जनाब, चोरी करना तो शरीअत की पांचों बुराइयों में शामिल है, मगर क्या आप शरीअत में कोई नई बात करने वाले हैं? या आपकी कोई चीज़ खो गई है?"

उनके चेहरे पर बेज़ारी और कड़वाहट के आसार उभरे। शायद मेरी बात उन्हें पसंद नहीं आई थी, या शायद वह बात ही नापसंदीदा थी और उसे मेरे सामने बोलना उन्हें बहुत नागवार था, लेकिन बोले बिना बनती भी शायद न थी।

"देखिए," वो समझाने के अंदाज़ में बोले जिस तरह बच्चों या कमअक़्ल लोगों को समझाते हैं। "फ़र्ज़ कीजिए आपकी कोई चीज़ हो और उसे अगला चुरा लाया हो तो आप उस चीज़ को वापस चुरा लेने के हक़दार होंगे कि नहीं?"

"द...देखिए, यह मामला तो फ़...फ़...फ़र्ज़ी है," अचानक मेरी ज़बान में

हकलाहट आ गई, जिसे अंग्रेज़ी में hypothetical कहते हैं। "जी ऐसी...ई...ई... ब...बात पर मैं क्या राय दूं?" मैं डर रहा था कि मेरे इंकार पर उन्हें फिर से गुस्से या खांसी का दौरा न पड़ जाए। लेकिन उनकी बात ही अजब बेढब और मुघम सी थी। मेरी समझ में नहीं आ रहा था कि कौन सी बात कहूं जो उन्हें नागवार न हो और यह भी महसूस न हो कि मैं उनके साथ मुरव्वत भरा बर्ताव कर रहा हूं या उन्हें बहला रहा हूं।

वो दोबारा कुछ देर को चुप हो गए। फिर कुछ इस लहजे में बोले गोया किसी फ़ैसले पर पहुंच गए हों। "बताइए, ब्रिटिश लाइब्रेरी और वी.एंड ए.म्यूज़ियम में बहुत सारा माल हिंदुस्तानियों का है कि नहीं?"

"बेशक, हिंदुस्तानियों या किसी ख़ास हिंदुस्तानी का भले ही न हो, लेकिन हिंदुस्तानियों की मिल्कियत तो वह बेशक है।"

"ख़ूब, और यही कैफ़ियत उस माल की भी है जो दूसरे अजायबघरों और निजी हवेलियों, कोठियों, बकिंघम पैलेस वग़ैरा में है?"

"जी, बेशक। लेकिन इस सब में से कुछ तो माल के असल मालिक ने मौजूदा मालिक को तोहफ़ों में भी दिया होगा।"

"बेशक," उन्होंने मेरी बात दोहराई लेकिन उसमें कोई तंज़ न था। "मैं उस सब माल को छोड़ने को तैयार हूं जो मुहब्बत और रज़ामंदी के साथ तोहफ़े में दिया गया होगा। लेकिन .ख़ुशामद या रिश्वत में दिए हुए माल, लूट के माल और ताक़त के सहारे क़ुर्क़ किए हुए माल के बारे में आप क्या फ़रमाएंगे?"

यह बहस कहां लिए जा रही थी, इसका धुंधला सा अहसास मुझे था। लेकिन उस तरफ़ जाने का मक़सद मेरी समझ में न आता था। मैंने बहुत सोचकर कहा, "अगर किसी ऐसे माल का सच्चा या जायज़ वारिस पैदा हो जाए तो वह उसकी वापसी के लिए दावा कर सकता है।"

"और अगर दावा मंजूर होने की कोई उम्मीद न हो...?"

"मगर अदालत ही तो एक रास्ता है।"

"क्यों? और कोई रास्ता क्यों नहीं?"

"भला क्या रास्ता है? क्या वह उसे ज़बरदस्ती छीन ले? और ज़बरदस्ती छीनना... यह उसके बस में भी है कि नहीं?"

"नहीं, छीनने की बात नहीं है।"

"भई वसीम जाफ़र साहब, पहेलियां न बुझाइए। मेरा तो दम उल्टा आ रहा है।"

मुझे डर था कि जाफ़र साहब फिर बिगड़ जाएंगे। लेकिन इस बार वो एक पल चुप रहकर बोले, "आपको मालूम है वज़ीर ख़ानम मेरी परदादी थीं और मैं उनके हालात तलाश कर रहा हूं।"

"जी हां, और आपको तलाश है कि उनकी कोई तस्वीर आपको मिल जाए।"

"मुहम्मद हुसैन आज़ाद ने एक तस्वीर का ज़िक्र किया भी है, उसी दीवाने-ज़ौक़ में जिसका मैंने अभी आपसे तज़्किरा किया था।"

"अच्छा, बहुत ख़ूब। मुझे नहीं मालूम था।"

"मुझे वह तस्वीर मिल गई है," उन्होंने बहुत धीमी आवाज़ में कहा।

"अरे वल्लाह!" मैं अपनी जगह से तक़रीबन उछलकर बोला, "तो यह तो बड़ी क़ीमती तस्वीर होगी, तारीख़ी एतबार से भी और अदबी एतबार से भी। वाह साहब, वाह। आपने तो बड़ा गहरा हाथ मारा!"

"वज़ीर ख़ानम के अकेले मर्द वारिस की हैसियत से मैं उस तस्वीर का क़ानूनी मालिक हूं।" उन्होंने अपनी भारी, खांसी से फंसती आवाज़ में कहा।

"लेकिन वह तस्वीर है कहां? क्या उसका मालिक आपके हाथ उसे बेच देगा?"

"वो भला क्यों बेचेगा? क्या अब्दुल हमीद लाहौरी का 'पादशाहनामा' अंग्रेज़ों ने वापस किया? क्या कोहिनूर इन लोगों ने वापस किया?"

"लेकिन वो तो करोड़ों की चीज़ें हैं, और वह भी पौंड में, न कि हिंदुस्तानी रुपयों में। यह तो एक तस्वीर है, वह भी किसी शहज़ादी या मलिका की नहीं। भला 'पादशाहनामा' और कोहिनूर कहां और यह तस्वीर कहां? यह तस्वीर तो उसका मौजूदा मालिक दे ही देगा, नहीं तो भारी दामों में आपके हाथ बेचने पर ज़रूर राज़ी हो जाएगा। है कि नहीं?"

"मानता हूं कि यह तस्वीर कोई बड़ा ख़ज़ाना नहीं, लेकिन फिर भी यह क़ौम ऐसी नहीं कि हाथ आई चीज़ को जाने दे।"

"यानी वो तस्वीर भी अंग्रेज़ी हुकूमत के क़ब्ज़े में है, और आप उससे वापसी की दर्ख़ास्त नहीं करना चाहते या नहीं कर सकते?"

"दोनों ही बातें हैं।"

"भई, माफ़ कीजिएगा आप चबा-चबाकर क्यों बात कर रहे हैं? साफ़ कहिए तो कुछ मैं अर्ज़ भी कर सकूं," मैंने कुछ झुंझलाकर कहा।

"आपके किए कुछ न होगा," वो ठंडे लहजे में बोले। "बहरहाल, सुनिए। आप जानते हैं, मैं ब्रिटिश लाइब्रेरी में चीज़ें ढूंढ़ा करता हूं। एक बार बिल्कुल इत्तफ़ाक़ से मुझे लॉर्ड रॉबर्ट्स, वही Forty-one Years in India वाला लॉर्ड रॉबर्ट्स जिसने एक मौक़े पर ज़ीनत महल के बारे में गुस्ताख़ी भरी बातें कही हैं, उसकी डायरी की ख़बर लगी, जिसमें दर्ज बातों से उसने अपनी किताब में बहुत काम लिया था। मैंने सुना कि वह डायरी ऐबरडीन यूनीवर्सिटी की लाइब्रेरी में है, लेकिन आम अध्ययन के लिए नहीं है। ख़ैर, मैंने अपने ताल्लुक़ात को काम में लाकर वहां तक पहुंच हासिल कर ली। मैंने डायरी में जगह-जगह ऐसी चीज़ें पाईं जिनका ज़िक्र रॉबर्ट्स ने अपनी

किताब में नहीं किया है।"

"यानी लूटमार के वाक़ेआत या अंग्रेज़ों के ज़ुल्म?" मैंने कहा।

"वो तो यक़ीनन, लेकिन उसमें बादशाह के और मिर्ज़ा फ़त्हुल मुल्क के निजी काग़ज़ात का भी ज़िक्र था कि क़िले की लाइब्रेरी और दफ़्तरों की लूट में कुछ चीज़ें उसके हाथ लगीं, जैसे मिर्ज़ा फ़त्हुल मुल्क बहादुर का निजी रोज़नामचा। मैंने इससे पहले उस ज़माने के किसी मामूली शहज़ादे के रोज़नामचे का ज़िक्र न सुना था, सल्तनत के वलीअहद की बात ही क्या! रॉबर्ट्स ने लिखा है कि मैंने वो सब काग़ज़ात इंडिया ऑफ़िस में जमा करा दिए थे।"

"ताज्जुब और सख़्त ताज्जुब है कि आज तक किसी को इसका ख़्याल न आया। आपकी दरयाफ़्त तो बड़ी अहम साबित हो सकती है।"

"जी। फिर मैंने ब्रिटिश लाइब्रेरी में हर जगह ढूंढ़ा, तमाम मुमकिन सूचियां, कैटलॉग और सालाना रिपोर्टें देखीं, कुछ पता न लगा। मैं उम्मीद खो चुका था, लेकिन बस इत्तफ़ाक़ ही कहिए कि एक दिन एक बड़े मियां मुझे मिल गए, जिनको इंडिया ऑफ़िस की नौकरी से रिटायर हुए कोई पच्चीस-तीस बरस गुज़र गए हैं। उनसे ज़िक्र आया तो उन्होंने बताया कि 1857 के बहुत से काग़ज़ात, जिन्हें ग़ैर-अहम क़रार दिया गया था, वो लाइब्रेरी की फ़हरिस्त में दर्ज ही नहीं हुए थे। उन्हें बक्सों में बंद करके तहख़ाने में रखवा दिया गया था कि कभी फ़ुर्सत और साधन होंगे तो उन्हें कैटलॉग किया जाएगा, लेकिन वह नौबत ही न आई।"

"भई वाह, यह तो बड़ी अजब बात हुई।"

"जी हां। ख़ैर, आगे की तफ़्सील को छोड़ते हुए बस यह बताना चाहता हूं कि बहुत तलाश के बाद वो बक्से मुझे मिल गए। चमड़े के सात बक्से थे, जैसे कि अक्सर जहाज़ी इस्तेमाल करते हैं, और हर बक्से के अंदर रखे सामान की तफ़्सील भी काग़ज़ों के साथ बस्ते में बंधी हुई थी। एक बक्से में बहुत सी दस्तावेज़ों के साथ मिर्ज़ा फ़ख़रू मरहूम का रोज़नामचा भी था... लेकिन उसमें कुछ और भी था।"

वसीम जाफ़र ख़ामोश हो गए जैसे आगे बताना न चाहते हों। अब मुझे भी कुरेद हुई कि वह क्या चीज़ हो सकती थी, बादशाह की वसीयत, या मिर्ज़ा इलाही बख़्श की ग़द्दारी के बारे में कोई नई बात, या... वो जो बात मशहूर है कि देहली के क़िले से लेकर आगरे के क़िले तक सुरंग थी, उसका कुछ सुबूत, या... या गड़ा हुआ ख़ज़ाना, भला क्या चीज़ हो सकती थी?

"क्या मैं जान सकता हूं कि वो क्या चीज़ थी?" मैंने संभलकर-संभलकर कहा।

"जानना क्या मानी, मैं वह चीज़ आपको दिखाए देता हूं।" यह कहकर वो उठे और अपना ब्रीफ़केस खोलकर उन्होंने एक मज़बूत बड़ा सा लिफ़ाफ़ा मेरी तरफ़ बढ़ाया। उनके हाथ में ज़रा सी कंपकपी थी। लिफ़ाफ़ा मुहरबंद न था। लिहाज़ा मैंने

उसका फ़्लैप खोलकर उसके अंदर रखा हुआ कोई छह इंच ऊंचा और पांच इंच चौड़ा, मोटा काग़ज़ निकाल लिया।

किसी इंतेहाई ख़ूबसूरत लड़की की तस्वीर थी। उसकी उम्र यही चौबीस-छब्बीस साल की रही होगी। सांवला रंग, लेकिन इस क़दर तरोताज़ा चेहरा, गोया किसी ने सूसन के सुरमई फूल का रस निचोड़कर रख दिया हो। सीधी, नाज़ुक सी नाक लेकिन दोनों नथुने ज़रा फड़कते हुए से, जैसे उसने कोई अच्छी बात सुनी हो या कोई अच्छी बात कहने वाली हो। कोई डेढ़-दो सौ बरस पुरानी तस्वीर जिसमें पूरा चेहरा सामने था। लेकिन उस ज़माने की आम तस्वीरों के उलट तस्वीर वाली को यूं दिखाया गया था गोया वह चितेरे और तमाशाई, दोनों के वजूद का पूरा-पूरा अहसास रखती हो। उसकी आंखों में जिन्स और जवानी का ऐसा भरपूर शऊर था कि मेरा दिल ज़ोर-ज़ोर से धड़कने लगा। लगता था यह तस्वीर अपनी आंख या भौंहों से मुझे कोई इशारा करने वाली है। लेकिन उस इशारे में कोई घटियापन या कमीनापन न था, बल्कि एक तरह की चुनौती थी कि क्या तुम इस लुभावने आकर्षण का सामना करने का हौसला रखते हो? सुडौल चेहरे पर बड़ी-बड़ी आंखें, उन पर लंबी-लंबी पलकें, लेकिन साया किए हुए नहीं बल्कि चिलमन की तरह कुछ उठी हुई। आंखों का रंग शर्बती, गहरी और हल्की सी सुनहरी दमक लिए हुए, सफ़ेदी ऐसी सफ़ेद और उसमें हल्की सी ठंडक की ऐसी कैफ़ियत जैसे ताज़ा खिला हुआ जंगली गुलाब। हिरन की सी लंबी सुडौल गर्दन में पन्नों की माला, नौ लड़ों की, लेकिन सब दाने बराबर के और एक रंग, एक शक्ल के थे। गले के नीचे सीने तक चने की दाल के बराबर पन्ने ही पन्ने थे जिनका हरापन आंखों में हरी दूब की तरह खुबा जाता था। आंचल सिर पर न था और साफ़ मालूम हो रहा था कि तस्वीर वाली को आंचल के ढलक जाने का पता है। सुनहरे गोतार से पटा हुआ आसमानी दुपट्टा, कंधे और सीने को बेपरवाही से कुछ ढक रहा था, कुछ सामने ला रहा था। बहुत घनी चोटी, थोड़ी सी खुलती हुई, हर लट में एक-दो मोती टंके हुए, गोया बेख़्याली में वहां उलझ गए हों।

अफ़सोस कि तस्वीर अधूरी थी, लेकिन इसलिए नहीं कि चित्रकार ने उसे अधूरा छोड़ दिया था। किसी बेदर्द ने उसे इस तरह फाड़ डाला था कि तिहाई से कुछ ज़्यादा तस्वीर ज़ाया हो गई थी। मैंने रुकी-रुकी आवाज़ में पूछा, "यह... यह तस्वीर... वज़ीर ख़ानम की तो नहीं? इसे किसने फाड़ डाला?" मैंने वहशत की ज़्यादती के सबब यह भी न महसूस किया कि मेरा दूसरा सवाल किस क़दर अहमक़ाना था।

वसीम जाफ़र ने कहा, "इसके पीछे एक तहरीर है। पढ़िए।" उनके चेहरे पर कुछ कालापन लिए हुए तपिश थी, बीमारों जैसी। उनकी आवाज़ में अब और ज़्यादा कंपकपी थी।

मैंने काग़ज़ पलटकर देखा तो उस पर मुंशियाना लिखावट में कुछ लिखा हुआ

था, मिटा-मिटा सा। शायद कभी किसी ने उसे पानी से धोने की कोशिश भी की थी। काली रोशनाई आंसू भरे काजल की तरह फैल गई थी। हर्फ़ बहुत मोटे न थे, लेकिन मुझे पुरानी वंशावलियां और दस्तावेज़ पढ़ने का जो अभ्यास था वह काम आया। ज़रा सी कोशिश करके मैंने पढ़ लिया... 'शबीह हक़ीक़ी वज़ीर ख़ानम साहब उर्फ़ छोटी बेगम, सल्लमहा अल्लाह ताला।' उसके आगे कुछ तारीख़ थी लेकिन वह कोशिश के बावजूद मुझसे पढ़ी न जा सकी।

"मुबारक हो वसीम जाफ़र साहब, आपकी तलाश कामयाब हुई," मैंने बड़े जोश से कहा। "लेकिन... लेकिन ये तस्वीर... ये तस्वीर क्या उन्हीं बक्सों में मिली जिनका ज़िक्र आप फ़रमा रहे थे? अगर ऐसा है तो... तो आप इसे लाइब्रेरी से निकाल क्योंकर लाए?"

"जी हां," उन्होंने 'जी' पर ज़ोर देकर कहा। "मैं इसे निकाल लाया और अब यह मेरी है।" उनके लहजे में झगड़ने का सा अंदाज़ था, गोया मुझसे कह रहे हों कि हिम्मत है तो मेरी शिकायत कर दो, यह तस्वीर मुझसे छिनवा लो।

"मगर... मगर भला यह कैसे मुमकिन हो सका, यह तो बताएं?" मैंने नर्मी से कहा। मैं उन्हें ख़फ़ा नहीं करना चाहता था, और यूं भी मुझे इस मामले में नैतिकता का दारोग़ा बनने का शौक़ तो था नहीं। तस्वीर पर असल हक़ तो वसीम जाफ़र का ही था, क़ानून कुछ कहे।

"बात यह है ख़लील असग़र साहब," उन्होंने कुछ राज़दारी के लहजे में कहा। "यह तस्वीर कहीं दर्ज नहीं है। आपको मैं बता ही चुका हूं कि उन बक्सों का कैटलॉग अब तक नहीं बना है, सिर्फ़ कच्ची फ़हरिस्त हर बक्स के अंदर रखी हुई है, लेकिन यह तस्वीर उस फ़हरिस्त में दर्ज नहीं। हर फ़हरिस्त की नक़ल लाइब्रेरी के डायरेक्टर के क़ब्ज़े में मुहरबंद भी रखी हुई है और मुझे यक़ीन है कि वह फ़हरिस्त भी इस तस्वीर के ज़िक्र से ख़ाली होगी।"

वो कुछ देर को चुप हो गए। मैं डर के मारे कुछ न बोला। कुछ समझ ही में न आता था कि क्या कहूं। फिर वसीम साहब ने कुछ और भी आहिस्ता लहजे में कहना शुरू किया, "दरअसल यह तस्वीर मिर्ज़ा फ़ख़रू साहब के रोज़नामचे में दो पन्नों के बीच में रखी हुई थी, उसी हालत में जैसी आप इस वक़्त देख रहे हैं। मैं शायद पहला शख़्स हूं, जिसने इस रोज़नामचे के सारे वर्क़ खोलकर देखे हैं। जब यह तस्वीर मुझे मिली तो मुझ पर बिजली सी गिर पड़ी। वज़ीर ख़ानम के सिवा और कौन हो सकता था? पर मैं और वज़ीर ख़ानम की तस्वीर! ऐसा मेरा नसीबा कहां?"

वो फिर चुप हो गए। मैं भी उसी तरह ख़ामोश रहा। उस वक़्त उनका आलम ही कुछ ऐसा था कि मुझे बीच में बोलने की कुछ बात सूझती न थी।

"बड़ी देर तक तो मैंने काग़ज़ को उलट-पलटकर देखने की हिम्मत ही न की।

.ख़ुदा-मालूम यह तस्वीर उनकी न हो, किसी और की हो।" आख़िरकार उन्होंने बातों का सिलसिला फिर जारी किया। "फिर मैंने आंखें बंद करके इस काग़ज़ को कई बार उल्टा-पलटा और फिर आंखें खोल दीं... वो इबारत आप पढ़ ही चुके हैं। अब आगे क्या कहूं। तस्वीर को मैंने बेसोचे-समझे जैकेट की अंदरूनी जेब में डाल लिया। आप जानते ही हैं, लाइब्रेरी में ब्रीफ़केस, बैग, पैकेट, कुछ भी ले जाना मना है। सर्दियों के ओवरकोट तो रिवाज और क़ायदे के मुताबिक़ उतारकर क्लोक रूम में जमा कर दिए जाते हैं। लेकिन यह तस्वीर छोटी सी है और मुझ पर कोई शक भी नहीं कर सकता था। बस मैंने इतना किया कि उस दिन कुछ काम नहीं किया, काग़ज़ात समेटकर लाइब्रेरी के कर्मचारियों को वापस किए और कोट की जेब में हाथ डालकर, इत्मीनान से चलता हुआ लाइब्रेरी के बाहर हो गया।"

"हक़दार को उसका हक़ पहुंच गया," मेरे मुंह से अनायास निकला।

उन्होंने मुझे ग़ौर से देखा, गोया उन्हें शक हो कि मैं उनका मज़ाक़ तो नहीं उड़ा रहा हूं।

"क्या वाक़ई? क्या वाक़ई आपका यही ख़्याल है?" वो ज़रा तेज़ लहजे में बोले।

चूंकि मुझे अपने दिल में पूरी तरह इत्मीनान था कि नैतिक दृष्टि से उस तस्वीर के मालिक वही थे, मैंने ज़रा जोश से जवाब दिया, "जी, बिल्कुल। मुझे इसमें कोई शक ही नहीं। .ख़ुदा मुबारक करे।"

उन्होंने दोबारा मुझे ग़ौर से देखा, लेकिन इस बार अंदाज़ ये था जैसे कि मुझे चेतावनी दे रहे हों कि उनको मेरी राय की रत्ती भर परवाह नहीं। तस्वीर तो उन्हीं की थी और उन्हीं की रहेगी।

"अच्छा, अब लीजिए, दीवाने-ज़ौक़, संपादन मौलाना मुहम्मद हुसैन आज़ाद मुलाहिज़ा कीजिए," उन्होंने एक पुरानी सी किताब मेरी तरफ़ बढ़ाते हुए कहा।

मुझे अब भूख लग रही थी और तस्वीर का पाया जाना और तस्वीर वाली की करिश्माई शख़्सियत ने मेरे हवास भी कुछ गुम कर रखे थे। एक लम्हे के लिए मैंने अहमक़ों की तरह मुंह फाड़कर उन्हें देखा। फिर मुझे याद आया कि उन्होंने अभी कुछ पहले भी दीवाने-ज़ौक़ और वज़ीर ख़ानम की तस्वीर का ज़िक्र किया था। मैं हाथ बढ़ाकर किताब उनसे लेने के लिए उठा तो उन्होंने कहा, "पृष्ठ 41 मुलाहिज़ा फ़रमाएं। मैंने वहां बुकमार्क रख दिया है।" मैंने वह पृष्ठ खोला और बढ़ती हुई नफ़रत, कराहियत और ताज्जुब के साथ ये इबारत पढ़ीः

> शहर में छोटी बेगम नाम की एक हसीन, साहिबे-जमाल अपने हुनर में बाकमाल थीं। उम्र की दोपहर ढल चुकी थी और कितने ही अमीरों को मारकर हज़्म कर चुकी थीं। उस पर भी लड़कपन की कलियां चुनती थीं। मिर्ज़ा फ़ख़रू की 24-25 बरस की उम्र थी। रंडी को नौकर रखकर गुलाम

हो गए। मिर्ज़ा ने एक तस्वीर संदूक़चे से निकाली, उसे देखा और कहा कि उस्ताद, इसे ज़रा देखिए। उस्ताद समझ गए कि उसी की तस्वीर है। देखकर कहा, बहुत ख़ूब। मिर्ज़ा की ख़ातिर-जमा न हुई। फिर कहा, देखिए तो सही। अगर वाक़ई माशूक़ हो तो कैसा हो। उस्ताद समझे कि दिल आया हुआ है। चाहता है, मैं भी बुढ़िया की तारीफ़ करूं। फिर भी इतना कहा कि ख़ूब! बहुत ख़ूब! उनसे फिर भी रहा न गया। तीसरी दफ़ा तस्वीर हाथ में दी और कहा, भला उस्ताद, इस हुस्न में कुछ नुक़्स तो बताइए। उस्ताद ने देखा और कहा, ज़रा छातियां ढलकी हुई हैं। उस्ताद .खुद फ़रमाते थे कि मैं न कहता। मगर दिल ने कहा लड़का है और एक वेश्या के जाल में फंस गया है। कह तो दो। शायद समझ जाए।

मेरे जी में आई, वर्क़ को किताब से चीरकर मुट्ठी में मसल डालूं और उसे गुसलख़ाने के फ़्लश में बहा दूं। लेकिन ज़ाहिर है यह बेवक़ूफ़ी और बदमज़ाक़ी होती।

"मैं मानने को तैयार नहीं। मुग़ल शाहज़ादा, वह भी वलीअहद हज़ार गई-गुज़री हालत पर भी इस क़दर बेहया नहीं हो सकता," मैंने गर्म लहजे में कहा। "बादशाहों की ग़ैरत यह बात गवारा ही न कर सकती थी कि उनकी औरतों को कोई अजनबी शाहज़ादा भी देख ले, एक मामूली मुलाज़िम की बात क्या, चाहे वह शायरी में उनका उस्ताद ही क्यों न हो और फिर संजीदगी और वक़ार भी कोई चीज़ होती है। मैं तो यही समझता हूं कि मौलाना ने दाग़ या मिर्ज़ा फ़ख़रू से कोई दुश्मनी निकाली है।"

"मैं इसको नामुमकिन क़रार नहीं देता, ख़ासकर जब यह देखता हूं कि ये वाक़ेआ या लतीफ़ा बिल्कुल बेमहल और बेमौक़ा दर्ज किया गया है। फिर यह भी है कि अगर वलीअहद ने दलालों की तरह वह तस्वीर दिखाकर तस्वीर वाली के हुस्न की दाद चाही भी, तो ज़ौक़ की यह हिम्मत नहीं हो सकती थी कि ऐसा घटिया और बाज़ारू जवाब देते।"

"लेकिन मौलाना को चिढ़ क्यों होगी भला, कोई बात भी तो हो।"

"पता नहीं," वसीम जाफ़र ने दुखी लहजे में कहा। "लेकिन आपने शायद ग़ौर किया हो, मौलाना ने बादशाह और हवेली वालों के ख़िलाफ़ और भी कई बातें कई जगह लिखी हैं। शायद उस ज़माने में तारीख़ लिखने का यही फ़ैशन रहा हो। शायद वो यह कहना चाहते होंगे कि हवेली वाले सब थे ही ऐसे, बेहया और बेग़ैरत कि उनका तबाह हो जाना ही बेहतर था।"

"हां, फिर तो फ़ैशन ही बन गया। नियाज़ साहब ने दाग़ साहब के बारे में जो लिखा सो लिखा, लेकिन मिर्ज़ा फ़रहतुल्लाह बेग ने भी क़िले वालों के साथ पूरी तरह इंसाफ़ नहीं किया।"

"ख़ैर, फिर भी उनका अंदाज़ ग़नीमत था। यहां मौलाना को देखिए, मिर्ज़ा फ़ख़रू

बहादुर को "लड़का" बता रहे हैं और यह भी कह रहे हैं कि उनकी उम्र 24 या 25 की होगी और वज़ीर ख़ानम "बुढ़िया" थीं। हक़ीक़त यह है कि मिर्ज़ा फ़त्हुल मुल्क बहादुर और वज़ीर ख़ानम की उम्रें बराबर ही बराबर रही होंगी। शाहज़ादा 1811 में पैदा हुआ था और वज़ीर ख़ानम की भी पैदाइश कुछ उसी ज़माने की है; मुमकिन है वह शाहज़ादे से चार-छह महीने छोटी ही रही हों।"

"बहरहाल, चलिए अब यह तस्वीर तो आपके क़ब्ज़े में आ गई। यह बड़ी कामयाबी है, लेकिन अफ़सोस कि आप इसके बारे में कुछ लिख नहीं सकते।"

"क्यों नहीं लिख सकता? मैं कभी न कभी इस मौज़ू पर कुछ लिखूंगा ज़रूर। आप देखिएगा।"

इस बातचीत के कुछ दिन बाद मैं हिंदुस्तान वापस आ गया। वसीम जाफ़र के उलट मुझे अपने मक़सद में कुछ कामयाबी न हुई थी। बुरहानपुर के फ़ारूक़ी और गोरखपुर के .ख़ुदाईजी, दोनों ही अपनी कहानी मुझ पर ज़ाहिर करने से कतराते रहे। इस नाकामी और मायूसी को तो मैंने कमो-बेश भुला ही दिया, लेकिन वज़ीर ख़ानम की तस्वीर को मैं न भूल सका। मुझे अफ़सोस रहा कि अगर इतिहासकार या उपन्यासकार होता तो मुहब्बत, फ़न और ज़िंदगी की तलाश की दास्तान मैं ज़रूर लिखता।

कोई तीन-चार महीने और गुज़रे थे जब मुझे मार्टिन एंड मार्टिन नाम की एक क़ानूनी फ़र्म के पार्टनर मिस्टर डगलस एबर्नेथी के ख़त के साथ एक लिफ़ाफ़ा और कोई पचास पन्नों का एक पैकेट मिला। ख़त का मज़मून यूं थाः

> हमें यह इत्तला देते हुए रंज है कि हमारे एक पुराने मुवक्किल डॉक्टर वसीम जाफ़र पीएच.डी., एफ़.आर.एच.एस. वग़ैरा, साकिन 42/4 पोर्टबेलो रोड, लंदन का पिछले 19 सितंबर को लंदन में इंतक़ाल हो गया। उन्हें फेफड़ों का कैंसर था। मर्ज़ का मुक़ाबला उन्होंने आख़री वक़्त तक बेहद दिलेरी से किया, मगर कैंसर आहिस्ता-आहिस्ता उनके सारे बदन में फैल गया था। उन्होंने अपने वसीयतनामे में हिदायत की थी कि इस ख़त के साथ के काग़ज़ात और मुहरबंद लिफ़ाफ़ा उनकी मौत के बाद आपकी ख़िदमत में रवाना कर दिया जाए। मरने वाले की हिदायत यह भी थी कि अगर आप इन काग़ज़ात पर आधारित कोई इतिहास लिखना चाहें तो शोध और दूसरे ख़र्चों के लिए उनकी छोड़ी हुई जायदाद में से एक हज़ार पौंड की रक़म आपको पेश कर दी जाए। अलावा इसके, डॉक्टर जाफ़र की तमाम किताबें और काग़ज़ात ब्रिटिश लाइब्रेरी में महफ़ूज़ हैं और उनकी वसीयत के मुताबिक़ अगर उनमें से किसी भी काग़ज़ या किताब की नक़ल की ज़रूरत आपको अपनी कृति

के लिए महसूस हो, तो वह उनकी जायदाद के ख़र्चे पर आपको मुहैया की जा सकेगी। बराहे-करम इस ख़त और साथ के काग़ज़ात की रसीद से सूचित करें। शुक्रिया।

हम हैं आपके सच्चे दोस्त,

बराय मार्टिन एंड मार्टिन

डगलस एबर्नेथी, जूनियर पार्टनर

पैकेट को मैंने अलग रखकर लिफ़ाफ़े को खोला। उसमें वज़ीर ख़ानम की तस्वीर थी। एक कोने में वसीम जाफ़र ने बारीक लेकिन रोशन अक्षरों में अपने दस्तख़त करके तारीख़ भी दर्ज कर दी थी।

□□

किताब

डॉक्टर वसीम जाफ़र की तहरीरों पर आधारित

छोटी सी किताब थी, बिल्कुल जैसे सफ़ीर बिल्ग्रामी की 'रिशहाते-सफ़ीर।' नाम के हिसाब से तो 'रिशहाते-सफ़ीर' काव्य संग्रह लगती है, लेकिन है दरअसल स्त्रीलिंग-पुल्लिंग का शब्दकोश। उर्दू में लिंगों के बारे में झंझट के बावजूद सफ़ीर ने इस किताब में उर्दू पुल्लिंग-स्त्रीलिंग के क़ायदे भी बयान करने या तैयार करने का जोखिम उठाया था। किताब इस एतबार से नाकाम रही तो क्या हुआ, और हर तरह से तो कारगर थी। 'रिशहाते-सफ़ीर' छापाख़ाना नूरूल-अनवार, आरा से 1876 में छपी थी, फिर कभी न छपी और उसकी प्रतियां अब तक़रीबन नायाब थीं। मैं उससे बहुत काम नहीं लेता, लेकिन उसे अज़ीज़ बहुत रखता हूं। दो-ढाई सौ पन्ने, गदला काग़ज़, गंदी छपाई लेकिन मोटे अक्षरों में साफ़ किताबत। बहुत मोटी दफ़्ती की जिल्द जिस पर चमड़ा ढका हुआ। पिछले मालिक ने किताब को शायद एहतियात से न रखा था। दफ़्ती दोनों तरफ़ टेढ़ी हो गई थी, जिल्द की सुनहरी लकीर इतनी धुंधली, गोया कभी थी ही नहीं। चमड़ा जहां-जहां से सूखकर तड़क गया था। बादामी गत्ता उसके नीचे साफ़ नज़र आने लगा था। मैं जब भी कोई लफ़्ज़ देखने के लिए 'रिशहाते-सफ़ीर' खोलता तो चमड़े पर हल्की सी क्रीम या ज़ैतून का तेल ज़रूर फेर देता कि चमड़ा कुछ नर्म हो जाए और उसमें आगे दरारें न पड़ें। यूरोप और अमेरिका वाले ऐसे कामों के लिए बर्फ़ानी लोमड़ी के तेल की बनी गाढ़ी पॉलिश इस्तेमाल करते हैं। लेकिन बेगुनाह जानवरों की जान लेकर अपना उल्लू सीधा करना मुझे कुछ अच्छा नहीं लगता। हां, अगर कोई दूसरा चारा ही न हो, तो और बात है।

गत्ते की ख़ाकी और चमड़े की कत्थई-भूरी रंगत अब लंबी मुद्दत और मेरी हल्की रौग़नी पॉलिश के सबब कुछ काली पड़ गई थी। इस वजह से वह किताब, मेरा मतलब है 'रिशहाते-सफ़ीर' कुछ और भी पुरानी लगने लगी थी।

मगर ये किताब थी क्या और किसकी थी? कौन उसे लाकर मेरे पलंग पर रख गया था, यह बात समझ में न आती थी। मैंने उसे छुआ तो गर्म-गर्म सी लगी, जैसे अभी-अभी किसी ने धूप या आग के पास से उठा ली हो। मैंने उसे खोलना चाहा तो कुछ रुकावट का सा धोखा हुआ, गोया दफ़्ती की जिल्द नीचे के काग़ज़ों के साथ चिपककर रह गई हो। जिल्द पर कोई नाम था नहीं, और पुश्ता जगह-जगह से टूट गया था। लेकिन न भी टूटा होता तो साफ़ ज़ाहिर था कि उस पर लेखक या मालिक या रचना के बारे में कुछ न लिखा था। यह किताब हस्तलिखित है या प्रकाशित? उम्र के हिसाब से तो बहुत पुरानी न मालूम होती थी, रही होगी यही कोई सवा-डेढ़ सौ बरस की। लेकिन इतनी उम्र की भी किताब क़ीमती, बल्कि बेहद क़ीमती हो सकती थी। कहीं कोई बिल्कुल नायाब चीज़ न हो, मसलन मीर के ख़त, या बहादुरशाह ज़फ़र का अपने हाथ का लिखा हुआ दीवान? मुझे झुरझुरी सी आ गई। लेकिन ज़ोर लगाकर किताब को खोलूं और वर्क़ वाक़ई आपस में चिपके हुए हों तो सब ज़ाया हो जाएगा। तो फिर क्या? मैंने कुछ झुंझलाहट और कुछ बेसब्री से अपने दिल में कहा, ज़ाया हो जाए, कमबख़्त ज़ाया हो जाए। अब भी यह मेरे या किसी के कौन काम की है। न खुलेगी तो बंद ही तो रहेगी।

मैंने इस बार ज़रा ज़ोर से किताब पर हाथ मारा... हल्की सी हरारत वैसी ही थी। ये क्या फ़िज़ूल के वहम हैं? हरारत का लफ़्ज़ आमतौर पर हल्के जिस्मानी बुख़ार के लिए, इंसानों के सिलसिले में बरतते हैं। यह किताब अगर कहीं से गर्म-गर्म आई भी होगी... (क्या मतलब, गर्म-गर्म आई होगी का क्या मतलब? क्या यह किताब नहीं, कबाब है?) तो भी अब तक तो ठंडी हो चुकी होगी। आग बुझी हुई उधर, टूटी हुई, तनाब इधर, क्या ख़बर इस मुक़ाम तक आते-आते किस-किसने इस किताब को पढ़ा और बरता है और क्या ज़रूरी है कि उर्दू ही की किताब हो? फ़ारसी-अरबी-इबरानी कुछ भी हो सकती है। हां, अंग्रेज़ी-संस्कृत तो है नहीं कि वह बाईं तरफ़ से खुलती... लेकिन जब तक खुले न, मुझे कैसे मालूम हो यह किताब बाएं से खुलनी है या दाएं से खुलनी है।

मैंने हिम्मत करके, डरते-डरते किताब को कहीं बीच से खोलना चाहा। वर्क़ कुछ भारी-भारी लगे, लेकिन सबके सब आपस में चिपके हुए न थे। भारी यूं जैसे बहुत देर तक पानी में तर रखे गए हों और फिर साये में सुखाए गए हों। अब्दुर्रहमान चग़ताई जिन काग़ज़ों पर तस्वीर बनाते थे, उनके साथ पहले यही सुलूक करते थे। लेकिन वह तो काग़ज़ ही ख़ास तरह का होता था और उस पर वो कुछ मसाले और अंडे की सफ़ेदी, कुछ हल्का अलसी का तेल भी लगाकर उसे पानी, बल्कि बारिश में डलवा देते थे। तो ऐसे काग़ज़ पर यह किताब लिखी गई थी? फिर तो शायद बहुत पुरानी न होगी। अब मुझे महसूस हुआ कि काग़ज़ कुछ फूले-फूले से थे, गोया

पानी में जानबूझकर डुबोए और सुखाए न गए हों बल्कि किसी हादसे के कारण देर तक पानी में रहे हों। शायद किसी बिगड़े-दिल रईस ने पढ़ते-पढ़ते किसी बात पर उलझकर या उकताकर उसे गहरे हौज़ में फेंक दिया हो, फिर बाद में अफ़सोस करके शायद इसे निकलवा लिया हो या कोई और ही ले भागा हो। (सुना है वली दकनी के किसी रक़ीब ने उनका भी दीवान अचानक उठाकर नदी में झोंक दिया था...)

मीर सोज़ के भी तो शायरी के वर्क़ मीर ने, शायद उनके हाथ से लेकर, आसफ़ुद्दौला की ऐन मौजूदगी में हौज़ में डुबो दिए थे। मेरा दिल एक बांस उछला। वली न सही, मीर सोज़ सही। मीर सोज़ ने बाद में चुपके से, मीर की आंख बचाकर वो वर्क़ निकालकर सुखा-साफ़ करके जिल्दबंद करा लिए होंगे। क्या उम्दा दरयाफ़्त होगी! मगर यह कहानी भी सरासर फ़र्ज़ी है। अच्छा फ़र्ज़ी सही, लेकिन इस किताब के पन्ने बहरहाल एक-दो ग़ुसल कर चुके थे और देर-देर तक भीगे रहे थे।

मैंने इस बार दफ़्ती को उठाकर और क़रीब से देखना चाहा कि शायद अब सूख गई हो और पोस्तीन अलग दिखाई दे जाए... दफ़्ती बड़ी आहिस्तगी से खुल गई। मुझे ख़्याल भी न रहा कि अब तक मैं इस वहम या कशमकश या बेचैनी में था कि दफ़्ती, पोस्तीन और वर्क़ सब चिपककर ठोस चौखटी तख़्ती न बन गए हों।

जिल्द खुली तो एक मरी हुई, नन्ही-मुन्नी रूपा मछली जिल्द के मोड़ और पोस्तीन के बीच पड़ी नज़र आई। लो, इस चमन की बेचारी निगहबान और फूल चुनने वाली जो भी थी, उसको भी मौत आ गई! लेकिन हवा लगते ही उसमें थोड़ी हरकत हुई। हवा लगते ही? (सुना तो गया है कि किताब को हवा लगती रहे तो रूपा मछली मर जाती है, पनप नहीं सकती।) और वह धीरे-धीरे सरककर (फिसलकर?) पोस्तीन के पीछे चली गई।

पोस्तीन कत्थई, पीली, सांप की खाल जैसे रंग और नमूने वाले मोटे काग़ज़ की थी, जो अब से कोई सवा-डेढ़ सौ बरस पहले आम था। उसे कलकत्ते में अंग्रेज़ी किताबों के जिल्दसाज़ों ने विलायत से मंगाकर आम किया था। गहरे रंगों के कारण उस पर कुछ लिखा भी होता तो पढ़ा न जाता और काग़ज़ जगह-जगह से टूटा हुआ था। (इस काग़ज़ में ख़राबी यह थी कि यह टूटता बहुत जल्द था, इसमें लचक न थी। जिल्द की दाब के साथ कई जगह तो टूट ही चुका था और .खुद पोस्तीनी वर्क़ पर भी दरारें पड़ रही थीं। रूपा मछली इन्हीं में से एक दरार के अंदर जा छुपी थी। नहीं, शायद सरककर या फिसलकर जा रही थी... भला मरा हुआ कीड़ा चल कहां सकता है।) सिलाई हालांकि फ़िलहाल महफ़ूज़ मालूम होती थी लेकिन अंदरूनी पुश्ता भी अब सिलाई से अलग हो रहा था। जुड़ाई लेई या गोंद की नहीं, सरेश की थी। उसकी बदबू मुद्दत हुई उड़ चुकी थी, लेकिन .खुद सरेश की तह गदले शीशे की तरह जगह-जगह सिलाई और पुश्ते से चिपकी हुई थी। चलो ख़ैर, सिलाई टूटी नहीं

है और फ़र्मे सब अलग-अलग दिखाई देते हैं। अगर सामने से न खुल सकी तो कोई माहिर जिल्दसाज़ इसे पुश्ते की तरफ़ से खोल ही लेगा।

मैंने पोस्तीन का वर्क़ पलटा। जिस तरह के काग़ज़ की यह पोस्तीन थी, उसकी दूसरी तरफ़ काग़ज़ आमतौर पर बिल्कुल सादा होता था, यानी उसमें रंग तो होता था लेकिन एक ही रंग। लिहाज़ा उस पर कुछ लिखना चाहें तो लिख सकते थे, बस भारी क़लम और बहुत रोशन स्याही दरकार होती थी। लेकिन यहां भी कुछ नहीं लिखा था। अगला वर्क़ किताब का पहला पृष्ठ था लेकिन ख़ाली। लाहौल-वला-क़ुव्वत, कोई कुछ अपना नाम, दस्तख़त, मुहर, तारीख़ कुछ तो छोड़ गया होता। सौ रंग है ख़राबी पर कुछ तो रह गया है, के अनुसार कुछ तो मुझ तक पहुंच जाता। मैं तो जहां तक हो अपनी हर किताब पर अपना नाम ज़रूर लिखता हूं और अगर पुरानी किताब हो तो उस पर कुछ किताब की तफ़्सील भी लिखता हूं। मुझे बड़ी मायूसी हुई। कहीं पूरी किताब ही इसी तरह सादा न हो। मैंने दिल में कहा, चलो छोड़ो किताब को (अगर ये वाक़ई किताब है), उठाकर परे करो। सुबह देखेंगे।

मैं किताब को सिरहाने की तरफ़, तकिये के नीचे खिसकाने ही जा रहा था कि एकाएक मुझे अपनी गर्दन की पिछली तरफ़ के रोयें खड़े होते हुए लगे। जैसे कोई मेरे पीछे है और झुककर किताब को पढ़ने या पहचानने की कोशिश में है और उसकी सांस मेरी गर्दन के आसपास है। इस अकेले घर में कौन...! पीछे गर्दन घुमाने की हिम्मत न पड़ती थी, और यूं भी मेरी गर्दन ज़रा अकड़ी हुई सी है, ('हो सके तो शमा-सां दीजे रगे-गर्दन जला'—मीर का मिसरा है जिसका मतलब है अपने घमंड को इस तरह जला दीजिए जैसे मोमबत्ती अपने अंदर के धागे को जला डालती है—पर अमल करने की हिम्मत नहीं), मैं स्पॉन्डिलाइटिस का पुराना मरीज़ हूं, सर किसी के सामने झुकता नहीं, यह रुत्बा ख़ुद-बख़ुद हासिल हो गया है। क़ुदरत के भी खेल निराले हैं। ख़ैर, गर्दन को किसी न किसी तरह, धीरे-धीरे करके, एक हद तक मोड़ लेता, लेकिन असली मामला तो बिखरी हुई हिम्मत को जुटाने का था। सांस की तो आवाज़ भी अब साफ़ सुनाई दे रही थी, किताब यूं ही खुली हुई थी।

अचानक अपने ही आप, एक हल्की सी आवाज़ के साथ किताब बंद हो गई। मैं अभी ठीक से चौंक भी नहीं पाया था कि किताब फिर खुली और किसी ने फुसफुसाहट के लहजे में, लेकिन बिल्कुल साफ़-साफ़ हर हर्फ़ को अदा करते हुए कुछ कहा। मगर क्या कहा, यह मैं न समझ सका। ख़ुदा-मालूम उर्दू थी या पश्तो या तुर्की, मेरे लिए सब बराबर थीं। मैंने हिम्मत फिर जुटानी चाही कि देखूं तो सही क्या कोई ख़्वाब देख रहा हूं, लेकिन अचानक किताब के खुले वर्क़ पर एक नारंगी-ज़ाफ़रानी लहर थरथराती हुई गुज़र गई। नहीं, मैं शायद भूलता हूं, थरथरा तो वह बिल्कुल नहीं रही थी। वह तो इस तरह गुज़री थी जैसे जानदार हो, बल खाती

हुई, क़ुमक़ुमे की चूड़ी की तरह, लेकिन वर्क़ अब भी ख़ाली था... फिर कुछ ऐसा लगा कि ख़ाली तो नहीं था। कभी उस पर कुछ लिखा हुआ होगा जिसे किसी बेदर्द ने बहुत आहिस्ता-आहिस्ता रगड़कर मिटा दिया था। मैग्नीफ़ाइंग लैंस उठाऊं, कमबख़्त को इसी दराज़ में तो रखता हूं, लेकिन दराज़ कहां, मैं तो पलंग पर दराज़ हूं। मैंने बाएं हाथ की मुट्ठी में ज़रा सा सूराख़ बनाया और एक तरफ़ से मुट्ठी को कुछ ज़्यादा खुला छोड़े रखा जिस तरह बचपन में दूरबीन का खेल खेलता था। यानी कभी-कभी पढ़ते-पढ़ते मैं मुट्ठी को माइक्रोस्कोप समझ लेता, मुट्ठी बंद करके एक आंख मीचकर अधखुली मुट्ठी को आंख से लगाता, इस तरह कि बारीक सूराख़ वाला सिरा दूसरी तरफ़ होता। फिर बारीक सूराख़ से गुज़रकर निगाह का तार शायद ज़्यादा रोशन और शोख़ हो जाता और महीन लिखी हुई इबारत का एक-दो लफ़्ज मुझे पहले से ज़्यादा साफ़ दिखाई देने जाता था।

लेकिन अब तो मुझे आंख की हक़ीक़त सब मालूम है। ये निगाह का तार-वार फ़िज़ूल वहम की बनाई हुई शक्लें हैं। रोशनी आंख से नहीं निकलती, आंख में आती है तो दिखाई देता है। इब्नुलहैसम ने यह बात हज़ार साल पहले बता दी थी। लोगों को यक़ीन तब आया जब उसे अंग्रेज़ी किताबों में साबित किया गया। लेकिन मुट्ठी की लंबाई एक तरह की फ़ोकल लेंथ भी तो बनती है, मेरे ज़िद्दी ज़ेहन ने कहा। और इससे आंख की देखने की ताक़त बढ़ जाती है। कुछ दिन हुए मैंने डॉक्टर से अपनी आंखों का मुआयना कराया था, तो उसने एक काली टिकिया मेरी आंख पर रखी थी। टिकिया में सिर्फ़ एक महीन सा सूराख़ था। मेरी कमज़ोर आंख पर भी उसने वो टिकिया रखी तो उस बारीक सूराख़ से मुझे बहुत से हर्फ़ साफ़-साफ़ नज़र आ गए, जिन्हें आमतौर पर मेरे लिए पढ़ना नामुमकिन था। मैं बहुत .ख़ुश हुआ कि मेरी आधी अंधी आंख ठीक हो रही है। लेकिन डॉक्टर ने कहा कि यह कुछ ख़ास आशाजनक बात नहीं, दिलचस्प ज़रूर है। इसे Pinhole effect कहते हैं। तो मैं इसी Pinhole effect को क्यों न काम में लाऊं, मैग्नीफ़ाइंग लैंस नहीं है तो न सही।

होगा, Pinhole effect ही होगा। लेकिन मेरा तो हाथ ही कांप रहा था, मुट्ठी बंद नहीं हो रही थी। अब तो बदन में भी हल्की सी थरथराहट थी... पीछे कोई था, होंठों ही में मुस्कुरा रहा था... चेहरे पर ग़ज़ब की नर्माहट है, मुझसे किसी ने कहा। .ख़ुशी से वह चेहरा खिला जा रहा है! ख़ौफ़ के मारे मेरा दिमाग़ तो ख़राब नहीं हो गया। पीछे मुड़कर देखा नहीं, न देख सकता हूं, न वाक़ई कोई चेहरा या कोई हस्ती मेरे कंधे की ओट से किताब को या किताब को देखने की मेरी कोशिश को देखने में मशग़ूल है। और कोई है भी नहीं और कोई दिखाई भी नहीं देता और कोई फूल की तरह खिल रहा है और मैं... मेरे सर और गर्दन के पिछले भाग पर किसी सांस का लम्स और फुसफुसाहट, अकेला घर। किसे आवाज़ दूं कि .ख़ुदा के वास्ते मुझे

इस अज़ाब से...

यह किताब है कि कोई तिलिस्मी तख़्ती? तिलिस्मी तख़्ती पर तो कुछ लिखा होता है, जिसे तिलिस्म तोड़ने वाला ही पढ़ सकता है। पसीने की एक बूंद मेरे माथे पर से फिसलकर दाहिनी आंख में आ रही। बाईं तो बहुत कमज़ोर है, दाईं आंख से ही सारे बारीक काम करता हूं। अनायास मेरा हाथ उठा कि पसीना सुखाऊं। "खुल जाएगी," किसी ने कहा। घबराहट में मेरा हाथ मुट्ठी की तरह आप ही आप भिंच गया और ज़ोर से मेरी आंख पर इस तरह लगा जैसे किसी ने जबरन उसे हल्के हथौड़े की तरह मेरी आंख और भौं पर खटाक से ठोंक दिया हो।

मुट्ठी के सिरे पर बारीक सूराख़ नन्ही सी सूई की तरह, सुनहरे पुखराज की कनी सा जगमगा रहा था और किताब के पहले वर्क़ पर, जहां हाशिया होता है, अगर उस सफ़हे पर हाशिया होता, उसी सुनहरी पुखराजी रोशनाई में कुछ लिखा हुआ था, लेकिन मिटा-मिटा सा। मैंने आंख को ख़ूब मीचकर उसे मुट्ठी के बारीक सूराख़ से पैवस्त करना चाहा। "खुल जाएगी तो सुन सकोगे," किसी ने कुछ इस तरह कहा गोया आवाज़ मेरे कान में नहीं, रीढ़ की हड्डी में समा गई हो। पसीने की नई बूंदें माथे और आंख से होकर मुट्ठी को तर कर रही थीं जैसे आंख में आंसू डबडबा आए हों, दिखाई क्या देता।

कुछ घबराहट, कुछ ग़ुस्से के आलम में किताब को फिर परे हटाना चाहा... वह हटी ही नहीं। पत्थर बन गई। मैंने कुछ ज़्यादा ज़ोर लगाने की हिम्मत की। हाथ अभी बढ़ाया भी न था कि लो, वह किताब आप ही आप किसी वर्क़ पर खुल गई, जैसे हवा के किसी ग़ैर-महसूस झोंके ने अपना काम दिखाया हो। कुछ लिखा हुआ था। फ़ारसी थी कि उर्दू, पता न चल रहा था। सारा वर्क़ दोनों तरफ़ से कीड़ों का खाया हुआ, शायद ही कोई लाइन सूराख़ से ख़ाली हो। मुझे ग़ुस्से, ख़ौफ़ और मायूसी से रोना आने लगा है, लेकिन आंख में तो आंसू नहीं, पानी की धुंध है। यह पानी कहां से आया? वही जो किताब के पन्नों में था, और कहां से! वह पहला वर्क़ आहिस्ता-आहिस्ता अपने ज़ोर पर उठा, अपनी क़ुव्वत से पलटा, किताब ठीक से खुलने वाली है शायद। दूसरे वर्क़ पर ऊपर बाईं तरफ़ कुछ पढ़ने में आने लगा था।

कोई शेर मालूम होता था, लेकिन अक्सर हर्फ़ कीड़ों की ख़ुराक हो चुके थे। मैंने मुट्ठी के सूराख़ से और फिर मुट्ठी खोलकर वर्क़ को मुमकिन हद तक आंखों के नज़दीक लाकर पढ़ने की कोशिश की। बे...हिज्र...दरमर्ग...आं नीस्त...शबे... अफ़साना बुगज़र्द। किसका शेर है? यह शेर तो पढ़ा हुआ है, सैकड़ों बार का दिल ही दिल में दोहराया हुआ। कई बार इसकी कैफ़ियत और रहस्य पर झूम चुका हूं। बाबा... बाबा? ताहिर उरियां? नहीं, यह उनकी ज़बान नहीं। बाबा... बाबा... बाबा फ़ुग़ानी गीलानी? नहीं, इस नाम का कोई शायर नहीं गुज़रा। नसीरी गीलानी, हां बाबा

नसीरी गीलानी। और फिर पूरा शेर मैंने पढ़ लिया, या याद आ गया, और मैंने समझा कि वर्क़ पर पढ़ लिया है:

बेख़्वाबियम ज़-हिज्र दरे-मर्ग मी ज़नद
ईं नीस्त आं शबे कि ब-अफ़साना बुगज़र्द

बिरह की रात में मेरा उनींदापन मौत के दरवाज़े पर दस्तक दे रहा है ये रात वो रात नहीं जो कहानी कहने में गुज़र जाए।

वही पुखराजी सुनहरी रोशनाई, बहुत मिटी-मिटी सी, लेकिन एक बसंती बहार थी कि इन हर्फ़ों से फटी पड़ती थी। कैसे कशिशें हैं और कैसे जोड़। सिर्फ़ एक-दो दायरे और न जाने कितनी कशिशें। मर्ग, नीस्त, शबे और बेख़्वाबियम को भी यूं लिखा था कि 'बे' और 'ख़्वाबियम' में भी कशिश डाल दी थी और झंडे की तरह दिल में खुबते हुए 'ईं' और 'आं' और 'अफ़साना' के अलिफ़। ईं नीस्त आं शबे कि बअफ़साना बुगज़र्द, क्या रहस्यमय बात है और इस मौक़े पर तो और भी प्रतीकों भरी मालूम होती है। यह रात ऐसी रात नहीं कि कहानी की तरह गुज़र जाए या कहानी-कहानी इसे गुज़ार दे, ख़त्म कर दे। "सुनोगे तो कहूं," कोई फिर बोला है। ख़ुदा-मालूम कोई जिन्नात है, या क्या है। मेरे जिस्मो-जां का जंगल इस आवाज़ को सुनकर थर्रा उठा है। शांत, संजीदा रात के फ़र्श पर लंबे क़दमों से कौन गुज़रा है अभी? लेकिन कौन मुझे सुनाएगा, और क्या सुनाएगा? कौन है जो मुझसे कह रहा है, "सुनोगे तो कहूं?" क्या सुनूं? क्यों सुनूं? सादगी की ज़्यादती ने मेरे होश के कानों में अनर्थ शोर का झाग भर दिया है। किताब बंद हो गई।

मुझे अपने हाथ पर, और हाथ पर ही नहीं, बदन पर क़ाबू नहीं रह गया। हज़ार चाहता हूं कि जी को मज़बूत करूं, आंखें भींच लूं, उन्हें देर तक बंद रखूं, फिर आंख के कोने से बहुत धीरे-धीरे देखूं कि किताब अब भी वहीं है कि नहीं। मेरे पीछे वाले (वाली?) की सांसें अब भी मेरी गर्दन के बारीक रोयों को कंपा रही हैं कि नहीं। जाते हैं कैसे-कैसे समें, चश्म वा करो (आंख खोलो)। मीर मुहम्मद तक़ी साहब ने खिड़की में से झांककर देखा, या शायद नहीं देखा, तो वहां खिड़की नहीं बारीक शीशे की दीवार थी, और वो किताब, आर-पार का मंज़र, सब उस शीशे में चित्रित था। और जहां-जहां जगह ख़ाली थी, वहां से ठंडी हवा कभी तीर सी, कभी माशूक़ सी, कभी मिसरे सी छनकर आ जाती थी। किताब है कि बहुत सी ग़ैर-मुताल्लिक़ चीज़ों से बनाया गया कोई मंज़र?

लेकिन मेरी आंखें तो अभी बंद ही हैं, मैंने दिल में कहा। मेरी आंखें ख़ौफ़ से बंद हैं शायद? लेकिन ख़ौफ़ मुझे इस किताब से नहीं, अपने आप से था। ...शेर के नीचे भी कुछ लिखा हुआ था, बाक़ी सब कुछ की तरह मिटा-मिटा सा। रोशनाई वही सिंदूरी-ज़ाफ़रानी सी, या शायद पीलापन लिए हुए सी नीली जिसे लाजवर्दी

कहते हैं। लेकिन भला लाजवर्दी पर ज़ाफ़रानी का शक क्योंकर गुज़र सकता था? मैंने हज़ारों नहीं तो सैकड़ों पुरानी किताबें देखीं, उठाई और बरती हैं। .ख़ुद मेरे पास ऐसी किताबों की ज़्यादती नहीं तो कमी भी नहीं। ऐसा कभी न देखा कि पीलापन लिए हुए नीला रंग और लाली मिला ज़ाफ़रानी रंग एक सा मालूम हो। लेकिन यह भी है कि देहली के पुराने मुसव्विरों और कातिबों के ख़ास रंग चार थेः सफ़ेद, सुनहरा, लाजवर्दी और ज़ाफ़रानी। ये रंग हमेशा घर की चारदीवारी में बड़े राज़दाराना अंदाज़ में तैयार होते थे; क्या मजाल किसी को किसी के नुस्ख़े और इस्तेमाल की तरकीब के पर्चे की भनक पहुंच जाए। तो यह शायद ऐसे ही किसी घराने की .ख़ुफ़िया रोशनाई होगी जिसके रंग में और भी रंगों की छूट थी।

कुछ 'मिर्ज़ा' के बाद कोई लफ़्ज़ था, एक लफ़्ज़ या शायद दो लफ़्ज़ उसके पहले। मिर्ज़ा? मिर्ज़ा ग़ालिब, मिर्ज़ा सौदा? कुछ 'नौ...' सा भी पढ़ा जाता था। तो क्या इसे 'मिर्ज़ा नौशा' पढ़ूं? क्या ये ग़ालिब के दस्तख़त थे? मेरा दिल ज़ोर से धड़का। लेकिन ग़ालिब ने .ख़ुद को 'मिर्ज़ा नौशा' तो कभी लिखा न था, दूसरे लोग कहते थे। और नौशा... नवाब... तो क्या 'मिर्ज़ा नौशा' लिखा हुआ तो है लेकिन किसी और के क़लम से है?

अचानक मुझे बिल्कुल साफ़ समझ में आ गया कि 'नौशा' नहीं, 'नवाब' है और 'मिर्ज़ा' के पहले है। मिर्ज़ा के बाद जिस लफ़्ज़ को मैं 'नौ...' गुमान कर रहा था, वह 'ख़ान' के 'ख़े' की बिगड़ी हुई शक्ल है। अचानक सब आईना हो गया। 'नवाब मिर्ज़ा ख़ान' लिखा हुआ था और दस्तख़त की तरह नहीं, बल्कि गोया किसी ने पहले बाबा नसीरी का शेर लिखा, फिर यह नाम लिखा, फिर नीचे कुछ और लिखा। मसलन 'मुलाहिज़ा नुमायंद' या 'मुतालआ फ़रमायंद' या 'दाख़िले-किताबख़ाना शुद' वग़ैरा। लेकिन दाग़ का किसी किताबख़ाने से ताल्लुक़ न था, रामपुर में वो अस्तबल के दारोग़ा मुक़र्रर हुए थे, जिस पर कहते हैं कुछ लोगों को नागवारी हुई थीः शहर-ए-देहली से आया इक मुश्की, आते ही अस्तबल में दाग़ हुआ।

(किसी ने फ़रमाया है कि ये शेर रसा रामपुरी का नहीं हो सकता; वो 'पुराने' आदमी थे। 'अस्तबल' में 'बे' को आधा पढ़ा जाएगा। वो 'बे' को पूरा क्योंकर लिख सकते थे? मैं कहता हूं क्यों न लिखते। 'अस्तब्ल' का उर्दू में एक तलफ़्फ़ुज़ 'अस्तबल' भी है और अगर न भी हो तो क्या आफ़त आ गई। अरबी में 'बे' आधी है, उर्दू वाले खींचकर बोलते हैं और उनके लिए वही सही है। ख़ैर मुझे बड़ा इत्मीनान हुआ कि... ये पुराने आदमी की भी ख़ूब कही। पुराने आदमी उर्दू के अपने लोग थे, अरबी-फ़ारसी के ग़ुलाम न थे जो 'अस्तबल' को 'अस्तब्ल' बोलना गधे की दुलत्तियां खाने के बराबर जानते।)

किताब फिर आपसे आप बंद हो गई। एकाएक हल्की सी 'चट' की आवाज़ हुई,

फिर एक पन्ना कहीं और से खुला। अंग्रेज़ी में कुछ लिखा हुआ था। पता नहीं हाथ का लिखा हुआ था या कांटे के अक्षरों का चर्बा था। कोई उस्ताद कातिब ही होगा जिसने इतालवी कॉपर प्लेट से कुछ मिलते-जुलते ढंग में काली रोशनाई से आड़े लंबे अक्षरों में लिखा था। लॉर्ड रॉबर्ट्स का नाम साफ़ पढ़ा गया, फिर सफ़हे की आख़री पंक्तियों में और बड़े अक्षरों में यह इबारत भी साफ़ दिखाई दी: Meerza Futhoolmoolk Bahadur Ghoolam Fukhrooddeen Rumz, 1849 अब हाथ लगाकर अगला पन्ना पलटा तो बिल्कुल ख़ाली। दूसरे पन्ने पर कुछ लिखा नज़र आया मगर खुलता न था कि उर्दू है या फ़ारसी। मेरा जी उलझने लगा। भला यह किस तरह की किताब है? छपी हुई है या हाथ की लिखी है? छपी होती तो पन्ने के पन्ने इस अजब ढंग के न होते कि कोई ख़ाली है, कोई घना लिखा हुआ है, इतना कि पढ़ा न जाए, और कोई बहुत ही चिंदी-चिंदी। कहीं अंग्रेज़ी है, कहीं कुछ और। अजब जिन्नाती चीज़ है, मैंने दिल में कहा। अब इसे तकिये के नीचे महफ़ूज़ रख दूं, सो जाऊं, सुबह देखूंगा। लेकिन अभी तो सरे-शाम ही का समां है। रात बहुत दूर थी और मेरे सोने का वक़्त अभी बिल्कुल न था।

यह किताब नहीं, कोई जिन्नाती कारख़ाना है। बोलती है, चुप रहती है, आप ही आप खुलती है, आप ही आप बंद होती है, कभी डराती है, कभी रिझाती है। आर्थर कोस्लर की किताब का नाम The Ghost in the Machine था तो इस किताब को The Ghost in The Book का नाम दे दूं? लेकिन कोस्लर ने तो शीर्षक से देकार्त के नज़रिए की तरफ़ इशारा किया था कि इंसान का जिस्म एक बर्तन है और रूह या दिमाग़ या सोचने की क़ुव्वत उसमें रखी हुई चीज़, यानी आत्मा और पदार्थ अलग-अलग चीज़ें हैं। कोस्लर को ख़ौफ़ था कि साइंस अगर यूं ही ज़ोर दिखाती रही तो एक दिन वह मशीनों में जीवनशक्ति का सिद्धांत डाल देगी या दरयाफ़्त कर लेगी और मैं... मैं तो उन तमाम गुमशुदा चीज़ों को तलाश कर रहा हूं... (कि हम परिंदे मुक़ामाते-गुमशुदा के हैं) जिन्हें हम किताबों में बंद करके और किताबों को काले-नीले बस्तों में बांध-लपेटकर नदी के उस पार झाड़ी-झंडियों में फेंक आए थे कि हमारी बंदिशें ढीली थीं, और वज़न ज़्यादा, और कमरें टेढ़ी। और जब हम नदी की काली सी रेत के कगारों पर किसी तरह गिरते-पड़ते नीम-अंधेरे में कश्तियां टटोल रहे थे तो वो बस्ते एक-एक करके हमारी कमरों से फिसलते गए, मगर हमने कुछ ख़्याल न किया।

ऐ परीख़्वां ये परीज़ादों की तसख़ीर नहीं, किताब में से कुछ आवाज़ सी आई जैसे कोई गुनगुना रहा हो, जैसे शीशे की सुराही में पानी टपक-टपक कर जमा हो रहा हो, जैसे निहायत ही नाजुक, छोटे से तानपूरे पर कोई परी सुरों को साध रही हो, कितनी दिलफ़रेब गूंज थी। नग़मा गिरा है बूंद-बूंद फिर भी उठी है कितनी गूंज; उड़ती फिरी

है ज़हन में गर्दे-ख़्याल हर तरफ़। फिर अचानक किताब का पन्ना रोशन हो गया, जैसे सिनेमा का छोटा सा पर्दा हो; मेरे घर में तो टीवी भी नहीं, और ये तस्वीरें तो रंगीन हैं। लेकिन सुना है ख़्वाब तो हमेशा सफ़ेद-स्याह ही होते हैं। हिंदी वाले श्वेत-श्याम लिखते हैं। लफ़्ज़ ख़ूबसूरत है, लेकिन अजब तरह की बनावट है उस बिंब में जो इस शब्द या शब्द समूह के ज़रिए ज़हन में रोशन होता है। लाल क़िले का लाहौरी दरवाज़ा... लेकिन यहां तो चहल-पहल कुछ और तरह की है? वह पतलून और बुश शर्ट पहने हुए कुछ बेढब से लोग, नमक-मिर्च लगाकर केले खाते हुए, गहरी गाढ़ी लिपस्टिक और नुमायां होंठ, कुछ उकताए हुए, कुछ बिगड़ैल चेहरों वाली औरतें, स्कूटरों, कारों और बसों का धुआं और शोर, सड़क के दोनों तरफ़ दुकानें और ठेले, प्लास्टिक की थैलियां, गोलगप्पे और चाट के दोने, बदसूरत, बीमार रंगों के प्लास्टिक के गिलास और आइसक्रीम की प्यालियां, यह सब कुछ नहीं। मेरे पीछे जामा मस्जिद साफ़ दिखाई देती है। कोई कहता है, “आज तो चौक सादुल्लाह ख़ां की छब ही निराली है।” हज़रत मुर्शिद बरहक़ क़द्रे-क़ुदरत ज़िल्ले-सुब्हानी मीना बाज़ार तशरीफ़ ले जाएंगे. .. फिर कहीं से सितार पर खरज में किसी राग के आरोही सुर गूंजते हैंः

प...नी...सा...रे...रे।

यह तो तिलक कामोद है, आरोही में रखब के सुर लग रहे हैं, गंधार ज़रा सा, लेकिन खरज पूरे ज़ोर में। कैसी गूंजती हुई सी आवाज़ है, सितार लगता ही नहीं है, सरोद लगता है। ख़ुदा-जाने मिज़राब और मिज़राब वाले में कितनी जान होगी, सुरों में फैलाव और गहराई और वज़न है।

रे...म...प...नी...सां...
और अब अवरोही...
सां...नी...ध...प...म...ग...रे...ग...सा
फिर पूरा राग बजने लगता हैः
सां...नी...सां...प...नी...सा...रे...रे...प...म...ग

न बजाने वाला नज़र आता है न उसकी संगत वाले। लाहौरी दरवाज़े पर रौनक़ें और भी बढ़ गई हैं। लेकिन कुछ-कुछ लोगों की चाल ज़रा मद्धम है... तिलक कामोद रात के दूसरे पहर का राग है। यह सोरठ और देस से बहुत मिलता-जुलता है। अभ्यस्त साज़िंदे या गवैये ही इन्हें अलग-अलग कर सकते हैं। इस राग में गुज़रती हुई रात का दर्द और भूले हुए लम्हों की कसक और आने वाली सुबह का ख़ौफ़ है, जब शमएं बुझा दी जाएंगी, जब चिराग़ों की लवों के सर क़लम होंगे।

□□

तस्वीर

मेरा नाम मुहम्मद यूसुफ़ सादाकार है, वो कारीगर जो सोने-चांदी का काम करता है

लेकिन जड़ाऊ काम नहीं करता। मैं नस्ल से कश्मीरी हूं। लेकिन असल मामला मेरा इतना सादा नहीं, और शुरू से बयान करूं तो बहुत लंबा और पेच-दर-पेच है। लेकिन शुरू से बयान न करूं तो इसकी बारीकियां किसी की समझ में न आएंगी। अब मैं उम्र की उस मंज़िल में हूं (सन् ईस्वी 1840, उम्र 47 साल) जहां इंसान पीछे मुड़कर देखने और समझने की कोशिश करता है कि जो हुआ उसे यूं ही होना था या कुछ और सूरत या सूरतें मुमकिन थीं और इससे बढ़कर ये कि जो कुछ वो ख़ुद बना, और जैसे उसके वंशज बने तो किन मंज़िलों और मरहलों को तय करके ये सूरतें और मूरतें पैदा हुईं। क़िब्ला मीर साहब फ़रमा गए हैं कि बिगड़ीं हज़ार शक्लें तो रूप ये बनाए। ये बात शायद एक से ज़्यादा मायनों में हम पर लागू होती है।

एक बात यह भी है कि इस उम्र में औरतें जब अपनों में सुख और बहनापा ढूंढ़ती हैं, और मर्द अपनी घरवाली में साथी-संगाती देखता है, मैं हर तरफ़ से अकेला हूं। मेरी नेकबख़्त बीवी को अल्लाह ने अचानक यूं उठा लिया जैसे दुनिया को जगमगाने वाला सूरज कांटे की नोक से शबनम को चुपचाप उठा लेता है। और मेरी बेटियां तीनों मुझसे जुदा हो चुकी हैं। अब मुझे यहां कुछ करना नहीं है, ऐ ख़ुशां रोज़ कज़ीं मंज़िल-ए-वीरां बेरवम (हाय वो कितना अच्छा दिन होगा जब मैं इस वीरान मंज़िल को छोड़ दूंगा)। लेकिन इस तन्हाई और मौत की इस उम्मीद और तमन्ना में एक फ़ायदा यह भी है कि जो भी कहूंगा, सच कहूंगा और कुछ छुपाकर न रखूंगा कि मुझे किसी से कोई उम्मीद नहीं, किसी का कोई ख़ौफ़ नहीं।

सादाकारी हमारा पुश्तैनी पेशा नहीं है। मेरे बाप दो भाई थेः मुहम्मद दाऊद बडगामी और मुहम्मद याक़ूब बडगामी। ये लोग कश्मीर में मुद्दत से रह रहे थे, लेकिन हक़ीक़त में दाऊद बडगामी और याक़ूब बडगामी यहां के न थे और उनके दादा का नाम मख़्सूसुल्लाह मियां चित्रकार था। ये मियां साहब फिरदौस-क़रार आला हज़रत शहंशाह-आलमो-आलमियान इक़बालनिशान सआदत गैहान मुहम्मद रोशन अख़्तर शाह बहादुर गाज़ी फ़िरदौस-आरामगाह के मुबारक ख़ुशनसीबी से भरे और जन्नत की सी सच्चाई रखने वाले दौर 1719-1748 में किशनगढ़ राज के एक छोटे से गांव हिंदलवली का पुरवा में आबाद थे। यह कहने की शायद ज़रूरत न हो कि राजपूताने में आमतौर पर और हिंद में ख़ासतौर पर संतत्व के आसमान के सूरज, नेकी और सख़ावत के आसमान के सूरज, ख़्वाजा बुज़ुर्ग, ग़रीबनवाज़ो शाहसाज़, पीराने-पीर, शाहों के ताजबख़्श और बेकसों के दस्तगीर, प्यारे पिया बाबू मुईनुद्दीन साहब चिश्ती महबूबे-ख़ुदा को 'हिंदलवली' कहा जाता है। क्या मुस्लिम, क्या ग़ैर-मुस्लिम, सब 'हिंदलवली' का नारा लगाते हैं और अक़ीदा रखते हैं कि ख़्वाजा जवाब भी देते हैं ख़ुश होकर करम भी फ़रमाते हैं। पहले तो एक ही गांव था, जो अजमेर शरीफ़ से

कुछ दूर ख़्वाजा साहब का चिल्ला नाम की बस्ती के क़रीब 'हिंदलवली का पुरवा' के सम्मानित नाम से जाना गया। वक़्त के साथ कई गांवों के नामों में इस मुबारक नाम का भी हिस्सा जुड़ गया।

हमारे गांव का नाम इस्तेमाल की ज़्यादती से अब सिर्फ़ 'हिंदल पुरवा' रह गया था। ख़ास गांव में तीन घर को छोड़कर आबादी सरासर ग़ैर-मुस्लिम थीः एक-दो पंडिताने, पांच-सात घर राजपूतों के, बाक़ी मुख़्तलिफ़ कारीगरों के। चित्रकारी उनकी रोज़ी का ज़रिया थी। किशनगढ़ क़लम की ज़ीनतें उन्हीं जैसे फटेहाल लेकिन ख़ुशमिज़ाज मगर कारीगरी में माहिर कारीगरों की महारत, रंगसाज़ी में उनकी ताज़ा सोच और काग़ज़साज़ी पर उनकी पकड़ की देन थी। ख़ास शहर किशनगढ़ में तो महज़ अनाड़ी और दलाल रहते थे, काम तो हम गांव वाले करते और नाम किशनगढ़ का होता।

मियां मख़्सूसुल्लाह का असल नाम मुझे नहीं मालूम। न इस वक़्त उनकी उम्र का ठीक अंदाज़ा लगाया जा सकता है। अब हिंदल पुरवा का भी निशान बाक़ी नहीं कि वहां किसी से पूछ लिया जाए। बस इतना ही है जो मैं अपने प्यारे पाठकों को बता ही चुका कि ऐन मुमकिन है कि वो ग़ैर-मुस्लिम थे और उनका पुश्तैनी नाम कुछ और था। उस वक़्त उनकी उम्र कोई 30-35 रही होगी लेकिन दुनिया से बहुत अलग-थलग रहने और अपने खाने-कपड़े की कुछ फ़िक्र न करने की वजह से वो अपनी उम्र से ज़्यादा लगते थे, और सारा गांव उन्हें 'मियां' या 'बाबा' कहता था। गांव की कुल आबादी कोई दो, पौने दो सौ थी। उनमें ज़्यादातर ही किसी न किसी तरह चित्रकारी की रोज़ी खाते थे। सरहद से ज़रा बाहर कुछ मुसलमान और हिंदू चरवाहों और ऊंटवानों के घर ज़रूर थे। एक-दो ख़ानदानी मगर छोटे काश्तकार भी थे। उन सबके बारे में मुद्दतों से शक था कि ठग हैं और ख़ून बहाए बग़ैर क़त्ल करना, लाश को लूटना और गहरे दाबकर इस तरह ग़ायब कर देना कि कभी पता न लगे, उनका धर्म था। लेकिन यह बात किसी पर साबित न थी और गांव के आसपास के इलाक़े में ऐसी कोई वारदात उन पर साबित न हुई थी। साबित क्या, किसी को ज़रा सा शक भी ऐसे जुर्म का न गुज़रा था। उनमें कुछ लोग मुसलमान थे, कुछ दूसरी जातियों के, यहां तक कि एक के बारे में कहते थे कि पंडित है। मुसलमान तो रोज़ा-नमाज़ के पाबंद थे और हिंदू अपनी-अपनी ज़ात के एतबार से देवी-देवताओं की पूजा करते थे। मशहूर था कि हिंदू हों या मुसलमान, इन ठगों की असल देवी तो दुर्गा या काली है जिसे ये लोग भवानी कहते हैं।

गांव की ख़ुशहाली का बड़ा हिस्सा यहां के चितेरों (और शायद थोड़ा-बहुत ठगों) की बदौलत था। लोग मुंहमांगी क़ीमतें देकर तस्वीरें ले जाते थे। ये ज़्यादातर ख़्याली होती थीं। सच्ची तस्वीरें बनाना आमतौर पर ऐब समझा जाता था। यहां के चितेरों

ने जड़ी-बूटियों, पत्तियों और दरख़्तों की छालों, फूलों और फलों, और कुछ कीड़े-मकोड़ों से रंग निकालने के तरीक़े अपने पूर्वजों से परंपरा में पाए थे। उनके रंगों में बाहरी तेल का हिस्सा बिल्कुल न होता था; सिवाय उस तेल के जो ख़ुद उस कीड़े या फल में हो जिसका रंग उतारा जा रहा हो। रंग को पहले सूखे, भुरभुरे ढेरों की शक्ल में बनाते थे। फिर ऊपर-नीचे बहुत बारीक मलमल रखकर नर्म, सफ़ेद और कोमल पत्थर के चिकने टुकड़ों से उन्हें आहिस्ता-आहिस्ता कूटा और पीसा जाता। यह अमल इतना हल्का ज़ोर लगाकर किया जाता कि आवाज़ तक न आती थी। इस दौरान मलमल के कपड़े फट जाते तो फ़ौरन बदल दिए जाते।

जब महीनों की कुटाई-पिसाई के बाद रंग ऐसा हो जाता कि हवा में आपसे आप गुबार बनकर उड़ने लगता तो उसे एक बार और छानकर, हल्के पानी से गूंधकर लेई सी बना लेते थे। यह पानी भी हर जगह से नहीं आता था। किशनगढ़ की पुरानी झील के सिर्फ़ पश्चिमी किनारे के एक कुंड का पानी इस काम में लगता था। यहां कुछ नई तरह की घास पानी के अंदर उगती थी। (कहते थे कि मगरमच्छ उसे अपने पेशाब से सींचता है, और ये मगरमच्छ पुष्कर झील के देवता मगरमच्छों के ख़ानदान के हैं।) यह घास न तो सिवार की तरह सख़्त, घनी और धारदार लंबी पत्तियों वाली थी और न मछली घास की तरह लंबी, लसलसी और आपस में उलझी हुई। मोटी-मोटी डंठलें थीं, पत्तियों और रेशों से बिल्कुल आज़ाद, और वो इस तरह आड़ी-तिरछी शक्लों में उगी थीं कि कभी-कभी लगता था किसी ने हाथ से बनाकर, काट-जोड़कर डाल दी हों। और कभी ऐसा भी लगता कि कोई तेज़ दांतों वाला जानवर महीनों से उन्हें कुतरता आया है और अब जो लकड़ी और पत्तियां जगह-जगह से खुल, छिल और फट गई हैं तो आमेर और लालक़िले की दीवारों पर बनी हुई नक़्क़ाशी जैसे रंग और एक के अंदर एक गुथे हुए नमूनों और नक़्शों का धोखा होता है।

ये सारी झाड़ियां और डालियां हमेशा पानी में डूबी रहतीं। पानी कभी कम हो जाता और अंदेशा होता कि लकड़ियां पानी की सतह से ऊपर आ जाएंगी और धूप उन्हें छू लेगी, तब ख़ुद इन डालियों से इतना पानी बूंद-बूंद फूट बहता कि डालियां फिर से पानी में डूब जातीं। किशनगढ़ के रंग ज़रूरत के मुताबिक़ गूंधे जाते थे, वरना उन्हें जस्ते की कुल्हियों में मुहरबंद रखा जाता था। यहां के चित्रकार ऊंट के बच्चे की दुम के निचले अंदरूनी रोयों और गुजराती कछार की गधियों के नवजात बच्चों के कानों से आहिस्ता नोचे गए बारीक बालों से अपने ब्रश बनाते थे। किशनगढ़ की झील के उपरोक्त कोने के पानी को मिट्टी की ठिलियों में ठंडा करके उस पानी से उनके रंग गूंधे जाते थे। कभी-कभी ज़बरजद या लाजवर्द के टुकड़ों को इसी पानी में रखकर कुल्हियों को महीनों बंद रखते। फिर पंचांग, आसमान और पुरोहित से मशवरा करके वो खोली जातीं और उन टुकड़ों को पीसकर रंग बनाया जाता।

मख़्सूसुल्लाह (या जो भी नाम उनका उस ज़माने में रहा हो; सबसे अच्छा यही है कि उनको 'मियां' कहा जाए) के यहां जानवर, शिकार और लड़ाई के मंज़रों वाली तस्वीरें नहीं बनती थीं। लेकिन उनकी कई तस्वीरों में किसी पुराने, बुलंद या टूटे हुए और वीरान लगने वाले मीनार की पृष्ठभूमि के साथ किसी नौजवान लड़की को एक टूटे हुए भूरे या कुछ काई लगे पत्थर, या हरी-भरी लेकिन पस्त चट्टान पर इस तरह बैठा हुआ दिखाया जाता गोया कोई शख़्स अभी-अभी उसके सामने था और वह उस सामने वाले यानी चित्रकारी की तकनीकी भाषा में gazer को देख रही थी, लेकिन अचानक उसका ध्यान बाईं तरफ़ चला गया है और अब उसका आधा चेहरा ही, तस्वीर को देखने वाले के सामने है। गर्दन के ख़म और कंधों के हल्के से खिंचाव के कारण जोबन कुछ उभरे दिखाई दे रहे हैं, गर्दन के गोरेपन में हल्का सा दिलकश तनाव है, ठोड़ी से आंखों तक जिल्द बहुत थोड़ी सी कसी हुई, ज़रा सी खिंची हुई है, गोया पलभर पहले चेहरे पर मुस्कुराहट की हल्की सी लहर दौड़ी थी और अब वह मुस्कान ग़ायब हो चुकी है लेकिन उसके आसार अभी बाक़ी हैं। माथा आधे से ज़्यादा ढका हुआ, लेकिन ओढ़नी के बारीक पल्लू के नीचे बालों की बनावट और गुले-दोपहरिया से उनकी सज्जा साफ़ नज़र आती थी। तस्वीर के अधरुख़े होने की वजह से चोटी और गर्दन और कंधों का भी जलवा अलग बहार रखता था।

यह लड़की मियां की कौन थी, यह किसी को न मालूम था। उनसे पूछने की हिम्मत किसी में थी भी नहीं। वो दिनभर में शायद दस या बीस बातें बोलते हों, वरना बिल्कुल चुप ही रहते। कई-कई रात जंगल जाकर चांदनी रातों में, रेत के टीलों की छांव में पड़े रहते। पड़े रहते या दुआ-पूजा करते। कभी-कभी वो एक पोटली में बाजरे की रोटी, चटनी, एक छागल में पानी और एक-दो पुड़ियों में कुछ रंग और काग़ज़ के दो-चार तख़्ते लेकर दो-दो, तीन-तीन दिन तक ग़ायब रहते। हमारा गांव किशनगढ़ रियासत की राजधानी से कोई दस कोस उत्तर-पश्चिम में बाड़मेर और जैसलमेर की तरफ़ पड़ता था। सड़क कोई थी नहीं, ऊंटों, घोड़ों, पैदलों और कभी-कभी रथों की आवाजाही ने सदियों में रेगिस्तान में जो नक़्श बनाए थे, वो एक बारीक सी पगडंडी की शक्ल ले चुके थे। बारिश दो-चार बरस में एकाध बार होती थी; इसलिए रास्ते में घोड़े या गाड़ी के फंस जाने की संभावना तभी होती थी, जब भुरभुरी रेत के नीचे कोई गड्ढा हो और सवारी या जानवर अनजाने में उसमें जा रहे और हाथ-पांव तुड़ा बैठे। इस ख़तरे को छोड़ हमारी राहें महफ़ूज़ थीं।

उन दिनों हमारे गांव के चारों तरफ़ तुग़दर (Great Indian Bustard) बहुत होते थे। सांप और छोटे जानवर, टिड्डियां और कीड़े उसका मनभावन खाना थे। सबसे बढ़कर यह कि हमारे इलाक़े का सबसे ख़तरनाक सांप फुरसा उसका महबूब शिकार था। मुश्किल से डेढ़ या दो हाथ का पतला सा ज़रा काला यह सांप इस क़दर ज़हरीला

था कि उसका काटा हुआ, जानवर हो या इंसान, कभी बचता देखा न गया था और हमले में वो इस क़दर तेज़ था कि उसके सामने आने वाले का बच निकलना ग़ैर मुमकिन था। ऊंट या गाय-बैल जैसे भारी जानवरों के सुम या बैलगाड़ी, बहली, रथ के पहियों से बने गड्ढों में फुरसा यूं तो पहरों मज़े की नींद सोता लेकिन अगर किसी बदनसीब का पांव उस गड्ढे में पड़ गया जहां फुरसा आराम फ़रमा रहा होता तो फिर उसकी ख़ैर न थी। एक लंबी फ़ूं सी फुंकार के साथ वह अपने तक़रीबन पूरे क़द से उछलता और सामने वाले की रान या पेट पर काट लेता। उसके बाद चंद घंटों की लाइलाज ग़शी और फिर मौत। हम लोग तुग़दरों की बहुत क़द्र करते थे कि सिर्फ़ वही ऐसे बेजिगर और फुर्तीले होते थे कि फुरसों को बेतकल्लुफ़ मारकर खा लेते थे। लोग मख़्सूसुल्लाह मियां से यही कहते कि बाबा उधर ही जाइएगा जिधर तुग़दर बहुत सारे हों।

हमारे गांव के ज़मींदार महारावल गजेंद्रपति सिंह का ताल्लुक़ बूंदी राज से था, लेकिन एक ज़माने में किशनगढ़ राज से कुछ घरजमाई वाले रिश्ते पैदा हो गए थे और तब से वो लोग किशनगढ़ ही में रहते थे। त्योहार के दिनों के सिवा महारावल हमारे गांव में शायद ही कभी तशरीफ़ लाते थे। ईद, होली वग़ैरा में वो ज़रा देर से आए, सवारी पर बैठे-बैठे नजरें लीं, सोने-चांदी, बादले, मुक़्क़ैश के फूल लुटाए, किसी-किसी को ज़ेवर या कपड़े से नवाज़ा और चल दिए। गांव की आमदनी जो उन तक पहुंचती थी, काश्तकारी पर निर्भर न थी। लिहाज़ा उन्हें सिंचाई, खेती, फ़सल, बीज वग़ैरा के मामलों में कोई दिलचस्पी न थी।

एक दिन ख़बर उड़ी कि महारावल गांव की सैर को आने वाले हैं। यह अजीब वाक़ेआ था क्योंकि गांव की सैर के लिए महारावल तो क्या, उनका कोई कारिंदा भी कभी न आता था। सब लोगों ने अपने दरवाज़े, दहलीज़ें साफ़ कीं, घरों के सामने छिड़काव किया। दीवारों पर तस्वीरें और चौखट के आगे रंगोलियां बनाई गईं। मोरों की तो बस्ती में बहुतायत थी, जगह-जगह मोरपंखियां लटकाई गईं। ज़रा देर में बाज़ार जैसा समां पैदा हो गया। मख़्सूसुल्लाह मियां हमेशा की तरह अपनी सैरों पर निकले हुए थे, लेकिन एक तस्वीर उन्होंने कुछ दिन पहले मुकम्मल की थी। हल्की मगर मज़बूत, सफ़ेद रेशमी चादर का टुकड़ा लेकर उसे हल्के रंग में रंगा था और फिर नक़्श बनाए थे।

तस्वीर क्या थी, आईने में परी थी। बिल्कुल मियां के ख़ास क़लम का आला नमूना। चौदह-पंद्रह बरस की लड़की काले पत्थर की एक टूटी सी चौकी पर यूं बैठी हुई गोया अब उठेगी तो पूरी जवान ही उठेगी। भरपूर जवानी उसके जिस्म के अंग-अंग पर दस्तक दे रही थी। लहंगा ज़रा ढीला और लंबा लेकिन गुलाब की कली से भी नाज़ुक टख़ने और गुलाब की पंखुड़ी से भी कोमल, गुलाबी मगर ज़िंदा फड़कते

हुए रंग के पांव थोड़े-थोड़े झलक रहे थे। एक तलवे पर हल्का सा दाग़, .ख़ुदा मालूम तिल था या बाग़ की कोई पत्ती पांव के सदक़े होकर रह गई थी। गर्दन उसी तरह एक तरफ़ को ख़म, सूरत वैसी ही अधरुख़ी, लिबास शोख़ और भड़कीला नहीं बल्कि सफ़ेद, गुलाबी और ज़ाफ़रानी। लेकिन तीनों रंग इस तरह बोल रहे थे कि तस्वीर थरथराती हुई मालूम होती थी। चुंदरी पर बहुत बारीक लचका, पट्टा और चुटकी लेकिन फिर भी लगता था, सिर से चुंदरी अब ढलकी, अब ढलकी। और ढलकी तो हाथ बढ़ाकर छुओगे तो वाक़ई मलमल की चुंदरी का पल्लू हाथ में आ जाएगा और तुम उसे चुटकी से उठाकर फिर उसके सिर पर रख दोगे। सुतवां नाक, गर्दन, सब बिल्कुल किशनगढ़ वाली, आंखें कमरक की फांकें और पुतलियां इतनी सियाह और सफ़ेदी में सुर्ख़ी की हल्की सी ऐसी झलक कि आंखों में गुलाबी लहरिए अंगड़ाई लेते मालूम होते थे। गर्दन में सिर्फ़ एक सादा सोने का हार जिसमें गौरैया के अंडे के बराबर एक बेहद सफ़ाई से अंडाकार काटे गए याक़ूते-अंजुम का पैंडल, कलाइयों में एक-एक घड़ियाली कड़ा। बाकमाल चित्रकार ने अंधियारों, उजियारों का इंतज़ाम ऐसा रखा था कि उजियारे की एक किरन याक़ूत-ए-सितारा पर कुछ इस तरह पड़ रही थी कि तारे की छहों लकीरें झलक उठी थीं। ठंडी पहाड़ी झील जैसी गहरी आंखों में .ख़ुशमिज़ाजी, अल्हड़पन और ग़ुरूर का मेल। चेहरे पर साफ़ मुस्कुराहट नहीं तो कोई घबराहट भी नहीं, एक ख़ामोश शान, .ख़ुद पर पूरा भरोसा और दुनिया के हर ख़ौफ़ से बेगाना बैठने का इत्मीनान भरा अंदाज़।

मियां की बनाई हुई ये तस्वीर उनके हुजरे के बड़े ताक़ पर अटका दी गई थी। लोग देखने आते और वाह-वाह करते। लेकिन एक दो दिन में यह भी सुना जाने लगा कि तस्वीर में कुछ गड़बड़ है। गड़बड़? कैसी गड़बड़? लड़कियों की तस्वीरें तो सब ख़्याली होती हैं।

"नहीं," महारावल का एक सिपाही पास खड़ा था। उसने घबराए हुए और फुसफुसाहट के लहजे में कहा, "यह असली है।" और फिर उसने जल्दी से कान और मुंह को सख़्ती से बंद कर लिया।

सांझ फूट रही थी, लेकिन रोज़ की तरह उसमें रेत के ज़र्रों की हल्की चमक न थी। कुछ काले डोरे क्षितिज पर लहरा रहे थे। शाम यूं भी हमारे इलाक़े में बहुत तेज़ फैल जाती थी, जैसे गुलदार बस्ती का शिकार करने के लिए दौड़ा आ रहा हो। चट रोशनी और पट अंधेरा। और उस दिन तो गर्द और पानी की भाप से भरे हुए बादल आसमान पर अजगर की तरह बल खा रहे थे।

"क्या मतलब? 'असली है' का क्या मतलब?" किसी ने ऊंची आवाज़ और तेज़ लहजे में कहा। "ये लड़कियां स्त्रियां थोड़ी हैं, अप्सराएं हैं। बनी-ठनी (17वीं सदी में किशनगढ़ के एक राजा की महबूब मलिका की तस्वीर 'बनी-ठनी' की तस्वीर

कहलाती है। कुछ लोग उसे 'किशनगढ़ की राधा' कहते हैं। असल तस्वीर की नक़लें आज भी सारे किशनगढ़ में आम हैं।) को किसी ने आज तक देखा है? राधा मां को किसी ने आज तक देखा है? क्या किसी को वो आज तक सपने में भी नज़र आईं? हम स्त्री की तस्वीर नहीं बनाते; हम लोग चितेरे हैं चांद सूरत का रूप बनाते हैं।"

"शश, चुप रहो, आहिस्ता बोलो," एक शख़्स जो मुंह को आधा लपेटे अब तक अलग खड़ा था, पास आकर बोला। "बहस का वक़्त नहीं, इस तस्वीर को कहीं हटा दो, दाब दो, फेंक दो।" उसकी बेचैनी और जोश एकाएक कई दर्जे ऊपर चढ़ गया था। उसने गांजे की कली का बड़ा सा कश खींचा। गाढ़ा, पीलाहट लिए हुए धुआं उसकी खिचड़ी दाढ़ी के चारों तरफ़ बल खाता हुआ फैल गया और फ़िज़ा उसकी भारी, मीठी मगर मतली लाने वाली महक से गूंज उठी।

"क्यों? इस तस्वीर को क्यों फेंक दें?" एक शख़्स नाक सिकोड़कर बोला, "मियां भी तो नहीं हैं कि उनसे पूछ लें। शायद कोई मोल ले चुका हो, तो...!"

"अबे चिड़िया के, ये क्या चंडूख़ाने की उड़ाई है तूने?" एक शख़्स बात काटकर बोला, "असली क्या और नक़ली क्या? यह तो बनी-ठनी है।"

"चुप... चुप..." गांजा पीने वाला सांप की तरह फुफकारा। "यह गांव लुटेगा। यह गांव तबाह होगा, उजड़ेगा। क्या तुम धमक ऊंची सांडनी-सवारों और पहाड़ियों जैसे भारी घोड़ों के क़दमों की नहीं सुन रहे हो? चलो, सब ख़त्म हो गया। मियां ने इस गांव को सूली पर चढ़वा दिया। तक़दीरें तुम्हारी अपने थान पर से बिचल गईं।" उसकी आंखों में दहशत के आंसू थे और उसके घुटने कांप-कांपकर आपस में यूं खट-खट की आवाज़ निकाल रहे थे गोया खड़ताल बज रही हो।

"अबे, दीवाना हुआ है, गंजेड़ी, चरसी, धत्ती कहीं का। चल अपना रास्ता नाप, नहीं तो तेरी गर्दन ही नप जाएगी।"

किसी ने उसे ज़ोर से धक्का दिया। गांजा पीने वाला गिरते-गिरते संभलकर चिल्लाया: "यह बनी-ठनी नहीं... यह बनी-ठनी नहीं!" उसने अब एक-एक हर्फ़ पर ज़ोर देते हुए, ठहर-ठहरकर पुकारने की आवाज़ में कहा। लंबी मुद्दत से गांजा पीने वाले की ज़बान और अदायगी पर उस वक़्त गांजे की लाई हुई टेढ़ की परछाईं भी न थी: "ये... मन... मोहनी... है।"

□□

महारावल

सब पर सन्नाटा छा गया... मनमोहनी...? मनमोहनी...? वह तो महारावल की छोटी बेटी थी, यही कोई पंद्रह बरस की उम्र। उसकी ख़ूबसूरती चारों तरफ़ मिसाल बन गई थी, लेकिन ख़ुद उसे किसी ने देखा न था। वह सत्तर पर्दों में रखी जाती थी और क्या मजाल कि किसी ने उसके हाथ-पांव भी देखे हों। मुंह या बदन देखना तो ऐसा

ही था जैसे चांद के अंदर उतर जाना। तो फिर यह उसकी तस्वीर कैसे हो सकती है? फ़र्ज़ किया किसी ने उसके नाम से एक ख़्याली सूरत बनाई, तो बनाए, असल से उसका क्या मेल होगा? जब नाक-नक़्शा ही सही न होगा तो सूरत कैसे खिंचेगी?

"नहीं, यह सब झूठ बकवास है!" किसी ने पुकारकर कहा "कोई हमारी शाहज़ादी को बदनाम करेगा तो ज़बान खींच ली जाएगी।"

"मगर कोई क्यों करेगा बदनाम?" एक बुढ़िया बोली। "मलाई पर गोबर पोतने वाले को क्या मिलेगा? इसके भेद तक पहुंचो, चीख़ने और गुस्सा करने का यह मौक़ा नहीं। एक-दूसरे का गला पकड़ने से क्या हासिल?"

"महारावल को बदनाम करने का चक्कर हो सकता है।" कोई शख़्स सिर खुजाता हुआ बोला। "लेकिन..." अभी उसका जुमला पूरा न हुआ था कि हिंदल पुरवा की सरहद पर घोड़ों की टापें गुर्राने लगीं। गर्द का रेला उठा और पलक झपकते पूरे गांव में फैल गया।

"मियां कहां है? मियां कहां है? मियां कहां है?" की आवाज़ें गर्द की धुंध को चीरती हुई, और राह के पत्थरों से टकराते हुए घोड़ों के सुमों से उड़ती हुई चिंगारियां और बरसते हुए पत्थरों की धमक सारे पर छाई हुई। और घुड़सवारों के सरपट दौड़ने की धमक से किसी नन्हे बच्चे की तरह कांपती हुई जमीन।

"मियां यहां नहीं है। मियां यहां नहीं है। यहां कोई नहीं है।"

"हम सब निहत्थे हैं। हुकुम सरकार, बिल्कुल बेख़ता हैं," गांव वालों में से कोई पुकारा। फिर इस तरह की और भी आवाज़ें बुलंद हुईं। लेकिन शोर इस क़दर था कि किसी की बात समझ में न आती थी।

मियां की झोपड़ी के ताक़ में रखी हुई तस्वीर फड़फड़ा रही थी, गोया ज़लज़ला आना चाहता है और सब कुछ अभी ज़मीन पर लोटने लगेगा। पूरा गांव घेरे में ले लिया गया था। उस गांव की बिसात ही क्या थी, बाज़ार नाम तक की तो कोई चीज़ न थी। आवाज़ों का ज़ोर ज़रा थमा। बच्चे और बूढ़ियां अपने मुंह-आंख-कान पर कपड़े डाले हुए, ज़मीन पर घुटने निराए हुए, सिर झुकाए पड़े थे कि जान तो इस तरह शायद फिर भी न बचे मगर क़त्ल-ए-आम का मंज़र तो आंख में ख़ंजर न चुभोएगा। कभी बिल्कुल ख़ामोशी हो जाती, कभी ज़ोर की भिनभिनाहट घटती-बढ़ती-फैलती सुनाई देती। ज़्यादातर लोगों की आंख ज़मीन पर थी या अपने दरवाज़े की दहलीज़ पर। बहुत ही कम आंखें ऐसी थीं, जो पेशानी की सतह से ऊपर उठी हुई थीं। जो बहुत बुलंद-हिम्मत थे, वो सांडनी-सवारों के नेज़ों को तक रहे थे। और हर नेज़ाबरदार के नेज़े का रुख़ किसी घर, किसी सीने, किसी बच्चे या किसी औरत पर था। लंबे नेज़े हाथों में लिए वो ऊंचे क़द के, तगड़े जवान जिनके चेहरे पर कोई रंग न थाः न खुरदुरापन, न गुस्सा, न ख़ूनख़राबे का जोश। आदमी के क़द

से डेढ़-सवा दो हाथ लंबे नेज़े जिनके फल नेज़े की लंबाई के आधे से कुछ कम थे। लंबी बारीक नोक, लेकिन बारीकी में साही के कांटे की नज़ाकत नहीं थी। लगता था जंगली सूअर के अगले दांत को खुरचकर और सीधा करके, नोक को और तीखा करके अनी की तरह नेज़े के ऊपर जड़ दिया गया था और ऊपर से चांदी का ख़ोल चढ़ा दिया गया था। सवारों का आसन अपने जानवर पर और नेज़े का आसन अपने मालिक के हाथ-बाज़ू-कंधे पर ऐसा था कि दोनों मिलकर एक जान हो गए थे। पूरा सिपहगर एक नेज़ा बन गया था।

गांव की सरहद पर थोड़ा-बहुत शोर। सिपाहियों की क़तार गोया आप से आप टूटकर टुकड़ों में बिखरी हुई। आगे-आगे महारावल गजेंद्रपति सिंह अपने अरबी घोड़े पर सवार, लेकिन नंगे सिर। नंगे सिर...? गांव वालों ने तो क्या, शायद खुले आसमान ने भी यह कंपा देने वाला मंज़र पहले कभी न देखा था। बालों से .ख़ुशबूदार पसीना बहकर माथे और गालों पर हल्का चमकता हुआ। कान के पास से दोनों तरफ़ की घनी लटें मूंछों से मिली हुई नहीं रह गई थीं। और महारावल की सवारी के पीछे एक डोला, बेपर्दा डोला। हिम्मतवालों ने कनखियों से देखा, आंखें मीचकर खोलीं, फिर देखा। हथेलियों से आंखें रगड़ीं, फिर देखा। डोला बेपर्दा था। और मनमोहनी उसमें बेचादर और बेजूती। नाक-हाथ-पांव ज़ेवरों से ख़ाली। मुंह पर सुर्ख़ी का निशान नहीं, लेकिन सिर उठाए हुए। गर्दन की नस में वही ज़रा सा तनाव कि जैसे कुछ महीने हुए रानी बनी हो और ब्याहकर शाहज़ादे के शहर में आई हो, आकर उसने शहर के बाग़ों में लाल और पुखराज उगा दिए हों और अब गर्भ के भारी ग़ुरूर की सरबुलंदी से भरपूर हो। चौदह बरस की शाहज़ादी ने महल की दहलीज़ भी न देखी थी, लेकिन मियां मख़्सूसुल्लाह की झोपड़ी में उसकी तस्वीर, या हूबहू उस जैसी चंद्रमुखी की तस्वीर ज़रूर थी। फिर वह किसी ने बनाई तो होगी। मनमोहनी का डोला ठीक झोपड़ी के आगे आकर रुका। किसी के इशारे या हुक्म के बग़ैर, जैसे उसे .ख़ुद मालूम था कि यही मेरी मंज़िल है। मनमोहनी ने पांव फैलाए और डोले से उतरना चाहा। लोगों ने देखा उसके पांव में बेड़ी थी और सौसन जैसे नाज़ुक पांव में क्या, उंगलियों तक में कोई ज़ेवर न था, फ़ालिज मारी हुई की तरह पांवों को कंधों और कोहनियों के सहारे घसीटकर वह नीचे उतरी और सीधी खड़ी हो गई।

"मनमोहनी..." अजब दिल को चीरने वाला लहजा था जिसमें याचना, .ख़ौफ़ और दरांतीदार ख़ंजर के फल की तरह बेतहाशा काटने और अंदर-अंदर क़ीमा कर देने वाले ग़ुस्से का दर्द हल्की सी आह में बदल गया था।

"मनमोहनी...ई...ई...! मेरी तरफ़ देख।"

लड़की ने आंखें उठाईं। लेकिन बाप की आंख तक उसकी पहुंच न हो सकी।

उसकी आंखें अपने गले की सजावट, कबूतर के ख़ून जैसे सुर्ख़ याक़ूत सितारे को देख रही थीं। दूर नज़दीक की मशालों की रोशनी में याक़ूत की किरणें यूं फूट रही थीं, गोया मनमोहनी के दिल को चीर देंगी।

"तू मेरी बेटी, मैं वालाजाह गजेंद्रपति मिर्ज़ा तेरा बाप, मैंने तुझे इसलिए तो पैदा न किया था कि तू मुझे और ख़ुद को रुसवा करे। ये तेरी तस्वीर यहां कहां से आई? किसने तुझे देखा और किसने उसे इतनी हिम्मत बख़्शी कि वह तेरी सूरत को मेरे पहलू में गहरा ज़ख़्म बना दे और फिर तेरे नाम को लोग इतना उछालें कि वह ज़मीन-आसमान में टूटते तारे की तरह बेरोकटोक दिखने वाला मंज़र बन जाए?"

मनमोहनी कुछ न बोली। उसका सिर झुका का झुका रहा। खुरदुरी रेतीली ज़मीन के कंकर उसके पांव में चुभे होंगे, मगर उसके बदन में कोई कंपकपी, बेचैनी के आसार न थे।

"मोहनी..." उसके बाप ने याचना भरे लहजे में कहा। "ज़रा मुड़कर देख, वह किसकी तस्वीर है? यहां कैसे आ गई? तू यहां कैसे आ गई? कौन है वो? इस तस्वीर को चितेरनेवाला कौन है? बोल, तेरे मुंह पर ये कालिख के रंग किसने लिखे?"

लड़की ने आहिस्ता गर्दन मोड़कर अपने शानों के पीछे देखा। वहां जो तस्वीर अपनी जोत जगा रही थी, उसमें बिल्कुल वही अंदाज़ था। वह गहरी, माशी सियाही जैसा कालापन लिए हुए ज़मीन और नन्हे-नन्हे सफ़ेद बिखरे हुए फूलों की बूटियों वाली ओढ़नी ज़रा ढलकती हुई, पीछे से उजियारे की हल्की सी छूट में चमकदार लटें, जिनका रंग कहीं-कहीं ओढ़नी से इस तरह मिल गया था कि ओढ़नी और लटों में फ़र्क़ मुश्किल से हो सकता था और कहीं वो और बड़ी-बड़ी जामुनों जैसी आंखों के कोने एक तरफ़ को घूमे हुए गोया कोई आने वाला हो और उसकी आहट सुनकर उसका उधर ध्यान चला गया हो।

"गर्दन सीधी कर। मेरी तरफ़ देख," इस बार बाप के लहजे में याचना, दर्द, ख़ौफ़, कुछ न था, सिर्फ़ हुक्म था। मनमोहनी ने धीरे-धीरे मुंह मोड़ा। अब उसका पूरा चेहरा दोबारा सबके सामने था। गजेंद्रपति मिर्ज़ा अरबी घोड़े पर सवार पीछे हटता गया, यहां तक कि वह मनमोहनी से कोई दो सौ क़दम की दूरी पर जाकर ठहरा। उसने नेज़े को घोड़े की पीठ और पेट के समानांतर करके दूसरे हाथ में लिया, इस तरह कि नेज़े की नोक का सिरा घोड़े की कनौतियों के बीचोबीच आ गया। फिर उसने म्यान से तलवार निकाली और तलवार हथवांसकर उसने बाज़ू फैलाया। देखने वालों को लगा जैसे किसी आसमानी गरुड़ का पंख उसके पंजे में उग आया हो। घोड़े को हल्की एड़ लगी; तलवार और बाज़ू ठहरे हुए और सख़्त थे। हवा जैसे तेज़ घोड़े को रानों से हल्का सा दबाकर शहज़ोर ने ख़ुदा-जाने क्या इशारा दिया कि घोड़े ने एक क़दम छलांग लगा दी। फिर कुछ दिखाई न दिया कि कब वह दो सौ क़दम का

फ़ासला तय करके मनमोहनी के सिर पर आ पहुंचा, कब तलवार की बाल से भी ज़्यादा बारीक धार मनमोहनी की गर्दन पर इस पार से उस पार तक लकीर खींचती चली गई। घुड़सवार और घोड़ा आगे बढ़ते चले गए। दिल की चंद धड़कनों तक मनमोहनी का सिर उसकी गर्दन ही पर रहा; फिर जैसे टाप की पहाड़ जैसी धमक की आवाज़ मुर्दा जिस्म तक पहुंची, मनमोहनी का सिर लुढ़कता हुआ दो-चार गज़ की दूरी पर बेहिस, खुरदुरी, भूरी ज़मीन पर था। लेकिन तने की तरह सीधे मनमोहनी के क़द को ज़मीन चूमने के लिए कुछ लम्हे और दरकार थे। ख़ून की चादर ने उसके सीने और पहलू को ढक लिया, लंबा क़द यूं लहराया जैसे नृत्य कर रहा हो। फिर नर्म बिस्तर पर पाले-पोसे उस तन को गर्म ख़ाक ने अपनी गोद में ले लिया।

शहसवार दरिया की मौज की तरह लहराकर बेतकल्लुफ़ यूं मुड़ा जैसे आगे जा ही नहीं रहा था, सिर्फ़ रान-बाग की लड़गत दिखा रहा था। तलवार भी उसी तरह लहराती सी शान के साथ म्यान के अंदर थी और अब उसके हाथ में नेज़ा था। मियां की झोपड़ी के दरवाज़े पर क़त्ल की गई हूर की तरफ़ उसने निगाह भी न की; बस नेज़े को लंबा किया। सधा हुआ हाथ ताक़ तक पहुंचा। तस्वीर के सीने को भाले की नोक से छेदकर वह उसे इस तरह बाहर निकाल लाया जैसे पानी के अंदर ख़ंजर मारकर मछली के पेट में लोहा उतार दिया हो। एक झटका, और तस्वीर ज़मीन पर थी; फिर एक इशारा, और तस्वीर घोड़े के सुमों तले पायमाल थी।

"ये लोग सुबह के पहले-पहले गांव ख़ाली कर दें, वरना मैं इनकी जान-माल का ज़िम्मेदार न हूंगा," उसने गर्दन मोड़कर किसी से कहा। फिर उसने भाले को उसी तरह निशारंग घोड़े की कनौतियों के दरम्यान रख लिया और मजमे से निकलता चला गया।

□□

मख़्सूसुल्लाह

एक लंबी आह उठी, फिर गरुड़ की तरह आसमान में गुम हो गई। किसी के गले से, किसी के सीने से, किसी के पूरे वजूद से उठी, लेकिन हवा की तारीकी में कुछ भी इज़ाफ़ा न हुआ। मांओं को पुकारते बच्चे, बेटियों को गुहारती मांएं, बूढ़े-बूढ़ियों, बीबियों और माशूक़ों को दौड़-दौड़कर चादरें ओढ़ाते नौजवान। ये सब थे ही कितने लोग। जब मियां मख़्सूसुल्लाह तुग़दर, मोर और पीलक के परों से भरी हुई अपनी झोली संभाले, हिंदलपुरवा से तीन कोस की दूरी पर था तो उसे अपने गांव के जिलावतन मिले। उसने कुछ पूछा, कुछ पूछे बग़ैर समझा और चुपचाप क़ाफ़िले के आख़री मुसाफ़िरों में शामिल हो गया।

सुबह जब ख़ूब चमक चुकी तो वो उस बड़ी सड़क के क़रीब पहुंचे, जो देहली से मेरठ, बयाना, रेवाड़ी, कोटा को छूती हुई, दाएं मुड़कर सीधी उत्तर में लाहौर और

फिर उससे आगे उत्तर-पश्चिम की ओर घूमकर गुजरांवाला, वज़ीराबाद, झेलम, रावलपिंडी और फिर उत्तर-पूर्व में श्रीनगर होती हुई बारामूला तक चली जाती थी। हिंदलपुरवा के बूढ़ों ने हिसाब लगाकर फ़ैसला किया कि उत्तर-पश्चिम की दिशा दक्षिण-पूर्व से बेहतर है, हालांकि हवा-पानी, ज़बान, रस्म-रीत सब ही उधर अजनबी थे। अब वो सड़क के किनारे इस इंतज़ार में रुक गए कि कोई बड़ा और भरोसेवाला क़ाफ़िला उत्तर-पश्चिम की तरफ़ जाता हुआ हो तो वो उसमें शामिल हो लें।

तीन दिन इस इंतज़ार में लगे। फिर जगह-जगह रुकते-रुकाते, ठहरते, सफ़र का सामान खोलते-बांधते, हिंदलपुरवा के लोग मुख़्तलिफ़ मुक़ामात और पड़ावों को अपनाते हुए, अपनी एक जड़ से दूर और एक नई जड़ से नज़दीक होते गए। थक-थक के हर ठहराव पर दो-चार रह भी गए। पांच महीने के सफ़र के सर्द-गर्म झेलता यह कारवां जब बारामूला पहुंचा तो हिंदलपुरवा के बहुत कम लोग उसके साथ थे। मियां चितेरा उनका सबसे साफ़ नज़र आने वाला बाशिंदा था। जानने वाले जानते थे कि उसके हाथों में इंद्रधनुष और उंगलियों में सुबह और चांदनी की रौशनियां और बादलों के धुंधलकों की सियाहियां हैं। चिनार का एक सूखा पत्ता, एक प्याली पानी और एक-दो मटमैले रंग मियां को मिल जाएं तो वह पूरे पेड़ को न सही, उस सूखे पत्ते को फिर से ज़िंदा कर सकता था। लिहाज़ा क़ाफ़िले के हर शख़्स ने अपनी हैसियत के मुताबिक़ उसकी देखभाल की और दुश्मनों से, जानवरों से, सफ़र की मुसीबतों से, राहों के होश उड़ाने वाले पेचो-ख़म से उसे बचाकर रखा।

जब क़ाफ़िला बारामूला पहुंचा तो मियां चितेरा बहुत सारी राजपूतानी बोली भूल चुका था। फिर कुछ ही महीने और गुज़रे कि वह किशनगढ़ क़लम की चित्रकारी के लिए रंग बनाना भी भूल गया। और कैसे न भूलता; इन इलाक़ों में न तो वो जड़ी-बूटियां थीं, न वो पत्थर और पानी, न वो कीड़े-मकोड़े, और सबसे बढ़कर न वो देवियों जैसे क़द वाली और सुनहरे-तांबई रंग के हाथ-पांव वाली हसीन लड़कियां जिनके हथौड़े की एक चोट से लाजवर्द या ज़बरजद का देखने में मटमैला डला तीन टुकड़े हो जाता। फिर बड़े पत्थर को वो आहिस्ता-आहिस्ता, हल्के पानी में देर तक इस तरह घिसती रहतीं कि उनका ख़राब और बांझ हिस्सा घिसकर मिट जाता और नीले नाफ़रमान वाले रंगों जैसी तितली या मिस्री इस्कैरब जैसे फ़ीरोज़ी कीड़े का रंग उभर आता। कश्मीर की नाज़ुक उंगलियों और लचकदार कलाइयों में वह सख़्ती न थी और न उनके हाथ लकड़ी के उन हथौड़ों के लिए बने थे जो देखने में नाज़ुक और हल्के मगर हक़ीक़त में इतने सख़्त होते थे कि सही कोण से पत्थर पर चोट मारते ही अपना काम कर डालते थे।

मियां ने कुछ दिन लकड़ी पर बेल-बूटे बनाने का काम किया, और हक़ ये है

कि ख़ूब किया। कश्मीरी चित्रकला में रेखाकारी की नज़ाकत न थी। वो लोग मोटे कोयले या जली हुई लकड़ी की नोक से तख़्ते पर ख़ाका उभारते थे। पहले वो लकड़ी को चीरकर तेल में तब तक डुबोए रखते थे जब तक कि लकड़ी ख़ूब तेल पीकर दोगुनी बल्कि तीन गुनी न बन जाती। अब वह नर्म और लगभग काग़ज़ की तरह गोल लपेटने के लायक़ तो बन जाती, लेकिन बहुत जल्द टूट भी जाती थी। इसलिए अब लाख की हल्की-हल्की तहें थोड़े-थोड़े समय बाद फेरी जाती थीं कि लकड़ी के मुंह पर चमक और अंदर मज़बूती आए। हर तह के बाद लकड़ी को साये में रखकर सुखाया जाता, यहां तक कि वह गत्ते की तरह महसूस होने लगती। अब उसे चित्रकारी के क़ाबिल क़रार दिया जाता और चित्रकारों के हाथ अच्छी क़ीमत पर बेच दिया जाता।

यह सब तो था पर वहां बनी-ठनी कहां थी, और रेशमी झालर जैसी जिल्द वाले ऊंट कहां थे, वह बड़ी-बड़ी हिरनियों जैसी और घोड़ों से भी गहरी आंखों वाली सांडनियां कहां थीं कि जिनमें किसी एक की भी ऊंचाई दस-बारह हाथ से कम न थी और जिनके पांव रेत पर इतने हल्के पड़ते थे कि ब्याही और कुंआरी सांडनी की दौड़ में कुछ फ़र्क़ ही न मालूम होता था। वो आठ-आठ हाथ लंबाई के आदमख़ोर तेंदुए और गुलदार कहां थे, जो रातों को घरों के तंग रोशनदानों के रास्ते, अजगर जैसी आहिस्तगी से बंद कमरों में सरक आते थे और अपने इंसानी शिकार को एक ही थप्पड़ में इस तरह अधमरा कर देते थे कि उनके मुंह से सिसकी भी न निकलती, और फिर उसे इतनी सफ़ाई से उठा ले जाते कि उसके पास बैठे हुए शख़्स को तेंदुए के आने और जाने की ख़बर भी उस वक़्त लगती जब शिकार के हाथ से चिलम छूटकर गिरती और जलते हुए तंबाकू और कोयले की चिंगारियां कच्चे फ़र्श पर गुल-चांदनी की तरह बिखर जातीं।

यहां तो आसमान तक सिर उठाए सर्व के पेड़ थे और मग़रूर, सरबुलंद, रहस्यमयी काले देवदार थे। भारी-भरकम, सीधे क़द, इतने घने, अपने आप में इतने पेचीदा कि लगता था, कोई परिंदा उन्हें अपना ठिकाना न बनाता होगा, उनकी शाख़ों पर बैठकर गाता भी न होगा। और ये ख़ुद भी किसी चरिंद-परिंद से बात न करते होंगे, सिर भी न हिलाते होंगे। बर्फ़ की क़लमें जब उनकी डाली-डाली और फिर पत्ती-पत्ती पर फूट निकलती होंगी तो भी ये कहते कुछ न होंगे, बस शायद ज़रा सा ज़मीन की तरफ़ झुक जाते होंगे और अपनी ज़बान में कहते होंगे कि हम हैं तो यहीं के, अब हमको ख़ुदा ने सरबुलंद किया है तो कभी-कभी मौत की ठंडक का मज़ा चखाने के लिए ये संगीन सुइयां भी हमारे रेशे-रेशे में पैवस्त कर दीं। अच्छा ही तो किया।

मियां को आसमान से बातें करते हुए काले, नम देवदार कभी अच्छे न लगे।

और रहे वो फूल जो बारामूला में झेलम के किनारे बर्फ़ के महीनों के सिवा सारे बरस किसी न किसी रंग में .खिलते रहते, तो उनकी पत्तियां इतनी हल्की और पंखुड़ियों की रगें इस क़दर बारीक होती थीं कि मख़्सूसुल्लाह को चिनार और कज़्म के बड़े पत्तों का ढांचा बनाने में ज़्यादा लुत्फ़ आता था कि हर तरफ़ हर रग एकदम उभरी हुई, एक तनज़ेबी जाल सा बुना हुआ, हर रग .खुश्क लेकिन रेशम के धागे की तरह नर्म और लचकदार होती थी।

आख़िरकार मियां ने काग़ज़ और लकड़ी पर बेल-बूटे बनाने का और मीनाकारी का फ़न सीख लिया। और दो ही एक बरस में वो इन हुनरमंदियों का मर्दे-मैदान माना जाने लगा। उसकी फ़नकारी के आगे लोग उसके लहजे, उसकी सूरत-शक्ल, उसकी चाल-ढाल सब कुछ भूलकर उसे कश्मीर का ही बेटा समझ लेते।

दो-चार बरस और गुज़रे। मियां चितेरा अब मख़्सूसुल्लाह नक़्क़ाश बन गया था। उसने बडगाम की रहने वाली एक कश्मीरी लड़की सलीमा से शादी कर ली और वहीं जाकर बस गया। काम उसका .ख़ूब चल निकला था, लेकिन फिर भी वह नई-नई बातें सोचता और उनके बारे में कोशिश करता रहता। हाथी दांत का रिवाज किशनगढ़ में था नहीं, और कश्मीर में जो थोड़ा-बहुत कांगड़ा क़लम का रिवाज था, वह न तो हाथी दांत की रेखाकारी की बारीकियों को सह सकता था और न किशनगढ़ की बड़ी नाप उसको रास आ सकती थी। फिर भी मख़्सूसुल्लाह नक़्क़ाश ने .खुदा जाने किस तरह हाथी दांत पर कांगड़ा और किशनगढ़ के मेल से एक तस्वीर बनी-ठनी की बना डाली और उसे अपनी कार्यशाला के ताक़ में सजा दिया। किसी ने कभी उससे किशनगढ़ के हालात मालूम करने चाहे या हाथी दांत पर बनी हुई इस अनोखी आकृति के बारे में कुछ पूछना चाहा तो वह बात को साफ़ उड़ा जाता और कभी-कभार यह भी लगता कि इन विषयों पर मुंह खोलना, अपना या किसी का भी, उसे गवारा नहीं।

बनी-ठनी के ताक़ पर हर शाम चिराग़ जलता था। किसी को इसके बारे में पूछने का हौसला तो था नहीं, लेकिन शायद रोज़-रोज़ या शायद रात-रात भर जागकर उसे देखते रहने की वजह से मख़्सूसुल्लाह नक़्क़ाश के मिज़ाज में कुछ खोया-खोयापन पैदा हो चला था। अब वह कई-कई दिन काम न करता, कई-कई दिन चुप रहता, कई-कई दिन खाना न खाता या बस नाम भर को खाता। कभी-कभी वह घर के आंगन में खिली हुई बादाम या ख़ूबानी की कलियों को गिनता और घर के बच्चों से शर्त लगाता कि कौन सी कली कब फल का रूप लेगी।

फिर एक दिन मख़्सूसुल्लाह ने ऐलान कर दिया कि ये तेल-पानी वाली नक़्क़ाशी मुझे ज़रा नहीं भाती। आज से ये काम बंद। बनी-ठनी की तस्वीर उसने उठाकर जेब में रख ली और सिर पर पगड़ी कसकर बैठ गया कि अब जाता ही जाता हूं। उसकी

बीवी ने सिर पर दोहत्थड़ मारकर कहा, "और खाओगे क्या और हमें खिलाओगे क्या? इस उम्र में कोई नया काम तो सीखने से रहे। लिखे-पढ़े तो हो नहीं कि कचहरी-दरबार में मुतसद्दी ही लग जाते। धान-पान हो, सिपाही-चौकीदार का काम कर नहीं सकते। हातू बनना या कश्ती चलाना तुम्हारा ख़ानदानी काम नहीं...।"

"तू चुप कर। जिसने मुंह दिया है वह भरेगा भी। हम क्यों फ़िक्र करें?" सलीमा कुछ और कहने वाली थी कि मख़्सूसुल्लाह जोश में आ गया। हुक़्क़े की नाल मुंह से खींचकर दूर फेंकता हुआ बोला: "मैं तेरा कोई कश्मीरी भुक्खड़ नहीं हूं, किशनगढ़ का चितेरा हूं। बस हाथ उठाने की देर है। और तेरा ये गोरा रंग, ये नाज़ुक-नाज़ुक हाथ-पांव मेरे किस काम आएंगे? मेरे घर की होती तो तेरे हाथ में एक कुल्हाड़ी पकड़ा देता, सिर पर पलास की बड़ी सी झाबी और दस गज़ का रस्सा रख देता। दिनभर में एक-दो सांप-बिच्छू तुझे काटते, लेकिन तू हफ़्ते भर का ईंधन तो बटोर लाती। अब यहां की भीगी, ठंडी, फिसलनदार पहाड़ियों पर तू ऊंचे-ऊंचे पेड़ क्या काटेगी कि घर में चूल्हा जले। यहां तो झड़बेरी न जंगल-जलेबी, न मेहंदी न मौलसरी।"

उसे खांसी आने लगी और वह चुप हो गया। या शायद उसे ख़्याल हुआ कि बात को दूर तक और देर तक तो ले जाना ठीक नहीं और अब उसे बात को सलीक़े से ख़त्म करने का बहाना चाहिए था। लेकिन दूसरे ही लम्हे उसे फिर जोश आ गया: "मेरा काला रंग तेरे बर्फ़ीले मौसमों ने पीला कर दिया। पाले और बारिश भरी हवाओं ने मेरा ख़ून पतला कर दिया, हड्डियां खोखली कर दीं... कुछ नहीं तो एक औलाद ही मुझे पैदा कर दे, मैं उसे अपने ढंग का बनाऊंगा।"

यह कहते-कहते मियां ने सिर पर रूमाल रखकर धूप में बिछी हुई चारपाई पर लंबी तान ली। फिर वो तीन दिन यूं ही पड़े रहे, किसी से न बोले। लोगों में घबराहट हो गई कि कहीं मर तो नहीं गए। लेकिन बदन उनका ख़ासा गर्म था; दिल की धड़कन भी सुनाई देती थी। लेकिन न हिलाने से हिलते, न बुलाने से बोलते। सलीमा ने दुआएं पढ़ी, अगरबत्तियां सारे में रोशन कीं, पास के मौलाना से फूंका हुआ पानी सुराही में लाई और कोने-कोने में छिड़काव किया। दो-चार क़तरे ज़बरदस्ती मख़्सूसुल्लाह के हलक़ में भी उतारे। दूर से एक हकीम जी भी बुलाए गए। लेकिन सब बेकार। मख़्सूसुल्लाह पूरे तीन दिन बिना खाए-पिए, हंसे-बोले पड़ा रहा। हकीम साहब का अंदाज़ा था कि मिर्गी हो सकती है, लेकिन फ़स्द से मरीज़ को कुछ फ़ायदा न हुआ।

चौथी सुबह मख़्सूसुल्लाह ख़ुद से उठा, खड़ा हुआ। फ़ज्र की अज़ान अभी हुई न थी। लेकिन मियां नमाज़ का कुछ ख़ास पाबंद भी न था। कभी-कभी वह चिरार-शरीफ़ के शैख़ुल-आलम हज़रत नूरुद्दीन वली की शान में एक क़सीदे जैसा गीत ज़रूर गाता। कभी-कभी गीत का रुख़ हिंदलवली की तरफ़ भी हो जाता।

कैफ़ियत के कुछेक पलों में उसकी आंखें डबडबा जातीं और अपने कुछ बचकाने, मिले-जुले कश्मीरी-राजपूतानी लहजे में शैख़ुल-आलम को यूं पुकारता, यूं उनसे बातें करता गोया उनके हुज़ूर में हाज़िर हो और शैख़ुल-आलम भी उसकी तरफ़ ध्यान दे रहे हों। उस सुबह को रातभर की जागी सलीमा की आंख लगी ही थी कि जैसे किसी ने उसे झिंझोड़कर उठा दिया। वह सन्न से होकर रह गई। घर में हर तरफ़ अजब तरह की हल्की नीली-हरी रोशनी थी। और मियां मख़्सूसुल्लाह जानमाज़ पर बैठे शैख़ुल-आलम पर जान निसार कर रहे थे। वह अभी इस नई बात का मतलब न समझ पाई थी कि अच्छा समझूं या बुरा, कि मियां ने उसकी आहट पाकर नज़रें उठाईं। एक लम्हे के लिए बिल्कुल ख़ामोशी रही। फिर मियां ने जानमाज़ पर से उठकर आंसू पोंछे और इशारे से दूध का प्याला मांगा जो मुद्दत से उनका नाश्ता था।

दूध पीकर उन्होंने अपनी कमर में बंधे हुए दुपट्टे के बल खोले और तीन अशर्फ़ियां फ़र्रुख़सियर के ज़माने की निकालकर बीवी के हाथ पर रख दीं। "मैं तो नया काम सीखने, नई रोज़ी कमाने जाता हूं। तूने सुन ही लिया है, यह तेल-पानी वाली तस्वीरगरी मेरे गौं की नहीं।"

"अल्लाह, अब इस उम्र में क्या काम सीखोगे और किस क़ाबिल बनोगे? तुम्हारी तो मत मारी गई है।"

"तू चुप रह। मर्दों के आगे औरतें बोलती नहीं हैं। बस तू चुप रह।" उसके लहजे में ऊपर-ऊपर मुहब्बत मगर अंदर कहीं कुछ मायूसी और नाकामी की चुभन थी। "मैं गर्म हवा के थपेड़ों के साथ रेत के बारीक ज़र्रे सीने और जिगर में उतारने के लिए पैदा हुआ था। लेकिन यह बर्फ़ जैसी सफ़ेद और बिच्छू जैसी नोकीली हवाएं और इनके कांधों पर सवार ठंडे ज़र्रे मेरा मुक़द्दर बन गए तो मैं इनसे भी निबाहूंगा।"

"तो जा कहां रहे हो, मुझे भी साथ क्यों नहीं ले चलते?"

"जाऊंगा कहां? चिरार-शरीफ़ जाऊंगा। वहां चिल्ला खींचूंगा, फिर जो होगा, होगा।"

"तो वहां कौन सा हुनर सीखोगे? ये कैसी बहकी-बहकी बातें करने लगे हो?"

"बस यही तो मुझमें, तुझमें फ़र्क़ है सलीमा। मुझे चिरार-शरीफ़ के दरबार से वही गर्मी उबलती महसूस होती है जो वेर्नाक के चश्मे पर ठंडी होकर झेलम बन जाती है और सारे कश्मीर को सेराब करती है। चिरार-शरीफ़ का बादशाह मेरी भी खेती को उगाएगा, पकाएगा, गर्म करेगा। तेरा और मेरा पेट भरेगा।"

"या शैख़ुल-आलम!" पुकारता हुआ मख़्सूसुल्लाह नक़्क़ाश पलक झपकते में घर से बाहर था और एक-दो लम्हे में इस तरह ग़ायब हो गया जैसे वह गोश्त-पोस्त का बना हुआ आदमी नहीं बल्कि गुबार था और वो गलियां न थीं, ग़ार थे। सलीमा चिल्लाती रह गई कि कहां रहोगे? कब तक लौटोगे? मगर मियां ने एक न सुनी।

उसको तो कोई ग़ैबी ताक़त लिए जाती थी। उसे रास्ता मालूम था न जगह की ख़बर थी। उसे मालूम था तो बस इतना कि अगर मानसबल की झील पर सूरज के डूबने के सैकड़ों रंग हैं, और इतने बारीक फ़र्क़ वाले तरह-तरह के रंग कि मेरी क़लम उनको बयान नहीं कर सकती, अगर गुलमर्ग की ऊंची नम हवाओं की गोद में पली हुई चोटी पर बसे हुए गांव के गिर्द सियाह देवदार आसमान की तरफ़ सिर उठाए यूं खड़े हैं कि सूरज की किरण वहां हरापन लिए हुए मालूम होती है, गोया सारा गांव हल्के पानी की तह में डूबा हुआ हो, अगर बारामूला के आगे झेलम नदी को चढ़ाई से उतरता देखें और उसकी फुहारों में हरा, लाल और नीला रंग आंखमिचौली खेलते दिखाई दें और अगर अच्छीबल के फ़व्वारों का पानी तराशे हुए शीशे के टुकड़े जैसा सफ़ेद हो तो मेरी दुनिया, मेरा कश्मीर (हां, अब यह मेरा कश्मीर है)... यहां का सूरज वह सूरज नहीं जो किशनगढ़ की झलाबोर धूप में भूरे को सियाह और सियाह को नीला और सब्ज़ को सुर्ख़ कर देता है, जहां की सियाही आब-ए-हयात के चश्मे के अंधेरे को मात देती है और जहां के गुलाबी ठंडे मौसमों की दोपहर लड़कियों के चेहरे पर जन्नत की सुर्ख़ी मल देती है। तो मैं उन रंगों को देखूंगा जो मेरे कश्मीर के रंग हैं और मैं इन रंगों को अपने दिल में उतारूंगा और इन रंगों के दिल में ख़ुद उतर जाऊंगा।

□□

तालीम

ख़ुदा जाने कै दिन के सफ़र के बाद भी मियां मख़्सूसुल्लाह अपनी मंज़िल-ए-मक़सूद से बहुत दूर था, लेकिन बडगाम की बड़ी मस्जिद सामने थी। उसने मस्जिद के वज़ूख़ाने में पेशाब किया, वज़ू किया और बिस्मिल्लाह कहकर मस्जिद के सहन की ठंडक में जा बैठा, नमाज़ हुई, लोग आए-गए। कुछ लोग आए तो देर तक ठहरे रहे कोई क़ुरआन पढ़ता रहा, कोई नात गुनगुनाता रहा, बहुत से लोग तो मस्जिद की बुख़ारी के पास मुंडकरी मारकर पड़े रहे कि अगली अज़ान ही पर उठेंगे। इशा की अज़ान और नमाज़ के बाद भी मख़्सूसुल्लाह अपनी जगह से न उठा। अब वह सर्दी से कांप रहा था। भूख भी आसमान के तारों की तरह उसके बदन के चप्पे-चप्पे में चमक रही थी।

"मुसाफ़िर हो?" किसी ने बड़ी मीठी आवाज़ में पूछा।

"जी... जी नहीं... हां मुसाफ़िर ही कह लीजिए... यहां परदेसी हूं।"

"कहां जाओगे?" पूछने वाले के लहजे में लोलाब की वादी के गूजरों की लय जैसी मिठास थी। मशहूर था कि वो गीत भी गाते हैं तो क़ुरआन को मीठे स्वर में पढ़ने के रंग झलकने लगते हैं। और मियां की बोली पर अब भी राजपूताने की खुरदुरी ईंट की सुर्ख़ी वाले रंग बेतकल्लुफ़ बिखरे हुए थे।

"जाना कहां था, पता नहीं। बस एक बेचैनी थी जिसने गांव और दहलीज़ छुड़ा दी। शायद शैखुल-आलम..."

"शैखुल-आलम ने बुलाया है तो पहुंच ही जाओगे। लेकिन सफ़र का सामान क्या रखते हो और कहां है तुम्हारा खाने-पीने का सामान?" अजनबी का बदन फिरन में छिपा हुआ था और सिर पर पगड़ी कुछ इस तरह लपेटी गई थी कि मुंह साफ़ नज़र न आता था। उसकी कैफ़ियत ठीक से खुलती न थी, सिर्फ़ दाएं हाथ की तस्बीह धीरे-धीरे घूमकर उसे आम लोगों के क़रीब कर रही थी। दरम्याना डील, इकहरा बदन, नाक-आंख में देखने पर कोई ग़ैर-मामूली बात न थी। हां, हाथों की उंगलियां बादाम की कलियों की तरह नाज़ुक थीं।

"रास्ते का सामान?" मख़्सूसुल्लाह ने मुंह ही मुंह में दोहराया। "अमल मेरे पास कोई नहीं। इल्म से भी ख़ाली हूं सिर्फ़ एक बेक़रारी है। एक जब्र है जो खींचता हुआ आपके क़दमों में ले आया है। लेकिन आप...?"

मियां ने हिम्मत करके कहने को तो यह बात कह दी मगर फिर पछताया कि तुझे यह सवाल करने का हक़ किसने दिया? अभी तो तेरी ही ज़िंदगी सवालों के दायरे में है।

"खाना कब खाया तुमने?" बड़ी मीठी आवाज़ में, लेकिन उसके सवाल को सुना-अनसुना करके पूछा गया।

"घर से खाकर नहीं चला था। चला था तो गांदरबल के आसमान पर बादल जमा हो रहे थे। झेलम के किनारे बेद-ए-मजनूं की आंखें तर थीं; आज .खुदा जाने कितने दिन हो गए।"

"तो आओ, पहले खाना खाते हैं।"

कुछ और कहे सुने बग़ैर मियां मख़्सूसुल्लाह उन बुजुर्ग के साथ हो लिया। मस्जिद की गली से निकलें तो एक बड़ी सी हवेली मिलती थी। हवेली थी, ख़ानक़ाह थी, कि कारख़ाना थी। सब कुछ एक जगह लग रहा था। दोनों एक बड़े से कमरे में दाख़िल हुए, जिसके लकड़ी के फ़र्श का ज़्यादातर हिस्सा क़ीमती क़ालीनों से ढका हुआ था। माहौल में ज़ाफ़रान के इत्र की हल्की सी महक थी। ऊपर शम्ओं के बजाय चीड़ और सफ़ेदे की शाख़ों को कहीं मशाल और कहीं शमा की सूरत देकर रोशन कर दिया गया था। चीड़ और सफ़ेदे की .खुशबू ज़ाफ़रान के इत्र से मिलकर नई बहार दे रही थी। लकड़ी की शमओं और मशालों की महक, उनका हल्का सा धुआं, उनके चिटककर जलने की आवाज़ें, संगीत से भरी हुई मगर धीमी, दस-दस बारह-बारह के जत्थों में फ़र्श पर बैठे हुए लोगों की आहिस्ता बातचीत की रेशमी लहराहट, इन सबने माहौल पर एक बयान से बाहर लेकिन गहराई से महसूस होने वाली कैफ़ियत की चादर डाल दी थी।

हर जत्थे में लोगों के सामने कोई पौन हाथ की ऊंचाई और सात-आठ हाथ लंबी चौकियां शाहबलूत की, जिन पर कोई दस्तरख़ान न था, लेकिन हर चौकी पर एक भुनी हुई मुसल्लम भेड़ और उसके चारों तरफ़ रोटियों के ढेर। कुछ लोग चुपचाप खा रहे थे, कुछ दो निवालों के बीच बहुत धीमे लहजे में बातचीत भी कर रहे थे। मख़्सूसुल्लाह और वो बुज़ुर्ग जब अंदर आए तो पलभर के लिए सब लोगों का ध्यान अदब के साथ उनकी तरफ़ चला गया, लेकिन कोई बोला कुछ नहीं। दोनों एक कोने में ख़ाली चौकी के आगे बैठ गए। उस ज़रा से ख़ामोश सम्मान के अलावा कोई इशारा इस बात का न था कि वो बुज़ुर्ग वहां किसी ख़ास हैसियत के मालिक हैं।

जब कान और ज़बान वहां की गुफ़्तगू की लय और खाने के ज़ायक़े से परिचित हुए तो मख़्सूसुल्लाह ने कमरे में मौजूद लोगों की तरफ़ पूरा ध्यान दिया। उसे हैरत हुई कि बोलने को तो वो लोग कश्मीरी ही बोल रहे थे, लेकिन उनके अक्सर अल्फ़ाज़ उसके लिए मानी से बिल्कुल बेगाने थे। और उन लोगों का लहजा अजब तरह का था कि वो लोग अपने अल्फ़ाज़ को आम लोगों से ज़्यादा तेज़ी से अदा करते थे। उसने कान लगाकर सुना तो एक गिरोह में बातचीत का यह अंदाज़ थाः

“यहां एक सूत का चालीसवां और इस जगह तीन सूत का चौथाई लगता है। फिर यह शक्ल बनेगी।” उसने दो काग़ज़ दिखाए। एक तो बादामी रंग का था जिस पर हल्की ज़ाफ़रानी रोशनाई से अजीब सी इबारत लिखी हुई थी। दूसरे में क़ालीन के नक़्शे का एक टुकड़ा था जिसमें पूरे रंग दिखाए गए थे।

“इस क़िरमिज़ी रंग को उस सनोबरी से न मिलाओ। यहां सफ़ेदे वाली सब्ज़ी आएगी। और जब यह सब्ज़ी बेद-ए-मजनूं के हल्के सुनहरे से मिलेगी तो यह रंग दिखाएगी।” लेकिन बजाय रंग के उसी बादामी काग़ज़ का एक कोना दिखाया जिस पर ज़ाफ़रानी नक़्श बने हुए थे। बोलने वाले की आवाज़ में बादशाहों जैसा आत्मविश्वास और वलियों जैसी पकड़ थी। इसी बीच अठारह-उन्नीस साल के एक लड़के ने आकर उन बुज़ुर्ग को सलाम किया और कुछ झुंझलाहट, कुछ लाड़ भरे लहजे में कहाः “उस्ताद, यह नक़्शा मुझसे तो नहीं बनने का।” उसने एक लंबा सा काग़ज़ पेश कियाः वही बादामी रंग, वही ज़ाफ़रानी, बेमानी से निशान। “मेरे बस में नहीं है इतने धागों और इतने रंगों को पढ़ना। कोई पढ़कर बोलता जाए तो...”

“वह भी हो सकता है। लेकिन तुम तो तालीमनवीसी सीखने के ख़्वाहिशमंद हो। पहले तालीम पूरी तरह पढ़ना तो सीखना ही होगा।”

फिर उन बुज़ुर्ग ने वह लंबा, ज़रा सा जर्जर बादामी काग़ज़ उस नौजवान के हाथ से लेकर मख़्सूसुल्लाह को दिखायाः

“यह तालीम कहलाता है। अठारह हाथ लंबे और दस हाथ चौड़े क़ालीन का पूरा नक़्शा यहां दर्ज है। एक-एक रंग, एक-एक धागा इन संकेतों के ज़रिए ज़ाहिर किया

गया है। इनको पढ़ना ही बहुत मुश्किल है, फिर कहां ऐसे नक़्शे, यानी एक नई तालीम .ख़ुद ईजाद करना। इनको पढ़ने वाले मकतब में फ़ारसी और अरबी नहीं पढ़ते, न गणित और मापन विधि जानते हैं। यह इल्म और ही तरह का है। इसके जानने वाले तसव्वुर, ईजाद की क़ुव्वत और नई-नई बातें निकालने की क़ाबलियत की बदौलत काग़ज़ पर ये नन्हे-मुन्हे, देखने में बेमानी नक़्श बनाने के माहिर होते हैं। यूं तो वो अक्सर अपना नाम भी नहीं लिख सकते।"

मख़्सूसुल्लाह मुंह फाड़े उन बुज़ुर्ग को तक रहा था। यह तो गोया कोई .ख़ुफ़िया ज़बान थी, जिसे जानने के लिए गणित, नक़्क़ाशी, मुसव्विरी, रंगरेज़ी, और .ख़ुदा जाने और क्या-क्या क़ुव्वतें दरकार थीं। और ग़ैरमामूली याददाश्त, और एक चीज़ जिसे वह कोई नाम न दे सका मगर जिसका अमल यह था कि रंगों और लकीरों के समूह को तसव्वुर की आंखों से उसी तरह देख लिया जाए जिस तरह कोई गोचर, भौतिक क़ालीन देखा जा सकता है।

बुज़ुर्ग उसका हाथ पकड़कर एक और कमरे में ले गए। यहां कई क़ालीनसाज़ अपने-अपने करघे पर काम कर रहे थे। एक उम्रदार शख़्स ज़रा अलग, थोड़ी सी ऊंची जगह पर बैठा कुछ बोल रहा था गोया इमला बोल रहा हो।

"तालीम के हर टुकड़े को 'उल्व' कहते हैं और उसकी एक सतर को 'वार' कहते हैं। ध्यान देकर सुनो, ये उस्ताद क्या कह रहे हैं," उन बुज़ुर्ग ने कहा।

उस्ताद ने ऊंची आवाज में कहाः

"एक चीनी।

"एक ज़र्द।

"नौ चीनी।

"तीन मलाई।

"एक बादामी।

"एक अनारी।

"एक चीनी।

"नौ गुलाबी।

"किया?"

अब सब क़ालीनसाज़ जो अब तक उस्ताद के बोले हुए लफ़्ज़ों के मुताबिक़ क़ालीन बुन रहे थे, एक ज़बान होकर बोलेः "हां जी, किया। चलिए भाई, चलिए।"

मख़्सूसुल्लाह ने आगे बढ़कर उस्ताद के तालीमी काग़ज़ को ग़ौर से देखा। सिर्फ़ अलामतें ही अलामतें थीं, कुछ इस तरह कीः

```
          \     0
0         M     9     M     8
-                     C
```

(इन संकेतों का रोमन अक्षरों या गिनती से कोई ताल्लुक़ नहीं। यहां इन्हें आसानी से समझ में आने की ग़रज़ से ऐसा लिखा गया है। असल अलामतें इनसे मिलते-जुलती हैं, लेकिन वो सही मायनों में अलामतें हैं, अक्षर या गिनती नहीं। यह महज़ इत्तफ़ाक़ है कि इन पर अक्षर या गिनती का धोखा होता है।)

मख़्सूसुल्लाह ने हैरत और उलझन की निगाह से बुज़ुर्ग को देखा। वो मुस्कुराकर बोलेः "परेशान न हो। सीखने पर सब आसान हो जाता है। पहली अलामत है, 'एक चीनी' यानी शक्करी रंग एक बार। दूसरी अलामत कहती है, 'एक ज़र्द' यानी ज़र्द रंग एक बार। तीसरी अलामत के मानी हैं, 'नौ चीनी' यानी नौ बार शक्करी रंग। चौथी अलामत कहती है, 'तीन मलाई' यानी तीन बार मलाई का रंग। पांचवीं अलामत कहती है, 'एक बादामी' यानी एक बार बादामी रंग। यूं ही ये अलामतें अलग-अलग रंगों और धागों की तादाद को बयान करती हैं। तालीम की एक सतर ख़त्म करके उस्ताद पूछता है, "किया?" यानी क्या तुम सब लोगों ने उसी तरह काम कर लिया जिस तरह मैंने आवाज़ दी थी? क़ालीनसाज़ जवाब देते हैं, "हां जी, किया," फिर कहते हैं, "चलिए भाई, चलिए," या फिर कहते हैं, "चलिए उस्ताद, चलिए," यानी अब अगली वार बोलिए।"

"सुब्हानल्लाह, तालीम को समझना उसे ईजाद करने से कुछ ही कम बारीकी मांगता है।"

उन बुज़ुर्ग ने बात जारी रखी, लेकिन अब उनके लहजे में कुछ उपदेश, कुछ प्रेरणा का अंदाज़ था। "तुम रंगों के रसिया हो, लेकिन चमकने वाले रंगों की तरह शोख़ रंग और चीड़ के तेल की तरह चिकने और साबुन के झाग जैसी झिलमिलाती पारदर्शिता रखने वाले और हाथों से बार-बार फिसल जाने वाले रोशन रंग, जलते हुए, आपस में टकराते हुए लेकिन किसी न किसी सतह पर आपस में घुलती-मिलती और वजूदी हक़ीक़त की तरह अपनी-अपनी ख़ासियत को बरक़रार रखने वाले रंग, तुम्हारी तलाश का मक़सद हैं। तुम काग़ज़ पर बाग़ लगाना चाहते हो जिसमें फ़व्वारे हों, परियों और हंगुलों के झुंड हों। तुम पहाड़ों की तस्वीर बनाना चाहते हो, जिनमें दरख़्तों के साये की काली-सफ़ेद धारियां हों और बादल के रंग वाले तेंदुओं की बेपरवाह चाल हो, तेंदुए जिनके बदन वुलर के किनारे उगती घास जैसे लचकदार हैं, उनके रंग बर्फ़ और देवदार के रंग में मिल जाते हैं तो तेंदुआ ग़ायब हो जाता है और उनके रंग जब सफ़ेद दूधिया बर्फ़ की पृष्ठभूमि में हों तो उसके समूर से इतनी तेज़ रोशनी फूटती है कि बर्फ़ उसे लपेट लेती है कि कोई उसे देख न सके। बर्फ़ तेंदुए को मुड़ा-तुड़ा ख़त बना देती है कि उसे कोई पढ़ नहीं सकता।"

वो पलभर के लिए रुके। उनकी निगाहें कहीं दूर देखने लगी थीं। जैसे वो बर्फ़ज़ार, वो तेंदुआ, वो काले देवदार जिनके इर्द-गिर्द बर्फ़ जैसे ही सफ़ेद क़लीज

चकोर दिनभर अपना खाना ढूंढ़ते हैं, वो सब उनकी आंख के सामने हों और मख़्सूसुल्लाह कहीं बहुत दूर ओझल हो चुका हो। मख़्सूसुल्लाह में बहरहाल बात काटने या लुक़्मा देने की हिम्मत नहीं थी।

"तुम डेढ़-दो गज़ के रीछ को बीस गज़ और उससे भी ज़्यादा ऊंचे देवदार और बलूत के साये में यूं सोता हुआ देखना चाहते हो कि एक तरफ़ से साया और बदन एक हुए दिखाई दें, और एक तरफ़ से अलग दिखाई दें। तुम काबा शरीफ़ के एकदम हल्के हरे और मदीने की मस्जिद के गहरे हरे रंग को एक साथ लाना चाहते हो, और तुम यह भी चाहते हो कि किसी तरह इन सुर्ख़-नारंगी और आसमानी, मोर जैसे रंगों के राज़ जान लो जिन्हें लद्दाख़ी और तिब्बती औरतें अपने क़ालीनों में इस्तेमाल करती हैं। तो यह सारी दुनिया, यह सारी कायनात, रंगों के पेच-दर-पेच लहरियों के सिवा कुछ नहीं; हां इनसे ऊपर वह रंग है जिसका कोई रंग नहीं..."

मियां मख़्सूसुल्लाह बेवक़ूफ़ों की तरह उन बुज़ुर्ग का मुंह तक रहा था। उसकी समझ में कोई बात ठीक से नहीं आ रही थी। ये बुज़ुर्ग मेरा मज़ाक़ उड़ा रहे हैं या सचमुच मेरे दिल का हाल जानते हैं, और इन्हें वाक़ई मालूम है कि मुझे क्या करना चाहिए। और ये भी कि मुझे जो करना है वह किस तरह अमल में आ सकता है?

उन बुज़ुर्ग ने थोड़ी देर के लिए आंखें बंद कर ली थीं। फिर अचानक उन्होंने आंख खोलकर मख़्सूसुल्लाह का हाथ मज़बूत पकड़ लिया और बोले: "आओ, मैं तुम्हें तालीमनवीसी सिखाऊंगा। क़ालीनसाज़ी भी एक तरह की मुसव्विरी है और तालीम वो रहस्य भरे हर्फ़ हैं, जिनमें क़ालीन का ख़्याली नक़्शा छुपा होता है। तालीमनवीस अपनी कल्पना के बल पर क़ालीन को हवा पर फैलाता है, उसे ख़्यालों ही ख़्यालों में हर तरफ़ से, हर कोण से देखता है। दाएं से देखें तो कैसा मालूम होगा? ऊपर से कैसा दिखाई देगा? क़ालीन दीवार पर टंगा हो और सामने की दीवार पर आईना हो तो कैसा लगेगा? क़ालीन अगर पूरे फ़र्श पर बिछा हो तो क्या छाप पड़ेगी और अगर इस तरह बिछे कि उस पर रोशनी बाहर से भी पड़ रही हो तो क्या सूरत होगी? इस तरह के कितने ही नुक्ते हैं जिनका फ़ैसला तालीमनवीस क़ालीन की शक्ल अपने ज़हन में बनाकर ही कर सकता है।"

वो एक लम्हे के लिए ठहरे तो मख़्सूसुल्लाह ने हिम्मत करके कहा: "मैं... मगर मैं तो त... तस्वीर ही बनाना जानता हूं और तस्वीर को काग़ज़ पर बनाते हुए तमाम बातों का लिहाज़ रख सकता हूं।"

"हमारे बुज़ुर्गों ने ईरान और काशान और चीन से जो नमूने और तर्ज़, और काम करने के तरीक़े सदियां गुज़रीं सीखे थे, तुम क्या समझते हो कि वो हमारे पास उसी तरह मौजूद हैं? एक तरह से देखो तो वो बिल्कुल वैसे ही हैं और एक तरह से देखो तो मालूम होगा कि हर दौर के तालीमनवीसों ने पुरानी शाख़ों में नई क़लमें लगाकर

ताज़ाकारी के नए फूल खिलाए हैं। हर नए का दामन नई बेलों, हाशियों और तराज़ों से नए सिरे से बहार की तरह ईजाद होता है... तालीमनवीस को शायर, मुसव्विर, नर्तक, गायक सब कुछ होना चाहिए।"

मियां मख़्सूसुल्लाह ने कुछ कहने के लिए मुंह खोला ही था कि उन बुज़ुर्ग ने ज़रा गूंजदार, हुक्म भरे लहजे में कहा, "तुम तालीम सीखोगे।" इस जुमले में सवाल न था और न भविष्यवाणी। ऐसा लगता था कि मख़्सूसुल्लाह को इस काम के लिए सृष्टि के पहले दिन से ही चुन लिया गया हो।

"जी... जी मैं? मैं इस लायक़ समझा जाऊं तो मेरे लिए बड़े फ़ख्र की बात होगी।" मख्सूसुल्लाह ने झिझकते हुए जवाब दिया। फिर अचानक उसकी कमर सीधी हो गई और गर्दन में .ख़ुद-बख़ुद अकड़ आ गई। "हुज़ूर शायद नहीं जानते कि मैंने किशनगढ़ में चित्रकारी में कितना नाम पैदा किया था। काल्पनिक चित्र...।"

"मैं इस मामले में नहीं पड़ना चाहता।" अचानक बुज़ुर्ग के भी लहजे में निश्चय भाव आ गया। "मैं जानता हूं मुसव्विर या नक़्क़ाश अपनी ज़ात का असल है तो उसके लिए हर तस्वीर सच्ची है। मैं तुमसे तालीमनवीसी के बारे में पूछता हूं।"

"सर-आंखों पर," मख़्सूसुल्लाह के मुंह से निकला। उसने किसी कैफ़ियत का बोझ महसूस करके सिर झुका लिया; फिर उसका सिर इतना झुका कि उन बुज़ुर्ग के पांव से तक़रीबन छू गया।

मख़्सूसउल्लाह ने पूरे आठ बरस जानतोड़ मेहनत की। तालीमनवीसी उसकी तारीख़ में न थी लेकिन उसकी रूह में थी। जिस बूढ़े उस्ताद से उसने फ़न सीखा था, वो उठते-बैठते उसे एक क़िस्सा सुनाताः

"सुन बे ओ राजपूताने के उजड्ड; सुनता है?"

"जी, सुनता हूं।"

"पुराने ज़माने में एक राजा था; सुना?"

"हां उस्ताद, सुना।"

"राजा तो था तेरी तरह का गाऊदी, लेकिन उसका वज़ीर था बेहद अक़्लमंद। सुनता है?"

"जी हां उस्ताद, वज़ीर बहुत बुद्धिमान और समझदार था।"

"बुद्धिमान और समझदार तो मैंने कहा नहीं। मैंने कहा बेहद अक़्लमंद था।"

"माफ़ी चाहता हूं, उस्ताद; वज़ीर बेहद अक़्लमंद था।"

"मैं कहता कुछ हूं, तु सुनता कुछ है। फिर तालीमनवीसी क्या सीखेगा? नागफनी का दूध पीने और गोह का गोश्त खाने से यह फन नहीं आता; समझे मेरे राजपूती गंवार?" फिर उस्ताद तमाम सुनने वालों से मुख़ातिब होकर कहता, "सुनो ऐ अहमक़

हंगुलों की औलादों, एक राजा था पुराने वक़्तों में। बड़ा अहमक़ लेकिन फ़न का दीवाना और उसका वज़ीर था बेहद अक़्लमंद। सुनते हो तिब्बती बुद्धपंथी औरतों की यादगारों?"

सब लोग यह क़िस्सा एक से ज़्यादा बार सुन चुके थे, लेकिन एक-ज़बान होकर कहते, "जी उस्ताद, सुन रहे हैं।"

"राजा ने वज़ीर से कहा, 'मुझे सुलेख की कला सिखा दे।' वज़ीर ने कहा, 'जहांपनाह, सुलेख सीखने के लिए नर्तक बनना ज़रूरी है।' 'तो फिर चल पहले नृत्य सिखा दे,' राजा ने कहा। वज़ीर ने जवाब दिया... मालूम है क्या जवाब दिया?"

सबको मालूम था मगर कोई बोला नहीं। "वज़ीर ने कहा," उस्ताद ने एक-एक लफ़्ज पर ज़ोर देकर बयान किया; "'मगर आलमपनाह, नृत्य जानने के लिए मुसव्विर होना ज़रूरी है।' 'तो कोई बात नहीं, मुसव्विरी ही सीखते हैं,' राजा बोला। मगर वज़ीर ने कहा, 'लेकिन ज़िल्ल-ए-इलाही, मुसव्विर वही हो सकता है जो अच्छा मेमार हो।' राजा को बड़ा ग़ुस्सा आया, 'यह क्या बकवास है? अच्छा यूं ही सही, आज से मेमारी सीखना शुरू करता हूं।' वज़ीर थोड़ी देर चुप रहा, फिर बोला... मालूम है वज़ीर अब क्या कहेगा?"

ज़ाहिर है कि सब जानते थे, लेकिन सब पहले की तरह चुप रहे। उस्ताद ने फ़तहमंदी के अंदाज़ में बताया; "वज़ीर ने कहा, 'ऐ हमारे घर-बार की पनाह, आलीजाह, मेमार वही हो सकता है जो इंजीनियर हो।' 'ठीक है, कहीं तो बात शुरू होगी,' राजा ने हंसकर कहा, 'मैं इंजीनियर बनने को तैयार हूं।'"

उस्ताद ने जिज्ञासा पैदा करने वाली चुप्पी साध ली, फिर रुक-रुककर बोले "लेकिन वज़ीर ने जवाब दिया... वज़ीर ने जवाब दिया, 'ज़िल्ल-ए-सुब्हानी, इंजीनियर बनने के लिए नर्तक होना ज़रूरी है!'"

"'और नर्तक वही बन सकता है जो सुलेख जानता हो,' उस्ताद ने कुछ होंठों ही होंठों में कहा, फिर जैसे एक-दो दम तक वो सांस रोके रहे थे, लंबी सांस लेकर बोले, 'इंसान का वजूद अविभाजित है। क्या तुम कह सकते हो कि जिस्म कहां ख़त्म होता है और रूह कहां शुरू होती है? क्या तुम जानते हो कि जो सुन नहीं सकता वह ज़्यादा अच्छा देख सकता है? लेकिन जो सुन नहीं सकता वह बोल नहीं सकता। और जो बोल नहीं सकता वह गा नहीं सकता, लेकिन वह नाच सकता है। सात सुरों के बीच कोई दीवार नहीं; सातों सुर आपस में घुलकर एक भी हो सकते हैं और अलग-अलग भी सुनाई दे सकते हैं। ये सब विशिष्ट कलाएं इंसानी वजूद हैं और इंसानी वजूद की चित्र सात सुर, सात रंग और सात सौ कोण हैं।"

मख़्सूसुल्लाह को अपनी सांस रुकती हुई महसूस हुई। ये सब समझ सकूं तो

कायनात को एक ही तालीम में समो दूं, उसने .ख़ुद से कहा।

उस्ताद ने कहना शुरू किया, "देखना सीखो, और देखना तब सीखोगे जब रंगों का तराना सुन सकोगे। मख़्सूसुल्लाह, सब्ज़ रंग कितनी तरह के होते हैं?" उनकी आंख मख़्सूसुल्लाह पर यूं थी जैसे किसी के सीने पर ख़ंजर की अनी रखी हो।

"स... सब्ज़ रंग? उस्ताद, सब्ज़ रंग होंगे यही... यही क... कोई पंद्रह-सोलह तरह के..."

उस्ताद ने घूरकर उसे देखा। ख़ंजर की अनी एक ज़रा सी सीने में उतर गई।

"क्या फ़िज़ूल शख़्स है। अरे मियां, सब्ज़ के कोई साठ-बासठ रूप तो मैं तुझे अभी दिखा देता। बस पारखी नज़र दरकार है। ज़रा मौसम के लिहाज़ से सोच, वक़्त के लिहाज़ से सोच।"

"जी हां, उस्ताद।" मख़्सूसुल्लाह ने कुछ समझे बग़ैर जवाब दिया।

"नहीं, अभी तूने सोचा नहीं, मेरा मियां।" उस्ताद ने अचानक चुमकारने का लहजा अपना लिया। "मेरा मियां, ज़रा गर्मियों के मौसम में जब मानसबल पर सूरज डूबता है, तो उस वक़्त चिनार के सब्ज़ पत्तों की सब्ज़ी और सेब के कच्चे फलों की सब्ज़ी को सोच। बारिशों के फ़ौरन बाद सियाह देवदार से फूटती कोंपलों की सब्ज़ी को देख। पन्ने के उस डाले की सब्ज़ी को सोच जो अभी-अभी खदान से निकला है, जिसके बीच में खरा नगीना है और जिसके चारों तरफ़ कच्चे पन्ने की मलगजी हरियाली है। दोनों के रंग में क्या फ़र्क़ है, यह सोच। और गर्मियां ख़त्म होते-होते वुलर की वादी में धान की उगती हुई बालियों की ज़र्द-सुनहरी सब्ज़ी को देख। फिर क्यारियों में ठहरे हुए पानी में धान की बालियों के अक्स का रंग देख, जब उस पानी में आसमान की नीलाहट का अक्स भी पड़ रहा हो। और उसी पानी में लहराते सांप की हरी लंबाई को सोच... और आख़िरकार यह सब क्या है? वही एक सब्ज़ रंग। उनके सरगम को सुन। तब तुझे पता चलेगा बच्चे कि तालीम का जाल मायाजाल है कि इंद्रजाल है।"

मख़्सूसुल्लाह का सिर चकरा गया। इतनी बारीकी से चींटी भी न देखती होगी, उसने दिल में कहा।

उस्ताद चुप हो जाते, सब शागिर्द कुछ न कुछ करने में मसरूफ़ हो जाते। जिनसे कुछ न बन पड़ता, वो ऊन और रेशम के लच्छों या बादामी काग़ज़ों को उलटते-पलटते। इस तरह आठ साल गुज़र गए। मख़्सूसुल्लाह इस मुद्दत में कश्मीर का सबसे बड़ा तालीमनिगार बन गया। उसके दिमाग़ की उपज, आंख की तेज़ी, ख़ाके की बारीकी, सब ऐसी थीं कि इससे पहले देखी या सुनी न गई थीं। आठ साल के बाद वह बारामूला वापस आया। उस वक़्त तक उसकी फ़नकारी के नमूने हिंदुस्तान और दकन, ईरान और काशान तक फैल चुके थे।

अहमदशाह बादशाह ग़ाज़ी को शाही मसनद पर पांचवां साल था जब मख़्सूसुल्लाह को अल्लाह ने एक बेटा अता किया, गोया उसकी कामगारी और .ख़ुशनसीबी पर परवरदिगार की तसदीक़ की मुहर लग गई। बच्चे का नाम उसने याहया रखा, कि उस बच्चे के वजूद में उसे अपनी कारीगरी और रचनात्मकता के लिए नई ज़िंदगी की तमन्ना और उम्मीद थी।

याहया की पैदाइश और मख़्सूसुल्लाह की मौत कमोबेश एक साथ हुई। लेकिन कोई न जान सका, न समझ सका कि वह किस तरह मरा। जब उसकी बीवी के दर्द शुरू हुआ तो मख़्सूसुल्लाह अपने निजी करघे पर काम कर रहा था। यह करघा अलग कमरे में, मकान के मर्दाना हिस्से में था और वहां किसी को आने की इजाज़त न थी। मख़्सूसुल्लाह ने एक नई तालीम ईजाद की थी और उसे शक था कि मेरे सिवा कोई और उसे समझ भी न सकेगा, उसको पढ़कर कामयाबी से क़ालीन का रूप देना तो दूर रहा। दूसरी बात यह थी कि उसमें रिवायती रंगों के साथ कुछ बिल्कुल नए रंग, जैसे नारंगी-सुनहरा और सियाह भी, इस्तेमाल हुए थे और मियां मख़्सूसुल्लाह को शक था कि उसके अलावा कोई और उन रंगों के मायनों तक पहुंच सकेगा।

बीवी के ज़चगी के दर्द की ख़बर पाकर मख़्सूसुल्लाह सब काम छोड़ घर के अंदर आकर जानमाज़ पर बैठ गया। उसने किसी से कुछ कहा नहीं, न उससे किसी ने कुछ कहा। बस जिस तरह वह किसी नौजवान नौसिखिए क़ालीनसाज़ को पूरे ध्यान से और मन लगाकर किसी पेचीदा तालीम के नुक्ते समझाता, उसे एक-एक धागे, एक-एक गिरह से वाक़िफ़ कराता, गोया किसी बच्चे का हाथ पकड़कर किसी बीहड़ रास्ते वाली वादी के उतार-चढ़ाव पर चलाकर घर तक ला रहा हो, उसी तरह वह जानमाज़ पर बैठा अपने पुरखों, अपने रूहानी पेशवाओं ख़ासकर शैखुल-आलम, और ख़्वाजा ख़िज़िर, फिर अपने नबी का नाम ले-लेकर उन्हें अपने तसव्वुर में लाता और उनसे याचना करता कि मेरी बीवी की मुश्किल आसान कर दीजिए, मेरे बच्चे की राह नई-नई है, ज़रा उसका हाथ पकड़ लीजिए। ज़रा ध्यान दे दीजिए, वह नाक-नक़्शे, हाथ-पांव का दुरुस्त हो। लड़का पैदा हो कि लड़की, इस बारे में उसका ज़हन साफ़ न था। वह गर्भस्थ शिशु को बच्चा कहकर अपने ख़्याल में लाता और उसके लिए पुल्लिंग के शब्द लाता। लेकिन अमल में और अक़्ल के सहारे उसने कोई फ़ैसला न किया था कि उसकी औलाद लड़की होगी या लड़का।

□□

काला गुलाब

सख़्त सर्दी की रात थी। दिन में इतनी बर्फ़ गिरी थी कि मख़्सूसुल्लाह के जानमाज़ वाले बरामदे और पहली मंज़िल पर बने ज़च्चाख़ाने के बीच लकड़ी की पुरानी सीढ़ी बर्फ़ का बोझ बर्दाश्त न कर सकी और सुबह होते-होते पटाख़े जैसी आवाज़ के साथ

नीचे आ गिरी। मख़्सूसुल्लाह यूं ही जानमाज़ पर बैठा रहा। उधर वह आंगन जहां से सीढ़ी शुरू होती थी, सीढ़ी के मलबे और बर्फ़ के ढेरों से यूं अट गया था कि उसकी सफ़ाई किए बिना किसी कामचलाऊ सीढ़ी का भी इंतज़ाम मुश्किल नज़र आता था। लोग अभी इस कोशिश में थे कि कहीं से हल्की लकड़ी की सीढ़ी ले आएं कि उसी लम्हे बच्चे के रोने की आवाज़ बुलंद हुई। ऊपर से दाई-जनाई की आवाज़ आई, “वाह भई सलीमा बीबी, इतने अच्छे हाथ-पांव का बच्चा और इतना काला रंग, गोया निशात बाग़ का काला गुलाब। वाह जी वाह, सुब्हानल्लाह!”

फिर मुबारकबादियां, गाने-बजाने का शोर और बहुत बाद में एक बूढ़ी औरत ने ज़च्चाख़ाने की दहलीज़ पर आकर पुकारा, “बच्चे को ले लो।” किस तरह ले लूं, मख़्सूसुल्लाह ने दिल में कहा, रास्ता तो कोई है नहीं।

आवाज़ फिर आई, “बच्चे को ले लो। उसके कान में अज़ान देनी है।”

मख़्सूसुल्लाह ने ऊपर देखा तो दाई-जनाई सफ़ेद मोटे गब्भे में लपेटी हुई एक गठरी लिए खड़ी थी।

“आओ, नीचे आ जाओ, बिल्कुल मेरे बराबर। फिर हाथ फैला लो। ज़रा सी तो ऊंचाई है और ज़रा सा बच्चा। दो-अंचली शाल हो तो उसमें बस लपक लो। अज़ान देने में देर न हो तो अच्छा है।”

‘ऐसे किस तरह उसे नीचे लाने दूं? कहीं हवा में इस तरह फेंके जाने की धमक उसे कुछ नुक़सान न पहुंचाए,’ मख़्सूसुल्लाह ने दिल में कहा।

“नहीं, यूं नहीं। उसे टोकरी में रखकर रस्सी के सहारे उतारो। मैं अभी इंतज़ाम करता हूं।”

रस्सी से बंधी हुई एक टोकरी नीचे लटकाई गई। रस्सी नहीं, बल्कि पुरानी किसी चादर की पट्टियां फाड़कर उन्हें बट लिया गया था। टोकरी भी यूं ही थी। भला बर्फ़ानी रात में कोई अच्छी टोकरी कहां मिलती?

“लाओ, लाओ। देखना, मैं उसे कितनी अच्छी तरह अपने हाथों में लेता हूं। धमक क्या, झटका भी न महसूस होगा।” टोकरी और उसका क़ीमती सामान धीरे-धीरे नीचे उतरे। मख़्सूसुल्लाह ने पिंडली-पिंडली बर्फ़ के गालों में पांव रखकर टोकरी को अपने हाथों में संभाला। बच्चे का माथा चूमकर वो बोला, “मैंने इसका नाम मुहम्मद याहया रख दिया है। इंशाअल्लाह, यह नन्ही सी जान बहुत दिन जिएगा। मेरा बेटा तालीमनवीसी में नई जान डालेगा। हम दोनों मिलकर मुल्क-ए-हिंद फ़तह कर लेंगे।” यह कहते-कहते उसकी आवाज़ भर्रा गई। उसने चुपके से फिरन के गरेबान में आंसू पोंछे, बच्चे के दाएं कान में अज़ान दी, बाएं में कलमा पढ़कर फूंका, फिर उसको अपनी उंगली चुसाते हुए उसने दाई-जनाई से पूछा, “इसकी मां तो ठीक-ठाक है न? उसके दूध उतरा कि नहीं?”

"सब कुछ है, सब ठीक है मियां। बीबी के दूध अभी ज़रा दर्द करते हैं, लेकिन मेरा मुन्ना चुसुर-चुसुर पी रहा है। तुम दोनों बड़े .खुशनसीब हो। अल्लाह की राह में ख़ैरात करो; हम लोगों को भी अलग से इनाम दो।"

"होगा, वह सब होगा। ज़रा सूरज निकले, बच्चे की मां के हाथ-पांव में जान आ जाए, फिर देखना।" यह कहकर उसने बच्चे को उसके मामूं की गोद में दिया जो पास ही खड़ा था। फिर वह घर से बाहर निकल गया और कभी वापस न लौटा।

शुरू में तो गाने-बजाने के शोर और लोगों के आने-जाने की रौनक़ों में किसी ने कुछ ख़्याल न किया, लेकिन जब दिन चढ़ आया तो मख़्सूसुल्लाह की तलाश शुरू हुई। थोड़ी देर में यह तलाश घबराहट और बदहवासी में बदल गई। फिर दूसरे दिन की सुबह होते-होते इस उम्मीद का सहारा लिया जाने लगा कि मियां जल्द या देर लौट आएंगे। आख़िर पहले भी तो यूं अचानक ही ग़ायब हुए थे। लिहाज़ा बडगाम ख़बर भिजवाई गई। लेकिन वहां से कुछ पता न लगा।

छठी नहाने के बाद सलीमा ने बुजुर्गों के मज़ारों पर मिन्नतें कीं, रोज़े रखे, तावीज़ लिखवाकर घर में पत्थर के नीचे दबाए, लेकिन नतीजा कुछ न निकला। फिर एक दिन ख़बर मिली कि डाचीगाम के जंगल में किसी अजनबी की लाश मिली है।

बर्फ़ अब भी यूं ही तेज़ी से गिर रही थी, जब सलीमा का छोटा भाई डाचीगाम के लिए रवाना हुआ। जंगल के रखवाले ने उसे ख़बर दी कि चंद ही कोस के फ़ासले पर अजनबी की लाश मिली है और अभी तक कोई उसे पहचान नहीं सका है। बर्फ़ में किसी न किसी तरह पांव जमाते, अपने सिर-गर्दन को अच्छी तरह लपेटे, फिरन के नीचे कांगड़ी रोशन किए वो तेज़ हवाओं से उलझते-सुलझते कई घड़ी में वहां पहुंचे।

वह मख़्सूसुल्लाह ही था। एक बहुत ऊंचे शाहबलूत के तने से टेक लगाए, बदन पूरी तरह ढांपे गोया सो रहा हो। धड़ तक बर्फ़ में ढका हुआ, चेहरे पर इत्मीनान, शायद सोते-सोते ही उसकी जान मलिकुल्मौत ने अपने क़ब्ज़े में कर ली थी। सख़्त बर्फ़बारी की ज़बरदस्त सर्दी में जिस्म की गर्मी तेज़ी से कम होती है, ताक़त घटती है, ख़ून की रवानी सुस्त होने लगती है। दिल एक तरफ़ तो कोशिश करता है कि रगों में ख़ून की रफ़्तार बढ़ाए और दूसरी तरफ़ सर्दी के कारण गाढ़ा होता हुआ ख़ून और सिकुड़ती हुई रगें ख़ून के बहाव की क़ुदरती लय में रुकावट डालती हैं। इस तरह दिल पर ग़ैर-मामूली बोझ पड़ने लगता है, थोड़े से मुक़ाबले के बाद दिल थकने लगता है। फिर हाथ-पांव, ख़ासकर जिस्म के वो तमाम हिस्से जो दिल से दूर हैं, सुन्न होने लगते हैं। अगर सुन्न न हो जाएं तो ग़ैर मामूली दर्द हो और इंसान दर्द के मारे जान दे दे। आंखों की बाल जैसी बारीक रगों में ख़ून की कमी के कारण नज़र धुंधला जाती है।

पहले तो दिमाग़ बदन की तमाम मांसपेशियों को कंपकपी लाने का हुक्म देता है कि हरकत से गर्मी पैदा होती है और गर्मी ही ऊर्जा है। लेकिन जल्द ही कंपकपी में लगने वाली ऊर्जा (हरारत) का अनुपात उस ऊर्जा के मुक़ाबले ज़्यादा होने लगता है जो कंपकपी के ज़रिए पैदा होती है। जितनी सर्दी बढ़ती है, कंपकपी भी उतनी ही बढ़ती है और आख़िरकार कंपकपी के बढ़ते जाने से ऊर्जा और गर्मी इतनी कम हो जाती है कि कंपकपी की भी क़ुव्वत नहीं रह जाती। फिर ऊंघ सी छाने लगती है, चुपचाप बेहिस पड़े रह जाने में अजब जन्नत का सा लुत्फ़ आता है, रूहानी सुकून सा महसूस होता है। ऐसे में अगर मरीज़ की जान बचाने के लिए कोई उसे झिंझोड़े और गर्म क़हवा भी मुंह में लगा दे, तो उसे क़त्ल कर देने को जी चाहता है।

एक लंबी नींद के बाद जिस्म ठंडा, बेहरकत और बेहिस हो जाता है। बहुत देर बाद दिमाग़ की भी रौशनियां एक-एक करके बुझने लगती हैं।

मख़्सूसुल्लाह के साथ भी ऐसा ही कुछ हुआ था। जब उसे बर्फ़ के बिस्तर से उठाकर शाल को उसके बदन से अलग किया गया तो लोगों ने देखा कि उसके दाएं हाथ में हाथी दांत जैसा एक पतला, तुड़ा-मुड़ा काग़ज़ था। बड़ी मुश्किल से भींची हुई मुट्ठी से उसे निकालकर उसकी शिकनें कुछ दुरुस्त की गईं। (ज़्यादा दुरुस्त करने में डर था कि वह पुरानी जर्जर लकड़ी की तरह टुकड़े-टुकड़े हो जाएगा।) जब हाथ में लेकर ग़ौर से देखा गया तो पता लगा कि वह काग़ज़ न था। लेकिन वहां के लोग हाथी दांत को पहचानते न थे, इसलिए समझ न पाए कि क्या चीज़ है और उन्होंने उसे किसी जानवर की हड्डी समझा। हड्डी पर एक बेहद अजनबी, बेहद ख़ूबसूरत लड़की की तस्वीर थी। वह बनी-ठनी थी, लेकिन कश्मीर के रहने वाले उसे कैसे पहचानते? उन्होंने तस्वीर को मुसव्विर की क़ब्र के पास ही बर्फ़ में दबा दिया।

□□

सलीमा

सलीमा ने पूरे चालीस दिन मख़्सूसुल्लाह का सोग किया। मियां के मरने के बाद उसे अहसास हुआ कि वह अपने शौहर को शायद पूरी तरह समझ न सकी थी और समझने की शायद कोई संजीदा कोशिश भी उसने नहीं की थी। लेकिन यह बात भी उसके लिए पहेली से कम न थी कि उसके ज़हन में यह बात कहां से आई कि उसका शौहर इस बात का हक़ रखता था कि उसकी बीवी उसे समझे, उसे मजाज़ी ख़ुदा के अलावा इंसान भी समझे, उसकी ज़ात और गुणों के विभिन्न ढके-छुपे कोनों से वाक़िफ़ हो। शौहर को समझने का ख़्याल बहुत अजनबी और दुनिया से ऊपर का ख़्याल था और उसके घर और माहौल की हर रिवायत, हर शिक्षा इस बारे में ख़ामोश थी। औरत के लिए शौहर दरअसल तावीज़ या दुआ की तरह था कि जिसे समझने की ज़रूरत न थी, (बल्कि तावीज़ को तो खोलकर देखना भी अक्सर मना

होता है और दुआ के अल्फ़ाज़ ज़्यादातर अरबी के होते हैं जिन्हें मस्जिद के मौलाना भी शायद ठीक से पढ़ या समझ न पाएं।) तावीज़ को गले में डाल लेना और दुआ का जाप कर लेना ही मुनासिब और बेहतर काम होता है। उनका तो काम बस मुसीबत से बचाव करना, बीमारी को सेहत में बदलना और ज़िंदगी की लय को ख़ाली रखना है। शौहर के भी यही सब काम होते हैं। वह उन्हें ठीक से अंजाम दे तो सही है, और न दे तो फिर ख़ामोशी से सहना और सब्र से दुआ करना ही औरत की ज़िंदगी का असल ढर्रा बन जाता है।

मुमकिन है सलीमा के दिल में शुरू से ही चुभन रही हो कि मेरा शौहर हम लोगों में से नहीं है। उसके ख़्यालात और सोचने का ढंग हम जैसे नहीं हैं। वह जिस आंख से दुनिया को देखता है वह हम लोगों जैसी आंख नहीं है। उस पर तुर्रा यह कि वह मुसव्विर है और उसकी मुसव्विरी भी हमारे क़लम से कुछ मेल नहीं खाती। उसे .ख़ुश रखने के लिए वो तरीक़े काम न आएंगे जो कश्मीरी मर्दों के लिए काफ़ी होते हैं।

लेकिन वह करती भी तो क्या करती? शादीशुदा ज़िंदगी के मसले तो ओढ़नी की गिरह और कुर्ते के दामन में बंधे ही बंधे रहते और ज़िंदगी तमाम हो जाती। कोई मशवरा देने वाला तो था नहीं और अगर होता भी तो वह भी कश्मीरी ही होता, उसे राजपूताने के मर्द का इल्म कहां से होता। पूरी ज़िंदगी सलीमा ने इसी बेनाम बेचैनी में गुज़ारी थी कि मेरे शौहर के अंदरूनी वजूद में ऐसी कोई कमी है, जो उसकी बीवी होने की हैसियत से मैं ही पूरी कर सकती हूं। मगर वह कभी समझ न पाई कि मख़्सूसुल्लाह को भी इस कमी का पता था कि नहीं। आमतौर पर मियां-बीवी में तन्हाई की बातचीत कम ही होती थी और मियां-बीबी में क्या, छोटे बच्चों से कभी-कभी बेतकल्लुफ़ होने के सिवा मख़्सूसउल्लाह किसी के सामने खुलता न था और अब जबकि वह हमेशा के लिए उससे जुदा हो चुका था, उसका जी तड़पता था कि किसी तरह अब मैं वो कुछ कर सकूं जो मियां की ज़िंदगी में मुझसे न हो सका था। और इसी तड़प ने उसके ऊपर यह हक़ीक़त खोल दी थी कि शौहर ज़िंदगी के क़िले के लिए सिर्फ़ चारदीवारी नहीं होता, उस क़िले का बासी भी होता है।

चालीस दिन के गहरे ज़ाहिरी सोग और दिल की बर्फ़ जैसी ख़ामोशी के दौरान, धीरे-धीरे यह सच्चाई उस पर आख़िरकार खुली कि जाने वाला यहां कभी ठहरा ही नहीं था। और अब जब वह यहां ठहरा ही नहीं तो हज़ार बरस मेरे पास रहकर भी कहीं और का अजनबी राहगीर ही रहता।

फिर भी सलीमा ने दिल में पक्का इरादा किया कि जो शौहर ज़िंदगी में उसके क़रीब न आ सका था, उसे वह मौत के बाद और क़रीब लाने के लिए हर जतन करेगी। चुनांचे इद्दत (शौहर की मौत के बाद घर में ही चार महीने दस दिन रहने की मुद्दत) गुज़ार कर सबसे पहला काम उसने यह किया कि बारामूला को अलविदा

कहा और बडगाम को अपनी मुस्तक़िल रिहाइश बना लिया। ख़ुद तो वह नक़्क़ाशी सीखने की उम्र में न थी, और न ही औरतें इस फ़न के लिए मुनासिब समझी जाती थीं, लेकिन उसने नक़्क़ाशों के घरों में आना-जाना और उनके यहां की औरतों में जमकर उठना-बैठना शुरू किया कि वह नक़्क़ाशों के मिज़ाज और उनके मन की मौजों को थोड़ा-बहुत जान सके।

चार बरस चार महीने की उम्र में मुहम्मद याहया की बिस्मिल्लाह हुई। जब वह पांच साल का हुआ तो उसकी मां ने कई रातों में कहानी कहने के अंदाज़ में अपने बेटे को उसके बाप के अहवाल सुनाए और फिर एक दिन बातों-बातों में उससे पूछा, "बेटा, तेरा जी तो नहीं चाहता अपने अब्बाजी की सरज़मीन को देखने का?"

"मेरे अब्बा की सरज़मीन यही तो है अम्मा, और यहां से मैं कहां जाऊंगा?"

"मेरा मतलब यह था बेटा कि तेरे बाप यहां के तो थे नहीं, वो दूर से आए थे, मुल्के-हिंद से..."

"लेकिन अम्मा तुम तो यहां की हो। और मेरे बाप ने भी तो तुम्हें और इस मुल्क को अपना लिया था। मैं यहां से कहीं न जाऊंगा।"

सलीमा की आंखों से टप-टप कई आंसू गिरकर उसकी ओढ़नी को भिगो गए। आंसुओं से धुंधलाई हुई आंखों से उसने बेटे के चेहरे पर बाप की छाप पढ़ने की नाकाम कोशिश की। पक्के सांवले रंग के सिवा वहां मख़्सूसुल्लाह का कुछ दिखाई न देता था।

"अच्छा, मैं तुझे कभी अपने घरवालों के पास ले चलूंगी।"

रात के सन्नाटे में जानमाज़ पर बैठी हुई सलीमा ने बार-बार अपने अल्लाह से दुआ की, अल्लाह यह बच्चा मुझे छोड़कर न जाए। यहां इसके बेटियां हो; नरगिस की पहली कलियों की तरह बर्फ़ में पलने वाली और बर्फ़ पिघलने पर सबसे पहले खिलने वाली। नाजुक और ख़ूबसूरत, मगर सख़्तजान और जुझारू। उनके जुझारूपन पर दूर-दराज़ के रंगों की परछाईं न हो, उन्हें कोई बाहर वाला न ले जाए। उसके बेटों की ज़िंदगियां धान की बालियों की तरह कश्मीर की वादियों में लहलहाएं और इसी वादी की हवा में वो परवान चढ़ें, फलें-फूलें।

मुहम्मद याहया ने बहुत जल्द तालीमनवीसी में नाम पैदा कर लिया। फ़ारसी भी ख़ूब पढ़ी, कुछ मामूली सी अरबी और गणित में भी इल्म हासिल किया। अपने साथ वालों में वह मौलवी भी मशहूर हुआ और तालीम का माहिर उस्ताद भी। चौदह-पंद्रह साल का होते-होते उसने अच्छे हाथ-पांव भी निकाले। सूरत ऐसी कि बिल्कुल हूबहू बाप की तस्वीर, लेकिन मख़्सूसुल्लाह के चेहरे पर एक वहशत मिला हुआ खोयापन रहा करता था और मुहम्मद याहया के मुंह पर अंदरूनी सुकून की हल्की-हल्की

थरथराती सी रोशनी की छूट थी जैसे सूरज निकलने से पहले लोलाब नदी का पानी।

मुहम्मद याहया अठारह बरस का हुआ तो जगह-जगह उसकी शादी की बात चलने लगी। सलीमा ने ख़ूब देखभाल कर अपने मायके की एक ख़ूबसूरत और सुघड़ लड़की से याहया की शादी की और शादी का दूसरा बरस ख़त्म होने को था कि उसके यहां जुड़वां बेटे पैदा हुए। दोनों में एक घंटे की छोटाई-बड़ाई थी। उनकी शक्लें मां से बहुत मिलती थीं, लेकिन रंग बाप ही जैसा पक्का सांवला था। बड़े का नाम मुहम्मद दाऊद और छोटे का नाम मुहम्मद याक़ूब रखा गया। बड़े होकर दोनों ने रेशम, ज़ाफ़रान और शहद की तिजारत का काम शुरू किया। बडगाम के रिश्ते से दोनों मुहम्मद दाऊद बडगामी और मुहम्मद याक़ूब बडगामी कहलाए। लेकिन इसके सिवा बाप की कोई और महारत उन्होंने न हासिल की। तालीमनवीसी, नक़्क़ाशी, लकड़ी का काम, क़ालीनसाज़ी उन्हें किसी फ़न से कोई दिलचस्पी न थी। हां, गले दोनों ने बहुत अच्छे पाए थे, और वो ललदेद का कश्मीरी सूफ़ियाना कलाम और मुल्ला ताहिर की फ़ारसी ग़ज़लें एक जैसी महारत और ज़ौक़-शौक़ से गाते थे। धीरे-धीरे भाइयों की जोड़ी पूरे कश्मीर में मशहूर हो गई। कभी तिजारत और कभी संगीत उन्हें बडगाम क्या, वादी-ए-कश्मीर के भी बहुत आगे, दूर-दराज़ के इलाक़ों में ले जाता और कभी-कभी तो बाप-बेटों में महीनों मुलाक़ात न होती थी। पश्चिम में बल्ख़ से लेकर पूरब में लाहौर तक वो बेतकल्लुफ़ आते-जाते थे।

सलीमा को पोतियों की तमन्ना रह गई। वह अच्छी उम्र पाकर मरी और अपनी वसीयत के मुताबिक़ डाचीगाम के जंगल में मियां मख़्सूसुल्लाह की पायंती दफ़्न की गई। मुहम्मद याहया को अपने बेटों से मायूस होने का बहुत दुख लगा था। उसे उम्मीद थी कि दाऊद और याक़ूब अपने बाप-दादा की रिवायत को क़ायम रखेंगे न कि मामूली बनियों की तरह शहद के शीशे, ज़ाफ़रान की पोटलियां और रेशम के थान लादे हुए वादी-वादी, जंगल-जंगल घूमते फिरेंगे। इससे भी बढ़कर था, डोमों-ढाड़ियों की तरह उनका गाना-बजाना। सलीमा लाख समझाती लेकिन याहया के दिल का रंज न जाता, और ख़ुद सलीमा के दिल में इस बात का मलाल तो था ही कि बेटियां पैदा न हुईं और बेटे किसी काम के न निकले। मियां की रूह शायद जन्नत में भी बेक़रार होगी।

□□

महादाजी सिंधिया

दाऊद और याक़ूब के बरख़िलाफ़ जो कि पक्के सैलानी जीवड़े थे, मुहम्मद याहया सिर्फ़ एक बार वतन से बाहर गया था। यह सफ़र क्यों पेश आया, इसकी दास्तान भी दिलचस्प है। अच्छा है कि मैं यहां उसे चंद अल्फ़ाज़ में बयान कर दूं, वरना आज के लोग बहुत कुछ भूलते जा रहे हैं। घरानों के ज़मानों की भूलभुलैयां और क़ौमों

की इतिहास के तिलिस्मी पेच-ओ-ख़म में छुपी राहदारियों में ऐसे कितने ही वाक़ेआत के निशान नए ज़माने के धुएं और गर्द में गुम होते चले जा रहे हैं। और यह वाक़ेआ तो कहानी जैसा ही लगता है।

यह 1207 हिजरी यानी कि 1792-93 का ज़माना था। देहली में ग़ुलाम क़ादिर रुहेला के क़त्ल और बहादुर पठानों के कुचले जाने के बाद ज़िल्ल-ए-सुब्हानी आली गौहर मुहम्मद अब्दुल्लाह शाहआलम बहादुरशाह सानी बादशाह ग़ाज़ी को दोबारा तख़्त पर बिराजे पांच साल होने को आ रहे थे। इन पांच बरसों में शाहआलम बहादुरशाह सानी की ज़ाहिरी ताक़त को मराठों की पुश्तपनाही हासिल होने की वजह से सल्तनत देहली के सुनहरे फ़ानूसों के अंदर धुंधलाती हुई शम्ओं की रोशनी क़रीब के लोगों की आंखें अब भी चकाचौंध कर रही थी। माधवराव सिंधिया को महाबली ने फ़रज़ंदे-दिलबंद, वकीले-मुतलक़, मुदारुल-महाम, आलीजाह माधवरावजी सिंधिया बहादुर के ख़िताबों से नवाज़ा था। कमोबेश सारा मुल्क-ए-हिंद और निज़ामुल-मुल्क और टीपू सुल्तान के इलाक़ों को छोड़कर आधे से ज़्यादा मुल्क-दकन उसकी देखरेख में थाः कुछ तो शाहआलम के नाम पर, कुछ पेशवा के नाम पर और कुछ मराठा राजों-महाराजों की तरफ़ से। कंपनी के तहत बहुत कुछ इलाक़ा था तो सही लेकिन अभी हिंदवालों की नज़र में वह हुक्म चलाने और ख़िराज वसूल करने का हक़ न रखती थी। हुक्म उसका रहा हो, लेकिन हुकूमत उसकी न थी।

वह 21 ज़ीक़ाद 1207 हिजरी यानी 11 जून 1792 की गर्म दोपहर थी जब बारिशों की हल्की सी झलक भरी हवाएं अपने साथ लिए हुए माधवराव सिंधिया ने एक छोटे मगर आलीशान क़ाफ़िले के साथ पूना में क़दम रखा। उसका हमनाम पेशवा, उन्नीस साल का माधवराव सानी उसके इंतज़ार में था। लेकिन सिंधिया ने फ़िरंगी रेज़ीडेंसी के सामने वाले बड़े मैदान में अपना ख़ेमा और अस्तबल डाला और दूसरे दिन नायब छत्रपति अष्ट-प्रतिनिधि (मराठा शासन प्रणाली में आठ व्यक्तियों की एक सभा राज व्यवस्था चलाने के लिए होती थी। उसे अष्ट-प्रतिनिधि कहते थे। असल ताक़त का मालिक बहरहाल पेशवा ही था।) के पेशवा आलीजाह व आसमां-बुन्गाह कैवां मर्तबत और मिर्रीख़-मंज़िलत माधवराव बहादुर सानी के दरबार में हाज़िर हुआ।

माधवराव सिंधिया क़िला-ए-मुबारक से आधे कोस पर हाथी से उतर गया और टांग की तकलीफ़ के बावजूद बाक़ी दूरी उसने पैदल ही तय की। सोने का छत्र जो हमेशा आसमान तले उसके सिर पर साया किए रहता था, वह भी हटाकर चमचमाती धूप में, जब सूरज की भेदती हुई किरणें सतपुड़ा की ठिगनी, काली, करोड़ों साल पुरानी, नंगी पहाड़ियों से टकराकर आने-जाने वालों को परलोक का पता बता रही थीं, सिंधिया ने पसीना .ख़ुश्क किए बग़ैर और एक पल ठहरे बग़ैर सारी राह एक

घंटे से कम में पूरी की। क़िला-ए-मुबारक के दरवाज़े पर सिंधिया ने हथियार अलग किए, नंगे पांव हुआ और दीवान-ए-आम की आख़री क़तार में, जूतियां रखने की जगह के ज़रा ऊपर अपना दुपट्टा ज़मीन पर बिछाकर बैठ गया। उसके हाथ में एक छोटा सा कारचोबी बस्ता था। ऊपरी हथियार तो वह अपने नौबतदार या पगाह (अंगरक्षक) के हवाले कर ही चुका था; अब किसी को यह पूछने की हिम्मत न थी कि इस बस्ते में वह क्या लिए जा रहा है।

एकाएक बारगाह के परली तरफ़ का काला मख़मली पर्दा खिंचा, नक़्क़ारे पर हल्की चोट पड़ी और जब पर्दा पूरा खिंच चुका तो कोई दो हाथ ऊंचा, बीस हाथ लंबा और चौदह हाथ चौड़ा चबूतरा सामने था। उस पर यमनी ज़र्द रेशमी क़ालीन बिछे हुए थे और जगह-जगह गुलदार की खाल यूं पड़ी थी गोया बेख़्याली में डाल दी गई हो, लेकिन दरअसल उनके बिछे होने में बड़ा इंतज़ाम छुपा हुआ था।

सियाह, ठोस आबनूस की ऊंची चौड़ी कुर्सी पर पेशवा माधवराव सानी आसीन था। अगर वह खुद पूरे आत्मविश्वास, सीधी कमर और ऊंची गर्दन के साथ न बैठा होता, तो उसका नौजवान छरहरा बदन और कुछ ज़रा सुता हुआ सा चेहरा, जिस पर शराबनौशी की निशानियां अभी से दिखाई देती थीं, उस बड़ी सी कुर्सी के लिए छोटा महसूस होता। इस वक़्त तो वह भारी-भरकम कुर्सी ही उसके लिए छोटी लग रही थी।

माधवराव सिंधिया को देखकर पेशवा अपनी जगह से उठा और अभी वह चबूतरे की दूसरी सीढ़ी ही तय कर रहा था कि सिंधिया ने आगे बढ़कर तीन बार सलाम बजाया, अपना सोने से लिपा हुआ बस्ता खोलकर कोल्हापूरी जूतियों की एक जड़ाऊ जोड़ी निकाली और फ़ारसी में कहाः

"मेरे पुरखों ने इसी काम को अपने लिए फ़ख़्र की वजह जाना है; इजाज़त दी जाए कि मैं इन पाक क़दमों को जूतियां पहनाने का गौरव प्राप्त कर सकूं।"

माधवराव सानी ने वहीं रुककर मुस्कुराते हुए अपना दायां हाथ सीने पर रखा और सिंधिया ने ज़रा आगे बढ़कर नई जूतियां पेशवा को पहना दीं; पुरानी जोड़ी उसने उसी कारचोबी बस्ते में लपेटकर बग़ल में दाब ली। सदर चबूतरे के ठीक नीचे एक बुलंद और सुनहरी संदली थी जिस पर सुर्ख़ और आसमानी रेशमी चादर पड़ी थी। एक गदा लिए हुए हब्शी ने क़दम आगे बढ़ाकर चादर को खींच लिया और पेशवा ने गर्दन और आंख के हल्के इशारे से सिंधिया को बैठने की इजाज़त दी।

सिंधिया के बैठने पर राग बहार में एक छोटा सा स्वागती ध्रुपद गाया गया। फिर और कोई कार्रवाई न हुई। दरबार बर्ख़ास्त हुआ। गोया आज दरबार सिर्फ़ माधवराव सिंधिया का स्वागत करने के लिए लगाया गया था।

दूसरे दिन का दरबार क़िला-ए-मुबारक में नहीं, बल्कि खुले मैदान में लगा।

रावटियों, इस्पकों, शामियानों, बारगाहों और क़नातों का जंगल रातोंरात उग आया था। हर ख़ेमा बाहर से सुर्ख़ और लाजवर्दी कम्ख़्वाब और ज़रबफ़्त से मढ़ा हुआ था। अमीरों के ख़ेमों में अंदर भी यही समां था और उनके बुलंद, सुनहरे कंगूरे दूर तक चमकते थे। गर्मी को बर्दाश्त लायक़ बनाने के लिए हर जगह गुलाब की हल्की फुहारें थीं और बड़े-बड़े पंखे, इतने बड़े कि एक पंखे को चार और छह पंखाबरदार उठाते थे। जड़ाऊ झूलें पहने हुए हाथी, चमड़े की रंगीन ज़ीनों से लदे हुए घोड़े, और एक नई बात जो मुग़ल दरबारों में न थी, यानी कोई दो हज़ार जंगी घुड़सवार साज़ो-सामान और हथियारों से लैस इस पूरे जंगल को घेरे हुए थे। लश्करगाह के बीच में शाही बारगाह थी जिसमें एक ख़ाली तख़्त-ए-शाही हुज़ूर ज़िल्ले-सुब्हानी शाह-आलमो-आलमियान शाहआलम सानी की मौजूदगी और मुबारक क़दम की अलामत के तौर पर बिछा हुआ था। माधवराव सानी आम दरबारी के लिबास में नंगे-पांव, बारगाह के दरवाज़े पर ठहरा। दरगाह सालार ने फ़ारसी में पुकारा कि सतारा के मराठा दरबार का पेशवा माधवराव सानी आला हज़रत ज़िल्ले-इलाही जहांपनाह फ़लकबारगाह शहंशाह-ए-हिंदोस्तानो-दकन की ख़िदमत में नज़र पेश करने के लिए हाज़िर हुआ है। सभी दरबारी उठ खड़े हुए और माधवराव सात सलाम बजा लाता हुआ अंदर दाख़िल हुआ, सिंधिया उसके पीछे-पीछे था। तख़्त के सामने पहुंचकर माधवराव सानी ने घुटनों के बल होकर सिर झुकाए हुए हाथ बढ़ाया और कम्ख़्वाब की थैली में बंधी हुई एक सौ एक अशर्फ़ियां तख़्त पर रख दीं। मुबारक-सलामत का शोर बुलंद हुआ।

उल्टे क़दम चलते हुए पेशवा और सिंधिया तख़्त के बाईं तरफ़ का पर्दा हटाकर एक और कमरे में दाख़िल हुए। यहां पेशवा ने सिंधिया को बादशाह की तरफ़ से पांच अनमोल जवाहर और नौ कपड़ों वाली ख़िलअत पहनाई, फिर उसके एक हाथ में एक जड़ाऊ तलवार दी, दूसरे में शाही मुहर के साथ आबनूसी क़लमदान रखा। सिंधिया ने बाहर आकर तख़्त के पाये को बोसा दिया, फिर माधवराव का हाथ चूमा। पुकारने वाले ने पुकारा कि क़लमदान, तलवार और मुहर के अलावा मोरपंखी, एक संदली सुनहरी, छह हाथी हौदे और निशान भी आला हज़रत ख़िलाफ़त पनाही ज़िल्ले-इलाही फ़ख़्र दूदमाने-बाबरी अख़लफ़ मन अख़लाफ़-ए नियागान तैमूरी ख़ाक़ान इब्ने-ख़ाक़ान सुल्तान इब्ने-सुल्तान, हज़रते-आली गुहर शाहआलम बहादुरशाह सानी, ख़ल्लदल्लाहो मुल्कुहू व अदामल्लाहो सुल्तानहू ने फरज़ंदे-दिलबंद अदामल्लाहो सुल्तानहू आलीजाह माधवराव सिंधिया को प्रदान किए हैं। मुबारक-सलामत का ग़ुल फिर बुलंद हुआ, नक़्क़ारों पर चोट पड़ी, हाज़िर लोगों पर गुलाब, इत्र और अबीर की हल्की बौछार हुई। फिर सिंधिया ने सामने खड़े हुए कातिब को हल्का सा इशारा किया। उसने अपने सिर से तांबे का एक भारी परात उतारा जिसमें मख़मली, सुनहरे गोटे

वाले कपड़े के ऊपर दो शाही फ़रमान रखे हुए थे। सिंधिया ने झुककर फ़रमानों को तीन बार सलाम किया, फिर बढ़कर उन्हें लिया, बोसा दिया, आंखों से लगाया और सिर पर रखा। कातिब ने बढ़कर वो फ़रमान सिंधिया के सिर से उतारे, उन्हें एक-एक करके खोला और सिंधिया के सामने पेश किया।

सिंधिया ने ठहर-ठहरकर, खुली हुई संजीदा और भारी आवाज़ में वो फ़रमान दरबारियों को सुनाए। एक का मफ़हूम यह था कि नवाब फ़लक-मुस्तताब, पेशवा-ए-दरबार-ए-मरहटा माधवराव सानी को नायबुस्सल्तनत मुक़र्रर किया जाता है। उन्हें माही मरातिब रखने और सरपेच पर मोतियों की माला बांधने की ख़ास इजाज़त अता की जाती है। मुबारकबाद के शोर से तमाम दरबार गूंज उठा। दरबार मैदान में तोपें चलीं, आसमान में चरख़ियां उड़ाई गईं, शहनाई और नफ़ीरी बजी। शोर थमने के बाद और इससे पहले कि दूसरा फ़रमान पढ़ा जाता, पेशवा ने आगे बढ़कर ऐलान किया कि मैं दरबार सतारा के पटेल और अपने भाई माधवराव सिंधिया को नायब-नायबुस्सल्तनत मुक़र्रर करता हूं। सिंधिया ने झुककर पेशवा के क़दम लिए और दूसरा फ़रमान पढ़ा जिसकी रू से वकीले-मुतलक़ मदारुल-मुहाम आलीजाह माधवराव सिंधिया को इस बात का इख़्तियार दिया गया था कि वह अपना जानशीन वकीले-मुतलक़ नामज़द कर सकता है।

यह ऐसा सम्मान था जो मुग़ल बादशाही में किसी को कभी न मिला था। एक लम्हे के लिए दरबार में हाज़िर लोगों को अपने कानों पर यक़ीन न आया, लेकिन जब ख़ुद पेशवा बढ़कर सिंधिया से गले मिला और "मुबारकबाद" कहा तो सबकी समझ में आया कि ये कितनी बड़ी बात हो गई है। सिंधिया ने आगे बढ़कर सबको झुककर सलाम किया फिर उसने बुलंद, गूंजती हुई आवाज़ में दरबार का आख़री ऐलान सुनायाः

> आज की तारीख़ से पूरी मुग़लिया सल्तनत में
> सींगवाले जानवरों को ज़िबह करना वर्जित क़रार दिया जाता है।

यह प्रतीकात्मा छूटें सही, लेकिन मराठों की अंदरूनी सियासत के एतबार से यह मज़हबी से ज़्यादा सियासी फ़तह थी कि ब्राह्मण पेशवाओं और छत्रपति के ब्राह्मण वज़ीर नाना फड़नवीस से वह न हो सका जो चरनबरदार पटेल के बेटे ने कर दिखाया था। यह लम्हा माधवराव की ज़िंदगी का सबसे क़ीमती लम्हा था।

दरबार से वापस आने पर सिंधिया ने मुल्क के कोने-कोने में जश्न मनाने, मीना बाज़ार सजाने और ख़रीद-फरोख़्त की आरज़ी मंडियां क़ायम करने का हुक्म दिया। हिदायत जारी हुई कि सल्तनत के हर बड़े शहर में हुनर वाले और दस्तकार लोग दूर-दूर से जमा हों और अपनी कारीगरी के जौहर दिखाएं। इससे उसकी मंशा यह थी कि उसके आदर-सम्मान और सींगवाले जानवरों के ज़िबह पर पाबंदी की ख़बर

मुल्क के कोने-कोने में जल्द से जल्द फैल जाए। इसी सिलसिले में लाहौर में 11 जिल्हिज्ज 1207 (यानी 30 जून 1792) से दो हफ़्ते के लिए मीना बाज़ार लगा और कश्मीरी दस्तकारियों की एक मंडी क़ायम हुई। मुहम्मद याहया बडगामी को इसी मंडी में अपनी बनाई हुई चीज़ें लेकर ख़ासतौर पर बुलाया गया था।

□□

लाहौर

गर्मियां ख़त्म होने को आती ही न थीं; बरसात किसी खेली-खाई बाज़ारू औरत जैसी थी कि मुंह दिखाने के वादे करती और झलक दिखाकर ग़ायब हो जाती। लाहौर की चिलचिलाती गर्मी से घबराकर चील अंडा छोड़ती थी, और गिरगिट का जिगर कबाब होता था। और वो सायं-सायं करती रातें जब बीकानेर से दिन में उठकर जोधपुर और मुल्तान को रौंदती और पेड़-पत्थर, और इंसानों की सूरतों को गर्द में लपेटती हुई हवाएं लाहौर के सुनसान गली-कूचों में हलचल मचातीं। भला बारिश के दो-एक छींटे तंदूर में जली हुई नान की तरह .ख़ुश्क, सियाह, कड़कड़ाती लाहौरी ज़मीन का गला क्या तर करते। बूंद पड़ती तो छन से यूं सूख जाती, जैसे लाल तवे पे दूध की छींट। गर्म, ठहरी हुई सन्नाटी रातों में लगता था शहर में अंदर-बाहर कोई नहीं, चाहे कोई पुकारे।

याहया बडगामी को भला ऐसी गर्मी कब देखने को मिली थी? एक-एक दिन, बल्कि एक-एक घड़ी उसे जहन्नम लगती थी। उसके हुनर के चर्चे सारे शहर में थे और उसकी दुकान पर देर रात तक शौक़ीनों की भीड़ रहती। क़ीमत भी उसे मुंहमांगी मिल रही थी और अपने फ़न की यह इज़्ज़त उसे कश्मीर में कहां मिलती कि बदख़्शां, मावराउन्नहर और सीस्तान से लेकर आज़रबायजान, ईरान, यहां तक कि रोम के भी क़ालीनसाज़ उसकी कारीगरी पर अश-अश करते थे और लाहौर के बूढ़े-जवान हुनरमंद जिनमें कुछ औरतें भी शामिल थीं, उसके फ़न के नुक्तों को समझने, सीखने और उसकी ईजाद की हुई तालीमों की नक़ल उतारने के लिए कोशिशें करते रहते थे। लेकिन कश्मीर की जुदाई बहुत भारी थी और उसे उस वक़्त का इंतज़ार था जब मुहर्रम शुरू होने के पहले मीना बाज़ार का कारोबार बंद हो और उसे वतन जाने की इजाज़त मिले। दिन-रात वो मुल्ला ताहिर ग़नी कश्मीरी की रुबाई पढ़ता रहताः

करदस्त हवा-ए-हिंद दिलगीर मरा
ऐ बाद-रसां ब-बाग़-ए-कश्मीर मरा
गश्तम ज़े हरारत-ए-ग़रीबी बेताब
अज़-सुबह-वतन बिदिह तबा शीर मरा

(हिंद की हवा ने मुझे दुखी कर दिया है; ऐ हवा, मुझे कश्मीर के बाग़ में पहुंचा दे। परदेस की गर्मी ने मुझे बेताब कर दिया, मुझे मेरे वतन की सुबह से बंसलोचन ला दे।)

उधर क़ुदरत को कुछ और ही मंज़ूर था। मुहर्रम का चांद दिखाई देने में कुछ दिन बाक़ी थे, लेकिन लाहौर में हज़रत .ख़ुल्द मंज़िल शाह आलम बहादुरशाह अव्वल (हुकूमतः 1707 से 1712 तक) की डाली हुई रस्म की पैरवी में मुहर्रम मनाने का इंतज़ाम ज़्यादा होने लगा था, और पहली मुहर्रम के आने की ख़बर के तौर पर 27 ज़ीक़ाद ही से शहर में मातमी सी हवा चलने लगती थी। अगले दिन मीना बाज़ार .ख़त्म हुआ और मुहर्रम की तैयारियां और भी ज़ोर पकड़ने लगीं। काले कपड़ों, पटकों, दुपट्टों और काले मख़मल की जूतियों के साथ-साथ छोटे-बड़े और ख़ंजरों के लिए काले डाबों की तलाश होने लगी। मातमघरों की सफ़ाई-पुताई होने लगी। बच्चे, बूढ़े, जवान, औरत-मर्द मज़हब और मिल्लत के लिहाज़ के बग़ैर मर्सियों और नौहों की कापियों को झाड़पोंछ कर तैयार और पहले से याद किए हुए मातमी कलाम को अपने-अपने ज़हनों में ताज़ा करने लगे। हीरामंडी की गाने-बजाने वालियों के कोठों से भी अब मातमी धुनें बुलंद होने लगीं।

याहया बडगामी को मातम और अज़ादारी से कोई ख़ास लगाव न था, लेकिन श्रद्धा में और मुहर्रम के पाक महीने के सम्मान में वह किसी से कम न था। उसने .ख़ुद से तजवीज़ किया कि सवारी और सामान ढोने के जानवरों, मुहाफ़िज़ों और रास्ता दिखाने वाले का इंतज़ाम हो जाए और मुमकिन हो तो चंद दूसरे मुसाफ़िरों का साथ नसीब हो जाए तो मुहर्रम की तीसरी सुबह को लाहौर से निकलकर वह मुहर्रम के 10वें दिन की शाम श्रीनगर पहुंच जाएगा और ज़ैना कदल के पास झेलम के बाएं किनारे पर बनी शाह हमदान की मस्जिद और ख़ानक़ाह में वह ख़तीबों और उपदेशकों से पैग़ंबर के पाक ख़ानदान वालों की ख़ूबियों और उनकी मुसीबतों का बयान भी सुन लेगा।

पहली मुहर्रम की शाम को अपने सारे हिसाब चुकता करके मुहम्मद याहया बडगामी अपनी सराय से निकलकर पालकी में सवार हुआ और सफ़र के मामलात तय करने के लिए नवांकोट होता हुआ गाड़ीबान टोले की तरफ़ चला। मातमियों से मातमघर जगह-जगह आबाद थे, लेकिन उसे मालूम न था कि गाड़ीबान टोले में क़ाफ़िलासालारों और शाहदानों के जिस घराने से वह बात करने जा रहा था, उनके घर से बिल्कुल लगा हुए एक सरायख़ाना था जिसमें अजमेर के जूती बनाने वाले, किशनगढ़ के मुसव्विर और जयपुर के सोने की मीनाकारी करने वाले ठहरे हुए थे। ये लोग भी याहया की तरह मीना बाज़ार में शामिल होने आए हुए थे, लेकिन उन्हें घर लौटने की जल्दी न थी। वो कुछ तो इस वजह से यहीं रुक गए थे कि उनके वतन और वापसी के रास्ते, दोनों का मौसम इस वक़्त तो लाहौर के मौसम से भी बुरा था, लेकिन रास्ते में बरसात हो जाती तो सफ़र जहन्नम हो जाता। दूसरी वजह उनके रुक जाने की यह थी कि वो मुहर्रम के पहले दस दिनों में सफ़र करने को

मनहूस और ग़लत जानते थे।

मुहम्मद याहया बडगामी की पालकी राजपूतानी मेहमानों की सराय के पास आई तो उसने देखा कि सदर दरवाज़े के पीछे जो बड़ा सा सहन है, उसमें औरतें जमा हो रही हैं। उनके बाल और मुंह खुले हुए हैं, बाक़ी बदन काले कपड़ों में ढका हुआ है। औरतों के पीछे कुछ मर्द भी थे और उनका भी लिबास मातमी था। मर्दों की कमर के पटके खुले हुए थे और बदन पर सिर्फ़ कुर्ता-पजामा था, अगर कोई क़बापोश भी थे तो उनकी क़बा सीने पर खुली हुई थी और खुले हुए गरेबान साफ़ नज़र आते थे। उन लोगों के मज़हब और मिल्लत को मुहम्मद याहया ठीक से न समझ सका क्योंकि कुछेक तो बिना शक मुसलमान न थे। कुछ के चेहरे दाढ़ी से ख़ाली थे और वो न मुसलमान लगते थे न ग़ैर-मुसलमान। इतना तो याहया ने बहरहाल समझा कि वो सभी मज़लूम इमाम हुसैन के मातम करने वाले थे। उनको मान देने के लिए बडगामी ने पालकी छोड़ दी और आहिस्ता-आहिस्ता चलता हुआ सराय के आलीशान सदर दरवाज़े के मुहाफ़िज़ख़ाने पर चुपचाप खड़ा हो गया। उसने आंखें नीची कर ली थीं कि कोई यह गुमान न करे कि वह औरतों को घूरना चाहता है।

चंद लम्हों के अंदर-अंदर लेकिन लगभग ग़ैर-महसूस तरीक़े से सहन में मौजूद मर्दों और औरतों ने ख़ुद को इस तरह क़तारबंद कर लिया कि औरतों का झुंड बीच में था और मर्द उनके गिर्द घेरा डाले हुए थे। औरतों के सांवले चेहरों पर रंज और निढालपन की सियाही थी और उनकी निगाहें ज़मीन को तक रही थीं। मर्दों के चेहरे पर बज़ाहिर कोई अहसास न था। अचानक कहीं अंदर से 'वाहुसैनाह' की पुकार उठी और याहया को ऐसा लगा जैसे कोई जूलुस अंदर से बाहर आ रहा हो। लेकिन कोई बाहर न आया। शायद कोई मुसीबत का मारा बीमारी या किसी मजबूरी के कारण बाहर के मजमे में शरीक होने से लाचार था। हां, एक पल बाद कहीं बाहर से एक ऐसे बुज़ुर्ग सिर झुकाए और आहिस्ता-क़दम आए जिनकी चाल-ढाल, चेहरा-मोहरा, पहनावा-लिबास सब उन लोगों से बिल्कुल अलग था, जो सहन में जमा थे। उनकी पगड़ी काली थी और कंधे पर काले रेशमी कपड़े जैसी चादर सी पड़ी हुई थी। उन्होंने आसपास किसी तरफ़ निगाह न की, बस मजमे की तरफ़ रुख़ किया और एक अजीब सी सनसनाती हुई आवाज़ में रुबाई पढ़ी। लगता था दर्द भरी पुकार पर सिसकी भारी पड़ रही हो या गले और सीने में सिसकी को दबाकर वह दर्द भरी पुकार ज़मीन की हदों को छोड़कर आसमान से सिर टकराना चाहती होः

हान-ए-मुस्तफ़ा हुसैन इब्ने-अली
नौ वादे-गुलज़ारे-नबी बूदो-वली
अज़ तीशा-ए-ज़ुल्मपेशा-ओ ख़ंजरे-बुग्ज़
दर्दा कि बुरीदंद गिरोहे-दग़ली

(पैग़ंबर के ख़ुशबूदार फूल और अली के बेटे हुसैन, वो नबी के बाग़ के नए फल थे और अली के बाग़ के भी। अफ़सोस कि ज़ुल्म करने वाली कुल्हाड़ी और द्वेष रखने वाले ख़ंजर से एक धोखेबाज गिरोह ने उसे काट डाला।)

उन्होंने रुबाई ख़त्म करके चौथा मिसरा दोबारा पढ़ा, फिर तीसरी बार सिर्फ़ लफ़्ज़ 'दर्दा' को इस तरह अदा किया कि राग देस के पहले सुर की अलाप साफ़ सुनाई पड़ी, फिर औरतों ने उसी राग में मगर संगीत के पेशेवराना साज़ो-सामान के बग़ैर यूं नौहा पढ़ना शुरू किया कि उन बुज़ुर्ग का अलाप ख़त्म होकर नौहे के पहले लफ़्ज़ में मिल गयाः

किसी ने कूफ़े के...
किसी ने कूफ़े के रस्ते में दी ये शह को ख़बर कि क़त्ल हो गए...
कि क़त्ल हो गए...
कि क़त्ल हो गए मुस्लिम और उनके दोनों पिसर
न जाएं आप जो कूफ़े को...
न जाएं आप जो कूफ़े को, इसमें है बेहतर
ये सुनके कहने लगे...
ये सुनके कहने लगे वो इमाम-ए-जिन्नो-बशर

नौहा पढ़ने वालियों पर ख़ामोशी छा गई, जैसे इमामे-दोजहां के लफ़्ज़ों को दोहराने की ताक़त किसी में न हो और उन लफ़्ज़ों को सुनने की भी ताक़त किसी में न हो। पेड़ों पर शाम के बसेरे की ख़ातिर आने वाले पीली चोंचों और गुलाबी गर्दनों वाले हीरामन, और गर्दन में काले कंठे और सुर्ख़ चोंचों वाले गाढ़े हरे तोते और लखौरी ईंटों की तरह सुर्ख़ा-सुर्ख़, सफ़ेद चित्तियों वाले लाहौरी लाल, मटमैले मगर सफ़ेद चित्तियों वाले ज़रा से बड़े क़द के सीनाबाज़, दोरंगी नरगिसीं, बाजुओं के नीचे सफ़ेद धब्बे डाले नाज़ुक ममोले और फिर वो हज़ारों गौरैयां जिनकी चहकार से सारा माहौल गर्म रहता था, ये सारे परिंदे अचानक ठहर गए और चुप लगने लगे। बाज़ार की आवाज़ें मद्धम पड़ने लगीं। फिर एक लम्हे को सारा बाज़ार जैसे क़ुर्क़ हो गया। आने-जाने वाले ठहर गए, व्यापारियों ने ख़रीद-फरोख़्त रोक दी, घुड़सवार, ऊंटसवार, तामझाम, रथ सब स्थिर और सिर झुकाए जहां थे, वहीं जमकर रह गए।

औरतों के झुंड के बीच में एक औरत ने निहायत बुलंद और तीव्र सुर और लंबी तान में कहना शुरू किया, इस तरह कि दोनों मिसरे, क़रीब-क़रीब एक साथ अदा हुए, लेकिन दूसरे मिसरे के ख़त्म होते-होते सुर में थकान के आसार नुमायां हो गएः

क़ज़ा कशीदा-ए-मम मी रवम ब कर्बो-बला
गुज़िश्ता नौबते-मुस्लिम रसीदा नौबते-मा

(मौत के हाथों खिंचता हुआ मैं कर्ब और बला की तरफ़ जा रहा हूं; मुस्लिम बिन

अक़ील के मरने की बारी तो गुज़र चुकी, अब मेरे मरने की बारी है।)

बुजुर्ग ने 'म' की आवाज़ के रुकते-रुकते 'दर्दा' की तकरार पिछली तर्ज़ में अदा की और वह उसी तरह औरतों के नौहे में गुम हो गईः

किसी ने कूफे के...

किसी ने कूफ़े के रस्ते में...

जब पूरा नौहा इसी तरह दोबारा पढ़ा जा चुका तो नंगे सरों वाले नन्हे बच्चे, इमाम हुसैन के पायक (संदेशवाहक) गिरेबां फाड़े, सराय से 'हसन-हुसैन, हसन-हुसैन-हुसैन' कहते और अपने सिर और सीने पर हाथों से चोट करते बाहर निकले। औरतों ने बच्चों को घेरे में ले लिया और उनके सरों पर हाथ फेरती हुई रो-रोकर कहने लगीं, 'कुश्ताशुद हुसैन, हाय... कुश्ताशुद हुसैन' (हुसैन मारे गए हाय... हुसैन मारे गए)।

बच्चों के मातम के साथ मर्द भी अपने सीने पीटने लगे; फिर आहिस्ता-आहिस्ता सारा हुजूम सराय में दाख़िल होने लगा। याहया ने ऐसी मातमगुसारी, ऐसी दर्द भरी लेकिन फ़नकारी से भरी कैफ़ियत भला काहे को देखी थी। उन आवाज़ों के दर्द की खटक उसके ख़ून में धड़क रही थी। अपने वहां होने की ग़रज़ को भूलकर वह जुलूस के पीछे-पीछे सराय में दाख़िल होना चाहता था कि अचानक ख़्याल आया कि वहां किसी से जान-पहचान तो है नहीं, किसके पास जाऊं, क्या पूछूं? और मैं मातमगुसारी में कोई बहुत मुस्तैद तो हूं नहीं, मुझे तो सामान ढुलाई और सवारियों का इंतज़ाम करके वतन को वापस होना है। इन लोगों में मेरा कुछ ख़ास काम नहीं, न मुझे इनके रस्मो-रिवाज और तरीक़ों का इल्म है। कहीं कोई ग़लत या उल्टी बात कह या कर बैठूं तो ये लोग हंसेंगे, और इमाम की नाराज़गी अलग मोल लूंगा। अल्लाह अल्लाह, मगर क्या आवाज़ थी, क्या मासूम सलीक़ा था, क्या दिल चीरने वाली रंजीदगी थी। उसने दिल ही दिल में बेइख़्तियार सल्ल-ए-अला कही।

इन ख़्यालों से कुछ बाहर निकलकर याहया ने चाहा था कि गाड़ीबान टोले का रुख़ करे कि एक नौजवान, सांवला-सलोना, जिसकी रेख अभी निकल रही थीं, बड़ी-बड़ी रोशन आंखें, लेकिन इस वक़्त ज़रा थकी-थकी सी, बदन पर माशी के रंग की शलवार-क़मीज़, सिर पर हरी, लाल-काली छोटी पगड़ी जिसे तख़्फ़ीफ़ा कहते थे, पांव में नोकदार जूती (बाद में याहया को मालूम हुआ कि वह जोधपुरी गुर्गाबी थी) अदब के साथ चलता हुआ सराय से बाहर आया। उसने दूर ही से याहया को इशारा किया कि कहीं जाइएगा नहीं, वहीं ठहरे रहिए। याहया कुछ समझा, कुछ न समझा, लेकिन रुक गया। नौजवान ने क़रीब आकर याहया को झुककर सलाम किया और कहाः "आपका हिस्सा रखा हुआ है। जनाब ने फ़रमाया है कि हिस्सा लिए बिना न जाएं।"

"हिस्सा? कैसा हिस्सा? मैं समझा नहीं।" याहया ने पूछा।

"हमारे गांव में आज के दिन इमामों की नियाज़ होती है। आप नौहाख़्वानी के वक़्त मौजूद थे, आपका भी हिस्सा तबर्रुक में है। तशरीफ़ लाएं।"

"मगर... मगर यह तो तुम लोगों का गांव नहीं है साहबज़ादे, यह तो..."

"बेशक यह लाहौर है," उसने मुस्कुराकर कहा। "लेकिन हम लोग राजपूताने के हैं, किशनगढ़ की तरफ़ के। हमारे यहां मुहर्रम-बैसाखी सब मनाई जाती हैं। मुहर्रम के दिनों के लिए हम अपने जनाब को ख़ासतौर पर अजमेर से बुलवाते हैं। हमारे नौहे और ताज़िये, सब अजमेर वालों के हैं।"

दोनों सराय के फाटक में दाख़िल हुए। "तो तुम लोग मुसलमान नहीं हो?" मुहम्मद याहया ने पूछा।

"जी नहीं, हम में से कुछ चितेरे हैं और कुछ मीरासी हैं। हम लोग औरतों, मर्दों की तस्वीरें बनाते या बंगाल के राजा गोपीचंद और उज्जैन के राजा भरथरी की गाथाएं सुनाते हैं।"

"अच्छा? तो कौन से राजे-महाराजे हैं ये? और तुम लोगों के गीत हिंदी ज़बान में हैं या राजपूतानी ज़बान में?"

"राजा गोपीचंद और राजा भरथरी हज़ारों-लाखों बरस पहले के राजा हैं। वो अमर देवताओं की तरह हैं। हम उनकी गाथाएं गाने वाले घटियाली गांव के नाथ लोग हैं। यह गांव अजमेर शरीफ़ के पास है। अजमेर शरीफ़ जानते हैं आप?"

"हां हां, क्यों नहीं। ख़्वाजा ग़रीबनवाज़ के मानने वाले हमारे इलाक़े में बहुत हैं।"

अब वो सराय के लंबे-चौड़े अंदरूनी आंगन और उसमें बहती हुई नहर को पार करके सामने की बारादरी में क़दम रख रहे थे।

"यहीं ठहरते हैं। अंदर शायद पर्दा होगा। हमारे जनाब अभी तशरीफ़ लाते हैं," नौजवान ने कहा।

"तुम अपनी ज़बान के बारे में बता रहे थे..."

"जी, हम लोग मारवाड़ी बोलते हैं। हिंदी हम आपस में नहीं बोलते। राजपूतानी कोई ज़बान नहीं। मगर हमारे राजपूताने में कई ज़बानें हैं। भीली, मेवाड़ी, बीकानेरी, ढोंढारी और भी बहुत सी हैं। घटियाली और हमारी तरफ़ की ज़बान एक है, मारवाड़ी।"

इतने में ज़रा सा शोर हुआ, बारादरी का बग़ली पर्दा उठा और वही बुज़ुर्ग कइ बूढ़े और अधेड़ मर्दों के साथ बाहर आए। उन्होंने बढ़कर याहया से हाथ मिलाया और बोलेः "बंदगी अर्ज़ करता हूं। मेरा नाम तक़ीउद्दीन हैदर रुक्नाबादी है। आप जिस श्रद्धा और हुज़ूरी के साथ नौहा सुन रहे थे, उसने मुझे मजबूर किया कि आपको अंदर तशरीफ़ लाने की ज़हमत दूं।"

मुहम्मद याहया बडगामी ने झुककर सलाम किया और सिर उठाते-उठाते

कनखियों से उन बुज़ुर्ग की एक झलक देखी। हल्की ईरानी तर्ज़ की दाढ़ी, बहुत गोरा रंग, पतला सुतवां चेहरा, क़द लंबा और थोड़ा सा झुका हुआ, गोया इल्म के बोझ और ज़िक्र और इमाम हुसैन के मातम ने समय से पहले बूढ़ा कर दिया हो।

"तस्लीमात बजा लाता हूं, सरकार। बंदा मुहम्मद याहया के नाम से जाना जाता है। ज़हमत नहीं, मेरे लिए यह ऐन बरकत की बात है कि आप जैसे पाक बुज़ुर्ग का दीदार और हाथ मिलाना नसीब हुआ।"

"मैं अजमेर में रहता हूं। वहां मेरे घराने के कुछ लोग ख़्वाजा बुज़ुर्ग के मुईनुद्दीन चिश्ती साहब की दरगाह पर ख़िदमत करते हैं। कुछ पैग़ंबर हज़रत मुहम्मद के घराने के लोगों की बड़ाइयों और उनकी मुसीबतों के ज़िक्र में लगे हुए हैं। यह नाकारा भी उन्हीं में से है। ये मेरे साथी एक मुद्दत से अपने गांव और पुरवों में मुहर्रम के शुरुआती मातम की मजलिसें करते रहते हैं, हालांकि इनमें से बहुत से तो ग़ैर-मुस्लिम हैं। इनकी अक़ीदत का आलम यह है कि इस मुहर्रम में चूंकि इनको यहां होना था, इसलिए ख़ासतौर पर बंदे को यहां बुलवा लिया, वरना कहां यह दूर-दराज का इलाक़ा-ए-लाहौर और कहां ख़्वाजा बुज़ुर्ग की दरगाह।"

मौलाना ने ये सब बातें बहुत ठहर-ठहरकर और शिष्ट आवाज़ और मुहज़्ज़ब लहजे में कहीं। उनकी बोली में लाहौर या कश्मीर वालों जैसी सख़्ती और ठोस ठनक न थी बल्कि एक मीठी सी नर्मी थी। मुहम्मद याहया बडगामी ने गुमान किया कि यह शायद देहलवी या ईरानी लहजा हो। लेकिन वाक़ेआ यह है कि अजमेर से चंद ही कोस पूरब जाएं तो ढोंढारी ज़बान का इलाक़ा शुरू हो जाता था और उसकी सरहद ब्रज के इलाक़े से मिलती थी। उस ज़माने के पढ़े-लिखों की तरह मौलाना हिंदी तो जानते ही थे, लेकिन उनके लहजे में देहली की हिंदी का नहीं बल्कि आगरे की ब्रज का असर था। मुहम्मद याहया को ये बारीकियां न मालूम थीं, लेकिन उसे मौलाना की बोली इतनी अच्छी लगी कि उसका जी चाहा वह यूं ही बैठा उन्हें सुनता रहे।

"मौला का करम है," उसने सिर झुकाकर जवाब दिया, "कि मुझे इस बहाने आपका दीदार नसीब हुआ।"

"जनाब का ताल्लुक़ ग़ालिबन कश्मीर जन्नत-नज़ीर से है। क्या शग़ल फ़रमाते हैं?"

"हुज़ूर, मैं क़ालीनों के नक़्शे बनाता हूं। मेरे वालिद भी यही काम करते थे, लेकिन वो नक़्क़ाश भी थे।"

लफ़्ज़ 'नक़्क़ाश' को सुनते ही मौलाना के साथ वालों में दिलचस्पी की लहर सी दौड़ी। सबका ध्यान मुहम्मद याहया की तरफ़ खिंच गया।

"मैंने सुना है कि मेरे वालिद मरहूम आप ही के इलाक़े से आकर कश्मीर में बस गए थे," मुहम्मद याहया ने मजमे को मुख़ातिब करके कहा:

"अच्छा! वाह-वाह, क्या ख़ूब," एक बूढ़े शख़्स ने कहा। "परमेश्वर की कृपा है, मौला की मेहरबानी है कि घर से हज़ारों कोस दूर हमें एक हमवतन से मिलवा दिया।"

"जी हां, मुझे भी यहां बहुत अपनाइयत महसूस हो रही है।"

"आप तो वहां के हैं, जहां पतझड़ आता ही नहीं। हमारे मुल्क को तो मरुधर कहते हैं, यानी मौत की सरज़मीन। लेकिन जीने वाले वहां भी हैं और ज़िंदगी की हरकत और बरकत वहां भी है," मौलाना ने फ़रमाया।

"जी, बेशक। ज़िंदगी के समंदर की लहरें हर जगह मोती बिखेरती हैं और इन आबदार मोतियों को मुट्ठियों में बटोर लेने वाले हुनरमंद नक़्क़ाश भी हर जगह हैं।"

"ख़ूब फ़रमाया जनाब ने। क्यों नहीं, आख़िर फ़नकार और हुनर वाले हैं," मौलाना ने कहा। "मेरे साथियों के ख़ानदान की एक शाख़ ने हज़रत शहाबुद्दीन शाहजहां इलियीन मकान के दौर में इस्लाम को अपना लिया था। वो लोग आज भी इस्लाम वाले हैं लेकिन मुसव्विर भी हैं और राधा रानी की तस्वीरें बनाते हैं।"

इस बात से गोया कुछ इशारा पाकर उसी बूढ़े शख़्स ने कहा: "जनाब को भी तस्वीर बनाने का कुछ शौक़ ज़रूर होगा। मैं आपको अपनी कुछ तस्वीरें दिखाऊं?"

"जी, ज़रूर। मुझे बड़ी ख़ुशी होगी। मेरे लिए तो सम्मान की बात है।"

इतनी देर में बाप का इशारा पाकर वही नई-नई रेखवाला नौजवान लपककर अंदर गया और चंद लम्हे बाद मोटे कपड़े का एक बस्ता ले आया। सामने एक तख़्त बिछा हुआ था। उसकी चांदनी को झाड़कर दोबारा बिछाया गया, फिर बूढ़े शख़्स ने बस्ते को झाड़ा-पोंछा और बड़ी एहतियात से उसके बंद खोले। पहली शबीह किसी औरत की थी...।

□□

बनी-ठनी

कासनी रंग की कामदार साड़ी, पल्लू से सर ढका हुआ, लेकिन साड़ी इस क़दर बारीक थी कि सिर का एक-एक बाल, मांग में चुनी हुई अफ़शां के ज़र्रे, माथे के झूमर में जड़े हुए याक़ूत, हीरे, गोमेद और तामड़े साफ़ झलकते थे। खुलता हुआ गेहुंआ रंग, मुंह पर बहुत हल्की सी मुस्कुराहट की सुर्ख़ी, और मुसव्विर इस क़दर माहिर था कि मुस्कुराहट की वजह से कानों की लवों की सुर्ख़ी और हल्का सा खिंचाव तक दिखाई देता था, बल्कि महसूस होता था। बड़ी-बड़ी जामुनी आंखें, पुतलियों के कालेपन में नीलापन झलकता हुआ, सीधी नाक, बज़ाहिर ज़रा लंबी लेकिन दोबारा देखें तो बिल्कुल मुनासिब मालूम हो, बड़ा सा बुलाक़ जिसमें एक सुरमई मोती। गर्दन ऊंची और नाज़ुक, ग़ुरूर और आत्मविश्वास की बुलंदी उसमें ज़ाहिर थी। गर्दन में गोल तराशे हुए जामुनिया के दानों का हार जिसमें जगह-जगह ज़र्दी की झलक लिए किसी

गुलाबी पत्थर के बड़े-बड़े दाने कश्मीरी नाशपातियों की शक्ल में तराशे गए थे (याहया को बाद में मालूम हुआ कि उस पत्थर को 'कटहला' कहते हैं। ख़ास जयपुर के इस पत्थर की क़ीमत बहुत तो न थी लेकिन उनके 'ढंग' यानी तराश ने उनको बहुत क़ीमती बना दिया था।) नाजुक सी ठोड़ी पर एक तिल, गोया आंखों की रोशनी से नज़रें मिला रहा हो। साड़ी के बारे में कहना मुश्किल था कि रेशमी थी या डोरिए की, लेकिन मुसव्विर ने अजब कारीगरी दिखाई थी कि पारदर्शिता के बावजूद उसमें बदन की नुमाइश का कोई लेश भी न था। लड़की ने साड़ी के पल्लू को एक हाथ से संभाल रखा था, इस तरह कि हथेली की हिना झलक रही थी, और नोकदार, कोमल उंगलियों की पोरों में भी हिना की हल्की सी लकीर थी। अंगूठी सिर्फ़ एक, लेकिन बहुत बड़े याक़ूत की जिसके चारों तरफ़ हीरे जड़े हुए थे। सुडौल कलाई में जड़ाऊ आरसी थी और दूध जैसी नर्म और शीरीं उंगलियों में नीलापन मिले सुरमई कंवल की बड़ी सी तरोताज़ा कली। दूसरे कंधे के साथ सिर्फ़ बाज़ू दिखाई देता था, लेकिन यह मालूम होता था कि हाथ गोद में रखा हुआ है।

इन सबसे बढ़कर लड़की के चेहरे पर फ़रिश्तों सी हुस्न का वक़ार था जिसे बाकमाल मुसव्विर ने सिर्फ़ रंग से ही नहीं, बल्कि गर्दन की नर्म मगर झुक न सकने वाली बुलंदी, निगाह के तीखेपन और ठोड़ी की हल्की सी बुलंदी के ज़रिए भी ज़ाहिर किया था। अगर वह हल्की सी मुस्कुराहट न होती तो उस मुंह पर हुस्न की शान की बजाय हुस्न के जलाल की गर्मी होती। उस वक़्त तो यह लगता था कि कोई परी शाहज़ादी दिल के सिंहासन पर बैठी हुई दुनिया की तमाम हसीनों पर राज कर रही है। पूरी तस्वीर पर ठहराव और सुकून की कैफ़ियत थी, गोया परी अपनी मर्ज़ी से आईने में उतर आई हो और आईना उसे बांहों में भरकर सो गया होः

चूं नुस्ख़ा-ए-दकीक़ ब-नज़दीक-ए-कमख़िरद
अज़ दीदन-ए-तू आईना रा ख़्वाब मी बरद

(जैसे किसी मूर्ख के हाथ में कोई मुश्किल किताब हो तो उसे नींद आने लगती है, उसी तरह जब आईना तुझे देख लेता है तो वो इस तरह स्थिर हो जाता है जैसे नींद उसे उड़ा ले गई हो।)

मुहम्मद याहया को न मालूम था कि वह कोई हक़ीक़ी लड़की न थी बल्कि राजपूताने, या यूं कहें कि किशनगढ़ की श्रीराधा थीं। नीले-सुरमई कंवल की कली में यही भेद था। कली प्रतीक है दिल की, और श्रीकृष्ण का रंग नीला या सांवला माना जाता है। और यह तस्वीर कोई सच्ची तस्वीर न थी बल्कि एक लंबे ज़माने से किशनगढ़ के मुसव्विर 'बनी-ठनी' के नाम से श्रीराधा की तस्वीर यूं ही बनाते आए थे। याहया को तो ऐसे लगा जैसे किसी ने मछली पकड़ने के कांटे में उलझाकर उसका दिल बाहर खींच लिया हो। उसका सांवला चेहरे पर सियाही भरा पीलापन

आ गया, हाथ-पांव पर हल्की सी कंपकपी छा गई। लेकिन इस थरथराहट में कामुकता का लेश भी न था। उसे आज मालूम हुआ कि माशूक़ को पूजने का शायर लोग क्या मतलब लगाते हैं, और यह भी मुमकिन है कि कोई शख़्स किसी इंसानी वजूद को इस तरह चाहे जिस तरह लोग दरिया के किनारे पर छिटकी हुई नारंगी रोशनी में नहाते हुए, आशियानों को वापस जाते परिंदों को चाहते हैं, जिस तरह लोग आधी रात के बाद संतूर पर बजती हुई भैरवी को चाहते हैं, जिस तरह लोग पहाड़ों की बर्फ़पोश चोटियों पर सुबह का गरेबान फटने की पृष्ठभूमि में झरनों की आवाज़ को चाहते हैं, जिस तरह लोग लंबे सफ़र के बाद घर की चौखट को चाहते हैं, जिस तरह लोग ख़ूबसूरत क़ालीनों, दिलफ़रेब तस्वीरों को चाहते हैं कि बस देखते रहिए, सुनते रहिए। न कुछ ग़रज़ हो न किसी नतीजे की उम्मीद हो, न वक़्त का अहसास, न किसी कारनामे का धोखा।

याहया बडगामी का जी चाहा कि तस्वीर को कलेजे में भर ले और हमेशा के लिए सो जाए। उसके खोएपन को देखकर मौलाना तक़ीउद्दीन ने कहा, “यह तस्वीर ख़्याली है जनाबे-मन, वैसे आपको पसंद आए तो मुसव्विर की तरफ़ से तोहफ़ा क़ुबूल फरमाएं...”

“जी... जी? क्या फ़रमाया जनाब ने?” मुहम्मद याहया हड़बड़ाकर बोला। “आपका तोहफ़ा सिर-आंखों पर, मेरे लिए सम्मान है। लेकिन तस्वीर ख़्याली ही सही, मैं इतनी क़ीमती तस्वीर किस तरह तोहफ़े के तौर पर क़ुबूल कर लूं? न... नहीं, गुस्ताख़ी माफ़, यह न होगा।” मुहम्मद याहया दिल में ख़ुद को कोस रहा था कि ऐसा अपने आपको खो देना क्या कि सब पर हाल खुल जाए। उसे बाक़र मावराउन्नहरी का शेर याद आया और उसने अपने होंठ सख़्ती से भींच लिए। भला आंखों का कलाम चेहरे से क्योंकर ज़ाहिर होः

इश्क़ मी गुफ़्त ब-मंसूर कि ऐ तिश्ना-ए-शौक़
दरहक़े-ख़ेश कसे हम चू तू ग़म्माज़ न बाद

(मंसूर, जिन्होंने जोश में आकर अनल्हक़ यानी अहम ब्रह्म का नारा लगाया था, से ये इश्क़ कहता था कि ऐ इश्क़ के प्यारे अपने ही हक़ में तुझ जैसा चुग़लख़ोर न हो।)

“क़ीमत का ख़्याल कुछ न फ़रमाएं, मेरे मेहरबान,” मौलाना ने मुसव्विर की ओर देखते हुए अपने ख़ास मीठे लहजे में कहा। “क़ीमत तो देखने वाले की नज़र में है। नक़्श अगर क़द्रदां की आंखों में खुब जाए तो उसकी क़ीमत अदा हो गई। वरना वह एक काग़ज़ के पन्ने या कपास के एक पर्चे से ज़्यादा नहीं।”

मुहम्मद याहया को अब भी उलझन में देखकर नक़्क़ाश, जिनका नाम गिरधर नाथ था, बोल पड़े, “ख़ान जी... उस्ताद जी... आप नाहक़ हल्क़ान होते हैं। हमारे

लिए तो यह घरेलू चीज़ है, कोई अमोला बिकाऊ माल तो है नहीं। हमारे यहां तो बचपन से ही बनी-ठनी के रूप में श्रीराधा जी का चित्र बनाने का अभ्यास किया जाता है। राधा जी का नाम तो आपने सुना होगा, मौलवी जी। सच जानिए, अगर आप हमारे मौलाना की बात टालेंगे तो हमें बड़ा दुख होगा।"

"टालने की बात नहीं, जनाबे-आली," मुहम्मद याहया ने ऐसी विनम्रता से मुस्कुराकर कहा कि उसके इंकार में ज़रा भी घमंड का लेश न रहा। "लेकिन मैं इस हुनर के पेचो-ख़म क्या जानूं, इतना समझता हूं कि ऐसी तस्वीरें ज़माने में निराली हैं, इनकी क़द्र न पहचानने वाले के हाथ में भली न मालूम होंगी और मेरा यह मर्तबा कहां कि मैं रानी जी के क़ाबिल कोई झरोखा बना सकूं।"

"मुहम्मद याहया, जनाबे-मन" मौलाना ने कहा, "आपका खोया-खोयापन तो कुछ और कह रहा था। जनाब बहरहाल एक ऊंचे दर्जे के नक़्क़ाश और क़ालीनसाज़ के चमन के फलदार पौधे हैं। और यह महज़ तस्वीर है; आप यक़ीन फ़रमाएं, इससे बुतपरस्ती का कुछ लेना-देना नहीं।"

"बेशक हज़रते-वाला दुरुस्त फ़रमाते हैं, लेकिन मेरी तारीफ़ एक नाअहल की ओछी हैरानी से ज़्यादा न थी। यह दुरुस्त है कि बचपन के शुरू से होश संभालने से लेकर पूरी जवानी तक और इस वक़्त से इस पल तक बंदे ने कारीगरों, हुनरवरों और फ़न के उस्तादों की आंखें देखी हैं, उनकी बातें सुनी हैं, लेकिन..."

इतनी देर में गिरधरनाथ ने बस्ते की तमाम चीज़ों को उलट-पलटकर एक और तस्वीर निकाली और बोले, "लीजिए जनाब, यह वही तस्वीर है लेकिन नाप में पहले वाली से आधी है। और रेशम पर नहीं, मोटे काग़ज़ पर है। इसके तो दाम कुछ नहीं हैं; इसे ही क़ुबूल कर लें।"

अब मुहम्मद याहया को वह तस्वीर क़ुबूल करनी ही पड़ी। लेकिन जब वह उसे कपड़े में बंडल की तरह एहतियात से बांधकर वापस जा रहा था तो उसका दिल अजब तरह के अंदेशों से भरा हुआ था। बनी-ठनी की तस्वीर का राजपूताने से आना और मुहम्मद याहया के गंभीर, वक़्त और ज़िंदगी के उतार-चढ़ाव से बाख़बर, बौद्धिक वजूद की ऊपरी तहों को चीरकर उसके जीवन की गहराई में यूं हलचल मचा देना उसे अपनी पुरसुकून और इत्मीनान भरी ज़िंदगी में किसी बड़े फेरबदल का हरावल दस्ता लग रहा था। हालांकि अब उसे मालूम हो गया था कि वह तस्वीर ख़्याली थी, लेकिन... लेकिन (लोग ख़्याली तस्वीरों पर भी तो मर मिटते थे?) ऐसा हुस्न जो एक ही वक़्त में शान और सुपुर्दगी, जो किसी भी बंधन को मानने को तैयार न था, इत्मीनान भरी रूह और घरानों को उजाड़ देने का अंदाज़, वुलर, डल और नगीन के देखने में अथाह सुकून और पहलगाम पर लेदर नदी की बेक़ाबू हंगामाखेज़ी, जो किसी भी अनुशासन को मानने के लिए तैयार न थी, इन सबको अपनी छंगुलियां

की हिनाई नोक पर रखता हुआ सा महसूस होता था, उसकी असल कहीं तो, कुछ तो होगी? माना कि अपना घर, अपनी बीवी, अपने बच्चे, अपना हुनर, उनमें कोई भी चीज़ ऐसी न थी, जिसे एक लम्हे के लिए भी दिल से अलग कर देना उसे मंज़ूर होता, तज देने का तो सवाल ही नहीं था...

...लेकिन मैं इसको क्या करूं कि वह सूरत मेरे दिल में इस तरह खुबी जा रही है, जैसे किसी ने बर्फ़ तोड़ने की सूई कलेजे में उतारकर वहीं फंसा दी हो। मेरा तो जी चाहता है वतन वापस न जाऊं, यहीं ख़ुद को रुसवा कर लूं, कुछ शोहरत तो होगी:

नीस्त गर हेच दिगर, हासिले-रुसवाई-ए-इश्क़
गर्मी-ए-मारका-ओ-मजमा-ए-बाज़ारे-हस्त

(इश्क़ की रुसवाई का फ़ायदा अगर कुछ भी नहीं तो भी इतना तो है कि इश्क़ की लड़ाई की चहल-पहल और बाज़ारों में भीड़-भाड़ का मज़ा है।)

...लेकिन ऐसी रुसवाई से मुझे क्या लेना? और मेरी शोहरत यूं ही क्या... कम है? पूरे कश्मीर में मेरा नाम है, और अब तो कश्मीर से बाहर हिंदुस्तान में भी लोग मुझे जानने लगे हैं। क्या भला यह मेरी उम्र है कि इस तरह के नए-नए झंझट उठाऊं, चोंचले करूं? मगर इसे चोंचला कौन कहता है? यह तो रूहानी भूचाल का मामला है। क्या मैं नहीं जानता कि भूचाल में सब कुछ तलपट हो जाता है? लोग घर छोड़-छोड़कर भागते हैं। तो क्या इस वक़्त मेरी भी अक़्ल अपने घर से भाग निकली है और मैं राह-बाट के ख़तरे और जोखिम मोल लेने के लिए तन्हा रह गया हूं? क्या अब मैं सारी दुनिया से अपने दिल को तोड़ चुका हूं? क्या अब मेरा किसी से कोई नाता नहीं? यह मैं कौन सी बड़ मार रहा हूं, क्या मेरे होश ठिकाने नहीं रह गए हैं?

मुहम्मद याहया को ख़ूब मालूम था कि ऐसा कुछ नहीं है। ज़िंदगी तरह-तरह से हमें फ़रेब देती है, उम्र नए-नए ढंग से हमारा शिकार करती है। कभी बूढ़े को जवानी और दुनिया जीतने का भ्रम हो जाता है, कभी जवान को सारी दुनिया बूढ़ी मालूम होती है; और सारा बुढ़ापा जवानी का चाकर नज़र आता है। कभी ग़ैर की आग को हम रोशनी समझ लेते हैं, कभी अपने छिछलेपन को शोर उठाने वाला महासागर क़रार देने लगते हैं। मुझे कहीं जाना नहीं है, मैंने अपनी सतह को पा लिया है, अपनी रोशनी हासिल कर ली है... लेकिन इस तस्वीर का इस मौक़े पर यूं हाथ आना किसी बड़ी बात का इशारा अपने अंदर रखता है। मगर क्यों? ख़ुद तस्वीर तो उससे कुछ कहती न थी। उसका जी चाहा कि वहीं रास्ते में सवारी रोक कर किसी बाग़ में जा बैठूं और खुली रोशनी में तस्वीर को फिर देखूं कि वह मुझसे क्या कहती है। लेकिन ज़ाहिर है कि यह बेमानी बात होती। भला तस्वीरें भी किसी से कुछ कहती हैं? और अगर कभी कुछ कहती भी हों तो मैं एक निपट अजनबी, दूर से भी मेरा कुछ रिश्ता इन लोगों से नहीं, इन चीज़ों से नहीं। कोई बोले तो मुझसे क्यों

बोले? और अगर बोले तो क्या कहे?

यह सारी हिचकिचाहट एक तरफ़, लेकिन मुहम्मद याहया बार-बार सोचने लगता कि यूं अचानक इस तस्वीर का मेरे हाथ आना क्या मानी रखता है। माना कि मैं सच्चा और पक्का तालीमनवीस, क़ालीन का जाना-माना हुनरमंद उस्ताद हूं, ग़नी कश्मीरी के कलाम का आशिक़ हूं, बादाम की कलियों की मासूम .खुशबू और काले देवदारों की आसमान चूमती ख़्वाब में डूबी परछाइयां, क़ाज़ीगुंड की वादियों में ज़ाफ़रान के मुस्कुराते खेतों की ज़र्दी और वुलर के चारों तरफ़ ऊंचाइयों में चढ़ते-उतरते हल्के धानी, शाम के हल्के सुर्ख़ रंग में नहाए हुए चावल के खेत मेरी ज़िंदगी की बहारों को बिखरने से रोके हुए हैं। मैं इन्हें क्यों छोड़ूं, कहां के लिए छोड़ूं? मेरा घर, मेरी वफ़ादार बीवी, मेरे सुख-दुख की साथी... लेकिन मैं तो कश्मीरी नहीं हूं, मैं तो दूर धुंधले, किसी .खुश्क, भूरे इलाक़े का हूं, जहां गर्मियों में बिच्छू के रंग की ख़ाक उड़ती है, जहां हवा के थपेड़ों में सियाह और सुरमई मौत सुबह-शाम रक़्स करती है। जहां दो-दो, तीन-तीन बरस तक बारिश नहीं होती...।

□□

बाग़े-कश्मीर

न जाने कब की बात है, मैं अपनी मां के साथ ख़च्चर पर सवार हूं, या यूं कहें कि मेरी मां डांडी पर सवार है और मैं उसके साथ-साथ ख़च्चर की पीठ से चिपका हुआ और दुपट्टे से बंधा हुआ, लगभग लटका हुआ हूं। मेरी मां की चादर कभी-कभी हल्की हवा में लहराकर मेरी तरफ़ आने लगती है और मैं उसे थामने की कोशिश करता हूं। डांडी वाले पुकारते हैं, "होश, होश!" मैं समझता हूं वो मुझे चेता रहे हैं और मैं डरकर अपना हाथ खींच लेता हूं। मुझे बहुत बाद में मालूम होता है कि पहाड़ों की तंग और तेज़ ढाल या चढ़ाई वाली पगडंडियों पर एहतियात और सुस्त-रफ़्तारी इख़्तियार करने के लिए डांडीवाले और ख़च्चरवाले आपस में इस तरह के नारे लगाते रहते हैं।

अभी बारिशें ठीक से शुरू नहीं हुई हैं, लेकिन झेलम के दोनों किनारों पर आसमान बादलों से भरने लगा है। कल तक हवा में कोमल सी ठंडक थी, अब उसमें डल पर तैरने वाले घास और बनफ़्शा और सौसन के फूलों से लदे हुए बजरों से हुमकते हुए रंगों, सब्ज़, कासनी, सौसनी सुरमई का बोलबाला है। और दरिया के किनारे ख़ूबानी के पकते हुए फलों जैसी सुनहरी ज़र्द .खुशबू मधुमातियां करती है। सारा माहौल सर्द हो रहा है। हमारा नन्हा सा क़ाफ़िला सोनमर्ग जा रहा है। क्यों जा रहा है, मुझे ठीक से मालूम नहीं। वहां शायद कोई मेला है या किसी अज़ीज़ की शादी है, कुछ .खुशी का मौक़ा है। और मैं तो यूं भी .खुश हूं कि इतनी मुद्दत तक नई-नई चीज़ें देखूंगा, नए-नए फूल, नई-नई पत्तियां, चिड़ियां मिलेंगी। नए-नए गीत

सुनूंगा और सीखूंगा। एक सुबह को हमने कहीं रास्ते में सफ़र का आग़ाज़ किया तो नज़रों की हद तक फैला हुआ पानी था। हम अभी ज़रा ऊंचाई पर थे और पानी का रंग दूर से कुछ हल्का ज़बरजदी था और कभी-कभी जब सूरज की किरणें पानी में पैवस्त होकर ऊपर उभरना चाहतीं तो उसमें नीलमी हीरे जैसी नेज़े चमकने लगते। गहरे नीले रंग में हल्की-हल्की लहरों के ज़ंजीरे चमक रहे थे। हम उतरे तो साहिल अब भी बहुत दूर मालूम हुआ। पानी के चारों तरफ़ खेत थे, लेकिन अभी उनमें पौधों ने ठीक से आंखें न खोली थीं। खेतों में पानी था और पौधों की ऊपरी पत्तियां ज़रा-ज़रा सी दिखाई देती थीं।

"यह वुलर झील है," कोई बोला। "और चारों तरफ़ चावल के खेत हैं।"

बहुत जल्द हम वादी की गहराई छोड़कर पेचदार रास्तों की बुलंदी पर आ गए। चावल के खेत भी थोड़ी दूर साथ चले; पहाड़ को जहां कहीं हवा या पानी ने काटकर जगह बना दी थी वहां हरी पट्टियों की तरह चावल की क्यारियां लहरें मार रही थीं। जब तक मुमकिन हो सका, मैं चावल के खेतों को मुड़-मुड़कर देखता रहा। जल्द ही हम इतनी दूर आ गए जहां वुलर और उसके चारों तरफ़ खेतों का घेरा किसी आसमानी हस्ती की अंगूठी मालूम होने लगे थे। फिर झील का पानी कभी-कभी झलक जाता लेकिन खेत नज़र न आते, सिर्फ़ सब्ज़े की हल्की सी लकीर, और फिर वह भी नहीं। चीड़ और चिनार के पेड़ बहुत पीछे रह गए थे। फिर शाहबलूत भी नम घाटियों से ग़ायब हो गए। देवदारों ने उनकी जगह ले ली और बहुत दूर तक मेरे साथ रहे। उनकी आसमान चूमती सियाही से मुझे डर लगता था।

पानी के चश्मे जगह-जगह हमारे साथ, कोई वक़्त ऐसा न था जब पानी की चमक या किलकारी या गुनगुनाहट हमारे साथ न हो। यहां तक कि तीसरे दिन वह जगहें भी आ गईं, जहां देवदार भी थककर पीछे रह गए थे। पानी फिर भी हमारे साथ था। मालूम होता है यहां पहाड़ पानी पर बने हैं, उसने सोचा। कुछ पानी ऊपर आ गया और बहुत सारा पहाड़ के नीचे-नीचे बहकर वटलब के चश्मों और वुलर की झील में उतर गया। कुछ अजब बात थी कि सोनमर्ग में बर्फ़ तो बहुत थी, एक नदी भी थी, लेकिन हरियाली बहुत कम थी। मैंने अपनी मां से पूछा कि ऐसा क्यों है?

"ठंडक बहुत है यहां। ठंड ने हरियाली को जला दिया है," मां ने बताया।

तो सर्दी से भी चीज़ें जल जाती हैं? मैंने हैरान होकर .ख़ुद से कहा।

एक-डेढ़ महीना बर्फ़ीली जगहों में उछलकूद मचाकर हम वापस चले। मेला? नहीं कोई मेला तो न था, लेकिन मेरी मां की एक बहन वहां रहती थीं। उन्होंने मेरे साथ ख़ूब लाड़ किया और मैं और भी मोटा और तंदुरुस्त होकर वहां से लौटा।

अब के वुलर पर और ही नक़्शे खिले हुए थे, या यूं कहें कि नए नक़्शे फूलों की तरह खिले हुए थे। चावल के पौधे ऊंचे हो गए थे; लगता था एकाएक किसी

ने उन्हें बुलंदी पर बिठा दिया हो। वो सर निकालकर हर तरफ़ देख रहे थे, लहलहा रहे थे। खेतों में पानी अब न था, काले-कत्थई रंग की नम मिट्टी में पौधों की जड़ें छुपी हुई थीं और पौधों का रंग भी कालापन लिए हुए हरा था, जैसे उनकी रगों में .ख़ून दौड़ गया हो।

मुहम्मद याहया ने यह कायापलट पहले कभी काहे को देखी थी। एक डेढ़ महीने में पानी, मिट्टी और हवा ने पुराने फ़र्श को बदलकर ऊंचे रोयें वाले नए क़ालीन बिछा दिए थे।

...मरुधर...लोग वहां मरने के लिए जाते हैं, कश्मीर में पतझड़ नहीं आता
गर मुर्ग़ कबाब अस्त कि बा-बालो-पर आयद

(यह पंक्ति फ़ारसी के सुप्रसिद्ध शायर उर्फ़ी ने कश्मीर के बारे में कही थी कि वहां जली-भुनी चिड़िया भी पहुंच जाए तो उसके पंख और पर निकल आते हैं।)

लेकिन ज़िंदगी की बहार तो अंधेरों के समंदर और आसमान की महफ़िल से भी आवाज़ देती है

चेहरे पर वह सुहाना, फ़रिश्तों जैसा इत्मीनान

वह आत्मविश्वास और घमंड से छलकता हुआ गर्दन का ज़रा सा झुकाव

वो आंखें किसको देख रही हैं? उनके सामने तो कोई ठहर नहीं सकता। लेकिन आंखें झुकी हुई भी नहीं हैं। मैं चला भी जाऊंगा तो कश्मीर की दौलत कम न होगी, मगर मैं क्यों? धूप की तेज़ी से चटकते हुए पत्थर, पत्थरों के नीचे दुबके हुए प्यासे, भूरे-काले बिच्छू, ज़ाफ़रान के खेत, बर्फ़ानी तेंदुआ कि बर्फ़ का शेर, हांगुलों के झुंड, सेब और बादाम के बाग़, क़ालीनों पर शाही चश्मा और शालीमार। मुझे घर जाना है। ऐ बख़्त-रसां ब-बाग़े-कश्मीर

दूसरे दिन मुहम्मद याहया ने एक सवार और चोबदार के साथ बादाम .ख़ुश्क .ख़ूबानियां और शहद मौलाना तक़ीउद्दीन हैदर के लिए, और अपने हुनर के बेहतरीन नमूनों में से दो और दो-तिहाई गज़ लंबा, एक और एक-तिहाई गज़ चौड़ा क़ालीन राजपूताने के बुज़ुर्ग मुसव्विर गिरधर नाथ की ख़िदमत में सलाम और बंदगी और इस पैग़ाम के साथ भिजवाया कि अफ़सोस अब वतन को वापसी दरपेश है, जनाब की ख़िदमत का सम्मान फ़िलहाल हासिल न हो सकेगा। क़ालीन का सबसे नायाब पहलू यह बात थी कि उसमें चीनी अंदाज़ के लाजवर्दी और नारंगी रंग इस्तेमाल हुए थे, वरना कश्मीरी और ईरानी क़ालीनों में ये रंग कमोबेश ग़ायब होते थे।

उस दिन याहया ने शाम ही को शहर छोड़ दिया और नूरजहां के मक़बरे के पास एक सराय में रात गुज़ारी। कश्मीर के लिए रवानगी दूसरे दिन हुई। उसकी समझ में देर तक न आया था कि जब असल सफ़र दूसरे दिन शुरू होना है तो शाम को

वहां से निकल चलने के क्या मानी थे। जब उसका क़ाफ़िला झेलम के बहुत आगे, कश्मीर वादी के पहले अहम पड़ाव कोटली पहुंचा और उसने दो रातें वहां कुछ जागकर और कुछ सोकर, कुछ मस्ती और .खुशी के भाव से भरे हुए और कुछ बेनाम उदासी की गोद में गुज़ारीं तो उसे मालूम हुआ कि लाहौर में वह आख़री शाम उस पर क्यों भारी थी। वह लाहौर से नहीं बल्कि बनी-ठनी से भाग रहा था। अब जबकि उसके चारों तरफ़ चीड़ के दरख़्तों पर कांगड़ा बुलबुलें चहचहा रही थीं और इक्का-दुक्का सफ़ेदे के पेड़ भी दिखाई देने लगे थे और चीड़ की पत्तियों की .खुशबू से माहौल गमक रहा था तो उसे यक़ीन आया कि वह उस जादू से निकल आया है। अभी कई दिन का सफ़र बाक़ी था।

पीर पंजाल के दर्रे से उतरकर सचमुच उसकी तबीयत में मुकम्मल ठहराव आ गया। दिलो-जान के आसपास हर तरफ़ सुकून की चादर छा गई। आज उसे दाऊद और याक़ूब और बशीरुन्निसा की सूरतें साफ़-साफ़ नज़र आईं। उसकी कल्पना की आंखों ने उन्हें अपने घर में देखा, घर जो उसका अपना घर भी था। एक नई दिमाग़ी एकाग्रता और नया अहसास उसे सीधे उसी घर में ले आया जहां के दरो-दीवार बचपन की यादों की तरह जाने-पहचाने थे। लेकिन उन यादों में कहीं से कोई मलगजी-मलगजी, धुंधली कैफ़ियत अजनबीपन की भी थी। उसने लड़कपन में एक बार अपनी मां से कहा ज़रूर था कि मैं वहीं हूं जहां आप हैं, मेरे बाप बाहर के थे तो क्या हुआ, उन्होंने आपको और आपने उनको अपना लिया था, अब मैं यहां से कहीं न जाऊंगा। और सच यह है कि कश्मीर ने भी उसे अपना लिया था। लेकिन कभी-कभी नींद में उसे ऐसे मंज़र दिखाई देते जिन्हें वह बिल्कुल पहचानता न था। बहुत दूर, निगाहों की हद के पास, ऊंचे डील-डौल वाले जानवरों की क़तारें चुपचाप गुज़रती हुई, पास में कहीं पानी चमक रहा है, लेकिन जब मैं क़रीब जाता हूं तो पानी ग़ायब हो जाता है। पलटकर देखता हूं तो श्रीनगर से शालीमार जाने वाली शाहराह है और एक तरफ़ नगीन का फ़ीरोज़ी जैसा पानी झमक रहा है। उसकी आंख खुल जाती और वह देर तक करवटें बदलता रहता कि इस ख़्वाब का मतलब और मंशा क्या है। क्या इसमें मेरे लिए कोई इशारा है?

इशारा अगर था भी तो उसकी समझ में कभी न आया। मगर ऐसे ख़्वाब के बाद सुबह को हर बार उसे ऐसा लगता, जैसे उसे किसी सफ़र पर जाना था मगर अब वह भूल गया है कि कहां जाना था और क्यों, और इस भूल का नतीजा उसके लिए अच्छा न होगा। आज जब वह वाक़ई एक सफ़र से वापस आ रहा था तो उसके दिल में घर की मुहब्बत पूरी तरह लहरें मार रही थीं। उसके दिल में वो ज़रा सा शिकवा भी न था जो उसे तक़दीर से था, इस बात पर कि उसके बेटों को तिजारत का पेशा

और गाने का शौक़ मिला, हुनरमंदी और इल्म के वो जौहर न मिले, जो .खुदा ने उसे अता किए थे। कुछ हर्ज नहीं; उनके खेलने-खाने के दिन हैं। मेरी उम्र को पहुंचेंगे तो संभल जाएंगे। घर में .खुदा का दिया सब कुछ है और अल्लाह की मेहरबानी से वो दोनों भी रुपया पैदा करने और ख़र्च करने में किसी से कम नहीं हैं।

कहने को श्रीनगर से बडगाम बहुत दूर नहीं, यही कोई दस कोस दक्खिन का सफ़र था, लेकिन रास्ता इस क़दर बीहड़ और उस ज़माने में बरसाती कीचड़ से भरा हुआ था कि यह ज़रा सी दूरी तीन, बल्कि चार दिन में पूरी होती थी। शाम हो रही थी और मुहम्मद याहया इंतज़ार में था कि मुनासिब साथी मिल जाए तो अगले दिन सफ़र का डोल डालूं। इतने में उसे ख़बर मिली कि शहर के एक मशहूर और दौलतमंद व्यापारी हबीबुल्लाह बट के यहां संगीत की महफ़िल और उसके बाद वाज़वान है। दाऊद और याक़ूब भी वहीं आमंत्रित थे। मुहम्मद याहया को एक लम्हे के लिए अफ़सोस तो हुआ कि मेरे बेटे और डोम-मीरासियों के साथ शुमार हों, लेकिन फ़ौरन ही उसे ख़्याल आया कि बच्चे हैं, अपना शौक़ पूरा करने में बुराई क्या है। और यह शौक़ भी कोई घटिया शौक़ तो नहीं; दीन के बड़े-बड़े बुज़ुर्ग भी क़व्वाली जैसा संगीत सुनने के शौक़ीन रहे हैं।

वह इन्हीं ख़्यालात में था कि किसी ने आकर ख़बर दी कि हबीबुल्लाह बट आपसे मिलने आ रहे हैं। उसे कुछ ताज्जुब सा हुआ लेकिन अगले ही पल में हबीबुल्लाह बट, "सलाम अलैकुम हुज़ूर" कहता हुआ उसके सामने था। दोनों बग़लगीर हुए, हबीबुल्लाह बट ने अख़रोट की लकड़ी के नक़्क़ाशीदार डिब्बे में ज़ाफ़रान की पुड़ियां और दो अशर्फ़ियां पेश कीं और कहा, "उस्तादे-मोहतरम, माना कि आपसे जान-पहचान नहीं लेकिन जी चाहता है कि दाऊद का गायन सुनाकर आपका स्वागत करूं। मैंने सुन लिया है कि आप मुल्क-ए-हिंद से बहुत सारी इज़्ज़त शोहरत लूटकर आए हैं। आपने कश्मीर का नाम रोशन किया है... माशाअल्लाह, यह काम आप जैसों ही से हो सकता है।" (यह आख़री जुमला उसने फ़ारसी में कहा)।

मुहम्मद याहया के कलेजे पर अचानक हल्की सी चोट लगी, रूह के सात पर्दों में छुपाई हुई तस्वीर को अचानक मुस्कुराने और बोलने का हुनर आ गया। मुल्क-ए-हिंद में तुम कुछ छोड़ आए हो, कुछ लूटकर नहीं, शायद लुटाकर आए हो। नहीं, नहीं मैंने जो कुछ पाया और जो कुछ गंवाया, सब वहीं नूरजहां के मक़बरे में छोड़ आया हूं।

उसकी ख़ामोशी को देखकर हबीबुल्लाह को अंदेशा हुआ कि मैंने कोई बात मिज़ाज के ख़िलाफ़ कह दी। वह आजिज़ी से बोलाः "हज़रत, मैंने गुस्ताख़ी ज़रूर की जो बग़ैर किसी वसीले के हुज़ूर की ख़िदमत में आने की हिम्मत कर बैठा। लेकिन अल्लाह जानता है मैं आपको परेशान करना नहीं चाहता। सारा शहर जनाब

के नाम से गूंज रहा है और मुझे भी आपके क़दम चूमने की तमन्ना थी, उस पर बढ़कर यह कि हुज़ूर के साहबज़ादे भी ग़रीबख़ाने पर महफ़िल की रौनक़ बढ़ाएंगे। इससे अच्छे मौक़े का ख़्याल भी नहीं किया जा सकता था।"

"नहीं जनाब, मेरे परेशानी की कोई बात नहीं, लेकिन मुझे ज़रा वतन पहुंचने की जल्दी थी। ख़ैर, आपका इसरार है और दाऊद और याक़ूब भी वहीं हैं, तो बिस्मिल्लाह।"

दोनों भाइयों के हाथ में ताऊस, एक-एक संतूरनवाज़ और दफ़नवाज़ बजाने वाले दाएं और बाएं, तीन नौजवान समरक़ंदी सेहतार लिए हुए पीछे कुछ अलग खड़े थे। संतूरनवाज़ के पीछे एक संतूर और एक बांसुरी वाले बुज़ुर्ग के हाथ में एक छोटी सी बांसुरी, मगर बेंत की नहीं बल्कि पीतल की। ताऊस और सेहतार को एक लय में लाने की मश्क़ जारी थी। दफ़नवाज़ और संतूरनवाज़ अभी ख़ामोश थे। बांसुरी की हल्की-हल्की आवाज़ कभी-कभी बुलंद होती। बड़े से कमरे में क़ालीनों पर कोई बीस-पच्चीस का मजमा, सेहतारनवाज़ों के सिवा सारे संगीतकार कमरे के बीच में थे, मगर उनकी बैठक दूसरे मेहमानों से ज़रा अलग थी। सेहतारनवाज़, जैसा कि कहा गया, कमरे के एक सिरे पर ज़रा अलग खड़े किए गए थे। कमरे में रोशनी कुछ धुंधली थी, अगर और संदल के इत्र की गाढ़ी मगर कोमल .ख़ुशबू आती-जाती फुहारों की तरह हवा में थी। चार धूपदानियां कमरे के चारों कोनों में ताक़ पर रखी थीं, मवगर बहुत आहिस्ता जल रही थीं। उनके मसाले को शायद किसी तरकीब से ऐसा बनाया गया था कि वह देर तक और आहिस्ता जले। बहुत बारीक धुएं की लकीरों के साथ ऊद और अंबर की .ख़ुशबू की लपटें कभी-कभी मेहमानों को छू जातीं।

मुहम्मद याहया के दाख़िल होते ही दोनों बेटों ने दौड़कर बाप के क़दम लिए और उसका दामन और हाथ चूमकर बोलेः "बाबा, बाबा, आपने क्यों ज़हमत की? हम .ख़ुद ही हाज़िर हो जाते। हमें क्या ख़बर थी कि आप हिंदुस्तान से वापस आ गए। यह तो बड़ी .ख़ुशनसीबी है कि यहीं आपके दीदार हो गए।"

न जाने क्यों मुहम्मद याहया की आंखें भर आईं। उसने अपने मुंह पर रूमाल कुछ इस तरह फेरा गोया पसीना .ख़ुश्क कर रहा हो, और इस बहाने आंखें पोंछकर बोलाः

"वाह भई वाह, दाऊदी गायन और याक़ूबी नग़मा सुनने का मौक़ा हो और हम उसे हाथ से जानें दें?" याहया ने बारी-बारी से बेटों को सीने से लिपटाया, माथा चूमा, पीठ ठोंकी, फिर पूछा, "यह तो मालूम हो कि संगीत के शाहज़ादे कब के घर से निकले हैं। अम्मा तो अच्छी हैं?"

"जी, माशाअल्लाह बहुत अच्छी तरह हैं। हम लोग कल ही बडगाम से यहां हाज़िर हुए हैं।"

"बहुत ख़ूब, बहुत ख़ूब," कहता हआ याहया दोनों बेटों और अपने मेज़बान को

महफ़िल के बीच में ले आया और “अस्सलामु-अलैकुम हज़रात” कहकर बैठ गया। हबीबुल्लाह बट ने हाथ जोड़कर पूछा, “हुक्म हो तो महफ़िल का आग़ाज़ किया जाए।”

“बिस्मिल्लाह, बेशक।”

इस बीच में तीनों संतूर आहिस्ता-आहिस्ता बजने लगे थे। बेटों ने फिर से ताऊसों को छेड़ा। जब सब सुर मिल गए तो दोनों ने सीधे खड़े होकर मजलिस में मौजूद लोगों को सलाम किया, बाप के क़दम दोबारा लिए और कहा: “आलीजाह, हमारे नसीब की बुलंदी है कि ऐसे ऊंचे दर्जे और शान की महफ़िल में अपने वालिद साहब की मौजूदगी में कुछ टूटा-फूटा कहने का सौभाग्य मिल रहा है। दर्ख़ास्त है कि हमारे ऐबों पर नाराज़ न हों, सुधार की नज़र से मुलाहिज़ा फ़रमाएं।”

“अल्लाह अल्लाह, अज़ीज़ाने-गिरामी, इरशाद फ़रमाएं। सब तन-बदन से सुनने को तैयार हैं।” किसी बुज़ुर्ग ने जवाब दिया।

“बेशक, अब इंतज़ार की ताब नहीं। बिस्मिल्लाह।” एक और आवाज़ आई।

इस बीच सेहतारों की आवाज़ में संतूर की गुनगुनाहट शामिल होकर बुलंद हुई। मुहम्मद दाऊद ने राग चांदनी केदारा में अलाप शुरू किया। फिर याक़ूब ने कहा, “हज़रात, सुल्तान अबूसईद अबिलख़ैरी की रुबाई है, तवज्जोह की गुज़ारिश है।”

सब ज़रा और संभलकर बैठ गए। याक़ूब ने गाना शुरू किया:

जुज़ दर-रहे-इश्क़े-तू न पूयद हरगिज़
दिल राज़े-तुरा बकस गूयद हरगिज़
सहरा-ए-दिलम इश्क़े-तू शोरिस्तां कर्द
ता-महर कसे दिगर न रूयद हरगिज़

(मेरा दिल तेरे इश्क़ की राह के अलावा कोई राह नहीं चलता और न तेरा राज़ किसी से कहता है। मेरे दिल के मैदान को तेरे इश्क़ ने रेत से भर दिया ताकि किसी और की मुहब्बत उसमें उगने न पाए।)

पहला मिसरा कहकर मुहम्मद याक़ूब ज़रा ठहरा, मुहम्मद दाऊद ने अलाप को और ऊंचा किया, फिर दूसरा मिसरा हल्के सुरों में अदा किया। अब दोनों की जुगलबंदी शुरू हुई। आमतौर पर जोड़े में गाने वालों में एक की आवाज़ हल्की या पस्त और दूसरे की आवाज़ भारी या ऊंची होती है। लेकिन यहां तो मामला ही अजब था। दोनों की आवाज़ें दरम्याना थीं और आपस में इस क़दर मेल खाती थीं और दोनों का रियाज़ इतना पक्का था कि मालूम ही न होता था कि किसने अलाप लिया और किसने अंतरे से स्थायी में क़दम रखा। आवाज़ इतनी मंझी हुई और इस क़दर तैयार कि झाले-गिटकिरी वग़ैरा से बिल्कुल बेनियाज़ थी। कभी-कभी गुमान होता कि लद्दाख़ के बर्फ़ानी सहरा के गूजर तन्हा ठंडी रात में एक-दूसरे को राग के ज़रिए मुख़ातिब कर रहे हों। कभी महसूस होता दूर कहीं बौद्ध भिक्षुओं के मंदिर में तांबे

की घंटियां बज रही हैं। आवाज़ क्या थी, किसी माहिर रूपसज्जा करने वाली के बनाए-संवारे गेसू थे कि एक बाल भी अपनी जगह से हिला हुआ न था, अपनी हद से नीचे या आगे न था। और आख़री मिसरे की अदायगी में वह जोश था जो लोलाब की वादी के चश्मों में भी न होगा।

मुहम्मद याहया को संगीत से लगाव न था; वह इसे माहिर फ़नकारों के दर्जे से नीचे जानता था। लेकिन इसका मतलब यह न था कि वह रागों के असर से बेगाना था। बार-बार ऐसा हुआ था कि दूर से किसी सधे हुए गायक का गायन सुनकर उसका दिल इस क़दर बेचैन हो जाता गोया उसके हाथ-पांव बंधे हुए हों और वह आज़ाद होने के लिए तड़प रहा हो। कभी-कभी तो उसके जी में आता कि सब काम छोड़-छाड़कर, लिबास और पगड़ी फेंककर किसी जंगल में आवारा हो जाए। ख़ासकर जिन रातों को उसकी नींद जल्द खुल जाती और वह पौ फटने के पहले अपने घर के पीछे वादी में कारगिल और गिलगित से आए हुए ख़ानाबदोशों के ख़ेमों में कभी अहीर भैरव, कभी पहाड़ी, कभी जोगिया और कभी मियां की तोड़ी पर आधारित बंसी की पुकार सुनता तो उसका जी करता कि वह अभी इसी हाल में उठकर उनके पास चला जाए। इस वक़्त यह रुबाई सुनकर श्रीराधा, या बनी-ठनी, या कुछ भी कहें (उसके दिल या ज़हन में यह बात अब तक साफ़ न हो सकी थी कि वह किसी वास्तविक वजूद के तिलिस्म में क़ैद है या महज़ किसी ख़्याल पर मर मिटा है।) की तस्वीर उसकी आंखों के सामने आ गई। उसे ऐसा लगा कि उसके सीने में बहुत सारा धुआं भर गया है, और उसका दिल धुएं के पेच में इस तरह बंद है कि धड़कना भूल गया है।

"सुब्हानल्लाह, दुरुस्त, बहुत दुरुस्त" की आवाज़ों ने मुहम्मद याहया को कुछ होशियार किया। उसने कनखियों से देखा, सारे श्रोता झूम रहे थे। याहया ने आगे बढ़कर बेटों को शाबाशी देनी चाही लेकिन उसे शर्म महसूस हुई कि अपने ही चमन के फूलों की नुमाइश कैसे करूं। वह कुछ कहने के लिए हिम्मत बांध रहा था कि दाऊद ने और याक़ूब ने आधे खड़े होकर महफ़िल को सलाम किया, शुक्रिये के अल्फ़ाज़ कहे ओर फिर ज़रा ठहरकर अदब भरे लहजे में ऐलान कियाः "मुअज़्ज़ि बुज़ुर्गों की ख़िदमत में सारे ज़माने के उस्ताद, कलीम हमदानी और सायबा-ए-तबरेज़ी कश्मीर के महाकवि आला हज़रत मुल्ला मुहम्मद ताहिरग़नी नव्वरल्लाहे-मरक़दहू (अल्लाह उनकी क़ब्र को रोशन करे) व क़द्दसिर्रहु (अल्लाह उनकी क़ब्र को पाक करे) की चमत्कार भरी ग़ज़ल पेश करने की जुरअत करता हूं। मुलाहिज़ा फ़रमाएं।"

महफ़िल में आह और वाह की आवाज़ें बुलंद हुईं। थोड़ी देर तर साज़ों के सुर मिलाए गए, फिर संतूरों पर चोट पड़ने लगी। दोनों संगीतकारों ने एक ही साथ राग पीलू में अलाप उठाया और गाना शुरू कियाः

आं सर्वे-रवां जाए दर-आग़ोश कि दारद

दस्ते ब-नवाज़िश बसरे-दोश कि दारद

(वो चलता-फिरता सर, उसने किसकी गोद में अपनी जगह बना ली है, और उसने अपना मेहरबानी भरा हाथ किसके कंधे पर रख दिया है।)

मुहम्मद याहया को लगा कि यह शेर उसकी ज़बान से अदा हो रहा है। उसके रेशे-रेशे में एक लहर सी दौड़ गई। बेटों को बाप के हाल की ख़बर क्या थी, उन्होंने अगला शेर कहाः

तारे-निगहम रिश्ता-ए-गौहर शुदा अज़ अश्क
ईं दीदा तमन्ना-ए-बुना गोश कि दारद

(मेरी निगाह का तार आंसुओं में पिरोकर मोतियों का हार बन गया है। ये मेरी आंखें किसके कानों की लवों को देखने की तमन्ना में हैं।)

मुहम्मद याहया के सीने में फिर उसी तरह धुएं की पेचीदा लहरें उठीं, उसके सीने के ऊपरी हिस्से में कंधों की तरफ़ हल्का दर्द होने लगा, गले में सांस रुकने सी लगी। और जब गायकों ने तीसरा शेर गाया तो दर्द की लहर याहया के बाएं कंधे और बाज़ू की तरफ़ भी दौड़ गईः

शुद रिश्ता-ए-गुलदस्ता ज़ियादश तने-ज़ारम
आं दस्ता-ए-गुल जाए दर-आग़ोश कि दारद

(उसकी याद में घुल-घुल कर मेरा बदन उस धागे की तरह हो गया है जिससे गुलदस्ता बांधते हैं और वो गुलदस्ता किसकी आग़ोश में जगह बनाए बैठा है।)

सारी महफ़िल एक-दूसरे के हाल से बेख़बर, अपने ही हाल में मस्त थी। ऐसे आलम में आत्मप्रशंसा का यह शेर समझ रखने वालों के लिए और भी लुत्फ़ का सामान दे गयाः

शेरम नबुवद मुंतज़िरे-गोशे-हरीफ़ां
ख़्वाने-सुख़नम हाजते-सरपोश कि दारद

(मेरा शेर दोस्त या दुश्मन द्वारा सुने जाने का इंतज़ार नहीं करता। भला जिस परात में मेरी बात रखी हुई है उसे ढांकने के लिए सरपोश की क्या ज़रूरत।)

ऐसे में मुहम्मद याहया की हालत को भला कौन समझता। उसके सीने का दर्द बढ़ा, फिर घटा, फिर उसे पस्त और निढाल छोड़ गया। जब दाद का शोर ज़रा थमा तो उसने उठने और इजाज़त लेने का इरादा किया, लेकिन दिल में ताक़त और जिगर में हाल न था। उसने फ़र्श पर हाथ टेके कि उठूं, फिर वहीं बैठा रह गया। बेटों ने अब तक तो उसके बदले हुए रंग को शेर या संगीत के असर का नतीजा समझा था, लेकिन अब जो उन्होंने उसके चेहरे को ग़ैरमामूली तौर पर उतरा हुआ और उसकी पेशानी पर कुछ शिकनें और कुछ बूंदें देखीं तो फ़ौरन उठे और महफ़िल के मेज़बान को भी इशारा किया। एक साथ सबका ध्यान उसकी तरफ़ चला गया तो मुहम्मद याहया को और भी घबराहट हुई लेकिन तकल्लुफ़ में वह "नहीं-नहीं, कोई बात नहीं,

मैं बिल्कुल ठीक हूं" के सिवा कुछ कह न सका। मौजूद लोगों में एक हकीम भी थे। उन्होंने नब्ज़ देखी लेकिन बात को सही समझ न पाए। उनका ख़्याल था कि गर्मी और दिमाग़ी थकन की वजह से मेदे में गर्मी पैदा हुई है और उसके पेचोख़म ने सर में चक्कर और दिल में बोझलपन ला दिया है। उन्होंने नुस्ख़ा सुझाया कि अर्क़े-बेद-मुश्क के साथ ख़मीरा गावज़बान अंबरी की एक .खुराक अभी और दूसरी एक घंटे के बाद दे दी जाए और मरीज़ पूरी तरह आराम करे तो इंशाअल्लाह यही काफ़ी होगा। अगर रात को नींद न आए तो तलवों में थोड़े रोग़न बादाम की मालिश कर दी जाए।

मुहम्मद याहया के दोनों बेटे उसके साथ उसके ठहरने की जगह तक गए, दवाओं का इंतज़ाम किया और सारी रात उसके पास ही रहे। सुबह तक याहया की हालत बहुत बेहतर थी और उसने बडगाम के लिए रवाना होने का बंदोबस्त शुरू किया। हालांकि याक़ूब और दाऊद चाहते थे कि अभी थोड़ा आराम कर लिया जाए, लेकिन बाप के सामने ज़्यादा कुछ न कह सके। उन्होंने श्रीनगर में ठहरना या आगे जाना रद्द किया और वापसी के सफ़र में बाप के साथ ही रहे।

□□

बशीरुन्निसा

सफ़र बख़ैरो-ख़ूबी पूरा हुआ। बशीरुन्निसा की आंखें शौहर और अपनी आंखों की रौशनियों को देखकर ठंडी हुईं। याहया ने पहली बार इतना लंबा सफ़र किया था, और वह भी इस क़दर कामयाब, इसलिए बशीरुन्निसा को उम्मीद थी कि सफ़र के हालात और कामयाबियों की तफ़्सीलें सुनने को मिलेंगी। लेकिन याहया कुछ ख़ामोश-ख़ामोश था। शायद सफ़र की थकन है, बीवी ने सोचा। बीमारी गहरी या जानलेवा होगी, इस तरफ़ किसी का ध्यान ही नहीं गया। मुहम्मद याहया के चेहरे का रंग कुछ पीलापन लिया हुआ काला पड़ गया था। उसका जी चाहता था कि किसी से कुछ कहना न पड़े और किसी की कोई बात मेरे कानों में न पड़े। बिस्तर से उठता तो अपने आप से वहशत लगती; जी चाहता घर से दूर कहीं चला जाऊं जहां ये सुबह-शाम की झंझटें न हों। लेकिन जब वह अपने कमरे की सीढ़ियां उतरकर नीचे आने का इरादा करता तो उसकी हिम्मत जवाब देने लगी। अगर किसी तरह वह लिबास बदलकर दुनिया का सामना करने के लिए तैयार होकर नीचे आ भी जाता तो वापस सीढ़ियां चढ़ना उसके लिए नंगा परबत की चढ़ाई जैसा हो जाता। सीने में उसी तरह का दर्द, लेकिन कुछ हल्का, गले में .खुश्की और बाएं बाज़ू और कंधे में भारीपन महसूस होता।

यह सब था लेकिन किसी हकीम से मिलने का ख़्याल उसे न आया। उसे इस बात से कुछ दिलचस्पी ही नहीं रह गई थी कि वह बीमार है या बीमार हो सकता

है। थोड़ी देर की तन्हाई भी नसीब होती तो उसके मन की आंख ऐसी चीज़ों को देखती जिन पर हल्के पीलेपन मिले सुरमई रंग की निहायत बारीक गर्द की तहें चढ़ी हुई होतीं, ऊंटों के कजावे, घोड़ों की ज़ीन और साज़, पानी के बड़े-बड़े मटके सख़्त पक्की मिट्टी के बने हुए या फिर पत्थर के बने हुए, लेकिन पानी शायद उनमें न था। दूर तक फैला हुआ धुंधला सा मैदान जिस पर बर्फ़ की हल्की सी तह, लेकिन बर्फ़ इतनी भुरभुरी कि रेत मालूम होती थी। ऊंटों के पट्टों में पड़ी हुई भारी-भारी घंटियां, कश्मीरी गूजर क़बीले की कुआंरियों के गीत, रथों के टूटे हुए पहिये, हवा में गुलाबी-नारंगी ओढ़नियों के लहराते हुए पल्लू, बारीक शबनम के बहुत हल्के नीले पर्दों के पीछे कोई बड़ी-बड़ी आंखें, रोशन पेशानी, काले लंबे गेसुओं वाला चेहरा, शान और आत्मविश्वास से दमकता हुआ, नीली-आसमानी किरणों सा बेपरवाह, जिसका रुख़ मेरी तरफ़ है भी और नहीं भी है...

एक रात मुहम्मद याहया ने ख़्वाब देखा कि उसके सीने में वही पुराना दर्द है, लेकिन दर्द इस बार न घट रहा है न बढ़ रहा है, बस एक गूंज सी है जैसे चश्मे-शाही में झरनों के गिरने की आवाज़ एक ही रफ़्तार से कानों में आए चली जा रही है। लेकिन यह दर्द सिर्फ़ सीने या कंधे तक नहीं है, कोई चीज़ उसके गले में भी घर बनाए बैठी है और वहां से उसके दिमाग़ को ख़बरें मिल रही हैं कि यहां रुकावट है, यहां दर्द है, यहां सांस को रास्ता नहीं मिल रहा है। नींद के ही आलम में उसने कंबल को अपने बदन से उतार फेंका और पलंग से उठना चाहा। लेकिन उसके पांव कुछ जकड़े हुए से थे। उसने इधर-उधर एक-दो बार करवट ली और फिर सो गया, या यूं कहें कि उसी ख़्वाब में खो गया। दर्द की लहर अब भी झरने की आवाज़ की तरह थी, लेकिन अब महसूस हो रहा था कि झरना कुछ ज़्यादा बुलंदी से गिर रहा है और जहां गिर रहा है वहां पानी के ज़र्रे धुएं की शक्ल लेकर चक्कर खा रहे हैं। उसे अपने सीने और गर्दन पर नमी सी महसूस हुई लेकिन वह पसीना पोंछने के लिए हाथ न उठा सका। किसी ने उससे कहा कि यह पसीना नहीं, झरने की फुहारें हैं लेकिन धुएं के छल्ले उसके सीने में कहां से आ गए? अब तो सीना भी कुछ भीगा-भीगा सा लग रहा है।

अचानक दर्द ने उसे यूं कचोट दिया जैसे जर्राह के हाथ से नश्तर फिसल जाए और मरीज़ के पहलू में खुब जाए। असहनीय दर्द से उसकी सिसकी निकल गई और आंखें खुल गईं। नहीं, यह ख़्वाब न था। उसके सीने में, कंधों में, जबड़ों में, दोनों बाजुओं में दर्द ही दर्द था। सांस लेना अब और दुश्वार हो गया था। उसने बशीरुन्निसा को पूरी क़ुव्वत से आवाज़ दी, लेकिन उसे अपनी आवाज़ सुनाई न दी। उसने हाथ से टटोलकर सुराही ढूंढ़ी कि पानी से कुछ गला तर करूं। फिर उसने देखा कि मेरी आंखें खुली भी हुई हैं और बंद भी हैं। यानी मैं ख़्वाब नहीं देख रहा हूं, लेकिन

किसी ने मेरी आंखें सख़्ती से बंद कर रखी हैं। उसे याद आया बचपन में भी उसे जब कभी चोट लगती और बहुत ज़ोर से दर्द होता तो वह आंखें बड़े ज़ोर से मीच लेता था, जैसे उसे यक़ीन हो कि आंखें ज़ोर से बंद कर लूंगा तो दर्द अंदर न आएगा। उसे यह ख़्याल न आता कि आंखें बंद करने से दर्द शायद अंदर तो न आ सकेगा लेकिन जो दर्द अंदर है वह बाहर भी तो न भगाया जा सकेगा...

उसने दोबारा पूरी क़ुव्वत से बशीरुन्निसा को पुकारा। लेकिन आवाज़ फिर भी न सुनाई दी। अच्छा, तो शायद मैं मर चुका हूं? उसे अचानक बड़ा इत्मीनान भरा ख़्याल आया। लेकिन नहीं, अभी दर्द की घरघराहट सीने में बाक़ी थी और कानों में भी कुछ सायं-सायं हो रही थी। उसके सामने क़ालीन का एक बिल्कुल नया नक़्शा झमक गया। अचंभे वाले ऐसे रंग जैसे तिब्बत और काशान के कारीगरों ने भी न सोचे होंगे। नीला रोशन, जैसे बारिश के बाद यूसमर्ग का आसमान, उसके चारों तरफ़ बादामी ज़र्द और कच्ची ख़ूबानियों का हरा, फिर गहरा नीला, बहुत गहरा रंग, भला मानसबल भी क्या इतनी गहरी होगी... उसकी आंखें झपक गईं। तो क्या यह क़ालीन मैंने बनाया है? नहीं, यह तो मेरे लिए बिछाया गया है। मगर कहां? यहां तो बर्फ़ गिर रही है। हां, सामने कोई इमारत है सदर दरवाज़े की मेहराब बादलों को छू रही है और यह क़ालीन मेरे पांव के पास से लेकर इमारत के सदर तक फैला हुआ है। मुझे वहीं जाना है। तो चलता हूं... लेकिन सदर दरवाज़े पर कुछ लिखा हुआ है; इसे पढ़ तो लूं, शायद कोई ज़रूरी बात हो।

लेकिन मुझे कुछ दिखाई नहीं दे रहा है। किसी ने अचानक ढेर सारी कालिख दीवारों और दरवाज़े और छत पर पोत दी है। क्या मैं किसी सुरंग में क़ैद हो गया हूं? अल्लाह अल्लाह, मेरे अपने घर में मुझे आज अजनबीयत का अहसास! यह ख़्याल आते ही उसे मालूम हो गया कि मैं अब इस घर के लिए, इस दुनिया के लिए अजनबी हो जाऊंगा, मेरे घर का यह दरवाज़ा अब मुझ पर कभी न खुलेगा। उसे बड़ी कामयाबी का अहसास हुआ। सुब्हानल्लाह, मुझे शुक्रगुज़ार होना चाहिए। फिर कहीं से उसे अपने आक़ा के पाक अल्फ़ाज़ याद आए, 'तो फिर क्या मैं शुक्र करने वाला बंदा न बनूं?' और उसने शहादत की उंगली उठाकर अलहमदुलिल्लाह कहा, फिर कलमा पढ़ा, बशीरुन्निसा को प्यार भरी लेकिन बंद आंखों से देखा, दोनों बेटों का ध्यान किया, बुलंद आवाज़ में या शैखुल आलम कहा और अपने नबी के हरे गुंबद को कलेजे से लगाकर सो गया।

मुहम्मद याहया के चालीसवें के बाद बशीरुन्निसा पलंग से लग गई। चालीसवें के दिन तक तो वह भली-चंगी थी और एक दिन तो उसने बेटों से उनकी शादी के बारे में बड़ी .ख़ुशी-ख़ुशी, हंस-मुस्कुराकर बात भी की। लेकिन आख़री मेहमान के

रुख़सत होते ही बशीरुन्निसा की ताक़त और सुकून भी रुख़सत हो गया। उसको चुप सी लग गई, खाना-पीना लगभग बंद हो गया। वह पढ़ी-लिखी न थी, लेकिन उसे नमाज़ अदा करने भर की क़ुरआनी सूरतें और दुआएं याद थीं। नमाज़ वह लेटे-लेटे ही पढ़ती और बाक़ी वक़्त का वह ज़्यादा से ज़्यादा हिस्सा क़ुरआन और दरूद पढ़कर शौहर को बख़्शने में गुज़ारती।

मुहम्मद याहया की मौत को तीसरा महीना था कि अचानक एक दिन बशीरुन्निसा ने सुबह की नमाज़ के बाद बेटों को बुलवाया, उन्हें कुछ हसरत और कुछ उम्मीद भरी निगाहों से देखा और कमज़ोर आवाज़ में बोलीः "मेरा मुंह क़िब्ले की तरफ़ कर दो।"

बेटों में हाल पूछने या बहस करने की हिम्मत कहां थी। आंखों में आंसू भरकर पलंग को उन्होंने काबे की तरफ़ किया, मां से क़ुसूर माफ़ कराए, दूध बख़्शवाया और उसके सिरहाने सूरा-ए-यासीन पढ़ने बैठ गए। अचानक बशीरुन्निसा ने सामान्य से बहुत ज़्यादा बुलंद आवाज़ में कहा, "अल्लाह मेरे कलेजे में दर्द है..."

बेटे क़ुरआन पढ़ना छोड़कर मां की तरफ़ झुके। अपने सफ़ेद, कमज़ोर हाथों में उनके भारी मज़बूत दाएं हाथों को मुश्किल से लेकर वह मुस्कुराई और बोलीः "तुम लोग गवाह रहोगे न?"

बेटों के रुंधे हुए गले से आवाज़ न निकली लेकिन उन्होंने बार-बार सिर हिलाकर इक़रार किया, कलमा पढ़कर हाथों पर दम किया और हाथों को मां के चेहरे पर फेरा। मां ने रुक-रुककर कहा, "मुझे उन्हीं के पास रख देना।" और आहिस्ता-आहिस्ता कलमा पढ़कर आंखें बंद कर लींः

अज़ मौतो-हयात चंद पुर्सी आख़िर
ख़ुरशीद बरौज़ने-दर-उफ़्तादो-बिरफ़्त

(क्या पूछते हो मौत और ज़िंदगी के बारे में; सूरज की किरण एक झिरी से अंदर आई और चली गई।)

कितना ही बड़ा घर हो, राजाओं, नवाबों की हवेली हो या बादशाहों का लोहे और पत्थर का आसमान चूमता क़िला हो, उसकी जान एक ही शख़्स में होती है। वह शख़्स नहीं तो घर में जान नहीं। काग़ज़ात और आम ख़्याल के मुताबिक़ बशीरुन्निसा के घर का मालिक तो मुहम्मद याहया था, लेकिन उस घर की रूह बशीरुन्निसा थी, सिर्फ़ इस मानी में नहीं कि उसकी सलीक़ामंदी, अच्छा इंतज़ाम, सुघड़ापा और मिज़ाज की मिठास घर की हर चीज़ में झलकती थी, लगता था घर नहीं है, अंबरी सेबों का खलिहान है, जहां हर तरफ़ से बनफ़्शा और बादाम की कलियां बरस रही हैं। असल बात बल्कि यह थी कि उसके वजूद में कुछ ऐसी ठंडक और उसके मिज़ाज में कुछ ऐसा फैलाव, कुछ ऐसी सेहतमंदी और कुछ ऐसी मीठी

गहराई थी जो वेर्नाक के चश्मे[1] की याद दिलाती थी।

बशीरुन्निसा के मिज़ाज में भी कुछ ऐसी ही चमत्कारी मिठास और रवानी और सुनहरापन और शान थी। उसकी आंख बंद होते ही सारा घर भांय-भांय करने लगा। दाऊद और याक़ूब का जी चाहा कि अभी-अभी घर छोड़कर कहीं भाग जाएं, लेकिन मज़हबी और दुनियावी रस्में तो पूरी करनी ही थीं और घर में .ख़ुदा जाने कितना साज़ो-सामान भरा हुआ था; उसको भी ठिकाने लगाने की कोई जुगत करनी थी। यहां क़ीमती और नायाब क़ालीन थे और उनसे ज़्यादा नायाब चीज़ें नए क़ालीनों के वो नक़्शे थे जिन पर मुहम्मद याहया काम कर रहा था। अख़रोट और शाहबलूत की लकड़ी के बर्तन, कुर्सियां, चौकियां, जिनमें से कुछ बहुत पुरानी थीं। चांदी के पुराने बर्तन, .ख़ुतन और .ख़ुल्लख़ के नक़्क़ाशीदार लकड़ी और चीनी मिट्टी के प्याले, तिब्बत और लद्दाख़ के अक़ीक़ और फ़ीरोज़े की तस्बीहें, काशान और काशग़र के रेशमी पर्दे, समरक़ंद और बुख़ारा के मिट्टी और चांदी के बर्तन, किरग़िज़्तान के ऊनी लिबास, क़ज़ाक़िस्तान की चमड़े की बनी छागलें और तंबूरे, बर्फ़ानी तेंदुओं के पशमीने, हांगुलों के सिर और सींग, मुश्क की कुप्पियां, ज़ाफ़रान की पोटलियां, यानी वह सब कुछ, बल्कि उससे भी ज़्यादा मौजूद था जो किसी पुराने, .ख़ुशहाल कश्मीरी कारीगर की हवेली में होने की उम्मीद की जा सकती थी।

यह सब देखकर दाऊद और याक़ूब का दम उलटता था, लेकिन इतना सामान और वह भी क़ीमती सामान यूं ही तो नहीं फिंकवा सकते थे। और यह भी था कि क़रीब के न सही, दूर के रिश्तेदार ऐसे कई थे जो इस छोड़े हुए सामान पर कुछ हक़ भी समझते थे। उन्होंने चालीसवें की रस्म ग्यारहवें दिन अदा की। सभी रस्मों के ख़त्म हो जाने बाद, अकेले घर में उन्होंने साज़ उठाए, मां के कमरे में गए और .ख़ुदा और पैग़ंबर साहब की तारीफ़ और सूफ़ियाना शेर गाकर, परवरदिगार की बारगाह में अपनी हस्ती का नज़राना पेश करके दिल को कुछ तसल्ली बख़्शी और मां की पाक रूह पर फ़ातिहा पढ़ी। सबसे पहले उन्होंने .ख़ुसरो की क़सीदेनुमा स्तुति के शेर राग दरबारी में पढ़ेः

ऐ ज़ .ख़्याले-माबरूं दर तू .ख़्याल कै रसद
दर सिफ़त तू अक़्ल रा लाफ़े-कमाल कै रसद
गर हमा मर्दुमो-मलक .ख़ाक शवंद बर दरत
दामने-इज़्ज़ते-तुरा गर्दे-ज़वाल कै रसद

---

1. जहांगीर के इंजीनियरों ने वेर्नाक की गहराई 14 गज़ नापी थी। उसकी चौड़ाई किसी कुएं से कम न थी लेकिन फ़र्क़ यह था कि वेर्नाक का नीलापन लिए पानी कुएं में लबालब भरा हुआ था और अब भी भरा हुआ है। जहांगीर और नूरजहां ने चश्मे में आज़ाद तैरती-फिरती काली महाशेरों और लाल-नारंगी ट्राउट मछलियों की नाकों में सोने के छल्ले डलवा दिए थे। इन्हीं मछलियों की औलादें मुहम्मद याह्या के ज़माने में चश्मे की सतह पर तैरती-फिरती थीं और अब भी मौजूद हैं, छल्ले अलबत्ता कब के ग़ायब हो चुके।

दर रहे-बे-नियाज़ियत सद चू हुसैने-कर्बला
तिश्ना ब-मांद बर गुज़र ता-ब-जुलाल कै रसद
ज़ां चमने कि बुलबुलश रूहे-क़ुदुस नमी रसद
गुलख़नियाने-ख़ाक रा बू-ए-विसाल कै रसद

(ऐ तू जो हमारे ख़्याल से भी बाहर है कोई ख़्याल तुझ तक कैसे पहुंच सकता है, अक़्ल को कहां संभव कि तेरी तारीफ़ में कमाल तक पहुंचने की डींग हांक सके। अगर सारे इंसान और फ़रिश्ते तेरी चौखट पर मिटकर ख़ाक हो जाएं तो भी तेरे आदर के दामन पर गिरावट की धूल कहां पहुंच सकती है। तेरी बेनियाज़ी की राह में कर्बला के हुसैन जैसे सैकड़ों ही प्यासे पड़े रहे, भला वो पानी तक कब पहुंच सके। हम जो दुनियां के कूड़ेदान में पड़े हुए हैं, हमें उस चमन से मिलाप की .खुशबू कहां आ सकती है, जहां जिब्रील फ़रिश्ता भी बुलबुल की तरह रहने के लायक़ नहीं है।)

अब तक तो ऐसा था कि वियोग, नाउम्मीदी, पहुंच न सकने की कैफ़ियत और शेरों में दुख और मलाल का रंग और उनके दिल का दर्द, सब कुछ उनके पस्त, खरज में अदा किए सुरों में छलका पड़ता था, लगता था कि दोनों बस अब पलभर में गाना बंद करके सिसकी लेना शुरू कर देंगे, कि अचानक मुहम्मद दाऊद ने बहुत ऊंचे सुर में जाकर दोबारा अलाप उठाया और मुहम्मद याक़ूब के लहजे में मुसर्रत की मस्ती पैदा हो गई, गोया उन्हें अपनी प्यारी मां के बारे में कुछ .खुशख़बरी मिल गई हो कि डर भरी राह की इस नई मुसाफ़िर को ख़ैर और ख़ूबी के साथ मंज़िल पर पहुंचा दिया गया हैः

जल्वा-ए-रू-ए-आशिक़ां बर सरे-चूं मने-रसद
राहरवाने-पाक रा लौसे-वबाल कै रसद

(आशिक़ों के चेहरे का जलवा हम जैसों पर ही शोभा देता है। पाक राहों के मुसाफ़िर पर मुसीबत भला कैसे आ सकती है)

उन्हें .खुद नहीं मालूम था कि इस मौक़े पर अमीर .खुसरो को उन्होंने क्यों गाया, सिवा इसके उनको पूरा यक़ीन था कि मां की रूह सर्वोच्च स्तर पर रूहे-आज़म से जा मिली है और परवरदिगारे-आलम की बरकत और तवज्जोह की नीली-सुनहरी किरणें उसकी रूह पर बहारों की बारिश का संदेशा दे रही हैं। वो देर तक आख़री शेर को तरह-तरह से कहते रहे; फिर दाऊद ख़ामोश हो गया। याक़ूब ने नंदकौंस से ज़रा हटकर मालकौंस में तराना शुरू किया; फिर दाऊद की आवाज़ उसमें मिलती, उससे अलग होती, और भी बुलंद होती हुई उभरीः

आं कू सिर्रे-हक़ीक़तश बावर शुद
ख़ुद पहन तर अज़ सिपिहरे-पहनावर शुद
मुल्ला गोयद कि बर फ़लक शुद अहमद

सरमद गोयद फ़लक ब अहमद दर शुद

वो बहुत देर तक मुकम्मल बेख़बरी के आलम में द्रुत लय में गाते रहे। अचानक दोनों की हिचकी फूट पड़ी, संगीत झटके के साथ रुक गया। दाऊद ने ताऊस को आहिस्ता से धकेलकर परे किया और मां के पलंग की पट्टी पर सिर रखकर रोना शुरू कर दिया। याक़ूब ने भाई का सिर अपने कंधे पर रखा और उसकी पीठ को हल्के से थपथपाते हुए कहाः

"पाक मुसाफ़िरों के लिए कोई मुसीबत नहीं। बेशक वह जन्नत में होंगी और हमारे लिए दुआ कर रही होंगी। तुम दिल छोटा न करो, वह बहुत अच्छी जगह पर हैं।" फिर उसने सहाबी अस्तराबादी की रुबाई कुछ फुसफुसाहट के लहजे में, कुछ बातचीत के लहजे में पढ़ीः

बा ज़ात ब हर सिफ़त गिरायंद .ख़ुश अस्त
नग़मा ब हर आहंग सरायंद .ख़ुश अस्त
अज़ बहरे-.ख़ुदा हेच अमल ज़ाया नीस्त
दरखुल्द ज़हर दर कि दर आयंद .ख़ुश अस्त

(उसके अस्तित्व को जिस गुण से बताए ठीक है, गीत को जिस भी लय में गाए ठीक है, .ख़ुदा के वास्ते जो भी काम किया जाए वो बेकार नहीं जाता, जन्नत में जिस भी दरवाज़े से आए ठीक है।)

दाऊद के आंसू थमे तो याक़ूब को रोना आने लगा। उसने भी अपना दफ़ परे किया और मां के पलंग से लगकर, बैठकर उसने कहाः "अम्मां बी, अब आप नहीं हैं तो हम किसको सुनाएंगे? बाबा हमारे गाने पर ख़फ़ा होते थे तो आप किस-किस तरह उन्हें मनाती थीं। हमें अल्लाह ने वह मौक़ा भी अता कर दिया कि उन्होंने भरी महफ़िल में हमें गाते हुए सुना और शायद कुछ .ख़ुश भी हुए। अब न वह हैं न आप, तो फिर हमारा गाना भी न रहेगा।"

अब तक उनके ज़हन में बात साफ़ न थी कि बर्फ़ीले सुनसान मैदान, लंबी ज़िंदगी जो उन्हें बेमुरव्वत आंखों से घूर रही थी, अब कैसे और कहां गुज़रेगी। उन्हें बस इतना मालूम था कि अब बडगाम में नहीं रहना है, गाने का शग़ल नहीं करना है, न शौक़ के तौर पर, न रोज़ी के तौर पर। करने के लिए फ़िलहाल पहला काम यह था कि घर और घर के सामान का मुनासिब इंतज़ाम किया जाए। सुबह की सफ़ेदी फूट रही थी, जब भाइयों ने घर के सामान को उठाना, रखना और अलग करना शुरू किया। सबसे पहले बाप के सफ़री संदूक़ और संदूक़चे खोले गए, जो बाप की वापसी के वक़्त से यूं ही बंद पड़े हुए थे।

कांपते हुए हाथों से उन्होंने एक-एक चीज़ यूं उठाई और रखी गोया धर्मात्माओं

की निशानियां हों। आख़री संदूक़चे में पहली चीज़ रेशमी कपड़े में लपेटा हुआ एक मोटा काग़ज़ था। जब उन्होंने बड़ी उत्सुकता से बस्ते के बंद खोले कि शायद किसी जायदाद के काग़ज़ या लाहौर में किसी तिजारत के समझौते हों, तो दोनों के दिल पर धक्का सा लगा कि यह क्या और क्यों? यह तस्वीर कैसी? उनके बाप को ग़ैर औरतों से, मौज और मस्ती से कोई लगाव न था। कम से कम वो तो यही जानते थे। वो अपने बाप से डरते ज़रूर थे लेकिन उन्हें गुमान था कि वो उनके मिज़ाज को भी समझते हैं। उनको यक़ीन था कि उनका बाप किसी घटिया या बाज़ारी आदत का शिकार न था। तो फिर यह सजीली जवान औरत, यह किसकी तस्वीर थी? क्या हमारे बाबा दूसरे निकाह का इरादा रखते थे? या यह औरत उनकी कोई .ख़ुफ़िया माशूक़ा थी या लाहौर की कोई बाज़ारी औरत जिसे वह अपनी रखैल बनाना चाहते थे? इस उम्र में कुछ मर्दों की तबीयतें बदल जाती हैं, ऐसा उन्होंने सुना था। उनके दिल पर कुछ घिन और नफ़रत और बहुत सी उदासी छाने लगी। उनका जी चाहा कि इस कमबख़्त काग़ज़ को चीर-फाड़कर चश्मे में बहा दें कि इस अंधेरे भेद का नामोनिशान ही न रहे।

याक़ूब ने चाहा कि तस्वीर को भाई के हाथ से लेकर फाड़ डालूं लेकिन एक पल के लिए ठिठककर उसने सोचा, इसे फाड़कर फेंक देने से कोई फ़र्क़ तो पड़ेगा नहीं कि जो चीज़ हमारी आंखों के आगे से गुज़र चुकी है, उसे हम वापस नहीं ला सकते और हक़ीक़त का बोझ उठाए ही बनता है, यह कभी सिर से उतरता नहीं। और किसे मालूम हक़ीक़त क्या है? यह बहरहाल साबित है कि इस लड़की की तस्वीर बाबा के पास इस मक़सद से रखी हुई नहीं थी कि वो उसे हमारे लिए पसंद करना चाहते थे। उसने कहाः "बिरादर, ज़रा ठहरो। ज़रा इस मामले पर ग़ौर कर लें। इसमें कुछ पेच न हो।"

"पेच क्या होगा बिरादर," दाऊद ने कुछ झल्लाकर जवाब दिया। "अफ़सोस ज़रूर है, पेच भला क्या होगा?" उसने दोबारा ज़रा ऊंचे लहजे में कहा।

"नहीं, ज़रा ग़ौर करो। यह औरत मुसलमान तो है नहीं, लेकिन कोई वेश्या भी नहीं लगती। यह शान, यह रौब, यह आत्मविश्वास, माथे पर नूर..."

"तुम भी क्या बात कहते हो बिरादर, मुझे तो..."

"जल्दबाज़ी न करो। ऐसी हसीन कमर, ऐसा स्वर्गीय आभा लिया चेहरा... इसमें कुछ भेद है। हमारे बाबा ऐसे न थे। यह तो किसी दूर देस की रानी है, किसी बात पर .ख़ुश होकर उसने हमारे बाबा को अपनी तस्वीर तोहफ़े में अता कर दी होगी। हमारी तरफ़ की या मुल्क पंजाब की बीबी तो यह है नहीं।"

अब दाऊद ने ज़रा संभलकर तस्वीर को देखा। एक पल के लिए उसके दिल पर कंपकपी छा गई और फिर यह कंपकपी उसके हाथों में उतर आई। अजब तीखी

सी मुस्कुराहट थी, ऐसा लगता था तस्वीर वाली उसके ख़्यालात से वाक़िफ़ होकर दिल ही दिल में उस पर हंस रही है। तुमने समझा भी तो क्या समझा। हर कोई अपनी-अपनी हिम्मत के मुताबिक़ सोचता है। मैं तुम्हारी आम इंसानी सोचों से बहुत दूर हूं। दाऊद ने फिर ग़ौर से देखा, तस्वीर वाली के होंठों पर हल्की मुस्कुराहट की सुर्ख़ी थी और चेहरे के गोरापन लिए हुए रंग में कुछ गर्मी सी झलक उठी थी। अभी-अभी तो यह तस्वीर सिर्फ़ तस्वीर थी, अब अचानक इसमें ज़िंदों वाली बात कैसे पैदा हो गई? बेवक़ूफ़ बेटे, यह बिलावल या यमन कल्याण में कोई मामूली सी बंदिश नहीं, जिसके बोल तुम चुटकी बजाते में सीख लो। इस चेहरे पर न जाने किस तरह के आत्मविश्वास की छाया है... क्या तेज है, क्या जोत है...

एकाएक उसका दिल ज़ोर से धड़का। ये लफ़्ज़ तो मैंने पहले कभी बोले नहीं, न सुने। तेज...जोत... ये लफ़्ज़ मुझे किसने सिखाए? लेकिन दोनों लफ़्ज़ तस्वीर वाली के लिए कितने मुनासिब हैं। यह कोई हिंदुओं की देवी है जो मेरे मुंह से बोल रही है। देवी ही होगी, इंसान के चेहरे पर यह जोत कहां...

याक़ूब की आवाज़ ने उसे बदहवास होने से बचा लिया।

"ज़रा इस काग़ज़ को उलट-पलट कर देखो, शायद कुछ पता मिले। यह कोई बेआबरू छिनाल नहीं, बड़ी आन-बान की पर्दे वाली लगती है।"

दाऊद ने तस्वीर के काग़ज़ को पलटा तो उसे महसूस हुआ कि तस्वीर की पुश्त पर भी मोटे और गत्ते की तरह भारी काग़ज़ की एक तह लगी हुई है, गोया तस्वीर को महफ़ूज़ करने और उसकी पुश्त को नमी और तेल वग़ैरा से बचाने की यह तरकीब की गई है। बहुत आहिस्ता-आहिस्ता, पतले चाक़ू की नोक दोनों काग़ज़ों के बीच में डालकर उन्होंने पुश्ते को अलग किया तो तस्वीर की दूसरी तरफ़ बिल्कुल बीच में निहायत उम्दा थोड़े से शिकस्ताआमेज़ अक्षरों में लिखी हुई इबारत साफ़ नज़र आने लगी। यह कुछ अरबी में थी कुछ फ़ारसी में। उसका अनुवाद कुछ ऐसा थाः

(बनी-ठनी के नाम से मशहूर श्रीराधा जी का काल्पनिक चित्र उस्ताद और बेजोड़ कारीगर हज़रत मुहम्मद याहया बड़गामी कश्मीरी की ख़िदमत में मुहब्बत और भाईचारे का तोहफ़ा। अल्लाह उनकी उम्र लंबी करे और उनकी फ़नकारी को और चमकाए, अहक़र गिरधर नाथ नक़्क़ाश निवासी हरियाली की तरफ़ से जो कमतरीन रैयत राय-रायान महाराजा किशनगढ़ सूबा अजमेर राजपूताना का है।)

तस्वीर का भेद तो खुल गया। कृष्ण जी और राधा की लीलाओं से वो अनजान न थे। 'बनी-ठनी' की बात समझ में न आई। लेकिन इसमें तो कोई शक न था कि यह तिलिस्म सब ख़्याली है और उन्हें अपने बाप के बारे में वहशत या शर्मिंदगी में घिरे रहने की कोई वजह न थी। ज़ाहिर है कि उन्हें यह ख़बर न लग सकती थी कि इस तस्वीर ने उनके बाप के सब्र और होशोहवास की पूंजी पर कैसी रहज़नी की

थी। लेकिन उन दोनों भाइयों के भी रग-रेशे में उसकी आग इस तरह दौड़ने लगी थी, जिस तरह बनफ़्शा की पंखुड़ी में सुबह की हवा की नमी उतर जाती है। दोनों ने एक-दूसरे को देखा, फिर श्रीराधा की तस्वीर को देर तक तकते रहे। जुड़वां होने की वजह से एक पर दूसरे की अंदरूनी हालत और कैफ़ियत अपने आप बड़ी हद तक खुल जाती। अक्सर ऐसा होता एक भाई जो बात कहना चाहता वही बात दूसरे की ज़बान पर एकाएक आ जाती या एक भाई कहीं जाने का इरादा करता तो दूसरा उसी जगह की तारीफ़ें शुरू कर देता। एक को किसी शख़्स या चीज़ से वहशत या बेदिमाग़ी होती तो दूसरा भी उस शख़्स या चीज़ के बारे में यही महसूस करता। गाने में उनकी जुगलबंदी इसीलिए अक्सर दो की बजाय एक गायक की छाप छोड़ने लगती थी और ज़ाहिर है कि इस ख़ूबी में उनका कोई सानी न था।

दोनों की निगाहें तस्वीर के चेहरे से एक साथ उठीं। दाऊद ने कहा, "किशनगढ़..."

"हमारे दादा वहीं के थे," याक़ूब ने ज़वाब दिया।

"कहते हैं दादी ने एक बार बाबा से कहा था कि बेटा, तुम्हारा दिल किशनगढ़ जाने को तो नहीं चाहता?"

"बाबा उस वक़्त बहुत छोटे थे, लेकिन उन्होंने जवाब दिया था कि वहां मेरा कौन है, और यहां मेरा सब कुछ है। मेरे बाप ने भी तो तुम्हें और इस मुल्क को अपना लिया था। मैं यहां से कहीं न जाऊंगा।"

दाऊद की आंखें भर आईं। "लेकिन अब हमारा यहां कौन है..."

"बाबा ने यह तस्वीर इस क़दर संभालकर क्यों रख ली थी, मैं सोचता हूं इसमें उनका कोई भेद रहा होगा।"

"भेद काहे का, दूर-दराज़ के कारीगर थे, ग़ैर मुल्क से आए थे, उनका तोहफ़ा था।"

"लेकिन मुझे तो इसमें कोई शगुन नज़र आता है... और बिरादर, हमने तो यहां न रहने का इरादा भी कर लिया है..."

"ग़ैर मुल्क, ग़ैर लोग, हम न वहां की ज़बान से वाक़िफ़ हैं न धर्म-संस्कृति के जानकार। ज़रा सोच लो, क्या कह रहे हो।"

"गाने-बजाने और तिजारत के लिए हमने कहां-कहां के शहर-गांव की ख़ाक नहीं छानी है। देहली और अजमेर न सही, लाहौर तो हम कितनी ही बार गए हैं।"

"मगर यह तस्वीर तो बिल्कुल ख़्याली है बिरादर।"

"हुनरवालों के लिए कोई दर बंद नहीं। हम ख़्याल को अमल में बदल देंगे," याक़ूब ने हंसकर कहा।

इसके बाद दोनों में इस मौज़ू पर कोई बात नहीं हुई, लेकिन दोनों को मालूम था कि अब हमें किशनगढ़ जाना है। वहां क्या करेंगे कहां रहेंगे, ये बातें ग़ैर अहम मालूम होती थीं।

उन्होंने फ़ौरन ही घर ख़ाली करना शुरू कर दिया। घरेलू इस्तेमाल की लगभग सारी चीज़ें उन्होंने ख़ैरात कर दीं। क़र्ज़ किसी का कुछ था नहीं, न ही कोई ऐसा क़रीबी अज़ीज़ था, जिसे शरीअत के हिसाब से हिस्सा मिलता। इसलिए ज़्यादातर क़ीमती सामान उन्होंने दूर के रिश्तेदारों, रोज़ के आने-जाने वालों और ज़रूरतमंदों में बांट दिया। चंद चीज़ें और नक़दी का बड़ा हिस्सा उन्होंने अपने लिए रखा, बाक़ी सब कुछ मदरसे को भिजवा दिया। मकान उन्होंने न बेचा लेकिन ताला डालकर वहां एक पहरेदार ज़रूर लगा दिया और उसकी तन्ख़ाह के लिए मुस्तक़िल बंदोबस्त भी कर दिया। सदर दरवाज़े के सामने सख़्त ज़मीन थी; बड़ी मुश्किल से उसे खोदकर जगह बनाई गई और गाने-बजाने के साज़ो-सामान वहां दफ़्न करा दिए गए। वालिदा को उन्होंने बाप की बग़ल में ज़मीन के सुपुर्द किया और मज़ार के पत्थर पर सिर्फ़ यह लिखवायाः

बशीरुन्निसा बेगम जन्नत-आरामगाह
.ख़ूं कि अज़ महरे-तू शुद शीरो-ब-तिफ़्ली .ख़ुरदेम
बाज़ आं .ख़ूं शुदा अज़ दीदा बरूं मी आयद
सोगवार बेटे दाऊद व याक़ूब
सन् 1207 हिजरी नबवी सल्ललाहो-अलैहे-वसल्लम

(वो ख़ून जो आपकी मुहब्बत से दूध बन गया था और हमने उसे बचपन में पिया, अब वही दूध फिर से ख़ून बनकर आंखों से बाहर आ रहा है।)

लाहौर से वो क़सूर, फ़ीरोजपुर, मलेर कोटला और हिसार होते हुए रेवाड़ी पहुंचे जहां से शेरशाह की शाहराह देहली की तरफ़ मुड़ती थी। देहली यहां से बहुत दूर न थी, लेकिन उनके दिलों के पर्दे पर राजपूताना के रेगिस्तान की धुन बज रही थी; हज़रत-ए-देहली से उन्हें क्या काम था। अमीर .ख़ुसरो का शेर पढ़कर वो लोहारू की राह लेकर अलवर की तरफ़ बढ़ेः

हज़रते-देहली कनफ़े-दीनो-दाद
जन्नत-ए-अद्ल अस्त कि आबाद बाद

(दीन और दाता की पनाहगाह देहली, इंसाफ़ की जन्नत है, हमेशा आबाद रहे।)

अलवर से आगे कई राहें मिलती और अलग होती थीं। उनमें अकबर के ज़माने की सड़क भी थी, जो आगरे से बांदीकुई होती हुई अजमेर को निकल जाती थी, यह वही सड़क थी जिस पर पैदल चलकर अकबर ने आगरा से अजमेर तक की दूरी तय की थी। शहज़ादा .ख़ुर्रम ने अपनी मेवाड़ की मुहिम के दौरान अलवर और जयपुर

को बांदीकुई और अजमेर से सीधे एक चौड़ी सड़क के ज़रिए जोड़ दिया था। किशनगढ़ इसी जयपुर और अजमेर शरीफ़ की शाहराह पर कमोबेश आधे रास्ते पर था। उन्हें किशनगढ़ पहुंचने की इस क़दर जल्दी थी कि उन्होंने जयपुर में सवाई राजा जयसिंह की वेधशाला भी देखने की फ़िक्र न की जो चालीस साल की मुद्दत के बाद भी पर्यटकों और खगोलविदों को अपनी तरफ़ खींचती थी। जयपुर तक तो उनके कई हमसफ़र थे, बल्कि एक छोटा सा क़ाफ़िला था। लेकिन ये सब हीरों और क़ीमती कपड़ों के व्यापारी थे; उन्हें जयपुर में लेन-देन के बड़े-बड़े मामले तय करने थे। लिहाज़ा क़ाफ़िला वहां पहुंचकर सफ़र से पड़ाव में बदल गया। दाऊद और याक़ूब ने साथियों को वहीं छोड़ा, चार घोड़े ख़रीदे, रास्ता दिखाने वाले के रूप में एक साईस को साथ लिया और अल्लाह का नाम लेकर चल पड़े।

□□

दफ़्तरे-इम्कां

वो जयपुर से ज़रा आगे निकले थे कि दुनिया ही बदली हुई दिखाई दी। यूं तो पेड़-पौधों, चट्टानों, मकानों वग़ैरा में तब्दीलियां लाहौर पहुंचते ही सामने आ गई थीं, लेकिन क़सूर के आगे से अरावली पर्वतमाला भी थोड़ी-बहुत शुरू हो जाती थी। लिहाज़ा भूरे-काले पत्थरों के बड़े-बड़े, ऊंचे चट्टान जैसे ढेर जगह-जगह बिखरे मिलने लगे थे। इसलिए जयपुर से आगे के सफ़र का मंज़र उनके लिए पूरी तरह अजनबी न था। गर्मी हालांकि बहुत थी, लेकिन यह महीना कश्मीर में भी गर्मी का था। सो मौसम की भी सितमगरी अभी बर्दाश्त के अंदर थी। जंगलों से वो वाक़िफ़ थे, मगर मुल्के-हिंद के इन इलाक़ों में पानी की कमी उनको हमेशा हैरत में डाले रखती थी। मुल्तान तक वो एक बार ज़रूर गए थे, लेकिन वहां की भी ख़ुश्की और कांटेदार दरख़्त यहां के मुक़ाबले कुछ न थे। शाहराह के दोनों तरफ़ दूर तक भद्दे भूरे सब्ज़ रंग की मोटी और ऊंची झाड़ियां ख़ौफ़ और उदासी पैदा करती थीं। उनके नाम भी उनकी ही तरह ग़ैर दिलचस्प और चिड़चिड़े मिज़ाज के थे। भटकटैया, झड़बेरी, गोखरू, बबूल, करैल, थूहर, नागफनी। नागफनी तो अजीब चीज़ थी। ज़्यादातर पौधे तो दो-ढाई गज़ ऊंचे, उनके पत्ते निहायत मोटे (अगर उन्हें पत्ते कहा जा सके), घने, कालापन लिए, बहुतों में तो सिर्फ़ तना ही तना था और कुछ में पत्तों के नाम पर मोटे-मोटे कांटों से ढकी हुई हाथियों के खाने के रोट से मिलती-जुलती शाख़ें। लेकिन शाख़ें भी कहां; किसी ख़ूंख़ार ख़रगोश या जंगली गधे के कान कहें तो ग़लत न होगा, ज़मीन से सीधे उगे हुए, जड़ का नाम नहीं। आपस में गुत्थमगुत्था इस क़दर कि उनके अंदर इंसान तो क्या, रेंगने वाले जानवरों का गुज़र भी मुहाल, और उनके घने सरापा से कैंसर या राजफोड़े जैसी जानलेवा मनहूसियत बरसती थी।

जयपुर से किशनगढ़ कोई ढाई-तीन दिन का सफ़र था। पहले दो दिन तो ठीक

गुज़रे, मगर तीसरी सुबह कूच करते ही उन्हें आंधी ने आ घेरा। उनका साईस कहने को तो राहबर भी था, मगर वह सीधी राह का आदी था जहां मीनारे-मील, हर पांच-सात कोस पर सरायें और कहीं-कहीं छोटे-मोटे गांव के बाशिंदे रास्ते का निशान देने के लिए काफ़ी थे। यहां तेज़ आंधी ने उनके होश उड़ा दिए। कोई सायादार पेड़, कोई छत, किसी जोगी की कुटी, दूर-दूर तक कुछ नज़र न आता था, और नज़र आता भी तो कैसे, गर्दो-ग़ुबार इस क़दर था कि दो गज़ के फ़ासले पर कुछ दिखाई न देता था। घोड़े ठोकर खाते तो बमुश्किल संभलते; डर था कि कहीं पांव न तुड़ा बैठें। थोड़ी देर रुकना, फिर चलना, यही अमल कुछ देर जारी रहा। उन्हें पता ही न चला कि वो सीधे जा रहे हैं या कोल्हू के बैल की तरह आंखें बंद किए दायरे में चक्कर लगा रहे हैं, लेकिन इस फ़र्क़ के साथ कि हर क़दम के साथ दायरे का केंद्र कुछ बदल जाता है और दिशाएं रेत की ग़ुलामी में गुम होती जाती हैं। सच तो यह है कि उन्हें ख़बर ही न हुई कि कब वो सड़क से हटकर सहरा में आ गए...

> वह रेगिस्तान ऐसा था कि जहां कोसों साये का नामोनिशान न था। पानी नायाब, कोसों तक पानी का अकाल। न कोई चश्मा, न कुआं, न झील, न दरिया। साफ़ मैदान कि किसी के कहे मुताबिक़ हथेली की तरह चटियल मैदान, उफ़ ख़ुदा की ज़ात। ज्यों-ज्यों सूरज ऊपर चढ़ता है, गर्मी और तपिश और ज़्यादा होती जाती है और धूप की गर्मी बढ़ती जाती है। धूप की तेज़ी से उनकी यह हालत हुई कि ज़ोरदार हमला प्यास का हुआ और वीराने की वजह से किसी पेड़ की पत्ती या जंगली फल या वनस्पति भी नहीं मिली। भूख उन पर छा गई। यह वह वीराना है कि जहां ख़िज़्र और इलियास जैसे पैग़ंबर भी मारे-मारे फिरे। बड़े-बड़े राही ऐसे मैदान से डरते हैं, पानी न मिलने के कारण सिर पटककर मर जाते हैं। अभी कोई कोस दो कोस रास्ता कटा था कि सूरज सिर पर चढ़ आया और अब वह तेज़ी धूप में आई कि मारे शिद्दत के ग़श आ गया। वो फिर होशियार हुए और घोड़े पर सवार होकर चले। फिर भूख और प्यास ने इस क़दर परेशान किया कि अब घोड़े पर बैठा नहीं जाता है। उधर घोड़े की यह हालत है कि मारे प्यास के ज़बान निकाले हुए है और रास्ता नहीं चला जाता है। उस पर ग़ज़ब यह कि सवारी भी पीठ पर मौजूद है। अजीब रेगिस्तान है कि जहां सिवाय रेत के दरिया के और कोई चीज़ नज़र नहीं आती है। अगर कोई दरख़्त दूर से दिखाई दिया तो ये इस उम्मीद में जल्दी-जल्दी क़दम

बढ़ाए हुए उसकी तरफ़ चले कि उसके साये में कुछ दम लेंगे और क़रार पाएंगे। जब क़रीब उसके पहुंचे तो देखा कि वह भी पानी न मिलने के कारण जल गया है और फूल-पत्ती कुछ नहीं है। ख़ाली तना खड़ा है, वह भी सूखा, कहीं तरी का नाम नहीं। अगर कोई चश्मा नज़र पड़ा तो यह ख़्याल किया कि शायद उसमें पानी होगा। जब उसके क़रीब गए, अव्वल तो पानी न पाया, और अगर पाया भी तो ऐसा ख़राब कि जिसे देखकर क़ै आने लगी। और उसमें देखा कि सांप-अजगर लोट रहे हैं और गर्मी की तेज़ी के मारे अपना ज़हर उसमें उगल रहे हैं। यह देखकर वहां से भी आगे बढ़े। और हवा जो चलती है तो उसके चलने से जो ज़र्रे वग़ैरा उड़कर जिस्म पर पड़ते हैं उससे यह महसूस होता है कि किसी ने आग की चिंगारी डाल दी। और घोड़ा तो मारे प्यास के मरा जाता है। यह रंग और हालत घोड़े की देखकर ऊपर से उतर पड़े और उसकी बागडोर पकड़कर आगे चले। मगर ज़मीन इस क़दर तप रही है, और यह मालूम हो रहा है कि किसी ने लोहे का तवा गर्म करके रख दिया है। जहां पर क़दम रख दिया, वहां पर तलवे में छाला पड़ गया। और वह जंगल तो क़यामत का नमूना था। गर्मी की यह हालत है कि रास्ता नहीं चला जाता है। ज़मीन से शोले निकलते हैं, आसमान से आग बरसती है। गर्म हवा चल रही है, अगर कोई झोंका आ गया तो यह मालूम हुआ कि हाड़ तक जल गए। इसी तरह दोपहर ढली और धूप की तेज़ी और गर्मी कम होने लगी और हवा भी चलना बंद हो गई। मगर मारे भूख और प्यास के यह हालत है कि एक क़दम राह चलना दुश्वार है, और घोड़े की ऐसी बदतर हालत है कि यह मालूम होता है वह तो कुछ दम का मेहमान है। मगर उस वीराने में दाना-घास कहां कि जहां इंसान का क्या ज़िक्र, चरिंद और परिंद तक नज़र नहीं आते हैं। और अगर चील या गिद्ध जैसा कोई जानदार आफ़त का मारा, भूले से आ भी गया तो उसके पर जल गए, और वह ख़ुद भी जलकर कबाब हो गया। और अगर कोई बचा भी तो उसके हाड़ सूखे हुए पड़े हैं और उड़ान से आजिज़ वह कहीं गिर पड़ा है। कहीं आदमी की हड्डियां पड़ी हैं; मालूम होता है वह यहां आकर मारे भूख-प्यास और गर्मी के मर गया है। कहीं परिंदों

की हड्डियां हैं, कहीं अजगर के रहने की गुफाएं हैं, किसी जगह गोहों के रहने का ठिकाना है। बड़े-बड़े ग़ार हैं; सिवाय इन चीज़ों के और वहां कोई रहने की जगह नहीं है। यहां तक कि सूरज भी पीला पड़कर कांपते हुए और डरते हुए पच्छिम के आशियाने में छुपने लगा।

(शेख़ तसद्दुक़ हुसैन, लिखित दास्तान 'आफ़ताबे-शुजाअत', जिल्द एक, पृष्ठ 153-54)

...लेकिन दाऊद और याक़ूब को य़कीन था कि अब आगे जाना या पीछे जाना और भी गुमराही के सिवा कोई मानी नहीं रखता। उन्होंने अपने बदन पर चादरें और भी मज़बूत लपेट लीं, आंख-मुंह सब ढक लिए और घोड़ों से उतरकर उन्हीं के मामूली से साये में पड़े रहे। सूरज ढला तो हवा थमी, ग़ुबार आहिस्ता-आहिस्ता आसपास की झाड़ियों पर जम गया। अब सब कुछ दिखाई देने लगा, लेकिन देखने को कुछ न था, इस मानी में कि दुख और परदेस के इस वीराने में रास्ता बस ऐसा ही था जैसे किसी तस्वीर की आंख से निकली हुई निगाह लेकिन उन्हें इतना पता था कि हमें दक्खिन-पच्छिम की तरफ़ जाना है, दक्खिन ज़्यादा और पच्छिम कम। डूबता सूरज उनके सामने था, लिहाज़ा वो आसानी से अपना रुख़ कमोबेश तय करके रवाना हुए। सड़क तक पहुंचना ज़रूरी था, लेकिन उससे ज़्यादा ज़रूरी यह था कि कहीं भी सड़क से दूर या नज़दीक, कोई आबादी या कोई सराय मिल जाए ताकि खुले आसमान तले रात गुज़ारने के ख़ौफ़ और ख़तरे से निजात मिले।

दाऊद और याक़ूब की तक़दीर अच्छी थी, शायद जो हस्ती उन्हें खींच-खींच यहां लाई थी, वह उनकी किसी न किसी रूप में रखवाली कर रही थी। जो भी हो, महज़ इत्तफ़ाक़ सही, लेकिन कोई एक घंटा चलते रहने के बाद उन्हें एक छोटी सी आबादी की सियाही दूर से नज़र आई; फिर छोटे जानवरों के एकाध रेवड़ सिर हिलाते हुए अपने घरों की तरफ़ बढ़ते हुए नज़र आए। गर्दन में लटकी हुई घंटियों का सुरीला गीत धीरे-धीरे फ़िज़ा को सींचता हुआ, और भी दूर से ऊंटों के पहाड़ जैसे डीलों का साया, उनकी तरफ़ आता हुआ। ये मंज़र उनकी आंखों के सामने यूं गुज़रे गोया वो ख़्वाब में हों और अभी आंखें खुल जाएंगी तो वही लक़दक़ वीराने और सहरा होंगे और उनकी बेचारगी होगी। उनका रहबर तो हंस भी रहा था और रो भी रहा था। रास्ते के जोखिम से वाक़फ़ियत उसे अपने नए आए मुसाफ़िरों से बहुत ज़्यादा थी।

□□

कुआं

थोड़ी देर में वो गांव में पहुंच गए। गांव क्या था, उसे नगला या पुरवा कहें तो बेहतर

होगा। कोई पचास-साठ घर, दो, चार, दस पेड़, जानवरों के कुछ दुबले-पतले रेवड़, एक मंदिर और एक कुआं। शाम फूलने ही को थी जब वो कुएं पर पहुंचे। कुएं से पानी लेने के लिए जुटी हुई औरतें हर उम्र और हर अंदाज़ की थीं: नौजवान, कुआंरियां, अधेड़, बेवाएं, कई बच्चों की मांएं थीं। कई के साथ दूध पीते या ज़रा ज़्यादा उम्र के बच्चे भी थे। उनके लिबास मामूली थे और लगभग सबके चेहरों पर थकन और एक तरह की उदासी की सुरमई रोशनी थी। उनके आंखों में सुखी ब्याहता औरतों या उम्मीद भरी ज़िंदगी जीने वाली मांओं के दिलों की चांदनी की जगह गुज़रे हुए और आने वाले बेरंग और बेकार के माहो-साल की मटियाली गर्द थी। वो आपस में बातें तो कर रही थीं, लेकिन इस तरह नहीं जैसे शाम को अपने ठिकानों पर जाते हुए तोते आपस में चुहलें करते हैं और उनकी आवाज़ें झमझमाती और बुलंद से बुलंदतर होती रहती हैं; गोया एक-दूसरे पर बाज़ी ले जाने की दोस्ताना कोशिश में हों। उन्होंने ज़रा ग़ौर से देखा तो उन्हें महसूस हुआ कि अधेड़ औरतें दरअसल सब अधेड़ न थीं; उनकी उम्रें तीस-पैंतीस से ज़्यादा न रही होंगी लेकिन उनके चेहरों से जवानी न जाने कब की रुख़सत हो चुकी थी। बच्चे पैदा करने और उन्हें पालने-पोसने का बोझ, घर के सारे कामकाज का बोझ, मायके के प्यार की जगह झिड़की, गाली और मार से दिन-रात की आवभगत, शौहर की बेरुख़ी, और सबसे बढ़कर इस ग़ैर हमदर्द, अपनी औलादों के प्यार-दुलार के तसव्वुर से लापरवाह ज़मीन, और उसकी खुरदुरी आबो-हवा के रंज और मुसीबतों को दिन-रात झेलते रहने के कारण उनकी रूह और बदन दोनों में शिकस्तगी सी आ गई थी। उनकी कमरें अब भी पतली थीं, लेकिन उनके सीने और कूल्हे जवानी के कसाव और खिंचाव से बेनियाज़ थे। सबके सर और कमर पर पीतल के भारी घड़े थे। किसी-किसी औरत ने तो दो-दो घड़े सिर पर टिका लिए थे।

कुएं से पानी निकालने के लिए कोई मर्द या मज़दूर न था। भारी, ज़रा सा पुराना डोल था जिसमें कई सूराख़ थे। दो औरतें मिलकर उसे खींचतीं। बड़ा डोल, यूं ही वह पूरी तरह न भरता था और उसके सूराख़ों से पानी छोटे-छोटे फ़व्वारों की शक्ल में छूटता भी रहता। लिहाज़ा एक डोल से एक घड़ा ही भर सकता था और डोल खींचने वाली औरतें आधी घड़ी या उससे कुछ कम मुद्दत में थक जातीं तो नई औरतें उनकी जगह ले लेतीं। इस तरह कुएं के गिर्द हुजूम बहुत धीरे-धीरे घट रहा था।

चंद घड़ियां और गुज़रीं। मुसाफ़िरों का जी तो बहुत ललचा रहा था कि कुएं पर जाएं और ताज़े पानी का तुल्फ़ उठाएं और फिर रात बिताने की संभावना और सराय के बारे में मालूम करें, लेकिन अजनबी औरतों के हुजूम में धंसना हिम्मत का काम था। वो यूं ही कुछ दूरी पर घोड़ों की लगाम थामे खड़े रहे। जब भीड़ कुछ और छंटी

तो उन्होंने आगे बढ़ने की जुरअत की। उनके घोड़े भी ताज़ा, ठंडे पानी की महक पाकर हिनहिना रहे थे और टापें ज़मीन पर मार रहे थे। घोड़ों को आगे लाकर याक़ूब और दाऊद ने पनघट वालियों को ज़रा ग़ौर से देखा। सबसे आख़िर में दो लड़कियां थीं, कोई पंद्रह-सोलह की उम्र थी, दोनों के सिरों पर भारी-भारी दो घड़े, हालांकि अभी वो ख़ाली थे, लेकिन फिर भी उनका बोझ उनकी कमर को ज़रा सा झुका देने के लिए काफ़ी था। बंधी हुई गातियों और कमर के ज़रा से झुकाव के कारण उनकी छातियां और भी उभर आई थीं। बज़ाहिर उनमें वह चुलबुलापन और चंचलता न थी जो इस उम्र की लड़कियों में .ख़ुद-बख़ुद आ जाती है, लेकिन हिरनियों की तरह उनकी उठी हुई गर्दन और निगाहों का चौकन्नापन वादों से भरपूर नज़र आता था। उनके मुंह पर थोड़ी सी शर्माहट की अनिश्चितता थी लेकिन साफ़ लगता था कि शर्म की यह लहर महज़ वक़्ती है; उनके मुंह का असल रूप गुलाबी शोख़ होना चाहिए। तन्हा होने के सबब वो औरों से अलग-थलग थीं। शायद इस मजमे में उनकी कोई मौसी या भाभी या फूफी वग़ैरा न थी। वो आपस ही में आधी ऊंची आवाज़ में बातें कर रही थीं। दोनों भाइयों ने महसूस किया कि कोशिश के बावजूद महबूबियत और माशूक़ियत के लहरिए उन लड़कियों की आंखों में निढाल न हो सके थे।

दोनों लड़कियों ने नारंगी-पीले रंग की धारियों और फूलों वाली सूसी के लहंगे पहन रखे थे, बदन पर ज़र्द और मूंगिया राधानगरी की चोलियां, लेकिन इस क़दर ऊंची कि शलूका मालूम होती थीं। चूडू की बंधनी की सुर्ख़-ज़र्द चुनरी को उस वक़्त गाती बनाकर बांध लिया गया था। औसत से निकलता हुआ क़द, छरहरे बदन, खुलता हुआ गेहुआं रंग, किताबी चेहरे, शर्बती आंखें, घने बाल लेकिन बहुत लंबे नहीं, सियाह चमकीली ज़ुल्फ़ों की एक-दो लटें काकुल बनकर चेहरे के दोनों तरफ़ हल्की हवा में लहरा रही थीं। दोनों के गलों में सियाह सेलियां, गोल सुडौल कलाइयों में हाथी दांत के कड़े फंसे हुए, नाक में सोने की कीलें, लेकिन जड़ाऊ नहीं। कानों में सोने की बहुत पतली बालियां। ऊंचे लहंगे के कारण पिंडलियां बड़ी हद तक बेपर्दा थीं। पांवों में चांदी की हल्की पाज़ेब के सिवा कोई ज़ेवर न था। जूती से ख़ाली होने के बावजूद पांव के पंजे और उंगलियां फैली हुई न थीं, जैसा कि नंगे पांव फिरने वालों के यहां आमतौर पर देखा गया है।

दोनों लड़कियों की निगाहें कभी-कभी नौजवान मुसाफ़िरों की तरफ़ उठतीं, बज़ाहिर बिल्कुल बेइरादा और इत्तफ़ाक़िया, लेकिन फिर वो फ़ौरन झुकती न थीं, जैसे भरी महफ़िल में किसी की उंगलियां अचानक किसी और की उंगलियों से इत्तफ़ाक़न छू जाएं लेकिन फ़ौरन अलग न हों। अंधेरा आसमान के ज़ीनों से छलांगें मारता हुआ उतर रहा था। याक़ूब और दाऊद ने दिल में सोचा कि अब और थोड़ी भी देर हो गई तो अंधेरा हर तरफ़ छा जाएगा और ये दोनों जलपरियां निगाहों से ओझल हो

जाएंगी। वो अपने घोड़ों को और क़रीब ले आए। वो लड़कियां कुएं में डोल डालकर पानी भरने की कोशिश में थीं।

"लाइए, हम भर देते हैं। आप इधर आ जाइए," याक़ूब ने कहा।

लड़कियों ने हिरनी की तरह आंखें उठाईं, आने वालों को देखा, फिर पीछे मुड़कर देखा। पनघट वालियों की क़तार अभी दूर न गई थी। उनकी नज़दीकी उनकी हिफ़ाज़त और सलामती की ज़मानत थी। ज़रा सी मुस्कुराहट के साथ वो पीछे हट गईं। उनकी मुस्कुराहट किसी ख़ास शख़्स के लिए न थी; इसके बावजूद मुसाफ़िरों को लगा कि यह मुस्कुराहट हमारे ही लिए थी।

"बड़ी प्यास लग रही है, इजाज़त हो तो हम भी पानी पी लें और जानवरों को भी पिला दें," दाऊद ने डोल को कुएं में डालते हुए कहा।

फिर वही ज़रा सी मुस्कुराहट, लेकिन इस बार उसके साथ सिर की हल्की सी जुंबिश भी थी। अब उनकी हरकतें, बदन की जुंबिश और चाल के सरगम में तनाव बिल्कुल न था; लगता था एक ही लम्हे की बात ने उन्हें इत्मीनान दिला दिया था। दोनों वहीं कुएं की जगत पर बैठ गईं। मुसाफ़िर नौजवानों ने आनन-फ़ानन अपनी मेज़बानों की गागरें भर दीं। इसके पहले कि लड़कियां अपने-अपने घड़े उठाने के लिए झुकतीं, मुसाफ़िरों ने अपने सामान से तांबे के भारी नक़्क़ाशीदार कटोरे निकाले और चार कटोरों में पानी भरा। फिर झोले से मुट्ठियां भर-भर बादाम, अख़रोट, ख़ुश्क ख़ूबानियां और चिलग़ोज़े लेकर उन्होंने एक और कटोरा भरकर पानी और मेवों का कटोरा अपनी मेज़बानों को पेश किया।

"आइए, आप भी हमारा साथ दीजिए न," एक भाई ने कहा।

"जी हां और क्या। भला आपको भी तो प्यास लगी होगी," दूसरा ज़रा मुस्कुराकर बोला।

वो एक पल तो मुसाफ़िरों का मुंह तकती रहीं, फिर उन्होंने उनके रहबर की तरफ़ देखा जो ज़रा फ़ासले पर घोड़ों को पानी पिलाने का इंतज़ाम कर रहा था।

"ये कौन लोग हैं और हमें क्या खाने को दे रहे हैं?" बड़ी लड़की ने मारवाड़ी में कहा। उसकी आवाज़ में अल्हड़पन और तजुर्बे का अजब, दिलकश मेल था। उसकी आवाज़ में एक तरफ़ तो जवानी और बचपन गले मिल रहे थे और दूसरी तरफ़ यह इशारा भी था कि हमको नादान न समझना, दुनिया और दुनियावालों के बारे में हमने थोड़ी ही उम्र में बहुत कुछ समझ लिया है।

रहबर एक लम्हे को गड़बड़ाया कि क्या जवाब दे। उसने अपने मुसाफ़िरों और उन लड़कियों के बीच कुछ रहस्यमय बदलाव महसूस किया था, लेकिन अभी वो उसके मानी और भेद तक न पहुंच सका था। उसे सब बात सच-सच तो कहनी ही थी, लेकिन उसे पूरी तरह इत्मीनान न था कि उसके मुसाफ़िरों की भी उम्मीद

यही थी कि वह सच बोलेगा।

"ये लोग कश्मीर से आए हैं। इनकी ज़ात-पात मुझे नहीं मालूम, तुर्क हैं और नेक लोग हैं। इनके कटोरे में कश्मीर के फल हैं, ये यूं ही सूखे खाए जाते हैं," उसने हाथ जोड़कर और आंखें झुकाकर कहा।

दाऊद और याक़ूब ने 'तुर्क' और 'कश्मीर' के अल्फ़ाज़ बख़ूबी समझे। वो मारवाड़ी न जानते थे, लेकिन हिंदी से उनका काम अब तक बख़ूबी चलता रहा था। याक़ूब ने ज़रा आगे बढ़कर कहाः "इन मेवों में कोई चीज़ आपके धरम के ख़िलाफ़ नहीं। हम कलमा पढ़ने वाले लोग हैं और साफ़-पाक का बहुत ध्यान रखते हैं।"

'धरम' और 'कलमा' के अल्फ़ाज़ को सुनकर बड़ी लड़की ज़रा सी मुस्कुराई और अजब दिलरुबाई की अदा से हाथ गले के पास ले जाकर सेली को गिरेबान से निकाला। पता चला कि वह सेली न थी, चांदी की डिबिया जैसा तावीज़ था जिस पर 'अल्लाह' लिखा हुआ साफ़ नज़र आता था। उसके हाथ उठाने, गले तक ले जाने और तावीज़ बाहर निकालने, हर अदा में पानी की सी कोमलता और रवानी थी। तावीज़ और उससे ज़्यादा तावीज़ वाली के चेहरे की चमक देखकर दाऊद ने ज़रा और हिम्मत कीः "हम लोगों को भी अपना ख़ैरख़्वाह और दोस्त जानिए। मैं दाऊद कश्मीरी हूं, यह मेरा जुड़वां भाई याक़ूब है। हम लोग व्यापारी हैं और गाने-बजाने का भी शौक़ रखते हैं। हमारे दादा चितेरे थे, यहीं किशनगढ़ के..."

"...हमारे बाप-मां नहीं हैं। हम लोग अपना वतन तजकर अब आपके मुल्क की कठोर सरज़मीन में सिर छुपाने की जगह ढूंढ़ने आए हैं," याक़ूब ने भाई की बात पूरी की, मगर अचानक उसकी आंखें डबडबा आईं। उसे ऐसा लगा जैसे फ़रिश्ते उसके सिर पर साया करते हुए पच्छिम की लाली में जाकर गुम हो गए हों।

इन बिनबुलाए और अप्रत्याशित मुसाफ़िरों की साफ़-सुथरी बातचीत और ख़ूबसूरती का उन लड़कियों पर वह असर न पड़ सका था जो याक़ूब की छलकती आंखों ने उनके दिल में पैदा किया। छोटी लड़की बेसाख़्ता उठना चाहती थी कि आगे बढ़कर रोने वाले से हमदर्दी करे, मगर बड़ी ने इशारे से उसे रोक दिया। मगर फिर वो भी यह देखकर ज़रा घबरा गई कि दूसरे भाई की भी आंखों में आंसुओं की धुंधली रोशनी थी। इश्क़ का सूरज उगने से पहले अपनी गर्मी से ज़मीन वालों के सख़्त दिलों को नर्म, ख़ुश्क मिट्टी को गर्म और ज़िंदगी की सूखी लकड़ियों को जलने के लिए आमादा कर देता है। इश्क़ आतिशेस्त पीरो-जवां रा ख़बर कुनेद (बूढ़े-जवान सबको ख़बर कर दो कि इश्क़ आग है।) उनकी समझ में न आया क्या करें, सिवाय इसके कि बात का जवाब बात से दें कि मुसाफ़िरों के दिलों का तनाव कुछ कम हो।

"जी... मम... मे... मेरा नाम हबीबा है," बड़ी ने नीची आंखों से कहा। यह मेरी बहन जमीला है, मुझसे दो बरस छोटी..."

"...हमारे भी बाप-मां नहीं हैं," जमीला बोल पड़ी।" हम भी दुनिया में बिल्कुल अकेले हैं।" दोनों की हिंदी में ब्रज की मिठास के साथ मारवाड़ी का थोड़ा अक्खड़पन भी था। लेकिन मुसाफ़िरों को इन बारीकियों की क्या ख़बर होती, वो तो बस आवाज़ की आईने जैसी सफ़ाई पर ग़श और होंठों की चीनी चबाने वाली मिठास पर ज़हर खाए हुए थे।

"चुप," हबीबा ने उसे तेज़ निग़ाहों से देखा। "हमारे बाबू तो हैं। चल, अब घर को चल। नहीं तो लोग क्या जाने क्या समझ लेंगे।"

"नहीं, नहीं, कुछ देर तो बैठिए," दाऊद ने कहा। "आप लोगों को पानी लाने, ले जाने की बड़ी मुश्किल है। कोई मुलाज़िम नहीं है आपके यहां?"

"मुलाज़िम?" जमीला ने होंठों ही होंठों में दोहराया। "मुलाज़िम क्या मतलब, नौकर? हमारे यहां कोई नौकर नहीं है, औरतें ही सारे काम करती हैं।" उसने सादगी से अपनी हथेलियां खोलकर उनके सामने कर दीं। बढ़ते हुए अंधेरे के बावजूद हथेलियों के भूरे गड्ढे साफ़ नज़र आ रहे थे।

"अफ़सोस... अच्छा, हमें नौकर रख लीजिए। हमें भी सिर छुपाने को जगह मिल जाएगी।"

"बल बे कश्मीरी जी आपकी ये धज!" जमीला चमककर बोली। रेगिस्तान छानने वालों की मुलायमियत और बातों की मिठास देखकर उनकी हिम्मतें अब खुल रही थीं।

"चुप चुड़ैल कहीं की, तेरा सर तो नहीं फिरा," हबीबा ने कहा।

"कश्मीरी जी," जमीला ने सुनी-अनसुनी करते हुए कहा, "जाइए, चपनी में मुंह धो आइए। हमारी नौकरी ख़ालाजी का घर नहीं है।"

इस जुमले की तह में मानी ही मानी थे और उन्हें समझने में याक़ूब को झिझक थी न दाऊद को। मगर रिश्तों की मंज़िलें इतनी जल्दी तय करने से दोनों झिझकते थे। याक़ूब ने मेवों का प्याला हाथ में लिया और दो-पहलू बैठकर बोला, गोया कोई और बात ही न हुई थी। "लीजिए, कुछ तो नौश कर लीजिए। कुछ देर रुकिए तो सही।"

हबीबा ने तकल्लुफ़ के साथ एक घूंट पानी पिया। मुसलमान होने के बावजूद उसे छुआछूत का बहुत ख़ौफ़ था, लेकिन इन मुसाफ़िरों के चेहरे-मोहरे, चाल-ढाल, बातचीत में मोहनी सी थी कि उनकी बात टालने का उसे हौसला ही न था। हबीबा की देखादेखी जमीला ने भी हाथ बढ़ाकर दो बादाम उठाए और मुंह में डाल लिए।

"आप लोगों का खाना कौन पकाता है?" याक़ूब ने बातचीत का सिलसिला शुरू करने की ग़रज़ से कहा। उसे और कोई बात न सूझ रही थी।

"जी हमारे यहां शाहआलम बादशाह ग़ाज़ी के बकावल मुलाज़िम हैं।" जमीला ने सीधे मुंह जवाब दिया गोया हक़ीक़त यही हो। लेकिन हबीबा ने फिर उसे

फटकारा, "जमीला, चुपचाप बैठ जा, मुझे ये छेड़खानियां एक आंख नहीं भातीं।" फिर वह नवागंतुकों से मुख़ातिब होकर बोलीः "मियां जी, आप क्या जाने कहां की बातें करते हैं। हम लोग खाना पकाने के लिए बहुत हैं। और हम लोगों का खाना ही कितना और क्या! कभी रूखी-सूखी मिलती है तो साईं का शुक्र बजाते हैं। कभी वह भी नहीं मिलती..."

"आपको हम अपना खाना खिलाएं? खाइएगा?"

"जी नहीं," हबीबा ज़रा तुनककर बोली। "हमने तो सुना था कि परदेस के लोग मान न मान मैं तेरा मेहमान जैसे काम करते हैं। यहां तो उल्टी ही गंगा बहा दी आपने।"

"हमको परदेसी मेहमान न जानिए," दाऊद ने मुस्कुराकर कहा। "हमें घरवाला समझिए।"

इस जुमले के गहरे मानी बोलने वाले पर ज़ाहिर थे, तो उससे कुछ ज़्यादा ही सुनने वालियों पर खुले हुए थे। दोनों के कानों की लवें सुर्ख़ हो गईं।

"अच्छा, अब हम चलते हैं," हबीबा ने कहा। "बहुत देर हो गई है। बाबू क्या सोचते होंगे। आप लोगों ने पानी पी लिया कि नहीं?"

"पी तो लिया... लेकिन अभी प्यास कहां बुझी।"

"पानी तो पी लिया लेकिन ज़ात तो नहीं पूछी..." दूसरे भाई ने जुमला पूरा किया।

"अच्छा, मियां जी हम लोगों का खिलवाड़ तो बनाएं नहीं। आप लोग आप ही प्यासे हैं कि हम लोगों से पानी भरवा रहे हैं?" जमीला ने कहा।

"नहीं सच, आपकी जान की क़सम, बड़ी प्यास लगी हुई है। लीजिए, अंजुरी से पिला दीजिए," यह कहकर दाऊद ने पानी भरा कटोरा जमीला के हाथ में दे दिया और .खुद नमाज़ियों की तरह घुटने मोड़कर बैठ गया। दोनों बहनें अभी अजनबियों से कुछ कटी-कटी सी बैठी थीं। अब जमीला किसी कबूतरी की तरह, जो धोखे से नए आंगन में उतर आई हो, संभल-संभलकर छोटे-छोटे क़दम बढ़ाती दाऊद के पास आई और कटोरे से उसके चुल्लू में पानी डालने लगी। लेकिन उसकी आंखें दाऊद के हाथों पर नहीं, उसके झुके हुए सिर पर थीं और दाऊद टकटकी लगाए उसे देख रहा था। पानी चुल्लू से हो-होकर नीचे बहता रहा यहां तक कि कटोरा ख़ाली हो गया। जमीला ने यह रंग देखा तो कुछ शर्मिंदा होकर और कुछ झुंझलाकर कटोरा अलग फेंकती हुई बोलीः "धन्य हो महाराज, बड़े प्यासे बनते थे। सारा पानी गिरा दिया। शर्म नहीं आती आपको?" लेकिन हबीबा की आंखें याक़ूब पर थीं और दोनों की आंखों में एक-दूसरे के लिए कुछ धुंधला सा पैग़ाम था।

शाम अच्छी तरह फूल चुकी थी। अब उन रेगिस्तान की गुड़ियों में ठहरने की

ताक़त न थी। उन्होंने साईस की मदद से जल्दी-जल्दी अपने सिर और कमर पर गागरें रखीं और मुसाफ़िरों पर एक छिछलती हुई निगाह डालकर, कुएं की जगत से उतरकर गांव की अंधेरे में घिरती पगडंडी पर चल पड़ीं। दोनों भाई "अरे, सुनिए तो..." कहते ही रह गए।

अंधेरा तेज़ी से गिर रहा था। चंद ही पलों में दोनों लड़कियां आंखों से ओझल हो गईं। याक़ूब और दाऊद ने यही बेहतर समझा कि ख़ुद कुएं पर ठहरें और रहबर को भेजकर पास-पड़ोस में ठहरने का बंदोबस्त करें। यह बात तो दोनों के दिल में अपने आप और एक ही साथ बैठ गई थी कि अब कहीं और नहीं जाना है, कि अब जाएं भी तो भला पहुंचेंगे कहां, हर तरफ़ राह एक थी, हर जगह मंज़िल एक थीः

चंदां कि मी रवेम ब-जाए नमी रसेम
रेग अर रवां बुवद ज़-बियाबां नमी रवद

(हम चाहे जितना भी चलें, कहीं नहीं पहुंचेंगे। रेत चाहे जितनी उड़े, बियाबान से बाहर नहीं निकल सकती।)

साईस कोई आधे घंटे में एक शाहजहानी सराय की ख़बर ले आया। यह सराय गांव से कोई ढाई कोस की दूरी पर सड़क के किनारे ही थी और सड़क भी यहां से कोई बहुत दूर न थी। उन्होंने दक्खिन-पूरब का अंदाज़ा करके चलना शुरू किया और दो घड़ी में शाहजहानी सड़क पर आ गए। वहां से सराय तक की राह और दो घड़ी की थी।

उस रात दोनों भाइयों को बमुश्किल नींद आई। सारी रात उन्हें ऐसा लगा कि अभी वही कुआं है, वही पानी, वही कटोरी जैसी शर्बती आंखें हैं, उनमें दोनों भाई उसी तरह डूब और तिरा रहे हैं, वही बातें हैं और वही दिलों की वही आवभगत। एक तरफ़ तो ख़्यालात में तेज़ी और बिखराव इतना था कि बार-बार कोशिश के बावजूद पूरा सरापा और आवाज़ का पूरा संगीत और अल्फ़ाज़ की पूरी मिठास उनकी गिरफ़्त में न आती, कभी एक-दो चीज़ें आंख में ठहरतीं तो कई चीज़ें छलावे की तरह रोशन धुंधली झलक दिखाकर ग़ायब भी हो जातीं, तो दूसरी तरफ़ यह भी था कि किसी अनजाने वजूद की ठंडी सब्ज़ रोशनी से मुसाफ़िरों की रूहें ही नहीं, उनके सरापा भी रोशन और जगमग थे। सारे बदन में हल्की-हल्की लहरें सी दौड़ रही थीं। कल क्या होना था, यह किसे मालूम होता, लेकिन एक बात यक़ीनी थीः कि उनके दिलों में दोनों रेगिस्तानी हूरें कुछ इस तरह घर कर चुकी थीं कि उनका वहां से चला जाना मुमकिन नहीं लग रहा थाः

ज़-शोख़ी अर चे बयक-जा क़रार नीस्त तुरा
बरूं नमी रवी अज़ ख़ातिरे कि जा कर दी

(तुझे हालांकि शोख़ी के कारण एक जगह क़रार नहीं है, फिर भी तू जिसके दिल

में घर कर ले तो वो फिर कहीं जाता नहीं।)

दोनों ने आपस में किसी गुफ़्तगू या ज़िक्र के बग़ैर आप ही आप तय कर लिया था कि याक़ूब की उम्मीदों का सहारा जमीला है और दाऊद की उम्मीद हबीबा है। यह मुहिम कैसे सर होगी, इसके बारे में उनके ज़हन में कोई मंसूबा न था। और अगर मुराद पूरी न हुई तो क्या करेंगे, क्या उन्हें उठा ले चलेंगे? लाहौल-वला-क़ुव्वह ये क्या बयान है...

अभी पौ भी नहीं फटी थी कि दोनों उठ खड़े हुए। रोज़ के ख़िलाफ़ दोनों आज देर तक नहाए, बालों में ऊद का हल्का तेल दिया, दाढ़ी और गले के इर्द-गिर्द और कनपटियों पर संदल का निहायत हल्का इत्र बहुत थोड़ी सी मिक़दार में लगाया, गले में सोने का तावीज़ डाला जिसमें अंडे की शक्ल और सुरमई रंग का बड़ा पुखराज जड़ा हुआ था। दोनों का लिबास भी रंग-ढंग से बिल्कुल एक तरह का थाः लद्दाख़ी ऊन मिले हुए फूलाम के डोरिए का लंबा कुर्ता, उसी कपड़े की ढीली शलवार, ऊपर हल्के आसमानी रंग की बुख़ाराई मख़मल की सदरी जिसका गरेबान रोमी तर्ज़ में बहुत चौड़ा था, लेकिन नीचे सफ़ेद पुखराज के तीन बुताम भी लगे हुए थे। सुर्ख़ और हरे रंग की बनारसी पोत का चौड़ा पटका जिसे कमर में दुपट्टे की तरह बांध लिया गया था, उसी में बाईं तरफ़ को बहुत नाजुक क़लमतराश जैसा पेशक़ब्ज़ बांधा गया था। ख़ंजर का आबनूसी नक़्क़ाशीदार दस्ता जिस पर चांदी की पच्चीकारी थी, पटके और सदरी के रंगों में ख़ूब खिल रहा था। दोनों ने सिर पर मोमी छींट की पगड़ी ज़रा लटपटी करके बांधी, पांव में सफ़ेद हिरन की खाल की जूतियां पहनीं, मुग़ल तर्ज़ पर उनकी दौड़ लंबी थी, लेकिन वो पीछे से खुली हुई थीं। शहसवार को ख़ास ख़्याल रखना पड़ता था कि घुड़सवारी के दौरान जूतियां पांव से निकल न जाएं। हालांकि अंग्रेज़ी तर्ज़ के तस्मे वाले बूट अब अनजाने न थे, लेकिन शरीफ़ लोग उनका इस्तेमाल ऐब की बात समझते थे। यूं भी आम ख़्याल यह था कि वह शहसवार ही क्या, जिसके पंजे जूतों से और जिसके जूते रकाब से चिपके न रहें।

भटियारी को हिदायत करके कि हमारा रहबर जब जागे तो उसको खिला-पिला कर कहियो कि हमारी राह देखे, हम सैर को जाते हैं, दोनों ने घोड़ों को एड़ लगाई और पलक झपकते में अलस्सुबह की बदलती हुई रोशनी में गुम हो गए। कुएं तक पहुंचते-पहुंचते सवेरा अच्छी तरह खिल चुका था। कुएं के बहुत क़रीब न जाकर उन्होंने कुछ दूर पर रेत के टीलों की आड़ से मंज़र का जायज़ा लिया। पनिहारिनें आना शुरू हो गई थीं, लेकिन हबीबा या जमीला का पता न था।

आहिस्ता-आहिस्ता भीड़ बढ़ी और घटी। फिर दोनों बहनें दिखाई दीं। आज भी उनके सिर और कमर पर एक-एक गागर थी, लेकिन उनके क़दम कुछ सुस्त पड़ रहे थे, गोया पनघट पर जाने के बारे में वो कशमकश में गिरफ़्तार हों। लेकिन पानी

तो बहरहाल भरना ही था, और एक बार कुएं पर आ जाने के बाद उन्हें वापसी की बज़ाहिर कोई जल्दी न थी। दोनों की निगाहें इधर-उधर कुछ ढूंढ़ रही थीं। हालांकि कुएं पर से कुछ नज़र न आता था लेकिन शायद उनके दिल ने गवाही दे दी थी कि मुसाफ़िर पास आ गए हैं। भीड़ कम हुई, लेकिन हबीबा और जमीला ने आगे बढ़ने की कोई कोशिश न की।

पनघट पर निगाहें जमाए हुए भाइयों ने फ़ैसला किया कि अब आगे बढ़ने के लिए वक़्त मुनासिब है। थोड़ी दूर वापस जाकर घोड़े दौड़ाते हुए वो इस अंदाज़ से कुएं की तरफ़ मुड़े गोया अभी-अभी पहुंचे हों। उनको आते देखते ही एक औरत ने हबीबा की कमर में टहोका दिया और कहा, "लो, वो आ गए तुम्हारे प्यासे मुसाफिर!"

"तौबा है दीदी, आप भी कैसी बातें करने लगीं! हमारे प्यासे क्यों, वो अपने होते-सोतों के प्यासे होंगे। मैं तो उनसे लोटा भी न उठवाऊं।"

"जी, बंदगी अर्ज़ है।" याक़ूब ने पास पहुंचकर कहा। "शिकार से आ रहे हैं, बड़ी प्यास लगी है। ज़रा पानी पिलवा दीजिए।"

गांव की औरतें अपने-अपने घड़े और गड़वियां उठाकर वापस जाते-जाते कुछ मानीख़ेज़ अंदाज़ में मुस्कुराईं, लेकिन किसी ने कुछ कहा नहीं और न ही किसी ने जाने की जल्दी की या ठहरे रहने का कुछ इशारा ही दिया। दोनों लड़कियों के चेहरे गुलाबी होने लगे, लेकिन जवाब उन्होंने भी कुछ न दिया।

"क्यों साहब, पानी न मिलेगा? कुएं पर कर्बला नहीं मचती, प्याऊ और सबीलें लगती है," दूसरे भाई ने मुस्कुराकर कहा।

अब जमीला ने ज़रा तुनककर जवाब दिया, "कोई बर्तन हो तो निकालिए, ओक से पीना तो आपको आता नहीं।"

"पीने-पिलाने के लिए और भी तरीक़े हैं, और भी बर्तन हैं।"

"बातें न बनाइए, हमें देर हो रही है।" जमीला ने मुंह फेरकर कहा।

इस बीच भीड़ छंट चुकी थी, लेकिन गांव की औरतें अभी बहुत दूर न गई थीं। हबीबा ने वापस जाती हुई औरतों को पीछे एक नज़र देखा और आहिस्ता से बोली, "इस तरह यहां आ जाना आप लोगों को सोहता नहीं। लोग क्या कहेंगे?"

"हम कोई लुच्चे-बदमाश नहीं, आप हमें औरों की तरह न समझिए। आदमी-आदमी अंतर, कोई हीरा कोई कंकर।"

जमीला ने उन्हें तीखी मगर मुस्कुराती निगाह से देखा और बोली, "आप दोनों में हीरा कौन है?"

दाऊद ने कहा, "जो आपके क़दमों तले पामाल हो जाए, वह हीरा और जिसे आप ठोकर मारकर हटा दें, वह कंकर।"

"मियां साहब शायरी तो जानते हैं, पर शायद यह नहीं जान सके कि शायरी

जितनी मीठी और सजिल है, ज़िंदगी उतनी ही कड़वी और कठिन है।" हबीबा के लहजे में हिक़ारत की हल्की सी सर्दी और तेज़ी थी।

"ज़िंदगी तन्हा गुज़रे तो बेशक कड़वी और कठिन है। यार मुआफ़िक़ मिल जाए तो चाह का लुत्फ़ और जीने का मज़ा भी है।"

"तो आप वहां से यही कुछ ढूंढ़ते हुए आए हैं? कहीं धोखा न खा जाएं।"

"वहां हमारा कोई न था और हमारी नाल यहां गड़ी है। अपनों से धोखा खाएं तो इसमें भी एक आलम है।"

"हम तो बनी-ठनी के दीवाने थे; उसी के वियोग में सिर को बिखेरे फिरते हुए, जिगर जलाए यहां तक आए थे, लेकिन यहां दो हूरों ने किसी और ही दुनिया में पहुंचा दिया।"

याक़ूब से सब्र न हुआ। उसने दिल में कहा कि मज़ेदार जुमलों और शोख़ फ़िक़रों के फेरबदल में कोई फ़ायदा नहीं, काम की बातें मालूम की जाएं।

"वो... वो बाबू साहब आपके कौन हैं, क्या उनसे मुलाक़ात हो सकती है?"

दोनों लड़कियों के चेहरे पर कलौंस सी दौड़ गई। जमीला की सारी ज़िंदादिली एक पल में ग़ायब हो गई। "वो हमारे दूसरे बाप हैं," हबीबा ने पांव के अंगूठे से ज़मीन को कुरेदते हुए कहा।

जमीला की रोशन और कौंधती आवाज़ यकायक धुंधला गई, "आपको तो बताया था कि हम बे मां-बाप की हैं।"

दोनों भाई एक पल के लिए सकते में आ गए। "तो आपके बड़े-बूढ़े कोई होंगे?" याक़ूब ने हिम्मत करके पूछा।

"हमारा इस दुनिया में कोई नहीं। हमारे बाप को एक दिन जंगल में फुरसे ने काट लिया। हमारा एक भाई, दूध पीता बच्चा गोद में था। और कोई आगे न पीछे। हमारी मां इस गांव की न थी। उसके मायके वाले पूछने भी न आए। अम्मा ने कुछ दिन तंगी बर्दाश्त की..."

"...लेकिन सहारा भी तो कोई न था," हबीबा बोली। "अकेली औरत, अजनबी गांव। फिर उसने एक मर्द कर लिया। पर थोड़े ही दिन गए होंगे कि हमारे भाई को सीतला मां ले गई..."

"सीतला मां?" दाऊद के मुंह से निकला।

"श्श, चेचक। यहां के लोग नाम नहीं लेते," याक़ूब ने सरगोशी के लहजे में कहा।

"ताप से उसका बदन झुलसता था, और छाले ये बड़े-बड़े... लेकिन अम्मा उसे अपनी गोद में खिलाती और सुलाती थी। उसको गाड़ के आए तो अम्मा को ताप चढ़ा..."

"अम्मा चार दिन में चटपट हो गई।"

अब दोनों लड़कियां फूट-फूटकर रोने लगी थीं। "बाबू हमें अच्छी नज़र से नहीं देखते। कभी-कभी गुस्से में यह भी कह बैठते हैं कि तुम दोनों को ले जाकर जयपुर में बेच दूंगा।"

दाऊद और याक़ूब की समझ में न आया कि क्या कहें और क्या करें। एक भाई ने झट कुएं में डोल डालकर पानी निकाला और चुल्लू भर पानी लेकर हल्के-हल्के दोनों बहनों के मुंह धुलाए। जिसकी आवाज़ और जिसके दीदार के लिए वो तमाम रात तरसे थे, अब उसके होंठों और गालों पर उंगलियां फेरते हुए उसके बदन में सनसनी दौड़ गई। लेकिन उस वक़्त तो उनके आंसू .ख़ुश्क करना सबसे अहम काम था; मेल-मिलाप और छूने-छुआने का लुत्फ़ उठाने का मौक़ा यह न था।

बड़ी मुश्किल से उन्होंने दोनों लड़कियों को एक-एक घूंट पानी पीने पर राज़ी किया। उन्होंने ओढ़नी के दामन से आंसू पोंछे। फिर मुस्कुराने की नाकाम सी कोशिश करते हुए हबीबा बोलीः "आप भी सोचते होंगे कि ये दुखियारिनें अपनी ही जान को कलपती बैठी हैं। लेकिन यह तेरह सद्दी है, किसी का कुछ ठीक नहीं। हम तो बड़े ख़्वाजा जी की चौखट पर पड़े यही दुआ करते हैं कि हमारा कुंआरापन सलामत रह जाए।" उसकी आंखें फिर छलकने लगीं।

"आप दिल छोटा न करें, वह बड़ा कारसाज़ है... सुनिए, आप लोगों ने अपने आगम के बारे में कभी कुछ ख़्याल किया?"

"क्या ख़्याल करते और किसके भरोसे पर?" जमीला बुझे हुए लहजे में बोली।

"आला हज़रत, आसमान की चालों से हर कोई लाचार है, लेकिन जो आसमान को चलाता है वह तो लाचार नहीं।" याक़ूब ने जवाब दिया।

"इसी उम्मीद के सहारे तो अब तक कटी है, लेकिन अब तो ज़िंदगी का हर दिन हम लोगों को मौत से बदतर लगता है। ज़हर भी तो नहीं मिलता कि खाकर सो रहें। काश इसी मरुधर में कहीं मुंह छिपा लेते कि चील-कौओं को भी पता न लगता," हबीबा ने कहा।

"छी, ऐसी बात ज़बान पर नहीं लाते। अल्लाह के लिए क्या मुश्किल है, अभी पहाड़ में रास्ता बना दे।"

"जी हां, आपका तो रास्ता बना हुआ है। कल कहीं और होंगे।"

"हमारी सारी राहें तो आपने रोक रखी हैं," याक़ूब ने सिर झुकाकर कहा।

हबीबा चुपचाप उसका मुंह तकने लगी। फिर एक लम्हा चुप रहकर याक़ूब ने बड़े आत्मविश्वास से कहा, "अब हम कहीं न जाएंगे।"

"आपके दरवाज़े पर भिखारी होना हमारे लिए बादशाही से बढ़कर है।"

"यह आप क्या कह रहे हैं; आप लोग इसे भी कोई कारोबार की बात समझे हैं

क्या? और फिर हमारा दरवाज़ा क्या और हमारी गली कैसी; हमने तो यही सुना है कि सांप और औरत ज़मीन के अंदर ही ठीक हैं।"

"लानत है, और अफ़सोस इस दुनिया पर कि इसने आप जैसी ख़ूबसूरती के बाग़ की रौनक़ और माशूक़ी की फुलवारी की बुलबुल को इस तरह सोचने पर मजबूर कर दिया..."

"मौलवी जी, हमें ये टेढ़ी-मेढ़ी फ़ारसी न पढ़ाओ। हम तो हिंदी भी ठीक से न जानें।" जमीला ने ज़हर बुझी हंसी हंसकर कहा।

"दिन चढ़ता चला आ रहा है," दाऊद ने कहा। "ज़रा सोचिए तो सही कि आपके सामने कोई राह रोशन है, वरना यह दिन भी रात में बदल जाएगा।"

याक़ूब ने मिन्नत के लहजे में कहा, "ज़रा देर में लोगों की आवाजाही शुरू हो जाएगी; अब हमें चलना चाहिए। आप कहें तो हम शाम को फिर आएं, नहीं तो..."

"नहीं, आपको हम शाम में यहीं मिलेंगे," हबीबा ने जवाब दिया।

लेकिन इस जुमले के मानी क्या थे, इन लफ़्ज़ों में क्या कुछ इशारे छुपे थे या सिर्फ़ रस्मी बातें थीं, इन मामलों का कोई इशारा उसके लबो-लहजे या उसकी बोलती आंखों में न था, न ही उसके चेहरे पर कोई तनाव या खिंचाव था। बस जैसे एक आम सी बात बातचीत में ही कह दी गई हो। मतलब निकालना तो उनका काम था, बशर्ते कहने वाले ने कुछ मतलब रखा भी हो। सब अपने-अपने हौसले और अपनी-अपनी क़ुव्वत के एतबार से मानी के दौलत से हिस्सा पाते हैं। हरेक को अपने-अपने हिस्से की मिलती है। लेकिन क्या ख़बर हमारे हिस्से की इसी मैख़ाने में है या कहीं और:

ज़ाहिद अज़ मस्जिद मन अज़ मैख़ाना रुसवा गश्ता अम
हर यके रा तश्त अज़ बामे-दिगर उफ़्तादा अस्त

(मुल्ला तो मस्जिद में से और मैं मधुशाला से निकल कर बदनाम हुए। बात ये है कि हरेक की हंडिया अपने ही चौराहे पर फूटती है।)

यक़ीन की कमी अपनी जगह, लेकिन दाऊद और याक़ूब ने क़िस्मत ठोंक ली थी। अगर आज कामयाबी न हुई तो वो मैदान छोड़कर जाने वाले न थे। और अगर कामयाबी इंशाअल्लाह हुई तो उन्होंने आगे का इंतज़ाम भी सोच लिया था। सराय वापस पहुंचकर उन्होंने अपने रहबर को माक़ूल मुआवज़ा और अच्छा इनाम देकर विदा किया कि आगे का रास्ता हमारा देखा हुआ है। हम यहां से बांदीकुई होते हुए अकबराबाद निकल जाएंगे। फिर उन्होंने दोपहर को बांदीकुई की राह पर आठ कोस जाकर एक सराय भी ढूंढ़ ली। शाम पड़ने के पहले ही उन्होंने सफ़र का सामान बांध लिया और भटियारी को बहुत कुछ इनाम देकर चारों घोड़ों के साथ बांदीकुई की राह

थाम ली। एक-दो कोस जाकर उन्होंने घोड़ों को सुस्ताया, पानी पिलाया, ताज़ादम घोड़ों पर सवार हुए और पनघट वाले गांव को वापस चल पड़े। लेकिन इस बार उनकी कमर में ख़ंजर के बजाय तलवार थी।

औरतों का हुजूम आज शायद कुछ जल्द विदा हो गया था; उस वक़्त वहां सिर्फ़ हबीबा और जमीला थीं। दोनों भाई घोड़े लिए दनदनाते कुएं तक आ गए। उन्हें यह देखकर अचंभा और उससे भी ज़्यादा दिल में जोश और सनसनी का अहसास हुआ कि दोनों बहनों के हाथ में एक-एक गठरी थी जिसमें शायद पहनने के कपड़े थे।

"बंदगी अर्ज़ है आला हज़रत, हम वादे के मुताबिक़ हाज़िर हैं।"

"हम भी मौजूद हैं; क़िस्मत जहां ले जाए," हबीबा ने अपनी गठरी की तरफ़ इशारा किया और कुछ झिझकती सी मुस्कान के साथ बोली, "और हमारा घर भी हमारे साथ जाएगा।"

"ऐ सुब्हानल्लाह! वाह री क़िस्मत और वाह री तक़दीर, तशरीफ़ लाएं, सवारी का घोड़ा हाज़िर है।" दाऊद ने कहा, लेकिन उसकी आवाज़ में कुछ थरथरी थी। दाऊद और याक़ूब हाथ फैलाकर बढ़े ही थे कि दोनों लड़कियां सहमकर अपनी जगह पर थम गईं। एक दहाड़ती हुई आवाज़ सुनाई दीः "ठहर तो जाओ मालज़ादियों, अभी तुम्हारी ऐसी गत बनाता हूं कि चील-कौओं को तुम पर रहम आए। हरामज़ादी छत्तीसी, तुम लोगों की यह हस्ती कि अपने धींगड़ों के साथ गांव में सबके आगे मस्ती करो हो..."

"बाबू आ गया," हबीबा ने सिसकी लेकर कहा। "हाय अल्लाह, अब क्या होगा।"

एक अधेड़ से कुछ ज़्यादा उम्र का शख़्स, धोती और सूती बंडी पहने, गले में काली सेली और तावीज़, हाथ में लंबा राजपूती बल्लम लिए बढ़ा आ रहा था। उसकी छोटी-छोटी आंखें लकड़बग्घे की याद दिलाती थीं।

नज़दीक पहुंचकर उस शख़्स ने मुसाफ़िरों से तो कुछ झंझट न किया लेकिन लड़कियों पर झपटना चाहता था कि दाऊद ने अपनी लंबी टांग आगे कर दी। वह लड़खड़ाकर गिरा और अभी संभलने की कोशिश कर रहा था कि याक़ूब ने तलवार निकाल ली और बोलाः "इन लड़कियों पर तुम्हारा कोई हक़ नहीं। ये बालिग़ हैं और अपनी मर्ज़ी की मालिक। तुम इन्हें अपनी हवस का शिकार बनाकर कोठे पर बेचना चाहते हो तो यह हम न होने देंगे।"

बाबू ने मां की गाली देकर उठने की कोशिश करते हुए कहा, "तुम होते कौन हो मुझसे कहने वाले कि क्या है और क्या नहीं है?"

याक़ूब ने तलवार की नोक उसके तलवे में चुभोई और कहा, "उठ, उठके सीधा अपने घर जा। ये लड़कियां हमारे निकाह में आएंगी। तेरा इनसे कुछ लेना-देना नहीं।

और ले, तेरा इन पर कुछ निकलता था तो यह ले।" यह कहकर उसने रुपए की दो थैलियां कमर से खोलकर बाबू के मुंह पर फेंक दीं, और फेंकीं इस होशियारी से कि एक तोड़ा गिरते-गिरते खुल गया। बाबू के सिर और मुंह पर रुपयों की बौछार सी गिरी। उसका ध्यान उधर खिंचा और इधर याक़ूब और दाऊद ने दोनों लड़कियों को अपने-अपने घोड़ों पर सवार करके एड़ लगाई और पलक झपकते ही कुएं पर से ओझल हो गए। दोनों घोड़े सवारी से ख़ाली उनके पीछे-पीछे उसी जोश के साथ दौड़ते हुए निकल गए।

□□

फ़र्रुख़ाबाद

पहली मंज़िल पर पहुंचकर वो ठहरे नहीं, लेकिन चार घुड़सवार वहां उनके इंतज़ार में थे। यह इंतज़ाम वो दोपहर के वक़्त ही कर आए थे। दो सवारों के पास फ़्रांसीसी तर्ज़ की रिफ़ल (rifle) थीं और दो के पास हिंदुस्तानी दुगाड़े। दूर तक मार करने के लिए रिफ़लें बेहतर थीं और नज़दीक निशाना लगाने, ख़ासकर भीड़ को तितर-बितर करने के लिए हिंदी दुगाड़े से बेहतर कोई हथियार न था। इसमें हिंदुस्तानी छर्रे (इन्हें अंग्रेज़ी में birdshot कहते थे) और अंग्रेज़ी गराब (इन्हें अंग्रेज़ी में grapeshot कहते थे) दोनों चल जाते थे। चारों मुहाफ़िज़ों के पास सेल भी थे। ये नेज़े से छोटे और बल्लम से हल्के होने के सबब फेंककर मारे जा सकते थे और आमने-सामने की जंग के लिए भी मुनासिब थे। चारों सवारों के पास एक-एक बादबान भी था जिसे वो सफ़र के दौरान हर वक़्त रोशन रखते थे, लेकिन मुसाफ़िरों के घोड़े एकदम अंधेरे में रखे जाते। दो मुहाफ़िज़ कोई पचास क़दम आगे रहते और दो मुसाफ़िरों के ज़रा पीछे। हथियारबंद सवारों की हिफ़ाज़त में वो सारी रात चलते रहे। ख़ाली घोड़ों की वजह से यह मुमकिन हो सका था कि हर घंटे के बाद वो ज़रा देर रुकते, घोड़े बदलते और आगे चल देते। बांदीकुई पहुंचते-पहुंचते सुबह होने लगी थी। उन्होंने सराय में डेरा डाला और सुबह को क़ाज़ी के दरबार में पेश हुए कि ये कनीज़ें हमने मोल ली हैं, अब हम इनसे निकाह के ख़्वाहिशमंद हैं और इसी ग़रज़ से आपके दरबार में हाज़िर हैं। क़ाज़ी ने हुक्म दिया कि दुखियारिनों को पहले आज़ाद कर दिया जाए। यह कार्रवाई फ़ौरन मुकम्मल हो गई तो क़ाज़ी ने मुनासिब मगर मामूली पूछताछ की और अपनी वकालत और हथियारबंद सवारों की गवाही पर सुन्नी मुसलमानों के तरीक़े से निकाह पढ़ा दिया।

इस वाक़ए के ग्यारह महीने बाद मेरे आला हज़रत, मेरे बाबू जनाब याक़ूब बडगामी ख़ुदा उन पर रहमत करे और उन्हें बख़्शे और मेरी प्यारी अम्मा बीबी जमीला के यहां मेरी पैदाइश हुई (अक्टूबर 1793)। आदरणीय पैग़ंबरों के नाम पर नाम रखने की पुरानी रस्म को जारी रखते हुए मेरे वालिद मरहूम ने मेरा नाम मुहम्मद

यूसुफ़ रखा। मेरे चचा साहब के यहां कोई औलाद न हुई। दोनों भाइयों में पहले की सी मुहब्बत और मिलनसारी क़ायम रही जो पैदाइश से जुड़े भाईचारे से बढ़कर सच्ची दोस्ती के दर्जे को पहुंच गई थी। एक की कमी एक पूरी करता था; एक की मुश्किल एक हल करता था; एक का ग़म एक उठाता था।

बांदीकुई में निकाह और वलीमे के दो दिन बाद वहां से कूच हुआ। दोनों भाइयों ने एहतियात के तौर पर एक राय से फ़ैसला किया था कि जयपुर और मेवाड़ के ज़िलों को बहुत दूर छोड़कर फ़र्रुख़ाबाद में जाकर बसा जाए। बांदीकुई से निकलकर गंगापुर, बयाना, फ़तेहपुर सीकरी होते हुए वो बड़े आराम से आठ दिन में अकबराबाद पहुंच गए थे। वहां कुछ दिन ठहरने के बाद फ़ीरोज़ाबाद, मैनपुरी और ब्यावर होते हुए, फ़तेहगढ़ में फ़िरंगी साहिबान की छावनी से कतराकर निकलते हुए उन्होंने फ़र्रुख़ाबाद पहुंचकर दम लिया।

फ़र्रुख़ाबाद में बसने की सबसे बड़ी राज यह थी कि अब वहां मराठों का ज़ोर बहुत कम हो गया था। चार दहाई पहले सफ़दरजंग और राजा नवलराय के हमले का जवाब तुर्की ब तुर्की देने के बाद (1750) से नवाब अहमद ख़ां बंगश और फिर उनके बेटे और इस वक़्त के नवाब दिलेर हिम्मत ख़ां मुज़फ़्फ़र हुसैन बंगश मुज़फ़्फ़रजंग के ज़माने (तख़्तनशीनी की तारीख़ 1771) में चैन ही चैन था। आला हज़रत देहली भी नवाब दिलेर हिम्मत मुज़फ़्फरजंग पर मेहरबान थे। फ़िरंगी साहिबान अपना रसूख़ बढ़ा रहे थे और उन्होंने फ़तेहगढ़ में अपनी छावनी बनाकर वहां बंगाली पैदल बरक़ंदाज़ों (Bengal Native Infantry) की एक पलटन भी खड़ी कर दी थी, लेकिन वो किसी से भिड़ंत न करते थे। एक तरह से यह मुल्क देहली सल्तनत में तो था ही, लेकिन उसे नवाब के अलावा फ़िरंगियों की भी सरपरस्ती हासिल थी। दौलत हर तरफ़ बरस रही थी। कश्मीरी क़ालीनों या मेवों की तिजारत की यहां कोई गुंजाइश न थी, लेकिन हुनर और कारीगरी की तरफ़ अपने मिज़ाज की वजह से, और इस वजह से भी कि वहां सोने के ज़ेवरों का बहुत चलन था, भाइयों ने सादाकारी अपना ली और फ़र्रुख़ाबाद की पुरानी दस्तकारी यानी कपड़े पर नक़्क़ाशी और क़लमकारी की तरफ़ भी ध्यान दिया और बहुत जल्द आला दर्जे के सादाकार और नए-नए नक़्शों और नमूनों के निर्माता के तौर पर उन्हें हर जगह हाथोंहाथ लिया जाने लगा। कपड़े पर क़लमकारी का काम मुसलमानों की एक क़ौम के हाथ में था जिसे पेशे के लिहाज़ से छपेरा और क़ौमियत के लिहाज़ से साध कहते थे और अब भी उनके यही नाम हैं। आमतौर पर वो किसी ग़ैर को अपने हुनर के राज़ भी न बताते थे, किसी और को इस पेशे में धंसने देना तो दूर की बात रही। लेकिन मेरे बाप-चचा ने कुछ ऐसे करिश्मे किए कि वो लोग गोया इनके मुरीद हो गए। सादाकारी में भी दोनों भाइयों ने बहुत नाम

और रुपया कमाया। फ़िरंगियों की कुछ औरतें तो उनकी सादाकारी की इस क़दर दीवानी थीं कि बात-बात पर कुंदनी कलदार अशर्फ़ियां या शाहआलमी अशर्फ़ियां उनके सामने डाल देती थीं कि बयाने के तौर पर रख लीजिए और हमारा काम जल्द कर दीजिए। फ़र्रुख़ाबादी रुपए तो हर कोई लिए आता था।

फ़र्रुख़ाबाद के छपेरों से रब्त-ज़ब्त का एक फ़ायदा यह भी था कि ये लोग मुसलमान होने के बावजूद अपनी रस्मों और आदतों में हिंदुओं के बहुत क़रीब थे। मारवाड़ी जाट नस्ल की होने के नाते मेरी मां और ख़ाला में भी हिंदूपन बहुत था। इस वजह से उनकी औरतों और मेरी मां और ख़ाला में बहुत मेल-जोल हो गया था और वतन का दाग़ उनके दिलों से बहुत जल्द धुंधला होने लगा।

कोई दस साल आराम से गुज़रे। कंपनी बहादुर का दबदबा और प्रभुत्व साल दर साल बढ़ता गया और अब तो इतना बढ़ गया कि हमारे हुज़ूर नवाब कमोबेश नाकारा होकर रह गए। उधर मुग़ल राजधानी देहली मुबारक पर मराठों का रसूख़ बढ़ता ही चला जा रहा था। क्या गंगा और रामगंगा की बाढ़ होगी जो मराठों की बाढ़ जमुना किनारे के इस नेक बुनियाद वाले शहर पर थी। फ़र्रुख़ाबाद और उसके नीचे तमाम फ़िरंगी, देहली और उसके इर्द-गिर्द तमाम मराठे। एक का उरूज दूसरे के उत्थान के लिए भी राह और बहाने बनाता था। बाईस-तेईस बरस पहले शाह-ए-जमजाह हज़रत आली गौहर रिआय-परवर आफ़ाक़-महवर ने अंग्रेज़ों का साथ छोड़कर इलाहाबाद से देहली का रुख़ किया था और मराठों की दोस्ती पर क़ुबूलियत की मुहर लगाई थी। भला अंग्रेज़ जैसी कुटिल क़ौम यह तौहीन कहां भूल सकती थी? तब से वो अपनी जड़ें जगह-जगह लगातार फैलाते रहे। शुजाउद्दौला बहादुर के हाथों उन्होंने हाफ़िज़ुल-मुल्क (हाफ़िज़ रहमत ख़ां) को कटवाकर रहमतख़ानी बड़ैच रुहेलों को तितर-बितर कर दिया। मात खाने वाले शहीद हाफ़िज़ुल-मुल्क के बाद अब सिर्फ़ मुहम्मदख़ानी बंगश रुहेले रह गए थे जिनसे अंदेशा था। कंपू की छावनी की एक टुकड़ी को फ़िरंगियों ने फ़तेहगढ़ में डाल ही रखा था, अब नवाब लाट लेक साहब बहादुर की कमान में 'बड़ी फ़ौज' (Grand Army) तैयार की जाने लगी और फ़तेहगढ़ में उनका दबाव इस क़दर बढ़ा कि नवाब मुज़फ़्फ़रजंग ने 1802 में अपने इलाक़े का इंतज़ाम सवा लाख रुपए सालाना ख़िराज के बदले कंपनी बहादुर को दे दिया। अब फ़िरंगी बंगश हुकूमत के पूरे इलाक़े के के मालिक बन बैठे।

□□

मार्का

फ़र्रुख़ाबाद की रियासत को अपनी पुश्त पर रखकर यह आसान हो गया कि देहली पर चढ़ाई की जाए और शाहे-फ़लक जनाब मताफ़े-माहो-आफ़्ताब हज़रत शाहआलम

सानी को मराठों की 'क़ैदे-फ़िरंग' से निजात दिलाई जाए। चुनांचे दरिया की लहरों जैसी फ़िरंगियों की फ़ौज का एक बाज़ू 8 अगस्त 1803 को कंपू से ठाठें मारता हुआ निकला। फ़तेहगढ़ छावनी का लश्कर ब्यावर के मुक़ाम पर 20 अगस्त 1803 को कंपू की फ़ौज से मिल गया। फ़तेहगढ़ की फ़ौज के साथ हमारा सारा घराना भी था। यह मुसीबत मेरे बाप और चचा के कुछ सादाकार मेहरबानों की वजह से हम पर पड़ी थी। उन्होंने मेरे बाप और चचा को सब्ज़ बाग़ दिखाए थे कि अंग्रेज़ी फ़ौज में दौलत बहुत है। क्या सिपाही क्या कमीदान (Commandant) सबकी औरतें ज़ेवर बहुत बनवाती हैं और लूटमार में भी उनके हाथ काफ़ी सोना लगता है। फिर देहली पहुंचकर जीत लाट लेक साहब की हुई तो सबकी चांदी ही चांदी है। लेकिन अगर उन्हें शिकस्त भी हुई तो हमारा कुछ न बिगड़ेगा बल्कि कारोबार और भी चमकेगा।

अल्लाह ताला मेरे बुज़ुर्गों की क़ब्र ठंडी करे (मगर मुझे तो यह भी नहीं मालूम कि उनकी क़ब्रें कहां बनीं) लेकिन उन्होंने ज़िंदगी में यह पहली ग़लती की जो उनकी आख़री ग़लती साबित हुई।

लाट साहब की बड़ी फ़ौज ने 10 सितंबर 1803 को देहली पहुंचकर जमुना से कुछ दूर हिंडन नदी के किनारे पड़ाव डाल दिया। मुझ टूटी-फूटी ज़बान वालों में वह ताब कहां कि आसमान जैसी ऊंचाई रखने वाली लाट साहब की फ़ौज की रौनक़ और गहमागहमी का बयान लिख सकूं। यूं समझिए कि एक बहुत बड़ा चौकोर आंगन है, कई कोस के घेरे का, और वह चल रहा है। दाईं तरफ़ प्यादा बरक़ंदाज़ों की क़तारों का बाज़ू जिसे मैमना कहते थे और बाईं तरफ़ घुड़सवारों की पलटनों का बाज़ू जिसे मैसरा कहते थे, वो भी उसके साथ चल रहे हैं। सामने फ़ौज का शुरुआती हिस्सा, फिर हिरावल दस्ते, पीछे चंडावल दस्ते जिन्हें पुराने लोग साक़ा भी कहते थे। पीछे वालों के साथ तोपें और बारूदख़ाना फिर सामने वालों के साथ आतिशी अस्लहाख़ाना और हल्की बातरी (Battery)। क्या घुड़सवार और क्या प्यादा, सबके हथियार कई-कई होते थे, तलवार, नेज़ा या बरछा, क़राबीन या रिफ़ल, कमर में छोटा ख़ंजर, फ़िरंगी कमीदानों की कमर में तमंचा। घोड़ों, हाथियों, ऊंटों, बैलगाड़ियों, बैलों, ख़च्चरों, गधों वग़ैरा का शुमार मुमकिन न था। हर घोड़े पर दो मुलाज़िम थे, एक साईस और एक चरकटा। हर हाथी पर एक फ़ीलबान और हर तीन ऊंटों या बैलों पर एक शुतरबार या गाड़ीबान। हर फ़िरंगी कमीदान के पास अपना डेरा-ख़ेमा था, जिसे लगाने-उजाड़ने के लिए बहुत से ख़ेमाबरदार होते थे जिन्हें फ़िरंगी ज़बान में लास्कर (Lascar) कहते थे। इसके अलावा हर अफ़सर की रसद-ख़ुराक के लिए भेड़ें, बकरियां, मुर्ग़े वग़ैरा उसके साथ थे कि ख़ुदा मालूम गोश्त-अंडा हर जगह मिले न मिले। हर साहब अंडा बैल (Boil) करने

के लिए छोटे-छोटे चूल्हे अपने पास ज़रूर रखता था। उन चूल्हों में एक तरह का शराब जैसा ईंधन जलता था। फ़िरंगी कमीदानों के साथ ख़ादिमों की भारी भीड़ भी थी। हर लप्टैन (Lieutenant) के साथ कम से कम दस मुलाज़िम, हर कप्तान के साथ कम से कम बीस, और उसके ऊपर बटालियन कमीदान के मुलाज़िम तीस से कम न थे। जरनैल साहिबान और लाट साहब के शागिर्दपेशों की गिनती तो नामुमकिन थी। फिर बहुत से अफ़सर, सबके सब फ़िरंगी, अपनी मेमों के साथ थे। उनकी ख़ादिमाएं और आयाएं, सेविकाएं अलग। चंडावल दस्ते के साथ ही साथ अनाज बेचने वाले चलते थे। ये बंजारे कहलाते थे, दस-बारह हज़ार लढ़ियों पर अपना माल लादे हुए ये चींटी की चाल चलते थे और सारी फ़ौज को भी उनकी चाल चलनी पड़ती थी। सब मिलाकर लाख, डेढ़ लाख आदमी रहे होंगे।

फ़ौज जब डेरा डालती तो घड़ी भर में बाज़ार सज जाता। पलक झपकते में ख़ेमे खड़े हो जाते, क़नातें, रावटियां, इस्पक, बेचोबे, उन पर झंडियां लहराती हुई। आला अफ़सरों के ख़ेमों पर कलश चमकते हुए। ख़ेमों के आगे बारगाहें क़ायम होती थीं और अगर मेमें साथ हों तो कूचा-ए-सलामत भी लगता था। शहर की तरह यहां भी बाज़ार अलग-अलग थे। ग़ल्लाफ़रोश, गोश्तफ़रोश, भटियार, ख़ासकर पराठे-कुलचे और कबाब बेचने वाले तो थे ही, लेकिन कई भटियारख़ानों में आला दर्जे के बावर्ची और नान पकाने वाले भी साथ थे। अंग्रेज़ दुकानदार 'सौदागर' कहलाते थे। वो सिर्फ़ शराब और बिस्किट वग़ैरा का धंधा करते थे। देसी कारोबारियों में महाजन, जौहरी, सर्राफ़, जड़ाऊ के काम वाले, सादाकार, बज़ाज़, कश्मीरी शालफ़रोश, ढाके वाले मलमलफ़रोश, और फिर गाने-बजाने वालियां, डेरेदारनियां और कंचनियां, ग़रज़ कि पूरी-पूरी आबादानी थी। सबके अलग-अलग बिस्तर, ठीहे और कूचे थे। एक बार बाज़ार में निकल जाएं तो हिंदी, मारवाड़ी, तिलंगी, बंगला, कश्मीरी, पश्तो, फ़ारसी, अरबी, अंग्रेज़ी हर तरह की ज़बान सुन लीजिए और हर तरह के रूप देख लीजिए। उस पर तुर्रा घोड़ों और ऊंटों के चमकीले साज़, हाथियों की सुनहरी झूलें, रंगे हुए माथे, बैलों और हाथियों के गलों से लटकती सुरीली घंटियां, लेकिन दोनों की बोलियां बिल्कुल अलग, हाथियों की घंटियां और बैलों की घंटियां दूर ही से अलग-अलग पहचान लो, सिपाहियों की रंग-बिरंगी वर्दियां, डेरेदारनियों और कंचनियों के मुहाफ़िज़ों और साज़िंदों के ज़र्क़-बर्क़ लिबास, मेमों का अकड़-अकड़ के शान से चलना, जरनैल साहिबान के ठाट-बाट, सारे लश्कर बाज़ार को अल्फ़-लैला सा मंज़र न कहिए तो और क्या कहिए।

लेकिन अफ़सोस कि मेरे लिए यह सब थोड़ी ही देर में जहन्नम का नमूना बनने वाला था। अगली रात अभी सवेरा भी ठीक से न हुआ था, कोई तीन बजे का अमल था, जब लाट लेक साहब ने मराठा फ़ौज पर धावा बोलने का हुक्म दिया। पौ फटने

तक हम लोग मराठों के मोर्चे के क़रीब पहुंचे। अभी कुछ ठीक से नज़र न आता था। दरिया के किनारे-किनारे दूर तक घनी और ऊंची कांटेदार झाड़ियों के जंगल थे जिनसे गुज़रना मुश्किल था। दरिया कभी-कभी चमक जाता तो लगता बिजली तड़पी है। मराठा फ़ौज का पहला मोर्चा एक महफ़ूज़ पहाड़ी पर था और दक्खिन-पूरब के आसमान का सूरज उनके पीछे था। शाही रिसाले नज़र न आते थे। शुरू-शुरू में तो रोशनी टिमटिमाती हुई सी थी और उसकी ओट में मराठा फ़ौजों का पड़ाव नज़र आ जाता था। लेकिन सूरज ज्यों-ज्यों बुलंद हुआ, लाट साहबी फ़ौज की आंखें चौंधियाने लगीं। लाटसाहब का तोपख़ाना अभी ख़ामोश था, लेकिन आगे-आगे पैदल बरक़ंदाज़ों और उनके फ़ौरन बाद घुड़सवारों ने गोलियां बरसानी शुरू कर दीं। झाड़ियों के बीच से गुज़रना मुश्किल था, दौड़ने की बात ही क्या, लेकिन बंगाली पैदल बरक़ंदाज़ों का एक दस्ता संगीनों और बरछों से काट-काटकर राह निकालता तो दूसरा गोलियां बरसाता हुआ उस राह पर आगे निकलता। उनके बाद फिर सवार फ़ौज अपनी रिफ़लों से क़हर बरसाती हुई बढ़ रही थी।

लश्कर के सारे हाली-मवाली पीछे कर दिए गए थे, सिर्फ़ चंडावल दस्ता उसका मुहाफ़िज़ था। तोपख़ाना आगे आ गया था और जब वह सवार फ़ौज के बराबर आया तो सारी तोपों ने एक साथ मार शुरू कर दी। अब अंग्रेज़ी फ़ौज के रिसाले भी मराठा तोपख़ाने के निशाने पर आ चुके थे और मराठों की गोलंदाज़ी ने एक-दो घड़ी में फ़िरंगी लश्कर के निज़ाम को उलट-पलट कर रख दिया। सवार और पैदल फ़ौजी बड़ी तादाद में हलाक या ज़ख़्मी हुए। ज़ख़्मियों ने पीछे भागना शुरू किया तो हिरावल और चंडावल तक़रीबन एक हो गए। हिंडन नदी पार करते-करते भगदड़ का नज़ारा हो जाता, लेकिन लाट साहब और उनके फ़िरंगी जरनैलों का इक़बाल कहिए कि ज़्यादातर बरक़ंदाज़ बख़ूबी पार उतर गए। कुछ ज़्यादा नुक़सान न हुआ। लेकिन मराठा फ़ौज के सरदार ने यह देखकर कि दरिया अब इंग्लिशिया फ़ौज के पीछे है और उन्हें भागने की जगह नहीं, तो अपने भारी तोपख़ाने की सौ-डेढ़ सौ तोपें पहाड़ी पर से आगे बढ़ाईं और भारी गोलाबारी करके अंग्रेज़ी फ़ौज को एक बार फिर तितर-बितर कर दिया। पीछे जाने की जगह न थी। लाट लेक साहब ने बड़ी अक़्लमंदी से काम लेकर अपने रिसालों को यूं फैला दिया गोया फ़ौज ने मैदान छोड़ दिया हो। उधर लाट साहब ने हरकारों के ज़रिए अपनी सवार फ़ौज को यह पैग़ाम भेजा कि चुपके-चुपके मगर पूरी मुमकिन रफ़्तार से आगे बढ़ आओ।

अंग्रेज़ी फ़ौज की ज़ाहिरा वापसी और बिखराव से मराठों ने धोखे में आकर पीछा शुरू किया, उस वक़्त दोनों फ़ौजों में कोस भर का फ़ासला था। मराठे बढ़ते आए और तोपें उन पर मार करती हुई चलीं, यहां तक कि दोनों फ़ौजों में फ़ासला बहुत कम रह गया। अब मराठी गोलंदाज़ों ने और भी बेझिझक और बेतहाशा गोलाबारी

शुरू कर दी।

दोपहर हो रही थी; लाट लेक साहब के सवार चुपके-चुपके आगे आ रहे थे, लेकिन दायां बाज़ू और हिरावल तेज़ी से बिखरकर दूर-दूर तक फैल गए थे। इस तरह फ़िरंगी फ़ौज का लश्कर, उसके सारे बाज़ारी, साईस, गाड़ीवान, नाचने-गाने वाले, व्यापारी सब एकदम मराठों के निशाने पर आ गए। मेहंदी और जंगल-जलेबी की घनी झाड़ियों में से हम लोगों को कुछ साफ़ नज़र न आता था कि कौन सा रिसाला कहां है। हर तरफ़ डरावनी आवाज़ें गूंजती थीं। तोप के धमाके, जानवरों के शोरग़ुल और फ़ौजियों के क़दमों की धमक की वजह से कान पड़ी न सुनाई देती थी। हम ग़ैर-फ़ौजी लोग इस फ़िक्र में थे कि कोई महफ़ूज़ जगह कहीं मिले तो रुककर खाने-पीने का बंदोबस्त करें। हमारे हमसफ़रों में फ़र्रुख़ाबाद की मशहूर डेरेदारनी अकबरी बाई फ़र्रुख़ाबादी का टब्बर, साज़िंदे, गाइनें, मुहाफ़िज़ सभी थे। फ़तेहगढ़ से यहां तक आते-आते हमारी-उनकी ख़ूब छनने लगी थी। उनके गोरखा बंदूक़ची ने एक मुनासिब जगह तलाश की और हमारे ख़ेमे वहां फ़ौरन खड़े किए जाने लगे। लेकिन अचानक लगा कि सूरज टूटकर हम पर आ गिरा है। मराठा हमसे इतनी दूर न थे जितना हम समझ रहे थे; फिर उनकी पहलक़दमी सुनाई भी नहीं देती थी। अभी हम अपनी बैलगाड़ियों की हिफ़ाज़त से बाहर निकलकर ख़ेमों में जाने का बंदोबस्त कर ही रहे थे कि दर्जनों गोले आकर सीधे हम पर पड़े। राल, गंधक और शोरे से भरे हुए फटने वाले ग़ुब्बारा गोले, गराब, ज़ंजीरी गोले और पत्थर के गोले, सबने पलक मारते में हमारे ख़ेमों और जानवरों को तहस-नहस कर दिया। मेरे प्यारे मां-बाप, चचा, ख़ाला, शागिर्दपेशा, जानवर सब हलाक हो गए।

एक मैं बदनसीब बचा रहा। अकबरी बाई का अपना ख़ेमा बच गया, क्योंकि वह अभी खड़ा न हुआ था। अकबरी बाई, उनकी नन्ही बेटी असग़री और एक-दो असीलें, मामा छूछू, जो अभी कुछ दूर बैलगाड़ी में थीं, उनको थोड़ा-थोड़ा लौका शोलों का लगा, लेकिन और कोई नुक़सान न हुआ। मैं उस वक़्त दस बरस का था, भले-बुरे को ख़ूब समझता था। मुझे मालूम था कि अगर कुछ और जिया तो आज की मौत से बदतर अंजाम होगा। मैंने आंख बंद करके नदी की तरफ़ दौड़ना शुरू कर दिया कि ख़ुद को पानी में गिरा दूं या शायद कोई गोला मुझे भी लग जाए। लेकिन अकबरी बाई की असील ने दौड़कर मुझे पकड़ लिया, बल्कि जकड़ लिया, और मेरे हज़ार चीख़ने, पीटने और नोचने-खसोटने के बावजूद वह मुझे उस वक़्त तक अपने सीने से लिपटाए रही जब तक मैं थककर और नीम-बेहोश होकर सो न गया।

जब मेरी आंख खुली तो शाम हो रही थी। मैं अकबरी बाई साहिबा के साथ बैलगाड़ी में था। फ़ौज का शोरग़ुल थम गया था। न भागने वाले नज़र आते थे, न

उनका पीछा करने वाले। बड़ी देर बाद मैं समझा कि यह जंग के बाद का दिन है, मार्का अंजाम को पहुंच चुका है। लाट लेक साहब के सवारों ने एकाएक सामने आकर, जैसा कि जंग का असल नक़्शा था, मराठों के मुंह फेर दिए थे। कितने तो हिंडन में डूबकर मरे, लेकिन भारी तादाद में मराठा बहादुरों ने अपनी जान बहुत महंगी बेची। फ़िरंगी फ़ौज के भी कई सौ प्यादे खेत रहे, दो-तीन अंग्रेज़ कमीदान भी मौत के निवाले बने। कोई पांच-सात सौ देसी सिपाही ज़ख़्मी थे और लगभग इतनों ही का पता न था। ग़ैर-जंगियों के जानी और माली नुक़सान का हिसाब किसी ने न रखा था।

□□

बेटियां

जब मुझे होश आया तो उस वक़्त लाट लेक साहब की फ़ौजें फ़तह के झंडे लहराती हुई देहली में दाख़िल हो रही थीं। जो हाली-मवाली महफ़ूज़ बचे थे, वो उनके साथ थे और हम बचे-खुचे ग़ैर-जंगी शिकस्ता जिस्म और शिकस्ता दिल अब देहली पहुंचने वाले थे। जमुना के पार पहुंचे तो देखा कि शहर में कुछ चहल-पहल नहीं। सारे दिल्ली वाले शायद इस ख़ौफ़ से घरों में बैठे रहे थे कि फ़िरंगी फ़ौजें ख़ुदा मालूम किस तरह का सुलूक करें। लेकिन ख़ुदा ने ख़ैर की, सब सुख-शांति से गुज़र गया। हज़रत वली अहद बहादुर के बारे में सुना गया कि लाट लेक साहब को हुज़ूर ज़िल्ले-सुब्हानी के दरबार में लिवा ले जाने के लिए तशरीफ़ लाने वाले हैं। उनके बरामद होने में बहुत देर लगी। लाट साहब उनके इंतज़ार में रहे और उनकी फ़ौजों की तैनाती शहर की चारदीवारी से बहुत बाहर कश्मीरी दरवाज़े के भी आगे पहाड़ियों और जंगलों में कर दी गई कि कमर खोलें, खाएं-पकाएं और आराम करें।

अकबरी बाई ने चावड़ी बाज़ार में अपनी एक रिश्ते की बहन के यहां डेरा डाल लिया। पहले तो उनका इरादा था कि घरवालों और साथियों की तबाही का ग़म और सफ़र की थकान थोड़ी हल्की पड़े तो फ़र्रुख़ाबाद लौट जाएंगी, लेकिन उनकी बहन ने कहा, "दुगाना जान, अब हमें छोड़कर कहां जाओगी? मौला सारा बंदोबस्त यहीं कर देंगे और अब मुआ फ़र्रुख़ाबाद में अपना बैठा भी कौन है!"

उनके बार-बार कहने पर अकबरी बेगम का दिल भी पसीजा और उन्होंने देहली ही में रहने की ठान ली। चावड़ी ही में कूचा पंडित के नुक्कड़ पर अच्छा सा कोठा भी मिल गया और तमाशबीनों व शौक़ीनों का ध्यान भी खिंचने लगा। अकबरी बाई के अहसान मैं कभी न भूल सकूंगा; उन्होंने मुझे बच्चों की तरह पाला। अजमेरी दरवाज़े पर मदरसा ग़ाज़िउद्दीन ख़ां में अच्छी अरबी-फ़ारसी पढ़वाने के अलावा उन्होंने मुझे साज़ और संगीत की भी कुछ तालीम घर पर दिलवाई। हिंदी के लिए मुझे किसी

मदरसे में जाने की ज़रूरत थी नहीं। मैं बहुत जल्द मियां नूरुल-ऐन वाक़िफ़, मियां नासिर अली, राय आनंद राम मुख़लिस और हज़रत बेदिल के साथ-साथ जगत उस्ताद शाह हातिम, मिर्ज़ा मुहम्मद रफ़ी साहब 'सौदा', मीर मुहम्मद तक़ी साहब 'मीर', जनाब ख़्वाजा मुहम्मद मीर साहब 'दर्द' और उनके भाई मीर 'असर' साहब, और बहुत से बाकमाल साहिबान के नाम और कलाम से शनासा बल्कि बख़ूबी जानकार हो गया।

ये सब तो अलग रहा, अकबरी बाई साहिबा की मेहरबानी और मुहब्बत का सुबूत इससे बढ़कर क्या होगा कि जब मैं पंद्रह बरस का हुआ और असग़री तेरह बरस की हुई तो उन्होंने हमको निकाह के रिश्ते में बांध दिया। वो चाहती तो यही थीं कि हम उन्हीं के पास रहें लेकिन मैंने अलग रहना और अपने वालिद मरहूम की तरह सादाकार बनना पसंद किया तो उन्होंने .ख़ुशदिली से मंज़ूर ही नहीं किया बल्कि कूचा राय मान में हमें एक मकान भी मोल ले दिया जो हमारी ज़रूरत के लिए काफ़ी था।

मेरा काम अच्छा चल निकला; दिन बेफ़िक्री से गुज़रने लगे। असग़री कभी-कभी अपनी मां से मिलने चली जाती, कभी मैं भी हो आता। शादी के दूसरे साल हमारे यहां बेटी पैदा हुई, नानी की तरह सुर्ख़-सफ़ेद, नाज़ुक-नाज़ुक हाथ-पांव, पेट के ही बाल इतने घने और घुंघराले कि लगता था, अल्लाह के यहां से शृंगारिका ने बनाकर भेजे हैं। हमने उसका नाम अनवरी ख़ानम उर्फ़ बड़ी बेगम रखा। उसके बाद ताबड़तोड़ दो बेटियां साल-ब-साल और हुईं। दोनों बेहद .ख़ुश-शक्ल लेकिन गेहुंआ रंग, बल्कि सांवली, गोया बाप-दादा पर गईं। बड़ी का नाक-नक़्शा हिंदुस्तानियों जैसा था तो उम्दा ख़ानम उर्फ़ मंझली बेगम और वज़ीर ख़ानम उर्फ़ छोटी बेगम रंगत के सिवा हर बात में हूबहू कश्मीरन लगती थीं, यहां तक कि उनकी चाल का अंदाज़ भी बक़ौल अकबरी बेगम कश्मीरियों जैसा था। कहावत मशहूर ही है, 'मां का पेट, कुम्हार का आवां, कोई गोरा कोई काला।'

बड़ी बेगम को बचपन से ही अल्लाह-रसूल से बेहद लगाव था। सात बरस की उम्र से उसकी नमाज़ हुई; नौ साल की हुई तो पाबंदी से रोज़े रखने लगी। कलामे-मजीद की कई सूरतें, बहुत सी हदीसे-पाक, नबियों के क़िस्सों के कितने ही अंश, सब उसे याद थे। पर्दे की सख़्त पाबंद, खेल-तमाशों से उसे कुछ लगाव न था, यहां तक कि बसंत की बहार भी न देखती। मुहर्रम के ताज़िए देखने के लिए दुनिया भर की औरतें, जवान और बूढ़ी, कूचा चेलां से लेकर चावड़ी और ख़ानम के बाज़ार में कोठों, ड्योढ़ियों, बालाख़ानों पर जमा होतीं, लेकिन न जाती तो यह नेकबख़्त। हज़रत शाह अब्दुल अज़ीज़ साहब, .ख़ुदा उनकी क़ब्र को पाक रखे, के वाज़ सुनने फतेहपुरी की जामा मस्जिद कभी-कभी ज़रूर चली जाती थी। सीरत ऐसी नेक और

सूरत वैसी पाकीज़ा, दस-ग्यारह की हुई थी कि उसके लिए पैग़ाम आने लगे। मैंने भी अच्छा घर देखकर बारह बरस की उम्र में उसके हाथ पीले कर दिए। खाते-पीते लोग थे, ज़ात के शेख़ और रंग-ढंग सारे मिर्ज़ाओं जैसे भी और सूफ़ियों जैसे भी। दीन और दुनिया दोनों भरपूर हासिल थे। बड़ी बेगम की ससुराल फाटक हबश ख़ां में हुसामुद्दीन हैदर की हवेली के पास पंजाबी फाटक से एकदम लगी हुई है। (हवेली हुसामुद्दीन हैदर नाम की इस हवेली में अब पुरानी देहली का एक पूरा मुहल्ला आबाद है।) उसके मियां मौलवी शेख़ मुहम्मद नज़ीर अच्छी हैसियत वाले हैं। अल्लाह ताला ने उसे .ख़ुशो-.ख़ुर्रम वहां रखा। .ख़ुदा की इस रहमत के लिए लाख-लाख शुक्र है।

मंझली बेगम भी तबीयत की संजीदा थी, लेकिन उसे ननिहाल बहुत पसंद था। उसका बस चलता तो वहीं की होकर रह जाती। अकबरी बाई साहिबा की सोहबत में रहकर उसे साफ़-सुथरी गुफ़्तगू, अच्छे जुमले कहना और समझना, बात-बात पर शेर पढ़ना, बेगमाती रखरखाव .ख़ूब आ गए थे। शायरी को समझती थी, और .ख़ुद शेर कह लेती थी और ज़माने के नए संगीत की तर्ज़ों, ख़्याल और दादरा से भी .ख़ूब वाक़िफ़ थी। पेशे के तौर पर नहीं लेकिन शौक़ पूरा करने के लिए उसने फ़न की तालीम भी हासिल की थी। नवाब सैयद यूसुफ़ अली .ख़ान बहादुर, इब्न नवाब सैयद मुहम्मद सईद .ख़ान बहादुर उस ज़माने में (दौलते-दारुस्सुरूर रियासत रामपुर की वलीअहदी से पहले) देहली में रौनक़अफ़रोज़ थे। अरबी और मुताल्लिक़ इल्मों में वो सद्रुस्सुदूर, सानी जलालुद्दीन दव्वानी और अल्लामा तुफ़्ताज़ानी मौलाना सद्रुद्दीन ख़ां साहब आज़ुर्दा, और अपने ज़माने के अरस्तू और बू अली राज़ी, जिन पर राज़ी रश्क करें और तूसी फ़ख़्र करें, हज़रत मौलाना फज़ले-हक़ साहब .ख़ैराबादी के ख़ास शागिर्द थे। फ़ुर्सत के वक़्त में समय अच्छा गुज़ारने की .ख़ातिर वो अकबरी बाई साहिबा के यहां भी तशरीफ़ ले आते थे। यहां उन्होंने मंझली बेगम को पसंद कर लिया। अकबरी बाई साहिबा ने इस ताल्लुक़ को दौलत और इक़बाल की छांव जानकर दिलो-जान से इसकी तरफ़दारी की। इस तरह मेरी और मंझली की मां की सख़्त मु.ख़ालिफ़त के बावजूद मंझली बेगम नवाब साहब मुबारक की पनाह में आ गई।

मैं मंझली को क्या रोऊं, छोटी ने और पर-पुर्ज़े झाड़े। बचपन से उसके मिज़ाज में, स्वभाव में, बोली में ऐसा डोमनीपन निकलता था कि मैं उसे देख-देख डरे था कि बड़ी होकर क्या ग़ज़ब करेगी। मां की डांटें, बड़ी बहन की मिसाल और मुहब्बत एक तरफ़ और नानी की लाडो के लच्छन एक तरफ़। दस बरस की उम्र से ही उसका ज़्यादा वक़्त नानी के ऐशख़ाने में गुज़रता। वहां उसने थोड़ा-बहुत गाना-बजाना ज़रूर हासिल किया, वर्ना वहां उसकी असल तालीम उन बातों की हुई जिनको सीख-समझकर औरत ज़ात मर्दों पर राज करती है। सात या आठ बरस की थी जब

उसे अपने हुस्न और उससे बढ़कर उस हुस्न की क़ुव्वत और उस क़ुव्वत को बरतने के लिए अपनी बेजोड़ ताक़त का अहसास हो गया था। नौकर-चाकर, बाज़ारी फेरीवाले, भिश्ती-सक़्क़े, फूलवाले, गाड़ीबान, व्यापारी, यहां तक कि मां-बाप तक को वह उंगलियों पर नचाती थी। जिससे जो चाहा ले लिया, जिससे जो कहा मनवा लिया। रूठती थी तो इस तरह कि देखने वालों के कलेजे टुकड़े होते थे कि हाय, इस फूल सी नाजुक जान पर किसने सितम किए। मान जाती थी तो यूं खिलखिलाती थी गोया कोई बुलबुल शीराज़ की किसी शाख़ पर चोंच में फूल की पंखुड़ी लेकर गीत गा रही हो। कपड़े जो भी पहना दिए, उस पर यूं फबते थे, गोया मालिक ने सारे कपड़े उसी के लिए सिए-पिरोए हों।

अनवरी ज़्यादातर ससुराल रहती थी। महीना पीछे मिलने ज़रूर आती और वक़्त-वक़्त पर छोटे-मोटे तोहफ़े भी भिजवाती। मंझली से उसकी बोलचाल गोया बंद थी। अब रही वज़ीर तो उसे अपनी ही बातों से फ़ुर्सत न थी। ग्यारह बरस की होते-होते वह सारे कूचा रायमान क्या, आसपास के कूचों, गलियों और दरवाज़ों में मशहूर हो गई कि लोग बहाने करके उसे देखने आते। कोई कपड़ों के सौदागर के रूप में, कोई नमिशफ़रोश के बहरूप में, कोई ख़स्ता कचौरियां बेचने के बहाने, कोई फूलवाला बनकर, और कुछ नहीं तो रस्ता भूले हुए मुसाफ़िर के रूप में लोग पहुंच जाते। छोटी कभी बाहर न आती, सिर्फ़ दरवाज़े की ओट से या ऊपरी मंज़िल की खिड़की से एक-दो बात पूछकर रुख़सत कर देती। कभी-कभी नौउम्र मिर्ज़ा लोग भी किसी जौहरी या जड़ाऊ काम करने वाले को साथ लिए चले आते कि सुना है आपको भरोसेमंद कारीगर की तलाश है; तो लीजिए, हम इन्हें हाज़िर लाए हैं, कुछ पसंद आए तो बनवा लीजिएगा या मोल ले लीजिएगा, दाम पहुंचा दिए जाएंगे। नई-नई तर्ज़ के ज़ेवर, नई तराश के जोड़े, दूर मुल्कों के अनजान कपड़ों के लिबास, ताज़ा नमूनों और तर्ज़ों की जूतियां इन चीज़ों की वह दीवानी थी। ज़ेवरों के नाम उसे सब मालूम, कपड़ों की क़िस्मों और क़ीमतों का उसे पूरा-पूरा अंदाज़ा, और लखनऊ-कलकत्ता-हैदराबाद में लोग क्या पहन-ओढ़ रहे हैं, इसका उसे बख़ूबी इल्म होता। ख़ुदा मालूम कहां-कहां से, किस-किस से पूछकर वह सब बातें जान लेती थी। लोग दूर-पास की जगहों से अच्छी-अच्छी चीज़ें मंगवाकर कभी-कभी किसी बहाने से और कुछ तो बाक़ायदा पैग़ाम ले जाने वालियों के हाथ अकबरी बाई के यहां उसके लिए भिजवाते। मैं और असग़री हज़ार मना करते कि हम यह सब कुछ भी न लेंगे, लेकिन चंद दिनों के वक़्फ़े के बाद वही बेढंगी चाल फिर शुरू हो जाती।

वज़ीर जब बारह पूरे करके तेरहवें को लगी तो उसके लिए बाक़ायदा पैग़ाम आने लगे। कुछ अच्छी जगहों से पैग़ामों के अलावा ये इशारे भी थे कि छोटी बेगम हमारी पाबंद हो जाए, भले ही अपने घर पर रहे। लेकिन निकाह या घर आबाद करने के

नाम पर तो उसे गोया दौं लग जाती। मुंह लाल-भभूका हो जाता। माथे पर शिकन लाकर वह शाहज़ादियों के से घमंड से कहती कि हमें ये रोग नहीं पालने हैं। उस वक़्त तक उसकी कुछ और ख़ूबियां भी ज़ाहिर हो चुकी थीं या चमक उठी थीं। गला उसका शुरू ही से अच्छा था और हालांकि संगीत जैसी मुश्किल चीज़ का रियाज़ उसके मिज़ाज के मुआफ़िक़ न था, लेकिन नानी के यहां उठते-बैठते उसे कुछ मामूली राग-रागिनियां भी बख़ूबी याद हो गई थीं। यमन, बसंत, बहार, बागेश्री, फिर बहुत कुछ दादरा, खत्रियों और चरवाहों की धुनें जैसे चैती, बनारसी, ठुमरी, इनमें भी उसे ख़ूब दख़ल हो गया था। मुहम्मद अफ़ज़ल का बारहमासा खत्रानियों की धुन में ऐसा पढ़ती कि सुनने वालों के कलेजे पानी हो जाते। शायरी को समझने की .ख़ूबी अलग। मियां शाह नसीर की शागिर्दी उसने हुसामुद्दीन हैदर ख़ां बहादुर के दूसरे बेटे मुज़फ़्फ़रुद्दौला नासिरुल मुल्क मिर्ज़ा सैफ़ुद्दीन हैदर ख़ां सैफ़-जंग के माध्यम से हासिल की थी। बड़ी बेगम की ससुराल हवेली हुसामुद्दीन हैदर के बहुत पास थी; इसलिए बड़ी बेगम के वारिसों से नवाब मुज़फ़्फ़रुद्दौला की थोड़ी-बहुत जान-पहचान थी ही, और शायद वज़ीर का भी नाम उनके लिए अजनबी न रहा हो, लेकिन नवाब साहब कभी-कभी अकबरी बेगम के यहां भी महफ़िलों की रौनक़ बढ़ाते थे और वहीं छोटी बेगम ने उनसे सलाम और परिचय का सम्माऩ हासिल किया था। मियां नसीर ने उसे 'ज़ोहरा' तख़ल्लुस दिया था। ऐसा कम ही होता कि कम से कम एक शेर पर पसंद का निशान लगाए बग़ैर उस्ताद उसकी ग़ज़ल वापस लौटाएं। वह कभी-कभी नज़राने के साथ अपनी ग़ज़ल भेज देती; नज़राना क़ुबूल तो हो जाता लेकिन ग़ज़ल पर कुछ इस तरह का जुमला भी उस्ताद लिख भेजते थेः 'आं अज़ीज़ी मिसराहा-ए-तरो-तराकीब ताज़ा दारंद। अल्लाहुम्मा ज़द फ़ज़द। हाजते-दीगर नज़राना नीस्त। सल्लमहा अल्लाह ताला। फ़क़ीर शाह नसीर।' (आप अज़ीज़ा के मिसरे और तकरीबें ताज़ा हैं। अल्लाह तरक़्क़ी अता फ़रमाए। दूसरे किसी नज़राने की ज़रूरत नहीं। अल्लाह आपको सलामत रखे, फ़क़ीर शाह नसीर।'

कहने को तो मंझली को भी शायरी में दख़ल था। हाफ़िज़ अब्दुर्रहमान साहब 'अहसान' की शागिर्दी उसने नवाब यूसुफ़ अली ख़ान की मार्फ़त हासिल की थी और नवाब साहब ही ने उसके लिए 'माह' तख़ल्लुस तजवीज़ किया था। लेकिन शेर कहना उसकी असल दिलचस्पी न था। वह कशीदाकारी और सुलेख लिखने का उम्दा शौक़ रखती थी। रामपुर जाना-आना ज़्यादा होने के वक़्त से उसकी शेरगोई बिल्कुल छूट चुकी है। उसका एक शेर मुझे याद रह गया है, उस्ताद का रंग साफ़ झलकता हैः

माह भी काहीदा[1] हो जाता है अबरू देखकर

---

1. घुल जाना

देख लो निकला है बन के आज वो शक्ल-ए-हिलाल

इस ज़मीन में मिर्ज़ा नौशा की ग़ज़ल बहुत मशहूर हुई थी। मतला और एक शेर मुझे भी याद हैं:

हूं ब-वहशत-इंतज़ार आवारा-ए-दश्ते-ख़्याल
इक सफ़ेदी मारती है दूर से चश्मे-ग़ज़ाल
उस जफ़ापेशा पे आशिक़ हूं जो समझे है 'असद'
ख़ूने-सूफ़ी को मुबाह और माले-सुन्नी को हलाल

वज़ीर अगर मेहनत करती और दिल लगाकर कहती तो शायरी में कुछ कम बेमिसाल मशहूर न होती। लेकिन शेर कहना उसके लिए मर्दों की बराबरी करने का मशग़ला और दिलबरी और लोगों का दिल छीनने का एक ढंग था और इस हद तक वह शायरी के फ़न में माहिर थी ही, बाक़ी ग़ैर-ज़रूरी था। उसके जयपुर जाने से पहले की एक ग़ज़ल का परचा, इस्लाह (त्रुटि सुधार) समेत, मेरे पास सुरक्षित रह गया है। तरही ग़ज़ल का मिसरा था: मुंह लगाता है कौन साइल (भिखारी) को। इस पर वज़ीर ने पहला मिसरा लगाकर शेर पूरा किया था:

बोसा देंगे न वो तुझे 'ज़ोहरा'
मुंह लगाता है कौन साइल को।

इस पर उस्ताद ने पसंदीदगी का निशान किया था। पूरी ग़ज़ल, इस्लाह समेत, नीचे दर्ज करता हूं:

फेंक आएं कुएं में इस दिल को
करें आसान अपनी मुश्किल को
दिल में उठती हैं दर्द की मौजें
काटती हैं ये लहरें साहिल को
ख़ूं में ग़लतीदा[1] उसकी राह में है
~~ज़ख़्म देकर चला गया सैयाद~~
काश कोई उठा ले बिस्मिल को

(शाह साहब इस्लाह की वजह बहुत कम ही बयान करते थे, लेकिन इस शेर का पहला मिसरा काटकर अपना मिसरा लिखा और हाशिये में फ़ारसी में दर्ज किया: "सुब्हानल्लाह, किसकी राह और ख़ूं में क्यों ग़लतीदा? मिसरों में मेल नहीं है:

~~उफ़ रे वाइज़ की लनतरानी हा~~
सुन लें नासेह की चुप रहें बेहतर
हम न देंगे जवाब जाहिल को

(यहां भी पूरा मिसरा बदल दिया, वजह नहीं बतलाई लेकिन बात बिल्कुल सामने

1. लिथड़ा हुआ

की है कि इस्लाह ने मिसरे को मुहावरेदार और चुस्त बना दिया और जवाब का मौक़ा नासेह के लिए है न कि वाइज़ के लिए।)

आ गया है चमन में क्या सैयाद
फिर रहा है चमन में क्या सैयाद
लग गई चुप है क्यों अनादिल को
चुप है क्यों लग गई अनादिल[1] को

(पहले मिसरे में बेहतर मुहावरा आ गया और दूसरे की पेच कम हो गई, बरजस्तगी बढ़ गई।)

दश्तो-दर में है .ख़ुशबू-ए-लैला
सारबां ताकता है महमिल[2] को

(इस शेर पर भी पसंदीदगी का निशान है।)

बोसा देंगे न वो तुझे 'ज़ोहरा'
मुंह लगाता है कौन साइल को

मेरा कहना शायद अच्छा न लगे, लेकिन सच यह है कि तमाम अशआर में आला दिमाग़ और नए मज़मून बनाने के जौहर साफ़ नज़र आते हैं। यह चौदह साल की कुंआरी बच्ची से ज़्यादा किसी अभ्यस्त और उस्तादों की महफ़िलें देखे हुए मर्द का कलाम लगता है।

वज़ीर पंद्रहवें में थी कि हमारे ऊपर आसमान फट पड़ा। असग़री अचानक बीमार पड़ी और चार दिन में ख़त्म हो गई। हीले रोज़ी बहाने मौत सुनते आए हैं, लेकिन उस ज़माने में देहली में न कोई बला थी न महामारी, न बाढ़, न भूचाल, न नादिरशाह का ख़ौफ़ था न मराठागर्दी। कोई वजह न थी, मौत और तक़दीर के लिए कोई बहाना न था कि मेरे घर की सबसे रोशन मेहराब को यूं सियाह कर डाले।

गुज़रते जाड़ों के दिन थे। उस नेक बीबी को कई रोज़ से ज़ुकाम नज़ला खांसी की शिकायत थी। सबको यही ख़्याल था कि मौसम बदल रहा है, दो-चार दिन में नज़ला आप से आप धुलकर बह जाएगा। कोई दवा न हुई, सिर्फ़ हकीम महमूद ख़ां साहब के यहां से जोशांदा आ जाया करता था। पांचवें दिन उसकी तबीयत कुछ संभली तो सोचा कि कई दिन से नहाई नहीं हूं न कपड़े ही बदले हैं, सारा बदन चिपचिपा हो रहा है, लाओ ठंडे पानी से नहा लूं। वह नहाना क्या था, मौत को दावत थी। एक मर्तबा हुलहुलाकर उसे तप चढ़ी और वह बेसुध, चादर लपेट, लोथ होकर पलंग पर पड़ी रही। मैं एक-दो हवेलियों में सादाकारी पहुंचाने गया

1. बुलबुल
2. ऊंट का हौदा

हुआ था। लौटा तो देखा कि बिस्तर पर पड़ी है। मैं समझा कि मीठी नींद में है, लेकिन हाथ लगाया तो बुख़ार में बुत और बेहोश पाया। छोटी हमेशा की तरह ऊपरी मंज़िल पर अपने चाव-चोंचले में मगन थी। उसे ख़बर ही न हुई थी कि नीचे अम्मा पर क्या आन पड़ी है। मैं भागा-भागा हकीम महमूद ख़ान साहब की ड्योढ़ी पर गया। लेकिन हाय बदनसीबी कि वो मौजूद न थे। उनके एक शगिर्द को हाल बता, नुस्ख़ा बंधवा मैं उल्टे पांव घर लौटा। यहां असग़री के वही आलम थे। शाम होते-होते हकीम महमूद साहब .खुद तो न आए लेकिन उनके नुस्ख़े लिखने वाले हकीम भूरे ख़ां साहब, जिनका उन दिनों बहुत नाम हो रहा था, खुली पालकी पर सवार होकर आए। मरीज़ की नब्ज़ देखते ही उनके चेहरे का रंग बदल गया। धीमी आवाज़ में उन्होंने फ़रमायाः "फेफड़ों पर सूजन और अंदर बलग़म बहुत आ गया है। बलग़म बढ़कर हलक़ तक पहुंचा तो..."

"हकीम साहब, बलग़म निकालने के लिए कुछ करें... आप जो दवा बताएं, मैं जैसे भी हो, अभी ले आऊंगा... हकीम महमूद साहब से मशवरा हो जाता, तो और भी अच्छा था।"

"हकीम साहब से मशवरा तो होगा ही। लेकिन बलग़म बहुत तेज़ी से बढ़ रहा है। फ़िलहाल मैं यह लेप लिखे देता हूं। अभी लाल कुएं जाकर अब्दुल मजीद दवासाज़ से बनवा लाइए। हल्का गर्म करके पट्टी पर रखकर लगाएं और हर तीन घड़ी पर पट्टी बदलें। आगे अल्लाह मालिक है।"

"और हकीम साहब यह तप...?" मैंने पूछा।

"उसका मामला बाद में देखेंगे। अभी तो सूजन और बलग़म इस क़दर है कि कोई दवा गले से बहुत नीचे उतरेगी ही नहीं।"

मैं हकीम भूरे ख़ां साहब के साथ ही घर से निकला। दौड़ता हुआ लाल कुएं पर पहुंचकर अत्तार से नुस्ख़ा बांधने को कहता हुआ मैं कूचा पंडित के नुक्कड़ पर अकबरी बाई साहिबा को ख़बर करता हुआ उल्टे पांव अत्तार के यहां फिरा। लेप लेकर जब तक मैं घर पहुंचा अकबरी बाई साहिबा और उनके पीछे-पीछे मंझली और बड़ी बेगम भी आ गईं। मैंने सब औरतों के साथ सारी रात असग़री के पलंग की पट्टी से लगकर गुज़ार दी। अगर तीमारदारों की कोशिश, लगन और गिड़गिड़ाहट कुछ काम आती तो एक क्या, सौ मलिकुल्कौत भी मेरी बीवी को न ले जा सकते थे। लेकिन आधी रात गुज़ारकर असग़री बेगम की सांस उल्टी-सीधी चलने लगी। खांसने की ताक़त उनमें रह न गई थी कि बलग़म का निकास ज़रा भी मुमकिन होता। उसका गला बिल्कुल रुंध गया; घरघराहट इस क़दर थी गोया सीने में आरे चल रहे हों। कभी-कभी भर्राई हुई आवाज़ में अल्लाह, अल्लाह के सिवा कुछ न कहती।

पौ फटते-फटते औरतें क़ुरआन शरीफ़ में से सूरा-ए-यासीन पढ़ने लगीं और फ़ज्र की अज़ान के ज़रा पहले असग़री का मनका ढल गया। इन्नालिल्लाहि व इन्नाइलैहि राजिऊन (बेशक हम अल्लाह के हैं और बेशक हम उसी की तरफ़ वापस जाने वाले हैं।) दुनिया में सुबह हुई हो तो हुई हो, मेरे घर पर तो रात छा गई।

बड़ी बेगम और मंझली बेगम दोनों चालीसवें तक मेरे घर रहीं। जाने से पहले बड़ी ने बहुत झिझकते हुए मुझसे कहा, "बाबाजान, एक बात कहूं?"

"भला पूछती क्यों हो? कहो, शौक़ से कहो।"

"अब आप बिल्कुल तन्हा हो गए हैं। उम्दा ख़ानम का कुछ ठिकाना नहीं, उनके तौर ही निराले हैं। लेकिन मुझे सच में डर है तो इन छोटी बन्नो से है। मुनासिब तो यह था कि अभी वह आपके पास रहती, आपकी ख़िदमत करती। लेकिन उनके लच्छन देख-देखकर डर लगता है कि कहीं कुछ और ऊंच-नीच न हो जाए। पहले तो कुछ अम्मा का लिहाज़ भी था... आप देर न करें, छोटी के हाथ..."

"बेटा, मैं तो दिल से चाहता हूं, और अल्लाह बख़्शे, तुम्हारी अम्मा का भी यही ख़्याल था, लेकिन वज़ीर तो किसी की सुनती नहीं। अब तुम्हारी मां के बाद मैं उसे क़ाबू में रखूं कि ख़ुद को संभालूं। मेरी तो जान मुसीबत में है। नानी के यहां रख दूं तो और भी ख़राबी है।"

"नहीं, आप उसे वहां न भेजें। मैं उससे बात करूंगी, शायद कुछ राह निकले।"

दोनों बहनों की बातचीत का नतीजा लेकिन वही ढाक के तीन पात ही रहा। राह तो उसे ही मिले जिसे राह पाने की तमन्ना हो। मैं न समझूं तो भला क्या कोई समझाए मुझे वाली बात यहां भी थी।

"छोटी, मैं तेरे भले ही को कहती हूं, बात सुनना बड़ी दौलत है, ज़रा अपने बारे में कुछ तो सोच, तेरा क्या होगा।"

"होगा क्या? कौन सी बीमारी है मुझमें जो सोचूं कि क्या होगा? अम्मा का कफ़न मैला भी न हुआ और आप अपने ताने-तिश्ने लेकर बैठ गईं।"

"ताना-तिश्ना मैं कौन सा दे रही हूं, मैं तो सिर्फ़ यह कह रही हूं..."

"...कि तुम्हारी भलाई इसी में है कि तुम शादी कर लो। भला मैं क्यों करती शादी? कौन सा ऐब है मुझमें कि शादी उसे सुधार देगी?"

"बीबी, अम्मा के बाद घर अकेला है। बाबाजान से चाहना कि वो तुझे ताकते रहें, गृहस्थी भी चलाएं और अपना और तेरा पेट भी भरें... तो यह क्योंकर मुमकिन हो सकता है?"

"मुझे ताकें क्यों? क्या मैं कोई दुधमुंही हूं कि मुझे कोई हर लेगा? सुन लीजिए मैं किसी से दबने-डरने वाली नहीं हूं।"

"तो क्या सारी उम्र कुंआरी रहेगी? और ये जो हर तरफ़ से इशारे और पैग़ाम तेरे

बारे में हैं..."

"बाजी, जिस घर में बेरी होती है, उसी में पत्थर आते हैं," उसने समझाने के अंदाज़ में कहा, गोया वह बड़ी हो और बड़ी छोटी हो। "आप काहे को फ़िक्र करें, सब कुछ अपने वक़्त पर होगा।"

"सच? तो मैं बाबाजान से कह दूं कि तू..."

वज़ीर ख़ानम हंसकर बोली, "बाबाजान से क्या कहिएगा। मैं तो बस यह कह रही हूं कि आप लोग देखते जाएं, हर काम अपने वक़्त पर..."

"क्या मतलब, यह वक़्त पर, वक़्त पर की रट फिर क्यों लगा रखी है तूने? क्या तेरे लिए कोई घर-वर ढूंढ़ा जाए कि नहीं? तू कहना क्या चाहती है?" बड़ी ने ज़िच होकर कहा।

"सुनिए, मैं शादी-वादी नहीं करूंगी," वज़ीर ने समझाने वाले लहजे में कहा।

"क्यों? क्यों नहीं करेगी शादी? और न करेगी तो क्या करेगी? लड़कियां इसीलिए तो होती हैं कि शादी-ब्याह हो, घर बसे..."

"...बच्चे पैदा करें, शौहर और सास की जूतियां खाएं, चूल्हे-चक्की में जल-पिसकर वक़्त से पहले बूढ़ी हो जाएं," वज़ीर ने मख़ौल उड़ाने के अंदाज़ में कहा।

"और नहीं तो क्या कोठे आबाद करें लड़कियां? दीन-दुनिया दोनों ख़राब करें? अम्मा-बाबा के नाम पर कलंक लगाएं?"

"बाजी," उसने समझाने के अंदाज़ में कहा, "क्या लड़कियों के लिए बस यही दो रास्ते हैं? क्या अल्लाह मियां का यही इंसाफ़ है?"

"इंसाफ़-मेहरबानी तो मैं जानती नहीं, ख़ुदा की बातें ख़ुदा ही जाने। लेकिन जब से दुनिया बनी है, औरतें इन्हीं कामों में लगाई गई हैं। एक शरीफ़ाना राह है, एक कमीनों की राह है।"

"बस भी करो ये शरीफ़ों, कमीनों की बातें। मर्द कुछ भी करते फिरें, उन्हें कोई कुछ भी न कहे, और हम औरतें ज़रा ऊंचे सुर में भी बोल दें तो ख़ैला छत्तीसी कहलाएं। अल्लाह यह कहां का इंसाफ़ है।"

"बस यही दस्तूर है, यही इंसाफ़ है। औरत ज़ात को अल्लाह ने शर्म, हया, ममता, रहमदिली और क़ुर्बानी का पुतला बनाया है।"

"मैं नहीं बनती किसी की पुतला-पुतली। मेरी सूरत अच्छी है, मेरा ज़हन तेज़ है, मेरे हाथ-पांव सही हैं। मैं किसी मर्द से कम हूं? जिस अल्लाह ने मुझमें ये सब बातें जमा कीं, उसको कब गवारा होगा कि मैं अपनी क़ाबलियत से कुछ काम न लूं, बस चुपचाप मर्दों की हवस पर भेंट चढ़ा दी जाऊं?"

"ए लो बीबी, तुझे भेंट कौन चढ़ावे है? तेरा तो मियां तुझे घोड़े पर बिठाकर ले

जावेगा। लाड़-प्यार से रखेगा।"

"हां, और जब जी चाहेगा दो जूती मारकर अलग कर देगा। या मुझे काल कोठरी में बंद कर देगा, और .खुद अकड़ता हुआ जहां चाहेगा, चार आंखें बल्कि उससे भी बदतर करता फिरेगा।"

"तू तो हवा से लड़ रही है, तुझसे कोई क्या बात करे।"

"देखो बाजीजान। शादी करके मैं चाहे-अनचाहे .खुद को ज़िंदगानी भर के लिए क्यों फंसाऊं? ताल्लुक़ वही अच्छा जिसको तोड़ सकूं।"

"हाय अल्लाह, यह तू क्या बक रही है। यह तो सरासर कुफ़्र है!"

"कुफ़्र सही लेकिन अल्लाह मियां से मैं ये ज़रूर पूछूंगी कि औरत पैदा होकर मैंने कौन सा कुफ़्र किया था कि उसकी सज़ा में जीते जी दोज़ख़ में डाल दी जाऊं... आख़िर तूने ही तो मुझे औरत बनाया, मैं आपी आप तो नहीं बनी।"

"औरत के लिए मर्द ज़रूरी है। मर्द के लिए औरत इज़्ज़त है, और औरत के लिए मर्द वारिस।"

"चलिए, वारिस ही सही, लेकिन निकाह तो ज़रूरी नहीं।"

"तो क्या हरामकारी करेगी? लड़की, .खुदा से डर।"

"बस दो बोल पढ़ देने से जो हराम था वह हलाल हो गया? और आपकी बेटी इन क़साइयों की छुरी से हलाल हो गई तो वह कुछ न हुआ? बाजीजान, सुन रखो। मैं शादी न करूंगी, लेकिन करती भी हूं, तो इन मुए चपड़क़नाती ख़ोमचेवालों, टुकड़ों पे पलने वाले क़ुलाऊज़ी मौलवियों, भिखमंगे वज़ीफ़ाख़ोर नुमाइशी शरीफ़ज़ादों से तो हर्गिज़ न करती।"

"और नहीं तो क्या तेरे लिए कोई नवाब, कोई शाहज़ादा आएगा? बेटी, इतना गुरूर नहीं करते। अल्लाह को गुरूर पसंद नहीं।"

"शाहज़ादा तक़दीर में लिखा होगा तो आएगा ही। नहीं तो न सही। मुझे जो मर्द चाहेगा उसे चखूंगी, पसंद आएगा तो रखूंगी। नहीं तो निकाल बाहर करूंगी।"

"या अल्लाह इस लौंडिया को नेक हिदायत दे। इसकी अक़्ल ठिकाने कर दे," बड़ी ने आंसू पोंछते हुए कहा। "इसका दिमाग़ चल गया है।"

□□

मार्स्टन ब्लेक

मार्स्टन ब्लेक छरहरे लेकिन कसरती बदन का, निकलते क़द वाला जवान था। उम्र कोई अट्ठाईस साल, नाक-नक़्शा मामूली, रंग बहुत गोरा, बालों का रंग ललछांव भूरा, आंखें छोटी और करंजी थीं। अंग्रेज़ी का हाल नहीं मालूम, लेकिन वह तो उसकी मादरी ज़बान ही थी। हिंदी अच्छी-ख़ासी बोल लेता था, मुंशियाना फ़ारसी पर मामूली पकड़ थी। उसकी सबसे बड़ी ख़ूबी उसका हंसोड़पन और .खुशमिज़ाजी थी। वज़ीर

ख़ानम को वह बहुत चाहता था, लेकिन यह कहना मुश्किल है कि वह उसे अपनी बीवी बनाकर अंग्रेज़ी मेम का दर्जा देने को तैयार था। ज़ात-पात तो उन लोगों की होती नहीं थी, यह ज़रूर है कि अपने मुल्क के पुराने ख़ानदानी साहिबान की आवभगत ये लोग पूरी हद तक करते थे। अमीरों के भी दबदबे बहुत थे, और अगर ख़ानदान के साथ दौलत भी किसी के पास होती तो फिर उससे बढ़कर उनकी नज़रों में कोई न था। सफ़ेद खाल उनके यहां सबसे बड़ी चीज़ थी। कुछ साहिबान ऐसे भी थे जिनके .ख़ून में कई पुश्त पहले या एक-दो पुश्त पहले कुछ 'देसी' मिलावट आ गई थी। ऐसे लोगों को साहिबान-ए-अंग्रेज़ अपने से ज़रा कम ही समझते, लेकिन अगर उनकी लियाक़त और कारगुज़ारी अच्छी होती, तो उन्हें तरक़्क़ियां भी मिलती थीं। कचहरी-दरबार के बाहर ऊंचे घरानों के साहिबान अलबत्ता उनसे मेलजोल, रब्त-ज़ब्त बहुत कम रखते थे। सफ़ेद खाल वाली क़ौम की औरतें आमतौर पर फीकी, मग़रूर और कमअक़्ल होती थीं। उनके बनाव-सिंगार, नाज़-नख़रे भी ठंडे और बेमज़ा लगते थे। और शायद यही वजह थी कि हर अंग्रेज़ एक नहीं बल्कि दो, चार, छह हिंदुस्तानी 'बीबियां' रखता था। तवायफ़ों या नाच-गाने वालियों से वक़्ती ताल्लुक़ या कभी-कभी का आना-जाना अलग से था।

वज़ीर ख़ानम जहां तक इधर-उधर पूछताछ करके और अपनी सूझबूझ से समझ सकी थी, मार्स्टन ब्लेक अंग्रेज़ों के किसी मशहूर या दौलतमंद ख़ानदान का शख़्स न था, लेकिन उसके ख़ून में कुछ मिलावट भी न थी। ऐसों के लिए मेहनत और लियाक़त के सहारे तरक़्क़ी की राहें खुली और दूर तक थीं। उस ज़माने में साहिबान-ए-आलीशान के यहां अंग्रेज़ क़ौम के शख़्स के लिए सबसे आला नौकरियां ये थीं: रेज़ीडेंटी या पॉलीटिकल एजेंटी, फ़ौजों में अफ़सरी, फिर मुहासिल जिनमें मालगुज़ारियां, करोड़गीरी, परमिट (Excise और Custom) वग़ैरा शामिल थे। बाक़ी सब उनके बाद और उनसे नीचे थे। रेज़ीडेंटी या पॉलीटिकल एजेंटी में ज़्यादातर यानी आमतौर पर दस में नौ ओहदे बहुत चुनिंदा फ़ौजी अफ़सरों से और बाक़ी ग़ैर फ़ौजी मुहासिलात के महकमों से भरे जाते थे। अपने-अपने ज़िलों में मुहासिल, दीवानी और फ़ौजदारी के अफ़सर यानी कलेक्टर/डिप्टी कमीश्नर की शान सबसे आला थी। मेहनत करने और ज़िम्मेदारी उठाने के लिए हर वक़्त मुस्तैद रहना, इख़्तियारों का रोज़ाना इस्तेमाल, मुश्किल मामलों से बरवक़्त निबटना और कंपनी की शान और दबदबा क़ायम रखना, यह सब काम कठिन भी थे और अक्सर तन्हा ही अंजाम दिए जाते थे। यानी इक्का-दुक्का के अलावा कोई और अंग्रेज़ अफ़सर हाकिमे-ज़िला (उस ज़माने की ज़बान में District Officer) का हाथ बंटाने वाला न होता था। लेकिन सियासी अहमियत, बड़े इलाक़े में नाम-शोहरत और मर्तबे के एतबार से मुल्क या रियासत के बादशाह के लगभग बराबर होने, और सबसे बढ़कर यह कि 'देसी'

(native) राजाओं-महाराजाओं के मिज़ाज और मामलों में पूरा दख़ल होने की वजह से कंपनी के दरबार में रेज़ीडेंट/पॉलीटिकल एजेंट का पल्ला कंपनी के बाक़ी सभी नौकरों पर भारी रहता था।

वज़ीर ख़ानम की नज़र में मार्स्टन ब्लेक की सबसे बड़ी .ख़ूबी यह थी कि वह अट्ठाईस साल की ही उम्र में कप्तान और उस पर तुर्रा यह कि असिस्टेंट पॉलीटिकल एजेंट बन गया था। वह उन दिनों के ख़्वाब देख सकती थी जब जरनैल अख़्तरलोनी (General David Ochterlony) की तरह मार्स्टन ब्लेक भी देहली में जरनैल के ओहदे पर और हवेली के दरबार में रेज़ीडेंट मुक़र्रर होगा और मार्स्टन ब्लेक की दूसरी ख़ूबी यह थी (और यह ख़ूबी अंग्रेज़ कमीदानों वग़ैरा में कम ही होती थी) कि वज़ीर ख़ानम से ताल्लुक़ पैदा करने के बाद उसने किसी भी हिंदुस्तानी या फ़िरंगी औरत की तरफ़ आंख उठाकर भी न देखा था। लिहाज़ा वह अपने तसव्वुर में जरनैल अख़्तरलोनी की जगह मार्स्टन ब्लेक को बिराजमान तो देख सकती थी, लेकिन साहब रेज़ीडेंट बहादुर के हाथी के पीछे हाथियों का जुलूस न था जिन पर अख़्तरलोनी साहब की ग्यारह (और कुछेक के बक़ौल तेरह) बीबी लोग सवार होकर उनके साथ शाम की हवाख़ोरी को निकलती थीं।

जयपुर पहुंचकर वज़ीर ख़ानम की दुनिया बदल गई। अब तक वह मध्यम वर्ग के घर, पर्दे की पाबंदी और अपना ज़्यादातर काम .ख़ुद करने की आदी थी। घर के अंदर एक दाई या मुग़लानी और बाहर के कामों के लिए एक नफ़र जो आमतौर पर शाही फ़ौज छोड़कर आ रहा होता था, बस शागिर्दपेशा की यही बिसात थी। देहली में मध्यम वर्ग के शरीफ़ों के एकाध घरों में उनका आना-जाना था, और बड़ी के ससुराल वाले तो थे ही। जब मंझली ने नवाब यूसुफ़ अली ख़ान से ताल्लुक़ पैदा किए तो शरीफ़ों में बहुतों ने किनारा कर लिया, लेकिन फिर भी उसके मां-बाप की कुछ हैसियत बरक़रार रही। और फिर यह भी हुआ कि नवाब यूसुफ़ अली ख़ान से ताल्लुक़ रखने वाले घरानों के लोगों में से कुछ से उसके मां-बाप का मिलना-जुलना शुरू हुआ। लिहाज़ा एक कमी आई थी तो उसकी जगह को भरने के लिए एक रास्ता भी पैदा हो गया। देहली के सैर-तमाशों, त्योहारों, मेलों, बाज़ारों की सैर करने और घर बैठे या भरे बाज़ार में अपनी पसंद की चीज़ें देखने, आंकने और माली बिसात की हद तक ख़रीदने पर कोई पाबंदी न थी। और वज़ीर ख़ानम पर तो यूं भी तोहफ़े और अच्छी चीज़ें निसार करने वालों, उसे बाज़ार या मेलों की सैर कराने ले जाने वालों, उसकी तारीफ़ में क़तए या रुबाइयां कहने वालों की कमी न थी। लिहाज़ा घर में रहकर भी वज़ीर ख़ानम .ख़ुद को क़ैद या देहली की दुनिया से बाहर न समझती थी।

जयपुर की दुनिया कई मानी में निराली थी। नौकरों की रेलपेल, गृहस्थी के हज़ारों काम जिन्हें अब तक उसके मां-बाप अंजाम देते रहे थे, और फिर यह कि गृहस्थी भी अलग तरह की, मिलने वालों की भरमार, उजले ख़र्च, ये सब बातें तो थीं ही, लेकिन एक बहुत बड़ी बात या शायद सबसे बड़ी बात जिसके लिए वह पहले से बिल्कुल तैयार न थी, यह थी कि अब वह न देहली के हिंदू-मुसलमान शरीफ़ों की दुनिया में थी और न अंग्रेज़ साहिबान-ए-आलिशान की दुनिया में। मिलना-मिलाना तो पहले से ज़्यादा था, लेकिन मिलने वालों, यहां तक कि त्योहार के दिन मिलने आने वालों में हिंदू-मुसलमान शरीफ़ घरानों का कोई शख़्स न था। न औरत न मर्द। देहली में तो झूठी ही सही, लेकिन वज़ीर ख़ानम की जान-पहचान के घेरे में कुछ आला ख़ानदान की औरतें, कुछ मध्यवर्गीय लेकिन शरीफ़ घरानों की लड़कियां, मियां नसीर की बरकत और हिम्मत-अफ़ज़ाई की बदौलत कुछ मर्द-औरत शायर, ये सब अपने-अपने मर्तबे के हिसाब से शामिल थे। उसे धुंधली सी उम्मीद थी कि आमेर के राजमहल में न सही, लेकिन दरबारियों की हवेलियों में उसकी आवाजाही मुमकिन हो सकेगी। जयपुर पहुंचकर चंद ही हफ़्तों में उसे मालूम हो गया कि नौकर-चाकर के सिवा कोई हिंदुस्तानी उसकी मुलाक़ात के दायरे में न आ सकता था। अंग्रेज़ औरत-मर्द से मिलने-जुलने का तो सवाल ही नहीं उठता था। कभी-कभी कोई अंग्रेज़ सरकारी काम से या अपने यहां की तन्हाई से उकताकर उसके साहब से मिलने आ जाता तो उसके स्वागत और खान-पान का इंतज़ाम वह ज़रूर कर देती लेकिन बाहर दीवानख़ाने में वह न बुलाई जाती (जैसा उसने सुना था कि अंग्रेज़ों का दस्तूर था), और न ही मुलाक़ात को आने वाला अंग्रेज़ कुछ इशारा देता या साफ़-साफ़ कहता कि आपकी बीबी हमारे यहां तशरीफ़ लाएं तो हमें ख़ुशी होगी।

ख़ातिर-तवाज़ो के इंतज़ाम में शराब अक्सर शामिल होती, और यह भी उसके लिए बिल्कुल अजनबी और नफ़रत की चीज़ थी। बहुत से अंग्रेज़ साहिबान शराब कम करके नीबू का रस और पानी (या कोई झाग और बुलबुलों वाली चीज़ 'सोडावॉटर' नाम की होती थी) उसमें बर्फ़ डालकर पीते थे, ख़ासकर गर्मियों में। उसका नाम आहिस्ता-आहिस्ता 'नीबू-पानी' हो चला था, और हर अंग्रेज़ के घर में नीबू (और गर्मियों में बर्फ़) की भारी मिक़दार और 'सोडावॉटर' की बोतलें मौजूद रहती थीं। एक मुद्दत तक तो उसने सोडावॉटर हाथ से भी न छुआ, इस शक में कि हराम न हो। बड़ी मुश्किल से उसने मार्स्टन ब्लेक की क़समों पर यक़ीन किया कि यह सिर्फ़ पानी है जिसमें हवा भर दी गई है। इसी तरह उसे शुब्हा था कि उसके आने से पहले घर में सूअर का मांस भी आता होगा, लिहाज़ा मार्स्टन ब्लेक से पूछे बग़ैर उसने पहले ही दिन सारे बर्तन मंझवा और धुलवाकर उन पर ज़मज़म के पानी का छिड़काव किया, जिसकी एक कुप्पी वह अपने साथ ख़ासतौर पर लेती गई थी,

और मार्स्टन ब्लेक से कह दिया कि अब इस घर में मुए नापाक जानवर का नाम भी लिया गया तो मैं ज़हर खा लूंगी। मार्स्टन ब्लेक ने उसके गले में हाथ डालकर उसे अपनी गोद में लगभग भींचते हुए कहा, "वज़ीर ख़ानम, तुम वज़ीर नहीं, इस घर की मलिका हो। तुम जो कहोगी, वही होगा।" यह कहते-कहते उसने वज़ीर ख़ानम का मुंह कई बार चूमा और वह मुश्किल से .ख़ुद को छुड़ाकर यह कहती हुई कमरे में भाग गई, "छोड़िए, हर बात का मौक़ा और महल होता है।"

"हां मुझे मालूम है," मार्स्टन ब्लेक बोला। "और मैं यह भी जानता हूं कि 'बात' के मानी क्या होते हैं।" उसका लहजा अंग्रेज़ों जैसा, यानी ज़रा झिझकता हुआ सा था, बहुत रवां न था बल्कि भारी था। 'त' और 'द' और मिली-जुली आवाज़ें वह साफ़ अदा कर लेता था। आवाज़ उसकी मर्दानी और भारी थी। लेकिन लहजे में झिझक के सबब उसे हिंदी बोलते सुनकर अजब लुत्फ़ और ताज्जुब का अहसास होता था, जैसे कोई बच्चा बड़ों की नक़ल कर रहा हो। उसकी आवाज़ में लेकिन कोई लय न थी, कोई लोच न था। उसे शाह नसीर साहब याद आए कि उनकी आवाज़ में अजीब तरन्नुम था, अजब धुन थी। और हर हर्फ़ को वो किस क़दर ख़ूबी से अदा करते थे, मौलवियों की तरह अकड़-अकड़कर नहीं, जैसे गला साफ़ कर रहे हों, बल्कि इस तरह गोया अंगूर की ठठरी पर नर्म छींटे पड़ रहे हों। एक पल को उसका दिल घबराया कि अब मार्स्टन ब्लेक की आवाज़ के साथ उम्र गुज़ारनी है। लेकिन इस ख़्याल को दिल से अलग करके वह ठंडे लहजे में बोलीः "चलिए, हमें ख़ूब मालूम है बात किसे कहते हैं। बातचीत तो इंसान का जौहर है। थके-हारे आए हैं, मुंह-हाथ धोइए, गुसल कीजिए..."

"गुसल तो बाद में होगा। तुम तो बड़ी पक्की मुसलमान थीं, अब उल्टी बात..."

वज़ीर ख़ानम का मुंह लाल हो गया। उसने दुपट्टे का कोना मुंह में ठूंसकर आंचल से मुंह ढांप लिया और बोलीः "हटिए, हम आपसे नहीं बोलते। कुछ शर्म ही नहीं है... ये सारे नौकर-चाकर मुंह फाड़े खड़े हैं..."

"यह अंग्रेज़ का घर है, बेगम वज़ीर ख़ानम। नौकरों से यहां मरने पर भी छुटकारा न मिलेगा। ये सब तुम्हारी रिआया हैं, तुम इनकी हाकिम। इनसे क्या पर्दा।"

और बात सच भी थी। इतने नौकर उसने नवाब यूसुफ़ अली ख़ान के यहां भी न देखे थे। नवाब यूसुफ़ साहब ठाटबाट से रहते थे, लेकिन उनके ज़्यादातर नौकर-चाकर अहदी, सिपाही, बरक़ंदाज़, चोबदार, लठैत, बरछैत वग़ैरा क़िस्म के थे। मंझली की ख़िदमत को चार-पांच ख़ादिमाएं थीं, बस। लेकिन यहां तो फ़ौज की फ़ौज थी, और बहुतों के तो काम भी अजीब थे। नौकरों की भरमारी ने उसे एक तरह का ताक़त का अहसास और नशा दिया तो यह भी बताया कि उसकी नई दुनिया में

देहली जैसी गुपचुप, धीमी आवाज़ में बातचीत, हल्के लेकिन जलतरंग जैसे बजते हुए सुर में खिड़कियों में मुंह डालकर बातें, छोटे घर में मिल-जुलकर रहने के बावजूद हरेक दिल में अपनी-अपनी ख़ामोश कुटिया जैसी चीज़ें न होंगी। मार्स्टन ब्लेक का हाथ थामते वक़्त उसे धुंधला सा .ख्याल था कि रुत्बे और ताक़त के साथ उसे हिंदुस्तानी शरीफ़ों या हिंदुस्तानी नहीं तो अंग्रेज़ घरों की मेमसाहबों का साथ और संगत भी हासिल होगी। लेकिन हक़ीक़त कुछ और निकली। उसे मालूम हुआ कि एक दुनिया तो हिंदुस्तानी शरीफ़ों की थी, जो धीरे-धीरे फ़िरंगी ताक़त के सामने कमज़ोर और बेखून होती जा रही थी लेकिन उसे अपनी इज़्ज़त और .खुद्दारी का ख़्याल पहले जैसा ही था। और एक अंग्रेज़ों की दुनिया थी, जिसमें हिंदुस्तानी का दख़ल बिल्कुल न था। और एक दुनिया 'बीबियों' की और उनके नौकर-चाकरों की थी। 'बीबियों' की दुनिया के वासियों में से सिर्फ़ नौकरों का गुज़र दूसरी दो दुनियाओं में मुमकिन था, और वह भी कभी-कभार। वरना अंग्रेज़ दुनिया बिल्कुल मुहरबंद और अपनी जगह पर तन्हा और भेदों भरी थी।

उसे मालूम हुआ कि बीबियां सब बीबियां हैं। हिंदू या मुसलमान, कम ज़ात या ऊंची ज़ात, पढ़ी-लिखी या दस्तकार, ऐसी कोई क़ैद नहीं, न तादाद की कोई शर्त है। फिर यह कि सबका मर्तबा आपस में बराबर है, इस फ़र्क़ के साथ कि जिस बीबी का साहब जितना बड़ा आदमी होगा, उतनी ही बुलंद हैसियत उस बीबी की भी होगी। इस तरह जयपुर में सबसे ऊंचे दर्जे की बीबियां साहब रेज़ीडेंट की थीं, उनके बाद वज़ीर ख़ानम, फिर फ़ौज के अफ़सर ओहदे के लिहाज़ से, वग़ैरा-वग़ैरा। वज़ीर ख़ानम के लिए इत्मीनान की सबसे बड़ी बात यह थी कि वह अपने साहब के हरम में तन्हा थी और आपस की बातचीत में मार्स्टन ब्लेक उसे अपनी निकाही बीवी कहता था। वरना आमतौर पर निकाह या शादी की कोई इस्लामी या ईसाई रस्म किसी बीबी के साथ अदा न होती थी। बहुत से बहुत यह था कि किसी औरत को बीबी बनाने से पहले या फ़ौरन बाद अपने ऊपर वाले अफ़सर को तहरीरी (और अक्सर ज़बानी) इत्तला दे दी जाती थी कि मैं फ़लानी को अपनी बीबी बना रहा हूं। लेकिन यह पाबंदी सिर्फ़ मंझले दर्जे के साहिबान तक थी। बड़े साहिबान, मसलन काउंसिल के सदस्य, गवर्नर, बड़ी रियासतों के रेज़ीडेंट, बड़े फ़ौजी अफ़सरान, ये लोग अपनी बीबियों के बारे में किसी को इत्तला देने के लिए .खुद को मजबूर क़रार न देते थे, और कुछ तो इन्हें बिल्कुल .खुफ़िया रखते थे। इसी तरह, हिंदुस्तान छोड़ते वक़्त, या अपने वसीयतनामे में, बहुत से साहिबान अपनी बीबी या बीबियों के नाम भी कुछ रक़म या जायदाद लिख जाते थे और कुछ उनका बिल्कुल ही ज़िक्र न करते और उन्हें उनके हाल पर छोड़ देते थे।

अक्सर यह भी होता था कि कमज़ात बीबियों को छोड़कर बेहतर बीबी कर ली

जाती और पुरानी बीबी, अपने नुत्फ़े और उसके गर्भ की औलाद को बिल्कुल नज़रअंदाज़ कर दिया जाता। अगर कोई अंग्रेज़ अपनी बीबी के हक़ में ऐलान भी कर देता या बयान करता कि यह मेरी निकाही या 'बीवी' है तो भी अंग्रेज़ी क़ानून और कंपनी के नियमों में ऐसी शादी के कुछ मानी न थे। उनके ख़्याल में शादी वही दुरुस्त थी जो ईसाई रस्मों के मुताबिक़ हो या जिसे कंपनी की मंज़ूरशुदा अंग्रेज़ी अदालत के सामने अंजाम दिया गया हो और अदालत के हाकिम के दस्तख़त और गवाहियां निकाहनामे पर अंकित हों।

लेकिन अंग्रेज़ों की निकाही बीवियों का भी अपनी औलाद पर कोई ख़ास दावा या हक़ न होता था। हद से हद यह था कि उनके दो नाम रखे जाते, एक ईसाई और एक हिंदुस्तानी, हिंदू या मुसलमान। बच्चों की शिक्षा-दीक्षा का ज़्यादातर हिस्सा फ़िरंगी उसूलों पर तैयार किया जाता और अक्सर सात-आठ बरस का होने पर बच्चे (लड़का हो या लड़की) को मां से जबरन या उसकी मर्ज़ी से लेकर विलायत रवाना कर दिया जाता। ऐसी हालत में अगर औलाद हिंदुस्तान वापस आती और मां का ताल्लुक़ अभी अपने साहब से क़ायम रहता, या अगर साहब भी मुल्क या दुनिया छोड़ चुका होता, लेकिन औलाद को अपनी मां के बारे में कुछ मालूम होता तो वो शायद मां को ढूंढ़ निकालते। वरना दोनों दुनियाएं अलग तो हो ही चुकी थीं, बीच में काला पानी रुकावट हो या न हो।

वज़ीर ख़ानम को इन बातों का धुंधला सा अहसास था लेकिन सच्ची बात यह है कि उसे इन मामलों की कोई ख़ास परवाह भी न थी। उसे यह ज़रूर गुमान था कि हिंदुस्तानियों के लिए साहब लोगों का रवैया कितना ही बेईमानी और बदनीयती का हो, अपने लोगों के साथ उनका सुलूक दुरुस्त होता है और उनके यहां अपनी इज़्ज़त और अपने वादे का ख़्याल ज़रूर होता है। लिहाज़ा मार्स्टन ब्लेक को उससे सच्ची मुहब्बत हो या न हो, लेकिन वह उसके साथ दग़ाबाज़ी न करेगा। यही वजह थी कि जब मार्स्टन ब्लेक उसे नौकरों के सामने 'बेगम' कहकर पुकारता और सबको यह अहसास दिलाता कि उनका निकाह या 'सरकारी शादी' हो चुकी है तो उसे कुछ फ़ख़्र का अहसास होता। उसे लगता कि ज़बान से कह देने के बाद काग़ज़ी लिखा-पढ़ी या निकाहनामे या गवाही की कोई जल्दी नहीं है। एक-दो बार उसने इशारों में मार्स्टन ब्लेक से निकाहनामे वग़ैरा के बारे में पूछा भी तो मार्स्टन ब्लेक ने जवाब दिया कि मैंने रेज़ीडेंटी में हम दोनों का नाम साहब और बीवी के तौर पर दर्ज करा दिया है, इसे निकाह के बराबर ही समझो। रहा मामला औलाद और औलाद के अधिकारों और उसकी शिक्षा-दीक्षा का, तो वज़ीर ख़ानम सोचती कि ये सब बाद की बातें हैं। उसे मां बनने का कोई ख़ास शौक़ भी न था और वह ख़्याल करती थी कि अगली बार देहली जाऊंगी तो मंझली से गर्भनिरोधन की तदबीरों के बारे में

मालूम करूंगी। एक मंझली ही को वज़ीर ख़ानम के दिल के हाल का कुछ अंदाज़ा था कि उसकी शख़्सियत, उसकी आंतरिक और बाह्य काया, मर्दों के लिए किस क़दर कशिश भरी है, और वज़ीर इस कशिश ही को अपनी सारी पूंजी समझती है और इसी के बलबूते पर अपनी ज़िंदगी का नया नक़्शा तैयार करना चाहती है।

दो ही चार महीनों में वज़ीर ख़ानम यह बात जान गई कि वह मार्स्टन ब्लेक के भरे-पूरे, ख़ुशहाल और बाइज़्ज़त घराने की मालकिन तो है, लेकिन उसकी असल हैसियत, मार्स्टन ब्लेक का बिस्तर गर्म करने वाली की ही है। उसे यह बात फ़िज़ूल मालूम होने लगी कि मार्स्टन ब्लेक उसे अपनी ब्याही बीवी बनाकर कम से कम उसे वो हक़ दे सकेगा जो अंग्रेज़ साहिबान हिंदुस्तानी बेगमों को आमतौर पर दे देते थे। जयपुर पहुंचने के दूसरे महीने तक उसने अवध के करनैल विलियम गार्डनर और दकन के जरनैल पामर के मशहूरे-ज़माना हालात सुने तो उसे भी धुंधली सी उम्मीद बंधने लगी थी कि एक दिन वह और मार्स्टन ब्लेक भी उन्हीं लोगों की तरह हिंदी शरीफ़ों जैसी ज़िंदगी गुज़ारेंगे। वह अपने मज़हब और तौर-तरीक़ों पर चलेगी और मार्स्टन ब्लेक अपने तरीक़े पर, लेकिन ज़नाने में हुक्म वज़ीर ख़ानम का चलेगा, औलादें हिंदुस्तान में रहेंगी और मुसलमान इज़्ज़तदारों में शुमार होंगी। उम्मीदों के ऐसे महल बनाते वक़्त वह यह भूल जाती कि गार्डनर करनैल साहब की बेगम आला ख़ानदान और आला ज़ात की थी। वह नवाब खंबायत की बेटी और ख़ुद माल-जायदाद वाली थी, और जरनैल पामर की बेगम तो शहंशाह शाह आलम सानी फ़िरदौस मंज़िल की मुंहबोली बेटी थी। हज़रत शाहआलम और नवाबों की बेटियों से उसका मुक़ाबला क्या; कहां राजा भोज, कहां गंगू तेली वाली बात थी। और सबसे बढ़कर यह कि करनैल और जरनैल दोनों ने ही विलायत को छोड़कर हिंदुस्तान को अपना लिया था और मार्स्टन ब्लेक का ऐसा कोई इरादा फ़िलहाल न था और आइंदा के लिए उसने ऐसा कोई इरादा ज़ाहिर भी न किया था।

वज़ीर ख़ानम को यह तो बहरहाल मालूम था कि साहिबान के मत में ज़ात-पात न सही, लेकिन मर्तबे और ख़ानदान का लिहाज़ उनके यहां हिंदवालों से कम न था। और हिंदवालों का हाल यह था कि उनका अपना साहब चाहे जिसको ब्याह लाता या घर में डाल लेता, उस औरत को तख़्त और ताज की मलिका मानने में तो कोई तकल्लुफ़ न करते, लेकिन साहिबाने-फ़िरंग की औरतों के मामले में वो बेहद सख़्त थे। जनरैल अख़्तरलोनी ने एक मराठी नौकरानी को मुसलमान बनाकर उससे शादी की और उसे अपने वसीयतनामे में बीवी मोहतरम मुबारकुन्निसा बेगम उर्फ़ बेगम अख़्तरलोनी के नाम से याद किया और बहुत कुछ जायदाद माल भी उसके लिए छोड़ा लेकिन हिंदवालों ने उसकी नवाबी तो क्या उसके ईमान की भी कोई इज़्ज़त

न की। मुबारकुन्निसा की हवेली, जिसमें बक़ौल मिर्ज़ा फ़रहतुल्लाह बेग, मौलवी करीमुद्दीन का छापाख़ाना बाद में क़ायम हुआ, और मस्जिद हौज़ काज़ी पर आज भी मौजूद है, लेकिन मस्जिद ग़ैरआबाद है और 'रंडी की मस्जिद' कहलाती है। ऐसी सूरत में वज़ीर ख़ानम को अपने वतनवालों के हाथों भला किसी बेहतर सुलूक की उम्मीद कब हो सकती थी।

तो क्या वह महज़ किसी अंग्रेज़ जो ग़ैर घराने वाला ही नहीं, ग़ैर मज़हब और ग़ैरमुल्की, अनजाने तौर-तरीक़ों वाला था, उसका दिल बहलाने के लिए चीनी गुड़िया बनकर रहना गवारा कर सकती थी? माना कि यहां उसे हर तरह का सुख था, नीच ज़ात के लोग उसकी इज़्ज़त-आदर में कोई कमी उठा न रखते थे, वह कभी बाहर जाती तो पालकी की बजाय नालकी में जाती जिसका इस्तेमाल सिर्फ़ आला तब्क़ों के ही लोग कर सकते थे। मगर ये सब कब तक?

वज़ीर को इश्क़ के बारे में कुछ मालूम होते हुए भी कुछ न मालूम था। क्या उसे मार्स्टन ब्लेक साहब से इश्क़ था? .ख़ुद-ब-.ख़ुद दिल में है इक शख़्स समाया जाता, और इक आग सी है सीने के अंदर लगी हुई, यह सब उसे मालूम था लेकिन उसका असल मतलब, उसका सही और दिल को लगने वाला सच्चा मफ़हूम क्या था? क्या उसका दिल चाहता था कि वह अपने साहब को हर वक़्त देखती रहे? वह उससे सर्द हो या गर्म, उसके लिए दिल में बुराई रखे या प्यार-मुहब्बत, लेकिन उसके अपने दिल में मार्स्टन ब्लेक के लिए बेअंदाज़ा लगाव और अथाह ख़्वाहिश के सिवा कुछ भी न हो, क्या ऐसा उसके दिल का हाल था? उसे मुल्ला जामी की 'यूसुफ़ो-ज़ुलैख़ा' के शेर याद आए। हज़रत यूसुफ़ के इश्क़ में दीवानी होकर ज़ुलैख़ा ने फ़क़ीरी ले ली थी। मुद्दतों बाद कहीं हज़रत यूसुफ़ ने ज़ुलैख़ा को देखा तो उसका हाल ही कुछ और था। यह ज़ुलैख़ा वह ज़ुलैख़ा न थी जिसकी सहेलियों और कनीज़ों तक के हुस्न का जवाब न था, जिसकी अदाओं के आगे मिस्र का बादशाह भी थर्रा जाता था। अब ज़ुलैख़ा का चेहरा उतरा हुआ और उसके हुस्न का खलिहान उजड़ा हुआ नज़र आता था। उसका क़द झुक गया था और उसके क़दम लड़खड़ा रहे थे। अब उसकी आंखों में वह हीरों जैसी चमक न थी। जगमगाते हुए ज़ेवरों और शानदार लिबास की जगह उसके बदन पर फ़क़ीराना चीथड़े थे। मौलाना जामी ने इस मौक़े पर हज़रत यूसुफ़ और ज़ुलैख़ा के सवाल-जवाब को यूं नज़्म किया थाः

बिगुफ़्ता कू जवानी-ओ-जमालत
बिगुफ़्त अज़ दस्त शुद दूर अज़ विसालत
बिगुफ़्ता चश्मे-तू बेनूर चूंअस्त
बिगुफ़्त अज़ बस कि बे तू ग़र्क़े-ख़ूंअस्त

बिगुफ़्ता ख़म चिरा-शुद सर्वे-नाज़त
बिगुफ़्त अज़बारे-हिज्रे-जां गुदाज़त
बिगुफ़्ता कू ज़रो-सीमे कि बूदत
ब-फ़र्क़ आं ताजो-दैहीमे कि बूदत
बिगुफ़्त अज़ हुस्ने-तू हरकस सुख़न रांद
ज़-वस्फ़त बरसरे-मन गौहर अफ़शांद
सरो ज़र रा निसारे-पाश कर्दम
बगौहर पाशियश पादाश कर्दम

(वो बोले तेरी जवानी और.ख़ूबसूरती कहां गई? वो बोली, तुम्हारे मिलन से दूर मेरे हाथ से छूटकर गिर पड़ी। वो बोले तेरी आंखें बेनूर क्यों हैं? वो बोली, इसलिए कि तुम्हारे बिना वो ख़ून में डूबी हुई हैं। वो बोले तेरा नाज़ों भरा सर्व जैसा क़द झुक क्यों गया? वो बोली जान को पिघलाने वाली तुम्हारी जुदाई के बोझ से।)

छोटी बेगम को ख़ूब याद था कि इन अशआर को पढ़कर उसकी सिसकियां छूट गई थीं। उस रात वह बिल्कुल न सो सकी थी और नींद के इंतज़ार में बेचैन करवटें बदलते उसके जी में आया था कि काश कोई ऐसा उसे भी मिलता जिसकी ख़ातिर उसका भी वही हाल हो जाता जो जुलैख़ा का हज़रत यूसुफ़ की ख़ातिर हुआ था। तो क्या मार्स्टन ब्लेक के तईं उसके दिल में ऐसे ही कुछ मर-मिटने के इरादे थे? तौबा है शायरी तो शायरी ही है छोटी बेगम। लेकिन उस दिन उसी शायरी को पढ़कर तुम इस क़दर रोई क्यों थीं और तुमने दिल में क्या अरमान किए थे? शायरी तो कभी-कभी ईमान की तरह सच्ची भी बन जाती है। होगा, लेकिन इस अंग्रेज़ मुस्टंडे को क्या करूं जो पान खाकर मुझे लगावट से देखता है तो मेरा जी ज़रूर चाहता है कि वह मुझे गोद में बिठा ले...

और कुछ नहीं तो इश्क़ो-आशिक़ी के तौर में मार्स्टन ब्लेक बहुत तजुर्बेकार, बहुत मंझा हुआ, सधा हुआ और छोटी बेगम की हर ख़्वाहिश, हर ज़रूरत को बख़ूबी समझने और उम्दा ढंग से पूरा करने वाला मर्द ज़रूर था। वह उसे इतना परेशान कभी भी न करता कि वह घबरा जाए या मुंह फेर ले या बेज़ार हो। और न ही वह उससे ऐसा फ़ासला बरतता कि उसके दिल में उलझन होने लगती कि अब वह कब मेरी तरफ़ देखेगा, ख़्वाहिश की गाढ़ी .ख़ुशबू कब उसके बदन से उड़ती-उड़ती मुझ तक आएगी। मार्स्टन ब्लेक को कुछ ऐसा गुर मालूम था वह अपने आप समझ लेता कि बिस्तर के तौर-तरीक़ों के हिसाब से छोटी बेगम के साथ कब किस तरह का बर्ताव किया जाए। वह कुछ क़ुदरती तौर पर समझ लेता था कि कब मेरा गर्मजोशी से स्वागत होगा। और जब दोनों की तबीयतें हाज़िर होतीं तो कमोबेश सारी-सारी रात न वह थकता और न यह घबराती।

ज़ाहिर है कि मिलन के तरीक़ों और दर्जों से छोटी बेगम शुरू-शुरू में बिल्कुल बेगाना थी, लेकिन कुछ तसव्वुर के ज़ोर पर, कुछ हमजोलियों में बैठ-सुनकर और कुछ अपने बदन के बदलते हुए अंदरूनी माहौल और ज़ाहिरी मौसमों के बलबूते पर उसने बहुत-कुछ जान लिया था। लेकिन मार्स्टन ब्लेक उसे जिन दुनियाओं में उड़ाता हुआ ले जाता उनकी ख़बर उसे अपने गर्मतरीन ख़्वाबों और ख़्यालों की बुलंदतरीन सतहों पर भी न हुई थी। एक मामूली सी बात यह थी कि उसने सुन रखा था कि मर्द अपनी ख़्वाहिश के अलावा कुछ नहीं जानते। बहुतों को तो यह ख़बर भी न थी कि औरत के भी तकाज़े हो सकते हैं। और अगर किसी-किसी को ख़बर थी भी तो वह उसकी परवाह ख़ाक न करता था। उसने अपनी हमजोलियों से सुना था कि मसलन फ़लानी को तो बच्चा बस यूं ही ठहर गया, इसमें मियां जी की कारस्तानियां शामिल हों तो हों, .ख़ुद बीवी का कुछ दख़ल न था। मर्द लोग बस अपनी सी चाहते हैं, अपनी सी करते हैं। औरत की थकन या बेज़ारी या बेमज़ा होने या बेकारी तक का कुछ ख़्याल नहीं करते, औरत के मनपूरन या संतुष्ट होने का तो शायद कोई धुंधला सा ख़्याल भी उनके दिलों से होकर न गुज़रता था।

और क्या मार्स्टन ब्लेक को उससे मुहब्बत थी? इश्क़ था? उन्स था? पता नहीं इन लफ़्ज़ों के कुछ मानी भी हैं या नहीं। लेकिन इश्क़ की जो अलामतें किताबों में लिखी थीं, उनका तो यहां कोई मौक़ा न था। इस बारे में मीर साहब क़िब्ला एक शेर कह गए थे। हाय उसे यह शेर कितना अच्छा लगता था कि वह अकेला पाकर अक्सर उसे गुनगुनाती और कभी-कभी तो हिम्मत करके, किसी-किसी बहुत ज़िद करके तोहफ़े पेश करने वालों के सामने पढ़ भी देती थीः

चाह का दावा सब करते हैं, मानिए क्योंकर बेआसार
अश्क की सुर्ख़ी, ज़र्दी मुंह की, इश्क़ की कुछ तो अलामत हो

यह ज़रूर था कि उसे देखते ही मार्स्टन ब्लेक का चेहरा खिल उठता था और उसकी हर बात, हर अंदाज़ से लगता था कि वज़ीर ख़ानम के आसपास ही रहने में उसके दिल को .ख़ुशी है। लेकिन फिर...? निकाह और शादी तो दूर की बात थी, कोई मामूली काग़ज़ भी उन दोनों के दरम्यान न था। हां उसे यह इत्मीनान था कि मार्स्टन ब्लेक साहब मेरे साथ दग़ा न करेंगे। और अभी तो बहुत सारी ज़िंदगी दोनों के सामने पड़ी थी, अभी से लिखा-पढ़ी की बात करना उसे मनहूस मालूम होता था। 'मगर क्या उन्हें मुझसे इश्क़ है? और अगर है तो क्या मैं...?' क्योंकि छोटी बेगम के दिल में यह चोर ज़रूर था कि माना मैं उनके आने की राह देखती हूं, माना अगर उन्हें देर हो जाए तो मैं घबराती हूं, माना कि रातों को... लेकिन क्या इसे इश्क़ भी कहते हैं? नहीं तो मैं घरबार, बाप की दहलीज़, बहन की मुहब्बत, अपना मज़हब, ज़ात-पात सब तजकर यहां क्यों आई? रखपत रखा पत, बुज़ुर्गों ने कहा है, लेकिन

मैं तो अपनी पत शाहजहानाबाद ही में मिटाकर आ गई। इन्होंने मेरा हाथ छोड़ दिया तो मेरा कौन होगा? और मैं इन्हें छोड़ दूं तो बिल्कुल ही निघरी हो जाऊंगी।

आइंदा कुछ भी हो, अभी तो मैं चैन से हूं। दौलत की बहुत ज़्यादती नहीं, तो कमी भी नहीं, अपने बराबर वालों में इज़्ज़त नहीं, तो ग़ैरों और कमअस्लों में तो रौब-दाब है। चालीस-पचास नौकर हैं, कैसे फिरकी बने हुए मेरे इशारों पर नाचते हैं। मैं फ़िरंगी की बीवी ही नहीं, जयपुर शहर की ख़ास हस्तियों में हूं। और सब बीबियों से हुस्न और सलीक़े के सबब अलग मुम्ताज़ भी हूं। मेरा साहब भी मुझे चाहता है, नौकर-चाकर .ख़ुश, व्यापारी-महाजन अदब करते हैं, देहलीवाली बेगम के नाम से जानी जाती हूं। और किसी को क्या चाहिए? मैं उम्दा बाजी से तो अच्छी हूं। इन नवाब लोगों का क्या भरोसा, ये सब छुपाए रखते हैं। उनकी असल लाग और असल मतलब किससे है या किससे हो जाएगी, कोई कुछ नहीं कह सकता। और फिर इस नवाबी का क्या है, अभी तो मसनद पर बिराजे नहीं हैं। अल्लाह जाने कल क्या हो, कैसा पड़े कैसा न पड़े। और उनके पास अपनी दौलत तो कुछ भी नहीं, नवाब गुज़ारे के लिए माक़ूल रक़म ज़रूर देते हैं, लेकिन महल की चीज़ों, साज़ो-सामान पर उनका क़ब्ज़ा मालकिन जैसा नहीं। नौकर जो उनके अपने हैं सो तो हैं, लेकिन बक़िया पर उनका हुक्म नहीं चलता। मुझे देखें, यह सारी पलटन की पलटन मेरी ताबेदार है। जिसे चाहूं रखूं, जिसे चाहूं निकालूं। एक आया थी पूरब देस की, ज़रा बनी-संवरी रहती थी, साहब की चंपी करती थी, शायद कुछ और भी... मैंने आते ही खड़े-खड़े बाहर किया। मैंने कहा साहब की चंपी मैं .ख़ुद करूंगी। क्या मजाल जो साहब ने एक हर्फ़ भी मुंह से निकाला हो।

'और बड़ी...? भला उन जैसा कौन हो सकता है पाक-साफ़, जन्नत की हूर। लेकिन उनकी ज़िंदगी भी क्या ज़िंदगी है। बच्चों की ख़िदमत, मियां के नाज़ उठाना, सास-ससुर के दबाव में जीना, यह भी कोई जीना है? अभी कम से कम मुझे तो साहब के नाज़ नहीं उठाने पड़ते, वही मेरे नाज़ उठाते हैं। ना बाबा रे, एक पांव पर खड़ी होकर सारे घर की ख़िदमतें, सास-ससुर के चोंचले, बच्चों की चीख़म-दहाड़, मियां के तन-बदन पर अपनी जान निछावर करके दो वक़्त की रोटी खाना, यह मुझसे न होगा। मैं किसी मर्द से दबने वाली नहीं। कैसी अच्छी, गुड़िया सी सूरत थी उनकी, अब मुंह सूखकर ज़रा सा निकल आया है। आख़िर दुनिया में औरतें ही सारे दुख क्यों बटोरें, सारे बोझ क्यों उठाएं। वो जो कहते हैं कि लौंडी को लौंडी कहा रो दिया, बीवी को लौंडी कहा हंस दिया, इसीलिए तो कहते हैं कि बस दो बोल पढ़वा लो और जो ख़िदमत चाहो ले लो। ज़लील भी करो तो वह हंसी में टालेगी। ऐसी बेगम साहिबी किस काम की। इससे तो मैं अच्छी हूं। मुए शेर से बिल्ली भली। बला से बेगम नहीं हूं, लेकिन मामा छूछू भी नहीं हूं।

धीरे-धीरे वज़ीर ख़ानम ने ख़ुद को मार्स्टन ब्लेक की बीबी बनकर जीना और फिर ख़ुश रहना भी सिखा लिया। लेकिन इश्क़ और आशिक़ी के भेदों पर ज़हनी कशमकश के सिवा भी उसे बहुत कुछ छोड़ना और मार्स्टन ब्लेक को भी बहुत कुछ बदलना पड़ा। यहां यह मानना होगा कि मार्स्टन ब्लेक ने वज़ीर ख़ानम की बातें मानने और घर का निज़ाम वज़ीर ही के चाहने के मुताबिक़ बनाने में अपनी हद तक कोई कमी न उठा रखी। वज़ीर जिस तरह के घरों की आदी थी, उनमें हर कमरे के साथ आबदारख़ाना ज़रूर होता था। आबदारख़ाने में एक तरफ़ घड़ौंचियों पर घड़े और कटोरे रखे होते, खाते-पीते घरानों में केवड़े का शर्बत, आम का शर्बत, अनार का शर्बत भी होता और गर्मी के मौसम में लकड़ी की एक नांद में बर्फ़ की सिल रखी होती जिसको पिघलने से बचाने के लिए उस पर लकड़ी का बुरादा और बंगाली टाट का टुकड़ा पड़ा रहता। आबदारख़ाने के दूसरे सिरे पर छोटा सा चबूतरा जिस पर बड़े मटके या नांद में नहाने के लिए पानी, ख़ुशबू के लिए केवड़े की बोतल और सिर धोने, बदन मलने के लिए मेहंदी, बेसन, वग़ैरा की पुड़ियां रखी होतीं। सर्दियों में आमतौर पर और अगर आबदारख़ाना बड़ा हो तो दूसरे मौसमों में भी उसके एक कोने को पेशाब करने की जगह बना लिया जाता। उसकी नाली को हर इस्तेमाल के बाद पानी बहाकर बिल्कुल साफ़ कर दिया जाता था। जाए-ज़रूर (शौचालय) आमतौर पर घर के एक अलग से कोने में होता था।

वज़ीर को यह देखकर बड़ी हैरत और झुंझलाहट हुई कि मार्स्टन ब्लेक ने आबदारख़ाने को घर का फ़ालतू सामान रखने का गोदाम बना दिया था। मार्स्टन ब्लेक ने उसे बताया कि पानी हम लोग बहुत कम पीते हैं और पेशाब करने के लिए चीनी या तामचीनी की चपनी हर कमरे में पलंग के नीचे रखी रहती है। (उसने इशारा करके दिखाया कि चपनी क्या चीज़ होती है।) औरत-मर्द दोनों अपने-अपने बर्तन का इस्तेमाल करते थे, इस्तेमाल के बाद न अपने को पाक करने का कोई ख़्याल था, न बदबू का कोई लिहाज़। सुबह-शाम हलाल-ख़ोरनी आकर बर्तन उठा ले जाती और उसे ख़ाली करके, धोकर वापस रख देती। और नहाना? कभी महीने, सवा महीने में एक बार दिल खोलकर नहा लिया, बस छुट्टी हुई। आमतौर पर मुंह धो लेना, मोटे कपड़े से बदन पोंछ लेना और सारे बदन पर ढेर सारा, मैदे से भी ज़्यादा चिकना, जराहत के पत्थर के बुरादे से भी बारीक और साबुन की तरह हाथों में चिपकनेवाला, ख़ुशबू करता हुआ ख़ुश्क बुटना या ग़ाज़ा (इसे यह लोग 'पौडर' कहते थे) मल लेना बहुत था। (यह मुवा पौडर दिन में कई-कई बार लगता, लेकिन बदन की बू फिर भी न जाती।) मर्द लोग कोई इत्र न लगाते थे; उनका कहना था कि तंबाकू की महक ही मर्द के लिए बेहतरीन ख़ुशबू है। औरतें अलबत्ता ख़ुशबूएं लगाएं तो ठीक है।

□□

बीबी

वज़ीर ने आबदारख़ाने दोबारा क़ायम किए, पेशाब की चपनियां हलाल-ख़ोरनी को बख़्श दीं और रोज़ सुबह नहाने का बंदोबस्त किया। मार्स्टन ब्लेक पर भी रोज़ का नहाना लाज़मी क़रार दिया गया। इस पहली तब्दीली के बाद वज़ीर ने चंपी वाली आया को नौकरी से बर्ख़ास्त किया। (इसका ज़िक्र ऊपर आ चुका है।) दूसरी बड़ी तब्दीली उसने खाने के मामले में लागू की। मसीहियों के मज़हब में हलाल-हराम का कोई तसव्वुर न था, यह बात उसे मालूम थी। सूअर के गोश्त पर वह पहले ही पाबंदी लगा चुकी थी, शराब के बारे में उसने इतनी मुरव्वत रखी कि बाहर दीवानख़ाने में मना न होगी। लेकिन सबसे बड़ी बात उसने यह देखी कि मसीहियों के यहां ताज़ा गोश्त और बासी गोश्त में फ़र्क़ न होता था। हलाल तो ख़ैर वो खाने पर मजबूर ही थे कि शहर भर में बेहलाल गोश्त मिलता ही न था, लेकिन बासी, बुसा हुआ, यहां तक कि लगभग सड़ा-गला गोश्त भी वो खा लिया करते थे, बस शर्त यह थी कि मसाले और ख़ुशबूएं डालकर उसकी बदबू मार दी गई हो। दूध के बारे में उन्हें यह लिहाज़ भी न था। बकरी का दूध उन्हें बहुत पसंद था, उसकी हीक उन्हें महसूस ही न होती थी। वज़ीर ने बासी गोश्त का पकना और बकरी का दूध एकदम बंद कर दिया। ताज़ा गोश्त और अंडे हर वक़्त मुहैया रहें, इस ग़रज़ से उसने मुर्ग़ी, तीतर, बटेर, बत्तख़, मोर, कबूतर बड़ी तादाद में पाल लिए। मार्स्टन ब्लेक तो ख़रगोश भी पालना चाहता था, लेकिन ख़रगोश के गोश्त से वज़ीर ख़ानम को उलझन होती थी; उसने सुना था कि ख़रगोश हराम नहीं तो घिनौना ज़रूर है। दो गायें और एक भैंस दूध के लिए ख़रीदी गईं। सबकी देखभाल के लिए नौकर अलग से रखे गए। इसके अलावा शिकार के गोश्त और शिकारी कुत्तों का भी बंदोबस्त किया गया, लेकिन शिकार का गोश्त एक दिन में अगर ख़त्म न होता तो बांट दिया जाता।

लेकिन एक मामले में मार्स्टन ब्लेक ने वज़ीर की एक न मानी। आम हिंदुस्तानी शरीफ़ों के घरानों में औरतों का खाना मर्दों के खा लेने के बाद, सबसे अलग और सख़्त पर्दे में होता था। शौहर और बाप-भाई तक को भी खाने के वक़्त ज़नानख़ाने में आने की इजाज़त न थी। मार्स्टन ब्लेक कहता था कि नाश्ता न सही, दिन और रात का खाना मेरे साथ खाना होगा और वह भी मेज़-कुर्सी पर, छुरी-कांटे के साथ। छोटी बेगम कहती कि मैं ज़हर खा सकती हूं लेकिन तुम्हारे साथ खाना खाने की बेहयाई नहीं कर सकती। बहुत ज़िद्दम-ज़िद्दा के बाद तय हुआ कि रात का खाना साहब और बीबी इकट्ठे खाएंगे, कोई बेपर्दे वाला मेहमान आया तो उसके साथ बहुत ख़ास हालात में वज़ीर भी खाने की मेज़ पर बैठेगी, लेकिन इससे ज़्यादा की ख़िदमत करना उसके कामों में शामिल न होगा। साहब के साथ मेज़ पर (या दस्तरख़ान पर भी) खाने को वह तकलीफ़देह ख़िदमत ही क़रार देती थी। मार्स्टन ब्लेक ने उसे

छुरी-कांटे से खाना खाने का अभ्यास कराना शुरू किया तो उसे यह देखकर हैरत हुई कि वज़ीर ने हर क़िस्म के छुरी-कांटे की पहचान और उनके इस्तेमाल का तरीक़ा एक ही बार में सीख लिया।

मार्स्टन ब्लेक से उसकी बातचीत सिर्फ़ घर के मामलों या आम हालात पर होती। उसके साहब के नाम विलायत से ख़त पाबंदी से आते-जाते थे लेकिन वज़ीर को कभी ख़बर न होती थी कि उनकी मज़मून क्या है। मार्स्टन ब्लेक के भाई-बहन हैं, मां-बाप हैं कि नहीं, अगर हैं तो कहां और किस हाल में हैं, मार्स्टन ब्लेक ने इन बातों में वज़ीर को कभी शरीक न किया। वज़ीर ने सुन रखा था कि बहुत से साहिबाने-फ़िरंगी यहां आकर बीबी कर लेते हैं, लेकिन उनकी ब्याही बीवियां या मंगेतरें भी दूर विलायत में होती हैं जिनके पास वो वापस जाएंगे ही जाएंगे, कोई हिंदी बीबी उनकी राह रोक नहीं सकती थी। लेकिन जब उसे मार्स्टन ब्लेक के मां-बाप का कुछ हाल मालूम न हो सका था तो फ़िरंगी बीवी या मंगेतर की क्या ख़बर लग सकती थी।

अहले-हिंद के बारे में फ़िरंगियों और ख़ासकर मार्स्टन ब्लेक के रवैये में कई बातें उसे बहुत बुरी मालूम होती थीं, और कई बार तो वह उससे झगड़ भी पड़ी, लेकिन बेकार। मार्स्टन ब्लेक के ख़्याल में हिंदुस्तान के लोग आमतौर पर अविकसित और असभ्य थे। वह यहां रीत-रस्म की ज़्यादती पर हंसता था और कहता था कि दौलत और इज़्ज़त दोनों गंवाने का अच्छा तरीक़ा तुम लोगों ने निकाला है। यहां तक तो शायद कुछ ठीक भी था, लेकिन मार्स्टन ब्लेक के क़ौमवालों के दिल में हिंद और अहले-हिंद की बातों, उनके रोजग़ार और रहन-सहन, उनके ख़्यालात और विश्वास, उनके मज़हब, किसी चीज़ की कोई क़द्र न थी। और सबसे बदतर यह कि मार्स्टन ब्लेक के लफ़्ज़ों से नहीं, इशारों से भी नहीं, लेकिन हिंदुस्तान में उसके रहन-सहन के अंदाज़ और यहां की दौलत से फ़ायदा उठाने के तौर-तरीक़ों से दो बातें बिल्कुल साफ़ नज़र आती थीं। एक तो ये साहिबाने-फ़िरंगियान यहां की दौलत बटोरने आए थे और दूसरी बात यह कि अगर दौलत बटोरने के लिए यहां राज भी करना पड़े तो वो उसके लिए भी सारे जोड़-तोड़, सारी जंग और सारी साज़िश, हर तरह की राहें इख़्तियार करने पर आमादा और मुस्तैद थे। मियां 'मुस्हफ़ी' का शेर उसे याद थाः

जोड़-तोड़ आवे है क्या ख़ूब नसारा के तईं
फ़ौजे-दुश्मन से वहीं लेते हैं सरदार को तोड़

वज़ीर तो यह देखती थी कि मार्स्टन ब्लेक के घर में चोरियां बहुत होती थीं। शायद ही कोई नौकर या शागिर्दपेशा से जुड़ा औरत-मर्द ऐसा हो जो आदतन, या मौक़ा पाकर, घर की चीज़ें चुरा न ले, या घर के रुपयों में गोलमाल न करे। मार्स्टन ब्लेक इन छोटी-मोटी चोरियों से किसी बड़े नुक़सान में तो न आता लेकिन उलझता

और झुंझलाता बहुत था, और सच यह है कि वह हक़ पर होता था। लेकिन वह कभी-कभी चिड़चिड़ाकर वज़ीर से यह भी कह गुज़रता कि तुम हिंदुस्तानी होते बड़े चोर और बेईमान हो। इस पर वज़ीर जलकर कबाब हो जाती और कहती कि .खुदा जाने मुए मुंडी-काटे अंग्रेज़ साहिबान के घर में या उनकी सोहबत में ही कोई ख़राबी है कि हमारे घरेलू नौकर तो एक दमड़ी, एक छिदाम की चोरी नहीं करते, चाहे नक़द हो या सामान।

"तो तुम्हारा मतलब है हम लोगों ने उन्हें चोरी सिखाई है?" मार्स्टन ब्लेक गुस्सा होकर कहता।

"सिखाई तो नहीं होगी, लेकिन अल्लाह जानता है हमारे नौकर चोर नहीं होते। तुमने भी नहीं सिखाई, लेकिन फिर ये लत उन्हें लगी कहां से, कभी सोचकर तो देखा होता?"

"सोचना क्या है? ये सब हराम के जने हिंदुस्तानी होते ही ऐसे होंगे।"

"निकाह-ब्याह में तो तुम लोगों को यक़ीन नहीं है और मेरे लोगों को हराम का जना कहते हो। आइंदा ऐसी बात मुंह से निकालना मती, नहीं तो..."

गुस्से और जज़्बात की ज़्यादती से वह कुछ हांफने सी लगी थी। मार्स्टन ब्लेक को भी महसूस हुआ कि बात बिला वजह बढ़ गई। वह दौड़कर आबदारख़ाने से शर्बते-अनार लाया और उसकी .खुशामदें करने लगा, "लो, दो चमचे पी लो, जी ठहर जाएगा। चलो बात ख़त्म करो, I AM SORRY."

उसने दुपट्टे से आंसू पोंछे, हल्की सी मुस्कुराहट उसके चेहरे पर आई। उसे साहब की यह बात बहुत अच्छी लेकिन अजीब लगती थी कि वह 'अम सारे रे' (I am Sorry) कहने में कुछ तकल्लुफ़ न करता था। वरना आमतौर पर मर्द कभी माफ़ी मांगते ही न थे। साहब की ज़बान से 'अम सारे रे' उसे बहुत भला लगता था, कभी-कभी तो वह जानबूझकर कोई ऐसी बात छेड़ती जिसका ख़ात्मा साहब की 'अम सारे रे' पर हो। उधर साहब को बीबी की ज़बान से अंग्रेज़ी लफ़्ज़ों की टूटी-फूटी अदायगी भी बड़ी प्यारी लगती थी। वह 'क्रिसमस' को 'किसमिस' कहती, 'शैंपेन' को 'संपन' बोलती और 'पार्सली' को 'पितरसेली' कहती। दूसरी तरफ़ साहब भी हिंदी अल्फ़ाज़ का उच्चारण करने में कुछ कम तोड़-मोड़ न करते थे। वज़ीर से तो मार्स्टन ब्लेक अच्छी-ख़ासी हिंदी में गुफ़्तगू करता, लेकिन नौकरों से और दूसरे अंग्रेज़ों से बात करते वक़्त वह अच्छे-भले हिंदी अल्फ़ाज़ की गत बिगाड़कर रख देता था। 'पीकदान' को 'पिगडेन', 'पीकदानी' को 'पिगडनी', 'छींट' को 'चिंट्ज़', 'चिट्ठी' को 'चिट', 'चंपी' को 'शैंपू', 'सिपाही' को 'सिपॉय', 'खिचड़ी' को 'किचरी' बना देना तो उसके बाएं हाथ का खेल था।

.खुशदिली और हंसी-खेल के मौक़े उनके यहां कम न थे और हिंदी को बिगाड़कर

बोलना भी ऐसा ही एक मौक़ा था। लेकिन घर की चोरियों के बारे में वज़ीर के दिल की ख़लिश न जाती थी। वह कहना यह चाहती थी कि हम हिंदवाले तुम फ़िरंगियों को नाजायज़ क़ब्ज़ा करने वाले, दूसरे के माल में बेईमानी करने वाले और ग़ैर समझते हैं। और यही वजह है कि हमारे लोगों को तुम्हारे यहां चोरी करने में हिचक नहीं होती। दूसरी बात यह कि तुम लोग हमारे लोगों का सम्मान नहीं करते। तुम लोग यहां व्यापार करने आए थे, पर तुम लोग तो ढाई दिन के सक़्क़े से भी बढ़े जाते हो। तुमने हर तरफ़ बादशाही के चोंचले और हुकूमत के बखेड़े फैला दिए हैं। हमारे बादशाह के अकबराबादी क़िले के दीवाने-ख़ास को बावर्चीख़ाना बना डाला; सारे क़िले को अफ़ग़ानों, जाटों और मराठों ने ग़ारत कर ही डाला था, अब तुम लोग जो आए तो उसकी बची-खुची यादगारों ही को बेच खाने पर तुले हो। ठीक है मुझसे तुम भले सुभाव रहते हो, लेकिन ख़ुदा की बस्ती तो मुझसे बहुत बड़ी है।

वज़ीर का सबसे बड़ा दुख यह था कि उसे मार्स्टन ब्लेक अच्छा भी लगता था और उसकी क़ौम से उसे अगर नफ़रत नहीं तो घिन ज़रूर थी। पाक रहने और साफ़-सफ़ाई के मामलों में तो उसने साहब को अपना हमख़्याल बना लिया था। कलमुंहे नापाक जानवर के बारे में तो वह पहले ही दिन फ़ैसला सुना चुकी थी। आबदार उसने अपना अलग रख लिया था कि शराब की ख़िदमत भी आबदार ही अंजाम देता था और वह शराब छूने को तैयार न थी। लिहाज़ा साहब का आबदार अलग था और छोटी बेगम का आबदार अलग। यह सब तो था लेकिन मुल्की मामलात में फ़िरंगियों के मंसूबे यही लगते थे कि वो हिंदुस्तान पर अपना राज क़ायम करेंगे; रिवाज और क़ानून अपने लागू करेंगे और हम लोगों को उसी तरह ग़ुलाम बनाकर रखेंगे जिस तरह मैं अपने साहब की ग़ुलाम हूं। साहब के बारे में उसे यह भी यक़ीन था कि आम फ़िरंगियों की तरह उन्हें भी हिंद और अहले-हिंद की कोई भी बात एक आंख नहीं भाती और ऐसों से ज़िंदगी भर निबाह जिस क़दर मुश्किल था, उसका अंदाज़ा उसे अब जाकर हुआ। चाहत के सांसे ऐसे भी होते हैं, उसने पहले तो कभी तसव्वुर भी न किया था।

लेकिन ये बातें वह कहती तो किससे कहती और किस तरह कहती। उसे ख़ूब मालूम था कि मेरा और मेरे साहब का रिश्ता सबसे पहले बिस्तर का है और बिस्तर में मुल्की मामले ख़लल नहीं डालते। अगर साहब उसे आज छोड़ दें तो फिर वह किसका मुंह देखेगी। उसे दोबारा अपने हालात बेहतर बनाने, अपने हुस्न को अपनी पूंजी के तौर पर इस्तेमाल करने के लिए जद्दोजहद करनी पड़ेगी। और देहली क्या और हिंदुस्तान क्या, उस ज़माने में सबको अपनी-अपनी पड़ी थी। छोटी ख़ानम भी अगर अपनी नबेड़ने में पड़ी थी, तो किसी का क्या इजारा था। देहली में हवेली उजड़ी-पुजड़ी जैसी भी थी, उसके देस के हाकिमों का घर और उनके पुरखों की

यादगार थी। लेकिन अब फ़िरंगियों के लच्छन ऐसे लगते थे, गोया उन्होंने ठान ली हो कि अगर उनकी तोपों ने उसे पहले ही तोड़-फोड़कर गिरा न दिया तो एक दिन हवेली पर भी उन्हीं का झंडा लहराएगा। शाही और शहंशाही सब इन ईसाइयों की होगी। इस आपाधापी में वज़ीर ख़ानम जैसी हज़ारों ही कट-पिसकर चटनी हो जातीं तो कुछ अजब न था। इस वक़्त उसके पास एक घर तो था जिसमें वह महफ़ूज़ थी। लेकिन यह क्या? उसे तो राज दरबार चलाना और शबिस्ताने-शाही की ज़ीनत बनना था न कि किसी मुछंदर फ़िरंगी की बीबी बनकर शाही में ग़ुलामी करनी थी। मगर मेरा साहब है बड़ा चाहने वाला और मुझे भी उसके साथ...

'बादशाह बेगम' नाम उसने मार्स्टन ब्लेक से लड़-लड़कर रखा था, वरना वह ईसाई नाम सोफ़िया नाम के सिवा कुछ सुनने को तैयार न था। बहुत कहने सुनने के बाद उसने हिंदुस्तानी नाम 'मसीह जान' तजवीज़ किया लेकिन बपतिस्मा सिर्फ़ 'सोफ़िया' के नाम पर होना था। जब छोटी बेगम ने ज़च्चाख़ाने में सबसे मुंह फेरकर क़सम खा ली कि ठीक है बच्ची को आप ले जाएं, मैं अब उसका मुंह न देखूंगी, तो मार्स्टन ब्लेक ज़रा पसीजा और कुछ और दांता-किलकिल के बाद तय हुआ कि 'बादशाह बेगम' नाम भी होगा, बपतिस्मा तीनों नामों पर होगा, लेकिन मुल्ला जी सिर्फ़ 'बादशाह बेगम' के नाम पर बच्ची के कान में अज़ान देंगे। यह सब हुआ लेकिन उन्हीं दिनों मार्स्टन ब्लेक के कुछ रिश्तेदारों से वज़ीर ख़ानम का परिचय हुआ। यह मार्स्टन ब्लेक का फूफीज़ाद भाई विलियम कॉटरिल टिंडेल (William Cotterill Tyndale) और उसकी बहन एबीगेल टिंडेल (Abigail Tyndale) थे। अब तक ये लोग मैसूर में थे, जहां टिंडेल फ़िरंगी फ़ौजियों को रसद मुहैया करने का काम करता था। जिस फ़ौज के साथ वो जुड़े हुए थे, वह अब जयपुर और बीकानेर के इलाक़ों में तैनात हो गई थी, इसलिए टिंडेल भी जयपुर आ गया था।

विलियम अभी ग़ैर शादीशुदा था, एबीगेल दोनों से बड़ी बल्कि ख़ासी उम्र की थी लेकिन उसने शादी न की थी। कई साल हुए वह अपने भाई के साथ हिंदुस्तान आ गई थी और तब से वह उसके घर की मालिका और दारोग़ा की हैसियत से ज़िंदगी गुज़ार रही थी। छोटा क़द, छोटी-छोटी नीली आंखें, भूरे खिचड़ी बाल, ऊंची लेकिन महीन आवाज़, .ख़ुशमिज़ाज, लेकिन पक्की ईसाई, एबीगेल को छोटी बेगम समेत सब लोग जल्द ही 'एबी मेमसाहब' कहने लगे। घर तो उन लोगों का अपना था, लेकिन एबीगेल का ज़्यादा से ज़्यादा ख़ाली वक़्त छोटी बेगम के घर में, सोफ़िया की देखभाल में गुज़रता था। इस तरह सोफ़िया पर ईसाई रंग चढ़ता गया, लेकिन यह ज़रूर था कि मां और आयाओं के साथ सोफ़िया की बातचीत सिर्फ़ हिंदी में होती थी, इसलिए दो ही डेढ़ साल की उम्र तक वह अंग्रेज़ी और हिंदी बख़ूबी बोलने और समझने लगी

थी। यह और बात थी कि उसकी अंग्रेज़ी पर हिंदुस्तानी लहजा छाया रहा। मुद्दतों बाद जब रेज़ीडेंट और एजेंट गवर्नर जनरल बहादुर सर टॉमस मैटकाफ़ की बेटी लेडी एमिली बेली की मुलाक़ात सोफ़िया से हुई तो उस मुलाक़ात का हाल अपनी डायरी में एमिली ने बड़ी हिक़ारत के लहजे में लिखा कि सोफ़िया ने हमें एक अंग्रेज़ी गाना सुनाया लेकिन उसका लहजा इस क़दर गंवारू हिंदुस्तानी था कि मेरे पल्ले एक भी लफ़्ज़ न पड़ा कि वह क्या गा रही है।

टिंडेल भाई-बहन कट्टर ईसाई थे और वह भी कालविन (Calvin)के मानने वाले प्रोटेस्टेंट। लिहाज़ा वो 'ख़िदमत', 'वतनपरस्ती', 'मेहनत', 'किफ़ायत' वग़ैरा के बेहद क़ायल होने के साथ तंगनज़र, दूसरे मज़हबों से थोड़ा नफ़रत ही करने वाले, ग़रीबों और ग़रीबी को बुरी नज़र से देखने वाले (उनको यह तालीम दी गई थी कि .ख़ुदा ने किसी को ग़रीब बनाया है तो उसकी कोई माक़ूल वजह होगी), और कुल मिलाकर तबीयत की नज़ाकत से ख़ाली थे। विलियम टिंडेल कम बोलने वाला था लेकिन एबीगेल टिंडेल की ज़बान कतरनी की तरह चलती थी और वह यह बात जताने का कोई मौक़ा न चूकती थी कि हिंदुस्तान के लोग न सिर्फ़ ऊपर से काले होते हैं, बल्कि चूंकि काला रंग और सियाही एक ही चीज़ है और सियाही के मानी हैं गुमराही और बदअक़्ली, इसलिए उनकी निजात नहीं हो सकती। वज़ीर ख़ानम का खुलता हुआ सांवला रंग (जिसे वह 'कत्थई' (brown) कहती थी) उसे एक आंख न भाता था। वह दिल ही दिल में मंसूबे बनाती कि किसी तरह अपने भाई को इस देसी बीबी के पंजे से छुड़ाकर किसी सच्ची, नेक, सफ़ेद-रंग मसीही लड़की से उसका ब्याह करा दे। फ़िलहाल यह मुमकिन न देखकर उसने सोफ़िया की देखभाल और परवरिश अपने ज़िम्मे कर ली थी कि एक गुमराह की निजात का सबब तो बने।

छोटी बेगम ने मार्स्टन ब्लेक के भाई-बहन को कई मानों में मार्स्टन ब्लेक से अलग पाया। उसे महसूस हुआ कि सब फ़िरंगी एक तरह के और एक स्वभाव के नहीं होते। लेकिन सबमें एक तरह की अकड़, ग़ुरूर का एक अंदाज़, और हाकिमी का अहसास होता है। लेकिन बहुत सी बातें बिल्कुल अलग भी थीं। एबी को सफ़ाई-सुथराई का ख़्याल मार्स्टन ब्लेक से भी कम था। वह कई-कई दिन अपने नाख़ून न तरशवाती और वही मैले नाख़ूनों वाली उंगलियां वज़ीर ख़ानम के बच्चों के मुंह में प्यार से चुसाती रहती। वज़ीर को घिन तो बहुत आती, लेकिन उसका बस ही कुछ न था। .ख़ुद मार्स्टन ब्लेक इन बातों के बारे में लापरवाही करता था, लिहाज़ा उससे शिकायत बेफ़ायदा रहती। लेकिन विलियम टिंडेल को सफ़ाई का ख़्याल हद से भी बढ़कर था। एबी ख़ासी कंजूस और बातूनी होने के साथ ही तुनकमिज़ाज भी थी। विलियम कम और उम्दा बोलने वाला था, लेकिन पैसे-कौड़ी के बारे में ज़रा कड़ा था। मार्स्टन ब्लेक को अच्छे खानों का बहुत शौक़ था, लेकिन

उन भाई-बहन की इस बारे में कुछ ख़ास पसंद न थी। सीने-काढ़ने-बुनने में एबी मेमसाहब अलबत्ता काफ़ी माहिर थी। छोटी बेगम को यह भी महसूस होता कि उसके हुस्न और कशिश की वजह से एबी उसे जलन की निगाह से देखती है और मार्स्टन ब्लेक के बच्चों पर इतना ध्यान देने और मेहनत करने की एक वजह यह भी थी कि एबी को उम्मीद थी कि इस तरह वह उन्हें अपनी मां से अलग कर सकेगी। छोटी बेगम को यह बात नागवार तो बहुत थी, लेकिन उसे बच्चे पालने और उनकी तरबियत के ढंग कुछ बहुत ठीक से न आते थे और न उसे ये कसाले खींचने पसंद ही थे। उसे यह भी अंदेशा था कि बच्चों की देखभाल करने और देर तक दूध पिलाने से उसके जिस्म का खिंचाव-कसाव, सुडौलपन और मुंह की रौनक़ जाती रहेगी। बच्चे उसे अच्छे तो बहुत लगते थे लेकिन उनको पालने की खखेड़ उठाना... अल्लाह मेरी तौबा, बड़ी बाजी का सा जिगरा सबका नहीं हो सकता। यही वजह थी कि वह मार्टिन और बादशाह बेगम, दोनों ही बच्चों की देखभाल का सारा नहीं तो बेशतर काम दाइयों और एबी मेमसाहब ही पर छोड़कर एक तरह से बेफ़िक्र सी हो गई थी।

बादशाह बेगम की पैदाइश के वक़्त मार्टिन उर्फ़ अमीर मिर्ज़ा (पैदाइशः 1827) डेढ़-दो साल का था और वह भी दो साल की उम्र तक अंग्रेज़ी-हिंदी दोनों ही ज़बानें फ़र-फ़र बोलने लगा था। दोनों बच्चों के लिए घर के अंदर एक आया और बाहर के लिए दाईखिलाई तैनात थी। सोफ़िया के लिए ऊपर से दाईपिलाई भी थी। वज़ीर ख़ानम ने बहुत ढूंढ़कर दोनों बच्चों के लिए अच्छी ज़ात की मुसलमान दाईपिलाइयां नौकर रखी थीं। मार्स्टन ब्लेक इन इंतज़ामों से .ख़ुश था कि इस तरह उसका दिल बहलाने और बिस्तर सजाने के लिए वज़ीर की ख़िदमतें ज़्यादा आसानी से मुहैया हो सकती थीं। यूं भी उसे बच्चों से कुछ ख़ास लगाव न था; हां तोहफ़ों वग़ैरा और मिठाई-रेवड़ी की हद तक उसका हाथ बहुत खुला हुआ था।

उन दिनों सर्दी ख़ूब चमकी हुई थी। सन 1829 के बड़े दिन में अभी कुछ मुद्दत बाक़ी थी, लेकिन तैयारियां शुरू हो चुकी थीं। दावतों के जानवर तैयार किए जा रहे थे, कलकत्ते से शैंपेन की नई बोतलों और दूसरी शराबों का इंतज़ाम किया जा रहा था। सब बच्चों, रिश्तेदारों, नातेदारों, मुलाज़िमों के लिए तोहफ़ों का बंदोबस्त हो रहा था। नौकर भी अपनी तरफ़ से डालियों के बंदोबस्त में लगे थे। डाली का क़ायदा यह था कि जो शख़्स जितनी क़ीमत का सामान लाता उसे भी उतनी ही या कुछ ज़्यादा क़ीमत का तोहफ़ा दिया जाता। यह बात भी उसे यहां आकर मालूम हुई कि डाली का ताल्लुक़ फूलों या फलों से न था बल्कि डाली उन छोटी-छोटी कश्तियों या टोकरियों को कहते थे जिनमें फल रखकर लाए जाते थे। आमतौर पर दो कश्तियों या टोकरियों को एक साथ बांधते थे और एक डाली में एक ही तरह का फल डालते थे। अंग्रेज़ों के यहां तोहफ़े में फल भेजने का इतना रिवाज था कि आहिस्ता-आहिस्ता

'डाली' के मानी ही 'फलों का तोहफ़ा' और फिर 'त्योहारों पर हाकिमों के यहां भेजने का तोहफ़ा' हो गए। यहां के नौकर मिठाई और फल से ज़्यादा दस्तकारी और कारीगरी की चीज़ें लाते थे, जो कभी-कभी बेकार भी होती थीं, लेकिन उनकी क़ीमत का अंदाज़ा करके, उन्हें वापसी तोहफ़ा दिया जाता था। देहली और आगरा से गोटा-किनारी और रेशमी कपड़े, अजमेर से नई जूतियां, उदयपुर से मीनाकारी के ज़ेवर, कश्मीर से पेशवाज़ और जामे के लिए पारचे, हर चीज़ तलाश करके मंगवाई जा रही थी। टिंडेल भाई-बहन की वजह से एक बड़ा फ़ायदा वज़ीर को यह था कि अब वह भी कह सकती थी कि अंग्रेज़ों के यहां हमारा बराबर का आना-जाना है। अब वह दिल में .खुद को पिछड़ा और हेठा न महसूस करती थी, जैसा कि शुरू में था, कि यहां उसकी पहुंच अच्छे ख़ानदानों तक न थी और अंग्रेज़ तो उसकी तरफ़ बेपरवाह निगाह डालने के भी रवादार न थे।

उस वक़्त सोफ़िया डेढ़ साल की थी और मार्टिन तीन साल का हो चुका था। दोनों बच्चों के लिए दाईखिलाइयां और आयाएं पहले की तरह मौजूद थीं, मगर सोफ़िया का दूध एबी मेमसाहब ने ज़बरदस्ती छुड़वा दिया था। दोनों बच्चे दाईखिलाइयों के साथ बाहर खेलने गए हुए थे। नौकरों की बड़ी तादाद के सबब घर में पर्दे वाली बात मुश्किल से ही हो सकती थी। मार्स्टन ब्लेक उस दिन कुछ निढाल था; रेज़ीडेंटी न गया था। वह अपने लंबे-चौड़े पलंग पर पेट के बल पड़ा सोने की कोशिश कर रहा था और वज़ीर उसकी पीठ और कमर धीरे-धीरे दबा रही थी।

"यह सब छोड़ो, नहीं तो मुझे दरवाज़ा बंद करना पड़ेगा," मार्स्टन ब्लेक ने हंसकर कहा।

"तौबा है, आपको और कोई अच्छी बात नहीं सुझाई देती और ये नौकर जो हर वक़्त चोरों की तरह सुन-गुन लेते रहते हैं, क्या कहते होंगे?"

"कहते क्या होंगे? उनके यहां यह सब नहीं होता क्या?"

"अल्लाह मेरी तौबा, मैं चली जाती हूं," यह कहकर वज़ीर उठने ही वाली थी कि मार्स्टन ब्लेक ने उसका बाज़ू पकड़कर उसे बिठा लिया और .खुद उठकर बैठ गया।

"अच्छा, यह बताओ तुम यहां मेरे पास .खुश हो कि नहीं?" उसने वज़ीर ख़ानम की ठोड़ी पकड़कर उसका सिर उठाया और उसकी आंखों में आंखें डालकर कहा, "बेधड़क कहो, मेरा कुछ ख़्याल न करना।"

वज़ीर ने बड़ी-बड़ी शर्बती आंखें झुकाईं, जैसे कुछ सोच रही हो। और सोच में वह यक़ीनन पड़ गई थी। 'साहब यह सवाल इस वक़्त क्यों पूछ रहे हैं?' इधर कोई ऐसी बात भी नहीं हुई थी, न बच्चों के बारे में, न उसने अपने घर जाने और बाप-बहनों से मिलने का कुछ ख़्याल ज़ाहिर किया था। उसको मार्स्टन ब्लेक की यह अदा पसंद भी थी और वह इससे घबराती भी थी कि हिंदुस्तानी लोगों के बरख़िलाफ़

वह हर बात बहुत साफ़-साफ़ और बेखटके कह देता था। हम लोग तो देर तक इधर-उधर की बातें करते हैं, फिर इशारों-इशारों में कुछ भूमिका बांधते हैं, फिर मतलब की बात बोलते हैं और वह भी जहां तक हो, दबी-दबी रखते हैं। मियां-बीवी, बाप-बेटे, भाई-भाई सबमें यही दस्तूर है और साहब थे कि हर बात फट से कह देते थे। उनकी देखा-देखी वज़ीर ने भी बड़ी हद तक साफ़-साफ़ और बेतकल्लुफ़ बात कहने की आदत डाल ली थी, लेकिन पूरी तरह खोलकर कहने में उसे बड़ी परेशानी होती थी। मुंह से बात ही न निकलती और उधर साहब इस क़दर घामड़ (घामड़ ही कहा जाएगा ऐसे लोगों को) कि इशारा बिल्कुल न समझते थे या समझने को तैयार न थे।

उसके जी में आया कहेः "और सब तो ठीक है लेकिन न कोई काग़ज़ है न इक़रारनामा... मेरा आगम आपने कुछ सोचा है कि नहीं?" लेकिन ज़ाहिर है वह ऐसी कोई बात खुलकर नहीं कह सकती थी, चाहे जान पर ही बनी हो। एक-दो लम्हे चुप रहकर उसने आंखें उठाईं और ज़रा सा मुस्कुराकर बोलीः "हां, .खुश तो हूं, बहुत .खुश हूं, लेकिन..." उसने दोबारा सिर झुका लिया।

"लेकिन क्या? बताओ, बताओ, तुम्हें किस चीज़ की कमी है। मैं अभी उसका इंतज़ाम करता हूं। डरो नहीं, साफ़-साफ़ बोलो।"

"न... नहीं, नहीं, किसी चीज़ की कमी नहीं, उसने 'चीज़' पर कुछ ज़ोर देकर कहा।" सब कुछ तो है मेरे पास। मगर आप आज यह क्यों पूछ रहे हैं? दुश्मनों की तबीयत नासाज़ है, इस वजह से मेरे साथ चुहलें करने की सूझी है?"

"नहीं, इसमें चुहल की क्या बात है। बस यूं ही ख़्याल आ गया कि तुम मेरी ख़ातिर घर से दूर पड़ी हो...।"

"आप ही की ख़ातिर तो पड़ी हूं। बस यही मेरा जवाब है। आप तो जानते ही हैं।"

"शाबाश मेरी प्यारी," मार्स्टन ब्लेक ने कहा। ऐसे मौक़ों पर उसके लहजे और उसके अल्फ़ाज़ दोनों में अंग्रेज़ियत आ जाती थी जो वज़ीर ख़ानम को बहुत बुरी लगती थी, लेकिन वह अपनी नागवारी को बहुत सलीक़े से छुपा जाया करती थी। "मैं तुमसे बहूत-बहूत .खुश हूं। मुझे तुम पर घमंड है।"

वज़ीर को यह अभिभावकीय लहजा भी कुछ .खास न भाया, लेकिन उसने ज़ाहिर यही किया कि वह भी बहूत-बहूत .खुश है। "भला इसमें घमंड की क्या बात है साहब," उसने जवाब दिया। "कौन है जो आपके साये में बसना पसंद न करेगा।"

"नहीं, तुम्हारी बात और है। वह क्या शेर था, तुम्हारे देहली वाले साहब .खुसरो का बड़े मज़े का शेर था, अरे भई जरा याद तो दिलाओ, एक-दो लफ़्ज़ तो पढ़ दो।"

"अब .खुदा जाने किस शेर को आप कह रहे हैं..."

"वही जो कुछ इस तरह से है, चीज़े-दीगर वग़ैरा, और किस शेर को मैं कहूंगा।"

अब वज़ीर ख़ानम को शेर पढ़ते ही बनी। "ठीक है, ठीक है, मुझे याद आ गयाः

आफ़ाक़ हा गर दीदा अम गेहरे बुतां वर्ज़ीदा अम

बिसियार ख़ूबां दीदा अम लेकिन..."

(लोकों के चक्कर काटे, बुतों के इश्क़ में गिरफ़्तार हुआ, बहुत से हसीन देखे लेकिन... तू कुछ और ही चीज़ है)

मिसरा पूरा होने के पहले ही मार्स्टन ब्लेक बोल उठा, "अहा! लेकिन तू चीज़े-दीगरी! वाह-वाह... कितनी अच्छी बात कही।"

"होगा, वह लोग और थे..." वज़ीर ने कहना शुरू किया। लेकिन मार्स्टन ब्लेक ने उसकी बात फिर काट दी और बोला, "वह सब तो हुआ। लेकिन छोटी बेगम, यह बात तो रही जाती है कि तुम मेरे पास .ख़ुश हो कि नहीं।"

"ए लो, सारी रामायन सुन गए, फिर पूछते हैं सीता कौन थी। कहा तो कि मैं यहां आप ही की ख़ातिर पड़ी हूं। आपकी चौखट मेरे दिल की .ख़ुशियों का दरवाज़ा है," वह हंसकर बोली। "अब तो चैन पड़ा, मेरे दिल का हाल सुन लिया आपने।"

इस बार मार्स्टन ब्लेक ने कुछ जवाब न दिया। शायद वह छोटी बेगम से कुछ और का तलबगार था। शायद वह चाहता था कि उसकी बीबी कुछ चाहने वालों का सा अंदाज़ दिखाए, कुछ अहसानमंदी और कुछ इश्क़ और जिस्म की लज़्ज़तों की बात करे। छोटी बेगम एक लम्हा रुककर बोली, "यह सारा भरा-पूरा आलीशान घर, ये हुकूमत, ये इज़्ज़त और... और... आप..."

वह कहना चाहती थी "आपकी मुहब्बत" और "दिल लुभाने, बात करने के आपके तरीक़े," लेकिन कोई चीज़, शायद शर्म, उसकी ज़बान पर आकर ठहर गई, और अल्फ़ाज़ कहीं दिल की गहराई में दूर दबे रह गए। मार्स्टन ब्लेक के चेहरे पर कुछ पहेली जैसी मुस्कुराहट आई।

"और ये चांद-सितारे जैसे बच्चे," वह बोला। "और मैं, तुम्हारे हुस्न पर जान निछावर करने वाला..."

"और क्या, ये सब मुझे कहां से मिलते? और मुझे ही क्या, किसी को भी कहां से मिलते? यह तो मुझ पर अल्लाह की ख़ास मेहरबानी है।"

वह यह सब कह तो रही थी, लेकिन उसके जी में था कि किसी तरह यह भी पूछ लूं कि ऐसे ही जान छिड़कने वाले हो, तो मुझे निकाही बीवी न सही, लिखा-पढ़ी की बीबी ही बना देते। मगर मार्स्टन ब्लेक अब उसे अपने ख़ास अंदाज़ से देख रहा था। उसकी निगाह से लगाव, ग़ुरूर, अपनाइयत टपक रही थी। वज़ीर को अपना दिल मोम होता हुआ महसूस हुआ।

"एक बात कहूं?" मार्स्टन ब्लेक बोला।

"क्यों नहीं, ज़रूर कहिए। मुझसे पूछने की क्या बात है?"

"तो सुनो... यह 1830 का नया साल शुरू होने पर मैं तुमसे शादी की दर्ख़ास्त करूंगा, नए साल में मेरी तनख़्वाह भी बढ़ जाएगी, फिर कुछ दिन बाद शायद तरक़्क़ी भी हो जाए। शायद हम देहली वापस जा सकेंगे।"

वज़ीर ख़ानम का जैसे जी सनसना गया। देहली, और ब्लेक साहब जैसे फ़िरंगी साहब की निकाही बीवी बनकर, अंधा क्या चाहे दो आंखें। उसके तन-बदन पर कंपकपी छाने लगी। उसने बढ़कर मार्स्टन ब्लेक का हाथ मज़बूती से पकड़ लिया जैसे अभी से शादी का बंधन बांध रही हो।

"क़ुबूल है? अब तो .ख़ुश हो?"

"बहुत .ख़ुश। पहले भी .ख़ुश थी, लेकिन अब तो आपने मुझे जीते जी ही जन्नत की .ख़ुशख़बरी दे दी। अल्लाह आपका इक़बाल बुलंद करे।"

मार्स्टन ब्लेक ने बढ़कर उसके हाथों, बालों, मुंह, गर्दन और माथे पर बोसे दिए। वो 'हटिए, ये क्या कर रहे हैं, नौकर देख लेंगे' कहती ही रह गई।

थोड़ी देर बाद मार्स्टन ब्लेक दोबारा पलंग पर लेट गया और लेटते ही करवट लेकर सो गया। शायद उसका भी दिल शादी की तजवीज़ ज़ाहिर कर देने के बाद हल्का हो गया था। वज़ीर के दिल की सनसनी अब कम हो गई थी। लेकिन अब एक हल्की सी उलझन उसकी जगह आ गई थी। अब तक तो वह अपने जाने आज़ाद थी और साहब से किसी बात पर अनबन हो जाती या साहब के तौर बदल जाते या .ख़ुद उसी का जी साहब से उकता जाता, तो बीती बातों पर ख़ाक डालने और नए सिरे से ज़िंदगी शुरू करने की संभावना थी। 'लेकिन निकाह...? फिर तो वह बंधुवा और बांदी ही बन जाएगी। साहब तो जब चाहेंगे, तलाक़ दे देंगे, लेकिन वह तो अपने हाथ-पांव तुड़वा चुकी होगी। बांदी तो तुम अब भी हो बन्नो, किसी और भ्रम में न रहना। क्या तुम बच्चों को छोड़कर रह सकोगी? लेकिन ये बच्चे मेरे हैं कहां? हिंदी ज़रूर बोलते हैं, जिएंगे तो बड़े होकर उन्हें ग़ज़ल-मस्नवी भी सिखाऊंगी और फ़ारसी-अरबी भी पढ़वाऊंगी। .ख़ुशनसीवी, शहसवारी भी सिखाऊंगी, मिर्ज़ा बनाऊंगी, लेकिन वो मेरे पास रहें और पले-बढ़ें तब तो सही। साहब ने कुछ कहा नहीं है, लेकिन एबी मेमसाहब की नीयत तो साफ़ मालूम होती है कि वो मेरे बच्चों को क्रिस्टान ही नहीं, अंग्रेज़ भी बनाएंगी, मुझसे छुड़ाकर रहेंगी। कहते हैं अंग्रेज़ लोग ख़ून अपना नहीं छोड़ते, अगर उसमें मुसलमान का .ख़ून मिल गया हो। अख़्तरलोनी जरनैल साहब ने इसीलिए तो मराठन आया को मुसलमान करके उससे निकाह किया, मुबारकुन्निसा बेगम नाम और ख़िताब दिया। ब्लाक साहब भी मेरे बच्चों को मुझसे ले ही लेंगे... मैं तो अकेली ही रहने के लिए बनी हूं। यह ज़माना क्या है, क़यामत का हंगामा है, हर एक को अपनी पड़ी है, कोई किसी का होने वाला नहीं।

मैं और ब्लाक साहब... नौकर कहते हैं जोड़ी अच्छी है लेकिन वह ईसाई अंग्रेज़, मैं हिंदी मुसलमान! उनकी क़ौम हम पर हुकूमत के ख़्वाब देख रही है, ये मेरे कब होकर रहने वाले हैं। और मुझे इतनी जगह तो मिले कि खुलकर सांस ले सकूं। मैं किसी की गुलाम बनकर क्यों रहूं, चाहे वह फ़िरंगी बड़ा साहब ही क्यों न हो... तो क्या निकाह से इंकार कर दूं? ब्लाक साहब तो समझते हैं कि मुझ पर बड़ा अहसान कर रहे हैं, और मैं तो अपनी इज़्ज़त पहले ही उन्हें दिए बैठी हूं। मुझ पर अहसान करें या पीठ पर मेरे लात मार दें, मैंने तो ज़िंदगी का ख़ाका बना ही लिया है। उसमें अभी ब्लाक साहब के लिए काफ़ी जगह है, लेकिन फिर...? अगर निकाह से इंकार कर दूं तो ब्लाक साहब मुझे रखेंगे या जाने को कहेंगे? सच्ची पूछो तो जाना इतना बुरा भी नहीं, लेकिन कहां जाना है? क्या ले के जाना है, क्या छोड़ के जाना है? जान रहती है कि जाती है, ब्लाक साहब की मुहब्बत भी तो उसमें घर बना चुकी है... मुझे निकाह कर लेना चाहिए लेकिन अंग्रेज़ी अदालत में काग़ज़ पर भी दस्तख़त करा लेना चाहिए। मगर इस तरह तो मैं और बंध जाऊंगी। पर यह भी तो सोचो कि ये दिन कितने भयानक और मुसीबतों के हैं। किसी का कुछ ठीक नहीं, न ज़िंदगी का, न इक़रार का, न वादे का और न धमकी का। ब्लाक साहब फ़ौजी अफ़सर हैं, आज नहीं तो कल लड़ाई पर भेजे जाएंगे। फिर शैतान के कान बहरे, न जाने वहां कैसी पड़े कैसी न पड़े। चलो कुछ नहीं तो ज़ख़्मी ही हो जाएं, हाथ-पांव कुछ गंवा बैठें। फिर उन्हें कौन देखेगा, कौन खिलाएगा-पहनाएगा और मान लो दूर-पार वह किसी जंग में काम आ गए, तो मुझ दुखियारी का हाथ कौन पकड़ेगा? या न सही, यह सब न हुआ, लेकिन ब्लाक साहब विलायत वापस चले गए तो? कहते तो हैं कि मेरा जीना-मरना यहीं होगा, लेकिन मर्द ज़ात का एतबार क्या, और वह भी फ़िरंगी क्रिस्टान मर्द का कि उनसे तो नास्तिक ही भले। क्या ख़बर कब उनके घर वाले या और कोई नहीं तो यही टिंडेल साहब और एबी मेम उन्हें मुझसे छुड़ा दें, या उन्हीं का दिल कल-कलां किसी गोरी खाल वाली पर आ जाए। मैं तो अपनी भलाई की पहले सोचती हूं... लेकिन ब्लाक साहब में कुछ मोहनी सी ज़रूर है; कैसा उनको देखकर मेरा कलेजा बल्लियों उछला था उस रात जब महरौली शरीफ़ से वापसी में हमें आंधी ने आ लिया था। वह अगर हमारा हाथ न पकड़ते तो अपना तो बेड़ा ही पार था; डाकुओं के हत्थे चढ़ गई होती या फिर जिन्नात उठा ले जाते। क्या उन्हें औरतों का, माशूक़ों का, ख़िदमतगुज़ारों का कोई काल था? लेकिन मैं भी तो हज़ारों में एक हूं और मुझसी गुनों वाली बीबी उन्हें कहां नसीब हो सकती थी। क्या पता उनके दोस्तों, रिश्तेदारों ने मुझे पसंद न किया हो, फिर भी उन्होंने मेरी बांह पकड़ी और अब तो निकाह की भी कहते हैं। मगर मैं यह सब क्यों सोचूं, क्या सारी दुनिया का दर्द मेरे ही जिगर के लिए है? ब्लाक साहब अगर मुझे चाहते हैं तो मैंने भी उनकी

ख़ातिर सब कुछ छोड़ा है। मैंने भी बहुत कुछ खोकर उनको अपनाया है। क्या उनकी तरफ़ बड़ी क़ुर्बानियां हैं और मेरी तरफ़ सिर्फ़ गुलछर्रे हैं? हक़ीक़त तो कुछ और ही है, पर इंसाफ़ से देखने वाले कहां हैं।

.ख़ुदा जाने कब उसे झपकी आ गई। जब बच्चे खेल से वापस आए तो उनके शोर से चौंककर उसकी आंख खुली। वह पलंग की पट्टी पर टिकी हुई अजब बेआरामी से सोई थी कि उसका सारा बदन दर्द कर रहा था। लेकिन उसे ताज्जुब इस बात पर हुआ कि उसका दुपट्टा बिल्कुल तर था। यह पसीना तो नहीं हो सकता था।

अक्टूबर का महीना ख़त्म होकर नवंबर शुरू होने वाला था। मार्स्टन ब्लेक ने नौकरों की तनख़्वाह के लिए रुपयों के तीन तोड़े लाकर उसे दो-तीन दिन पहले ही दे दिए थे। वह हर महीने की चार तारीख़ को तनख़्वाह बांटती थी, शायद इसलिए कि जब वह इस घर में आई थी तो उस दिन चार तारीख़ थी। पहली बार जब सब नौकर उसे सलाम करने को हाज़िर हुए, तो वो सन्नाटे में आ गई थी। उसने किसी घर में इतने नौकर भला कब देखे थे। चालीस से क्या कम रहे होंगे! फिर जब गर्मियां आईं तो पानी भरने और टट्टियों पर पानी छिड़कने के लिए नौकर और बढ़े, लेकिन वो आरज़ी थे। उसके यहां हर बच्चे की पैदाइश के साथ दो-तीन नौकरों का इज़ाफ़ा हो जाता, वह अलग।

नौकरों की इस बड़ी तादाद पर वज़ीर की जान उलझती तो थी, लेकिन फ़ायदे भी बहुत थे। साहब जब तक घर में होते, वह उनके साथ बातों में, खाने की मेज़ पर या और तरह से मशगूल रहती थी। पर साहब के बाहर जाने के बाद उसे फ़ुर्सत ही फ़ुर्सत होती। नौकर ख़ूब सधे हुए थे, ख़ानसामां और सरदार बैरा भी उनकी निगरानी में कमी न करते, इसलिए सुबह के वास्ते हुक्म सुनाकर वह घर के कामों से लगभग बिल्कुल फ़ारिग़ हो जाती। मिलने-मिलाने के सिलसिले ज़्यादा थे नहीं, सिर्फ़ टिंडेल बहन-भाई और बच्चों की आमद ने उसकी मसरूफ़ियतें कुछ बढ़ा दी थीं, लेकिन फिर भी बहुत नहीं। एबी मेमसाहब ने बच्चों की तरबियत का ज़िम्मा बड़ी हद तक ले ही लिया था। इस तरह वज़ीर ख़ानम को पढ़ने और शेर कहने के पुराने शौक़ पूरे करने का मौक़ा मिल गया। गुलिस्तां, बोस्तां, सादी की ग़ज़लें, हाफ़िज़ शीराज़ी का कलाम, .ख़ुसरो की ग़ज़लें, फ़ैज़ी की मसनवियां, मुहम्मद अफ़ज़ल सरखुश और शाह नूरुल-ऐन वाक़िफ़ के दीवान, रूमी की मसनवी, हज़रत मिर्ज़ा मज़हर जाने-जानां का दीवान और 'ख़रीता-ए-जवाहिर' नाम का संग्रह उसके अध्ययन में रहते। रेख़्ता के शायरों में शाह नसीर साहब तो उसके उस्ताद ही थे, देहली के अक्सर उस्ताद, ख़ासकर मियां मुहम्मद तक़ी मीर, मिर्ज़ा सौदा, शेख़ जुरअत और मियां मुस्हफ़ी का बहुत सा कलाम उसका ख़ूब देखा हुआ था। नए शायरों में वह मिर्ज़ा

नौशा, मियां ज़ौक़ और शेख़ नासिख़ को पसंद करती थी।

नवंबर 1829 की चार तारीख़ को वज़ीर ख़ानम ने जो चिट्ठा बांटा उसकी तफ़्सील यूं थीः

नौकर	माहाना तनख़्वाह
चांद ख़ां, ख़ानसामां	बारह रुपए
नूर मियां, बकावल	ग्यारह रुपए
शहामत अली, साहब का आबदार	आठ रुपए
लाल ख़ां, बीबी साहब का आबदार	छह रुपए
घसीटे ख़ां, बावर्ची	पांच रुपए
अमर सिंह, ख़िदमतगार अव्वल	सात रुपए
केवलराम, ख़िदमतगार दोयम	छह रुपए
ईदू मियां, मशालची	चार रुपए
नत्थू लाल, धोबी	आठ रुपए
नन्हे मियां, इस्तरी वाला	पांच रुपए
मुन्नन ख़ां, दर्ज़ी	आठ रुपए
रामदई, बड़ी आया	दस रुपए
लाडो बेगम, दाईखिलाई	सात रुपए
नाज़ो बेगम, दाईखिलाई	सात रुपए
रमजी, छोटी आया	पांच रुपए
अनवरी बीबी, मामा असील	दस रुपए
चतरसिंह, डोरिया अव्वल	पांच रुपए
नाहर सिंह, डोरिया दोयम	चार रुपए
तमीज़न, हलालख़ोरनी (मेहतरानी)	दो रुपए
नरगिस, ख़ाकरोब (झाड़ू लगाने वाली)	डेढ़ रुपए
चंदन सिंह, सरदार बैरा	आठ रुपए
आलम सिंह, बैरा	छह रुपए
रामकृपाल, ग्वाला	चार रुपए
करतार सिंह, भेड़ी वाला	पांच रुपए
सद्दू मियां, मुर्ग़ी-बटेर वाला	पांच रुपए
नाथूराम, माली अव्वल	पांच रुपए
लल्लू, माली दोयम	तीन रुपए
शामलाल, मज़दूर	दो रुपए
शेरा, मज़दूर	दो रुपए

चुन्नी देवी, घोड़ों को चारा देने वाली	ढाई रुपए
नबी करीम, बहलबान	दस रुपए
गुलाम ख़ां, सईस	चार रुपए
नत्थू ख़ां, सईस	चार रुपए
कैलाश, सईस	चार रुपए
धनीराम, सईस	चार रुपए
लखनलाल, सईस	चार रुपए
क़ायम ख़ां, सईस	चार रुपए
नवाज़िश अली, सईस	चार रुपए
अभय सिंह, सईस	चार रुपए
कलुवा, चरकटा	दो रुपए
रामू, चरकटा	दो रुपए
पीरू, चरकटा	दो रुपए
सलामत, भिश्ती अव्वल	आठ रुपए
लल्लन ख़ां, भिश्ती दोयम	पांच रुपए
कल्लन ख़ां, भिश्ती सोयम	चार रुपए
दीनानाथ, बढ़ई अव्वल	आठ रुपए
खिलावन, बढ़ई दोयम	चार रुपए
राम बहादुर, क़ुली मशालबरदार	दो रुपए
बंदा गणेश, क़ुली मशालबरदार	दो रुपए
नैन सिंह, चौकीदार	पांच रुपए
नवल सिंह, चौकीदार	पांच रुपए
बख़्तावर ख़ां, दरबान	चार रुपए
क़ादिर बख़्श, चपरासी	पांच रुपए
ग़ौस ख़ां, चपरासी	पांच रुपए
फूलवती, मालिश वाली नाइन	तीन रुपए
सहेली देवी, चंपी वाली	चार रुपए
ज़ोरावर ख़ां, चोबदार	सात रुपए
धनंजय, चोबदार	सात रुपए
नौकरों की कुल तादाद	58
कुल चिट्ठा बराय नवंबर 1829	तीन सौ रुपए

गर्मियों के मौसम में टट्टियां भिगोने और आमत झाड़-पोंछ करने वालों का इज़ाफ़ा हो जाता था। ये तादाद में आठ होते और उनकी तनख़्वाहें डेढ़ से दो रुपए माहवार होतीं। हवेली से बाहर कुछ नौकरों की तनख़्वाह ब्लाक साहब .ख़ुद बांटते थे, या शायद कंपनी बर्दाश्त करती हो; उनका सही इल्म वज़ीर को न था। ये लोग हरकारे, सिपाही और शायद एक-दो जासूसी और मुख़बिरी का काम करते थे। घर में उनका आना-जाना मना था। दीवानख़ाने में या बड़े कमरे के सामने, साहब जिस कमरे में होते, वहां एक चपरासी हर वक़्त मौजूद रहता। इसी तरह बड़ी आया और छोटी आया में से एक ख़ादिमा हर वक़्त वज़ीर ख़ानम की पेशी में या कमरे के सामने रहती। बढ़ई, दर्ज़ी, धोबी, इस्तरी वाले, चरकटे, भिश्ती, नाइन, चोबदार के अलावा बाक़ी सब नौकरों का खाना साहब ही के बावर्चीख़ाने से जाता था। कुछ अपना खाना आप पकाते थे; उन्हें सीधा साहब के गोदाम से मिलता था। नौकरों में ख़ानसामां का दर्जा सबसे ऊंचा था, उसके बाद बकावल, फिर सरदार बैरा और साहब का ख़िदमतगार और आबदार अव्वल। ज़नाना नौकरों में मामा असील सबसे ऊपर थी, उसके बाद दाईपिलाई या खिलाई और बड़ी आया। बाहर के नौकरों में बहलबान का दर्जा सबसे ऊपर था।

□□

मंदिर

बड़ा दिन आया, हर तरफ़ .ख़ुशियां मनीं। गिरजाघर में घंटे बजे, नमाज़ हुई, मिलना-मिलाना हुआ। घर में तोहफ़ों और मिठाइयों का अंबार लग गया। .ख़ुद महाराजा के यहां से उम्दा-उम्दा चीज़ें आईं, जिनमें हाथी दांत का बना हुआ डेढ़ हाथ लंबा और एक हाथ ऊंचा एक रथ भी था, जिसमें दो बैल जुते हुए थे, रथवान अपने आसन पर और रथ के अंदर नौजवान मियां-बीवी पूरे दरबारी लिबास में सजे-धजे बैठे हुए थे। बैलों के माथे पर चंदन-टीके से लेकर नौजवान बीवी के ज़ेवरों तक, हर चीज़ की तफ़्सील इतनी साफ़ और रंग इतने सच्चे थे कि गोया सब बिल्कुल असली हों और किसी ऐसे मुल्क के हों जहां की हर चीज़ ऐसी ही छोटी क़द-काठी की होती है। वज़ीर ख़ानम इतने ख़ूबसूरत और क़ीमती तोहफ़े को देखकर फूली न समाई। उसने एक पूरा दिन इस इंतज़ाम और सोच-विचार में लगा दिया कि यह रथ कहां रखा जाए और किस तरह और किस जगह रखा जाए कि उसकी ख़ूबसूरती और उसके काम की सफ़ाई और बारीकी पूरी तरह उभरकर सामने आ सके।

बड़े दिन के जश्न के पीछे-पीछे नया साल आया और हमेशा की तरह जोशोख़रोश से मनाया गया। उसके फ़ौरन बाद राजपूताना के लिए पॉलीटिकल एजेंट कर्नल एल्विस (Alves) साहब छह हफ़्ते की छुट्टी पर कलकत्ता चले गए और मार्स्टन ब्लेक को जयपुर की रेज़ीडेंटी का मुख़्तार बना गए। उस दिन वज़ीर ने और भी .ख़ुशियां

मनाई, क्योंकि उसके हिसाब से यह उसके साहब के ओहदे की तरक़्क़ी की तरफ़ पहला क़दम था। उसका यह ख़्याल उस वक़्त और भी पक्का हो गया जब नौकरों के अलावा टिंडेल भाई-बहन ने भी मार्स्टन ब्लेक को और उसे मुबारकबाद दी।

जिनके रुत्बे हैं सिवा उनको सिवा मुश्किल है। मार्स्टन ब्लेक का ओहदा बढ़ा तो ज़िम्मेदारियां भी बढ़ीं और काम भी बढ़ा। कंपनी के मुलाज़िमों के लिए पॉलीटिकल एजेंट के कामों में पुलिस और जज का काम अंजाम देना भी शामिल था। आए दिन मुक़द्दमों की पेशियां होतीं, छोटे-बड़े झगड़े पैदा होते। अक्सर महाराजा के दरबार से फ़ैसले या हरजाने के लिए शिकायतें या मामले भेजे जाते और उन पर फ़ौरन कार्रवाई ज़रूरी होती। सियासी मसले, कलकत्ता की डाक, पास-पड़ोस के रेज़ीडेंटों की डाक, इन सबसे अलग उलझना पड़ता। अगर मार्स्टन ब्लेक कुछ चिड़चिड़ा हो गया था या घर पर भी दफ़्तर के काम देखता रहता तो कुछ हैरत की बात न थी। 'देसी रियासतों' में दरबार की मुक़ामी सियासत, रानियों की आपसी होड़, फ़ौज के ख़र्चे, निकम्मे राजाओं या शाहज़ादों की तरबियत और तालीम, रिआया की अंदरूनी बदअमनी या ख़ुशहाली के हालात, इन सब पर रोज़ नज़र रखनी पड़ती थी। बहुत से रेज़ीडेंट साहिबान तो दिन-रात राजमहलों के मुख़बिरों से ही पूछगछ और ख़ुफ़िया बातचीत में लगे रहते थे।

कर्नल एल्विस के कलकत्ता रवाना होने के कोई दो हफ़्ते बाद की बात है कि चांद ख़ां ख़ानसामां जब बाज़ार से ज़रूरी चीज़ें ख़रीदने के बाद वापस आया, तो हमेशा के ख़िलाफ़ मार्स्टन ब्लेक के दफ़्तरी कमरे के दरवाज़े पर ठहर गया। मार्स्टन ब्लेक कलकत्ते की डाक देख रहा था। जब उसने ध्यान न दिया तो चांद ख़ां ने खंखारकर अपनी मौजूदगी की ख़बर दी, लेकिन बेअसर। दफ़्तर के कमरे में इजाज़त के बगैर दाख़िला मना था, लेकिन साहब का ध्यान न देना इस बात का इशारा था कि वो इस वक़्त किसी की दख़लअंदाज़ी पसंद न करेंगे। चांद ख़ां ने हिम्मत करके दोबारा ऊंची आवाज़ में खंखारा तो मार्स्टन ब्लेक ने सिर उठाया और नागवारी के लहजे में पूछा, "क्या मामला है? इस वक़्त मुझे फ़ुर्सत नहीं है।"

"सरकार का हुक्म हो तो एक बात कहना चाहता हूं... अंदर आ जाऊं?"

चांद ख़ां के चेहरे पर तनाव और फ़िक्रमंदी के आसार देखकर मार्स्टन ब्लेक ने उसे अंदर बुला ही लिया, "अच्छा कहो, जल्दी कहो। क्या बात है, क्या मुसीबत आ गई है?"

"जी सरकार, वो हमारे महाराजा सवाई जयसिंह साहब बहादुर... आपको मालूम ही है, तबीयत उनकी बहुत दिन से ख़राब है..."

'हमारे महाराजा' के बोल मार्स्टन ब्लेक पर भारी तो बहुत गुज़रे, मगर वो अनदेखा

कर गया। सिर्फ़ ज़रा चिढ़कर बोलाः “हां तो फिर? तुम्हें इस बात से क्या? तुम तो हमारे नौकर हो।”

“जी, लेकिन... लेकिन... वो बात यह है कि...”

“कुछ बको भी, क्या लेकिन-लेकिन की रट लगाए हो!”

“जी... हुक्म, बात यह है कि बाज़ार में ख़बर उड़ी हुई है कि महाराजा साहब बहादुर को ज़हर देने के मंसूबे हैं।”

अब तो मार्स्टन ब्लेक संभलकर बैठ गया। डाक के काग़ज़ात उसने बस्ते में वापस रखे, अपने फ़ौजी ट्यूनिक की शिकनें बराबर कीं, मेज़ पर रखी चीज़ों को दोबारा क़ायदे से लगाया और इस बहाने से अपने ख़्यालों को समेटने का वक़्त निकाला। महाराजा के दुश्मनों की कमी न थी, और देसी रियासतों में ये सब तो रोज़ का मामला था लेकिन यहां इस वक़्त इस ख़बर में कुछ और मानी थे। मार्स्टन ब्लेक ने दिखावे की लापरवाही से पूछाः “यह किसी चंडूख़ाने की गप्प होगी। तुमने कहां सुनी?”

“हुक्म, मैं अपने भाई से मिलने हवामहल गया था। महाराजा की फ़ौज वहां तैनात है; आपको तो मालूम ही है जनाब कि मेरा भाई भी उसी फ़ौज में है।”

मार्स्टन ब्लेक को यह बात ख़ूब मालूम थी। ऐसी तमाम बातें जानना उसके ओहदे से जुड़े कामों में शामिल था। लेकिन वो कुछ बोला नहीं।

“वहां सारे फ़ौजियों में चेमेगोइयां हो रही थीं कि महाराजा बहादुर के मुख़्तारे-आम लाला झूनताराम चाहते हैं कि महाराजा को रास्ते से हटा दें और नन्हे महाराजा रामसिंह के संरक्षक बनकर ख़ुद राज करते रहें। लेकिन रिआया को सेठ झूनताराम एक आंख नहीं भाता।”

“यानी अगर ऐसा हुआ तो रिआया बलवा कर देगी?”

“हुज़ूर, इसका पूरा-पूरा इम्कान है।”

मार्स्टन ब्लेक के लिए ज़्यादा अहम बात यह थी कि सेठ झूनताराम के ताल्लुक़ात अजमेर, मारवाड़, अलवर, तमाम रजवाड़ों से थे। महाजनी उसके पुरखों का पुश्तैनी कारोबार थी। और राजपूताना के तमाम रजवाड़े, और ख़ासकर उपरोक्त रियासतों के महाराजाओं से उसका लेन-देन था या रहा था। अगर झूनताराम को जयपुर की रीजेंटी मिल जाती है तो वह एक संयुक्त मोर्चा क़ायम कर सकता है, जिसके असरात कंपनी के हितों के लिए नामुनासिब हो सकते थे। सवाई राजा जयसिंह अपनी मौत मरता है या किसी क़ातिलाना साज़िश का शिकार होता है, यह बात फ़िलहाल तो ज़रा भी अहम न थी। ज़रूरी बात यह थी कि महाराजा रामसिंह का संरक्षक जो भी हो, वह कंपनी की गौं का आदमी हो। कंपनी के नुमाइंदे की हैसियत से मार्स्टन ब्लेक को अब ऐसी कोई राह जल्द से जल्द निकालनी थी कि लाला झूनताराम की सत्ता न

क़ायम हो सके।

"सवाई राजा साहब कुछ इतने बीमार तो नहीं है; मेरे पास अभी पर्चा लगा है।"

"जी हुक्म। पर सच्ची बात सिर्फ़ हकीम साहब को मालूम है। सुना गया है वो महल में हिदायात दे रहे थे कि रोग उनका ठीक न होगा; उनकी पूरी देखभाल की जाए कि वो आराम से रहें।"

"तो इसीलिए लाला झूनताराम को जल्दी है। और बड़े ख़ज़ांची सेठ रावलराम को किसी ने सब हाल से बाख़बर किया?"

"हुज़ूर, वो पल-पल की ख़बर रख रहे हैं, लेकिन उनके हाथ-पांव बंधे हुए हैं। महाराजा सवाई जयसिंह साहब बहादुर तक उनकी पहुंच पर रोक लगा दी गई है।"

रावल सेठ के ताल्लुक़ात अंग्रेज़ों और ख़ासकर पॉलीटिकल एजेंट के साथ बहुत .खुशगवार थे। अगर महाराज सवाई जयसिंह को मरना ही था और रियासत और नन्हे महाराजा के संरक्षण की ज़िम्मेदारी किसी को मिलनी थी तो सेठ रावलराम इसके लिए सही आदमी था।

मार्स्टन ब्लेक ने चांद ख़ां को इशारे से रवाना किया और .खुद गहरी सोच में पड़ गया। इस वक़्त कर्नल एल्विस यहां होते तो कितना अच्छा होता। झूनताराम की ताक़त को तोड़ना और रावलराम को उसकी जगह पर लाना अकेले मेरे बस का नहीं। तो क्या सवाई राजा को झूनताराम की साज़िश का लुक़मा बनने से रोकना मेरे बस की बात है? झूनताराम को रेज़ीडेंटी में बुलाकर क़ैद कर लूं? मगर किस इल्ज़ाम में? और उसका भी मुहाफ़िज़ दस्ता बड़ा दबंग और वफ़ादार था। सबके सब पक्के राजपूत या फ़ारमुली पठान थे जो .खुद भी अस्लन राजपूत थे और शेरशाह के वक़्त में मुसलमान होकर बादशाह के हुक्म से पठानों के क़बीले में शामिल किए गए थे। उनसे पार पाना मुश्किल था और सेठ झूनताराम उनके बग़ैर कहीं जाता न था। अव्वल तो वह महल से निकलता ही न था कि उसे कहीं तन्हा किया जा सके।

तो क्या साहब पॉलीटिकल एजेंट की तरफ़ से सवाई राजा जयसिंह को अपदस्थ किए जाने, सवाई राजा रामसिंह को गद्दी पर बिठाने और रावलराम को संरक्षक बनाए जाने का ऐलान कर दूं? लेकिन इस पर अमल न हुआ तो ज़बरदस्त किरकिरी होगी। मुझे तो जयपुर छोड़ना ही पड़ेगा, लेकिन कंपनी का रुत्बा और दबदबा सब ख़ाक में मिल जाएगा। काश कर्नल एल्विस इस वक़्त यहां होते। कलकत्ते की डाक से मालूम हुआ था कि वो देहली के लिए निकल चुके हैं लेकिन कुछ रास्ता कश्ती में भी तय करेंगे। इसमें देर लग सकती है। पहली बात तो यह कि बेहतरीन सांडनी सवारों को देहली भेजूं कि वो पता लगाएं कि इस वक़्त कर्नल एल्विस कहां होंगे। उनके साथ ही कलकत्ते में लार्ड विलियम बेंटिंक के सेक्रेटरी के नाम पूरी रिपोर्ट भेज दूं। इधर मैं कंपनी के अंग्रेज़ डॉक्टर को महाराजा सवाई जयसिंह के महल में, बल्कि

उनके पलंग पर तैनात कर दूं। अगर उधर से इस पेशकश का कोई विरोध हो तो सख़्ती से उसे कुचल देना होगा। उसके बाद देखेंगे ऊंट किस करवट बैठता है।

दिल में ये फ़ैसले करते ही मार्स्टन ब्लेक ने उन पर अमल भी शुरू कर दिया। सबसे पहले तो उसने कंपनी के डॉक्टर मेजर मैकडॉनल्ड को बुलवाकर हालात से मुख़्तसर तौर पर आगाह किया और दो अंग्रेज़ सार्जेंटों के साथ छह देसी (मगर ग़ैरमुक़ामी) सिपाहियों की टुकड़ी के साथ महल में दाख़िल होने का परवाना लिखकर उसी वक़्त आमेर रवाना कर दिया। यूं तो फ़ौजी मंसब के एतबार से मेजर डॉक्टर मैकडॉनल्ड का ओहदा मार्स्टन ब्लेक से ऊंचा था, क्योंकि ब्लेक अभी सिर्फ़ कप्तान ही था, लेकिन रेज़ीडेंटी के इंतज़ामी मामलों में फ़ौजी डॉक्टर को रेज़ीडेंट के अधीन रहना पड़ता था।

शाम होते-होते रेज़ीडेंटी के मुख़बिरों ने यह इत्तला पहुंचाई कि सवाई महाराजा जयसिंह अब चंद दिनों के मेहमान मालूम होते हैं और सेठ झूनताराम ने सारे महल की नाकाबंदी करा दी है। महाराजा को ज़हर देने या किसी और ढंग से उनकी ज़िंदगी का तार तोड़ने की कोई बात उन्होंने नहीं कही। मार्स्टन ब्लेक ने उन्हें बुलाकर .ख़ुद पूछगछ और जिरह की, लेकिन उन्होंने ऐसी किसी साज़िश के इल्म बल्कि वजूद ही से साफ़ इंकार किया। फिर भी मार्स्टन ब्लेक के दिल में ख़लिश रह गई। मुख़बिरों के पास इस सवाल का कोई जवाब न था कि झूनताराम ने महल की नाकाबंदी किन वजहों की बिना पर कराई है। मुख़बिरों को हिदायत की गई कि अभी उल्टे पांव वापस जाएं और इस बात की पूरी छानबीन करके ही वापस आएं।

अगले दिन दोपहर को जासूसों ने ख़बर दी कि बाज़ार में ज़रूरी चीज़ें बहुत कम हो गई हैं और हर चीज़ के दाम बढ़ने लगे हैं। सच पूछें तो इस इत्तला के लिए जासूसों की ज़रूरत न थी; मार्स्टन ब्लेक और टिंडेल भाई-बहन के घरेलू नौकरों के ज़रिए यह बात हवेली के अंदर सुबह के ही वक़्त पहुंच गई थी और वहां से मार्स्टन ब्लेक के भी कान में पड़ी थी, लेकिन उसने इसे बाज़ार की गप्प या नौकरों की चालाकी समझा था कि इस बहाने से दो चार दमड़ी-धेले और कमा लेंगे। लेकिन जासूसों की इत्तेला ने मामले को और ही रंग दे दिया। मार्स्टन ब्लेक यह नतीजा निकालने पर मजबूर हो गया कि राजमहल के मामलों और गद्दी के डावांडोल हालात ने बाज़ार पर बुरा असर डाला है। शाम की चाय के वक़्त रेज़ीडेंटी के मुख़बिरों ने आकर बताया कि महल की नाकाबंदी ग़ालिबन इस वजह से है कि महाराजा स्वर्गवासी हो चुके हैं लेकिन लाला झूनताराम अभी इस ख़बर को आम नहीं करना चाहते। उन्हें किसी का इंतज़ार है। मार्स्टन ब्लेक ने दिल में ख़्याल किया कि यह इंतज़ार साहब पॉलीटिकल एजेंट का तो हो नहीं सकता, ज़रूर किसी साज़िश के ताने-बाने फैलाए जा रहे हैं। उसने कंपनी के डॉक्टर साहब और दूसरे अमले के बारे

में पूछा तो उसे बताया गया कि वो लोग ख़ैरियत से हैं, लेकिन क़ैद हैं।

मार्स्टन ब्लेक उसी शाम अपना घर छोड़कर रेज़ीडेंसी में आ गया। वज़ीर ख़ानम और बच्चों को उसने टिंडेल भाई-बहन की निगरानी में उन्हीं के घर में छोड़ दिया। रेज़ीडेंसी को हथियारबंद कर देने के सिवा उसने कोई कार्रवाई फ़िलहाल मुनासिब न समझी। महाराजा के बारे में राजमहल से अभी कोई ऐलान नहीं हुआ था और अपने डॉक्टर और अमले का हाल मालूम करने और मुमकिन हो तो उन्हें वापस बुलाने के लिए जो रुक़्क़ा उसने दरबार में भेजा था, उसका अभी तक जवाब नहीं आया था। दूसरी सुबह को शहर में ख़बर उड़ी कि अजमेर से एक देसी फ़ौज कई दिन हुए जयपुर के लिए चली थी; कल रात उसने किशनगढ़ छोड़ दिया और परसों शाम तक उसके जयपुर शहर में आने की उम्मीद है। यह फ़ौज किसकी थी, यह तो ज़ाहिर न हुआ, लेकिन क्यों यहां आ रही थी, इसका जवाब क्या बाज़ार के लोग और क्या जासूस, सब यही देते थे कि यह फ़ौज सेठ झूनताराम की मदद के लिए आ रही है। मार्स्टन ब्लेक ने कंपनी के डॉक्टर और अमले के बारे में फिर जांच की और इस बार जवाब मिला कि वो लोग बीमार महाराजा की देखभाल कर रहे हैं और अभी उनकी वापसी मुमकिन न होगी। जवाब माक़ूल था। मार्स्टन ब्लेक दांत पीसकर रह गया। उसे बहरहाल इतना इत्मीनान था कि वो लोग अगर क़ैद में भी होंगे तो कंपनी के इक़बाल से उनका बाल बांका न होगा।

सांडनी सवार हरकारों के देहली रवाना होने के पांचवें दिन जासूसों ने ख़बर दी कि शहर में यह बात फैली हुई है कि सांडनी सवार बख़ैरियत देहली पहुंच गए हैं और यही नहीं, कर्नल एल्विस साहब भी देहली पहुंचकर वहां से घोड़ों की डाक से जयपुर के लिए कूच कर चुके हैं और उम्मीद यह है कि आज से चौथे दिन वो जयपुर में होंगे। इधर अजमेर वाली फ़ौज भी अब बहुत दूर नहीं रह गई है। हालांकि सरकारी इत्तला कोई न थी, लेकिन मार्स्टन ब्लेक का तजुर्बा था कि हिंदुस्तानी लोगों में दूर-दूर की ख़बरें बहुत जल्द पहुंच जाती हैं, और ख़बरें आमतौर पर सही होती हैं। न कोई डाक, न हरकारा, न जासूस, मगर ख़बरें ख़ुदा जाने किस ज़रिए से फैल जातीं और सरकारी तौर पर उनकी पुष्टि होते-होते कई-कई दिन लग जाते।

मार्स्टन ब्लेक ने यह ख़्याल किया कि इस वक़्त साहब पॉलीटिकल एजेंट के आने की ख़बर से शहर में उन लोगों के हौसले बढ़े हैं, जो लाला झूनताराम के ख़िलाफ़ हैं। इस मौक़े का फ़ायदा उठाकर झूनताराम को क्यों न बेदख़ल कर दिया जाए। यह फ़ैसला नातजुर्बेकारी का था और मार्स्टन ब्लेक को इसकी क़ीमत अपनी जान से अदा करनी पड़ी। पहली ख़राबी तो इस फ़ैसले में यह थी कि रेज़ीडेंटी के एक अंग्रेज़ अफ़सर लेफ़्टिनेंट मार्क्स इंचबोल्ड (Lieutenant Marcus Inchbold) और बारह देसी तिलंगे सिपाहियों की गारद को रेज़ीडेंटी की हिफ़ाज़त से हटाकर राजमहल

आमेर भेजना पड़ा। लेकिन इससे बढ़कर ख़राबी यह हुई कि शहर में अफ़वाह फैल गई या फैला दी गई कि कंपनी चाहती है कि नन्हे महाराजा रामसिंह को अपने क़ब्ज़े में कर ले बल्कि मार ही डाले और अपनी मर्ज़ी के महाराजा को गद्दी पर बिठाए। अफ़वाह यह भी थी कि फ़िरंगी अफ़सर और बारह हथियारबंद सिपाही इसी ग़रज़ से रवाना किए गए हैं कि महाराजा सवाई साहब बहादुर के गुज़रने का इंतज़ार भी न किया जाए और हो सके तो उन्हें भी ख़त्म ही करा दिया जाए।

चुनांचे जब सेठ झूनताराम की बेदख़ली का परवाना लेकर लेफ़्टिनेंट इंचबोल्ड क़िला-ए-आमेर पहुंचा तो इस बात से अलग कि उस परवाने की क़ानूनी हैसियत कुछ भी न थी, महाराजा के मुहाफ़िज़ दस्ते और सेठ झूनताराम के सिपाही एक होकर क़िले की हिफ़ाज़त के लिए पूरी तैयारी कर चुके थे। लेफ़्टिनेंट साहब अभी अपने हाथी से उतरने भी न पाए थे कि गिरफ़्तार करके राजमहल के एक तहख़ाने में क़ैद कर दिए गए। होना तो यह चाहिए था कि रिआया मार्स्टन ब्लेक की इस पहल की तारीफ़ करती और हर तरह से उसका साथ देती, लेकिन हुआ यह कि सारे शहर में उस पर गालियां पड़ने लगीं कि वह नन्हे महाराज की जान के पीछे है। मुख़बिरों और जासूसों ने उसे इन मामलों की हवा भी न लगने दी। वह यही समझता रहा कि मैं जो कर रहा हूं, रिआया भी उसके हक़ में है। लेफ़्टिनेंट इंचबोल्ड और उसके सिपाहियों के क़ैद हो जाने पर भी वह बहुत न डरा। उसने ख़्याल किया कि कोई दिन जाता है, कर्नल एल्विस .खुद यहां मौजूद होंगे और सारे काम बख़ैरियत पूरे हो जाएंगे। एक-दो दिन के लिए घबराना क्या।

ख़ैर, यहां तक तो बात सही निकली, कि इस वाक़ए के दूसरे ही दिन, गई रात कर्नल एल्विस जयपुर पहुंच गया। उम्मीद के ख़िलाफ़ उसके साथ सिकंदर साहब के घुड़सवारों (Skinner's Horse) का एक हथियारबंद मुकम्मल दस्ता भी था। उसी दिन सुबह होते-होते यह इत्तला भी पक्के तौर पर मिल गई कि रात में किसी वक़्त सवाई महाराज जयसिंह सोयम अल्लाह को प्यारे हो गए। अजमेर की फ़ौज अभी कुछ दूर थी। कर्नल एल्विस ने उसी वक़्त सिकंदर साहब के घुड़सवारों और रेज़ीडेंटी की फ़ौज की पलटनें अपने साथ लीं, महाराजा सवाई रामसिंह को जयपुर का महाराज तस्लीम करने के लिए कंपनी की सनद तैयार कराई, और नए महाराजा की मंज़ूरी के लिए लाला रावलराम का संरक्षण और सेठ झूनताराम की उम्रक़ैद का हुक्म अपने हाथ से लिखा। रामसिंह हालांकि तब डेढ़ साल का भी न था और वह किसी क़िस्म की मंज़ूरी या नामंज़ूरी देने की क़ुव्वत भी न रखता था, लेकिन कर्नल एल्विस का मंसूबा यह था कि हुक्म पर वह रामसिंह की मां से दस्तख़त करा लेगा और बाद में साहिब गवर्नर जनरल साहब से मुनासिब परवाना मंगवा लेगा। लेफ़्टिनेंट इंचबोल्ड के हाल से बाख़बर होने की वजह से कर्नल एल्विस ने अपनी रवानगी से पहले

अंग्रेज़ी और देसी फ़ौज की दो टुकड़ियां तोहफ़े लेकर, मुबारकबादी गाते हुए, झुंड के साथ रवाना कर दीं कि क़िले में उसके आने की और इरादों की ख़बर हो जाए और झूनताराम भी सचेत हो जाए। यूं भी अजमेर की फ़ौज के न पहुंच सकने के सबब झूनताराम का पहले जैसा हाल न रहा था।

सूरज निकलते-निकलते क़िला-ए-आमेर के सामने मातमी रिआया की भीड़ जमा हो चुकी थी। क़िले के ऊंचे दरवाज़े पर हथियार लदे हाथी झूम रहे थे; उन पर झूनताराम के साथी फ़ौजी सवार थे। लेकिन रेज़ीडेंटी के हिरावल दस्ते को अंदर जाने की इजाज़त मिल गई थी। उसमें से कुछ सिपाही और एक अफ़सर दीवाने-आम के सामने कर्नल एल्विस के इंतज़ार में थे। कुछ ने दीवाने-ख़ास के दरवाज़े पर क़ब्ज़ा कर लिया था। नन्हा महाराजा रामसिंह दो राजपूत सिपाहियों की गोद में और कई ख़ादिमाओं से घिरा हुआ, लेकिन शाही लिबास में, दीवाने-ख़ास के अंदर था। झूनताराम उसके सामने हाथ बांधे खड़ा था; उसने कर्नल एल्विस के दाख़िले पर भी किसी तरह की प्रतिक्रिया नहीं की थी। यही उसकी भूल थी। अगर वह अपने मुहाफ़िज़ों को इशारा कर देता तो ऐन मुमकिन था कि ख़ून की नदियां बह जातीं और मैदान शायद किसी के हाथ न रहता, लेकिन वक़्ती तौर पर अंग्रेज़ की मात हो जाती। झूनताराम को शायद अब भी यह उम्मीद थी कि मुनासिब मौक़े पर वह अंग्रेज़ों को अपने हक़ में मना लेगा। इस मक़सद को पाने के लिए उसने एक भारी रक़म छुपाकर रखी थी कि अंग्रेज़ अफ़सरों की ख़िदमत के लिए काम आएगी। वह यह भूल गया था कि कंपनी के दो अफ़सरों को क़ैद करने के बाद उसे अंग्रेज़ों से किसी हमदर्दी या नर्मी की उम्मीद नहीं होनी चाहिए थी। उसकी यह उम्मीद अब ख़ाम-ख़्याली थी कि हमेशा की तरह रुपए से सब काम निकल सकेंगे।

कर्नल एल्विस के अफ़सर बॉडीगार्ड मेजर क्रैडक (Craddock) ने अपना हाथ अपने पिस्तौल पर रखा और बायां हाथ झूनताराम के कंधे पर मज़बूती से रखकर कहाः "मेरे साथ आइए। आप हिरासत में हैं।"

दो सिपाहियों ने आगे बढ़कर झूनताराम की मुश्कें कस लीं और फ़ौरन उसके पांव में बेड़ियां डाल दी गईं। अपने मालिक की यह ज़िल्लत देखकर झूनताराम के मुहाफ़िज़ों ने तलवारें निकाल लीं। एक वार कर्नल एल्विस के कंधे पर लगा, कर्नल का दायां कंधा निशाना बना और उसका हाथ मोंढे पर से झूलकर बेकार हो गया। कप्तान मार्स्टन ब्लेक उस वक़्त कर्नल एल्विस के बराबर में था। उसने चमककर तलवार का हाथ मारा तो कर्नल का हमलावर वहीं ढेर हो गया। लेकिन कप्तान ब्लेक की सफ़ेद दरबारी वर्दी जगह-जगह ख़ून से रंगीन हो गई। कंपनी के सिपाहियों ने तलवार के अलावा तमंचों और ख़ंजरों से भी काम लिया। जगह तंग, हर तरफ़ औरतों का हुजूम, महल के सिपाहियों को यह ख़ौफ़ कि महाराजा को कुछ नुक़सान न

पहुंचे। कंपनी के तमंचों और सिकंदर साहब के घुड़सवारों के ख़ंजरों ने अपना काम कर दिखाया। लड़ाई आधे घंटे भी न चली। झूनताराम को क़िले के एक तहख़ाने में डाल दिया गया। क़िले के सिपाहियों को कुछ न कहा गया; हां उन सबको बेहिचक गोली मार दी गई जो अमली तौर पर जंग में शरीक थे और जिन्होंने कंपनी के किसी सिपाही को ज़ख़्मी किया था।

कर्नल एल्विस ने कंपनी की तरफ़ से महाराजा सवाई रामसिंह को साफ़ा और तुर्रा पहनाया, जड़ाऊ पेशक़ब्ज़ उसकी कमर से बांधा और लाला रावलराम के संरक्षण का बाक़ायदा ऐलान किया। पूजा-पाठ की रस्में हुईं। दिन चढ़े तक मुबारकबादियां गाई जाती रहीं, रस्मी दावत भी हुई। तय पाया कि मुहूर्त देखकर गद्दीनशीनी के लिए दिन और वक़्त तय किया जाएगा।

कर्नल एल्विस की हालत अच्छी न थी, उसे पालकी में डालकर कंपनी के डॉक्टर के साथ आगे रवाना किया गया। पीछे-पीछे कंपनी के अफ़सर और सिपाही थे, जिनमें मार्स्टन ब्लेक भी था। शहर पहुंचकर दो चोबदारों और एक सरकारी बरछैत के साथ उसने अपनी राह अलग कर ली कि वज़ीर और बच्चों से मिलता हुआ और उन्हें .ख़ुशख़बरी सुनाता हुआ रेज़ीडेंटी को वापस जाए। कंपनी के लोग एक तरफ़ को मुड़ गए और कप्तान मार्स्टन ब्लेक अपने तीन आदमियों के साथ एक तंग से रास्ते में तन्हा रह गया। नए महाराजा की मसनदनशीनी की .ख़ुशी में दोनों तरफ़ झंडे लहरा रहे थे, फूल और फल, मिठाइयां और चुनरियां, धोतियां और पगड़ियां बांटी जा रही थीं। चौपड़ों पर नाच-गाना हो रहा था। लेकिन अंदर ही अंदर कुछ और तूफ़ान भी पल रहा था, जिसकी मार्स्टन ब्लेक को कुछ भी ख़बर न थी।

शहर में यह झूठी अफ़वाह तो फैल ही चुकी थी कि मार्स्टन ब्लेक ने बीमार महाराजा और नन्हे महाराजा दोनों को ठिकाने लगाने और झूनताराम को मुहाफ़िज़ मुक़र्रर करने का इंतज़ाम करना चाहा था। जब वह .ख़ून में सने कपड़ों में क़िले से बाहर निकला तो उसके आगे-आगे यह अफ़वाह भी चली कि कप्तान साहब ने नन्हे महाराजा का .ख़ून कर दिया है और झूनताराम को आरज़ी मुहाफ़िज़ मुक़र्रर करा दिया है। अजमेर की फ़ौज जब आ जाएगी तो जयपुर राज के किसी और शाहज़ादे को मसनद पर बिठाया जाएगा। मार्स्टन ब्लेक के शहर में दाख़िल होते-होते यह बात फैल चुकी थी और कुछ इलाक़ों में तो नए महाराजा की मसनदनशीनी का जश्न मुल्तवी या रद्द भी कर दिया गया था। मार्स्टन ब्लेक जब तक कंपनी की फ़ौज के साथ रहा, किसी को कुछ करने की हिम्मत न पड़ सकी। लेकिन जब उसने अपने घोड़े की बाग मोड़कर घर का रुख़ किया तो उसके साथ सिर्फ़ चंद आदमी देखकर कुछ लोगों ने ग़ोलबंद होकर उसका रास्ता रोकने की कोशिश की। एक-दो नारे भी लगे जिन्हें मार्स्टन ब्लेक ठीक से न समझ पाया, लेकिन उसका बरछैत यह कहता

हुआ एक दुकान के तख़्ते के नीचे छुपने लगा कि सरकार की जान को ख़तरा है, ये लोग आपको महाराजा जी का क़ातिल समझ रहे हैं।

ये लोग कौन थे, यह आज तक मालूम नहीं हो सका है। कहा तो यही जाता है कि झूनताराम के हिमायती या किराए के टट्टू थे जो अपने मालिक और पालक के क़ैद हो जाने का बदला लेना चाहते थे। लेकिन झूनताराम के पास अब कोई ताक़त तो रह नहीं गई थी; उसके हिमायती जाड़ों की धूप की तरह ठंडे पड़ चुके थे। कुछ लोगों ने यह ख़्याल भी ज़ाहिर किया कि हिंदुस्तानियों, ख़ासकर रियासत जयपुर के मुलाज़िमों के साथ मार्स्टन ब्लेक का रवैया चूंकि बहुत ग़ुरूर भरा और तौहीनआमेज़ रहा था, इसलिए बहुत से मुक़ामी लोगों को जिनमें कुछ आदी मुजरिम भी शामिल थे, मार्स्टन ब्लेक से दिली चिढ़ थी और उस वक़्त उन्होंने उसकी तन्हाई और उसके ख़िलाफ़ आम अफ़वाहों का फ़ायदा उठाकर उसका क़िस्सा पाक करना चाहा। बरछैत को जब कुछ बलवाइयों ने ताका तो वह दुकान से निकलकर यह पुकारता हुआ एक तंग गली में ग़ायब हो गया कि "साहब, अपनी जान बचाइए; मैं इतने सिपाहियों को लेकर आता हूं।" अब मार्स्टन ब्लेक के पास सिर्फ़ चोबदार थे और दोनों निहत्थे। उसने उन्हें अपने दाएं-बाएं लेकर तमंचा निकाला और जल्द-जल्द हवा में दो-चार फ़ायर किए कि मजमा शायद कुछ ख़ौफ़ज़दा हो जाए। लेकिन उसके फ़ायरों ने जलते पर तेल का काम किया। आनन-फ़ानन में एक शख़्स "हाय मार डाला, हाय मुझे बचाओ" चीख़ता हुआ ज़मीन पर लोटने लगा। ख़ुदा ही जाने वह ज़ख़्मी था भी कि नहीं, लेकिन उसने ऐसा उधम मचाया कि मजमा और भी भड़क गया।

"मारो फ़िरंगी को!"

"मार डालो महाराजा के क़ातिल को!"

"जाने न पाए; यहीं ढेर कर दो!"

"छोड़ना मत सूअर की औलाद को!"

"आओ, आओ, बढ़ो, गिरा दो हराम के जने को... मादरबख़ता हरामी!"

"देखते हैं साला कुत्ता... अब कहां जाता है।"

जल्द ही इन गालियों में मां-बहन की गालियां भी शामिल हो गईं और मजमे की आवाज़ ग़ुर्राहट में बदलने लगी। चंद पलों में वह भीड़ जो मुश्किल से बीस-पच्चीस बेफ़िक्रों और लाख़ैरों की थी, तीन-चार सौ की ग़ोलबंदी में बदल गई। मार्स्टन ब्लेक ने देखा कि इस तंग सड़क पर न ठहरने की गुंजाइश थी, न भागने का रास्ता, यहां से निकलकर अगली चौपड़ पर पहुंच जाऊं तो वहीं पर शायद कोतवाली के सिपाहियों का एक थाना है, वहां शायद हिफ़ज़त मिल सके। उसने दूसरा तमंचा निकालकर एक चोबदार को दिया और ख़ुद फ़ायर करता हुआ चीख़ा, "देखते क्या

हो, फ़ायर करो। यहां से निकलोगे तो जान बचेगी।"

दोनों तमंचों से फ़ायर होने लगे तो मजमे के पांव ज़रा उखड़े। थोड़ी सी राह पाकर मार्स्टन ब्लेक ने अपना घोड़ा हुजूम के अंदर डाल दिया। जिस चोबदार के हाथ में तमंचा था, वह घोड़े की आड़ लेकर फ़ायर कर रहा था पर उसका तमंचा पुराने ढंग का था, नए अंदाज़ का पिस्तौल न था और न ही उसे निशानेबाज़ी में कुछ महारत हासिल थी। इसलिए फ़ायरों की रफ़्तार धीमी थी। दूसरा चोबदार वहीं मजमे की रौंद में आ गया, उसकी हड्डी-पसलियां सुर्मा हो गईं। मार्स्टन ब्लेक के पिस्तौल में एक साथ पांच गोलियां भरी जा सकती थीं। इसलिए वह तौर पर ज़्यादा तेज़ी से गोली चला रहा था। घोड़ा उसका नस्ल से अरबी और निहायत सधा हुआ, निहायत बेजिगर था; वह अपने सवार के हर इशारे की मुकम्मल फ़रमांबरदारी करता हुआ बेझिझक आगे बढ़ता रहा।

जब वह तंग सड़क ख़त्म हुई तो मार्स्टन ब्लेक ने देखा कि उसका अंदाज़ा ग़लत था। आगे न कोई चौपड़ थी और न कोतवाली के दारोग़ा का थाना। सामने एक छोटे से मैदान में एक पुराना सा मंदिर था, मगर इस वक़्त कोई भक्त या पुजारी वहां नज़र न आता था। मैदान के दोनों तरफ़ सड़कें थीं, लेकिन मार्स्टन ब्लेक को बिल्कुल याद न आता था कि वो दो रास्ते कहां निकलते हैं। उसने पीछे मुड़कर चोबदार को सवालिया नज़रों से देखा तो चोबदार ने भी लाइल्मी का इज़हार किया और इशारा किया कि इस मंदिर में पनाह लेना बेहतर होगा। भूले हुए रास्ते को ख़्याल में न ला सकने की वजह से मार्स्टन ब्लेक की अक़्ल कुछ काम नहीं कर रही थी। उसने इस फ़ैसले के आगे-पीछे पर ग़ौर न किया और घोड़े को मैदान में उड़ाता हुआ मंदिर के दरवाज़े पर उतर गया। उस वक़्त पीछे का मजमा कुछ छंट गया था, लेकिन दूसरी तरफ़ से कुछ और बलवाई भी आ गए थे; इसलिए कुल मिलाकर हुजूम कम न हुआ था। मंदिर की तरफ़ मुड़ जाने की वजह से हुजूम को और भी आज़ादी से दौड़ने और पीछा करने का मौक़ा मिल गया। हथियारबंद चोबदार के पास गोलियां ख़त्म हो चुकी थीं; लिहाज़ा बलवाइयों ने उसे आसानी से गिराकर वहीं उसकी तिक्का-बोटी कर डाली। मार्स्टन ब्लेक दनदनाता हुआ मंदिर में घुस गया। उसका ख़्याल था कि ईसाई गिरजाघरों की तरह मंदिर भी महफ़ूज़ जगह का काम करेगा।

लेकिन मार्स्टन ब्लेक को दो बातों की ख़बर न थी। एक तो यह कि वह काली का मंदिर था, जहां पर क़ुर्बानी की परंपरा सैकड़ों बरस से चली आ रही थी। दूसरी यह कि वहां का पुरोहित महाराजा अलवर के ख़ानदान का पंडा था, झूनताराम से उसके ताल्लुक़ात अच्छे थे। जब उसे मालूम हुआ कि मार्स्टन ब्लेक कौन है, तो उसने मजमे की बिल्कुल मुख़ालिफ़त न की बल्कि ग़ुस्सेनाक हुजूम को मंदिर का घेरा डालने और हथियारबंद बलवाइयों को मंदिर में दाख़िल होने की इजाज़त दे दी।

उसके बाद जो कुछ हुआ, उसके बारे में किसी भी चश्मदीद गवाह को कोई तफ़्सील याद न रही। बाद में जब कंपनी ने एक फ़ौजी अदालत इस मामले की जांच के लिए क़ायम की तो पुरोहित ने और दूसरे सब लोगों ने यही कहा कि साहब, हमने कुछ देखा नहीं कि ब्लाक साहब पर पहला हाथ किसने उठाया। और एक हाथ जब उठ गया तो दूसरे को रोकने वाला कौन था।

एक घड़ी से कुछ कम मुद्दत में मार्स्टन ब्लेक का बदन तलवारों से छलनी हो गया। उसकी लाश को उसके क़ातिलों ने उसके घोड़े पर डालकर घोड़े को मैदान से बाहर निकाल दिया। जब अंग्रेज़ फ़ौजी और हाकिम लोग घोड़े कड़कड़ाते, भोंपू बजाते, हटो-बचो के शोर में घिरे हुए, हर तरह से हथियारबंद होकर मौक़ा-ए-वारदात पर पहुंचे, तो उन्हें कप्तान एडवर्ड मार्स्टन ब्लेक का घोड़ा अपने मालिक को अपनी पीठ पर लादे, टूटी कमर और झुके सिर के साथ मंदिर के सामने तिरमुहानी पर खड़ा मिला, गोया समझ न पा रहा हो कि क्या करूं और किस तरफ़ जाऊं। घोड़े के साज़ और ज़ीन का सारा क़ीमती सामान ग़ायब और मार्स्टन ब्लेक के बदन पर से इस्तेमाल की हर चीज़ उतार ली गई थी। क़ातिलों ने इतनी मेहरबानी की थी कि उसकी वर्दी उसके जिस्म पर छोड़ दी थी और लाश की आबरू बचाए रखी थी। मंदिर के पुरोहित का कहीं पता न था। और बलवाई तो गोया वहां कभी थे ही नहीं। मंदिर के दरवाज़े पर ज़मीन भी झाड़ू फेरकर बराबर कर दी गई थी कि इंसान या घोड़े के क़दमों के निशान न मिल सकें।

□□

भाई-बहन

वज़ीर ख़ानम को ऐसा लगा जैसे किसी ने उसका पहलू चीरकर कलेजा खींच लिया हो और ख़ून निचोड़ लिया हो। और अब उसके बदन की कोई चीज़ उसकी अपनी न रह गई थी। उसने मार्स्टन ब्लेक को आख़री बार उस वक़्त देखा था जब वो उसे टिंडेल भाई-बहन के यहां छोड़कर यह वादा करके गया था कि मैं रेज़ीडेंटी में महफ़ूज़ रहूंगा, तुम बिल्कुल फ़िक्र न करो, बहुत जल्द वापस आऊंगा और हम अपना घर फिर आबाद करेंगे। 'हाफ़िज़' के शेर बार-बार उसे याद आते; वो उन्हें दिल में दोहराती और रोती जातीः

बा ऊ बिगो कि ऐ महे-नामेहरबाने-मन
बाज़ आ कि आशिक़ां तो मुर्दन्द ज़े-इंतज़ार
दिल दाह एमो-मेहरे-तूअज़ जां ख़रीदा एम
बरमा जफ़ा-ओ-जौर-ए फ़िराक़त रवा मदार

(उससे जाकर कहो कि ऐ मेरे नामेहरबान चांद वापस आजा। तेरे आशिक़ों की

जान तेरे इंतज़ार में चली जा रही है। हमने तुझे दिल दे दिया और तेरा प्यार अपनी जान के बदले मोल लिया। तू हमारे ऊपर अपने जुदाई का ज़ुल्म न होने दे।)

उसने इक्कीस दिन तक अपने साहब का सोग मनाया। मसीही तर्ज़ से जनाज़ा उठा और गिरजाघर की रस्में भी सब अदा हुईं। लेकिन वज़ीर ने अपनी तरफ़ से मस्जिदों में क़ुरआनख़्वाानी कराई, मकतबों में पढ़ने वालों को खाना खिलवाया और ख़ुद पंजवक़्ता नमाज़ अदा करके साहब के लिए दुआ की। जब उसका ग़म कुछ थमा तो उसने अपने इर्द-गिर्द नज़र की। अब ज़िंदगी क्या और कैसे गुज़रेगी? शीराज़ के ख़्वाजा साहिब की इसी ग़ज़ल का एक शेर उसे फ़ाल के तौर पर याद आयाः

ऐ दिल बेसाज़ बा-ग़मे-हिजरानो-सब्रकुन
ऐ दीदादर फ़िराक़श-अज़ीं बेश ख़ूं-मबार

(ऐ दिल, जुदाई के ग़म के साथ निबाह और सब्र कर। ऐ आंख, उसकी जुदाई में अब और ख़ून मत बहा।)

लेकिन ज़िंदगी बसर करने के लिए तो सब्र के सिवा और भी बहुत कुछ दरकार था। दो बच्चों को किस तरह पालूं, यहां परदेस में किस तरह रहूं? जहां राज किया है वहां मामाओं की तरह क्योंकर बसर कर सकती हूं? मार्स्टन ब्लेक ने कोई वसीयतनामा न छोड़ा था, और बीवी की हैसियत से वज़ीर ख़ानम का नाम कंपनी के काग़ज़ात में दर्ज था नहीं। एब्री मेम साहब ने भाई को दफ़्न करने के दूसरे ही दिन छोटी बेगम से साफ़ कह दिया था कि इस घर में तुम्हारे कपड़ों के सिवा तुम्हारा कुछ नहीं। वज़ीर उस वक़्त तो ख़ामोश रही, लेकिन जब मातम और सोग से दिल कुछ ठहरा तो उसने टिंडेल भाई-बहन से खुलकर बात की। माना कि वह घर से बहुत साज़ो-सामान न लाई थी लेकिन मार्स्टन ब्लेक ने जो सामान तोहफ़े में उसे दिए थे, वो तो उसके थे। जो रक़म उसने कंपनी के जरनैल पामर साहब के बंकघर में अपने नाम से जमा की थी, वह तो सूद समेत उसकी अपनी थी। और जो रोज़ की इस्तेमाली चीज़ें उसके क़ब्ज़े में सारी मुद्दत रही थीं, वो भी उसकी मिल्कियत थीं।

गुफ़्तगू कुछ तल्ख़ होने लगी थी कि विलियम टिंडेल ने अपनी बहन से अंग्रेज़ी में कुछ कहा। एबी एक लम्हे के लिए चुप सी हो गई, गोया उसका भाई जो बात कह रहा है, उसे अपनी ज़बान पर लाने में उसे कुछ हिचक हो रही हो। थोड़ी देर चुप रहकर वह बोलीः "और ये बच्चे, मार्टिन और सोफ़िया...? इनका क्या सोचा है तुमने?"

"सोचती क्या?" वज़ीर ने फ़ौरन जवाब दिया। "मेरे बच्चे हैं, मैं इन्हें पालूंगी।"

"तुम्हारे पास है ही क्या जो बच्चे पालोगी, और तिस पर यह कि अकेली भी रहोगी। और अगर दूसरे का हाथ पकड़ लिया..."

"एबी मेमसाहब, आप इन मामलों में दख़ल न दें। कह जो दिया कि बच्चे मेरे

हैं, मैं अपना पेट काटकर इन्हें पालूंगी। आपको क्या?"

"बच्चे हमारे भी हैं," एकाएक विलियम टिंडेल बोल पड़ा। "एडवर्ड ने इनकी पैदाइश का इंदराज भी अपने बच्चों की हैसियत से करा लिया था।"

यह इत्तला छोटी बेगम के लिए नई थी, और न वह यह समझ सकती थी कि मार्स्टन ब्लेक ने अगर बच्चों की वल्दियत क़ुबूल कर ली थी तो उसके क़ानूनी पहलू क्या हैं, या हो सकते हैं। वह एक लम्हे के लिए चुप हो गई।

"सुनो, एक पेशकश मैं तुम्हारे सामने रखती हूं। मेरा ख़्याल है इसे क़ुबूल करने में तुम्हारी भलाई है।" यह कहकर एबी ज़रा ठहर गई गोया अपनी पेशकश के लिए मुनासिब अल्फ़ाज़ ढूंढ़ रही हो।

"फ़रमाइए, मैं सुन रही हूं," वज़ीर ने हल्के से तंज़ के साथ कहा।

"अच्छा तो सुनो," एबी ने ज़रा तुनककर कहा। "बच्चों को हमें दे दो..."

"क्या मतलब? आप उन्हें मुझसे छुड़ाएंगी, क्रिस्टान बनाएंगी, मुझसे दूर कर देंगी? ये न भूलिए, बच्चे मेरे भी हैं।"

"हां, लेकिन तुम तो अब कुछ नहीं हो। ठाटबाट से पले ये बच्चे, नौकरों की रेलपेल, हर चीज़ की इफ़रात, रौबदाब अलग, ये सब तुम इन्हें कहां दे सकती हो?"

"लेकिन इनका ईमान-धरम..."

"ईमान-धरम की न कहो। इनका बपतिस्मा मसीहियों की तरह हो चुका है, मैं ख़ूब जानती हूं। इस ख़्याल में न रहना कि तुम इन्हें मुसलमान बनाओगी।"

"मैं क्यों बनाती, वो .ख़ुद जो चाहेंगे, बनेंगे। लेकिन उन पर अपना फ़िरंगी मज़हब ठूंसने का आपको कोई हक़ नहीं।"

"ए लो बीबी, क्या बात कह रही हो," एबी ने हंसकर कहा। "हम किसी पर कुछ क्यों ठूंसना चाहें हैं। वो मसीही पैदा हुए, मसीही रहेंगे।"

"रहेंगे क्यों? उनको इस्लाम के बारे में बताकर तो देखेंगे, फिर उनका जो जी चाहेगा, करेंगे।"

"ऐसा तो हमने कहीं देखा नहीं..."

"न देखा होगा, लेकिन मेरे साहब का भी यही ख़्याल था। नहीं तो वो इनके दो नाम क्यों रखते?"

"अच्छा, तो तुम क्या चाहती हो? बच्चे तो हमारे पास रहेंगे, तुम्हारी हैसियत तो कुछ है नहीं, न इज़्ज़त है..."

"इज़्ज़त नापने वाली आप कौन हैं, एबी मेमसाहब? माफ़ कीजिएगा, अपनी हदों को न फलांगिए। मेरे भी लोग हैं। ठीक है, मेरे साहब की शहादत ने मुझे बेघर कर दिया, लेकिन मैं बेइज़्ज़त तो नहीं हुई। आपको जो कहना हो, साफ़-साफ़ कहिए, लेकिन मेरे ख़ानदान को न बखानिए।"

“कहना बस यही है कि बच्चे हमारे, घर का ज़रूरी सामान तुम्हारा, जो कुछ तुम्हें हमारे भाई से मिला, वो सब तुम्हारा। तुम चाहो यहां रहो या कहीं और, गाहे-बगाहे बच्चों को देखने आ सकती हो, लेकिन वो तुम्हारे घर न जाएंगे।”

लफ़्ज़ 'घर' कुछ तंज़िया अंदाज़ में कहा गया था, यह बात वज़ीर से छुपी न रही। वह कुछ कहना चाहती थी कि एबी ने हाथ के इशारे से उसे रोका और अपनी बात जारी रखीः “बच्चों की देखभाल पर तुम्हारा कुछ ख़र्च न होगा।”

“और उनका शादी-ब्याह, तालीम-तरबियत...?”

“ज़ाहिर है कि वो हमारी तरह पले-बढ़ेंगे। अपनी मर्ज़ी से, मगर हम लोगों की मंज़ूरी से शादी करेंगे। तालीम-तरबियत उनकी वैसी ही होगी, जैसी अंग्रेज़ बच्चों की होती है।”

वज़ीर ख़ानम खड़ी हो गई, और तेज़ लहजे में बोली, “मुझे आपकी बातें हर्गिज़ मंज़ूर नहीं...”

लेकिन उसका जुमला पूरा न हुआ था कि विलियम ने अपनी बहन से फिर कुछ अंग्रेज़ी में कहा। एबी ने ज़ोर-ज़ोर से सिर हिलाया और बोली, “बीबी, बैठ जाओ। बच्चों पर तुम कोई हक़ साबित नहीं कर सकतीं। हम कंपनी की अदालत से और ज़रूरत पड़ी तो महाराजा की अदालत से तुम्हारे ख़िलाफ़ डिक्री पलक झपकते ही ला सकते हैं।”

छोटी बेगम कहां तो नाक उठाए, अपने कपड़े संभालती कमरे से बाहर जाने वाली थी कि ठिठककर रुक गई और वापस अपनी जगह पर बैठ गई।

“जो तजवीज़ हमने रखी है, वह मेहरबानी से और तुम्हारा ख़्याल करते हुए रखी है। इस बारे में हम आगे बातचीत कर सकते हैं, लेकिन बच्चों के बारे में किसी वहम में न रहना। वो हमारे हैं और हमारे रहेंगे।”

वज़ीर ख़ानम ख़ूब समझती थी कि टिंडेल भाई-बहन भी उसी की तरह ग़रज़मंद हैं, इसलिए वो समझौते पर राज़ी हैं। ताक़त उन्हीं के हाथ में है लेकिन यह भी वो नहीं चाहते हैं कि बात बढ़े और झगड़े का रूप ले ले। उसकी मुश्किल यह थी कि उस वक़्त उसके लिए बच्चों की देखभाल वाक़ई मुहाल नहीं, तो बहुत मुश्किल ज़रूर थी। बहुत सोचकर वह बोली, “पहली बात तो यह कि आप यहां की अदालत से डिक्री भी ले आएंगे तो साहब लाट गवर्नर हैं, कलकत्ते में उनकी अदालत है। मैं वहां तक इंसाफ़ के लिए जाने को तैयार हूं, लेकिन शरीफ़ों को इस तरह झगड़ना ज़ेब नहीं देता। लिहाज़ा मैं भी कुछ तजवीज़ें पेश करना चाहती हूं।”

“अच्छा, यही सही, बताओ क्या शर्तें रखती हो,” एबी ने जवाब दिया, लेकिन उसके लहजे से साफ़ ज़ाहिर था कि वह छोटी बेगम की शर्तों को बिल्कुल रद्द भी कर सकती है।

"बच्चों का ख़र्च मैं उठाऊंगी।"

ये अल्फ़ाज़ सुनते ही टिंडेल भाई-बहन बड़े ज़ोर से चौंके। "अच्छा...।"

"आप हैरान न हों। मैं इस वक़्त बीस-बीस रुपया महीना दोनों बच्चों के लिए दूंगी। जब बड़े हो जाएंगे तो बढ़ा दूंगी। यह रुपया कहां से आएगा, इससे आपको ग़रज़ न होनी चाहिए। वह मेरा मामला है।"

"और आगे कहो।"

"उनकी तालीम में हिंदी और फ़ारसी भी होगी। अंग्रेज़ी चाहे जितनी पढ़ें, मुझे कोई एतराज़ नहीं। इसी तरह लिबास भी वो दोनों तरह का पहनेंगे। सिर्फ़ अंग्रेज़ी लिबास पहनाना मुझे मंजूर नहीं।"

"ठीक है, इस पर भी ग़ौर किया जा सकता है। और कुछ?" एबी का लहजा अब भी तंज़िया था।

"मैं जब चाहूंगी, उनसे मिल सकूंगी। उनके शादी-ब्याह के मामलों में मुझे शरीक रखा जाएगा।"

"देखेंगे। और तो कोई बात नहीं?"

वज़ीर ने गहरी सांस ली और ठहर-ठहर कर, साफ़ लहजे में बोली, "इन क़ुर्बानियों के बदले इस घर का सारा सामान, कपड़े-लत्ते, शीशे-आले, बर्तन-भांडे सब मेरे होंगे।"

टिंडेल भाई-बहन सन्नाटे में आ गए। मार्स्टन ब्लेक के बच्चों को अपने क़ब्ज़े में कर लेने के मंसूबे में दीन और दुनिया दोनों के फ़ायदे का ख़्याल शामिल था, लेकिन उन्हें उम्मीद थी कि घर का सामान भी ज़्यादा से ज़्यादा वो हथिया सकेंगे। थोड़ी देर ख़ामोशी के बाद दोनों ने कुछ देर तक अंग्रेज़ी में फ़िक्रमंदी के अंदाज़ में बात की। फिर दोनों ने एक ज़बान होकर कहा, "हमें मंज़ूर है।"

"ठीक है। मैं आपकी शुक्रगुज़ार हूं।" यह कहते हुए अचानक उसकी आंखों में आंसू आ गए, लेकिन उसने मुआहिदे को पक्का करने के लिए बढ़कर दोनों से हाथ मिलाया। हिंदुस्तानी औरत से उन्हें उम्मीद न थी कि वह ऐसी क़ाबलियत के साथ बातचीत करेगी और फिर मर्दों की तरह हाथ भी मिलाएगी। बहरहाल दोनों ने वज़ीर से हाथ मिलाया और यह कहकर रुख़सत हुए कि काग़ज़ी कार्रवाई दो-चार दिन में मुकम्मल हो जाएगी, तब तक वज़ीर अपने साज़ो-सामान की फ़हरिस्त बना ले। यह बात तो तय ही थी कि वह देहली वापस चली जाएगी, जयपुर में न रहेगी।

इस बातचीत के आठवें दिन वज़ीर ने सारा माल-असबाब ऊंटों पर लदवाया, एक भरोसे का क़ाफ़िलासालार रखा और .ख़ुद अपनी वापसी के लिए डाक का इंतज़ाम किया। दोनों बच्चों के सामने उसने पांच तोड़े रुपए एबी मेमसाहब को सुपुर्द किए कि यह इन मासूमों का सालभर का ख़र्च है। बच्चों को उसने रो-रोकर प्यार किया और वादा किया कि जल्द ही तुमसे मिलूंगी या अपने पास बुला लूंगी। अब के बाद

उन्हें मिलना नसीब न होगा, इसका वहम भी उनके दिल में न था, लेकिन इतनी बात तो सब देखते थे कि एक दौर ज़िंदगी का ख़त्म हो गया और बहुत जल्द ख़त्म हो गया। अगला दौर शायद इतनी जल्द ख़त्म न होः

गुफ़्तम अज़ गो-ए-फ़लक सूरते-हाले पुरसम
गुफ़्त आं मी कशम अंदर ख़मे-चौगां कि मपुर्स

(मैंने कहा कि आसमान की गेंद का हाल पूछूं कि कैसा है तो जवाब मिला कि मैं उसे चौगान के कोण में रखकर ऐसा दौड़ा रहा हूं कि पूछो मत।)

□□

छोटी बेगम

पांचवें दिन की शाम वह देहली पहुंच गई लेकिन अपने बाप के यहां न उतरी। मंझली से कहकर उसने एक मकान सिरकीवालान में ठीक करा लिया था। उसके देहली पहुंचने के छठे दिन उसका सामान भी पहुंच गया जो सात ऊंटों पर लदा हुआ था। ज़ेवर और नक़दी वह अपने साथ लेती आई थी। उस वक़्त वज़ीर ख़ानम की उम्र उन्नीस साल और चंद दिन थी। दो-दो बच्चे पैदा करने, फिर साहब का ग़म उठाने और फिर बच्चों से जुदाई के सदमे के बावजूद उस वक़्त उसका हुस्न ऐसा था कि क़सम खाइए और देखते रहिए। यह मार्च का महीना और 1830 का साल था।

उस वक़्त छोटी बेगम के सामने दो मसले थे। एक तो तन्हाई और दूसरा रोज़ी का मसला। हालांकि साहब का छोड़ा हुआ माल और .खुद उसकी जमा-पूंजी जो उसने पांच बरस में जुटाई थी, काफ़ी थी लेकिन जब माल में इज़ाफ़ा न हो और वह ख़र्च होता चला जाए तो कुबेर का ख़ज़ाना भी वफ़ा न करेगा। जयपुर सा बड़ा, हवेली जैसा घर, नौकरों की वह फ़ौज, वह पालकी, नालकी, बग्घी, घोड़े, गाय-भैंस, कुत्ते और दूसरे जानवर, साथ जुड़े लोगों का वह जमघट, यह सब तो अब ख़्वाब में भी मुमकिन न था और छोटी बेगम अपनी हैसियत में इस कमी पर .खुद को बड़ी हद तक तसल्ली और सब्र से लैस कर चुकी थी। लेकिन कमी भी कितनी? उसे खाने-पहनने, रोज़मर्रा का ख़र्च चलाने के लिए कुछ माहाना रक़म, और घर की हिफ़ाज़त करने, बाज़ार आने-जाने के लिए नौकरों की ज़रूरत तो थी ही। बला से खुले हाथ ख़र्च न करती लेकिन मामूली आराम से तो बहरहाल रहना था। और फिर अपनी सूरत भी बनाए रखनी थी।

गाने-नाचने के फ़न से वह अनजान न थी, लेकिन इन बातों का उसे शौक़ न था। हमजोलियों और शादी-ब्याह की घरेलू महफ़िलों की और बात है, लेकिन इसे रोज़ी का ज़रिया बनाना उसे पसंद न था। यह बात उसकी ज़िंदगी के नक़्शे में शामिल भी न थी कि वह हुनर या जिस्म का सौदा करके रोज़ी के ढब और जीने के ढंग हासिल करेगी। मर्दों के साथ वह अपनी शर्तों पर मामला कर सकती थी या

अपनी शर्तों को सरासर नहीं तो कम से कम कुछ अहम शर्तों को मंज़ूर कराए बग़ैर वह किसी की पाबंद होना तो क्या, किसी से जुड़ने पर भी तैयार न थी।

अंग्रेज़ असिस्टेंट पॉलीटिकल अफ़सर का क़त्ल कुछ ऐसी ख़बर न थी जिसकी गूंज देहली तक न पहुंचती और ज़िंदगी की मौज-मस्ती से दिलचस्पी रखने वाले लोगों को वज़ीर ख़ानम के बारे में भी पूरी इत्तेला थी कि अब वह देहली में हैं, बच्चे साथ नहीं हैं, और अभी किसी की पाबंद होकर रहना तो क्या, वह किसी से आशना भी नहीं है। हां, इस बारे में लोगों को शक था कि वह अपने साहब का सोग कब तक मनाएगी और उसके बाद .खुद उसकी तजवीज़ें और मंसूबे क्या होंगे। ज़ाहिर है कि उस जैसी दौलते-हुस्न और दौलते-दुनिया रखने वाली डोमनी को चाहने वालों की कमी न थी, लेकिन वह .खुद किस बात को चाहती थी, यह न खुलता था और यह भी है कि ये तो देहली वाले थे जो उसे (ख़ासकर मंझली के तर्ज़ पर) डोमनी कहते या समझते थे, वरना अपनी नज़र में वज़ीर ख़ानम किसी बेगम से कम न थी। यह और बात है कि वह ऐसी बेगम थी कि उसमें डोमनीपन ऐसा चोखा था कि हर रंग में और हर बात से निकलता था। और आला हिम्मत में और इरादे की मज़बूती में शाहज़ादियां और रानियां उससे बढ़कर न थीं। और फिर यह देहली शहर था, हाथी लाख लुटेगा तो भी सवा लाख का रहेगा। गली-गली, दरवाज़े-दरवाज़े, हर तरफ़ आलिम, नेक लोग, ज़ाहिद, सूफ़ी, शायर, हुस्नपरस्त, छैले, बांके, कलावंत, तीरंदाज़, शतरंजबाज़, तलवारबाज़, नजूमी पड़े चमक रहे थे तो भला क्योंकर मुमकिन था कि किसी को ख़बर न होती कि वज़ीर ख़ानम जैसी हसीना ने देहली को आबाद किया है। वह अधखिली कली अब हज़ारों फूलों की बहार और हज़ारों बहारों का फूल बनकर राजस्थान के ख़ारिस्तान से चलकर देहली के ऐश के चमनिस्तान को दोबारा महकाने और जुदाई की आग के घर को दोबारा रोशन करने चली आई है।

वज़ीर के देहली आने के आठ-दस दिन में इशारे उस तक आने लगे थे; कंघी करने वालियां दरवाज़े से झांकने और अंदर आने की इजाज़त मांगने लगीं। मंझली का बहाना सबसे आसान था। जो मंझली से मिलता, किसी न किसी बहाने से छोटी के बारे में पूछता। उसने भी दिल में ख़्याल किया, रंडापे के चीथड़े कै दिन ओढ़े रहूंगी, आख़िर मुझे भी जीना है और ऊपर से दो जनों का ख़र्च भी उठाना है। अपनी औक़ात को ज़लील भी नहीं करना है, और उसमें बेहतरी की कोशिशों पर क़ायम भी रहना है। उम्दा ख़ानम के ज़रिए से उसने नवाब यूसुफ़ अली ख़ां की ख़िदमत में दोबारा पहुंच हासिल की, लेकिन घरेलू अंदाज़ में। कहीं आने-जाने की कोई बात न उसने उठाई, न उनकी तरफ़ से कोई इशारा हुआ। बस यह हुआ कि जब वह मंझली से मिलने जाती और अगर नवाब साहब हवेली में ही तशरीफ़ फ़रमा होते तो उन्हें भी सलाम कर लेती। ज़्यादा बातचीत न होती, मगर छोटी बहन की हैसियत में उसे

दुआएं और कुछ नक़द या मेवे, शर्बत, पान के सामान इनाम में मिल जाते। इसी तरह कई हफ़्ते गुज़र गए। मगर एक दिन जब वह सलाम करके उल्टे पांव पलटने लगी, तो नवाब साहब ने अपने दिलकश नवाबी लहजे में इरशाद फ़रमायाः "छोटी बेगम, ऐसी जल्दी भी क्या है, ज़रा एक दम ठहरो।"

"जी, बंदी दिलो-जान से हाज़िर है," यह कहकर वह उनके सामने क़ालीन पर घुटनों के बल बैठ गई।

आज यूसुफ़ अली ख़ां ने पहली बार उसे ज़रा ग़ौर से देखा, वरना अब तक तो निगाहें नीची किए उससे एक-दो रस्मी बोल बोल लेते थे। उस वक़्त वह दो पाट का बनारसी गुलबदन का चटापटी ढीला पजामा पहने हुए थी, ऊपर वह तंग था, लेकिन नीचे आते-आते उसका घेर बढ़ता गया था। चटापटी के रंगों में ज़र्द के साथ मोर जैसा हरा, सुनहरा और लाजवर्दी रंग मौसम के एतबार से बहार दे रहे थे। दो पाट का पजामा आमतौर पर बदन के नक़्शे को ढांकने के लिए पहनते हैं, लेकिन वज़ीर अपने बदन को कुछ इस तरह चुराकर दो पहलू बैठी थी कि रानों की गोलाइयां नुमायां होने लगी थीं। निहायत बारीक, रेशमी, जालीदार और हल्के दूधिया रंग के ताश की अंगिया ख़ूब ठीक कसी हुई थी। अंगिया की आस्तीनें बस ज़रा-ज़रा सी, कंधों के आगे बाज़ुओं के ऊपरी हिस्से को मुश्किल से ढक रही थीं। आस्तीनों पर भारी, सच्चे काम के पट्टे थे। अंगिया का घाट नीचा था, लेकिन इतना नहीं कि बेहयाई मालूम हो। कटोरियां सादा लेकिन उन पर बहुत बारीक बादले से मुनासिब जगहों पर तारे टंके हुए थे। पिछुवे और बाज़ू चौड़े थे मगर फिर भी पीठ और पेट की झलक रह-रहकर नुमायां हो जाती थी। अंगिया के ऊपर उसने बिना आस्तीनों की ज़रा नीची और कुछ ढीली कुर्ती पहन रखी थी, सफ़ेद बारीकतरीन शबनम की कुर्ती, उस पर जगह-जगह सच्चा काम बना हुआ था। कुर्ती का दामन आगे और पीछे ख़ासकर बहुत नाज़ुक सुनहरे काम से पटा हुआ था। कुर्ती और अंगिया ने मिलकर बदन के ऊपरी हिस्से को कुछ ढांकने, कुछ नुमायां करने का अजब पुरलुत्फ़ काम अंजाम दिया था कि देखने वाले को खोज भी लगती थी और कुछ नज़र भी न आता था। कुर्ती का कपड़ा इस क़दर हल्का था कि अंगिया का रंग उसके नीचे साफ़ झलकता था, लेकिन उसमें फिर भी पर्दे का कुछ ऐसा बंदोबस्त था कि गरेबान के नीचे सिर्फ़ इशारे ही इशारे थे, बेलागपन कहीं नहीं था। वह इस पर दुपट्टा ओढ़े हुए थी लेकिन उस दुपट्टे में भी वही इशारे और वादे काम कर रहे थे। हल्के आसमानी रंग का छह गज़ा, बहुत ही बारीक जालियों वाला शर्बती का दुपट्टा, जो कहने को सूती कपड़ा था, लेकिन उसके पल्लुओं पर सच्चा काम था और नन्हे-नन्हे बादले के सितारों के साथ मुक़्क़ैश की झालरों ने उसे और भी भारी बना दिया था। वज़ीर ख़ानम के बदन पर दुपट्टा न था, एक नीला सुनहरा बादल था जिसके पीछे से उसके माथे

और गालों और ठोड़ी की सलोनी जगमगाहट, खिंचे हुए बदन के उतार-चढ़ाव, उसके गले का नौलखा ज़बरजदी हार और गर्दन की नीलमी धुकधुकी, कानों में याक़ूत की अंतियां, कलाइयों में जड़ाऊ शेरदहां चूड़ों के बीच में करेलियां, कल्मे की उंगली और उंगलियों में हीरे और लहसुनिया की जड़ाऊ अंगूठियां, नाक में ज़मर्रुद की नथ, फ़र्श पर रखे हुए तेज़ फ़ानूसों की रोशनी में ये सब बिजलियों की तरह चमक रहे थे।

सोने के काम से दमकता हुआ आसमानी दुपट्टा, अंगिया का दूधिया रंग और कुर्ती का सफ़ेद रंग और उस पर वज़ीर का खिलता हुआ सलोना सांवला चेहरा, कमल सी सियाह आंखें जिनमें काजल की बहुत हल्की लकीर, अंगिया और कुर्ती के गोल गरेबान से उठती हुई सुडौल गर्दन, रंगों का ऐसा दिल को भला लगता और आंखों में खुबता हुआ मेल नवाब यूसुफ़ अली ख़ां जैसे तजुर्बेकार हुस्न के पारखी को भी सन्नाटे में डाल गया। वो एक लम्हे को उसे देखते रहे, लेकिन हुस्न की गर्मी इस क़दर थी गोया वज़ीर का बदन बुख़ार से तप रहा हो और उसकी लपटें उनके बदन तक पहुंच रही हों। उन्होंने झिझककर नज़रें झुका लीं, खंखारकर गला साफ़ किया और बोले, "छोटी बेगम, तुम ठीक-ठाक तो हो? किसी चीज़ की ज़रूरत तो नहीं?"

"सरकार नवाब साहब का करम है और अल्लाह की मेहरबानी, अभी तक तो सब ठीक ही है।"

"क्यों, अभी तक ही क्यों, आइंदा क्यों नहीं?" नवाब ने मुस्कुराकर कहा।

"हुज़ूर .खुल्दआशियानी, ज़िल्ले-सुब्हानी शाहआलम बादशाह का वह मोजज़ानुमा शेर सरकार के हाफ़िज़े में तो होगा," वज़ीर ने भी हल्की मुस्कुराहट के साथ कहा।

"ख़ूब!" नवाब ने फ़ौरन शेर पढ़ाः

आक़िबत की ख़बर .खुदा जाने
अब तो आराम से गुज़रती है

"सरकार पर सब कुछ आईना है। ज़िल्ले-सुब्हानी के भी मुबारक दिल में ग़ैबी आवाज़ से कुछ उतरा होगा। उन्हें ख़बर तो न हुई होगी लेकिन इशारा यहां मौजूद था कि आक़िबत से मुराद इसी जीवन का अगला ज़माना है कि जान की दौलत न सही न सही, आंख की दौलत लुट जाएगी। मेरी भी..."

"अल्लाह-अल्लाह करो बीबी, .खुदा न करे तुम पर ऐसी मुसीबत क्यों पड़ती!"

"सरकार का साया सिर पर रहे, तो अल्लाह भी मेहरबान रहेगा।"

"ख़ैर, अल्लाह सबका पालनहार है। लेकिन कुछ तो कहो, सब काम तुम्हारे दुरुस्त हैं?"

अब वज़ीर की समझ में आया कि इस सवाल का इशारा किस तरफ़ था। उसके चेहरे पर शर्म की हल्की सी लाली दौड़ गई। सिर झुकाकर उसने जवाब दिया, "सरकार जानते हैं, मैं बिल्कुल तन्हा हूं। मंझली बेगम और आपके दीदार करके दिल

को ठंडा कर लेती हूं। और मेरा कोई नहीं है।"

यह बात पूरी तरह दुरुस्त न थी लेकिन इसमें हक़ीक़त ज़रूर थी। मार्स्टन ब्लेक के क़त्ल की ख़बर सुनकर उसके बाप ने मामूली सोग ज़रूर ज़ाहिर किया था, लेकिन उसे घर वापस आने को न कहा था। बड़ी बहन ने सच्ची हमदर्दी की थी और कई बार छोटी के पास आई-गई थी। लेकिन असल परेशानी का हल उसके पास यही था कि वज़ीर बाप के पास चली जाए। बड़ी ने कहा, "साल-छह महीने में तुम्हारे लिए कोई दोहाजू लेकिन मुनासिब दूल्हा ढूंढ़-ढांढ़कर तुम्हारा निकाह पढ़वा दूंगी, यह मेरा वादा है।"

लेकिन वज़ीर को यह सलाह क़तई मंजूर न थी। वह अब भी अपनी तक़दीर का फ़ैसला अपनी मर्ज़ी के मुताबिक़ चाहती थी। मजबूर होकर आहिस्ता-आहिस्ता बड़ी ने भी किनारा कर लिया था। अब सिर्फ़ मंझली से उसका आना-जाना बचा था।

ज़ाहिर है कि नवाब को ये हालात मालूम थे, लेकिन वो यह जानना चाहते थे कि आगे की ज़िंदगी के लिए वज़ीर ख़ानम के पास कोई नक़्शा है कि नहीं और अगर है तो क्या नक़्शा है।

"तो तुमने मिलना-मिलाना छोड़ रखा है?"

"अल्लाह नवाब साहब, मुझे कोई मिलने के क़ाबिल दिखाई तो दे।"

"मैं यही तो कह रहा था। कुछ लोग तुमसे मुलाक़ात की तमन्ना रखते हैं..."

वज़ीर कुछ चकरा गई। नवाब साहब दोनों बहनों को एक साथ...?

यूसुफ़ अली ख़ां ने भी फ़ौरन ताड़ लिया कि मेरी बात का मतलब कुछ और भी निकल सकता है। वो फ़ौरन बोले, "मेरे मिलने वाले कुछ अमीरों और शरीफ़ों तक तुम्हारी शोहरत पहुंची है। वो लोग अभिलाषी हैं।"

वज़ीर ख़ानम की सांस में सांस आई। एक पल ठिठककर वो बोली, "आपकी कनीज़ हूं, आपके हुक्म से बाहर नहीं हो सकती।"

"ख़ूब, बहुत ख़ूब। ख़ुदा तुम्हें ख़ुश रखे," यह कहकर नवाब ने अपने हाथ को ज़रा सी हरकत दी जिसे वज़ीर ने न देखा, लेकिन उनके पीछे खड़े हुए चोबदार ने आंख के इशारे से उसको बताया कि अब मुलाक़ात ख़त्म होती है। वज़ीर ने उठकर तीन सलाम किए और उल्टे पांव दीवानख़ाने से चलती हुई हवेली के अंदर दाख़िल हो गई।

□□

विलियम फ़्रेज़र

इस बातचीत के आठवें या दसवें दिन एक चोबदार और सोंटाबरदार नवाब यूसुफ़ अली ख़ां का रुक़्क़ा और रुपयों के दस तोड़े लेकर वज़ीर ख़ानम के दरवाज़े पर हाज़िर हुए। नवाब आलीजनाब ने रुक़्क़ा फ़ारसी में और अपने मुबारक हाथ से लिखा था।

मफ़हूम यह था कि हुस्न की दौलत में बढ़ोतरी और इक़बाल के हमेशा क़ायम रहने की दुआ के बाद वज़ीर ख़ानम सल्लमहा (सलामत रहें) मुलाहिज़ा फ़रमाएं कि अगले जुमेरात की शाम को मग़रिब की नमाज़ के बाद नवाब विलियम फ्रेज़र साहब, रेज़ीडेंट दौलते-कंपनी बहादुर दाम ज़िल्लहुम व मद्दत फ़यूज़ुहुम (उनका साया क़ायम रहे और उनकी मेहरबानियां दूर तक फैलें) की ड्योढ़ी आलिया स्थित पहाड़ी (देहली के उत्तर-पश्चिमी इलाक़े में कश्मीरी दरवाज़े और पहाड़गंज के आगे का पहाड़ी नीम जंगली इलाक़ा जो आजकल Ridge कहलाता है, उस ज़माने में 'पहाड़ी' कहलाता था। रायसीना की पहाड़ी और दक्खिनी-पश्चिमी देहली का नीम जंगली पहाड़ी इलाक़ा जिसे अब शहर के लगभग बीच में समझा जाता है, उस ज़माने में शहर से बहुत बाहर था और देहली शहर के वासियों के लिए वह गोया था ही नहीं।) शहरे-देहली पर एक शेरो-शायरी की महफ़िल रखी गई है। नवाब मिर्ज़ा असदुल्लाह ख़ां साहब, तख़ल्लुस 'ग़ालिब' और लक़ब 'मिर्ज़ा नौशा' अपने ताज़ा कलाम से महफ़िल को सरफ़राज़ फ़रमाएंगे। हज़रते-देहली के चुनिंदा रईस और बड़े लोग भी महफ़िल की रौनक़ बढ़ाएंगे। आं अज़ीज़ा अगर अपने तशरीफ़ लाने की ज़हमत फ़रमाएं तो बड़ी ख़ुशी की बात होगी।

वज़ीर ने नौकरों को इनाम देकर और उन्हीं की ज़बानी अपना सलाम और मंज़ूरी कहलाकर फ़ौरन रुख़सत तो किया, लेकिन विलियम फ्रेज़र का नाम सुनकर उसका दिल धड़क उठा था। देहली में ऐसा कौन था जो विलियम फ्रेज़र के नाम से वाक़िफ़ न रहा हो। कुछ ही दिन हुए थे जब मार्स्टन ब्लेक की ज़बानी उसने सुना था कि जरनैल अख़्तरलोनी साहब की मौत (1825) के बाद जो कोलब्रुक (Edward Colebrooke) साहब रेज़ीडेंट मुक़र्रर हुए थे, वो भ्रष्टाचार में आरोपित होकर निलंबित हैं और विलियम फ्रेज़र साहब उनकी जगह रेज़ीडेंट मुक़र्रर हुए हैं। बल्कि मार्स्टन ब्लाक साहब की उम्मीद भी इसी से जुड़ी थी कि फ्रेज़र साहब की तरक़्क़ी के बाद उनकी ख़ाली असामी पर मार्स्टन ब्लेक को बुलाया जा सकता था। लेकिन आं क़दह बशिकस्त व आं साक़ी न मांद (वो प्याला टूट गया और वो साक़ी भी न रहा)। अब भी वो जगह ख़ाली ही थी। फ्रेज़र साहब अलबत्ता देहली में राज कर रहे थे।

फ्रेज़र के बारे में तरह-तरह की बातें मशहूर थीं। एक अफ़वाह यह थी कि वो मुसलमान हो गया है। लेकिन इतना तो यक़ीन था कि अपने पिछले आला हाकिम अख़्तरलोनी साहब की तरह उसने भी हिंदुस्तानी तौर-तरीक़े अपना लिए थे। वो सूअर और गाय न खाता था, हुक़्क़ा, पान और इत्रों का शौक़ उसे बहुत था, लेकिन हिंदुस्तानी शराब का शौक़ उसे कम था, फ्रांसीसी शराब अलबत्ता उसका मनभाता खाजा थी। फ़ारसी फ़र्राटे से बोलता था और हिंदी शायरी का भी शौक़ रखता था।

इस सबके बावजूद फ्रेज़र साहब निहायत जाबिर और ज़ालिम भी मशहूर था,

काश्तकारों और ज़मींदारों से लगान की दर और उसकी वसूली में वह इस क़दर सख़्ती करता था कि देहली और इर्द-गिर्द के गांव के गांव वीरान हो गए थे। सुनने में आता था कि उसके उठने-बैठने के तरीक़े बिल्कुल हिंदुस्तानी रईसों जैसे थे। उसके दीवानख़ाने में फ़िरंगी तर्ज़ के सोफ़े और कोच न थे, क़ालीन, गावतकियों और गद्दों का इंतज़ाम था। ज़नानख़ाने में वो नंगे पांव दाख़िल होता था। लेकिन उसके चाल-चलन के और पहलू इतने दिलकश न थे। उसकी छह-सात बीबियां थीं। और बहुत से छोकरे उसके माशूक़ थे। हालांकि देहली में लड़कों से इश्क़ कोई बहुत अनहोनी चीज़ न थी, लेकिन सुना गया था कि वह बहुत दराज़दस्त भी था और अपने मुलाक़ातियों से भी जुड़े लोगों पर आंख डालने में उसे तकल्लुफ़ न था।

वज़ीर ख़ानम के दिल में सनसनी सी उठी। 'अगर फ्रेज़र साहब मुझे... मगर मुझे... क्या उनकी नौकर बनकर रहना मंज़ूर होगा? मार्स्टन ब्लाक साहब की बात और थी, उनके घर में मेरे सिवा कोई न था। और यहां... तौबा...' उसे लौंडों और हिजड़ों से हमेशा घिन सी आती थी। उस पर तुर्रा यह कि पहले से कई-कई बीबियां भी हैं। 'मुझे किसी के दबाव तले रहना मंज़ूर नहीं और मैं एक ही घर में, चाहे वो बड़ी सी हवेली क्यों न हो, दूसरी औरतों के साथ रहना हर्गिज़ गवारा न करूंगी...

तो क्या मुझे वहां न जाना चाहिए? मगर क्या ज़रूरी है कि फ्रेज़र साहब का मुझसे कुछ मतलब ही हो, बस यूं ही बुला लिया होगा। नवाब साहब तो कह रहे थे कि कई लोग मुझसे मिलना चाहते हैं, फ्रेज़र साहब को क्या पड़ी है जो मुझ पर झूठों ही निगाह करें, उन पर जान छिड़कने वालियां हज़ार हैं और सूरत-शक्ल में मुझसे बेहतर हों तो कुछ अजब नहीं। मैं आप ही मियां शेख़चिल्ली बनी जाती हूं और नवाब साहब को क्या मुंह दिखाऊंगी? उनको तो कहला दिया है कि कनीज़ ज़रूर हाज़िर होगी, और ये एक हज़ार रुपए जो उन्होंने भिजवाए हैं। इस क़दर दरियादिली का जवाब क्या मैं बेवक़ूफ़ों जैसी उपेक्षा से दूंगी?

लेकिन फ्रेज़र साहब... अगर कुछ इशारा कर ही बैठे तो जवाब क्या दूंगी? जवाब... जवाब कुछ भी नहीं। हम लोग जवाब न दें, यही जवाब है। और अगर वो ख़फ़ा हो गए तो? हो जाएं ख़फ़ा मेरी बला से। ऐसों को तो मैं अपनी जूती पर रखूं हूं, वो मेरा क्या कर लेंगे? नवाब साहब ख़फ़ा होंगे तो उन्हें मना लूंगी। नहीं तो मंझली बाजी के हाथ में तो वो बिल्कुल मोम हैं, उनसे कह दूंगी। मुझे किसी मुए मुस्टंडे अंग्रेज़ के हरम में पड़े सड़ते रहना मंज़ूर नहीं, भले ही वो फ़ारसी ही बोलता हो। मुझे अपनी ज़िंदगी का नक़्शा यूं तैयार करना है कि ब्लाक साहब के बेवक़्त और बेमौत गुज़रने के बाद मेरी ज़िंदगी की बाज़ी, जो रुककर रह गई है, उसके आगे बढ़ने की राहें पैदा हों और इज़्ज़त भी बनी रहे। वरना मैं क्या कोई मोढ़े वाली हूं कि बात की बात में टकसाल चढ़ जाऊं। वो अंखमुंदी और होंगी जो दो वक़्त की रोटी पर आबरू

बेच देती हैं।

उसने मंझली बेगम के यहां से रथ मंगवाया, दो सोंटाबरदार किराए पर लिए और घड़ी दिन रहते पहाड़ी के लिए रवाना हुई। उसे रात की फ़िक्र थी कि वापसी किस तरह होगी, फिर ख़्याल आया कि और भी लोग होंगे, .ख़ुद नवाब यूसुफ़ अली ख़ां साहब बहादुर होंगे, वो मुझे हिफ़ाज़त से पहुंचा देंगे। निहायत ख़ूबसूरत ऊंचे क़द के चिकने बैल थे। एक बिल्कुल सफ़ेद, एक बिल्कुल काला। उनकी सिंगौटियों पर सोने-चांदी के पत्तर चढ़े हुए थे, बदन पर मोती पिरोई हुई भारी रेशमी झूलें, पांव में घुंघरू। रथ बहुत ऊंची सवारी होती थी, ज़मीन से कोई तीन या चार बालिश्त ऊंचा, और अंदर इतना चौड़ा और खुला हुआ कि बच्चे और औरतें उसमें कमोबेश सीधे खड़े भी हो सकते थे। निहायत उम्दा, पुरानी, पुख़्ता की हुई शीशम या सागौन की लकड़ी की संदूक़ जैसी यह सवारी तीन तरफ़ से बिल्कुल बंद और छत पर से खुली होती थी, लेकिन उसकी छत सागौन या साल की मज़बूत खपच्चियों पर क़ायम की जाती और छत को ज़रूरत के हिसाब से नमदे या मोटे छप्पर और नमगीर से ढांककर मौसम के लिए मुनासिब बना दिया जाता था।

नवाब यूसुफ़ अली ख़ां के रथ के पहियों पर पीतल के फूल लगे हुए थे और आधे पहिये पर मोटा किरमिच का पर्दा कीचड़ और सड़क के पानी वग़ैरा की छींट को ऊपर आने से रोकने के लिए था। चारों तरफ़ मख़मल के पर्दे खिंचे हुए, मुक़ैश की झालरें, हवा आने-जाने के लिए दोनों तरफ़ छोटी खिड़कियां जिन पर कमख़्वाब के पर्दे लगे थे। अंदर क़ीमती, नर्म क़ालीन का फ़र्श, उस पर दो गद्देदार नीची और चौड़ी कुर्सियां थीं, सामने नौकरानी के बैठने के लिए लकड़ी का संदूक़ जिसके अंदर खाने का .ख़ुश्क सामान ज़रूरत के हिसाब से रख लिया जाता था, वरना उसे आमतौर पर फ़ालतू गद्दों, चादरों, क़ीमती सामान, बर्तन वग़ैरा रखने के लिए इस्तेमाल करते थे। पानी के झज्जर और पीने की दूसरी चीज़ें बाहर रथबान के पास रखी जाती थीं।

बनावट के हिसाब से रथ और नालकी बहुत मिलती-जुलती होती थीं, लेकिन रथ में जगह ज़्यादा होती थी और वह चार पहियों की सवारी थी जिसे दो या चार बैल खींचते थे। इसके बरख़िलाफ़ नालकी में पहिये न थे, पालकी की तरह उसे भी कहार उठाते थे, जो आमतौर पर आठ होते थे। नालकी के साथ सोंटाबरदार और कभी-कभी चोबदार भी होते। पालकी उठाने के लिए चार कहार होते थे और उसके दरवाज़े पर भारी पर्दा होता था। इसके बरख़िलाफ़ नालकी रथ की तरह एक छोटा सा हुजरा होती थी और उसका दरवाज़ा लकड़ी का होता था। नालकी ही में थोड़ा-बहुत ज़रूरी फेरबदल करके उसे बेगमों के हाथियों पर हौदे की तरह इस्तेमाल करते थे। नालकी और रथ दोनों में आगे की तरफ़ जड़ाऊ छज्जा सा निकला होता

था जिसका असल मक़सद तो शान में इज़ाफ़ा करना होता था, लेकिन रथबान बारिश या धूप के मौसम में उसके नीचे बैठकर .खुद मौसम से महफ़ूज़ रहता था।

पहाड़गंज की ईदगाह और फिर ख़्वाजा बाक़ी बिल्लाह साहब की दरगाह से होकर वज़ीर ख़ानम का रथ पहाड़ी की हल्की चढ़ाई को आसानी से पार करता हुआ सराय के पीछे निकला, जहां से अरावली की असल पहाड़ियों का सिलसिला शुरू हो जाता था और चढ़ाई सख़्त होने के अलावा दोनों तरफ़ दूर तक मालती, छियूल, बबूल और झड़बेरी के घने जंगल भी थे। बरसात के उपजाऊ मौसम ने पुरानी झाड़ियों और दरख़्तों को हरियाली से लादकर मालदार बना दिया था और झाड़ियां जो आम हालात में मुरझाई हुई या नापैद होतीं, अब हर तरफ़ हाथ-पांव फैला रही थीं। सराय की रौशनियां दूर होकर धुंधली या ग़ायब हो गई थीं, लेकिन साहब रेज़ीडेंट बहादुर की कोठी के आसपास दूर तक चिराग़ां था। बड़े फाटक पर कंवल, मिरदंग और अंग्रेज़ी लालटेनें रोशन थीं। हर तरफ़ सिपाहियों की संगीनें और कलग़ियां चमक रही थीं। वज़ीर ख़ानम के रथबान को मामूली पूछताछ के बाद अंदर जाने की इजाज़त मिल गई। अंदर का लंबा रास्ता मोड़ खाकर दाईं तरफ़ कुछ और चढ़ाई लिए हुए था। बुलंद कुर्सी पर खड़ी ऊंची सफ़ेद कोठी के बाहरी बरामदे के रंगीन गोल मोटे खंभे जो फ़िरंगी तर्ज़ की मेहराबों को टेके हुए थे, दूर ही से नज़र आ रहे थे। मेहराबों पर फ़िरंगी तौर की जालियां और कंगनियां थीं और हर मेहराब में एक फ़ानूस लटका हुआ था। चारों तरफ़ जंगल से ढकी हुई, लंबी-चौड़ी सफ़ेद और रोशन कोठी, मलाई-मक्खन का बना हुआ कोई अंग्रेज़ी केक लग रही थी, लेकिन उसके सफ़ेद और देखने में हल्के रूप-रंग के बावजूद वो अंदर से बहुत मज़बूत और क़िले जैसी थी। दिन की रोशनी में देखा जाता तो कोठी की क़िले जैसी बनावट का अंदाज़ा हो सकता था। .खुद फ्रेज़र ने 1819-20 में कोठी की तामीर के बाद अपने बाप को विलायत में लिखा था कि मैंने एक ऊंची पहाड़ी पर एक लंबा-चौड़ा सफ़ेद मकान बनाया है, जहां से मुझे शहरे-देहली का बहुत सारा हिस्सा नज़र आता है ("A large white house on top of a hill, from the top of which I am getting a large view of Dehlee.")। कहा जाता था कि ये कोठी उस जगह बनी है जहां आज से पांच सौ बरस पहले तैमूरलंग ने देहली पर अपना पहला पड़ाव डाला था। इस कोठी के बारे में नीचे लिखे हुए किसी के शेर उस ज़माने में बहुत मशहूर थेः

गुज़र गर किसी का जो होवे इधर
सुहानी सी कोठी वह आवे नज़र
सफ़ेद एक इमारत वो देखे बुलंद
कि है नूर में चांदनी से दोचंद
वो छिटकी हुई चांदनी जा बजा

वो जाड़े की आमद वो ठंडी हवा

कोई बारह-चौदह हाथ चौड़े साफ़-सुथरे बरामदे के सामने खुली ड्योढ़ी में रथ आकर रुकी। सामने कई सईस घोड़ों को लिए हुए खड़े थे। दूसरी तरफ़ दो-एक रथ और पालकियां, एक अंग्रेज़ी तर्ज़ की गाड़ी जिसे चेरेट (charet) कहते थे और एक बंद बग्घी अपने-अपने कहारों और गाड़ीबानों की निगरानी में थी। उनके साथ के मुलाज़िम नारियल पी रहे थे। लेकिन एक-दो के हाथ में बोतलें भी थीं। बरामदा एक बड़े और ऊंचे कमरे पर खुलता था, जिसके तीनों दोहरे दरवाज़ों पर भारी पर्दे थे, लेकिन क़हक़हों और दोस्ताना बातचीत की बुलंद आवाज़ें बाहर तक आ रही थीं। खुली ड्योढ़ी पर तैनात दरबान ने बढ़कर वज़ीर ख़ानम की रथ का पर्दा उठाया, झुककर उन्हें सलाम किया और बोला, "तशरीफ़ लाएं, बिस्मिल्लाह।"

वज़ीर ख़ानम दुपट्टा संभालती हुई उतरी। दूसरे दरबान ने बीच के दरवाज़े का पर्दा थोड़ा सा हटाकर बुलंद आवाज़ में पुकारा, "सरकार वज़ीर ख़ानम साहब तशरीफ़ लाती हैं।"

आवाज़ के साथ ही वज़ीर ख़ानम ने ड्योढ़ी की सीढ़ी पर क़दम रखा, उधर पर्दा हटा और विलियम फ़्रेज़र नवाब रेज़ीडेंट बहादुर .खुद बाहर तशरीफ़ लाए और दोनों हाथ फैलाकर मुस्कुराते हुए फ़ारसी में बोले, "आइए-आइए, आपका आना हमारे दिल की .खुशी का सबब है।"

फ़्रेज़र साहब का लहजा बहुत साफ़ था, लेकिन अहले-ज़बान जैसा न था, और आवाज़ में भारीपन और हल्की सी गुर्राहट थी, जैसी कि तमाम फ़िरंगियों की आवाज़ में होती है। वज़ीर ख़ानम ने झुककर तस्लीम अदा की तथा चेहरे पर .खुशी या आजिज़ी का कोई जज़्बा या मुस्कुराहट लाए बग़ैर फ़ारसी में बोली, "हुज़ूर नवाब बड़े साहब बहादुर, आपकी मामूली कनीज़ और आपके लिए दुआ करने वाली।"

"मेरी आंखें व दिल आपकी राह का फ़र्श हैं, अंदर तशरीफ़ ले चलें।" विलियम फ़्रेज़र ने गंभीरता से कहा और हाथ से इशारा करके अंदर की तरफ़ घूम गया। वज़ीर ख़ानम की तरफ़ अब उसकी पीठ थी, वज़ीर ख़ानम ने महसूस किया कि उसकी टांग में हल्का सा लंगड़ापन था। वज़ीर ने सुना था कि फ़्रेज़र साहब कई जंगों में भी शरीक रहे हैं, लेकिन उसे यह ख़बर न थी कि किसी जंग में वह ज़ख़्मी भी हो चुका है। वज़ीर ने आज उसे पहली बार ही देखा था। उसकी उम्र पचास से कुछ ऊपर रही होगी, लेकिन काठी और सेहत अच्छी होने के सबब वह पैंतालीस का लगता था। वज़ीर को फिर भी वह बहुत उम्र वाला दिखाई दिया। अलबत्ता इस बात पर उसे कुछ हैरत हुई कि वह लंबे क़द का न था। अंग्रेज़ों के मुक़ाबले में हिंदुस्तानी आमतौर पर छोटे क़द के होते थे, लेकिन फ़्रेज़र साहब का क़द आम हिंदुस्तानियों से भी कुछ दबता हुआ था। उसकी मूंछें लाली लिए हुए भूरी, बहुत घनी, कुछ राजपूती, कुछ

मुसलमानी तर्ज़ की थीं। मोटे गलमुच्छे नीचे ठोड़ी पर भूरी दाढ़ी में बदल गए थे जिन्हें राजपूती अंदाज़ में बीच से फाड़कर इस तरह फैला लिया गया था कि ठोड़ी पर मांग बन गई थी। लेकिन ठोड़ी में वह मज़बूती न थी, जो सख़्त ठोस किरदार की अलामत कही जाती है। घनी दाढ़ी के बावजूद ठोड़ी की कमज़ोरी कुछ-कुछ झलक रही थी। बड़ी-बड़ी आंखें, सीधी-सुतवां नाक, होंठ कुछ मोटे और पान की सुर्ख़ी से रंगीन, चेहरे पर .खुशमिज़ाजी, लेकिन आंखों में कुछ अजब तरह की हल्की सी वहशत की चमक थी। शराब बहुत पीने की वजह से उसका मुंह कुछ सूज आया था, जिस पर मरीज़ों जैसी सुर्ख़ी गोया अंतर्विरोधों के मेल का रंग पेश कर रही थी।

विलियम फ्रेज़र का लिबास हिंदुस्तानी था, औरंगाबादी हिमरू का एक पाट का तंग पजामा, बदन पर बारीक तनज़ेब का कुर्ता, उस पर काला मख़मली नीमा यानी अंगरखा जिसकी आस्तीनें नीचे से कटी हुई थीं, उसके ऊपर कुछ अंग्रेज़ी सी तर्ज़ की अबा जिसके तुकमे खुले हुए और आस्तीनें बहुत छोटी थीं। आठों उंगलियों में बेशक़ीमत अंगूठियां, गले में सच्चे मोतियों का हार, पांव में ज़री के काम की नोकदार जोधपुरी जूती, सिर पर सुर्ख़-सियाह बूटियों का रेशमी बलदार चीरा, ग़रज़ कि विलियम फ्रेज़र बिल्कुल देहली का अमीरज़ादा लगता था।

□□

फ़ैनी पार्क्स

वो कमरे में इस तरह दाख़िल हुए कि विलियम फ्रेज़र कुछ तेज़ क़दम रखता हुआ आगे-आगे था और वज़ीर ख़ानम उसके पीछे, गोया वह कोई शाहज़ादी हो और फ्रेज़र उसका उद्घोषक। अंदर कमरा बहुत बड़ा था, इतना बड़ा कि तेज़ रोशनी के बावजूद छोटी बेगम एक निगाह में उसके दूसरे सिरे को साफ़ न देख सकी। छोटी बेगम के दिल में थोड़ी सी घबराहट थी। सर्दी के बावजूद उसे महसूस हुआ कि उसे पसीना आने वाला है। उसके क़दम एक पल को लड़खड़ाए, लेकिन फिर जमकर अपने मामूल की लय में आ गए। वो विलियम फ्रेज़र के पीछे आहिस्ता क़दम रखती हुई कमरे के परले सिरे की तरफ़ चली।

मेहमानों में हिंदुस्तानी और अंग्रेज़ क़रीब-क़रीब बराबर की तादाद में थे। औरतें कोई-कोई ही नज़र आ रही थीं और एकाध के सिवा सब अंग्रेज़ थीं। बरसात की नमी मिली सर्दी के बावजूद कमरे में आरामदेह गर्मी, और शराब और ख़मीरा तंबाकू की मिली-जुली महक हर तरफ़ फैली हुई थी। क़हक़हों और दोस्ताना गर्मजोश बातचीत से छलकते हुए कमरे में जब वज़ीर ख़ानम दाख़िल हुई तो हर चीज़ की रफ़्तार कुछ मद्धम पड़ गई। क्या मर्द, क्या औरत, सबका ध्यान उसकी तरफ़ खिंच गया, लेकिन वज़ीर उनके ध्यान से लापरवाह सी, अपनी आम रफ़्तार से बावक़ार तरीक़े से क़दम रखती गई। वह हल्के ज़र्द रंग के बुलबुलचश्म का पजामा पहने हुए

थी, जिस पर मोर जैसे हरे सुनहरे रंग की बुलबुलचश्म बूटियां थीं। आम रिवाज के बरख़िलाफ़ उसका पजामा एक पाट से भी कुछ कम का था, पिंडलियों और रानों पर तंग कि निचले धड़ का सुडौलपन उभर आए, लेकिन फूहड़पन से नहीं। इसे आड़ा पजामा कहते थे और इसका पहनावा वज़ीर ने राजपूताने की कत्थक नर्तकियों से सीखा था। पजामे के ऊपर निहायत बारीक, निहायत हल्के कासनी रंग के रेशमी कपड़े का जामा था। (इस कपड़े को भी 'आड़ा' कहते थे) जिसके नीचे से पजामे की बूटियां और पिंडलियों और जांघों के खिंचाव झलक रहे थे। बदन पर ढाके की मलमल की बेआस्तीनों की नीची कुर्ती जिस पर ज़री के नाजुक फूल कढ़े हुए थे। कुर्ती के नीचे सियाह मलमल की अंगिया (यह अंदाज़ भी राजपूतानी था) जिसके घाट और पट्टे ज़री के काम से भरे हुए थे। भारी, आसमानी, जालीदार ज़रबफ़्त का दुपट्टा उसके बदन पर किस तरह ठहरा हुआ था, यह शायद वो भी न बता सकती थी, लेकिन दुपट्टा उसके सिर और सीने के गिर्द हाले की तरह था जो चांद की रोशनी को और भी उजला कर देता है। दुपट्टा उसके सिर पर एक बेपरवाही के अजब अंदाज़ में पड़ा हुआ था कि उसके नीचे से उसकी ज़ुल्फ़ों, चोटी और जूड़े में पिरोए हुए मोती साफ़ नज़र आते थे। माथे पर जड़ाऊ चांद जिसमें लहसुनिया, गुलाबी याक़ूत, मोती और नीलम जड़े हुए थे। बड़ी-बड़ी मुस्कुराती और बोलती आंखों में काजल की बहुत हल्की लकीर, कानों में लंबे-लंबे बुंदे जिनमें हीरे और नीलम जगमगा रहे थे। नाक में मोती और ज़मर्रुद जड़ी हुई भारी कील, गले में सुर्ख़ याक़ूत का जुगनू, उसके नीचे सच्चे मोतियों का सतलड़ा हार, कलाइयों में भरवां घड़ियाली कड़े और उनके दोनों तरफ़ कांच की महीन चूड़ियां जिन पर सुनहरा काम था। पांव में पाज़ेब और ज़री की जूतियां जिनमें दीवार न थी और ऊपरी हिस्सा इतना छोटा था कि पांव की मेहंदी साफ़ झलकती थी। लंबी नुकीली उंगलियां, कल्मे की और बाएं हाथ की बीच की उंगली में ज़र्द हीरे और सुनहरे पुखराज की अंगूठियां। हाथ-पांव की नज़ाकत और बदन की नर्म बनावट उसकी रफ़्तार से ज़ाहिर होती थी।

उस रोशन .ख़ुशगवार कमरे की नर्म किरणें वज़ीर ख़ानम के बदन के चारों तरफ़ नाचती लग रही थीं और रात का मुस्कुराता आसमानी रंग इस तरह उसके सारे वजूद में झलक रहा था गोया वो लड़की के बजाय दुनिया से बाहर की चीज़ है। उसका क़द दरम्याने से कुछ निकलता हुआ था लेकिन बेहद सुडौल, और हर क़दम आहिस्ता था, लेकिन उससे झिझक या हिचकिचाहट की जगह और आत्मविश्वास टपका पड़ता था। उसकी चाल में हल्की मनमोहक रवानी थी, जैसे जमुना में रात की हल्की लहरों पर बजरा आप से आप चल रहा हो। अचानक कमरे के दूसरे सिरे से किसी अंग्रेज़ औरत ने बुलंद आवाज़ में कुछ कहना शुरू किया। हर तरफ़ ख़ामोशी सी छा गई, बैरे और आबदार जो शराब की सुराहियां, खाने की चीज़ों की रकाबियां और

हुक़्क़ों की चिलम ताज़ा करने के सामान लिए बा-अदब फिर रहे थे, ठिठककर रुक गए। वज़ीर ने ज़रा ध्यान से सुना तो वह औरत कुछ अशआर पढ़ रही थी, सुरीली और साफ़ आवाज़ थी लेकिन उसमें कोई खनक न थी। ब्लाक साहब के साथ रहकर वज़ीर अंग्रेज़ी समझने लगी थी, लेकिन उसकी शेर की ख़ूबियों से वाक़िफ़ न थी। मुस्कुराती हुई अंग्रेज़ औरत अपनी जगह से उठकर उसकी तरफ़ आती हुई पढ़ रही थी:

She walks in beauty, like the night
Of cloudless climes and starry skies;
And all that is best of dark and bright,
Meets in her aspect and her eyes.

वज़ीर को यह न मालूम था कि ये उस ज़माने के मशहूर अंग्रेज़ी शायर लार्ड बायरन के अशआर हैं, लेकिन इतना वो ज़रूर समझ गई कि ये उसी की तारीफ़ में पढ़ी गई है। वो एक लम्हे के लिए शर्मा गई, लेकिन अशआर के ख़त्म होते ही अंग्रेज़ों ने तालियां बजाईं और हिंदुस्तानियों ने 'वाह-वाह, सुब्हानल्लाह' की आवाज़ बुलंद की, तो उसने सोचा कि मेरी शर्माहट इस शोर में छुप गई होगी। वो ज़रा तेज़ क़दम बढ़ाती हुई चली, तो वही अंग्रेज़ औरत जिसने अशआर पढ़े थे, बड़े साफ़ लहजे में हिंदी बोलती हुई आगे आई, "आइए, आइए, वज़ीर ख़ानम, आपका बड़ा इंतज़ार था। मैं फ़ैनी पार्क्स (Fanny Parkes) हूं, इलाहाबाद में रहती हूं। मेरा शेर पढ़ना आपको बुरा तो नहीं लगा?"

"जी... जी नहीं, ऐसी कोई बात नहीं... तस्लीमात अर्ज़ करती हूं।"

फ़ैनी पार्क्स ने वज़ीर का हाथ अपने हाथ में लिया और उसे अपने सोफ़े की तरफ़ ले चली, "आइए, मेरे पास बैठिए। भई, असल बात यह है कि आपकी चाल इस क़दर प्यारी थी कि मुझे बेसाख़्ता बायरन साहब की नज़्म याद आ गई... उफ़, किस क़दर नाजुक और ख़ूबसूरत हैं आपके हाथ और उंगलियां, और ये... ये मेहंदी से फूल-पत्तियां जो आपने हाथों पर बनाई हैं... क्या कहते हैं इन्हें, भला सा लफ़्ज़ है।"

"जी, इन्हें निगार कहते हैं।"

"हां, हां, निगार। कैसा प्यारा लफ़्ज़ है और भई, आप लोगों के कपड़े बदन पर किस क़दर सजते हैं। हमारे लिबास तो जैसे काबक में कबूतर बंद कर दिए गए हों। मैं कमबख़्त मजबूरन यह अंग्रेज़ी साया और टोपी पहने हुए हूं।"

फ़ैनी पार्क्स छोटे क़द की, ज़रा दोहरे बदन की, गहरी भूरी आंखों वाली गोलमटोल सी औरत थी। आंखों से ज़िहानत और ख़ुशमिज़ाजी और तबीयत की आज़ादगी झलक रही थी, लिबास अंग्रेज़ों के तौर-तर्ज़ को देखते हुए ग़नीमत था। उसके बेतकल्लुफ़ और सहज अंदाज़ ने छोटी बेगम की झिझक भी ज़रा कम कर दी। जिस सोफ़े पर फ़ैनी और छोटी बेगम बैठीं, उस पर एक निस्बतन ज़्यादा उम्र वाली फ़िरंगन

पहले से बैठी हुई थी। वो तो ज़्यादा न बोली, लेकिन छोटी बेगम और फ़ैनी पार्क्स में ख़ूब बातें हुईं। मालूम हुआ उनके मियां इलाहाबाद में बर्फ़ख़ाने के मैनेजर थे। फ़ैनी बी घूमने-फिरने की शौक़ीन और हिंदुस्तानी तौर-तरीक़ों की दीवानी थीं। मियां को छोड़कर कश्ती के ज़रिए इलाहाबाद से आगरा आईं, वहां की सैर करने के बाद अब वो देहली पहुंची थीं और फ़्रेज़र साहब की मेहमान थीं।

फ़ैनी पार्क्स ने वज़ीर ख़ानम के बारे में कुछ न पूछा, अपना ही हाल बताती गई। मसलन उसने आपसे आप देहली और इलाहाबाद के क़िलों की और गंगा और जमुना के पानी की तुलना करके दोनों की ख़ूबियां बताईं, और शहर इलाहाबाद की ख़ूब तारीफ़ की कि वहां के लोगों की बोली बहुत मीठी है, वहां के नौकर चोर नहीं हैं, वहां के आम और ख़रबूज़े निहायत मीठे हैं। जमुना किनारे उसकी कोठी ज़रा ऊंचाई पर निहायत सुहानी जगह पर थी। वहां से जमुना का गहरा हरियाला पानी दूर तक लहरें मारता हुआ नज़र आता था। नदी में घड़ियाल, मगरमच्छ, सूंस, बड़े-बड़े कछुए बेशुमार थे। फिर उस पर सर्दियों के मौसम में अनगिनत चिड़ियों का आना और संगम के आसपास रैनबसेरे की जगह बनाकर महीनों वहीं रहना अजब दिल लुभाने वाला नज़ारा होता था। मोर और गड़पंख और महोक तो बारहों महीने नज़र आते थे। शाम को शाहजहानी जामा मस्जिद में रौशनियां जगमगातीं और अज़ान की सुरीली आवाज़ बुलंद होती। (यह मस्जिद अंग्रेज़ों ने 1857 के बाद ढहा दी।) किडगंज (Kydganj, अब कीडगंज या कीटगंज) और मुट्ठीगंज के गांव उसकी कोठी के इलाक़े और शहर के बीच में पड़ते थे; इसलिए अगर शहर जाना होता तो पहले से तैयारी करके दिन ही दिन में हो आना पड़ता था। हां, अलोपी बाग़ के मेले और पूजा के ज़माने में दिन-रात एक ही तरह के रौनक़ वाले हो जाते थे। साल में एकाध बार अलोपी बाग़ के मंदिर के सामने मैदान में सतियां जलने को लाई जातीं। आमतौर पर कंपनी बहादुर के फ़ौजी उन्हें जलने से रोक देते, लेकिन कभी-कभी अवाम का हुजूम और ख़ुद सतीमाता का हठ उन्हें नाकाम बना देते।

वो अपनी धुन में ये सब बताती गई। वज़ीर ख़ानम बड़ी दिलचस्पी से सुन रही थी और कनखियों से मेहमानों पर भी नज़र डाल लेती थी। फ़्रेज़र साहब उसे फ़ैनी बी के पास छोड़कर दूसरे मेहमानों से बातों में मशग़ूल थे। फ़ैनी बातें करते-करते कभी वज़ीर ख़ानम के किसी ज़ेवर या लिबास की तारीफ़ कर देती, कभी उसका मुंह छूकर उसके बुंदों या नाक की कील के नगों की चमक का लुत्फ़ उठाती, और फिर अपनी बातों में लग जाती। उसने यह एक अजीब बात बताई कि हालांकि इलाहाबाद में कंपनी का राज और अमन-चैन है, लेकिन गंगापार के लोग, जो शाहे-अवध की प्रजा हैं, न इलाहाबाद आना पसंद करते हैं, न कंपनी के राज को शाहे-अवध के राज से अच्छा समझते हैं।

"क्यों, ऐसा क्यों है, फ़ैनी मेमसाहब?" वज़ीर ने बीच में मौक़ा पाकर पूछा।

फ़ैनी पार्क्स एक लम्हे को किसी ख़्याल में खो गई। फिर वो ज़रा आहिस्ता लहजे में बोली, "बात यह है कि... कंपनी राज में शहर वाले तो आराम से हैं, लेकिन गांव के लोगों को बहुत परेशानियां हैं। कंपनी ने लगान बढ़ा दिए हैं, किसान और ज़मींदार आपस में .ख़ुश नहीं हैं... मुक़ामी कारीगरों को काम नहीं मिल रहा है... लेकिन छोड़ो इन बातों को, ये तो दुनिया है।"

वज़ीर कुछ और पूछना चाहती थी। वो यह भी जानना चाहती थी कि फ़ैनी मेमसाहब के कितने बच्चे हैं, और उनके साहब कहां हैं, यहां मेहमानों में मौजूद हैं कि नहीं, वग़ैरा। लेकिन उसे मालूम था कि अंग्रेज़ लोग ऐसी बातें पूछना बुरा समझते हैं। यही वजह है कि फ़ैनी मेमसाहब ने मेरे बारे में कुछ नहीं पूछा, या शायद जानती हों... ब्लाक साहब के बारे में तो जानती ही होंगी।

□□

मिर्ज़ा ग़ालिब

वह इन्हीं ख़्यालों में थी कि सदर दरवाज़े पर आवाज़ हुईः

"हुज़ूर दिलावरुलमुल्क नवाब शम्सुद्दीन अहमद ख़ां बहादुर तशरीफ़ लाते हैं।"

विलियम फ्रेज़र फ़ौरन बाहर गया और एक बेहद .ख़ूबरू, लंबे-तगड़े, भड़कीला लिबास पहने हुए एक जवान के कंधे पर हाथ रखे अंदर आया। कमरे में मौजूद ज़्यादातर लोग खड़े हो गए। जो खड़े नहीं हुए उन्होंने भी अंग्रेज़ी या हिंदी में शम्सुद्दीन अहमद का स्वागत किया। शम्सुद्दीन अहमद की उम्र उस वक़्त इक्कीस या बाईस साल से ज़्यादा न थी लेकिन उनके चेहरे पर अमीरी का ग़ुरूर और ठोस तजुर्बे की पुख़्तगी के आसार साफ़ ज़ाहिर थे। उनके सिर पर मुग़ल अमीरों की तरह पगड़ी और सरपेच दोनों थे, सरपेच में कबूतर के अंडे के बराबर और अंडे के ही तर्ज़ में कटा हुआ बदख़्शानी मानक कमरे की तमाम रौशनियों से आंखें लड़ा रहा था। मौसम की सर्दी से बेपरवाह, बदन पर बारीक तनज़ेब का कुर्ता, उस पर जामावार का नीमा, कुर्ते की काट और नीमे की बनावट नई तर्ज़ के मुताबिक़ ऐसी थी कि कुर्ते के नीचे से दाहिना सीना झलकता था। गले में सतलड़ा मोतियों का हार, कमर में जड़ाऊ कमरबंद, जड़ाऊ ख़ंजर उसमें लटकाया हुआ, कमख़्वाब का एक पाट का पजामा लेकिन उस पर जामा न था, लिहाज़ा रानों का खिंचाव और पिंडलियों का कसाव पूरी तरह नुमायां था। रंग निहायत गोरा, बड़ी-बड़ी आंखें, मुग़ल तर्ज़ की नोकदार दाढ़ी, हल्की मगर साफ़ नज़र आने वाली मूंछें। उनकी चाल-ढाल और चेहरे-मोहरे का कुल प्रभाव इस क़दर मर्दानगी भरा और दिलकश, चाल इस क़दर अमीराना और पुरवक़ार और पूरी शख़्सियत इस क़दर क़ुव्वत और अंदरूनी ऊर्जा भरपूर थी कि उस भरे-पुरे बारौनक़ कमरे में, जिसमें कुछ नहीं तो बीस-बाईस लाख की क़ीमत के ज़ेवर और

लिबास ही लोगों के तन पर थे, एक पल के लिए तमाम लोग ग़ैरअहम और ग़ैरशानदार नज़र आने लगे। ख़ुद फ्रेज़र भी, जिसे दिन-रात नवाब से साबक़ा रहता था, कुछ दंग और कुछ मुरझाया हुआ सा लग रहा था। नवाब के पीछे दो सोंटाबरदार बेधड़क अंदर चले आए थे हालांकि मेहमानों के नौकरों को अंदर आने की इजाज़त न थी। नवाब शम्सुद्दीन अहमद ने हल्का सा इशारा किया तो सोंटाबरदार तीन सलाम करके उल्टे पांव वापस हुए। विलियम फ्रेज़र ने नवाब शम्सुद्दीन अहमद को नुमायां जगह पर बिठाकर अपने हाथ से पेचवान की नै उनके सामने पेश ही की थी कि दरवाज़े पर आवाज़ हुई:

"नवाब मिर्ज़ा असदुल्लाह ख़ां साहब।"

विलियम फ्रेज़र फ़ौरन मुड़कर कमरे के बाहर गया और जल्दी ही नवाब मिर्ज़ा असदुल्लाह ख़ां 'ग़ालिब' के हाथ में हाथ डाले वापस आया। हर तरफ़ से "तस्लीमात," "जनाब नवाब साहब, बंदगी," "इधर तशरीफ़ लाएं, बड़ा इंतजार दिखाया," की आवाज़ें बुलंद हुईं। वज़ीर ने महसूस किया कि नवाब शम्सुद्दीन अहमद के आने पर इस्तक़बाल और आवभगत की आवाज़ें इस तरह बुलंद न हुई थीं। मिर्ज़ा साहब का क़द निहायत बुलंद, पेशानी ऊंची, आंखें रोशन और मुस्कुराती हुई, सीना चौड़ा, कलाइयां कसरती और गर्दन बुलंद थी। उनकी चाल रौब और आत्मविश्वास से भरी हुई लेकिन अकड़ या घमंड से बेगाना थी। निहायत गोरा, सुनहरा रंग जिसे मैदा शहाकब कहें तो ग़लत न होगा। चेहरा दाढ़ी से ख़ाली, लेकिन बड़ी-बड़ी ख़ूबसूरत नोकदार मूंछें तूरानी तर्ज़ की, घनी भवें, लंबी पलकें, नाज़ुक-नाज़ुक होंठों पर हल्की सी मुस्कान, इन चीज़ों ने मिलकर उनके चेहरे को इस क़दर पुरकशिश बना दिया था कि देखते रहिए। एक लम्हे के लिए वज़ीर की निगाहें भी शम्सुद्दीन अहमद के चेहरे से हटकर मिर्ज़ा साहब के चेहरे पर टिककर रह गईं।

"मिर्ज़ा नौशा, हमने आपके लिए फ्रेंच लिक्योर का इंतज़ाम कर रखा है लेकिन शर्त नई ग़ज़ल की है," फ्रेज़र ने मिर्ज़ा ग़ालिब को मुज़फ़्फ़रुद्दौला नासिरुलमुल्क मिर्ज़ा सैफ़ुद्दीन हैदर ख़ां बहादुर की बग़ल में बिठाते हुए कहा। मुबारिज़ुद्दौला मुमताज़ुलमुल्क नवाब हुसामुद्दीन हैदर ख़ां बहादुर के बड़े बेटे मुज़फ़्फ़रुद्दौला नासिरुलमुल्क सैफ़ुद्दीन हैदर ख़ां बहादुर और मिर्ज़ा ग़ालिब की दोस्ती और आपसी भाईचारे के चर्चे सारी देहली में थे। यह भी कहा जाता था कि मिर्ज़ा ग़ालिब के शिया मस्लक की तरफ़ झुकाव में लड़कपन की इस दोस्ती का बहुत दख़ल था। उन दिनों नवाब हुसामुद्दीन हैदर की औलादों का शाही हवेली में बहुत रसूख़ था। बादशाह से वफ़ादारी के चलते मिर्ज़ा सैफ़ुद्दीन हैदर ख़ां बहादुर को 1857 की क़यामत में अंग्रेज़ की गोली का शिकार होना था, लेकिन फ़िलहाल अंग्रेज़ों में भी उनकी आवभगत थी। फ़ारसी का ज़ौक़ उनमें और विलियम फ्रेज़र में साझा था।

"ज़हे-नसीब कि मुझ ग़रीब के लिए यह तैयारी हो," मिर्ज़ा साहब ने मुस्कुराकर कहा। "हमारे लिए तो साक़ी-ए-फ़िरंग के मैख़ाने से यही बहुत है कि जाम की तलछट हो और आग बिखेरने के लिए खुली छूट हो। आपके यहां आने का मुझे इससे ज़्यादा इनाम न चाहिए," यह आख़री जुमला उन्होंने फ़ारसी में कहा। उनकी आवाज़ में अजब लोच और दिलकशी थी। निहायत साफ़ और खुली हुई आवाज़, न बहुत बुलंद, न पस्त, लहजे में मिठास ऐसी गोया जिससे बातें कर रहे हैं उसे अपना अज़ीज़े-ख़ास समझते हैं।

नवाब शम्सुद्दीन अहमद ने पेचवान का एक कश लेकर, बहुत ठहर-ठहरकर कहा, लेकिन अल्फ़ाज़ की तह में कहीं दूर, थोड़ा सा तंज़ भी छुपा हुआ थाः "सुब्हानल्लाह मिर्ज़ा नौशा भाई साहब, आप तो नस्र में शायरी के मोती रोलते हैं। लेकिन हम भी आपके नए कलाम के अभिलाषी हैं।"

नवाब का इशारा यह था कि ग़ैर मुल्की, वो भी फ़िरंगी, हज़ार 'मामुक़ीमां' और 'गुलिस्तां' 'बोस्तां' पढ़ जाएं, क़तील और वारस्ता की किताबें चाट डाले, लेकिन शायरी की समझ, वो भी फ़ारसी शायरी, उसके बस की बात नहीं। यह फ़न तो हम तुर्कों और ईरानियों पर ही ख़त्म है। एतराज़ का यह चुभता ताना मिर्ज़ा साहब ही नहीं, विलियम फ्रेज़र ने भी समझा। लेकिन उसने ख़ामोशी बेहतर समझी, कुछ इसलिए भी कि मिर्ज़ा ग़ालिब साहब जवाब में कोई गर्म मगर .ख़ुशदिली का जुमला कहेंगे ही कहेंगे, और बात ठीक ही थी। मिर्ज़ा ग़ालिब बेहद दिलकश अंदाज़ में मुस्कुराए और नवाब शम्सुद्दीन अहमद की आंखों में आंखें डालकर बोलेः "बजा फ़रमाया, मियां नवाब शम्सुद्दीन अहमद साहब। लेकिन शेर कहना और शेर समझना दोनों ही फ़िरंगी की क़ैद की तरह हैं और उनकी मशक़्क़त में कुछ हासिल नहीं। अपने हुनर को दिखाते फिरने में फ़ायदा ख़ाक नहीं। मैं तो अक्सर सोचता हूं कि सौ पुश्त का पुरखों का सिपहगिरी का पेशा छोड़कर कुछ अक़्लमंदी न की।"

"यह फ़िरंग की क़ैद की भी ख़ूब कही आपने, मिर्ज़ा नौशा भाई साहब। बज़ाहिर तो आपकी शायरी की ज़मीन खेती लायक़ लगती है। और यह ज़मीन भी अल्लाह की ज़मीन की तरह बेहद और बेनिहायत है, यहां क़ैद कहां? ज़मीनें तो हम लोगों पर तंग हैं।"

नवाब शम्सुद्दीन अहमद की बातों में दो भेद थे। एक इशारा तो अपनी रियासत लोहारू के छिन जाने के अंदेशे की तरफ़ था और दूसरा इशारा यह था कि फ़िरंगियों की मेहरबानी के साये में आपकी शायरी की खेती तो ख़ूब हरी-भरी लगती है। लेकिन मिर्ज़ा ग़ालिब ने हंसकर जवाब दियाः "लेकिन मियां साहब, वह जो किसी ने कहा है न–

गर दाना-ए-अश्के ब-ज़मीं नफ़्शानी
ऐ ख़्वाजा तमाम किश्त कारे-तू अबस

(अगर आंसू का दाना (क़तरा) ज़मीन पर न छिड़का तो ऐ साहेब, तेरी तमाम खेती और मेहनत बेकार है।) बस वही अपना हाल है और शायद आपका भी।" बात का रंग कुछ ज़्यादा तेज़ होता देखकर मिर्ज़ा सैफ़ुद्दीन हैदर ने दोनों हाथों से एक आम सा इशारा किया, लेकिन इस तरह कि कुछ लोगों को महसूस हुआ, उनकी बात का रुख़ वज़ीर ख़ानम की तरफ़ है, और बोले, "दुरुस्त फ़रमाया। लेकिन हम तो मुहब्बत के बाग़ के माली हैं, शीराज़ के ख़्वाजा की ज़बान से कहते हैं:

ता-निहाले-दोस्ती कै बर दिहद
हालिया रफ़्तेमो-तुख़्मे-काश्तेम

(देखें दोस्ती का पेड़ कब फल देता है अभी तो हमने जाकर एक बीज बोया है।)"

इस पर नवाब युसूफ़ अली ख़ां ने हाथ उठाकर शेर की दाद देने के अंदाज़ में कहा, "सुब्हानल्लाह, क्या ख़ूब इरशाद हुआ, सैफ़ुद्दीन ख़ां बहादुरः

मा क़िस्सा-ए-सिकंदरो-दारा न ख़्वांदा एम
अज़ मा बजुज़ हिकायते-मेहरो-वफ़ा मपुर्स

(हमने सिकंदर और दारा के क़िस्से नहीं पढ़े हैं; हमसे मुहब्बत और वफ़ा के सिवा कुछ और मत पूछो।)"

दोनों साहेबान मामलों को समझने वाले और बारीकियों के जानकार थे। विलियम फ्रेज़र और नवाब शम्सुद्दीन अहमद के ताल्लुक़ात में जो बाल आ चुका था और दूसरी तरफ़ मिर्ज़ा ग़ालिब और विलियम फ्रेज़र में जो गाढ़ी छन रही थी, उसकी वजह से और नवाब अहमदबख़्श ख़ां मरहूम के लिए मुक़र्रर हुए वज़ीफ़े के बारे में मिर्ज़ा ग़ालिब की शिकायत की वजह से भी, नवाब शम्सुद्दीन अहमद के दिल में जो गुबार था, आम लोग इन बारीक राज़ों से वाक़िफ़ न थे। लेकिन देहली के रईस और बड़े लोग तो जानते ही थे कि अंदर-अंदर क्या तल्ख़ियां जमा हो रही हैं। यह बात उन पर साफ़ न थी कि विलियम फ्रेज़र ने इन दो साहेबान को किसी नेक मक़सद से एक जगह जमा किया है कि आपस में उनकी सुलह-सफ़ाई हो जाए, या इसकी तह में कोई बारीक इशारा है कि नवाब शम्सुद्दीन अहमद अपने ही गुरूर में भले ही रियासत के मालिक और आज़ाद हों लेकिन नवाब रेज़ीडेंट बहादुर की नज़र में वो महज़ एक native chieftain (देसी रईस, ये शब्द हिक़ारत से भरे हुए थे) हैं और नवाब रेज़ीडेंट बहादुर जिससे चाहें मिलें, जिसको चाहें अपने दरे-दौलत पर बुलाएं। नवाब शम्सुद्दीन अहमद को बुरा लगे तो लगे, लेकिन मिर्ज़ा ग़ालिब का आना-जाना नवाब रेज़ीडेंट बहादुर के यहां रहेगा और नवाब शम्सुद्दीन अहमद को सौ बार ग़रज़ होगी तो वो विलियम फ्रेज़र की कोठी पर मिर्ज़ा ग़ालिब के साथ दावत में शरीक होंगे। या फिर मुमकिन है कि विलियम फ्रेज़र ने सिर्फ़ और सिर्फ़ नवाब शम्सुद्दीन को नीचा दिखाने के लिए अपने यहां दावत में बुलाया हो।

असल हक़ीक़त किसी को न मालूम थी, जो सिर्फ़ इतनी थी कि नवाब यूसुफ़ अली ख़ां की ज़बानी वज़ीर ख़ानम का ज़िक्र सुनकर विलियम फ्रेज़र की रंगीनमिज़ाजी जाग उठी थी। यह दावत और मिर्ज़ा ग़ालिब से शेर सुनना वज़ीर ख़ानम को अपने यहां बुलाने का अच्छा बहाना और मुनासिब मौक़ा था और नवाब शम्सुद्दीन अहमद का दिल रखना भी उसका मक़सद रहा हो। बहरहाल नवाब शम्सुद्दीन अहमद की ख़ुद्दारी, तबीयत के जल्दी भड़क उठने और मिज़ाज की तेज़ी की वजह से यह क़ुदरती बात थी कि विलियम फ्रेज़र के यहां दावत को क़ुबूल करना उन पर भारी गुज़रे और क़ुबूल करने की मजबूरी हो, और उस पर तुर्रा यह कि मिर्ज़ा ग़ालिब भी वहां बुलाए गए हों। उधर मिर्ज़ा ग़ालिब की भी ख़ुद्दारी बड़े-बड़ों से बढ़कर थी। फिर नवाब शम्सुद्दीन अहमद की चचेरी बड़ी बहन ग़ालिब को ब्याही थीं और इस लिहाज़ से वो उनके बड़े बहनोई भी थे। नस्ल और क़ौम के लिहाज़ से नवाब अहमदबख़्श ख़ां बेशक सैयद थे और ग़ालिब से हज़ार दर्जा ऊंचे, लेकिन शम्सद्दीन अहमद ख़ां की मां तो कमज़ात और पराई थीं, लिहाजा ग़ालिब उन्हें ज़ात-पात में अपने बराबर न समझते थे। दूसरी तरफ़ यह भी था कि माल-दौलत और रुत्बे के हिसाब से नवाब ग़ालिब से और ग़ालिब ही नहीं, कइयों से बढ़कर थे, लिहाज़ा ग़ालिब के दिल में शम्सुद्दीन अहमद के तईं खिंचाव का अहसास लाज़मी था।

इन्हीं नज़ाकतों को ध्यान में रखकर दोनों रईसों ने बात के रुख़ को झगड़े की तरफ़ मुड़ने से रोकने की ग़रज़ से मुहब्बत और हुस्न, और शेरो-सुख़न के इशारों-कनायों की गुलफ़रोशियां शुरू कर दीं। उनके राज़ भरे बोलों को किसी ने समझा, किसी ने न समझा, पर शम्सुद्दीन अहमद और मिर्ज़ा ग़ालिब बख़ूबी उनकी गहराई को पहुंच गए। मिर्ज़ा ग़ालिब के चेहरे पर हल्का सा तबस्सुम आया जिसने उनके चेहरे को और भी रोशन कर दिया। सैफ़ुद्दीन हैदर ख़ां बहादुर के इशारे ने उनका ध्यान भी वज़ीर की तरफ़ कर दिया। विलियम फ्रेज़र तो यूं भी बार-बार वज़ीर को चुपके-चुपके देखता और दिल ही दिल में झूम रहा था कि महफ़िल की रौनक़ के लिए अंजुमन की शमा हो तो ऐसी हो। नवाब शम्सुद्दीन अहमद ने निगाहें ग़ालिब की तरफ़ से फेरकर वज़ीर ख़ानम को देखा। उसके बदन में सनसनी सी दौड़ गई।

वज़ीर की निगाहें उस वक़्त शम्सुद्दीन अहमद और मिर्ज़ा ग़ालिब के बीच किसी ख़ाली जगह पर यूं टिकी थीं कि लगता था वह उन दोनों को देख रही है लेकिन इस तरह कि उसके लिए वो महफ़िल ही का हिस्सा हैं, किसी ख़ास हैसियत के मालिक नहीं हैं। लेकिन हक़ीक़त यह थी कि उसकी आंखें मिर्ज़ा ग़ालिब की चौड़ी कलाइयों और निहायत लंबी नोकदार उंगलियों पर थीं, कान सबकी गुफ़्तगू पर थे और ध्यान का अंदरूनी रुख़ नवाब शम्सुद्दीन अहमद की मर्दाना और राह चलतों के क़दम रोक लेने वाली सूरत और शख़्सियत पर था। उसने उनकी रूह की गहराई

में कहीं छुपी हुई तल्ख़ी, नागवारी और बेचैनी भी महसूस कर ली थी। इधर शम्सुद्दीन अहमद ने जो ज़रा ध्यान से वज़ीर ख़ानम की तरफ़ देखा तो उन्होंने भी किसी न किसी ढंग से यह बात समझ ली कि वज़ीर ख़ानम और उनके बीच कहीं कोई शोला रोशन होने लगा है। या शायद असल बात यह थी कि उन्हें वज़ीर के बदन से निसाई कशिश की लहरें इस तरह उठती, बल खाती अपनी तरफ़ आती हुई लग रही थीं जैसे वो जमुना के बीच धार में किसी हल्की सी नाव में खड़े हों और जमुना की लहरें उनकी नाव को छूने के लिए दूर-दूर के किनारों और गहराइयों से आ रही हों... उनके बदन पर ठंडे पानी और हवा की लाई कंपकपी है, या शायद पूरी नाव ही के हिचकोलों ने यह कंपकपी पैदा की है। उन्हें डूबने का भी डर है और इसी तरह भीगते रहने की हसरत भी है। उन्हें लगा कि इस महफ़िल में सिर्फ़ मैं और छोटी बेगम, दो ही वजूद ऐसे थे जिनकी गहराइयों में कई तरह के उतार-चढ़ाव और शायद कई तरह के ख़ौफ़ भी ज़लज़ले ला रहे थे।

शराब का दौर दोबारा शुरू हुआ था, या यूं कहें कि शराब का दौर घड़ी भर से कम वक़्त के लिए ठहरकर नए मेहमानों की शख़्सियत, चेहरे-मोहरे और आवाज़ के दिलकश और गहरे मगर ज़रा अंधेरे पेचोख़म में खो सा गया था और अब उसने झुरझुरी लेकर आंख खोली। मिर्ज़ा असदुल्लाह बेग ख़ां साहब की ख़िदमत में विलियम फ्रेज़र के ख़ास आबदार ने चांदी की कश्ती पर बिल्लूर के हंस जैसे बर्तन में लगाकर थालीजोड़ गिलास के साथ मुहरबंद बोतल पेश की जिस पर अंग्रेज़ी हर्फ़ों में कुछ लिखा हुआ था और कुछ नक़्शो-निगार बने हुए थे।

"नवाब साहब, बिस्मिल्लाह," विलियम फ्रेज़र ने मुस्कुराकर मिर्ज़ा ग़ालिब से कहा। मिर्ज़ा साहब भी मुस्कुराए, अपने हाथ से बोतल खोली और कहा, "मुंह में पानी तो आ रहा है, लेकिन इसे थोड़ी देर खुला छोड़ता हूं, हवाख़ुर्दा हो ले। हालांकि हवाख़ुर्दा उस शराब को कहते हैं जिसे हवा की नमी ने ख़राब कर दिया हो, लेकिन ये शराबें ऐसी हैं कि सांस लेने का तक़ाज़ा करती हैं।"

"वल्लाह मिर्ज़ा नौशा, आपकी इन्हीं बातों पर तो हम फ़िदा हैं," विलियम फ्रेज़र हंसकर बोला। "शराबनौशी के आदाब कोई आपसे सीखे। मगर भला आपको यह 'सांस लेना' मुहावरा कहां से मालूम हुआ, हज़रत सलामत। ये तो अंग्रेज़ी बोलचाल है। हमारे यहां कुछ शराबों को पीने से पहले ज़रा देर तक खुला छोड़ देते हैं कि उनकी भाप निकल जाए। इसके लिए हम to breathe यानी 'सांस लेना' मुहावरा इस्तेमाल करते हैं।"

"मेहरबान, आती हैं ग़ैब से यही बातें ख़्याल में। आपने अरबी कहावत नहीं सुनी कि शायर..."

"जी हां, परमेश्वर के शागिर्द होते हैं... पर साहब, इस ख़ास लफ़्ज़ तक आप

किस तरह पहुंच सके, इस राज़ पर से तो पर्दा उठे।"

"हमारे मेहरबान और भी हैं। ऐलक साहब तख़ल्लुस 'आज़ाद' (Alexander Heatherly 'Azad', जिन्हें उनके कुछ अंग्रेज़ दोस्तों की तरह ग़ालिब भी 'ऐलक' कहते थे), का नाम आपने सुना होगा... लेकिन छोड़िए, इन क़िस्सों को।" मिर्ज़ा ग़ालिब ने वज़ीर ख़ानम की तरफ़ हल्का सा इशारा करके कहा, "आपने यहां इस हमेशा रहने वाले मैख़ाने का पड़ोस मुझे देकर और मेरे नाअहल हाथ में ये शीशा देकर मेरा एक शेर झूठा साबित कर दिया है।"

"मिर्ज़ा नौशा, भला आपका शेर और झूठा निकले, लेकिन इरशाद हो तो आपकी मेहरबानी हम भी सुन लें," सैफ़ुद्दीन हैदर ख़ां बहादुर ने मिर्ज़ा ग़ालिब का कंधा हल्के से थपकाकर कहा।

"जी मिर्ज़ा साहब और हम भी सुख़न के तलबगारों में शामिल हैं," नवाब यूसुफ़ अली ख़ां ने ज़रा बुलंद आवाज़ में कहा। वो .ख़ुद भी शायर थे लेकिन अभी किसी के शागिर्द न हुए थे।

"हाज़िर करता हूं, बल्कि उसके साथ का भी एक शेर अर्ज़ करूंगा।" यह कहकर मिर्ज़ा साहब ने ख़ासतौर पर विलियम फ़्रेज़र को मुख़ातिब किया, "मुलाहिज़ा हो, पीरो-मुर्शिद।"

नवाब शम्सुद्दीन ख़ां को यह बात बुरी लगी कि किसी अंग्रेज़ ईसाई को 'पीरो-मुर्शिद' कहा जाए। मुहम्मद रोशन अख़्तर मुहम्मद शाह बादशाह ग़ाज़ी फ़िरदौस आरामगाह के ज़माने तक तो सिर्फ़ बादशाह को 'पीरो-मुर्शिद' कहते थे। बाद में अलग-अलग रियासतों के नवाब, सूबेदार और राजा को भी उनके ख़ास दरबारियों ने 'पीरो-मुर्शिद' कहना शुरू कर दिया। लेकिन अंग्रेज़ अधर्मी को 'पीरो-मुर्शिद' कहें, यह नई बात थी।

"अब नौबत यहां तक पहुंची कि काफ़िर क्रिस्टान भी यूं ख़िताब किए जाने लगे," उन्होंने अपने पास बैठे हुए शख़्स से धीमे लहजे में कहा, लेकिन लहजा इतना पस्त भी न था कि सरगोशी मालूम हो। "और यह शराब को खुला छोड़ देने की भी एक रही। इन लोगों का बाबा आदम ही औंधा है। बाएं से दाएं लिखते हैं, सलाम करना हो तो टोपी उतारते हैं, बाएं हाथ से खाना खाते हैं... और सारे मुल्के-हिंद में सुनहरा सूरज बने घूमते हैं।"

उनके मुख़ातिब उनके पास बैठे हुए एक लखनवी साहब थे। बारीक चिकन की लखनवी अंदाज़ की निहायत हल्की दोपल्ली टोपी ज़रा तिरछी ओढ़े हुए, जिसके नीचे पट्टियां जमाए हुए बाल चमकीले झलकते थे, दोहरा बदन, निहायत बारीक चिकन का कुर्ता पहने हुए, उसके ऊपर फूलदार मालीने का अंगरखा, उसी मालीने का जामा, पुराने देहलवी तर्ज़ का औरंगाबादी मशरू का बड़े पांयचों का दो पाट का पजामा,

लेकिन इस नएपन के साथ कि कपड़े में न नक़्शो-निगार थे न पटरियां, उनकी जगह चिकन की रेशमी बूटियां निहायत नज़ाकत से कढ़ी हुई थीं, गले में मोतियों की माला, पांचों उंगलियों में जड़ाऊ अंगूठियां। देहलवी तर्ज़ में लखनवी रंग ख़ूब बहार दिखला रहा था। ये अवध के अपदस्थ वज़ीरे-आज़म मुंतज़िमुद्दौला हकीम मेहदी अली ख़ां बहादुर के बेटे अशरफ़ुद्दौला नवाब अहमद अली ख़ां बहादुर थे। उन्हें किसी वजह से 'जरनैल साहब' कहा जाता था। वो अपने अपदस्थ बाप के साथ फ़तेहगढ़ में रहते थे और इस वक़्त विलियम फ़्रेज़र से मिलने देहली आए हुए थे। उन्होंने सिर हिलाकर नवाब शम्सुद्दीन अहमद की बात से इत्तफ़ाक़ किया। वज़ीर तक ये अल्फ़ाज़ बहुत साफ़ न पहुंचे लेकिन उसका ध्यान चूंकि ज़्यादातर नवाब ही की तरफ़ था, इसलिए वह कुछ सुनकर और कुछ अंदाज़ से समझ गई कि क्या कहा जा रहा है। वो शम्सुद्दीन अहमद की तरफ़ देखकर कुछ अपनाइयत के अंदाज़ में मुस्कुराई गोया नवाब की बात से मुत्तफ़िक़ हो। मार्स्टन ब्लेक के साथ उसकी ज़िंदगी के संदर्भ में यह मुस्कुराहट बहुत कुछ मानी और शायद मानी से भी कुछ ज़्यादा लिए हुए थी।

मिर्ज़ा ग़ालिब ने, जो इस बीच पेचवान की तरफ़ घूम गए थे, सिर उठाकर सामईन पर एक उड़ती निगाह डाली और फ़रमाया, "मतला हाज़िर करता हूं, फिर वो शेर पेश करूंगा जिसका वादा था।"

"इरशाद हो," "अता हो," कई आवाज़ें आईं।

"मुलाहिज़ा हो," कहकर मिर्ज़ा साहब ने मतला पढ़ा। उनके शेर पढ़ने की आवाज़ भी उनकी आम आवाज़ की तरह लोचदार और नफ़ासत से भरी थी। लगता था इस शख़्स को ऊंची आवाज़ में बात करने की ज़रूरत कभी न पड़ती होगी कि इसकी आम आवाज़ के ही सुर निहायत साफ़ थे और उसमें दूर तक पहुंच जाने की ख़ासियत थीः

ब गूना मी न पिज़ीरद ज़ हम दिगर तफ़रीक़
तजल्ली-ए-तू ब दिल हम चू मै ब जामे-अक़ीक़

(अपने तर्ज़ के एतबार से ये दोनों आपस में अलगाव क़ुबूल नहीं करते। दिल के अंदर तेरा जलवा ऐसा है जैसे अक़ीक़ के प्याले में शराब।)

"मिर्ज़ा साहब, दुरुस्त फ़रमाया। सुब्हानल्लाह, माशूक़ का जलवा दिल में और शराब की मौज जाम में, एक ही रुत्बा और एक सा मुक़ाम रखते हैं। ख़ूब, ख़ूब कहा आपने," नवाब यूसुफ़ अली ख़ां ने बेसाख़्ता दाद दी। मिर्ज़ा ग़ालिब ने सहजता से सलाम करके दाद क़ुबूल की और अपनी जगह पर कुछ और संभलकर बैठे। दूसरों की तरफ़ से 'वाह-वाह' का शोर ज़रा थमा तो अशरफ़ुद्दौला ने कहा, उनकी आवाज़ ज़रा बारीक सी लेकिन बहुत साफ़ थीः "क़िब्ला मिर्ज़ा साहब, ये 'गूना' की लफ़्ज़ इस मुक़ाम पर आपने क्या ख़ूब ही इस्तेमाल की। वल्लाह, आप ही का हिस्सा है

और कोई होता तो "तर्ज़' या "वज़अ' कहता।"

फ़्रेज़र कुछ कहने वाला था कि फ़ैनी पार्क्स, जो हिंदी ख़ूब समझती थी, लेकिन फ़ारसी से अनजान थी, और शेर को समझने की कोशिश कर रही थी, अशरफ़ुद्दौला की ज़बान से 'लफ़्ज़' को स्त्रीलिंग सुनकर चौंकी। अशरफ़ुद्दौला से उसकी जान-पहचान अच्छी थी, इसलिए उसे पूछने में तकल्लुफ़ न हुआ, "जरनैल साहब, आप 'लफ़्ज़' को... वह क्या होता है... feminine gender..."

"मुअन्नस," फ़्रेज़र ने बीच में कहा।

"जी, मुअन्नस," वह ख़ुश होकर बोली, "शुक्रिया कर्नल फ़्रेज़र... तो अशरफ़ुद्दौला, आपने 'लफ़्ज़' को मुअन्नस फ़रमाया, या मैंने ग़लत सुना?"

"जी नहीं फ़ैनी मेमसाहब, आपने ठीक सुना। आप इलाहाबाद में रहती हैं, वहां इसे मुज़क्कर ही बोलते हैं, मगर हम लखनऊ वालों का तरीक़ा और है। हम तो 'लफ़्ज़' को मुअन्नस ही कहते हैं। देहली की तर्ज़ और होगी, क्यों जनाब मिर्ज़ा साहब?"

"बजा फ़रमाया," मिर्ज़ा ग़ालिब ने कहा। "हमारे हिसाब से तो 'लफ़्ज़' को मुज़क्कर ही कहना सबसे अच्छा और मुनासिब है।"

"उर्दू के शब्दों में मुज़क्कर-मुअन्नस का झगड़ा बहुत परेशान करता है। अब इसी लफ़्ज़ 'रथ' को देखिए। कोई इसे मुज़क्कर बोलता है, कोई मुअन्नस," फ़्रेज़र ने कहा। "मिर्ज़ा साहब, आपका क्या ख़्याल है?"

"भई, इसका तो मामला आसान है। रथ पर औरतें सवार हों तो मुअन्नस, वरना मुज़क्कर," मिर्ज़ा ग़ालिब ने हंसकर कहा।

इस पर एक क़हक़हा पड़ा। वज़ीर चूंकि रथ पर बैठकर आई थी, इसलिए दिल ही दिल में थोड़ी झेंपी, लेकिन हंसी में वो भी शरीक हुई। मिर्ज़ा ग़ालिब के चेहरे पर हल्की सी मुस्कुराहट थी, गोया अपने जुमले की दाद पाकर ख़ुश हों। उनका तरीक़ा था कि अपनी मज़ाक़ की बात कहकर ख़ुद न हंसते थे बल्कि यूं बैठे रहते थे जैसे उन्होंने कुछ किया, कहा ही नहीं। क़हक़हा अभी थमा न था कि विलियम फ़्रेज़र ने मिर्ज़ा ग़ालिब को याद दिलाया, "देखिए, हमें हंसी में न टालिएगा। अभी आपको दूसरा शेर सुनाना बाक़ी है।"

"जी, बेशक, बेशक, अभी अर्ज़ किया। मुलाहिज़ा हो," कहकर ग़ालिब ने वज़ीर की तरफ़ देखा और शेर पढ़ाः

तुरा ब पहलू-ए-मैख़ाना जा देहम ग़ालिब
ब-शर्ते-आं कि क़नाअत कुनी ब-बू-ए-रहीक़

(ऐ ग़ालिब हम तुझे मैख़ाने की बग़ल में जगह दे देंगे बशर्ते तू शराब की बू से ही ख़ुश हो जाए।)

हर तरफ़ से दाद और तारीफ़ के नारे बुलंद हुए। मिर्ज़ा ग़ालिब ने वज़ीर ख़ानम की तरफ़ इशारा करके कहा, "फ़्रेज़र बहादुर, जब आपने एक सदाबहार चलते-फिरते मैख़ाने को मेरी बग़ल में बिठा दिया और तिस पर यह कि फ़िरंगी मीनाख़ाने की यह परी मेरे नातवां होंठों से लगा दी तो यह मेरा शेर झूठा क्यों न साबित होता! लेकिन यह शीशा अपने हाथ में देखकर मुझे अपना एक हिंदी शेर भी याद आयाः

है दौरे-क़दह वजहे-परीशानी-ए-सहबा
यक बार लगा दो .ख़ुमे-मै मेरे लबों से

चलिए, .ख़ुम-ए-मै न सही, मीना-ए-मै ही। असर तो एक ही है।"

वज़ीर ख़ानम के कानों की लवें सुर्ख़ हो गईं। उसने शर्माकर सिर झुका लिया, लेकिन कनखियों से नवाब शम्सुद्दीन अहमद की तरफ़ देखा तो वो कुछ ख़फ़ा से नज़र आए। शायद वज़ीर ख़ानम के बारे में उनके दिल में कुछ ख़्यालात पैदा हो रहे थे। जहां तक वज़ीर समझ सकी थी, विलियम फ़्रेज़र उसे पाना चाहता था, लेकिन उससे बात करने के लिए मुनासिब मौक़े की तलाश में था, या शायद शम्सुद्दीन अहमद का रंग देखकर वह कुछ उलझन में पड़ गया था। विलियम फ़्रेज़र को तो उसे हर हाल में टका सा जवाब ही देना था, नतीजा चाहे जो होता, लेकिन ये नवाब शम्सुद्दीन अहमद उसे इन नज़रों से क्यों देख रहे थे और .ख़ुद उसके दिल में कुछ सरगोशियां सी कैसी थीं?

इधर वो इन बातों को अपने दिल में सुलझाने की कोशिश में थी, उधर नवाब शम्सुद्दीन अहमद कुछ बेचैन से नज़र आ रहे थे, जैसे उन्हें उठने की जल्दी हो, लेकिन वो आदाबे-मजलिस का और उससे ज़्यादा वज़ीर का लिहाज़ कर रहे हों। विलियम फ़्रेज़र को वो निजी मुलाक़ातों में 'फ़्रेज़र चचाजान' कहते थे, लेकिन जब से दोनों के ताल्लुक़ात में बिगाड़ आना शुरू हुआ था, ऐसी मुलाक़ातें ही कम होते-होते बिल्कुल ख़त्म हो गई थीं। सरकारी मुलाक़ातों में विलियम फ़्रेज़र को वो 'नवाब रेज़ीडेंट बहादुर' कहते थे और फ़्रेज़र उन्हें 'नवाब शम्सुद्दीन अहमद बहादुर' कहता था। अगर बहुत मेहरबानी जतलानी होती तो वो 'दिलावरुलमुल्क' कहकर मुख़ातिब करता। नवाव अहमदबख़्श ख़ां के ख़िताब 'फ़ख़रुद्दौल्ला दिलावरुलमुल्क' ज़रूर थे, लेकिन अंग्रेज़ों ने शम्सुद्दीन अहमद ख़ां पर इन ख़िताबों की पुष्टि न की थी। शम्सुद्दीन अहमद ख़ां ने आप ही आप .ख़ुद को 'दिलावरुलमुल्क' लिखना और कहना शुरू कर दिया था। लिहाज़ा विलियम फ़्रेज़र जब उन्हें 'दिलावरुलमुल्क' कहता तो गोया ख़ास मेहरबानी का इज़हार करता था।

फ़्रेज़र ने नवाब शम्सुद्दीन अहमद ख़ां की तरफ़ निगाह की। नवाब और मिर्ज़ा ग़ालिब को एक जगह लाने का उसका जो भी मक़सद था, वो शायद पूरा हो चुका था। फिर उसने नवाब की बेचैनी भी महसूस कर ली और दिल में ख़्याल किया कि

अब ज़रा इनका दिल रखने की तरकीब की जाए। वो अपनी जगह से उठकर नवाब के पास आया और वज़ीर ख़ानम पर एक गहरी हुई निगाह डालकर बोलाः "दिलावरुलमुल्क बहादुर, इधर तशरीफ़ लाएं, मेरे पास आकर रौनक़ बढ़ाएं।" नवाब शम्सुद्दीन अहमद को ख़्याल आया कि शायद यह मुझे वज़ीर ख़ानम से दूर करने की तरकीब है। वो इंकार करने वाले थे कि फ्रेज़र ने आगे कहा, "और यह भी फ़रमाएं कि पहले दाल-दलिया नौश फ़रमाएंगे या मिर्ज़ा नौशा साहब को ग़ज़ल सुनाने की ज़हमत पहले दे ली जाए।"

इस ख़ास मेहरबानी पर शम्सुद्दीन अहमद के दिल की खौलन कुछ सर्द हुई। फिर उन्होंने यह भी ख़्याल किया कि वज़ीर ख़ानम के साथ बातचीत का रास्ता खोलने की एक और सूरत निकल रही है। उन्होंने विलियम फ्रेज़र का हाथ ज़ाहिरी गर्मजोशी के साथ थामकर कहाः "बंदे की इस बारे में कुछ ख़ास तरजीह नहीं, नवाब रेज़ीडेंट बहादुर, जो मिज़ाजे-आली हो। लेकिन... बी वज़ीर ख़ानम साहब को कहीं देर न हो जाए..."

नवाब के मुंह से अपना नाम सुनकर और वो भी इस अंदाज़ में गोया नवाब की नज़र में उसकी मर्ज़ी की कुछ अहमियत हो, वज़ीर आप ही आप और न चाहते हुए भी मुस्कुरा दी। जगह से उठकर उसने सलाम किया और बोली, "बंदी सिर-आंखों पर हाज़िर रहेगी, सरकार वाला तबार के ख़ादिमों का मिज़ाज जो भी चाहे। रहा देर होने का ख़दशा तो वो भी कोई बात नहीं।" उसने नवाब यूसुफ़ अली ख़ां की तरफ़ नज़र की और कहाः "आला हज़रत के बंदों के साये-साये चली जाऊंगी।"

उसकी मीठी आवाज़ कानों में यूं उतरती चली गई जैसे बेहतरीन शराब का मख़मली ज़ायक़ा मुंह और गले को ताज़ा करता हुआ सीने में उतर जाए। उसके जिस्म से फूटती हुई निसवानी कशिश की गर्म किरणों में उसका चेहरा गोया दमक रहा था। नवाब युसूफ़ अली ख़ां कुछ कहने ही वाले थे कि नवाब शम्सुद्दीन अहमद ने वज़ीर की तरफ़ पहलू बदलकर कहाः "इस ख़िदमत के लिए हम हाज़िर हैं। बिरादरे-आलीगुहर नवाब साहब की इजाज़त ज़रूरी हो, तो उम्मीद है कि वो भी हासिल हो सकेगी।"

नवाब युसूफ़ अली ख़ां साहब ने जवाब दिया, "बेशक, बेशक। और यूं भी हमारी और दिलावरुलमुल्क की राहें एक हैं, कुछ मुश्किल न होगी।" यह जुमला उन्होंने बात बनाने की ख़ातिर कहा था, वरना राहें उनकी जुदा-जुदा थीं। नवाब शम्सुद्दीन अहमद की एक कोठी दरियागंज में थी और एक कोठी बल्लीमारान में, और नवाब यूसुफ़ अली ख़ां की कोठी पुल बंगश की बड़ी मस्जिद से मिली हुई, दूसरी तरफ़ तिराहा बैरम ख़ां के पास थी। बहरहाल, बात क़ायदे से तय हो गई। फ्रेज़र को अलबत्ता यह बात पसंद न आई कि शम्सुद्दीन अहमद ख़ां ने वज़ीर ख़ानम का ध्यान

सीधे अपनी तरफ़ खींच लिया और आगे की मुलाक़ातों के लिए भी कुछ बुनियाद बन गई। लेकिन अब पछताए क्या होता था। फ़्रेज़र को यह भरोसा बहरहाल था कि इज़्ज़त और शान, इक़्तेदार और हुकूमत, तजुर्बे और ताक़त हर चीज़ में उसे नवाब शम्सुद्दीन अहमद पर तरजीह थी और अभी तो पहले दिन की सुबह हो रही थी, अभी बहुत वक़्त बाक़ी था। उसने मिर्ज़ा ग़ालिब की तरफ़ रुख़ करके कहा, "मिर्ज़ा साहब, क्या मैं आपको अपनी ग़ज़ल इरशाद करने की ज़हमत दे सकता हूं? हम सब बेचैन हैं।"

"जी, हाज़िर हूं, अभी पेश करता हूं।" यह कहकर मिर्ज़ा साहब ने अपना जाम सामने की छोटी तिपाई पर रखा, मुंह पर हाथ फेरा, हाथ उठाकर महफ़िल की तरफ़ इशारा किया और बोले, "पारखियों की महफ़िल है, यहां शेर सुनाने का पूरा-पूरा मज़ा है। नवाब विलियम फ़्रेज़र बहादुर के हुक्म की तामील में नई ग़ज़ल मुलाहिज़ा हो।"

अभी "बिस्मिल्लाह," "इरशाद फ़रमाइए", "हम अभिलाषी हैं" की आवाज़ें थमी न थीं कि मिर्ज़ा साहब ने "मतला अर्ज़ है" कहकर ग़ज़ल शुरू की। हर तरफ़ सन्नाटा हो गया। नौकर भी अपनी जगह जमकर रह गए। पेचवान की गुड़-गुड़ ख़ामोश हो गई। ग़ालिब की आवाज़ में अब एक सोज़, एक नई गहराई आ गई थी। लगता था किसी रहस्यमय, अनदेखे वजूद से मुख़ातिब हों:

बिया व जोशे-तमन्ना-ए-दीदनम बिनगर
चू अश्क अज़-सरे-मिज़गां चकीदनम बिनगर

(आ और मेरे दीदार की तमन्ना के जोश को देख; मुझे पलक की नोक पर अटके आंसू की तरह टपकता देख।)

'वाह-वाह,' 'ख़ूब, ख़ूब' की आवाज़ों के ऊपर सैफ़ुद्दीन हैदर की आवाज़ आई, "अल्लाह, अल्लाह, क्या मतला फ़रमाया है। चू अश्क अज़-सरे-मिज़गां चकीदनम बिनगर। दोबारा अता हो।"

"दोबारा ज़हमत करें, वल्लाह, दुरुस्त कहा है," फ़्रेज़र ने अपनी जगह से उठकर फ़ारसी में कहा। ग़ालिब ने सलाम करके मतला दोबारा पढ़ा और दाद की तरफ़ ध्यान दिए बग़ैर अगला शेर भी पढ़ाः

ज़-मन ब-जुर्मे-तपीदन कनारा मी कर्दी
(तड़पने के जुर्म में तुम मुझसे दूर-दूर रहते थे)

पास बैठे सामईन ने मिसरे को दोहराया, "वाह, ज़-मन-ब-जुर्मे-तपीदन..."

"ख़ूब, किनारा मी कर्दी, बहुत ख़ूब। 'जुर्मे-तपीदन' की दाद नहीं हो सकती।" अब मिर्ज़ा ग़ालिब ने दूसरा मिसरा पढ़ाः

बिया ब-ख़ाके-मनो-आरमीदनम बिनगर
(मेरी क़ब्र पर आओ और मेरा चुपचाप ठहर जाना देखो)

अब तो ऐसा मालूम हुआ कि छत, बर्तन-भांडे, झाड़-फ़ानूस सब पर भूचाल सा छा गया है, किसी को ख़बर न थी कि कौन किन लफ़्ज़ों में दाद दे रहा है। मिर्ज़ा साहब शोर से बेपरवाह, सिर झुकाए हुए, ज़ानू पर हाथ मार-मारकर दूसरे मिसरे को दोहराए जा रहे थे। बिया ब-ख़ाके-मनो-आरमीदनम बिनगर, बिया ब-ख़ाके-मनो-आरमीदनम बिनगर, बिया ब-ख़ाके-मनो-आरमीदनम बिनगर। कभी-कभी वो सिर्फ़ गुनगुनाने लगते, अल्फ़ाज़ को पूरी तरह अदा भी न करते। फिर अचानक सिर उठाकर उन्होंने सारे मजमे को देखा और पूरा शेर ज़रा पस्त आवाज़ में पढ़ाः

ज़-मन ब-जुर्मे-तपीदन कनारा मी कर्दी
बिया ब-ख़ाके-मनो-आरमीदनम बिनगर

मजमा एक पल के लिए चुप हुआ तो उन्होंने अगला शेर पढ़ाः

गुज़श्ता कारे-मन अज़ रश्के-ग़ैर शरमतबाद
ब-बज़्मे-वस्ले-तू .ख़ुद रा न दीदनम बिनगर

(ग़ैर से रश्क के सबब मेरा सारा काम बिगड़ गया। काश तुझे शर्म आए कि मैं तुझसे मिलन होते हुए भी .ख़ुद को नहीं देखता, ज़रा देख)

दाद का शोर फिर बुलंद हुआ, तो मिर्ज़ा साहब ने हाथ के इशारे से गुज़ारिश की कि कलाम सुन लीजिए, इस क़दर दाद दी जाएगी तो ग़ज़ल भला कैसे हो सकेगी। फिर भी थोड़ी-बहुत "माशा अल्लाह, क्या ज़ोरे-बयान है, क्या मज़मून है। क्या क़ाफ़िए हैं," और मिसरे बार-बार दोहराए जाने की आवाज़ों के बीच उन्होंने शेर पढ़ेः

शुनीदाअम कि न बीनी व ना उम्मीद नयम
न दीदने-तू शुनीदम शुनीदनम बिनगर
दमीद दाना-ओ-बालीदो-आशियां गह शुद
दर-इंतज़ारे-हुमा दाम चीदनम बिनगर

(मैंने सुना है कि तू किसी को नहीं देखता, पर मैं नाउम्मीद नहीं हूं। मैंने तेरा न देखना तो सुना; अब तू मेरा सुनना देख। दाना उगा, बढ़ा और आशियानागाह हो गया; हुमा (एक ख़्याली चिड़िया जिसके बारे में कहा जाता है कि वो जिसके सिर पर बैठ जाए वो बादशाह बन जाता है) के इंतज़ार में मेरा जाल बिछाए हुए बैठना तो देख।)

इस शेर पर भी मजलिस की बुरी हालत हुई। मिर्ज़ा साहब ने लखनऊ वालों की तरह हाथ जोड़-जोड़कर सलाम किए और फ़ारसी में कहा, इस कमज़ोर बंदे का गला सूख रहा है, अब अशआर को बार-बार पढ़ने की ताक़त नहीं रही। लेकिन सामईन ही बेख़ुद हो-होकर "दर-इंतज़ारे-हुमा दामे-चीदनम बिनगर, हाय दमीद दाना-ओ-बालीदो-आशियां गहशुद, हाय क्या बात कही, मिर्ज़ा साहब, दर इंतज़ारे-हुमा दामे-चीदनम बिनगर" की तकरार करते जा रहे थे। फ़ैनी पार्क्स

भौंचक्का होकर देख रही थी कि शेर यूं भी सुनते हैं और दाद के डोंगरे यूं भी बरसाते हैं। मेरे मुल्क में तो शेक्सपीयर के ड्रामे पर भी लोगों की यह हालत नहीं होती। सच है, अहले-हिंद की तहज़ीब की बुनियाद ही शायरी पर क़ायम है। लोग कुछ ख़ामोश हुए तो मिर्ज़ा ग़ालिब ने ग़ज़ल फिर शुरू कीः

नियाज़मंदी-ए-हसरत कशां नमी दानी
निगाहे-मन शवो-दुज़दीदा दीदनम बिनगर
अगर हवा-ए-तमाशा-ए-गुलसितां दारी
बिया व आलमे-दर-ख़ूं तपीदनम बिनगर

(तुम्हें देखने की हसरत रखने वालों की नियाज़मंदी का हाल नहीं जानते। मेरी निगाह बन जाओ और देखो कि मैं तुम्हें किस तरह चुपके-चुपके देखता हूं। अगर तुम्हें बाग़ों की सैर का शौक़ है तो आओ और मेरे ख़ून में तड़पने का आलम देखो)

'तपीदनम' का क़ाफ़िया जिस तरह बंध चुका था, उसके आगे इस शेर का चिराग़ क्या जलता, ख़ासकर जब "दुज़दीदा दीदनम बिनगर" जैसा शेर पहले गुज़र चुका था। लेकिन यहां एक ज़रा सा शायराना फ़रेब था, कि अपने पास बुलाने के लिए झांसा दे रहे हैं कि गुलशन की सैर करनी हो तो हमें ख़ून में तड़पता देख जाओ। इस नुक्ते को वज़ीर ख़ानम ने समझा लेकिन दाद देने की हिम्मत न थी, होंठों ही होंठों में सिर्फ़ "बहुत ख़ूब" कहकर रह गई। नवाब शम्सुद्दीन अहमद ने भी बात को पा लिया था, लेकिन वो ख़ुद खुलकर तन्हा दाद देना न चाहते थे; वज़ीर की तरफ़ इशारा करके मुस्कुराए और बोले, "अपने पास बुलाने के ये तौर आप पर तो ख़ूब ज़ाहिर होंगे।"

वज़ीर ख़ानम ने शर्माकर सिर झुका लिया, लेकिन नवाब शम्सुद्दीन अहमद के जुमले ने औरों पर भी शेर का मज़मून रोशन किया, तो दोबारा वाह हुई। मिर्ज़ा साहब ने अगला शेर पढ़ाः

जफ़ा-ए-शाना कि तारे-गुसिस्ता ज़ां सरे-ज़ुल्फ़
ज़-पुश्ते-दस्त ब-दंदां गज़ीदनम बिनगर

(कंघे ने ये क्या ज़ुल्म किया कि तुम्हारी ज़ुल्फ़ का एक बाल तोड़ डाला, मैं अपने हाथों को दांत से काट रहा हूं, देखो)

इस पर रस्मी वाह-वाह हुई। जानने वाले जानते थे कि मिर्ज़ा साहब इस मज़मून को कई बार बहुत बेहतर बांध चुके हैं। मिर्ज़ा साहब ने अगला शेर सुनायाः

बहारे-मन शवो-गुल गुल शिगुफ़्तनम दरियाब
ब-ख़िल्वतम बरो-साग़र कशीदनम बिनगर

(तू मेरी बहार बन जा और मेरा खिलना देख, तू मुझे अपने पास बुला और मेरा शराब पीना देख)

'बहारे-मन-शव' का टुकड़ा बार-बार दोहराया गया और किसी ने पुकारकर कहाः "सुब्हानल्लाह मिर्ज़ा साहब, मीर साहब ने माशूक़ को 'गुल गुल-शिगुफ़्ता कहा था,' पर आपने तो यह मज़मून अपने ही ऊपर जारी कर लिया। ख़ूब, बहुत ही ख़ूब।"

मिर्ज़ा साहब अपनी बात के इस तरह पहुंच जाने पर ख़ुश होकर मुस्कुराए।

"बहुत सही पहुंचे आप, राय प्राणकिशन साहब। इस शेर में लफ़्ज़ 'बहार' भी वहीं से आया है। हम सब इस खुले दस्तरख़्वान से अपने-अपने नसीब का पाते हैं।"

राय प्राणकिशन का शुमार देहली के इज़्ज़तदार लोगों और बड़े रईसों में था। उनकी शेर फ़हमी के सब क़ायल थे और संगीत के फ़न, ख़ासकर ध्रुपद, से उनके ज़ौक़ की बिना पर शहर के तमाम बड़े लोग उनके दोस्त थे। सैयद ख़्वाजा फ़रीद के बड़े साहबज़ादे नवाब ज़ैनुल आबिदीन ख़ां (सैय्यद अहमद ख़ां के मामूं) से उनकी दोस्ती की मिसालें दी जाती थीं। "जी, बहुत ख़ूब, मुलाहिज़ा हो," कहकर राय प्राणकिशन साहब ने 'मीर' का शेर पढ़ाः

गुल गुल-शिगुफ़्ता मय से हुआ है निगार देख
यक जुरआ हमदम और पिला फिर बहार देख

फिर उन्होंने पुरजोश लहजे में कहाः "क्या ख़ूब मज़मून बांधा है, मिर्ज़ा नौशा साहब, सुब्हानल्लाह।" ये दाद दोनों तरफ़ थी और इसका भी लुत्फ़ हाज़िरीन ने उठाया। उसके बाद अगला शेर गोया दाद और साहिबे-दाद दोनों के सम्मान में थाः

ब दादे-मन न रसीदी ज़-दर्दे-जां दादम
ब दादे-तर्ज़े-तग़ाफ़ुल रसीदनम बिनगर

(तूने मेरे साथ इंसाफ़ न किया और मैंने दुख से जान दे दी। तेरी लापरवाही के तरीक़े पर मैंने किस तरह दाद दी, ये तो देख)

"वल्लाह, क्या तलाश है, एक का न पहुंचना और एक की दाद, दोनों आप अपना जवाब हैं। लापरवाही के तरीक़े की दाद तो दुरुस्त, मगर मिर्ज़ा साहब, हम तो आपकी दाद को पहुंचे, हमसे तो आपको शिकवा न होना चाहिए," फ्रेज़र ने कहा।

"जी, बेशक। इसीलिए तो आपकी ऊंची चौखट पर माथा रगड़ता हूं।" यह कहकर ग़ालिब ने मक़्ता पढ़ा जो एक तरह से आज की महफ़िल और महफ़िल सजाने वाले पर उनकी टिप्पणी भी थी कि अगर आप क़दर न करें तो हम आपकी तरफ़ फटकने वाले भी नहींः

तवाज़ोए-नकुनम बे-तवाज़ोए 'ग़ालिब'
ब-साया-ए-ख़मे-तैग़श ख़मीदनम बिनगर

(जब तक कोई झुकता नहीं, ऐ ग़ालिब, मैं भी नहीं झुकता, माशूक़ की तलवार के झुकाव के नीचे मेरा झुकना देख)

फ्रेज़र ऐसे मामलों को समझने वाला तो था ही, फ़ौरन बोला, "मौक़े के हिसाब

से शेर कहा, मिर्ज़ा साहब, क्या .ख़ुद्दारियां हैं, क्या वज़ादारी का ख़्याल और मिज़ाज की बुलंदी का लिहाज़ है।"

इस पर दाद का शोर फिर उठा, लेकिन इस बार कुछ दाद फ्रेज़र के लिए भी थी। पर यह बात भी कुछ हिंदियों ने महसूस की कि नवाब रेज़ीडेंट बहादुर ने नुक्ता तो पा लिया लेकिन मिर्ज़ा साहब की .ख़ुद्दारियां कभी शिकस्त न होंगी, इसका भी उसने कुछ इशारा न दिया। ये लोग अभी से बादशाह हुए जा रहे हैं, वज़ीर ने दिल में सोचा।

विलियम फ्रेज़र के ख़ास आबदार ने मिर्ज़ा साहब के लिए गिलास में शराब हाज़िर की, दूसरी तरफ़ से भिंडेबरदार ने भिंडा पेश किया। मिर्ज़ा साहब ने पूरा पैमाना एक सांस में ख़ाली कर दिया। ग्यारह अशआर की ग़ज़ल, फिर इतनी दाद और हर शेर को बार-बार पढ़ना, एक घड़ी से ज़्यादा वक़्त गुज़र गया और किसी को ख़बर भी न हुई। लोग तो चाहते थे कि और सुनें लेकिन देर के अलावा मिर्ज़ा साहब में अब ज़्यादा सकत भी न रही थी। उन ग्यारह शेरों के कहने में उतनी ताक़त न लगी होगी जितनी सुनाने में लगी। उन्होंने एक रुबाई पढ़कर रुख़सत होने की इजाज़त चाही। रुबाई पढ़ते वक़्त उन्होंने सामने रखे हुए जामो-मीना की तरफ़ इशारा किया:

चूं दुर्दे-तहे-पियाला बाक़ीस्त हनूज़
नाज़म कि बहारे-लाला बाक़ीस्त हनूज़
दर केशे-तवक्कुल[1] ग़मे-फ़र्दा कुफ़्र अस्त
यक रोज़ा मए-दो साला बाक़ीस्त हनूज़

(जब तक प्याले की तह में तलछट बाक़ी है, मैं .ख़ुश हूं कि लाले के फल की बहार बाक़ी है, सब्र के धर्म में कल की फ़िक्र करना कुफ़्र है, अभी तो दिनभर के लिए दो साल पुरानी उम्दा शराब बाक़ी है।)

इस हस्बे-हाल रुबाई पर सबने दोबारा दाद का शोर बुलंद किया। विलियम फ्रेज़र का इशारा पाकर ख़ानसामां ने इत्तला दी कि 'डिनर' तैयार है। फ्रेज़र ने एक-एक करके हर मेहमान से खाने के कमरे में तशरीफ़ ले चलने की दर्ख़ास्त की। खाने का कमरा भी मुलाक़ात के कमरे की तरह ऊंचा और लंबा-चौड़ा था। वज़ीर ख़ानम को यह देखकर कुछ ताज्जुब हुआ कि खाना मेज़-कुर्सी पर छुरी-कांटे से खाया गया, लेकिन खाना सब हिंदुस्तानी था और ज़ायक़ेदार था। विलियम फ्रेज़र ग़ैर शादीशुदा था हालांकि चार या छह बीबियां रखता था। उनमें से कोई भी खाने की मेज़ पर नहीं बुलाई गई थी।

□□

1. तवक्कुल: जो कुछ भी पास हो उसी को पर्याप्त समझना

दिलावरुलमुल्क

रात बहुत जा चुकी थी, जब सवारियां विलियम फ्रेज़र की कोठी से निकलीं। नवाब शम्सुद्दीन अहमद ख़ां के चार हथियारबंद सवार, फिर दो सोंटाबरदार, उनके बाद सिरों पर मशालें लिए हुए दो मशालबरदार, उनके बाद नवाब शम्सुद्दीन अहमद ख़ां की बंद बग्घी, बग्घी पर भी दोनों तरफ़ एक-एक मेहताबी रोशन थी। उसके बाद वज़ीर ख़ानम के सोंटाबरदार, फिर उसकी रथ। यह क़ाफ़िला आहिस्ता-आहिस्ता बाड़ा हिंदूराव की ढाल से उतरकर पहाड़गंज की तरफ़ चला। नवाब शम्सुद्दीन अहमद ख़ां के दिल में तो था कि वज़ीर को अपने साथ बग्घी के अंदर बिठाए ले चलें, लेकिन या तो हुस्न का रौब या विलियम फ्रेज़र के सामने कुछ तकल्लुफ़ ने उनको रोके रखा। उधर विलियम फ्रेज़र भी वज़ीर ख़ानम को यूं जाता देखकर हाथ मलता रह गया।

बादलों से टपकती हुई धुंध हर तरफ़ फैल रही थी। रास्ते सब सुनसान हो चुके थे। ख़्वाज़ा बाक़ी बिल्लाह साहब की दरगाह पर अलबत्ता अभी चहल-पहल थी। शहर के जिन इलाक़ों पर अभी सीधे बादशाह की हुकूमत थी वहां, और ख़ासकर फ़तेहपुरी की जामा मस्जिद से लेकर हवेली तक चांदनी चौक में, और अली मर्दान ख़ां की नहर के किनारे-किनारे दोनों तरफ रोशनी का इंतज़ाम था। वो पहाड़गंज से निकलकर तुर्कमान दरवाज़े की तरफ़ जाने की बजाय ज़रा लंबे रास्ते से होकर और कुछ चक्कर खाकर फ़तेहपुरी की जामा मस्जिद के पीछे निकले। वहां से रास्ता आसान था लेकिन शम्सुद्दीन अहमद की सवारी का जुलूस सिरकीवालान में वज़ीर के दरवाज़े तक साथ गया। वज़ीर जब रथ से उतरकर अपने दरवाज़े की तरफ़ चली तो नवाब का एक सवार भी घोड़े से उतरकर उसके साथ बढ़ा। जितनी देर में दरवाज़े पर दस्तक हो और दरवाज़ा खुले, सवार ने झुककर वज़ीर को सलाम किया और बोला, “नवाब साहब हुज़ूर का एक पैग़ाम है; गुस्ताख़ी न हो तो अर्ज़ करूं?”

वज़ीर का दिल एक लम्हे के लिए ज़ोर से धड़का, “फ़रमाइए।”

“सरकार नवाब दिलावरुलमुल्क फ़रमाते हैं कि आजकल में फिर मिलने की कोई सबील निकलेगी?”

इस सवाल का मतलब वज़ीर के लिए बिल्कुल साफ़ था। नवाब शम्सुद्दीन अहमद जानना चाहते थे कि वज़ीर इन दिनों किसी की पाबंद तो नहीं है।

“ज़हे-नसीब। सरकार कब तशरीफ़ लाने का ख़्याल रखते हैं?”

“कल ही किसी वक़्त, अगर मुमकिन हो।”

“कोई चार घड़ी दिन रहे, अगर सरकार को फ़ुर्सत हो।”

“बहुत बेहतर। आपको सुबह इत्तला हो जाएगी।” यह कहकर सवार वापस हुआ। इधर दरवाज़ा भी खुल चुका था। वज़ीर ख़ानम सीधी अपनी ख़्वाबगाह में चली गई। उसका दिल संभावनाओं के ख़्याल से लबरेज़ था।

सुबह पहला काम वज़ीर ने यह किया कि घर की सफ़ाई और थोड़ी-बहुत सजावट का बंदोबस्त किया और नवाब शम्सुद्दीन अहमद ख़ां और उनके घराने के बारे में कई जगह से मालूमात हासिल कीं। ये वो ज़माना था कि नवाब शम्सुद्दीन अहमद और विलियम फ़्रेज़र के ताल्लुक़ात में तल्ख़ी पूरी तरह घर कर चुकी थी। अपने छोटे सौतेले भाइयों अमीनुद्दीन अहमद और ज़ियाउद्दीन अहमद से उन्होंने बहुत पहले ही बिगाड़ ली थी। घर में दो बीवियां पहले से थीं, लेकिन उनसे भी वो ख़ुश न थे। बादशाह के यहां उनका कुछ रसूख़ न था कि उनकी दोनों रियासतें अंग्रेज़ों और फिर अलवर के मरहूम राजा बख़्तावर सिंह की मेहरबानियों का नतीजा थीं। इस वजह से सियासी दुनिया और घरेलू दुनिया दोनों ही में वो तन्हा थे। उनके मिज़ाज में गुरूर, गर्मी और जल्दबाज़ी अलग थी, लिहाज़ा अपने साथ वालों में भी वो किसी की गहरी दोस्ती हासिल न कर सके थे। हां फ़ैयाज़ी और खुले हाथ का होने और बहादुरी के सबब रिआया और अवाम दोनों में वो बेहद प्रचलित थे।

लॉर्ड लेक ने अच्छी ख़िदमत के इनाम, क़दर बढ़ाने और शुक्रिए के तौर पर नवाब अहमदबख़्श ख़ां को बड़ी जागीरें अता की थीं, जिनमें फ़ीरोजपुर झिरका एक पूरी रियासत के बराबर था। अलवर के महाराजा बख़्तावर सिंह ने भी सम्मान और क़दर बढ़ाने की ग़रज़ से अहमदबख़्श ख़ां को लोहारू की रियासत ही नहीं, अपनी माशूक़ और महबूब औरत मूसी की बहन मुद्दी भी बख़्श दी। अंग्रेजों ने उन्हें फ़ख़रुद्दौला रुस्तम जंग का ख़िताब दिया था; बख़्तवार सिंह ने उन्हें दिलावरुलमुल्क का ख़िताब दिया। इस तरह नवाब अहमदबख़्श ख़ां अपने ज़माने के बड़े लोगों में शुमार होने लगे। अंग्रेज़ों से उनके ताल्लुक़ात दोस्ताना और कमोबेश बराबर के थे।

मूसी और मुद्दी कमअस्ल औरतें थीं; उनके मज़हब के बारे में भी ठीक से मालूम नहीं। शायद हिंदू होंगी क्योंकि यह भी सुना गया है कि महाराव राजा बख़्तावर सिंह के देहांत (1815) पर मूसी उनके साथ सती हो गई थी। लेकिन हुस्न, सलीक़े और अपने-अपने मर्द को पूरी तरह अपना दीवाना बना लेने में दोनों ही बेमिसाल थीं। जल्दी ही मुद्दी के पेट से अहमदबख़्श के यहां एक बेटा शम्सुद्दीन अहमद ख़ां, फिर एक बेटा इब्राहीम अली ख़ां और दो बेटियां पैदा हुई। इब्राहीम अली ख़ां की मौत बचपन ही में हो गई। इसी बीच अहमदबख़्श ख़ां ने बरलास मुग़ल ख़ानदान की एक हसीना बेगम जान से शादी कर ली। उनके पेट से अहमदबख़्श ख़ां के घर में दो बेटे अमीनुद्दीन अहमद और ज़ियाउद्दीन अहमद, और पांच बेटियां पैदा हुईं। शम्सुद्दीन अहमद सबमें बड़े तो थे ही, बाप की तरह लंबे-तगड़े और ख़ूबसूरत, इल्म हासिल करने में बहुत चुस्त-दुरुस्त, निजी लियाक़त और मामलात के इंतज़ाम की क्षमता और क़ाबलियत में माहिर थे। मिज़ाज अमीराना था, अल्लाह ने उन्हें सब कुछ दे रखा था। इसके बावजूद इस बात का कोई इम्कान न था कि वो बाप की गद्दी

पर बैठ सकेंगे। उनकी मां न सिर्फ़ आपस की न थीं बल्कि नवाब की निकाही भी न थीं। सारा घराना उनके ख़िलाफ़ था। लेकिन मुद्दी ने अपने अच्छे बर्ताव और अहमदबख़्श ख़ां को .खुश रखने में जानतोड़ मेहनत से सारे विरोध का दरवाज़ा बंद कर दिया। नवाब अहमदबख़्श ख़ां ने मुद्दी से बाक़ायदा निकाह कर लिया और उन्हें बहू ख़ानम का ख़िताब देकर अपनी बेगम होने का ऐलान कर दिया और साथ ही साथ नवाब शम्सुद्दीन अहमद ख़ां को फ़ीरोज़पुर झिरका की नवाबी का जानशीन भी मुक़र्रर कर दिया।

इस तरह शम्सुद्दीन अहमद और उनकी वालिदा की हैसियत पलक झपकते ही ख़ाक से उठकर आसमान चूमने लगी लेकिन बेगम जान और उनकी औलाद की नाख़ुशी और भी बढ़ गई। उनके विरोधों के बावजूद अहमदबख़्श ख़ां ने फ़रवरी 1825 में एक वसीयतनामा तैयार करवाकर उस पर जनरल अख़्तरलोनी और सर चार्ल्स मैटकाफ़ की गवाही करा ली। इस वसीयतनामे के मुताबिक़ अहमदबख़्श ख़ान ने फ़ीरोज़पुर झिरका की मसनद पर शम्सुद्दीन अहमद ख़ां को और लोहारू की मसनद पर बेगम जान के बड़े बेटे अमीनुद्दीन अहमद ख़ां को अपना जानशीन मुक़र्रर किया। लेकिन इस वसीयत ने न शम्सुद्दीन अहमद को मुत्मइन किया और न अमीनुद्दीन अहमद ख़ां की वालिदा को। सगे बड़े बेटे की हैसियत से शम्सुद्दीन अहमद ख़ां अपने ख़्याल में दोनों रियासतों के हक़दार थे। दूसरी तरफ़ अमीनुद्दीन अहमद ख़ां और उनकी वालिदा को घमंड था कि शम्सुद्दीन अहमद ख़ां की मां ने उनके वालिद से शम्सुद्दीन अहमद ख़ां की पैदाइश के बाद निकाह किया था, लिहाज़ा शम्सुद्दीन अहमद ख़ां न सिर्फ़ कमज़ात मां के पेट से थे, बल्कि उन पर यह कहावत भी लागू होती थी कि औलाद उसी की है जिसके बिस्तर पर पैदा हो। लेकिन अंग्रेज़ों के विरासत क़ानून के मुताबिक़ ग़ैर ब्याहता औरत के पेट से पैदा बड़ी नर औलाद का हक़ बाप की जायदाद और विरासत पर उतना ही होता है, जितना ब्याहता बीवी के बेटे का होता है, और अंग्रेज़ों में प्रचलित दूसरे क़ानून के मुताबिक़, जिसे Primogeniture यानी जेठवांस, या बड़े बेटे की विरासत का हक़ कहते थे, बड़ा बेटा बाप की तमाम विरासत का, किसी ग़ैर के साझे के बिना मालिक होता था।

अहमदबख़्श ख़ां के भी दिल को यह ख़लिश बार-बार सालती थी कि मेरा ज़िद्दी और घमंडी बड़ा बेटा मेरे बाद अपने सौतेले भाइयों को चैन से न रहने देगा और न ही उसके सौतेले भाई उसके साथ वो भाईचारा और इज़्ज़तदारी बरतेंगे जो बड़ा बेटा होने के नाते उसे मिलनी चाहिए थी। वो इसी उधेड़बुन में थे कि मामले को किस तरह संभाला और दुरुस्त किया जाए कि मेरे बाद मेरे बेटों की दौलत, लियाक़त और इज़्ज़त आपसी झगड़ों में ज़ाया न हो कि जनरल अख़्तरलोनी का (जून 1825 में) देहांत हो गया। तमाम अंग्रेज़ बड़े लोगों और हाकिमों में वही एक ऐसा था जिस

पर अहमदबख़्श ख़ां को पूरा भरोसा था कि वो मेरे घराने का निस्वार्थ भला चाहने वाला और मेरी औलाद का सच्चा सरपरस्त साबित होगा। चार्ल्स मैटकाफ़ से भी उनके ताल्लुक़ात अच्छे थे लेकिन अख़्तरलोनी वाली बात न थी, अख़्तरलोनी ने .खुद को पूरी तरह हिंदी रंग में रंग लिया था और यहां के अमीरों, रईसों के मिज़ाज और तौर-तरीक़ों से हमदर्दाना जानकारी रखता था। इसके उलट चार्ल्स मैटकाफ़ 'नई नस्ल' का अंग्रेज़ था, यानी उस नस्ल का जिसे यक़ीन था कि हमें हिंद वालों के भले के लिए उन पर राज करना है। तबीयतों और ज़िंदगी की तर्ज़ों में इस फ़र्क़ की वजह से हिंद वालों में कोई भी ऐसा न था जिसे यह गुमान हो कि हिंदी-फ़िरंगी भाई-भाई बनकर रह सकते हैं।

फ़िरंगी हाकिमों की 'नई नस्ल' का होने के बावजूद जनरल अख़्तरलोनी की तबीयत और सिकंदर साहब ('सिकंदर साहब' का असल नाम जेम्स स्किनर (James Skinner) था। उसके एक बेटे एलेक्जेंडर (Alexander) उर्फ़ 'ऐलक साहब' (Alec Sahib) को वज़ीर की बेटी सोफ़िया का शौहर बनना था लेकिन वो बात अभी बहुत दूर मुस्तक़बिल में थी। जेम्स स्किनर को आज की ज़बान में एंग्लो-इंडियन कहा जाएगा। शुरू-शुरू में ऐसे लोग East-Indian कहलाते थे लेकिन जल्द ही Eurasian कहे जाने लगे। बींसवीं सदी की शुरुआत में Anglo-Indian लफ़्ज़ प्रचलित हुआ लेकिन अपमान या नाराज़गी के लहजे में उन्हें अंग्रेज़ों में Coloured या Half Caste भी कहा जाता था। वज़ीर ख़ानम के ज़माने में Eurasian शब्द आम था।) के घराने से उसके मेलजोल के कारण विलियम फ़्रेज़र का रहन-सहन अंग्रेज़ों के बजाय हिंदुस्तानियों से ज़्यादा नज़दीक था। अहमदबख्श ख़ां के बच्चे उसे 'चचा जान' कहकर बुलाते थे। अख़्तरलोनी के गुज़रने पर अहमदबख़्श ख़ां के दिल में पुराने अंदेशे और भी मज़बूत हो गए। उन्हें ज़्यादा उम्मीद इस बात की न थी कि शम्सुद्दीन अहमद ख़ां का महत्वाकांक्षी मिज़ाज उसे मेरे बाद अपने सौतेले भाई-बहनों के साथ पूरा इंसाफ़ करने देगा। न उन्हें इस बात का पूरा भरोसा था कि अख़्तरलोनी की तरह चार्ल्स मैटकाफ़ भी मेरे तमाम फ़ैसलों और इरादों को ठोस हक़ीक़त में बदलने की पूरी तरह कोशिश करने वाला और असरदार साबित होगा। लिहाज़ा एक रात (अक्टूबर 1826) उन्होंने सर चार्ल्स मैटकाफ़ को अपने यहां दावत पर बुलाया और रियासत व रेज़ीडेंटी के दूसरे बड़े लोगों के सामने हुकूमत के कामकाज से हाथ खींचकर फ़ीरोज़पुर झिरका की हुकूमत की कुंजी शम्सुद्दीन अहमद के हवाले की और परगना लोहारू समेत परगना पहासू का नज़्मो-नस्क़ अमीनुद्दीन अहमद के सुपुर्द कर दिया और चार्ल्स मैटकाफ़ से वादा ले लिया कि मेरे बाद भी यही इंतज़ाम रहेगा।

इस समझौते के ठीक एक साल बाद फ़ख़रुद्दौला दिलावरुलमुल्क नवाब अहमदबख़्श ख़ां रुस्तम जंग ने झगड़ों की इस दुनिया से कूच किया। कुछ अर्से तक

बाप का ग़म मनाने के बाद शम्सुद्दीन अहमद ने सरकार कंपनी बहादुर में दर्ख़ास्त गुज़ारी कि मेरे बाप ने रियासत का बटवारा दुरुस्त नहीं की है। बड़े बेटे की हैसियत से दोनों रियासतें मुझे मिलनी चाहिए। इस दावे की दलील में उन्होंने अंग्रेज़ों के विरासत क़ानून से नज़ीर पेश की कि जब हाकिम क़ौम के यहां बड़े बेटे की जानशीनी का रिवाज है तो गुलाम क़ौम में भी क्यों न हो। लेकिन यह दलील मंज़ूर न हुई और अहमदबख़्श ख़ां का क़ायम किया हुआ इंतज़ाम बाक़ी रहा।

शम्सुद्दीन अहमद ख़ां ने फिर भी अपनी कोशिशें और पैरवी जारी रखी, यहां तक कि चार्ल्स मैटकाफ़ के बाद तीसरे रेज़ीडेंट फ्रांसिस हॉकिन्स (Francis Hawkins) ने नवाब गवर्नर जनरल के दफ़्तर में शम्सुद्दीन अहमद ख़ां के हक़ में रिपोर्ट देकर हालात को पलट दिया। अमीनुद्दीन अहमद और उनकी वालिदा बेदख़ल कर दिए गए और लोहारू का इलाक़ा भी शम्सुद्दीन अहमद को मिल गया। लेकिन अमीनुद्दीन अहमद और उनकी वालिदा ने अपने इलाक़ों की वापसी के लिए दौड़-भाग बरक़रार रखी, यहां तक कि उनकी ख़ुशनसीबी से विलियम फ्रेज़र का रेज़ीडेंट के ओहदे पर तक़र्रुर हो गया। फ्रेज़र को पुराने हालात सब मालूम थे, लिहाज़ा उसने अमीनुद्दीन अहमद और उनकी वालिदा के मामले पर हमदर्दी की निगाह डाली और कलकत्ते के दफ़्तर को एक नई रिपोर्ट भेजी कि पिछला फ़ैसला हक़ीक़तों पर क़ायम न था, लोहारू की हुकूमत अमीनुद्दीन अहमद को वापस दी जाए। उधर शम्सुद्दीन अहमद को गुमान था कि जिस शख़्स को मैं 'चचा जान' कहता हूं, उसे चाहिए था कि मेरी तरफ़दारी करता, न कि मेरे मुख़ालिफ़ भाइयों की। नतीजा ज़ाहिर था। दोनों के ताल्लुक़ात में खिंचाव आता चला गया।

मिर्ज़ा ग़ालिब को भी अहमदबख़्श ख़ां से शिकायत थी। उसकी कहानी लंबी है और लुब्बे-लुबाब उसका यह है कि मिर्ज़ा ग़ालिब के घरवालों के लिए अहमदबख़्श ख़ां ने अंग्रेज़ों की हिदायत पर अपनी रियासत से जो पांच हज़ार रुपया सालाना वज़ीफ़ा बांधा था, वह बक़ौल मिर्ज़ा ग़ालिब बहुत कम था। मिर्ज़ा साहब का यह भी कहना था कि इस छोटी रक़म में भी नवाब अहमदबख़्श ख़ां ने ख़्वाजा हाजी नामी एक पगले आदमी को दो हज़ार सालाना का हिस्सेदार बना दिया था। मिर्ज़ा असदुल्लाह ख़ां का कहना था कि यह इंसाफ़ की बात न थी क्योंकि ख़्वाजा हाजी का कोई ख़ानदानी ताल्लुक़ ग़ालिब के बाप या चचा से न था और शादी पर आधारित ताल्लुक़ था भी तो वो बहुत कमज़ोर था। ख़्वाजा हाजी कुछ न था, मिर्ज़ा क़ूक़ान बेग ख़ां यानी ग़ालिब के दादा की बीवी की एक बेवा बहन की बेटी (यानी मिर्ज़ा क़ूक़ान बेग की बीवी की भांजी) का बेटा था। एक बदहाल सा शख़्स ख़्वाजा मिर्ज़ा पांच रुपए महीने पर लादने-लदाने और साईसी पर मिर्ज़ा क़ूक़ान बेग के अस्तबल में मुलाज़िम था। ग़ालिब के दादा ने परवरिश के लिए उसका निकाह अपनी बीवी की इसी यतीम

भांजी से कर दिया था। ख़्वाजा हाजी इसी ब्याह का फल था।

मिर्ज़ा ग़ालिब का बयान ये था कि दादा के बाद मेरे चचा नसरुल्लाह बेग ख़ां हम सबकी परवरिश करते थे। एक अचानक हादसे में मिर्ज़ा नसरुल्लाह बेग की मौत के बाद हमारी तन्हाई और बेकसी से फ़ायदा उठाकर ख़्वाजा हाजी ने हमारे ख़ेमे लूट लिए और मिर्ज़ा मरहूम के पड़ाव का सारा सामान, यहां तक कि ख़ेमे और छोलदारियां, पालकियां, फ़र्श-फ़रूश सब लूट लिया और ऊंटों पर लादकर नवाब अहमदबख़्श ख़ां की ख़िदमत में बतौर नज़राना पेश कर दिया। अहमदबख़्श ख़ां ने इस ग़द्दारी का इनाम ख़्वाजा हाजी को ये दिया कि उसे नसरुल्लाह बेग के वंशजों में शामिल कराया और अंग्रेज़ी वज़ीफ़े की एक तिहाई से भी ज़्यादा रक़म उसे और उसके बाद उसके बेटों को दिलवा दी।

मिर्ज़ा ग़ालिब ने इस मामले में कलकत्ता जाकर अपील की और अपने अर्ज़ी दावे में नवाब शम्सुद्दीन अहमद ख़ां के ख़िलाफ़ भी बहुत हालात लिखे। हज़ार कोशिश के बावजूद उनकी अपील ख़ारिज हो गई। अंग्रेज़ की शिकायत तो वो क्या करते, अहमदबख़्श ख़ान के ख़ानदान की शम्सुद्दीनी शाख़ से उनकी शिकायत बरक़रार रही। नवाब शम्सुद्दीन अहमद ख़ां के भी दिल में ग़ालिब की तरफ़ से गिरह पड़ गई जो कभी न खुल सकी और आपस में उलझाव को सुलझाने के लिए न किसी ने कोई कोशिश ही की। यह सब इस बात के बावजूद कि मिर्ज़ा ग़ालिब के चचा मिर्ज़ा नसरुल्लाह बेग ख़ां को नवाब अहमदबख़्श ख़ां की एक सगी बहन ब्याही थीं और नवाब अहमदबख़्श ख़ां के छोटे भाई मिर्ज़ा इलाही बख़्श मारूफ़[1] की बेटी उमराव बेगम का निकाह मिर्ज़ा ग़ालिब के साथ हुआ था।

ज़ाहिर है नवाब शम्सुद्दीन अहमद ख़ां के लिए यह वक़्त ऐसा न था कि दिल के मामलों का एक रोग पाल लें। लेकिन इश्क़ अज़ीं बिसियार कर्दस्तो-कुनद (इश्क़ ने इससे ज़्यादा किया है और करता ही रहता है)। उधर वज़ीर भी अपने ख़्यालों में गुम थी कि मेरी उम्र की बिसात पर एक नया शाहज़ादा सूरज की तरह उगने वाला है। मार्स्टन ब्लेक उसे शतरंज के पैदल की तरह तन्हा छोड़ गया था और वो कहीं की न रही थी। बच्चों का ख़्याल उसकी रूह को और भी सालता था। किस तरह उन्हें पालूं, जिलाऊं, परवरिश करूं, राह से बेराह न होने दूं। अंग्रेज़ तो वो हो ही जाएंगे, लेकिन अपनी मां को मां समझें, अपने देस, अपनी मिट्टी की बू-बास पहचानें। ऐसा हो कि उन्हें समंदर पार, विलायत भी जाकर रहना पड़े तो अपने घर को भूल न जाएं और यह भी क्या पता कि नवाब साहब हमेशा के लिए मुझे पूरी तरह क़ुबूल कर ही लें। क्या मालूम सिर्फ़ चंद दिनों का दिल बहलावा चाहते हों।

1. मौलाना मुहम्मद हुसैन आज़ाद ने 'आबे-हयात' में उन्हें अहमदबख़्श ख़ां का बड़ा भाई लिखा है, ये दुरुस्त नहीं।

लेकिन मैं तो इन शर्तों पर राज़ी होने वाली नहीं।

नवाब शम्सुद्दीन अहमद का अंजाम क्या होना था, इसका ज़रा सा भी गुमान किसी को न था। उस वक़्त तो वे फिरोज़पुर झिरका और लोहारू पर बिना किसी हिस्सेदार के क़ाबिज़ थे। माना कि अंग्रेज़ रेज़ीडेंट से उनकी बनती न थी और उसने उनके ख़िलाफ़ रपट सरकार कलकत्ता को भेजी थी, लेकिन ये तो राजकाज के मामले थे। यहां ऐसी ऊंच-नीच होती ही रहती है। आख़िर कोलब्रुक साहब रेज़ीडेंट ने भी तो नवाब साहब के ख़िलाफ़ कैफ़ियत लिखी थी। तो क्या हुआ, हॉकिन्स साहब ने आकर सब ठीक कर दिया। फ़र्ज़ किया कि फ्रेज़र साहब ने कुछ नामुआफ़िक़ लिखा भी, तो फ्रेज़र साहब सदा को थोड़े ही रहेंगे। अगला कोई आएगा, मामलात को फिर ठीक कर देगा। फिर देहली की बादशाही भी तो है। क्या पता कल-कलां मराठों या किसी और के बल पर आलाहज़रत की सल्तनत मुल्क में दोबारा हर तरफ़ हो जाए; अल्लाह के लिए कुछ मुश्किल नहीं। क्या पता अल्लाह मियां को रहम आ ही जाए। उसे हज़रत मोहम्मद की शान में लिखे हकीम 'मोमिन' ख़ां साहब के क़सीदे के शेर याद आए–

ऐ जिस्मे-तू जाने-आफ़रीनिश
जाने-तू जहाने-आफ़रीनिश।
ईं ईसवियां ब-लब रसांदंद
जाने-मनो-जाने-आफ़रीनिश
ता चंद ब ख़्वाबे-नाज़ बाशी
फ़ारिग़ ज़-फ़ुग़ाने-आफ़रीनिश
बरख़ेज़ कि शोरे-कुफ़्र बरख़ास्त
ऐ फ़ितना निशाने-आफ़रीनिश

(ऐ तू जिसका बदन कायनात की जान है और जिसकी जान पूरी कायनात है, इन ईसाइयों ने मेरी जान और पूरी कायनात की जान को होंठों पर लाकर अटका दिया है। पूरी कायनात और उसके लोगों की वावेला से बेख़बर तू कब तक ख़्वाबे-नाज़ में रहेगा। अब तो उठ, ऐ कायनात के फ़ितनों को बिठाने वाले, कि कुफ़्र का शोर-गुल हर तरफ़ उठ रहा है।)

हकीम मोमिन ख़ां साहब बड़े-बड़े मौलानाओं के यहां उठते-बैठते थे। उनकी दुआ में कुछ तो असर होगा।

नवाब शम्सुद्दीन अहमद ख़ां की ख़ूबसूरत और भारी-भरकम शख़्सियत, उनका रईसाना रखरखाव, उनका अख़लाक़, ये सब छोटी बेगम के दिल में घर तो कर गए थे, लेकिन क्या उसका दिल भी उनके यहां अटक गया था? पता नहीं उसे ब्लाक साहब से कितनी गहरी मुहब्बत थी। उनकी मौत पर वो रोई तो बहुत थी, लेकिन

शायद वो सिर्फ़ मार्स्टन ब्लेक पर नहीं रो रही थी। उसकी तक़दीर, उसके बच्चे, देहली में उसका घर जिसे अब वह घर न कह सकती थी, वो इन सबका मातम कर रही थी। लेकिन ब्लाक साहब फिर भी उसे प्यारे लगते थे। और नवाब शम्सुद्दीन अहमद? उनसे वो कुछ डरती भी थी, हालांकि ब्लाक साहब से उसे कभी डर न लगा था। नवाब साहब हज़ार उसके हमक़ौम थे लेकिन .ख़ुदा मालूम उनका रौब उस पर बहुत था। उसने सोचा कि अगर नवाब साहब से कोई रिश्ता रखना है तो अपने दिल से उनका रौब निकालना होगा।

सुबह नवाब शम्सुद्दीन अहमद के चोबदार ने आकर इत्तला दी कि नवाब साहब अस्र की नमाज़ के बाद जल्वा-अफ़रोज़ होंगे, उम्मीद है कि ख़ानम साहब को उस वक़्त फ़ुर्सत होगी। वज़ीर ने जवाब में कहला दिया कि ज़रूर तशरीफ़ लाएं, बंदी के दीदा-ओ-दिल अभी से फ़र्शे-राह हैं। चोबदार ने सलाम किया और इनाम लेकर रुख़सत हुआ। इस इरादे के बावजूद कि मैं नवाब साहब के रौब में न आऊंगी, उसका दिल फिर धड़कने लगा कि .ख़ुदा जाने किस तरह उन्हें बरतूं कि अपनी बात हेठी न हो और उनका भी मन मैला न हो। नवाब की आमद की तैयारियों और अपने को ठीक करने और सजाने में वक़्त किस तरह निकल गया, उसे ख़बर ही न हुई। वह सोचती ही रह गई कि उम्दा ख़ानम से कुछ गुर-ज्ञान पूछ लेती तो अच्छा होता।

मुक़र्रर वक़्त से कुछ ही पल गुज़रे होंगे कि सिरकीवालान में "हटो! बचो!" का शोर बुलंद हुआ। नवाब साहब की अंग्रेज़ी ढंग की घोड़ागाड़ी में चार अरबी घोड़े जुते हुए थे, बाहरी ऊंचे बक्स पर गाड़ीबान, सुर्ख़ बानात का सईसी लिबास पहने, घोड़ों के सिर पर मोरपंखी तुर्रे, मुंह पर रेशमी जाली, सुनहरी दुमचियां, गाड़ीबान के एक हाथ में जड़ाऊ लगाम, दूसरे में चाबुक। गाड़ी के आगे-पीछे चार-चार हथियारबंद सवार, दोनों तरफ़ तेज़ क़दमों से चलते दो सोंटाबरदार। नवाब साहब पूरी शान से उतरे। सदर दरवाज़े पर वज़ीर ने .ख़ुद अगवानी की, झुककर मुबारक-सलामत कहा, चांदी के गुलाबपाश से उनके कपड़ों पर हल्के इत्र की फुहार डाली, गले में हार डाला और कहा, "ऐ आमदनत बाइसे-दिल शादी-ए-मा" (ऐ आप कि जिनका आना मेरे दिल की .ख़ुशी का सबब है)। ज़हे-नसीब कि आपके क़दम इस हक़ीर जूतीघर तक पहुंचे, हम अकेली रहने वालियों का नसीबा जागा, बिस्मिल्लाह, तशरीफ़ लाइए।"

नवाब ने अपने गले से मोतियों की एक लड़ी उतारकर वज़ीर के सिर पर आहिस्तगी से लपेट दी और मुस्कुराकर कहा, "आप ही की तरह, मुझे भी यहां आकर दिली .ख़ुशी हुई।"

नवाब का हाथ अपने हाथ में लिए हुए वज़ीर उन्हें अपने छोटे से दीवानख़ाने में लाई। नवाब हर चीज़ को बग़ौर देखते थे गोया घरवाली का सुघड़ापा और सामान

की क़ीमत आंक रहे हों। वज़ीर के पास मार्स्टन ब्लेक की हवेली का बहुत सारा सामान तो था ही, उसे घर ठीक से रखने का तौर भी ख़ूब आता था और उसने मार्स्टन ब्लेक और एबी मेमसाहब से इस बारे में बहुत कुछ सीखा भी था, क्योंकि घर की सजावट का अच्छे खाते-पीते अंग्रेज़ों को भी ख़ूब शौक़ था।

वज़ीर के घर की हर चीज़ में नफ़ासत और सफ़ाई-सुथराई थी, एक ख़ामोश-ख़ामोश सी सजावट जो दिखावे या फूहड़पन से कोसों दूर थी, और उससे भी बढ़कर यह हुनर था कि जो चीज़ जहां रख दी गई थी, चाहे आईना हो या तस्वीर या कोई गुलदस्ता, ऐसा लगता था कि बस वहीं के लिए बनी है। अंग्रेज़ों में एक ऐब यह था कि वो घर को अजीबो-ग़रीब चीज़ों का ढेर बना देते थे। लगता था कि जो चीज़ जहां पाई, उठा ली और लाकर घर में कहीं डाल दी, वहां उसके लिए ज़रूरत या जगह हो या न हो। उनकी देखादेखी कुछ हिंदुस्तानी, ख़ासकर लखनऊ के अमीरों को भी यह शौक़ लग गया था। और लुत्फ़ यह था कि अंग्रेज़ साहब लोग हिंदुस्तानियों की इस आदता पर हंसते थे और यह ख़्याल नहीं करते थे कि यह तो उन्हीं की देखादेखी है। फ़ैनी पार्क्स ने अशरफ़ुद्दौला और उनके बाप मुंतज़िमुद्दौला हकीम मेहदी के बारे में वज़ीर को बातों-बातों में बताया था कि फ़तेहगढ़ की उनकी महलसरा में इतना और इतनी तरह का सामान ठुसा हुआ था कि खड़े होने की जगह मुश्किल से मिलती थी। ख़ैर, वज़ीर के घर में इंतज़ाम की ख़ूबी और सलीक़ेदारी की गवाहियां जगह-जगह मौजूद थीं।

दीवानख़ाने की कैफ़ियत यह थी कि ड्योढ़ी से निकलकर दाईं तरफ़ दालान था, उसके सामने आंगन, और दालान के दूसरे सिरे पर चौकोर कमरा था जो लंबाई में चौड़ाई से कुछ ही ज़्यादा था। सारे कमरे में क़ालीन का फ़र्श था जिस पर सफ़ेद चांदनी बिछी हुई थी। कहीं-कहीं चांदनी के ऊपर फिर क़ालीन पड़े हुए थे। कमरे में चार दरवाज़े और दो खिड़कियां थीं। दो दरवाज़े और दोनों खिड़कियां पूरब की तरफ़ थीं। खिड़कियों और दरवाज़ों पर निहायत बारीक काम की चिलमनें पड़ी हुई थीं, जिनसे रोशनी तो छनकर आ जाती थी लेकिन बाहर वाले को कुछ दिखाई न दे सकता था। एक बड़ा बिल्लौरी झाड़ छत से लटक रहा था, फ़र्श पर रात को कंवल भी लगते होंगे, लेकिन इस वक़्त रोशनी का ज़्यादा इंतज़ाम न था क्योंकि कमरे में क़ुदरती रोशनी अच्छी-ख़ासी थी, हालांकि सूरज को ढले ख़ासा वक़्त गुज़र चुका था। कमरे में पश्चिमी सिरे पर, यानी सदर दरवाज़े के ठीक सामने, ख़ास मेहमानों के बैठने की जगह थी। कमरे की चौड़ाई में दो मोटे गद्दे बिछे हुए थे; उन पर कश्मीरी क़ालीन थे। इस तरह कमरे का यह हिस्सा आम सतह से कुछ ऊंचा और नुमायां हो गया था। दीवार से लगे हुए सुनहरे काम के रेशमी कपड़े चढ़े दो गाव तकिये, सामने चांदी का उगालदान, बग़ल में चांदी का ख़ासदान पानों से भरा हुआ, एक छोटी कश्ती में

इत्र की नन्ही-नन्ही शीशियां, एक बड़ी कश्ती में छोटी-छोटी प्यालियां जिनमें किशमिश, चिलग़ोज़े, बादाम, पिस्ते और चांदी का वर्क़ लपेटी हुई इलायचियां थीं। दीवारों पर जगह-जगह ताज़ा गुलाब के हार और ताक़ों में गुलदस्ते थे।

नवाब के हाथ में हाथ दिए वज़ीर उन्हें सदरगाह तक लाई। उन्हें बिठाकर वो .खुद हाथ बांधकर उनके सामने खड़ी हो गई। दिन की रोशनी में नवाब कल रात से भी ज़्यादा हसीन लग रहे थे। आज उनके चेहरे पर मुस्कुराहट भी थी, उस खिंचाव और तनाव का पता न था जो कल उनके तौर-तरीक़ों से लगभग सारे ही वक़्त झलकता रहा था। उनका लिबास कल ही की तरह का था लेकिन पिस्तई रंग के जामावार का चोग़ा आज उन्होंने उसके ऊपर डाल लिया था। इस वक़्त तो उनके मुंह पर कुछ ऐसी बहार थी जैसी दूर तक फैले हुए और फूलों भरे सरसों के खेत पर सूरज डूबने से जरा पहले होती है। गोरे, दमकते हुए, मुस्कुराते चेहरे पर पिस्तई चोग़ा भी अपना रंग दिखा रहा था।

"भई वल्लाह वज़ीर ख़ानम, ये दिल के जज़्बे का कैसा इम्तेहान था जो हमें खींचता हुआ तुम्हारे दर तक ले आया।" नवाब दोज़ानू बैठे हुए थे लेकिन उनके बैठने और बातें करने के अंदाज़ में आजिज़ी और विनम्रता न थी, एक तरह की बेतकल्लुफ़ी और अपनाइयत थी। वज़ीर के जिस्म की गर्मियां उन पर हल्के सुरूर का सा असर पैदा कर रही थीं। जब वज़ीर ने उनके हाथ में हाथ दिया था तो उनके जी में आया था कि बस यहीं इसी वक़्त उसे आग़ोश में भर लें और उठाकर अपनी बग्घी में बिठा लें। लेकिन ज़ाहिर है कि यह उनकी शान के ख़िलाफ़ था। उस वक़्त भी उनका जी चाह रहा था कि वज़ीर को बग़ल में बिठा लें, लेकिन पहले क़दम की शर्त वज़ीर की तरफ़ से थी।

"नवाब साहब, वो जो फ़ारसी कहावत में कहा गया था कि देहाती गंवार की टोपी का सिरा सूरज तक पहुंच गया तो मैं इसी पर ताज्जुब करती थी, लेकिन आज मैं किस तरह अपनी आंखों पर यक़ीन करूं कि आधे दिन का शम्स (सूरज) मेरी दहलीज़ को रोशन कर रहा है।"

"लेकिन तुम्हारा चेहरा तो .खुद रोशनी फैलाने वाले सूरज की तरह है। भई वल्लाह, यह सुनहरा बारीक दुपट्टा तो तुम्हारे हसीन मुखड़े के चारों तरफ़ सुनहरे बादलों की तरह है। काश यह बादल छंटे और चेहरे और गर्दन से झलकता हुआ नूर हमारी आंखें रोशन करे। भई, वल्लाह!"

वज़ीर ने मार्स्टन ब्लेक तो क्या, नवाब यूसुफ़ अली ख़ां से भी ऐसे ताज़े जुमले और चुस्त फिक़रे न सुने थे। और नवाब के लहजे और आवाज़ में मेवात का खड़तलपना क़तई न था। इसके उलट उनके गले में ब्रजभाषा का लोच और नज़ाकत थी। इसकी एक वजह तो यह थी कि उनकी मां राजपूताने के उस इलाक़े की थीं

जो ब्रजनगरी से एकदम लगा हुआ है और वहां की राजस्थानी में ब्रज का सुनहरा रंग यूं झलकता था जैसे पानी के घरेलू चश्मे में पलती हुई सुनहरी मछलियां झमकती हैं। दूसरी बात यह थी कि नवाब की दाईपिलाई और दाईखिलाई दोनों सहारनपुर और मुज़फ़्फ़रनगर के शरीफ़ लेकिन ग़रीब मुसलमान घरानों की बेटियां थीं। वो छोटी उम्र की थीं कि डाकू उन्हें कहीं किसी मेले से उठा लाए और नवाब अहमदबख़्श ख़ां के यहां औने-पौने बेच गए थे।

"सरकार की बारीकबीन निगाहें वहां भी .ख़ूबियां देख लेती हैं जहां कुछ नहीं होता। इसे नवाब की रिआयापरवरी न कहूं तो क्या कहूं," वज़ीर ने जवाब दिया।

"तुमने तो पूरे चांद की तरह इस घर को रोशन कर रखा है, इसमें बारीकबीनी की क्या बात है। अंधा ही हो जो तुम्हारी ख़ूबियां न देख पाए। हमारा बस चले तो तुम्हें चांदनी की तरह ओढ़कर सो जाएं।"

"सरकार ने मुझे चांद कहा, मेरी इज़्ज़त बढ़ाई। लेकिन आलीजाह तो रियासत के शम्स और रईसी के सूरज हैं। सूरज के आगे चांद की कुछ हैसियत नहीं। आलीजाह ने अरबी की कहावत ज़रूर सुनी होगी कि चांद का नूर सूरज से है। सूरज अपनी मंज़िल में चला जाएगा और चांद की चांदनी लिपटी-लपेटी धरी रह जाएगी।"

"भई वल्लाह, आपके फ़िक़रे क्या हैं, फ़िक़रेबाज़ियां हैं। कहीं इन फ़िक़रों में आप हमें उड़ा ही न दें।" नवाब ने हंसकर कहा।

"सरकार, हम तो .ख़ुद घास की सूखी पत्ती हैं, हुज़ूर की मेहरबानी की ठंडी हवा का इंतज़ार कर रहे हैं कि हमें उड़ा ले जाए और मंज़िल से मिला दे।"

"और मंज़िल कहां है आपकी? यह तो बताया नहीं आपने।"

"घास के पत्ते की मंज़िल क्या, तरोताज़ा हो तो गुलदस्ता, सूखा और पतझड़ का मारा हो तो भट्ठी।"

"लेकिन आप न घास की पत्ती हैं, न ही पतझड़ की मारी। अभी तो आप पर ठीक से बहार आई ही नहीं।"

वज़ीर ने मुस्कुराकर सिर झुका लिया और 'तालिब' आमुली का शेर पढ़ाः

ज़ ग़ारते-चमनत बर बहार मिन्नत हास्त
कि गुल-ब-दस्ते-तू अज़ शाख़ ताज़ा तर मानद

(तुम जो फूलों को तोड़े लिए जा रहे हो, तो बहार के मौसम पर अहसान कर रहे हो, क्योंकि तुम्हारे हाथों में पहुंचकर फूल अपनी डाली से बढ़कर ताज़ा रहता है।)

नवाब शेर सुनकर फड़क गए। यह भी था कि इससे ज़्यादा खुली दावत न वज़ीर की तरफ़ से मुमकिन थी और न नवाब को क़ुबूल होती। दोनों ने एक-दूसरे का मतलब ठीक पढ़ लिया था। नवाब ने अपने गले से मोतियों की माला उतारकर वज़ीर की तरफ़ बढ़ाई।

“छोटी बेगम, सुब्हानल्लाह, क्या पाकीज़ा बात तुमने कही, भई वल्लाह! यह लो हमारी तरफ़ से क़ुबूल करो।”

नवाब इंतज़ार में थे कि अब वज़ीर क्या कहती या करती है। ‘छोटी बेगम’ कहकर पुकारने के मानी शायद उस पर ज़ाहिर हों, शायद न हों। अगर वज़ीर इंतज़ार करती है कि नवाब आधा उठकर एक क़दम बढ़ें तो ज़ाहिर है कि नवाब के लिए ये नामुमकिन था। लेकिन अगर होता तो यह पीछे की पूरी बातचीत के रद्द होने के बराबर होता। यानी उसका मतलब यह निकलता कि वज़ीर अब तक सिर्फ़ चुहलें कर रही थी, कोई पायदार ताल्लुक़ उसकी निगाह में न था। अगर वज़ीर इशारा करती है कि हार को उसकी तरफ़ उछाल दिया जाए तो उसके मानी ये थे कि उसने नौकरी मंजूर की लेकिन इससे ज़्यादा कुछ और नहीं। और अगर वज़ीर .ख़ुद ही नवाब की तरफ़ बढ़ती है और हार क़ुबूल कर लेती है तो उसके मानी ये हैं कि...

नवाब अभी सोच ही में थे कि अगर वज़ीर मेरी तरफ़ बढ़ती है तो इसके क्या मानी निकाले जाएं कि वज़ीर ने अपनी जगह पर दोज़ानू होकर झुककर हाथ बढ़ाया और नवाब के हाथ से हार ले लिया, उसे आंखों से लगाया और गले में डाल लिया। अब वो नवाब के नज़दीक थी, लेकिन यह बात साफ़ थी कि वो .ख़ुद इससे ज़्यादा बढ़ने वाली न थी। नवाब ने उसे ग़ौर से देखा और उसके इरादे को समझने की कोशिश की। गोया एक शतरंज का खेल था जो वो खेल रहे थे और दोनों की हरेक बात बहुत सोची और तौली हुई थी। फिर यह भी था कि दोनों चाहते थे कि खेल का अंजाम मनचाहा हो लेकिन कोई भी ग़लत इशारा या बात को ग़ैरज़रूरी खींचने का अंदाज़ खेल को ख़राब भी कर सकता था। नवाब ने हाथ बढ़ाकर आहिस्ता से वज़ीर का कंधा छुआ और संजीदा लहजे में बोले, “आओ, इधर आ जाओ। ज़रा देखूं वो हार तुम्हारे गले में कैसा लगता है।”

“मैं ज़्यादा क़रीब क्योंके आ सकूं हूं, सरकार,” उसने फ़ारसी में कहा, “अदब तो आशनाई का आबे-हयात है,” वज़ीर ने अपनी जगह से ज़रा खिसककर नवाब के क़रीब आते हुए कहा। अब भी दोनों के दरम्यान हाथ-डेढ़ हाथ का फ़ासला था लेकिन दोनों के चेहरों पर इश्तिश्याक़ की लाली भी लहरें मार रही थी। लफ़्ज़ ‘आशनाई’ (जिसके एक मानी तैरना भी है) ने एक और दरवाज़ा खोल दिया था। नवाब ने हाथ बढ़ाकर हल्के से उसकी ठोड़ी को छुआ, फिर उसके मुंह को ज़रा ऊपर उठाया और कहा, “आशनाई में तो हुस्न के समंदर में तैरने की भी दावतें हैं, फिर अदब कहां? फ़ारसी में कहते हैं पहला क़दम रखने की शर्त है दीवाना होना। हम तो बेखटक भंवर में कूद पड़ने के क़ायल हैं। ज़रा सुनिए, कोई क्या कहता है—

गर हुस्ने-तू ईंचुनीं फ़ुज़ूं ख़्वाहद शुद
कारे-हमा कस मश्क़े-जुनूं ख़्वाहद शुद

दर बहरे-ग़मत कश्ती-ए-अक़्ले-सद नूह
मानिंदे-हुबाब सर निगूं ख़्वाहद शुद

(अगर तेरा हुस्न इसी तरह बढ़ता रहेगा तो दीवानगी का अभ्यास हर शख़्स का काम-धाम बन जाएगा। तेरे ग़मों के समंदर में सैकड़ों नूह (एक पैग़ंबर) की अक़्ल की कश्तियां बुलबुलों की तरह सर झुकाए हुए रहेंगी, यानी डूब जाएंगी।) भई वल्लाह, अब फ़ैसला आपके हाथ में है कि हम डूबें या तिरें।"

"किसका है राज़ बहर में या रब कि ये हैं जोश!" वज़ीर ने हंसकर कहा।

"जो कुछ है, आप ही का है," नवाब ने उसके होंठों और गालों को हल्के से छूते हुए कहा। "राज़ भी आपके, राज़दां भी आपका। हमारे लिए तो आप राज़ों का एक रहस्यमय दरिया हैं, वज़ीर ख़ानम। हम बेसहारा आपके हुस्न के दरिया और अपने इश्क़ के दरिया में बहे जाते हैं—

ऐसे दरिया में बह चले हैं आह
जिसमें टापू नहीं है, नाव नहीं

"आलीजाह, आप ही दरिया हैं, आप ही टापू।"

"भई वल्लाह, हमारे सिर टेकने की जगह तो आप ही के पास है।"

शम्सुद्दीन अहमद ने वज़ीर की तरफ़ इस तरह देखा कि उनकी आंख वज़ीर की गर्दन और कंधों की वादी पर थी जहां से भारी अंगिया के नीचे कंठे और बारीक कुर्ती की आड़ में से नर्म, गुलाबी, हरी-भरी, पुरबहार पहाड़ियों की ऊंचाई साफ़ झलक रही थी। दो बच्चों की पैदाइश के बावजूद वज़ीर का बदन ढीला न हुआ था, कूल्हे और सीना अलबत्ता और भारी हो गए थे। वज़ीर ने उस वक़्त अपने बदन को कुछ इस तरह चुरा लिया था कि अपनी उम्र से भी कम लगने लगी थी और इसी वजह से सीना और कंधों की वादी की रेखाओं की ज़रा सी भी झलक जानलेवा मालूम होती थी।

इस निगाह के मानी वज़ीर की आंख से छुपे हुए न थे और नवाब शम्सुद्दीन अहमद की क़द-काठी और शख़्सियत के लिए वो अपने दिल में कशिश भी महसूस करती थी। लेकिन अभी उसे बहुत कुछ सोचने-समझने की ज़रूरत थी। जज़्बात की रौ में बेइख़्तियार बह जाने के दिन अब न थे। मार्स्टन ब्लेक की अचानक बेवक़्त और दुख भरी मौत से वज़ीर ने ये सबक़ तो सीखा ही था कि ज़िंदगी सिर्फ़ फ़ैसले लेने और उन पर अमल कर डालने की बात नहीं। न फ़ैसला लेना उस क़दर आसान है, जिस क़दर मार्स्टन ब्लेक के साथ अपनी जीवन डोर बांधते वक़्त उसे मालूम हो रहा था और न उन फ़ैसलों को मुस्तक़बिल की संभावनाओं से क्रियान्वित करना, अनादि में क़िस्मत के लिखने वाले की किसी हिकमत की तरह पर था, जिस तरह रात के बाद सुबह होती है। और न ही ऐसा था कि संभावना से क्रिया रूप में आकर इरादे और फ़ैसले फिर एक सीधी राह चलते हैं, जिसके ऊंच-नीच और पेचो-ख़म

के बारे में पहले से इल्म न भी हो तो उनके बारे में अंदाज़ा और उस अंदाज़े की रोशनी में पहले से इंतज़ाम ही मुमकिन था। गली-कूचों में फिरते हुए भूख से अधमरे कुत्तों और घरों की मुंडेरों और नीम और पीपल के पेड़ों पर घंटों बिना हिले-डुले बैठे, जीने भर की रोज़ी का इंतज़ार करने वाले पंछियों और दाने के लालच में ज़मीन पर उतरने और फिर किसी हक़ीक़ी या ख़्याली डर से कांप कर फ़ौरन ही न उड़ जाने वाली गौरैयों, कबूतरों, फ़ाख़्ताओं और मैनाओं को अपनी ज़िंदगी पर शायद ज़्यादा इख़्तियार और अपने हालात पर ज़्यादा क़ाबू था।

वज़ीर .ख़ुद को इस गुमान का शिकार देखती थी कि फ़ैसला उसके हाथ में है, लेकिन यह भी जानती थी कि यह महज़ गुमान ही है। उसे मालूम था कि किसी भी फ़ैसले के बारे में तमाम आगे-पीछे, दाएं-बाएं पर ग़ौर करना अगर मुमकिन भी होता, तो उससे कुछ फ़ायदे का यक़ीनी तौर पर तसव्वुर न किया जा सकता था। लेकिन यहां तो तमाम चीज़ों पर ग़ौर करने की मोहलत भी न थी। नवाब शम्सुद्दीन की आंखों में हवस थी, लेकिन दिल में शायद कुछ सच्चाई भी थी। अगर वो नवाब को क़ुबूल न करे तो फिर उसके आगे रास्ता ही क्या था और कौन सा था? क्या विलियम फ्रेज़र? अल्लाह मेरी तौबा! क्या मेरी राहें इतनी बंद हैं? क्या मेरे लिए ज़मीन इतनी तंग है? मगर मुझे दो बच्चों की परवरिश भी करनी है और .ख़ुद भी ज़िंदगी गुज़ारनी है। आख़िर भीख मांगकर तो जी नहीं सकती...!

"कहां खो गईं, वज़ीर ख़ानम?"

नवाब की आवाज़ सुनकर वो चौंक पड़ी। उस वक़्त नवाब की निगाहों में उसके लिए जिस्मानी मिलाप की लालसा से ज़्यादा कुछ और ही तरह की रोशनी थी, जिसे वो अगर चाहती तो लगाव का नाम दे सकती थी।

"जी, कुछ नहीं... कुछ नहीं। बस आप ही को ढूंढ़ रही थी।"

"ए लो बीबी की बातें। हम तो यहां मौजूद हैं, भई वल्लाह।"

"जी, मैं आपको ज़िंदगी के सफ़र की कई मंज़िलें आगे जाकर ढूंढ़ रही थी कि वहां इस बेनिशान का कुछ निशान है कि नहीं।"

नवाब एकदम चुप हो गए। उनकी आंखों में जो लालसा झलक रही थी, वो कुछ मद्धम पड़ गई, गोया किसी गहरी सोच में चले गए हों। फिर उन्होंने सिर झुकाकर कहाः "वज़ीर ख़ानम, गुज़रता समय किसी के बस में नहीं। क्या जाने मेरी मंज़िलें तुम्हारी मंज़िलों के पहले ही अंत तक पहुंच जाएं।"

"लौंडी के मां-बाप आप पर क़ुर्बान, सरकार ऐसी बात मुंह से न निकालें।"

"हमारे-तुम्हारे चुप रहने से होनी अनहोनी में नहीं बदल सकती," नवाब ने मुस्कुराकर कहा। "इसीलिए मैं आगे के सफ़र और आगे की मंज़िलों का बस धुंधला सा ही निशान आज के पड़ाव में देखता हूं। आज पर कल का निचोड़ नहीं निकालता

लेकिन आज की ख़ुशियों को मोर के अंडे जानता हूं कि उनमें जगमगाते हुए रंगों और दूर-दूर तक अपनी झंकार पहुंचाने वाले रंगारंग परिंदों की संभावनाएं सो रही हैं। होगा वही जो होना है लेकिन कहीं किसी वक़्त, किसी जगह, किसी चीज़ पर कुछ एतबार भी चाहिए वरना ज़िंदगी की कश्ती पल के पल में तूफ़ानी हो जाएगी।"

"सरकार का इरशाद है कि इंसान रोज़ के रोज़ जिए, हर रात को ज़िंदगी की आख़री रात और हर सुबह को ज़िंदगी की पहली सुबह समझे?"

"नहीं। भई वल्लाह, ऐसा नहीं। लेकिन सीने को आरज़ू से आबाद रखो और हर आज को कुछ और भी ख़ूबतर कल की भूमिका जानो।"

"सरकारे-आलीजाह के पास रियासत है, हुकूमत है, दौलत है, इस सबसे बढ़कर ख़ानदानी शराफ़त है और ज़ाती वजाहत है। बंदगाने-आली अपनी ज़िंदगी की बिसात पर जो भी मोहरा रख दें, वो बढ़कर वज़ीरों जैसा बन सकता है। लेकिन मैं उस टूटे पांव वाले और पिछड़े हुए प्यादे से ज़्यादा कुछ नहीं जिसे वक़्त का घोड़ा अपने क़दमों तले रौंदने को बेक़रार है।"

"वज़ीर हर प्यादा वज़ीर बन सकता है और हर वज़ीर के पांव क़लम करके उसके सीने में ख़ाक का ख़ंजर भोंकने के लिए एक सिपाही काफ़ी है। मौत और तक़दीर के कारिंदे अपनी क़ुव्वत दिखाने के लिए किसी के मोहताज नहीं।"

वज़ीर ने सिर उठाया तो नवाब ने देखा कि उसकी आंखों में आंसू हैं जिन्हें फूटकर बहने से रोकने की कोशिश में उसका चेहरा सुर्ख़ हो रहा है।

"अरे, यह क्या? भई वल्लाह, हमने क्या ऐसी बात कह दी जो नाज़ुक दिल पर भारी गुज़री?" नवाब ने अपनी जगह से ज़रा आगे बढ़कर अपने रूमाल से वज़ीर के आंसू पोंछते हुए कहा।

"सरकार मेरी हिम्मत बढ़ाते हैं वो अपनी जगह, लेकिन मेरी बांहों में क़ुव्वत बहुत कम है और इस मिट्टी की टोकरी का बोझ दम-बदम भारी हुआ जाता है। हुज़ूर हम ग़रीबों को नवाज़ते हैं, मैं माफ़ी चाहती हूं..." अब उसकी सिसकियां फूट पड़ीं जिन्हें ज़ब्त करके वो अटक-अटककर बोली: "सरकार के करम के बादलों से बरसते हुए मोतियों ने मुझे सैयद ख़्वाजा मीर साहब की बातें याद दिला दीं।" फिर उसने निहायत दिलकश, फंसे-फंसे लहजे में 'दर्द' के शेर पढ़े—

मालूम नहीं आंखें ये क्यों फूट बही हैं
रोने की तरफ़ किसलिए यूं टूट बही हैं
कश्ती की तरह आंखें मेरी अश्क में यारों
जिस तारे-निगह से बंधी थीं फूट बही हैं

फिर यह शेर पढ़ते वक़्त उसके मुंह पर, और मुंह ही नहीं, आंखों पर भी आंसुओं के साथ तबस्सुम की शमा की हल्की सी चमक दौड़ गई—

सरसब्ज़ ये किस जलवे से हुईं आंखें जो इतना
दरिया की तरह खेत मेरा लूट बही हैं

नवाब जो हर शेर पे कुछ सिर झुकाए, कुछ निगाहें उठाए 'वल्लाह, सुब्हानल्लाह,' 'वाह-वाह' कह रहे थे, इस आख़री शेर पर .ख़ुद को रोक न सके। उन्होंने वज़ीर को अपनी तरफ़ खींचकर उसका सिर अपने सीने से लगा लिया और उसके बालों पर हाथ फेरते हुए कहा, "मैं तुम्हारी क़ुव्वते-बाज़ू बन सकता हूं, जिन आंसुओं ने तुम्हारे सब्र का खलिहान लूटा है और बेपनाह सैलाब की तरह तुम्हारी हस्ती पर छा गए हैं, मैं उनके सामने बांध की तरह सीना तानकर खड़ा हो जाऊंगा। आज की रात के बाद ये आंसू तुम्हारी आंखों में नहीं, तुम्हारे दुश्मनों के घरबार बर्बाद करेंगे।"

"आपकी परवरिश है। आपका सीना अल्लाह ने हवेली की दीवार जैसा चौड़ा और आसमान को छूने वाला बनाया है," वज़ीर ने सिर उठाकर आंसू पोंछते हुए कहा। नवाब चाहते थे कि उसका मुंह हाथों में लेकर एक बोसा ले लें, लेकिन वज़ीर उनकी गिरफ़्त से निकलकर खड़ी हो गई और अपने दिल के हिलोरों पर क़ाबू पाकर बोली, "हुज़ूर, सांझ फूले मुद्दत हो गई। आप खाना किस वक़्त खाना पसंद करेंगे? इजाज़त हो तो इंतज़ाम किया जाए या वक़्त की मुनासिबत से कुछ ग़ज़ल या ख़्याल सुनवाया जाए, अगर मिज़ाजे-आली का इस तरफ़ झुकाव हो..." उसका दुपट्टा लहराकर सिर व सीने से ढलक आया था लेकिन बज़ाहिर उसे इसकी परवाह नहीं थी।

"भई वल्लाह, यह अच्छी बात हुई। ग़ज़ल का दिल चाह रहा है लेकिन आप तो गाएंगी नहीं।"

इस जुमले में यह इशारा भी था कि नवाब ने वज़ीर के बारे में मालूमात कर ली हैं और उन्हें मालूम है कि वो नाचने-गाने का काम नहीं करती।

"जी नहीं, लेकिन मैंने इंतज़ाम कर लिया था, इस ख़्याल से कि शायद बंदगाने-आली का दिल चाह जाए। नई गाने वाली हैं, अभी-अभी जालंधर से देहली में आई हैं।"

"ख़ूब, बहुत ख़ूब। तो फिर देर काहे की, भई वल्लाह।"

"जी, अभी हाज़िर होती हैं," वज़ीर ने यह कहकर मोरछल हिलाने वाली बांदी को इशारा किया। पल के पल में साज़ और साज़िंदे आ गए और तीन सलाम करके अपनी-अपनी जगहों पर बैठ गए। सबसे आख़िर में नसीम जालंधरी आईं। दोहरा बदन, जवानी ढल चुकी थी, लेकिन चाल-ढाल, उठने-बैठने के तरीक़े में सहज स्वभाव था गोया जैसा नाम वैसा रूप। उन्होंने सात सलाम किए फिर आगे बढ़कर नवाब का दाहिना हाथ चूमा और कहा, "क्या सुनाऊं, जनाबे-आली की मर्ज़ी क्या है, फ़ारसी का कुछ सूफ़ियाना कलाम या रेख़्ता की कोई ग़ज़ल?"

"देहली के रेख़्ता कहने वालों ने ईरान व दकन तक अपना नाम रोशन किया

है। हमें तो कुछ रेख़्ता सुनना मंजूर है।"

"जी बहुत ख़ूब, जो मिज़ाजे-आली में आए। अल्लाह उनके दर्जे ऊंचे करे, हज़रत मीर हसन देहलवी की ग़ज़ल पेश करती हूं।" वज़ीर का दिल धड़क रहा था कि नसीम जालंधरी कहीं मिर्ज़ा ग़ालिब की ग़ज़ल न छेड़ दें, हालांकि वो उन्हें पहले ही सचेत कर चुकी थी। लेकिन इन गाने वालियों का क्या भरोसा? अब उसकी जान में जान आई। नसीम जालंधरी ने ताऊस पर सुर मिलाए, मृदंगनवाज़ की तरफ़ देखा और राग चारुकेशी में ग़ज़ल शुरू कीः

नज़रों में उसने मुझसे इशारात आज की
क्या था ये ख़्वाब कुछ न खुली बात आज की
मैंने तो भर नज़र तुझे देखा नहीं अभी
रखियो हिसाब में न मुलाक़ात आज की
जी में यही था मेरे कि दौरे-शराब हो
मैं सच कहूं कि तूने करामात आज की
यह गुफ़्तगू कभी भी न आई थी दरम्यां
जो कुछ कि तूने हर्फ़ो-हिकायात आज की
लेकिन मुझे तू फिर वहीं कल देखियो हसन
गर ख़ैरो-आफ़ियत से कटी रात आज की

नसीम जालंधरी ने ख़ूब बता-बताकर, बड़े शौक़ के अंदाज़ में ग़ज़ल गाई, गोया ग़ज़ल ख़ुद उन्हीं की हो। यह इत्तफ़ाक़ था या इंतख़ाब की ख़ूबी कि हर शेर में मानी का कोई न कोई ढब आज की सोहबत का था। थोड़ी देर बाद वज़ीर इस क़दर बेखुद हुई कि ख़ुद भी ज़ानू पर धीरे-धीरे ताल देने और गायिका की आवाज़ में आवाज़ मिलाने लगी। उसकी आवाज़ में अब भी अल्हड़ लड़कियों जैसी खनक और लचक थी। उस शाम की कैफ़ियत में वज़ीर की सुरीली आवाज़ ने एक नए सुरूर का रंग पैदा कर दिया। ग़ज़ल ख़त्म हुई तो नवाब ने कमरे के दरवाज़े पर अदब से खड़े हुए अपने चोबदार को हल्का सा इशारा किया। चोबदार ने फ़ौरन रुपयों के दो तोड़े कमर से खोलकर वज़ीर की ख़िदमत में पेश किए। वज़ीर ने उन्हें नसीम जालंधरी के सामने रख दिया। नसीम जालंधरी ने पूरे क़द से खड़ी होकर नवाब को सात सलाम किए और उनके दौलतो-इक़बाल को दुआ देती हुई रुख़सत हुईं।

वज़ीर ने दोबारा खाने को पूछा और इस बार नवाब की मर्ज़ी जानकर उसने दूसरे कमरे में खाना लगवाया। मार्स्टन ब्लेक के साथ रहकर उसने कई बातें सीखी थीं, जिनमें एक यह थी कि खाने की जगह को दीवानख़ाने से अलग होना चाहिए। लिहाज़ा खाने का इंतज़ाम उसने अलग कमरे में किया लेकिन अंग्रेज़ी तरीक़े के बरख़िलाफ़ वो नवाब के साथ खाने पर बैठी नहीं। हालांकि नवाब की तरफ़ से कुछ

ऐसे अंदाज़ थे कि वो भी वज़ीर को खाने में शामिल देखना चाहते थे, लेकिन उन्होंने खुलकर न कहा कि शायद वज़ीर इसे पसंद न करे। शरीफ़ हिंदू-मुसलमानों की औरतें हमेशा मर्दों के बाद और उनसे अलग, बल्कि छुपकर खाना खाती थीं। खाना सारा हिंदुस्तानी था और बाहर से पकवाया गया था। सिर्फ़ अंग्रेज़ी केक नई ग़ैर मुल्की चीज़ थी जो वज़ीर ने अपने हाथ से तैयार किया था। खाने के दौरान वज़ीर उनके सामने नहीं, बल्कि दाईं तरफ़ और कुछ पीछे खड़ी हर चीज़ का बंदोबस्त कर रही थी और नवाब को इसरार करके खिला रही थी। उम्मीद के ख़िलाफ़ नवाब ने बहुत कम खाया लेकिन यह ज़ाहिर था कि खाना उनकी पसंद का है और अगर वो कम खा रहे हैं तो इसकी वजह कुछ और नहीं, सिर्फ़ उनकी कमख़ुराकी है। खाने के दौरान खाने की तारीफ़ या वज़ीर की तरफ़ से किसी चीज़ के खाने पर इसरार के सिवा कोई बातचीत नहीं हुई कि यह हिंदुस्तानी तौर-तरीक़ों के ख़िलाफ़ था।

खाने के बाद भिंडे और पान का दौर चला। वज़ीर ने जयपुरी क़िवाम की सोने के वर्क़ में लपेटी हुई और चांदी की तीलियों से छिदी हुई गिलौरियां ख़ासतौर से तैयार कराई थीं। नवाब बात-बात पर .ख़ुश होते, बांदियों से कोई .ख़ुशदिल जुमला कहते और उन्हें इनाम देते। एक बांदी जो ज़रा तेज़ थी, बोली, "सरकार ने खाना बहुत कम नौश फ़रमाया, लेकिन बातें करते नहीं थकते।"

"यह बात नहीं, भई वल्लाह। हमने खाने में जल्दबाज़ी की। हम आए तुर्किस्तान से हों, लेकिन असलन तो अरब हैं। अरब बहुत जल्द-जल्द खाना खाता है। भई वल्लाह वज़ीर ख़ानम, आपने वो शोरबे वाला वाक़ेआ नहीं सुना है क्या?"

"सरकार, हम ईरान-तूरान-अरब-मिस्र क्या जानें," वज़ीर ने भी नवाब के अंदाज़ से शह पाकर ज़रा बेतकल्लुफ़ होकर कहा। "हम जहानाबाद की घर-दर वालियां, हम तो बस यहीं की बोलियां बोले हैं।"

"जी बहुत ख़ूब, इसीलिए तो आपकी तूती हर तरफ़ बोलती है।"

इस पर असीलें मामाएं खिलखिलाकर लेकिन हल्की आवाज़ में हंसीं, "सरकार वो शोरबेवाला वाक़ेआ...?"

"जी, तो ऐसा हुआ कि किसी अरब से किसी ईरानी ने पूछा, 'भई वल्लाह, तुम्हारे यहां ठंडे शोरबे को क्या कहते हैं?' अरब ने जवाब दिया..." नवाब एक पल को ठहरे और उनके चेहरे पर हल्की सी शरारत भरी मुस्कुराहट आई, "...अरब ने जवाब दिया, 'हम लोग शोरबे को ठंडा ही नहीं होने देते, फ़ौरन पी जाते हैं।'"

वज़ीर दुपट्टे में मुंह छुपाकर हंसी। इस बार असीलों की हंसी ज़्यादा खुली हुई थी। सारा घर हंसता हुआ सा लग रहा था।

उनके नौकर-कामगार भी खाना खा चुके थे, लेकिन नवाब अभी महफ़िल को तह करने की बजाय कुछ और देर तक क़ायम रखना चाहते थे। वज़ीर अब उनके

सामने ही, ज़रा दाईं तरफ़ घुटने मोड़कर बैठी थी, लेकिन दोनों में अब भी वही एक-डेढ़ हाथ का फ़ासला था। नवाब बार-बार वज़ीर के चेहरे की तरफ़ देखते, जैसे कुछ कहना चाहते हों लेकिन कुछ सोचकर रुक जाते हों। पूरी विनम्रता के बावजूद वज़ीर के चेहरे पर अजब तरह की गर्मी थी जिसे तेज ही कह सकते हैं और नवाब को वज़ीर की निकटता में वह तेज उतना ही साफ़ महसूस हो रहा था जितनी रोशन होकर उसके जिस्म की आंच उन तक पहुंच रही थी। वज़ीर के जिस्म की गर्मी और उसके चेहरे के तेज दोनों ने मिलकर नवाब शम्सुद्दीन अहमद को कुछ ऐसी हलचल में डाल दिया था जिससे आज तक वो कभी दो-चार न हुए थे।

आम हालात में तो यह होता कि वो वज़ीर से कह देते, या अगर आम दस्तूर पर मुकम्मल तौर पर अमल किया जाता तो अपने दारोग़ा या मुशाता की ज़बानी कहला देते कि खाने के बाद रात भी यहीं गुज़रेगी, लेकिन नवाब को यह बात किसी नामालूम वजह से ग़लत और नामुनासिब लगी थी। उन्होंने सोचा था कि वहां पहुंचकर किसी बारीक ढंग से अपनी मर्ज़ी का इज़हार कर देंगे। लेकिन जैसे-जैसे शाम भीगती गई, वज़ीर के चेहरे पर तेज की सी कैफ़ियत बढ़ती गई। अब यह आलम था कि रात गुज़ारने की नीयत का ऐलान तो दूर रहा, अब नवाब के जी में आ रहा था कि रात रुकने की इजाज़त मांगें, लेकिन ये लफ़्ज़ भी उनकी ज़बान पर न आ रहे थे और देर थी कि हुई जा रही थी। बात का फ़ैसला कर लेना या फिर रुख़सती का पान लेकर महफ़िल से उठ जाना ज़रूरी होता जा रहा था।

वज़ीर ने शायद नवाब की कशमकश को भांप लिया था लेकिन वो ऐसा कोई भी इशारा न देना चाहती थी, जिससे उसकी तरफ़ से ज़रा भी इसरार या ग़रज़मंदी या दिलचस्पी ही ज़ाहिर हो। अव्वल तो उसे अपने दिल का हाल पूरी तरह समझ में न आ रहा था कि वह .खुद से क्या चाहती है और नवाब से क्या उम्मीद रखती है। लेकिन ये बात भी थी कि उसे डर था कि अगर नवाब के सामने मैंने .खुद को किसी भी तरह बेताक़त दिखाया तो वे इसे बेहयाई या उतावलापन समझ बैठेंगे, फिर बात बिगड़ भी सकती है। लेकिन यह ख़ामोशी भी तो बेमौक़ा बल्कि और भी दुख और उलझन की वजह थी। आख़िर दोनों एक-दूसरे का मुंह तकने के लिए तो वहां नहीं बैठे थे।

“सरकार का जी चाहे तो ख़्याल की कोई बंदिश सुनवाऊं? या क़हवा हाज़िर करूं?” आख़िरकार वज़ीर ने मुस्कुराकर कहा गोया उन दोनों के बीच में कोई पेच या अंदरूनी रुकावट न थी; आम सी शाम थी और रस्मी बातचीत का माहौल था।

“न... नहीं वज़ीर ख़ानम, मुझे अब रुख़सत लेना चाहिए,” नवाब ने वज़ीर की तरफ़ फिर ज़रा ग़ौर से देखा। एक पल के लिए दोनों की आंखें मिलीं। वज़ीर की आंख पहले झुकी, लेकिन उसने शिद्दत से महसूस किया कि नवाब उसकी तरफ़

से कुछ पहल के इंतज़ार में हैं, छोटी ही सी सही। और अगर उसने नवाब की उम्मीद पूरी न की तो आज की शाम उन्होंने जितना फ़ासला तय किया था, उसे नए सिरे से तय करना होगा।

"अल्लाह, अब वो मुबारक घड़ी कब आएगी जब हुज़ूर के क़दमों की ख़ाक से यह अंधेरी कोठरी दोबारा चमक उठेगी?" वज़ीर की मुस्कुराहट में उस वक़्त अल्हड़ कुंआरियों के पहले-पहले लगाव की सी सादगी थी गोया अभी उसे आगे के उतार-चढ़ाव की कुछ ख़बर न हो। उसकी मुस्कुराहट उसकी आंखों से बेसाख़्ता उभरकर उसके मुंह पर चली आई थी। उसका सारा चेहरा कुंदन की तरह दमक रहा था।

नवाब शम्सुद्दीन अहमद के जी में आया, कह दें, हम यहां से जा ही कहां रहे हैं जो दोबारा आने का ज़िक्र हो। लेकिन ज़ाहिर था कि अब उसका वक़्त निकल चुका था, अगर कभी था। नवाब अपनी जगह से उठे, बढ़कर उन्होंने वज़ीर के गालों को हल्के से छुआ और दरवाज़े की तरफ़ चले। उनके पीछे खड़ी हुई बांदी जूतियां पहनाना चाहती थी कि वज़ीर ने झपटकर जूतियां ख़ुद ले लीं और नवाब के क़दमों की तरफ़ झुक गई। नवाब ने फ़ौरन पांव पीछे कर लिए और बोले, "नहीं, वज़ीर ख़ानम, यह हर्गिज़ न होगा। भई वल्लाह, आप मुझे शर्मिंदा न करें।" इतनी देर में बांदी ने दौड़कर जूतियां वज़ीर के हाथ से ले लीं और उसी लम्हे नवाब का सोंटाबरदार भी एक कश्ती में जामावार का दोशाला और बनारसी कमख़्वाब का थान और कई थैलियां लेकर हाज़िर हुआ। नवाब ने दोशाला अपने हाथ से वज़ीर को ओढ़ाया, रेशमी थान और रुपयों की थैलियों के बारे में वज़ीर की तरफ़ अध-सवालिया नज़रों से देखा। वज़ीर की कनखियों का इशारा पाकर एक बांदी ने सोंटाबरदार के हाथ से कश्ती लेकर सिर पर रख ली और अंदर चली गई। वज़ीर ने शाल को सिर-कंधे पर लपेटकर बुकल सा निकाल लिया गोया नमाज़ पढ़ने जा रही हो। क़द्रदानी और शुक्रिये के इस अंदाज़ की नज़ाकत नवाब से छुपी न थी। वो मुस्कुराकर कुछ कहने वाले थे कि वज़ीर ने झुक-झुककर सलाम किए और बोलीः "बंदगाने-आली की परवरिश के चर्चे सारे मुल्के-हिंद में हैं। हम तो जब तक जिएंगे, सरकार के गुन गाएंगे... लेकिन हम तो कुछ और पूछ रहे थे..." आख़री जुमले में उसने लगाव के रंग में कुछ नाज़ का भी अंदाज़ शामिल कर दिया था।

नवाब की कमर में आवेग सा उठा; उनके पांव में हल्की सी कंपकपी भी आई। उनके जी में आया वहीं फ़र्श पर लेट जाएं, कहें कि बहुत थक गया हूं, छोटी बेगम, ज़रा कमर दबा दो। लेकिन दोनों के मिज़ाज को देखते हुए यह सब मुहाल बातों में शामिल था। उन्होंने कहा, "जल्द ही। इंशाअल्लाह, जल्द ही मिलना होगा। कभी आप भी हमारी विरह की मारी दहलीज़ को मिलन की बहार से गुलनार करें तो क्या ख़ूब हो, भई वल्लाह।"

"बंदी आपसे बाहर कब है। आप असल बहार हैं, मैं तो वह पतझड़ की सुखाई हुई पत्ती हूं जिसे आपने अपने क़दमों तले लाकर दोबारा ज़िंदा कर दिया। ऐसे मसीहा के फ़रमान का ताबेदार हो जाना मेरी सोई हुई क़िस्मत का बेदार हो जाना है।"

शम्सुद्दीन अहमद ने देखा कि बुकल की आड़ में वज़ीर के चेहरे पर वो सफ़ाई और फबन थी जो नई दुल्हनों के चेहरे पर भी न होगी। उसकी आवाज़ इस क़दर शिष्ट थी, उसके अल्फ़ाज़ इस क़दर सफ़ाई और तहज़ीब से अदा हो रहे थे गोया कोई ऊंचे दर्जे का शायर कलाम सुना रहा हो।

"बहुत ख़ूब, इंशाअल्लाह जल्द मिलना होगा। लेकिन जी चाहता है कि रुख़सत होने से पहले आपको मौलाना उर्फ़ी का एक शेर सुनाया जाए।"

"इरशाद हो! क़नीज़ दिलो-जान से सुन रही है।"

नवाब ज़रा रुके, गला साफ़ किया, गोया शेर सुनाने में कुछ तकल्लुफ़ हो। फिर बोले, "लेकिन यह शेर एक ख़ास ग़रज़ से सुना रहा हूं।"

"दूर पार। भला आपको कोई ग़रज़ क्यों हो? लेकिन शेर अता फ़रमाएं।"

नवाब ने शेर पढ़ाः

नाज़म ब-हुस्नो-इश्क़ कि अज़ जामे-इत्तहाद
मस्तंदो-अज़ मियाना हया कम न मी शवद

(मैं नाज़ करता हूं हुस्न और इश्क़ पर कि दोनों एकता की शराब से मस्त हैं लेकिन फिर भी शर्मो-हया उनके बीच से जाती नहीं)।

वज़ीर अभी दाद का कोई लफ़्ज़ अदा न कर पाई थी कि नवाब बोल उठे, "छोटी बेगम, एकता के जाम और पिएं। ख़ूब पिएं और ख़ूब पिलाएं मगर... पर्दा तो पर्दा है, हया ही का सही। यह भी एक अदा-ए-नाज़ है..."

"ख़ुदा न करे जो मैं आपसे नाज़ करूं। मुझ सी कितनी ही आपकी जूतियों पर क़ुर्बान हों। सरकार की मेहरबानियों के सूरज की चमक ने मेरी आंखों को चकाचौंध कर दिया है, और कोई बात नहीं। हया अगर पर्दा है तो कोई उसका पर्दा खोलने वाला भी है।"

नवाब शम्सुद्दीन अहमद ने समझ लिया कि मेरी बात को जहां पहुंचना था, वहां पहुंच गई है। उन्होंने मुस्कुराते चेहरे से कहा, "बहुत ख़ूब, अब इजाज़त दी जाए। आपसे मिलकर हमारा जी ख़ुश हुआ।"

नवाब को जूतियां पहनाई गईं, एक बुज़ुर्ग ख़ादिमा ने आकर उनकी बलाएं लीं, दुआ पढ़कर फूंकी। वज़ीर ने लंबी डंठल के सुर्ख़ गुलाब की एक बड़ी सी कली हाथों का गुलदान बनाकर नवाब को पेश की। नवाब ने वज़ीर के दोनों हाथ अपने हाथ में लिए, उंगलियों को अलग-अलग बोसा दिया और कहाः

जाए-बोसा अस्त सरे-अंगुश्ते-हिना बस्ता-ए-तू

गुंचा गुल शुद कि गुल-अज़-दस्ते-तू चीदन दारद

(तुम्हारी मेहंदी लगी उंगलियों के सिरे चूम लेने के क़ाबिल हैं, कली फूल बन गई क्योंकि फूल इस लायक़ हैं कि तुम्हारे हाथ से तोड़े जाएं।)

"इस तोहफ़े ने और इसके हुस्न ने हमसे कुछ कहा है। हमारा दिल हमारा सीना ख़ाली करके कहीं चला गया है। यह तोहफ़ा कहता है कि दिल अगर वापस भी आ जाए तो दरवाज़ा न खोलना, कह देना घर में कोई नहीं।"

वज़ीर की आंख में अचानक आंसू छलक आए। उसने सिसकी ज़ब्त करके कहा, "सरकार का दिल जहां भी है, सरकार ही का है और जिस देस में है वो भी सरकार की ताबेदारी में है, अब सिधारिए। जिस तरह पीठ दिखाते हैं, मुंह भी दिखाइएगा।"

नवाब ने आहिस्ता-आहिस्ता अपनी उंगलियों से वज़ीर की आंखें पोंछीं, दिल पर हाथ रखकर ज़रा झुके, सलाम किया, वज़ीर के सिर पर हल्के से हाथ रखा और नर्म लहजे में बोले, "ठीक है, अरबी में कहावत है, हर काम अपने वक़्त पर होता है," और ड्योढ़ी से तेज़-तेज़ निकल गए।

□□

नवाब यूसुफ़ अली ख़ां

वज़ीर ने बाहर से बुलवाए हुए नौकर-चाकरों को इनाम देकर रुख़सत किया, अपनी बांदी से कहा कि मुझे भूख नहीं है, तुम लोग खाना खा लो। फिर वो सिर झुकाए हुए अपने कमरे में जाकर कुछ ओढ़े बग़ैर पलंग पर लेट गई। उसके बदन में कंपकपी थी लेकिन ठंडक की वजह से नहीं। वो चुपचाप पड़ी रही, फिर उसके आंसू बह निकले। वो देर तक रोती रही, फिर सिसकियां भरती-भरती सो गई।

बहुत रात जा चुकी थी जब ज़ोर से कंपकपी लगकर उसकी आंख खुल गई। उसका बदन बर्फ़ हो रहा था। उसने यूं ही हल्का लिहाफ़ खींचकर अपने बदन पर डाल लिया और ख़ाली आंखों से छत को तकने लगी। उसकी नींद उड़ चुकी थी। पिछली शाम की बातें, नवाब शम्सुद्दीन अहमद की ख़ूबसूरत रौबदार शख़्सियत, शिष्ट लबो-लहजा, ये सब उसके दिल में बार-बार तमन्ना की कसक पैदा करते थे, लेकिन उसकी आंखों के सामने वो दिन-रात थे जो उसने मार्स्टन ब्लेक के साथ गुज़ारे थे। ब्लाक साहब का ख़्याल आते ही उसके दिल में उनकी बेवक़्त और बेकसी की मौत पर रंज तो उमड़ ही आता था, लेकिन उस रंज से बढ़कर आरज़ू और कामयाबी की गर्मियां और उसकी फ़िरंगी हिंदी मुहब्बत के लहरिए उसके बदन में सनसनी की तरह दौड़ने लगते थे, जैसे कोई तालाब में कंकड़ फेंक दे और उसके लहरी दायरे दूर-दूर तक फैलते जाएं, जैसे कोई अनदेखी ताक़त उन्हें बढ़ाए लिए जा रही हो। ब्लाक साहब जैसा चाहने वाला, उसका जोशो-ख़रोश, वज़ीर के लिए उसकी उमंगें, वज़ीर के जिस्म के भेदों से उसकी आगाही, जैसे उसकी अक़्ल, उसकी असली सुध,

किसी रहस्यमय ढंग से वज़ीर के जिस्मो-जान में, उसके रेशे-रेशे में समा गई हो और... ऐसा अब कहां से मिल सकेगा, किसको मिल सकेगा?

महरौली शरीफ़ से वापसी की वो रात, रात की वो आंधियां, रास्ते के जोखिम, तेज़ हवा से उड़ता हुआ बहली का पर्दा... किसी की आंखें मेरे बदन पर नहीं, मेरे जी-जान की भूल-भुलैयों में कहीं पैवस्त... किसे मालूम था कि मैं उनके साथ अपना घर आबाद कर सकूंगी, लेकिन जयपुर में मेरा घर उनकी क़ब्र बन जाएगा... मैं रेज़ीडेंटी में बिल्कुल महफ़ूज़ रहूंगा, तुम बिल्कुल फ़िक्र न करो, बहुत जल्द वापस आऊंगा और हम अपना घर फिर आबाद करेंगे... मुझे जो मर्द चाहेगा कोई ज़रूरी नहीं कि मैं भी उसे चाहूं। लेकिन नवाब साहब...

एक लम्हे के लिए उसकी आंख झपक गई। लेकिन जब उसकी नींद टूटी तो दिन अच्छा-ख़ासा निकल आया था। बाहर आंगन में नीबू और हरसिंगार के पेड़ों पर चिड़ियां चहचहा रही थीं। बड़े पिंजरे में लाल जो जयपुर से उसके साथ आए थे और ख़ूब चुहचुहे हो रहे थे, अपनी सीटियों से घर को सिर पर उठाए हुए थे। वज़ीर आस्तीन चढ़ा, दुपट्टा अलग रख आबदारख़ाने में दांत मांजकर मुंह धो रही थी कि मालूम हुआ फिरोज़पुर का चोबदार दरवाज़े पर हाज़िर है। उसे ड्योढ़ी के अंदर बुलाया गया, वज़ीर जल्दी-जल्दी मुंह पोंछकर दुपट्टा संभालती बाहर निकली। चोबदार के साथ एक मज़दूर था, उसके सिर पर एक बड़ी पिटारी थी। पर्दे के पीछे से वज़ीर की ज़रा सी झलक पाकर चोबदार ने झुककर सलाम किया और ज़रा बुलंद आवाज़ में कहा, "बीबी साहब, बंदगी पेश करता हूं, हुज़ूर नवाब साहब ने डाली भिजवाई है। मज़दूर यहीं इंतज़ार कर रहा है। और एक पर्चा भी है।"

"मैं पर्दा कराए देती हूं, मज़दूर को अंदर भेज दो। पर्चा बांदी के हाथ में दे दो," वज़ीर ने कहा। चोबदार जो वज़ीर का सामना करने की उम्मीद में था, थोड़ा मायूस हुआ, लेकिन "जी बहुत अच्छा" कहकर उसने रेशमी कपड़े में लपेटा हुआ मोहरबंद पर्चा बांदी के हवाले कर दिया और मज़दूर से कहा, "चल बे, डाली को अंदर पहुंचा दे। जल्दी कर, वापसी में देर हो जाएगी तो सरकार ख़फ़ा होंगे।"

"अभी लो, जमादार साहब, झपाक से अंदर पहुंचाए देता हूं," कहकर मज़दूर ने बांदी के साथ घर के अंदर आकर पिटारी आंगन में तख़्त पर रख दी और सलाम करके फ़ौरन वापस हो गया। वज़ीर ने चोबदार को पांच रुपए और मज़दूर को एक रुपया इनाम और नवाब साहब की ख़िदमत में बंदगी और आदाब भिजवाकर उन्हें रुख़सत किया, फिर सुबह के तोहफ़ों को देखा। पिटारी में सुर्ख़ गुलाबी अंबरी सेब भरे हुए थे। वज़ीर ने ख़रीता खोला, उसमें जाफ़रान के इत्र की शीशी, और ख़ुशबू में बसे पीले-सुनहरे काग़ज़ पर निहायत पाकीज़ा शिकस्ता लिखाई में शेर लिखा था:

नख़्ल पुर ग़ुंचा शुदो-ग़ुंचा गुलो-गुल नौबर

तू बिया ता न शवद मेहनते-गुलज़ार अबस

(पेड़ कलियों से भर गया और कलियां फूल बन गईं और फूलों से नए फल बने। तू आ जा ताकि चमन की ये मेहनत बेकार न जाए।)

वज़ीर फड़क गई, भला मार्स्टन ब्लेक से ये नज़ाकतें कहां मुमकिन थीं। लेकिन दूसरे ही लम्हे उसके बदन में सनसनी दौड़ गई..., ये क्या हो रहा है... मैं कहां जा रही हूं?

उसी शाम को वज़ीर ने नवाब यूसुफ़ अली ख़ां के यहां बांदी भेजकर मुलाक़ात का वक़्त तय कराया और अगले दिन धूप चढ़ते ही तयशुदा वक़्त पर तिराहा बैरम ख़ां पर नवाब यूसुफ़ अली ख़ां की हवेली में हाज़िर हुई। मंझली बेगम को उसने सलाम के बाद मुख़्तसरन सब हाल बताए और कहा, "बाजी, तुम अगर मुनासिब समझो तो मैं नवाब भाई साहब से मशवरा कर लूं।"

"बच्ची जान, भला इसमें मुनासिब नामुनासिब पूछने की क्या बात है? ज़रूर पूछो, चलो मैं भी तुम्हारे पास बैठूंगी और ज़रूरी हुआ तो मैं भी अपनी बात कहूंगी। आओ, बिस्मिल्लाह। मैं नवाब को अंदर बुलवाती हूं। तुम इतने गिलौरियां चखो।"

थोड़ी ही देर में नवाब यूसुफ़ अली ख़ां साहब ज़नानख़ाने में तशरीफ़ ले आए। विलियम फ्रेज़र की दावत में मुलाक़ात के बाद आज उनका मिलना पहली बार हुआ था। नवाब शम्सुद्दीन अहमद ख़ां के छोटी बेगम के यहां आने के बारे में उन्हें उनके जासूसों ने पर्चा भेज दिया था, लेकिन उन्होंने ये बात मंझली पर भी ज़ाहिर न की थी।

"सरकार पर सब हाल रोशन है। लेकिन मुझे एक फ़िक्र ये भी है कि बड़ी बाजी या बाबा जान को कुछ बताऊं या उनसे पूछूं या नहीं?"

"छोटी बेगम, ये तो आपका मामला है, मैं न ही बोलूं तो .ख़ूब है। जब आप जयपुर से वापस आई थीं, उस वक़्त भी तो आपकी और अनवरी ख़ानम की बातचीत हुई थी कि नहीं?"

"जी सरकार, और मैंने उन्हें बता दिया था..."

"तो फिर वो दरवाज़ा आपने .ख़ुद ही बंद कर लिया है...," नवाब एक पल ठहरे। "अब ज़ेरे-ग़ौर मामले में सामने की बात यह है कि इख़्तियार आपको है, मगर ये मैं ज़रूर कह सकूं हूं कि नवाब शम्सुद्दीन अहमद हमारे दोस्त हैं; हम लोग उन्हें एतबार के क़ाबिल समझते हैं।"

"लेकिन रेज़ीडेंट बहादुर..."

"छोड़िए रेज़ीडेंट बहादुर को। उनका क्या है, आज यहां हैं, कल बदलकर कहीं और भेज दिए जाएंगे, नहीं तो विलायत को पलट जाएंगे। ये लोग चंदरोज़ा हैं, नवाब और उनकी रिआया तो मुस्तक़िल हैं। यहीं के हैं, यहीं रहेंगे।"

"बजा इरशाद हुआ।"

"तो फिर अगर शम्सुद्दीन अहमद की शर्तें आप के मुनासिबे-हाल हों और उनका स्वभाव आपकी तबीयत के मुआफ़िक़ हो तो बिस्मिल्लाह, हामी भर दीजिए।"

"अल्लाह आपका इक़बाल बुलंद करे। बंदी के दिल पर से बहुत बड़ा बोझ आपने हटवा लिया," वज़ीर ने नवाब को सलाम करते हुए कहा। मंझली बेगम भी मुस्कुराकर बोलीं, "हम कनीज़ें आप पे सदक़े, अल्लाह आपने बड़ी अच्छी राय दी। माशाअल्लाह .ख़ुदा ने आपके दिल को जमशेद का जाम बनाया है कि सच्ची बात उसमें फ़ौरन झलक जाती है।" मंझली बेगम के खुलते हुए संदली रंग और सुडौल गर्दन पर उनका मुस्कुराता हुआ रोशन चेहरा बिल्कुल सूरजमुखी का फूल लग रहा था। सिर्फ़ नवाब ही उनके हुस्न से आंख नहीं सेंक रहे थे, छोटी का तो यह आलम था कि उसका जी करता था बहन से लिपट जाए और चटाख़-चटाख़ प्यार कर डाले। आज बहुत दिन बाद उसे अपना बदन अपना बदन लग रहा था, अपना जी अपने क़ाबू में लग रहा था। आज पहली बार उसने अपनी ज़िंदगी के फ़ैसलों के बारे में .ख़ुद को तन्हा, हालात से पिछड़ा हुआ न देखा था।

नवाब यूसुफ़ अली ख़ां के यहां से रुख़सत लेकर वो सीधे अपने सिरकीवालान के मकान में आई। सारा रास्ता पालकी में, और अब सारा दिन घर में घूम-घूमकर बस .ख़ुद को देखती रही, और जब इस मशग़ले से फ़ुर्सत होती तो नवाब यूसुफ़ अली ख़ां की बातों पर ग़ौर करती। नवाब ने शर्तों की बात की थी कि अगर वो शर्तें मुझे अपने हाल के मुनासिब लगें, लेकिन इसका मतलब क्या था? ज़ाहिर है नवाब साहब ने ये नहीं कहा था कि शम्सुद्दीन अहमद ख़ां अगर निकाह की शर्त रखें तो मंज़ूर कर लीजो। यह मामला .ख़ुद उसके ऊपर था कि निकाह की शर्त अगर चाहे तो रखे। या अगर वहां से कोई इशारा न हो तो अपनी मंशा .ख़ुद ज़ाहिर कर दे कि मैं बशर्ते-निकाह ख़िदमत को हाज़िर हूं। या वो अगर चाहें कि निकाह की बात अभी न हो तो वही सही। पाबंद होकर साथ रहने की बात भी हो सकती है। और यह भी कि रहूंगी अपनी ही तरह, अपने ही झोपड़े में, लेकिन नवाब की होकर रहूंगी। मगर गुज़ारा क्या होगा? रियासत कभी जाना होगा कि नहीं? भला कभी दो बोल भी पढ़वाए जाएंगे कि नहीं? और वह मुआ मनहूस खूसट अंग्रेज़, फ्रेज़र साहब .ख़ुदा जाने कितनी बीवियों, कितने लौंडों को अपनी बुड़भस में नत्थी किए हुए है। अंग्रेज़ों में निकाह तो एक से करते हैं, लेकिन आरज़ी या मुस्तक़िल ताल्लुक़ जितने चाहें रखें। उस हरामज़ादे को तो मैं चीनी में पेशाब करके अपनी सूरत भी न देखने दूं। लेकिन... हाकिम तो वही है। मात्टन ब्लाक साहब जैसे तो उसके कितने मातहत होंगे। सुना है कलकत्ते के बड़े लाट के दरबार में उसकी बड़ी आवभगत है। पर नवाब युसूफ़ अली ख़ां ठीक तो कहते हैं कि इन लोगों की दोस्ती क्या और किस काम

की। आज नहीं तो कल भागेंगे या भगाए जाएंगे। मिर्ज़ा नौशा लाख उन्हें अपना दोस्त मानें, वो तो देहली वाले भी नहीं हैं। उन्हें यहां के बादशाह का दर्द क्यों होता! .ख़ुद को ग़ैर क़ौम ईसाई के दामन की दौलत से बांधना चाहते हों तो चाहें। हम हिंदियों के लिए इसमें क्या दिलकशी हो सकती है! पर ये तो है कि शायर बहुत बड़े हैं, उनके साथ जो रहेगा, उसका भी नाम होता रहेगा। मगर नहीं, क्या ज़रूरी है कि ऐसा हो। ख़्वाजा हाफ़िज़ या अमीर .ख़ुसरो की घरवालियों को या उनकी किसी माशूक़ को किसी ने पूछा कि उनका नाम क्या था, कहां से आई थीं, किस तरह मरीं, किस तरह जीं! इस दुनिया में मर्द ही मर्द हैं; उन्हीं का राज है, उन्हीं का काज। हम लोगों का तो यही बस है कि उन्हें जहां तक हो सके, अपनी मुट्ठी में किए जाओ। नवाब और उनकी रिआया और उनकी रियासत तो हर वक़्त की है। अंग्रेज़ों की तरह ये शायर भी हैं कि ये मिसरी की मक्खी हैं, शहद की मक्खी नहीं। नहीं तो फिर दूध की मक्खी की तरह बर्तन में गिरे तो डूब ही के रह जाएं, न इस घाट तिरें न उस घाट उतरें। लेकिन मेरे साथ तो और भी कई बातें थीं जिनका फ़ैसला ज़रूरी था। और फिर मेरे बच्चों, मेरे जिगरबंद अमीर मिर्ज़ा और मेरी आंखों की ठंडक बादशाह बेगम का क्या होगा? ठीक है, वो दोनों थे तो एबी मेम के पास लेकिन उनका ख़र्च तो उसे ही उठाना था, और वो कोई उन्हें अपने से जुदा तो नहीं कर आई थी। मिलना-जुलना, आना-जाना कभी-कभी का सही, लेकिन सो तो होगा ही... काश अमीर मिर्ज़ा जल्दी से लिखना सीख लेता कि फ़ारसी में न सही, हिंदी में ख़त तो लिखता। हाय, वो अमीर .ख़ुसरो साहब के क्या बोल थे, न आप आवें न भेजें पतियां। माशूक़ ही थोड़ी सब-कुछ है। औरत तो औलाद का मुंह देख-देखकर जीवे है। मर्द उसके माथे का सिंदूर और उसके सिर का ताज होगा लेकिन जवान बेटे से बढ़कर कोई दौलत नहीं। जवान बेटा तो मौत को शिकार कर लाएगा। घर का असल मालिक तो उसी को ठहराना चाहिए। इन मर्द लोगों का क्या है, उम्र ज़्यादा, अक़्ल कम। थोड़े दिन बाद बदन भी ढीले पड़ जाते हैं, मज़े भी जाते रहते हैं। हाय, मेरा अमीर मिर्ज़ा कैसा गबरू जवान निकलेगा, मार्स्टन ब्लाक साहब से भी एक-दो अंगुल निकलता हुआ... लेकिन मैं उन्हें कहां से देखूंगी, कैसे उनकी बढ़वार देखकर निहाल रहूंगी। .ख़ुद ही बेघर हूंगी तो उनके इस्तक़बाल के लिए चौखट और आस्ताना कहां बनाऊंगी... मैं तो दर-दर की ठोकरें खा लूं लेकिन मेरे जिगर के टुकड़ों को तो अल्लाह रखे। आलीशान गढ़ी और हवेली नहीं तो अच्छा-भला शरीफ़ों का घर तो चाहिए। नवाब शम्सुद्दीन अहमद ख़ां साहब जैसा घर कहां मिलेगा! मैं उनसे शर्तें ठहराऊं... या उन्हें ही शर्तें भेजने दूं, उनके दिल को लगी है, आपी-आप कहलाएंगे। मीर मुहम्मद तक़ी साहब का मिसरा भी क्या मिसरा है! इन शायरों का क्या है, न जाने कहां-कहां से सोचकर, किस पानी की गहराई में ढूंढ़ लाते हैं: सर को काटकर

हाथ पे रखे आपही मिलने जाऊंगा। और हाय, वो शेर रंग और चमक में क्या शाहाना है। काश मैं उसी के मुताबिक़ हो जातीः

झुक के सलाम किसू को करना सजदा ही हो जाता है
सर जावे गो इसमें मेरा सर न फ़रो मैं लाऊंगा

अजब होते हैं शायर भी। मैं इस फ़िरक़े का आशिक़ हूं, यह भी तो मीर साहब ने कहा था। हाय, मेरे उस्ताद मियां शाह नसीर को मुआ निज़ामुलमुल्क लालच देकर दूर दकन देस ले गया, नहीं तो मैं कुछ शेर ही मौज़ूं करके नवाब की ख़िदमत में भेजती। कुछ तो उनके दिल का हाल खुलता, कुछ मैं अपने दिल का हाल उनसे कहती। उस कमबख़्त एबी मेमसाहब ने कई दिन से मेरे बच्चों की ख़बर भी न भेजी। मैं यहां किस क़दर तन्हा हूं। और जयपुर जाना अब मेरी क़िस्मत में कहां! अब तो यही तमन्ना है कि देहली की ख़ाक से उठी थी, अब इसी की ख़ाक में कहीं ज़मीन का पैवंद हो जाऊं...

...भला कोई अपने मुंह से अपना सरापा बयान कर सकता है? ग़ैर मर्द से मैं अपनी बातें किस तरह कह सकूं हूं। लेकिन ब्लाक साहब भी तो ग़ैर मर्द थे और जो सच पूछो तो ग़ैरों के ग़ैर थे, ईसाई अलग, न मज़हब में एका न मिल्लत में एका। मगर उनकी बात मैं क्या बयान करूं, अल्लाह ने .ख़ुदा जाने किस मिट्टी से उनका ख़मीर गूंधा था। उनके बदन में कैसी गर्मी, कैसी आंच थी, और ये हमारे नवाब शम्सुद्दीन अहमद...

वो अपने ख़्यालों में ठिठक गई जैसे अचानक कोई कुआं या किसी पहाड़ी का आख़री सिरा सामने आ गया हो। हमारे नवाब साहब? ये मैं किस हक़ से या किस मजबूरी से उन्हें कह रही हूं? क्या मेरा दिल उन्होंने उठवा मंगवाया है या मैं .ख़ुद ही उन्हें पेश करने लगी हूं? उसे नवाब की बात याद आई जो उन्होंने रुख़सत के वक़्त कही थी, "मेरा दिल मुझे छोड़कर कहीं चला गया है। अगर वापस आकर दरवाज़े पर दस्तक दे तो दरवाज़ा मत खोलना, कह देना कि घर में कोई नहीं है।" और उसने भी तो जवाब में कुछ कहा होगा? तो क्या कोई बात दोनों के बीच बंधी कि नहीं? अब और किसे पहल कहते हैं?

क्या अपने हाथ से कुछ लिख भेजूं या उनकी तरफ़ से कुछ और चिट्ठी-पत्री आए? लेकिन अब चिट्ठी-पत्री किस बहाने जाए... दीवाने-हाफ़िज़ से फ़ाल निकलवाऊं, क्या करूं? मगर फ़ाल क्या मैं .ख़ुद निकालूं? सुनते हैं कि जिसकी ग़रज़ हो, उसे .ख़ुद फ़ाल न लेना चाहिए, इस्तख़ारे के बरख़िलाफ़, कि इस्तख़ारा तो बेहतर है कि साहिबे-मामला .ख़ुद इस्तख़ारा करे। तो फिर किससे कहूं? क्या बांदी को भेजूं कि पता लगाए कि क्या यहां आसपास भेदों के जानकार कोई शानाबीं रहते हैं और क्या वह यहां आ सकेंगे? सोचते-सोचते वो थककर निढाल हो गई। इसी उधेड़बुन में रात

हो गई थी लेकिन कुछ राह सूझती न थी।

थोड़ा-बहुत खाना खाकर, मुंह धोकर, कुल्लियां करके वो पलंग पर जाने ही वाली थी कि उसे पंडित नंद किशोर का ख़्याल आया। पंडित नंद किशोर अगले वक़्तों के लोग थे, बड़े माने हुए नजूमी, रम्माल और शानाबीं। एक ज़माना उन्हें उस्ताद मानता था। छोटी बेगम की नानी के यहां कभी-कभी बड़े इसरार के बाद चले आते थे। अब तो और भी बूढ़े हो गए होंगे... क्या पता मर-खप गए हों। ख़ैर, एक बात तो जी में आई। रात की नीयत ठीक नहीं होती, सुबह तो हो, उस वक़्त इस पर कुछ और ग़ौर करूंगी। ज़रूरी हुआ तो नानीजान के यहां ख़ुद चली जाऊंगी।

□□

पंडित नंद किशोर

यह उसकी ख़ुशनसीबी ही थी कि पंडित नंद किशोर उसे मिल गए, वरना वो कई बरस बीते देहली छोड़कर अपने बेटे के पास हांसी हिसार जा रहे थे। बीवी की मौत के बाद बुढ़ापे और कमर के दर्द ने उन्हें बड़ी हद तक लाचार कर दिया था। तन्हाई से आख़िरकार तंग आकर उन्होंने ख़ानम के बाज़ार वाला अपना मकान अपनी बेटी-दामाद के सुपुर्द कर दिया और ख़ुद को हांसी हिसार में बेटे-बहू के घर में आबाद कर लिया था। हालात की तंगी उन्हें कुछ न थी और ईश्वर की कृपा से बेटा भी उजले ख़र्च रहता था, लेकिन उन्हें किसी पर रत्ती बराबर भी बोझ बनना गवारा न था। बेटे के हज़ार ज़िद और याचना के बावजूद कि परमेश्वर की कृपा से हमें कुछ कमी नहीं, और बाबूजी का ख़र्च ही कितना होगा कि हमारे ऊपर कुछ वज़न बढ़े, पंडित नंद किशोर का चूल्हा अलग जलता था और जिस हद तक उनमें चलने-फिरने की ताक़त थी, वो आज़ादाना उठते-बैठते थे। घर की ऊपरी मंज़िल की कोठरी और बरसाती उन्होंने अपना ली थी, उसका किराया लेने पर वो बेटे को मजबूर न कर सकते थे, लेकिन अपनी आमदो-रफ़्त की सहूलत के लिए उन्होंने अपने ख़र्च पर ज़ीने बनवा लिए थे जो बाहर की तरफ़ खुलते थे। अंदरूनी ज़ीना तो पहले से था ही, लिहाज़ा जब बेटे-पोते, बहू को देखने के लिए उनका जी करता, तो अंदर ही अंदर उनसे मिल भी सकते थे।

यह इत्तफ़ाक़ ही था कि जब अकबरी बाई का आदमी पंडित नंद किशोर की तलाश में उनके ख़ानम के बाज़ार वाले घर पर पहुंचा तो पंडित जी वहां मौजूद थे। उन्होंने अगले दिन सुबह वज़ीर ख़ानम के यहां आने के लिए ख़ुशी-ख़ुशी मंज़ूरी दे दी और यह भी कहा कि किसी सवारी या राहबर की ज़रूरत नहीं है, मैं आप ही आप आ जाऊंगा।

वज़ीर ने कुछ इत्मीनान की सांस ली। फिर पंडित जी की शान के मुताबिक़ कमरा ठीक कराने में और घर की ज़रूरी सफ़ाई में लग गई। जिस कमरे के लिए

उसने अपने दिल में ठहराया था कि यहां पंडित जी की आवभगत और ख़ातिरदारी करूंगी और फिर वहीं फ़ाल भी निकाल ली जाएगी, वो कमरा मकान की ड्योढ़ी के अंदर दाख़िल होते ही दाईं तरफ़ पड़ता था। इसमें उसने अपने ख़्याल में यह ख़ूबी देखी थी कि यह सबसे अलग-थलग था, लेकिन नौकर-चाकर मुस्तैद थे और पुकारने पर फ़ौरन मुहैया थे। यहां तन्हाई भी थी और पंडित जी को घर के अंदर आने की ज़हमत से भी बचाव था। लेकिन अब अचानक वो कमरा उसे नामुनासिब लगने लगा। उसने ख़्याल किया, पंडित जी कहीं दिल में ये न सोचें कि मुझे घर के बाहर ही टरका दिया। उसने फ़ैसला किया कि जिस कमरे में नवाब शम्सुद्दीन अहमद ख़ां की तवाज़ो हुई थी, वही कमरा ठीक रहेगा।

ख़ूब झाड़पोंछ के बाद कमरे में कस के सफ़ाई हुई, फिर फ़र्श गुलाब के पानी से धोया गया। उसे पंखों की हवा से जल्द-जल्द सुखाकर दरियां बिछाई गईं, फिर धुली हुई सफ़ेद चांदनी लगाकर कमरे में लोबान का धुआं देकर बंद कर दिया गया। एकदम भोर में, पंडित जी के तशरीफ़ लाने से पहले कमरे में क़ालीन और गाव तकिये लग गए, ख़ासदान-पेचवान का इंतज़ाम हो गया। गुलाबपाश से गुलाब छिड़ककर कमरा फिर बंद कर दिया गया।

सुबह की रोशनी ने गली-कूचों में अंबरी .खुशबू फैलानी शुरू की। शाही सफ़ाई कर्मियों की उड़ाई हुई धूल में हलवाइयों की दुकानों से उठने वाले मीठे धुएं के मेल और तड़के की नई-नई लहरियों में छनती हुई जलेबियों की महक ने फ़ज्र की नमाज़ पढ़कर मस्जिदों से निकलने वालों के गले और आंखों में .खुश्क .खुशबू के दोस्ताना पैग़ाम उतार दिए। वज़ीर ख़ानम के घर वाली गली में मलाईफ़रोश बेचने वाले, नमिशफ़रोश, ग्वाले, अंडा-मुर्ग़ी बेचने वाले अपनी आवाज़ें बुलंद करने लगे। जन्नत नुमा शहर जहानाबाद पर एक नया दिन शुरू हुआ। पुराने रंज जल्द से जल्द भुला देने वाले इस शहर ने अंधेरे की धुंध से सिर निकालकर कहीं क़ुतुब साहब की लाठ की नाजुक और दिली इत्मीनान से छलकती हुई गर्दन की ऊंचाई की अदा, तो कहीं तुग़लक़ाबाद में मुहम्मद तुग़लक़ के मक़बरे के जलाल, तो कहीं बाबा निज़ामुद्दीन के नूर से भरे मज़ार के पहलू से लगे जमाअतख़ाने की पुरानी मस्जिद में कलमा और क़ुरआनख़्वानी की सुरीली आवाज़ों और कहीं शाहजहानी जामा मस्जिद के दोरंगे गुंबदों और मीनारों पर बसेरा लेने वाले, फिर मस्जिद के हौज़ में चोंच तर करके अपने दिलों को टटोलने और आप से आप .खुद उग आने वाले ताज़ा गुलाब की याद में हूं-हां करने वाले भूरे-नीले कबूतरों की टुकड़ियों के रूप में, कहीं हवेली के अंदर सावन-भादों के फ़व्वारों के अचानक चौंककर रवां होने, कहीं साज़ों की थरथराती आवाज़ों और तबले पर पड़ती हुई थाप की गुंजीली आवाज़ों के रूप में अपने अमिट हुस्न और जवानी का ऐलान किया। ऐसे में वज़ीर ख़ानम के दरवाज़े की कुंडी

आहिस्ता से खड़की। पंडित नंद किशोर तशरीफ़ ले आए थे। मामा असील ने झपटकर दरवाज़ा खोला और झुककर तस्लीमें करती हुई उन्हें गुलाब से गमकते हुए कमरे में ले आई और अदब के साथ गाव तकिये के सहारे बिठाकर ख़ासदान पेश किया। पेचवान भी पहले ही से तैयार रखा गया था और उसके फ़ैज़ाबादी ख़मीरे से सारा घर महक रहा था। पेचवान की चांदी की बनी मुंहनाल पंडित नंद किशोर के हाथ में देकर असील ने दोबारा झुककर सलाम किया और बोली, "हुज़ूर ज़री की ज़री पेचवान से शौक़ फ़रमाएं। बंदी अभी ख़बर करती है। बीबी साहब आप ही की राह देख रही थीं, बस पल मारते हाज़िर हो जांगी।"

"कोई मुज़ायक़ा नहीं," पंडित नंद किशोर ने कहा। "इत्मीनान से रहें और इत्मीनान से आएं, मैं कहीं भागा थोड़ी जाता हूं।" उनका लहजा पस्त और आवाज़ भारी थी, लेकिन मर्दाना तर्ज़ की .ख़ुशगवार थी। आवाज़ में उतार-चढ़ाव बहुत कम था, गोया बोलने वाला पूरे ज़हनी आत्मविश्वास और दिली इत्मीनान के आलम में है जहां कोई चीज़ उसे न हैरत में डाल सकती है और न ख़ौफ़ज़दा कर सकती है। पंडित नंद किशोर का क़द लंबा, डील दुबला और रंग गोरा था। हाथों की उंगलियां लंबी और नुकीली थीं, जैसी कि चितेरों और बुततराशों की होती हैं। बाएं हाथ की अंगूठी वाली उंगली के सिवा लंबी-लंबी सफ़ेद उंगलियों में कोई अंगूठी-छल्ला न था। हां, उस उंगली में गौरैया के अंडे के बराबर सब्ज़-भूरा लहसुनिया, चांदी की कश्ती जैसी अंगूठी में यूं चमक रहा था गोया शुक्र ग्रह पर सूरज उग रहा हो। लहसुनिया की ढाई लकीरें यमन की बर्छी की तरह जगमगा रही थीं। लहसुनिया में एक या हद से हद डेढ़ लकीर होती है। दो लकीरों का लहसुनिया और नायाब, ढाई लकीरों का लहसुनिया एक पूरी बादशाही के ख़िराज से बढ़कर समझा जाता है। पंडित जी की अंगूठी पर बड़े-बड़े रईसों की ललचाई हुई नज़रें पड़ चुकी थीं, लेकिन किसी को भी यह पूछने का हौसला न था कि साहब, आपको यह नग कहां से मिला, कोई उसे ख़रीदने की बात क्या करता।

पंडित नंद किशोर सिर से पैर तक सफ़ेद लिबास में थे, यहां तक कि उनकी ब्राह्मणी तर्ज़ की पगड़ी भी सफ़ेद थी, वरना पुरोहित और ज्योतिषी आमतौर पर गेरुवा पगड़ी बांधते थे। पुराने तर्ज़ की घेरदार क़बा अलबत्ता रंग से ख़ाली न थी क्योंकि क़बा तो रंगीन ही होती थी, लेकिन पंडित जी की क़बा इतने हल्के पीले रंग की मलमल की बनी हुई थी कि उसके नीचे पजामे की सफ़ेदी ने क़बा की ज़र्दी को ढक लिया था। देहलवी अंदाज़ का पजामा, सफ़ेद संगी का (रेशम मिला हुआ सूती धारीदार कपड़ा), मोहरियां निहायत चौड़ी कि चलते में घेतली जूती पायचों के नीचे आ जाती थी। वो आमतौर पर लनक्लॉट (अंग्रेज़ी में Long Cloth, जिसे बाद में औरतें नैनकिलाट कहने लगीं) या गज़ी का पजामा पहनते थे, लेकिन आज वज़ीर

ख़ानम के यहां जाने के ख़्याल से संगी का पजामा पहनकर आए थे। उनकी दाढ़ी लंबी, घनी और सफ़ेद थी। हालांकि उनके हुलिए पर बुढ़ापे के कुछ निशान नज़र नहीं आते थे लेकिन उनकी भवें भी सफ़ेद हो गई थीं। बाएं हाथ में आबनूसी बैरागी, दाएं में संदल की हज़ारदाना तस्बीह, गले में सफ़ेद गुलूबंद जिसके नीचे से रुद्राक्ष के बहुत बड़े-बड़े कत्थई दानों की माला नज़र आती थी। उनकी वजूद की सारी आभा सफ़ेद और नाज़ुक कपास के फूल जैसी थी।

अभी उन्होंने पेचवान गुड़गुड़ाना शुरू ही किया था कि पर्दा हटाकर वज़ीर ख़ानम अंदर दाख़िल हुई। पंडित जी के ख़्याल से उसने लिबास का कुछ ख़ास ध्यान न रखा था, लेकिन फिर भी गाच की सुनहरी जाली के दुपट्टे पर लाल धारियों वाली रेशमी महरमात का पजामा अजब बहार दिखा रहा था। नाक-कान, कलाइयां ज़ेवर से ख़ाली थीं, सिर्फ़ गले में नीलम की जड़ाऊ धुकधुकी गर्दन के सुडौलपन और गर्दन की वादी की दिलकशियों की तरफ़ कुछ इशारा कर रही थी। वज़ीर ने पंडित जी को झुककर सलाम किया और बोली, "अल्लाह, पंडित जी, मुझ नाचीज़ बंदी पर आपका किस क़दर अहसान और करम है..."

लेकिन पंडित नंद किशोर ने हाथ उठाकर उसे कुछ आगे कहने से रोकते हुए फ़रमाया, "बेटा, इसमें अहसान कैसा और करम किस पर? तुम तो अपनी बच्ची हो। तुम्हें देखकर आंखें ठंडी होती हैं। लेकिन यह तो बताओ, तुमने इस एकाकी को क्योंकर याद किया? तुम्हारी नानीजान बता रही थीं कि तुम .ख़ुद तकलीफ़ करने को तैयार हो। मैंने कहा, ना भाई, इतना बड़ा गुनाह हमसे न होगा। हम आप ही चलकर जाएंगे और अपनी बच्ची से मिलेंगे।"

"अल्लाह, आपने तो मेरी ज़बान ही बंद कर दी। अब शुक्रिया अदा करूं तो आप ख़फ़ा हों और कुछ न कहूं तो अपनी निगाहों में चोर ठहरूं," वज़ीर ने आंखें झुकाकर हल्की सी मुस्कान के साथ कहा।

"तो लो, शुक्रिया तुम्हारा हमने क़ुबूल किया। अब कहो, मेरी याद अचानक क्योंकर आ गई...? या मैं ही बता दूं?"

वज़ीर के कानों में पंडित नंद किशोर की भारी, ठहरी हुई, मज़बूती से भरपूर लेकिन दिलकश आवाज़ यूं आई जैसे कोई रहमत का फ़रिश्ता कमज़ोर और गुनहगार लोगों को अच्छाई और सलामती की तरफ़ बुला रहा हो। नंद किशोर के सामने वो .ख़ुद को बिल्कुल नन्ही बच्ची महसूस कर रही थी। उसने दोज़ानू बैठकर और सिर झुकाकर धीमी आवाज़ में कहा, "हुज़ूर पर सब कुछ रोशन है। मैं कहूंगी भी तो वही कहूंगी जो हुज़ूर पर पहले ही से आईना है।"

पंडित जी मुस्कुराए। "अच्छा, किसी फूल का नाम लो," उन्होंने कहा।

"जूही," उसके मुंह से बेइख़्तियार निकला।

पंडित नंद किशोर ने आंखें बंद कर लीं, तस्बीह के कुछ दाने फिराए, फिर एक पल बाद बोले, "देहली के उत्तर-पश्चिम में, यहां से बहुत दूर भी नहीं, नवाबी रियासत है, रियासत के मालिक का नाम..." उन्होंने कुछ पल तक ख़ामोशी रखी, "...शम्सुद्दीन अहमद ख़ां है।"

वज़ीर का चेहरा शर्म से गुलाबी हो गया। वो सिर झुकाए-झुकाए बोली, "सरकार के लिए ज़ाहिर का बयान क्या, लेकिन मेरा जी बहुत डरता है कि..."

"डर की कुछ बात नहीं। लेकिन तुम और क्या जानना चाहती हो? अंजाम के बारे में फ़िक्रमंद हो?"

"जि...जि...जी नहीं, अंजाम जानने से डरती हूं। मैं तो राह भटकी हुई, इधर-उधर परेशान फिरती हूं। रास्ता चाहती हूं। अगर हुज़ूर की रहनुमाई हो जाए..."

"...कि इस वक़्त क्या किया जाए? क्यों, ऐसा ही है न? नवाब की तरफ़ से सिलसिला शुरू होने का इंतज़ार कर रही हो?"

"जी, वो तो हो चुका। लेकिन इसके बाद अब मैं क्या करूं? और इंतज़ार करूं या उनके क़दम पर क़दम बढ़ाऊं, मेरी तो अक़्ल काम नहीं कर रही," यह कहते हुए वज़ीर की आंखों में आंसू छलक आए।

"तो इसमें घबराने की क्या बात है? बीबी, बात तो सामने की है लेकिन चलो, तुम्हारे इत्मीनान के लिए ख़्वाजा साहब से पूछ लेते हैं।"

वज़ीर का चेहरा खिल उठा। न जाने पंडित जी को कैसे ख़बर हुई कि मैं यही चाहती थी, उसने दिल में कहा। "जी, बहुत मुबारक। जैसी आपकी मर्ज़ी हो। मैं दीवान ले आऊं?" उसने शौक़ भरे लहजे में पूछा।

"हां लाओ, लेकिन देखो, पाक-साफ़ हाथों से उठाना और रिहल पर रखकर लाना, और पाक काग़ज़ का एक ताव और पाक रोशनाई की दवात और नए नरकुल का एक टुकड़ा भी लेती आना।"

'पाक-साफ़ हाथों' का मतलब वज़ीर पर ख़ूब ज़ाहिर था। वो बोली, "जी, मैं नहाई हुई और बावज़ू हूं। दीवान अभी लाई।" फ़ाल निकालने की ग़रज़ से ज़रूरी काग़ज़ और रोशनाई, सरकंडा, सब पहले ही से मुहैया थे। लिहाज़ा वज़ीर को कोई परेशानी न हुई। वह कमरे के बाहर गई और चंद लम्हों बाद वो अख़रोट की लकड़ी के नक़्क़ाशीदार रिहल पर दीवाने-हाफ़िज़ की एक मज़हब प्रति रखे हुए वापस आई। पीछे-पीछे मामा असील के हाथों में क़लमदान और काग़ज़ था। दीवान को रिहल समेत उसने पंडित नंद किशोर के सामने रख दिया लेकिन दीवान को खोला नहीं। क़लमदान और काग़ज़ भी रिहल के पास रख दिए गए। अब पंडित जी पश्चिम की तरफ रुख़ करके दोज़ानू बैठ गए और होंठों में कुछ पढ़ने के बाद उन्होंने फ़रमाया, "ज़रा गुलाब फिर छिड़कवा दो और लोबान, अगर और ऊद का धुआं भी कराओ।

सुबह तो यह कमरा पाक किया जा चुका है, .खुशबू भी हो चुकी है, लेकिन इस वक़्त भी ज़रूरी है। समझीं?"

गुलाब छिड़कने और धुआं देने के दौरान पंडित नंद किशोर आंखें बंद किए चुप बैठे रहे, फिर उन्होंने हाथ उठाकर कुछ दुआ मांगी, आमीन कहा और वज़ीर से कहा कि तुम भी आमीन कहो और सब दरवाज़े बंद करा दो। दरवाज़े बंद होने के बाद पंडित जी ने वज़ीर से कहा, "अब तुम मेरे सामने बैठ जाओ, यूं कि दीवाने-हाफ़िज़ बीच में हो, एक तरफ़ मैं बैठूं, इस तरह कि किताब दाएं हाथ से खोल सकूं, और दूसरी तरफ़ तुम बैठो और ख़्वाजा साहब का ध्यान करो कि उनकी मुबारक रूह यहां मौजूद है। समझीं?"

"जी... लेकिन... ध्यान किस तरह किया जाता है, मैं न जानूं हूं," वज़ीर ने डरते-डरते कहा।

"कुछ नहीं, बस समझ लो कि यहां मैं बैठा हूं, दीवाने-हाफ़िज़ पढ़ रहा हूं, इतने में लिसानुल-ग़ैब (ग़ैबी आवाज़, ख्वाज़ा हाफ़िज़ इस नाम से पुकारे जाते हैं) कहीं से घूमते-फिरते आ निकले हैं।"

"लेकिन... लेकिन उनका तो सदियां हुईं इंतक़ाल हो चुका है," वज़ीर ने कुछ घबराते हुए कहा।

"हां, इंतक़ाल हो चुका है। लेकिन वो अब भी हमारे बीच मौजूद हैं, वो अपने कलाम में मौजूद हैं। जब उनका कलाम ये सोचकर पढ़ो कि ये अल्फ़ाज़ उन्होंने अभी-अभी कहे हैं और सिर्फ़ तुम्हारे लिए कहे हैं तो बस उनका तसव्वुर .खुद-बखुद क़ायम हो जाएगा। शायर कभी मरता नहीं, वो अपने अल्फ़ाज़ के रूप-बहुरूप में, शाख़ों और डालियों, बाग़ और हरे-भरे मैदानों, घरों और गली-कूचों, महलों और ख़ेमों में, हर जगह बोलता रहता है। चलो, अब जल्दी करो, वरना वक़्त निकल जाएगा।"

वज़ीर ने डर-डरकर पंडित जी के सामने अपनी जगह ली और आंखें बंद करके ध्यान को दीवाने-हाफ़िज़ के पहले शेर पर केंद्रित कर दिया। पंडित जी की आवाज़ उसे कुछ गूंजती हुई सी, कुछ दूर से आती हुई मालूम हुई।

"देखो नूर-चश्म, लिसानुल-ग़ैब के कलाम से फ़ाल निकालने के कई तरीक़े हैं। लेकिन वज़ू करके और पाक होकर, पाक जगह पर बैठने के बाद, पहली बात यह तय करना है कि इस वक़्त दिन या रात का पहर कौन सा है। तुम देख ही रही हो, इस वक़्त दिन का दूसरा पहर लगने वाला है, ये पहर लग जाए तो हम अपना काम शुरू करेंगे, लेकिन इसके पहले ये भी मालूम करेंगे कि इस वक़्त शुक्र तारा यानी आसमानी नर्तक जो तमाम शायरों का सरपरस्त है, किस राशि में है और वहां कब तक रहेगा। तो ये मैं तुम्हें बताए देता हूं कि शुक्र तारा इस समय बुध नक्षत्र में है और बुध को आसमानों का मुंशी कहते हैं। लिहाज़ा यह वक़्त फ़ाल निकालने

के लिए और भी मुनासिब है। समझीं?"

वज़ीर ने कुछ जवाब न दिया लेकिन अचानक उसे ऐसा लगा कि एक .ख़ूबसूरत और इज़्ज़तदार शख़्स सिर पर आलिमों जैसी पगड़ी बांधे, बहुत क़द्दावर, उसकी आंखें रोशन मगर सोच में डूबी हुई, शानदार चाल वाला, कहीं इसी कमरे में किसी दीवार से होकर अंदर आ गया है और उसके सामने से गुज़र गया है। कहां, यह उसकी समझ में न आया। दीवार से होकर? क्या दीवार फट गई है, या कोई साया... एक लम्हे के लिए उसका बदन कांप उठा, उसे सर्दी सी लगी, लेकिन पंडित जी की आवाज़ में ऊर्जा की गर्मी और फ़रिश्ते की आवाज़ की पाकी, दोनों के लहरिए किसी रेशमी लच्छे का रूप धरकर सारे कमरे, बल्कि सारे घर में बह रहे थे।

"लो भई, अब दूसरा पहर लग गया। शायरों के मुर्दा लफ़्ज़ों में जान फूंकने वाला अभी भी आसमानों के मुंशी से कुछ साज़-बाज़ में मसरूफ़ है। हमारे लिए वक़्त काफ़ी और भरपूर है। अब मेरे सामने दिन के दूसरे पहर की पत्री है। मैं झुककर शुक्र को परनाम करता हूं और दीवाने-हाफ़िज़ खोलता हूं। मक़सद मेरा यह है कि बी वज़ीर ख़ानम सुपुत्री मुहम्मद यूसुफ़ सादाकार के बारे में ख़्वाजा से पूछूं कि नवाब शम्सुद्दीन अहमद के सिलसिले में उनका क्या हुक्म है। मैं पत्री के एक ख़ाने में यूं ही उंगली रखता हूं। यह हर्फ़ 'दाल' है..."

एक लम्हे की ख़ामोशी के बाद पंडित नंद किशोर ने कहा, "बीबी, आंखें खोल दो। क़लम-काग़ज़ लो और हर्फ़ 'दाल' लिखो।"

वज़ीर ख़ानम ने कांपते हुए हाथों से ज्यों-त्यों करके 'दाल' का हर्फ़ लिखा और बड़ी-बड़ी शर्बती आंखों से पंडित जी की तरफ़ देखने लगी। पंडित नंद किशोर ने कुछ गिनतियां कीं, कुछ ठहरे और बोले, "अब हर्फ़ 'रे' लिखो। गोया यह लफ़्ज़ हाथ आया, 'दर', समझीं?"

"जी सरकार, समझी।"

पंडित जी ने फिर कुछ गिनतियां कीं, कुछ देर और ठहरे और फिर बोले, "अब हर्फ़ 'रे' लिखो। यह भी 'रे' है।"

"जी, लिख दिया।" क़लम मेरे हाथ में यूं है गोया मैं अपनी तक़दीर .ख़ुद लिख रही हूं, उसने दिल में कहा। इसी बीच पंडित जी ने कहा, "अब लिखो, 'अलिफ़'। लिखा?"

"जी, लिखा।"

एक पल बाद पंडित जी ने कहा, "अब 'छोटी हे' लिखो, गोया लफ़्ज़ हाथ आया 'राह' और फ़िक़रा बनाः 'दर राह।' समझीं?"

अब वज़ीर ख़ानम के हाथ में इस क़दर कंपकपी थी कि उसे उलझन होने लगी कि कहीं रोशनाई की बूंद टपककर काग़ज़ को गंदा न कर दे या हर्फ़ बिगड़ न जाएं।

पंडित नंद किशोर ने उसकी घबराहट को समझ लिया और हिम्मत बढ़ाने के लहजे में बोले, "लिखो, लिखो, जो मैं बोलूं, लिखती जाओ। हर्फ़ के बनने-बिगड़ने का ख़्याल मती करो। अब लिखो, 'ऐन'। समझीं, हर्फ़ 'ऐन' लिखो।"

"जी, लिख दिया।" ख़ुदा जाने क्यों वज़ीर को कुछ रोना सा आने लगा था। वह रुक-रुककर बोली, "हुज़ूर, मैं पानी पी आऊं?"

"पानी, पानी यहीं मंगा लो। सुराही भरवाकर रख लो। कुछ झिझक न करो।"

वज़ीर ने ताली बजाई। सामने का दरवाज़ा आधा खुला और असील ने झांका कि क्या हुक्म है। वज़ीर के इशारे पर वह जस्ते की सुराही और दो कटोरे ले आई। वज़ीर ख़ानम पूरा कटोरा दो सांस में पी गई।

"अब कुछ जी ठहरा? डरती क्यों हो, बेटी? अच्छा, तो लिखो हर्फ़ 'शीन'।"

"जी, लिख लिया।"

एक ज़रा से ठहराव के बाद पंडित जी बोले, "अब लिख दो 'क़ाफ़', सुना, हर्फ़ 'क़ाफ़' लिखो," उनकी आवाज़ में दबी-दबी सी मुस्कुराहट थी। "तो अब पूरा फ़िक़रा बनता है... 'दर राहे-इश्क़' समझीं?"

"जी सरकार, समझी।"

इस तरह एक-एक हर्फ़ जोड़कर कोई एक घड़ी की मुद्दत में पंडित नंद किशोर ने मिसरा बनायाः दर-राहे-इश्क फ़र्क़े-ग़नी-ओ-फ़क़ीर नीस्त। (इश्क़ की राह में दाता और याचक का कोई फ़र्क़ नहीं होता।)

"वल्लाह, क्या ख़ूब मिसरा निकला है। बीबी, मुबारक हो," उन्होंने कहा।

"लेकिन इसका मतलब मैं समझी नहीं," वज़ीर की पेशानी पसीने से भीग चली थी। "हुज़ूर, इसमें मेरे लिए हिदायत क्या है...।"

"तू भी क्या भोली बेटी है! यह तो एक ही मिसरा है, मिसरा अव्वल। हज़रत लिसानुल-ग़ैब दूसरा तो इरशाद करें। तब जाके कुछ रोशनी मिलेगी," उन्होंने फ़ारसी की कहावत कही, "आबे-हयात की नहर अंधेरे में छुपी हुई है। बस ये कि ये मिसरा कुछ अपने हाल से मेल खाता है। चलो, अब दूसरा मिसरा ढूंढ़ते हैं। काग़ज़-क़लम संभालिए और जैसे-जैसे हम बोलते हैं, लिखती जाइए।"

कोई घड़ी, सवा घड़ी की मुद्दत में दूसरा मिसरा यूं हाथ आयाः ऐ पादशाहे-हुस्न सुख़न बा गदाबिगो (ऐ हुस्न के बादशाह भिखारी से बात कर)।

वज़ीर का दिल बल्लियों उछलने लगा। उसका जी चाहा, पंडित जी के क़दमों में सर रख दे। वह उठ ही रही थी कि पंडित नंद किशोर ने कहा, "सुब्हानल्लाह, सारे सवालों का जवाब मिल गया। लेकिन ज़रा देखें तो सही, यह कलाम लिसानुल-ग़ैब का है भी या नहीं।" यह कहकर उन्होंने दीवान को खोला, रदीफ़ वाव तलाश की और हंसकर बोले, "बहुत ख़ूब, बहुत ख़ूब। ग़ज़ल दीवान में मौजूद है।

ख़्वाजा ने मतला यूं इरशाद फ़रमाया है:

ऐ पैके-रास्तां ख़बरे-सर्वे-मा बिगो
अहवाले-गुल ब-बुलबुले-दस्तां सरा बिगो

(ऐ सच्ची ख़बरें देने वाले, हमारे सरों की ख़बर कह; गुलाब के फूल का हाल चहचहाती हुई बुलबुल से कह।)

उन्होंने मज़े की हालत में ज़ानू पर हाथ मारा और फ़रमाया, "ख़्वाजा-ए-शीराज़ ने तुम्हें बादशाह और उन्हें भिखारी ठहराया है। सिर्फ़ यही नहीं कि तुम उनसे बातचीत करो, बल्कि यूं बातचीत करो जिस तरह दुनिया के बादशाह अपनी चौखट पर आए भिखारियों से बात करते हैं। तुम चाहने वाली नहीं, चाही जाने वाली हो। अल्लाह मुबारक करे।"

यह कहकर उन्होंने दुआ को हाथ उठाए, दुआ पढ़कर वज़ीर के सर पर हाथ फेरा और रुख़सत मांगी। वज़ीर ख़ानम ने जल्दी से एक थैली रुपयों की, एक बड़ा रेशमी रूमाल, मोगरे के जौनपुरी इत्र की एक शीशी और पगड़ी के लिए बुलबुलचश्म का एक थान पेश किया कि यह हक़ीर भेंट कनीज़ की तरफ़ से क़ुबूल हो। लेकिन पंडित नंद किशोर ने कुछ भी लेने से इंकार कर दिया।

"अल्लाह-ताला जब तुम्हारी बात पूरी करें और तुम कामयाब हो जाओ तो उस वक़्त दुआ-ए-ख़ैर से याद कर लेना। मैं अपने बेटों, बेटियों से कुछ लेना हराम समझता हूं। समझीं?"

"अल्लाह तो मैं, ख़ुदा न करे, कुछ मुआवज़ा थोड़ी पेश कर रही थी। ऐसी बेअदबी मुझसे जुनून के आलम में भी न होती। मैं तो महज़ मामूली सा तोहफ़ा हुज़ूर के क़दमों पर निछावर कर रही थी। मगर शायद ऐसा मेरा नसीबा कहां!" वो कुछ रुआंसी होकर बोली।

"ए लो, तुम तो बुरा मान गईं। बेटे, यूं ज़रा सी बात पर दिल थोड़ा नहीं करते। अच्छा, तुम कहती हो तो यह इत्र की शीशी लिए लेता हूं।" यह कहकर उन्होंने कश्ती में से इत्र उठाया, उसकी डाट को खोलकर सूंघा और ज़रा सा मुस्कुराकर एक बूंद से कुछ कम इत्र दो उंगलियों पर लेकर गुलूबंद पर मल लिया।

"लो, अब तो ख़ुश हो," उन्होंने कहा, पांच शाहआलमी रुपए नौकरों के इनाम के तौर पर ड्योढ़ी के ताक़ में रखे और "वक़्त आने पर हमें भूलना मती" कहते हुए पल भर में घर से बाहर हो गए। वज़ीर को ऐसा मालूम हुआ जैसे घर में अचानक सन्नाटा छा गया है, गोया घर से कोई बड़ा भारी सामान निकल गया हो और उसकी ख़ाली जगह आंख और दिल पर कठिन गुज़र रही हो।

□□

नामा-ओ-पयाम

पंडित नंद किशोर के जाने के बाद बड़ी देर तक तो वज़ीर पंडित जी की बातों, उनकी मुहब्बत भरी मेहरबानियों और उनकी नूरानी सूरत को दोबारा अपने ज़हन में ज़िंदा करने में खोई रही। उस पर लज़्ज़त और मस्ती की एक कैफ़ियत छाई हुई थी जो उसके बदन को गर्म और उसकी रूह को हरा-भरा कर रही थी। बहुत देर बाद जब तबीयत कुछ संभली और मामा असील ने घरेलू मामलों की ओर उसका ध्यान खींचना चाहा तो उसे ख़्याल आया कि पंडित जी ने मुझे यह तो बता दिया कि ख़त लिखने में पहल तू ही कर, लेकिन मैंने उनसे यह तो पूछा ही नहीं कि लिखूं क्या और किस तरह लिखूं। उसे .ख़ुद पर बेहद ग़ुस्सा आया कि ऐसी भी मैं क्या अल्हड़ हूं कि इतनी सी बात पूछना भूल गई या अब अगर भूल ही गई तो क्या आपी-आप फ़ैसला नहीं कर सकती। नवाब को ख़त लिखना भला क्या मुश्किल है, अभी लिखे देती हूं।

लेकिन सारा दिन गुज़र गया और उसकी समझ में न तो संबोधन लिखने का कुछ ढब आया और न मज़मून का नक़्शा आया। क्या लिखूं, उनसे कहूं कि आप बहुत याद आते हैं? तौबा, कितनी हल्की बात है, मैं भला यूं लिख सकती हूं? और अगर लिख भी दूं तो वो क्या ख़्याल करेंगे? सो फिर, ये लिखूं कि अब कब मुलाक़ात होगी? हां, मगर किन अल्फ़ाज़ में लिखूं? ऐसा तो न लगे कि यह बेगम बिल्कुल उतावली हुई जाती है। वो क्या जुमला था जो नानी जान ऐसे मौक़ों पर बोलती थीं... हां, तौबा है, ये लौंडिया तो हथेली पर लिए फिरती है... इस ख़्याल से ही उसके गाल गुलाबी हो गए, बदन में सनसनी सी दौड़ गई। मैं और नवाब शम्सुद्दीन अहमद... और मैं बेपर्दा और मेरी आंखों में कोई बुलावा, कोई दावत... अल्लाह मेरी तौबा, मैं शरीफ़ज़ादी हूं कि शैतान की औलाद! हथेली पर लिए फिरना... यह तो इशारे से बुलाने और मुंह से बोलने से बदतर है।

दुबला-पतला, हिरनी जैसा छरहरा बदन, दरम्यानी से कुछ निकलता क़द, मोर जैसी मग़रूर गर्दन, सीना और कूल्हे भारी, कमर पतली, बड़ी-बड़ी सुरमा लगी आंखें, चेहरे पर नमक ही नमक बरसता हुआ, हर अदा बेगमाती, हर अदा कामुक, हर बात में डोमनीपन... ये किसका सरापा है? नवाब शम्सुद्दीन अहमद ने सोचा। उन्हें नींद नहीं आ रही थी, हालांकि आज वो बहुत जल्द ही बिस्तर पर चले गए थे। चंपीवालियां, सिर को सहलाने-थपथपाने वालियां थकने लगी थीं, लेकिन नवाब की आंखों में नींद न थी।

वज़ीर ख़ानम हड़बड़ाकर जाग उठी। यह मैंने अभी क्या देखा, या क्या कहा? मैं कहां हूं? मैं कहां थी? मुझे क्या पता और मुझसे क्या मतलब कि नवाब शम्सुद्दीन अहमद मेरे बारे में क्या सोच रहे हैं और मेरा सरापा उनके ज़हन में कैसा है? लेकिन ये कौन लोग हैं जो एकता के जाम से मस्त हैं और किसने कहा था कि जैसे पीठ

दिखाते हैं वैसे ही मुंह भी दिखाइए? सारा गरेबान और दुपट्टा पसीने में भीगा हुआ, सांसें तलपट, सारे बदन में चुल सी पड़ी हुई, जैसे चींटियों ने काट खाया हो। यह मैं क्या करती फिर रही हूं? कोई दम में मुझे जुनून होवेगा... नहीं तो मिराक़ ज़रूर ही हो जाएगा। सुना है जिन लोगों को मिराक़ हो जाता है वो किसी एक ही बात को पकड़ लेते हैं और उसी की रट लगाते रहते हैं। आख़िर नवाब शम्सुद्दीन अहमद को क्या पड़ी थी जो मुझ दुखियारी पर उनकी नज़र ठहरी, क्यों वो मेरे यहां आए, मेरी तन्हाई में ख़लल डाला...

अचानक उसके चेहरे पर मुस्कुराहट आई। उसे लगा जैसे शाम का आसमान देर से बादलों से ढका हुआ हो और अचानक कहीं से तेज़ रोशनी की किरण आकर मटमैले क्षितिज के आर-पार हो जाए, हर तरफ़ रोशनी सी फैल जाए, दरख़्तों की झुकी-झुकी पत्तियों के नीचे से किरणें फूटें, शाम के आने से ख़ौफ़ज़दा जानवर, कीड़े-मकोड़े और परिंदे फिर से फुर्तीले और मुस्तैद हो जाएं। उसे ऐसा लगा गोया शम्सुद्दीन अहमद ने कहीं से आकर उसे बांहों में भर लिया है और वो उनके सीने से लगी हुई, शिकायत और सरगोशी के लहजे में कह रही हैः

ज़ौक़े-तन्हाई में ख़लल डाला   आके मुझ पास दो घड़ी तूने

हाय, क्या मीर हसन मरहूम ने यह शेर मेरे ही लिए कहा था, या औरों पर भी ऐसी ही बीतती है? मगर किस मौक़े से और किस मौक़े पर यह शेर याद आया! अब मुझे कुछ कहने की ज़रूरत ही नहीं, यही शेर लिखकर भेज दूंगी। निरा यही शेर भेजूं या कुछ लिखूं भी? लेकिन लिखना क्या है, सारी बात तो शेर में कह दी गई है। अब मेरे लिए बचा ही क्या है, मगर कहीं वो यह न सोचें कि नामा क्या लिखा, पत्थर खेंच मारा। न आदाब, न अल्क़ाब, न सलाम, न बदंगी, न कोई तफ़्सील कि ख़त काहे को लिखा जा रहा है।

नहीं, मैं और नहीं लिखने की, वो समझें या मेरा ख़ुदा समझे। अच्छा, इस पर अपने मिसरे लगाकर छोटी सी पांच पंक्तियों की कविता कर दूं? अच्छा भला मुख़म्मस का बंद तैयार हो जाएगा। यह बात उसके दिल में आई ही थी कि गोया यह मिसरा भी उसे सूझ गयाः

नक़्शा घर का मेरे बदल डाला

नहीं, घर का नक़्शा बदल डालना इस जगह बेमानी सी बात है। यूं कहूंः

नक़्शा दिल का मेरे बदल डाला

...नहीं, यह मिसरा भी सुस्त है। यूं कहना चाहिएः

दिल का अहवाल ही बदल डाला

...वाह, अब यह मिसरा सटीक हो गया, उसने दिल में कहा। फिर बात ही बात में शुरू के दो मिसरे और बन गए और बड़ा मानीख़ेज़ और गठा हुआ मुख़म्मस तैयार

हो गयाः

दामने-सब्र को मसल डाला
जादा-ए-ज़ब्त भी कुचल डाला
दिल का अहवाल ही बदल डाला
ज़ौक़े-तन्हाई में ख़लल डाला
आके मुझ पास दो घड़ी तूने

चलो, अब मुख़म्मस तो मुहैया हो गया, अब इसे .खुद लिखूं या किसी कातिब से लिखवाऊं गोया सुंदर लिखाई का तोहफ़ा भेज रही हूं। नहीं, दूसरे से लिखवाने का मौक़ा नहीं है। मैं कोई रस्मी सौग़ात थोड़ी भेज रही हूं, मैं तो दिल की बात क़लम की ज़बान पर ला रही हूं। अच्छा लिखूं या ख़राब लेकिन .खुद ही लिखूंगी।

यह फ़ैसला करते ही उसने जामा मस्जिद के पूर्वी दरवाज़े के मीना बाज़ार से नए सरकंडे के टुकड़े मंगवाए, उनको क़लमतराश से छीलकर सुडौल बनाया, फिर क़लम बनाए बारीक, दरम्यानी और मोटा लिखने वाले। क़लम तैयार हो गए तो उन्हें मुहल्ले के मौलवी साहब के पास दो रुपए नज़राना देकर इस गुज़ारिश के साथ भेजा कि इनकी नोक दुरुस्त कर दें, चीरा लगा दें और फिर उन पर क़त लगा दें। मौलवी साहब ने मेहरबानी करके उसी वक़्त तीनों क़लमों में चीरे और क़त लगाए और उन्हें काग़ज़ पर जांच कर इत्मीनान कर लिया कि ठीक बने हैं। फिर अपनी दुआओं के साथ तैयारशुदा क़लम वापस किए कि अब शौक़ से लिखें और इत्मीनान रखें इनका क़त देर तक क़ायम रहेगा, बिगड़ेगा नहीं।

ये सब तैयारियां करते तीसरा पहर हो गया। वज़ीर का भी जी कुछ निढाल हो रहा था। उसने दिल में कहा कि अब रात को मश्क़ करूंगी और सुबह को भिजवाऊंगी। काग़ज़ सुनहरा पीला था और सुनहरी रेशमी थैली भी तैयार करा ली गई थी; बस लिखने और भेजने की देर थी। रात को उसने कई कोशिशें करने और कई ताव काग़ज़ रद्द करने के बाद अपना मुख़म्मस अपनी हद तक बेहतरीन अंदाज़ और शैली में, और नसतालीक़ लिखाई में दरम्यानी क़लम से लिखा। सबसे ऊपर रिक़ा की शैली में उसने 'हुवलवदूद' (अल्लाह का एक नाम जिसके मानी हैं 'वह प्यार करने वाला है') और नीचे बारीक क़लम से नसतालीक़ लिखाई में लिखाः 'रक़ीमा-ए-नियाज़ो-मुंतज़िरे-जवाब वज़ीर ख़ानम अफ़ाउल्लाह अन्हा।'[1] फिर ख़त को लपेटकर मोमजामे में मोहरबंद कर दिया। थैली में हल्का सा इत्र लगाया और मोहरबंद नामे को खरीते में डाल कर खरीते को भी मोहरबंद कर दिया। ये सब काम गई रात तक मुकम्मल हुए लेकिन उसने रात की मेहनत इसलिए क़ुबूल की कि

1. नियाज़मंदी से लिखा गया, और जवाब का इंतज़ार करती हुई वज़ीर ख़ानम, अल्लाह उनकी ग़लतियों को माफ़ करे।

फिर रात से सुबह तक सोचने और फ़ैसले पर दोबारा नज़र डालने के लिए ढेरों वक़्त पड़ा है, अभी तो बातें ही बातें हैं, लेकिन ख़त एक बार घर से चला गया तो जैसे कमान का छूटा हुआ तीर हो गया। इसलिए रात और सुबह तक और सोच लूंगी कि यह ख़त भिजवाऊं भी कि न भिजवाऊं।

सुबह होने से पहले ही परिंदों के शोर ने उसे जगा दिया। जागते ही उसके ज़हन में ख़्याल गूंजा कि ख़त तो भेजना ही चाहिए, साथ कुछ छोटा-मोटा तोहफ़ा भी चाहिए है। लेकिन तोहफ़ा क्या भिजवाऊं? नवाब से कुछ बेतकल्लुफ़ी तो है नहीं जो ऐसी चीज़ भेज सकूं, मसलन इत्र या रूमाल, जिससे अपनापन ज़ाहिर हो। क़ीमती चीज़ें उनके यहां एक से एक होंगी और पटी पड़ी होंगी। दुनिया में कौन सी चीज़ ऐसी होगी जो नवाब के पास न हो और मैं उन्हें मुहैया कर सकूं! हां कोई ऐसी चीज़ हो जो यहां नायाब हो, चाहे बहुत क़ीमती न हो।

उसे ख़्याल आया कि चंद दिन हुए इलाक़ा गढ़वाल का एक व्यापारी शहद बेचता हुआ आया था। उसके पास लीची का शहद था, इस मानी में कि मक्खियों का छत्ता जिससे वह शहद निकाला गया था, वो लीची के पेड़ पर लगा हुआ था और उसमें जमा शहद ज़्यादातर लीची के फूलों से निकला होगा। उसमें लीची की .ख़ुशबू भी थी। यह अलबत्ता नायाब चीज़ होगी, उसने सोचा। वही शीशा शहद का भेज दूं, उम्मीद है वहां पसंद किया जाए। यह ख़्याल आते ही वज़ीर ख़ानम ने मोदीख़ाने से शहद का शीशा निकलवाया, उसे झाड़-पोंछ कर साफ़ किया। डाट खोली तो शहद में लीची की .ख़ुशबू वैसी ही बाक़ी थी; रंग भी न बदला था। बहुत हल्का, लगभग सफ़ेद रंग, गाय के घी जैसा, और उसमें रवे भी घी हर जैसे थे। शीशा भी मोहरबंद किया गया, फिर उसे मोमजामे की थैली में रखकर थैली भी मोहरबंद हुई।

इतना काम कर लेने के बाद वज़ीर के दिल में इरादा पक्का हो गया कि अब ये सब सामान भिजवाकर ही दम लूंगी। फ़ौरन मुहल्ले के चौकीदार के यहां से हरकारा बुलवाया गया। वज़ीर ख़ानम ने .ख़ुद उसे हिदायत की, “ध्यान रहे कि ये चीज़ें .ख़ुद नवाब साहब की ख़िदमत में पेश होनी हैं। तूने सुना होगा, उनकी दो हवेलियां हैं। एक तो यहीं पास में, बल्लीमारान में और दूसरी दरियागंज में। पहले मालूम कर लीजो कि नवाब अपनी किस हवेली में तशरीफ़ रखते हैं। वहीं जाइयो, और नवाब साहब की ख़िदमत में हाज़री हासिल करके पूरे अदब और लिहाज़ से कोर्निश बजा लाइयो और यह ख़रीता और यह थैली उनके क़दमों में रख दीजो।”

“समझता हूं बीबी साहब, ख़ूब समझता हूं। आपका कहा पूरी तरह बजा लाऊंगा। और... क्या जवाब के लिए ठहरा रहूंगा?” हरकारे ने सलाम करके कहा।

“नहीं, बस यह बता दीजो कि वज़ीर ख़ानम बेगम साहब ने सलाम अर्ज़ किया है और ये चीज़ें भिजवाई हैं, जवाब की ज़रूरत नहीं।”

"जी बहुत ख़ूब। बहुत मुबारक, इंशाअल्लाह ऐसा ही होगा।"

"तो जा, जल्द फिर आइयो। मैं तेरी राह देखूंगी। अगर काम ठीक हो गया, तो इनाम ऊपर से दूंगी।"

हरकारा दोबारा सलाम करके रुख़सत हुआ। ऊपर-ऊपर सुकून के बावजूद वज़ीर ख़ानम के दिल में हलचल मची हुई थी, दिल में कमज़ोरी सी छाई हुई थी। उसका दिल कहता था इस पहल के नतीजे में उसकी ज़िंदगी का फ़ैसला छुपा हुआ है। अगर जवाब अपनी मर्ज़ी के मुताबिक़ न मिला तो उसे अपनी ज़िंदगी की बिसात फिर से बिछानी होगी। ये मामला दिल का भी था और आने वाली ज़िंदगी के दिन-रात का भी। ख़बर नहीं मैंने ये ठीक किया या ग़लत किया। लेकिन क्या .ख़ुद से मुंह खोलना मेरे लिए मुनासिब था? लेकिन मुंह तो नवाब साहब ने .ख़ुद ही पहले खोला था... मैं तो अपना जवाब उनकी ख़िदमत में पेश कर रही थी। इसमें बुराई ही क्या है...? और अगर ऐब हो भी तो ख़्वाजा साहब का इशारा, पंडित साहब की हिम्मतअफ़ज़ाई, नवाब यूसुफ़ अली ख़ां साहब का मशवरा, ये सब भी तो कुछ मायने रखते थे? उसे मार्स्टन ब्लेक बुरी तरह याद आया। काश ब्लाक साहब यूं चले न गए होते... और उनके साथ मैं किस तरह हंसी-.ख़ुशी चली गई थी। न अम्मा-बाबा का डर, न शरीअत का लिहाज़, न पड़ोसियों और हमजोलियों का ख़्याल, लेकिन तब तो मैं नासमझ थी, ऊंचे इरादे थे और जमुना जी की बाढ़ की तरह अपनी राह .ख़ुद बनाने का जोश था। न बच्चे और न कोई और ज़िम्मेदारियां, हर तरफ़ मैं ही मैं थी। अब तो दो जिवड़े और भी हैं जिनके लिए मुझे बंदोबस्त करना ही करना है। सोचते-सोचते उसका दिल घबराने लगा, यह मुआ अकेला घर तो और भी काटे दौड़ता है। उसने पालकी मंगवाई और सवार होकर मंझली बेगम के यहां चली गई। बहन के वहां पहुंचकर उसने पूरा हाल कह सुनाया और कहा कि अब जब तक नवाब साहब की तरफ़ से कुछ जवाब नहीं आता, मैं यहीं रहूंगी।

नवाब शम्सुद्दीन अहमद ख़ां उस वक़्त अपनी दरियागंज वाली हवेली पर थे। इत्तला मिलने पर कि सिरकीवालान से वज़ीर ख़ानम उर्फ़ छोटी बेगम का भेजा हुआ कारिंदा हाज़िर होने की इजाज़त चाहता है, उन्होंने उसे अपनी दोपहर की बैठक ही में बुलवा लिया। अगरचे वो बैठक ख़ास-ख़ास लोगों के लिए थी, लेकिन नवाब के दिल में भी छोटी बेगम की चोंप ऐसी थी कि हरकारे की आमद का सुनकर बेचैन हो गए। उनके चोबदार के पीछे-पीछे हरकारे ने दरवाज़े पर पहुंचकर जूतियां उतारी, चौखट पार करके सात सलाम किए और वहीं रुका रहा कि आगे बढ़ने की इजाज़त हो तो बढ़ूं। चोबदार ने झुककर सलाम किया और कहा... "वज़ीर ख़ानम साहब का भेजा हुआ आदमी सरकार वालातबार की ख़िदमत में हाज़िर है।"

नवाब ने इशारा किया कि हरकारे को आने दिया जाए। क़रीब पहुंचकर हरकारे ने एक और सलाम किया और बोला, "हुज़ूर का इक़बाल बुलंद हो। वज़ीर ख़ानम साहब ने बंदगाने-आली के लिए कुछ नज़र भिजवाई है। इजाज़त हो तो पेश करूं।"

नवाब शम्सुद्दीन अहमद के चेहरे पर मुस्कुराहट आने ही वाली थी, लेकिन उन्होंने .ख़ुद को ठीक वक़्त पर रोका और पहले ही की तरह संजीदा सूरत बनाए हुए उन्होंने कहा, "बहुत ख़ूब, बेगम साहब का मिज़ाज कैसा है?"

"जी सरकार, बहुत अच्छी तरह हैं।"

नवाब का इशारा पाकर चोबदार आगे आया। नवाब के पास हाथी दांत की बनी छोटी नक़्क़ाशीदार मेज़ रखी थी। उस पर से कुछ सामान हटाकर चोबदार ने हरकारे को इशारा किया कि जो कुछ लाए हो, इस मेज़ पर रख दो। हरकारे ने कमर से हमियानी खोलकर ख़रीता और शीशे की थैली निकाली, आगे बढ़कर दोनों चीज़ें मेज़ पर रख दीं और सलाम करके पीछे हट गया। नवाब का दूसरा इशारा पाकर चोबदार बाहर गया और दूसरे ही लम्हे कोठी के दारोग़ा को साथ लिए वापस आया। दारोग़ा ने नवाब का मतलब समझकर पांच रुपए हरकारे को बतौर इनाम दिए। अब नवाब शम्सुद्दीन अहमद ख़ां ने हरकारे से कहा, "अच्छा। भई वल्लाह, हम बहुत .ख़ुश हुए। बेगम साहब को हमारी तस्लीम कहो।"

"सरकार का इक़बाल बुलंद हो। सितारा हमेशा उरूज पर रहे," कहकर हरकारे ने सात सलाम किए और उल्टे पांव चलता हुआ नवाब की जनाब से बाहर आ गया। चोबदार और दारोग़ा भी ये देखकर कि हमारे लिए ठहरने का इशारा नहीं है, बैठक से बाहर आ गए। नवाब को मुश्किल ही से सब्र आ रहा था, वो इंतज़ार में थे कि तन्हाई हो तो ख़रीता खोलूं। यह तो वो समझ ही गए थे कि ख़रीते में कोई ख़त है। थैली में कुछ तोहफ़ा होगा, इसकी उन्हें ज़रा भी जल्दी न थी, वो तो ख़त के अभिलाषी थे। चलते वक़्त दारोग़ा ने कनखियों से देखा कि नवाब ख़रीते को उठाने के लिए हाथ बढ़ा रहे हैं।

क्या मोतियों जैसी लिखाई है और क्या नाज़ुक, सही मौक़े का मानीख़ेज़ शेर है। शम्सुद्दीन अहमद ने फ़ौरन पहचान लिया कि मीर हसन का शेर है और उस पर ये लाजवाब तज़मीन ग़ालिबन, बल्कि यक़ीनन, छोटी बेगम ही की है। काश वो मेरे सामने होतीं तो उनके हाथ चूम लेता... हाथ ही नहीं, और भी बहुत कुछ चूमता, हर-हर हर्फ़ की दाद नए तर्ज़ से देता। और यह शहद भी क्या उम्दा शहद है, इसमें तो लीचियों की महक आ रही है। हमारी तरफ़ तो लीची ही नहीं पैदा होती, उसके फूल कहां मिलेंगे और उन फूलों का शहद कहां से बनेगा। भई वल्लाह, दाद देनी पड़ती है, इस इंतख़ाब और सलीक़े की। अब मैं इन चीज़ों का जवाब कहां से लाऊं? मगर सबसे बड़ी बात ये थी कि उनकी उम्मीद के मुताबिक़ छोटी बेगम ने अगला

क़दम .खुद उठाया था, यानी उनके भी दिल में कुछ लगाव पैदा हो रहा था। यह मामला दौलत और शानो-शौकत, ऐशो-आराम और जाहो-जलाल की हवस का न था, या अगर था तो बहुत कम। उन्हें दुनियावी फ़ायदा भी चाहिए था तो वो कुछ दूसरे तौर इख़्तियार करतीं। इस वक़्त तो उन्हीं का हाल कुछ दूसरा मालूम होता है...

...लेकिन मैं जवाब में क्या लिखूं? कुछ न लिखूं, सिर्फ़ कह दूं कि आकर गले लग जाइए! तौबा, यह कोई शरीफ़ाना बात हुई? .खुद चला जाऊं और कहूं कि आइए, हम आपको अपनी आग़ोश में भरकर ले चलें! लाहौल-वला-क़ुव्वत, ऐसी बातें तो लोग ख़ानगियों से भी नहीं कहते। यहां तो छोटी बेगम का दिल जीतने का मामला है और यह भी बेहद ज़रूरी है कि मैं अपने शौक़ का हाल उम्दा ढंग से बयान करूं और उनकी मुश्ताक़ी का भी इशारा कर दूं... तुझ सिवा कोई जल्वागर ही नहीं। उन्हें याद आया कि कल ही परसों कोई शख़्स मीर असर की ग़ज़ल गाता हुआ बाज़ार से गुज़रा था। जब मेरी खिड़की के नीचे आया तो यह शेर उसकी ज़बान पर थाः

मेरे अहवाल पर नज़र ही नहीं,
इस तरफ़ को कभू गुज़र ही नहीं

मुझे लगा था जैसे मेरे ही दिल की बात थी। यह शेर याद आते ही शम्सुद्दीन अहमद ने अपने कुतुबख़ाने से दीवाने-असर निकलवाया और ग़ज़ल ढूंढ़कर निकालीः

तुझ सिवा कोई जल्वागर ही नहीं
पर हमें आह कुछ ख़बर ही नहीं
मेरे अहवाल पर नज़र ही नहीं
इस तरफ़ को कभू गुज़र ही नहीं
दिल न देवें जिगर न चाक करें
ये तो अपना दिलो-जिगर ही नहीं
दर्दे-दिल छोड़ जाइए सो कहां
अपना बाहर तो यां गुज़र ही नहीं
कर दिया कुछ का कुछ तेरे ग़म ने
अब जो देखा तो वो असर ही नहीं

सुब्हानल्लाह, क्या पाकीज़ा कलाम है। बस यह पूरी ग़ज़ल ही भेज दूं। इस जादू भरी ज़बान से बेहतर ज़बान क्या होगी और इनसे बढ़कर लतीफ़ मानी कहां होंगे जो मेरा हाल कह भी दें और शान को भी हाथ से न जाने दें। शम्सुद्दीन अहमद ने फ़ौरन कुतुबख़ाने की तन्हाई में बैठकर अफ़शानी काग़ज़ पर रोशन सियाह हर्फ़ों में सारी ग़ज़ल लिख डाली। कोई संबोधन न रखा। लेकिन फिर ख़्याल आया कि नामा शुरू करने का कोई ढब तो हो। बहुत सोचकर उन्होंने लिखाः ग़ज़ल हज़रत ख़्वाजा मीर असर, अल्लाह उनका दर्जा बुलंद करे, मिन्जानिब दीदार बेक़रार मुहम्मद

शम्सुद्दीन अहमद।

यहां तक तो ठीक हो गया, दिल का हाल तो हमने लिख दिया, लेकिन अब आगे? क्या बदन का भी कुछ हाल लिखें? और लिखें तो किस तरह लिखें? क्योंकर बताएं कि हमारी आंखें तुम्हें देखने को तड़प रही हैं, हमारे बाज़ू तुम्हें थामने को बेक़रार हैं, हमारा मुंह तुम्हारे मुंह को छूने के लिए तरस रहा है। पानी भर आया मुंह में देखे जिन्हूं के, हाय वे किस मज़े के होंगे... और हमारा शबिस्तान तुम्हारे मुंह की शमा से रोशन न होने के ग़म में सियाहपोश है। मगर भला ये सब कैसे लिखूं? और इस तरह की बहुत सी बातें तो उस दिन उनसे कह ही आया हूं। ये बातें बार-बार कहने की नहीं होतीं। यह कोई नट का खेल थोड़े ही है कि बार-बार कलाबाज़ियां खाते फिरिए। क्या अच्छा होता अगर इज़हारे-तमन्ना की नौबत ही न आती। या तो वो सब कुछ बेकहे समझ लेतीं या फिर मैं ही चुपचाप जलता रहता। उनको अरबी की कहावत याद आई, 'जिसने इश्क़ किया और पाक साफ़ रहा और इश्क़ को छुपाया और मर गया तो वो शहीद मरा।' बुज़ुर्गों ने ही तो कहा है और सच हैः

परवाना नेक रफ़्त कि दरपेशे-शमा सोख़्त
आगह न शुद कि सोख़्तने-ग़ायबाना चीस्त

(परवाना तो अच्छा ही हुआ कि शमा के सामने जल बुझा। उसको पता ही न लगा कि अकेले छुपकर जलना क्या है)

ये सब तो ठीक रहा, लेकिन हम बुतपरस्तों को दृश्यों की दुनिया के बिना कुछ दिखाई कहां दे। मीर .ख़ुसरो क्या ख़ूब कह गए हैंः

आया-ए-रहमत अर हरम हस्त बराए-हाजियां
.ख़ुसरो बुतपरस्त रा जुज़ ख़द्दो-ख़ाल कै रसद

(हाजियों के लिए काबा शरीफ़ अगर रहमत की निशानी है तो .ख़ुसरो बुतपरस्त है, उसे नैन-नक़्श छोड़ कुछ नहीं पहुंचता)

देखे बग़ैर और छुए बग़ैर और नैन-नक़्श की परस्तिश किए बग़ैर हम जैसों को चैन कहां? चलो, चंद शेर और लिख देता हूं, उसके साथ यह भी याचना कर दूंगा कि कफ़शख़ाने को अपने हुस्न के सूरज से रोशन फ़रमाएं तो करम हो। फिर सोच-सोचकर शम्सुद्दीन अहमद ने काग़ज़ के एक और ताव पर क़ासिम बेग हालती की रुबाई लिखी जो उन्हें बचपन से बहुत पसंद थीः

बीमारमो-मैलत ब अयादत न शवद
यक बारा वफ़ा मतर्स आदत न शवद
पुरसीदने-मा कम न कुनद ख़ूबी-ए-तू
व अज़ दूरी-ए-मन हुस्न ज़ियादत न शवद

(मैं बीमार हूं और आपका दिल बीमारपुर्सी की तरफ़ नहीं आता। डरिए नहीं,

एक बार वफ़ा कर देंगी तो आदत न पड़ेगी, हमें पूछ लेंगी तो इससे आपकी ख़ूबसूरती कम न होगी और न ही हमसे दूर रहने पर आपके हुस्न में बढ़ोतरी न होगी।)

रुबाई लिखने को तो लिख ली, लेकिन अब मुलाक़ात की दर्ख़ास्त किस ढब से लिखूं कि कुछ इसरार भी महसूस न हो और यह मालूम हो जाए कि जिस्म और रूह दोनों ही शौक़ की गर्मी से फुंके जाते हैं। अरे भई, इन सब तकल्लुफ़ात की क्या ज़रूरत है, वल्लाह साफ़-साफ़ लिख दूं कि अब इंतज़ार न कराएं, आकर कलेजे से लग जाएं, बस बहुत हो चुका। तो क्या सच यही लिख दूं, सच तो बेगुमान यही है। मगर कुछ बहाना तो मुक़र्रर करूं और बहाना ऐसा हो कि उससे मेरा इरादा बिल्कुल साफ़-साफ़ और बिल्कुल बेशक ज़ाहिर हो जाए।

अब काग़ज़ का एक नया और कुछ छोटा ताव लेकर शम्सुद्दीन अहमद ने मुहब्बतनामा, नहीं मुहब्बतनामा तो क्या, दर्ख़ास्त इस मज़मून की लिखी कि कल शाम ग़रीबख़ाने पर रूखा-सूखा नौश फ़रमाएं। और किसी को दावत नहीं दी है, लेकिन अगर मिज़ाजे-मुबारक में आए तो फ़रमाएं, जिसे चाहें बुलवा लिया जाए। अगर हुक्म हो तो सवारी कसवाकर दौलतख़ाने पर हाज़िर कर दी जाए। इस ख़त के साथ तोहफ़े के तौर पर ये चीज़ें भी थीं: कश्मीरी दोशालों का जोड़ा, महोबा के सफ़ेद पानों की दो ढोलियां, नजीबाबाद के जंगलों का सवा पाव कत्था लगभग सफ़ेद रंग का जिसके बारे में मशहूर था कि पानी में बारह या सोलह घंटे भीगा रहे तो पानी में हल्के-हल्के सुरूर की ख़ासियत पैदा हो जाती है, और तांबे का मुर्शिदाबादी जहाज़ी पानदान, जिसकी कुल्हियों में पान से जुड़ी मुनासिब चीज़ें डाल दी गई थीं। चोबदार को हुक्म हुआ कि एक सोंटाबरदार और एक बरछैत साथ लेकर जाए और ये सब चीज़ें छोटी बेगम की नज़र करें। ख़त के जवाब के लिए कुछ कहियो मत लेकिन अगर जवाब अता करें तो इज़्ज़त और इकराम के साथ ले आइयो।

छोटी बेगम अपनी मंझली बहन के यहां दिन का खाना खाकर आराम करने जा रही थी कि उसकी असील बी वफ़ादार हांफती हुई पहुंची और ख़बर लाई कि लोहारू वाले सरकार से नामा आया है और बहुत कुछ तोहफ़ा-तहाइफ़ भी है। “लो बीबी, ख़ुदा मुबारक करे,” उम्दा ख़ानम ने वज़ीर की बलाएं लेकर कहा। “मालूम होता है तीर निशाने पर बैठा है। है, है, ज़रा देखियो किस आसानी से इतने ज़बरदस्त को ज़ेर कर लिया।”

“चलो मंझली बाजी, ख़ुदा-ख़ुदा करो। किसका तीर और कैसा निशाना! मैं तो दो वक़्त की रोटी चाहती हूं, मगर इज़्ज़त से। किसी की रखैल-दबैल बनकर नहीं। अल्लाह की मेहरबानी और तुम लोगों की दुआएं रहें, बस यही बहुत है।”

“मैं नालकी लगवाए देती हूं, लो, अब अल्लाह का नाम लेकर सवार हो। मौला

चाहेगा, तो अब रानी बनकर राज करोगी।"

उम्दा ख़ानम ने वज़ीर को गले लगाकर प्यार किया और अपने हाथों से नालकी पर सवार किया। तिराहा बैरम ख़ां से सिरकीवालान का फ़ासला ही कितना था, बात की बात में वज़ीर अपने घर पहुंच गई। बी वफ़ादार ने पहले उतरकर दरवाज़ा खुलवाया। ड्योढ़ी में नवाब शम्सुद्दीन का चोबदार मोढ़े पर बैठा गुड़गुड़ी से शग़ल कर रहा था। शर्बत का प्याला सामने तिपाई पर धरा था। बरछैत और सोंटाबरदार सामने खड़े थे, शर्बत के प्याले उनके हाथों में भी थे। मामूली चादर के पर्दे के पीछे से तीनों का सलाम लेती हुई वज़ीर घर में दाख़िल हो गई। नवाब के तोहफ़े पहले ही अंदर पहुंचा दिए गए थे, अब नामा भी इज़्ज़त के साथ अंदर भिजवाया गया, इस अंदाज़ से कि चांदी की कश्ती पर मोहरबंद ख़रीता था जिसे वफ़ादार अपने सिर पर रखकर लाई थी।

वज़ीर निहाल हो गई। क्या उम्दा चीज़ें थीं और कैसा अच्छा ख़त। कैसी प्यारी-प्यारी बातें लिखी थीं। उसे अपना दिल पूरी तरह नर्म होता हुआ महसूस हुआ। मगर यह शाम की दावत, उसमें यह इशारा कि किसी और की दावत नहीं कर रहा हूं, मगर यह कि आप चाहें। यह तो बड़े जोखिम की बात हुई। हां कहूं तो, और ना कहूं तो, दोनों में अपने-अपने राज़ हैं।

जाना तो मुझे बहरहाल है। वज़ीर ने थोड़ी सी हिचक के बाद फ़ैसला किया और फ़ैसला करते ही काग़ज़-क़लम ले जवाब लिख, मोहरबंद कर चोबदार के हवाले किया। पांच रुपए चोबदार को और दो-दो रुपए सोंटाबरदार और बरछैत को इनाम के तौर पर अलग अता किए गए।

नवाब के नौकर इनाम लेकर रुख़सत हुए। वज़ीर ने सोचा कि अगले दिन के ख़्यालात में डूब जाने और तैयारियों की फ़िक्र में निढाल होने से पहले मंझली बाजी को हालात की इत्तला कर दूं। लिहाज़ा वो उसी वक़्त दूसरा ख़त अपनी बहन के नाम लिखने बैठ गई। उसे ख़बर न थी कि नवाब युसूफ़ अली ख़ां का पर्चानवीस सूर्यास्त के पर्चा-ए-अख़बार के साथ नवाब की ख़िदमत में वज़ीर ख़ानम की इत्तला भी पहुंचा देगा। उसे यह भी ख़बर न थी कि फ्रेज़र साहब का पर्चानवीस पल-पल की ख़बर अलग से उन्हें पहुंचा रहा है और फ्रेज़र साहब की ख़िदमत में पेश किए जाने वाले आज और कल के पर्चा-ए-अख़बार का अंजाम कहीं बहुत दूर जाकर कई दर्दनाक बातों की शक्ल में ज़ाहिर होगा। छोटी बेगम का मुस्तक़बिल इस क़दर महफ़ूज़ न था, जिस क़दर उसे भ्रम हो रहा था।

□□

गर्दिशे-ख़ामा-ए-नक़्क़ाश

वज़ीर ख़ानम को उस रात जो देखता, वो अपने कपड़े फाड़कर दीवाना हो जाता या फिर सर को दरबान की मेहरबानियों का अहसानमंद बनाकर उसके दरवाज़े पर पड़ा रहता। लेकिन दीदार के इस मोती को शम्सुद्दीन अहमद ख़ां के नसीब के ख़ज़ाने की ज़ीनत बनना था और उन्होंने बड़ी हद तक इसके लिए .ख़ुद को तैयार कर रखा था। लेकिन वह मंज़र तो उनकी चाह, बल्कि उनके ख़्वाबों से बढ़कर था। यह ख़बर सुनते ही कि वज़ीर ख़ानम की सवारी कोठी के अहाते में दाख़िल हो गई है, उनके दिल ने बेइख़्तियार चाहा कि दौड़कर बाहर आइए और सवारी के साथ चलते हुए उन्हें सदर दरवाज़े तक लाइए, फिर अपने हाथों से उन्हें उतारिए और दीवानख़ाने तक ले चलिए। ज़ाहिर है कि यह नामुमकिन था लेकिन दीवानख़ाने के बाहर बरामदे में आकर वज़ीर का इस्तक़बाल तो बहरहाल मुनासिब था। दरियागंज में नवाब शम्सुद्दीन अहमद की कोठी अंग्रेज़ी तर्ज़ की थी। चारदीवारी में सिर्फ़ एक फाटक, उसके बाद खुली ज़मीन जिसमें चमनबंदी थी। बीच में सुर्ख़ बजरियों से कुटी हुई सड़क, इतनी चौड़ी कि हाथी या रथ या बड़ी घोड़ागाड़ी भी आसानी से गुज़र सके। सड़क जहां ख़त्म हुई थी, वहां लंबी सीढ़ियां थीं जो बरामदे पर ख़त्म होती थीं। बरामदा कोठी के चारों तरफ़ यूं बना हुआ था जैसे पुराने गढ़ी क़िलों के चारों तरफ़ ख़ंदक़ होती थी। बरामदे में सामने की तरफ़ सदर दरवाज़ा और दोनों तरफ़ दो और दरवाज़े थे जो ग़ालिबन कचहरी के काम आते थे। सदर दरवाज़ा दीवानख़ाने पर खुलता था। कुल मिलाकर कोठी का अंदाज़ कुछ विलियम फ़्रेज़र की कोठी जैसा था, लेकिन फैलाव और बुलंदी और शान में विलियम फ़्रेज़र की कोठी आगे निकलती हुई थी। नौकरों की गहमागहमी भी यहां कम थी और ज़ाहिर है कि और कोई मेहमान भी न था। एक तरह का सन्नाटा सा छाया हुआ था गोया .ख़ुद कोठी भी सांस रोके देख रही हो कि अब क्या सामने आता है।

दीवानख़ाने में दाख़िल होते ही मालूम होता था हम अंग्रेज़ी तर्ज़ के तामीर, बनावट और रहन-सहन के तौर-तरीक़े, सब बाहर ही छोड़ आए हैं। पहली बात तो यह कि सदर दरवाज़ा जो .ख़ुद मेहराब जैसा था, एक और मेहराबी दरवाज़े पर खुलता था। गुंबदी मेहराब के अंदाज़ पर बना यह दरवाज़ा हर मानी में ताजदार दरवाज़ा कहे जाने का हक़दार था। इस दरवाज़े के शागिर्दे (नौकरों के बैठने की जगह) संग पाए-ज़र (फ़ीरोज़ी रंग का संगमरमर की क़िस्म का एक पत्थर) के थे। उसकी दीवार और .ख़ुद उस दरवाज़े के दोनों पट मुग़ल तर्ज़ के काम से पटे हुए थे। दोनों किवाड़ एक ही तख़्ता तराश कर बनाए गए थे, उनमें बीनी या पुश्तीदान (पीछे की फट्टी) कुछ न था। सब कुछ नक़्क़ाशीदार था और नक़्शो-निगार में हरे, हरापन लिए नीले, सुनहरे

और सफ़ेद रंग की इस क़दर बहुतायत थी कि मालूम होता था दरवाज़ा और दीवार नहीं, बल्कि एक डाल का नगीना है, जिसमें किसी हैरतअंगेज़ क़ुदरती चमत्कार की वजह से ये सारे रंग समा गए हैं। दरवाज़ा कहने को तो संदल और शीशम की लकड़ी का था, लेकिन उस पर हाथीदांत के हल्के चौकोर टुकड़ों को खपरे की तरह या आज की ज़बान में टाइल की तरह बनाकर दरवाज़े के पल्लों पर चिपकाया गया था और हाथीदांत की इन खपरैलों को भी इसी तरह के नक़्शो-निगार से भर दिया गया था। यह कहना मुश्किल था कि खपरैलबंदी के कारीगरों की तारीफ़ की जाए कि उन्होंने इस सफ़ाई से हाथी दांत के टुकड़े चिपकाए थे कि कहीं कोई झिरी, कोई सांस न थी, लगता था खपरैलों को घाट बनाकर दरवाज़े के पल्लों में जड़ दिया गया हो। सारा काम इस सफ़ाई से हुआ था कि बंद दरवाज़े पर दीवार ही का गुमान होता था। या फिर उन नक़्क़ाशों की तारीफ़ की जाए जिन्होंने हाथी दांत पर नक़्श इस तरह और ऐसे रंगों से उभारे थे कि मालूम होता था ये चीनी की खपरैलें हैं।

दरवाज़ा बहुत ऊंचा और कई हाथ चौड़ा था लेकिन उसकी दीवार और मेहराब इससे भी बहुत ऊंची थी। यही वजह थी कि रंगों और फूल-पत्तियों की इस बहुतायत के बावजूद कुछ भी ज़हनी भारीपन या आंखों पर बोझ होने का असर नहीं छोड़ता था। इस दरवाज़े के पीछे फ़र्श कोई हाथ भर नीचा था, इस तरह का दरवाज़ा सही मानों में आस्ताना बन गया था। अब यह दाख़िल होने वाले पर था कि वो कितना चौकन्ना और फुर्तीला है कि फ़र्श की निचाई को देख ले और उसके क़दम न लड़खड़ाएं। दरवाज़े के सामने मख़मली चादर के ऊपर मूंज की मोटी चटाई पांवदान के तौर पर थी।

कमरे में दाख़िल होते ही सबसे पहली चीज़ जो ध्यान खींचती थी वह थी रोशनी का अहसास। सिर्फ़ यही नहीं कि बहुत सी फ़र्शी और छतगीर क़ंदीलें और फ़ानूस रोशन थे बल्कि यह भी कि दाख़िल होने वाले के दाईं और बाईं तरफ़ दो ऊंची खिड़कियां थीं, जिन पर बारीक मलमल के पर्दे पड़े हुए थे, ऐसे कि हल्की सी हवा भी उन्हें लहरा देती थी। खिड़कियों पर कोई जाली या सलाख़ें न थीं। उनके किवाड़ अलबत्ता नक़्क़ाशीदार तर्ज़ के थे जैसे कि दरवाज़े के किवाड़ थे। फिर आने वाले के ठीक सामने भी एक दरवाज़ा था जो तीन मेहराबों को खोलकर बनाया गया था, इस तरह की वहां दीवार न थी, सिर्फ़ जालीदार मेहराबें थीं, तीनों मेहराबें अलग-अलग तर्ज़ की थीं। बीच वाली और सबसे चौड़ी मेहराब शाहजहानी तर्ज़ की थी। दाईं तरफ़ की डाट तीन छल्ले वाली थी और बाईं तरफ़ की डाट घुड़नाल क़िस्म की, लेकिन आम तर्ज़ से ज़रा हटकर, हिंदुवाना या बौद्ध तर्ज़ पर थी। जालियां अहमदाबाद की सीदी सईद मस्जिद (जिसे आमतौर पर जाली मस्जिद कहा जाता है) के तर्ज़ पर बनी थीं, यानी थीं तो वो पत्थर की लेकिन इस क़दर नाज़ुक कि उन पर लकड़ी का गुमान

होता था। जालियों की बनावट और तराश में मुख़्तलिफ़ नमूने इतने ज़्यादा थे कि हर जाली बेमिसाल थी। बदरूम, बर्फ़ी जैसी, ज़ंबूरी, मछली के छिलकों जैसी, देखत भूल, हर नमूने को पूरी सफ़ाई और चाबुकदस्ती से इस्तेमाल किया गया था। जालियों के पीछे बाग़ या यूं कहें कि अंदर के चमन का एक हिस्सा नज़र आता था। उस वक़्त रात हो चुकी थी लेकिन चमन में रोशनी थी। इसलिए चमन के हुस्न और ज़ीनत का कुछ अंदाज़ा हो सकता था, बल्कि जालियां उसके हुस्न को और बढ़ा रही थीं और ख़ुद जालियों में रंगीन शीशे (Stained Glass) का सा रंग झलक उठा था।

बीच की जालीदार मेहराब के सामने, लेकिन कमरे के अंदर, मेहराब की ही लंबाई का अंडाकार फ़व्वारा था। गुलाबी संगमरमर का यह फ़व्वारा संगतराशी और घाटों की कटाई के लिहाज़ से अकबराबाद के लाल क़िले में दीवाने-ख़ास (अस्ल नाम, दीवाने-ख़ासो-आम) में लगे हुए फ़व्वारे की याद दिलाता था। लाल क़िले के फ़व्वारे की तरह इसकी भी गहराई बहुत कम थी, लेकिन लाल क़िले के फ़व्वारे के उलट चूंकि यह फ़व्वारा कमरे के अंदर था, लिहाज़ा फ़व्वारे की फुहार बहुत ऊंची नहीं रखी गई थी और पानी की एक छींट भी बाहर नहीं पड़ सकती थी। पत्थर की तराश उभरवां और दबवां दोनों तरह की थी लेकिन कहीं भी काई का नामो-निशान न था।

कमरे का फ़र्श काशानी, तुर्की और कश्मीरी क़ालीनों से ढका हुआ था। फ़र्श के उत्तर-पश्चिमी कोने वाले हिस्से को एक हाथ ऊंचा बनाया गया था, गोया उसकी सतह दरवाज़े की चौखट के बराबर थी। ऊंचे हिस्से पर फिर क़ालीन थे जिनके नीचे गद्दे थे। यहां गाव तकिये भी दीवार से लगाकर रखे हुए थे। सारी दीवारें उसी तरह नक़्क़ाशी वाली और रंगीन थीं जिस तरह सदर दरवाज़ा और उसकी दीवार थी। उठे हुए हिस्से के अलावा भी जगह-जगह गद्दे थे, लेकिन उन पर ऊनी क़ालीन नहीं बल्कि अकबराबाद या मिर्ज़ापुर के हल्के, रेशमी चादरनुमा क़ालीन बिछे हुए थे। यहां गाव तकिये न थे। कमरे की छत ग़ालिबन लकड़ी की थी, क्योंकि उस पर जो नक़्क़ाशी थी, वह इस क़दर नाज़ुक थी कि पत्थर शायद उसे सहार न सकता होगा।

रंगों की विविधता के लिहाज़ से दीवार और छत में कोई फ़र्क़ न था लेकिन ऊंची छत की एकरूपता तोड़ने के लिए तरह-तरह की तरकीबें अपनाई गई थीं। मसलन एक तो यह कि छत से कोई चार हाथ पहले सफ़ेद और सुर्ख़ पत्थर की नक़्क़ाशीदार कगर बनाई गई थी। इसे 'कंगनी' कहते थे। इसके कुछ और नीचे एक पट्टी बिल्कुल अलग रंग की इस तरह बनाई गई थी कि मालूम होता था लकड़ी की नक़्क़ाशीदार पट्टियां बाहर से लाकर जड़ दी गई हैं। फिर अचानक छत के नीचे नक़्शो-निगार के अंदाज़ और रंग बिल्कुल बदल गए थे। अब फूल-पत्तियों, ख़ासकर सरो, जाम और मीना, लाला वग़ैरा की जगह कमल की कलियों और फूलों को नए-नए अंदाज़ से उन्हीं रंगों में पेश किया गया था जो कि नीलोफ़र के फूल के साथ ख़ास हैं। चारों

दीवारों पर छत और कंगनी के बीच में ग़ैर मामूली चीज़ यह थी कि पान फूल वग़ैरा की तर्ज़ों पर दासा बनाया गया था और उस पर भी नक़्शो-निगार थे।

दीवारों की नक़्क़ाशी में एकरूपता को तोड़ने के लिए भी कई सूरतें अपनाई गई थीं। मसलन दीवारों को चौकोर या आयताकार टुकड़ों में बांटकर हर टुकड़े में अलग अंदाज़ और रंग की नक़्क़ाशी की गई थी। फिर हर टुकड़े की बुनियादी नक़्क़ाशी यह थी कि उसे मेहराब की शक्ल दे दी गई थी, और हर मेहराब अलग क़िस्म का था। फिर हर टुकड़े या हर मेहराब को अलग करने के लिए किसी और तरह की और आम तौर पर दीवारी काग़ज़ के नमूने की नक़्क़ाशी को ज्यामितीय पट्टियों की शक्ल दे दी गई थी। कुछ चौकोरों को इस तरह रंगा और नक़्श किया गया था कि गुमान होता था यहां दीवार नहीं है, बल्कि खिड़की खुली हुई है। छत की नक़्क़ाशी में भी एकरूपता को कुछ और ख़त्म करने के लिए ऐसी ही तरकीबें इस्तेमाल की गई थीं। सारी छत रेख़्ता की थी और निहायत पस्त, बादामी डाट पर क़ायम थी; उसमें कोई खंभा या अड़वार न थी। ऐसी छत को 'लदाव की छत' कहते थे।

रंगों, तस्वीरों और ज्यामितीय नमूनों की इस क़दर बहुतायत के बावजूद कमरे में बोझलपन बिल्कुल न था। लेकिन अगर होता भी तो कमरे के बीच में, ज़रा दाईं तरफ़ को फ़र्श का एक टुकड़ा असली सब्ज़े का था, यानी वहां घास उगाई गई थी, दरम्याने क़द का एक अनार का पेड़ वहां उगा हुआ था और उसके नीचे दो काले हिरन पांव मोड़कर, ज़मीन से पेट लगाए आराम से बैठे जुगाली कर रहे थे। अनार के दरख़्त की उल्टी तरफ़ यशब का बना हुआ, हरापन लिए हुए चीनी तर्ज़ का फ़र्शी फ़ानूस था, जिसमें चौबीस शमें रोशन थीं। उनकी रोशनी इतनी तेज़ थी कि यशब के हरेपन में कुछ सफ़ेदी, कुछ सुर्ख़ी की सी मिलावट मालूम होती थी। यह बात ज़ाहिर थी कि जो भी इस कमरे में पहली बार दाख़िल होता, एक लम्हे के लिए चकरा जाता कि इसके अजायब देखें या बैठने के लिए जगह तलाश करें। आम हालात में नवाब शम्सुद्दीन अहमद ख़ां (या उनके पहले नवाब अहमदबख़्श ख़ां) उत्तर-पश्चिम की ऊंची सतह पर सीधे खड़े होकर मेहमान का इस्तक़बाल करते थे। ख़ास-ख़ास मेहमानों के लिए वो ऊंची जगह से उतरकर दो-चार-दस क़दम मेहमान की अगुवाई के लिए बढ़ भी आते थे। इससे ज़्यादा इज़्ज़त फ़िरंगी हाकिमों, यहां तक कि नवाब रेज़ीडेंट बहादुर को भी नहीं मिलती थी। लेकिन आज तो नवाब शम्सुद्दीन अहमद ख़ां ने ताजदार दरवाज़े को अपना ठिकाना बना लिया था और उनका दिल बेक़रार था कि उससे भी आगे निकल जाएं।

वज़ीर ख़ानम ने उस दिन तुर्की तर्ज़ के कपड़े पहने थे। पांव में आसमानी रंग की काशानी मख़मल और हिरन की खाल की नोकदार शीराज़ी (ये देहली में बनती थीं

लेकिन शीराज़ी कहलाती थीं) जूतियां, बहुत पतली एड़ी और लंबी दौड़, दीवार बिल्कुल न थी और न अड्डी (जूती का पिछला हिस्सा जो एड़ी को ढकता था)। एड़ियां खुली हुई थीं। जूतियों की नोकें भी शकरख़ोरे की चोंच की तरह बहुत लंबी और ऊपर उठी हुई थीं और उनके सिरे पर जंगली मुर्ग़े के सुर्ख़ बीर बहूटी जैसे पर के तुर्रे थे। जूतियों के हाशियों पर बारीक बेल थी जिसमें सफ़ेद और सुनहरे पुखराज टंके हुए थे। आदमी जूतियों की छब देखे तो देखता ही रह जाए। लेकिन उसके आगे का मंज़र देखने के लिए शेर का कलेजा और तेंदुए की बेहयाई दरकार थी। ढाके की मलमल का पजामा, इस क़दर बारीक कि कूल्हों के गोले और रानों की लकीरें साफ़ नुमायां थीं। देखने वाले को मौक़ा मिलता या हिम्मत जुटाकर वह कुछ देर खड़ा रहता तो दो काले सूरजों के बीच की लकीर की भी झलक वह कभी-कभी देख सकता था। लेकिन नहीं, अगर यह पजामा इस क़दर बदन को दिखाने वाला था तो फिर सामने वाले को पेडू का उभार और मीठे पानी के कुएं पर संदल की पट्टी, यानी कोहे-ज़हरा का उभार और नाज़ुक ढलान भी झलक मारती नज़र आ सकती थी। लेकिन सामने का मंज़र तो बिल्कुल समतल नज़र आता था, सिर्फ़ पेट, जिसे मख़मली आसमान या मिथुन का नक्षत्र कहें, ज़रा एक हल्के से इशारे की तरह कौंध जाता। यह तो नौ-दस बरस की लड़की के लिए ही मुमकिन था कि आगा ऊंच-नीच से इस क़दर ख़ाली हो। हक़ीक़त यह थी कि पजामे के नीचे एक और ज़ेरजामा था, बिल्कुल बदन के रंग का और इस क़दर चुस्त कि बदन से चस्पां होकर रह गया था, लेकिन वह बदन के भेदों को इस तरह उभार देने वाला न था कि सब कुछ न सही, सामने के कुछ राज़ तो खुल जाने के लिए मचलते नज़र आते। ऊपरी पजामा ज़रा ऊंचा और तंग था, इस मानी में कि पैर और टख़ने बिल्कुल खुले हुए थे और टख़नों के ऊपर उसकी मोहरियां पट्टियों जैसी तंग और ज़ेरजामे के रंग की, मख़मल की थीं। उन पर .ख़ुशनुमा बेल काढ़कर उन्हें पट्टी की शक्ल भी दे दी गई थी। यह पजामा पिंडलियों, घुटनों और रान की गुलाबरंग शाख़ तक इस क़दर ढीला और कलीदार था कि नाज़ुक गुंबद या बेलबूटेदार ग़ुब्बारे का नज़ारा पैदा करता था। रान के बीच में या ज़ानू पर फिर एक पट्टी लगाकर मोहरी को कस दिया गया था। यह पट्टी उस पट्टी के ही नमूने पर थी जिससे टख़नों को चुस्त किया गया था लेकिन इस पट्टी में मख़मल की जगह ज़रबफ़्त का इस्तेमाल किया गया था और उसके ऊपर और नीचे का कलाबत्तू इस क़दर भारी था कि गंडे की जगह कंगन का लुत्फ़ दे रहा था। कलाबत्तू की पट्टी के ऊपर पजामा चुस्त था, लेकिन आहिस्ता-आहिस्ता ढीला होते हुए कूल्हों के हरे-भरे जामुनी चमेली के खलिहानों तक पहुंचते-पहुंचते उन्हें जादू के दो गोलों जैसा रंग दिखा रहा था। लेकिन दीदार की नुमाइश और परहेज़ की कैफ़ियत अब भी मौजूद थी कि पजामा ऊपर तक आते-आते कमर को शराब के

जाम की लकीर की तरह नुमायां कर रहा था। पजामा कहां ख़त्म होता था, इसकी किसी को ख़बर न थी कि शलूका और पजामा लगभग हमरंग थे। पजामा हल्के गुलाबी नारंगी रंग का ज़रा भारी मलमल का था। और गुलदस्ते को बांधने वाले धागे की तरह शलवारबंद और शलूके का दामन हरे आसमानी रंग की सदरी के नीचे छुपा दिया गया था। सदरी के नीचे सीनाबंद न था और उसका गला इस तरह तराशा गया था कि आगे से तो बहुत ऊंचा और बंद था लेकिन पीछे वह इस क़दर नीचा था कि गर्दन से लेकर पुश्त तक सुरमई पुखराजी तख़्ते तक एक राह बन गई थी।

गर्दन की सुडौल बुलंदी को नुमायां करने के लिए उसे हर क़िस्म के ज़ेवर से आज़ाद रखा गया था। सदरी दरअसल शलूके ही का हिस्सा थी, इस मानी में कि शलूका उसके साथ सी दिया गया था और सदरी के लिए अस्तर का काम करता था। ऊपरी बदन तो छोटे कपड़े के बग़ैर ढक लिया गया था लेकिन आगे शलूके की आस्तीनें इस तरह काटी गई थीं कि वो कंधों के जोड़ से आगे न जाती थीं। लिहाज़ा गर्दन, पुश्त और कंधे की वादी का नज़ारा ख़ूब नुमायां था। दोनों आस्तीनें चुस्त और लंबी थीं, इतनी कि कलाइयां पूरी तरह ढक दी गई थीं। दाईं आस्तीन पर टख़नों और रान के बिचले हिस्से के तर्ज़ की पट्टियां थीं लेकिन और भी मख़मली नक़्क़ाशी की हुई और उभरी हुई लेकिन उन्हें जानबूझकर असंतुलित रखा गया था। बूटीदार कलाबत्तू की पट्टियों का एक सिलसिला तो कलाई से शुरू होकर कोहनी के ज़रा नीचे ख़त्म होता था। उसके बीच में तामड़े या गोमेद के चौकोर टुकड़ों से जुड़ा हुआ आरसी जैसा कंगन था। उसके ऊपर बाज़ू का कुछ हिस्सा ख़ाली था लेकिन कंधे के जोड़ से ज़रा पहले तीन मख़मली पट्टियां नारंगी-सुर्ख़ रंग की थीं। बाक़ी आस्तीन पर पजामे के रंग की छोटी बूटियां और ज़र्द रंग की बड़ी बूटियां थीं जिन्हें सुर्ख़ दायरों में घेर दिया गया था। उन बूटियों के अंदर भी पजामे के रंग की तीन-तीन बूटियां थीं, इस तरह कि इंसान के चेहरे की हल्की सी झलक पैदा हो गई थी। इसके बरख़िलाफ़ दाईं आस्तीन कोहनी के नीचे तक पट्टियों से ख़ाली थी। इस पर सिर्फ़ वही पजामे के रंग की छोटी बूटियां और ज़र्द रंग की बूटियां थीं, जिनका बयान अभी किया गया। लेकिन कोहनी से नीचे आकर कलाई और बाज़ू एक नए ढंग की पट्टियों से सजे हुए थे, जिसे टख़ने की पट्टी और बाईं आस्तीन की पट्टी को मिलाकर तरतीब दिया गया था। कोहनी के नीचे जहां यह पट्टी शुरू होती थी, तीन लड़ों की बहुत ढीली, मूंगे की माला जिसके नग बिल्कुल पीले, गुलाबी, नारंगी रंग के थे, इस तरह बांधी गई थी कि उसका सिरा कलाई से बंध गया था। गर्दन ही की तरह कलाइयां भी और किसी क़िस्म के ज़ेवर से ख़ाली थीं। हां, दाएं हाथ के अंगूठे में मटर के दाने के बराबर प्याज़ी रंग के रंगूनी याक़ूत सितारे की एक अंगूठी और उसी हाथ की तर्जनी में ज़मर्रुद की दो अंगूठियां थीं। इन अंगूठियों के नगों को

आयताकार काट कर उनके कटे हुए किनारे ख़ूब चमका दिए गए थे। नाक को ज़ेवर से ख़ाली रखा गया था, लेकिन कानों में गोशवारे या झालर की शक्ल के दो भारी बुंदे ख़ालिस सोने के थे। झालर में इस फ़न का ध्यान रखा गया था कि उसकी लड़ियां बराबर न थीं। कोई लंबी, कोई छोटी, कोई दरम्यानी, और उनकी तरतीब में कोई मंसूबाबंदी न थी। लगता था किसी ने बेहद लापरवाही लेकिन समझदारी से सब लड़ियों को जमा कर दिया है।

वज़ीर ने अपने लंबे-लंबे बालों को ज़ुल्फ़ों की शक्ल में समेटकर जूड़ा सा बना लिया था लेकिन ये जूड़ा नुमायां न था। इस पर आसमानी रंग के मख़मल की पगड़ी थी जिसे बज़ाहिर बेतरतीबी से बांधकर कुछ आगे की तरफ़ यूं झुका दिया था कि नक़ाब का सा ढंग झलकने लगा था। कपड़े को अपनी जगह पर रखने के लिए चौड़ी बेल जैसी रेशमी पट्टी सर पर बांध ली थी। बेल का नमूना उस पट्टी के नमूने से कुछ मेल खाता था जो आस्तीनों पर लगी थी। ज़ुल्फ़ों की लंबाई का इशारा देने के लिए सर का पिछला हिस्सा पगड़ी से ढांका नहीं गया था बल्कि उसके ऊपर एक मूबाफ़ जैसा रूमाल पट्टी के साथ कस लिया गया था और फिर उसके ऊपर सियाह सुर्ख़ रंग का एक तुर्रा बांधकर पहनने वाली के दरम्यानी से निकलते क़द को ज़रा और क़यामत ढाने वाला बनाने की कोशिश की गई थी। टोपी और रूमाल की वजह से दुपट्टे की कोई ज़रूरत न थी, लेकिन ख़ानापुरी के लिए मलाई के रंग का और बहुत कम अर्ज़ का कश्मीरी तर्ज़ का शाली रूमाल बेपरवाही से एक कंधे पर यूं डाल लिया गया था कि रूमाल का सिरा गोया लहराते हुए दूसरे कंधे को छू रहा था।

सामने का बदन, जैसा कि हम देख चुके हैं, पूरी तरह नहीं तो बहुत हद तक पर्दापोश था। लेकिन एक नाज़ुक सी बिजली जैसी कटार बेम्यान, एकदम नंगी, उसकी कमर से लटक रही थी, इस तरह गोया नाफ़ की तरफ़ इशारा कर रही हो। लेकिन उसके राज़ को समझने वाले लोग शम्सुद्दीन अहमद के भी तब्क़े में नीले आसमान में बिजली की चमक की तरह कोई-कोई ही थे।

□□

हद्दे-कमाले-निसाबे-हुस्न

वज़ीर उस दिन नवाब यूसुफ़ अली ख़ां की बग्घी में बैठकर आई थी। इरावदी के सागवान की बग्घी थी, उसमें दो सफ़ेद घोड़े जुते हुए थे और उसके हल्के नीले रंग के दरवाज़े ऊंचे और पूरी तरह बंद थे। ऊंचाई के लिहाज़ से बग्घी आमतौर पर बहली, बैलगाड़ी और रथ से कोई छह अंगुल ज़्यादा ऊंची होती थी। बेपर्दगी की संभावना को बिल्कुल ख़त्म करने की ग़रज़ से दरवाज़ों के पीछे अंदर की तरफ़ भारी कमख़्वाब के पर्दे भी लटकाए गए थे। बग्घी की छत और पहिए मलाई के रंग के थे। घोड़ों की कलग़ियां शुतरमुर्ग़ और मोनाल (पहाड़ी चकोर) के परों की थीं। उनके

बदन पर रेशमी पोज़ियां और सुनहरी झालर की दुमचियां, सफ़ेद हिरन की खाल की अंधेरियां या चश्मबंद और गेंडे की खाल की ज़ंजीरें थीं, जिन्हें गूथकर लगाम की शक्ल दे दी गई थी। बाहर की जगह पर बहलबान के साथ वज़ीर ने किराए का एक सोंटाबरदार बिठा लिया था। बग्घी नवाब शम्सुद्दीन अहमद की सीढ़ियों से लगकर ठहरी, तो फ़ौरन सोंटाबरदार अपनी जगह से कूदकर नीचे आया। उसने बग्घी के दरवाज़े पर अदब से दस्तक दी। दरवाज़ा अंदर से खुला। पर्दा हटा। सोंटाबरदार ने एक छोटी सीढ़ी बग्घी की चौखट से अटका दी। सीढ़ी लगते ही उसकी सवारी का दाहिना पांव बाहर निकला और सोंटाबरदार की आंखें चकाचौंध हो गईं। उसने बेइख़्तियार चाहा कि अपना हाथ बढ़ाकर उतरने के लिए सहारा दे, लेकिन दूसरे ही पल वज़ीर ने दूसरा पांव बाहर निकाला, सोंटाबरदार ने बिजली की सी कौंध महसूस करके घबराकर क़दम पीछे हटा लिए। वज़ीर लापरवाही के से अंदाज़ से उतरी और हवेली की सीढ़ियां चढ़ने लगी, निगाहें झुकाए हुए, गोया सीढ़ियों पर अपने पांव मज़बूत जमाना चाहती हो। उसने दूसरी सीढ़ी पर क़दम रखा ही था कि नवाब के दरबान ने अदब के साथ, एहतियात से लेकिन बुलंद आवाज़ में ठहर-ठहरकर ऐलान किया, "हुज़ूर वज़ीर ख़ानम साहब तशरीफ़ लाती हैं।"

अब तक वज़ीर आख़री सीढ़ी चढ़कर बरामदे में दाख़िल हो चुकी थी। नवाब शम्सुद्दीन अहमद बेताबी से ताजदार दरवाज़ा छोड़कर बाहरी दरवाज़े पर आए, उसके दोनों किवाड़,पाटों-पाट खोलकर मुहब्बत भरे आग़ोश को भी खोल लिया। वज़ीर की आंखें कुछ उठीं, उसके चेहरे पर ज़रा सी मुस्कान आई। उसने वहीं से झुककर तस्लीम की और नवाब से नज़रें मिलाकर लेकिन हया से भरपूर लहजे में कहा, "अल्लाह नवाब साहब को सलामत रखे। इस नाचीज़ के लिए सरकार ने इस क़दर ज़हमत की। मैं पसीने-पसीने हुई जाती हूं।"

यह कहकर उसने निगाहें झुका लीं लेकिन नवाब की तरफ़ बढ़ती रही। निगाह मिलाकर बात करना उसने मार्स्टन ब्लेक से सीखा था। कई बार की ग़लतफ़हमी और झुंझलाहटों के बाद उस पर यह बात ज़ाहिर हुई थी कि फ़िरंगी लोग निगाहें फेरकर या झुकाकर बात करने वालों को दग़ाबाज़ या बेईमान समझते हैं, हालांकि हिंदी तहज़ीब में यह था कि बड़ों से, अजनबियों से, क़रीबी अज़ीज़ों से आंख मिलाकर बात नहीं करनी चाहिए। लेकिन आहिस्ता-आहिस्ता उसने ख़ुद को समझा लिया था कि आंखों में आंखें डालकर गुफ़्तगू न सही, निगाह सामने रखना तो शाही दरबार के भी आदाब में शामिल है। फिर यहां भी क्या हर्ज है कि अहम बातें कहते वक़्त सामने वाले के चेहरे पर निगाह पड़ती रहे। हालांकि नवाब ने इस बात को महसूस किया कि वज़ीर ने निगाहें न झुकाकर एक तरह से अपनी बराबरी या आज़ादी का इशारा पेश किया है, लेकिन उन्हें यह अकड़ या सर उठाकर चलना अच्छा भी लगा।

वज़ीर के मिज़ाज में उन्होंने एक तरह का आत्मविश्वास भरा फ़ख़्र और एक शान भरी बेनियाज़ी भी देखी थी जो महज़ हुस्न के ग़ुरूर या माशूक़ी के अहसास की वजह से न थी बल्कि दुनिया के बारे में उसके कुछ दरवेशाना रवैये की वजह से थी। उन्हें लगता था कि वज़ीर को चाहत से कोई हिचक न थी और अगर वह किसी को चाहती तो उस पर अपने हुस्न की दौलत लुटाने में कुछ कंजूसी न करती। लेकिन अगर वो जिसे चाहती, वो उसे न चाहता (हालांकि ये लगभग नामुमकिन था), तो वज़ीर उसके पीछे-पीछे दीवानों की तरह न फिरती, न लट्टू होकर तवज्जो की भीख मांगती।

बारह-चौदह हाथ का बरामदा तय करने में कुछ वक़्त तो लगना ही था और इस बार फ़ैनी पार्क्स की तरह नवाब ने भी महसूस किया कि वज़ीर की चाल कुछ ऐसी हल्की, लताफ़त से भरपूर लेकिन शाहज़ादियों वाली थी कि लगता था ज़मीन उसके आगे बिछी जा रही हो। शम्सुद्दीन अहमद अब दरवाज़े से पूरी तरह बाहर आ गए। उन्होंने भी झुककर तस्लीम किया और हिम्मत करके वज़ीर की कमर में हाथ डालकर उसे सदर दरवाज़े की तरफ़ ले चले।

"अल्लाह ताला ने कोई फ़रिश्ता भेजा होगा कि आपको चलना सिखाए। ऐसी चाल हम जैसे मामूली इंसानों की तो हो नहीं सकती। नेमत ख़ां आली क्या ख़ूब कह गया हैः

रंगे-गुलशन-ब-ज़मीं तर्ज़े-निगाहश रेज़द
नक़्शे-पा बर्गे-गुले-ताज़ा ब-राहश रेज़द"

(उसके देखने का अंदाज़ ज़मीन पर बग़ीचों की बुनियाद डाल देता है, उसके पांव के निशान उसकी राह में ताज़ा फूल बिखेरते हैं)

"नवाब हुज़ूर मुझे कांटों में एंचते हैं। मुझे अपनी कनीज़ ही शुमार करें। यहां आकर तो यूं ही मेरा दम फूला जाता है। अल्लाह, ये दीवाने-आलीशान और मैं... मैं भला यहां क्योंकर खप सकूं हूं, यही सोचकर हल्कान हुई जाती हूं।"

अब तक वो ताजदार दरवाज़ा पार करके दीवानख़ाने में पहुंच चुके थे और हर नए आने वाले की तरह वज़ीर भी उसकी कैफ़ियत और पूरा हाल देखकर दंग हुई जा रही थी। उसकी समझ में न आता था कि क़दम कहां रखे। ऐसी सूरत में नवाब का उसे लालसा भरी नज़रों से देखते जाना और कमर में हाथ डालकर दीवानख़ाने में अपनी नशस्तगाह तक लिए आना बहुत पसंद आया। उसने दिल ही दिल में अल्लाह का शुक्र और नवाब का शुक्रिया अदा किया। नवाब ने वज़ीर को बीच में बिठाया और ख़ुद दाईं तरफ़ को ज़रा हटकर उसके सामने बिल्कुल उस तरह बैठे जैसे वज़ीर अपने घर में बैठी थी। इस्तक़बाल और आवभगत के इस अंदाज़ में जो नुक्ता था, वो वज़ीर से छुपा न रह सकता था। वो आंख उठाकर कुछ कहने ही वाली थी कि नवाब ने अपना दायां हाथ ज़रा सा बुलंद करके कहना शुरू किया, "भई

वल्लाह वज़ीर ख़ानम, हम इसे अपनी बेहद .खुशनसीबी जानते हैं कि आपने यहां क़दमरंजा फ़रमाया। इस ज़हमत के लिए हमारी तरफ़ से जो भी ख़िदमत चाहें, सच जानिए कि हम उससे पीछे न हटेंगे।"

"हुज़ूर फ़ैज़े-गंजूर से ख़िदमत दरकार नहीं और न ही हम इसके लायक़ हैं। हमें हुज़ूर के साथ मेहरबानी और मुहब्बत की चंद मंज़िलों का सफ़र तय करने का अरमान ज़रूर है," वज़ीर ने नवाब की तरफ़ .खुशगवार नज़रों से देखते हुए कहा।

"लेकिन अगर मैं सारबान या क़ाफ़िलासालार हूं तो मेरी मज़दूरी कौन अदा करेगा?"

"मांगिए, क्या मांगते हैं?" वज़ीर ने कुछ जी कड़ा करके कहा लेकिन उसे भरोसा था कि नवाब कोई हल्की बात न कहेंगे।

शम्सुद्दीन अहमद को मिर्ज़ा नौशा का शेर याद आया। हालांकि उन्हें मिर्ज़ा नौशा और उनके शेरों से कुछ ख़ास लगाव न था लेकिन शेर इस क़दर मौक़े के मुनासिब था कि उसे पढ़ते ही बना। उन्होंने एक अदा-ए-ख़ास से हाथ फैलाकर शेर पढ़ाः

ज़काते-हुस्न दे ऐ जल्वा-ए-बीनिश कि महर-आसा
चिराग़ख़ाना-ए-दरवेश हो कासा गदाई का

(ऐ दीदार के जलवे अपने हुस्न में से कुछ ख़ैरात दे कि सूरज की तरह भिखारी का कटोरा घर के लिए चिराग़ बन जाए)

शान बनाए रहने के हज़ार इरादे के बावजूद वज़ीर के चेहरे पर गुलाबी मुस्कान की लकीर सी दौड़ ही गई और फिर उस पर हया की सुर्ख़ी का रंग हावी हो गया। लेकिन यह मौक़ा हया करने का न था, वरना बात उसके क़ाबू से निकल जाती। उसने नवाब को कुछ लगावट की निगाह से देखा और जरा हंसकर बोली, "वो कहावत तो आपके मुबारक कानों तक पहुंची ही होगीः दाता के तीन गुन, दे, न दे, दे कर छीन ले।"

"लेकिन यह बेसरो-सामान भिखारी जो मांगता है, उसे देकर कोई वापस नहीं ले सकता।"

वज़ीर एक लम्हे के लिए लाजवाब हो गई। उसने बात का रुख़ बदलने के ख़्याल से कहा, "सरकार को मिर्ज़ा नौशा का कलाम बहुत पसंद है।"

"नहीं भई वल्लाह, हम तो मीर तक़ी साहब (अल्लाह उनके दर्जे ऊंचे करे) के चाहने वाले हैं...," नवाब ने फ़ौरन जवाब दिया। "हालांकि हसीन लोग किसी की सुनते-सुनाते नहीं, पर आपके भी मुबारक कानों तक उनका कलाम पहुंचा होगाः

कासा-ए-चश्म ले के जूं नरगिस
हमने दीदार की गदाई की"

(नरगिस के फूल की तरह आंखों का बेनूर प्याला लेकर हम दीदार की भीख

मांगते फिरे)

"जी, मगर सरकार, गदा की गदाई तो .ख़ुदा की .ख़ुदाई जैसी है कि उसका ओर है न छोर। मीर साहब की बात पर एतबार करें तो गदा के बार-बार इसरार का जवाब लापरवाही करने और मुंह फेरने के सिवा कुछ नहीं।"

"लेकिन ज़कात निकालना तो फ़र्ज़ है।"

"बजा इरशाद," वज़ीर ने हंसकर कहा। अब उसकी हिम्मत ज़रा खुल रही थी। "लेकिन झलक देखने को आप क्या क़रार देते हैं। बंदगाने-आली ने सुना तो होगा मिर्ज़ा जलाल असीर क्या फ़रमा गए हैः

अगर बाज गीरम ज़-ख़ुर्शीद शायद
ज़-रूयत ज़काते-तमाशा गिरफ़्तम"

(अगर सूरज से चौथ वसूल करूं तो ठीक है, क्योंकि मैंने आपके चेहरे की एक झलक ज़कात से पाई है)

"भई वज़ीर ख़ानम, हमें इन बातों पर न टालिए। यहां यह कोई बात हुई कि दौलत सारे में लहरें ले रही हो और भिखारी को चंद टकों पर टाले-बाले दिए जाएं। भई वल्लाह, हम तो बुलबुले-शीराज़ की ज़बान से कहते हैंः

निसाबे-हुस्न दर-हद्दे-कमाल अस्त
ज़कातम दिह कि मिस्कीनो-फ़क़ीरम"

(हुस्न की दौलत कमाल दर्जे पर पहुंची हुई है, मुझे थोड़ी ज़कात दे दे कि मैं मिस्कीन और फ़क़ीर हूं)

"जी सरकार, लेकिन मैं तो कुछ और ही सबक़ पढ़ी हूंः

ज़काते-नीकुई ज़ब्ते-निगाह अस्त
बयाद अज़-मन निगहदार ईं सुख़न रा"

(हुस्न की ज़कात बस ये है कि निगाह रोके रहो, आंख उठाओ नहीं, देखो मेरी इस बात को हमेशा याद रखना)

"भई वल्लाह, .ख़ुदा जाने किस पक्के कंजूस और लईम की शागिर्द थीं! आपने फ़ारसी कहावत सुनी नहीं कि लईम की बेहतरीन बात ये है कि वो अपनी आदत छोड़ दे और दाता की बदतरीन बात ये कि वो अपनी आदत छोड़ दे।"

वज़ीर तुनककर लेकिन दिलरुबाई के एक अंदाज़ से बोली, "वाह साहब, जिससे कुछ उम्मीद हो उसकी बुराई करना कोई आपसे सीखे।"

"भई वल्लाह, हम तो आपको इस तरफ़ कर रहे हैं कि आप अपना फ़र्ज़ अदा करें, वरना हमारा क्या है, .ख़ुदा के यहां तो पूछगछ आप ही से होगी। महरूमों के गुनाह तो यूं ही माफ़ हो जाते हैं।"

"जी, दुरुस्त फ़रमाया। तो फिर महरूम ही रहिए," वज़ीर खिलखिलाकर हंसी।

"मगर हम इतने गुनहगार भी नहीं।"

"हमारे तो मुजरिम हैं।"

"मुजरिम सही, हम तो उम्र क़ैद के लिए तैयार हैं।"

वज़ीर एक लम्हे के लिए ठिठकी... उम्र क़ैद? या ये भी वही ब्लाक साहब का क़िस्सा था? कई जवाब उसके मुंह पर आकर रह गए। लेकिन यह मौक़ा शायद ऐसी बातों का नहीं था, उसने .ख़ुद को संभालकर बात का रुख़ फिर शेरो-शायरी के मज़े की तरफ़ मोड़ना चाहा... मगर क्यों? उसके दिल में यह ख़्याल भी गूंजा। क्या मुझमें अभी भी फ़ैसले की क़ुव्वत की कमी है जो मैं बात के धारे को अपनी पसंद का मोड़ लेते देखकर घबरा गई हूं... या फिर मैं नवाब से वो रिश्ता रखना ही नहीं चाहती जो उनका मक़सद है। लेकिन नवाब का मक़सद क्या है, यही तो मुझ पर नहीं खुल रहा। अल्लाह, मैं क्या करूं? दिल ही दिल में ग़ौस पाक से मदद मांगकर उसने अपने चेहरे पर मुस्कान की हल्की सी लकीर पैदा की, फिर आंखें झुकाकर कुछ कहने ही वाली थी कि नवाब ने भी शायद उसकी कशमकश को भांप कर, उसे चुप रहने का इशारा किया और .ख़ुद ही कहाः

"छोटी बेगम, कोई सौदा ऐसा नहीं जो शुरू से आख़िर तक पुख़्ता और मीठा रहे।" फिर वो .ख़ुद एक पल के लिए रुके। "सख़्त-नर्म, भीगा-सूखा, मीठा-कड़वा सब ही राह में आता है। लोग तो पूरी बातों को सब कुछ देखकर हुक्म लगाते हैं। हम तो सिर्फ़ इसलिए कह रहे हैं कि हमें भी कुछ मुद्दत आज़मा देखिए। हम आपके ताबेदार न सही लेकिन आपकी मर्ज़ी के बाहर जाने का इख़्तियार रखने वाला .ख़ुद को नहीं पाते।"

छोटी बेगम के जी में फिर लहर सी उठी। उसके दिल में आया पूछे, लेकिन कितनी मुद्दत तक, और उस मुद्दत के बाद मेरा क्या होगा? लेकिन उसके ख़्यालों के समंदर का पानी बहुत जल्द थपेड़ों की हालत से बदलकर ठहराव, या अगर ठहराव नहीं तो फिर गहराई में शोरगुल और सतह पर मुस्कुराती सी अठखेलियां खेलती हुई ज़ंजीरों जैसा हो गया। यह बात उससे छुपी न थी कि नवाब आज की महफ़िल में मामले को किसी न किसी राह से देर तक के लिए तय कर लेना चाहते हैं। वज़ीर के चाहने वाले शायद और भी थे और शायद नवाब को अंदेशा था कि अगर उन्होंने वज़ीर को जल्द से जल्द अपने हरम में नहीं पहुंचाया तो आगे की राह पेचीदा और ग़ैरयक़ीनी हो सकती है और वज़ीर के दरवाज़े शायद मजबूरी में या शायद लगाव की वजह से किसी और पर खुल सकते हैं। लेकिन वज़ीर को भी अपनी राह साफ़ नज़र नहीं आ रही थी। अब वह छह साल पहले की आगा-पीछा न देखने वाली लेकिन शौक़ के जज़्बों और दिल को संवारने की हवस की में चूर चौदह-पंद्रह साल की हसीना न थी और न नवाब शम्सुद्दीन अहमद ही अपनी तमाम दिलकशी और

दिलआरामी की अदाओं के बावजूद वो अजनबी, नए और रहस्यमय प्रेम सागर थे जिसकी लहरें मार्स्टन ब्लेक के इशारों-कनायों के रूप में वज़ीर ख़ानम को पहले ही रोज़ से शराबोर करती आ रही थीं। ज़िंदगी, शादी-ब्याह और घरदारी के बहुत से उतार-चढ़ाव अब वज़ीर के ऊपर से गुज़र चुके थे। अब वो आंखें बंद करके, या आंखें खोलकर ही सही, इश्क़ो-आशिक़ी के समंदर में कूद पड़ने के लिए ख़ुद को तैयार न देखती थी, चाहे वो कितना ही उथला नज़र आता हो...

...लेकिन सबसे बड़ा सवाल तो वही था जो वज़ीर के दिल ने सबसे पहले पूछना चाहा था, "आजीवन क़ैद के मानी नवाब शम्सुद्दीन अहमद की नज़रों में क्या थे?"

शम्सुद्दीन अहमद उसकी तरफ़ इंतज़ार मगर सब्र भरी निगाहों से देख रहे थे। पिछली एक-दो घड़ी के दौरान कभी-कभी पर्दों को हल्की सी जुंबिश भी हुई थी। शायद नौकर-चाकर मालूम करना चाहते थे कि ख़ासा चुने जाने का हुक्म कितनी देर में जारी होने की संभावना है। लेकिन यहां तो दोनों ही अपनी-अपनी दुनिया में क़ैद थे, किसी को बाहर की सुध न थी। वज़ीर के दिल में किसी ने सरगोशी की, लेकिन सरगोशी कुछ इतनी ऊंची थी कि एक लम्हे के लिए वज़ीर का चेहरा ज़र्द पड़ गया कि कहीं नवाब ने सुन न लिया हो। अचानक फ़ैसला करके वज़ीर ख़ानम सीधी खड़ी हो गई। नवाब ने एक लम्हे के लिए लगभग घबराहट के आलम में सोचा, यह क्या हुआ? और फिर नाराज़गी की भी एक तेज़, चुभती हुई गर्म लहर उनके पूरे बदन में दौड़ गई। छोटी बेगम की ये जुरअत कि इस तरह बेइजाज़त और बातचीत के पूरा हुए बग़ैर खड़ी हो जाएं! वो पहलू बदलकर उठने या कुछ कहने ही वाले थे कि वज़ीर ने लखनऊ वालों की तरह आजिज़ी से हाथ जोड़े और बोली, "मैंने तो आपको अपना वली, अपना आक़ा, अपना साहिब बहुत पहले ही मान लिया था। लेकिन आपको किसी चीज़ की ज़रूरत नहीं और मैं एक भिखारन। आपका करम बेहिसाब और आपकी मेहरबानी बेनिहायत कि मुझसे मुझी को तलब करते हैं और वो भी इस तरह कि मुझे तो अमीर और ख़ुद को कटोरे वाला करार देते हैं और दाता होते हुए भी भिखारी का रूप भरने का मुहब्बत भरा खेल खेलते हैं। बंदी आपके हाथों बिन दामों बिकी हुई है और आपके नाम की माला जपती हुई अपनी सारी नामुराद ज़िंदगी जी सकती है, लेकिन..."

नवाब शम्सुद्दीन अहमद आधा उठे और उन्होंने हाथ बढ़ाकर वज़ीर ख़ानम का दामन पकड़कर कहा, "लेकिन, लेकिन क्या? आप हमसे और क्या तलब करती हैं, वज़ीर ख़ानम? या आपके दिल में कहीं कोई रुकावट है? हमारे बारे में कोई शक है? नहीं तो ज़िंदगी भर हमारा नाम लेकर जीने के दावे को हम क्या समझें? ...फिर ये भी तो ग़ौर फ़रमाएं कि कोई कितने रोज़ जी सका है और चंदरोज़ा उम्र की कितनी मुद्दत है?" यह कहते-कहते नवाब भी उठे और एक क़दम बढ़ाकर वज़ीर के बिल्कुल

क़रीब आ गए। उन्होंने आहिस्ता से वज़ीर की कमर में हाथ डालकर उतनी ही आहिस्तगी से उसे अपनी तरफ़ खींचा और चाहा कि मुंह चूम लें, लेकिन वज़ीर ने एक क़दम पीछे होकर हाथ बांध लिए और बोली, "सरकार, मेरा सब कुछ आपका है। सब कुछ आप पर क़ुर्बान भी करना पड़े, तो मैं हंसती-खेलती उस घाट से भी उतर जाऊंगी... मैं आपसे दूर भी आपकी होकर रह सकती हूं लेकिन अगर सरकार मुझे अपनी सुनहरी छांव में ही लेना चाहते हैं, तो ज़हे-नसीब, लेकिन हुज़ूर, एक बात पर ग़ौर फ़रमा लेते तो बंदी पर बड़ा अहसान होता।"

इस वक़्त नवाब ने वज़ीर के चेहरे पर कुछ ऐसी आब, कुछ ऐसी शान और साथ ही साथ कुछ ऐसी रोशनी झलकती हुई देखी, जिसे वे रूहानी नहीं तो दिल की रोशनी ज़रूर कहने पर मजबूर थे। उन्होंने वज़ीर की आंखों में देखने की कोशिश की, लेकिन उन्होंने उसका तमतमाया हुआ चेहरा देखने की ताब .ख़ुद में न देखी। नज़रें झुकाए-झुकाए वो बोले, "अब तो शायद कोई बात ग़ौर के लायक़ रही ही नहीं, छोटी बेगम, लेकिन फ़रमाएं। मैं पूरे ध्यान से सुन रहा हूं।"

"मेरा अहवाल सरकार से छुपा हुआ नहीं। मैं क्या थी... लेकिन तक़दीर ने, या शायद दिल ने, मुझे कुछ और बना दिया, किसी और ही जगह पहुंचा दिया। मैं अपने ख़्याल में थोड़ी-बहुत और बहुतों के ख़्याल में बहुत कुछ थी। लेकिन फिर आसमानी जल्लाद ने मेरे साहब का सर काटकर राजपूताने के मरुधर में फेंक दिया, मेरे बच्चों को मुझसे छीन लिया। इसमें न मेरा दोष न आपका। लेकिन अब क़िस्मत मेरे पिछड़े हुए कारवां को आपके ऊंचे आस्ताने पर लाई है, तो उसे ठहरने और रुकने की जगह भी चाहिए।"

नवाब के चेहरे पर हल्की सी मुस्कान आई। उनकी आंखों में कुछ मुहब्बत की सी रोशनी चमकी। उन्होंने फिर चाहा कि आगे बढ़ें और इस बार तो वज़ीर को आग़ोश में ले ही लें। लेकिन वज़ीर अपनी जगह पर कुछ इस तरह खड़ी रही कि नवाब फिर ठिठक गए। फिर भी उन्होंने हाथ बढ़ाकर वज़ीर का दामन छुआ और बोले, "बीबी, तुमने मुझे ग़नी और .ख़ुद को फ़क़ीर कहा। तुमने सुना नहीं:

ख़्वाजा मी नाज़द ब-सीमो-ज़र गदा तबए-बलास्त
ख़्वाजा आं बाशद कि दर-महरो-वफ़ा दरवेश नीस्त

(अमीर घमंड करता है सोने-चांदी पर मगर वो बेहद भिखारी मिज़ाज का है, अमीर तो दरअसल वो है जो मुहब्बत और वफ़ादारी में भिखारी जैसा न हो)
इंशाअल्लाह तुम मुझे मुहब्बत और वफ़ादारी में भिखारी न पाओगी। ज़िंदगी-मौत का कुछ भरोसा नहीं, यह मैं पहले ही कह चुका हूं, और यह भी जानता हूं कि... भई वल्लाह, तुमने मीर साहबो-क़िब्ला का तो शेर सुना होगा।"

नवाब शम्सुद्दीन अहमद एक पल रुके, गोया जवाब की उम्मीद कर रहे हों।

वज़ीर उसी तरह नज़रें झुकाए और हाथ बांधे खड़ी थी, लेकिन नवाब ने जब उसका दामन छुआ, तो वो कुछ अनायास ही उनके क़रीब आ गई। अब वो दोनों बिल्कुल पास-पास खड़े थे। वज़ीर ने जवाब दिया, "सरकार किस शेर को पूछते हैं? मैंने पहले सुना भी हो तो सरकार की ज़बाने-मुबारक से शेर सुनने का लुत्फ़ ही और है। इरशाद फ़रमाएं।"

इस बार नवाब ने हाथ बांधकर खरखराती हुई आवाज़ में जिसमें गिटकरी की गमक थी, शेर पढ़ाः

मीर जहां है मक़ामिरख़ाना[1] पैदा यां का नापैदा है
आओ यहां तो दाव नख़ुस्ती[2] अपने तईं ही खो जाओ

नवाब फिर एक लम्हे रुके, गोया कुछ सोच रहे हों। "ख़ानम, आपने एक दांव लगाया। शुरू में तो आपके मोहरे ख़ूब चले, लेकिन बाद में ठिठक गए... तो क्या हुआ? चलिए, एक बार और कायनात के मक़ामिरख़ाने में अपनी गोट फेंकिए।" फिर उन्होंने फ़ारसी का मिसरा पढ़ा, "अपनी चाल चलिए और गोट फेंकिए क्योंकि अब आपकी गोट ग्यारहवें घर में पहुंचने वाली है। अल्लाह बड़े-बड़े काम बनाने वाला है।"

वज़ीर के दिल में नाराज़गी की एक लहर सी उठी। उसे अपना गला रुंधता हुआ महसूस हुआ... तो नवाब को निकाह की ज़रूरत न थी। वो पेड़ के नहीं, सिर्फ़ फल के ख़रीदार थे... लेकिन इस बात पर मायूसी कैसी और नाराज़गी क्यों? आस-बेआस तो लगी ही रहती है; नवाब भी यही बात तो अपने फ़ारसी-अरबी लफ़्ज़ों में कह रहे थे। ये मामले सुपुर्दगी और मिलन के नहीं, सौदागरी के थे।

उसकी ख़ामोशी देखकर शम्सुद्दीन अहमद ने समझा कि अब कोई बात वज़ीर के दिल में नहीं है। मैंने अपनी मंशा ज़ाहिर कर दी है और वज़ीर ख़ानम को भी इस सिलसिले में कुछ और कहना नहीं है। वज़ीर को मेरा कहा क़ुबूल है कि नहीं, ये बात मुझ पर अभी ज़ाहिर नहीं है लेकिन उम्मीद है कि जल्द खुल जाएगी... ख़ैर, इस बाबत अभी क्या सोचना है, और क्यों सोचना है। उन्होंने वज़ीर की तरफ़ देखा और बोले, "क्यों साहब, खाना चुनवाया जाए? खाना आप किस वक़्त नौश फ़रमाना पसंद करती हैं?"

वज़ीर को अपने और नवाब के बीच एक पर्दा सा गिरता महसूस हुआ, लेकिन इस पर उसे हैरत नहीं हुई। उसे मालूम था कि मामूली दुआ-सलाम से लेकर जिस्म और जान के एक होने के बीच अजनबीयत के कई दर्जे और कई मंज़िलें हैं। इस पर रंज तो ठीक था कि रंज तो ज़िंदगी का लाज़मी हिस्सा है। लेकिन हैरत का कोई मुक़ाम यहां न था, और ख़ासकर उस जैसियों के लिए जिन्हें अपने फ़ैसले ख़ुद करने

1. जुआख़ाना
2. पहला

होते थे।

"सरकार जब खिलवा दें," उसने मुस्कुराकर कहा। लेकिन फिर ज़रा से तंज़ के लहजे में बोली, "हम तो दरवाज़े पर सवाली हैं।"

नवाब की पेशानी पर नाराज़गी की हल्की सी गिरह आई लेकिन फ़ौरन ही ग़ायब हो गई। उन्होंने ज़ोर से ताली बजाई और जब चोबदार ने अंदर आकर सलाम किया तो उसे हुक्म दिया कि खाने के कमरे में खाने का एहतमाम किया जाए।

□□

तुझे आंख से भी चख सकते हैं

उस रात के खाने की तफ़्सीलें न शम्सुद्दीन अहमद को याद रहीं और न वज़ीर ख़ानम को। मार्स्टन ब्लेक के साथ खाने की तरबियत की वजह से वो खाने के दौरान बातचीत, चुहल, या बेतकल्लुफ़ बातचीत के फ़न से वाक़िफ़ हो गई थी, लेकिन वो जानती थी कि हिंदुस्तानी अदब के लिहाज़ से खाने के दौरान ज़्यादातर ख़ामोश रहना और कभी-कभी किसी चीज़ की तारीफ़ करना लाज़मी था। शम्सुद्दीन अहमद उसे चाहत की निगाहों से देखते और ख़ास-ख़स चीज़ें खिलाने पर इसरार करते रहे। शायद उनका ख़याल था कि बातों के मरहले तय हो गए हैं और खाने के बाद फ़ौरन न सही, लेकिन जल्द ही रात के मामलों की बारी आएगी। एक बार जब नवाब ने मुज़ाफ़र (हल्का मीठा नमकीन पुलाव) चमचा-चमचा .ख़ुद निकालकर वज़ीर की रकाबी में डालना शुरू किया, तो वज़ीर ने बेइख़्तियार कहा, "बस-बस, सरकार क्या ज़ुल्म ढा रहे हैं! मैं भला इस क़दर किस तौर खा सकूं हूं!"

"भई वल्लाह, सारा खाना यूं ही रखा है। मुझे तो लग रहा है कि खाना आपको पसंद नहीं आया। आप तो चिड़ियों के रंग चुग रही हैं। माना कि आप धान-पान सी हैं लेकिन जिस्मो-जान का रिश्ता तो आपको भी प्यारा होगा?"

"बंदी को हर वो रिश्ता प्यारा है जो आपसे जुड़ा हो, मेरी जान ही सही। लेकिन ये क्या कि आप तो .ख़ुद भूखे उठे जाते हैं और मुझ पर ज़बरदस्ती कर रहे हैं कि और खाइए।"

"नहीं साहब, ज़बरदस्ती हम भला क्योंके कर सकते हैं? हम तो .ख़ुशदिली से दावत ही दे सकते हैं।"

नवाब के इस जुमले के मानी वज़ीर से छुपे न थे, पर उसने सुनी-अनसुनी सी कर देने के अंदाज़ में जवाब दिया, "जी, हम फ़ारसी की वो कहावत जानते हैं कि .ख़ुशदिल मज़दूर बढ़िया काम करता है।"

शम्सुद्दीन अहमद ने भी इस बिंदु के मानी को बज़ाहिर नज़रअंदाज़ करके अपनी बात को पिछली बात से जोड़ते हुए कहा, "साहब, हमने तो आपकी तरह पर्दा कुछ न किया, बल्कि आंखों से आपकी सूरत ही चख-चखकर सेर हुए जा रहे हैं। बेशक

शायर कह गया है...” फिर उन्होंने दाराब बेग जूया का शेर बड़े लुत्फ़ के साथ पढ़ाः

पा-ए-तासर मज़ा अस्त अन्दामत
ब निगह मी तुवां चशीद तुरा

(तेरा बदन सर से पांव तक मज़ा ही मज़ा है, तुझे तो आंख से भी चख सकते हैं)

वज़ीर कुछ शर्मा गई, लेकिन नवाब एक पल को भी ठहरे नहीं और कुछ ढकी-ढकी, कुछ शोख़ सी हंसी हंसकर बोले, “हालांकि हमने सिर्फ़ हाथ-पांव-मुंह की ही झलक ही देखी है और हम जैसे भूखों की सेरी के लिए और भी कुछ दरकार था, लेकिन भई वल्लाह... जितना चखा है उससे पेट तो भर गया, पर जी नहीं भरा।”

वज़ीर को एक अंग्रेज़ी जुमला याद आ गया, जो एबी मेमसाहब उसके बच्चों से उस वक़्त कहती थीं, जब वो कोई खाने की चीज़ अपने हिस्से से ज़्यादा मांगते थे। उसने अपने तौर पर जुमले का अनुवाद हिंदी में किया और मुस्कुराकर बोलीः “सरकार की मुबारक आंखें सरकार के मुबारक पेट से ज़्यादा बड़ी हैं।”

शम्सुद्दीन अहमद को यह जुमला समझने में एक पल की देर लगी, लेकिन जब बात उन तक पहुंच गई तो वो खिलखिलाकर हंसे, “भई वल्लाह, क्या ख़ूब जुमला तराशा है! जी चाहता है मुंह चूम लूं।”

वज़ीर के दिल से शाम की तल्ख़ी अब बड़ी हद तक दूर हो चुकी थी। खाने के दौरान उसने सोच-सोचकर .ख़ुद को समझा लिया था कि इस बारगाह से इस घड़ी जो मिल रहा है, उसे क़ुबूल कर ले। नवाब के लगाव की सुनहरी लेकिन आरज़ी छांव बहरहाल तन्हा बूढ़े हो जाने और साथी के बग़ैर होने की लंबी परछाइयों से बेहतर है। यह सोचकर उसके दिल का बोझ कुछ हल्का हो गया था कि पचीसी के मोहरे की तरह एक घर से दूसरे घर में भटकने से बेहतर है कि गोटियां कच्ची हों लेकिन घर बहुत दूर न हो। ग्यारहवां घर न सही, सातवां घर सही, लेकिन ग्यारह और सत्रह की संभावना तो थी। ऐसा तो न था कि सात से अठारह में जा गिरेंगे और बाज़ी ही ख़त्म हो जाएगी। नवाब का जुमला सुनकर उसने उन्हें एक नाज़ भरी अदा से देखा और बोली, “सरकार, मुंह धो रखिए।”

शम्सुद्दीन अहमद क़हक़हा मारकर हंसे। “अजी, आप हमें मिल जाएं तो हम समझेंगे, गंगा नहा लिए। अभी तो हमारे सर पर तमन्ना के पानी से भरी हुई लगन है और उसमें से बूंदें छलक-छलककर हमारा मुंह धो रही हैं और हमारी आंखों को नम कर रही हैं।”

“सरकार तो जैसा नाम वैसा काम हैं। आपके घर में नमी कहां, मीर दर्द साहब का मिसरा है—चश्मे-ख़ुर्शीद में किधर है आब! हां, यह ज़रूर है कि आप न हों तो बारिशें भी न हों। ख़ुश्को-तर दोनों आपके हैं।”

"भई वल्लाह, ये जुमलेबाज़ियां दिल को बहुत .खुश करने वाली लेकिन शोख़ी बढ़ाने वाली भी हैं। क्या हम सूखे मुंह सिर्फ़ हंसते-बोलते ही रहेंगे?"

इसके पहले कि वज़ीर कुछ जवाब देती, ख़िदमतगार ने आकर नवाब से पूछा कि सरकार और ख़ानम साहब के लिए फल, भिंडे और तंबोल का बंदोबस्त मुलाक़ात के कमरे में किया जाए या हुज़ूर यहीं शग़ल फ़रमाना पसंद करेंगे। वज़ीर को बात टालने का मौक़ा मिल गया। बोली, "बंदगाने-आली की रकाबी तो ख़ाली ही रह गई। अब कुछ शीरीनी और मेवे नौश फ़रमा लेते तो ख़ूब था।"

शम्सुद्दीन अहमद ने कहा, "हमारा चंबल भर जाए तो हम आपको दुआएं देंगे। रहा भिंडे और शीरीनी वग़ैरा का क़िस्सा, तो चलिए, अब उठें। बड़े ऐवान में बैठते हैं; पर्दे उठवा दिए जाएंगे तो और भी लुत्फ़ रहेगा।"

दोनों बड़े ऐवान में वापस आ बैठे। फलों और मेवाजात की कश्तियां और सूखे हलवे के थाल हाज़िर किए गए। एक भिंडाबरदार ने नवाब को भिंडा पेश किया, दूसरे ने सोने के वर्क़ लगे हुए सफ़ेद बनारसी पान चांदी की कश्ती में रखकर दोनों के सामने रखे। नवाब ने कुछ खाने से इंकार करके बड़े चाव के साथ भिंडे से शौक़ शुरू कर दिया। वज़ीर को भिंडा पेश किया गया तो उसने यह कहकर इंकार कर दिया कि मुझे इसका शौक़ नहीं; उसने एक पान अलबत्ता उठाकर मुंह में डाल लिया। शुरू-शुरू में उसे पीने वाले तंबाकू से कुछ लगाव नहीं था तो कुछ कराहियत भी नहीं थी। लेकिन जब मार्स्टन ब्लेक से उसे मालूम हुआ कि साहिबाने-आलीशान के यहां औरत का तंबाकू पीना ऐब माना जाता है तो उसने भिंडे को मुंह लगाना एकदम छोड़ दिया था। शम्सुद्दीन अहमद भिंडा मुलाहिज़ा करते रहे। थोड़ी देर के लिए दोनों के बीच इत्मीनान भरी ख़ामोशी रही गोया दोनों में पुरानी दोस्ती हो, जहां अपनाइयत का सुबूत देने के लिए बेतकल्लुफ़ छेड़छाड़ या किसी तयशुदा मज़मून पर बातचीत या कुछ कहना-सुनना ज़रूरी न हो।

रात भीगने लगी थी। वज़ीर उलझन में थी कि जाने की इजाज़त .खुद मांगूं या इजाज़त मिलने का इंतज़ार करूं, या कुछ यूं ज़ाहिर करूं कि गोया मैं रात रुक सकती हूं। ख़ामोशी कुछ लंबी खिंचने वाली थी जब नवाब ने सुकूत को तोड़ा, लेकिन यूं कि उन्होंने किसी नौकर को बुलाने के लिए ताली बजाई। एक चोबदार फ़ौरन ही दाख़िल हुआ, ऐसा लगता था कि उसे अपनी तलबी की वजह मालूम थी। चुनांचे वो शम्सुद्दीन अहमद के क़रीब आया और अदब के साथ झुककर उसने नवाब के कान में कुछ सरगोशी की। नवाब ने हाथ के हल्के से इशारे से उसे रुख़सती दी और वज़ीर ख़ानम की तरफ़ देखकर ज़रा संजीदा लहजे में बोले, "आपके मुलाज़िमान खाने से फ़ारिग़ हो चुके हैं।" फिर उनके चेहरे पर वो ख़ास मुस्कुराहट आई जो अपनी दिलकशी के लिए मशहूर थी। "अब आप तशरीफ़ ले जाना चाहें तो हमारी तरफ़

से इजाज़त है, लेकिन दिल से नहीं। दिल तो यही कहता है कि रात बहुत हो गई है और हालांकि आपका डेरा यहां से बहुत दूर नहीं और मेरे सोंटाबरदार भी आपके साथ होंगे, लेकिन ख़्वाहमख़्वाह रात को बाहर निकलने का जोखिम क्यों मोल लें?"

वज़ीर इस दावत के लिए तैयार थी भी और नहीं भी थी। उसके दिल पर से और मायूसी के बादल भी छंट चुके थे और वो जानती भी थी कि कुछ इस तरह की दावत का सामना उसे देर-सवेर, और ग़ालिबन बहुत जल्द ही करना होगा। लेकिन वो नवाब की महलसरा में पांव धरने से दूर रहना चाहती थी। उसे मालूम न था कि ज़नाना हवेली में किस तरह का इंतज़ाम है और अगर ब्याही बनकर नहीं रहना था, तो वह महलसरा से दूर रहना ही बेहतर जानती थी। नवाब ने शायद उसकी उलझन को समझ लिया और बोले, "हमारा मेहमानख़ाना बिल्कुल अलग है, महलसरा से कोई मतलब नहीं। हर तरह से महफ़ूज़ है। आप वहां बेख़तर आराम फ़रमाएं। वहां सारी सहूलतें मुहैया हैं और आपके आदमी भी वहीं क़रीब ही में पड़े रहेंगे।"

वज़ीर ने कुछ जवाब न दिया लेकिन उसके चेहरे पर इत्मीनान के आसार उभरे। उसने हाथ बढ़ाकर पान का एक और बीड़ा मुंह में रखा और बोली, "बेहतर है जो मिज़ाजे-आली में आए। बिस्मिल्लाह!" यह कहकर वह उठ खड़ी हुई।

नवाब ने एक पल दिल में ग़ौर किया कि "जो मिज़ाजे-आली में आए" का और कुछ मानी तो नहीं है। फिर वो इस नतीजे पर पहुंचे कि दूसरा मानी भी मुमकिन था। लेकिन उन्होंने ये बात ज़ाहिर न होने दी बल्कि ताली बजाकर चोबदार और मशालबरदार को बुलाया और हिदायत दी कि ख़ानम साहब को हिफ़ाज़त और इज़्ज़त के साथ मेहमानख़ाने में पहुंचा दिया जाए। वज़ीर ने झुककर तीन तस्लीमें अदा कीं, लेकिन अगली मुलाक़ात के वक़्त, या वक़्त न सही संभावना का भी कुछ इशारा न दिया, बल्कि सिर्फ़ यह कहा, "बंदी का नसीबा आज बुलंदी पर था कि सरकार के न्योते में शरीक होने का मौक़ा मिला। ऐसे न्योते और ऐसी सोहबतें अल्लाह लाख बार नसीब करे।"

शम्सुद्दीन अहमद ने संजीदगी से दिल पर दायां हाथ रखा और सर को बहुत ज़रा सा ख़म करके बोले, "जी तो हमारा ख़ुश हुआ।" फिर उन्होंने फ़ारसी कहावत कही, "आपका वक़्त अच्छा हो जैसा कि आपने हमारा वक़्त अच्छा किया। इंशाअल्लाह मुलाक़ातें होती रहेंगी।"

आख़री जुमले में हल्के से सवाल की झलक थी। वज़ीर ने भी इंतेहाई संजीदगी से दोबारा सलाम किया और बोली, "सरकार की क़दरअफ़ज़ाई। सब आपकी मर्ज़ी पर है; मैं आपसे बाहर नहीं हो सकती।"

इस क़ौल के बाद किसी सफ़ाई या तफ़सील की ज़रूरत बाक़ी न रही थी। वज़ीर ख़ानम दो क़दम उलटे पांव हटी, फिर अपने ख़ास अंदाज़ में चलती हुई, गोया हर

क़दम नाप-तोलकर रख रही हो लेकिन इतने सहज अंदाज़ में कि लगता था पानी पर चल रही है, ताजदार दरवाज़े की तरफ़ बढ़ी। दरवाज़े के क़रीब पहुंचकर उसने मुड़कर देखा। नवाब शम्सुद्दीन अहमद अपनी जगह पर खड़े उसे कुछ मुग्ध से होकर देख रहे थे। वज़ीर को मुड़ते देखा तो उन्होंने दाहिना हाथ फिर सीने पर रखा और अपनी जगह पर खड़े ही खड़े कहा, "अल्लाह की अमान में सौंपा।"

□□

हबीबुन्निसा

वज़ीर मेहमानख़ाने पर इस शान से पहुंची कि उसके दाएं-बाएं दो मशालबरदार दस्तियां जलाए हुए थे, उसके ज़रा आगे एक लठैत था और ज़रा पीछे लेकिन बाईं तरफ़ को एक और लठैत था। मेहमानसरा के दरवाज़े पर मशालबरदार और लठैत सलाम करके रुख़सत हुए। मेहमानसरा क्या थी, अच्छी-ख़ासी महलसरा थी, पुरानी बनावट की। फ़र्क़ सिर्फ़ यह था कि उसके चारों तरफ़ कोई चारदीवारी न थी और न ही सामने कोई चमन था। सिर्फ़ एक रोशन फ़व्वारा चल रहा था, जिसके चारों तरफ़ मुग़ल तर्ज़ पर बनी, लाल पत्थर की सितारा रूपी क्यारियों में फूल-पौधे उग रहे थे। अंदर रोशनी हो रही थी लेकिन दरवाज़ा बंद था। वज़ीर थोड़ा ठिठकी थी कि अब किसे आवाज़ दूं, किधर जाऊं, कि दरवाज़ा बेआवाज़ खुला और अंदर के ऐवान की बहुत सारी रोशनी बाहर तक छलक आई। रोशन दरवाज़े में एक मुग़लानी खड़ी थीं। रोशनी उनके पीछे होने की वजह से वज़ीर को उनके नाक-नक़्श नज़र न आए, लेकिन उनका लिबास ख़ासा शरीफ़ाना और नफ़ीस मालूम होता था, और उम्र के लिहाज़ से वो जवानी और अधेड़पन के बीच की किसी मंज़िल में लगती थीं। मुग़लानी ने एक क़दम आगे बढ़ाया, झुककर तीन तस्लीमात कीं और बोलीं, "ख़ानम साहब, अहलन व सहलन तशरीफ़ लाएं, बंदी ख़िदमत को हाज़िर है।"

वज़ीर की समझ में ठीक से नहीं आया कि इस वक़्त क्या ख़िदमत हो सकती थी, और क्यों। लेकिन फिर उसके ख़्याल में आया कि यह नवाब की उम्दा तदबीर और समझ थी कि उन्होंने एक भरोसेमंद और समझदार, गृहस्थिन क़िस्म की औरत की तैनाती कर दी थी कि नई जगह वज़ीर का दिल न घबराए और अगर किसी चीज़ को उसका दिल चाहे या सोने से पहले उसको किसी चीज़ की आदत हो तो वो मुग़लानी को बेतकल्लुफ़ बता सके। वज़ीर ने मुस्कुराकर मुग़लानी का सलाम क़ुबूल किया और अंदर आ गई। कमरे में रोशनी थी लेकिन इतनी ज़्यादा नहीं कि नुमाइशी मालूम हो। मुग़लानी बी ने सुर्ख़ गुलबदन का तंग पायजामा और ज़र्द संगी का लंबा कुर्ता पहन रखा था। बारीक सब्ज़ जाली का दुपट्टा, गले में सोने की ज़ंजीर लेकिन नगों से ख़ाली, कानों में सोने की बालियां और पत्ते, लेकिन वो भी सादा, न जड़ाऊ न मीनाकार। हथेलियों और नंगे पांव के तलवों में ख़ूबसूरत निगार, दोनों पांवों

की दो-दो उंगलियों में चांदी के बिछुवे जिनकी वजह से पैरों पर अजब बहार थी। होंठों पर पान का लाखा, दांतों पर मजलिस-हैरान की मिस्सी ख़ासी, पुरकशिश सूरत और जामाज़ेब शख़्सियत थी। चेहरे-बुशरे पर शराफ़त और नर्मी के आसार ज़ाहिर थे। उनकी उम्र यही चालीस की रही होगी लेकिन उन्नीस-साला वज़ीर को वो ख़ासी ज़्यादा उम्र वाली लग रही थीं।

"बंदी को हबीबुन्निसा कहते हैं।" मुग़लानी ने बताया। "बेगमें मुझे हबीबा बुलाती हैं। आप चाहें हबीबा बुलाएं या पूरे नाम से पुकारें, या कोई और अच्छा सा नाम दे दें, मैं हर तरह राज़ी हूं।" उनकी आवाज़ बहुत साफ़, शिष्ट और कुछ मेवाड़ का रंग लिए हुए थी जिसमें ब्रज की हल्की सी मिठास थी।

"नहीं, हबीबा बहुत अच्छा नाम है। यही मैं भी पुकारूंगी।"

हबीबा ने एक बड़ी आरामकुर्सी की तरफ़ इशारा करके कहा, "जी चाहे तो यहां तशरीफ़ रखें। मैं आपकी जूतियां उतार दूं और तलवों, हथेलियों की चंपी कर दूं।"

वज़ीर एक लम्हे को हिचकिचाई। चंपी वालियां जयपुर में भी थीं, लेकिन मुस्तक़िल नौकर न थीं और मुग़लानी बी की तरह का ख़्याल और लिहाज़ तो कोई भी न जानती थी। वज़ीर को अचानक थकान और अपने जिस्म में ढीलेपन का अहसास हुआ। उसे ख़्याल आया कि नवाब के साथ सारी शाम बज़ाहिर चाहे जितनी ख़ुशगवार गुज़री हो, लेकिन अंदर-अंदर यानी कम से कम उसके दिलो-जान के अंदर तनाव बहुत थे। अब वो बैठक ख़त्म हुई तो बहुत सारी थकन और एक तरह के बेमज़ेपन की दीवार सी उस पर आ गिरी थी। उसने कमरे पर कुछ उड़ती सी नज़र डाली, औसत से कुछ ज़्यादा लंबाई-चौड़ाई का कमरा था। एक सिरे पर भारी आबनूसी पलंग था जिसके बड़े मोटे पाये शीशम के थे और उन पर चांदी और पीतल का हल्का काम था। छपरखट के तौर पर इस्तेमाल करने की सहूलियत के लिए उसके चारों कोनों पर आबनूसी डंडे और पट्टियां लगीं थीं। पट्टियों पर सब्ज़पोत के पर्दे पड़े हुए थे। पलंग की ऊंचाई आम देहलवी तर्ज़ के पलंगों से ज़्यादा और राजपूताना के नवाबी या महाराजे पलंगों की तर्ज़ पर थी। पलंग पर पांव रखने के लिए नीची, चौड़ी सी गद्देदार क़दमगाह थी जिसके गद्दे पर अतलस मढ़ा हुआ था। 'क़दमगाह' का लफ़्ज़ उसके ज़हन में यूं ही, या शायद मीर के एक मिसरे की मुनासिबत से गूंज उठा था (गुलिस्तां किसू की क़दमगाह है), वरना राजपूताने में उसे 'पांवदान' और देहली में 'पायदान' कहते थे। वज़ीर के बिल्कुल सामने दीवार से लगी हुई एक बड़ी सी आरामचौकी या संदली थी, कुछ अंग्रेज़ी और कुछ हिंदुस्तानी तरह की, जिस पर मख़मल के गद्दे पड़े हुए थे। भारी पाए लेकिन नक़्क़ाशी से ख़ाली, दोनों तरफ़ चौड़े-चौड़े बाज़ू, इतने चौड़े कि उन पर प्याला या थाली रखी जा सकती थी। पूरे कमरे में नीले सब्ज़ क़ालीनों का फ़र्श था। आरामचौकी के क़रीब उगालदान और

चिलमची नीची तिपाइयों पर रखे हुए थे।

कमरे में जगह-जगह फ़र्शी और छतगीर फ़ानूस रोशन थे लेकिन सबके कंवल हरे थे। इसलिए रोशनी निहायत ठंडी और आंखों को सुकून देती थी। शमामतुल-अंबर की हल्की .खुशबू ठंडक और आराम के इस अहसास को और भी बढ़ा रही थी। सितंबर के शुरुआती दिन थे, इसलिए मौसम कुछ ठंडा हो चला था, लेकिन पंखे की ज़रूरत फिर भी थी। छत की पूरी चौड़ाई के बराबर दो मख़मली पंखे भारी डंडों के सहारे लटकाए हुए थे। दोनों के खींचने की डोरी, बल्कि निहायत मज़बूत रस्सा एक ही था और छत के एक सिरे पर एक चर्ख़ी गड़ी थी जिसके सहारे पंखों को बाहर से खींचा जाता था। पलंग के पास दूसरी तरफ एक लंबी सी नीची मेज़ थी जिस पर कुछ किताबें, कुछ शर्बत की बोतलें, पानों का ख़ासदान और चांदी का शमादान था जिसकी शमएं अभी रोशन न थीं लेकिन दियासलाई पास में रखी थी। आरामचौकी और पलंग के बीच की तरफ़ एक मेज़ पर चांदी के इलायचीदान, एक और ख़ासदान और एक सुनहरी तश्तरी थी जिसमें सुनहरी गिलौरियां लगी हुई थीं। एक लंबी, बड़ी थाली में मौसम के फल सजे हुए, उनके बीच में काबुल का सर्दा नुमायां था। इस कश्ती के सामने चांदी की छोटी-छोटी तश्तरियां और अंग्रेज़ी फल का एक चाक़ू था जिसकी बेंट पर सोने की नाज़ुक नक़्क़ाशी की हुई थी। कमरे में इन चीज़ों के अलावा एक-दो सादा मगर .खुशनुमा संदलियों के अलावा सामान में और कोई चीज़ न थी। आरामचौकी पर बैठते ही .खुद-बखुद वज़ीर की पीठ कुर्सी की पुश्त से लग गई। उसने बिल्कुल बेइरादा तौर पर अपने पांव फैला दिए और हाथों को दोनों चौड़े हत्थों पर डाल दिया। बड़ी संदली में वो छोटी सी गुड़िया लग रही थी और उसके चेहरे पर इस वक़्त गुड़ियों ही जैसी नर्मी और नज़ाकत थी। उसने हबीबा को अब ज़रा ग़ौर से देखा। कुछ हल्की गर्म .खुशगवार लहरें सी उसके बदन से फूट रही थीं। इन लहरों में वज़ीर के लिए इज़्ज़त, ख़ातिरदारी, मान-सम्मान के अलावा कुछ मुहब्बत और कुछ मिल्कियत के जज़्बे की भी .खुशबू थी, गोया हबीबुन्निसा की नज़र में वज़ीर ख़ानम कोई अजनबी, एक रात की या कुछ दिन-रात की मेहमान न थी बल्कि उसकी बेटी या पाली पोसी लड़की थी और उसके ये रुत्बे उसे बहुत .खुश कर रहा हो। हबीबुन्निसा उस वक़्त वज़ीर को ऐसी निगाहों से देख रही थी, जिनके ज़र्रे-ज़र्रे में अपनाइयत, घमंड और मुहब्बत के जुगनू रोशन थे।

ऐसा क्यों है? वज़ीर ने सोचा। हबीबा को तो मैंने आज ही देखा है, अब तक तो मैं इसके वजूद से भी वाक़िफ़ न थी। और .खुद हबीबा ने मेरा नाम सुना हो तो सुना हो मगर देखा तो कभी न था... और अगर नवाब मेरे साथ दो-चार-दस दिन का ख़ानगी मामला करना चाहते हैं तो ऐसी मुग़लानी को मेरी ख़िदमत पर क्यों भेजा है? मुझे इस क़दर लगाव से देख रही है गोया मैं इसकी कोई लगती हूं। वज़ीर का

जी अचानक घबराने लगा। आख़िर ये क्या भेद है! मैं यहां कहां आ गई हूं...

वज़ीर के चेहरे पर कुछ बेचैनी और शिकन के आसार हालांकि मामूली थे, लेकिन हबीबा ने उन्हें पढ़ लिया। वो हल्के से हंसकर आगे बढ़ी, वज़ीर के माथे का पसीना उसने अपने आंचल से पोंछा और उसकी बलाएं लेकर बोली, "वारी जाऊं, मेरी बेगम को काहे की परेशानी है। मैं तो जानूं बहुत थक गई हैं, और कोई बात नहीं। एक अंबरी बीड़ा खा लीजिए, तबीयत ठहर जाएगी और ताक़त भी आ जाएगी।"

हबीबा ने ख़ासदान से एक गिलौरी निकाली और ज़िद करके वज़ीर के मुंह में डाल दी। ठंडा बीड़ा चबाते ही वज़ीर को महसूस हुआ कि उसके पूरे बदन में .ख़ुशबू दौड़ गई है। न चाहते हुए भी उसके होंठों पर मुस्कुराहट सी आ गई। हबीबा ने बढ़कर उसकी बलाएं लेते हुए कहाः "देखा न, फ़ौरन प्यारे-प्यारे मुखड़े पर मुस्कान की बहार आ गई! हाय, क्या अच्छी सूरत है। चांद में मैल है, इसमें मैल नहीं।"

वज़ीर की आवाज़ तो यूं ही ज़रा पस्त और फंसी-फंसी थी, अब वह लगभग सरगोशी के लहजे में बोली, "हटो हबीबा बी, तुम हमें बनाती हो। मैं काली भुजंग, न नाक न चोटी। तुम्हीं जैसी मेरा बखान कर सकती हैं। कहावत मशहूर है, कि कानी को कौन सराहे, कानी का मियां।"

हबीबा ने हाथ जोड़कर कहा, "अल्लाह की सौं, मैं तीसों कलाम बीच में रखकर कहती हूं ऐसी मोहनी सूरत जो मैंने कभी देखी हो।"

यह कहते हुए वह वज़ीर के पीछे आकर उसकी पेशानी और पपोटों पर उंगलियां दौड़ाने लगी, जैसे तितलियां फड़फड़ा रही हों, जैसे फूलसुंघी अपने पर और बाज़ू हिला-हिलाकर फूलों का रस पी रही हो। वज़ीर को ग़ैर मामूली राहत का अहसास हुआ। उसकी आंखें आप से आप बंद होती चली गईं। थोड़ी देर के बाद उसे वही तितलियां अपने कंधे और गर्दन पर फड़फड़ाती हुई महसूस हुईं। उसे नींद सी आ गई और उसे यह न मालूम हुआ कि हबीबा के हाथ कब उसकी कमर, फिर रानों, फिर पैर के तलवों से होकर उसके बाज़ुओं और हथेलियों और उंगलियों तक पहुंचे। कुछ देर बाद उंगलियां चटख़ाने की हल्की-हल्की आवाज़ और नर्म झटकों से उसकी नींद खुली। अब उसे वो कमरा अपने घर जैसा जाना-पहचाना लगने लगा। हबीबुन्निसा का नर्म चेहरा उसे दाई की तरह मेहरबान और मुशाता की तरह भरा-पूरा और माहिराना लगने लगा। हबीबुन्निसा की मुस्कुराहट इस क़दर राज़दाराना, घरेलू और दिल को थाम लेने वाली थी कि वज़ीर का जी चाहा, हाथ पकड़कर उसे अपने पास बिठा ले। लेकिन हबीबा ने जैसे ही देखा कि वज़ीर जाग पड़ी है तो वो एक पर्दे के पीछे कहीं ग़ायब हो गई। तब वज़ीर को ख़्याल आया कि कमरे के साथ आबदारख़ाना, ग़ुसलख़ाना, सेहतख़ाना भी तो होंगे। हबीबा शायद आबदारख़ाने में गई हो।

दो-चार पल बाद हबीबा वापस आई तो वज़ीर ने देखा कि उसका गुमान सही था। हबीबा के हाथ में दो भीगे हुए रूमाल थे, जिनसे हल्की-हल्की भाप उठ रही थी। हबीबा ने निहायत फुर्तीले और हल्के हाथों से, लेकिन इस तरह कि पसीने और ग़ुबार का कोई हल्का शुबहा या उनकी वजह से तबीयत में कोई सुस्ती हो तो वह साफ़ हो जाए, वज़ीर के मुंह, गर्दन, कंधों और हाथ-पांव पर नीम-गर्म रूमाल फेरे। उनमें अगर के इत्र की महक थी जो एक बार तो कुछ भारी और तंबाकू मिली मालूम हुई, लेकिन फ़ौरन बहुत हल्की और राहतबख़्श लगने लगी। ताज़गी का अहसास वज़ीर के बदन में फिर उभर आया।

"इस दरवाज़े के पीछे आबदारख़ाना है," हबीबा ने इशारा करके कहा। "और उसी से लगा वो... वो... सेहतख़ाना भी है। आप ग़ुस्ल फ़रमाना या... चौकी पर जाना चाहें तो इरशाद फ़रमाएं। बंदी ख़िदमत को हाज़िर है। ज़रूरत हो तो हल्के-हल्के पीठ मल दूंगी।" वो मुस्कुराई, "इतनी नाज़ुक तो पुश्त है।"

मार्स्टन ब्लेक के साथ रहते-रहते वज़ीर ने कुछ बातें सीख या समझ ली थीं। मसलन यह कि कभी-कभी वज़ीर के ग़ुस्ल करते में मार्स्टन ब्लेक उसके आबदारख़ाने में आ जाता था। कभी-कभी वो उसकी पीठ या हाथ-पैर की मालिश भी कर देता था और उसके साथ वो वज़ीर के पूरे हुस्न की या किसी अंग की ख़ूब तारीफ़ें करता था। वज़ीर जानती थी कि फ़िरंगी मर्द-औरत कभी-कभी एक साथ भी ग़ुस्ल कर लेते हैं लेकिन आमतौर पर इसे ऐब माना जाता है। हिंदुस्तानी बेगमात को तो उनकी ख़ादिमा या मुशाता ग़ुस्ल कराती थी लेकिन इस मामले में वज़ीर ने बेगमाती तौर न अपनाए थे। वो हमेशा तन्हा नहाती थी और उमूमन ऊपर और नीचे दो हल्के कपड़े, मसलन मलमल की छोटी कुर्ती और ढीला पायजामा या कभी-कभी राजपूतानी लहंगा पहने रहती थी। चौकी पर किसी से लोटा रखवाना या हाथ धुलवाने में किसी से मदद लेना उसे बिल्कुल गवारा न था। चौकी पर बैठे हुए किसी से पीठ मलवाना... तौबा है, ऐसा तो मैंने अंग्रेजों में भी नहीं देखा... इन रईसों के तौर निराले हैं। चौकी पर जाने की वज़ीर को यूं भी इस वक़्त कुछ ज़रूरत न थी कि शरीफ़ों की लड़कियों की तरह उसे भी ख़ुद को बहुत देर तक रोके रहना या रोके रखना सिखाया गया था।

"नहीं, नहीं, मैं ख़ुद मुंह धो लूंगी, हबीबा, तुम तकल्लुफ़ न करो।" उसने इंकार तो ज़रूर ज़रा सख़्ती से किया लेकिन अपनी उसी दिलबराना मुस्कुराहट के साथ जो विलियम फ़्रेज़र, मिर्ज़ा ग़ालिब और फ़ैनी पार्क्स के दिल को एक ही तरह से मोम कर लेती थी। हबीबुन्निसा तो इस तबस्सुम पर दिल ही दिल में क़ुर्बान हो गई।

"अच्छा तो तशरीफ़ ले चलिए, मैं आफ़्ताबा थामे रहूंगी। आप जी खोलकर दोनों हाथों से मुंह पर छपाके मार लीजिएगा।"

"ऐ बी हबीबुन्निसा, तुम आफ़्ताबा थामते-थामते कहीं आफ़्ताबा (चांटा) न खा बैठो, हाथ से न छूट जाए।"

"बीबी साहब को ज़िला बोलने में ख़ास मलका है, क्यों न हो, दिलों की भी तो मलिका हैं।"

"मलिका वो जिसका कोई मुल्क हो, जिसका मालिक हो। यहां तो बस एक-दो तंग कोठरियां और कपड़ों के चार शिकस्ता जोड़े अपनी मिल्क हैं।"

"अल्लाह आपका सिक्का मुल्कों-मुल्कों चले! ज़बान का ख़ज़ाना है कि ख़र्च ही होने में नहीं आता।"

वज़ीर हंसती हुई उठी। उसने हबीबा के गाल पर हल्की सी चपत लगाई, गोया उसका गाल थपथपा दिया। इस वक़्त न जाने क्यों हबीबुन्निसा उम्र में उतनी बड़ी नहीं लग रही थी, जितनी पहली निगाह में लगी थी। इस वक़्त तो वो उसे बड़ी उम्र की हमजोली मालूम हो रही थी, और उसके चेहरे पर रोशनी भी कुछ वैसी ही थी। हबीबा ने वज़ीर का हाथ पकड़कर अपने सीने से लगाया, फिर अपने दोनों हाथों से अपने कल्लों पर हल्की-हल्की चपतें मारकर बोली, "हाय अल्लाह, मेरी इतनी हिम्मत कि आपका हाथ अपने सीने से लगा सकूं।"

"ज़्यादा बातें बनाओगी तो दो-एक चपतें और खाओगी, हबीबा। अच्छा मैं मुंह धोने और दांत मांझने चली, अभी आती हूं।" रात को सोने से पहले दांत मांझने की आदत उसे मार्स्टन ब्लेक की सोहबत में पड़ी थी।

वज़ीर अभी आबदारख़ाने के दरवाज़े की तरफ़ मुड़ी ही थी कि किसी ने उसका दुपट्टा पकड़कर आहिस्तगी से खींचा। उसने गर्दन ज़रा मोड़कर देखाः हबीबा उसकी तरफ़ याचना भरी निगाहों से देख रही थी।

"क्यों, क्या हुआ?" वज़ीर ज़रा तेज़ लहजे में बोली। उसे शुब्हा हो रहा था कि हबीबा भी चाहती है कि वो भी आबदारख़ाने में उसके साथ चले, और यह वज़ीर को हरगिज़ गवारा न था।

"ख़ानम साहब, मैं आपका लिबास बदलवा दूं?" हबीबा ने सर झुकाकर कहा।

लिबास बदलवा दूं? वज़ीर एक पल के लिए गड़बड़ाई। मार्स्टन ब्लेक के साथ रहकर उसे यह मालूम हो गया था कि फ़िरंगी औरतों का रात का लिबास अलग होता है जिसे वो नैट गौन (Night Gown) कहती हैं। यह लंबा सा कुर्ता था, मौसम के लिहाज़ से सूती, रेशमी या ऊनी, उसकी तुकमे होते भी थे और नहीं भी। सामने से सारा खुला रहता; उसे तुकमों से बंद कर लेते या पेटी से बांध लेते थे। नैट गौन के नीचे औरतें कुछ न पहनतीं। यह उसे बड़ी बेहयाई मालूम होती, लेकिन मार्स्टन ब्लेक के इसरार पर वो उसकी भी आदी हो गई थी। मर्द आमतौर पर एक लंबी सी चोग़े की तरह की चीज़ पहनकर सोते थे, इस फ़र्क़ के साथ कि उसमें पायंचे भी

होते थे, गोया एक ढीले-ढाले कुर्ते को एक ढीले-ढाले पजामे के साथ जोड़ दिया गया। यह भी सामने से खुला रहता था; इसमें घुंडी या तुकमा शायद ही होता था। मार्स्टन ब्लेक उसे नैट शर्ट (Night Shirt) और कभी-कभी नैट गौन ही कहता था।

हिंदुस्तान के आम शरीफ़ों की औरतें दिन ही के कपड़े रात को भी पहने रहती थीं, सिवाय ऐसे दिनों के जब शादी-ब्याह या ऐसी ही किसी रस्म का मौक़ा होता। उस वक़्त भारी कपड़े पहने जाते और ऐसी सूरत में सोने के वक़्त दिन के भारी कपड़े उतारकर रोज़मर्रा के कपड़े पहन लिए जाते थे। आम जोड़ा दो-तीन दिन पहनकर धोबी को दे दिया जाता या घर में धुलवा लिया जाता। अमीरों की बेगमें दिन-रात एक ही कपड़ा पहनतीं; भारी और हल्के जोड़े का फ़र्क़ न किया जाता। उनके कपड़े धोबी के यहां नहीं जाते थे। बेगमें हमेशा नए कपड़े पहनतीं और चार या पांच या हद से हद सात दिन बाद वो कपड़े उतारकर दाई, मामा, छूछू वग़ैरा में बांट दिए जाते। बेगम फिर नया जोड़ा पहन लेतीं और दिन-रात उसे पहने रहतीं जब तक कि उसे उतारने का दिन न आ जाता।

वज़ीर ख़ानम ने मार्स्टन ब्लेक के इसरार पर सोने के कपड़े पहनने शुरू तो कर दिए थे लेकिन वो नैट गौन न पहनती थी; हिंदुस्तानी तर्ज़ का कुर्ता-पजामा-दुपट्टा मौसम के मुनासिब कपड़े का पहन लेती। सोते में दुपट्टा उतार दिया जाता, लेकिन रात को कभी उठना होता तो वो दुपट्टा फिर ओढ़ लेती थी। आज नवाब शम्सुद्दीन अहमद की दावत में जो बहुत ख़ास कपड़े पहनकर वो आई थी, उनमें सो जाना तो ग़ैर मुमकिन था, क्योंकि कपड़े फट जाते या सत्यानाश हो जाते; फिर ऐसी हालत में घर को वापसी मुहाल थी। लेकिन दिन के मामूली कपड़े यहां अपने साथ लाने का भी कोई सवाल न था। बेहयाई के अलावा इसमें एक तरह की मंसूबाबाज़ी भी नज़र आती जो उसे नवाब की नज़रों में हल्का कर सकती थी। जब आज रात यहां ठहरना तय हो गया तो उसके दिल में अंदेशे थे कि अकेले सोना है या नवाब भी बिस्तर पर होंगे। दोनों सूरतों में कपड़ों की कई तरह की ख़राबी नज़र आती थी और ज़्यादा इम्कान यही था कि नवाब उसी के कमरे में सोएंगे। उसने सोच लिया था कि ऊपरी कपड़े उतारकर नीचे के कपड़ों में सोती रहूंगी। अब जब हबीबुन्निसा ने लिबास बदलवाने की बात कही तो वो ठिठकी। शायद हबीबुन्निसा अपने कपड़े उसे पहनाएगी? तो क्या उसे मालूम था कि मैं रात रहने के लिए आ रही हूं? न सही, लेकिन यह उसकी दूरअंदेशी थी कि उसने रात के कपड़ों के लिए भी कुछ सेंताव कर लिया था।

“लिबास बदलवाने का कुछ इंतज़ाम है क्या?” वज़ीर आख़िरकार बोली।

“जी। ख़ानम, अगर आबदारख़ाने में तशरीफ़ ले चलें तो मैं कपड़े दिखा दूं।”

“ठीक है, पर मैं आपी-आप बदल लूंगी।”

"बहुत बेहतर। जैसा आप फ़रमाएं।" हबीबा कुछ मुस्कुराई। वो जानती थी कि जैसे पेचीदा कपड़े वज़ीर ख़ानम ने पहन रखे हैं, उनको उतारने, तह करने और सेंतकर रखने के लिए तो एक ख़ादिमा दरकार होगी। लेकिन इस वक़्त उसने ख़ामोशी ही में ख़ैरियत समझी और वज़ीर के पीछे चुपचाप अंदर चली गई।

आबदारख़ाने में अच्छी रोशनी हो रही थी। एक तरफ़ नहाने की चौकी, घड़ौंचियों पर मिट्टी के नए घड़े और चमचम करती हुई पीतल की गगरियां और भर्त के गड़वे, नहाने की गड़वी (देहली की ज़बान में डुगिया) चांदी की और नक़्क़ाशी की हुई, नीचे फ़र्श पर भर्त का बड़ा तश्त शायद गर्म पानी के लिए या नीचे बैठकर नहाने वालों के लिए था। पास में एक छोटी चौकी पर संदल और बेसन की टिकियां, तरह-तरह के मसाले, सर धोने के लिए ज़रूरी चीज़ें, दो-चार अंग्रेज़ी साबुनों की भी टिकियां, कुप्पियां, अपनी-अपनी तश्तरियों में रखी हुई थीं। एक-दो मुए अंग्रेज़ी पौडरों के डिब्बे भी थे। कई तरह के तेल और .ख़ुशबुओं की कुप्पियां, शीशे और चारखूंटी शीशियां और उनके अलावा दो-चार गुलदस्ते भी ताक़ों में सज रहे थे। नहाने की चौकी से कुछ अलग पत्थर की नीची चौकी पर वज़ू का भारी लोटा और एक तश्तरी में बेसन की टिकिया रखी हुई थी। कमरे के दूसरे सिरे पर पर्दे के पीछे शायद पेशाबघर था। लेकिन आबदारख़ाने में किसी बदबू, किसी खरांद का पता न था। कुछ केवड़े के इत्र का सा लेकिन हल्का गमकीलापन सारे में फैला हुआ था।

आबदारख़ाना इतना लंबा-चौड़ा था कि नहाने, वज़ू करने और पेशाब करने की जगह के बावजूद इतनी जगह थी कि उनमें पीने के पानी के घड़ों, घड़ौंचियों पर शर्बत के शीशे, चांदी के कटोरे, गिलास और तश्तरियां, दीवार से लगी हुई एक ऊंची मेज़ पर बख़ूबी जगह पा सके थे और फिर भी इतनी जगह ख़ाली थी कि लकड़ी का एक जहाज़ी संदूक़ भी वहीं रखा हुआ था। संदूक़ को पत्थर की नक़्क़ाशी वाली लेकिन बहुत नीची चौकी पर रखा गया था कि वो सीलन से महफ़ूज़ रहे और उसे खोलने वाले को कोई मुश्किल भी न हो। संदूक़ के सामने राजपूतानी तर्ज़ की दो ऊंची, सीधी पुश्त की और ज़रा तंग कुर्सियां थीं ताकि बैठकर लिबास बदलने वाले को आसानी हो। कुर्सियों के सामने की दीवार पर तस्वीरों वाला एक आदमक़द आईना था। उसकी तस्वीरें ज़्यादातर फूल-पत्तियों और हसीन लड़के-लड़कियों की थीं। आईना इतना बड़ा था कि उसमें कमरे का बड़ा हिस्सा बख़ूबी नज़र आ रहा था और उसका शीशा बेहद सच्चा था, यानी वो अपने देखने वाले के अक्स को बिगाड़ता बिल्कुल न था।

वज़ीर जिस तरह के कपड़े पहने हुए थी, उन्हें पहने-पहने मुंह धोना उसी वक़्त मुमकिन था कि कपड़ों के भीगने की परवाह हरगिज़ न की जाए। बेहतर तो यही था कि कपड़े उतार दिए जाएं और सिर्फ़ अंदरूनी कपड़े पहने-पहने पानी को हाथ लगाया जाए। हबीबुन्निसा ने आगे बढ़कर संदूक़ खोला। पहला कपड़ा जो उसने

निकाला, वो ज़र्द रंग की रेशमी मलमल का छह गज़ा दुपट्टा था। उसके बाद उसने ऊदे रंग की भागलपुरी रेशम का एक बहुत ढीला-ढाला पजामा निकाला, बिल्कुल सादा। कपड़ा इस क़दर हल्का था कि वज़ीर ने उसे हाथ में लिया तो उसे लगा कि पजामे का वज़न दुपट्टे के वज़न से ज़्यादा नहीं है। मक़सद यही था कि सोने का लिबास हल्का होना चाहिए। शायद इसीलिए उस पर गोटा-ठप्पा-किनारी तो क्या, हल्की बेल भी न थी। सबसे आख़िर में हबीबा ने दुपट्टे ही के रंग की फूलाम का एक ढीला कुर्ता निकाला। पूरे कुर्ते पर चंपई रंग के फूल थे, लेकिन बहुत घने नहीं। गिरेबान ऊंचा था, लेकिन गले में घुंडी न थी और गला सामने से खुला हुआ था।

वज़ीर का दिल उन कपड़ों को देखकर ललचाया कि ऐसे लिबास में सोने का किसका दिल न होगा। वो बार-बार कुर्ते और दुपट्टे को उठाकर अपने बदन पर लगाती और उनकी फबन देखती।

"नीचे पहनने के लिए छोटे कपड़े भी हाज़िर करूं?" हबीबा ने पूछा। जब वज़ीर ने जवाब दिया कि छोटे कपड़ों की कुछ हाजत नहीं, तो हबीबा ने उसकी तरफ़ कुछ मानीख़ेज़ नज़रों से देखा, गोया पूछ रही हो कि कपड़े उतारने में कुछ मदद कर सकती हूं कि नहीं। या फिर यह कह रही हो कि पर्दे के पीछे तशरीफ़ ले जाना हो तो कपड़े उतारने ही पड़ेंगे। वज़ीर की उलझन उसके चेहरे से ज़ाहिर थी लेकिन चूंकि उसमें फ़ैसले की क़ुव्वत बहुत थी, इसलिए यह सूरतेहाल देर तक न रही। वो फ़ौरन ही कुर्सी पर बैठकर बोली, "चलिए, कहां से शुरू करें?"

फ़ैसला तो वज़ीर ने कर लिया था, लेकिन उसका चेहरा उदासी और मुस्कान के मिले-जुले भाव का पता दे रहा था। ज़ाहिर था कि वो यह बात पसंद नहीं करती थी कि कपड़े बदलने, नहाने-धोने या ज़रूरत की जगह की किसी मसरूफ़ियत में कोई उसका मददगार या शरीक हो, चाहे वो हबीबा जैसी मनचाही क्यों न हो।

आहिस्ता-आहिस्ता करके हबीबा ने वज़ीर के सारे ऊपरी कपड़े उतारे। दो-एक को तो दिक्क़त या आसानी से तह करके संदूक़ में रख सकी लेकिन बाक़ी ऐसे थे कि उन्हें तह करना उसके लिए मुमकिन नहीं था, या शायद वो तह किए जाने वाले कपड़े थे भी नहीं। ऐसे सब कपड़े हबीबा ने निहायत होशियारी से, गोया फूंक-फूंक कर उठाए और वहीं आबदारख़ाने में पीतल की खूंटियों पर लटका दिए। फिर उसने वज़ीर के मुंह-हाथ-पांव धुलवाए, उन्हें नर्म और हल्के इत्र लगे हुए रूमाल से पोंछा। वज़ीर की पतली कमर, भारी कूल्हे और उभरी हुई गात अब और भी नुमायां हो गई थीं। ऐसा लगता था कि कूल्हों का वज़न गात को संभाले हुए है, वरना ये कामिनी जैसी बीबिया चलतीं तो पांव रखतीं कहीं और पड़ता कहीं और। हबीबुन्निसा के दिल में शौक़ का एक वलवला दम भर को गूंजा पर उसने ज़ब्त से काम लेकर चेहरे पर कोई रंग न आने दिया और न ही अपने हाथों की मामूली सी कंपकपी को वज़ीर

पर ज़ाहिर होने दिया। उसने यह भी महसूस किया कि अब अगर वो ठहरेगी तो ये वज़ीर की नाराज़गी का सबब होगा। वो सलाम करके बोलीः "मैं बाहर ठहरती हूं। सरकार जब चाहें, आवाज़ दे लें।"

न चाहते हुए भी वज़ीर के माथे पर हल्की सी शिकन की लहर आई। हबीबुन्निसा का अब क्या काम होगा जो वो अपने वापस बुलाए जाने का इशारा कर रही है? वज़ीर भी बहरहाल अपने दिली स्वभाव को छुपाने में महारत रखती थी, बल्कि वो इस फ़न में हबीबा से भी कुछ ज़्यादा माहिर थी। हबीबुन्निसा ने नौकरी की वजह से चाकरी के अदब सीखे और उन पर अमल किया, तो वज़ीर ने मुहब्बत से लेकर दिल के न चाहने और हल्की सी नफ़रत तक के सब दर्जे और माहौल झेले थे, लिहाज़ा वज़ीर ने उस मामूली सी कराहत को जो उसके दिल में कहीं पैदा हो रही थी, परे झटककर कहा, "बहुत ख़ूब," और अपने कपड़ों और आबदारख़ाने के सामान की तरफ़ रुख़ किया।

हबीबुन्निसा के जाते ही वज़ीर ने अपने सब अंदरूनी कपड़े उतारे। वो उठकर पर्दे के पीछे जाना चाहती थी कि उसकी नज़र आदमक़द आईने पर पड़ी, जिसमें वो पूरी की पूरी दिखाई दे रही थी, जैसे कि वो थी। वो एक लम्हे के लिए चौंकी, फिर ठिठक गई कि उसके बदन के सारे उतार-चढ़ाव, यहां तक कि पेडू का हल्का सा उभार और उस पर उगती हुई हरियाली भी, हर चीज़ साफ़ नज़र आ रही थी, गोया उसके बदन से रोशनी फूट रही हो और वो रोशनी आईने की सफ़ाई और चमक को दो-एक दर्जा और बुलंद कर रही हो। उसके बदन से कहीं भी गुमान न गुज़रता था कि वो दो बच्चों की मां बन चुकी है। उसके पेट पर खिंचाव के वो निशान भी न थे जो अक्सर औरतों के यहां बच्चा जनने के बाद पैदा हो जाते हैं। रानें गोया कुम्हार के चाक से उतारकर धूप में सुखाई गई हों, एड़ियों और तलवों का गुलाबीपन पांव के पंजों और टख़नों के हल्के गुलाबी, जामुनी सांवलेपन की रौनक़ बढ़ा रहा था। पेट बिल्कुल सपाट, गर्दन बिल्कुल सीधी और सुडौल, शर्बती आंखों में शर्मों की जगमगाहट यूं थी जैसे नाज़ुक बिल्लौरी क़ुमक़ुमों में अर्ग़वानी शराब भरकर उनके पीछे क़ंदील रोशन कर दी गई हो।

अचानक उसका दिल भर आया। ब्लाक साहब के सिवा किसी ने उसे न देखा था और जिस तरह वो आईना उसे देख रहा था, उस तरह तो ब्लाक साहब भी न देखते होंगे और आज... आज उसे कोई और देखेगा। वो हज़ार राहते-जां सही लेकिन वो पहला न था... उसकी आंखें छलकने लगीं। उसको लगा कि उसके बदन की सारी क़ुव्वत जो हबीबुन्निसा की देखभाल और हिफ़ाज़त ने पैदा की थी, किसी कुएं में उतर गई है। कुर्सी पर बेइरादा गिरकर उसने ज़ानू पर ज़ानू रख लिया, इस तरह कि उसका बीच का बदन बिल्कुल पोशीदा हो गया। रानों के बीच पेडू के नीचे का उभार

बिल्कुल छुप गया था और रानों के मिल जाने ने पेट और पेडू के बीच एक नई और ज़रा गहरी तिकोन सी बना दी थी। उसने सर झुका लिया। अब वो आईने में नहीं, अपने दिल में .ख़ुद को देख रही थी। वो उस नातजुर्बेकार मगर अपनी मनमानी करने पर अड़ी लड़की को देख रही थी, जिसके बदन के सारे भेद और रूह के बहुत से भेद एक क्रिस्टान फ़िरंगी ने उस पर इस अंदाज़ से खोले थे, गोया वो उस पराये मर्द ही पर ऊपर से उतरे हों और फिर सब कुछ उसके लिए पूरा-पूरा आंखों देखा सच बन गया था। वो मार्स्टन ब्लेक के लिए रोई, आज उस पर यह बात पूरी तरह साबित हो गई थी कि कोई क़यामत तक नहीं जीता और मरने वाले कभी लौटकर नहीं आते। उसकी आंखों से टप-टप आंसू गिरने लगे। वो सर झुकाए चुपचाप रोती रही और उसके आंसू छातियों की ढलान से होकर उस तिकोने घड़े में जमा होते रहे, जो टांग पर टांग रख लेने से उसके पेट और पेडू के बीच बन गया था।

हबीबुन्निसा आबदारख़ाने के दरवाज़े से लगी खड़ी थी और वज़ीर के बाहर आने में देरी की वजह से बहुत परेशानी में भी थी। लेकिन उसकी हिम्मत न पड़ती थी कि आवाज़ देकर हाल दरयाफ़्त करे या अंदर चली ही जाए। पेशाबख़ाने की दीवार का दरवाज़ा सेहतख़ाने में खुलता था। मुमकिन है चौकी पर चली गई हों। पता नहीं वहां शमा रोशन है कि नहीं... न सही, .ख़ुद ही रोशन कर लेंगी। इस वक़्त कुछ बोलना ठीक नहीं। कैसी मनमोहनी सी हैं, लेकिन दिमाग़ भी इनके बहुत हैं। कोई बात नागवार गुज़रेगी तो पट से डांट ही तो देंगी। नहीं, डांटेंगी नहीं लेकिन त्योरी पर बल तो आएगा। वही काफ़ी है।

ज़रा से खटके के साथ आबदारख़ाने का दरवाज़ा खुला। वज़ीर बाहर आई। उसके चेहरे पर थकान थी और थोड़ी सी उदासी के रंग थे। हबीबुन्निसा ने फ़ौरन महसूस किया कि कुछ बात हो गई है, लेकिन पूछने की उसे हिम्मत न हुई। वज़ीर ने संदूक़ से निकाला हुआ ऊदा रेशमी पजामा और वही ज़र्द फूलाम का कुर्ता और रेशमी मलमल का पीला दुपट्टा ओढ़ रखा था। मेहमानसरा की हरियाली मिली रोशनी में यह लिबास उस पर ऐसा फब रहा था जैसे सोने के शमादान पर ज़र्द-नारंजी फ़ानूस कंवल की तरह खिल उठता है। उदास हुस्न के बारे में हबीबुन्निसा ने दास्तानें कहने वालों से बहुत कुछ सुन रखा था, मगर उसके ख़्याल में भी न था कि किसी हसीन के उदास चेहरे पर इस क़दर कशिश, इस क़दर रौब, गुलाब की पत्तियों की हल्की सियाही मिली और गुड़हल के बड़े नारंगी फूल जैसी गोधूली रोशनी का मेल मुमकिन है।

हबीबुन्निसा ने आगे बढ़कर वज़ीर का कंधा हल्के से छुआ और बोली, "आप थक गई होंगी। पलंग पर राहत फ़रमाएं तो चप्पी कर दूं।"

वज़ीर के दिल में शुक्रगुज़ारी के जज़्बे ने करवट ली। लेकिन साथ ही साथ उसे

कुछ चिढ़, कुछ झुंझलाहट सी महसूस हुई। यह कौन है जो बात-बात पर बिछी जाती है मुग़लानी हो, प्रसाधिका हो, है तो ख़ादिमा और क्या इसे इतनी समझ नहीं कि मेरा जी मांदा हो रहा है? ...नहीं, मांदा तो नहीं हो रहा है लेकिन अल्लाह जाने क्यों, यह कमरा अब मुझे पहले की तरह .खुशगवार नहीं लग रहा... वो थके-थके क़दमों से पलंग के पास आई और नाप-तोलकर पायदान पर पांव रखकर पलंग पर बैठ गई। हबीबा ने दौड़कर उसकी जूतियां उतारीं और सहज स्वभाव से उसके पांव उठाकर पलंग पर रख दिए।

"आप ज़री की ज़री कमर टेक लें, मैं बालों में तेल देकर कंघी कर दूंगी। चप्पी बाद में होती रहेगी।"

पलंग के ऊंचे सिरहाने की तरफ़ कमख़्वाब के कई बड़े तकिये और मख़मल के कुछ गलतकिये भी थे। हर चीज़ से मोतिया के इत्र की .खुशबू आ रही थी। वज़ीर ने पलंग पर ऊपर खिसककर तकियों से सर टिका लिया और आंखें बंद कर लीं।

"कौन सा तेल पसंद करेंगी? जौनपुरी गुलरौग़न, काबुली रौग़न बादाम, बंगाले का दरियाई नारियल जिसमें थोड़ी सी काफ़ूर और सोंठ की मिलावट है, या..."

"ऐ है, बी हबीबा, अब बस भी करो। तुम तो अत्तार का पूरा बक्सा ही लिए फिरती हो। चलो कुछ भी लगा दो, गुलरौग़न सही।"

हबीबा लपक-झपक आबदारख़ाने से तेल की कुप्पी उठा लाई। तेल की चंद बूंदें हाथ पर लेकर उसने दोनों हथेलियों को आहिस्ता से मला और वज़ीर के सर पर उंगलियां रख दीं। तेल लगाने या मालिश करने के बजाय वह वज़ीर के बालों में उंगलियों से कंघी करने लगी। वज़ीर की आंखें भरपूर राहत से बंद होने लगीं। अभी चौथाई घड़ी भी न गुज़री थी कि उसके अंदर का तनाव यूं ग़ायब होने लगा जैसे बटे हुए रेशम के बल खुलते हैं। उसने मज़े और सुख से भरी हुई हल्की सी सिसकी ली और दोनों पांव, जो उसने अब तक ज़ानुओं तक मोड़ रखे थे, पलंग पर फैला दिए और क़रीब था कि वो सो जाए कि अचानक वो अंदर ही अंदर चौंक पड़ी... मैं यहां कहां हूं? ...ये तो लोहारू वालों की हवेली है। मेरा इस तरह सो जाना ग़ैर मुनासिब है। उसने निंदासी आंखें खोलीं और हबीबा की तरफ़ देखा। उसका जी चाहा हबीबा से पूछे कि तुम यहां कब से हो, कहां से आई थीं। नवाब की किसी बेगम की मुग़लानी तो हो नहीं सकतीं। शायद उनकी वालिदा के साथ रही हो और अब उनके मरने के बाद नवाब के यहां किसी हैसियत से नौकर हो। उन्होंने तुम्हें यहां भेजा तो वो तुमसे बहुत एका रखते होंगे और दिली भरोसा करते होंगे। लेकिन फिर उसने सोचाः पहली मुलाक़ात में बेतकल्लुफ़ सवालात पूछना ठीक नहीं। अगर यहां ताल्लुक़ क़ायम रहा तो सब बातें मालूम हो जाएंगी, वरना फिर मुझे उनके बारे में जानकारी हो या न हो, सब एक है।

हबीबुन्निसा ने देखा कि अब वज़ीर ख़ानम के चेहरे पर सुकून, बल्कि ताज़गी के आसार हैं। उसने कहा, "ख़ानम अगर आराम कर जाना चाहें, तो बिस्मिल्लाह। आपको थकान भी है। मैं अब इजाज़त चाहती हूं।" फिर वो एक पल रुककर बोली, "नवाब साहब के लिए क्या वक़्त मुनासिब रहेगा? उन्हें ख़बर कर दूं?"

यह सवाल सुनते ही वज़ीर के दिल में एक सनसनी सी उठी। यह वो लम्हा था जिसका उसे इंतज़ार या उम्मीद तो न कहेंगे, ख़्याल ज़रूर था और हालांकि वो आज शाम की दावत में अपनी मर्ज़ी और पसंद से आई थी और उसे शम्सुद्दीन अहमद से कुछ उम्मीदें भी थीं और उसके दिल का रुख़ भी कुछ नवाब की ही तरफ़ था, लेकिन आज की शाम वो न जाने क्यों चुनाव के इस दौर से बार-बार आंख बचा जाती थी। अब आंख बचाने की गुंजाइश ख़त्म हो चुकी थी। दो-चार पल की ख़ामोशी के बाद वो मुस्कुराई और हबीबा की आंखों में आंखें डालकर बोली, "उनके लिए सभी वक़्त मुनासिब हैं। हुकूमत उनकी है। मैं तो मेहमान हूं... और अब तो पत्थर के नीचे हाथ आ गया है।"

हबीबुन्निसा ने इन जुमलों में दो पहलू देखे लेकिन फ़ैसला न कर सकी कि वज़ीर ख़ानम संजीदगी से ये बातें कह रही हैं या तंज़ और मज़ाक़ के आलम में हैं। उसने थोड़ी देर ग़ौर करने के बाद संभल-संभलकर कहा, "आप मेहमान नहीं, हम तो आप ही की हुकूमत हर तरफ़ देखें। नवाब अपने दिल की दौलत आपके तो ज़रख़रीद हुए जा रहे हैं।"

"हबीबुन्निसा, तुमने फिर चुहलें शुरू कर दीं," वज़ीर ने कुछ बनावटी नाराज़गी से कहा। "चलो, वो मेरे ज़रख़रीद ही सही, मगर मैं तो इस वक़्त क़ैदे-फ़िरंग में हूं।"

"ख़ुदा-ख़ुदा कीजिए, बीबी," हबीबा ने अपने कानों को हाथ लगाकर कहा। "यह कोई अंग्रेज़ का मुल्क थोड़ी है।"

"न सही, लेकिन मेरी जान इन दिनों अजब दबाव में है, हबीबा।"

वज़ीर इतना कहकर ख़ामोश हो गई, लेकिन लगता था वो कुछ और कहना चाहती है पर मस्लेहत या ज़ब्त उसे रोक रहा है। हबीबुन्निसा कुछ समझी, कुछ नहीं समझी, पर इस बार भी उसने बहुत संभल-संभल कर जवाब दिया, "अल्लाह बड़ा बादशाह है, ख़ानम साहब। अल्लाह पर भरोसा रखिए।" फिर उसने आगे आकर चट-चट वज़ीर की बलाएं लीं और बोली, "बंदी को अब इजाज़त मिले। मैं नवाब साहब को ख़बर कर दूंगी। ख़ुदा हाफ़िज़।"

हबीबा ने वज़ीर के सर में एक-दो बार उंगलियां फेरीं, इस कमाल से कि चोटी खुल गई और गेसू बिखरकर कंधों और पीठ पर फैल गए। चोटी खुली तो गुलरौग़न की ख़ुशबू वज़ीर की नाक में आई और उसके दिल को ताज़गी पहुंचा गई। फिर हबीबा ने झुककर दो सलाम किए और एक क़दम पीछे हटी। वज़ीर का दिल चाहा

अंग्रेज़ों की तर्ज़ के मुताबिक़ हबीबा का शुक्रिया अदा करे। उसे मालूम था कि अंग्रेज़ अपने नौकरों का शुक्रिया कभी अदा नहीं करते थे और ख़ासकर हिंदुस्तानी नौकर तो उनके लिए इंसानी वजूद से कमोबेश महरूम थे। वो आपस में शुक्रिये की रस्म को अलबत्ता निहायत पाबंदी से निभाते थे। हिंदुस्तानियों में पुराने नौकरों का शुक्रिया, बल्कि उनके पूरे सम्मान की रस्म थी। पुराने नौकरों को बाबा, चाचा वग़ैरा कहकर पुकारना और उन्हें 'आप' कहना आम था। लेकिन वज़ीर के लिए हबीबा न तो पूरी तरह पुराने नौकरों की क़तार में थी और न रिश्तेदार कही जा सकती थी। ऐसी सूरत में वज़ीर को शक था कि अभी पहली ही जान-पहचान में हबीबा से शुक्रिये के कलमे कहना ठीक होगा कि नहीं, लेकिन वज़ीर ने ये सब उसूल और तरीक़े ताक़ पर रखकर कहा, "ख़ुदा हाफ़िज़ हबीबा, हम तुम्हारे बहुत शुक्रगुज़ार हैं।"

हबीबा या तो तेज़-तेज़ क़दम बढ़ाती आबदारख़ाने के दरवाज़े की तरफ़ जा रही थी या रुककर वहीं खड़ी हो गई। उसके चेहरे पर हैरत का रंग था: "हमारी शुक्रगुज़ार हों और आप! ख़ुदा रखे, आप ऐसा न कहें। हम तो नमकख़्वार हैं, अपनी जान भी आप पर फ़िदा कर दें तो आपका हक़ अदा न हो।"

"अच्छा, अब तो मैं कह ही बैठी हूं," वज़ीर ने हंसकर कहा लेकिन उसका गला कुछ भर्राया हुआ सा था। "तुम ये बात भूल जाना, मैं न भूलूंगी।"

यह कहकर वज़ीर ख़ानम ने घुटने मोड़कर पांव अंदर की तरफ़ कर लिए, इस तरह कि उसकी कमर और रानों की कशिशें कुछ छुप गईं। लेकिन जब उसने पलंग के सिरहाने से पीठ लगाई तो सीने और गर्दन की बुलंदी नुमायां हो गई। माथे पर एक-दो लटें छिटकी हुई, एक तरफ़ कंधे पर पेचदार चमकदार गेसुओं की सियाहियां लहराती हुइ, लंबी-लंबी पलकों के नीचे शर्बती आंखें झुकी हुई, लेकिन शम्ओं की रोशनी पलकों से छनकर आंखों में अठखेलियां करती हुई, एक हाथ गोद में रखा हुआ और एक पलंग के पास की मेज़ पर रखी हुई किताब की तरफ़ बढ़ा हुआ, गला और कलाइयां अब भी ज़ेवरों से ख़ाली लेकिन दोनों अंगूठियों के याक़ूत और दूसरी अंगूठियों के ज़मर्रुद दुपट्टे के ज़र्द और कुर्ते के चंपई फूलों के पसेमंज़र में दमकते हुए। रंगों की ऐसी धीमी फुहार उस कमरे की छत ने भला काहे को देखी होगी। फिर हबीबुन्निसा की बात ही क्या थी।

हबीबा ने उसे कई लम्हे पलक झपकाए बग़ैर देखा, गोया यक़ीन न कर सकती हो कि पलंग पर बैठी हुई लड़की गोश्त-पोस्त की बनी हुई है। वज़ीर ने एक बार फिर कहा, "ख़ुदा हाफ़िज़" और किताब की तरफ़ मुतवज्जोह हो गई। हबीबा ने दोबारा झुककर सलाम किया और उल्टे पांव चलती हुई आबदारख़ाने के दरवाज़े में दाख़िल हो गई। वहां परली तरफ़ का दरवाज़ा एक तंग राहदारी पर खुलता था। राहदारी में दाख़िल हों तो सामने ज़रा बाईं तरफ़ को सेहतख़ाने का दरवाज़ा था। दाईं

तरफ़ राहदारी एक बड़े दालान पर ख़त्म होती थी, जहां से और कई तरफ़ की राहें निकलती थीं। सामने आंगन था जिसमें कई तरह के फलों और फूलों के पेड़-पौधे थे; नीम, खजूर, मौलसिरी, गुलाब, चंपा, रायबेल वग़ैरा उनमें ख़ास थे। आंगन और दालान दोनों तरफ़ से ख़ास महलसरा के शागिर्दपेशे तक भी पहुंचने का रास्ता था।

वज़ीर इन तफ़्सीलों से बेख़बर थी, और न ही उसे ये सब जानने की ज़रूरत थी। उसे मालूम था कि नवाब आएंगे तो बड़े दरवाज़े ही से दाख़िल होंगे। शायद साथ में कोई चोबदार ऐलानची के तौर पर हो, या शायद न हो। बहरहाल अब यह इत्मीनान उसे था और बाक़ी रात का नक़्शा अब उसके ज़हन में कमोबेश तैयार हो चुका था। जिस किताब को हाथ बढ़ाकर उसने उठाया था, वो हाफ़िज़ का दीवान निकली। चमड़े की ख़ूबसूरत, सुनहरी जिल्द, कुछ पुरानी सी। लेकिन लगता था कि किताब यूं ही रखे-रखे पुरानी नहीं हो गई है बल्कि उसे पढ़ा जाता रहा है। अक्सर वर्क़ों के कोने थोड़े से मुड़े हुए और कुछ गले हुए थे। मुमकिन है नवाब ने कुतुबख़ाने से मंगवाकर आज इसे मेरी ख़ातिर यहां रखवाया हो, उसने दिल में ख़्याल किया। फिर उसने किताब किसी ख़ास ग़ज़ल या रदीफ़ को देखने के लिए नहीं बल्कि यूं ही खोली। दाईं तरफ़ के वर्क़ पर पहला ही शेर थाः

हर यक शिकन ज़-जुल्फ़त पंजाह-शिस्त दारद
चूं ईं दिले-शिकस्ता बा-ईं शिकन बर आयद

(तेरी ज़ुल्फ़ के हर पेंच में पचास-पचास निशाने लगे हुए हैं, ये बेचारा टूटा हुआ दिल क्योंकर इन निशानों से बच निकले)

"ख़ूब", उसने दिल में कहा और बेइख़्तियार मुस्कुरा दी। शायद इस शेर में भी कोई फ़ाल छुपी हुई थी, उसने माथे पर की लटों को पीछे और बराबर करते हुए सोचा। अभी वो कोई और वर्क़ खोलने वाली थी कि बाहर कुछ तेज़ सी रोशनी झमकी और कुछ फ़ासले पर असाबरदार के लठ की खटखट सुनाई दी। वज़ीर ने किताब पलटकर जल्दी से मेज़ पर रख दी और दुपट्टा सर पर ओढ़ लिया।

दरवाज़ा आहिस्ता खुला। नवाब शम्सुद्दीन अहमद अंदर दाख़िल हुए। उनके साथ कोई ख़िदमतगार या मुग़लानी न थी। असाबरदार की खटखट इसीलिए थी कि अंदर वालों को मालूम हो जाए और दूर से इसलिए थी कि दख़लअंदाज़ी की ज़रा सी भी झलक न मिले। वज़ीर ने ख़ुद को थोड़ा और सिमटा लिया और निगाहें अपने घुटनों पर रखीं। नवाब की शख़्सियत बेतकल्लुफ़ी के माहौल में और भी पुरकशिश लग रही थी। उस वक़्त वो घर के अंदर पहनने वाला मामूली लिबास पहने हुए थे। रेशमी सफ़ेद मलमल का ढीला कुर्ता जिस पर सुनहरी आसमानी बेल टंकी हुई थी, उसी कपड़े का पजामा देहलवी तर्ज़ यानी चौड़े पांयचों का। पजामे की मलमल में हल्की हरी धारियां थीं और कुर्ता बिल्कुल सादा था। सर पर हरे रंग की पगड़ी, कुछ

राजपूतानी तर्ज़ की, लेकिन उससे ऊंची। पांव में डेढ़ हाशियों की सुनहरे काम की जूती जिस पर अंगूरी बेल बनी हुई थी। गले में मोतियों के पंचलड़े हार और दाएं हाथ की शहादत की उंगली में याक़ूत के मुहर वाले नगीने के अलावा नवाबी की कोई निशानी उनके बदन पर न थी।

शम्सुद्दीन अहमद अंदर आकर धीरे से खंखारे और बोले, "शब-बख़ैर, वज़ीर ख़ानम।" (पुराने ज़माने में शाम या रात को मुलाक़ात के वक़्त 'शब-बख़ैर' कहते थे गोया यह अंग्रेज़ी Good Evening के बराबर था। आज ये फ़िक़रा उस वक़्त बोलते हैं जब रात के लिए रुख़सत हो रहे हों, यानी अब यह Good Night के बराबर है)

अब वज़ीर ने आंख उठाकर नवाब को देखा। उसके चेहरे पर मुस्कुराहट आई। यह वही मुस्कुराहट थी, जिसकी ताब अब तक कोई न ला सका था। शम्सुद्दीन अहमद को अपने घुटने कमज़ोर होते महसूस हुए। बदन चुराए हुए भी वज़ीर के अंग-अंग से कामकेली की दावत फूटती मालूम होती थी। नवाब का जी तो कुछ और चाह रहा था, लेकिन उन्होंने ज़ब्त से काम लिया। जैसे ही वज़ीर उनको सलाम करने के लिए उठी, उन्होंने उसका गाल प्यार से थपथपाकर उसके माथे, आंखों और फिर मुंह पर बोसा दिया। फिर कमर में हाथ देकर शम्सुद्दीन अहमद उसे वापस पलंग पर बिठाकर ख़ुद उसके पास बैठ गए, यूं कि वज़ीर पहले की तरह पलंग के सिरहाने से पीठ लगाए हुए थी। लेकिन इस बार उसने घुटने मोड़कर ज़ानुओं से मिला नहीं दिए थे, बल्कि कूल्हों के बल बैठे हुए उसने पांव और पहलू अपनी तरफ़ यूं खींच लिए, गोया घुटनों पर सर निहुड़ाकर वह किसी सोच में डूब जाने वाली हो। लेकिन उसने घुटनों पर सर न रखा बल्कि दोनों बाज़ू घुटनों में लपेट दिए, इस तरह कि पहलू सिमटकर छातियों से लग गए। गोया उसकी तर्ज़ उकडू बैठने की थी भी और नहीं भी। वह कुछ अजब आसन से बैठी थी कि उसमें बेतकल्लुफ़ी भी थी और बदन के बड़े हिस्से की हिफ़ाज़त भी थी।

उसकी मुस्कुराती हुई आंखें नवाब को देख रही थीं और नवाब उसके बिल्कुल पास सरककर यूं बैठ गए कि उनका एक हाथ वज़ीर के घुटने पर और दूसरा उसके कंधे पर था। इस हिलने-डुलने में दुपट्टा वज़ीर के सर से फिसलकर कहीं रह गया और गर्दन की बुलंदी की नज़ाकत कुछ और नुमायां हो गई। नवाब ने वज़ीर के गेसुओं में उंगलियां फेरीं और चाहा कि उसके पांयचे ऊपर खिसकाकर पिंडलियों और हो सके तो उसके भी आगे की सैर करें। वज़ीर के भी दिल में अब फूल खिलने लगे थे लेकिन वो ख़ुद को आसानी से पकड़ी जाने वाली भी ज़ाहिर नहीं करना चाहती थी। जैसे ही नवाब ने पांयचे सरकाए और घुटने को प्यार किया और चाहा कि हाथ और आगे ले जाएं, कि वज़ीर ने जल्दी से पांव फैला दिए और पांयचे बराबर करती हुई बोली, "उंगली पकड़ते-पकड़ते पौंहचा पकड़ना तो सुना था, लेकिन पिंडली और

ज़ानू की बुलंदी से पस्ती का सफ़र करने की हिम्मत करने वाले आज ही देखे। सरकार ने यह नटों का तमाशा कहां से सीखा?" वो खिलखिलाकर हंसी और इस बात का यक़ीन दिलाने के लिए कि उसे नवाब को नाराज़ करना मंजूर न था, उसने नवाब का हाथ खींचकर अपने सीने पर रखा और कहने लगी, "अब देखिए न, आपकी लूटमार ने मेरे दिल का क्या हाल कर दिया! धड़कन तेज़ हो गई। कहीं ग़शी न छा जाए।"

नवाब ने वज़ीर का पूरा बदन अपने बाज़ुओं में समेटने की कोशिश करते हुए कहा, "हम तो आप पर पहले ही से ग़श हैं। आप ग़श करेंगी तो हम संभाल लेंगे। आख़िर अल्लाह ने आग़ोशें किसलिए बनाई हैं?"

इस बार वज़ीर ने .ख़ुद को नवाब के बाज़ुओं में आने दिया और उनके कंधे पर सर रखकर बोली, "अल्लाह आपकी .ख़ुशबू ऐसी है कि अगला यूं ही नशे में लड़खड़ाकर चारों हाथ-पांव से गिरे, साग़र को मेरे हाथ से लेना कि चला मैं।"

"आपकी कोई लड़खड़ाहट ऐसी नहीं जिस पर सहारा देने, संभालने, उठाने को हम न मौजूद हों। आप वल्लाह लड़खड़ाएं तो, हम कब से बेचैन हो रहे हैं।" यह कहकर नवाब ने वज़ीर का दुपट्टा अलग कर दिया और उसके कुर्ते के तुकमे खोलने के लिए उसके गिरेबान पर हाथ डाला। उन्होंने देख लिया था कि वज़ीर के बदन पर बस दो कपड़े थे, कोई ज़ेरजामा न था। वज़ीर ने तड़पकर .ख़ुद को अलग किया और बोली, "हटिए, आप यह क्या कर रहे हैं? तमाम रौशनियां जल रही हैं।"

"शमएं जल रही हैं तो कोई बात नहीं, इन्हें जलने ही दीजिए।"

"तौबा! कहां मैं, कहां चमकदार शमएं! मैं तो कह रही थी कि रोशनी में..."

"जी हां, रोशनी ही में। आपके बदन की शमा के आगे ये तमाम शमएं .ख़ुद ही झिलमिला उठेंगी... अब और न तरसाइए। रात भी मेरे आंसुओं से भीगकर अब ठंडी होने को है।"

"अच्छा..." वज़ीर ने दुपट्टा फिर ओढ़कर उसका घूंघट सा लगाते हुए कहा, "ज़रा परे हटकर तो बैठिए..." और फिर उसने नवाब के मुंह पर हाथ रखकर उनका मुंह दूसरी तरफ़ फेर दिया। "इधर देखिएगा नहीं। आंखें बंद रहें तो और भी अच्छा।"

इससे पहले कि शम्सुद्दीन अहमद को कुछ जवाब सूझता, वज़ीर ने दोनों कपड़े उतार फेंके, ढीले-ढाले तो थे ही... फिर उसने दुपट्टे को चादर की तरह ओढ़ा। "लीजिए साहब, अब इधर मुंह कर लीजिए। अब कुछ देखने को नहीं है।"

वज़ीर का बदन दुपट्टे से झलक रहा था लेकिन उसने दुपट्टे की चादर इस महारत से बनाई थी कि वो अब भी नग्न नहीं लग रही थी। उसकी कुछ शर्माती, कुछ हंसती हुई रोशन आंखें अलबत्ता शौक़ के दरवाज़े पर दस्तक दे रही थीं।

नवाब ने बात तो समझ ली थी लेकिन फिर भी उन्हें यह उम्मीद न थी कि वज़ीर अपना लिबास ख़ुद ही अलग करेगी। उनके दिल में एक लम्हे के लिए चिढ़ का बबूला सा उठा। अंग्रेज़ के साथ ने इसे बेहया बना दिया है। ये ख़ुद से कपड़े उतारने की बात वहीं सीखी होगी... लेकिन उसी लम्हे वो शर्मिंदा भी हुए। उन्हें मीर का मिसरा याद आयाः

कपड़े उतारे उनने, सर खेंचे हम कफ़न में

तो जो बात मीर साहब के ज़माने में सौ साल पहले सही थी, वो आज भी सही रहेगी। नवाब ने वज़ीर का दुपट्टा आहिस्तगी से खींचा। वो फिर बदन चुराए हुए बैठी थी, लेकिन इस बार बेपर्दगी ने पर्दापोशियों को हर मोर्चे पर शिकस्त दे दी थी। उनके बदन में सनसनी सी दौड़ गई। इधर उनकी आंखों में शौक़ की क़ंदीलें रोशन हो रही थीं कि उधर मीर के उसी शेर का पहला मिसरा उनकी यादों की गहराइयों से निकलकर उनके ज़हन को जगमगा गयाः

मर-मर गए नज़र कर उसके बरहना तन में

इस वक़्त मेरी यही हालत है, या शायद इससे भी बदतर। उन्हें अपना बदन बेक़ाबू होता मालूम हुआ। ज़हन के दांत पर दांत जमाकर रोकथाम के सारे सबक़ उन्होंने अपनी रूह और अपने दिल को पढ़ा डाले। अपनी छोटी मगर मसरूफ़ ज़िंदगी में शम्सुद्दीन अहमद ने बहुत से बदन देखे थे। बाज़ारी, ख़ानगी, हवस, शौक़ या फ़र्ज़ के अहसास की मारी बेगमें, लेकिन यहां तो आलम ही कुछ और था। वज़ीर का क़द औसत से ज़रा निकलता हुआ था, लेकिन वो ऐसी बदनचोर थी कि कपड़े पहनकर बिल्कुल धान-पान लगती थी। कपड़ों के बग़ैर भी वो दुबली-पतली लेकिन कामिनी और विलासिनी मालूम होती थी। पेशानी से आंख, नाक और होंठों तक, ठोड़ी से गर्दन तक, गले से कलाई व बाज़ू तक, हथेली से पौंहचों तक, कंधे से सीने तक, पेट से पेडू तक, पेडू से नीचे कूल्हों तक, कूल्हों की पुश्त से रानों और पिंडली तक, टख़नों से पैर, तलवों और उंगलियों तक, ज़ुल्फ़ और गेसू से पेडू के संदली उभार की हरियाली तक कोई जगह ऐसी न थी, जो संतुलित, सुडौल और अपने मौक़े के एतबार से भारी, बारीक या तंग न हो, और नज़ाक़त में कहीं भी कमी न थी।

शम्सुद्दीन अहमद को लगा कि उनकी सांस रुक जाएगी, या शायद उनकी दुनिया इतनी ज़ोर से चक्कर खा रही थी कि उसका बंद-बंद खिंचता हुआ सा मालूम हो रहा था। वज़ीर का बदन सुरमई बिल्लौरी गुड़िया का सा था, जिसे किसी माहिर बुततराश ने बनाकर रख दिया था कि शायद क़ुदरत फूंककर उसमें जान डाल दे और फिर शायद ऐसा ही हुआ था। शम्सुद्दीन अहमद उसे हाथ लगाते डरता था और उसे हर जगह छूने के लिए बेक़रार भी था।

वज़ीर ने चाहा कि हाथ बढ़ाकर शम्सुद्दीन अहमद के कुर्ते के बंद भी ढीले करे।

लेकिन नवाब ने उसका हाथ पकड़ लिया, फिर उसके दोनों हल्के और मेहंदी से सजे हुए हाथ अपने एक हाथ में ले लिए और एक-एक करके दसों उंगलियों को बोसा दिया। फिर उसने वज़ीर के ज़ानुओं पर मुंह रखकर आंखें बंद कर लीं।

□□

राहत अफ़्ज़ा

वज़ीर की आंख बार-बार खुलती और बार-बार फिर उसे ऊंघ आ जाती। हर बार आंख खुलने पर वो शम्सुद्दीन अहमद को अपने पहलू में देखती या उन्हें हाथ से छूती और हर बार उसके दिल में इत्मीनान और शुक्रिये की हल्की सी लहर उठती और उसके आपे को सेराब कर जाती। नवाब उसके वफ़ादार साबित होंगे, इसमें उसे कोई शक न था। उसे अपने बारे में भी कोई शक न था कि नवाब से उसका लगाव ख़ुदग़र्ज़ी भरी मंसूबाबंदी का मामला न था बल्कि शम्सुद्दीन अहमद का बदन और शख़्सियत दोनों ही उसे बहुत भले लगते थे। विलियम फ्रेज़र जैसे ज़बरदस्त और सत्तारूढ़ अंग्रेज़ के साथ लोहा बजाने को हर वक़्त तैयार रहना मामूली बात न थी। फिर बिस्तर के अदब में भी शम्सुद्दीन अहमद की ख़ूबियां मार्स्टन ब्लेक से कुछ कम न थीं। ब्लाक साहब की तरह वो भी ज़ोर या ज़बरदस्ती क्या, इसरार और ज़िद के भी क़ायल न थे। रज़ामंद करना और दिलचस्पी जगाना और दोनों को बराबर का लुत्फ़ दिलाना, दोनों ही इन नहरों के एक जैसे और माहिर तैराक थे।

ये सब तो था लेकिन वज़ीर को ठीक से नींद नहीं आ रही थी। कुछ तो ये था कि मर्द से बात कर लेने के बाद औरतें अगर थक भी जातीं तो उन्हें नींद नहीं आती थी, और फ़ौरन तो हरग़िज नहीं। लेकिन मर्द आमतौर पर फ़ौरन ही, या एकाध घड़ी में, बातें करते-करते या औरत का हाथ अपने हाथ में लेकर उससे खेलते और उसको प्यार करते-करते अचानक डुबकी लगा जाते। ब्लाक साहब और नवाब साहब दोनों का यही मामला था। लेकिन छोटी बेगम को नींद न आने की और भी वजहें थीं। हालांकि उसका दिल नवाब के लिए शुक्रिये के जज़्बे से लहलहा रहा था, लेकिन उसे यह फ़िक्र भी थी कि आने वाले ज़माने में ये बेल कौन से मढ़े चढ़ेगी और चढ़ेगी भी या चंद दिनों में मुरझाकर रह जाएगी।

बहुत देर बाद उसे ठीक से नींद आई। उस वक़्त तीन या चार बजे होंगे। इस दौरान नवाब की आंख एक-दो बार खुली थी और उन्होंने मुस्कुराकर वज़ीर की तरफ़ देखा था, गोया इशारा कर रहे हों या अंदाज़ा लगा रहे हों कि रात की बात जहां ख़त्म हुई थी, क्या वहीं से फिर शुरू की जाए। लेकिन उन पर नींद और वज़ीर पर थकान हावी थी। सुबह होने के पहले दोनों की आंख एक साथ खुल गई और उस वक़्त उन्होंने मीठी मुस्कानों और शहद भरे बोलों के साथ ज़िंदगी का वज़ीफ़ा दोबारा अदा किया। उसके बाद बिल्कुल अप्रत्याशित तौर पर वज़ीर को झपकी आ गई, जो फ़ौरन

ही गहरी नींद में बदल गई। वो सारी थकान, तनाव, नायक़ीनी, उम्मीद, डर और उलझनें और ख़्यालों का बिखराव जो कल शाम उस वक़्त शुरू हुआ था जब उसकी सवारी नवाब के दरवाज़े पर ठहरी थी, अब आख़िरकार धुएं जैसी सुरमई धुंध के पर्दे से सर निकालती हुई सुबह की ठंडी सलोनी .ख़ुशबुओं में घुलने और घुल-घुलकर हवा जैसी नाज़ुक और राहत देने वाली नींद में मिलने लगी।

जब ज़ीनतुन्निसा बेगम की मस्जिद से सुबह की अज़ान बुलंद हुई और मस्जिद के पीछे नवाब अहमदबख़्श ख़ां के बाग़ में बुलबुलें चहकने लगीं तो वज़ीर ख़ानम ख़्वाब में देख रही थी कि मैं जयपुर में हूं, बच्चे मेरे साथ हैं और हम ब्लाक साहब से मिलने जा रहे हैं, जो कहीं दूर लेकिन राजपूताने ही के किसी शहर में रहने लगे हैं। मेरे सोने के कमरे में एक एल्बम है जिसमें शाहाना अंदाज़ की तस्वीरें हैं। हर तस्वीर जगमगा रही है, गोया अभी-अभी तैयार हुई हो। कई-कई रंग के नीले रंग, आसमानी, लाजवर्दी, ज़बरजदी, आबी, हरापन लिए हुए और कई तरह के हरे रंग, धानी, पिस्तई, माशी, मूंगिया, अंगूरी। सूरतें, प्यारी-प्यारी, नाज़ुक हाथ-पांव, लेकिन कोई तस्वीर साफ़ दिखाई देती नहीं है। .ख़ुदा जाने कहां से हवा चली आ रही है कि एल्बम के सारे वर्क़ फड़फड़ा रहे हैं। एक ज़रा देर को हवा ठहरी तो उसकी निगाह भी ठहर... यह तो बनी-ठनी की तस्वीर थी...!

उसकी आंख खुल गई। इस बार सारी नींद काफ़ूर हो चुकी थी। लेकिन उसने आंखें फिर बंद कर लीं। अभी उठने की जल्दी क्या थी और ये ख़्वाब भी कैसा था? इसकी ताबीर क्या हो सकती थी? न जाने कोई ताबीर थी भी या नहीं। सुना है सुबह के ख़्वाब सच्चे होते हैं। लेकिन ब्लाक साहब तो इस दुनिया में हैं नहीं, फिर मैं अपने बच्चों को लेकर उनसे मिलने कहां जा रही हूं? क्या इसका मतलब यह है कि हम तीनों बहुत जल्द ऊपरी दुनिया में उनसे जा मिलेंगे? क्या अल्लाह ने हमारी तक़दीर में दोबारा एक होना लिखा है? या फिर इशारा यह है कि नवाब शम्सुद्दीन अहमद अब तुम्हारे लिए वही हैं जो ब्लाक साहब थे। तुम्हारे जीवन का केंद्र, तुम्हारी पनाह, तुम्हारा घर अब यही है। तो क्या मेरे प्यारे बच्चे भी मुझे मिल जाएंगे? ...और यह बनी-ठनी की तस्वीर क्या मानी रखती है? बनी-ठनी को तो किसी ने देखा नहीं, वो तो एक ख़्याली मूरत हैं। एक देवी जो इंसान मानी जाती हैं, लोग उन्हें ढूंढ़ते हैं, चितेरे उनकी सूरतगरी करते हैं लेकिन वो .ख़ुद कहीं नहीं।

वज़ीर अपनी आंखें बंद किए इन्हीं ख़्यालों में गुम थी। शाहज़ादी ज़ीनतुन्निसा के मज़ार का मुजाविर बड़ी मीठी आवाज़ में अज़ान देता था, बहुत खुली हुई ठहरी आवाज़, बनावट, ज़ोर या दबाव की एक झलक भी नहीं। अभी वहां की अज़ान ख़त्म न हुई थी कि रोशनुद्दौला की मस्जिद से अज़ान की आवाज़ आने लगी। ज़रा मद्धम मगर गूंजती हुई। खरज के सुर शाही फ़रमान की तरह हवाओं के तेज़रफ़्तार राहगीरों

के कंधों पर दौड़ रहे थे। फिर दूसरी छोटी-बड़ी मस्जिदों से अज़ानें रात की घटती हुई तारीकी में रोशन धारों की तरह फैलने लगीं। वज़ीर ने आंखें बंद किए-किए करवट ली और हाथ फैलाकर नवाब को छूना चाहा, जैसे वो अपनी तसल्ली करना चाहती हो कि नवाब उसके पास ही हैं। लेकिन उसके हाथ में हवा के सिवा कुछ न आया। उसका जी धक से हो गया। वो आंखें मलती हुई उठी, फिर उसने घबराकर हर तरफ़ नज़रें दौड़ाईं। नवाब का कहीं पता न था। आबदारख़ाने में होंगे शायद। मगर मैं आबदारख़ाने में कैसे झांक सकूं हूं... तो क्या उनको पुकारूं? तौबा, यह क्या अहमक़ाना बयान है। अरी नेकबख़्त, वो अंदर होंगे तो .ख़ुद ही निकल आएंगे। कोई दो-चार पहर वहां थोड़ी रहेंगे। या शायद नमाज़ पढ़ने चले गए हों। छोटी बेगम .ख़ुद तो नमाज़ की कुछ पाबंद न थी, हां बुज़ुर्गों के मज़ारों पर हाज़री मुमकिन होती तो वो इसमें कोताही न करती। लेकिन नवाब के बारे में उसने सुना था कि सुबह की नमाज़ शायद ही क़ज़ा करते हों। तो आज की रात भी...! क्यों नहीं, जिसे नमाज़ पढ़नी है वो तो पढ़ेगा ही, सर्दी क्या और गर्मी क्या और नया बिस्तर क्या और पुराना क्या। बड़े लोगों की बातें बड़ी। उसका जी घबराने लगा। आख़िर सवेरा कब होगा, मेरे आदमी कब तैयार होंगे, मैं कब यहां से रुख़सत होऊंगी। नवाब तो शायद दिन में इधर आएंगे नहीं। लेकिन नवाब तो हैं ही नहीं जो मालूम हो सके कि आइंदा के क्या तौर रहेंगे।

आबदारख़ाने के दरवाज़े पर ज़रा सा खटका हुआ। वज़ीर ख़ानम चौंक पड़ी। अल्लाह, नवाब आ गए। मुझे इस तरह बेलिबासी के आलम में जागता हुआ देखकर निपट बेहया न समझ लें। तो क्या करूं? रज़ाई लपेटकर सोती बन जाऊं? मगर वो तो उड़ती चिड़िया पहचानने वाले हैं, भांप लेंगे। भांप लेंगे तो मैं क्या करूं, भांप लें। मैं अपनी सी कोशिश तो कर डालूं। जयपुर की बनी हुई रेशमी रज़ाई थी, निहायत हल्की और लंबाई-चौड़ाई दोनों में आम से दोगुनी कि दो शख़्स आसानी से साथ ओढ़ सकें। उसे उठाकर ठीक से लपेटना भी लंबा काम था। वज़ीर ने रज़ाई को थोड़ा-बहुत अपने ऊपर डाल और लपेटकर चुपकी पड़े रहने में ही अच्छाई समझी। उसने आधी करवट लेकर अपना सर दाएं बाज़ू और कोहनी के ख़म में यूं छुपा लिया कि उसकी चोटी, जो पहले ही से खुली हुई थी, और भी खुल गई और उसकी गर्दन और कंधे की बुलंदियों पर फैल गई।

उसे अपनी पीठ पर लेकिन रज़ाई के ऊपर से एक नन्हा सा नर्म हाथ महसूस हुआ। अभी वो समझ न सकी थी कि इस हाथ के बारे में क्या राय क़ायम करूं कि उसके पांव के तलवों को किसी ने रज़ाई से आज़ाद करा लिया और उन पर हल्की-हल्की गुदगुदी शुरू कर दी। हाथ की नर्मी, ज़रा सी गर्मी और छोटेपन का अहसास करके उसे यक़ीन हो गया कि ये नवाब नहीं हो सकते। उसने मुंह फेरकर

आधा सर रज़ाई से बाहर निकाला और अभी उसने आंखें पूरी तरह खोली भी न थीं कि आंखें ख़ुद-बख़ुद बड़ी-बड़ी खुल गईं। चौदह-पंद्रह बरस की एक लड़की उसके पायंती बैठी उसके तलवों पर अपनी उंगलियां फेर रही थी और होंठों ही होंठों में मुस्कुरा रही थी, जैसे उसे इस काम में बड़ा मज़ा आ रहा हो। वज़ीर की आंखें खुलते और उसका ध्यान अपनी तरफ़ महसूस करके वो कुछ बल खाती हुई, मगर बिल्कुल बेबनावट और जल्दी के बग़ैर पलंग से उतरकर अलग खड़ी हो गई। अब उसकी मुस्कुराहट और भी खिल उठी थी। उसने झुककर वज़ीर को सलाम किया और बोलीः "सबाहुकुम ख़ैर (सबाहुकुम ख़ैर, जो Good Morning का शब्दशः अनुवाद मालूम होता है, सुबह के सलाम के तौर पर बहुत रस्मी हालात में बोला जाता था। इसकी एक शक्ल 'सबाहुल ख़ैर' भी थी। जवाब में 'रोज़ बाऐश' कहा जाता था, और ज़ाहिर है कि ये शब्द हिंदुस्तानियों के बनाए हुए होंगे। लेकिन वज़ीर की तरफ़ से किसी जवाब का सवाल न था, क्योंकि रोज़ बाऐश और सबाहुकुम ख़ैर सिर्फ़ साहबों जैसे ऊंचे दर्जे के लिए थे। चूंकि रोज़ बाऐश के बराबर का कोई शब्द अंग्रेज़ी या फ्रांसीसी में नहीं है और इसके बारे में शक नहीं कि ये हिंदुस्तानियों का बनाया हुआ है, इसलिए मुमकिन है सबाहुकुम ख़ैर/सबाहुल ख़ैर भी अनुवाद न हों बल्कि हिंदुस्तानियों की ईजाद हों)। तस्लीमात अर्ज़ करती हूं, ख़ानम साहब।" लड़की की आवाज़ में बुलबुल की सी गिटकरी और पपीहे जैसा सुरीलापन और दूर तक पहुंचने की क़ुव्वत थी। वज़ीर, जिसकी आवाज़ मीठी मगर पस्त, कुछ फंसी-फंसी सी, सरगोशी सी और ऊंची या कर्कश होने की सिफ़त बिल्कुल न रखती थी, अपने से अलग मगर फिर भी इस क़दर दिलकश आवाज़ सुनकर दिल में लोट हो गई। उसे अपनी नग्नता का ख़्याल न होता तो उठकर बैठ जाती और उस लड़की को भी अपने पास बिठा लेती।

"मैं आपको बेदार करने आई थी," लड़की ने कहा। "लेकिन आप तो ख़ुद ही जागी हुई हैं। बंदी ने नींद में ख़लल तो नहीं डाला। ख़ानम को नींद तो ठीक आई?"

वज़ीर ख़ानम ने रज़ाई को थोड़ा और समेटा और पलंग के सिरहाने से टेक लगाते हुए अपनी जगाने वाली को ज़रा ग़ौर से देखा। चौदह या पंद्रह की उम्र, न बहुत लंबी न ठिगनी, कुछ नर्म फूला-फूला सा बदन जैसा कि कुछ नौ-उम्र बच्चियों का होता है। बहुत खिलता हुआ गोरा गुलाबी रंग, नाक ज़रा दबी हुई लेकिन बदनुमा नहीं, तंग दहाना, नाज़ुक-नाज़ुक होंठ पान या किसी और तरह की सुर्ख़ी से ख़ाली, लेकिन क़ुदरती गुलाबीपन लिए और कुछ फड़कते हुए से, जैसे ख़ुशमिज़ाजी और ताज़गी उसकी आदत हो और वो बस अभी-अभी हंस पड़ेगी। काली सौसनी आंखें बड़े-बड़े बादामों जैसी बनावट लिए हुए, मुस्कुराती हुई, बड़ी न छोटी, काले-चमकीले घने बाल जिन्हें मेढियां बनाकर एक चोटी कंधे पर और एक पीठ पर डाल दी गई

थी। हल्की नीली महमूदी का कुर्ता और हल्के गुलाबी कमख़्वाब का बहुत ढीला पजामा पहने हुए, बदन पर ऊदी मख़मली सदरी, कानों में जड़ाऊ अंतियां, लेकिन नाक और गर्दन ज़ेवर से ख़ाली, कलाइयों में औसत वज़न के हैदराबादी जोड़े, मलमल का लहरिया रंगा और चुना हुआ ढाई गज़ा दुपट्टा, पांव में घेतली जूतियां। कुल मिलाकर निहायत दिलकश, सादगी भरी, आम शरीफ़ाना दिलफ़रेबी और घरेलूपन। वज़ीर को उसकी आवाज़ ने तो पहले ही मोह लिया था, अब उसकी सूरत, लिबास और चाल-ढाल ने और भी लट्टू कर दिया। वो अपनी मोहनी मुस्कुराहट मुस्कुरा कर बोली, "नहीं, आपने बिल्कुल ख़लल नहीं डाला। लेकिन कुछ अपना अता-पता तो दीजिए। आप हैं कौन और किधर से यहां सुबह-सुबह भूल पड़ीं?"

"जी, मैं आपको बेदार करने का हुक्म लेकर आई थी," वो कुछ शर्माती हुई बोली। "मैं यहीं महलसरा में रहती हूं राहत अफ़्ज़ा मेरा नाम है।"

"सुब्हानल्लाह कैसा प्यारा नाम है," वज़ीर ने कहा और दिल में सोचा यह नवाब की कोई रिश्तेदार तो हो नहीं सकती लेकिन ख़ादिमाओं में से भी नहीं लगती! इसके बाप-मां का पूछूं तो कहीं कोई ग़लत बात न हो जाए। लेकिन पूरी बात मालूम करना भी ज़रूरी था कि नवाब कहां गए हैं और मुझे यहां से कब रुख़सत मिलेगी। वो बहुत संभल-संभलकर बोलीः "तो नवाब ख़ुद तो कहीं चल दिए और तुम्हें मेरी ख़बरगीरी के लिए छोड़ गए, क्यों?"

"जी नहीं, ऐसा तो नहीं।" राहत अफ़्ज़ा फिर पलंग के पास आ गई और वज़ीर के पांव दबाते हुए बोलीः "बात ये है..." लफ़्ज़ 'बात' को उसने ज़रा खींचकर अदा किया, "...कि नवाब साहब तो सुबह की नमाज़ के बाद परगना पहासू तशरीफ़ ले गए मुलाहिज़े के लिए और हम मां-बेटी को कुछ हुक्म-अहकाम दे गए, सो हम उन्हें अंजाम दे रहे हैं।"

वज़ीर के दिल पर चोट सी लगी जो जल्दी ही ग़ुस्से में बदल गई। मेरे जागने का इंतज़ार न करना था तो मुझे जगा देते। यह क्या कि बिना मिले चले गए, कुछ कहा न सुना, गोया मेरी कोई हैसियत ही नहीं। मुझसे सलाम-दुआ की कुछ अहमियत ही नहीं। मगर ये बातें इस प्यारी सी नौउम्र लड़की से करने की न थीं। उसे अपना ग़ुस्सा फ़ौरन ही गहरे ग़म में बदलता नज़र आया। क्या मेरी उम्र की नाव को मांझी की, और लंगर की तलाश ही रहेगी... लेकिन राहत अफ़्ज़ा कुछ और भी कह रही थी, "मेरी अम्मा हबीबुन्निसा से आप मिल चुकी हैं। हम दोनों आपकी ख़िदमत में तैनात किए गए हैं। अम्मा जी सुबह की नमाज़ के बाद वज़ीफ़े बहुत लंबे-लंबे पढ़ती हैं, कलाम शरीफ़ अलग। और फिर यह भी कि उन्होंने कहा, ख़ानम सुबह पौ फटते ही मेरी बुड्ढी सूरत क्या देखें, राहत अफ़्ज़ा, तू चली जाइयो..."

राहत अफ़्ज़ा की बात पूरी भी न हुई थी कि बेइख़्तियार वज़ीर के मुंह से निकला,

"तो नवाब साहब इस तरह चले क्यों गए...?"

राहतअफ़्ज़ा बीच में ही कुछ बोलना चाहती थी, लेकिन एक लम्हे के लिए चुपकी रही। शायद इस अचानक सवाल के पीछे उसने महसूस कर लिया था कि वज़ीर के दिल में नवाब की ग़ैरहाज़री के बारे में कुछ ज़्यादा ही हलचल है। वो पहले की तरह वज़ीर का पांव दबाती रही और एक लम्हे की ख़ामोशी के बाद बोली, "जी, वो बात यह है कि सुबह की अज़ानें होने से पहले नवाब साहब जाग गए थे। बाहर तशरीफ़ लाए तो परगना पहासू का एक सांडनी सवार ख़बरों का पर्चा लेकर हाज़िर हुआ कि कल आधी रात के बाद वहां डाका पड़ा था और जब नवाब के सिपाहियों ने डाकुओं को दौड़ा लिया तो उन्होंने क़स्बे के बाहर जो जंगल है, उसमें एक पुरानी गढ़ी में पनाह ले ली..."

"है है, यह तो बहुत बुरा हुआ। क्या किसी की जान गई?"

"जी नहीं। जहां तक मैं जानूं हूं, जान के नुक़सान की तो ख़बर नहीं लेकिन माल उन्होंने बहुत सा लूटा और माल निकलवाने के लिए कई साहूकारों, महाजनों को गर्म सीख़चों से दाग़ा भी और... और... एक-दो लड़कियां भी उठा ले गए।" राहत अफ़्ज़ा की आंखों में आंसू झलक रहे थे और उसके चेहरे का रंग उड़ने लगा था। "उनमें क़स्बे के क़ाज़ी जी की बेटी भी थी। उसका एक पांव थोड़ा सा रह गया है, लेकिन है चंदे आफ़्ताब चंदे माहताब, बेचारी ठीक से भाग भी न सकती थी। एक ज़ालिम ने कमंद डालकर उसे बांध लिया।"

राहतअफ़्ज़ा के सारे बदन में कंपकपी थी और उसकी आवाज़ घुटकर सिसकी में बदल गई। मुंह फ़क़ था और रंग ज़र्द पड़ने लगा था। वज़ीर की कुछ समझ में न आता था कि राहत अफ़्ज़ा की तसल्ली और दिल के ढांढस के लिए क्या करे। अपनी परेशानी को एक लम्हे के लिए वो दिल से निकालकर बोली, "हाय-हाय, वो नेकबख़्त क्योंकर बची होगी। ज़ालिमों ने अपाहिज बच्ची को भी न छोड़ा। पर बीबी, तुम दिल थोड़ा न करो, मौला अपना करम करेगा। नवाब तो धावे की सूरत गए हैं, उस दुखारी को ज़रूर छुड़ा लाएंगे।"

वज़ीर ने थोड़ा उठकर राहत अफ़्ज़ा के सर पर हाथ फेरा और चुमकारते हुए कहा, "जाओ, कुछ पानी-वानी पी लो। जी ठहर जाएगा। ऐसे मौक़े पर रोते नहीं, हिम्मत रखते और दुआ करते हैं।"

राहत अफ़्ज़ा ने दुपट्टे से आंसू पोंछे और बोली, "पानी नहीं... मैं आपके लिए सुबह का शर्बत लाई थी और नवाब साहब आपके लिए कुछ चीज़ छोड़ गए हैं और हुक्म कर गए हैं कि जब आप मुंह धो लें तो हाज़िर की जाए।"

वज़ीर का दिल बल्लियों उछला। नवाब उसके लिए कुछ पैग़ाम या तोहफ़ा छोड़ गए हैं, लेकिन उतावली होकर उसे देखने के लिए ज़िद करना भी ठीक न था। वो

लापरवाही के अंदाज़ में बोली, "अच्छा, तो ठीक है राहत अफ़्ज़ा, तुम जाकर कुछ पानी पी लो। ख़ातिर को जमा और दिल को मज़बूत रखो। अल्लाह की मर्ज़ी होगी तो सब ठीक हो जाएगा। मैं भी अब उठती हूं। मुंह धोऊंगी, तैयार होऊंगी, तब तुम फिर आ जाइयो, समझीं।"

"मैं आपके लिए शहद और बादाम का शर्बत लाई थी कि इन मौसमों में निहार मुंह पीना बहुत फ़ायदा करता है।"

"अच्छा बाबा, कहां है शर्बत? मैं सुबह को शर्बत-दूध-छाछ कुछ नहीं पीती, लेकिन तुम कहती हो तो ये भी सही। लेकिन देखो, हमारे आदमियों को नाश्ते के साथ दूध ज़रूर पिलवा देना, और बस। लाओ, शर्बत पी लूं।"

राहत अफ़्ज़ा जल्दी से आबदारख़ाने में गई और फ़ौरन ही चांदी की कश्ती में रखे हुए एक लंबे से, नक़्क़ाशीदार सुनहरे गिलास में शर्बत लिए हुए फिरी। गिलास पर सरपोश पड़ा था, इसलिए शर्बत की कैफ़ियत मालूम न होती थी। वज़ीर को शर्बत पेश करते हुए राहत अफ़्ज़ा ने कहा, "लीजिए, इसे घूंट-घूंट करके पी जाइए, ख़ानम साहब। इंशाअल्लाह दिमाग़ रोशन हो जाएगा। यह शर्बत हकीम अहसनुल्लाह ख़ां साहब के नुस्ख़े का है, जब वो जन्नतमकानी नवाब साहब के हकीम थे।"

वज़ीर को वाक़ई सुबह के वक़्त निहार मुंह किसी शर्बत या माजून की आदत न थी। उसने कुछ झिझकते हुए सरपोश हटाया। अर्ग़वानी रंग का शर्बत था। मुश्क और ज़ाफ़रान का एक इशारा सा उसकी नाक में आया, बेहद नाजुक। वज़ीर ने एक घूंट पिया तो बहुत सर्द न था, लेकिन कई तरह के .ख़ुशगवार ज़ायक़े और शायद एक-दो मसाले भी उस एक घूंट में इस तरह घुल-मिल गए थे कि हलक़ से उतारते ही उसे फ़रहत का अहसास हुआ गोया बदन में गुलाबी सी रोशनी फैल गई हो।

"भई, बड़ा मज़ेदार निकला यह शर्बत। तुमने .ख़ुद घोला था क्या?"

"जी, वो तो बना-बनाया शीशे में रखा था। मैंने बस निकालकर थोड़े से पानी में घोलकर पेश कर दिया। आपको अच्छा लग गया तो ज़हे-क़िस्मत।"

"तो पानी में हल करने का ही कुछ कमाल रहा होगा," वज़ीर मुस्कुराकर बोली। "अच्छा, अब तू जा। थोड़ी देर बाद अपनी अम्मी को भेज दीजो।"

"अभी न भेज दूं?" राहत अफ़्ज़ा कुछ हिचकिचाती हुई बोली। "अम्मी आपका मुंह धुलवा देंगी, लिबास बदलवा देंगी।"

उफ़, फिर वही मुसीबत, वज़ीर ने दिल में कहा। लेकिन अब इस छोकरी से क्या बहस करना! इसकी मां को भी किस मुश्किल से टाला बताया था। "अच्छा ठीक है। जब चाहें आ जाएं।"

उधर राहत अफ़्ज़ा का पांव आबदारख़ाने के दरवाज़े में पड़ा, इधर वज़ीर ने झटपट रात वाले कपड़े पहन लिए, बिस्तर की शिकनें थोड़ी-बहुत बराबर कर दीं और

किताब लेकर यूं बैठ गई गोया रातभर किताब ही देखती रही हो। अज़ानों के साथ जब उसकी आंख खुली थी तो कमरे की सब रौशनियां गुल थीं, सिर्फ़ आबदारख़ाने के दरवाज़े के पास एक फ़र्शी शमा और दीवार के ताक़ में एक अंग्रेज़ी ढंग का फ़ानूस रोशन था। अंग्रेज़ उसे लैंप कहते थे। उसमें सरसों का तेल या तिल का तेल जलता था। धुएं की चिरांध कम करने के लिए हिंदुस्तानी लोग तेल में दसवां हिस्सा गुल रौग़न मिलाते थे। यह तेल उस गुल रौग़न से कुछ अलग था जो बेगमात के यहां सर पर लगाने के लिए बहुत प्रचलित था। राहत अफ़्ज़ा जाते-जाते दो-तीन शमएं और रोशन कर गई थी। इस तरह मेहमानसरा में ख़ासा उजाला था और ऊपर के रोशनदान से छनती हुई थोड़ी रोशनी से पता चलता था कि बाहर भी अब दिन बढ़ते-बढ़ते छत और कोठों तक आ गया है।

उसने अभी किताब खोली ही थी कि आबदारख़ाने के दरवाज़े पर फिर खटका हुआ और हबीबा ने अंदर आकर सलाम किया, "सबाहुल ख़ैर ख़ानम साहब, रात नींद अच्छी आ गई थी?"

"हां, रात तो बारे अच्छी गुज़री, लेकिन अब नवाब के लिए परेशानी है।"

"ख़ानम साहब, फ़िक्र काहे की। अल्लाह चाहेगा तो वह सूरज डूबने के पहले-पहले वापसी फ़रमा लेंगे। तब तक यहां सब अमी-जमी हो जाएगी। मुए डाकुओं को सूली दे दी जाएगी।"

"और... और वह बच्ची जिसे वो उठा ले गए थे?"

"ऐ है बीबी की बात! वारी जाऊं, वह राजी-ख़ुशी अपनी मां के आंचल तले और अपने बाप-भाई के साए में होगी। बीबी फ़तह तो अल्लाह देता है पर हमारे नवाब ने आज तक ऐसी मुहिमों में मात नहीं खाई। अल्लाह रखे हमारे नवाब के बरक़ंदाज़ गढ़ी को घेरे हुए थे। उन कलमुंहों को निकलने न दिया होगा।"

होगा, ज़रूर ऐसा होगा, वज़ीर ने उदास होकर सोचा। लेकिन लड़की ज़ात पर जुल्म तोड़ने के लिए घड़ी-दो घड़ी भी क़यामत के बराबर है। जब तक नवाब के सवार वहां पहुंचें-पहुंचें, सारा काम ही तमाम हो सकता था। ...फिर उसने कुछ बातों का रुख़ बदलने के लिए और कुछ वाक़ई हाल जानने के लिए पूछाः "कल रात तुमने बताया नहीं हबीबा कि तुम्हारी इतनी प्यारी सी बच्ची भी है।"

"अल्लाह आपको ख़ुश रखे, ग़रीब क्या और उसकी बेटी क्या! पर सच तो यह है कि कल ऐसी किसी बातचीत का मौक़ा न था... तशरीफ़ लाइए, मुंह धुलवाकर लिबास बदलवा लीजिए। फिर नवाब का तोहफ़ा हाज़िर किया जाएगा।"

वज़ीर का जी चाहा कह देः आख़िर मुंह धुलवाने की शर्त क्यों? पहले ही क्यों न पेश हो? या कम से कम बता तो दें कि क्या है। बातों पर बातें बन रही हैं और असल मामला नहीं खुल रहा है। मगर वह जानती थी कि इन मामलों में रोक और

सब्र बड़ी चीज़ है। सो वह अपना मन मार चुप रही। मुंह धोने और सुबह की ज़रूरी सज-धज और लिबास की तब्दीली के दौरान हबीबुन्निसा के बारे में मालूम हुआ कि उसका मर्द, गुलाम नबी नाम इलाक़ा मेरठ का रहने वाला और स्वर्गीय नवाब अहमदबख़्श ख़ां मरहूम की ड्योढ़ी पर सिपहगरी में नौकरी पर था। जिस तरह की मुहिम पर नवाब शम्सुद्दीन अहमद आज गए हुए थे, ऐसी ही एक मुहिम में ग़ुलाम नबी खेत रहा था। हबीबुन्निसा उस वक़्त पूरे दिन से थी। मरहूम नवाब ने दाई-जनाई को तैनात करके उसकी ज़चगी का पूरा इंतज़ाम किया और जब वह चिल्ला नहा चुकी तो अपनी बेगम यानी शम्सुद्दीन अहमद की मां बहू ख़ानम की चाकरी पर तैनात कर दिया। तब से मां-बेटी यहीं की होकर रह गई थीं और नवाब बेगम के स्वर्गवासी हो जाने के बाद भी वह शम्सुद्दीन अहमद की महलसरा में मुग़लानी और ख़ादिमा की तरह क़ायम थी।

महलसरा के मर्दों में हबीबा की अच्छी सूरत पर रीझने वाले कई थे और कुछ तो ज़बरदस्ती पर भी उतर आने से न हिचकते, और अब तो राहत अफ़्ज़ा भी बड़ी हो गई थी। लेकिन नवाब मरहूम और अब नवाब शम्सुद्दीन अहमद का दबदबा इस क़दर था कि कोई उनकी तरफ़ आंख उठाकर देखने की भी जुरअत न करता था। मरहूम अपने वफ़ादारों और जांनिसारों का पूरा-पूरा ख़्याल रखते थे और अल्लाह रखे, हमारे नवाब साहब भी ग़रीब परवरी में कुछ कम नहीं। कहावत मशहूर है कि बाप पर पूत, पिता पर घोड़ा, कुछ नहीं तो थोड़ा-थोड़ा। अब तो इन मां-बेटी की यही तमन्ना थी कि ख़ानम साहब की ख़िदमत पर तैनात कर दी जाएं। उन्हें अलग से कुछ तनख़्वाह भी नहीं चाहिए थी। हबीबुन्निसा के मरहूम मियां की पुरानी तनख़्वाह उसे अब तक मिले जाती थी। तीज-त्योहार पर जोड़े और इनाम-इकराम अलग थे।

इन्हीं बातों में श्रृंगार के सारे काम पूरे हो गए। वज़ीर पूरी तरह सज-बनकर मेहमानख़ाने में उसी आरामकुर्सी पर आ बिराजी जिस पर वह पिछली रात पहले-पहल बैठी थी। तभी राहत अफ़्ज़ा एक छोटा सा संदूक़चा हाथ में लिए हुए अंदर आ गई।

"मुबारक सलामत ख़ानम साहब," राहत अफ़्ज़ा ने संदूक़चा आराम चौकी के चौड़े हत्थे पर रखते हुए कहा। "हमारे नवाब साहब क़िब्ला की तरफ़ से यह तोहफ़ा मुबारक हो..."

"और अल्लाह करे ऐसे ही, बल्कि इससे भी अच्छे तोहफ़े-तहाइफ़ हर वक़्त आपको नवाब की तरफ़ से मिलते रहें," हबीबा ने कहा, और वज़ीर को कुछ झिझकता हुआ देखकर बोली, "ऐ लीजिए, अब तकल्लुफ़ काहे का। इसे खोल भी लीजिए ना।" वह चाहती थी यह भी कहे कि हम लोग भी देख लें क्या तोहफ़ा है लेकिन बरवक़्त उसने ज़बान रोक ली। अभी से इस क़दर बेतकल्लुफ़ होकर बोलचाल ठीक न थी। पहले वज़ीर ख़ानम उससे खुलें, तब उसे सोहता था कि वह

भी ख़ादिमाना रीत-रस्म में थोड़ी-बहुत ढील बरत सके।

कोई एक बित्ता लंबा, छह अंगुल चौड़ा और उतना ही ऊंचा कश्मीरी अख़रोट का भारी सा संदूक़चा था जिस पर चीनियों की तर्ज़ के नक़्शो-निगार बने हुए थे। अंदर चारों तरफ़ लाल मख़मल का अस्तर था और बीच में एक चांदी का डिब्बा पीपल के पत्ते की शक्ल का। सारा डिब्बा बारीक चांदी के तार खींचकर इतनी सफ़ाई से बना हुआ था कि एक नज़र में उस पर पीपल के सूखे पत्ते ही का धोखा होता था। चांदी सच्ची और ज़रा पुरानी थी कि उसकी चमक कुछ मंद पड़ गई थी, इसलिए पत्ते का धोखा और पक्का हो जाता था। कटक के चांदी की तारकशी के काम से वह नावाक़िफ़ न थी लेकिन इतना नाज़ुक और इतना साफ़ काम उसने कभी देखा न था। पीपल के पत्ते का हर रेशा और रेशों का सारा जाल ऐसा बुना हुआ था कि बस देखते रहिए, हाथ न लगाइए। जालियों के पीछे एक पर्चा तह किया हुआ और एक अंगूठी साफ़ नज़र आ रही थी। वज़ीर को यह देखकर इत्मीनान हुआ कि डिब्बे का ढक्कन किसी खटके से बंद न था कि जिसे ढूंढ़ने और सही तरीक़े से दबाने में कुछ वक़्त और ज़ोर लगाना पड़े और अगले को उस पर फूहड़पन या बलल्लेपन का शक हो। उसने उंगलियों का ज़रा सा दबाव डाला और ढक्कन खुल गया।

काग़ज़ के पर्चे को देखते ही हबीबुन्निसा और राहत अफ़्ज़ा दोनों वज़ीर के सामने से यूं टल गईं जैसे उन्हें कई काम याद आ गए हों। राहत अफ़्ज़ा दूसरी तरफ़ जाकर बिस्तर की शिकनें बराबर करने लगी और हबीबुन्निसा शमादानों और फ़ानूसों की लगन में जमी हुई मोम को पीतल के चाक़ू से खुरचकर एक लकड़ी के प्याले में जमा करने लगी। पर्चा कुछ अजब तरह से काटा गया था कि ऊपर से चौपरत लगता था, लेकिन वज़ीर ने पर्तें खोलीं तो एक फूल सा बन गया। हिना के इत्र का हल्का भभका उसकी नाक में आया; निहायत नर्म और गर्म ख़ुशबू थी। वज़ीर को ऐसा महसूस हुआ जैसे वह बाहर से आई हो और उसके ठंडे गाल को नवाब ने अपनी उंगलियों से छू लिया हो। बहुत हल्का नीला काग़ज़, लगभग आबी रंग का, उस पर सुनहरी ज़ाफ़रानी रोशनाई में सिर्फ़ एक शेर लिखा थाः

शब कि उरियां ब बर-आं-शोख़े-क़दह नौशम बूद
यक बग़ल नूर चु फ़ानूस दर-आग़ोशम बूद

(कल रात को वो शोख़ शराबी नग्न हालत में मेरे पास था तो गोया फ़ानूस की शमा सरासर नूर से भरी हुई मेरी गोद में थी)

वज़ीर को अपने कान की लवें, फिर गाल और माथा गर्म लाल होते महसूस हुए। पर हाय, क्या ख़ूबसूरत और मौक़े का शेर था। उसने जल्दी से पर्चे को मुट्ठी में तोड़-मोड़कर अपने गरेबान में रख लिया... लेकिन ज़ेरजामे के नीचे भी काग़ज़ के दिखाई देने या गिर जाने की संभावना थी। उसने पर्चे को ज़रा और नीचे, कंधे की

बारीक गहराई में फंसा दिया और दिल में दुआ की कि या अल्लाह, यह उठते-बैठते में गिर न जाए, बग्घी में बैठूंगी तो सही कर लूंगी।

"अल्लाह, ख़ानम साहब, आप अंगूठी को देख भी चुकिए," राहत अफ़्ज़ा ने ज़रा हिम्मत से काम लेकर कुछ दिलरुबाओं जैसे अंदाज़ में कहा। "हम भी तो देखने को बेचैन हो रहे हैं।"

वज़ीर ने डिब्बे में हाथ डालकर अंगूठी निकाली और चकाचौंध सी होकर देखती की देखती रह गई। खरे सोने की अंगूठी, सात साढ़े सात माशे की, नगीनों में पहले तो निहायत गहरा ज़मर्रुद था जिसे अंगूर की पत्ती की शक्ल में तराशा गया था। उसके ऊपर गहरे गुलाबी रंग का चने की दाल के बराबर याक़ूत जिसे अंगूर के गुच्छे के ढंग पर तराशा गया था। दोनों नगीनों का अनुपात इस क़दर सटीक था कि न याक़ूत भारी लग रहा था और न ज़मर्रुद बेडौल मालूम होता था। अंगूर के गुच्छे पर भी एक पत्ती इस नज़ाकत से उभारी गई थी कि लगता था यह सारा पत्थर इसी शक्ल में किसी लाल की खदान से निकला होगा। ज़मर्रुद की गहरी हरी छूट याक़ूत के गुलाबीपन पर थी और याक़ूत का गुलाबी रंग ज़मर्रुद के हरेपन को कुछ दबा रहा था। ज़मर्रुद के नीचे अंगूठी ज़रा चौड़ी और समतल थी। दोनों तरफ़ दो सफ़ेद हीरे सरसों के दानों के बराबर ऊपर-तले जड़े हुए थे। हीरों को कुछ इस तरह तराशा गया था कि हर काट में किसी न किसी शमा की लौ झमक रही थी। लिहाज़ा मालूम होता था कि अंगूठी से फूलझड़ियां छूट रही हैं। अपने मिज़ाज के एतबार से न ज़मर्रुद बहुत चमकीला पत्थर है और न याक़ूत, और ज़मर्रुद चाहे जितना भी क़ीमती क्यों न हो, उसके अंदर दाग़ या झाइयां ज़रूर होंगी। इन पत्थरों का ज़्यादा कमाल उनके रंग और ढंग में होता है। लेकिन चमक की कमी को अंगूठी के ख़ालिस पीले दमकते हुए सोने और सोने पर सुहागे के तौर पर चारों हीरों ने इस ख़ूबी से पूरा किया था कि पूरी अंगूठी नूर का बुक़्क़ा बन गई थी।

"हाय अल्लाह!" राहत अफ़्ज़ा के मुंह से सिसकारी निकली, "कम से कम दो..." वह कहना चाहती थी कि कम से कम दो-ढाई हज़ार की होगी, लेकिन हबीबुन्निसा ने उसे सही वक़्त पर घूरकर चुप करा दिया। तोहफ़े-तहाइफ़ की क़ीमतें नहीं आंकी जातीं और वह भी मालिकों के दरम्यान। राहत अफ़्ज़ा ने गड़बड़ाकर जुमला पूरा किया, "कम से कम दो-तीन कारीगरों ने इस पर काम किया होगा, तब जाकर कई दिन में यह बनी होगी।"

"बेशक," हबीबा ने कहा, "यह अंगूठी ज़ेवरों में ऐसी ही है जैसी हसीनों में हमारी ख़ानम और रईसों में हमारे नवाब।" इस बार उसने 'नवाब' को 'नव्वाब' कहा था।

"ऐ है हबीबा, तुमने नवाब के साथ मुझे भी सान दिया। कहां नवाब, कहां मैं," वज़ीर हंसती हुई बोली। "लेकिन सच्ची कहें तो यह अंगूठी नवाबज़ादियों ही को

सुहाती है।"

अभी हबीबुन्निसा कुछ जवाब न दे सकी थी कि सदर दरवाज़े पर हल्की सी दस्तक हुई। राहत अफ़्ज़ा ने लपककर दरवाज़ा थोड़ा सा खोलकर बाहर झांका। फ़व्वारे के चलने की सुकूनबख़्श आवाज़ के साथ थोड़ी सी ताज़ा रोशनी भी मेहमानख़ाने में फिसलती हुई आ गई। राहत अफ़्ज़ा ने दरवाज़े पर खड़े हुए किसी शख़्स से दबे लहजे में कुछ बात सुनी और कुछ जवाब दिया। शायद कोई ख़िदमतगार था जो नवाब शम्सुद्दीन अहमद की मुहिम से कुछ ख़बर लाया था। दरवाज़ा आहिस्ता से बंद करके राहत अफ़्ज़ा जब मुड़ी तो दोनों औरतों ने उसकी तरफ़ उम्मीद भरी निगाहों से देखा। राहत अफ़्ज़ा को भी ख़्याल था कि ये लोग नवाब की तरफ़ से कुछ इत्तला आने का गुमान कर रही हैं। लिहाज़ा किसी के कुछ कहने से पहले ही वह बोली: "ख़ानम साहब, आपके नौकरों से पूछा गया था कि उनके लिए नाश्ता नवाब साहब के दस्तरख़ान से भिजवाया जाए या मोदीख़ाने से सीधा लगवा दिया जाए। सामने बावर्चीख़ाना मौजूद ही है, चाहें तो सीधा लेकर .खुद खा-पका लें।"

वह एक पल को सांस बराबर करने के लिए ठहरी, तो वज़ीर ने कहा: "ख़ूब, तो फिर उन्होंने क्या पसंद किया?"

"जी, उन्होंने कहा कि बावर्चीख़ाने में बर्तन, बासन, सोख़्ता सब मौजूद है तो हम अपनी-अपनी वज़ा का नाश्ता तैयार कर लेंगे। हमें रातब दे दिया जाए। तो उन्हें यहां के क़ायदे के मुताबिक़..." ज़रा रुककर उसने दिल में ग़ौर किया कि क्या-क्या सामान दिया गया है, फिर वह इस तरह बोली गोया फ़हरिस्त में से पढ़कर सुना रही हो, "...गेहूं का आटा यक सेर, दाल चने की या हरे चने के बूंट छिकला उतारे हुए यक पाव, सूजी आधे पाव, घी एक छटांक, सरसों का तेल यक छटांक, सफ़ेद चीनी पांच तोले, काली चीनी एक पाव, और दो शाही पैसे नक़द... यही पेटिया इस ड्योढ़ी पर सबको मिलता है।"

"ख़ूब, बहुत ख़ूब," वज़ीर ने फिर कहा। "तो क्या वो लोग खा-पकाकर फ़ारिग़ हो चुके?"

"जी ख़ानम साहब... पर एक चीज़ तो मैं भूल ही गई थी। ख़ानम अलिया के हुक्म की तामील में हर आदमी को एक बड़ा प्याला दूध भैंस का और उसके साथ दो चमचा भर बूरा भी दिया गया।"

"माशाअल्लाह, हबीबा। यह तुम्हारी बेटी तो बड़ी सुघड़ है, सारे काम कितने उम्दा ढंग से अंजाम देती है," वज़ीर ने राहत अफ़्ज़ा की तरफ़ शाबाशी भरी नज़रों से देखकर कहा। राहत अफ़्ज़ा का चेहरा कुछ शर्म और कुछ .खुशी से गुलाबी हो गया।

"बेटी, उनके बारे में यह तो कह कि नाश्ता हुआ भी कि नहीं," हबीबुन्निसा बोली, "और हमारी ख़ानम अलिया को कुछ खिलवाएगी भी या भूखी ही रखेगी?"

"ख़ानम साहब के सब शागिर्दपेशा नाश्ता ख़त्म कर चुके होंगे, और ख़ानम साहब के नाश्ते की सारी तैयारी अम्माजी कर ही आई हैं। मैं तो हुक्म की मुंतज़िर हूं।"

वज़ीर को अचानक शर्मिंदगी सी महसूस होने लगी कि ये दोनों मां-बेटी कल रात से फिरकी की तरह मेरे कामों के लिए नाचती फिर रही हैं। अब इन्हें आगे ज़हमत से बचाए रखूं तो ख़ूब है। उसे यह भी फ़िक्र हो रही थी कि शाम को नवाब कहीं मेरी तरफ़ आने का इरादा न कर लें और मैं यहां ही निन्यानवे के फेर में रह जाऊं। नाश्ता अगर कुछ भी रात के खाने की तरह हुआ तो बारह ही तो बजेंगे। लिहाज़ा उसने .खुशदिली से मुस्कुराते हुए कहाः "अच्छी हबीबा, अब मुझे जाने दो। मैं तुम्हारी बड़ी अहसानमंद हूंगी। नाश्ते का कसाला न खींचो तो बेहतर है। वहां मेरा घर भी अकेला पड़ा है।"

"आप दुरुस्त फ़रमाती हैं, पर नवाब तो मेरी चमड़ी ही उधेड़ डालेंगे, अगर उन्होंने सुना कि ख़ानम साहब को मैंने बिना नाश्ता करवाए ही भिजवा दिया। मेरी मानें तो दो-एक लुक़्मे खा लें, मेरी नाक-चोटी रह जाएगी।"

यह दलील शायद पूरी तरह हक़ीक़त पर टिकी हुई न थी, लेकिन ऐसी सिफ़ारिश और गुज़ारिश के बाद वज़ीर से इंकार करना मुमकिन न हो सकता था। बोली, "अच्छा, मंगवा लीजिए, लेकिन आपको बड़ी रोटी (क़ुरआन शरीफ़) की क़सम जो पूरा दस्तरख़ान सजवाया हो।"

वज़ीर ख़ानम के मना करते-करते भी, नाश्ते से फ़ारिग़ होते-होते दिन इतना चढ़ आया कि दोपहरी का समां पैदा हो गया। हबीबा और राहत अफ़्ज़ा ने आंसू भरी आंखों से वज़ीर को रुख़सत किया। दरियागंज से सिरकीवालान का फ़ासला ही कितना था और बग्घी के घोड़े, गाड़ीवान सब ताज़ादम थे, घड़ी सवा घड़ी में पहुंच गए, हालांकि चांदनी चौक में दुकानदारों और ख़रीदारों की भीड़-भाड़ दम-बदम बढ़ रही थी। वज़ीर ने नवाब की हवेली के सदर दरवाज़े (जहां वह कल रात उतरी थी) की बजाय मेहमानख़ाने ही से सवार होना पसंद किया था कि इस तरह वह लोगों की निगाहों से महफ़ूज़ रहती। और चांदनी चौक में तो एक से एक भड़कीले बहल, बग्घी, रथ, हवादार, नालकी, चौडोल, तामझाम, इधर से उधर टूटते हुए तारों की तरह उड़े फिरते थे। ऐसे में नवाब यूसुफ़ अली ख़ां की बग्घी को कौन पहचानता और कौन ताकता कि इसमें सवार कौन है। अपने ख़्याल में वह टोह लेने वाली आंखों से बच-बचाकर .खुशी-.खुशी अपने घर पहुंच गई।

उसे ख़बर न थी कि विलियम फ्रेज़र के जासूस हर जगह मौजूद थे। नवाब

शम्सुद्दीन अहमद की भी हवेली के नौकरों में कम से कम दो ऐसे थे, जो एक-दूसरे के वजूद से बेख़बर अपने-अपने तौर पर बड़े साहब को ख़बरें पहुंचाया करते थे। दो अलग-अलग मुख़बिरों का एक फ़ायदा यह था कि एक के बयानों और पर्चों का दूसरे की ख़बरों से मुक़ाबला करके झूठ-सच या अतिशयोक्ति या जाने-अनजाने में की गई ग़लतबयानियों का पता लगाना आसान था। दूसरी बात यह कि दोनों अपनी-अपनी जगह समझे हुए थे कि हम ही इस हवेली में नवाब रेज़ीडेंट बहादुर के जासूस हैं। लिहाज़ा वो अपनी क़दर बनाए रखने के लिए कोई कसर उठा न रखते थे, ताकि सच्चे वफ़ादारों में उनका नाम और काम ऊंचे दर्जे में लिखा जाए। यही वजह थी कि शाम होते-होते, जब तक शम्सुद्दीन अहमद पहासू से वापस आएं-आएं, पिछली रात और आज सुबह का सारा कच्चा-चिट्ठा विलियम फ्रेज़र तक पहुंच चुका था। इधर नवाब यूसुफ़ अली ख़ां के नौकरों ने उन्हें भी वज़ीर ख़ानम की कैफ़ियतों से आगाह कर दिया था। यूसुफ़ अली ख़ां को तो इत्मीनान था कि बात सही राह-बाट पर जा रही है, लेकिन फ्रेज़र ने बहुत पेच-ताब खाया। एक गाढ़ा धुआं था कि सीने की अंगीठी से उठा और दिमाग़ की गर्म हंडिया के पार हो गया। शम्सुद्दीन अहमद को और अगर मुमकिन हो तो छोटी बेगम को भी भारी और मुनासिब सज़ा देना उसके नज़दीक अब बहुत ज़रूरी हो गया था।

□□

हकीम अहसनुल्लाह ख़ां

वज़ीर ख़ानम और शम्सुद्दीन अहमद के संजोग की ख़बर मिलने के तीसरे दिन तक फ्रेज़र ने अपनी तैयारियां कर ली थीं। सबसे पहले तो उसने नवाब गवर्नर जनरल बहादुर को कलकत्ता एक रपट परगना पहासू में डाका पड़ने की भेजी। लेकिन शम्सुद्दीन अहमद ने जिस फुर्ती और मुस्तैदी से डकैतों का नाश किया था और उनके दो सरदारों को सरे-आम सूली चढ़वा दिया था और सारा लूटा हुआ माल और क़ाज़ी की बेटी को भी बरामद करा लिया था, उसका मामूली सा ज़िक्र किया और वह भी इस अंदाज़ में किया गोया ये ख़बरें तस्दीक़शुदा न थीं और अगर थीं तो डाकुओं के अपने करतूत के अंजाम तक पहुंचने में शम्सुद्दीन अहमद की बहादुरी, सुप्रबंध और कुशल नेतृत्व का कोई दख़ल न था। डकैती के वाक़ए को उसने इस बात की दलील में पेश किया कि शम्सुद्दीन अहमद का इंतज़ाम कमज़ोर और अपने इलाक़ों पर उनकी पकड़ ढीली थी। फ्रेज़र ने अपनी पुरानी राय एक बार फिर दोहराई कि मिस्टर फ्रांसिस हॉकिन्स, पूर्व रेज़ीडेंट ने स्वर्गीय अहमदबख़्श ख़ां के क़ब्ज़े के तमाम इलाक़ों पर शम्सुद्दीन अहमद का हक़ स्वीकार करके ग़लती की थीः

लिहाज़ा नवाब गवर्नर जनरल बहादुर ब-इजलास काउंसिल की ख़िदमत में यह सिफ़ारिश दोहराई जाती है कि सर चार्ल्स मैटकाफ़ के रूबरू जो बटवारा

दिलावरुलमुल्क नवाब अहमदबख़्श ख़ां ने रियासत अपनी का किया था उसे दोबारा चालू कर दिया जाए ताकि दिलावरुलमुल्क के यतीम बच्चे मुसम्मा अमीनुद्दीन अहमद और ज़ियाउद्दीन अहमद अपने-अपने हक़ को हासिल कर सकें और इस तरह अपनी बहनों और वालिदा की भी परवरिश कर सकें।

गवर्नर जनरल ब-इजलास काउंसिल वाली बात लिखकर फ़्रेज़र ने चालाकी का सुबूत दिया था। उसका ख़्याल था कि हालांकि नवाब गवर्नर जनरल लार्ड विलियम बेनटिंक बहादुर से यह अंदेशा न था कि वह कोई सिफ़ारिश या क़ीमती तोहफ़ा क़ुबूल करके शम्सुद्दीन अहमद ख़ां के हक़ में फ़ैसला कर देंगे और न यह मामला इतना पेचीदा था कि उसे काउंसिल में पेश किया जाए, लेकिन काउंसिल की पाबंदी का इशारा करने से यह फ़ायदा था कि इस इशारे के कारण मामला अगर काउंसिल में गया तो नतीजा अच्छा ही होगा क्योंकि साहब गवर्नर जनरल वहां कोई मनमानी न कर सकते थे। दूसरी बात यह थी कि उन दिनों काउंसिल के मेंबरों का आम रुझान देसी रईसों के बरख़िलाफ़ और कंपनी के ओहदेदारों के मुआफ़िक़ था, लिहाज़ा ज़्यादा संभावना यही थी कि काउंसिल उसी काग़ज़ की पुष्टि पर ज़ोर देती जिस पर सर चार्ल्स मैटकाफ़ और जनरल अख़्तरलोनी के दस्तख़त थे।

फ़्रेज़र ने एक दिन और ग़ौर किया, फिर हुक्म दिया कि हकीम अहसनुल्लाह ख़ां को रेज़ीडेंटी में तलब किया जाए।

हकीम अहसनुल्लाह ख़ां पैदाइशी कश्मीरी और नस्ल से सिद्दीक़ी शैख़ थे। उन्हें मोइज़्ज़ुद्दुनिया वद्दीन अबुन्नस्र मुईनुद्दीन मुहम्मद अकबरशाह सानी के दरबारे-गौहरबार से उम्दतुल-मुल्क हाज़िक़ुज़्ज़मां के ख़िताब मिले थे और ख़ास शाही हकीम का ओहदा था और अबू ज़फ़र मुहम्मद सिराजुद्दीन बहादुरशाह सानी की बारगाहे-फ़लक इश्तबाह से ख़ाने-सामानी-व-विज़ारत और ख़ास शाही हकीम के ओहदे, और एहतरामुद्दौला उम्दतुल-हुकमा मोतमदुल-मुल्क साबित-जंग के ख़िताब अभी मिलने थे, लेकिन सारे शहर में उनके इल्मी क़ाबलियत और हकीमी कमाल की धूम थी। एक दुनिया उन्हें दूसरा हकीम राज़ी और हकीम बू अली का जानशीन कहती थी और यह क़ौल भी आम था कि हकीमी और हुकूमत के ढंग के अलावा भी दुनिया के अक्सर इल्म पर उनसे गहरी नज़र उस ज़माने में किसी की न थी। शेरो-शायरी से भी ख़ास लगाव रखते थे। मोमिन तो उनके मामूंज़ाद भाई ही थे, मिर्ज़ा असदुल्लाह ख़ां ग़ालिब, शैख़ मुहम्मद इब्राहीम ज़ौक़, नवाब मुहम्मद मुस्तफ़ा ख़ां शेफ़्ता, अल्लामा फ़ज़्ले-हक़ ख़ैराबादी, मौलवी इमामबख़्श सहबाई वग़ैरा से उनके दोस्ताना ताल्लुक़ात थे। यही वजह है कि चितली क़ब्र पर उनकी हवेली का दीवानख़ाना मरीज़ों के अलावा आलिमों, शायरों और हर तरह के फ़न के माहिरों का ठिकाना था। चितली क़ब्र से देहली दरवाज़े तक बेअंदाज़ा ख़ल्क़े-ख़ुदा के मकानात थे, बड़ी-बड़ी हवेलियां

अलग से इनके ऊपर। हज़रत शाह अब्दुल अज़ीज़ साहब का मदरसा और हवेली भी इसी इलाक़े में थी। फिर वहां से कूचा चेलान तक जूतीफ़रोशों, सूई का काम करने वालों वग़ैरा के घर और कारख़ाने थे। एक तरफ़ दबीरुद्दौला ख़्वाजा सैयद फ़रीद ख़ां (सर सैयद के नाना) और हकीम अहसनुल्लाह ख़ां की हवेलियां थीं।

यूं तो हकीम साहब शहर में कई हवेलियों के मालिक थे, लेकिन सुबह का आम दवाख़ाना वह हमेशा चितली क़ब्र वाली हवेली पर रखते थे। इसकी वजह यही थी कि यहां लोगों का मजमा ज़्यादा था और शरीफ़ों, नेक लोगों और विद्वानों का भी पड़ोस हासिल था। उनका मामूल था कि सुबह इशराक़ की नमाज़ पढ़कर दवाख़ाने में आ जाते थे और ज़ोहर की नमाज़ के ज़रा पहले उठ खड़े होते थे। इस मामूल में सर्दी-गर्मी, बारिश-तूफ़ान, भूचाल कोई चीज़ रुकावट न बन सकती थी। सिरकीवालान में बदल बेग की लंबी-चौड़ी और आलीशान हवेली अभी उन्होंने ख़रीदी नहीं थी। उसे ख़रीदने के बाद अपने अच्छे इंतज़ाम और अभियांत्रिकी में महारत की बदौलत इस हवेली में उन्होंने कुछ ऐसी नई चीज़ों के इज़ाफ़े किए थे कि लोग उस हवेली को देखने के लिए दूर-दूर से आते थे। लेकिन अभी तो वह बात भविष्य में थी; इस वक़्त वह चितली क़ब्र वाली हवेली में ही ज़्यादातर क़याम करते थे।

हकीम अहसनुल्लाह ख़ां अभी कमउम्र थे कि फ़ख़रुद्दौला दिलावरुलमुल्क नवाब अहमदबख़्श ख़ां रुस्तम जंग ने उन्हें अपना निजी हकीम मुक़र्रर कर लिया था और बल्लीमारान में अपनी हवेली का एक हिस्सा उनके लिए ख़ाली कर दिया था। जैसा कि हम देख चुके हैं, नवाब के इंतक़ाल (अक्टूबर 1827) के वक़्त शम्सुद्दीन अहमद (पैदाइश 1809) बालिग़ हो चुके थे और दूसरे महल से नवाब अहमदबख़्श ख़ां के दो बेटे अमीनुद्दीन अहमद (पैदाइश 1814) और ज़ियाउद्दीन अहमद (पैदाइश 1821) सूझ-बूझ होने की उम्र को न पहुंचे थे। हम यह भी देख चुके हैं कि शम्सुद्दीन अहमद ने बाप के बटवारे को रद्द और नामंज़ूर करते हुए तमाम रियासत पर अपना क़ब्ज़ा क़ायम कर लिया था। उन्होंने हकीम अहसनुल्लाह ख़ां को भी उसी ओहदे पर बने रहने की पेशकश की लेकिन ग़ालिबन हकीम साहब की दूरअंदेश निगाह ने भांप लिया था कि बाप की वसीयत और बटवारे को न क़ुबूल करके शम्सुद्दीन अहमद ने अपने घराने में झगड़े का ज़हर बो दिया है और ज़हर की यह शाख़ आगे चलकर चिंगारियों के फूल ला सकती है। लिहाज़ा उन्होंने भलाई इसी में समझी कि शम्सुद्दीन अहमद की पेशकश क़ुबूल न की जाए। चुनांचे उन्होंने किसी ख़ूबसूरत बहाने का सहारा लेकर शम्सुद्दीन अहमद के ख़ास हकीम का ओहदा न इख़्तियार किया और फ़ौरन ही बल्लीमारान की हवेली से भी उठ आए।

चंद ही दिनों बाद झज्जर के नवाब फ़ैज़ मुहम्मद ख़ां ने हकीम अहसनुल्लाह को अपना हकीम मुक़र्रर कर लिया। देहली की गली कलां महल, जो काला महल के

नाम से मशहूर थी, सारी की सारी नवाब फ़ैज़ मुहम्मद .ख़ां की मिल्कियत थी। इसी गली में रंगमहल नाम की इमारत नवाब फ़ैज़ मुहम्मद .ख़ां की तरफ़ से हकीम साहब को ठहरने और दवाख़ाने के लिए मिली हुई थी। उस ज़माने में ज़िल्ले-सुब्हानी अकबर शाह सानी के हकीम होने का गौरव हकीम इमामुद्दीन को हासिल था कि उनकी गिनती अपने ज़माने के पाये के हकीमों और अल्लाह वालों में होती थी। इत्तफ़ाक़ ऐसा हुआ कि बादशाह को कुछ ऐसा मर्ज़ लगा कि हकीम इमामुद्दीन उसकी वजह ठीक से पता न कर सके और बीमारी की जड़ को न पहुंच सके। उस वक़्त किसी के मशवरे पर हकीम अहसनुल्लाह को तलब किया गया और .ख़ुदा का करना कुछ ऐसा हुआ कि उनके इलाज से बादशाह सलामत की सेहत बहुत जल्द ठीक हो गई। इनाम-इकराम के अलावा बादशाह ने हकीम अहसनुल्लाह को ख़ानी, मुल्की और ज़मानी ख़िताबों से नवाज़ दिया। अब वो उम्दतुलमुल्क हाज़िक़ुज़्ज़मां हकीम अहसनुल्लाह .ख़ां कहलाने लगे। चंद दिन बाद बादशाह ने हकीम इमामुद्दीन को रुख़सत की इजाज़त देकर उम्दतुलमुल्क को अपना और क़िला-ए-मुअल्ला का ख़ास हकीम मुक़र्रर किया।

अपने अख़लाक़, अच्छे मिज़ाज और बीमारी को पहचानने और उसकी मुनासिब दवा बताने में महारत के सबब हकीम अहसनुल्लाह .ख़ां देहली वालों की आंख का तारा थे। रईस और आम, मामूली और शरीफ़ लोग, क्या हिंदू और क्या मुसलमान, सब उनका दम भरते थे। लंबा क़द, दोहरा बदन लेकिन भारी नहीं, छोटी-छोटी रोशन आंखें, सांवले चेहरे पर चेचक के हल्के-हल्के दाग़, आलिमों और हकीमों के तर्ज़ की गोल भरी हुई .ख़ुशनुमा दाढ़ी बहुत काली, लेकिन बहुत लंबी नहीं, सर से पैर तक सफ़ेद लिबास पहने हुए हकीम साहब अपने दीवानख़ाने में मरीज़ों को देख रहे थे। बहुत लंबा और कुछ कम चौड़ा कमरा, पूरब की दीवार से लगा हुआ एक चौड़ा लकड़ी का तख़्तपोश जिस पर गद्दे बिछे हुए, गद्दों के ऊपर सफ़ेद चांदनी, चांदनी के ऊपर बीचोबीच में हरा-सफ़ेद-लाजवर्द रेशमी क़ालीन जिस पर हकीम साहब घुटने मोड़कर बैठे थे, इस तरह कि मरीज़ आसानी से उन्हें नब्ज़ दिखा सके।

हकीम साहब के दोनों तरफ़ नुस्ख़ा लिखने वाले हकीम बैठे हुए थे और तख़्तपोश के सामने मरीज़ दो क़तारों में लंबी-लंबी चौकियों या कुर्सियों पर थे। हकीम साहब बारी-बारी, निहायत .ख़ुशदिली से दाईं और बाईं तरफ़ के एक-एक मरीज़ की नब्ज़ देखते। मरीज़ को .ख़ुद अपना हाल बयान करने की ज़रूरत बहुत कम पैदा होती थी; मर्ज़ को समझने के लिए नब्ज़ देखना ही हकीम साहब के लिए काफ़ी था। आमतौर पर दाएं हाथ की नब्ज़ देखी जाती। लेकिन कभी-कभी दोनों कलाइयों की नब्ज़ का मुआयना होता, मगर ये उसी वक़्त जब मरीज़ कोई ऐसी बात कहता या ऐसी शिकायत का ज़िक्र करता, जो हकीम साहब के लिए अनपेक्षित होती। हकीम

साहब कभी-कभार एक-दो सवाल .खुद भी कर लेते थे और वह ज़्यादातर अपनी ही राय की तस्दीक़ के लिए होता था। मसलन, "आपकी शादी काफ़ी उम्र गुज़ारकर हुई," या "बचपन में आपने सरसों का तेल बहुत इस्तेमाल किया है," या "आपके दाएं गुर्दे पर वरम है; पहली बार दर्द हुआ और बुख़ार आया तो आपने किसी हकीम से मशवरा नहीं किया?" वग़ैरा। हकीम साहब बीमारी को बहुत जल्द पहचान लेते और फिर देर किए बिना मगर निहायत पस्त आवाज़ में बल्कि मुंह ही मुंह में नुस्ख़ानवीस साहब को नुस्ख़ा लिखवा दिया जाता। किसी मरीज़ को कुछ पूछना होता तो झुककर पूछ लेता। सवाल का जवाब हकीम साहब उसी तरह दो-तीन लफ़्ज़ों में और उसी हल्की आवाज़ में बता देते थे या नुस्ख़ानवीस की तरफ़ सर से इशारा कर देते कि इनसे पूछ लीजिए। पूरे माहौल पर संजीदगी और रौब की फ़िज़ा थी।

हकीम साहब के यहां नब्ज़ दिखाने की कोई फ़ीस न थी; हां उनके मतब से लगी अत्तार की दुकान से दवा ली जाती तो उसकी क़ीमत ज़रूर लगती थी। लेकिन हकीम साहब .खुदा जाने कौन सा इशारा कर देते थे, जिसे भांपकर नुस्ख़ानवीस किसी-किसी मरीज़ के नाम के साथ कोई निशान, बज़ाहिर अमूर्त सा, बना देता था जिसका मतलब यह होता कि मरीज़ से दवा की क़ीमत न ली जाए या आधी ली जाए और अगर मतब के दवाघर से दवा न ली जाती तो भी कुछ हर्ज न था।

विलियम फ़्रेज़र के भेजे हुए एक बरछैत और एक चोबदार हकीम अहसनुल्लाह ख़ां के मतब में उस वक़्त दाख़िल हुए जब दोपहर शुरू हो रही थी, कोई बारह पौने बारह का अमल रहा होगा। आने वालों को इशारा किया गया कि इंतज़ार करने वालों में अपनी मुनासिब जगह ले लें। लेकिन वो दनदनाते हुए, आगे बढ़ते हुए हकीम साहब के पास पहुंच गए। चोबदार सलाम करके बोला, "हुज़ूर को साहब कलां बहादुर ने याद फ़रमाया है।"

मौजूद लोगों में से कुछ की त्योरी पर बल आए। कुछ की नाराज़गी का सबब यह था कि रेज़ीडेंट को कोई हक़ नहीं था कि वह बादशाह की रिआया, ख़ासकर बादशाह के अपने हकीम को अपने यहां तलब करे। कुछ को इस वजह से फ़िक्र हुई कि हकीम साहब अब उठ जाएंगे और हम लोग आज उन्हें नब्ज़ न दिखा सकेंगे। लेकिन हकीम साहब ने अपने आम लहजे में पूछा, "क्यों, क्या मामला है? कुछ तबीयत नासाज़ है क्या?"

"हम लोगों को ख़बर नहीं, सरकार। हमें बस यही हुक्म हुआ कि हकीम साहब को हमारा सलाम पहुंचाओ और अभी साथ लेकर फिरो।"

"अभी तो मैं मरीज़ों को देख रहा हूं। ज़ोहर के ज़रा पहले उठूंगा, फिर नमाज़ पढ़कर तुम्हारे साथ चल सकूंगा। समझे?"

"मगर साहब ने तो...," चोबदार ने कहना शुरू किया।

"ठीक है, साहब ने कहा है," हकीम साहब ने बात काटी, लेकिन लहजे में कोई खुरदुरापन या नाखुशगवारी न थी। "लेकिन मैं तो इतने लोगों को अधर में छोड़कर नहीं जा सकता। तुम चाहो तो जाकर नवाब रेज़ीडेंट बहादुर को ख़बर कर दो।"

ज़ाहिर है कि इससे आगे चोबदार का क्या बस था। दोनों ख़ादिम चुपचाप एक तरफ़ बैठकर हकीम साहब के फ़ारिग़ होने का इंतज़ार करने लगे। हकीम साहब अपने वक़्त से उठे, नमाज़ अदा करके बाहर आए और अपने हवादार में सवार हो गए। दोनों नफ़र हवादार के साथ तेज़-तेज़ चले।

जब हकीम अहसनुल्लाह ख़ां बहादुर का हवादार विलियम फ्रेज़र की कोठी के दरवाज़े पर पहुंचा तो चार बज रहे थे। नौबतख़ाने के चौकीदार ने बताया कि साहब कलां बहादुर तो अब उठ गए होंगे, आप बहरहाल तशरीफ़ ले जाएं, शायद मुलाक़ात हो जाए।

हकीम साहब और फ्रेज़र की गुफ़्तगू बड़े मुलाक़ाती कमरे में नहीं, बल्कि उससे लगे दरबार कमरे में हुई। चारों तरफ़ दीवारों पर अंग्रेज़ी, फ़ारसी, लातीनी और यूनानी किताबें सजी हुई थीं। सामने बड़ी सी मेज़ जिसके एक सिरे पर फ्रेज़र अंग्रेज़ी लिबास में सजा-धजा बैठा हुआ ख़ासा रौबदार लग रहा था, एक लठैत और एक पंखा झलने वाला पीछे, एक चोबदार उसके दाएं हाथ की तरफ़ काग़ज़ों का बस्ता लिए हुए, कुछ काग़ज़ सामने मेज़ पर फैले हुए। फ्रेज़र का ध्यान काग़ज़ों पर था जब बाहरी चोबदार ने आवाज़ लगाई, "उम्दतुलमुल्क हकीम अहसनुल्लाह ख़ां बहादुर।"

फ्रेज़र ने आंख उठाकर हकीम साहब को देखा। इससे पहले कि वह उन्हें बैठने का इशारा करे, हकीम साहब उसे हाथ के इशारे से सलाम करके ख़ुद ही सामने वाली संदली पर जमकर बैठ गए। फ्रेज़र ने इशारे से तमाम नौकरों को रुख़सत किया, आधे खड़े होकर हकीम साहब का अभिवादन किया और कहा, "उम्दतुलमुल्क, आप तशरीफ़ लाए। मैं बहुत आभारी हूं।"

हकीम साहब ने कुछ जवाब न दिया, बस सर को ज़रा सा झुकाया गोया कह रहे हों कि ठीक है, मैं आपके बुलावे पर आ गया। लेकिन ये तकल्लुफ़ात न कीजिए, मतलब की बात पर आइए। फ्रेज़र ने एक लम्हा इंतज़ार किया लेकिन जब देखा कि हकीम साहब को रस्मी गुफ़्तगू में दिलचस्पी नहीं तो उसने आगे कहा, "उम्दतुलमुल्क, राजकाज में आपकी लियाक़त और सूझबूझ के सब क़ायल हैं।"

अब हकीम साहब को कुछ जवाब देना ही पड़ा। उन्होंने आदाब बजा लाकर कहा, "नवाब रेज़ीडेंट बहादुर की करमफ़रमाई और क़द्रअफ़ज़ाई है।"

फ्रेज़र ने मुस्कुराकर कहा, "आपको आज ज़हमत देने का सबब यही है।"

"मेरे लायक़ जो ख़िदमत होगी, मैं उससे दरेग़ न करूंगा," हकीम साहब का लहजा गंभीर लेकिन ख़ुश्क और एहतियात भरा था।

"हकीम साहब, कुल मिलाकर मुझे देहली और देहली वालों से कोई शिकायत नहीं। लेकिन मुझे अफ़सोस है कि रियासत के मामलों में नवाब शम्सुद्दीन अहमद बेहद ढील दे रहे हैं। उनकी कुछ हरकतों से मुझे .खुद तकलीफ़ पहुंची है। मैं चाहता हूं आप उन्हें चेताएं कि मुझे पहले की तरह अपना बुज़ुर्ग और ख़ैरख़्वाह मानें, ऐसा कुछ न करें जो मेरे लिए मलाल का और उनके लिए परेशानी का सबब हो।"

फिर एक लम्हा ख़ामोश रहकर, गोया ग़ौर कर रहा हो कि यह बात ज़ाहिर करे या न करे, वो बोला, "नवाब गवर्नर जनरल बहादुर के भी दिल में उनकी तरफ़ से मैल आ सकता है।"

हकीम अहसनुल्लाह ख़ां एक-दो पल चुप रहे। फ्रेज़र की सारी बातें क़ायदे के ख़िलाफ़ और राजकाज की समझ से ख़ाली थीं। उसे अगर नवाब शम्सुद्दीन अहमद से कोई चिढ़ थी तो यह बखेड़ा उसका था और इसका हल भी उसी को निकालना चाहिए था।

"साहब कलां बहादुर की रोशन तबीयत पर यह बात तो ज़ाहिर होगी कि नवाब शम्सुद्दीन अहमद बल्कि नवाब अहमदबख़्श ख़ां मरहूम के सारे ही वंशजों पर मेरा कोई ज़ोर नहीं।"

"लेकिन आप अहमदबख़्श ख़ां के निजी हकीम थे। शम्सुद्दीन अहमद बचपन में आपकी गोद में खेला है।"

"जी हां। खेला था। अब न नवाब हैं न मेरी हकीमी बाक़ी है," हकीम साहब ने सर्द लहजे में कहा।

फ्रेज़र के चेहरे पर गुस्से के आसार उभर आए। ये हिंदुस्तानी मुसलमान होते ही बड़े बददिमाग़ हैं, लेकिन यह शख़्स तो अपने भले-बुरे के ख़्याल से भी महरूम मालूम होता है। फ्रेज़र ने अब ज़रा बुलंद आवाज़ में कहा, "हकीम साहब, हम हर चीज़ की ख़बर रखते हैं। देहली में क्या है जो हम पर आईना नहीं। हमने जिस काम के लिए आपको पसंद किया है उसके लिए आप सबसे मुनासिब शख़्स हैं।"

"बेहतर है, मैं पूरी कोशिश करूंगा, कोताही हर्गिज़ न करूंगा।"

"आप शम्सुद्दीन अहमद को आगाह कर दें कि छोटी बेगम किसी और की नज़र चढ़ चुकी है, इसलिए वह उसका ख़्याल छोड़ दें। आप उन्हें साफ़-साफ़ बता दें कि यह मेरा पैग़ाम है और आपको किसी और से नहीं .खुद मुझसे मिला है।"

"इस भरोसे के लिए मैं साहब कलां बहादुर का अहसानमंद हूं, लेकिन न तो मेरा शम्सुद्दीन अहमद पर कोई दबाव या असर है और न मेरा यह मंसब है कि मैं उनके पास आपका पैग़ाम ले जाऊं।"

"क्यों, मंसब क्यों नहीं?" फ्रेज़र ने त्योरी चढ़ाकर कहा। "क्या आप सरकार कंपनी बहादुर के वफ़ादार नहीं हैं?"

"ख़ता माफ़ लेकिन मैं नहीं गुमान करता कि इस मामले का कोई ताल्लुक़ कंपनी सरकार की वफ़ादारी से है," हकीम साहब ने भी त्योरी पर बल लाकर जवाब दिया। "और मान लें अगर हो भी तो मैं बादशाह का नमक खाता हूं, कंपनी का नमकख़्वार नहीं हूं।"

"और तुम्हारा बादशाह कंपनी बहादुर का नमकख़्वार है, उम्दतुलमुल्क हकीम अहसनुल्लाह ख़ां।"

"अपना-अपना ख़्याल है नवाब रेज़ीडेंट बहादुर," हकीम साहब का लहजा और भी ख़ुश्क हो गया था। "ज़िल्ले-इलाही और उनके पूर्वजों को तख़्ते-देहली पर हुकूमत करते दो सौ से ज़्यादा बरस हो गए...।"

"हमने आपको यहां तारीख़ का सबक़ देने के लिए तलब नहीं किया है, हकीम साहब।"

"जी हां, और न नुस्ख़ा-ए-अर्क़े-गावज़बान के लिए और यही दो काम मैं जानता हूं। मुझे रंज है कि मैं आपके लिए नाकारा साबित हुआ।"

हकीम अहसनुल्लाह ख़ां ने संदली से उठकर बड़े स्वाभिमान से और आंखों में आंखें डालकर सलाम किया और कमरे से बाहर निकल गए। रुख़सत की इजाज़त के बग़ैर दरबार कमरे से बाहर निकल जाना फ़्रेज़र की सख़्त तौहीन थी। उस वक़्त तो वह सब कुछ बर्दाश्त कर गया कि उसे अपनी भी इज़्ज़त का ख़्याल था, लेकिन उस दिन से कंपनी बहादुर और हकीम अहसनुल्लाह ख़ां के बीच ख़ामोश जंग छिड़ गई। एक फ़्रेज़र ही नहीं, फ़्रेज़र के बाद भी हर रेज़ीडेंट के दिल में हकीम अहसनुल्लाह ख़ां के ख़िलाफ़ अपने आप ही गिरह पड़ जाती। या शायद दफ़्तरी याददाश्तों में यह मज़मून दर्ज था कि हकीम के साथ मेहरबानी का सुलूक न किया जाए बल्कि हमेशा पहलू बचाया जाए, कि जिसकी बिना पर हकीम साहब के तईं हर रेज़ीडेंट का बर्ताव दुश्मनी का नहीं तो बेरुख़ी का ज़रूर रहता। एक बार बहादुरशाह की बादशाही के ज़माने (1846) में हकीम अहसनुल्लाह ख़ां ने सुलह-सफ़ाई की भी कोशिश की कि नवाब रेज़ीडेंट बहादुर के दिल में कोई गुबार हो तो निकल जाए लेकिन बादशाह की सिफ़ारिश के बावजूद हकीम अहसनुल्लाह ख़ां का वजूद अंग्रेज़ों के लिए नापसंदीदा ही बना रहा।

विलियम फ़्रेज़र की कोठी से हवेली मुबारक ख़ासे फ़ासले पर थी और हकीम साहब को अंदेशा था कि वहां पहुंचते-पहुंचते अस्र का वक़्त निकल जाएगा। उन्होंने फ़ैसला किया कि अस्र की नमाज़ फ़तेहपुरी की जामा मस्जिद पर अदा करूंगा और फिर लाहौरी दरवाज़े पर हाज़िर होकर शाहे-जमजाह के हुज़ूर पेश होने की दरख़्वास्त दूंगा। विलियम फ़्रेज़र की गुफ़्तगू का सारा हाल बादशाह के सामने लाना ज़रूरी था, न सिर्फ़ इसलिए कि नवाब शम्सुद्दीन अहमद या किसी भी हिंदुस्तानी मंसबदार या

रईस के बारे में कोई इत्तला उन तक पहुंचती जो मुल्की एतबार से अहम हो सकती थी, तो ऐसी इत्तेला को बादशाह तक पहुंचाना उनके फ़र्ज़ों में शामिल था, बल्कि इसलिए भी कि हकीम अहसनुल्लाह ख़ां को अपने यहां तलब करके फ्रेज़र ने सल्तनत के आदाब का ख़्याल न किया था। हकीम अहसनुल्लाह ख़ां को तलब करना उसके इख़्तियार में न था और अगर बुलवाना ही था तो बादशाह के ज़रिए बुलवाना था। लिहाज़ा हकीम साहब के लिए यह ज़रूरी था कि फ्रेज़र ने सल्तनत के आदाब का जो उल्लंघन किया था उसकी इत्तेला वो ज़िल्ले-सुब्हानी तक पहुंचाते।

शाम का दरबार बर्ख़ास्त हो चुका था और ज़िल्ले-सुब्हानी ख़ासा तनावुल फ़रमाने के लिए उठ रहे थे, लेकिन हकीम अहसनुल्लाह ख़ां को हाज़िर होने की इजाज़त मिल गई। बादशाह ने ख़ामोशी से अहसनुल्लाह ख़ां का बयान सुना। उन्हें बुरा तो बहुत लगा कि फ्रेज़र की हिम्मत इतनी खुल गई है, लेकिन हकीम साहब के सामने कुछ ज़ाहिर न करना ही बेहतर था, क्योंकि बादशाहों की नाराज़गी बेनतीजा नहीं होती, और ज़ाहिर है कि उस वक़्त बादशाह के पास कोई ताक़त न थी, जिसके बूते पर वो फ्रेज़र के बारे में कोई असरदार क़दम उठा सकते। बल तो अपना ही बल, नहीं तो जावे जल, लिहाज़ा अपनी नाराज़गी या किसी भी भाव को ज़ाहिर करना बादशाह के लिए मुनासिब न था। गवर्नर जनरल के पास शिकायत भेजना ज़रूर मुमकिन था लेकिन वह काम भी मौक़ा मुनासिब देखकर ही किया जा सकता था और उसका भी नतीजा मालूम था। हालांकि मरहूम हज़रत अकबरशाह सानी के ज़माने तक बादशाह और गवर्नर जनरल में सीधे ख़तो-किताबत होती थी (बाद में यह आसानी भी बाक़ी न रही), लेकिन ऐसी ख़तो-किताबत की ख़बर और उसके मज़मून की इत्तेला रेज़ीडेंट को बहरहाल हो जाती या कर दी जाती थी। अक्सर गवर्नर जनरल के यहां से भी बादशाह का पर्चा रेज़ीडेंट के यहां ही बयान और टिप्पणी के लिए भेज दिया जाता था।

बादशाह कैवां बारगाह से रुख़सत पाने के बाद हकीम अहसनुल्लाह ख़ां दीवाने-ख़ास से बाहर आए तो मोती मस्जिद में मग़रिब की अज़ान हो रही थी। मस्जिद में जमात के साथ नमाज़ अदा करके उन्होंने अपनी रोज़ाना की लंबी नफ़्ली नमाज़ पढ़ना मुल्तवी रखा और बाहर आकर हवादार के कहारों को हुक्म दिया कि दरियागंज में नवाब शम्सुद्दीन अहमद की हवेली पर चलो। वहां पहुंचे तो मालूम हुआ कि नवाब साहब तशरीफ़ फ़रमा नहीं हैं। मिरदहे को हिदायत करके कि नवाब साहब जब आएं तो उन्हें बता देना कि अहसनुल्लाह आया था और नवाब मुनासिब जानें तो कल सुबह चितली क़ब्र के मतब में मुझे मिल लें, हकीम साहब वापस अपनी हवेली पर आए। फ्रेज़र से मुलाक़ात और उसकी बैमौक़ा और बेज़ाब्ता मांग ने उनका दिल कुढ़ा दिया था, लेकिन उनकी बेचैनी का असल सबब यह न था।

फ़्रेज़र का ग़ुरूर और उसका यह भरोसा कि वह .ख़ुद को मुल्के-हिंद के रईसों और अमीरों के घरेलू मामलों और निजी चाल-चलन में दख़ल देने का हक़ रखना, ये बातें मुल्के-हिंद और अहले-हिंद के लिए किसी .ख़ुशगवार मुस्तक़बिल की ख़बर न देती थीं। माना कि वह शम्सुद्दीन अहमद पर एक तरह का हक़ रखता था कि वो नवाब अहमदबख़्श ख़ां का दोस्त रह चुका था और आम हालात में शम्सुद्दीन अहमद उसे 'चचाजान' पुकारते थे, लेकिन घर की बात और थी। बल्कि उस सूरत में तो यह और भी ज़रूरी था कि फ़्रेज़र उन मामलों को अनदेखा करे और उन पर कोई ध्यान न दे, चश्मपोशी से काम ले जिनका कोई ताल्लुक़ मुल्क के इंतज़ाम से न हो। यह घमंड और ग़ुरूर फ़िरंगी मिज़ाज का ख़ास हिस्सा थी। हकीम अहसनुल्लाह ख़ां को अंदेशा था कि हुकूमत में इज़ाफ़े के साथ अंग्रेज़ साहिबान के घमंड और हिंद वालों के तईं उनके तौहीनआमेज़ बर्ताव में और भी इज़ाफ़ा होगा। अमीरों की अमारत, शरीफ़ों की शराफ़त और ग़रीबों की ग़ैरत, सबकी फ़सलें एक ही दरांती से कटेंगी और अगर ये लोग हाकिम बन बैठे तो फ़िरऔन और नमरूद के भी कान काटेंगे।

अगली सुबह को शम्सुद्दीन अहमद ने हकीम अहसनुल्लाह ख़ान के मतब पर उनसे मुलाक़ात की। हकीम साहब ने उन्हें अकेले में ले जाकर तमाम बातें बता दीं और यह भी बता दिया कि मैंने सारी दास्तान आलाहज़रत के मुबारक कानों तक भी पहुंचा दी है। लेकिन हकीम साहब ने छोटी बेगम के बारे में कोई कुरेद न ज़ाहिर की और न शम्सुद्दीन अहमद को इस बारे में कोई नसीहत की या मशवरा दिया। शम्सुद्दीन अहमद चुपचाप सुनते रहे लेकिन जब हकीम अहसनुल्लाह पूरी बात कहकर ख़ामोश हुए तो शाही आत्मसंयम के विपरीत नवाब की तरफ़ से ग़ुस्से और बेज़ारी और फ़्रेज़र के ख़िलाफ़ धमकियों के ऐलान और इज़हार में कुछ तकल्लुफ़ न हुआ। नवाब जब गरज-बरसकर चले गए तो हकीम साहब ने फिर अपना मतब संभाला। आज भीड़ मामूल से कुछ ज़्यादा थी।

हकीम साहब जब तक मतब से उठें, नवाब शम्सुद्दीन अहमद ने बल्लीमारान में अपनी हवेली में वापस आकर दो मुस्तैद सांडनी सवारों को लोहारू भेज दिया कि आठ चुने हुए लठैतों को लेकर फ़ौरन वापस आएं। अगर क़िले पर आठ जने फ़ौरन न मिल सकें तो क़स्बे से भर्ती की जाए। हर सूरत में तीसरे दिन की सुबह तक वो देहली में आ मौजूद हों। फिर उन्होंने अपने दारोग़ा को बुलाकर हुक्म दिया कि लोहारू से आने वाले चार लठैत दिन में और चार रात में वज़ीर ख़ानम के दरवाज़े पर तैनात किए जाएं। उन्हें वहां से कहीं हटने की इजाज़त न होगी और जिस किसी ने रखवाली में ज़रा कोताही की उसके हाथ-पांव तुड़वाकर, गांव वापस भेज दिया जाएगा। और जब तक लोहारू की नफ़री न आए, उतनी ही तादाद में स्थानीय लेकिन भरोसेमंद और जीवट वाले लठैत ख़ानम साहब के यहां हिफ़ाज़त की ख़ातिर

आठों पहर मौजूद रहें।

□□

चिंताएं

मंझली बेगम का दिल छोटी में अटका हुआ था। नवाब शम्सुद्दीन अहमद के साथ क्या बनी, उसकी तफ़सील जानने के लिए उसे कुरेद भी थी और परेशानी भी। छोटी को जयपुर से आए हुए छह महीने से ऊपर हो चले थे। ज़रूरी था कि अब जल्द से जल्द उसका कोई वारिस, कोई ख़बरगीर, कोई रखवाला मनचाहे क़िस्म का मुहैया हो जाए। निकाह नहीं न सही, लेकिन कोई शरीफ़ और .ख़ुशहाल मर्द उसका हाथ थामकर घर में बिठा लेता तो भी बहुत था। फिर मुमकिन है बाद में निकाह भी हो जाता और बहुत से ताल्लुक़ात महज़ आशनाई और मनबहलाव से आगे बढ़कर कभी-कभी इतने मज़बूत भी हो जाते कि निकाह में उससे ज़्यादा मज़बूती क्या होती और यूं भी, निकाह में और घर में बिठा लेने में कौन सा बड़ा फ़र्क़ था। उन दिनों मर्द लोग बेखटके तलाक़ देते और बेतकल्लुफ़ कई-कई आशनाओं से एक साथ राग-सुहाग रखते थे और कोई-कोई तो आशनाइयों को निकाह से ज़्यादा निभाते। सब अपनी-अपनी तक़दीर का मामला था। तख़्त और बख़्त लिखा हो तो सब कुछ मुमकिन हो जाता है। छोटी की उम्र अभी कुछ न थी लेकिन ये ज़माना ऐसा ख़राब था कि कितनी ही लड़कियों की जवानी और बुढ़ापा साथ ही साथ या एक-दो बरस के फ़र्क़ से आते थे। बज़ाहिर तो नवाब शम्सुद्दीन अहमद का दिल छोटी पर आया हुआ था, अगर यह संजोग लिखा होगा तो छोटी के भाग खुल जाएंगे। नाज़-प्यार में कमी न हो, कपड़े-लत्ते, नौकर-चाकर की तंगी-तकलीफ़ न हो, तो इंसान शुक्राने की नमाज़ पढ़े और ज़िंदगी गुज़ार ले। सबसे बड़ी चीज़ इज़्ज़त थी, वो जो बुज़ुर्गों ने कहा है, 'रख पत रखा पत।' और बाइज़्ज़त रहने, बेक़द्र और बेपत न होने के लिए किसी रईस की वफ़ादारी का साया ज़रूरी था। नवाब शम्सुद्दीन अहमद अगर छोटी की बांह पकड़ लें और उसे चैन का कोई कोना दे दें तो और क्या चाहिए था। मगर वज़ीर तो दीवानी थी, वह मुहब्बत और दिलदारी और चाहा-चाही की बात करती थी। यह उसका भोलापन ही तो था कि इस तेरह सद्दी में वह चाह-चीत ढूंढ़ती थी, हालांकि बड़ी चीज़ तो इज़्ज़त और हिफ़ाज़त थी। चाहत का क्या है मौसमे-बहार की तितली है कि बेहद .ख़ुशरंग है लेकिन चंद रोज़ा। ख़ैर, बारे कुछ दरवाज़ा तो खुला है छोटी के लिए, नहीं तो ब्लाक साहब के चल बसने के बाद वह बेचारी कहीं भी न रह गई थी...

उम्दा ख़ानम को जैसे ही इत्तेला मिली कि वज़ीर ख़ानम ख़ैर-ख़ूबी से आ गई है, उसने अपनी बहल कसवाई और घड़ी भर के अंदर ही सिरकीवालान पहुंच गई। वज़ीर का दमकता, बल्कि तमतमाया हुआ चेहरा देखकर उसका दिल ठंडा हुआ। दोनों

बहनें देर तलक गले मिलती रहीं। फिर उम्दा के कुछ पूछने के पहले ही वज़ीर ने उसे नवाब की दी हुई अंगूठी दिखाई और पिछली रात के अहवाल कह सुनाए।

"बीबी, अल्लाह मुबारक करे, तुम्हें अपने सब्र का फल मिल गया। अब राज रजोगी। नवाब साहब के पास दौलत है, शक्ल और उम्र में तुम्हारे जोड़ के हैं और सबसे बढ़कर यह कि तुम पर दम देते हैं। अब तो सब कुछ ठीक हो जाएगा।"

उम्दा ख़ानम के दिल में फ्रेज़र का कुछ ख़्याल न था और न ही फ्रेज़र ने कभी नवाब यूसुफ़ अली ख़ां पर इशारे में भी ज़ाहिर किया था कि उसे वज़ीर से कोई ग़रज़ है या वो वज़ीर से कोई फ़ायदा उठाना चाहता है। उस दिन की दावत ज़रूर थी, लेकिन उसका मक़सद उम्दा ख़ानम और नवाब यूसुफ़ अली ख़ां के ख़्याल में यही था कि वज़ीर को महफ़िल की रौनक़ बनाया जाए। असल हालात से उम्दा ख़ानम और नवाब यूसुफ़ अली ख़ां दोनों बेख़बर थे कि वज़ीर तो फ्रेज़र की नज़र चढ़ चुकी थी। बजा कि फ्रेज़र ने उसे दोबारा बुलवाने या उसके यहां ख़ुद जाने का कोई डोल अब तक न डाला था लेकिन उसकी वजह यह थी कि शम्सुद्दीन अहमद ने उसे मौक़ा ही न दिया था।

जब फ्रेज़र के पर्चानवीसों ने उसे ख़बर दी कि नवाब शम्सुद्दीन अहमद दूसरे ही दिन वज़ीर के यहां पहुंच गए तो उसे तिलमिलाहट ज़रूर हुई, लेकिन उसने ख़्याल किया कि नवाब का चंदरोज़ा चोंचला है, कुछ दिन बाद बुख़ार उतर जाएगा और सब जोश ठंडे हो जाएंगे। फिर जब उसे पर्चा लगा कि नवाब और वज़ीर के बीच पैग़ामों और तोहफ़ों की अदल-बदल हो रही है तो उसे शक हुआ कि बात दूर तक जाने वाली है या शायद चली ही गई है। इससे पहले कि वह वज़ीर को बुलवाने या उससे मिलने की कोई मुनासिब तरकीब सोचता, मुख़बिरों ने नवाब के यहां वज़ीर के रात में रहने की इत्तला दी और उसे बेइंतेहा तैश आया। लेकिन उम्दा ख़ानम और नवाब यूसुफ़ अली ख़ां को अभी कुछ ख़बर न थी, बल्कि शुब्हा भी न था। लिहाज़ा उम्दा ख़ानम समझ रही थीं कि अब वज़ीर और शम्सुद्दीन अहमद की राह में कोई रुकावट नहीं है। वज़ीर को भी अब फ्रेज़र की तरफ़ से कोई ख़दशा न था। उसने जवाब दिया, "बाजी, तुम्हारी दुआ और नवाब की बुलंद-इक़बाली ने मेरे काम सही राह पर डाल दिए। लेकिन... मुझे अब भी एक उलझन है।"

"उलझन, अब उलझन काहे की? क्या नवाब ने कोई ऐसी बात कही या कोई ऐसा इशारा किया जिससे तुम्हें कुछ शक पड़ गया है?"

"न...नहीं।" वज़ीर ने 'नहीं' को ज़रा खींचकर अदा किया। वह ज़रा देर चुप रही, फिर दुपट्टे के एक कोने को उंगलियों से बल देती हुई, वह सर झुकाए-झुकाए बोली, "नहीं, मेरे जी में कोई शंका नहीं। लेकिन नवाब साहब ने अभी बात साफ़ भी तो नहीं की है...!"

"ए लो, अब इन्हें बात साफ़ होने की पड़ गई। भला कोई इतनी क़ीमती अंगूठी यूं ही दे देवे है और यूं ही किसी के इतने नाज़ उठावे है?"

"सो तो सब ठीक है, बाजी, लेकिन अभी उन्होंने इशारे-किनाये में ही बात की है। असल बात को मुघम ही रखा है। मेरे साथ क्या मामला करेंगे, इस पर कुछ खुलते ही नहीं हैं।"

मंझली के जी में आया, पूछे, और उस मुंडीकाटे माश्टन ब्लाक फ़िरंगी ने तेरे साथ कौन से क़ौल क़रार किए थे! ले गया था तो निकाह भी कर लेता, न सही निकाह, दीवानी अदालत के सामने लिखा-पढ़ी तो हो जाती। मौत-ज़िंदगी पर किसका ज़ोर चले है, पर उस ईसाई ने तो जीते या मरते छोटी के लिए कोई भी सामान न किया था... अचानक उसे ख़्याल आया कि छोटी के दिल में जो हैस-बैस है वह इस वजह से भी है कि ब्लाक साहब कच्ची गृहस्थी छोड़कर चल बसे थे। दूध का जला छाछ भी फूंक-फूंककर पीवे है, छोटी का डरना बजा था। इस ख़्याल के आते ही मंझली का दिल छोटी के लिए नर्म हो गया और मुहब्बत से भर गया और अपनी हालत की भी सच्ची तस्वीर उसकी आंखों के सामने एक झलक मार गई। हालांकि नवाब यूसुफ़ अली ख़ां उसे बेहद सुख-चैन से रखते थे और सारे आसार इस बात के थे कि वह उसे ख़ुद से जुदा न करेंगे, लेकिन निकाह का भी लफ़्ज़ कभी उनके बीच न आया था। दुनिया की नज़रों में कुछ भी सही, लेकिन ख़ुदा के सामने और नवाब के घराने में मंझली की कोई हैसियत न थी। मंझली की आंख में आंसू छलक आए।

"एक तौर से देखें तो तेरी बात ठीक है," उसने आंसुओं को ज़ब्त करके कहा। "मगर हम लोगों के पास चारा ही क्या है। जो कुछ नसीब से मिल गया है उसे ही बेहतर से बेहतर निभाने की धुन में लगे रहें, यही हम औरतों का धरम है।"

वज़ीर की भी आंखें भीगने लगीं। उसने दुपट्टे से आंसू पोंछे और फिर हिम्मत करके कहा, "लेकिन बाजी, तुमने नवाब साहब के दामन से ख़ुद को बांधने में क्या सोचा था?"

मंझली एक लम्हे के लिए सन्न रह गई। उसे नवाब यूसुफ़ अली ख़ां के साथ अब पांच-छह बरस हो चले थे। उनसे पहले उसने किसी मर्द पर कोई मानीख़ेज़ निगाह भी न डाली थी, मर्द के बारे में सोचना तो बड़ी बात थी। और नवाब के साथ भी वह महज़ रस्मन पाबंद होकर न रही थी बल्कि हिजाब और पर्दादारी के सारे रस्मो-रिवाज का वह पूरा-पूरा लिहाज़ रखती थी। तो क्या वह नवाब साहब को पहले ही से दिल दिए बैठी थी और तभी उसने उनका इशारा क़ुबूल करके बाप-मां का घर छोड़ नवाब की हवेली को अपनी जान की पनाह बनाना मंज़ूर किया था? वह बहुत सोचकर बोली, "अब तो इतने दिन हो गए। अब तो मुझे याद भी नहीं कि उस घड़ी मेरे जी में क्या-क्या ख़्याल थे... शायद मुझे उनसे कुछ लाग ही थी... जो

लगन में बदल गई, अल्लाह जाने। लेकिन .ख़ुदा गवाह है, नवाब साहब ने मेरे साथ कोई छल नहीं किया, मुझे कोई सब्ज़ बाग़ नहीं दिखाए।"

"अल्लाह तुम लोगों के जीवड़े सलामत रखे," छोटी ने कहा। "अब तक तो पछतावे की कोई बात नहीं।"

"नहीं है, और है भी," मंझली ने ठंडी सांस भरकर कहा। "लेकिन यह जामा मैंने .ख़ुद पहना और तक़दीर के दर्ज़ी ने मेरे लिए कोई और जामा सिया ही नहीं। अब यही मेरा कफ़्न बने तो समझूं कि .ख़ुदावंदे-आलम ने मेरा पर्दा रख लिया।"

"मगर यह अल्लाह ही है जो मेरी मुश्किल आसान करे...," वज़ीर कुछ और कहना चाहती थी कि उम्दा ख़ानम ने बात काटकर कहा, "अल्लाह-अल्लाह करो छोटी, तुम्हारी कौन सी मुश्किल है और तुम्हें कौन सा संकट है? अपना दिल तो टटोलो। तुम्हारा दिल नवाब शम्सुद्दीन में अटका है कि नहीं?"

"मैं नहीं जानती..." वज़ीर की आंखें फिर तर होने लगीं। "अपने हिसाबों समझती तो यही हूं पर..."

"पर क्या? तुम अगर यह समझती हो और नवाब भी तुम्हें कुछ चाहते हैं तो फिर ज़िंदगी के कारोबार को नए सिरे से शुरू करो। अब तक जो हुआ उसे शुभ शगुन मानो।"

"लेकिन," वह कुछ रुककर बोली। "वह सब तो ठीक है, मगर बाजी, मेरे बच्चे...!"

"ए लो, बीबी की बात सुनो। अभी से बच्चों की फ़िक्र! तू हर बात में खुड़पंच ज़रूर निकालेगी।"

वज़ीर के जी में आया, कह दे, बाजी, तुम्हारे तो बच्चे हैं नहीं, तुम औलाद के छूटने का दर्द क्या जानो। लेकिन ऐसी बात कहने की कब थी, सोचने की भी न थी। उसे यह भी कुछ शक था कि बाजी ने जानबूझकर बच्चे पैदा नहीं किए, या शायद नवाब ने मना कर दिया हो।

"नहीं, मैं किसी की खुड़पंच में नहीं हूं, बाजी। लेकिन ब्लाक साहब के बहन-भाई ने मुझ पर सितम किया कि नहीं?"

"अच्छा, और तू यह भी देख कि ग़ैर ख़ून की औलाद को तू तन्हा किस तरह पालती-जिलाती! ईसाई ज़ात के दिल में मुसलमान के लिए भला कौन सी मुहब्बत भरी हुई है? और तेरे पास उनकी परवरिश-देखभाल के लिए कोई कुबेर का ख़ज़ाना तो है नहीं। अब नवाब शम्सुद्दीन का कुछ सहारा हो रहा है तो फिर देखेंगे। अभी तो बीज बिखेरा है और तू अभी से फ़सल कटने के .ख़्वाब देखने लगी।"

वज़ीर के मुंह पर मुस्कुराहट की थोड़ी सी दमक आई, "बाजी, तुम तो जानती ही हो, मैं सदा की जल्दबाज़ रही हूं।"

"और तू यह भी जानती है कि जल्दी के काम शैतान के होते हैं। देख, तेरे काम

में कैसा पेच पड़ गया था। आख़िर खोलनहार ने उसे अपने वक़्त पर और बिल्कुल सही वक़्त पर खोला कि नहीं? वरना इंतज़ार तो बच्चों को बूढ़ा कर दे है।"

यह कहकर मंझली अपनी जगह से उठी, उसने चट-चट छोटी की बलाएं लीं और फिर उसे गले से लगाकर बोली, "अच्छा, अब मैं चली। आइंदा जो भी वाक़ेआ-वक़ूआ हो, मुझे फ़ौरन ख़बर कीजो।"

"बाजी, खाना तो खा लेतीं।"

"नहीं, शाम के वक़्त नवाब साहब अक्सर मुझे ढूंढ़ते हैं। कभी-कभी खाना खाने अंदर भी आ जाते हैं। तू दिल मज़बूत रखियो, मैं नवाब साहब से भी सारा हाल कह दूंगी। इंशाअल्लाह, सब अच्छा होगा। ले अब मैं चली, तुझे अल्लाह की अमान में सौंपा।"

उम्दा ख़ानम को उठता देखकर, उसकी नौकरानी उसके ओढ़ने की रेशमी चादर ले आई। चादर उसे इस तरह ओढ़ाकर कि सारा बदन और मुंह का बड़ा हिस्सा पोशीदा हो गया, उसने बाहर जाकर बहलबान से कहा कि गाड़ी दरवाज़े पर लगा दे। वफ़ादार और दूसरी असील मुबारक क़दम एक बड़ी चादर तानकर यूं खड़ी हो गईं कि गली की तरफ़ से बिल्कुल पर्दा हो गया। मंझली चलते-चलते फिर छोटी की बलाएं लेने लगी और छोटी ने सर झुकाकर बार-बार अपना बायां हाथ सीने पर ले जाकर, "बाजी, तस्लीम," "बाजी, अल्लाह मअकुम," "अल्लाह आपको सलामत रखे," कहा।

फ़्रेज़र की समझ में न आता था कि छोटी बेगम के बारे में क्या करूं कि काम भी बन जाए और उंगलियां भी न उठें। वरना कुछ मुश्किल न था कि छोटी बेगम को घर से उठवा लिया जाता या पिछली बार की तरह दावत में बुलवाकर वहीं रोक लिया जाता (गोया उसे यक़ीन था कि अगर दावत के बहाने बुलाऊंगा तो छोटी बेगम को इंकार की जुरअत न होगी)। उसे मालूम था कि बहुत से अय्याश मिज़ाज के नवाब और राजा बेतकल्लुफ़ इस तरह के काम करते थे और उनके राज में औरतों, ख़ासकर कमज़ोर तबक़े की औरतों की इज़्ज़त हमेशा असुरक्षित थी। रेज़ीडेंटी में ऐसे नौकर भी मौजूद थे जो अपराधी क़बीलों से ताल्लुक़ रखते थे या जिनकी पहुंच अपराधी लोगों तक थी। ख़ुद फ़्रेज़र के बारे में अफ़वाहें थीं कि वह लड़कियों, बल्कि लड़कों तक को इसी तरह उठवा लेता था। यह बात दुरुस्त न थी, मगर पेशेवर माशूक़ों को जबरन बुलवा लेना या घरेलू औरतों को भी अग़वा करा लेना बहरहाल कोई अनहोनी बात न थी। लेकिन हकीम अहसनुल्लाह वाली तरकीब के पट पड़ने के बाद फ़्रेज़र को ख़दशा था कि नवाब शम्सुद्दीन अहमद तक यह बात ज़रूर पहुंचेगी कि छोटी बेगम पर साहब रेज़ीडेंट बहादुर नज़र रखते हैं। लिहाज़ा पूरी उम्मीद थी कि शम्सुद्दीन अहमद हिफ़ाज़त की तरकीबें अमल में लाएं और छोटी बेगम के घर पर पहरा बिठा

दें। दूसरी तरफ़ यह भी क़यास से बाहर न था कि बादशाह की तरफ़ से इस मामले में खुला न सही, इशारे में कुछ नाराज़गी का इज़हार होता।

इन सब बातों के पेशे-नज़र ज़ोर ज़बरदस्ती करना फ़्रेज़र के लिए मुनासिब न था। छोटी बेग़म के यहां .खुद मुलाक़ात की ग़रज़ से पहुंच जाना बेशक मुमकिन था, ख़ासकर अभी जबकि शम्सुद्दीन अहमद ने छोटी बेगम के दरवाज़े पर मुहाफ़िज़ तैनात न किए होंगे। और अगर पहरेदार लगा भी दिए हों तो किसकी मजाल थी कि साहब रेज़ीडेंट बहादुर की राह रोक देता। फ़्रेज़र को यह फ़ैसला करने में कुछ देर लगी हो तो लगी हो, लेकिन इस पर अमल करने में उसे देर नहीं लगी। शाम हो रही थी, उसकी हवाख़ोरी का वक़्त था ही, लिहाज़ा उसने अपने ख़ास हाथी सूरत सुंदर पर सवार हो, दो हाथियों पर बरक़ंदाज़ और चार घोड़ों पर चार क़राबीनबरदार सिपाही बिठा, शहर की राह ली।

शाम को शहर में सैर की रस्म जनरल अख़्तरलोनी ने शुरू की थी और पहले-पहल उसी ने यह हिम्मत भी की थी कि शाही शान की ख़ास निशानी, यानी हाथी को शहर के अंदर इस्तेमाल में लाए। सवार के लिए सुनहरा हौदा और हाथी के लिए सोने के काम की झूल इस पर अलग से थे। बादशाह के सिवा किसी और को चतर लगाने की इजाज़त न थी और यह ऐसी सख़्त पाबंदी थी कि माधवराव सिंधिया और गुलाम क़ादिर रोहिल्ला भी इसका सम्मान करते थे। लेकिन यहां भी अख़्तरलोनी ने यह नई बुरी बात की थी कि शाही अंदाज़ का चतर तो नहीं लेकिन अंग्रेज़ी तर्ज़ की छतरी एक ख़ादिम के हाथ में देकर उसे अपने पीछे हौदे में खड़ा रखता था। अख़्तरलोनी की ये नई बुरी बातें रेज़ीडेंटी की अनलिखी रस्मों का हिस्सा गिनी जाने लगी थीं, और हाथी, हौदा, छतरी और नवाबी नौकरों की शान के साथ शाम को शहर की सैर एक तरह से रेज़ीडेंटी का झरोखा-दर्शन बन गई थी।

फ़्रेज़र को मालूम था कि मुहीउद्दीन औरंगज़ेब आलमगीर ने अपनी हुकूमत की लंबी मुद्दत का दूसरा हिस्सा, जो कोई 24-25 साल का था, दकन की मुहिमों में गुज़ारा था और इस मुद्दत में भी आख़री 5-6 साल तो सीधे जंग के आसपास या लश्कर में गुज़रे थे। ऐसी सूरत में झरोखा-दर्शन की व्यवस्था ग़ैर मुमकिन थी, लेकिन औरंगज़ेब ने इसका बदला यह निकाला था कि हर सुबह तय समय पर वह मौसम के एतबार से नालकी या हवादार पर सवार होकर लश्कर की गश्त को निकलता। चूंकि शाही लश्कर कई मीलों पर फैला होता था, इसलिए गश्त के पूरा होने में एक-दो घंटे लग जाते थे। औरंगज़ेब के हाथ में किताब होती और वह सारा वक़्त अपनी आंख किताब पर लगाए रखता। वर्क़ उलटने में उंगलियों या हाथ की थोड़ी सी हरकत के सिवा उसके बदन को ज़रा भी जुंबिश न होती। उसकी सवारी जहां-जहां से गुज़रती, क्या महाजन, क्या व्यापारी, जौहरी, क्या ग़ल्लाफ़रोश, क्या

तोपची, क्या लश्कर के बाहरी हिस्से के सवार, क्या बंदूक़ची, क्या सिपाही, क्या नफ़र, क्या अहदी सवार, क्या चोबदार, क्या ख़िदमतगार, क्या कमीदान, क्या राजा और नवाब, जो जिस काम में मसरूफ़ होता, दूर ही से काम छोड़कर सीधा खड़ा हो जाता और जब सवारी मुबारक सामने आ जाती तो झुक-झुककर तीन सलाम करता। लेकिन आलमगीर की आंख किताब ही पर रहती। दाएं या बाएं गर्दन घुमाकर कुछ देखना तो दूर रहा, उसके चेहरे पर किसी क़िस्म का भाव भी ज़ाहिर न होता। वही बारौब संजीदगी, वही शाही जलाल की एकाग्रता, गोया वह खुली सवारी में लश्कर का मुआयना न कर रहा हो बल्कि दरबार में किसी ग़ैर मुल्क के एलची से मुलाक़ात कर रहा हो और यह भी था कि उसकी बज़ाहिर बेध्यानी में यह भरोसा भी छुपा हुआ था कि वह अपनी आंख से देखे या न देखे लेकिन लश्कर के सारे काम चौकसी, सलीक़े और अच्छे इंतज़ाम के साथ चलते रहते हैं। 85-86 बरस का दुबला-पतला, सीधा, ऊंचा क़द, उक़ाब जैसी आंख और लंबी मुड़ी हुई नाक, जेग़ा और सरपेच के नीचे बुलंद पेशानी, सफ़ेद बुर्राक़ दाढ़ी, सादे लेकिन शानदार लिबास में मलबूस औरंगज़ेब उस वक़्त सही मानों में आलमगीर लगता था।

विलियम फ़्रेज़र को औरंगज़ेब की यह अदा बहुत पसंद आई थी और वह .खुद को सत्ता और रौबदाब में नहीं तो इल्म और शान में औरंगज़ेब के बराबर ही समझता था और कंपनी बहादुर का वजूद उसकी नज़र में आज नहीं तो बस कोई दिन जाता था कि उसी मर्तबे पर पहुंचने वाला था जिस पर औरंगजेब आलमगीर आधी सदी तक बिराजे रहा था। जिस तरह औरंगज़ेब ने सारे मुल्के-हिंद, सारे बंगाल, कामरूप और सारे मुल्के-दकन को अपने अधीन कर लिया था, फ़्रेज़र के ख़्वाबों में अब यही काम कंपनी बहादुर अंजाम दे रही थी या अंजाम देने वाली थी। फ़र्क़ था तो सिर्फ़ यह कि औरंगज़ेब और उसके अधीन, औरंगज़ेब को .खुदा की परछाईं और परमात्मा की निशानी समझते थे, तो फ़्रेज़र के लिए आलाहज़रत कंपनी बहादुर का वजूद शाहे-इंग्लिशिया की परछाईं था और शाहे-इंग्लिशिया पर तीनों मसीही परमात्माओं की उत्तम आदर्शीय उपस्थिति का दूर-दूर तक फैला हुआ साया इस शान से चमक और रोशनी बिखेर रहा था कि चीन और ऑस्ट्रेलिया से लेकर अफ़्रीक़ा और अमरीका तक सारी धरती जिगर-जिगर कर रही थी। सारी दुनिया की दौलत खिंचकर बर्तानिया के राज में चली आ रही थी और इल्मो-हिकमत, फ़लसफ़ा और तर्क, गणित, चिकित्सा और खगोल विज्ञान के कभी न सूखने वाले स्रोत बर्तानिया की सरज़मीन से उबल-उबलकर और बह-बहकर दुनिया में हर तरफ़ फैल रहे थे और सारी दुनिया को रोशन कर रहे थे और सींच रहे थे।

लिहाज़ा फ़्रेज़र के अपने हिसाब से यह बिल्कुल सही था कि वह भी शहर देहली की गश्त के लिए उसी शान और रौबदाब से निकले, जिस तरह मुहीउद्दीन औरंगज़ेब

आलमगीर जंग के मैदान या लश्कर में गश्त करके लोगों को अपनी मौजूदगी, सेहत और हुकूमत करने के हक़ और लियाक़त का सुबूत दिया करता था। हाथी पर गश्त के दौरान फ़्रेज़र भी अपने हाथ में किताब रखता था, लेकिन हज़ार कोशिश के बावजूद वह अपने जिस्म को मुकम्मल तौर पर साकिन रखने और अपनी आंख को किताब के वर्क़ पर जमाए रखने की तरबियत न दे पाया था और फिर वह गश्त भी किस काम की जब इंसान अपने इर्द-गिर्द का मुआयना न करता चले। उसे सलाम करने वाले इतने न सही जितने आलमगीर के होते होंगे, लेकिन फिर भी बहुत होते थे। वह मर्तबों के मुताबिक़ किसी के सलाम का जवाब मुस्कुराकर देता तो किसी को "तस्लीमात" या "कोर्निश बजा लाता हूं" कहता। अंग्रेज़ों और कुछ ख़ास हिंदुस्तानियों को वह "Good Evening, Sir" कहता। टोपी अलबत्ता वह किसी हिंदुस्तानी के लिए न उतारता। टोपी उतारकर सम्मान देना सिर्फ़ उच्चकुलीन फ़िरंगियों के लिए मुनासिब था।

उस शाम जब फ़्रेज़र का जुलूस सिरकीवालान के फाटक पर पहुंचा तो फ़्रेज़र को यह देखकर हैरत हुई कि गली का बड़ा फाटक बंद था और सिर्फ़ बग़ली दरवाज़ा खुला हुआ था, जिसमें से लोग पैदल गुज़र सकते थे। सवारियां पहले दस्तक देतीं, फाटक थोड़ा सा खुलता, एक लठैत बाहर झांककर आने वालों की कैफ़ियत मालूम करता और फिर इत्मीनान कर लेने के बाद उन्हें दाख़ले की इजाज़त देता। जब फ़्रेज़र फाटक के क़रीब पहुंचा तो लठैत एक पालकी सवार को अंदर बुला लेने के बाद फाटक बंद कर रहा था। फ़्रेज़र की सवारी आते देखकर उसने फाटक वैसा ही आधा खुला छोड़ दिया, गोया यह ज़ाहिर कर दिया कि फाटक के अंदर आने की सहूलियत अपने आप हासिल नहीं हो सकती। फ़्रेज़र का हाथी मजबूरन फाटक पर रुक गया और उसके पीछे आने वाले हाथीसवार और घुड़सवार भी ठहर गए। अभी वह लोग मामले को समझ न सके थे, मगर यह चंद लम्हों का वक़्फ़ा बेफ़िक्रों का मजमा इकट्ठा होने के लिए काफ़ी था। देहली वालों को तो तमाशा चाहिए, चाहे वह क़त्ले-आम ही क्यों न हो। हकीम मोमिन ख़ान ने इसी मुनासिबत से क्या ख़ूब कहा था:

किया तुमने क़त्ले-जहां इक नज़र में
किसी ने न देखा तमाशा किसी का

और यहां तो तमाशा तुर्फ़ा भी था और थोड़ा सहमा देने वाला भी। नवाब रेज़ीडेंट बहादुर का हाथी, उनकी सवारी का जुलूस और सिरकीवालान की उस गली का फाटक जिसमें छोटी बेगम का घर था और उस घर पर लोहारू वालों के लठैत पहरे पर तैनात थे, वो ख़ुदा जाने किसकी राह रोकने पर मुक़र्रर किए गए थे। सबके दिलों में थोड़ा-बहुत डर और बहुत सारी सनसनी थी। तमाशबीनों के दिल में जिज्ञासा, ख़ौफ़ और सनसनी का मेल ख़ुद ही बहुत मज़े देने वाला था। उस पर तुर्रा यह कि

तमाशे के लोगों में उस वक़्त का सबसे बड़ा फ़िरंगी ओहदेदार भी था, जिसके बारे में सुना गया था कि देहली वालों की ज़बान भी बख़ूबी बोलता और समझता था। करख़नदार, दुकानदार, उनके बच्चे, यहां तक कि कोठों पर चिलमन या चिक़ से झांकती हुई कुछ ज़नाना आंखें भी पलक झपकते में तमाशा देखने पर आमादा हो गईं। बहुत से देखने वालों ने तो रेज़ीडेंट बहादुर को पहली बार देखा था और उसकी वज़ा-क़ता यूं ही उनके लिए किसी अजूबे से कम न थी। उसका हिंदुस्तानी लिबास, फ़िरंगी सूरत, हाथी पर उसके सामने बैठा हुआ चोबदार जो उसके पेचवान के पेच और फ़र्शी को संभाले हुए था, हर चीज़ आंखें फाड़-फाड़कर बार-बार देखे जाने का तक़ाज़ा करती थी।

फ्रेज़र ने होश सलामत रखे और .खुद कुछ न कहा लेकिन उसका इशारा समझकर एक शहसवार घोड़ा डपटाकर क़राबीन ताने हुए आगे आया और कड़ककर लठैत से बोला, “अबे मां के ख़सम, खड़ा देखता क्या है? हाथ-पांव रह गए हैं क्या? साहब कलां बहादुर के हाथी को रास्ता क्यों नहीं दे रहा?”

लठैत ख़ालिस मेवाती क़बाइली था। सफ़ेद ज़ीन का तंग पजामा, उसके ऊपर पूरी आस्तीन का शलूकानुमा कुर्ता उसी कपड़े का, कमर में सुर्ख़ दुपट्टा और उसमें एक पेशक़ब्ज़ खोंसा हुआ, सर पर सियाह रंग का फेंटा, कलाइयों में लोहे के कड़े, हाथ में नौ सेर का क़द्दे-आदम लट्ठ जिसे कई बरसों तक बारिश में रखकर और फिर कई महीने तक सरसों का तेल पिला-पिलाकर कलछांऊं लोहे के सरिये से ज़्यादा सख़्त और लचीला बना दिया गया था। लट्ठ के एक सिरे पर पीतल की मूठ और दूसरे सिरे पर लोहे की नोकदार शाम चढ़ी हुई थी। लठैत ने आधे खुले फाटक में से लट्ठ को लंबा किया और उसे शहसवार के घोड़े की गर्दन पर, फेफड़े के पास हल्के से रखकर बोला, “ज़री ज़बान को लगाम दो, तिलंगे साहब (तिलंगे के एक मानी ‘घुड़सवार’ भी थे। मराठों की फ़ौज के तिलंगों ने देहली में बहुत ज़ुल्म ढाए थे और हालांकि बादशाह सलामत की फ़ौज में भी तिलंगों की एक पलटन थी, लेकिन आम देहली वालों की ज़बान पर यह लफ़्ज़ गाली से कुछ ही कम था) और अपन घोड़े को भी लगाम दो, नहीं तो एक क़दम अग्गे डगो और यह लट्ठ तुम्हारे मलेपंज (दस से चौदह-पंद्रह बरस की उम्र का घोड़ा, यानी बूढ़ा घोड़ा। ज़ाहिर है लठैत ने यह शब्द तौहीनआमेज़ मानी में इस्तेमाल किया था) के जिगर के पार हो जाओ।”

“अबे, तिलंगा किसको कहता है? हम बाड़ूज़ई पठान हैं। अभी उतरकर ज़बान गुद्दी से खींच लूंगा।”

बात बढ़ने की संभावना देखकर बाक़ी तीनों लठैत भी आगे आ गए, लेकिन ख़ामोश खड़े रहे। फ्रेज़र ने महसूस किया कि उस वक़्त बात का बढ़ जाना और बातचीत का झगड़े में बदल जाना मजमे के लिए हंसी का मौक़ा और मेरे लिए

शर्मिंदगी का सबब होगा। लिहाज़ा उसने अपने पीछे वाले हाथीसवार से अंग्रेज़ी में कुछ कहा। हाथीसवार ने फ़ौरन अपना हाथी आगे बढ़वाकर अफ़ग़ान घुड़सवार को पीछे किया और नर्म लहजे में बोला, "साहब कलां बहादुर को रास्ता न देना कुछ अच्छी बात नहीं, मियां लट्ठबाज़ ख़ां।"

अब लठैत भी कुछ नर्म पड़ा, "रास्ता क्यों नहीं दियांगें, पर साब जांगे कहां, ये तो पता चले। अग्गे तो रस्ता बंद है।"

हाथीसवार ने फ्रेज़र की तरफ़ सवालिया निगाहों से देखा तो फ्रेज़र ने कुछ इशारा ऐसा किया जिससे हाथीसवार ने समझ लिया कि वज़ीर ख़ानम के यहां जाना है।

"सरकार दौलतमदार रेज़ीडेंट बहादुर फ़रमाते हैं कि हम ख़ानम साहब को मुलाक़ात का सम्मान प्रदान करने जा रहे हैं।"

चारों लठैत सोच में पड़ गए। उन्हें वज़ीर ख़ानम के दरवाज़े पर पहरे के लिए लगाया गया था। ज़ाहिर है इसका मतलब यही था कि किसी अप्रिय व्यक्ति को न आने दें और अनपेक्षित मुलाक़ातियों से ख़ानम साहब को महफ़ूज़ रखें। ख़ानम साहब को बज़ाहिर कोई ख़तरा तो था नहीं, लेकिन अगर कोई दुश्मन उन पर चढ़ाई करता तो ख़ानम साहब को हर तरह बचाए रखना भी उनका फ़र्ज़ था। मगर साहब कलां बहादुर? उन्हें यह तो न मालूम था कि साहब कलां बहादुर ही से कुछ ख़तरा महसूस करके नवाब साहब ने उन्हें यहां तैनात किया था, लेकिन जब नवाब साहब आप ही वज़ीर ख़ानम के चाहने वाले थे तो फिर साहब कलां बहादुर का गुज़र वहां क्योंकर मुमकिन था। लेकिन अगर वह रेज़ीडेंट बहादुर को रोक देता तो बड़ी ख़राबी की भी गुंजाइश थी। इसी कशमकश के आलम में एक लठैत जो चारों में उम्रदार और तजुर्बेकार नज़र आता था, आगे आया और बोला, "जी, बहुत माक़ूल। लेकिन मैं ख़ानम साहब से पूछ आऊं कि वह इस वक़्त मुलाक़ात को राज़ी होंगी कि नहीं।"

उसका लहजा देहली वालों जैसा और आवाज़ में शाइस्तगी थी। लेकिन यह भी बड़ी बात थी कि रेज़ीडेंट किसी शख़्स से मिलने ख़ुद उसके घर पर आए और वह शख़्स और वो भी छोटी बेगम जैसी ग़ैर-पाबंद तन्हा औरत, आने वाले से ख़ुशी-ख़ुशी मिलने की बजाय मिलने के वक़्त और मौक़े की मुनासिबत की बात करे। लिहाज़ा लठैत का यह जवाब फ्रेज़र के लिए मुश्किल खड़ी कर गया। वज़ीर ख़ानम मिलने से इंकार कर दे तो? मेरी बड़ी हंसी उड़ेगी और उससे ज़्यादा यह कि कंपनी बहादुर के रौब और दबदबे पर हर्फ़ आएगा। लेकिन लठैत का जवाब सुनकर चुपचाप चले जाना भी उतना ही ग़ैर मुनासिब था जितना ज़बरदस्ती करके वज़ीर ख़ानम के घर में दाख़िल हो जाना। उसकी ज़िंदगी में यह पहला मौक़ा था जब उससे ऐसी हिमाक़त हुई थी। इससे तो अच्छा था कि छोटी बेगम को रेज़ीडेंटी में बुलवा भेजता। सुल्तानी कारोबार देखकर उसके औसान ख़ता हो जाते। फिर वहां छोटे और बड़े, ऊंचे और

नीचे के एतबार से मर्तबा भी बचा रह जाता। लेकिन अब तो इसी बुरे सौदे को निभाकर बेहतरी की सूरत निकालनी थी। उसने सर के इशारे से हां कही तो हाथी सवार ने लठैत से कहा, “ठीक है, सरकार यहीं ठहरेंगे, तुम फ़ौरन इत्तला करो।”

वज़ीर को विलियम फ्रेज़र के आने की ख़बर सुनकर हैरत तो हुई, लेकिन कोई अंदेशा या डर न महसूस हुआ। बेइत्तेला आ जाना एक तरह की हतक ज़रूर था कि इसका मतलब यह था कि फ्रेज़र की नज़र में छोटी बेगम भी बाज़ारी औरतों की तरह ही थी और किसी भी वक़्त तलब करने पर मिल सकती थी। वज़ीर ने यह नुक्ता नज़रअंदाज़ न किया था, लेकिन उसने इसे अंग्रेज़ों की आम .ख़ुदपसंदी बल्कि घमंड और फ़िरऔनियत से जोड़ा। लेकिन मिलने से इंकार करने की कोई वजह भी उसकी समझ में न आई। हालांकि वह .ख़ुद को दिल ही दिल में नवाब शम्सुद्दीन अहमद से बंधी हुई क़रार दे चुकी थी, लेकिन अभी वह .ख़ुद को इस क़दर पाबंद भी न समझती थी कि घर पर आए हुए साहब रेज़ीडेंट बहादुर को टका सा जवाब दे देती। और चूंकि वह इस बात से बाख़बर न थी कि विलियम फ्रेज़र को अपने गुमान में शम्सुद्दीन अहमद से कुछ प्रतिद्वंद्विता है, लिहाज़ा वह समझ रही थी कि मस्लेहत का तक़ाज़ा भी यही है कि वह विलियम फ्रेज़र के मिज़ाज के ख़िलाफ़ कोई बात न करे क्योंकि रियासत के बहुतेरे कामों में नवाब शम्सुद्दीन अहमद को रेज़ीडेंट की मर्ज़ी का ख़्याल रखना पड़ता था।

“ठीक है, साहब कलां बहादुर को पूरी इज़्ज़त और इकराम के साथ ले आओ,” उसने बुजुर्ग लठैत से कहा, और .ख़ुद मुंह धोने और कंघी करने आबदारख़ाने में चली गई। जाने से पहले उसने वफ़ादार से कमरा खुलवाने और उसमें हल्की सी .ख़ुशबू छिड़कने को कहा। यह वही कमरा था जिसमें शम्सुद्दीन अहमद और बाद में पंडित नंद किशोर बिठाए गए थे। दूसरी असील मुबारक क़दम को उसने बावर्चीख़ाने भेजा कि पानों का ख़ासदान और मिठाइयों की कश्ती तैयार रखे और चाय बनाए। आबदारख़ाने में वज़ीर ने मुंह पर दो-चार छींटे ठंडे पानी के मारे लेकिन लिबास और ज़ेवर सब वही रखा जो वह सुबह से पहने हुए थी। उसने सिर्फ़ दुपट्टा बदला, आसमानी जाली का छहगज़ा दुपट्टा ओढ़ लिया जिसमें सुनहरे तारे टंके हुए थे।

जब वह आबदारख़ाने से बाहर आई तो मुबारक क़दम ख़ासदान लिए हुए तैयार थी। वफ़ादार ने सदर दरवाज़े पर फ्रेज़र की अगवानी करके उसे कमरे में बिठा दिया था और .ख़ुद मोरछल हिला रही थी। कमरे की सजावट और साज़ो-सामान, शीशों, आलों और फ़र्श-फ़रूश की सलीक़ामंदी, सहृदयता और सादगी देखकर फ्रेज़र कुछ ताज्जुब कर रहा था क्योंकि उसका ख़्याल था कि हिंदुस्तानी औरतें अपना घर ठीक से नहीं रखतीं। यह मार्स्टन ब्लेक की सोहबत का असर होगा, उसने दिल में कहा। उसे यह भी ताज्जुब हुआ कि वज़ीर उसके ख़्याल में दरहक़ीक़त एक ‘नाच गर्ल’

(Nautch Girl) ही थी, लेकिन अब तक उसके घर में कोई ऐसी चीज़ नज़र नहीं आई थी, जिसे आमतौर पर नाच गर्ल के साथ जोड़ा जाता था, वहां न साज़िंदे थे न सपर्दाई न सपर्दे, न तानपुरा और सितार न सारंगी न ताऊस, न पखावज, न तबला, न कोई और लड़की या औरत जिसे नाच और संगीत से जुड़ा हुआ समझा जा सके। न भोंडे शोख़ रंगों में सजाए हुए हुजरे थे, जिनकी सजावटों में कामुक इशारे झलकते हों, हज़ार होशियारी के बावजूद फ्रेज़र यहां भी मात खा गया और इस बात की तह को न पहुंचा कि वज़ीर कोई नाच गर्ल नहीं बल्कि वह .खुद को इज़्ज़तदार बेगम समझती है, आज़ाद-तबीयत ही सही।

वज़ीर ने मुबारक क़दम को ख़ासदान लेकर आगे बढ़ने का इशारा किया और .खुद कमरे में उस वक़्त दाख़िल हुई, जब मुबारक क़दम ने ख़ासदान को तिपाई पर फ्रेज़र के सामने रख दिया और सलाम करके पीछे हट गई। वज़ीर ने अंदर आकर फ़र्शी सलाम किया और चेहरे पर .खुशी का बनावटी अंदाज़ लाकर बोली, "कनीज़ तस्लीमात अर्ज़ करती है। ज़हे-नसीब कि मेरे ग़रीबख़ाने की चौखट ने साहब कलां बहादुर के क़दम चूमे।"

वज़ीर के लहजे में थोड़ी .खुशामद ज़रूर थी, मगर उसके चेहरे पर किसी क़िस्म का रौब खा जाने का निशान नहीं था। फ्रेज़र ने नज़र उठाकर उसे देखा तो वह एक लम्हे के लिए गड़बड़ा ही तो गया कि उसके तसव्वुर में जो सूरत और जो फबन छोटी बेगम की थी, वह इस वक़्त उससे भी कुछ बढ़कर नज़र आ रही थी। दुपट्टे से उसका बदन ढका हुआ था लेकिन फिर भी लगता था कि ज़नाना नज़ाकत और कशिश चिराग़ की लौ की तरह उसके अंदर से रोशनी बिखेर रही हो।

"छोटी बेगम, हम .खुद तुमसे मिलने के बहुत अभिलाषी थे। उस दिन हमारे यहां तुमने बड़ा अच्छा असर छोड़ा था," फ्रेज़र का हिंदी लहजा आमतौर पर ख़ासा साफ़-सुथरा होता था। लेकिन उस वक़्त शायद हुस्न के रौब से या बड़प्पन भरा अंदाज़ इख़्तियार करने की कोशिश में अंग्रेज़ियत में डूब गया था।

वज़ीर कमरे के अंदर आकर फ्रेज़र के सामने लेकिन कुछ दूरी पर घुटनों को मोड़कर बैठना चाहती थी कि फ्रेज़र ने आधा उठकर हाथ बढ़ाया, साथ ही वह चाहता था कि वज़ीर का बाज़ू पकड़कर उसे अपनी बग़ल में बिठा ले, लेकिन वज़ीर बज़ाहिर किसी कोशिश के बग़ैर मगर दरअसल फुर्ती से पीछे हटकर मुनासिब दूरी पर बैठ गई। फ्रेज़र की हरकत उसे बुरी तो बहुत लगी लेकिन उस वक़्त उसने मस्लेहत का तक़ाज़ा इसी में समझा कि इस तरफ़ बिल्कुल ध्यान न दे। इस बीच चाय और मिठाइयों की कश्तियां आ गईं। हिंद वालों में चाय अभी बहुत प्रचलित नहीं हुई थी, लेकिन अनजानी भी न थी। फ़िरंगी मिज़ाज रखने वाले हिंदुस्तानियों, ख़ासकर वो जो क्रिस्टान हो गए थे या वो जिनके वालदैन में कोई एक हिंदी नस्ल का था, उनके

यहां चाय का चलन बढ़ता जाता था। हिंदुस्तानी आमतौर पर चाय में बहुत सारी बालाई और शक्कर मिलाते थे और कुछ तो ज़ाफ़रान भी थोड़ी सी घिसकर मिला देते थे, लेकिन अंग्रेज़ों के यहां चाय, बग़ैर दूध-शक्कर प्यालियों में डालकर लाई जाती थी। कोई-कोई अंग्रेज़ चाय के साथ सिर्फ़ दूध या सिर्फ़ शक्कर इस्तेमाल कर लेता, वरना अंग्रेज़ी चाय बिल्कुल सादा होती थी। फ़्रेज़र को यह देखकर .ख़ुशी हुई कि छोटी बेगम के यहां चाय अंग्रेज़ी तर्ज़ की थी।

वज़ीर की समझ में नहीं आ रहा था कि फ़्रेज़र से क्या बात करे और न ही फ़्रेज़र के आने की असल मंशा उसकी समझ में आ सकी थी। इतना तो वह भी देख रही थी कि फ़्रेज़र उसके यहां इस ग़लतफ़हमी के चलते आया है कि छोटी बेगम एक तरह की नाच गर्ल ही है, चाहे आम सतह से कुछ निकलती हुई ही क्यों न हो। यह बात ज़ाहिर थी कि यहां आकर फ़्रेज़र को मायूसी और शायद दिल में कुछ शर्मिंदगी भी हासिल होगी। ज़ाहिर है कि वज़ीर को यह बात मालूम न थी कि फ़्रेज़र के दिल में प्रतिद्वंद्विता और उससे भी ज़्यादा चोटिल अहं की लौ धुआं देती हुई और भड़कती हुई उसकी पूरी शख़्सियत को काली कर चुकी है।

"छोटी बेगम, चाय का इंतज़ाम तो आपने ख़ूब ही किया," वज़ीर को ख़ामोश देखकर फ़्रेज़र ने मजबूरन ख़ामोशी की मुहर तोड़ी।

"सरकार की क़द्रअफ़ज़ाई है," वज़ीर ने हल्के से तबस्सुम के साथ कहा, "लेकिन..."

वह कहना चाहती थी कि आप यहां चाय का लुत्फ़ उठाने तो तशरीफ़ लाए नहीं हैं, लेकिन उसने ज़बान को वक़्त पर थाम लिया। सीधे किसी मौज़ू पर आना या कोई सवाल ऐसा पूछ लेना जिसमें यह सवाल छुपा हो कि आपके तशरीफ़ लाने का मक़सद क्या है, अंग्रेज़ी तहज़ीब में ऐब न था लेकिन हिंदियों के यहां बहुत ऐबदार बल्कि मेहमान की सख़्त तौहीन था। दूसरी बात यह थी कि ये तो वज़ीर पर भी ज़ाहिर था कि जिस मक़सद को नज़र में रखकर साहब कलां बहादुर उसके यहां आए हैं, उसे वह .ख़ुद ही बयान करेंगे क्योंकि मेल-जोल का उसूल यह था कि पहल मर्द की तरफ़ से हो। लेकिन उसे खटका यह था कि अगर साहब बहादुर ने सवाल कर लिया तो मेरा जवाब क्या होगा। उसका ख़्याल था कि बातचीत का सिलसिला मेरे हाथ में रहेगा तो मैं उसे कम हानिकारक रास्तों पर मोड़ सकूंगी।

लेकिन फ़्रेज़र के लिए शब्द 'लेकिन' के बाद वज़ीर का ठहर जाना बहुत था। वह फ़ौरन बोला, "लेकिन क्या? मेरा आना आपको अच्छा नहीं लगा क्या, मुझे तो आपसे मिलने, बात करने और आपकी मुक़ारबत की बहुत लालसा थी, और है।"

मुमकिन था कि फ़्रेज़र ने लफ़्ज़ 'मुक़ारबत' को उसके असल अरबी मानी (मुलाक़ात, क़रीब जाना) में इस्तेमाल किया हो ('आपसे मुक़ारबत' न कहकर

'आपकी मुक़ारबत' कहने से तो यही लगता था) और वह उसके उर्दू मानी (साथ सोना) से वाक़िफ़ न रहा हो, लेकिन फिर भी वज़ीर इतनी सादा न थी जो, 'बात करना' और 'मुक़ारबत' जैसे अल्फ़ाज़ को मंशा से ख़ाली क़रार देती। वह बख़ूबी जानती थी कि ये इशारे किधर ले जाने वाले हैं। उसके दिल में अचानक गुस्से और झल्लाहट का एक लपकता शोला जोश मारने लगा। उस ग़ुस्से में अपनी बेचारगी पर रंज भी शायद शामिल था। कौन होता है यह मरने-जोगा मनहूस-सूरत अंग्रेज़ मुझसे ऐसी उम्मीदें रखने वाला, क्या इसने मुझे क़र्ज़ख़्वाह या दबैल ठहराया है? और यह कौन सी शराफ़त है कि कोई भी नत्थू-ख़ैरू किसी औरत पर कुछ भी दावा रख दे और औरत को चूं करने की इजाज़त न हो। क्या औरतें कोई भेड़-बकरी हैं कि जहां चाहा, हांककर ले गए?

उसने कहां तो सर झुका रखा था और कहां सर उठाकर फ़्रेज़र से आंखें चार कीं, घुटनों के बल ही बैठी रही लेकिन तनकर बैठी और सर्द और मज़बूत लहजे मगर औसत आवाज़ में बोली, "नवाब रेज़ीडेंट बहादुर वो राग न छेड़ें जिनके साज़ आपके पास न हों।"

वज़ीर की बात का भेद फ़्रेज़र पर फ़ौरन ज़ाहिर न हो सका। वह कुछ सोचे-समझे बग़ैर जवाब में कुछ कहने ही वाला था कि वज़ीर के मानी उस पर यूं खुल गए जैसे किसी ने सूई चुभो दी है। उसने एक लम्हे के लिए होंठ भींच लिए, फिर बोला, "ये बुलंदख़्यालियां ख़ूब सही, लेकिन हमें पर कतरने और पंख-बाज़ू बांधने के हुनर भी आते हैं।"

"हम बंधे हुए परिंदों को उड़ने से कोई ग़रज़ नहीं, नवाब रेजीडेंट बहादुर, लेकिन हम हर सुख़न मौक़े व हर नुक्ता जगह पर रखने के क़ायल हैं।" वह एक लम्हे के लिए चुप रही। "आप शायद दूसरे की क़द्रदानी से इंकार और हटने के दावेदार हैं?"

यह बयान भी फ़्रेज़र के लिए ज़रा हलतलब निकला। मजबूरन उसे फिर कुछ सोचकर जवाब देना पड़ा और इस देरी ने भी उसे शर्मिंदगी और नाराज़गी के अहसास से दो-चार किया। लेकिन वह इतना ज़रूर समझता था कि इस वक़्त नाराज़गी का खुला इज़हार उसकी साख को और भी कम कर देगा। उसे बहुत फूंक-फूंककर क़दम रखने की ज़रूरत थी। "हम तुम्हारी तो क़द्र करते हैं छोटी बेगम, लेकिन शायद तुम पारखी नहीं।"

"हम कहां के जौहरी और कहां के शाह! नवाब रेज़ीडेंट साहब की उम्मीदें हम ग़रीब-गुरबा से पूरी न होंगी।"

"मैं उम्मीद नहीं रखता," फ़्रेज़र ने टेढ़ी सी मुस्कुराहट के साथ कहा। "मैं इरादे और नतीजे की एकता का क़ायल हूं।"

वज़ीर थोड़ा सा पीछे खिसकी, गोया उठना चाहती थी, लेकिन फ़ौरन ही इरादा

बदल लिया हो, और बोली, "जी, तो आप एकता के इस क़द्र क़ायल हैं तो आईने में मुंह भी न देखते होंगे। देख लेते तो बेहतर होता।"

फ़्रेज़र ने अपनी समझ में बड़ी गहरी और वज़नदार बात कही थी। मगर उसे वज़ीर जैसी लड़की से साबक़ा कब पड़ा था, न उसने कोई हिंदुस्तानी लड़की ऐसी देखी थी जो इतनी नाज़ुक तबीयत की हो और जिसका मिज़ाज किसी अंग्रेज़ के सामने भी पल में बिगड़ सकता हो। वज़ीर का जवाब सुनकर वह हक्का-बक्का रह गया। हिंदुस्तानी तहज़ीब और नफ़ासत और इशारों वाले बयान का मुलम्मा एक दम में यूं उड़ गया गोया उस पर तेज़ाब पड़ गया हो। उसने ख़ासदान की तिपाई पर हाथ मारकर ख़ासदान और तिपाई दोनों उलट दिए और अकड़कर यूं खड़ा हो गया जैसे सिपाहियों की परेड देख रहा हो, "छोटी बेगम, यह सौदा तुम्हें महंगा पड़ेगा।"

"मेरा-आपका कोई सौदा नहीं और मैं वारे का सौदा भी नहीं ढूंढ़ती। मैं तो ख़रीदार तबीयत का मानक देखती हूं।" यह कहकर वज़ीर भी उठ खड़ी हुई और बाहर की तरफ़ इशारा करती हुई बोली, "दरवाज़ा उधर की जानिब है, साहब कलां बहादुर।"

फिर उसने फ़्रेज़र को झुककर सलाम किया और हिक़ारत के अंदाज़ में मुस्कुराई। फ़्रेज़र के चेहरे पर एक रंग आता था एक रंग जाता था। वह ख़ामोश रहा लेकिन अपनी जगह से हिला नहीं। उसने ग़ुस्से में दांत भींच लिए थे और उसके गालों की हड्डियां नुमायां हो गई थीं। इधर मुबारक क़दम ने यह देखकर कि महफ़िल का रंग बदल रहा है, बाहर जाकर इशारा करके बुज़ुर्ग लठैत और उसके एक नौजवान साथी को आगे बुलवा लिया था और उस वक़्त वह दोनों वज़ीर की ड्योढ़ी के अंदर आकर मुस्तैद खड़े थे कि बुलावा हो या ज़रूरत पड़े तो फ़ौरन अंदर पहुंच जाएं। फ़्रेज़र के अमले को दूसरे दो मुहाफ़िज़ों ने बातों में लगाकर फाटक ही पर रोक लिया था। वज़ीर ने इंतेहाई तौहीन के अंदाज़ में फ़्रेज़र को रास्ता बताया था, और फ़्रेज़र का बस न चलता था कि वो अपनी बोटियां नोच ले या ख़ुद वज़ीर के घर में कोई हंगामा खड़ा कर दे। पिछले चंद लम्हों के दौरान घर के अंदर आवभगत का तापमान घटकर शून्य तक पहुंच गया था। वफ़ादार ने पंखा झलना बंद कर दिया था और वज़ीर की तरफ़ कुछ इस अंदाज़ से देख रही थी कि जैसे किसी हुक्म की उम्मीद कर रही हो। फ़्रेज़र के धमकी भरे जुमले और उसके जवाब में वज़ीर के सख़्त तौहीनआमेज़ जुमले ने माहौल को बोझल कर दिया था। फ़्रेज़र दो क़दम आगे बढ़कर कमरे के किनारे पर ठहर गया। इतना सब कुछ होते हुए भी उसे उम्मीद थी कि कोई असील उसे दौड़कर जूतियां पहना देगी। लेकिन किसी को ज़रा भी जुंबिश न हुई। मुबारक क़दम ने उल्टे हुए ख़ासदान और तिपाई और चाय वग़ैरा की कश्तियां वहीं छोड़कर ड्योढ़ी की तरफ़ खुलने वाला दरवाज़ा खोल दिया था। दो लठैत काम पर मुस्तैद खड़े साफ़ नज़र आ रहे थे और मुबारक क़दम का रुख़ उनकी तरफ़ था। गोया उसे इस बात की ख़बर

ही न हो कि विलियम फ़्रेज़र बहादुर अब रुख़सत होना चाहते हैं।

मजबूरी में फ़्रेज़र ने जूतियां .खुद पहनीं। कमरे में कोई कुर्सी या चौकी तो थी नहीं, इसलिए वह या तो फ़र्श पर उकडूं बैठकर जूतियां पहनता और हमेशा के लिए मज़ाक़ बन जाता या फिर किसी न किसी तरह जूतों में पांव अड़ाकर लगभग लंगड़ाता हुआ बाहर निकलता। यह तो संजोग था कि उसने चमकीले सियाह चमड़े के बेफ़ीते वाले हल्के जूते पहन रखे थे, जिन्हें पंप कहा जाता था। ज़रा सी कोशिश से उसके पांव जूतों में आ गए और वह दिल ही दिल में भुनता-जलता हुआ, लेकिन .खुदा का शुक्र भी अदा करता हुआ, वज़ीर के घर से ख़ैरियत से निकल आया।

फ़्रेज़र का जूलूस अभी गली से बाहर निकला ही निकला था कि वज़ीर ने बुज़ुर्ग लठैत को जिसका नाम अमीर गुलाम ख़ां था बुलवाकर उसे हुक्म कहलाया कि अभी इसी वक़्त तेज़ी से जाकर नवाब साहब से अर्ज़ करो कि देरी किए बिना यहां आ जाएं या फिर हमारे लिए सवारी भेजें और इजाज़त दें कि हम उनके सामने हाज़िर हो सकें। नवाब के पहरेदार आज ही सुबह तैनात हुए थे, इसलिए वज़ीर को अभी ख़बर न थी कि ये लोग किसलिए यहां भेजे गए हैं। लेकिन फ़्रेज़र का अचानक आना और उसके ग़ैर-दोस्ताना बल्कि ग़ैर-शरीफ़ाना बर्ताव के बारे में नवाब को जल्द से जल्द बताना भी बेहद ज़रूरी था। वह बड़ी बेताबी से नवाब शम्सुद्दीन अहमद के जवाब का इंतज़ार करती रही और दुआ करती रही कि वह .खुद तशरीफ़ ले आवें और उसके दिल को ढांढस बंधावें। उसे फ़्रेज़र की तरफ़ से कोई ख़तरा या बेइत्मीनानी तो अब भी नहीं थी लेकिन थोड़ी बहुत उलझन थी और दिल ही दिल में, हालांकि बिल्कुल बेवजह, शर्मिंदगी भी थी कि फ़्रेज़र ने उसे बाज़ारू या ख़ानगी क़िस्म की औरत ठहराया था। फ़्रेज़र की इस ग़लतअंदेशी और जुरअत का माजरा नवाब से बयान करना ज़रूरी तो था ही, लेकिन उसे यह भी अंदेशा था कि इस वाक़ए की वजह से शम्सुद्दीन अहमद कहीं मेरे बारे में नामुआफ़िक़ राय क़ायम न कर लें और इससे ज़्यादा घबराहट उसे इस बात की थी कि शम्सुद्दीन अहमद ख़फ़ा होकर मेरे ख़िलाफ़ दुश्मनी न पाल लें और फिर मुझसे किनारा ही न कर लें।

अमीर ग़ुलाम लठैत के जाने के बाद भी वज़ीर बेहद बेचैन रही। लेकिन उसकी समझ में कुछ आता भी न था कि मैं आगे क्या करूं, किससे बात करके अपना दिल हल्का करूं। फ़्रेज़र का यहां आना बदनामी का सबब हो सकता था, मगर क्यों? मैंने तो अपनी किसी बात से ज़रा भी इशारा किसी को भी न दिया था कि मैं कोई ऐसी-वैसी औरत हूं। लेकिन लोगों का क्या है, उन्हें राई का पहाड़ बनाने और अच्छे को बुरा साबित करने में कुछ शर्म नहीं आती। उसका जी चाहा मंझली को भी बुलवा भेजे या उसके यहां चली जाए। लेकिन बुलवा भेजने में बुराई यह थी कि एक असील या एक पहरेदार और कम करना पड़ता और इस वक़्त उसे यह गवारा न था। कुछ

.ख़ौफ़ न सही लेकिन एक क़िस्म की बेइत्मीनानी और घबराहट उसे ज़रूर थी और उसका जी तो चाहता था कि सदर दरवाज़े को मज़बूती से जड़वा दे और .ख़ुद अंदर जाकर सबसे कोने वाले हुजरे में .ख़ुद को बंद कर ले। ऐसी सूरत में उसे यह पसंद था कि जाने-पहचाने या अगर जाने-पहचाने नहीं तो भरोसेमंद चेहरे उसके चारों तरफ़ फ़ौरी तौर पर मौजूद रहें। और मंझली के यहां .ख़ुद चले जाने में बुराई यह थी कि इस बीच नवाब शम्सुद्दीन अहमद आ गए तो ख़फ़ा होंगे और दिल में कहेंगे कि वज़ीर ने मुझे नाहक़ ही इतनी जल्दी करके बुलाया। वालिद या बड़ी बहन से मशवरा करने का तो ख़ैर कोई सवाल था ही नहीं। इन सब बातों को सोचकर उसने दिल में कहा कि नवाब शम्सुद्दीन अहमद से बात हो जाने के बाद मैं मंझली बाजी के यहां जाने के बारे में कुछ ख़्याल करूंगी।

शाम तो हो ही चुकी थी, थोड़ी देर में अंधेरा अच्छी तरह फैल गया। आंगन में वज़ीर की पालतू चिड़ियां सूरज डूबने के वक़्त का गाना बंद कर चुकी थीं। आंगन में पीली चमेली की दोनों झाड़ियों और अनार के पेड़ पर पौदने, पिदरियां और गौरैयां अपना सैर-सफ़र और गाना ख़त्म करके बसेरा लेने को आ गई थीं। सिरकीवालान की गली में और उसके बाहर चितली क़ब्र के बाज़ार में रौशनियों की चमक, राहगीरों, दुकानों पर ख़रीद-फ़रोख़्त करने वालों, कटोरा बजाने वाले सक़्क़ों, शाम के ख़्वांचाफ़रोशों की क़तारों, कूचा चेलान और बाज़ार सीताराम के करख़नदारों और बेफ़िक्रों के हुजूम ने त्योहार जैसा मंज़र पैदा कर दिया था लेकिन वज़ीर का दिल हर गुज़रते पल के साथ भारी होता जाता था। वक़्त दरअसल बहुत न गुज़रा था लेकिन अरबी कहावत की तरह वाली बात थी कि 'इंतज़ार मौत से भारी होता है।'

आख़िरकार अमीर गुलाम लठैत वापस लौटा। लेकिन उसकी ख़बर बहुत दिल .ख़ुश करने वाली न थी। नवाब साहब बल्लीमारान की हवेली में रौनक़अफ़रोज़ थे न दरियागंज में। वह ज़ोहर के बाद क़ुतुब साहब की दरगाह पर ज़ियारत के लिए तशरीफ़ ले गए थे और ख़्वाजा साहब ही में रात गुज़ारने का इरादा रखते थे। अमीर गुलाम ख़ां ने दोनों हवेलियों के मिरदहों को ख़ूब अच्छी तरह आगाह कर दिया था कि नवाब जैसे ही ख़्वाजा साहब से फिरें उन्हें ख़ानम साहब के हालात और संदेशे की ख़बर कर दी जाए। वज़ीर की उलझन और बढ़ी, लेकिन उस वक़्त सब्र के सिवा चारा न था। मंझली के यहां जाने का वक़्त भी अब न रह गया था। उसने अमीर गुलाम को हिदायत की कि आप चारों पहरेदार पूरी रात जागें और किसी भी संदिग्ध आदमी को गली के फाटक में धंसने न दें।

वज़ीर ने वह रात किसी रेगिस्तान में राह भटके मुसाफ़िर की तरह बढ़ती हुई फ़िक्र और अंदेशे के सबब लगभग अधमरी होने के आलम में गुज़ारी लेकिन अगले दिन का सूरज उसके लिए कई मुबारक बातें लेकर सामने आया। अभी मस्जिदों में

चाश्त की नमाज़ अदा करने वालों ने सलाम भी न फेरा था कि नवाब शम्सुद्दीन अहमद घोड़ा कड़कड़ाते हुए सिरकीवालान के फाटक में दाख़िल हुए। सबसे आगे चार ज़ंगी क़ुलमाक़नियां थीं, निकलते क़द और कसरती जिस्मों वाली सियाह बदन, काले बड़े-बड़े अरबी घोड़ों पर सवार, नेज़ा हाथ में सूंते हुए, कमर में दोनों तरफ़ तमंचे खोंसे हुए, सर पर राजस्थानी चुनरी की पगड़ी जिस पर सरपेच और जंगली मुर्ग़ के लाल और काले परों का तुर्रा, सामने कमर में सुनहरे काम की म्यान जिसमें हिंदी तेग़ का सुनहरा, लोहे का क़ब्ज़ा झमक रहा था। तने हुए बुलंद सीने, कमर तंग और कूल्हे भारी लेकिन सुडौल और चुस्त, ऊंची गर्दन और जामुनी चेहरे से ख़ून की गुलाबी झलक जैसे बादल को चीरती हुई सूरज की किरणें, चेहरे पर बहादुरी का रौबदाब, लगता था कि एक-एक क़ुलमाक़नी सौ नहीं तो पचास तिलंगों या बक्सरियों पर ज़रूर भारी होगी, उनके पीछे दो मर्द शहसवार क़राबीनें ताने हुए दुलकी चाल चलते हुए, लेकिन इस तरह कि नवाब के घोड़े से ज़रा ही आगे रहें, नवाब की सवारी को दाएं-बाएं दोनों तरफ़ से हिफ़ाज़त मिलती रहे। नवाब के पीछे एक हाथी जिस पर दो बरक़ंदाज़ जिनकी बंदूक़ों के मुंह दाएं और बाएं तने हुए थे। हाथी के पीछे एक सजी हुई पालकी थी, उसके साथ दो लठैत लोगों के बीच, "हटो-बचो साहब! हटो-बढ़ो साहब!" का शोर बुलंद करते हुए तेज़-तेज़ चल रहे थे।

सिरकीवालान की गली में नवाब का क़ाफ़िला क्या दाख़िल हुआ, सारा रास्ता ख़ाली हो गया। हालांकि मुहल्ले वालों को नवाब की सवारी से कोई ख़तरा न था और उन्हें यह भी ख़ूब मालूम था कि नवाब का इस वक़्त आना किस वजह से है, लेकिन जुलूस-सवारी का रौब इस क़दर था कि राहगीर रुककर दुकानों के तख़्तों के पीछे दुबक जाने और सुबह के हमाल और मज़दूर कोने-अंतरे में बैठ जाने में ही ख़ैरियत समझते थे। बाज़ार खुलना शुरू हो गया था, लेकिन अभी फेरीवाले और सुबह की चीज़ें, मसलन मक्खन, पनीर, मलाई, दूध, नमिश्क, नाश्ते के पराठे और कबाब बेचने वाले ज़्यादा तादाद में थे। ये सब आवाज़ लगाना भूलकर अपनी-अपनी जगह चुप ठहर गए। मुस्तक़िल दुकानदारों ने अपनी दुकानों पर काम करने वाले लौंडों को हिदायत देना और डपटना बंद कर दिया और दुकान की झाड़-पोंछ और सजावट के बिना ही अपने थड़ों पर जम गए। नवाब का जुलूस गोया पलक झपकते में गुज़रकर अपनी-अपनी जगह जम गया और शम्सुद्दीन अहमद घोड़े से उतरकर बग़ैर देर किए वज़ीर की दहलीज़ से पार हो गए। दरवाज़ा अंदर से बंद कर लिया गया।

वज़ीर कहां तो दिलो-जान से नवाब का इंतज़ार कर रही थी और कहां अब उनके अंदर आ जाने की ख़बर पाकर सर से पैर तक कंपकपी की शिकार हो गई। किस तरह उनके सामने जाऊं, क्या कहूं? कहीं उन्हें कल के वाक़ेआत पर मुझसे नाराज़गी न हो। क़ुसूर मेरा न सही लेकिन यही क्या कम था कि एक ग़ैर मर्द और वह भी

मुर्दार अंग्रेज़ मेरी ड्योढ़ी के अंदर आ गया। औरत ज़ात ही को सब बुरा कहते हैं और यहां तो मैं अपने आपको .खुद ही मुजरिम क़रार दिए बैठी हूं। ऐ है तौबा, मैं कोई कोतवाल थोड़ी हूं कि किसी के आने-जाने पर रोक लगा दूं। लेकिन इंसाफ़ दुनिया में कहां है। सबको अपनी-अपनी पड़ी है। सच की क़द्र कौन करता है। .खुदा लगती कोई नहीं कहता, मुंहदेखी सब कहते हैं। दबे पर तो चींटी भी काट खाती है, पर न औरत ज़ात में इतनी हिम्मत न उसकी कोई इज़्ज़त...

नवाब शम्सुद्दीन उसी हुज़रे में तशरीफ़ फ़रमा हुए जिसमें पिछली बार वज़ीर से उनकी मुलाक़ात हुई थी। मुबारक क़दम पीछे खड़ी पंखा झल रही थी। वफ़ादार ने जल्द-जल्द पान लगाकर पेश किए और यह कहकर दरवाज़े से लगकर खड़ी हो गई कि ख़ानम साहब बस तशरीफ़ लावे ही लावे हैं। वह तो कल रात ही से सरकारे-आली की राह देख रही हैं।

शम्सुद्दीन अहमद के दिल को उलझन हो रही थी, आख़िर वज़ीर ख़ानम सामने क्यों नहीं आ रहीं? क्या हमसे कुछ ख़फ़ा हैं या तबीयत कुछ मांदी है लेकिन लौंडी-बांदियों ने उनकी तबीयत के बारे में तो कुछ कहा नहीं। जब वफ़ादार ने कह ही दिया है कि अभी तशरीफ़ लाती हैं तो आगे कुछ पूछना बेलिहाज़ी होगी। पर ये फ़ासले क्यों हैं? शम्सुद्दीन अहमद को यक़ीन सा हो गया कि कल शाम के वाक़ेआत ने वज़ीर ख़ानम का मिज़ाज कुछ नाराज़ कर दिया है। मुझे चलकर उन्हें मनाना चाहिए। चाहे यह बात मुनासिब हो या मुनासिब न हो, यहां तन्हा बैठे रहने का कुछ मतलब नहीं।

"भई वल्लाह, ख़ानम अगर तशरीफ़ नहीं ला रही हैं तो कोई बात नहीं। हमसे रूठ गई हैं तो हम चलकर मनाए लेते हैं," शम्सुद्दीन अहमद यह कहते हुए उठे, मुबारक क़दम ने दौड़कर जूतियां पहनाईं और "तशरीफ़ लाएं सरकार" कहकर उनके आगे हुई और हाथ से इशारा किया कि इधर से क़दम रंजा फ़रमाएं। वफ़ादार भागकर ख़ानम के हुजरे में गई और बोली, "ख़ानमजी, वो... वो... नवाब साहब इधर आपके हुजरे में..."

वज़ीर जो तकिये में मुंह दिए पड़ी थी, हड़बड़ाकर उठी। हाय अल्लाह, ग़ज़ब हो गया, उसने दिल में कहा। मुझे इस हाल में देखेंगे तो क्या कहेंगे? मैं यूं ही मुंह थुथाए, सर बिखेरे पड़ी हूं, न कंघी की है न मुंह धोया है न दांत मांझे हैं। उसने जल्दी से पानदान खोलकर दो इलायचियां मुंह में डालीं और उन्हें ख़ूब ज़ोर से चबा लिया कि मुंह साफ़ हो जाए, फिर उसने इत्रदान से ज़रा सा इत्र गुलाब लेकर हंसली पर मल लिया और थोड़ा सा अपने दुपट्टे पर लगा ही रही थी कि वफ़ादार की आवाज़ आई, "हुज़ूर सरकारे आलीजाह तशरीफ़ लाते हैं।"

वज़ीर पलंग से उतरकर जूतियां पहने बग़ैर दरवाज़े पर आ गई। इतनी देर में

नवाब भी आंगन पार करके दालान में पांव धर चुके थे। वज़ीर दुपट्टा संभालती बाहर आई लेकिन उसके पांव लड़खड़ा रहे थे। कुछ घबराहट, कुछ शर्मिंदगी, कुछ ख़ौफ़ और इन सबके ऊपर ख़ुशी की एक लहर थी कि उसके बदन का संतुलन झकझोरे देता था। दालान के बीच में दोनों का सामना हुआ। शम्सुद्दीन अहमद एक गंभीर सी मुस्कुराहट के साथ उसकी तरफ़ बढ़े ही थे कि वज़ीर ने कांपते क़दम बढ़ाकर उनका दामन थाम लिया और रुंधी हुई आवाज़ में बोली, "बंदी तस्लीमात अर्ज़ करती है... सरकार, आपने बड़ी..."

इतना कहते-कहते उसकी सिसकी छूट गई। शम्सुद्दीन अहमद समझे कि वज़ीर को मेरे देर से आने पर शिकवा है और वह, "आपने बड़ी देर कर दी" कहना चाहती थी। शम्सुद्दीन अहमद ने उसकी कमर पर हाथ रखा और उसे आहिस्ता से अपनी तरफ़ खींचकर उसके बालों में उंगलियां फेरते हुए बेहद मेहरबानी से कहा, "नहीं, देर तो ऐसी नहीं हुई। मैं तो सुनते ही भागा-भागा आया हूं।" उनके लहजे में दिल्ली की खड़ी बोली पर राजस्थानी ब्रज का लोच और भी नुमायां हो गया था।

वज़ीर के चेहरे पर फीकी सी मुस्कुराहट आई, "सरकार पर वारी जाऊं, मैं कब कह रही हूं कि आपने देर की!"

दोनों छोटे-छोटे क़दम रखते हुए वज़ीर के हुजरे में दाख़िल हो गए। शम्सुद्दीन अहमद ने पर्दा बराबर करते हुए वज़ीर के मुंह और आंखों पर कई बोसे दिए और कहा, "अच्छा, अब शिकवा-शिकायत बरतरफ़। यह बताइए आप हमसे मिलने क्यों नहीं आ रही थीं।" वह हल्की सी हंसी हंसे, "क्या हमें यहां बुलवाना मंजूर था?"

वज़ीर का चेहरा शर्म से सुर्ख़ हो गया। आंखें झुकाकर उसने नवाब के दाएं हाथ की उंगलियों से खेलते हुए फंसी-फंसी आवाज़ में कहा, "मुझे सरकार से शर्मिंदगी है।"

"शर्मिंदगी? शर्मिंदगी काहे की, भई वल्लाह। अफ़सोस की बात ज़रूर है और अफ़सोस का मौक़ा हमारे लिए है कि हम यहां न थे और आपको इतनी तकलीफ़ उठानी पड़ी।"

"एक बेहया लुच्चा ग़ैर मरद मेरे घर में यूं आ जाए और मैं उसे जूतियां मारकर निकाल न सकूं... मैं तो पसीने-पसीने हो रही थी कि सरकार मेरे बारे में क्या ख़्याल फ़रमाएंगे। कहीं मुझे भी उन हर्राफ़ा मालज़ादियों में न समझ लें।" वज़ीर यूं तो ज़रा सी मुस्कुरा रही थी, लेकिन उसका रंग फीका पड़ गया था और बिल्कुल क़रीब था कि वह ज़ार-ज़ार रोना शुरू कर दे।

"अजी वज़ीर ख़ानम, भई वल्लाह। जहां तक हमें बताया गया, आपने उस हराम की औलाद के जूतियां तो न लगाईं, लेकिन सुलूक उससे कुछ बदतर ही किया। अब उसे मालूम हो गया होगा कि पराई बीबियों पर यूं आंख नहीं डालते और न

उनको घर पर पेशेवर दकनी कसबी सिपाहियों की तरह चढ़े आते हैं।" शम्सुद्दीन अहमद ने कलमे की उंगली से वज़ीर की ठोड़ी उठाकर मुस्कुराती आंखों से उसे देखा और फिर उसी उंगली से उसके दाएं गाल पर हल्का सा चटकना दिया।

"ले अब तो राज़ी हो जइए, हंसिए-बोलिए। आपको डर काहे का। फ्रेज़र को मैं चचा कहता था। आज से सब रिश्ते ख़त्म। एक दिन उसे भी इन रिश्तों की तरह ज़मीन में गाड़ दूंगा।"

"नहीं, ऐसा न कहिए। आपके वालिद हुज़ूर उसे दोस्त गिनते थे। आप तरह दे जाइए। जो हुआ सो हुआ। मुझे डर था तो यही कि आप मुझ बंदी पर बेदिमाग़ न हों।"

"भई वल्लाह, इस बंदी ने ऐसी कौन सी ख़ता की जिसके लिए वह आपको सज़ा के लायक़ समझे। रहे फ्रेज़र साहब, तो उनसे रिश्ता था, क़राबतदारी तो न थी। वह निभाते तो रिश्ता निभाया जाता।"

वज़ीर ख़ानम चुप रही तो नवाब ने उसके कंधे पर मेहरबानी और मुहब्बत से हाथ रखा और बोलेः "ख़ैर, छोड़िए इन बातों को। लगता है आप रात भर सोई नहीं हैं। चलिए, हंसी-खुशी उठिए, लिबास बदलना हो लिबास बदलिए, वरना यूं ही बाहर आकर हमारे पास बैठिए। मुझे आपसे कुछ ज़रूरी बातें कहनी हैं," नवाब यह कहते हुए उठ खड़े हुए।

वज़ीर के चेहरे पर इस वक़्त वह बहार थी और जागने व आंसू बहाने के सबब उसकी आंखों में ऐसे प्यारे-प्यारे गुलाबी डोरे थे कि दिल से बेसाख़्ता आह और फिर दुआ निकलती थी, हालांकि यह दुआ ग़लत बात के लिए होती, कि या अल्लाह, हमेशा ये आंखें यूं ही भरी गुलाबियों की तरह रहें। जी तो नवाब का चाहता था कि वज़ीर को आग़ोश में भरकर दरवाज़ा बंद कर लूं, लेकिन ऐसी ख़िलाफ़े-तहज़ीब बात उनसे हो जाती तो कुछ अजब न था वज़ीर के दिल में उनकी इज़्ज़त कम हो जाती।

"अल्लाह, नवाब साहब, आप मुझे कहीं की ख़ैला गरदानते होंगे कि इस तरह सर झाड़ मुंह पहाड़ आपका सामना कर बैठी," वज़ीर ने दुपट्टा बराबर करने की नाकाम कोशिश करते हुए कहा।

"नहीं, नहीं, यह जलवागरी तो मानी और बहज़ाद जैसे चित्रकारों को भी दीवाना बना देती," नवाब ने वज़ीर के ढलके हुए आंचल और रात को पहनने के कुर्ते के ढीले गिरेबान पर लगावट भरी लेकिन छिछलती हुई सी निगाह डाली। "मालूम होता है आपको आईना देखने से कोई लगाव नहीं। वरना सच तो यह हैः

अज़ फ़ैज़े-तनत जेबे-क़बा आईना दारस्त
पैराहन अज़ अंदाम तू लबरेज़ बहारस्त

(तुम्हारी क़बा का गिरेबान तुम्हारे बदन की नाजुक मेहरबानियों का आईना है,

और तुम्हारे बदन की वजह से तुम्हारा लिबास बहार से भरा हुआ है)

वज़ीर ने शर्माकर पलंग से दुलाई खींचकर बदन पर ज्यों-त्यों लपेट ली और मुंह फेरकर बोली, "बस रहने दीजिए ये शेरो-शायरी की बातें।"

"बीबी, तुम्हें देखने से इंसान तो इंसान, पेड़-पौधे कंकर-पत्थर भी शायर हो जावें,

हरचे मी बीनम अज़ तू ख़ाली नीस्त
सब्ज़ा शोख़स्त व गुल सफ़ा दारद"

(मैं जो कुछ देखता हूं वह तुझसे ख़ाली नहीं है, हरियाली शोख़ है और फूल में सफ़ाई है)

"बारे, अब मैं आप सी ज़बान और आप सी याददाश्त कहां से लाऊं, और अगर लाऊं भी तो शर्मिंदगी मुझे लब खोलने की ताक़त भला कब देवे।"

वज़ीर का जी चाहता था कि ऐसी ही चुहलें और मज़े-मज़े की बातें देर तक होती रहें। लेकिन उसको यह उलझन भी थी कि नवाब हटें तो मैं कंघी-चोटी कर, हाथ-मुंह धो, आदमी की सूरत बना उनके सामने इत्मीनान से बैठूं। नवाब दरवाज़े के बाज़ू का सहारा लिए हुए खड़े थे। उनके पीछे मुबारक क़दम चांदी की कश्ती में शर्बत और हलवे की तश्तरी लिए हुए बावर्चीख़ाने से निकली और वज़ीर की निगाह उस पर पड़ी तो बात ख़त्म करने का बहाना उसे हाथ आया। उसने मुबारक क़दम की तरफ़ देखकर कहा, "सरकार ने अभी नाश्ता न किया होगा। मुबारक क़दम आपकी ख़िदमत में शर्बत और हलवा हाज़िर करने को बेचैन है और जो कुछ जी चाहे, आपके हुक्म की देर है। चाय, क़हवा, कबाब, पराठे, सब मुहैया हैं।"

नवाब ने हंसकर कहा, "भई वल्लाह, यहां आकर अपने तो भाग खुल गए। लेकिन भूख बिल्कुल भाग गई। आप इत्मीनान से तैयार होइए। इतने हम शर्बत चखेंगे, गिलौरियों का लुत्फ़ उठाएंगे और दीवाने-हाफ़िज़ से दिल बहलाएंगे।"

"बहुत मुनासिब। बंदी पलक मारते हाज़िर होती है।"

नवाब ने दरवाज़ा छोड़कर बाहरी हुजरों का रुख़ किया और मुबारक क़दम उनके पीछे-पीछे चली तो एक और असील ने लपककर बाहरी कमरे का पर्दा उठाया और जब नवाब अंदर आए तो पंखा लेकर उनकी पुश्त पर खड़ी हो गई। वफ़ादार ने वज़ीर के हुजरे में दाख़िल होकर दरवाज़ा अंदर से बंद कर लिया और संदूक़ से कपड़े निकालकर वज़ीर की पसंद मालूम करने लगी कि आज कौन से लिबास और कौन से रंग पहने जाएंगे।

वज़ीर ने मुंह धोने, कपड़े बदलने और कंघी-चोटी से दुरुस्त होने में बमुश्किल आधी-पौन घड़ी लगाई लेकिन जब वह कमरे से बाहर निकली तो कुछ अजब नहीं कि उसे देखकर आंगन में चहकते हुए लालों और कू-कू करती हुई क़ुमरियों के भी दिल से सल्ले-अला निकल गई हो। रात की थकान और ज़हनी चुभन का असर

उसके मुंह पर अब भी था और अब भी वह हल्का सा मुरझायापन उसके हुस्न की नज़ाकत को बढ़ा रहा था। आंख सुरमे से और होंठ सुर्ख़ी से ख़ाली, गले में सिर्फ़ एक ज़ेवर यानी सोने की ज़ंजीर जिसमें ज़बरजद का बड़ा सा आवेज़ा, कलाइयों में सोने के बताने लेकिन सादा, नाक में चने की दाल के बराबर हीरे की कील, कानों में हल्के लेकिन जड़ाऊ कुंडल, हर चीज़ से सादगी बरस रही थी। यही हाल उसके लिबास का था। सारा प्रभाव एक घरेलू नौउम्र लड़की का था जो अचानक भरपूर औरत बन गई हो और जिसे .ख़ुद इस बात का अहसास अभी पूरी तरह न हुआ हो। छरहरे बदन में कहीं से भी वह भरत और भारीपन न था जो पूरे शबाब पर आई हुई ऐसी औरत के हर अंग से टपकता है जो एक या दो बच्चों की मां बन चुकी हो। सुडौल बदन की सब रेखाएं और गोलाइयां अपनी जगह पर ठीकठाक खिंची हुई थीं, लेकिन न कूल्हे बहुत नुमायां न सीना सर उठाकर नज़ारे लोने की दावत देता हुआ, लेकिन ऐसा भी नहीं कि उसका जिस्म इन चीज़ों के होने की चुग़ली न खा रहा हो।

वज़ीर को देखकर शम्सुद्दीन अहमद हमेशा की तरह एक लम्हे के लिए सकते में आ गया। यहां मेरे आने का सबब क्या हुआ है और मुझे वज़ीर ख़ानम से क्या कहना है, यह सब भूलकर वह उसे देखता का देखता रह गया। वज़ीर ने अंदर आकर, झुककर एक सलाम किया और पहले की तरह नवाब के सामने ज़रा हटकर दाईं तरफ़ घुटने मोड़कर बैठ गई। शम्सुद्दीन अहमद की सांस ज़रा सी तेज़ होने लगी। उसका जी चाहा कि बढ़कर वज़ीर को अपनी तरफ़ खींच ले और कनीज़ों को इशारा करे कि दरवाज़ा बंद कर दें। वही वज़ीर जो दरियागंज की हवेली के मेहमानख़ाने में धीरे-धीरे खुली थी और फिर उसने इस तरह हवस की आग़ोश खोली थी कि शम्सुद्दीन अहमद को उसके हुस्न का समंदर सरासर ऊंचाई, लहरें और झकोले लेता हुआ लगता था और उसकी चाहत जहां तक जाती थी, वहां तक आलिंगन और चुंबन की मौजें लहराती और बल खाती थीं, वही वज़ीर आम हालात में इस क़दर शर्मीली और शान वाली लगती थी कि शम्सुद्दीन अहमद के मुंह में आए हुए लफ़्ज़ .ख़ुश्क हो जाते थे।

"सरकार क्या सोच रहे हैं?" वज़ीर ने एक कोमल और नमकीन निगाह नवाब पर डाली, और सर को झुका लिया।

"यही सोच रहा हूं," शम्सुद्दीन अहमद ने कुछ पल ठहरकर कहा, "कि असल वज़ीर कहां है? आप में इस क़दर शर्म कहां से आई और वह शर्म कभी-कभी पर लगाकर कहां और किस तरह उड़ जाती है। फिर मैं सोचता हूं कि आप में इस क़दर शर्म और ऐसी बेबाकी न होती तो आप कैसी होतीं? क्या आप वही वज़ीर ख़ानम उर्फ़ छोटी बेगम होतीं जो इस वक़्त हैं?... भई वल्लाह, इस वक़्त मिर्ज़ा रफ़ी वाइज़ का क्या .ख़ूब शेर याद आ गया है:

ज़े-नाज़ो-ग़म्ज़ा-ओ-रफ़्तारो-शोख़ी-ओ-तमकीं
शवद गर अंजुमने-मीरे-अंजुमन शर्मस्त"

(नाज़ो-अंदाज़, चाल, शोख़ी और शान से अगर कोई महफ़िल बनती है तो शरमो-हया उस महफ़िल की जान है)

"यह सरकार की चश्मे-करम और मुहब्बत है कि मुझमें शर्म और हया देखते हैं। मुझे तो अपने अंदर कोई ख़ूबी नज़र नहीं आती। शायद यह शर्म ही ऐसी ख़ूबी हो जिसकी वजह से सरकार को बंदी का मुंह अच्छा लगता है। मैं तो अपने मुक़द्दर की बुलंदी पर घमंड करती हूं।"

"मुक़द्दर की बुलंदी की भी एक ही कही। लेकिन आपकी इस बात में वज़न है कि आपका आपा, आपका सरापा इस क़दर रमणीय है तो उसमें इस बात का भी दख़ल है कि आप शर्म को सही तरह से बरतती हैं। मैं पिछली बार आया था तो उस वक़्त मैंने एक बात कही थी और आज फिर कहता हूं... लीजिए, मिर्ज़ा रफ़ी वाइज़ का मक़्ता भी सुन लीजिए, लगता है आप ही की ज़बान से कहा गया है:

तुरा नज़र-ब-क़दो-आरिज़स्तो-मू वाइज़
जमाल-पेशे तू ईं हास्त पेशे-मन शर्मस्त

(ऐ वाइज़, आपकी नज़र क़द, गालों और बालों पर है, हुस्न आपकी नज़र में यही सब है, लेकिन मेरे लिए तो शर्म ही हुस्न है)

"और सच्ची बात तो यह है भई वल्लाह, कि हम बता ही नहीं सकते कि आपकी किन-किन अदाओं के शिकार हैं।" वज़ीर के दिल में कांटा सा खटका। यही बातें ही बातें रहेंगी या इससे कुछ घट-बढ़कर भी अमल में आएगा। अपना सब कुछ तो मैं वार ही चुकी हूं।

वज़ीर को ख़ामोश देखकर शम्सुद्दीन अहमद ने कहा, "चुप क्यों हो गईं? हमारी बातें अच्छी नहीं लगीं क्या?"

वज़ीर ने सर उठाया, मुस्कुराई लेकिन ज़रा उदास लहजे में बोली, "सरकार के मुंह से तो फूल झड़ते हैं। मैं तो लाजवाब सुनती हूं लेकिन... यह भी सोचती हूं कि फूल झड़े ही फल लगता है।"

नवाब ने वज़ीर का इशारा फ़ौरन भांप लिया। बोले, "फूल की डाल नीचे झुकती है। आप हाथ बढ़ाएं तो फल भी आपके, फूल भी आपके।"

"हम मुफ़लिसों के लिए आपके मीठे बोल सबसे बड़ी दौलत हैं। हम तो कहे हैं कि फूल नहीं तो पंखुड़ी सही, हम दामन पसारे आपके चमन की राह पर बैठे हैं," वज़ीर ने हंसकर कहा।

"तो लीजिए, दामन भरकर उठाइए। दामन को खींचिए नहीं।"

"मैं सरकार का मतलब न समझी।"

नवाब शम्सुद्दीन अहमद ज़रा गंभीर लहजे और भारी आवाज़ में बोले। उनका चुलबुलापन अचानक रुख़सत हो गया था, "चांदनी चौक ख़ानम के बाज़ार में तीन मंज़िला मकान। ऊपर की दो मंज़िलें आपकी रिहाइश के लिए और निचली मंज़िल की दुकानों का किराया आपके क़ब्ज़े और ख़र्चे में। कहिए, क्या कहती हैं?"

वज़ीर के चेहरे पर सुर्ख़ी सी आई, शर्बती आंखों में हल्की लहरें सोच की उठीं। वह सवालियां नज़रों से नवाब की तरफ़ देख रही थी कि नवाब ने फिर कहा, "आपके नाम मकान के क़बाले आज शाम तक तैयार हो सकते हैं। आप चाहें तो अभी वरना कल सुबह उस घर को अपने क़दमों से मुबारक करें। यहां का सारा सामान फ़ौरन उठवाना और जल्द से जल्द वहां सजवाना हमारा ज़िम्मा। मकान ताउम्र आपका और फिर आपके वारिसों का।" नवाब ने हल्की हंसी हंसकर बात पूरी की, "बस यह है कि मुझे वहां आने-जाने की खुली छूट हो और मेरे सिवा कोई न आए।"

"सरकार अपनी कनीज़ को शर्मिंदा करते हैं। जब मेरे दिल में कोई और नहीं तो मेरे घर में कोई और कहां से आ सकेगा और अगर वह घर मेरा है तो आपका भी है क्योंकि मैं आपकी हूं। आपके लिए दरवाज़ा हर वक़्त खुला रहेगा।"

"और आप?" नवाब को शोख़ी सूझी लेकिन वज़ीर ने उस बात को साफ़ उड़ा दिया, "सरकार, मेरा क्या है, 'पी के पाटन सर धरो, धरो चरन पर सीस' के सिवा मुझे कोई फ़न नहीं आता। मुझे तो पांवदान ही ठहरा लें तो मैं .ख़ुश हूं।"

"छी, ऐसी बात नहीं कहते, भई वल्लाह। मैं आपके कने यूं आऊंगा ज्यों सीने में राज़ आवे। आपके दिल-जान-तन पर बार बनकर रहना नहीं है। हां, आप मुझे गले का हार बना लें तो आपके दामन और गरेबां को ही मैं पनाहगाह और घर मान लूंगा।"

"यह ख़िदमत मुझे मंज़ूर है। हर ख़िदमत मुझे मंज़ूर है।"

"आपके घर और मुलाज़िमों के सारे ख़र्च का बोझ हमारे ज़िम्मे होगा। पानदान और दूसरे ख़र्चों के लिए पांच सौ रुपया माहाना आपकी ख़िदमत में ऊपर से पेश किए जाएंगे। एक साल की पेशगी के तौर पर हज़ार-हज़ार के छह तोड़े बाहर पालकी में आपकी क़ुबूलियत की राह देख रहे हैं।"

वज़ीर सन्नाटे में आ गई। इतना सब कुछ और इस क़दर फ़राख़दिली से भला और कौन था जो उसे या किसी को दे सकता था और इस सबके एवज़ में मुझसे मांग कुछ नहीं... बस उनके घर में रहूं और उनकी होकर रहूं तो इससे आसान ख़िदमत क्या होगी... लेकिन वह एक बात तो रही जाती है... पर अब चुप रहूं तो बुराई है और कुछ कहूं तो क्या कहूं...

"आलाहज़रत मुझे मेरी उम्मीद और हक़ से बढ़कर नवाज़ रहे हैं। ऐसी उदारता तो क़िस्से-कहानियों के बादशाहों में भी न थी। मैं एक बेक़ीमत ज़र्रा आपकी मुहब्बत

के सूरज की एक नज़र से घर का चिराग़ और शबिस्तां की शमा बना दी गई हूं। मेरे पास अल्फ़ाज़ नहीं हैं। और दाद इस सख़ावत की देने में तो अच्छे-अच्छे उस्तादों की ज़बान .ख़ुश्क हो जाती।"

"बस, तो यह सब सख़ावत ही है?" नवाब ने मुस्कुराकर कहा।

"मैं तो इसे सख़ावत ही समझूं हूं सरकार कि आप मुझ बेहुस्न में हुस्न देखें हैं और मुझ बेहुनर को हुनरमंद गरदानें हैं। अल्लाह आपको ताक़यामत सलामत रखे। यह मिज़ाज की सख़ावत ही है कि जहां अच्छाई नहीं है वहां अच्छाई नज़र आवे और जहां ऐब होवे वहां हुस्न दिखाई दे।"

"अगले लोग तो इसे सख़ावत नहीं, मुहब्बत कहते थे," नवाब फिर मुस्कुराए। "ख़ैर जाने दीजिए। कुछ सख़ावत आप भी रवा रखें तो हमारा बदला हो जाए।"

"मैं तो सब कुछ वार चुकी। मेरे जिस्मो-जान का घर है और आप हैं," वज़ीर ने जवाब दिया। लेकिन उसके लहजे में कुछ निढालपन सा था जो नवाब से छुपा न रह सका। उन्होंने एक लम्हा रुककर कहा, "आपके दौलतख़ाने का इंतज़ाम और देखभाल करने के लिए आपके मौजूदा नौकरों से अलग, मुग़लानी हबीबुन्निसा और आपका जी बहलाने के लिए राहत अफ़्ज़ा हमजोली आपकी ख़िदमत में हर वक़्त हाज़िर रहेंगी। मैं समझता हूं राहत की आरजू पूरी करने के लिए ये इंतज़ामात काफ़ी होंगे?"

"मेरे सरकार, राहत की आरज़ू पूरी करने के लिए तो आपके क़दमों में पड़े रहना ही काफ़ी है," वज़ीर कुछ अजब अंदाज़ से मुस्कुराई। उसके भी सही मानी शम्सुद्दीन अहमद पर ज़ाहिर थे, लेकिन उन्होंने दूसरी बार भी तरह दे जाना ही मुनासिब समझा। नवाब को थोड़ा अफसोस ज़रूर हुआ कि आम औरतों की तरह वज़ीर के भी दिल में निकाह (और शायद निकाह के ज़रिए हासिल होने वाली हुकूमत) के अरमान थे। उन्होंने दिल में कहा, इससे अच्छी तो मेरी मां थीं कि पढ़ने-लिखने की सलाहियत से महरूम थीं, ज़ाहिर है कि तहज़ीब और बेगमाती रखरखाव न जानती थीं लेकिन उन्हें मेरे मरहूम वालिद की .ख़ुशी के सिवा कुछ दरकार न था। बाद में वह निकाही, नवाब, बेगम, मलिका, सब कुछ बनीं लेकिन बस अपने शौहर और बच्चों के लिए जीती थीं। दौलत और इज़्ज़त के सामान और हुकूमत से उन्हें कुछ सरोकार न था।

नवाब को ज़रा रुकता हुआ देखकर वज़ीर ख़ानम समझ गई कि मेरी बात सरकार तक पहुंच गई है और कुछ नागवार भी गुज़री है। लेकिन उसने कोई शऊरी कोशिश न की और न उसे यह ख़्याल था बात बराबर करने का कि नवाब उसे निकाह की ख़्वाहिशमंद इसलिए समझते हैं कि निकाह दहलीज़ है हुकूमत की और वज़ीर भी हुकूमत और दौलत को चाहने वाली है। बहरहाल, अगर वज़ीर को इल्म हो भी जाता कि नवाब ने उसके इशारों का मतलब कुछ ज़्यादा ही निकाला है तो भी वह इस

बारे में ख़ामोश ही रहती। वह जानती थी कि खरेपन और वफ़ा और मुहब्बत की बातें ज़बानी तय नहीं होतीं।

ख़ामोशी एक-दो पल से बढ़कर कुछ तकलीफ़देह और परेशानकुन सूरत इख़्तियार करने वाली थी कि वज़ीर ने आगे कहा, "मैं तो आपके क़दमों में ही भली हूं और भली रहूंगी। तले पड़ी का मोल क्या! मैं भला आपकी इज़्ज़तअफ़ज़ाइयों पर फूली न समाऊं तो बदनसीब ठहरूं।"

नवाब के चेहरे पर राहत और आंखों में मुस्कुराहट की झलक आई। "अच्छा, अब हम कुछ ज़रूरी मामले निबटाने जाते हैं," शम्सुद्दीन अहमद ने उठते हुए कहा। "आपके घर के सामान को बढ़वाने, उठवाने और चांदनी चौक के मकान में पहुंचाने के लिए पांच-सात मजूरे थोड़ी देर में यहां भिजवा दिए जाएंगे या जब आप चाहें।"

"मेरा तो जी चाहता है अभी उड़कर अपने घर पहुंच जाऊं मगर आसानी सबकी इसी में है कि कल सुबह को यहां से कूच किया जाए।" वज़ीर ने रज़ामंदी और ख़ुशी के लहजे में कहा। "पर सरकार अभी कहां तशरीफ़ लिए जाते हैं, दोपहर का ख़ासा तो तनावुल फ़रमा लेते। आपके भावें तो न होगा लेकिन आज दाल-रोटी सही।"

इस मीठे बोल ने शम्सुद्दीन अहमद का दिल ख़ुश तो किया, पर उन्हें वाक़ई एक ज़रूरी काम था। उन्होंने आगे बढ़कर वज़ीर का गाल थपथपाया, उसकी पेशानी चूमी और बोले, "नहीं, आज नहीं। इंशाअल्लाह, कल-परसों तक आप चांदनी चौक वाला घर ठीक कर लेंगी, तो हम भी आपके साथ नए घर में दावतें खावेंगे, और हां, ये मुहाफ़िज़ जो हमने यहां मुक़र्रर किए हैं वह चांदनी चौक में भी मौजूद रहेंगे, हालांकि वह जगह हर तरह से महफ़ूज़ है, यह टुकड़ी आपके दरवाज़े पर हाज़िर रहेगी।"

नवाब के फ़र्श के किनारे तक पहुंचने से पहले वज़ीर ख़ानम ने आगे बढ़कर नवाब की जूतियां उठा लीं और नवाब के कहने के बावजूद कि "अरे साहब, आप यह क्या ज़ुल्म करती हैं," वज़ीर ने झुककर जूतियां उन्हें पहना दीं। लेकिन नवाब का ध्यान जूतियों को ठीक से पहनने की तरफ़ होने की बजाय वज़ीर ख़ानम की लंबी चोटी पर था जो फिसलकर उसके कंधे पर आ गई थी और उसकी गर्दन और पीठ के ख़म की शान इस लंबी लटकती हुई चोटी ने दोबाला कर दी थी।

□□

नवाब मिर्ज़ा

अक्टूबर 1830: ये वो ज़माना था, जब घरों बल्कि घरानों को बनते देर लगती थी और न बिगड़ने में कुछ देर लगती थी। ख़ासतौर पर देहली शहर ने तो आसमान छूती हुई हवेलियां चंद महीनों में क़ायम होते और आबाद होते देखी थीं। चांदनी चौक का तीन मंज़िला मकान, पहली मंज़िल में दुकानें, बाद की हर मंज़िल में आंगन, तीन दालान, तीन बड़े हुजरे, तोशाख़ाना, आबदारख़ाना, ग़ुसलख़ाना वग़ैरा साफ़-सुथरे

मुहैया थे। बावर्चीख़ाना, मोदीख़ाना, कबूतरख़ाना वग़ैरा निचली मंज़िल पर थे। मुग़लानी हबीबुन्निसा के लिए एक हुजरा ऊपर और एक नीचे भी था। ऊपर वाले हुजरे की अलमारियों और संदूक़ों में किताबें थीं, कुछ तो वज़ीर की और ज़्यादातर नवाब की पसंदीदा और पढ़ाई में अक्सर रहने वाली, मसलन दीवाने-हाफ़िज़, फ़ोर्ट विलियम कॉलेज का प्रकाशित कुल्लियाते-मीर, इंशा-ए-माधोराम, तारीख़े-फ़ीरोज़शाही, आईने-अकबरी वग़ैरा। पंद्रह-बीस अंग्रेज़ी किताबें भी थीं, लेकिन उन्हें पढ़ने का इत्तफ़ाक़ कम होता था। दोनों मंज़िलों के आंगनों में एक तरफ़ चमन और हौज़ और छोटा सा फ़व्वारा संगमरमर का था। ऊपरी मंजिल में आंगन के दूसरे सिरे पर पालतू चिड़ियों के लिए जाल और कबूतरों के लिए ठाठर भी गाड़ा गया था। सारे घर को सजने-बनने और ज़रूरी सामानों के मुहैया होने में तीन दिन भी न लगे।

नीचे बाज़ार की चहल-पहल देर रात तक जारी रहती थी। ख़रीद-फ़रोख़्त करने वालों, सैर-तमाशा देखने वालों के अलावा बहुतेरे ऐसे थे, जो नहर सआदत ख़ां के दोनों तरफ़ के पेड़ों और फूलों की बहार और रौशनियों के तले दोस्तों, हमजोलियों से मुलाक़ात और माशूक़ों से आंखें लड़ाने के लिए वहां जमा रहते थे। ऐसे में किसी बदमाश बेग़ैरत की हिम्मत न पड़ सकती थी कि वज़ीर ख़ानम के मकान की तरफ़ दुश्मनी से चढ़ दौड़ने का ख़्याल भी कर सकता। इसके बावजूद नवाब ने हिफ़ाज़त के कई इंतज़ाम कर रखे थे। एक-दो सिपाही बाज़ार के पूरे वक़्त में, यानी चार घड़ी के क़रीब दिन चढ़े से लेकर आधी रात की नौबत बजने तक नीचे की दुकानों पर चौकस और ख़ुफ़िया नज़र रखते थे।

दुकानों से ऊपर जाने के लिए सीढ़ियां निहायत होशियारी से बग़ली गली में बनाई गई थीं कि अनजान शख़्स या दुकान पर ख़रीद-फ़रोख़्त करने वालों को पता ही न लगे कि ऊपर की मंज़िलों के लिए रास्ता कहां से है। दरवाज़े के अंदर ही छोटी सी ड्योढ़ी थी, जिसमें एक मज़बूत क़द-काठी का असाबरदार दिन-रात तैनात रहता था। उससे निपटकर ऊपरी मंज़िल पर पहुंचें तो एक चौड़ा चौका मिलता था, तीन तरफ़ से बंद और आने वाले के सामने साल की लकड़ी का ऊंचा, भारी, नक़्क़ाशीदार दरवाज़ा नज़र आता था, जिसकी मोटी ज़ंजीर पीतल की बनी हुई थी और सोने की तरह चमकती थी। ज़ंजीर की कड़ी भी उसी तरह पीतल की, भारी और चमकती हुई थी। चौके में एक तरफ़ छोटा सा क़ालीन था और दूसरी तरफ़ एक चौकी बिछी हुई थी, जिस पर दो-तीन आदमी बैठ सकते थे।

ज़ंजीर हिलाएं तो एक क़द्दावर, मर्दाना लिबास में हथियारबंद और मुकम्मल उर्दाबेगनी सामने आती और आने वाले का तफ़्सीली हाल और मुलाक़ात की ग़रज़ पूछती। ज़ाहिर है कि उस जगह तक अजनबी या बाहरी मिलने वाले के पहुंच जाने का कोई सवाल न था। नवाब की ग़ैर मौजूदगी में ज़्यादातर आने-जाने वाले

जाने-पहचाने व्यापारी या कारोबारी लोग थे। मुलाक़ातियों, अज़ीज़ों में उम्दा ख़ानम का आना अक्सर होता और फिर इक्का-दुक्का बीबियां और आ जातीं, ख़ासकर त्योहार या मेले या मुहर्रम के जुलूस वग़ैरा के दिनों में मामूल से ज़्यादा चहल-पहल हो जाती। वज़ीर ख़ानम बहुत कम निकलती थी और अगर निकलती भी तो शाम ढले, सवार होकर उम्दा ख़ानम के यहां जाती, महीने, दो महीने पर नवाब शम्सुद्दीन अहमद के साथ पर्दाबंद गाड़ी में बैठकर सुल्तान जी या ख़्वाजा साहब ज़ियारतों की ग़रज़ से चली जाती थी। नवाब जब चांदनी चौक में रहते तो रियासत के कारिंदों और अमलों का आना ख़ासकर सुबह के वक़्त ज़रूर रहता। उर्दाबेगनियां उनमें से अक्सर की सूरत पहचानती थीं लेकिन फिर भी ज़रूरी पूछताछ के बाद ही उन्हें अंदर आने देती थीं।

उर्दाबेगी या क़लमाक़ी की ख़िदमत पर जो औरतें नौकर रखी जाती थीं वो आमतौर पर सिंध या काठियावाड़ की ज़ंगन होती थीं। निहायत गठे हुए बदन की, बिन्नौट और तमंचेबाज़ी और चाक़ू चलाने में उस्ताद ये औरतें दबिश देने में भी माहिर होती थीं और क़दमों के नक़्श या दूसरे निशानों की मदद से फ़रार मुजरिम या चोर का पता लगाने में भी बेहद कुशल थीं। कुछ-कुछ हवेलियों में तुर्कनें भी रखी जाती थीं हालांकि उनकी तादाद अब कम हो गई थी। उर्दाबेगनियों के उलट, जो मर्दाना लिबास पसंद करती थीं, तुर्कनें हमेशा अपने मुल्क का ज़नाना लिबास ही पहनती थीं। लंबी-तड़ंगी, निहायत गोरी, गुलाबी रंगत और बड़ी-बड़ी बादामी आंखों वाली, बेहद काले या सुनहरे चमकीले बालों वाली, मुस्कुराती हुई ये सूरमा औरतें जिस क़दर दिलकश थीं उसी क़दर जुरअत और मेहनत करने और बेरहमी में भी मशहूर थीं। कहा जाता था कि एक तुर्कन दस मर्दों पर भी आसानी से क़ाबू पा सकती थी और मैदाने-जंग में दुश्मन पर हावी हो जाने पर उसे क़ैदी बनाने की बजाय वहीं उसकी तिक्का-बोटी कर देती थीं। नवाब शम्सुद्दीन अहमद के दादा आरिफ़ जान जब तुर्किस्तान (आज के ज़माने में उज़्बेकिस्तान) से हिंदुस्तान आए थे तो क़ज़्ज़ाक़िस्तानी लड़ाका क़बाइली औरतों की भी एक टुकड़ी अपनी हिफ़ाज़त के लिए साथ लाए थे। ये औरतें उज़्बेक और क़ज़्ज़ाक़ क़ौम ही के मर्दों से निकाह का रिश्ता क़ायम करती थीं; इसलिए तीन नस्लें गुज़रने पर भी उनमें तमाम नस्ली और भाषायी ख़ासियतें पहले की ही तरह बरक़रार थीं। शम्सुद्दीन अहमद ने वज़ीर के यहां दो उर्दाबेगनियां भेजी थीं। उनमें एक ज़ंगन थी और दूसरी नवाब आरिफ़ जान की तुर्कनों में से एक की औलाद थी।

पहरे का इंतज़ाम दरअसल फ़्रेज़र या उसके गुर्गों की हिम्मत तोड़ने के लिए था और बज़ाहिर शायद इसीलिए फ़्रेज़र ने भी छोटी बेगम के तईं अपने इरादे छोड़ दिए थे। फ़्रेज़र का जोश कुछ इसलिए भी सर्द पड़ गया था कि उसके मुख़बिरों ने जब

अक्टूबर 1830 के आख़री दिनों में वज़ीर ख़ानम के यहां दाइयों की काफ़ी आवाजाही देखकर सुन-गुन ली तो पता लगा कि वज़ीर ख़ानम उम्मीद से हैं। यह ख़बर सुनकर फ्रेज़र की उम्मीदों पर ढेर सारा पानी फिर गया, क्योंकि अब इसकी गुंजाइश बहुत कम नज़र आती थी कि शम्सुद्दीन अहमद और छोटी बेगम में अलगाव हो सके और छोटी बेगम के लिए फ्रेज़र की चालें फिर से शुरू हो सकें। दूसरी बात यह कि गर्भवती औरत से पींगे बढ़ना यूं भी न कुछ फ़ायदा रखता था और न इसका क़यास किया जा सकता था। फ्रेज़र को इतना सब्र कहां था कि वज़ीर के गर्भ की मुद्दत पूरी होने और फिर ज़च्चाख़ाने से बाहर आने का इंतज़ार करता।

चांदनी चौक में नवाब का आना-जाना भी अब इतना ज़्यादा होने लगा था कि दिल्ली में उनकी दोनों हवेलियां गोया सुनसान होकर रह गई थीं। अक्सर इलाक़े से वापसी पर शम्सुद्दीन अहमद सीधे चांदनी चौक पहुंचकर वज़ीर के यहां ही उतरते। वज़ीर और नवाब के बीच मेल, मुहब्बत और अपनाइयत रोज़-बरोज़ बढ़ती जाती थी। नवाब की ब्याहता न बन सकने के दुख के बावजूद, या उस दुख को बिल्कुल भुलाकर, वज़ीर ने अब शम्सुद्दीन अहमद की मुहब्बत और .ख़ुशी को अपनी ज़िंदगी का मक़सद बना लिया था। इधर शम्सुद्दीन अहमद का यह आलम था कि उनका बस न चलता था कि कौन सा तोहफ़ा, चीज़ या क़ीमती ज़ेवर या लिबास वज़ीर के ऊपर से निछावर कर दें या मुहब्बत का कौन सा बोल उन्हें सूझे जिसे वह वज़ीर के कानों में रस की तरह घोल दें। हबीबुन्निसा कहती थी कि वह बात जो कहानियों में या बड़ी-बूढ़ियों की ज़बानी सुना करते थे, वह नवाब और वज़ीर की जोड़ी ने सच करके दिखा दी थी, कि एक को दूसरे के बग़ैर एक पल चैन नहीं और एक का जी मांदा हो तो दूसरे को .ख़ुद-बख़ुद ख़बर हो जाती थी।

एक बार शम्सुद्दीन अहमद लगातार पंद्रह दिन नहीं आए। फ़ीरोज़पुर झिरका से दिल्ली आने-जाने में छह दिन लगते थे। इस तरह नवाब अगर वहां चार दिन भी ठहरते तो दस दिन की ग़ैरहाज़िरी हो जाती थी। लोहारू भी ढाई दिन की दूरी पर था। इस तरह वहां भी आने-जाने में पांच-छह दिन लग ही जाते थे। लिहाज़ा रियासत के किसी भी सफ़र का मतलब दस दिन से कम की ग़ैरहाज़िरी न होता था। वज़ीर ने .ख़ुद को दस दिन के हिज्र का इस क़दर आदी बना लिया था कि दस से ग्यारहवां दिन न होने पाता था कि उसका दम उलटने लगता था। इस बार नवाब जो पंद्रह दिन न आए और न कोई ख़बर भेजी तो वज़ीर ख़ानम की बेक़रारी ऐसी थी कि हबीबा और राहत अफ़्ज़ा से देखी न जाती थी। राहत और वज़ीर में इस दर्जा लगाव और उल्फ़त हो गई थी कि नवाब की ग़ैरहाज़िरी में वह वज़ीर ही के हुजरे में सोती थी और नवाब की मौजूदगी में भी नवाब के फ़ौरन बाद बल्कि अक्सर उनसे भी पहले वह राहत अफ़्ज़ा की ही सूरत देखती। नवाब बहुत सवेरे उठने के आदी थे और

अक्सर वज़ीर को सोता छोड़कर, मुंह अंधेरे तैयार होकर निचली मंज़िल के दीवानख़ाने में रियासत के काग़ज़ात देखने या ज़रूरी मामलों का निबटारा करने के लिए बैठ जाते थे। थोड़ी देर में छोटा-मोटा दरबार सज जाता और नाश्ते की ख़बर मिलते-मिलते नवाब शम्सुद्दीन अहमद ज़्यादातर मामलों का निबटारा कर चुके होते थे। इस दौरान वज़ीर के जागने का वक़्त हो जाता तो राहत अफ़्ज़ा कश्ती में शर्बत और छोटी सी चंगेर में मौसम-बेमौसम के फूल लेकर दबे पांव अंदर आती और दरियागंज की हवेली में पहली सुबह की तरह वज़ीर के तलवों में धीरे-धीरे गुदगुदी करती और वज़ीर की आंख खुलने पर उसी पहली सुबह की तरह मुस्कुराकर "सबाहुकुम बख़ैर ख़ानम साहब" कहती। वज़ीर के जाग पड़ने से लिबास बदलने तक सारे काम राहत अफ़्ज़ा ही की ख़िदमतगुज़ारी से अंजाम पाते।

इस गहरे मेलजोल के बावजूद उस वक़्त शम्सुद्दीन अहमद की दो हफ़्ते की ग़ैरहाज़िरी में वज़ीर ख़ानम के दुख और बेचैनी को कम करने और वज़ीर का दिल बहलाने के लिए राहत अफ़्ज़ा की हर कोशिश बेकार गई। वज़ीर को बार-बार वहम आता था कि फ़्रेज़र ने कुछ शरारत न की हो, कहीं तन्हा पाकर उन पर हमला न करवा दिया हो। राहत अफ़्ज़ा लाख समझाती कि ऐसा ग़ैर मुमकिन है, लेकिन वज़ीर के दिल को तस्कीन न होती।

आख़िर सोलहवें दिन सांझ फूटने के भी बहुत बाद शम्सुद्दीन अहमद वज़ीर के घर पहुंचे तो उसने बेक़रार दौड़कर उनका हाथ पकड़ लिया और मुंह धोने या पानी-शर्बत को पूछे बग़ैर बेसाख़्ता कहना शुरू कर दिया, "अल्लाह नवाब साहब आप कहां रह गए थे। आप जानते हैं मैं आपको देख-देख जीती हूं। दो घड़ी भी न देखूं तो जान घुटने लगती है। इतनी देर-देर में आइएगा तो मैं तो खप ही जाऊंगी।"

यह पहला मौक़ा था जब वज़ीर ने इतने खुले और जोश से उबलते हुए अल्फ़ाज़ में नवाब के तईं अपनी मुहब्बत का इज़हार किया था, और वह भी औरों की मौजूदगी में। उनकी तहज़ीब में बात को, ख़ासकर मुहब्बत की बात को बढ़ा-चढ़ाकर और ज़ोर देकर कहने की रस्म आम थी। लेकिन दोनों तरफ़ के लोग यह भी ख़ूब समझते थे कि कौन से अल्फ़ाज़ रस्म निभाने के लिए हैं, हालांकि हक़ीक़त से बिल्कुल ख़ाली नहीं, और कौन से अल्फ़ाज़ दिल के जज़्बात का बयान करते हैं। वज़ीर ने उस वक़्त जो बात कही उसमें और उसके लहजे में सच्चाई इस क़दर गर्म और रोशन थी कि लगता था वज़ीर का कलेजा ख़ून होकर उसके लफ़्ज़ों में भड़क उठा है। शम्सुद्दीन अहमद एक लम्हे को सकते में आ गया, फिर वज़ीर के हाथों को अपने लबों से लगाकर धीमी आवाज़ में बोला, "हम भी तुम्हें देख-देखकर जीते हैं, बहू ख़ानम। तुम्हें कुछ देर न देखें तो दम रुकने लगता है, लेकिन कभी-कभी... दुनिया है आख़िर। नहीं आए जो मीर कुछ काम होगा।"

मीर का डेढ़ मिसरा पढ़कर शम्सुद्दीन अहमद ने एक हल्की सी मुस्कुराहट को अपने मुंह पर आने दिया, गोया शर्मिंदगी का इज़हार कर रहे हों। वज़ीर अपने हाथों को छुड़ाकर दुपट्टे से आंखें .खुश्क कर रही थी। यह पहला मौक़ा था कि नवाब ने उसे बहू ख़ानम कहा था। यही ख़िताब तो स्वर्गीय नवाब अहमदबख़्श ख़ां ने शम्सुद्दीन अहमद ख़ां की मां को निकाह में लाने के बाद दिया था। नवाब ने उसे बहू ख़ानम कहा और वह भी सबके सामने। शायद इसमें भी कोई इशारा छुपा रहा हो, या शायद न रहा हो। लेकिन उस दिन से किसी के दिल में यह शक न रहा कि नवाब और वज़ीर की जोड़ी कभी बिछड़ भी सकती है।

हालांकि यह वज़ीर का तीसरा गर्भ था और उसकी आम तंदुरुस्ती बहुत अच्छी थी और तमाम दाइयों का एक ही क़ौल था कि बच्चा अपने वक़्त पर निहायत तंदुरुस्त और निहायत आसानी से पैदा होगा, लेकिन वज़ीर के दिल में तरह-तरह के ख़ौफ़ थे। मौसम के ठंडा होने के साथ-साथ उसके दिल में भी ख़ौफ़ की लहर सर्द से सर्दतर होती गई। उसे ख़लिश थी कि कहीं लड़की न हो और कहीं नवाब को लड़की की पैदाइश पसंद न आए... या कहीं बच्चा जाता रहे तो फिर क्या होगा? वज़ीर को कुछ धुंधला सा गुमान था कि नवाब को लड़के की बहुत तमन्ना है और उसने उड़ती-उड़ती यह ख़बर भी सुन रखी थी कि नवाब की दूसरी ब्याहता बेगम (हुसैनी बेगम बिन्त वली मुहम्मद ख़ां। इनका निकाह शम्सुद्दीन अहमद से 1829 में हुआ था। इन्हें बाद में अमीर बहू ख़िताब मिला) किसी बीमारी की वजह से बच्चा जनने में असमर्थ हैं। और पहली (अफ़ज़लुन्निसा बेगम उर्फ़ जानी बेगम बिन्त मिर्ज़ा मुग़ल बेग ख़ां। इनका निकाह शम्सुद्दीन अहमद से 1828 में हुआ था) से दो बेटियां हो चुकीं। अब वहां भी नर औलाद की कोई उम्मीद नहीं (वज़ीर को इसकी ख़बर न थी, लेकिन नवाब ने चंपा नामी एक औरत को भी घर में डाल रखा था। उससे भी बेटी ही पैदा हुई थी, रहमतुन्निसा उसका नाम रखा गया था। अफ़ज़लुन्निसा बेगम के पेट से जन्मी लड़कियों के नाम अहमदुन्निसा बेगम और शम्सुन्निसा बेगम थे। ये कहा जा सकता है कि नस्ल और नाम का बाक़ी रहना और इसके लिए उनके यहां बेटा पैदा होना उस वक़्त नवाब शम्सुद्दीन अहमद की पहली और सबसे अहम ज़रूरत थी। उन्हें अपने ख़ानदान का नाम बाक़ी रहने का किस क़दर अरमान था, इसका अंदाज़ा इस बात से हो सकता है कि उन्होंने अपनी बड़ी बेटी का नाम अपने बाप के नाम पर और छोटी का नाम अपने नाम पर रखा था)। ऐसे में अगर मेरा बच्चा ज़ाया हो गया, या लड़की पैदा हुई, या लड़का तो पैदा हुआ मगर कुछ ऐबदार निकला तो क्या होगा? माना कि मैं हाथ-पैर से बिल्कुल ठीक हूं, और नवाब की तो ख़ैर मर्दाना ख़ूबसूरती की लोग मिसाल देते हैं, मगर कुछ भी हो सकता है। इन मामलों को कौन जानता-समझता है। क्या अच्छे मां-बाप के बच्चे ऐबी पैदा नहीं होते? और

कमी किसी में हो, लोग तो मां को ही नाम धरेंगे।

दाइयों और .खुद हकीम साहब ने बार-बार कहा था कि वज़ीर को ताक़त की दवा या किसी माजून की ज़रूरत नहीं, आम .खुराक और एहतियातें काफ़ी हैं। नब्ज़ और तमाम निशानियां यही बताती हैं कि बच्चा सही-सलामत और तंदुरुस्त पैदा होगा लेकिन वज़ीर ने उनके चोरी-छुपे हबीबा के ज़रिए से कई तावीज़, कई दुआएं और कई दवाएं इस्तेमाल कर डालीं और देहली के बाईसों .ख्वाजा साहिबान की चौखट पर जा-जाकर मिन्नतें मानीं कि बेटा हो और हर तरह नख-शिख से दुरुस्त हो। उसे ठंडा पानी पीना और ठंडे पानी से नहाना बहुत पसंद था लेकिन गुलाबी जाड़ों के शुरू होते ही उसने गुनगुना पानी पीना और अच्छे-ख़ासे गर्म पानी से नहाना शुरू कर दिया कि कहीं ज़ुकाम न हो जाए और ज़ुकाम की ठंडक बच्चे को न लग जाए। लेकिन वह गर्म-.खुश्क सिफ़त वाली चीज़ें भी खाने से डरती थी कि कहीं बच्चे के दिमाग़ में .खुश्की न पैदा हो जाए। ढूंढ़कर उसके लिए कुछ गर्म और तर चीज़ें लाई जातीं, हालांकि बढ़ते जाड़ों में गर्मतर सिफ़त वाली खाने-पीने की चीज़ें कम मिलती थीं। हिरन के अलावा हर तरह का गोश्त खाना उसने बिल्कुल छोड़ दिया था और हिरन भी हालांकि गर्म .खुश्क था, लेकिन हल्के होने की वजह से वह हिरन के गोश्त का क़लिया कभी-कभी खा लेती थी। पानी की चिड़िया मसलन बत्तख़ से उसे कोई शौक़ न था, लेकिन गर्मतर होने की वजह से वह नए-निराले ढंग से बत्तख़ पकवाकर थोड़ा-बहुत खा लेती थी। मछलियों में ज़्यादातर सर्दतर थीं, इसलिए छोड़ दी गई थीं, अलबत्ता झींगों का सालन कभी-कभी पक जाता था और झींगा गर्मतर है। चावल के बारे में दो क़ौल होने के कारण कि सर्द-.खुश्क या गर्म-.खुश्क है, उसने चावल छोड़ दिए थे। उसे हर तरह के साग पसंद थे, लेकिन पालक और .खुरफ़ा सर्दतर थे और चौलाई सर्द-.खुश्क, लिहाज़ा उनको भी छोड़ दिया गया। गाजर और खिरनी गर्म-.खुश्क हैं, उसे क़ुबूल थे लेकिन ये हर मौसम में मिलते न थे। उनकी तलाश जारी रहती थी। बादाम, अंगूर और शकरक़ंद उसे बहुत पसंद आते थे कि ये सब गर्मतर थे। खाने में हल्दी, काली मिर्च, छोटी-बड़ी इलायची, पोदीना, और ज़ीरा बहुत कम कर दिए गए थे कि ये सब गर्म .खुश्क हैं। इसीलिए उड़द की दाल उसे बहुत पसंद हो गई थी कि गर्मतर थी हालांकि क़ब्ज़ करती थी। सुबह का शर्बत बंद करके वो कभी-कभी चाय या क़हवा पी लिया करती थी लेकिन इन दोनों ही चीज़ों को वो दवा के तौर पर नापसंदीदगी से और कम मिक़दार में इस्तेमाल करती थी। चाय तो इसलिए गवारा थी कि कहते थे उससे खाना हज़्म होता है और क़हवा तासीर में बेहद गर्मतर समझा जाता था।

इन वहशतों और उलझनों के दिनों में वज़ीर के लिए राहत अफ़्ज़ा वाक़ई राहत अफ़्ज़ा साबित हुई। राहत अफ़्ज़ा को शायरी में दिलचस्पी थी और हालांकि उसने

संगीत की तालीम न ली थी लेकिन उसका गला बहुत अच्छा था और जगह-जगह शादी-ब्याह की महफ़िलों, मीलाद शरीफ़ों और मुहर्रम में सोज़ पढ़ने और नौहा पढ़ने में बचपन से मौजूद रहने और दस-ग्यारह साल की उम्र से ऐसी मजलिसों में .खुद हिस्सा लेने की वजह से गाने का अभ्यास उसे बहुत हो गया था। वो कभी गाकर, कभी गुनगुनाकर, कभी तानपुरे के साथ लय उठा कर वज़ीर के मन बहलाव का सामान करती रहती। फ़ैज़ी की एक ग़ज़ल जिसका पहला शेर है:

ऐ तुर्के-ग़म्ज़ाज़न कि मुक़ाबिल निशस्ता-ई
दर दीदा अम ख़लीदा-ओ-दरदिल निशस्ता-ई

(ऐ नाज़ और शोख़ी करने वाले तुर्क जो कि मेरे सामने बैठे हुए हो तुम मेरी आंखों में खुब गए हो और मेरे दिल में बैठे हुए हो) वह राहत अफ़्ज़ा से बार-बार सुनती और शम्सुद्दीन अहमद के तुर्क नस्ल होने की वजह से 'तुर्के-ग़म्ज़ाज़न' की तरकीब और यह शेर बल्कि पूरी ग़ज़ल अक्सर उसे आंसुओं में डुबो देती थी:

मन ख़ूंगिरिफ़्ता नीस्तम इमरोज़ वरना तू
ख़ंजर बदस्तो-तेग़ हिमाइल निशस्ता ई
ख़ूबां शिकस्तारंगो-ख़िजिल ईस्तादा अंद
हरजा तू आफ़्ताब-शमाइल निशस्ता ई

(मुझे ख़ून पहले ही पकड़ ले गया और आज मैं नहीं हूं वरना आज तो तुम ख़ंजर हाथ में और तलवार गले में लटकाए बैठे हो। सारे हसीनों का रंग उड़ गया है और वो शर्मिंदा खड़े हैं कि तुम हर जगह सूरज की तरह बैठे हुए हो)

इस ग़ज़ल के हर शेर में उसे अपनी मुहब्बत और दीवानगी के साथ-साथ शम्सुद्दीन अहमद के जिस्मो-जान की परछाईं नज़र आती थी और फ़ैज़ी की नीचे दर्ज ग़ज़ल राहत अफ़्ज़ा की अल्हड़, अप्रशिक्षित लेकिन मीठे सुरों के गुण से भरी हुई आवाज़ में इश्क़ की हौसलामंदियों के अफ़साने को हक़ीक़त बनाकर सुनती थी:

सुबहदम ख़ोज़ो-सुराही ज़े-सरे-ताक़ बेगीर
ख़ंदा बर चर्ख़ ज़नो-.खुर्दा बर-आफ़ाक़ बेगीर
यक-दो नक़्शे-हवस अज़ मुहरा-ए-उम्मीद बेबाज़
यक-दो जामे-तरब अज़ क़िस्मते-मीसाक़ बेगीर
गाह नक़्दे-तरबे-दर-कफ़े-मोहताज बेनिह
गह तुरंजे-हवसे अज़ कफ़े-मुश्ताक़ बेगीर
ज़ोहदे-.खुश्क अर ख़िरदत गिर्द बर आरद आख़िर
हमदमे-इश्क़ शवो-मशरबे-उश्शाक़ बेगीर

(सुबह दम उठो और ताक़ से सुराही उठाओ, आसमान की खिल्ली उड़ाओ और क्षितिज की बातों पर एतराज़ करो। हवस के एक-दो नक़्श उम्मीद के मुहरे से खेलो,

ज़माने के हिस्से में से .खुशी के एक-दो जाम तुम भी हासिल करो। कभी .खुशी के एक-दो सिक्के किसी मोहताज के हाथ पर रखो और कभी हवस की नारंगी को किसी ऐसे के हाथ से छीन लो जो उसे बहुत चाहता हो। आरज़ूमंद हाथों में लो। अगर सूखा मुल्लापन कभी तुम्हारी मति पलट दे तो इश्क़ के साथी बन जाओ और आशिक़ों का तौर-तरीक़ा अपना लो)

लेकिन जो शेर कि उसके दिलोजान, दीन-ईमान, होश और दीवानगी को अपने विस्तार में छुपाकर उन्हें हरदम नई ज़िंदगी देते थे, वो हज़रत मुहम्मद की शान में जामी के मशहूर शेर थेः

वसल्लल्लाह अला नूरिन कि ज़ूशुद नूरहा पैदा
ज़मीं अज़ हुब्बे-ऊ साकिन फ़लक दर इश्क़े-ऊ शैदा
दो चश्मे-नरगिसीनश रा कि मा ज़ाग़लबसर ख़्वानंद
दो जुल्फ़े-अंबरीनश रा कि वल्लैले-इज़ा यग़शा
ज़े सिर्रे-सीना अश जामी अलम नशरह लका-बरख़ां
ज़े-मेराजश चे मी पुर्सी कि सुब्हानल्लज़ी असरा

(उस नूर पर अल्लाह का सलाम हो कि जिससे बहुत से नूर पैदा हुए हैं। उसी की मुहब्बत के कारण यह ज़मीन बिल्कुल चुप खड़ी है और उसी के इश्क़ में आसमान दीवाना होकर चारों तरफ़ घूमता-फिरता है। उसकी दो नरगिसी आंखें कि जिनके बारे में कहा गया वह अपनी जगह से हटतीं नहीं, और उनकी दो काली महकती ज़ुल्फ़ें जैसे कि रात .खूब गहरी। ऐ जामी उनके सीने में भरे भेदों के बारे में कहो (जैसा कि क़ुरान में है) कि क्या हमने तुम्हारे लिए तुम्हारा सीना खोल नहीं दिया और उनके आसमान पर जाने के बारे में क्या पूछते हो (जैसा कि क़ुरान में है) पाक है वो हस्ती जो उसे ले गई)

शैख़ जामी की यह नात जो हज़रत इमाम अबू हनीफ़ा की एक अरबी नात पर आधारित थी, उसे हुज़ूर सरवरे कायनात सल्ललाहु अलैहे वसल्लम की शाने-महबूबी का जौहर मालूम होती थी। उसे लगता था कि सारा आलम, उसके बनाने और पैदा होने के सारे भेद और अमल, सब चांद-सितारे, आकाशगंगा, जंगल-पहाड़-दरिया, इंसान और जिन्न, मेरे आक़ा व मौला के भक्त हैं, और जो भी उन्हें चाहेगा उसमें भी वही शाने-महबूबी पैदा हो जाएगी। सारे आसमान और सारे लोक रसूल के आशिक़ हैं और इन चीज़ों में जो कुछ भी दिलकशी है वह उसी इश्क़ के फूल हैं, जिन्हें हक़ीक़त के गुलज़ार ने संभावनाओं की दुनिया में रोशन किया है। वह बार-बार इन शेरों को सुनती, .खुद भी उन्हें पढ़ती, और हर बार उसकी आंखें भीग जातीं, दिल भर आता और वह दुआ करती कि काश, दोनों जहान के मालिक की जूतियों की ख़ाक के सदक़े, इन बरकत देने वाले अल्फ़ाज़ के नूर से मेरे बेटे (उसने .खुद को

यक़ीन दिला लिया था कि उसे बेटा ही होगा) की भी तक़दीर कुछ चमक जाए और अगर वो ऊंची हिम्मत, जवांमर्दी और मिर्ज़ाओं वाली शान से कुछ हिस्सा पाए तो उसे मक़बूलियत और चाहत भी हासिल हो।

राहत अफ़्ज़ा के बरख़िलाफ़, कि वो गाने का फ़न न जानती थी, वज़ीर ने जैसा कि हम जानते हैं, बचपन में ही संगीत में कुछ शुद-बुद हासिल कर ली थी, और आवाज़ भी उसकी बहुत अच्छी थी। लेकिन उसे गाने का शौक़ न था बल्कि वह इन चीज़ों को स्तरहीन समझती थी। लेकिन राहत अफ़्ज़ा की संगत और नवाब शम्सुद्दीन अहमद की मुहब्बत ने उसके दिलो-जान में जो थरथरी और तड़प पैदा कर दी थी उसके कारण अब वज़ीर भी गाने में दिल लगाने लगी थी। शैख़ जामी की नात का ज़िक्र ऊपर हो चुका है। वज़ीर को मीरा बाई और सूरदास के बहुत से भजन भी बचपन में याद हो गए थे। अब याददाश्त के कोनों-खुदरों में ढूंढ़कर वह उन्हें झाड़-पोंछकर अपनी फ़ौरी याददाश्त में ले आई थी और कभी-कभी अकेले या राहत अफ़्ज़ा के साथ मिलकर उन्हें गाया करती थी। मीरासनों को बुलवाकर वह अमीर .ख़ुसरो के गीत या क़व्वालियां भी सुनने लगी थी और कुछ क़व्वालियां उसने सीख भी ली थीं। अमीर .ख़ुसरो की यह क़व्वाली उसने बसंत के मौसम में सुनी थी और तब से यह उसकी जान से चिपककर रह गई थी:

मोहे अपने ही रंग में रंग दे रंगीले
तू तो साहब मोरा महबूबे-इलाही
हमरी चुनरिया पिया की पगरिया
दोनों बसंती रंग दे तू तो साहब मोरा महबूबे-इलाही
निज़ामुद्दीन औलिया हैं पीर मेरो
प्रेम पीत का संग दे रंगीले
तू तो साहब मोरा महबूबे-इलाही

चौक सादुल्लाह ख़ां के आख़री बाज़ार के आगे चांदनी चौक शुरू होता था। चौक के पश्चिम की तरफ़ ख़ास बाज़ार, दक्खिन में कश्मीरी कटड़ा, उसके पूरब की तरफ़ मुहल्ला कश्तीबानां और असद अली हज़ारी की हवेली थी। उत्तर की तरफ़ से चौक में दाख़िल होने पर बाईं हाथ को पहली बड़ी इमारत जैन मंदिर थी, जिसे शाहजहां के वक़्त में जहानाबाद की तामीर से पहले बनाया गया था। शाहजहां ने इस मंदिर के लिए कुछ ज़मीनें वक़्फ़ की थीं जो इस वक़्त भी मंदिर के नाम वक़्फ़ चली आ रही थीं। जैन मंदिर, जिसे उस ज़माने में लाल मंदिर भी कहते थे, उससे आगे अंदर को आएं तो चांदनी चौक बाक़ायदा शुरू होता था। यहां पहली क़ाबिले-ज़िक्र इमारत गौरी-शंकर का मंदिर था, जिसके बारे में मशहूर था कि उसकी तामीर में स्वर्गीय औरंगज़ेब आलमगीर का अनुदान भी शामिल था। गौरी-शंकर के मंदिर से कुछ आगे

उसी तरफ़, यानी चौक सादुल्लाह ख़ान की तरफ़ से आने वाले शख़्स के बाएं हाथ को, गुरुद्वारा सीसगंज की बुलंद इमारत थी। ये तीनों इबादतख़ाने अब भी मौजूद हैं और इनमें पूजा-पाठ करने वालों, ज़ियारत करने वालों और ख़िदमत करने वालों का हुजूम आज पहले से भी ज़्यादा है। लेकिन वज़ीर ख़ानम के ज़माने में इन इबादतगाहों में सुबह पौ फटने से लेकर रात के दूसरे पहर तक भजन-कीर्तन और ग्रंथ साहब के जाप और पाठ होते रहते थे। पुजारियों और भक्तों के गाने की आवाज़ें चांदनी चौक की ज़िंदगी और चहल-पहल में इज़ाफ़ा करती थीं और दूर-दूर तक पाकीज़गी और बंदगी का समां बांधती रहती थीं।

गुरुद्वारे से आगे बढ़ें तो दाईं तरफ़ को वह जगह मिलती थी जिसे आज फ़व्वारा कहते हैं। वज़ीर ख़ानम के ज़माने में यहां फ़व्वारा या हौज़ कुछ नहीं था, चांदनी चौक के आम अंदाज़ पर दुकानें थीं और ऊपर रिहाइशी मकान थे। उनके सामने वह मशहूर मस्जिद थी जिसे सुनहरी मस्जिद कहते हैं। इसी मस्जिद के सहन में दोपहर के वक़्त नादिरशाह तलवार खींचकर बैठ गया था और ये दिल्ली के क़त्लेआम का इशारा था, जिसमें एक एहतियात भरे अंदाज़े के मुताबिक़ चंद घंटों में तीस हज़ार जानें गई थीं।

वज़ीर का घर उस जगह पर वाक़े था जहां से लाल हवेली का उत्तरी दरवाज़ा नज़र आ सकता था अगर बीच में ख़ानम का बाज़ार और सैकड़ों मकान न होते। ख़ानम के बाज़ार की चहल-पहल ग़ैरमहसूस तौर पर चांदनी चौक की पुरजोश और रंग भरी और लुत्फ़ भरी हवाओं में ढलती रहती थी, जिस तरह इलाहाबाद के प्रयागराज में गंगा नदी के हल्के रंग और फैलाव और सुस्त रफ़्तार जमुना नदी की गहराइयों और तेज़ चाल और तेज़ हरे रंग से गले मिलती रहती है। वज़ीर के घर के ठीक सामने एक मस्जिद थी और यह मस्जिद भी सुनहरी मस्जिद के नाम से जानी जाती थी। वज़ीर के घर की दूसरी मंज़िल से मस्जिद का छज्जा और अंदरूनी मेहराबें और आते-जाते हुए नमाज़ी दिखाई देते थे। यह मस्जिद जावेद ख़ां ख़्वाजासरा, जिनका ख़िताब बहादुर ख़ां था, ने 1747 में बनवाई थी। यह मस्जिद दिल्ली की तमाम मस्जिदों से अलग इसलिए थी कि इसकी तामीर संगे-बासी से हुई थी। हल्की सियाही लिए सुर्ख़ रंग का यह पत्थर आमतौर पर बड़ी इमारतों में न लगाया जाता था, लेकिन इस मस्जिद में यह निहायत कामयाबी और हुस्न के साथ इस्तेमाल हुआ था। नवाब अहमदबख़्श ख़ां ने जब वह इमारत ख़रीदी (शायद 1816 में) जिसमें अब वज़ीर की रिहाइश थी तो उन्होंने इस मस्जिद की देखभाल, सफ़ाई, रोशनी, मरम्मत वग़ैरा का काम अपने ज़िम्मे ले लिया था और अब यही ख़िदमत नवाब शम्सुद्दीन अहमद ख़ां अंजाम देते थे।

एक बार अहमदबख़्श ख़ां और अमीनुद्दीन अहमद ख़ां जो उस वक़्त बहुत

कमउम्र थे, बग्घी में सवार सुनहरी मस्जिद के सामने से गुज़र रहे थे कि अचानक एक बेहद ताक़तवर मस्त हाथी बग़ल की गली से निकलकर उन पर हमला कर बैठा। एक घोड़ा और गाड़ीबान तो वहीं चल बसे और बग्घी चूर-चूर हो गई। नवाब और अमीनुद्दीन अहमद गाड़ी से गिरे तो सुनहरी मस्जिद की सीढ़ियां सामने थीं। हाज़िरदिमाग़ी को काम में लाते हुए नवाब ने अमीनुद्दीन अहमद को गोद में उठाया और मस्जिद की सीढ़ियां तेज़-तेज़ चढ़कर ऊपर महफ़ूज़ जगह पहुंच गए। उस वक़्त बहुत से लोगों ने कहा कि मस्जिद की निस्वार्थ ख़िदमत के बदले में अल्लाह ने नवाब और उनके बेटे की जानें बचा लीं।

उस साल का रमज़ान, फ़रवरी 1831 में पड़ा। निहायत ख़ुशगवार मौसम, आसमान बादलों और गर्दो-ग़ुबार से ख़ाली, शफ़्फ़ाफ़ हवा में आवाज़ें दूर तक जाती थीं। वज़ीर अगर ज़रा ध्यान से सुनती तो सुनहरी मस्जिद के क़ारी साहब की सुरीली तरावीह की आवाज़ सुन सकती थी। वज़ीर इस बात का ख़ास ध्यान रखती थी कि तरावीह के वक़्त घर में, जहां तक हो, कोई और काम न किया जाए और सब लोग सुनहरी मस्जिद की तरफ़ ध्यान मोड़ लें और लोग न सही पर वज़ीर बहरहाल मियां जाफ़र हुसैन के क़ुरआन पढ़ने पर कान लगाए रखती थी। क़ारी साहब ठहर-ठहरकर, निहायत मीठी आवाज़ में लहजे का ख़्याल रखते हुए, लेकिन बनावट से ख़ाली अंदाज़ में सवा या डेढ़ पारे क़ुरआन के सुनाते थे और उनकी आवाज़ वज़ीर के कलेजे में उतरती जाती थी। रोज़ा रखने वाले घर में कई लोग थे और जो रोज़ेदार नहीं भी थे वह बहरहाल रोज़े का सम्मान और इफ़्तारी का पूरा इंतज़ाम करते थे।

रमज़ान का सारा महीना पवित्र जश्न की तरह गुज़रा। ईद आई तो वज़ीर के लिए, उसके होने वाले बच्चे के लिए तोहफ़े-तहाइफ़, ईदियां, सिवइयां और जोड़े आए। उम्दा ख़ानम के अलावा नवाब यूसुफ़ अली ख़ां ने भी तोहफ़े भेजे। नवाब यूसुफ़ अली ख़ां ने तो वज़ीर का इतना ख़्याल किया कि उम्दा ख़ानम को साथ लिए-लिए ईद मिलने आए। इससे ज़्यादा लुत्फ़ की बात यह हुई कि हालांकि शम्सुद्दीन अहमद की बेगमों में से या उनकी तरफ़ से कोई नहीं आया, लेकिन उनकी दोनों बहनें नवाब बेगम और जहांगीरा बेगम ईद के चंद रोज़ पहले ईद मिलने आ गईं और बहुत देर तक ठहरीं। अपने भाई की तरह दोनों बहनें भी बेहद ख़ूबसूरत और बड़े रखरखाव वाली थीं। शराफ़त और अमीरी की शान उनकी रग-रग से टपकती थी। दोनों का क़द औसत से निकलता हुआ, बदन छरहरा, हाथ-पांव नाज़ुक, कुछ ज़रा सी बादामी शक्ल लिए हुए, हरियाली लिए बड़ी-बड़ी आंखें, रंग गुलाबी और बाल सुनहरे थे। नवाब बेगम के लिए कई रिश्ते आ चुके थे, लेकिन बात अभी कहीं ठहरी न थी। तीनों हसीनों में बहनापा फ़ौरन क़ायम हो गया।

ज़िल्हिज्ज की 12 तारीख़, जुमेरात का दिन, 2 बजे दिन का वक़्त और 1246

का साल था (मुताबिक़ 25 मई 1831) जब वज़ीर ख़ानम के यहां बेटे की पैदाइश हुई। मीरासनों, असीलों और हबीबा और राहत अफ़्ज़ा ने मुबारकबादियां गा-गाकर घर भर दिया। नवाब शम्सुद्दीन अहमद ने 10 ज़िल्हिज्ज को हस्बे-मामूल फ़ीरोज़पुर झिरका में मनाई थी। ग्यारहवीं ज़िल्हिज्ज को दिन चढ़े, ऊंटगाड़ियों पर सवार उनका क़ाफ़िला लोहारू के लिए निकल पड़ा। फ़ीरोज़पुर झिरका से तिजारी का फ़ासला आधी मंज़िल का था, लेकिन सिर्फ़ पगडंडियां और ऊसर ज़मीन थी। कहीं-कहीं कीकर और झड़बेरी के जंगल थे। ऊंटों के लिए यह रास्ता कुछ मुश्किल न था। तिजारी से लोहारू तक अच्छी चलती हुई सड़क थी जो आगे जाकर दो हिस्सों में बंट जाती थी। एक शाख़ रेवाड़ी को निकल जाती थी और दूसरी फ़रीदाबाद-सोहना होकर देहली चली जाती थी।

शाम से पहले-पहले नवाब शम्सुद्दीन अहमद लोहारू के क़िले में दाख़िल हो गए। उनके पहुंचते ही क़ुर्बानियां हुईं, गोश्त, इनाम-इकराम और लंगर बंटे। उस दिन शम्सुद्दीन अहमद के जी में जाने क्या आई कि अपनी सौतेली मां बेगम जान साहब के भी सलाम को हाज़िर हुए। उन्होंने दोनों छोटे भाइयों अमीनुद्दीन अहमद और ज़ियाउद्दीन अहमद को हज़ार-हज़ार रुपए ईदी में दिए, अपनी पांचों बहनों को जोड़े पहनाए और सवा-सवा सौ रुपए ईदी के हरेक के हाथ पर रखे। बेगम अम्मा साहब की ख़िदमत में उन्होंने मोतियों की पंचलड़ा माला पेश की। सिवइयां चखकर वो क़िले के अंदर ही मर्दाना हवेली में आए। रिआया के नज़रानों और सलाम की वसूली और इनाम बांटने की मसरूफ़ियत के बावजूद उनका दिल नहीं लग रहा था, क्योंकि वह देहली से बच्चे की पैदाइश की ख़बर के लिए बेचैनी से प्रतीक्षारत थे।

जब 12 ज़िल्हिज्ज की शाम तक कोई ख़बर न आई तो अगले दिन सुबह वह देहली के लिए निकल खड़े हुए और तीन दिन का सफ़र दो दिन में तय करके 15 ज़िल्हिज्ज 1246 यानी 28 मई 1831 को वो देहली पहुंचे। यहां .खुशख़बरी उनकी राह देख रही थी। हबीबा का भेजा हुआ हरकारा 26 मई को देहली से रवाना हुआ था, लेकिन रास्ते में कहीं उनका मेल न हो सका था।

वज़ीर ख़ानम ने बच्चे को पहली बार देखा तो एक लम्हे के लिए धक से होकर रह गई। बच्चा बहुत तंदुरुस्त, अच्छे हाथ-पांव का, नाक-नक़्शे से दुरुस्त लेकिन काले रंग का था। हालांकि .खुद छोटी बेगम का रंग बहुत दबता हुआ था और वह अच्छी-ख़ासी सांवली रंगत की थी लेकिन यह बेटा तो बिल्कुल ही हब्शी मालूम होता था, ख़ासकर इस वजह से कि वह .खुद तो काला था ही, उसके साथ-साथ उसके बाल भी घने, भारी और घुंघराले थे, वज़ीर के बालों की तरह बारीक और चमकीले न थे। थोड़ी देर तक ग़ौर से देखने और बच्चे को उठाने-लिटाने के दौरान हक़ीक़त कुछ अलग मालूम हुई। एक तो यह कि हब्शियों के बिल्कुल बरअक्स बच्चे की नाक

बिल्कुल सीधी और ऊंची थी, इतनी कि बचपन के फूले-फूले गालों के बावजूद दबती हुई न मालूम होती थी। उसकी पेशानी भी बुलंद थी और आंखें काली, बहुत बड़ी-बड़ी जिन पर लंबी पलकें झुकी हुई रहती थीं। आंखों और नाक के बाद उसकी चौड़ी कलाइयां और बहुत लंबी-लंबी नोकदार उंगलियां ध्यान को आकर्षित करती थीं। पांव की उंगलियां भी मामूली से ज़्यादा लंबी और सुडौल थीं।

उसके चेहरे पर होशमंदी और शऊर के निशान थे जो नवजात शिशु में आमतौर पर नहीं होते। पैदाइश के चंद ही घंटों के बाद वह बड़ी-बड़ी आंखें खोलकर हर उस शख़्स को देखने की कोशिश करता जो उसके जागने के आलम में उसे गोद में उठा लेता। ऐसे में उसका काला रंग और भी भला मालूम होने लगता। कुल मिलाकर बच्चे के चेहरे पर ग़ैर-मामूली दिलकशी और ज़िंदगी का चौंचालपन था। हबीबुन्निसा जो एक तरह से वज़ीर की पक्की आशिक़ थी, बच्चे को प्यार करते और चुमकारते न थकती और कहती थी कि ख़ानम साहब यह आप पर पड़ा है और देखिएगा बड़ा होकर आप ही जैसा हसीन निकलेगा।

वज़ीर की बहुत तमन्ना थी कि उसके बाप और बड़ी बेगम ज़चगी के पहले आकर मुझे देख जाएं और कुछ दुआ-तावीज़, झाड़-फूंक भी कर दें। लेकिन बार-बार कहलाने पर भी उनमें से किसी के कान पर जूं न रेंगी। पैदाइश की भी ख़बर उसने बाप और बड़ी बेगम को भिजवाई लेकिन इस बार भी दोनों के यहां से नहीं-नहीं वाला रंग था। वज़ीर को रंज तो बहुत हुआ लेकिन उनकी सर्दमिज़ाजी की वजहें उससे छुपी न थीं। उम्दा ख़ानम ही क्या कम थीं कि छोटी ने अपनी हरकतों से सारे ख़ानदान को बदनाम कर दिया था।

पैदाइश के कुछ ही देर बाद एक हाफ़िज़ जी को बुलवाकर बच्चे के कान में अज़ान दिलवा दी गई थी। पर नाम रखने के लिए नवाब का इंतज़ार था। फ़िलहाल तो सब लोग उसे 'बच्चे मियां' कहते थे, "बच्चे मियां को भूख लगी है," "बच्चे मियां जाग उठे हैं," वग़ैरा। बच्चे मियां साहब जब सोते न होते तो हर वक़्त किसी न किसी की गोद में सवार टुकुर-टुकुर सबको देखते होते। आख़िरकार 28 मई यानी 15 ज़िल्हिज्ज की शाम को नवाब देहली पहुंचे और सीधे चांदनी चौक आकर उतरे। वज़ीर को ख़ौफ़ था कि गोरे तुर्किस्तानी रंग वाले ख़ानदान में काले बच्चे की पैदाइश पर नवाब कहीं त्योरी न चढ़ा लें। लेकिन वह भूल गई थी कि न ख़ुद उसका रंग गोरा था और न ही शम्सुद्दीन अहमद की मां जो बहू ख़ानम कही जाती थीं, का रंग गोरा रहा होगा। अगर मान लें कि उनका रंग खुलता हुआ गेहुंआ रहा हो तो भी तुर्क बेगमों के रंग का मुक़ाबला कहां मुमकिन था। ख़ुद वज़ीर को अंग्रेज़ों का फीका शलजमी रंग या सफ़ेदी मिला लाल रंग बिल्कुल बेजान लगता था। इक्का-दुक्का अंग्रेज़ बीबियों को छोड़कर कि वो वाक़ई ख़ूबसूरत थीं, गोरी खाल की औरतें वज़ीर

को बिल्कुल बेनमक लगती थीं। एबी मेमसाहब जैसी ग़ैर-दिलचस्प और चमक-दमक से ख़ाली फ़िरंगनों से बेहतर तो वह रणथंभौर की क़बाइली औरतों को समझती थी, कि उनके बदन इस क़दर सुडौल और चेहरे ज़िंदगी की दमक से इस क़दर चमकते हुए होते थे कि बस। एबी जैसी फ़िरंगन को देखकर वज़ीर अपने दिल में शैख़ नासिख़ का शेर ज़रूर पढ़ देती थीः

हुस्न को चाहिए अंदाज़ो-अदा नाज़ो-नमक
लुत्फ़ क्या गर हुई गोरों की तरह खाल सफ़ेद

बच्चे मियां की पैदाइश के दो ही चार पहर बाद वह दिल ही दिल में उसे दुनिया का हसीनतरीन बच्चा समझने लगी थी। दाईपिलाई के मौजूद होते हुए भी वह चोरी-छुपे बच्चे मियां को थोड़ा-बहुत अपना दूध पिला दिया करती और हर तरह उसकी अल्लाह आमीन में लगी रहती थी।

नवाब शम्सुद्दीन अहमद ने बच्चे को देखा तो फूले न समाए। वज़ीर के वहम को झुठलाते हुए उन्होंने बच्चे मियां के रंग के बारे में एक हर्फ़ भी न कहा बल्कि यह कहकर तारीफ़ की कि बहू ख़ानम, यह बिल्कुल आप पर गया है। उन्होंने फ़ौरन ज़च्चा पर से इक्कीस सौ रुपए निछावर करके ग़रीबों को बांटे। फिर सब दाइयों, नौकरों और साथ जुड़े लोगों को मुट्ठी भर-भरकर रुपए बांटे। उन्होंने बच्चे मियां के कान में दोबारा अज़ान दी और कहा कि हम इनका नाम अपने मरहूम छोटे भाई के नाम पर मुहम्मद इब्राहीम अली ख़ां रखते हैं लेकिन पुकारने के लिए हम इन्हें 'नवाब मिर्ज़ा' पुकारेंगे क्योंकि हमें इनमें नवाबी और मिर्ज़ाई दोनों की शानें नज़र आती हैं। यह नाम 'नवाब मिर्ज़ा' इस क़दर प्रचलित हुआ कि बहुत जल्द ही सब लोग मुहम्मद इब्राहीम अली ख़ां को भूल गए और 'नवाब मिर्ज़ा' सबकी ज़बानों पर चढ़ गया।

□□

नवाब बेगम

दो साल गुज़र गए। और ये दो साल नवाब शम्सुद्दीन अहमद ख़ां की ज़िंदगी के सबसे उम्दा साल थे। रियासत पर उनका क़ब्ज़ा पहले से बेहतर था। फ़सलें अच्छी हुईं, व्यापारी उनके इलाक़े में ख़ूब आए। अपने अच्छे इंतज़ाम से उन्होंने अपनी रियासत की राहें ठगों, डाकुओं, बटमारों से बिल्कुल साफ़ कर दीं। फ़ख़रुद्दौला नवाब अहमदबख़्श ख़ां के ज़माने में इलाक़ों की वसूली तीन से पांच लाख रुपए सालाना थी। अब यह बढ़ते-बढ़ते सात से दस लाख सालाना हो गई थी। वज़ीर ख़ानम से उनकी मुहब्बत दिनोदिन बढ़ रही थी। नवाब मिर्ज़ा की ज़हानत, तबीयत की तेज़ी, शोख़ियों और मासूम महबूबियत ने बाप-मां, बल्कि सब ही देखने वालों के दिल मोह रखे थे। ग्यारह महीने की उम्र में नवाब मिर्ज़ा अच्छी तरह बोलने और बात समझने लग गए थे। दो साल की उम्र आते-आते उनको बहुत से अशआर याद हो गए थे

और उनकी तबीयत में लय और तान का अहसास इतना गहरा था कि ढाई साल की उम्र में उनमें अशआर और छोटे-मोटे गीत लहक-लहककर गाने की क्षमता विकसित होने लगी थी। फ़ारसी वो अभी रवानी से न बोल सकते थे लेकिन फ़ारसी बातचीत वह कमोबेश ठीक से समझ लेते थे क्योंकि नवाब शम्सुद्दीन अहमद उनसे बातचीत ज़्यादातर फ़ारसी में करते थे। हर महीने उनकी ख़ूबसूरती बढ़ती जाती थी, अपनी उम्र के बच्चों में वह अपनी मासूम शोख़ी और खिलंदड़ेपन के अलावा डीलडौल के लिहाज़ से कुछ अलग और ऊंचे लगते थे। सब लोगों को यक़ीन हो चला था कि जल्द ही अब नवाब शम्सुद्दीन अहमद अपनी चहेती बहू ख़ानम से निकाह कर लेंगे और रियासत की वलीअहदी के लिए नवाब मिर्ज़ा का नाम अंग्रेज़ी कंपनी और महाराजा अलवर के दरबारों में मंज़ूर करा लिया जाएगा।

इसी बीच नवाब शम्सुद्दीन अहमद खां ने अपनी बहन नवाब बेगम की शादी बहुत धूमधाम से की। हालांकि शादी की रस्में सब क़िला फ़ीरोज़पुर में अदा हुई थीं, लेकिन देहली शहर में भी एक हफ़्ते तक मौहताजों को लंगर खिलाया गया और तीन वक़्त खाने की सीनियां ख़ास-ख़ास दोस्तों और रिश्तेदारों के घर भिजवाई गईं। दूल्हा नवाब ज़ैनुलआबिदीन ख़ां आरिफ़ उन्नीस-बीस बरस का ख़ूबसूरत और आली-ख़ानदान लेकिन ज़रा पीले चेहरे वाला नौजवान था (बाद में उसे तपेदिक़ का मरीज़ पाया गया)। दूल्हा के वालिद शरफ़ुद्दौला नवाब ग़ुलाम हुसैन ख़ां मसरूर वल्द शरफ़ुद्दौला नवाब फ़ैज़ुल्लाह ख़ां बहादुर सोहराब जंग और नवाब शम्सुद्दीन अहमद ख़ां में क़रीबी रिश्तेदारी थी। यानी दूल्हे की वालिदा बुनियादी बेगम साहब के वालिद नवाब इलाहीबख़्श ख़ां मारूफ़ थे, जो नवाब अहमदबख़्श ख़ां के छोटे भाई थे, लिहाज़ा बुनियादी बेगम जो नवाब इलाहीबख़्श ख़ां की बड़ी बेटी थीं, नवाब शम्सुद्दीन अहमद की सगी चचाजाद बहन हुईं और बुनियादी बेगम का बेटा ज़ैनुलआबिदीन ख़ां चचाज़ाद भांजा नवाब शम्सुद्दीन अहमद का हुआ। लेकिन यह रिश्तेदारी यहीं पर ख़त्म न थी। ज़ैनुलआबिदीन ख़ां के परदादा नवाब क़ासिम जान थे, जिनके नाम पर देहली में गली क़ासिम जान अब भी है। शरफ़ुद्दौला का ख़िताब शाहज़ादा आलीगौहर ने उन्हें बिहार की एक लड़ाई में ख़ास सेवा के बदले दिया था। शाहज़ादा आलीगौहर उर्फ़ मिर्ज़ा बुलाक़ी उर्फ़ लाल मियां जब अबुल मुज़फ़्फ़र जलालुद्दीन आलीगौहर मुहम्मद शाहआलम सानी के नाम से तख़्त पर बैठे (1759) तो उन्होंने फ़रमान जारी किया कि शरफ़ुद्दौला का ख़िताब क़ासिम जान और उनकी जानशीन औलाद के लिए हमेशा के लिए मुक़र्रर किया जाता है।

क़ासिम जान तीन भाइयों में सबसे बड़े थे। सबसे छोटे भाई आरिफ़ जान थे जो अहमदबख़्श ख़ां के बाप, लिहाज़ा शम्सुद्दीन अहमद ख़ान के दादा थे। यहां यह बात भी बेमौक़ा न होगी कि बुनियादी बेगम की छोटी बहन उमराव बेगम का निकाह

मिर्ज़ा असदुल्लाह ख़ां 'ग़ालिब' से हुआ था और ज़ैनुलआबिदीन ख़ां आरिफ़ की मौत के बाद ग़ालिब और उमराव बेगम ने आरिफ़ की दूसरी बेगम के दोनों बच्चों को अपनी औलाद की तरह पाला।

सारी ख़ानदानी ऊंचाई और अच्छाई, बड़े बाप-मां की औलाद होना और पुश्तैनी अमीरज़ादगी के बावजूद ज़ैनुलआबिदीन ख़ां आरिफ़ की माली हालत कुछ बहुत मज़बूत न थी। उन्हें नवाब अहमदबख़्श ख़ां के ज़माने से ढाई सौ रुपए महीना नवाब के ख़ज़ाने से मिलता था और ज़ाहिर है कि वह नवाब शम्सुद्दीन अहमद ख़ान ने भी बरक़रार रखा था, और अब वही उनकी आमदनी का ख़ास ज़रिया था। वलीमे की दावत भी कहने को शरफ़ुद्दौला की तरफ़ से थी लेकिन वह सिर्फ़ नाम करने को खड़े-खड़े दावतगाह में हो आए थे। सारा इंतज़ाम और ख़र्च शम्सुद्दीन अहमद ख़ां ने किया था। दावत में विलियम फ्रेज़र को बुलाया गया था लेकिन वह शरीक न हुआ। वज़ीर ख़ानम भी किसी मौक़े पर शामिल न हुई पर शादी के बाद दूल्हा-दुल्हन उससे मिलने और दुआएं लेने के लिए चांदनी चौक के घर पर हाज़िर हुए थे।

मियां से न बनने की वजह से बुनियादी बेगम शौहर से अलग हो गई थीं। शरफ़ुद्दौला गुलाम हुसैन ख़ां ने कुछ मिल्कियत उनके नाम करके ज़ैनुलआबिदीन ख़ां की परवरिश और देखभाल भी उन्हें सौंप दी थी। ऐसी हालत में ज़ैनुलआबिदीन ख़ां की तालीम और (चूंकि वह मुस्तक़िल मरीज़ थे) उनका इलाज, दोनों ही अधूरे रहे। लेकिन ज़ैनुलआबिदीन ख़ां ने क़ुदरती सलाहियत की बिना पर फ़ारसी में बहुत अच्छी और अरबी, इतिहास, खगोल शास्त्र, फ़लसफ़े वग़ैरा में मामूली इल्म हासिल कर लिया था। उन्होंने अपना तख़ल्लुस आरिफ़ अपनी मां के दादा नवाब आरिफ़ जान के नाम पर इख़्तियार किया था और उमराव बेगम के ज़रिए शायरी के फ़न में मिर्ज़ा असदुल्लाह ख़ां के शागिर्द बहुत नौउम्री ही में हो गए थे।

हालांकि ज़ैनुलआबिदीन ख़ां से शम्सुद्दीन अहमद की बहन का रिश्ता ज़्यादातर उनकी आपसी और पुरानी रिश्तेदारियों की बिना पर हुआ था, दामाद के दुनियावी सम्मान और दौलत की बिना पर नहीं, लेकिन यह उम्मीद ज़रूर थी कि ज़ैनुलआबिदीन ख़ां को फ़ीरोज़पुर झिरका और लोहारू के इलाक़ों से कुछ न कुछ जायदाद मिल ही जाएगी और ज़ैनुलआबिदीन ख़ां को पुराने माहाना वज़ीफ़े के अलावा माली मदद भी मिलती रहेगी कि अब तो भरने के लिए एक से दो पेट थे और अल्लाह ने चाहा तो औलादें भी होंगी, और सबसे बढ़कर नई गृहस्थी के ख़र्च और वह भी अमीराना ख़र्च के लिए रुपया दरकार था।

एक बहन को ब्याहकर शम्सुद्दीन अहमद ख़ां एक बड़े फ़र्ज़ से फ़ारिग़ हो चुके थे और उन्हें उम्मीद थी कि दूसरी के भी सर सेहरा बांधने का फ़ख़्र और मुबारक घड़ी उन्हें बहुत जल्द नसीब होगी। शम्सुद्दीन अहमद को यह उम्मीद न थी कि

विलियम फ्रेज़र उनसे दिल में द्वेष न रखेगा और पुरानी बातें भूल जाएगा। रियासत के इंतज़ामी मामलों में छोटे-मोटे व्यवधान कंपनी बहादुर की तरफ़ से होते रहते थे। विलियम फ्रेज़र चूंकि गवर्नर जनरल बहादुर का एजेंट दरबारे-देहली होने के साथ-साथ देहली का कमिश्नर भी था और कमिश्नरी के नाते उसके दीवानी और फ़ौजदारी अधिकार और उसकी निगरानी में आने वाले इलाक़े बहुत लंबे-चौड़े थे, इसलिए उसे शम्सुद्दीन अहमद की बात को काट देने, नीचा दिखाने और उनके कामों में रुकावट डालने के मौक़े काफ़ी कुछ मिलते रहते थे। दोस्तों की महफ़िलों में अब उनकी मुलाक़ात न होती थी क्योंकि शम्सुद्दीन अहमद किसी ऐसी जगह न जाते थे जहां विलियम फ्रेज़र की मौजूदगी की गुंजाइश हो। फ़िरंगियों के बड़े दिन पर शम्सुद्दीन अहमद अलबत्ता फ्रेज़र के यहां जाने और उसकी मुलाक़ात और डाली पेश करने पर मजबूर थे। आम तरीक़े के ख़िलाफ़ फ्रेज़र की तरफ़ से जवाबी डाली बहुत मामूली होती थी लेकिन शम्सुद्दीन अहमद उसे क़ुबूल करने पर मजबूर थे।

नवाब मिर्ज़ा तीन साल के हो गए (मई 1834) और उनकी सालगिरह बड़े चाव और अरमान से मनाई गई। इसके साथ ही नवाब शम्सुद्दीन अहमद और फिर वज़ीर ख़ानम की ज़िंदगियों में तरह-तरह के ख़लल, उतार-चढ़ाव और उथल-पुथल पैदा होना शुरू हो गई। अव्वल तो लगता था कि ये मामूली बातें हैं। किसी बात का असर देर तक रहने वाला या कुछ ज़्यादा नुक़सानदेह न होगा। लेकिन एक के बाद एक चोटें पहले से भी सख़्त होती गईं। सबसे पहले तो नवाब शम्सुद्दीन अहमद ख़ां की नौब्याहता बहन नवाब बेगम यानी ज़ैनुलआबिदीन ख़ां आरिफ़ की बीवी बीमार रहने लगीं। कई हफ़्ते बाद पता चला कि उन्हें पेड़ू की तपेदिक़ है। शादी के दूसरे ही महीने उन्हें गर्भ ठहर गया था और अब ज़च्चा की जिस्मानी कमज़ोरी के सबब बच्चे की जान को डर था। या इससे बदतर गुंजाइश यह थी कि तपेदिक़ का असर गर्भस्थ बच्चे पर भी हो जाए और वह अपंग या ऐबदार पैदा हो। दूसरी मुश्किल यह थी कि नवाब बेगम की हड्डियां और ख़ासकर पेड़ू की हड्डियां टूटने की हद तक कमज़ोर और भुरभुरी हो रही थीं। ख़ौफ़ था कि बच्चे की पैदाइश दोनों के लिए मौत का सामान लेकर आएगी, और यही हुआ। अभी नवाब बेगम को सातवां महीना था कि उन्हें दर्द लगे और ख़ून का बहना शुरू हो गया। चौबीस घंटे के बहाव और पैदाइश के दर्द में न बच्चा सलामत रहा और न मां की जान बच सकी। उस वक़्त नवाब बेगम की उम्र बमुश्किल अठारह साल की थी।

□□

जहांगीरा बेगम

एक बहन के ग़म के साथ शम्सुद्दीन अहमद को दूसरी बहन जहांगीरा बेगम के हाथ पीले करने की फ़िक्र लग गई। पैग़ाम तो बहुत से आ रहे थे लेकिन कोई भी

शम्सुद्दीन अहमद की नज़र न चढ़ता था। अभी वह हर तरफ़ श्रृंगारिकाएं दौड़ा रहे थे और .खुदा की बारगाह में दुआ कर रहे थे कि जल्द ही यह बेल मंढे चढ़े। अचानक उन्हें परचा लगा कि फ़ीरोज़पुर झिरका और लोहारू की विरासत के बारे में लाट गवर्नर जनरल बहादुर के दरबार से कोई फ़ैसला अभी हाल तक हासिल न होने और साहब कलां बहादुर के बयानों और याददाश्तों पर वहां कोई तसल्लीबख़्श कार्रवाई न होने की वजह से नवाब रेज़ीडेंट ने बेसब्र होकर नवाब मुस्तताब सर चार्ल्स मैटकाफ़ साहब कार्यकारी गवर्नर जनरल बहादुर की ख़िदमत में एक सरकारी लेकिन निजी रुक़्क़ा भेजा है जिसमें इस बात की दोबारा और कुछ और ज़ोर देकर सिफ़ारिश की गई है कि शम्सुद्दीन अहमद को लोहारू से बेदख़ल किया जाए और फ़ख़्रुद्दौला दिलावरुलमुल्क नवाब अहमदबख़्श ख़ां रुस्तम जंग ने जो फ़ैसला रियासत की विरासत का किया था और जिस पर .खुद सर चार्ल्स मैटकाफ़ साहब बहादुर के भी दस्तख़त थे उसे फ़ौरन जारी किया जाए। दूसरी ख़बर यह थी कि इस रुक़्क़े की रवानगी पर बस न करके साहब कलां बहादुर ने फ़ख़रुद्दौला दिलावरुलमुल्क नवाब अहमदबख़्श ख़ां मरहूम के दूसरे बेटे नवाब अमीनुद्दीन अहमद ख़ां को (कि अब वह बालिग़ हो चुके थे) तमाम काग़ज़ों की नक़ल और तफ़्सीली बयान के साथ कलकत्ता भेजा है कि अपने मामले की पैरवी .खुद करें और मुक़द्दमे का फ़ैसला अपने हक़ में और भी जल्द कराने की कोशिश करें।

कुछ दिन बाद यह ख़बर भी शम्सुद्दीन अहमद को मिली कि चचाज़ाद बहनोई मिर्ज़ा असदुल्लाह ख़ां साहब ग़ालिब ने कलकत्ते में अपने दोस्तों और जानकारों को अमीनुद्दीन अहमद ख़ां के बारे में तआरुफ़ी और सिफ़ारिशी ख़त भेजे हैं कि वो विरासत के मुक़द्दमे का फ़ैसला अमीनुद्दीन अहमद ख़ां के हक़ में कराने के लिए कोशिश करें। शम्सुद्दीन अहमद को यह बात बहुत बुरी लगी कि मिर्ज़ा नौशा भाई साहब ने हमारी रिश्तेदारी का भी ख़्याल न किया और आपसी मतभेदों को दुश्मनी का रंग देकर दुनिया के सामने बीच बाज़ार में ला खड़ा किया। उनके वज़ीफ़े का फ़ैसला तो मरहूम वालिद साहब .खुद फ़रमा गए थे, और अगर वह मेरे बाप थे तो अमीनुद्दीन अहमद और ज़ियाउद्दीन अहमद के भी बाप थे लिहाज़ा शिकायत का मौक़ा अगर था तो सिर्फ़ मुझसे न था। और अमीनुद्दीन अहमद ने किसी लफ़्ज़ या काम से कभी इशारा भी न दिया था कि अगर लोहारू उन्हें मिल गया तो वो मिर्ज़ा नौशा का वज़ीफ़ा बढ़वा देंगे। मिर्ज़ा साहब तो अपने मुक़द्दमे में कलकत्ते तशरीफ़ ले जा चुके और वहां से ख़ाली हाथ, महज़ एक नाक और दो कान के साथ वापसी भी फ़रमा चुके थे। अब उन्हें अमीनुद्दीन अहमद की तरफ़दारी और मेरे विरोध से क्या नफ़ा हो सकता था, यह वही जानें। लेकिन मिर्ज़ा नौशा भाई साहब से इस बारे में शिकवा करने का कुछ हासिल था नहीं, बल्कि अपनी हेठी ही थी। तीर बहरहाल

अब कमान से निकल चुका था।

इस बात की गुंजाइश है कि रेज़ीडेंटी से जो ख़त विरासत के मुकद्दमे में अभी-अभी भेजे गए थे उनका संदर्भ सामने आ जाने, और साहब कलां बहादुर को चढ़ाने-सिखाने से अमीनुद्दीन अहमद के कलकत्ता भेजे जाने की ख़बर के भी सामने आने में विलियम फ़्रेज़र का इशारा रहा हो। और भेद के यूं खुलने का मक़सद शम्सुद्दीन अहमद को ज़लील और शर्मिंदा करना हो। इस गुंजाइश की तस्दीक़ इस बात से होती थी कि उसी ज़माने में शहर में यह अफ़वाह गश्त करने लगी थी कि साहब कलां बहादुर ने नवाब शम्सुद्दीन अहमद की बहन जहांगीरा बेगम के लिए पैग़ाम दिया है कि हमारा निकाह इन बेगम से हो जाए तो कंपनी बहादुर विरासत के मुक़द्दमे में शम्सुद्दीन अहमद के दावे पर हमदर्दी से ग़ौर कर सकते हैं।

इन अफ़वाहों के नतीजे में शम्सुद्दीन अहमद को बेहद शर्मिंदगी नसीब हो रही थी। ये बातें उसके दिलो-जान में बिच्छू के कांटे की तरह खटक पहुंचा रही थीं। फ़्रेज़र पर उसका बस चल न सकता था और न ही यह बात साबित हो सकती थी कि इन अफ़वाहों और हरकतों में उसका हाथ है। देहली छोड़कर फ़ीरोज़पुर जाकर रहने में कुछ तौहीन भी थी और समस्याओं का हल भी न था। यह तो मुमकिन था कि किसी मौक़े पर शम्सुद्दीन अहमद आम मजमे में विलियम फ़्रेज़र को ज़लील करें और इसके लिए गालियों और अपशब्द क़िस्म के अल्फ़ाज़ बेधड़क इस्तेमाल करें। इसमें एक तरह की नैतिक जीत तो उन्हें हासिल होती और दिल भी उनका कुछ ठंडा होता। लेकिन यह कोई देर तक रहने वाला हल न था बल्कि तात्कालिक हल भी न था। बस चार दिन की सनसनी होती। हां देहली के बेफ़िक्रों को क़हवाख़ानों और जुए के फड़ों और बटेरबाज़ी या मुर्ग़बाज़ी की पालियों जैसी भोंडी जगहों पर गप और नई अफ़वाहें उड़ाने का मौक़ा ज़रूर हाथ आ जाता। लेकिन यह भी हो सकता था कि नवाब के सख़्त और तौहीनआमेज़ बर्ताव पर फ़्रेज़र के मुहाफ़िज़ हरकत में आ जाते और शम्सुद्दीन अहमद पर तलवार या गोली चला देते। लिहाज़ा विलियम फ़्रेज़र को सरे-आम गालियां देने या दिलवाने में नवाब के दिल की खौलन ज़रूर थोड़ी देर के लिए कम हो जाती पर कोई और फ़ायदा इसमें न था। नुक़सान की गुंजाइश बहरहाल थी।

इसी ज़माने में एक ऐसा वाक़ेआ हुआ जिसने नवाब शम्सुद्दीन अहमद की आंखों के आगे ख़ूनीं गुबार का एक पर्दा खींच दिया और क़रीब था कि वो तलवार खींचकर फ़्रेज़र पर हमला कर दें। ये जुलाई 1834 के बीच के दिन थे। उस साल बरसात ख़ूब हुई थी। सारी देहली पर तरह-तरह के हरे रंगों के गुब्बारे और झंडियां सी उड़ती नज़र आती थीं। गली-कूचों में भी लोगों के लगाए हुए पौधे, ख़ूब बहार दे रहे थे। बक़ौल मिर्ज़ा नौशा—

है ये बरसात वो मौसम कि अजब क्या है अगर
मौजे-हस्ती को करे मौजे-हवा मौजे-शराब
एक आलम पे हैं तूफ़ानी-ए-कैफ़ीयते-फ़स्ल
मौजा-ए-सब्ज़ा-ए-नौख़ेज़ से ता मौजे-शराब

एक शाम विलियम फ्रेज़र का जुलूस हवाख़ोरी के लिए बल्लीमारान और गली क़ासिम जान की तरफ़ जा निकला (मुमकिन है 'जा निकला' दुरुस्त न हो और विलियम फ्रेज़र ने जानबूझकर फ़ीलबान से कहकर हाथी का रुख़ शहर के उस हिस्से की तरफ़ मोड़ा हो और उसके दिल में नवाब शम्सुद्दीन अहमद के ख़िलाफ़ कोई गंदा इरादा पहले से रहा हो। परचानवीसों ने उसे ख़बर दे रखी थी कि शम्सुद्दीन अहमद देहली ही में हैं और इस वक़्त अपनी बल्लीमारान वाली हवेली में रह रहे हैं)। जिस वक़्त फ्रेज़र का हाथी गली क़ासिमजान में हवेली हुसामुद्दीन हैदर के फाटक पर पहुंचा, उसी वक़्त नवाब शम्सुद्दीन अहमद अपने दोस्त मुज़फ़्फ़रुद्दौला नासिरुलमुल्क मिर्ज़ा सैफ़ुद्दीन हैदर ख़ां बहादुर सैफ़ जंग के हाथ में हाथ डाले हवेली के फाटक से बाहर आ रहे थे। फ्रेज़र का हाथी साढ़े तीन गज़ ऊंचा, उस पर डेढ़ हाथ बुलंद हौदा, फ्रेज़र गोया आसमान से बातें कर रहा था। शम्सुद्दीन अहमद लंबे क़द के थे और मिर्ज़ा सैफ़ुद्दीन हैदर का क़द उनसे भी ज़्यादा था। लेकिन ज़ाहिर है कि पहाड़ जैसे हाथी के सामने दोनों छोटे क़द के बल्कि बौने लग रहे थे। और यूं भी बैठे हुए के आगे खड़े हुए को अपने अंदर नुक़्स और कमी का अहसास होता है।

फ्रेज़र ने हाथी रुकवाया और बनावटी .ख़ुशदिली के लहजे में बोला, "मुज़फ़्फ़रुद्दौला। दिलावरुलमुल्क। तस्लीमात गुज़ारिश करता हूं।"

नवाब शम्सुद्दीन अहमद से पहले सैफ़ुद्दीन हैदर का नाम लेने में शम्सुद्दीन अहमद की तौहीन का इशारा था। सैफ़ुद्दीन अहमद हालांकि जातीय उच्चता और ख़ानदान के पुरानेपन के लिहाज़ से बुज़ुर्गतर थे, लेकिन शम्सुद्दीन अहमद भी बहरहाल बाप की तरफ़ से सैयद थे और एक बहुत बड़ी स्वाधीन रियासत के मालिक थे हालांकि सैफ़ुद्दीन हैदर की रईसी की बुनियाद अब महज़ चंद मकानों, दुकानों और चंद गांवों पर टिकी थी। शम्सुद्दीन अहमद ने ख़ून का घूंट पीकर एक सलाम किया और जवाब में कहा, "नवाब रेज़ीडेंट बहादुर, .ख़ुदा आपको सलामत रखे। ख़ूब मुलाक़ात हुई। बंदगी अर्ज़ करता हूं।"

फ्रेज़र के चेहरे पर बनावटी मुस्कुराहट उसी तरह बरक़रार थी। लेकिन अब उसका लहजा पहले की तरह साफ़ न था बल्कि फ़िरंगी अंदाज़ लिए हुए था, "और दिलावरुलमुल्क, जहांगीरा बेगम अब कैसी हैं? सुना था कि दुश्मनों के नसीब से उनका मिज़ाज नासाज़ है। जी चाहे तो नूरबाग़ में झूले डलवा दिए जाएं, वहां तशरीफ़ ले आएं, दिल बहल जाएगा।"

एक आलम इस बातचीत को सांस रोके हुए सुन रहा था। और नवाब शम्सुद्दीन अहमद का तो यह हाल था कि आंखों से शोले बरस रहे थे। लेकिन काटो तो लहू नहीं बदन में। दिल्ली से कुछ बाहर आज़ादपुर में स्थित नूरबाग़ एक वक़्त में फ़ख़रुद्दौला दिलावरुलमुल्क नवाब अहमदबख़्श ख़ां रुस्तम जंग यानी नवाब शम्सुद्दीन अहमद के बाप की मिल्कियत था। यह वह ज़माना था जब अलवर के तख़्त के लिए बलवंत सिंह और विनय सिंह के धड़ों में खींचतान थी और नवाब अहमद बख़्श ख़ां का रुझान बलवंत सिंह की तरफ़ था। नवाब अहमदबख़्श ख़ां के रसूख से घबराकर विनय सिंह ने चंद मेवातियों को अहमदबख़्श ख़ां के क़त्ल पर तैनात किया कि नवाब न रहेंगे तो बलवंत सिंह का हाथ कमज़ोर पड़ जाएगा। हमलावर जब क़त्ल पर मुस्तैद हुए तो उस वक़्त नवाब अहमदबख़्श ख़ां आज़ादपुर में थे और नूरबाग़ की बारादरी में आराम कर रहे थे। एक क़ातिल दीवार फांदकर अंदर पहुंचा और उसने नवाब पर तलवार चला दी। वो तो कहिए कि वार ओछा गया और नवाब की सिर्फ़ एक छंगुलिया कट गई। उसी वक़्त अहमदबख़्श ख़ां के मुहाफ़िज़ों ने क़ातिल को आ लिया और इस तरह क़त्ल की साज़िश नाकाम हो गई।

इस वाक़ए के नतीजे में नवाब अहमदबख़्श ख़ां का दिल नूरबाग़ से इस क़दर फिर गया कि उन्होंने उसे जनरल अख़्तरलोनी के हाथ औने-पौने बेच दिया। अख़्तरलोनी की मौत के बाद उसकी मुसलमान बीवी मुबारकुन्निसा बेगम ने यह बाग़ विलियम फ़्रेज़र के रिश्ते के भाई साइमन फ़्रेज़र के हाथ और भी कम दामों में बेच दिया। साइमन फ़्रेज़र उन दिनों देहली में सिटी मजिस्ट्रेट और विलियम फ़्रेज़र का नायबे-ख़ास था।

जहांगीरा बेगम का नाम यूं लेना, और वह भी भरे बाज़ार में ग़ैरों के सामने, ऐसी तौहीन थी जिस पर तलवारें निकल आतीं तो नामुनासिब न था। पर्दानशीन शरीफ़ औरतों का नाम ग़ैरों की ज़बान पर आना ख़ानदान की इंतेहाई ज़िल्लत समझा जाता था क्योंकि इसके मानी ये थे कि उस बीबी और नाम लेने वाले में आशनाई है या आशनाई न सही, यह पर्दानशीनी की शान के ख़िलाफ़ था कि किसी शरीफ़ज़ादी का नाम ग़ैर मर्द की ज़बान पर आए। फिर नाम लेने वाला अंग्रेज़ हो और वह भी विलियम फ़्रेज़र जैसा बदनाम अय्याश अंग्रेज़, तो सबके लिए डूब मरने जैसी बात थी। फ़्रेज़र या कोई भी ग़ैर जहांगीरा बेगम का नाम भी न लेता, सिर्फ़ यह पूछ देता कि आपकी बहन साहब कैसी हैं, तो यह भी बेइंतेहा ख़फ़गी का सबब था।

बाग़ की सैर की दावत यूं ही अपमानजनक थी, फिर उस दावत की बात ही क्या जो इस तरह दी गई थी गोया शम्सुद्दीन अहमद की बहनों के लिए नूरबाग़ की सैर रोज़ का नहीं तो हफ़्ते-अशरे का नियम ज़रूर रहा हो। नूरबाग़ के ज़िक्र में भी कई इशारे थे। इशारे क्या, ज़हर में बुझे हुए कांटे थे जो शम्सुद्दीन अहमद के कानों में

चुभोए गए थे। नूरबाग़ तुम्हारे बाप की मिल्कियत रही होगी, लेकिन अब हमारी मिल्कियत है। जिस जगह जहांगीरा बेगम के बाप पर क़ातिलाना हमला हुआ था वहां अब जहांगीरा मौज-मस्ती और अठखेलियां करने आती थी या आ सकती थी। एक इशारा यह भी था कि तुम जैसों के घराने की औरतों के लिए शहर या क़िले के अंदर कोई बाग़ नहीं, शहर से दूर अंग्रेज़ के बाग़ में मुंह छुपाकर आओ तो आओ।

शम्सुद्दीन अहमद के चेहरे पर एक रंग आता, एक रंग जाता था। उन्होंने एक क़दम आगे बढ़ाकर तलवार के क़ब्ज़े पर हाथ रखा ही था कि सैफ़ुद्दीन हैदर ख़ां ने उनकी कोहनी मज़बूती से पकड़ी और मुंह ही मुंह में कहा, "रुक जाओ, क्या करते हो।" नवाब शम्सुद्दीन अहमद ख़ां ने एक गहरी सांस ली, फिर आहिस्ता-आहिस्ता एक ज़रा सी सिसकी के साथ सांस को बाहर निकाला फिर पूरे इत्मीनान से पीठ मोड़कर हवेली हुसामुद्दीन हैदर के फाटक की ऊंची दहलीज़ चढ़ने लगे गोया फ्रेज़र और उसका जुलूस और जहांगीरा के बारे में उसका सवाल, इन बातों का वजूद ही न हो। इसमें फ्रेज़र की तौहीन थी, लेकिन शम्सुद्दीन अहमद की जो हतक उसने की थी उसके आगे इस तौहीन में कुछ वज़न न था। फ्रेज़र हल्की सी ज़हरीली मुस्कुराहट मुस्कुराया, "मुज़फ़्फ़रुद्दौला बहुत सूझ-बूझ वाले और दूरदर्शी शख़्स हैं, माशाअल्लाह। बंदगी अर्ज़ करता हूं।" बहुत साफ़ लहजे में ये जुमले कहकर उसने अपना हाथी आगे बढ़ाने का इशारा किया। थोड़ी देर में जुलूस आगे निकल गया और उसके जाते ही ऐसा महसूस हुआ जैसे दरो-दीवार, छत और मकान, हाज़िर लोग सबने इत्मीनान की सांस खींची हो। नवाब शम्सुद्दीन अहमद ने बल्लीमारान की अपनी हवेली में सवारी मंगवाई और उसमें बैठकर चांदनी चौक के लिए चल पड़े।

वज़ीर ख़ानम ने नवाब के तमतमाए हुए चेहरे और बदन में ज़रा सी कंपकपी से समझ लिया कि कोई अनहोनी हुई है, और यह उसकी और भी गहरी सूझ थी जो उसने ख़्याल किया कि फ्रेज़र साहब का कुछ मामला है।

"क्यों, ख़ैर तो है, क्या रेज़ीडेंट साहब से कोई बात हो गई?" उसने नवाब के हाथों को अपने हाथों में लेकर पूछा। "अल्लाह आपके हाथ तो बिल्कुल बर्फ़ हो रहे हैं, ऐसा भी अपना जी क्या हल्कान करना। छोड़िए। जो हुआ उसे भूल जाइए।"

"कैसे भूल जाऊं। मेरे तो सीने में दौं सी दहक रही है। जी चाहता है अभी जाकर हरामज़ादे की गर्दन उड़ा दूं।"

अब तो वज़ीर घबरा गई, "ऐ है, भला क्या हुआ, कुछ कहिए तो सही। यूं ग़ुस्सा नहीं करते। ज़रा ठंडे हूजिए। नवाब मिर्ज़ा को खिलाई बाहर ले गई है। उन्हें बुलवाए देती हूं, आपका जी बहल जाएगा।"

"इन बहलावों से कुछ न होगा छोटी बेगम, अब मैं यह क़िस्सा ख़त्म करके ही रहूंगा।"

"अच्छा, कुछ मालूम तो हो किस बात ने आपको इस क़दर बेदिमाग़ कर दिया। लीजिए, शर्बत मुलाहिज़ा कीजिए," उसने राहत अफ़्ज़ा को आवाज़ देकर शर्बत अनार मंगवाया। "मैं पंखा झलती हूं, आप आराम चौकी पर पांव फैलाकर दराज़ हूजिए। मैं आपकी जूतियां उतारे देती हूं, क़बा के बंद ढीले किए देती हूं।"

यह कहते-कहते वज़ीर ने सर उठाया तो वह यह देखकर हक्की-बक्की रह गई कि नवाब की आंखों में आंसू मचल रहे थे। एक पल को वह सकते में आ गई कि अब क्या करूं, कैसे इन्हें तसल्ली दूं। नवाब शम्सुद्दीन अहमद कुर्सी की पुश्त से पीठ लगाकर, पांव फैलाकर नीमदराज़ हो गए तो वज़ीर ने जल्दी से अपने आंचल से उनका मुंह पोंछा, यानी यह ज़ाहिर न होने दिया कि वह उनके आंसू सुखा रही है। बड़े इसरार से उसने शर्बत के दो घूंट नवाब को पिलाए और बोली, "अब बता तो दीजिए कि बात क्या हुई?"

"बात क्या होती," शम्सुद्दीन अहमद ने ठंडी सांस भरकर कहा। "हमारे सितारे अब गर्दिश में हैं। लगता है सही रास्ता ही भूल गए हैं। आज भरे बाज़ार में उस दलाल हरामी ने मेरी पगड़ी उछाल दी।"

"ख़ुदा ख़ैर करे। ऐसा कहां हो सकता है, उसकी यह हिम्मत तो न थी।"

"बस हो ही गया। कह दिया न कि सितारे नामुआफ़िक़ हों तो अच्छी बात भी ख़राब असर देती है। मैं आज शाम सैफ़ुद्दीन हैदर के यहां उनकी बीमारपुर्सी को गया था। बारे उनकी तबीयत अब ठीक निकली। वह अपना हाथ मेरे हाथ में देकर अपनी हवेली के दरवाज़े तक मुझे पहुंचाने आए थे कि यह वाक़ेआ हो गया।"

फिर नवाब ने पूरे वाक़ए की तफ़्सील बताई और कहा, "मैंने एक बार आपसे कहा था न कि जिस तरह चचा-भतीजे के रिश्ते को दफ़्न कर रहा हूं उसी तरह फ़्रेज़र को भी एक दिन ज़मीन में गाड़ दूंगा। मालूम होता है वह दिन आ गया है। अब मैं उसकी जान लिए बग़ैर न रहूंगा।"

"सरकार, आपको ख़ुदा-रसूल का वास्ता, यूं न कहिए और न सोचिए। भला सबसे पहले तो यह ग़ौर फ़रमाइए कि आज के वाक़ए की जड़-बुनियाद क्या है।"

"क्या मतलब? फ़्रेज़र के कमीनेपन के सिवा और जड़-बुनियाद क्या हो सकती है?"

"सो तो ठीक फ़रमाते हैं, सरकार। लेकिन बंदी का मतलब यह है कि सबसे पहली बात इस वक़्त जहांगीरा बीबी की है। उनकी इज़्ज़त और हिफ़ाज़त सब पर अव्वल है।"

"तो फिर? आप कहना क्या चाहती हैं?" शम्सुद्दीन अहमद ने माथे पर बल डालकर पूछा।

"मैं अर्ज़ करती हूं कि कोई मुनासिब वर देखकर जहांगीरा बेगम के हाथ पीले

कर दीजिए, जल्द से जल्द। हो सके तो एकाध महीने में यह मुबारक काम हो जाना चाहिए। आख़िर सारी बात यहीं से तो निकली है। आज जहांगीरा बेगम अपने घर की होतीं तो वह सूअरख़ोर, मरने जोगा मुस्टंडा ऐसी बात क्योंकर कह सकता था। अव्वल तो सारी दुनिया जानती है कि हमारी जहांगीरा बीबी की पाकीज़गी की फ़रिश्ते क़सम खाते हैं। लेकिन जब उनकी शादी हो जावेगी तो वह बात हमेशा-हमेशा के लिए तोप दी जावेगी।"

नवाब ने फ़िक्रमंद लहजे में जवाब दिया, "बात तो आपकी कुछ ठीक लगती है, लेकिन कोई रिश्ता भी तो हो।"

"ओहो, आप जैसे को जहांगीरा बेगम जैसी चंदे आफ़्ताब चंदे माहताब बहन के लिए रिश्तों का क्या अकाल। बस ज़रा ध्यान से देखने की ज़रूरत है।"

"ठीक है, बात समझ में आती है। मैं बहुत जल्द जहांगीरा का इंतज़ाम कर दूंगा। लेकिन उस नाबकार को सज़ा पहले दूंगा। मैं अभी रेज़ीडेंटी को जाता हूं।"

यह कहते-कहते नवाब उठ खड़े हुए, ख़ुद ही जूतियां पहनीं, क़बा के बंद दुरुस्त किए और सीढ़ियों से खट-खट उतरते चले गए। वज़ीर "आपको ख़ुदा-रसूल की क़सम, आपको अपने बच्चों का वास्ता, सुनिए तो सही, वहां न जाइए" कहती ही रह गई।

□□

हमें खुले मैदान में आंधी-पानी ने आ लिया

शम्सुद्दीन अहमद ने घोड़ा गाड़ी में क़दम रखते ही गाड़ीबान से कहा, "रेज़ीडेंटी चलो। अभी, इसी वक़्त।"

गाड़ीबान कशमकश में पड़ गया। "आलीजाह, कुछ असाबरदार, कुछ बरछैत साथ ले लें?" उसने डरते-डरते पूछा। "यहीं, बल्लीमारान की हवेली से मिल जाएंगे।"

शम्सुद्दीन अहमद के जी में आया कि गाड़ीबान को एक चाबुक मार कर कहे, "तेरा काम मशवरा देना नहीं, तामील करना है," लेकिन इस वक़्त उनकी अक़्ल उनके दिल पर हावी आ गई। वह एक लम्हा चुप रह कर बोले, "ठीक है। मगर जल्दी करो, वक़्त कम है।"

शम्सुद्दीन अहमद पर हर तरफ़ से मनहूसियत की बारिश होने लगी थी और वह बेछतरी-सायबान थे। वह इस अरबी कहावत की तस्वीर थे कि जब क़ज़ा (मौत) क़रीब आ जाती है तो लंबी-चौड़ी जगह भी तंग हो जाती है। उनके ऊपर देहली की सरज़मीन के तंग हो जाने का वक़्त आ गया था। अगर वह उस वक़्त रेज़ीडेंटी न जाते तो भी अंजाम शायद वही होता। लेकिन वहां जाकर उन्होंने अपने मनहूस अंजाम की तरफ़ एक क़दम और उठा लिया।

कोई डेढ़-दो घड़ी में शम्सुद्दीन अहमद, उनके साथ में दो सवार और दाएं-बाएं

चार बरछैत रेज़ीडेंटी के फाटक पर पहुंचे तो उन्होंने फाटक को बंद पाया। शम्सुद्दीन अहमद ख़ां अपने पुराने ख़्यालों में थे कि खुले हुए फाटक से दनदनाते हुए अंदर चला जाऊंगा या अगर फाटक बंद भी पाया गया तो डांट-डपटकर खुलवा लूंगा। लेकिन फ्रेज़र तो एक काइयां था ही और शम्सुद्दीन अहमद के बारे में बचपन से ही जानता था कि शम्सुद्दीन अहमद जितना गर्ममिज़ाज, ज़िद्दी और जल्दबाज़ है उतना ही निजी बहादुरी, जुरअतमंदी और जंगी हिम्मत से भरपूर है। लिहाज़ा कुछ अजब न था कि शाम के वाक़ए के बाद वह रेज़ीडेंटी में किसी वक़्त भी आ धमके और फ्रेज़र से किसी न किसी बहाने भिड़ जाए। लिहाज़ा उसने बचाव का क़दम उठा लिया था और ऐसा इंतज़ाम किया था, जिसमें अपनी हिफ़ाज़त के अलावा शम्सुद्दीन अहमद को ज़लील करने का सामान भी हो सके।

बंद फाटक के पीछे मुहाफ़िज़ख़ाने के दो पहरेदार हमेशा की तरह दुगाड़े कंधों पर लिए खड़े थे। फ़र्क़ सिर्फ़ यह था कि फाटक खुला नहीं था और वो फाटक के दोनों सिरों पर न थे, बल्कि बंद फाटक के पीछे और बीच में थे। उनके साथ चार बक्सरिये हथियारबंद, कंधों पर फ्रांसीसी क़राबीन रखे खड़े थे, इस तरह कि इन छह ने फाटक के पूरे फैलाव पर क़ब्ज़ा कर लिया था और अगर फाटक ज़ोर से या किसी तरकीब से खोल भी लिया जाता तो उन संतरियों को रास्ते से हटाकर ही आगे बढ़ना मुमकिन था।

"क्या बात है, फाटक क्यों नहीं खोलते? देखते नहीं, सरकार मुलाक़ात को तशरीफ़ लाए हैं," शम्सुद्दीन अहमद के एक सवार ने आगे बढ़कर मुलायमियत मगर मज़बूती के लहजे में कहा।

वहां तो सब सधे हुए थे। एक संतरी ने चालाक मुस्कुराहट मुस्कुराकर जवाब दिया, "हमारी क्या मजाल जो फाटक न खोलें, लेकिन साहब कलां बहादुर सुख कर गए हैं। उनके हुक्म के बग़ैर हम किसी को अंदर न आने देंगे।"

"सुख कर गए हैं" अल्फ़ाज़ शम्सुद्दीन अहमद के कानों में तेज़ाब बनकर टपके। 'सो जाने' के लिए यह मुहावरा सिर्फ़ बादशाह ज़ी-जाह के लिए बोला जाता था। दूसरों के लिए मनाही न थी लेकिन एक रस्म सी बन गई थी और क़िले के बाहर यह मुहावरा रिवाज में भी न था। उस दो टके के मामूली ख़ानदान वाले फ़िरंगी की यह मजाल कि हमारे बादशाह दींपनाह के लिए जो जुमला इस्तेमाल होता है उसे ये हथिया ले। मुल्क तो ये लोग लिए ही जा रहे हैं, अब हमारे ख़ास रोज़मर्रे और मुहावरे भी अपने लिए इस्तेमाल करने लगे। लेकिन शम्सुद्दीन अहमद ने उस वक़्त झगड़ा न बढ़ाने में ही बेहतरी जानी और बोले, "शाहबाज़ ख़ां, इससे कहो कि अंदर जाकर ख़बर करे।"

"जी जनाब," कहकर शाहबाज़ ख़ां ने यही बात संतरी से इन लफ़्ज़ों में कही

कि वलीनेमत फ़रमाते हैं अंदर जाकर इत्तेला की जाए और फाटक के खुलवाने का बंदोबस्त किया जाए।

बक्सरिया कुछ इस अंदाज़ से मुस्कुराया गोया वह अंदर की कोई बात जानता हो जो किसी और को ख़ासकर आने वालों को बिल्कुल मालूम न थी। "जी, बहुत अच्छा" कहकर वह इत्मीनान से चलता हुआ कोठी की तरफ़ बढ़ा, यहां तक कि मोड़ पर से ओझल हो गया। फिर एक-दो पल में ही वापस आकर उसने कहा, "खान साहब, बड़े साहब का हुकुम है कि नवाब साहब पैदल हो जाएं तो अकेले ही अंदर आ सकते हैं।"

शाहबाज़ ख़ां ने यह बात दबे-दबे लहजे में शम्सुद्दीन अहमद से कही तो उन्होंने कुछ ठहरकर जवाब दिया, "नवाब रेज़ीडेंट को इत्तेला दी जाए कि हम पैदल हो जाएंगे, लेकिन दो बरछैत साथ होंगे। हम अपने मुहाफ़िज़ों के बग़ैर कहीं नहीं जाते।"

नवाब शम्सुद्दीन अहमद की बात बक्सरिये ने .ख़ुद सुन ली, क्योंकि इस बार नवाब की आवाज़ ख़ासी बुलंद थी। बक्सरिया उसी तरह वापस गया और उसी तरह जल्द लौट आया। उसने कहा, "नवाब साहब अपने बरछैतों के साथ आ सकते हैं।" यह कहकर उसने पहरेदार को इशारा किया कि फाटक खोल दिया जाए। फाटक खुला, नवाब गाड़ी से उतरे और दाएं-बाएं बरछैतों को लिए अंदर बढ़ते चले गए। पहरेदारों और सिपाहियों ने झुककर सलाम करते हुए रास्ता दे दिया। एक बरछैत ने दस्ती रोशन कर ली थी, लेकिन दूसरे हाथ में नंगा बरछा बदस्तूर रहने दिया था। दूसरे के दोनों हाथों में बरछा था।

इस बात का तो अंदेशा न था कि अंधेरी, बादलों वाली, उतरती हुई रात और अंदरूनी सड़क के दोनों तरफ़ के घने पेड़ों, झाड़-झाड़ियों और आमतौर पर हरियाली के हरे रंग मिले अंधेरे का फ़ायदा उठाकर पैदल चलते हुए नवाब को बेख़बरी में मार लिया जाएगा, लेकिन दोनों बरछैत हर तरह से चौकन्ने थे और नवाब के बिल्कुल पास-पास, लगभग उनके बदन से बदन मिलाए हुए, उनके आगे-पीछे चल रहे थे। एक ज़रा दाईं तरफ़ था, दूसरा कुछ बाईं तरफ़। दस्ती लेकर चलने वाला बाईं तरफ़ था और वो नवाब के कुछ आगे इस तरह चल रहा था कि रोशनी रास्ते पर तो पड़े लेकिन नवाब का जिस्म प्रायः अंधेरे में रहे। .ख़ुद नवाब गर्दन सीधी किए नपे-तुले क़दम रख रहे थे। उनको पैदल हो जाने पर मजबूर करके फ़्रेज़र ने पहली चाल तो जीत ली थी लेकिन उनके .ख़्याल में अभी कई मोहरे बिसात पर थे। वो इसी .ख़्याल में गुम चले जा रहे थे कि फ़्रेज़र का सामना होने पर मुझे क्या करना चाहिए।

कोठी का बाहरी बरामदा और उसकी सदर सीढ़ियां सामने आ गईं। लेकिन वहां न कुछ रोशनी थी, न कोई नौकर जिससे ख़बर कराई जाती। किसी ख़ानसामां या .ख़ुद फ़्रेज़र का स्वागत के लिए खड़े हुए मिलने का तो .ख़ैर ज़िक्र ही क्या था। जिस

बरछैत के हाथ में दस्ती थी वह नवाब के साथ आगे-आगे सीढ़ियां चढ़ा कि सदर दरवाज़े पर लगी कुंडी को हिलाए। अब एक बरछैत बरामदे के नीचे, खुली जगह पर तारों से ख़ाली आसमान तले अंधेरे में अकेला था। एकाएक पीछे से दो तंदुरुस्त मेवातियों ने आकर उसे बांध लिया। उसने पांव जमाना चाहा लेकिन दुश्मन ज़बरदस्त था, पांव कब जमाने देता। कुछ ज़ोर करके दोनों ने बरछैत का पांव उखाड़ा और उसे ज़मीन से ज़रा ऊपर उठाकर कहा, "ख़ां साहब, बस चुपचाप फाटक पर वापस चले चलो, नहीं तो जान की ख़ैर नहीं।"

नवाब और दस्तीबरदार ने चौंककर देखा। अचानक एक और मेवाती ने अंधेरे से निकलकर बिन्नौट का ऐसा दांव मारा कि बरछैत की दोनों कोहनियों पर तीखी चोट पड़ी; दर्द इतना सख़्त था गोया कोहनियां टूट ही जाएंगी। एक झटके के साथ बरछैत के बाजू सीधे हुए, मुट्ठियां खुलीं और दोनों बरछे खड़खड़ाते हुए ज़मीन पर आ गिरे। बरछैत के मुंह से ज़ोर की सिसकारी निकली और उसने कोहनी की चोट खाई हड्डियों को सहलाना चाहा, लेकिन उंगलियों में जान न आ पाई। उसी वक़्त दरबार कमरे का दरवाज़ा खुला और दो तिलंगों ने नवाब के साथ वाले बरछैत को निहत्था करके उसे भी कस लिया। बत्ती ज़मीन पर गिरी, उसका फ़ानूस टूट गया, हवा के हल्के झोंके और ज़मीन पर गिरने की धमक ने दस्ती की शमा को बुझा दिया, अब बरामदे में लगभग पूरी तरह से अंधेरा था और नवाब शम्सुद्दीन अहमद गोया दुश्मन की ज़मीन पर तन्हा खड़ा था। दोनों बरछैतों को उनके हमलावर तेज़-तेज़ धकेलते बल्कि लगभग दौड़ाते हुए फाटक की तरफ़ ले जा रहे थे, मुश्कें कस लिए जाने और पांव उखड़ जाने के बाद आज़ाद होने की कोशिश बेकार थी, उनके पांव ज़मीन पर इस तरह टिके हुए थे, जिस तरह किसी भारी जानवर की गर्दन, कमर और पुट्ठे बांधकर उसे ज़मीन पर घसीटते फिरते हैं। दोनों बरछैत शर्मिंदगी से आंखें बंद किए हुए थे और नवाब की तरफ़ रुख़ करने की भी कोशिश नहीं कर रहे थे।

शम्सुद्दीन अहमद ने यह बात फ़ौरन समझ ली थी कि हमें पैदल करने और सिर्फ़ बरछैत अंदर लाने पर इसरार दरअसल साज़िश थी, ताकि हमें आसानी से तन्हा और निहत्था कर दिया जाए। अब इसके बाद जो भी सुलूक हो, मुमकिन है मुझे गोली मार दें और फिर बहाना कर दें कि हम समझे थे कोई चोर अंदर घुस आया है, उनके बरछैत जो इस ज़िल्लत के साथ बाहर दौड़ाए जा रहे थे, उन्होंने "बचाओ बचाओ!" की आवाज़ एक-दो बार इस उम्मीद से उठाई कि हमारी आवाज़ शायद नवाब के दूसरे सिपाहियों तक पहुंचे और वो दौड़कर अंदर आ जाएं और नवाब को बचा लें, लेकिन एक तो उनकी आवाज़ बाहर तक पहुंच नहीं रही थी और अगर पहुंच भी जाती तो सब बेकार था, क्योंकि नवाब के अंदर आते ही फाटक फ़ौरन बंद कर दिया गया था और छह पहरेदार वहां पहले की तरह तैनात थे।

नवाब ने तलवार निकाल ली और बरामदे के एक बड़े खंभे से पीठ लगाकर खड़े हो गए। जब नवाब के बरछैतों के घिसटते हुए क़दमों की आवाज़ ग़ायब हो गई तो कमरे में रोशनी हुई, उसका दरवाज़ा फिर खुला और विलियम फ्रेज़र रात में सोने वाला लिबास पहने हुए नमूदार हुआ।

"भतीजे, ये तुम हो! इस तरह तलवार सूंते हुए अंधेरे में... मैं अगर तुम्हें चोर या क़ातिल समझकर गोली मार दूं तो...? नहीं, मैं तो गोली न चलाता, लेकिन ये संतरी हरामज़ादे परले सिरे के अहमक़ हैं," वह हंसा। "लेकिन तुम यहां इस वक़्त क्या करने आए?"

शम्सुद्दीन अहमद ने ज़हरीली हंसी के साथ कहा, "विलियम फ्रेज़र चचा जान से मुलाक़ात करने के लिए कोई वक़्त या मौक़ा ज़रूरी तो न था!"

"क्यों, क्या शाम की मुलाक़ात काफ़ी नहीं थी?"

"उसी का तो हिसाब बेबाक़ करने आया हूं," शम्सुद्दीन अहमद ने एक क़दम आगे बढ़कर कहा। उनकी तलवार उठी हुई थी।

फ्रेज़र ने ताली बजाई। छह हथियारबंद सिपाही नमूदार हुए, गोया इशारे का इंतज़ार कर रहे हों, दो ने झपटकर शम्सुद्दीन अहमद का दायां और बायां बाज़ू थामा, दो आगे और पीछे इस तरह खड़े हो गए कि शम्सुद्दीन अहमद को हरकत करने की जगह न रही, पीछे वाले एक तिलंगे ने हाथ बढ़ाकर कहाः "नवाब साहब, यह तलवार गुलाम को दे दें," शम्सुद्दीन अहमद थोड़ा बाएं घूमे, गोया पैंतरा बदल रहे हों, फिर उन्होंने तलवार वाला हाथ नीचे करके अचानक उसे बुलंद किया और फिर तलवार यूं घुमाई कि तिलंगे का कंधा निशाने पर आ गया, अगर इंतेहाई महारत दिखाते हुए नवाब ने बिल्कुल आख़री वक़्त पर अपना हाथ हल्का न कर लिया होता तो तलवार कम से कम चार अंगुल कंधे में उतर जाती। इस वक़्त तो बस यह हुआ कि तलवार की धार तितली जैसी आहिस्तगी से तिलंगे के कंधे पर बैठी और मुह्के के कपड़े को काटती हुई, कंधे पर ख़ून की एक बारीक सी लकीर छोड़ गई।

"आइंदा ऐसी गुस्ताख़ी की, तो तेरी ज़बान के टुकड़े करके तेरे हलक़ में ठूंस दूंगा," शम्सुद्दीन अहमद ने सर्द लहजे में कहा। तिलंगा जो पहले ही सहमकर दो क़दम पीछे हट गया था, हाथ जोड़कर और सर झुकाकर बोला, "सरकार मालिक हैं।"

"साहबज़ादे, बहुत ख़ूब!" फ्रेज़र ने क़हक़हा लगाकर कहा। "आख़िर हो न दिलावरुलमुल्क रुस्तम जंग के बेटे!" वह अचानक ख़ुश्क और संजीदा हो गया, "लेकिन अब यह खेल ग़ैर दिलचस्प होता जा रहा है। मुनासिब तो यह था कि यहां के पहरेदार तुम्हारी गर्दन में हाथ देकर तुम्हें कोठी से बाहर कर देते, लेकिन मैं सुलहपसंद और मुरव्वत करने वाला आदमी हूं, लिहाज़ा सिपाही तुम्हें घेरे में लेकर फाटक तक पहुंचाएंगे, वहां के पहरेदार तुम्हारा बाज़ू थामकर तुम्हें सवार करा देंगे।

चलो। बस अब मैं ज़्यादा का रवादार नहीं।"

यह कहकर फ्रेज़र ने पीठ मोड़ी, सिपाहियों ने नवाब के गिर्द घेरा और तंग कर लिया लेकिन शम्सुद्दीन अहमद ने गरजकर कहा, "ठहरो!"

फ्रेज़र ने बेपरवाही के अंदाज़ में घूमकर नवाब की तरफ़ देखा, "अच्छा, अब तुम्हें और क्या लेना है?" उसने बेज़ारी से हाथ हिलाकर कहा।

"विलियम फ्रेज़र, तुमने आज दो बार मेरी हतक की है, आज तो मैं यह तलवार म्यान में रख लेता हूं लेकिन जल्द ही तुम्हारा बदन इसकी म्यान होगा और तुम्हारा ख़ून इसके लिए लिबास..."

फ्रेज़र ने क़हक़हा मारा, "दुल्हनापे के लिबास के लिए तो जहांगीरा बेगम ज़्यादा..."

शम्सुद्दीन अहमद ने तलवार लहराकर अपने सामने वाले बक्सरियों को तितर-बितर कर दिया और क़रीब था कि उनका अगला वार फ्रेज़र पर पड़ता, लेकिन फ्रेज़र शायद इसके भी इंतज़ार में था। उसने तेज़ी से कमरे में दाख़िल होकर दरवाज़ा बंद कर लिया और वहीं से बुलंद आवाज़ में चीख़ाः "यह शख़्स मुझे जान से मारने पर आमादा है! देखते क्या हो, इसे धक्के देकर बाहर निकाल दो!"

फ्रेज़र की आवाज़ सुनकर कई लठैत और बरक़ंदाज, जो शायद आवाज़ के इंतज़ार में थे, हर तरफ़ से दौड़ते हुए निकले और सब के सब मिलकर शहद की मक्खियों की तरह शम्सुद्दीन अहमद को लिपट गए। नवाब ने पीछे हटना चाहा कि तलवार चलाने को कुछ जगह खुले, लेकिन बेकार, एक हमलावर को शम्सुद्दीन अहमद ने ज़ख़्मी किया लेकिन फिर एक लठैत ने दूर से लठ चलाकर नवाब की दाईं कलाई को निशाना बनाया। तलवार हाथ से छूटकर पांव के सामने गिरी। फिर यह मौक़ा कहां था कि झुककर तलवार दोबारा हथवांसी जाए। शम्सुद्दीन अहमद निहत्था, पांव किसी के हाथ में और हाथ किसी के हाथ में की सूरत कर दिया गया, इस खींचा-तानी में नवाब की आस्तीन एक जगह से चाक हो गई और एक पांव की जूती निकल गई। उसी हालत में गिरते-पड़ते नवाब शम्सुद्दीन अहमद को फाटक के बाहर पहुंचा दिया गया।

□□

ऐश चाहते हैं मगर ग़म की जानिब चलते हैं

शम्सुद्दीन अहमद को ज़रा भी ख़बर न हुई कि कब रास्ता कटा और कब उसे वज़ीर ख़ानम के घर पहुंचा दिया गया। उसे यह भी ख़बर न थी कि चांदनी चौक पहुंचाए जाने का हुक्म उसने ख़ुद दिया था या उसके मुहाफ़िज़ों ने यह फ़ैसला किया। शम्सुद्दीन अहमद का बदन तख़्ते की तरह अकड़ा हुआ था, आंखें पथराई हुई गोया उसे कुछ नज़र न आ रहा हो, गर्दन एक तरफ़ को झुकी हुई थी, वज़ीर ने उसकी

हालत देखी तो सर पीट लिया कि हाय अब क्या करूं, किस तरह इन्हें होश में लाऊं। किसी हकीम को, यहां तक कि हकीम अहसनुल्लाह ख़ां को भी बुलवाना मस्लेहत के ख़िलाफ़ था क्योंकि बात के फैल जाने का अंदेशा था और यह बात तो साफ़ थी कि नवाब के बदन पर कहीं ज़ख़्म न था और न ही उनकी नब्ज़ डूब रही थी। रेज़ीडेंटी में मिज़ाज के ख़िलाफ़ कोई बात हुई होगी, फिर बात बढ़ गई होगी और नवाब को नागवार लगी होगी, ज़रूरत उनके दिल पर से सदमा और तबीयत पर से आघात के असर को हटाने की थी।

किसी न किसी तरह पलंग पर ले जाकर वज़ीर और हबीबा ने वफ़ादार की मदद से नवाब की क़बा और पगड़ी उतारी, पांव के गर्दो-गुबार को साफ़ किया, हल्के गर्म पानी में तर किया हुआ रूमाल उनके मुंह पर फेरा कि कुछ ताज़गी पैदा हो, वफ़ादार और मुबारक क़दम ने नवाब के पांव के तलवों पर नर्म कपड़े से हल्के झांवे करने शुरू किए और वज़ीर ने बड़ी मुश्किल से उनका भिंचा हुआ मुंह थोड़ा सा खोलकर अर्क़े-बेदे-मुश्क के चंद क़तरे टपकाए। जब शम्सुद्दीन अहमद के बदन का तनाव कुछ कम हुआ और आंखें सीधी हुईं तो लेटे ही लेटे उनके पांव पलंग के नीचे लाकर उनको देर तक गुनगुने पानी से बार-बार तर किया गया। ये काम ख़त्म होते ही दोनों पांवों को मलमल के दुपट्टे से सुखा कर पलंग पर सीधा फैलाकर चादर से ढक दिया गया ताकि गुनगुने पानी की नाजुक गर्मी बरक़रार रहे और गर्मी भी ज़्यादा न लगे।

धीरे-धीरे शम्सुद्दीन अहमद को ग़शी जैसी नींद आ गई, सारे घर में सन्नाटा था गोया कोई बला नाज़िल होने वाली हो और घर के सभी लोग दम साधे हुए दिल ही दिल में बला को टालने के लिए दुआ कर रहे हों। दुआएं तो बहरहाल पढ़ी जा रही थीं। नवाब को नींद आ जाने के बाद हबीबा ने मुसल्ला संभाल लिया था और लगातार दुआएं और वज़ीफ़े पढ़े जा रही थी। राहत अफ़्ज़ा दरूद शरीफ़ पढ़-पढ़कर नवाब के सर और सीने पर दम कर रही थी, वफ़ादार मुबारक क़दम जो थोड़ा-बहुत लिख-पढ़ लेती थीं, दुपट्टे को सर और मुंह पर लपेटे दालान में चांदनी पर बैठी हुई रिहल पर क़ुरआन मजीद खोले हुए टटोल-टटोलकर सूरा-ए-रहमान पढ़ रही थीं, दूसरी असील कुंवर रानी जो हिंदू थी, माश के दाने और लाल मिर्च नवाब पर वार कर चूल्हे में डालकर उठते हुए धुएं को ग़ौर से तक रही थी, गोया उसमें कोई शक्ल नज़र आ जाएगी। एक और असील जो अपने गोरे चंपई रंग, बादाम की सी आंखों और चपटी नाक की वजह से कुछ-कुछ मुग़ल तुर्कन सी लगती थी, हालांकि उसका क़द छोटा और जिस्म नाजुक था, और जो अपनी .ख़ुशमिज़ाजी और भोले-भाले लहजे के कारण सबको भली लगती थी, एक कोने में सिकुड़ी बैठी अपने जंगलों के देवता और नदियों की रूहों को याद करके दुआ कर रही थी कि नवाब अच्छे हो जाएं, उसका नाम विनीसी था। उसे कामरूप के इलाक़े के पहाड़ों से कोई उठा लाया था

और यहां देहली के बाज़ार में बेच गया था। नवाब मिर्ज़ा की पैदाइश पर जब मोटे कामों के लिए किसी नौउम्र और अच्छी शक्ल-सूरत की दाई की ज़रूरत हुई तो नवाब का ख़ानसामां उसे बहुत तलाश के बाद ख़रीद लाया था।

वज़ीर चुपचाप नवाब के पास पलंग पर बैठी हुई अपने दिल की दहशत दूर करने के लिए नादे-अली की दुआ पढ़ रही थी। उसे यक़ीन था कि नवाब चंगे हो जाएंगे, लेकिन यह डर भी उसके दिल में यक़ीन की तरह बस गया था कि हम दोनों की ही ज़िंदगी में अब कई इंक़लाब आने वाले हैं। उसे नवाब की वफ़ा पर कोई शक न था और न ही उसे फ्रेज़र का कुछ ख़ौफ़ था, लेकिन कहीं कुछ बात हो गई थी जो नवाब और वज़ीर, दोनों की ज़िंदगी की दीवार को अंदर ही अंदर घुन की तरह चाटने लगी थी, और यह सारा राज-पाट, सारी ख़ूबसूरती, इश्क़-आशिक़ी, सारी उम्मीदें और उमंगें चंद दिन में रुख़सत होने वाली थीं।

उसे मार्स्टन ब्लेक याद आया। वह भी कुछ इसी तरह उससे रुख़सत हुआ था और भरोसे से भरपूर था कि बस अभी वापस आऊंगा और बहरहाल तुम लोगों की हिफ़ाज़त का पूरा इंतज़ाम करके जाता हूं। उस बार तो मेरे दिल में कुछ ख़तरे भी न थे, कुछ शक और वहम भी न थे, फिर ब्लाक साहब मुझसे छूटे और किस बेदर्दी से छूटे और फिर मेरे बच्चे...? अब अल्लाह रखे, नवाब मिर्ज़ा मेरे साथ हैं, दो बच्चों के लिए तो एक तरह से मैं रो ही चुकी हूं, उनकी ख़बर तो कभी-कभी आती रहती थी लेकिन यह बात साफ़ न थी कि उनके दिल में मां के लिए कोई जगह ख़ाली थी, और न उनके अभिभावक और मौजूदा वारिस टिंडेल भाई-बहन ही चाहते थे कि कभी-कभी सही लेकिन वो अपनी मां से मिलें, बाक़ायदा हर महीने, छठे-छमाहे मिलने का भला क्या सवाल था, और मैं...? ख़ुद मेरे दिल में अब क्या उनके लिए वही हूक और बेक़रारी है जो अल्लाह रखे नवाब मिर्ज़ा के लिए है... क्या इसलिए कि वो ग़ैर ख़ून हैं, फ़िरंगी हैं, क्रिस्टान हैं? लेकिन ब्लाक साहब तो अब भी मुझे याद हैं, उस ज़ख़्म की तरह जो भर गया हो लेकिन जिसका निशान बाक़ी हो और जो उस ज़ख़्म की यादगार भी हो और दिल को मोह लेने वाली निशानी भी हो...

...न मुझे कोई दुआएं आती हैं न कोई अमल और वज़ीफ़े जानती हूं जिनका सहारा लेकर होनी को अनहोनी करने की कोशिश करूं। पंडित नंद किशोर... हां, पंडित नंद किशोर को कल बुलवा भेजूंगी, अगर यह रात ख़ैरियत से कटी और अगर वह शहर में हुए... उस हरामज़ादे फ़िरंगी की दुश्मनी लेकर मेरे नवाब साहब ने बुरा किया, मगर वह करते भी तो क्या करते, मामला सिर्फ़ एक मेरा नहीं, उनकी इज़्ज़त का भी है। मैं तो एक हक़ीर, नाचीज़, बेऔक़ात, बेक़ीमत चींटी हूं, और ये लोग ताक़त के नशे में चूर आंधियां हैं जो अपने आगे किसी को नहीं टिकने देना चाहते। क्या मालूम मरहूम नवाब अहमदबख़्श ख़ां साहब की बड़ी बेगम या उनके लोग मेरे

नवाब साहब के ख़िलाफ़ कुछ दुआएं पढ़वा रहे हों, कुछ अमल-रमल करा रहें हो कि इनका पतन हो तो उनका उत्थान हो। लोहारू वाले .खुद को असल और मेरे नवाब को कम असल समझते हैं और बड़े नवाब साहब ने भी हिस्सा अलग कर दिया था। अगर मेरे नवाब साहब ने उनकी वसीयत पर अमल किया होता...

क्या तक़दीर का लिखा मिट सकता है, या बदल सकता है? यह बात न होती तो कोई और बात पैदा हो जाती, अगर मेरा घर-बार उजड़ना ही है, अगर मेरे वारिस को मुझसे छूटना ही है, अगर मेरी लाश को तन्हा ही क़ब्र तक जाना है तो यह न सही कोई और शिकायत पैदा हो जाती। लोहारू वाले क्या हैं और फ्रेज़र क्या है लेकिन अगर मेरी सूरत ऐसी न होती... और यह सूरत भी कै दिन की है और सूरत का अच्छा होना भी अच्छा लगने पर निर्भर है, असल बात तो यही है। मर्दों को तो खेलने के लिए, तोड़ने-फोड़ने के लिए, छोड़ने-भुलाने के लिए खिलौने भी दरकार हैं और घर के अंदर मामाएं, असीलें और ख़ादिमाएं भी चाहिएं, लेकिन मैं तो कहीं की नहीं हूं, सच पूछो तो मेरा कोई घर भी नहीं है...

...लेकिन मैं भी क्या भोली हूं कि एक ज़रा से वहम को लेकर इतनी लंबी-लंबी बातें सोच बैठी हूं। अभी तो यही नहीं मालूम कि क्या बात हुई है और मेरे नवाब साहब पर क्या गुज़री है। क्या ज़रूरी है कि फ्रेज़र साहब ही से कुछ बिगड़ी हो, पहले यह ठीक तो हो जाएं, फिर बाक़ी बातें समझी जाएंगी।

वह रुक-रुककर नादे-अली पढ़ती तो कभी क़ुरआन की आख़री आयतें पढ़कर नवाब के जिस्म पर दम करती, कभी-कभी उसे घबराहट चढ़ती कि कहीं फ्रेज़र अपने सिपाहियों को लेकर चढ़ता न चला आ रहा हो, ज़ाहिर है कि यह ख़ौफ़ बिल्कुल बेबुनियाद था और यूं भी उसका घर बहुत महफ़ूज़ था। वो बरछैत और सोंटाबरदार जो नवाब साथ ले गए थे, अब वापस जा चुके थे और शायद बल्लीमारान वाली हवेली में थे। उन्होंने नवाब की हालत के तईं एक लफ़्ज़ भी न कहा था, लेकिन उनके चेहरों पर हवाइयां उड़ रही थीं। दो बरछैत निहत्थे लगते थे, अगर फ्रेज़र के यहां कोई बुरी बात हुई होगी तो वह लोग .खुद से तो कुछ कहेंगे ही नहीं, और अगर उनको मार-मारकर उल्टा लटका दिया जाता तो भी वो राज़ को न खोलते, लेकिन बुरी बात भी क्या हो सकती थी, नवाब तो बज़ाहिर कहीं से घायल न थे और न उनके बदन के लालो-जवाहर कुछ कम हुए थे, इसलिए यह तो मुमकिन न था कि डाकुओं या फ्रेज़र के सिपाहियों ने हमला करके उन्हें लूट लिया हो, लेकिन यह तो हो सकता है कि नवाब ने फ्रेज़र को जहांगीरा के बारे में कोई सख़्त बात कह दी हो। इसी ग़रज़ से तो वो फ्रेज़र के यहां गए थे, और फ्रेज़र ने अपने नौकरों से उन्हें पिटवाया हो. .. हां, ये तो हो सकता है, लेकिन फिर इसका सवाल नहीं कि फ्रेज़र के सिपाही या कंपनी के कमीदान मेरे घर पर चढ़ आएं और फ़र्ज़ किया कि आए भी तो क्या

हम लोग आसानी से नवाब को या अपने को उनके हत्थे चढ़ने देंगे, मुझे जान लेना नहीं आता, जान देना तो आता है, और मेरी उर्दाबेगनियां ख़ंजर, तलवार, पिस्तौल ही नहीं, हाथों और पावों, यहां तक कि सर को भी हथियार बना लेती हैं।

लेकिन नवाब मिर्ज़ा? क्या यह अक़्लमंदी न होगी कि नवाब मिर्ज़ा को यहां से हटवा दूं? लेकिन कहां भेजूं? मंझली बाजी के यहां भेज सकती हूं लेकिन ले कौन जाएगा और क्या जाने इस वक़्त बाहर के रास्ते जोखिम से ख़ाली हों कि न हों... फिर अगर मैं एक असील और एक मुहाफ़िज़ के साथ उन्हें भेज भी दूं तो यहां मेरे नवाब के लिए मुहाफ़िज़ कम पड़ सकते हैं। तौबा यह कहां की दानाई है कि अच्छे ख़ासे बे-ख़तर घर से अपने बच्चे को निकाल कर उसे ग़ैरों के हवाले कर दूं कि वो उसे बाज़ार, गली-कूचों में लिए फिरें और अगर नवाब किसी वक़्त होश में आकर नवाब मिर्ज़ा को पूछेंगे तो मैं क्या जवाब दूंगी? अल्लाह मेरे वारिस को अच्छा कर दे और अच्छा रखे और हर आफ़त से बचाए, वो हैं तो सब कुछ हो जाएगा, जो नहीं हैं वो तो जो भी है वो जाएगा। दिल ही दिल में उसके अंदर शर्म की लहर दौड़ गई और उसने मुहब्बत भरी निगाह से शम्सुद्दीन अहमद को देखा, वो अब बाईं करवट सो रहे थे, एक हाथ तकिये के ऊपर फैला हुआ था, गोया कुछ तलाश कर रहे हों। वज़ीर ने फैले हुए हाथ की हथेली पर दोबारा हल्के-हल्के झावां करना शुरू किया और अपने ख़्यालात को झटककर फिर नादे-अली पढ़ने लगी।

रात न मालूम कितनी देर में गुज़री। शायद वज़ीर की भी आंख झपक गई थी। राहत अफ़्ज़ा तो बेशक वहीं पट्टी से लगी-लगी सो गई थी और हबीबा और दूसरी क़ुरआन पढ़ने वाली औरतें अपने-अपने मुसल्लों पर झुकी हुई मुड़कुरी मारकर सो रही थीं। कुंवर रानी और विनीसी और उर्दाबेगनियां अलबत्ता अब तक जाग रही थीं। वज़ीर उस वक़्त चौंकी जब सुनहरी मस्जिद में अज़ान हुई और फिर दूसरी मस्जिदों से अज़ान की आवाज़ें आने लगीं। जैन मंदिर, गौरी-शंकर मंदिर और गुरुद्वारा सीसगंज में शंख और घंटों और झांझनों का शोर था। घर के अंदर उजाला धीरे-धीरे फैल रहा था। आंगन में लाल और पिद्दियों ने हल्की-हल्की सीटी और क़ुमरियों ने कू-कू शुरू की, उनकी आवाज़ सुनकर गौरैयों, कबूतरों, हुदहुदों और मैनाओं को भी मालूम हो गया कि घर में लोग जाग उठे हैं या जागने वाले हैं और आंगन में हमारे लिए दाना-पानी मुहैया किया जा रहा होगा, अपनी-अपनी बोलियां बोलते हुए, चुपचाप सबकी टुकड़ियां दोनों आंगनों में उतरने लगीं। कुछ देर बाद कौओं ने भी इधर-उधर से ताक लगाना शुरू कर दिया। रात के चिराग़ और फ़ानूस जो बुझाए नहीं गए थे, अब फीके पड़ गए थे, लेकिन उनके फीकेपन में उदासी का रंग न था। अचानक ऐसा महसूस होने लगा था कि पिछली रात की मनहूस बला दफ़ा हो गई है। ख़ुद घर भी ताज़ादम और खिला-खिला महसूस होने लगा था। थोड़ी ही देर में

नीचे बाज़ार में भिश्तियों, ख़ोमचे वालों और घर-घर घूमकर मक्खन-मलाई, कचौरियां, कबाब बेचने वालों की आवाज़ों से सारा शहर जाग उठा, सआदत ख़ां की नहर पर हवा अठखेलियां भर रही थी और .खुशबूदार फूलों की झाड़ियों का साया धीरे-धीरे पानी पर लहरा रहा था, इस वक़्त शहर की हवा में वह इत्मीनान, वह ताक़त और वह ऊर्जा व ताज़गी थी कि लगता था यह देहली अब भी आलमगीर की हुकूमत में है, मुहीउस्सुन्नतवद्दीन औरंगज़ेब शहंशाहे-हिंदुस्तानो-दकन की सवारी अभी-अभी औरंगाबाद दकन से पहुंची है और देहली दरवाज़े से होकर हवेली मुबारक में जलवा अफ़रोज़ हो रही है। फ़िरंगी, मराठा, अब्दाली, दुर्रानी का कहीं दूर-दूर तक पता नहीं, दिल्ली अब भी हिंदुस्तान का दिल और दुनिया की जान है, और यह सब रोशनी, यह सब लहर-बहर, यह सुकून और भरोसा इसी वजह से है कि महाबली का साया सब पर रोशन है जैसा कि मिर्ज़ा ग़ालिब के फ़ारसी शेर में है: मैंने पूछा कि बताओ देहली क्या है, जवाब मिला कि जान है और दुनिया उसका बदन।

शम्सुद्दीन अहमद की आंख खुली तो उन्होंने देखा कि वज़ीर ख़ानम मुझ पर झुकी हुई नर्म रूमाल से मेरी पेशानी और चेहरा पोंछ रही है, दूसरे हाथ में गुलाब की शीशी है, बड़ी-बड़ी आंखों में बेचैनी की हल्की सी घटा है, लेकिन चेहरे पर ज़हनी थकान के आसार के बावजूद .खुशी की हल्की सी रोशनी भी है।

"तस्लीमात अर्ज़ करती हूं। अल्लाह का लाख-लाख शुक्र है सरकार ने आंख तो खोली।"

नवाब ने हल्की सी अंगड़ाई ली और उठ बैठे। राहत अफ़ज़ा ने जल्दी से उनकी पीठ के पीछे दो नर्म तकिये लगा दिए, और सलाम करके हट गई।

"क्यों, क्या कोई परेशानी की बात थी?" नवाब ने पूछा

वज़ीर ख़ानम एक पल के लिए दुविधा में पड़ गई, फिर उसके ख़्याल में आया कि नवाब या तो कल की बात भूल गए हैं या ऐसा ज़ाहिर करना चाहते हैं कि कोई बात ही नहीं है।

"जी नहीं। ऐसी तो कोई बात नहीं... बस ये है कि कल आप थके-थके से थे, आते ही सो गए। कुछ ख़ासा भी नहीं नौश फ़रमाया।"

"हां...आं..." शम्सुद्दीन अहमद ने एक पल ठहरकर कहा। "कल मैं कुछ ज़्यादा ही निढाल हो गया था।" वो अपनी मोहिनी मुस्कुराहट मुस्कुराए। "इसीलिए तो मैं सीधा यहां चला आया कि मेरी जान को आराम यहीं तो है।"

"हटिए, आप तो हर वक़्त बातें ही बनाते हैं। अल्लाह आपने तो मेरा कलेजा ही दहला दिया। आते ही ऐसी गहरी नींद सोए... न कुछ बोलना न चालना, हबीबा खाने को पूछती रह गई।"

"अच्छा, कोई बात नहीं, अभी जमकर नाश्ता कर लेंगे। आपके सब गिले दूर

हो जाएंगे, और भला हमारे नवाब मिर्ज़ा कहां हैं। अभी तो सो रहे होंगे?"

"जी, अभी जगाए देती हूं। आपको देखकर निहाल हो जांगे।"

"नहीं, अभी उन्हें सोने दीजिए। अपने वक़्त से उठाइएगा," नवाब ने वज़ीर के चेहरे को लगावट भरी निगाह से देखा। "आइए आप भी सो जाइए, अभी तो बहुत सवेरा है, कुछ थकी-थकी सी लग रही हैं। हमारा तो जाने का वक़्त हो गया है, नहीं तो हम भी..."

वज़ीर ने जल्दी से बात काटी, "मैं तो अब जग ही गई हूं, अब नींद कहां आएगी। आप ज़री की ज़री पांव और कमर दबवा लें, फिर ग़ुस्ल करें। मैं नाश्ते का इंतज़ाम करती हूं।"

शम्सुद्दीन अहमद ने उसका दामन पकड़ने की कोशिश करते हुए कहा, "अभी ज़रा सुनिए तो सही..." लेकिन वज़ीर हल्की सी शर्माई मुस्कुराहट आंखों और होंठों पर सजाए हुए जल्दी से कमरे से बाहर निकल गई।

पांव दबवाकर और बदन पर चप्पी के लुत्फ़ में आकर शम्सुद्दीन अहमद फिर सो गए, और इस बार जब वह जागे तो दिन ख़ूब चढ़ चुका था। नीचे बाज़ार में ज़िंदगी का मामूल पुरी गहमागहमी के साथ रवां था। शम्सुद्दीन अहमद को अपनी तबीयत बड़ी हद तक बहाल महसूस हुई। रात की गिरहें ज़्यादातर खुल चुकी थीं और दिल में ठहराव और इत्मीनान आ गया था। ग़ुस्ल और नाश्ते से फ़ारिग़ होकर वह देर तक नवाब मिर्ज़ा से खेलते रहे और उसकी तोतली लेकिन रवां बातों से ख़ुश होते रहे। वज़ीर ने कई बार चाहा कि पूछे जहांगीरा के बारे में आप कुछ सोचते हैं कि नहीं, लेकिन नवाब ने सारा वक़्त चुहलों और क़हक़हों में उड़ा दिया और कभी इतनी तन्हाई ही न होने दी कि वज़ीर उनके पास घड़ी-आध घड़ी इत्मीनान से बैठ सके। नवाब मिर्ज़ा को मियां मुस्हफ़ी की एक ग़ज़ल के दो-तीन शेर वज़ीर ने हाल ही में याद कराए थे। शम्सुद्दीन अहमद उसकी ज़बान से वो शेर बार-बार सुनते और हर बार उसे इनाम देते और कभी मिठाई या फल मंगवाकर सारे घर में बांटते। अशआर की थोड़ी सी शोख़ी और चुलबुलेपन के साथ कुछ उदासी और थकावट पर नवाब मिर्ज़ा का भोला-भाला लहजा और मुस्कुराता हुआ चेहरा अजब लुत्फ़ दे रहा थाः

यूं रो-रो उस गली में दिन-रात काटते हैं
रस्ते में जूं मुसाफ़िर बरसात काटते हैं
है ज़ेरे-तेग़ अपनी यूं शमा ज़िंदगानी
सौ बार सर कटे है तब रात काटते हैं

सब अल्फ़ाज़ बिल्कुल दुरुस्त, सब वक़्फ़े अपनी जगह पर, हर मिसरा बिल्कुल मौज़ूं, खुली हुई हालांकि बच्चों की सी कुछ रुकती हुई सी आवाज़, तीन साढ़े तीन बरस की जान की यह प्रतिभा देखकर शम्सुद्दीन अहमद और वज़ीर ख़ानम गुलचांदनी

की तरह खिल पड़ते थे। हबीबुन्निसा बार-बार बलैयां लेती और दूसरी मामाएं भी कई-कई बार बुरी नज़रों से बचाने के लिए कभी तेल माश वारतीं, कभी दामन फैलाकर दुआ करतीं कि या अल्लाह हमारे मियां को नज़र न लगे, उनकी उम्र लंबी हो। दोपहर तक यही मामले रहे, दिन के खाने के बाद भी नवाब ने न .ख़ुद आराम किया और न वज़ीर या नवाब मिर्ज़ा को अपने आगे से हटने दिया। नवाब मिर्ज़ा जब थककर अपनी खिलाई की गोद में सो गया और घर के सब नौकर खाने से फ़ारिग़ हुए तो अस्र की नमाज़ का वक़्त हो रहा था। तब कहीं जाकर शम्सुद्दीन अहमद ने अकेलापन किया और वज़ीर को भी अपने साथ ख़्वाबगाह में ले जाकर दरवाज़ा बंद कर लिया। वज़ीर माथे पर बल डालती रही कि दिन-दहाड़े का यह कौन सा चोंचला है, लेकिन नवाब ने एक न सुनी और सच पूछिए तो वज़ीर को भी बस बहाना चाहिए था। शम्सुद्दीन अहमद ने उसे आग़ोश में खींचकर उसके मुंह और आंखों और सीने पर बोसों की बारिश कर दी तो उसका सारा वजूद इस बारिश में घुलकर शम्सुद्दीन अहमद की रग-रग में पैवस्त हो गया।

बहुत देर बाद, जब शाम के साये दरवाज़ों और खिड़कियों की झिरियों से अंदर झांकने लगे और उनका सोने का कमरा कमोबेश अंधेरा हो गया तो शम्सुद्दीन अहमद की आंख खुली, वज़ीर ख़ानम का सर उनके सीने पर था और उसका एक बाज़ू शम्सुद्दीन अहमद के पहलू तले था, लेकिन नवाब के सोने के दौरान वह न सोई थी, न कसमसाई थी, उसकी आंखें शम्सुद्दीन अहमद के कंधे, सीने और गर्दन की सुडौल मर्दानगी को पी रही थीं और वो पूरे होशो-हवास में होने के बावजूद कुछ नशे के आलम में थी। शम्सुद्दीन अहमद जागे तो उन्होंने अपना हाथ उनके गाल पर रखा और हैरत से कहा, “अरे, आप जागती ही रह गईं!” उन्होंने जल्दी से पहलू बदला और उठ बैठे।

“हाय अफ़सोस, आपका बाज़ू दबा रह गया। भई वल्लाह, आपको कितना दर्द हुआ होगा! आपने कुछ कहा क्यों नहीं?”

“कहती क्या मैं तो बड़े आराम से थी।”

“भई वल्लाह, आप भी .ख़ूब चीज़ हैं, मुझे तो कुछ सुध न रही थी लेकिन आप तो जरा ठेल-ठालकर मुझे अलग कर देतीं।”

वज़ीर ने शम्सुद्दीन अहमद के गले में बांहें डालकर अपना मुंह ज़रा सा फेर लिया और कुछ शर्माई हुई सी लेकिन मज़बूत आवाज़ में बोली, “क्यों, आपने सुना नहीं क्या? .ख़ुश आं शबे कि दर आग़ोश गीर मत तारोज़, बज़ेरे-पहलू-ए-तू दस्ते-मन बख़्वाब रवद (वो कितनी अच्छी रात होगी जब मैं सुबह तक तुझे आग़ोश में लिए रहूं और तेरे पहलू के नीचे दबा हुआ मेरा हाथ सो जाए)

शम्सुद्दीन अहमद ने तड़पकर ज़ानू पर हाथ मारा और बोले, “हाय ज़ालिम, यह

शेर तो मेरे पढ़ने का था और ये बात तो मेरे कहने की थी, भई वल्लाह, जी चाहता है मुंह चूम लूं।"

"ताली तो दोनों हाथों से बजती है," वज़ीर ने उसी तरह मुंह फेरे-फेरे जवाब दिया, लेकिन उसके लहजे में शर्म बहुत कम थी, गोया कोई फ़ैसला दे रही हो।

"आप अपना रुत्बा कम कर रही हैं! आकांक्षी तो मैं हूं। आप तो आकांक्षा हैं।"

"आकांक्षी और आकांक्षा का रुत्बा एक क्यों न हो? या मैं आकांक्षी क्यों न ठहराई जाऊं? कभी-कभी तो आकांक्षा भी आकांक्षी क़रार पाता है," वज़ीर ने अब नवाब की तरफ रुख़ फेरा और अपने कपड़े बराबर करती हुई बोली।

"सो भला कैसे?"

वज़ीर पलंग से उठ खड़ी हुई। उसने हाथ बांधकर सर झुकाया और शेर पढ़ाः

.ख़ुश आं ज़मां कि निकूयां कुंनद ग़ारते-शहर
मरा तू गीरी व गोई कि ईं असीरे-मन अस्त

(वो वक़्त कितना अच्छा होगा जब ख़ूबसूरत लोग शहर को लूटते फिर रहे हों और तुम मुझे पकड़ लो और कहो कि ये मेरा क़ैदी है)

शेर ख़त्म करते-करते वज़ीर की आवाज़ कुछ भर्रा गई, उसने कलमे और बीच की उंगली से आंखों के कोने पोंछे, बहुत हल्के से, गोया पसीने की नमी पोंछ रही हो। शम्सुद्दीन अहमद ने बेइख़्तियार कुछ कहना चाहा लेकिन वज़ीर ने आवाज़ पर कुछ क़ाबू पाकर कहा, "अब देखिए ना, जो मतलूब है वही तालिब है, .ख़ुद गिरफ़्तार भी और .ख़ुद ही गिरफ़्तार करने वाला भी," उसने हल्की सी हंसी हंसकर कहा, लेकिन उस हंसी में आंसुओं का कुछ बहाव छलक रहा था।

शम्सुद्दीन अहमद को झुरझुरी सी आ गई। वह शहीदी क़ुमी के इस शेर से वाक़िफ़ थे, लेकिन उन्होंने कभी इस नज़रिये से देखा था न सोचा था।

"वज़ीर ख़ानम, मैं तो आपके हाथों में हमेशा लाचार था, लेकिन गुमान करता था कि यह मेरी मजबूरी है, क्योंकि तलाश तो मेरी थी।"

"सरकार की मजबूरी किसी की क़ुव्वत पर आधारित रही होगी, लेकिन मैं भी तो शायद मजबूर थी।"

"अब शायद ऐसा है कि न आप मुझे रिहा कर सकती हैं और न मैं आपको रिहा कर सकता हूं..." शम्सुद्दीन अहमद की आवाज़ लड़खड़ा गई। उनकी बात पूरी होने के पहले वज़ीर ख़ानम ने हल्की सी आह भरकर कहा, "और अपने आपको रिहा करना भी अब आपके बस से बाहर है। न ही मैं अपने बंद से .ख़ुद को आज़ाद कर सकती हूं और न शायद सरकार ही..."

"शायद की बात नहीं। बिल्कुल बेशको-शुब्हा। बहू ख़ानम, अब अगर मैं चाहूं भी तो .ख़ुद को तुमसे आज़ाद नहीं करा सकता।"

वज़ीर ने मुंह पर हाथ फेरा जैसे दुआ करके उठी हो। नवाब के पास जाकर उसने उनकी बलाएं लीं और दरवाज़े की तरफ़ जाते हुए कहा, "अंधेरा बहुत हो गया है। मैं शमएं जलवाने को कहती हूं।"

"अभी रहने दीजिए। अंधेरे में आपके चेहरे की रोशनी बहुत भली लग रही है।"

"अल्लाह, आपकी भी बातें! मैं तो आपका रोशन चेहरा न देख सकूं और आपको मेरे शाम रंग में भी नूर का तड़का नज़र आवे।"

"जो भी हो। आइए मेरे पास बैठिए," नवाब का चेहरा अचानक फ़िक्रमंद हो गया था। वज़ीर का दिल धड़का, लेकिन उसने ताज़गी के साथ कहा, "बंदी हुक्म की गुलाम है। इरशाद हो।"

वह दरवाज़े की तरफ़ से पलटकर शम्सुद्दीन अहमद के पास पलंग पर बैठ गई। शम्सुद्दीन अहमद का चेहरा कुछ काला हो रहा था। शायद ये आज, इस वक़्त की उतरती हुई रात के साये थे, या ऐसा तो नहीं कि कल की रात अब तक न गई हो और उसके मनहूस क़दम अब तक मेरे दरवाज़े पर हों। वज़ीर के दिल में ख़तरा गुज़रा मगर वह कुछ बोली नहीं। नवाब की तरफ़ लालसा भरी नज़रों से देखती रही। शम्सुद्दीन अहमद ने उसकी कमर में हाथ डालकर अपने पास खींच लिया, इतना कि दोनों हमबग़ल और क़रीब-क़रीब हमआग़ोश हो गए। "बहू ख़ानम।"

"जी, हुक्म फ़रमाइए।"

"हमने कुछ फ़ैसले किए हैं और उन्हें आपके कान तक पहुंचाना चाहते हैं।"

"जी, बहुत बेहतर। मेरे लायक़ जो ख़िदमत हो, मैं हाज़िर हूं।"

"आपकी ख़िदमत..." नवाब कुछ कहते-कहते रुक गए। "आप इस वक़्त बस मेरी अर्ज़ सुनती रहिए और आगे के दिनों में नवाब मिर्ज़ा साहब की देखभाल करती रहिए।"

वज़ीर एक लम्हे को सन्न से हो कर रह गई, "सरकार क्या फ़रमा रहे हैं!"

"कुछ नहीं। बस आप सुनती जाएं। हम आज रात बल्लीमारान वाली हवेली में गुज़ारेंगे। कल बहुत सवेरे हम फ़ीरोज़पुर चले जाएंगे। जहांगीरा के बारे में आपकी बात सौ बिस्वे पक्की है। एक रिश्ता ख़्याल में आया है, उसकी कुछ और छानबीन करूंगा और बात बन पड़ी तो बरसातें गुज़रते ही उनके निकाह और रुख़सती के काम दस्तूर के मुताबिक़ सरेअंजाम दे दिए जाएंगे।"

"सरकार की बात बेहद मुनासिब है। अल्लाह आपके इरादों में बरकत दे और आपके सब काम अच्छाई और ख़ूबसूरती से पूरे हों।"

"जी, इंशाअल्लाह। और उसके बाद... अल्लाह जो दिखाएगा देखेंगे।"

वज़ीर के ख़्यालों पर उलझन फिर छा गई। "अल्लाह! मैं आपका मतलब न समझी। निकाह-रुख़सती के बाद तो सरकार देहली वापस आवेंगे? मैं भला फिर कब

आपको देखकर आंखें ठंडी करूंगी?"

शम्सुद्दीन अहमद कई पल चुप रहे। वज़ीर की हिम्मत न पड़ी कि ख़ामोशी को तोड़े या पूछे कि मेरे सवाल का जवाब कब मिलेगा। उसने डरते-डरते सर उठाकर नवाब की तरफ़ देखा। कमोबेश अब कमरे में पूरी तरह अंधेरा था। खिड़कियों और दरवाज़े की झिरियों से जो थोड़ी-थोड़ी रोशनी छनकर आ रही थी, उसके हरे सुरमई धुंधलके में शम्सुद्दीन अहमद का चेहरा ताज़गी और सेहत से महरूम मालूम होता था। गाल कुछ धंसे हुए से और आंखों के नीचे गालों की हड्डियां कुछ नुमायां लग रही थीं। उनकी सीधी सुतवां नाक इस वक़्त कुछ पतली और .ख़ुश्क सी लगती थी। मग़रूर और बुलंद गर्दन अब भी सीधी थी लेकिन वो भी कुछ ज़रा ऐसी लग रही थी कि एक-दो नसें कुछ साफ़ नज़र आती थीं। वज़ीर ने धीरे-धीरे नवाब के पूरी शख़्सियत पर नज़र दौड़ाई। उन्होंने दुलाई के नीचे टांगें तो फैला रखी थीं, लेकिन गोद में रखे हुए हाथों की मुट्ठियां भिंची हुई थीं।

वज़ीर के माथे पर पसीने की बूंदें फूट पड़ीं। कैसी चली हवा ये कि जी सनसना गया। कहीं वही कल वाली रात तो नहीं होने वाली...? उसका जी चाहा नवाब का कंधा हल्के से झिंझोड़े, लेकिन हिम्मत न पड़ी। उठूं, किसी को बुलाऊं... यह तो और भी नामुनासिब होगा। उसने बेइरादा नवाब के और क़रीब आकर, उनके गले में बांहें डालकर अपना सर और सीना उनके कंधे से लगा दिया। उसके बदन की गर्मी नवाब तक पहुंची तो उनकी भिंची हुई मुट्ठियां खुल गईं। उन्होंने वज़ीर की ठोड़ी को उठाकर उसे मुस्कुराकर देखा और बोले, "मैं बड़ी देर चुप रहा... ख़ैर, अब बात साफ़ किए देता हूं। जहांगीरा का फ़र्ज़ अदा करके मैं फ़्रेज़र का हिसाब कर दूंगा।"

वज़ीर ने चौंककर बात काटनी चाही। लेकिन शम्सुद्दीन अहमद ने उसके मुंह पर हाथ रख दिया, "शश, बस सुनती जाइए। कुछ बोलिए मत। यह हिसाब क्योंकर चुकता होगा, मैं अभी कह नहीं सकता। लेकिन उसके हद से बढ़े हुए ग़ुरूर की सज़ा उसे मिलनी ही चाहिए।"

"लेकिन... लेकिन सरकार क्या सज़ा देंगे उसे और क्या एक सरकार ही हैं जिनके ज़िम्मे यह फ़र्ज़ है... आख़िर और भी तो अमीर-रईस हैं। .ख़ुद बादशाह सलामत हैं..."

"हुंह, हमने सबका हाल देखा है। सबको अपने आराम, अपने छपरखट, अपने खाने-पीने, अपने शौक़-हवस से ग़रज़ है। दूसरी बात यह कि हर कोई अपनी ज़िंदगी को, ज़िंदगी के सरमाये को अपनी ही निगाह से देखता है। हमें औरों से क्या ग़रज़।"

"तो फिर मैं आपको कब देखूंगी?" वज़ीर ने सिसकते हुए कहा। उसके आंसू दोनों गालों पर टप-टप गिरकर नीचे फिसल रहे थे। उसे साफ़ दिखाई नहीं दे रहा था, लेकिन उस वक़्त वह अपने आंसुओं से बेख़बर थी।

"पता नहीं, जब अल्लाह मिलाएगा। अभी तो यह भी नहीं मालूम कि यह बेल मंढे चढ़ेगी भी कि नहीं। कुछ सब्र से काम लीजिए। दुनिया हमारी मर्ज़ी पर नहीं चलती लेकिन हम तो अपनी मर्ज़ी पर चल सकते हैं।" शम्सुद्दीन अहमद ने उठकर अपने कपड़े ठीक किए, दरवाज़ा थोड़ा सा खोला और ताली बजाई। हबीबा के अंदर आने पर उन्होंने कमरे में रोशनी का हुक्म दिया। बाहर सारे घर में रोशनी हो ही चुकी थी; रात के खाने का इंतज़ाम हो रहा था। शम्सुद्दीन अहमद ने नवाब मिर्ज़ा को बुलवाया और थोड़ी देर नवाब मिर्ज़ा और वज़ीर के साथ चुहलें कीं। अब इशा की नमाज़ और नवाब मिर्ज़ा के सोने का वक़्त हो रहा था। शम्सुद्दीन अहमद ने नवाब मिर्ज़ा को गोद में लेकर ख़ूब प्यार किया, वज़ीर के सर पर हाथ फेरा और "अल्लाह की पनाह में दिया" कहते हुए सीढ़ियां उतर गए। उनकी कमर सीधी, गर्दन तनी हुई और क़दम नपे-तुले पड़ रहे थे। उधर नवाब ने पीठ फेरी, इधर वज़ीर ने मुसल्ला बिछाकर आंचल फैला दिया। आंसू भरी आंखों, भर्राए हुए गले और कांपते हुए हाथों के साथ वह देर तक .ख़ुदा जाने क्या-क्या दुआएं मांगती रही। नौकरों में से किसी की हिम्मत न हुई कि कहे, खाना ठंडा हो रहा है।

□□

फ़ीरोज़पुर झिरका

फ़ीरोज़पुर झिरका तक तीन दिन का सफ़र ख़ैर-ख़ूबी से पूरा हुआ। बरसात ने रास्तों को कीचड़ और तमाम सूखे नदी-नालों को पानी से भर दिया था लेकिन नवाब के हाथी और ऊंट ख़ूब सधे हुए थे। एक ख़ेमा और सामान उनके आगे-आगे चलता था, एक उनके साथ रहता था। लिहाज़ा अगर कहीं मजबूरन भी ठहरना पड़ता तो अच्छी जगह देखकर ख़ेमे गाड़ लिए जाते और रास्ते के ठीक होने का इंतज़ार कर लिया जाता। आगे जाने वाले ख़ेमों और सामान के साथ हथियारबंद बरक़ंदाज़ों के अलावा दो ऊंटों पर दो-दो ज़ंबूरकें भी होती थीं। उनका गोला-बारूद मज़बूत तिरपाल से ढका रहता था और ज़ंबूरकें दाएं-बाएं ऊंट के कजावे में इस तरह बैठा दी जाती थीं कि एक ही ज़ंबूरकची दोनों तोपें एक साथ चला सकता था। छोटे मैदाने-जंग में बचाव के लिए इनसे बेहतर हथियार कोई न था। ज़ंबूरकची आमतौर पर दकन इलाक़े के होते थे और दुश्मन की गोलियों की बौछार के सामने टिकने के लिए बहुत मशहूर थे।

दिलावरुलमुल्क नवाब अहमदबख़्श ख़ां से पहले फ़ीरोज़पुर झिरका में कोई क़िला न था, सिर्फ़ एक गढ़ी थी जिसमें नवाब नजीबुद्दौला के ज़माने तक शाही फ़ौजदार रहता था। नजीबुद्दौला के इंतक़ाल (1770) के बाद इस इलाक़े पर देहली की पकड़ कमज़ोर पड़ गई, यहां तक कि जब लार्ड लेक को शाहआलम बहादुरशाह सानी ने वकीले-मुतलक़ मुक़र्रर किया (1803), तो हांसी से हिसार तक का सारा इलाक़ा

अमलन फ़िरंगी राज में आ गया। अब फ़ीरोज़पुर झिरका की सियासी और फ़ौजी अहमियत घट गई क्योंकि हांसी में अंग्रेज़ अधीक्षक बैठने लगा था और .खुद रेज़ीडेंट को इलाक़ा-ए-देहली का कमिश्नर होने की वजह से हांसी तक के तमाम मुल्क में बरतरी और सत्ता हासिल थी। लेकिन नवाब अहमदबख़्श ख़ां ने यहां की आज़ाद हुकूमत हासिल करने के बाद गढ़ी की मरम्मत और विस्तार की तरफ़ फ़ौरन ध्यान दिया और साल भर के अंदर-अंदर उसे अपने रहने लायक़ क़िले में बदल लिया। मरम्मत और विस्तार के बाद पुरानी गढ़ी उन्होंने अपने और दफ़्तर दीवान के लिए रखी। उससे लगी दो हवेलियां हरमसरा के रूप में बनवाईं। पुरानी गढ़ी और नई हरमसरा एक ही चारदीवारी में थीं, लेकिन उनके बीच एक लंबा-चौड़ा बाग़ था जिसमें मौसम के एतबार से इस्तेमाल में आने वाली बारादरियां, मेहराबियां और बंगले थे। बीच में एक नहर थी जिसमें जगह-जगह फ़व्वारे छूटते थे और जिसका पानी गढ़ी और हवेलियों के अंदर के भी फ़व्वारों को ताज़ा रखता था।

नवाब अहमदबख़्श ख़ां की सत्ता में आते ही फ़ीरोज़पुर झिरका की .खुशहाली और आबादी में इज़ाफ़ा होने लगा था और अब वह क़स्बा नहीं, छोटा सा शहर था जिसमें शहरी ज़िंदगी के तमाम ज़रूरी सामान मौजूद थे। दो दवाख़ाने, बहुत सी सरायें, बाग़ात, मुस्तक़िल बाज़ार, गंज, कारीगरों के अलग-अलग मुहल्ले, कई मदरसे, एक जामा मस्जिद, कई छोटी मस्जिदें, एक कर्बला, एक रामलीला मैदान, कई मंदिर, एक गुरुद्वारा, यहां तक कि एक छोटा सा गिरजाघर भी था, जिसे अंग्रेज़ों ने शाहआलम बहादुरशाह सानी मरहूम के आख़री साल में बादशाह की इजाज़त से बनवा लिया था। बाज़ारों में तरह-तरह के सामान और ख़रीदारों की रेलपेल थी। गंज सबके सब ग़ल्ले और गुड़, शक्कर, घी, तेल, तिलहन, हर तरह के खाने-पीने के सामान से भरे हुए थे। दूर-दूर के व्यापारियों ने अपनी कोठियां वहां खड़ी कर ली थीं। आसपास की मंडियों से ग़ल्ला, मवेशी और दूसरे सामानों का बराबर आना-जाना था। शम्सुद्दीन अहमद ने अपने बाप के क़ायम किए हुए अमनो-अमान और .खुशहाली को और भी तरक़्क़ी दे दी थी और अब तो कुछ जलने वाले अंग्रेज़ साहिबाने-आलीशान को अफ़सोस होने लगा था कि ऐसा .खुशहाल और भरा-पूरा इलाक़ा किसी देसी रईस की मातहती में क्यों हो।

फ़ीरोज़पुर झिरका पहुंचकर शम्सुद्दीन अहमद ने चंद ही दिनों में जहांगीरा के लिए तमाम संभावनाओं पर नए सिरे से ग़ौर किया। अकबराबाद के मिर्ज़ाओं में से एक घराने की तरफ़ से एक रिश्ता पहले आया था जो उन्हें मुनासिब लगा था, लेकिन वह मुनासिब नहीं बल्कि बेहतरीन की तलाश में थे, इसलिए उन्होंने अकबराबादी रिश्ते को महज़ जेरे-ग़ौर रखा था और उसके बारे में अमलन कोई क़दम न उठाया था। अब उन्होंने अकबराबाद में अपने मुख़्तारे-कार के ज़रिए छानबीन कराई तो

मालूम हुआ कि वो लोग सुन्नी मज़हब, सैयद नसब और ईरानी ख़ानदान से हैं। उनके दादा और मिर्ज़ा असदुल्लाह ख़ां के दादा क़ूक़ान बेग एक ही वक़्त में अपने असल वतन से घर छोड़कर हिंदुस्तान आए थे। मिर्ज़ा क़ूक़ान बेग मावराउन्नहर से और आग़ा मिर्ज़ा मुहम्मद अहसन अली शीराज़ से आए थे। अहसन अली के दो बेटे हुए। एक की शादी रामपुर के एक शिया घराने में हुई और उसने शिया मज़हब इख़्तियार कर लिया। अब उस शाख़ के सब मर्द-औरत शिया थे और उस घराने के आग़ा मिर्ज़ा तुराब अली एक जवान, लायक़-फ़ायक़, अच्छे स्वभाव के, अक़्लमंद, नवाब रामपुर की सरकार में हाथीघर और ख़ेमाघर के दारोग़ा थे।

इस ख़ानदान की अकबराबादी शाख़ पहले की तरह सुन्नी रही। आग़ा मुहम्मद अहसन अली के एक बेटे आग़ा मिर्ज़ा अमजद अली ने शाहआलम बहादुरशाह सानी मरहूम के ज़माने में क़िला अकबराबाद में किताबदार का मंसब हासिल किया और मुल्की व ख़ानी ख़िताबों से लैस होकर एतबारुलमुल्क आग़ा मिर्ज़ा मुहम्मद अमजद अली ख़ां कहलाए। क़िले पर अंग्रेज़ों का क़ब्ज़ा हुआ तो किताबदार का ओहदा ख़त्म हो गया, और एतबारुलमुल्क ने बादशाह की नौकरी के बाद किसी और की नौकरी में अपनी हेठी जानकर अपनी मेवा कटरा वाली हवेली में क़याम किया और अपनी ज़मीनों, बाग़ों की देखभाल करने लगे। ख़ाली वक़्त में वह ख़ास-ख़ास रईसों के लड़कों को तर्कशास्त्र और दर्शनशास्त्र भी पढ़ाते थे। एतबारुलमुल्क और राजा बलवान सिंह और मिर्ज़ा क़ूक़ान बेग की हवेलियां पास ही पास थीं, लिहाज़ा रफ़्ता-रफ़्ता उनकी औलादों में इतना मेलजोल हो गया कि सब एक ही घर के लोग मालूम होते थे। इन औलादों में मिर्ज़ा क़ूक़ान बेग के पोते मिर्ज़ा असदुल्लाह ख़ां ग़ालिब और एतबारुलमुल्क के बेटे मिर्ज़ा मुअज़्ज़म अली ख़ां भी थे। इन्हीं मुअज़्ज़म अली ख़ां के छोटे भाई मुहम्मद आज़म अली ख़ां से जहांगीरा बेगम के रिश्ते की बात ग़ालिब के ससुर और शम्सुद्दीन अहमद ख़ां के सगे चचा नवाब मिर्ज़ा इलाहीबख़्श मारूफ़ के ज़रिए आई थी।

मुख़्तारे-कार की इत्तेला के मुताबिक़ मिर्ज़ा आज़म अली ख़ां 17-18 बरस के ख़ूबसूरत नौजवान और इल्म की दौलत से मालामाल थे। ये लोग अक़ीदे में पक्के सुन्नी और हनफ़ी मस्लक के थे, और ईरान से उनके रूहानी रिश्ते अब भी इतने मज़बूत थे कि उनके घर में फ़ारसी बोली जाती थी, जबकि मिर्ज़ा असदुल्लाह ख़ां के वालिद के ज़माने से मिर्ज़ा क़ूक़ान बेग की हवेली में हिंदी का दौर-दौरा हो गया था। मुख़्तारे-कार ने इस घराने की कैफ़ियत में यह भी बयान किया कि हालांकि यह ख़ानदान दुनियावी दौलत के एतबार से बहुत बुलंद रुत्बा न रखता था, लेकिन उनके मर्दों की शराफ़त, अच्छे खानदान, ज्ञान और धर्म, और उनकी औरतों के हुस्न, सच्चरित्रता और सुघड़ापे की क़सम खाई जाती थी। उनके दुनियावी साज़ो-सामान

बहुत लंबे-चौड़े न सही, लेकिन इतने तंग भी न थे कि सारा घराना रोज़ी की फ़िक्र से आज़ाद, ख़ुशहाल ज़िंदगी न बसर करता हो। आग़ा मिर्ज़ा मुहम्मद आज़म अली ख़ां अब चंद दिनों से साहब लेफ़्टिनेंट गवर्नर बहादुर सूबा आगरा के दफ़्तर नज़ारत में नायब मीर मुंशी मुक़र्रर हो गए थे।

नवाब शम्सुद्दीन अहमद ख़ां ने बहुत सोचकर रिश्ते को मंज़ूरी दे दी। 12 सितंबर 1834 को बाद नमाज़े-जुमा जहांगीरा बेगम का निकाह आग़ा मिर्ज़ा मुहम्मद आज़म अली ख़ां से हुआ। बारात आगरा से फ़ीरोज़पुर झिरका आई थी। बारात आने के तीसरे दिन निकाह हुआ और सातवें दिन रुख़सती अमल में आई। एक लाख रुपए सिक्का शाही महर बंधा, एक-चौथाई फ़ौरन अदा होना था और फ़ौरन अदा कर दिया गया था। बाक़ी तीन-चौथाई बाद के लिए रहा। बारात के आने-जाने और घोड़े-जोड़े का सारा ख़र्च नवाब शम्सुद्दीन अहमद ख़ां ने उठाया लेकिन लड़के वालों की तरफ़ से भी चढ़ावे के ज़ेवरों, कपड़ों और दूसरे क़ीमती सामानों में ग़ैरमामूली फ़राख़दिली और इफ़रात बरती गई। बारात के क़याम के सातों दिन सारे शहर फ़ीरोज़पुर झिरका में दोनों वक़्त के खाने का इंतज़ाम नवाब की तरफ़ से था।

ससुराल में जहांगीरा बेगम हाथोंहाथ ली गईं। उनके हुस्नो-जमाल और नवाबी रखरखाव, नफ़ासत और शान ने सबके दिल मोह लिए। उन्हें जहांगीरा दुल्हन का ख़िताब मिला और जल्द ही वह अपने नए घर में घुल-मिलकर हंसी-ख़ुशी रहने लगीं। नवाब शम्सुद्दीन अहमद ख़ां को बहन के सुख और सारे अकबराबाद में छोटे बहनोई के तईं मुहब्बत, सम्मान और मियां-बीवी में गहरे मेल-मिलाप की ख़बरें मिलीं तो उन्होंने शुक्रिये का सजदा किया और दिल में ख़्याल किया कि मेरे सितारों की मनहूसी के दिन अब गुज़र चुके हैं या जल्द गुज़र जाने वाले हैं और एक गिरह विलियम फ़्रेज़र की, जो अभी भी खुलने की मोहताज है, वह भी इंशाअल्लाह जल्द ही खुल जाएगी। लेकिन क़ुदरत को तो कुछ और मंज़ूर थाः

ता-नाख़ुन अज़ पिलंग न गीरद ब-आरियत
अय्याम अज़ दिलम गिरहे-वा नमी कुनद

(जब तक वो चीते का नाख़ुन इस काम के लिए उधार नहीं ले लेता, तब तक ज़माना मेरे दिल की कोई गिरह नहीं खोलता)

4 अक्टूबर 1834, सनीचर का दिन था, मौसम ख़ुशगवार हो गया था। उत्तर से ठंडी हवाएं आने लगी थीं और राजपूताने की सरकश पश्चिमी हवाएं सुस्त पड़ गई थीं। क़िले के गुंजान बाग़ों में तीतर बोलने लगे थे। शाम के वक़्त शामा भी अक्सर बोलती और तरह-तरह के तोतों के झुंड तो हर वक़्त बाग़ों और आसमान में शोर करते रहते थे। शम्सुद्दीन अहमद की तबीयत आज बहुत बहाल थी, क्योंकि जहांगीरा के ससुराल वालों की तरफ़ से जमुना किनारे की तरकारियों की डाली के साथ

जहांगीरा का ख़त भी आया था। नवाब का तरीक़ा था कि सनीचर को दिन का खाना ज़नाना हवेली में खाते थे। सुबह का दरबार बर्ख़ास्त करके उन्होंने जहांगीरा का ख़त दोबारा बहुत ख़ुश होकर पढ़ा, अकबराबाद से आए हुए कारिंदों के खाने और ठहराने के बारे में हिदायतें दीं, और क़िले से बाहर आकर उस तंग गलियारे की तरफ़ मुड़ने ही वाले थे जो फूलदार पेड़ों और झाड़ियों से घिरा हुआ था और ज़नाना हवेली पर ख़त्म होता था। नवाब के बाहर आते ही दूर क़िले के सदर दरवाज़े पर कुछ हल्का सा शोर हुआ। कोई सांडनी सवार अंदर आने की इजाज़त मांग रहा था। मुहाफ़िज़ख़ाने से दो सोंटाबरदार दौड़ते हुए नवाब के सामने हाज़िर हुए और सलाम करके बोले, "देहली से हुज़ूर के लिए कोई काग़ज़ लेकर सांडनी सवार आया है लेकिन हमने उसे रोक दिया है कि आलीजाह अब दरबार बर्ख़ास्त फ़रमा चुके हैं।" शम्सुद्दीन अहमद ने हुक्म दिया, "कुछ हर्ज नहीं। आने दो।"

सांडनी सवार जिसका नाम अनिया मेवाती था, नवाब के यहां हरकारे के तौर पर नौकर था। तेज़-रफ़्तारी, मेहनत उठाने और सफ़र की कठिनाइयों को बर्दाश्त करने के लिए उसके चर्चे दूर-दूर तक थे। वह अपना नाक़ा सदर दरवाज़े पर छोड़कर दौड़ता हुआ नवाब के सामने आया और झुककर सात तस्लीमें करने के बाद अर्ज़ किया, "आलीजाह के मुख़्तार कार बहादुर ने रुक़्क़ा भेजा है।"

शम्सुद्दीन अहमद के दिल में ख़तरा गुज़रा कि कुछ ग़ैरमामूली बात है हालांकि ऐसी बात के बज़ाहिर कहीं कोई आसार न थे।

"बहुत भागम-भाग चले आ रहे हो! लाओ, देखें तो सही क्या लाए हो।" नवाब ने अनिया को नज़दीक आने के लिए हाथ से इशारा करके कहा, "क्या कोई ख़ास बात है?"

"यह तो आलीजाह ही बेहतर जान सकते हैं। मुझे कल रात दीवान साहब ने बुलवाकर हुक्म दिया कि आज सुबह पौ फटते ही यहां से कूचकर जाइयो। यह अर्ज़ी हमारे हुज़ूर की ख़िदमत में कल ज़ोहर से पहले-पहले पेश हो जावे।"

"बहुत ख़ूब तुमने चालीस-बयालीस कोस बड़ी जल्द तय किए, भई वल्लाह," यह कहते हुए नवाब शम्सुद्दीन अहमद ने इशारा किया कि ख़त हाज़िर किया जाए। अनिया ने अपनी पगड़ी खोली, एक मुहरबंद रेशमी थैली उसमें से निकालकर दोनों हाथों पर रखी और एक क़दम आगे बढ़कर सर झुकाए हुए अपने हाथ नवाब की तरफ़ बढ़ा दिए। नवाब के दाईं तरफ़ खड़े हुए बरक़ंदाज़ ने बढ़कर थैली अपने हाथ में ले ली और मालिक का इशारा पाकर मुहर तोड़ी और थैली के अंदर से गोल लपेटा हुआ एक मोटा काग़ज़ निकाला और यूं ही लपेटा हुआ काग़ज़ दोनों हाथों पर रखकर नवाब की ख़िदमत में पेश कर दिया। ख़त को हाथ में लेते ही शम्सुद्दीन अहमद को ऐसा महसूस हुआ कि यह काग़ज़ किसी बहुत बुरी ख़बर से बोझल है। अगर

मुमकिन होता तो वह उसे पढ़े बग़ैर आग या दरिया में डलवा देते। लेकिन ज़ाहिर है कि ऐसा करना न तो मुमकिन था और न कुछ मानी ही रखता था कि जो इत्तेला उस ख़त में दी गई थी वह तो बहरहाल सामने आनी थी। काग़ज़ के बल आहिस्ता-आहिस्ता सीधे करके नवाब ने वर्क़ को सीधा किया और उस पर उचटती हुई नज़र डाली। महसूस हुआ किसी ने चारा काटने वाला भारी गंडासा उनके पांव पर खींच मारा है और दोनों टांगें टख़ने के ऊपर से कटकर पैरों से अलग हो गई हैं। एक पल के लिए लहराकर उन्होंने चाहा कि पास खड़े हुए बरकंदाज़ के कंधे का सहारा लें, लेकिन फ़ौरन ही ख़ुद को संभालकर उन्होंने ख़त को ग़ौर से पढ़ा।

"इन्नालिल्लाहि व इन्नाइलैहि राजिऊन," नवाब के मुंह से निकला और वो कुछ और कहे बग़ैर क़िले में वापस चले गए। अंदर अपनी ख़ास आरामकुर्सी पर आधे लेटकर उन्होंने इशारे से पानी मांगा और पानी पीते-पीते फ़ारसी में लिखे ख़त को तीसरी बार पढ़ाः

> आलाहज़रत वलीनेमत सलामत। तस्लीमात के बाद अर्ज़ है। ख़बर मिली है कि नवाब गवर्नर जनरल बहादुर के आला आस्ताने से हुज़ूर के मुक़द्दमे के बारे में फ़ैसला आ चुका है और उस फ़ैसले की नक़ल आज सुबह रेज़ीडेंटी पहुंच गई है। उम्मीद और अंदेशा है कि दो-तीन रोज़ के अंदर रेज़ीडेंट बहादुर उस फ़ैसले पर अमल के लिए हुक्म जारी करेंगे। यह कहते हुए बंदे को निहायत दुख है कि फ़ैसला बंदापरवर सलामत की मर्ज़ी के मुताबिक़ नहीं है। नवाब गवर्नर जनरल बहादुर का हुक्म है कि आलाहज़रत के क़ब्ज़े से लोहारू का इलाक़ा और उसके तहत आने वाले परगने ले लिए जाएं और मिल्कियत इस इलाक़े की अमीनुद्दीन अहमद ख़ां बहादुर के सुपुर्द कर दी जाए। आगे हुक्म हुआ है कि इस फ़ैसले पर फ़ौरन अमल हो और लोहारू के दीवान और कारकुन जल्द हुज़ूर आलाहज़रत के सामने हाज़िर हों और तमाम दस्तावेज़ और काग़ज़ात अपने हाथों में ले लें। शहर देहली की दो हवेलियों में से हवेली वाक़े बल्लीमारान, गली क़ासिम जान पर लोहारू के साहबज़ादों का क़ब्ज़ा और हवेली वाक़े दरियागंज पर आलाहज़रत का क़ब्ज़ा रहेगा। फ़ीरोज़पुर झिरका और तमाम परगने और मुहल्ले जो फ़ीरोज़पुर झिरका के तहत हैं, पहले की तरह हुज़ूर पुरनूर के क़ब्ज़े में रहेंगे। अर्ज़ करना वाजिब जाना और यह रुक़्क़ा भेजा। लिखने वाला, नियाज़मंद दीवान अब्दुल्लाह ख़ां। 27

जमादुल-अव्वल 1250, बरोज़ जुमा, मुताबिक़ 30 सितंबर 1834, वक़्त मग़रिब, शहर शाहजहानाबाद, हद।

ज़ाहिर है कि ख़त का मज़मून एकदम साफ़ था और शम्सुद्दीन अहमद अगर उसे बार-बार पढ़ रहा था तो इस वजह से नहीं कि मज़मून में कोई मुश्किल थी बल्कि इस वजह से कि वह कुछ फ़ैसला करने से ख़ुद को मजबूर पा रहा था और इस वजह से भी कि उसे अपनी आंखों पर यक़ीन नहीं आ रहा था और हर बार पढ़ लेने के बाद उसे बेचैनी होती कि ख़त को दोबारा पढ़िए, शायद इसमें कोई बात मुआफ़िक़ हो जो पिछली बार पढ़ने में मुझसे छूट गई हो। लेकिन ख़त की इबारत इतनी सादा थी कि कहीं से किसी ग़लतफ़हमी या भ्रम की गुंजाइश न थी।

शम्सुद्दीन अहमद ने अगली आधी घड़ी में दीवान अब्दुल्लाह ख़ां का ख़त कई बार पढ़ा और हर बार मज़मून के साफ़ से साफ़तर होने के साथ उसके मिज़ाज की गर्मी और दिली रंज और ग़ुस्से में इज़ाफ़ा होता गया। साथ ही साथ उसकी बेचारगी का अहसास भी बढ़ता गया कि अब मैं करूं तो क्या करूं। नवाब गवर्नर जनरल के फ़ैसले के सामने वह बेबस था। न महाराजा अलवर ही कुछ कर सकते थे, न हज़रत ज़िल्ले-सुब्हानी इस मामले पर असर डाल सकते थे। फ़्रेज़र ने यह आग लगाई थी और फ़्रेज़र को जान से मरवाकर शम्सुद्दीन अहमद के इंतक़ाम की आग कुछ सर्द हो सकती थी और उस बदनामी की भी कुछ भरपाई हो सकती थी जो जहांगीरा के बारे में उस लानती, सूअर जैसे ईसाई ने शम्सुद्दीन अहमद के सर पर डाल दी थी। ...लेकिन उससे रियासत तो वापस मिल न सकती थी। न मेरे पास इतनी क़ुव्वत और दौलत है कि फ़िरंगी से अदालत में लड़कर अपना हक़ ले लूं और न यह मुमकिन है कि मैं कोई जंग कर सकूं। गवर्नर जनरल बहादुर तो कलकत्ते में हैं और वहां फ़ौजकशी नामुमकिन है। हुकूमत तो छिन ही गई है, जान भी जाएगी... लेकिन मैं जान देने को तैयार हूं अगर वह मुमकिन हो सके। अफ़सोस कि वह भी मुमकिन नहीं; कहां फ़िरोज़पुर, कहां कलकत्ता! लेकिन इस नाबकार, घमंडी, अय्याश फ़्रेज़र को तो ज़रूर सज़ा मिलनी चाहिए। कोई और सज़ा दे न दे, मैं तो उसके दुश्मनी का जल्लाद बन के दिखा दूंगा। मैं उसे उसकी गुस्ताख़ियों का मज़ा चखाकर ही रहूंगा। इस फ़िरंगी क़ौम का घमंड चढ़ते दरिया, उमड़ती आंधी की तरह है कि गीला-सूखा सभी उजाड़ देता है। अगर हमारे ज़िल्ले-सुब्हानी इस क़दर बेताक़त न होते... न सही, मैं अपनी सी तो कर गुज़रूंगा।

हर गुज़रते पल के साथ शम्सुद्दीन अहमद का पारा चढ़ता ही जाता था। काग़ज़ उसके हाथ से छूटकर नीचे गिर पड़ा था। उसकी आंखें सुर्ख़ और चढ़ी हुई थीं, गोया देर का जागा हुआ हो। सारे बदन में हल्की सी कंपकपी थी, मुट्ठियां भिंची हुई, पेशानी पर शिकन, सांसें तेज़, बदन कुछ ऐंठा हुआ सा, गोया बुख़ार की ऐंठन हो। उसका

यह आलम देखकर किसी को बोलने की ताब न थी। अनिया मेवाती, बरक़ंदाज़, दीवानख़ाने के चोबदार सब बुत बने खड़े थे।

नवाब को अंदर आने में देर हुई तो अफ़ज़लुन्निसा बेगम की ख़ादिमा सुबह दौलत, जो नवाब और बेगम दोनों के बहुत मुंह लगी हुई थी, उसे अफ़ज़लुन्निसा बेगम ने हिदायत की कि जा देख आ, बाहर नवाब साहब को क्या देर है। वह पीछे के बाग़ से होकर क़िले के पिछले दरवाज़े और राहदारी से होती हुई दीवानख़ाने के उस दरवाज़े पर आई जो अंदर की तरफ़ खुलता था। लेकिन यहां हर तरफ़ सकते का आलम और नवाब की ऐंठन और ख़ामोशी देखकर वह सहम गई और उल्टे पांव वापस जाकर उसने बेगम से अर्ज़ किया कि सरकारे-वाला को .ख़ुदा-नख़्वास्ता कोई सदमा पहुंचा है या दूर-पार कोई ख़राब बात रियासत में हो गई है कि सरकार दीवानख़ाने में बिल्कुल गुमसुम तशरीफ़ फ़रमा हैं। चेहरे पर ग़ुस्से के मारे सुर्ख़ी और सियाही दौड़ रही है। बदन बिल्कुल ठस और बेहरकत है। एक मर्तबा अफ़ज़लुन्निसा के जी में आया कि .ख़ुद बाहर आकर मर्दाना क़िले में पहुंच जाएं और अपनी आंख से देखें कि बात क्या हो गई है और हो सके तो नवाब के हाल का हल निकालें या इसकी कुछ तदबीर करें। लेकिन उन्होंने ज़िंदगी में एक बार भी मर्दाना हवेली में क़दम न रखा था। उनकी तरबियत कुछ इस ढंग से हुई थी कि अपने घर, अपनी हवेली, अपने ख़ानाबाग़ में सब आज़ादियां थीं लेकिन ग़ैर मर्द न उनकी आवाज़ सुन सकता था और न क़दम की आहट ले सकता था। किसी ऐसी जगह पर, चाहे वह क़िले के अंदर ही क्यों न हो, उनका जाना ग़ैर मुमकिन था, जहां मर्द की परछाईं भी पड़ सकती हो। उन्होंने मजबूरन खाना बढ़वा दिया और सुबह दौलत से कहा कि तू सुन-गुन लेती रह कि अब क्या हो रहा है। आख़िर कौन सी बात हो गई है जिसने सरकार को इस तरह हाल से बेहाल कर दिया। और फिर देख किसी हकीम या वैद्य या स्याने को बुलाया गया है कि नहीं।

अफ़ज़लुन्निसा बेगम ये हुक्म-हिदायत देकर, तस्बीह लेकर मुसल्ले पर बैठ गईं। दोनों बच्चियों को दाई-खिलाइयां अपने-अपने कमरों में ले जाकर बहलाने, खाना खिलाने और फिर सुलाने की कोशिश करने लगीं। बच्चियों को बेहद मायूसी थी और शिकवा था कि उनके अब्बा जान नहीं आए और वह उन्हें देखने और उनके पास बैठने से महरूम रह गईं। नवाब शम्सुद्दीन अहमद ख़ां लगभग हर रोज़ पूरा दिन और अक्सर रातें क़िले की मर्दाना हवेली में गुज़ारते थे। तयशुदा दिन के वक़्त उनका अंदर आना और बेगम और बच्चों के साथ खाना खाना बच्चियों के लिए ऐसा वाक़ेआ था, जिसका ज़िक्र वो अगले कई दिनों तक करती रहती थीं।

थोड़ी ही देर में नवाब के सदमे और ग़म की कैफ़ियत अमीर बहू और चंपा बी तक भी पहुंच गई। सारी ज़नाना हवेली में सन्नाटा सा छा गया। सिर्फ़ चंपा की बेटी

रहमतुन्निसा, जो ढाई साल या इससे कुछ कम उम्र की थी, अपनी मां के कमरे में कभी तुनककर और कभी रोकर शिकायत करती रही कि आज मेरे नाब शाब क्यों नहीं आए। बाप को वह मां की नक़ल में 'नवाब साहब' कहना चाहती थी लेकिन तोतले मुंह से 'नाब शाब' निकलता था और शम्सुद्दीन अहमद ख़ां को यह नाम या लक़ब नन्ही बच्ची के मुंह से इस क़दर भला लगता था कि हर मुलाक़ात पर उससे बार-बार 'नाब शाब' का बोल बुलवाते और हर बार उसे इनाम देते थे।

□□

भरमारू

बाहर क़िले की मर्दाना हवेली के सदर फाटक पर घोड़ों की टाप सुनाई दी। आने वाले ने घोड़े से उतरकर उसकी बाग मुहाफ़िज़ख़ाने के एक सोंटाबरदार के हाथ में दी, कमर में बंधे हुए तमंचे को सीधा किया, घोड़े के ज़ीन की थैली से एक मलमली रूमाल लेकर अपना मुंह पोंछा, फिर जूतियों को झाड़ा, मुहाफ़िज़ों की तरफ़ मुस्कुराकर देखा और कहा, "मियां साहब लोग, हमारे घोड़े पर निगाह रखना।"

"ज़रा सोच-समझकर अंदर जाइएगा, भरमारू जी," एक सोंटाबरदार ने कहा।

"क्यों, क्या बात हो गई?" उसने मुड़कर मुहाफ़िज़ों को ग़ौर से देखा। सबके चेहरे कुछ बेरंग लग रहे थे।

"सरकार का मिज़ाज बिगड़ा हुआ है।"

"मगर क्यों? क्या ख़ासा पसंद नहीं आया था?"

"ख़ान जी, अभी मुंह में एक निवाला भी गया हो तो क़सम समझो। सरकार अंदर तशरीफ़ ही नहीं ले गए। दीवानख़ाने में चुपचाप मगरमच्छ सरीखे पड़े हैं।"

नवागंतुक की पेशानी पर फ़िक्र की शिकनें उभरीं। "अच्छा, हम जाकर देखें तो सही," कहकर वह क़िले के अंदरूनी फाटक की तरफ़ बढ़ा। लेकिन अब उसकी चाल में पहले जैसी फुर्ती न थी। इंतेहाई क़द्दावर और तंदुरुस्त, सुर्ख़-सफ़ेद रंग, चेहरे पर राजपूतों जैसी पगड़ी, लेकिन लंबे पट्टेदार, चमकीले बाल पगड़ी के पीछे लटों की तरह पड़े हुए थे। चौड़ा सीना, काली रोशन आंखें, राजपूताने के जाटों जैसी मूंछें और बहुत छोटी दाढ़ी उसके गोरे सेहतमंद रंग पर बहुत भली लग रही थी। उसने अंग्रेज़ी तर्ज़ का शहसवारी लिबास और बूट पहन रखे थे। 22-24 साल की उम्र, सीधी कमर, कंधों और पेट और रानों पर फ़ालतू गोश्त की एक बोटी भी न थी, चर्बी का भला क्या सवाल था। यह करीम ख़ां था, नवाब शम्सुद्दीन अहमद का मीरे-शिकार और अपनी चाल-ढाल, भारी मर्दानापन, हल्के मगर मज़बूत क़दमों और आत्मविश्वास भरी आंखों से वह ख़ुद भी जवानी और क़ुव्वत से भरपूर, किसी घने और हरे-भरे जंगल में मग़रूर चाल चलता हुआ गुलदार लगता था। कहा जाता है कि वह 15-15 कोस पैदल शिकार का पीछा कर सकता था और थकता न था। जंगलों की महारत उसे

इस क़दर थी कि जानवरों के क़दमों के धुंधले निशान, उनके रगड़ खाने से तुड़ी-मुड़ी झाड़ियों की पत्तियां या घास, जंगली चिड़ियों और लाल बंदरों, चिकारों, कांकरों, लंगूरों की बोलियां उसके लिए मादरी ज़बान की तरह थीं। वह अपने वक़्त का बेमिसाल तुफ़ंगची और बरक़ंदाज़ था। जो लोग घोड़े या हाथी या किसी सवारी पर से बंदूक़ चलाते थे, उन्हें तुफ़ंगची और जो लोग पैदल बंदूक़ चलाते थे उन्हें बरक़ंदाज़ कहा जाता था। दोनों फ़नों के लिए अलग-अलग तरह की तरबियत और मिज़ाज चाहिए होते थे। लेकिन करीम ख़ां का निशाना कभी चूकता न था, चाहे निशाना लेने के लिए वक़्त कितना ही कम हो और रोशनी कितनी ही धुंधली हो, और उसका घोड़ा या ख़ुद शिकार कितना ही तेज़ दौड़ रहा हो। यही वजह थी कि फ़ीरोज़पुर की और लोहारू की भी तमाम रिआया उसे 'भरमारू' कहती थी।

जैसा कि नाम से ज़ाहिर है, 'भरमार' ऐसी बंदूक़ को कहते थे जिसमें बारूद और गोली नाली की राह से भरी जाती है। ऐसी बंदूक़ें 'तोड़ेदार' और 'टोपीदार' भी कहलाती थीं। आधुनिक तोड़ेदार और पुरानी तोड़ेदार बंदूक़ में फ़र्क़ यह था कि पुरानी तोड़ेदार बंदूक़ की बिटनी (Nipple) को रंजक देने के लिए शताबा इस्तेमाल करते थे जो एक तरह का फ़लीता होता था। बिटनी को घुमाएं तो थोड़ी सी नज़र आती थी, उसमें निहायत बारीक बारूद (जिसे रंजक कहते थे) की एक चुटकी रख लेते थे और फ़ायर करते वक़्त बिटनी को शताबा दिखाते थे। बारीक बारूद गर्मी पाकर रोशन हो जाती थी और उसका शरारा कोठी की राह से बंदूक़ के मुंह पर पहुंचकर नाली में भरी हुई बारूद और गोली को सर कर देता था। आधुनिक तोड़ेदार बंदूक़ में शताबा ग़ैर-ज़रूरी था। उसकी जगह बंदूक़ का घोड़ा बिटनी के ढक्कन (यानी टोपी) पर ताक़त के साथ चोट करता था। टोपी पटाख़े का काम करती थी जिसकी धमक से रंजक रोशन होती थी और बंदूक़ का फ़ायर हो जाता था। ऐसी बंदूक़ को टोपीदार भी कहते थे। इस बंदूक़ के सबसे आधुनिक तर्ज़ को 'पत्थर कुला' कहते थे कि उसमें रंजक की जगह चक़माक़ पत्थर से काम लेते थे। इन सब बंदूक़ों में गोली-बारूद नाली की राह भरी जाती थी। अंग्रेज़ी में इन्हें ML यानी Muzzle Loading कहते थे। हिंदुस्तान में ये आमतौर पर एक नाल की होती थी लेकिन अंग्रेज़ों ने दोनाली भरमार भी चला दी थीं। इन्हें DBML यानी Double Barrelled Muzzle Loading कहा जाता था।

भरमार की तमाम क़िस्मों पर पूरी महारत के अलावा करीम ख़ां को क़राबीन और बेधरमी का भी निहायत उम्दा अभ्यास था। क़राबीन फ़्रांसीसी ईजाद की बंदूक़ थी, उसे अंग्रेज़ी और फ़्रांसीसी में Carbine कहते थे। उसकी नाल भरमार से छोटी और तमंचे से लंबी होती थी। इसलिए घुड़सवार उसे अक्सर बंदूक़ों से ज़्यादा अहमियत देते थे। कराबीन का मुंह आगे से ज़रा चौड़ा होता था। कभी-कभी यह दोनाली भी

बनती थी लेकिन आमतौर पर एक नाली की क़राबीन ही चलती थी। उसमें गोली भरने के लिए उसके कुंदे और नाल के बीच में एक ख़ाना होता था जिसे तोसदान कहते थे। आमने-सामने की जंग और बचाव-हिफ़ाज़त के लिए क़राबीन बहुत प्रचलित थी, क्योंकि हालांकि उसका टप्पा यानी उसका तोड़ बहुत न था लेकिन कम वज़न और छोटी नाल के कारण उसे घोड़े या ऊंट पर से आसानी से चलाया जा सकता था। क़राबीन की गोली भी ज़्यादा भारी होती थी और उसे चलाने में शताबा या बिटनी की ज़रूरत न थी; लिहाज़ा फ़ायर जल्द-जल्द हो सकते थे।

क़राबीन में एक से ज़्यादा गोलियां चलाने की सलाहियत हो तो उसे चंदज़र्बी कहते थे, वरना आम बंदूक़ों की तरह क़राबीन भी एक बार में एक ही फ़ायर कर सकती थी। क़राबीन और बेधरमी में घोड़ा नहीं होता था; उसकी बजाय नाल के तख़्त के अंदर एक नोकदार कमानी होती थी, जो लिबलिबी दबाने पर कारतूस या गोली के पेंदे पर चोट करती थी और हथियार चल जाया करता था। ऐसी तमाम बंदूक़ों को अंग्रेज़ BL या Breech Loading कहते थे। इनमें गोली-बारूद नाल से नहीं बल्कि कुंदे की तरफ़ से डालते थे। ऐसी बंदूक़ों की पालकी में नाल और कुंदे के बीच एक कील लगी होती थी जिसे मग़ज़ कील कहते थे। मग़ज़ कील को अपनी जगह से खिसकाएं तो कुंदा अलग हो जाता था और नाल में ज़रूरत के मुताबिक़ गोली चढ़ा दी जाती थी। ऐसी दोनाली बंदूक़ें अंग्रेज़ी में DBBL या Double Barrelled Breech Loading कहलाती थीं। हिंदी में इन्हें दोनाली क़राबीन, बेधरमी या रिफ़ल या दोगाड़ा कहते थे। इस्तेमाल और फ़ायर करने में आसानी के बावजूद हिंदुस्तानी फ़ौजियों में उस वक़्त Breech Loading बंदूक़ें बहुत प्रचलित न थीं।

बेधरमी बंदूक़ दरअसल अंग्रेज़ों की ईजाद और प्रचलित की हुई एक नाल की राइफ़ल थी जिसका तोड़ बहुत दूर तक होता था। अंग्रेज़ों के ज़रिए आने की वजह से आम हिंदुस्तानी उसे 'बेधरमी' कहते थे लेकिन जिस ज़माने का हम ज़िक्र कर रहे हैं उस वक़्त लफ़्ज़ 'रिफ़ल' उसके लिए प्रचलित हो रहा था और 'बेधरमी' शब्द का प्रयोग कम होने लगा था। चुनांचे 'आतिश' के पहले दीवान में शेर हैः

अपनी शिकारगाहे-जहां में है आरज़ू
हम सामने हों और तुम्हारी रिफ़ल चले

करीम ख़ां मीरे-शिकार हालांकि बेधरमी बंदूक़ का बेहद माहिर था और नवाब के हथियारख़ाने में और उसकी अपनी मिल्कियत में कई क़िस्म की बेधरमियां भी थीं, पर वह शिकार के लिए बेधरमी कभी न इस्तेमाल करता था। करीम ख़ां का क़ौल था कि डेढ़ सौ गज़ के फ़ासले से छुपकर या हाथी की ऊंचाई से शिकार मार लेना जवांमर्दी का तरीक़ा नहीं है। भरमार और पत्थर कुला ही शिकारी को जानवर पर एक तरह की बरतरी दिला देती हैं, अंग्रेज़ी रिफ़ल की क्या बात जो महज़ बुज़दिली का

हथियार है। उसका यह भी क़ौल था कि सबसे बेहतर शिकारी वह है जो पैदल, सिर्फ़ तलवार या बरछे के बलबूते पर शेर या हाथी से भिड़े और फ़तहमंद हो।

क़रीम ख़ां की पैदाइश फ़ीरोज़पुर के क़िले ही में हुई थी। शम्सुद्दीन अहमद से दो-तीन साल छोटा होने की वजह से बढ़ते बचपन ही से वह उनके साथ पला-बढ़ा था और शम्सुद्दीन अहमद के साथ उसने सिपहगिरी का फ़न, हथियारों वाली और निहत्थी जंग और बचाव के भी गुर सीखे थे। अरबी-फ़ारसी में शुरुआती चंद बरस वो और शम्सुद्दीन अहमद एक ही उस्ताद के शागिर्द रहे थे। हाथ-पांव का अच्छा और बातचीत में हंसोड़ तबीयत और शिष्ट होने की वजह से करीम ख़ां हर जगह हाथोंहाथ लिया जाता था। दिल्ली के मनचले उसे 'गुले-सुर्ख़' कहते थे। कई अच्छी जगहों से इशारे आने के बावजूद करीम ख़ां ने शादी न की थी। कहता था कि जंगल की झाड़ियां मेरी रानियां हैं और जंगल के छतनार दरख़्त मेरे बराती हैं। फिर मुझे किसी और से शादी की क्या पड़ी है।

मर्दाना हवेली के सदर दरवाज़े पर तैनात बरक़ंदाज़ों को देखकर करीम ख़ां ने भवों के इशारे से अंदर का हाल पूछा। बरक़ंदाज़ों ने उसे अंदर जाने का इशारा तो दे दिया लेकिन उनके अंदाज़ में संकोच और एहतियात साफ़ थी, गोया कह रहे हों कि अगर बात बिगड़ गई तो हमें न कहना। सदर दरवाज़ा पार करके करीम ख़ां ने दीवानख़ाने के सामने सहन में क़दम रखा। हर तरफ़ फूल और फलदार दरख़्तों की झाड़ियां, घास की रविशें, बीच में नहर और नहर की परली तरफ़ मेहताबी थी। सहन के बक़िया हिस्से में संगमरमर का फ़र्श था और उसके सामने और बाईं तरफ़ चौड़े दालान थे। सामने वाले दालान के पीछे दीवानख़ाना था। करीम ख़ां ने दीवानख़ाने का रुख़ किया ही था कि बाएं दालान के पीछे एक दरवाज़े का पर्दा हिला। कोई उसे इशारा कर रहा था। करीम ख़ां ने आंख उठाई तो वह सुबह दौलत थी जो दोबारा नवाब का हाल मालूम करने आई थी और नवाब का सामना अब भी न कर सकने की वजह से शागिर्दपेशा की तरफ़ जा रही थी कि किसी बूढ़े नौकर से मदद ले।

सुबह दौलत और करीम ख़ां एक-दूसरे से ख़ूब वाक़िफ़ थे और सुबह दौलत कभी-कभी उसे एक ख़ास अदा से देख भी लेती थी लेकिन करीम ख़ां ने उस पर कुछ ध्यान न दिया था। इस बार भी उसे गुमान हुआ कि शायद तन्हाई का मौक़ा पाकर यह बेहया मुझसे कुछ बातें करना चाहती है।

"क्यों, क्या बात है? तू इधर मर्दाना हवेली में कहां मटकती फिर रही है?" करीम ख़ां ने माथे पर शिकन लाकर तेज़ लेकिन फुसफुसाहट के लहजे में पूछा।

"अल्लाह, करीम ख़ां जी, आपने सुना नहीं क्या? सरकारे आला पर कुछ दौरा सा पड़ा है। अंदर सब बेगमातें घबरा-घबराकर बावली हुई जा रही हैं। किसी की अक़्ल काम नहीं कर रही है।"

"ये तो बड़े सांसे की बात हैं... क्या बेहोश हैं...? पर तू यहां क्यों है?"

"बड़ी बेगम साहब बार-बार पुछवा रही हैं, हकीम साहब आए कि नहीं। अंदर कोई ख़बर ही नहीं भिजवाता कि क्या हो रहा है, सरकार कैसे हैं।"

"अच्छा, तो मैं जा ही रहा हूं सरकार की ख़िदमत में। तू यहां से चल। मैं अभी सब हाल मालूम करके कोई सूरत बेहतरी की निकालूंगा। फिर अंदर भी हाल कहला दूंगा।" यह कहकर करीम ख़ां तेज़ क़दमों से अंदर चला गया। सुबह दौलत एक लम्हा इस उम्मीद में वहीं खड़ी रही कि शायद करीम ख़ां मुड़कर देखे।

दीवानख़ाने में नवाब की हालत आहिस्ता-आहिस्ता ठहराव पर आ रही थी। वह आरामकुर्सी पर आधे लेटे हुए थे, बदन में अकड़न न थी और चेहरे का कालापन ग़ायब हो गया था। अलबत्ता उन्हें पसीना आ रहा था हालांकि मौसम ठंडा था। एक ख़ादिम नर्म रूमाल से उनका पसीना हल्के-हल्के पोंछ रहा था। दो नौकर कुछ दूर हटकर बड़े पंखे हिला रहे थे। एक चोबदार थालीजोड़ गिलास में शर्बत लिए हुए खड़ा था, लेकिन नवाब उसकी तरफ़ ध्यान नहीं दे रहे थे। उनकी आंखें अब भी ख़ाली-ख़ाली थीं और छत की तरफ़ लगी हुई थीं। चप्पी वाली एक असील पांव के तलवों में मलमल के दुपट्टे से झांवा कर रही थी। करीम ख़ां आहिस्ता से अंदर दाख़िल हुआ। शर्बत वाले चोबदार से उसने इशारों में पूछा कि हकीम साहब या वैद्य जी कोई आए कि नहीं। नहीं में जवाब पाकर वह नवाब के क़दमों में बैठ गया और उनके घुटनों पर हाथ रखकर बहुत हल्के और मीठे लहजे में बोला, "क्या हो गया मेरे बादशाह को? किसने दुखी किया है? किसने ऐसी गुस्ताख़ी की?"

नवाब ने छत की तरफ़ से आंखें हटाकर उसी तरह ख़ाली-ख़ाली नज़रों से करीम ख़ां की तरफ़ देखा लेकिन कहा कुछ नहीं। करीम ख़ां को देखकर वह हमेशा .ख़ुश हो जाते थे, लेकिन आज उनका चेहरा जज़्बात से बिल्कुल ख़ाली था।

"कुछ मुंह से बोलिए तो सही, मेरे सरकार," करीम ख़ां ने इस बार नवाब का घुटना पकड़कर हल्के से हिलाया जैसे नींद से जगा रहा हो। "आप हुक्म तो फ़रमाइए। सब जांनिसार हाज़िर हैं; आपकी मर्ज़ी फ़ौरन पूरी होगी।"

नवाब ने इस बार करीम ख़ां को इस तरह देखा गोया अब उसके आने का पता चला हो। "क़रीम ख़ां," नवाब ने भर्राई हुई आवाज़ में कहा। "अब कुछ नहीं। अब मरने-मारने का वक़्त है।"

क़रीम ख़ां ने ज़रा सा क़हक़हा लगाया। "सरकार फ़रमा तो दें किसके मरने का वक़्त है। मारने को हम तैयार हैं।"

"लोहारू हमसे छिन गया। यह सब उसी भड़वे की कारस्तानी है। क्या अच्छा होता अगर हमने उसी रोज़ उसे मार दिया होता।"

"सरकार तो पहेलियां बुझा रहे हैं," क़रीम ख़ां ने पुराने दोस्तों के से अंदाज़ में

कहा।

नवाब ने ज़मीन पर पड़े हुए काग़ज़ की तरफ़ इशारा किया, "इसे उठाकर पढ़ क्यों नहीं लेते। सब तो इसी में लिखा हुआ है।"

क़रीम ख़ां ने काग़ज़ उठाकर पढ़ा तो चंद ही पलों में सारी हक़ीक़त ज़ाहिर हो गई। उसके चेहरे पर अफ़सोस के बादल आए, लेकिन फ़ौरन ही गुज़र गए। अफ़सोस की जगह संजीदगी और पक्के इरादे की सख़्ती ने ले ली।

"मैं सरकार के हुक्म का मुंतज़िर हूं। दिल्ली जाऊं या कलकत्ता चला जाऊं? क्या फ़िरंगी बादशाह के यहां दर्ख़ास्त दाख़िल होगी?"

"दर्ख़ास्त कैसी और याचना कैसी?" नवाब ने उदास लहजे में कहा। "जो हो चुका उसे बदला नहीं जा सकता। अब अल्लाह ही उनसे इंतक़ाम लेगा। वह ज़बरदस्त इंतक़ाम लेने वाला है।"

"इंतक़ाम तो हम भी ले सकते हैं, सरकार।"

नवाब शम्सुद्दीन अहमद ख़ां ने आरामचौकी के हत्थे पर ज़ोर से मुक्का मारकर ऊंची आवाज़ में कहा, "क्या, कोई ऐसा नहीं जो उस काफ़िर दुष्ट फ़्रेज़र को ठिकाने लगा देता कि मेरे जी को कुछ तस्कीन होती।"

हर तरफ़ एक सन्नाटा सा छा गया। कुछ देर बाद करीम ख़ां ने कहा, "मैंने सुना है सरकार ने खाना भी नहीं तनावुल फ़रमाया। हवेली के अंदर लोगों में बड़ी बेचैनी और घबराहट है। बारे आप उन्हें और नन्हे बच्चों को कब तक इंतज़ार में रखेंगे।"

नवाब ने करीम ख़ां की तरफ़ कुछ हैरत से नज़र की। बातचीत का मौज़ू अचानक बदल जाने की कुछ वजह होगी, लेकिन क्या वजह हो सकती है? वह कुछ कहना चाहते थे कि करीम ख़ां ने आगे कहा, "मैं तो वलीनेमत दौलतमदार से इजाज़त लेने आया था।" वह एक पल रुका, गोया कोई आम सी बात कह रहा हो, कहीं कुछ जल्दी या घबराहट न हो। "एक ज़रूरी काम आ पड़ा है। मैं अभी-अभी दिल्ली के लिए कूच करना चाहता हूं। आला हज़रत ख़ासा नौश फ़रमाएं। आपका जी मांदा हो रहा है। ज़रा आराम फ़रमाएं। फिर ग़ुलाम कुछ तदबीरें अर्ज़ करेगा।" यह कहकर करीम ख़ां ने नवाब के घुटनों को फिर हाथ लगाया और उठकर सात बार झुक-झुक कर सलाम किया।

"जाओ, तुम्हें ख़ुदा को सौंपा," नवाब ने फुसफुसाहट के लहजे में कहा।

करीम ख़ां उल्टे क़दमों दीवानख़ाने से बाहर निकल आया। उसके जाने के बाद थोड़ी देर ख़ामोशी रही। चोबदार ने शर्बत की कश्ती दोबारा पेश की लेकिन नवाब ने इशारे से इंकार कर दिया। दोबारा ज़रा देर की ख़ामोशी के बाद नवाब कुछ चुस्तो-चाक़ होकर बैठे, फिर हुक्म दिया कि आबदारख़ाने से सीलाबची और आफ़्ताबा मंगवाएं कि हाथ-मुंह धुलवाया जाए। हल्के गुलाब और केवड़ा मिले पानी

के छींटों से चेहरे पर कुछ ताज़गी आई तो शम्सुद्दीन अहमद ने आसपास नज़र डाली और देखा कि नौकरों का मजमा गोया सांस रोके हुए मेरी हालत के बेहतर होने का इंतज़ार कर रहा है। सुबह दौलत, जो करीम ख़ां को बाहर जाते देखकर दीवानख़ाने के दरवाज़े पर आ गई थी, क़रीम ख़ां का इशारा पाकर हिम्मत करके अंदर आई और सलाम करके एक तरफ़ खड़ी हो गई। नवाब ने उसकी तरफ़ नज़र की और पूछा, “अरी सुबह दौलत, तू इस वक़्त बाहर क्योंके नज़र आ रही है? सब ख़ैर तो है?”

सुबह दौलत ने दोबारा सलाम किया ओर बोली, “सरकारे-वालाजाह का जी कैसा है? बेगम साहिब कलां ने पुछवाया है कि क्या हकीम साहब को बुलवाने की राय नहीं हुई? सरकार अब कैसे हैं?”

शम्सुद्दीन अहमद ख़ां ने ठंडी सांस ली और कुछ होंठों में, कुछ सबको मुख़ातिब करके सैदी तेहरानी का शेर पढ़ाः

बग़ैरे-सोख़्तनम मतलबे ज़माना न दारद
चू शम्मा ख़ूशा-ए-मा ग़ैरे-अश्क दाना न दारद

(मुझको जलाए बिना ज़माने का मतलब पूरा नहीं होता। शमा की तरह हमारी बाली में आंसुओं के सिवा कोई दाना नहीं)

फिर एक पल की ख़ामोशी के बाद नवाब ने सुबह दौलत से फ़रमाया, “हकीम साहब की ज़रूरत नहीं। मैं ठीक हूं। तुम अंदर जाओ। ख़ासा चुनवाया जाए।”

सुबह दौलत तीन सलाम करके दीवानख़ाने से निकली तो नवाब ने चोबदार को हुक्म दिया कि हवादार मंगवाया जाए। हम क़िले के बाग़ में कुछ देर हवाख़ोरी के बाद ख़ासा खाने ज़नाना हवेली में जाएंगे।

7 अक्टूबर 1834, मंगलवार को, करीम ख़ां और अनिया मेवाती ने गुड़गांव की एक सराय में रात गुज़ारी और अगले दिन दोपहर से पहले-पहले देहली पहुंचकर उन्होंने नवाब की दरियागंज वाली हवेली में क़याम किया। चूंकि उनका देहली आना-जाना अक्सर रहता था, लिहाज़ा किसी को उनके आने और हवेली में ठहरने पर हैरत न हुई और न किसी ने पूछा कि तुम लोग किस ग़रज़ से आए हो और नवाब कहां हैं। यूं भी इस मौसम में नवाब अपने इलाक़ों का दौरा करते थे, इसलिए किसी को उनका इंतज़ार न था।

करीम ख़ां को जल्द ही मालूम हो गया कि विलियम फ्रेज़र भी इन दिनों देहली में नहीं है और शीतकालीन निरीक्षण की ग़रज़ से मुल्क में इधर-उधर घूमता फिर रहा है। एक तो देहली कमिश्नरी का इलाक़ा यूं भी बड़ा था और दूसरे, फ़िरंगी साहिबान की नज़रें उन दिनों पंजाब पर थीं, लिहाज़ा इन मुल्कों के तमाम फ़िरंगी हाकिमों के दौरों में पंजाब की सरहदों के पास के शहर और क़स्बे ज़रूर शामिल होते थे। उस

ज़माने में विलियम फ्रेज़र का देहली आना बहुत कम होता था और होता भी था तो बहुत कम मुद्दत के लिए। और यह मुख़्तसर वक़्त भी उसका ज़्यादातर रेज़ीडेंटी ही में गुज़रता था। शाम की सैर भी उसने बंद कर रखी थी। फिर ख़बर लगी कि उन इलाक़ों में कुछ गड़बड़ी की वजह से साहब कलां बहादुर ने फ़िलहाल .खुद को करनाल में रोक लिया है और देहली की तरफ़ उनका रुख़ अब और भी कम होगा।

करीम ख़ां को देहली में पड़े-पड़े अब तीन महीने हो रहे थे और इस बीच फ्रेज़र पर पंजा कसने का मौक़ा तो दूर रहा, उसने फ्रेज़र की झलक भी एक ही दो बार देखी थी। उसने फ्रेज़र की आवाजाही पर नज़र रखने के लिए चंद बहुत भरोसेमंद जासूस लगा छोड़े थे, जो इस सारी मुद्दत में कमोबेश मुफ़्त ही की तनख़्वाह काटते रहे थे, यहां तक कि दिसंबर 1834 का मध्य आ गया था और आला साहिबान के ख़ेमों और महलों में बड़े दिन की तैयारियां शुरू होने लगीं। करीम ख़ां को ख़बर लगी कि विलियम फ्रेज़र बड़े दिन और फ़िरंगी नव वर्ष के सिलसिले में आजकल में देहली आने वाला है। अब उसे उम्मीद हो गई कि हफ़्ते-दस दिन में फ्रेज़र का सीना उसकी गोली का निशाना हो सकेगा। उसने जासूस को ताकीद की कि फ्रेज़र साहब की देहली वापसी के बाद से उनकी आवाजाही, ठहरने और बाहर निकलने के बारे में पल-पल की ख़बर मुझे पहुंचती रहे। लेकिन फ्रेज़र अभी देहली पहुंचा भी न था कि करीम ख़ां को यह रुक़्क़ा मिलाः

> ख़ान अजीज़ुल क़द्र शुजाअत निशान मीरे-शिकार मुहम्मद करीम ख़ां भरमारू सलामत रहें। लिखने की वजह यह है कि तीन माह का अरसा होने आ रहा है और तुमने शिकारी कुत्तों की ख़रीदारी का ज़रूरी मामला सरअंजाम नहीं दिया है और न ही कोई इत्तेला भेजी है। सो यह ख़्याल हमारे जी में आया है कि तुम शिकारी कुत्तों की ख़रीदारी जैसे अहम मामले अंजाम देने की कोई क़ाबलियत नहीं रखते हो। लिहाज़ा इस हुक्म को देखते ही क़िले में वापस आओ। देर हरगिज़ मुनासिब नहीं। लिखा गया 15 शाबान साले-हाल रोज़ पीर, बवक़्त चाश्त, हद।

रुक़्क़ा नवाब शम्सुद्दीन अहमद की .खूबसूरत शिकस्ता लिखाई में लिखा गया था लेकिन उस पर उनके दस्तख़त न थे न मुहर थी। काग़ज़ भी वह न था जो रियासत के दफ़्तर में इस्तेमाल किया जाता था। लेकिन करीम ख़ां को इसमें कोई शक न था कि वह रूबकार (आदेश) .खुद नवाब का लिखा हुआ था। सो करीम ख़ां ने अगले दिन तड़के ही फ़ीरोज़पुर के लिए सामान बांध लिया। रवाना होने से पहले उसने ख़्याल किया कि ख़त को हवेली में छोड़ना ठीक नहीं। उसे अपने पास रखना भी अक़्लमंदी के ख़िलाफ़ था, बल्कि अक़्लमंदी का तक़ाज़ा यह था कि रुक़्क़े को आग

के हवाले कर दिया जाए या पुर्ज़े-पुर्ज़े कर दिया जाए। लेकिन नवाब की अपने हाथ की तहरीर को जलाना या फाड़ना करीम ख़ां को गवारा न हुआ। बहुत सोच-समझकर उसने वह रुक़्क़ा दरियांगज की हवेली के सामने वाले कुएं में डाल दिया।

दो मंज़िलों को एक करता हुआ करीम ख़ां दूसरे दिन अस्र की नमाज़ के वक़्त क़िला फ़ीरोज़पुर के दरवाज़े पर हाज़िर हो गया। मग़रिब बाद जब उसका दाख़ला हुआ तो नवाब शम्सुद्दीन अहमद कुछ ख़ास मुसाहिबों के साथ दस्तरख़ान पर बैठ चुके थे। करीम ख़ां को भी शरीक होने का इशारा हुआ। खाने के दौरान रस्मी दुआ-सलाम के अलावा कोई बात न हुई लेकिन नवाब के चेहरे पर वह ताज़गी न थी जो अक्सर नज़र आती थी और जिसकी वजह से उनकी शख़्सियत और भी आकर्षक और दिलकश हो जाती थी। खाना ख़त्म होने पर जब भिंडे और गिलौरियों का दौर चला तो करीम ख़ां ने एक मुसाहिब की किसी बात पर कहा कि हमारे आक़ा और सरकार को किसी दुश्मन से नुक़्सान पहुंचे तो कम से कम मैं तो ख़ामोश न बैठूंगा। मैं तो दुश्मन को ठिकाने लगाकर ही दम लूंगा।

“बेशक। पेटपरस्त लोग यूं ही बातें बनाते हैं,” शम्सुद्दीन अहमद ने ज़रा सी मुस्कान के साथ कहा पर उनकी पेशानी पर अब भी ज़रा सा बल था।

क़रीम ख़ां को समझाने की ज़रूरत न थी, नवाब का इशारा साफ़-साफ़ उसी की तरफ़ था लेकिन नवाब की बात मुनासिब थी हालांकि दिल दुखाने वाली थी, ख़ासकर ये देखते हुए कि शम्सुद्दीन अहमद और करीम ख़ां साथ के खेले हुए थे। नवाब का जुमला करीम ख़ां के कलेजे में सूई की तरह चुभा। मगर उस वक़्त ख़ामोश रहना ही बेहतर था। जल्द से जल्द उसने मुनासिब मौक़ा देखकर नवाब से रुख़सती ली और महफ़िल से उठ आया। घर पहुंचकर उसे मालूम हुआ कि रेज़ीडेंटी के कुछ अहलकार, रियासत का ख़ज़ांची और लोहारू के दीवान साहब पिछले दो महीने से फ़ीरोज़पुर में डटे हुए थे और रियासत से लोहारू के अलगाव के काग़ज़ात तैयार कर रहे थे। पिछले दो महीने से लोहारू से कोई रक़म फ़ीरोज़पुर न आई थी, सब वहीं के ख़ज़ाने में दाख़िल की जा रही थी। कई साल पहले जब विरासत का झगड़ा उठा था, तो अंग्रेज़ ने यह फ़ैसला किया था कि लोहारू की रियासत अमीनुद्दीन अहमद ख़ां और ज़ियाद्दीन अहमद ख़ां की साझी मिल्कियत रहेगी। उस वक़्त की वसूली 25,000 माहाना थी जिसमें अंग्रेज़ों ने इंतज़ाम और रियासत के ख़र्चों के तौर पर 15,000 माहाना काटकर 10,000 दोनों भाइयों में बराबर-बराबर बांटे थे, इस हुक्म के साथ कि ज़ियाउद्दीन अहमद ख़ां चूंकि नाबालिग़ है, लिहाज़ा उनकी देखरेख अमीनुद्दीन अहमद ख़ां करेंगे और जियाउद्दीन अहमद ख़ां के हिस्से की रक़म हर माह ख़ज़ाने में जमा होती रहेगी। सो उस ज़माने में तो लोहारू का ख़ज़ाना अलग था और ज़ियाउद्दीन अहमद ख़ां की रक़म ज़िला हिसार के अंग्रेज़ी ख़ज़ाने में जमा होती थी।

लेकिन जब से यह फ़ैसला उल्टा गया था, लोहारू की वसूली भी फ़ीरोज़पुर में जमा होती थी और अमीनुद्दीन अहमद ख़ां की रक़म उन्हें यहां से अदा होती थी।

अब किए गए नए इंतज़ाम के तहत फ़ीरोज़पुर का ख़ज़ाना लोहारू की आमदनी से महरूम हो गया था। अंग्रेज़ सरकार के मुंशी लोग पैसे-पैसे का हिसाब लेने में मसरूफ़ थे कि पिछली रक़में सही तौर पर ख़र्च की गईं कि नहीं। उस पर तुर्रा यह कि अब अमीनुद्दीन अहमद ख़ां और ज़ियाउद्दीन अहमद ख़ां यह मांग कर रहे थे कि हमारे बाप के छोड़े हुए में नक़दी, जवाहरात, क़ीमती साज़-समान, शीशे के समान जो शम्सुद्दीन अहमद ख़ां को मिले थे उनमें से हमें भी हिस्सा मिलना चाहिए। लिहाज़ा लोहारू और फ़ीरोज़पुर के क़िलों में क़ीमती सामानों की फ़हरिस्त बन रही थी ताकि छोटे भाइयों से दस्तख़त लेकर उनका सामान हमेशा के लिए उनके हवाले कर दिया जाए।

करीम ख़ां के लिए लोहारू भी उसी तरह उसका घर था जिस तरह फ़ीरोज़पुर झिरका उसका पता-ठिकाना था और दोनों शहरों के क़िले उसकी यादों से रंगीन थे। उसे अब तक लोहारू के जुदा होने की सच्चाई का अहसास न हुआ था। अब उसे बटवारे और अलगाव के ये क़दम ऐसे लगे गोया उसका अपना घर न सिर्फ़ बंट रहा है बल्कि उजड़ने वाला है। उसके दिल में इंतक़ाम का इरादा और भी पक्का हो गया और अपनी अब तक की नाकामी पर शर्म का अहसास और भी कचोटने लगा। उसके जी में आया कि अभी-अभी नवाब की ख़िदमत में वापस जाकर माफ़ी मांगे और गिड़गिड़ाकर कहे कि मैं अपना फ़र्ज़ ज़रूर-ज़रूर पूरा करूंगा। लेकिन किसी ऐसी जगह पर बात करना जहां बात सुने जाने की ज़रा सी भी गुंजाइश हो, अक़्लमंदी न थी। वह मौक़े के इंतज़ार में रहा और तीसरे दिन जब वह नवाब के साथ शिकार पर गया तो एक मौक़े पर तन्हाई पाकर उसने कहा, "मैं आलीजाह से शर्मिंदा हूं।"

"मैं ख़ुद अपने सामने शर्मिंदा हूं, करीम ख़ां।"

"लेकिन मैं शिकमपरस्त नहीं, आक़ापरस्त हूं।"

"हम भी क़ाबूपरस्त नहीं। लेकिन हम कोशिश और कोशिश के अच्छे नतीजे की उम्मीद ज़रूर रखते हैं।"

"कोशिश में कमी हर्गिज़ न आएगी और न आने पाई है। सरकार का नमकख़्वार हूं और नमकख़्वार ही रहूंगा। मैं रोहिल्ला हूं। मैं कलाल-कलवार नहीं हूं। मर्दों का क़ौल जान रखता है।"

"लेकिन मर्दों को लोमड़ी बनने में क्या देर लगती है।"

करीम ख़ां ने शिकारी चाक़ू निकालकर अपनी गर्दन पर रख लिया, "यह आप मुझसे कह रहे हैं!"

नवाब ने हाथ आगे बढ़कर, आहिस्तगी से करीम ख़ां के हाथ से चाक़ू लेकर

अपनी गर्दन और सीने के बीच में उसकी नोक रख ली और बोले, "हमसे ज़्यादा तुम्हारी क़द्र कौन जान सकता है। लेकिन तुम मेरे बचपन के यार हो, तुम भी मुझे ख़ूब जानते हो।"

"मुझे अच्छी तरह इल्म है कि आपके जी में क्या है और जब तक आपकी मर्ज़ी न पूरी होगी, मैं चैन की नींद नहीं सोने का। उस दिन से मुझे एक ही धुन है।"

नवाब ने ज़रा आगे बढ़कर करीम ख़ां का कंधा थपथपाया, "मुझे तुम पर पूरा भरोसा है।"

कुछ देर दोनों चुप रहे। फिर नवाब ने कहा, "मार्च के महीने में हालात शायद ज़्यादा मुआफ़िक़ हों।"

"जी, बहुत मुनासिब। मैं मार्च के शुरू ही में देहली चला जाऊंगा।"

फिर इस सवाल पर दोनों में कोई बात उस वक़्त न हुई, बल्कि कभी न हुई। उन दिनों काले हिरनों का एक बहुत बड़ा झुंड फ़ीरोज़पुर के आसपास के इलाक़ों में आ गया था और खेतों को बहुत नुक़सान पहुंचा रहा था। दोनों उसी झुंड को ढूंढ़ने और दो-चार का शिकार करके बाक़ियों को ख़ौफ़ज़दा करके भगाने निकले थे। लेकिन उस वक़्त कई कोस का चक्कर लगाने के बावजूद काले हिरन दिखाई न दिए। शायद वो इलाक़ा ही छोड़ गए हों या शायद शिकारियों की आमद से बाख़बर हो गए हों। ख़ुद शिकारियों का दिल भी शिकार में कुछ बहुत न लग रहा था। असल गुफ़्तगू हो ही चुकी थी, सो शिकार ख़त्म करके दोनों वापस आ गए।

□□

मौत के पांव

जनवरी और फ़रवरी के महीने पलक झपकते गुज़र गए। सोमवार का दिन था और 3 मार्च की तारीख़ जब करीम ख़ां और अनिया मेवाती दोबारा देहली पहुंचे और पहुंचते ही उन्होंने यह ख़ुशख़बरी सुनी कि फ्रेज़र साहब देहली में मौजूद हैं। करीम ख़ां ने अपने पुराने जासूसों को फ़ौरन काम पर लगा दिया लेकिन उन्हीं पर बस न करके उसने अनिया की मदद से फ्रेज़र की पहाड़ी स्थित कोठी और अलीपुर में लूडलो कैसल (Ludlow Castle) में कमिश्नरी अदालत और दफ़्तरों पर सुबह-शाम निगाह रखनी शुरू कर दी। जल्द ही उसे फ्रेज़र की रोज़ाना की गतिविधियों का पता लग गया। लेकिन ये जानकारियां कुछ ख़ास उम्मीद बढ़ाने वाली न थीं क्योंकि दिन के वक़्त फ्रेज़र कभी तन्हा बाहर न निकलता था और न ही उसकी आम राहों में ऐसे इलाक़े थे, जहां लोगों और सवारियों का आना-जाना कम हो और रास्ता आधी घड़ी या इससे भी कम वक़्त के लिए सुनसान हो। फ्रेज़र का आना-जाना ज़्यादातर टॉमस मैटकाफ़ के यहां और कभी-कभी अपने दूर के रिश्ते के भाई साइमन फ्रेज़र या अपने

पुराने दोस्त जेम्स स्किनर (सिकंदर साहब) के यहां था। मैटकाफ़ की कोठी, जो उस वक़्त भी मैटकाफ़ हाउस कहलाती थी, अलीपुर के बिल्कुल आख़री सिरे पर थी। साइमन फ्रेज़र और स्किनर के मकान सिविल लाइंस में कश्मीरी दरवाज़े के पास थे। सिर्फ़ मैटकाफ़ हाउस ज़रा फ़ासले पर था वरना बाक़ी दोनों ज़्यादा से ज़्यादा कोस सवा कोस के फ़ासले पर थे। रात को फ्रेज़र हमेशा सूरज डूबने के एक-दो घंटे बाद तक घर वापस आ जाता था और उस वक़्त तक उसकी कोठी का रास्ता ख़ासा चलता हुआ होता था। कोठी के अंदर दाख़ले के लिए आम सड़क छोड़कर पहाड़ी की चढ़ाई चढ़नी होती थी और चूंकि वह आम रास्ता न था, इसलिए अक्सर सुनसान रहता था। लेकिन वहां छुपे रहने और घात लगाने का मौक़ा बिल्कुल न था। ज़रूरत इस बात की थी कि फ्रेज़र को किसी जगह तन्हा देखकर मार लिया जाए।

आमतौर पर कहा गया है कि फ्रेज़र की कोठी बाड़ा हिंदूराव में थी। यह बात सही है भी और नहीं भी। सही इस मानी में कि कोठी उसी इलाक़े में थी जिसे आज बाड़ा हिंदूराव कहते हैं और ग़लत इस मानी में कि उस वक़्त बाड़ा हिंदूराव का वजूद न था। किशनगंज और पहाड़ी के बीच में कुछ मकान और दुकानें थीं, बाक़ी खुला मैदान जंगल-जलेबी, मालती, छियूल और बबूल वग़ैरा की झाड़ियों और छोटे क़द के पेड़ों से ढका हुआ था। मैदान कहीं-कहीं कंकरीला और पथरीला था। एक सड़क मुहल्ला किशनगंज को उन दुकानों और मकानों से मिलाती थी जो किशनगंज और पहाड़ी के बीच में स्थित थे। इस सड़क के ख़त्म होने पर चढ़ाई शुरू होती थी और वहां से फ्रेज़र की निजी सड़क थी जो कुछ तंग थी लेकिन उस पर सुर्ख़ बजरी और कंकर कुटे हुए थे। फ्रेज़र ने अपनी सड़क के दोनों तरफ़ के जंगल साफ़ करा के फूलदार झाड़ियों और फलदार पेड़ों की क़तारें लगवा दी थीं। कुछ आगे चलकर फ्रेज़र की कोठी का पहला फाटक मिलता था। उसके बाद भी इसी तरह बल खाती हुई सड़क दोतरफ़ा झाड़ियों और पेड़ों की बदौलत हरी-भरी लगती थी। झाड़ियों और पेड़ों के घनेपन की वजह से पूरी पहाड़ी और उससे पहले का मैदान ज़्यादातर धुंधला और सायेदार था और रहस्यमय लगता था।

इस सारे इलाक़े का कोई नाम न था। पहाड़ी को सिर्फ़ पहाड़ी और कोठी को सिर्फ़ फ्रेज़र साहब की कोठी कहा जाता था। फ्रेज़र की मौत के बाद जब उसकी मिल्कियत और साज़ो-सामान बिकने लगे तो हिंदूराव नाम के एक रईस ने वो कोठी और वो सारा मैदान ख़रीद लिया जिसका ऊपर ज़िक्र हुआ। वह सारा इलाक़ा 'बाड़ा हिंदूराव' कहलाया और अब भी इसी नाम से जाना जाता है। फ्रेज़र की कोठी का ज़्यादातर हिस्सा वक़्त के गुज़रने के साथ-साथ खंडहर हो गया या 1857 की जंगे-आज़ादी में शाही फ़ौजों का एक अहम मोर्चा होने की वजह से अंग्रेज़ों की भारी गोलाबारी के नतीजे में ढह गया। अब सिर्फ़ एक हिस्सा बाक़ी है जो बाड़ा हिंदूराव अस्पताल का

मुख्य हिस्सा बन गया है।

मार्च 1835 की 22 तारीख़, और रात का वक़्त था। फ़्रेज़र की बंद बग्घी जब किशनगंज से चली तो उस वक़्त कोई 11 बजे होंगे। एक मुद्दत के बाद ऐसा इत्तफ़ाक़ हुआ था कि फ़्रेज़र इतनी रात को घर से बाहर और वह भी निस्बतन खुली जगह पर था। उस शाम वह किशनगढ़ (ये किशनगढ़ हरियाणा में है और उसका राजपूताने की मशहूर रियासत किशनगढ़ से कोई संबंध नहीं था) के राजा कल्याण सिंह के यहां खाने पर आमंत्रित था। खाने के बाद रास और मदिरा की महफ़िल देर तक खिंच गई थी और फ़्रेज़र ने मामूल से बहुत ज़्यादा पी ली थी। जब वह लगभग बेहोश हो गया तो कल्याण सिंह के मुलाज़िमों और उसके मुहाफ़िज़ों ने उसे किसी तरह उठाकर गाड़ी में डाल दिया था और जल्द-जल्द वापस ले चले थे। किसी ख़तरे का गुमान भी न था, इसलिए सिर्फ़ एक सवार लैंटर्न (लफ़्ज़ 'लालटेन' अभी चला न था) लिए हुए आगे-आगे था और चार कुछ फ़ासले पर पीछे-पीछे आ रहे थे। पांचों सवारों ने भी ख़ूब पी रखी थी और दावत ख़ूब उड़ाई थी; इसलिए उसके ज़हन और बदन दोनों ही सुस्त पड़ गए थे।

उस साल देहली में सर्दी बहुत पड़ी थी और मौसम देर तक मामूल से बहुत ज़्यादा सर्द रहा था। झाड़ियों से ढके हुए मैदान और पहाड़ी पर नमी की वजह से ठंडी धुंध छाई हुई थी और अंधेरा अलग था। दस क़दम के आगे बमुश्किल ही कुछ दिखाई दे सकता था। जो कुछ रोशनी थी वह फ़्रेज़र की बग्घी के धुंधले चिराग़ों की थी जो अंग्रेज़ी तर्ज़ के थे और कोच लैंप (Coach Lamp) कहलाते थे। उनके शीशे आमतौर पर हल्के हरे या नीले होते थे, इसलिए बग्घी के बिल्कुल सामने के अलावा उनकी रोशनी बहुत कम फ़ासले तक फैलती थी। फ़्रेज़र के आगे वाले घुड़सवार की ज़ीन से लैंटर्न ज़रूर लटक रही थी। लेकिन वह कुछ आगे निकल गया था, या उसकी लैंटर्न बुझ गई थी क्योंकि सवार जो आगे-आगे चल रहा था उसकी सवारी पर कोई रोशनी न थी और वह .ख़ुद सर से पांव तक सियाहपोश लगता था। काले रंग का निहायत ताक़तवर और काले ऊंचे क़द का घोड़ा, जो .ख़ुद भी अंधेरे में मिल सा गया था, और उसका सवार दोनों निहायत भरोसे से क़दम रख रहे थे और हरगिज़ इन राहों के लिए अजनबी न लगते थे।

फ़्रेज़र के बदन पर पूरा दरबारी लिबास था। बहुत तंग बिरजिस जैसी ऊनी पतलून, आला दर्जे की मलमल की सफ़ेद क़मीज़ जिसकी आस्तीनों और गले पर फूल और फुंदने लगे हुए थे। उसके ऊपर ज़री के काम की काली वास्केट, उससे सुनहरी घड़ी की ज़ंजीर लटकती हुई, उसके ऊपर छोटा कोट, कमर से बहुत तंग और आस्तीनें भी बहुत तंग लेकिन कलाई से छोटी ताकि क़मीज़ से कफ़ की सजावट और झालर दिखाई दे। गले में फूलदार रेशमी गुलूबंद (Cravat) और सबके ऊपर

भारी लंबा कोट जिसे टॉप कोट (Top coat) कहते थे। सर पर काली ऊंची मख़मली सख़्त टोपी जो टॉप हैट (Top hat) कहलाती थी और जिसका रिवाज कुछ ही बरस पहले शुरू हुआ था। फ्रेज़र नीम बेहोश था, आंखें बंद और गर्दन एक तरफ़ को ढलकी हुई थी। कभी-कभी उसके ख़र्राटे बुलंद होते और कभी-कभी वह बिल्कुल ख़ामोश हो जाता। बग्घी की छत, जो चमड़े और तिरपाल की बनी हुई थी, कमानियों पर तनी हुई थी। दोनों तरफ़ छोटे दरवाज़े थे जिन्हें बाहर और अंदर से बंद किया जा सकता था। चूंकि वह सिर्फ़ आधी ऊंचाई के थे, इसलिए फ्रेज़र जो गाड़ी के पिछले गद्दे पर ढेर था, आसानी से नज़र आ सकता था।

फ्रेज़र की कोठी का मोड़ आ गया। अंधेरा इस क़दर था कि ज़रा सी भी लापरवाही होती तो मोड़ पीछे छूटकर नज़रों से ओझल हो जाता। मुश्की सवार ने बेझिझक अपना घोड़ा फ्रेज़र की कोठी को जाने वाली तंग सड़क पर मोड़ लिया। बग्घी उसके चंद लम्हे बाद मोड़ में दाख़िल हुई। अगले सवार का कहीं पता न था और कोचबान शायद मुश्की सवार को ही साथ का सवार समझ रहा था। मोड़ मुड़ने के बाद चारों मुहाफ़िज़ पीछे ओट में पड़ गए और कई लम्हों के लिए फ्रेज़र की बग्घी उनकी नज़र से बाहर हो गई। एकाएक मुश्की सवार की रफ़्तार धीमी पड़ी। सवार और बग्घी के बीच फ़ासला कम होने लगा। मुश्की सवार की रफ़्तार और भी कम हुई लेकिन कोचबान जिसका नशा ठंडी हवा लगकर और भी गहरा गया था, कुछ ध्यान न दे सका। मुश्की सवार और फ्रेज़र की बग्घी बिल्कुल बराबर आ गए। सवार ने ज़ीन में दबी हुई बंदूक़ निकाली। फ्रेज़र का दाहिना पहलू ठीक सामने था। पै-बपै तीन फ़ायर हुए। एक गोली फ्रेज़र के पहलू को भेदती हुई, अंदर फेफड़े को चीरकर जिगर को छूती हुई, दो पसलियां तोड़ती बाहर निकल गई। दूसरी गोली ने दिल में सूराख़ कर दिया और बाईं तरफ़ की पसलियों में फंसकर रह गई। तीसरी गोली पेट के अगले हिस्से पर पड़ी और मेदे को फाड़ती हुई तिल्ली में धंस गई। फ्रेज़र की मौत को एक लम्हा भी न लगा। पहली ही गोली ने उसका काम तमाम कर दिया था।

कोचबान की तो समझ में न आया कि क्या हो गया है। मुश्की सवार ने घोड़ा कड़काया और बग्घी से आगे निकलकर घोड़े का रुख़ किशनगंज की तरफ़ कर दिया। फ्रेज़र के चारों मुहाफ़िज़, जो पीछे-पीछे सुस्त क़दमों से आ रहे थे, अब गोली की आवाज़ सुनकर अपने-अपने घोड़े सरपट भगाने लगे। उन्होंने किसी सवार या किसी पियादे को न देखा। इसकी वजह शायद यह थी कि मुश्की सवार ने सड़क छोड़कर फ़ौरन ही जंगल की राह ले ली थी, हालांकि इसमें घोड़े के ठोकर खाने, नतीजे में सवार के गिरने और अपनी गर्दन तोड़ लेने या कम से कम गहरे ज़ख़्म खाने की संभावना बहुत थी।

गोलियों की आवाज़ और फिर मुश्की सवार के ग़ायब होने पर कोचबान की

अक़्ल कुछ ठिकाने आई और उसने वावेला शुरू किया। इतनी देर में फ़्रेज़र के मुहाफ़िज़ सवार भी पहुंच चुके थे। एक ने तेज़-तेज़ आगे बढ़कर साथ वाले अगले सवार को आ लिया और दोनों अंधाधुंध भागते हुए कोठी तक गए कि रोशनी और कुछ और लोगों का इंतज़ाम कर सकें। थोड़ी देर में रौशनियां और सिपाहियों के हथियार हर तरफ़ चमकने लगे, लेकिन फ़्रेज़र सारे हंगामे से बेख़बर मौत की नींद सो रहा था। उसका चेहरा ढीला और मुंह खुला हुआ था और पीले दांत मशालों की पीली रोशनी में बदनुमा मालूम हो रहे थे। नायब रेज़ीडेंट टॉमस मैटकाफ़ और शहर मजिस्ट्रेट साइमन फ़्रेज़र ख़बर मिलते ही सोने वाले लिबास में लेकिन हथियारबंद सिपाहियों के साथ मौक़े पर पहुंचे और पांचों सवारों व कोचवान को हथकड़ी-बेड़ी डलवाकर अलीपुर के जेलख़ाने भिजवाने का हुक्म दिया। डॉक्टर विलियम मैक्नॉटन (William McNaughton) और उनके नायब डॉक्टर चमनलाल पहले आ चुके थे; उनकी निगरानी में लाश को हिफ़ाज़त और सम्मान के साथ कोठी पर पहुंचा दिया गया। उसी वक़्त कफ़न-दफ़न की तैयारियां होने लगीं। क़त्ल की ख़बर सारे शहर में आंधी-तूफ़ान की तरह फैल गई और सुबह तक अफ़वाहें भी गर्म हो गईं।

अगले दिन दस बजे तक लाश को तैयार करके मुलाक़ाती कमरे में रख दिया गया और ऐलान किया गयाः

> मुल्क ज़िल्ले-इलाही का, हुक्म कंपनी अंग्रेज़ बहादुर का, हर ख़ासो-आम को इत्तेला दी जाती है कि आज वक़्त साढ़े तीन बजे दिन अलीपुर के गोरा क़ब्रिस्तान में, जो लूडलो कैसल और नवाब रेज़ीडेंट बहादुर की अदालत व दफ़्तर से लगा हुआ है, मरहूम नवाब आलीजनाब इमारतो-इयालतमर्तबत मुअज़्ज़मुद्दौला अमीनुलमुल्क विलियम फ़्रेज़र साहब कलां बहादुर शहीद को दफ़्न किया जाएगा। शहर की रिआया, जो दर्शन और शोक को आना चाहें, 12 बजे के अंदर-अंदर मुअज़्ज़मुद्दौला अमीनुलमुल्क साहब कलां बहादुर शहीद की कोठी पर हाज़िर हों।

लेकिन इस ऐलान के बहुत पहले ही लोगों ने फ़्रेज़र की कोठी और मौक़ा-ए-वारदात पर जमघट लगाना शुरू कर दिया था। उनमें मातम करने वाले भी थे और बेफ़िक्रे तमाशबीन भी थे। शोक और दर्शन को आने वालों में पहले दो शख़्स मिर्ज़ा असदुल्लाह ख़ां ग़ालिब और नवाब शम्सुद्दीन अहमद के एक रिश्ते के भाई फ़तहुल्लाह बेग ख़ां थे।

शहर में उस वक़्त दो अफ़वाहें गश्त कर रही थीं। एक, जो ज़्यादा नहीं फैल रही थी, यह थी कि नवाब शम्सुद्दीन अहमद ने लोहारू के छिन जाने का ज़िम्मेदार फ़्रेज़र को ठहराते हुए और जहांगीरा बेगम के बारे में उसने जो अश्लील बात कही थी उसके

बदले में फ़्रेज़र को मरवा दिया। दूसरी अफ़वाह जो ज़्यादा चर्चित थी, यह थी कि क़त्ल के पीछे किसी औरत या लौंडे का मामला था। सुना जा रहा था कि किसी औरत को फ़्रेज़र साहब ले उड़े थे और उसके पिछले आशिक़ ने फ़्रेज़र को इंतक़ामन मरवा दिया था। काबुली दरवाज़े के आगे बाग़ शालामार तक बहुत से बाग़ों, मसलन रोशन आरा बाग़, बाग़ महलदार ख़ां, बाग़ पटनीमल, वग़ैरा के बेफ़िक्रे, जिनमें ज़्यादातर लौंडेबाज़ थे, एक राय से इस ख़्याल के थे कि मामला किसी लौंडे का है, और मुमकिन है कि किसी लौंडे ही ने किसी बात पर ग़ैरत में आकर साहब कलां बहादुर का ज़िंदगी से रिश्ता तोड़ दिया हो। अंग्रेज़ों को इन अफ़वाहों की मुकम्मल ख़बर थी क्योंकि उनके जासूस सारे शहर में क़ातिल के बारे में टोह लेते फिर रहे थे।

एक ज़रा सी संभावना अंग्रेज़ों की नज़र में यह भी थी कि यह क़त्ल किसी साज़िश का नतीजा हो या इसके पीछे कोई इंतज़ामी या सियासी मामला हो। बरेली के उन वाक़ेआत को 10 या 12 साल का ही अरसा गुज़रा था जब हाफ़िज़ रहमत ख़ां के पोते नवाब मुस्तफ़ा ख़ां और शहर के मुफ़्ती मौलवी मुहम्मद एवज़ की अगुवाई में शहर वालों ने अंग्रेज़ों के ख़िलाफ़ संगीन और हथियारबंद मुहिम चलाई थी। उस ख़ूनी मुहिम को कोई अंग्रेज़ भुला न सका था। माना कि बरेली के कमिश्नर एडवर्ड कोलब्रुक (Edward Colebrooke) और कलेक्टर फ़्रांसिस लो (Francis Lowe) ने बाग़ियों को इंतेहाई सख़्ती और बेहद ज़ुल्म के साथ कुचला था लेकिन दो हफ़्तों के लिए तो कंपनी का राज पूरे रुहेलखंड में हिलकर रह गया था। देहली में ऐसी कोई बात दिनभर के लिए भी हो जाती तो उसके असरात दूर तक फैल सकते थे। इस अंदेशे के ख़्याल से बौखलाकर साइमन फ़्रेज़र और टॉमस मैटकाफ़ ने फ़ैसला किया था कि फ़्रेज़र को फ़िलहाल पूरे पहरे की हिफ़ाज़त में रेज़ीडेंसी के निकटतम गोरा क़ब्रिस्तान में जल्द से जल्द दफ़्न कर दिया जाए। बाद में जब तफ़्तीश के बाद पूरा मामला खुलेगा और क़ातिल पकड़ा जाएगा तो क़ब्र की मुनासिब जगह और मज़ार का इंतज़ाम भी कर लिया जाएगा। इस वक़्त तो ज़्यादा धूमधाम के बग़ैर ही जनाज़े को सुपुर्दे-ख़ाक कर देना बेहतर है।

मिर्ज़ा फ़तहुल्लाह बेग ख़ां और नवाब शम्सुद्दीन अहमद आपस में भाई-भाई थे क्योंकि शम्सुद्दीन अहमद ख़ां के दादा नवाब आरिफ़ जान और फ़तहुल्लाह बेग ख़ां के दादा नवाब क़ासिम जान सगे भाई थे। फ़तहुल्लाह बेग ख़ां का मकान बल्लीमारन ही में कटड़ा व मस्जिद आदीना बेग ख़ां के सामने बालाख़ाने पर था। शम्सुद्दीन अहमद और फ़तहुल्लाह ख़ां में दांत काटी रोटी थी। लेकिन बाद में एक घोड़े के बारे में हंसी-मज़ाक़ की बातों में कुछ बिगाड़ पैदा हुआ जो तकरार, हुज्जत और चख़ाचख़ी में बदल गया और आपस में इतनी तल्ख़ी पैदा हो गई कि दोनों एक-दूसरे का मुंह देखने को तैयार न थे। उस सुबह को जब मिर्ज़ा असदुल्लाह ख़ां ग़ालिब और मिर्ज़ा

फ़तहुल्लाह बेग ख़ां लाश पर शोक और दर्शन के लिए फ्रेज़र की कोठी पर पहुंचे तो पहाड़ी की चढ़ाई से लेकर कोठी के सदर दरवाज़े तक सवारियों का हुजूम था। फ्रेज़र की लाश पूरे दरबारी लिबास, तमग़ों और हथियारों से लैस पत्थर के ताबूत में रखकर एक बड़ी चौकी पर लिटा दी गई थी। दरबारी लिबास और हथियारों से लैस गोरों की फ़ौज के चार सिपाही और उनका फ़िरंगी कमीदान लाश के सिरहाने बिल्कुल तने हुए खड़े थे। दर्शन के कमरे में इंतज़ाम यह था कि लोग एक दरवाज़े से दाख़िल होते; शोक और दर्शन के लिए आने वाले अंदर आते और चौकी के पास से गुज़रते हुए दूसरे दरवाज़े से निकल जाते थे। लिहाज़ा दर्शन का कमरा हर वक़्त लोगों से भरा रहता था। जब मिर्ज़ा ग़ालिब और मिर्ज़ा फ़तहुल्लाह बेग ख़ां कमरे में दाख़िल हुए तो फ़तहुल्लाह बेग ख़ां ने नारा मारा और झपटकर लाश पर गिरे और बज़ाहिर बेइख़्तियार पुकार उठेः

"हाय, शम्सुद्दीन ने तुझे न छोड़ा।"

एक अंग्रेज़ ने फ़तहुल्लाह बेग का कंधा मज़बूती से पकड़कर उन्हें उठाया और कमरे से बाहर जाने का इशारा किया। मिर्ज़ा ग़ालिब अपनी जगह शर्मिंदा होते रहे कि यह मुफ़्त का तमाशा खड़ा हो गया, लेकिन फ़तहुल्लाह बेग ख़ां के काम और उनके मातमी जुमले की तरफ़ महज़ मिर्ज़ा ग़ालिब या दूसरे हाज़िर हिंदुस्तानियों का ध्यान नहीं गया बल्कि कई अंग्रेज़ हाकिमों ने भी, जिनमें साइमन फ्रेज़र भी शामिल था, इस पूरे वाक़ए को बहुत अहमियत दी। पानीपत का मजिस्ट्रेट और फ्रेज़र का ख़ास दोस्त जॉन लॉरेंस (John Lawrence) क़त्ल की ख़बर सुनकर, धावे की तरह दिल्ली पहुंचकर, सीधा फ्रेज़र की कोठी पर पहुंचा ही था कि उसे फ़तहुल्लाह बेग के वाक़ए की ख़बर दी गई। उसने टॉमस मैटकाफ़ से मशवरा किया तो मैटकाफ़ को इस मामले की तफ़्तीश के बारे में कुछ ख़ास दिलचस्पी लेता न पाया। मैटकाफ़ का ख़्याल था कि फ़तहुल्लाह बेग ख़ां ने मौक़ा ग़नीमत जानकर शम्सुद्दीन अहमद से अपनी पुरानी दुश्मनी निकाली है। लेकिन लॉरेंस और साइमन फ्रेज़र की राय में यह बात ज़्यादा दरयाफ़्त और छानबीन की मांग करती थी।

पहले तो फ्रेज़र ने फ़तहुल्लाह बेग को अगले दिन कचहरी में बुलवाकर देर तक उनसे जिरह की। ज़ाहिर है कि फ़तहुल्लाह बेग ख़ां को कुछ मालूम तो था नहीं, और ठंडे दिमाग़ से सोचने पर उन्हें अपनी बेवक़ूफ़ी और छिछोरपन का अहसास भी हो गया लेकिन अब पछताए क्या होता था। साइमन फ्रेज़र और जॉन लॉरेंस की सख़्ततरीन जिरह के जवाब में वह यही कहते रहे कि साहब, मैं कुछ जानता नहीं। मैंने सिर्फ़ एक मशहूर बात कह दी थी कि साहब कलां बहादुर से शम्सुद्दीन अहमद की दुश्मनी कोई ढकी-छुपी बात न थी।

हालांकि अंग्रेज़ हाकिमों को फ़तहुल्लाह बेग ख़ां से कुछ भी काम की बात न

मालूम हो सकी लेकिन उन्होंने न सिर्फ़ फ़तहुल्लाह बेग ख़ां बल्कि शम्सुद्दीन अहमद के बड़े ससुर मिर्ज़ा मुग़ल बेग ख़ां को भी सिर्फ़ इस बुनियाद पर हिरासत में ले लिया कि वह शम्सुद्दीन अहमद के ससुर थे और उन दिनों शादुल ख़ां की हवेली में, फ़तहुल्लाह बेग ख़ां के बालाख़ाने वाले मकान के बिल्कुल पास रहते थे। अंग्रेज़ हलक़ों में मिर्ज़ा मुग़ल बेग निहायत शातिर और अंदर से 'ग़ैर-वफ़ादार' मशहूर थे बल्कि उस ज़माने का हाल बयान करते हुए एक अंग्रेज़ लेखक टॉमस बेकन (Thomas Bacon) ने तो साफ़ शक ज़ाहिर किया है कि मिर्ज़ा मुग़ल बेग इस मामले में पूरी तरह लिथड़े हुए थे।

हक़ीक़त यह है कि मिर्ज़ा मुग़ल बेग को तो इस बात की हवा भी न थी कि शम्सुद्दीन अहमद के साथ जुलाई में फ़्रेज़र की कोठी पर क्या गुज़री थी। लोहारू का इलाक़ा शम्सुद्दीन अहमद से छिन जाने की ख़बर भी जब आई थी, उसके बहुत पहले से मिर्ज़ा मुग़ल बेग और शम्सुद्दीन अहमद की मुलाक़ात न हुई थी। लिहाज़ा मिर्ज़ा मुग़ल बेग ख़ां को हिरासत में लेना उतना ही बेकार और बेनतीजा रहा जितना फ़तहुल्लाह बेग को हिरासत में लेना। मगर अंग्रेज़ों के इन क़दमों से शम्सुद्दीन अहमद को फिर भी नुक़सान पहुंचा क्योंकि उनकी बिना पर शहर में अफ़वाहें और भी भड़क उठीं कि फ़्रेज़र के क़त्ल में शम्सुद्दीन अहमद ख़ां का हाथ है।

मिर्ज़ा ग़ालिब से भी पूछताछ हुई लेकिन ज़्यादा नहीं। इस बिना पर यह अफ़वाह भी फैली कि मिर्ज़ा नौशा तो सारी मुख़बिरी पहले ही दिन कर चुके थे, इसलिए उनसे कुछ और जिरह-तफ़्तीश की ज़रूरत न थी। यह तो वाक़ेआ है कि उन दिनों मिर्ज़ा ग़ालिब का आना-जाना एक अंग्रेज़ हाकिम थियोडोर प्रेस्कॉट (Theodore Prescott) के यहां बहुत था। और यह भी सच्चाई बल्कि अजीब सच्चाई है कि सबसे दोस्ताना रखने और बीच की राह चलने के दावे के बावजूद ग़ालिब की ज़बान या क़लम से एक भी अच्छा कलमा शम्सुद्दीन अहमद के हक़ में कभी न टपका था, बल्कि वह मौक़ा-बेमौक़ा शम्सुद्दीन अहमद की बुराई ही करते रहते थे। जब फ़ख़रुद्दौला दिलावरुलमुल्क नवाब अहमद बख़्श ख़ां के इंतक़ाल पर शम्सुद्दीन अहमद ख़ां ने पूरी रियासत अपने हाथ में ले ली थी तो ग़ालिब ने एक फ़ारसी ख़त में लिखा कि अब तो नीच लोगों का बाज़ार गर्म होगा और छिछोरों के हंगामे गर्म रहेंगे। शम्सुद्दीन अहमद ख़ां से मिर्ज़ा ग़ालिब की नाखुशी इस हद तक मशहूर थी कि शहर के बाज़ारों में लोग मिर्ज़ा गालिब को, न कि फ़तहुल्लाह बेग को, मुख़बिर ठहराते थे। यह बात इस क़दर फैली कि मिर्ज़ा ग़ालिब ने कई ख़तों में अपनी बेगुनाही का इज़हार किया और दावा किया कि मुख़बिरी तो सारी फ़तहुल्लाह बेग ख़ां ने की थी, मैं तो सिर्फ़ प्रेस्कॉट से मेलजोल रखने का गुनहगार हूं। लेकिन शम्सुद्दीन अहमद ख़ां से ग़ालिब की चिढ़ उनकी उस ज़माने की तहरीरों से भी साफ़ ज़ाहिर है। मशहूर शायर शैख़

इमामबख़्श नासिख़ के नाम एक ख़त में ग़ालिब ने शम्सुद्दीन अहमद को 'काफ़िरे-नेमत दावरकुश' (नेमत को झुठलाने वाला, इंसाफ़परस्त का हत्यारा) लिखा और एक और ख़त में फ्रेज़र के क़ातिल को बददुआ दी कि वह "सितमगर ना-ख़ुदातरस अज़ाबे-अबदी में गिरफ़्तार हो (वो बेरहम ज़ालिम हमेशा-हमेशा के अज़ाब में रहे), और उसी ज़माने में उन्होंने एक ग़ज़ल का मक़ता कहाः

ग़ालिब सितम निगर कि चूं विलियम फ्रेज़रे
ज़ीं सां ज़ चीरादस्ती-ए-आदा शवद हलाक

(ऐ ग़ालिब, ये अत्याचार तो देखो कि विलियम फ्रेज़र जैसा शख़्स दुश्मनों की बर्बरियत के हाथों मारा जाए)

इन बातों से मुख़बिरी नहीं साबित होती क्योंकि फ्रेज़र की तारीख़ तो घनश्याम लाल आसी ने भी कही थी, मातमी शेर सहीः

गुफ़्त हातिफ़ ज़-रू-ए-दर्दो-अलम
आह खूने-फ्रेज़र-ए-विलियम

(फ़रिश्ते ने दर्द और दुख से कहाः आह विलियम फ्रेज़र का ख़ून!)

घनश्याम लाल आसी ने तो फ्रेज़र के क़त्ल की एक और तारीख़ भी कही थी जिसमें तरह-तरह के हुनर दिखाए गए थे। लेकिन मिर्ज़ा ग़ालिब ने शम्सुद्दीन अहमद ख़ां के ख़िलाफ़ अमलन कुछ किया हो या न किया हो (ऐन मुमकिन यही है कि कुछ नहीं किया, सिवाय इसके कि क़दम-क़दम पर शम्सुद्दीन अहमद से अपनी नफ़रत का इज़हार किया), लेकिन देहली वालों की नज़र में देहली के सबसे बड़े शायर और मशहूर रईसज़ादे के दामन पर शक के कुछ छींटे ज़रूर पड़े रह गए थे। और इसमें भी बहुत कम शक है कि शम्सुद्दीन अहमद की तरफ़ शक की उंगली फिरने में इस बात का भी कुछ न कुछ दख़ल था कि ग़ालिब, जो उस वक़्त की देहली में अहमदबख़्श ख़ां के घराने के बेहद ख़ास लोगों में से थे, पीढ़ीगत न सही वैवाहिक ही सही, उन्हें शम्सुद्दीन अहमद से पूरा अंदेशा था कि वह ऐसा जुर्म कर सकते हैं और इस अंदेशे का जगह-जगह इज़हार करने में उन्होंने शायद कोई तकल्लुफ़ न किया था।

अगर फ़तहुल्लाह बेग ख़ां के वाक़ए और मिर्ज़ा असदुल्लाह ख़ां ग़ालिब के इन इशारों से नज़र हटा लें तो शम्सुद्दीन अहमद ख़ां के ख़िलाफ़ कोई गवाही नहीं मिल रही थी। मौक़ा-ए-वारदात पर अजनबी घुड़सवार के सुम के जो निशान मिले थे वो बेहद उलझन में डालने वाले थे क्योंकि निशान हर तरफ़ थे और कोई भी दिशा तय न हो सकती थी कि सियाहपोश मुश्की सवार किस तरफ़ से आया और क़त्ल करके जंगल में उतरने के बाद किधर गया। लेकिन साइमन फ्रेज़र और उससे भी ज़्यादा जॉन लॉरेंस के दिल में इंतक़ाम की आग जहन्नम के शोले से भी बढ़कर गर्म थी।

साइमन फ़्रेज़र को शम्सुद्दीन अहमद ख़ां के ख़िलाफ़ बदगुमानी तो थी ही, ख़ासकर हवेली हुसामुद्दीन हैदर के फाटक पर जो आमना-सामना फ़्रेज़र और शम्सुद्दीन अहमद ख़ां का हुआ था और उसके बाद फ़्रेज़र की कोठी पर जो झगड़ा हुआ था, उसकी भी पूरी जानकारी साइमन फ़्रेज़र को थी। और उसका यह भी ख़्याल था कि देहली शहर में जो अफ़वाह फैलती है वह बेबुनियाद नहीं होती। क़ुदरती तौर पर उसने यह बात नज़रअंदाज़ कर दी थी कि मिर्ज़ा मुग़ल बेग और फ़तहुल्लाह बेग को हिरासत में लेकर खुद अंग्रेज़ों ने इस अफ़वाह को आसमान तक फैला दिया था। बहरहाल तीन-चार दिन के बहस-मुबाहिसे के बाद फ़्रेज़र और लॉरेंस ने मैटकाफ़ को इस बात पर आमादा कर लिया कि अगले दिन चार बजे सुबह के वक़्त शम्सुद्दीन अहमद ख़ां की दरियागंज स्थित हवेली पर छापा मारकर उसके दरवाज़े अंदर से बंद करवा दिए जाएं और हवेली के कोने-कोने की तलाशी ली जाए। फिर अगर दरियागंज वाली हवेली की तलाशी बेफ़ायदा साबित हो तो फिर बल्लीमारान की हवेली पर छापा डाला जाए। बल्लीमारान की हवेली पर बेइत्तेला चढ़ दौड़ने में ये बुराई ज़रूर थी कि वहां नवाब के घर की औरतें भी रह रही थीं, लेकिन इस बारे में यही फ़ैसला हुआ कि वक़्त आने पर देख लेंगे, तलाशी तो लेनी ही है। ज़ाहिर है कि ये फ़ैसले तमाम हिंदुस्तानी अमले से पोशीदा रखे गए थे।

□□

ज़माने का हाथ मेरे माथे का बाल पकड़ मुझे मौत की तरफ़ ले जा रहा है

क़त्ल की ख़बर मिलते ही साइमन फ़्रेज़र ने शहर के सारे दरवाज़े बंद करा दिए थे। और उसे जब यह ख़बर मिली थी कि एक सियाहपोश सवार कश्मीरी दरवाज़े की तरफ़ से दरियागंज की तरफ़ भागता हुआ देखा गया है तो उसने यह भी हुक्म दे दिया कि कोई इक्का-दुक्का सवार जहां नज़र आए उसे फ़ौरन रोककर उसकी तलाशी और बयान लिया जाए कि इस वक़्त वह कहां से आ रहा है और कहां जा रहा है। कंपनी के नफ़री, अहदी और पुलिस के पहरेदार हर तरफ़ फैल गए और आने-जाने वालों को तंग करने लगे। लेकिन शातिर अनिया तो पांव मारने वाला होशियार हरकारा था, वह पुलिसदारों और चौकियों की गिरफ़्त में कब आने वाला था। निहायत तेज़ी से उसने पहाड़गंज की ईदगाह के पीछे तंग गलियों में खुद को गुम कर लिया और निस्बतन कम आबाद और ज़्यादा अंधेरे गली-कूचों से होता हुआ वो बुलबुलीख़ाने के पास आ निकला। वहां से तुर्कमान दरवाज़े की दहलीज़ लांघना कुछ मुश्किल न था। तुर्कमान दरवाज़े से ज़रा फ़ासले पर मेहदियों के क़ब्रिस्तान में कुछ रोशनी थी, बाक़ी हर तरफ़ अंधेरा था। मेहदियों का चक्कर काटकर, फ़ीरोज़शाह की लाट और इमारतों को टटोलकर रास्ता पहचानता हुआ वह मस्जिद अब्दुन्नबी और

मस्जिद ख़ैरुल-मनाज़िल की रौशनियों के सहारे बीबी फ़ातिमा साम की दरगाह तक पहुंच गया। इत्तफ़ाक़ से वहां कई यात्री दालानों में और खुले आसमान तले सो रहे थे। अनिया ने .ख़ुद को उन्हीं में छुपा लिया और सुबह तड़के का गजर बजते ही उसने फ़ीरोज़पुर की राह ली और 24 मार्च 1835 की सुबह को बहुत सवेरे वह क़िला फ़ीरोज़पुर के सदर दरवाज़े पर था।

नवाब शम्सुद्दीन अहमद उस वक़्त ख़्वाबगाह से बाहर न आए थे लेकिन उनके इस हुक्म के मुताबिक़ कि करीम ख़ां या अनिया मेवाती जिस वक़्त भी हाज़िर होना चाहें, हमें ख़बर की जाए, पेशी के चोबदार ने फ़ौरन यह इत्तेला अंदर पहुंचा दी थी कि अनिया मेवाती सलाम को हाज़िर हुआ है। नवाब ने ख़्वाबगाह से बाहर आकर चमन के सहन में अनिया से मुलाक़ात की। अनिया ने उन्हें देखते ही दूर से नारा बुलंद किया, "आलीजाह का इक़बाल बुलंद रहे!" और फिर दौड़कर उसने नवाब की क़दमबोसी की। शम्सुद्दीन अहमद ने यह बात समझ ही ली थी कि अनिया इस बार कोई ख़ुशख़बरी लाया है। लिहाज़ा उन्होंने देर किए बिना पूछा, "कहो, कैसे आए? सब अच्छा तो है?"

"सरकार के इक़बाल से काम हो गया," अनिया ने झुककर सलाम किया। "दुश्मन रास्ते से हटा दिया गया।"

"अच्छा, बहुत ख़ूब। तो तुमने ख़ुद देखा?"

"जी नहीं सरकार, मगर मैंने अपने कान से सुना कि तीन बार क़राबीन चली। फिर हर तरफ़ कोहराम हो गया। सारे शहर में यह ख़बर बिजली की तरह फैल गई कि साहब कलां बहादुर नहीं रहे।"

"और करीम ख़ां?"

"मुझे उनकी ख़बर नहीं, आलीजाह। करीम ख़ां साहब दुश्मन के पीछे निकले हुए थे। मैं तो गोली की आवाज़ सुन कर सरपट भागा कि अपने सरकार को सबसे पहले .ख़ुशख़बरी पहुंचाने वाला मैं होऊं। ख़ां साहब का निशाना कभी चूकता तो है नहीं, सरकार जानते हैं। इसलिए शक की गुंजाइश ही न थी।"

शम्सुद्दीन अहमद ख़ां की रग-रग में नए ख़ून की लहर सी दौड़ गई। लेकिन उन्होंने अपने दिल की हालत पर क़ाबू रखा और अपने क़ौल या अमल से कोई ख़ुशी या चहक ज़ाहिर होने नहीं दिया। उन्होंने ताली बजाई और चोबदार के हाज़िर होने पर हुक्म दिया कि अनिया को दस अशर्फ़ियां दिलवाई जाएं। यह हुक्म देकर उन्होंने कहा, "अनिया, तुम फ़ीरोज़पुर ही में ठहरो। हम तुमसे बहुत ख़ुश हैं भई वल्लाह और अभी तुम्हारे नसीबे में बहुत कुछ है।"

नवाब का यह कहना एक तरह का वादा था कि अनिया को अभी बहुत कुछ इनाम और मिलेगा, लेकिन फ़ौरन कोई ख़ास और खुला हुआ बर्ताव उसके साथ न

किया जाए कि ऐसा करना मस्लेहत के ख़िलाफ़ होगा। अनिया इस बात के भेद को कुछ समझा, कुछ न समझा लेकिन वह सात सलाम करके नवाब के हुज़ूर से हट आया। लेकिन शम्सुद्दीन अहमद ने शायद अनिया की आंखों में भरोसेमंदी की कुछ कमी की झलक देख ली थी क्योंकि अनिया के हटते ही उन्होंने फ़ीरोज़पुर के कोतवाल को बुलाकर हुक्म दिया कि अनिया पर निगाह रखी जाए और उसे शहर से बाहर न जाने दिया जाए।

ज़ाहिर है कि अनिया अपने वक़्त का माना हुआ हरकारा था। लिहाज़ा उसे इस बात का ख़ूब सलीक़ा था कि लोगों का पीछा कैसे किया जाता है और खुफ़िया तौर से लोगों पर निगाह कैसे रखी जाती है। और कोतवाल फ़ीरोज़पुर के जासूस भी शायद कुछ नाकारा थे। बहरहाल अनिया को बहुत जल्द मालूम हो गया कि कोतवाली के आदमी मुझ पर नज़र रखे हुए हैं। उसके दिल में ख़तरा गूंजा कि ऐसा तो नहीं कि नवाब का इतना बड़ा राज़ मेरे पास है तो नवाब मुझे मरवा देना चाहते हों कि यह राज़ मेरे ही साथ दफ़्न हो जाए।

अगले दिन तक अनिया का यह शुब्हा यक़ीन में बदल गया। वह सुबह दिशा-मैदान के लिए जंगल जा रहा था कि जिस टीले के पीछे उसे बैठना था उस पर से एक भारी पत्थर लुढ़कता हुआ आकर उसके पांव के आगे गिरा। अनिया ने फ़ौरन यह समझ लिया कि यह पत्थर तो मेरे लिए था और उसे लुढ़काने वाले की ज़रा सी चूक ने मेरी जान बचा ली। वह भागता हुआ टीले पर चढ़ा कि क़दमों के निशानों से या दूसरे उपायों से अपने हमलावर के बारे में मालूम करे मगर वहां तो कुछ भी न था। लेकिन इस बात से उसका शुब्हा और भी पक्का हो गया कि निहायत चालाक दुश्मन से सामना है। अगर मैं यहां रह गया तो यक़ीनन मारा जाऊंगा।

एक कथन यह भी है कि अनिया जब नवाब के हुज़ूर से बाहर आया तो उसने किसी को यह कहते हुए सुना कि नवाब को यह मशवरा दिया गया है कि अनिया जैसे मामूली शख़्स को जो नवाब के इतने बड़े राज़ से वाक़िफ़ है, मौत के घाट उतरवा देना बेहतर होगा। इसके बाद जब उसने महसूस किया कि मेरा छुपकर पीछा किया जा रहा है तो फिर उसे पूरा यक़ीन हो गया कि अब मेरे दिन गिनती के बाक़ी हैं।

जंगल से वापस आकर अनिया ने अपने बड़े भाई को सारी बात बता दी और उसे भी यक़ीन दिला दिया कि यहां मेरी जान बचनी मुहाल है, मैं छुपकर ग़ायब हो जाऊंगा और आज रात भेस बदलकर यहां से निकल लूंगा। अंग्रेज़ अमलदारी में चूंकि अमन और बचाव की उम्मीद ज़्यादा थी, लिहाज़ा रात के अंधेरे में अनिया ने आगरे की राह ली। धावे में महारत की वजह से रात का सफ़र उसके लिए कुछ डरावना न था। अनिया के ग़ायब होने की इत्तेला कोतवाल ने नवाब को इस ख़ौफ़ से न भेजी कि नवाब सख़्त रुख़ अपनाएंगे कि अनिया को क्यों हाथ से यूं निकल

जाने दिया गया। दूसरी बात यह कि कोतवाल को मामले की संगीनी का कुछ पता भी न था, सो उसने ख़ामोश रहने में कुछ ख़ास बुराई न समझी।

अनिया के ग़ायब होने के चौथे दिन सारे फ़ीरोज़पुर में यह ख़बर आम हो गई कि फ्रेज़र साहब बहादुर का क़त्ल हो गया और फ़िरंगी साहिबान ने जानतोड़ कोशिश के बाद राज़ हल कर लिया है और हमारे नवाब के मीरे-शिकार करीम ख़ां भरमारू को इस जुर्म में गिरफ़्तार करके जेल भेज दिया है। अब उन पर अंग्रेज़ी अदालत में मुक़द्दमा चलेगा। फ़ीरोज़पुर की रिआया चुप थी और हैरत में थी कि इन हालात में हम क्या करें। क्या नवाब साहब को मुबारकबाद दें कि उनका दुश्मन मारा गया या उनसे अफ़सोस का इज़हार करें कि उनका ख़ास मुलाज़िम इस जुर्म में गिरफ़्तार हुआ है। .ख़ुद नवाब शम्सुद्दीन अहमद ख़ां पर ज़ाहिरा इस ख़बर का कोई असर न था और न उन्हें अपने लिए किसी ख़तरे का अहसास पैदा हुआ। वह हमेशा की तरह अपने हुकूमत के कामों में लगे रहे।

मार्च 1835 की 28 तारीख़ को सुबह का गजर बजने से बहुत पहले दरियागंज की सड़क और गलियां घुड़सवारों की टापों और अहदियों व नफ़रियों के क़दमों की आवाज़ों से गूंजने लगीं। मशालों, लैन्टर्नों और फ़ानूसों की ज़्यादती पर बारात का गुमान होता था। साइमन फ्रेज़र और जॉन लॉरेंस की अगुवाई में कंपनी बहादुर की एक बड़ी टोली ने दरियागंज में नवाब शम्सुद्दीन अहमद ख़ां की हवेली को घेर लिया। फ्रेज़र, लॉरेंस और चंद अंग्रेज़ फ़ौजियों ने अंदर दाख़िल होते ही हवेली का सदर दरवाज़ा बंद कर लिया था। छापा मारने वालों को अंदर किसी से ख़तरा था नहीं, इसलिए वह छोटी सी गोरा टुकड़ी काफ़ी थी। फ्रेज़र तो अंदर दीवानख़ाने में चला गया, जॉन लॉरेंस ने बाहरी हिस्से में हथियारख़ाना, हाथीख़ाना, अस्तबल वग़ैरा की तलाशी शुरू कर दी और जल्द ही उसको कामयाबी हासिल हुई।

ख़ासा बड़ा अस्तबल था, उसके एक कोने में तेलियां रंग का एक अच्छे बदन वाला घोड़ा सर झुकाए अलग खड़ा था। पूछने पर बताया गया कि यह घोड़ा कई दिनों से बीमार है और बाहर नहीं निकलता। लेकिन लॉरेंस ने क़रीब जाकर घोड़े के दाने का तोबड़ा उसके मुंह से लगाया तो वह मज़े से दाना खाने लगा। अभी लॉरेंस इस बात पर ग़ौर कर रहा था कि घोड़े के बारे में इस बज़ाहिर बेवजह ग़लतबयानी की वजह क्या है, कहीं यह घोड़ा कुछ और अहमियत तो नहीं रखता कि अचानक उसकी नज़र उस लंबे-ऊंचे, कलौंस रंग के घोड़े के सुमों पर पड़ी। उसे महसूस हुआ कि यहां कुछ अजीब बात है, कुछ बदला हुआ है। सईस ने लॉरेंस के हुक्म पर अनिच्छा से घोड़े का दायां पांव उठाकर दिखाया तो लॉरेंस के बदन में सनसनी सी दौड़ गई। घोड़े की नाल तो उल्टी ठुकी हुई थी। उसने चारों पांव उठवा कर देखे तो सबमें यही

हाल था। वह मारा! उसने दिल में कहा। मौक़ा-ए-वारदात पर मुश्की सवार के निशान किसी की समझ में आते तो कैसे आते जब घोड़े की सब नालें उल्टी ठुकी हुई थीं! अचानक उसके दिल में ख़्याल गुज़रा कि पिछली सदी में उसके मुल्क का एक मशहूर डाकू डिक टर्पिन (Dick Turpin) भी तो यही करता था कि वारदात के बाद अपना पीछा या तफ़्तीश करने वालों को मुग़ालते में डालने के लिए वह अपनी सवारी के घोड़े की नालें उल्टी ठुकवाया करता था। उसे यह भी याद आया कि डिक टर्पिन का पीछा उत्तर के इलाक़ों तक किया गया था और आख़िरकार उसे पकड़कर फांसी पर लटका दिया गया था। उसे यक़ीन हो गया कि विलियम फ़्रेज़र के क़त्ल की पहेली इस घोड़े की खोज से हल हो गई है और फ़्रेज़र का क़ातिल भी आख़िर अपने अंजाम को पहुंचकर फांसी के तख़्ते पर लटकेगा।

हवेली के अंदर की तलाशी में कुछ न मिला हालांकि छानबीन के जोश में आकर फ़्रेज़र ने कुछ जगहों पर खुदाई भी करा डाली जहां उसे खुफ़िया दस्तावेज़ों के संदूक़ के दफ़्न होने का शक था। लेकिन संदेहास्पद घोड़े के सुमों का नाप और नक़्शा मौक़ा-ए-वारदात पर सुमों के रहस्यमय निशानों से मिलाया गया तो मालूम हुआ कि दोनों में कोई फ़र्क़ नहीं। यह इत्तेला मिलते ही अस्तबल के दारोग़ा और तमाम सईसों को हिरासत में ले लिया गया। अब ऐसा लगने लगा कि करीम ख़ां की बदनसीबी क़दम-क़दम पर साथ चल रही थी, बल्कि आगे-आगे थी। जब तक क़त्ल की ख़बर लेकर अनिया फ़ीरोज़पुर झिरका पहुंचे पहुंचे, नवाब ने इंतज़ार और खोज के भाव से तंग आकर करीम ख़ां के बहनोई वासिल ख़ां को तफ़्सीली हालात मालूम करने के लिए देहली भेज दिया था। चुनांचे वासिल ख़ां हवेली दरियागंज पर छापे और तलाशी की सुबह वाली रात को हवेली में आकर उतरा था। हवेली के नौकरों से मामूली पूछताछ के दौरान वासिल ख़ां से भी जिरह की गई। उसने क़ुबूल कर लिया कि मैं करीम ख़ां का रिश्ते का भाई हूं लेकिन इस मौक़े पर वह अपने देहली आने की कोई माक़ूल वजह न बता सका, सिवाय इसके कि मैं अपनी बीवी के भाई से मिलने आया था। बहरहाल उसे भी फ़ौरन गिरफ़्तार कर लिया गया। वासिल ख़ां का हश्र क्या हुआ, इसके बारे में कोई प्रमाणित कथन नहीं है। एक अंग्रेज़ लेखक को ख़्याल गुज़रा है कि वासिल ख़ां (जिसका नाम उसने वसाइल ख़ां लिखा है) ही असल क़ातिल था। बहरहाल मुमकिन है, वासिल ख़ां को भी लंबी मुद्दत तक क़ैद सहनी पड़ी हो और वो शायद क़ैद ही में चल बसा हो।

इधर जासूसों ने ख़बर दी कि नवाब का मीरे-शिकार करीम ख़ां कई बार उसी संदेहास्पद तेलियां घोड़े की सवारी करता हुआ देखा गया था। अग्नेयास्त्रों की महारत में करीम ख़ां की ज़माने भर में शोहरत को देखते हुए उसकी तलाश शुरू हुई तो मालूम हुआ कि वह शहर के एक मशहूर अंग्रेज़ व्यवसायी विलियम मैक्फ़र्सन साहब (William

Macpherson) के साथ देखा गया था। साइमन फ्रेज़र फ़ौरन मैक्फ़र्सन की कोठी पर कई पुलिसदारों के साथ पहुंचा तो उस वक़्त करीम ख़ां और मैक्फ़र्सन उसी घोड़े की ख़रीदारी और क़ीमत तय करने के बारे में बातें कर रहे थे जिसकी नालों के बारे में शक गुज़र चुका था। साइमन फ्रेज़र ने अपने दिल में इस बात को करीम ख़ां के जुर्म का एक और सूबूत क़रार दिया और उसे फ़ौरन गिरफ़्तार कर लिया।

गिरफ़्तारी के बाद करीम ख़ां को लूडलो कैसल में बंद करके सख़्ततरीन छानबीन और जिरह से गुज़ारा गया। लेकिन नवाब शम्सुद्दीन अहमद तो दूर रहे, क़रीम ख़ां को भी फंसाने की ग़रज़ से जिरह के सवालात क़ायम करने के लिए कोई सुराग़ या इत्तेला अंग्रेज़ों के पास थी नहीं, ले-देकर वही अफ़वाहें और उस संदेहास्पद घोड़े की नालें थीं। क़रीम ख़ां बराबर यही कहे गया कि उस घोड़े पर कभी-कभी मैंने सवारी ज़रूर की है लेकिन घोड़ा जब-जब मेरी सवारी में आया, उसकी नालें बिल्कुल ठीक थीं।

"तो फिर ये उल्टी नालें किसने और कब लगवाईं, और क्यों?"

"आलीजाह, यह तो घोड़े का मालिक ही बता सके है। मैं बेचारा इसके बारे में क्या कह सकूं हूं?"

"क्यों नहीं? तुम तो नवाब के मीरे-शिकार हो।"

"सरकार, मैं अस्तबल का दारोग़ा तो नहीं हूं," क़रीम ख़ां मुस्कुराया।

"तो इसमें हंसने की क्या बात है? तहज़ीब से बात करो, नहीं तो साहब भी जूते से बात करेगा," फ्रेज़र ने जॉन लॉरेंस की तरफ़ इशारा करते हुए कहा।

"हुज़ूर मालिक हैं। लारन साहब और सैमन साहब, आप दोनों मुझे पहचानते हैं। मैं कोई ग़लत काम साहिबान आलीशान के ख़िलाफ़ भला क्योंकर..."

"ये चिकनी-चिकनी बातें अपनी औरतों को सुनाना। तुम हिंदुस्तानी लोग डंडे की ज़बान समझते हो, और कुछ नहीं। अभी इतने चाबुक पड़ेंगे कि मां याद आ जाएगी।"

साइमन फ्रेज़र ने फुसफुसाहट के लहजे में अंग्रेज़ी में कहाः "लॉरेंस, ज़रा एहतियात से काम लेना। तुम जानते हो कंपनी का हुक्म है कि देसी लोगों को मार तो मारी जा सकती है लेकिन एहतियात से। इनकी हड्डियां नर्म और जिस्म कमज़ोर होते हैं। ऐसा न हो कि क़ैदी मर ही जाए। बदनामी भी होगी और सुबूत भी हाथ से जाएगा। इसको मारो लेकिन हड्डियां न तोड़ना।"

जॉन लॉरेंस मुस्कुराया, "मैं इस हब्शी ख़बीस की हड्डियां नहीं, इसकी इरादे की ताक़त को तोडूंगा," उसने अंग्रेज़ी में जवाब दिया।

"बेहतर है कि इसे अंधेरी कोठरी में कुछ दिन भूखा-प्यासा रखें," साइमन फ्रेज़र ने कहा।

जॉन लॉरेंस कुछ देर सोचता रहा, फिर बोला, "हां, तुमने अच्छी तरकीब सुझाई

है, फ़्रेज़र।"

जिस कोठरी में करीम ख़ां को क़ैद किया जाना था उसमें मूंज की एक चारपाई के सिवा कुछ न था। चारपाई हटा दी गई और कोठरी की खिड़की और दरवाज़ा बंद करके काले पर्दे डाल दिए गए। चार देसी सिपाहियों ने करीम ख़ां को बेक़ाबू करके उसके कपड़े उतार लिए, और उसे ठोकर मार-मारकर कोठरी के एक कोने में कर दिया और कहा, "ख़बरदार, यहां से हिलना मत। हिले-डुले तो सोंटा खाओगे।"

कई घंटे की क़ैद के बाद दरवाज़ा ज़रा सा खुला। लेकिन चूंकि शाम थी इसलिए रोशनी अंदर न आई। जॉन लॉरेंस अंदर दाख़िल हुआ। करीम ख़ां उस वक़्त अपने पेशाब में लथपथ, कोने में पड़ा सर्दी से ठिठुर रहा था। लॉरेंस ने करीम ख़ां की पिंडलियों और पांवों के तलवों पर कई बेंत मारे, इस क़ुव्वत से कि करीम ख़ां हर चोट पर उछल-उछल पड़ता था। लेकिन उसके मुंह से सिसकी तक न निकली।

"क़त्ल के वक़्त तुम कहां थे और क्या कर रहे थे?" लॉरेंस ने आख़िरकार पूछा।

"सरकार, मैं क्या बताऊं? क़त्ल किस वक़्त हुआ, मुझे नहीं मालूम।"

लॉरेंस के इशारे पर एक जमादार ने करीम ख़ां के सर, गर्दन और पीठ पर कई सोंटे बहुत तौल-तौलकर एक-एक, दो-दो पल के अंतराल से लगाए। करीम ख़ां का सारा धड़ लहू से भर गया। फिर लॉरेंस ने कहा, "हरामी कुत्ते, गुस्ताख़ी मत कर, नहीं तो इससे भी बुरा हाल होगा। 22 मार्च की शाम से सुबह तक तुम कहां थे?"

"अपनी कोठरी में पड़ा सो रहा था, सरकार।"

"वहां किसी ने तुमको देखा? कोई गवाही है?"

"हुज़ूर, मुझे बहुत तेज़ ताप चढ़ आया था। मैं रातभर मुंह लपेटकर पड़ा रहा। रोटी भी नहीं खाई।"

"तुम झूठ बोलते हो। तुम उस रात को साहब कलां बहादुर की कोठी के पास देखे गए थे।"

"मुमकिन ही नहीं जनाब।"

एक सिपाही ने कई सोंटे फिर करीम ख़ां को लगाए। और जमादार ने करीम ख़ां को मां की गाली दी और कड़ककर बोला, "तो क्या हमारे साहब बहादुर झूठ बोल रहे हैं? अबे, तू सच-सच बात बता क्यों नहीं देता?"

"जो आप कहें जमादार जी, मैं तो वही कहूंगा..."

जॉन लॉरेंस ने बात न पूरी होने दी और बढ़कर दोबारा कई बेंत करीम ख़ां के पेट और तलुवों पर लगाए। फिर उसने पूछाः "अच्छा, यह बताओ तुम उस मुश्की घोड़े पर आख़री बार कब चढ़े थे?"

करीम ख़ां कुछ पल चुप रहा गोया सोच रहा हो, फिर बोला, "मुझे याद नहीं सरकार।" अचानक वह मुस्कुराया, "मैं कोई रोज़नामचा तो भरता नहीं, सरकार।"

उसकी मुस्कुराहट में मख़ौल था, या शायद नहीं था, लेकिन जॉन लॉरेंस को यही लगा कि यह टके का देसी मुलाज़िम मेरा मज़ाक़ उड़ा रहा है। उसने सिपाहियों को इशारा किया। कई सोंटे करीम ख़ां पर फिर पड़े। फिर लॉरेंस ने पूछाः "क्या यह शक की बात नहीं कि जिस घोड़े पर फ़्रेज़र साहब का क़ातिल सवार था, तुम उसी घोड़े को बेचने जा रहे थे?"

"जी हां सरकार, शक की बात तो है, लेकिन क्या क़ातिल ने क़ुबूल दिया है...?"

लॉरेंस ने आगे बढ़कर करीम ख़ां को झिंझोड़ा और उसकी मूंछों के कई बाल उखाड़ दिए। फिर उसने अपने भारी फ़ौजी बूट से करीम ख़ां को ठोकर मारी और चीख़ा, "तुम .ख़ुद क़ातिल हो।"

करीम ख़ां ने मुंह पर हाथ फेरा, फिर हाथ झटककर बोला, "सरकार मालिक हैं।" उसके लहजे में गिड़गिड़ाहट नाम को भी न थी, बल्कि लगता था किसी बच्चे को बहला रहा हो।

"तुम उस घोड़े को बेचने क्यों गए, और वह भी इस वक़्त?"

"मैं अपने हाकिम का हुक्म बजा रहा था, हुज़ूर। नवाब साहब का फ़रमान था कि यह घोड़ा बहुत ज़िद्दी है, इसे अलग कर दो।"

"क्या सुबूत है?" लॉरेंस दहाड़ा।

"सरकार अस्तबल के दारोग़ा से पूछ लें।"

"वह तो हम पूछेंगे ही। लेकिन अभी तो तुम यहां हो हरामज़ादे, शैतान की औलाद, तुम बताओ कि तुम जब आख़री बार उस घोड़े पर सवार हुए तो उसकी नालें ठीक नहीं थीं। क्यों?"

"बिल्कुल ठीक थीं। मैं हलफ़िया कहता हूं, आलीजाह।"

"तुम अगर बीमार थे तो हकीम के पास क्यों नहीं गए?"

"जनाब, हम कहां और हकीम साहब कहां। हम तो यूं ही..." करीम ख़ां अजब अंदाज़ से मुस्कुराया, "...लोट-पोटकर ठीक हो जाते हैं।"

लॉरेंस के तन-बदन को गोया आग लग गई। उसने उछलकर बेंत करीम ख़ां के मुंह पर मारा। करीम के माथे से लेकर ठोड़ी तक ख़ून की लकीर उभर आई। अंग्रेज़ी में गाली देकर उसने सिपाहियों को इशारा किया। दो सिपाहियों ने करीम ख़ां पर सोंटे बरसाना शुरू किए। करीम ख़ां के मुंह से आवाज़ भी न निकली लेकिन उसने अपना सर निहुड़ाकर घुटनों और पेट के बीच में कर लिया। कुछ देर बाद लॉरेंस ने करीम ख़ां की पसलियों पर ठोकर मारी और चीख़ा, "सर उठाकर बात करो!"

करीम ख़ां ने सर उठाया। उसकी एक आंख तामड़े की तरह काली-लाल थी और एक आंख सूजकर बंद हो गई थी।

"तो फिर उसके पांव में तुमने वो नालें कब लगवाईं?"

"मैंने उस घोड़े की नालें कभी नहीं ठुकवाईं... आप यक़ीन करें सरकार, मैं झूठ नहीं बोलता।"

"मक्कार, हरामज़ादे। तुम उस घोड़े को बेचने के लिए अब क्यों गए?"

"मैक्फ़र्सन साहब शहर में मौजूद नहीं थे, हुज़ूर। परसों ही आए हैं।"

जॉन लॉरेंस तिलमिलाकर रह गया कि बात सही थी।

"वो नालें किसने लगवाईं? तुम्हीं तो उस घोड़े पर सवार थे।"

"हुज़ूर... मैं अस्तबल का दारोग़ा नहीं," करीम ख़ां ने खंखारकर ख़ून मिला बलग़म इस तरह थूका कि उसका रुख़ कमोबेश लॉरेंस की तरफ़ था। "हां, एकाध बार उस घोड़े पर सवारी का क़ुसूर मुझसे ज़रूर हुआ। लेकिन मेरे हाकिम को इसका इल्म है। उन्होंने मुझे कोई सज़ा नहीं दी।"

"नमकहराम, क़त्ल के वक़्त तुम कहां थे?"

"क़त्ल किस वक़्त हुआ, मालूम नहीं, आलीजाह।"

"झूठे, ग़द्दार, तुम क़त्ल की रात कोठी के पास देखे गए थे। झूठ बोलने से कोई फ़ायदा नहीं। हमें सब कुछ मालूम हो चुका है।"

करीम ख़ां ने बदन अकड़ाया, गोया अंगड़ाई ले रहा हो, "मैं वहां था नहीं, सरकार। पर अगर था भी तो तो इसका यह मतलब नहीं कि क़ातिल भी मैं हूं।"

जॉन लॉरेंस के जी में आया कि इस गुस्ताख़ देसी कुत्ते का सर बूट के तले रगड़कर कुचल दूं, लेकिन उसे फ़्रेज़र की नसीहत याद आ गई। उसने कुछ ठहरकर बहुत ठंडे लहजे में पूछा, "तुमने साहब कलां बहादुर को आख़री बार कब देखा?"

करीम ख़ां ने फिर चंद पलों की ख़ामोशी के बाद कहा, "अब याद नहीं आता हुज़ूर, बहुत दिन हो गए... हम देसी लोग फ़िरंगी साहिबान से दूर ही रहते हैं..." यह कहते-कहते करीम ख़ां ने पेशाब कर दिया लेकिन एक अंदाज़े-बेपरवाही से, गोया किसी ओट की जगह पर इत्मीनान से फ़ारिग़ हो रहा हो। पेशाब की धार गिरने की आवाज़ लॉरेंस और सब सिपाहियों ने सुनी, लेकिन लॉरेंस कहता भी तो क्या कहता। क़ैदी को उसी के हुक्म से कोठरी में नंगा और तन्हा रखा गया था। शर्म मिटाने के लिए उसने करीम ख़ां को दो-चार सोंटे और लगवाए, फिर पूछा, "क़त्ल की रात तुम कहां थे?"

"दरियागंज वाली हवेली में, सरकार।"

लॉरेंस दांत पीसकर रह गया। सवालों और सोंटे या बेंत की मार का सिलसिला रात भर चला। लॉरेंस घूम-घूमकर वही सवालात बार-बार पूछता। अचानक किसी सवाल के जवाब के दौरान करीम ख़ां की बात काटकर वह कोई फ़ालतू बात पूछ देता या किसी पूछे हुए सवाल को फिर पूछता। उसकी कोशिश थी कि करीम ख़ां

के किसी जवाब या बयान में कोई अंर्तविरोध पकड़ ले या करीम ख़ां के होशो-हवास उड़ाकर उससे कोई बात उगलवा ले। पानी या और किसी क़िस्म की राहत के बग़ैर करीम ख़ां का गला सूख गया, आवाज़ भर्राते-भर्राते लगभग बंद हो गई, थकान और ज़ख़्म और क़ुदरती हरारत में कमी से उस पर ग़शी छाने लगी और ख़ुद जॉन लॉरेंस का गला बैठ गया। लेकिन उसकी सारी जिरह और तफ़्तीश का नतीजा सिफ़र रहा।

सुबह होते-होते लॉरेंस ने थककर जिरह बंद कर दी। उसने सिपाहियों से कहा कि क़ैदी पर दो-तीन घड़े ठंडा पानी डालो ताकि वह साफ़ हो जाए। फिर उसे कुर्ता-पजामा पहनाकर दूसरी कोठरी में ले जाकर कुछ खाने को दो लेकिन उसे सोने मत देना। मैं दिन ढले फिर आऊंगा।

लॉरेंस को वापसी में शाम की बजाय रात हो गई। लेकिन इस देरी में करीम ख़ां या उसके आक़ा के लिए कोई अच्छाई पोशीदा न थी। उस दिन एक सुबूत ऐसा मिल गया था कि सारे आला फ़िरंगी हाकिम और दूसरे ऊंचे हाकिम बग़लें बजा रहे थे कि अब करीम ख़ां ही नहीं, शम्सुद्दीन अहमद पर भी हमारा क़ाबू चल जाएगा। हुआ यूं कि जिस दिन दरियागंज की हवेली में छापा पड़ा और गिरफ़्तारियां हुईं उसी दिन एक शख़्स का डोल हवेली के सामने वाले कुएं में गिर पड़ा। डोल निकालने के लिए ग़ोताख़ोर कुएं में उतारा गया। जब वह थोड़ी देर बाद ऊपर आया तो उसके हाथ में गुमशुदा डोल के अलावा एक पत्थरकुला बंदूक़ भी थी जिसकी नाल काटकर छोटी कर दी गई थी। ग़ोताख़ोर ने यह भी बताया कि डोल एक कोने में कीचड़ में फंसा हुआ था, उसे ज़ोर लगाकर निकाला तो उसके पेंदे में चिपका हुआ एक काग़ज़ भी चला आया जो कुछ ख़त वग़ैरा सा मालूम होता था। पुलिसदार ने फ़ौरन मैटकाफ़ साहब बहादुर को इस खोज की ख़बर दी और कंपनी बहादुर सरकार के लिए काग़ज़ समेत बंदूक़ को ज़ब्त कर लिया। मैटकाफ़ ने काग़ज़ फ़ौरन साइमन फ्रेज़र को भेज दिया कि उसका मुआयना हो, इस बात का मानी पता किया जाए और ज़रूरी समझा जाए तो लिखने वाले के बारे में जांच-पड़ताल हो। बंदूक़ उसने जॉन लॉरेंस के पास भेज दी कि इसके मालिक का पता लगाया जाए।

काग़ज़ वैसे तो बहुत गल चुका था और इबारत जगह-जगह से मिट गई थी लेकिन उस पर कुछ रासायनिक कार्य किया गया तो ज़्यादातर अक्षर रोशन हो गए और ये मालूम हुआ कि यह कोई ख़त है जो नवाब शम्सुद्दीन अहमद ने कुत्तों की ख़रीदारी के बारे में करीम ख़ां को लिखा था। ख़त पर दस्तख़त न थे और न मुहर थी लेकिन शम्सुद्दीन अहमद ख़ां की लिखाई का ढंग कई लोगों ने पहचानकर गवाही दी कि यह ख़त उन्हीं का लिखा हुआ है। काग़ज़ पर तारीख़ साफ़ न थी और साल बिल्कुल न था लेकिन उसमें लिखा हुआ था कि करीम ख़ां तीन महीने से देहली में है और अब उसे वापस आ जाना चाहिए क्योंकि वह शिकारी कुत्तों की ख़रीदारी के

लिए नाकारा साबित हुआ है। करीम ख़ां के दिल्ली क़याम के बारे में थोड़ी-बहुत तफ़्तीश से यह बात खुल गई कि यह ख़त 1834 या 1835 ही के ज़माने का है। शिकारी कुत्तों की ख़रीदारी के मानी ये निकाले गए कि यह कोई राज़ है और इसके मानी विलियम फ्रेज़र का क़त्ल है।

अंग्रेज़ हाकिमों को यह बात साबित करने में नाकामी हुई कि अक्टूबर 1834 से करीम ख़ां के दिल्ली क़याम का असल मक़सद फ्रेज़र का क़त्ल था। करीम ख़ां ने फ्रेज़र की आवाजाही पर निगाह रखने के लिए जितने जासूस नौकर रखे थे वो करीम ख़ां और नवाब शम्सुद्दीन अहमद ख़ां के जांनिसार थे। लिहाज़ा वो सामने न आए और न ही कोई मुख़बिर उनके बारे में कुछ जानकारी मुहैया कर सका। लेकिन यह कमी बंदूक़ के सुराग़ से पूरी हो गई थी क्योंकि फ्रेज़र के आदमियों ने चंद ही घंटों की मेहनत में एक लोहार को ढूंढ़ निकाला जिसने बंदूक़ की शिनाख़्त की और गवाही दी कि मैंने करीम ख़ां की फ़रमाइश पर इसकी नाल काटी थी। अब तो जॉन लॉरेंस और फ्रेज़र क़सम खाने को तैयार थे कि करीम ख़ां पर ही नहीं, शम्सुद्दीन अहमद ख़ां पर भी जुर्म साबित हो गया है। वो दोनों अपने इस ख़्याल में इस क़दर पुख़्ता थे कि उन्होंने टॉमस मैटकाफ़ के सामने तजवीज़ रखी कि अब मिर्ज़ा मुग़ल बेग ख़ां और फ़तहुल्लाह बेग को क़ैद रखने की ज़रूरत नहीं, क़त्ल के असल मुजरिम पहचान लिए गए हैं। लेकिन मैटकाफ़ दुनिया देखा हुआ और समझदार होने के साथ-साथ बेहद सावधानी बरतने वाला भी था। वह किसी भी क़ैदी को छोड़ने पर राज़ी न हुआ। उसकी एक दलील यह भी थी कि जब तक मिर्ज़ा मुग़ल बेग क़ैद रहेगा, शम्सुद्दीन अहमद पर हमारा दबाव क़ायम रहेगा। रहा फ़तहुल्लाह बेग तो उस जैसे कम-औक़ात शख़्स का जेल में रहना न रहना बराबर है और इस वक़्त ज़रूरत देसी लोगों पर सल्तनत का दाब-दबदबा ज़ाहिर करने की है न कि मुरव्वत और मेहरबानी की। लिहाज़ा विलियम फ्रेज़र के घुड़सवार, कोचबान, और नवाब शम्सुद्दीन अहमद के दारोग़ा अस्तबल और सईसों की तरह मिर्ज़ा मुग़ल बेग ख़ां और फ़तहुल्लाह बेग ख़ां भी बदस्तूर क़ैद रखे गए।

शाम को जॉन लॉरेंस और साइमन फ्रेज़र साथ-साथ अलीपुर गए। इस बार करीम ख़ां की कोठरी में खुद जाने की बजाय लॉरेंस ने हुक्म दिया कि करीम ख़ां को पहले की तरह नंगा करके जेल के सहन में एक कुर्सी पर बिठाकर रस्सियों से जकड़ दिया जाए। उसकी आंखों के आगे तेज़ मशालें रोशन कर दी गईं, इस तरह कि उसे रोशनी के पीछे कुछ नज़र न आ सकता था। साइमन फ्रेज़र ने उस काग़ज़ को जो कुएं से बरामद हुआ था, करीम ख़ां के सामने लहराकर पूछा, "इस काग़ज़ को पहचानते हो?"

"आलीजाह, मुझे इतनी दूर से क्या नज़र आ सके है? काग़ज़ मेरे हाथ में पकड़ा दें, तो अर्ज़ करूं।"

काग़ज़ को करीम ख़ां के हाथ में देने का सवाल तो था नहीं, लेकिन उस ख़त को अटक-अटककर, जहां तक वह पढ़ने में आ सकता था, फ्रेज़र ने पढ़कर सुनाया और फिर एक अच्छे डीलडौल वाले कर्मी को हुक्म दिया कि इसे करीम ख़ां की आंखों के पास ले जाओ।

"क्यों, सुन लिया? और देख लिया? अब बताओ।"

"मैं क्या बताऊं सरकार, मैंने इस ख़त को कभी देखा ही नहीं। और न ही कह सकूं हूं कि इसे लिखा किसने है।"

"कमीने, क्या तुम अपने नवाब की लिखाई नहीं पहचानते?"

"पहचानता तो हूं मेरे सरकार, लेकिन इस पर मेरे मालिक के न दस्तख़त हैं न मुहर।"

"लेकिन लिखाई तो उन्हीं की है, है कि नहीं? साफ़ जवाब क्यों नहीं देता कि किसने लिखा है?"

"आलीजाह, मुझे क्या मालूम किसने लिखा है। किसी ने जाल या दंद-फंद किया होगा तो मैं क्या जानूं।"

"मैं कहता हूं कि यह ख़त शम्सुद्दीन ने तुमको लिखा था और शिकारी कुत्तों की ख़रीद का मतलब विलियम फ्रेज़र साहब कलां बहादुर का क़त्ल था और तुमने यह काम शम्सुद्दीन के हुक्म पर अंजाम दिया।"

"जनाब हाकिम लोग हैं, कुछ भी कह सकें हैं। लेकिन यह ख़त मुझे मिला ही नहीं और न ही मैं यह मान सकता हूं कि नवाब शम्सुद्दीन अहमद ख़ां बहादुर..."

फ्रेज़र ने जुम्ला पूरा न होने दिया और उसके पहले ही झपटकर करीम ख़ां के पेट पर बूट से ठोकर मारता हुआ बोला, "ख़ूनी, क़ातिल, बदमाश को नवाब और ख़ां बहादुर कहता है, तू और तेरा नमक हराम नवाब दोनों हमारी ठोकर में हैं।"

"...ऐसा कोई ख़त लिख सकते थे," करीम ख़ां ने जुमला पूरा किया गोया उसके लिए फ्रेज़र की ठोकर और गाली भरी बातों का वजूद ही न हो।

"साहब कलां बहादुर से तेरे डकैत नवाब की दुश्मनी कोई ढकी-छुपी बात नहीं।"

"आलीजाह," करीम ख़ां फिर वैसे ही मुस्कुराया जो साहिबाने-आलीशान को निहायत ख़बीस लगती थी। "बड़ों की बातें बड़े ही जानें। मैं तो अदना ख़िदमतगार हूं, आपके लिए कीड़े से बदतर हूं।"

फ्रेज़र ने बड़ी मुश्किल से ख़ुद को ज़ब्त किया, "तुम शम्सुद्दीन अहमद के साथ पले-बढ़े नहीं हो?"

"पला-बढ़ा तो आपका कुत्ता भी आपके बाबा लोगों के साथ है, सरकार," करीम ख़ां ने बज़ाहिर विनम्र लहजे में कहा, लेकिन इस बार फिर बदले में कई सोंटे खाने पड़े।

"हम तुम्हें कुत्ते से बदतर मौत मारेंगे," इस बार साइमन फ्रेज़र मुस्कुराया। "हम

तुम्हें सूअर की खाल में सिलवाकर जमुना में फिकवा देंगे।"

"ये बंद खुलवाकर मेरे हाथ में एक तलवार दे दीजिए, सरकार।"

"हम तुझे इस तरह मारेंगे कि तू अपनी तलवार अपनी ही छाती में भोंक लेगा," फ्रेज़र दहाड़ा। "सच कहता क्यों नहीं कि यह ख़त तुझे कब मिला और इसका मतलब क्या है?"

"हुज़ूरे-आली, वह काग़ज़ तो बिल्कुल भीगा हुआ है। क्या कहीं पानी में पड़ा मिला था?"

"सवाल हम पूछ रहे हैं। ज़्यादा उड़ने की कोशिश मत करो, जवाब दो।"

"हुज़ूर, अगर यह ख़त मेरे साहब का है और अगर मुझे यह मिला होता तो मैं क्या इसे पानी में फेंक देता?" करीम ख़ां ने फ़िरंगी साहिबों की तरफ़ कुछ ऐसी निगाहों से देखा गोया उनकी अक़्ल पर रहम खा रहा हो।

बार-बार इन्हीं सवालों को दोहराने और तरह-तरह से करीम ख़ां पर जुल्म करने और उसे ज़लील करने में आधी रात गुज़र गई। लेकिन करीम ख़ां वही बातें कहता रहा जो वह शुरू से कहता रहा था। आख़िरकार साइमन फ्रेज़र ने जॉन लॉरेंस से कहा कि अब तुम जिरह शुरू करो। लॉरेंस ने इशारा किया तो उसके पीछे खड़े हुए एक बरक़ंदाज़ ने उसके हाथ में एक बंदूक़ दे दी जिसकी नाल कटी हुई थी। मशालों की रोशनी में बंदूक़ साफ़ दिखाई देती थी और उसे देखकर करीम ख़ां एक लम्हे के लिए सन्नाटे में आ गया।

"करीम ख़ां, तुम इस बंदूक़ को पहचानते हो?"

"सरकार, इतनी दूर से मैं क्या पहचानूं। बस यह है कि बंदूक़ है।"

"यह तुम्हारी बंदूक़ है।"

"मुझे नहीं मालूम, आलीजाह।" फिर कुछ पल रुककर करीम ख़ां ने कहा, "क्या इस पर मेरा नाम लिखा हुआ है?"

"फिर वही हरामज़ादगी। अबे मादर बेख़ता, सवाल हम पूछ रहे हैं। हम पूछते हैं यह बंदूक़ तेरी है?"

"सरकार बेहतर जानते हैं।"

"बकवास मत करो," पीछे खड़े सोंटाबरदार ने करीम ख़ां के मुंह पर एक सोंटा मारा। करीम ख़ां के चेहरे पर दर्द की एक लहर आई लेकिन उसने कहा कुछ नहीं।

"क़ुबूल कर लो, वरना मारे जाओगे।"

करीम ख़ां ने एक दिखावे की ठंडी सांस भरी, "अब मारे जाने में क्या कसर है, आलीजाह।" जुमला ख़त्म होते ही उसके सर और गर्दन पर फिर एक सोंटा पड़ा। चोट इस क़दर तेज़ थी कि करीम ख़ां का सर एक तरफ़ लुढ़क गया। थोड़ी सी

ख़ामोशी के बाद लॉरेंस ने बहुत आहिस्ता से पूछा, "करीम ख़ां, तुम जुम्मादीन लोहार को जानते हो?"

करीम ख़ां के सुते हुए चेहरे पर सोच की शिकन उभरी। आख़िरकार उसने कहा, "वही जुम्मादीन लोहार जिसकी दुकान कूचा बुलाक़ी बेगम में लाला पूरनमल की हवेली के पीछे है?"

"वही समझ लो," लॉरेंस ने जवाब दिया।

"तो, फिर तो मैं उसे जानता हूं सरकार।"

लॉरेंस और फ्रेज़र दोनों फ़तहमंदी की मुस्कान मुस्कुराए। लॉरेंस ने कहा, "जुम्मादीन का हलफ़िया बयान है कि यह बंदूक़ तुम्हारी है और उसने तुम्हारे कहने पर इसकी नाल काटी थी।"

करीम ख़ां फिर थोड़ी सी सोच में पड़ गया। "जुम्मादीन कहता है, तो ठीक ही होगा कि यह मेरी ही बंदूक़ है और मैंने ही इसकी नाल कटवाई होगी।"

लॉरेंस बड़े जोश से कुछ कहने वाला था कि करीम ख़ां ने आगे कहा, "लेकिन अगर यह वही बंदूक़ है तो ये बहुत दिनों से मेरे पास नहीं है। खो गई थी।"

"तुम फिर झूठ बोल रहे हो कोढ़ी, ऊंट की औलाद। लेकिन तुमने बंदूक़ की नाल कटवाई क्यों थी?"

"सूअर मारने के लिए हुज़ूर।" शब्द 'सूअर' उसने कुछ इस अदा से कहा जैसे कोई मज़ाक़िया बात कह रहा हो। पास खड़े हुए एक मुसलमान अहदी ने बहन की गाली देकर करीम ख़ां को एक सोंटा मारा और कहा, "मुसलमान होकर सूअर का शिकार करता है।"

"शिकार नहीं करता हवलदार जी, बस मार डालता हूं।"

"पहेलियां क्यों बुझा रहा है?" इस बार फ़िरंगी के मुंह से मां की गाली निकल गई। "साफ़ बताता क्यों नहीं है?"

"आलीजाह को बंदूक़ के बारे में मालूम ही है," करीम ख़ां ने इस तरह कहना शुरू किया गोया कक्षा में लड़के पढ़ा रहा हो। "नाल छोटी करने का फ़ायदा यह है कि बंदूक़ का तोड़ कम हो जाता है लेकिन छर्रे दूर तक नहीं फैलते। सब क़रीब-क़रीब एक ही जगह गिरते हैं। लिहाज़ा नाल कटी हुई बंदूक़ कम फ़ासले की मार का हथियार है। अगर फ़ासले से चंद क़दम से किसी पर ऐसी बंदूक़ सर की जावे तो..."

करीम ख़ां वही मुस्कान मुस्कुराया जो फ़िरंगी साहिबों को ज़हर लगती थी। उसने दोनों हाथों की उंगलियां चटकाईं और उन्हें अलग कर दिया। "...बस इसी तरह चटपट दो टुकड़े हो जावेगा।" उसने फ्रेज़र की तरफ़ अर्थपूर्ण नज़रों से देखा। फ्रेज़र को झुरझुरी सी आ गई। उसे ख़ामोश देखकर लॉरेंस ने कहा, "तो फिर?"

"तो फिर यही... कि सरकार जानते हैं ख़्वाजा साहब के रास्ते में अरब सराय के आगे जंगली सूअर बहुत हैं। एक बार उन्होंने मेरे साहब की पालकी पर हमला कर दिया। वह तो कहिए कि बरछैत लोग होशियार थे, नहीं तो ग़ज़ब हो जाता। फिर आइंदा ऐसे मौक़ों के लिए मैंने यह बंदूक़ तैयार कराई कि आसानी से पालकी में रखी जा सकती थी और मेरे साहब भी झटपट फ़ायर कर सकते थे।"

"तो तुम क़ुबूलते हो कि यह बंदूक़ तुम्हारे मालिक के और तुम्हारे इस्तेमाल में थी।"

"बेशक, हुज़ूर। लेकिन मुद्दत हुई यह बंदूक़ खो गई। एक बार मैंने शिकार में इसे कांधे से उतारकर एक पत्थर पर चश्मे के किनारे रख दिया था। फिर वहां से उठा तो उसे उठाना भूल गया।"

"तुमने शम्सुद्दीन अहमद को यह बात बताई?"

"नवाब साहब बहादुर तो वहीं मौजूद थे, हुज़ूर। मुझ पर बहुत गर्म हुए।"

"कब का वाक़ेआ है ये?"

करीम ख़ां उंगलियों पर हिसाब लगाकर बोला, "अब के चांद को नौ महीने हो जाएंगे, जनाब।"

"लेकिन तुम इसे जंगल में भूल आए थे, तो फिर यह दरियागंज की हवेली के सामने कुएं में कैसे पहुंची?"

"सरकार, एक बात पूछूं?"

"सवाल हम पूछ रहे हैं। तुम्हारा काम जवाब देना है।"

"आलीजाह, जुम्मादीन ने अपने बयान में बतलाया तो होगा कि मैंने बंदूक़ की नाल कब..."

"सवाल का जवाब दो। कुत्तों की तरह भौंकने की ज़रूरत नहीं।"

करीम ख़ां ने समझाने वाली सी हल्की आवाज़ में कहा, "हाकिमाने-आलीजाह के रोशन ख़्याल पर ज़ाहिर होगा कि छुपकर दूर से मार करने के लिए छर्रे वाली बंदूक़ बिल्कुल बेकार होती है क्योंकि छर्रे दूर-दूर फैल जाते हैं और बमुश्किल एक या दो छर्रे निशाने पर लगते हैं और अगर बंदूक़ की नाल कटी हुई हो तो उसका तोड़ भी कम हो जाता है...।"

"तुम फिर पागल कुत्ते की तरह भौंक रहे हो," लॉरेंस ने तेज़ी से कहा। "मौक़े पर जो गोलियां बरामद हुई हैं वह इसी बंदूक़ से चली थीं। यह बंदूक़ तुम्हें फांसी पर चढ़वाएगी।"

हक़ीक़त यह थी कि करीम ख़ां के ख़िलाफ़ जो मुक़द्दमा तैयार किया जा रहा था उसमें दो बड़े झोल थे। एक तो यह कि जुम्मादीन किसी भी तरह यह कहने को तैयार न था कि बंदूक़ की नाल कटवाने का वाक़ेआ हाल में पेश आया था। बार-बार की तीखी जिरह के बावजूद वह अपनी गवाही पर क़ायम था कि वाक़ेआ पुराना था

लेकिन सही तारीख़ या महीने का अंदाज़ा वह न कर सकता था। दूसरी कमज़ोरी यह थी कि हालांकि क़ातिलाना फ़ायर बहुत नज़दीक से हुआ था मगर आम तजुर्बे और अक़्ल का तक़ाज़ा था कि वह ऐसी बंदूक़ से हुआ हो, मसलन टोपीदार बंदूक़ या राइफ़ल से, जो दूर तक मार कर सकती हो। दो गोलियां या गराब जो मृतक के बदन से निकले थे, उनका अब ग़ौर से मुआयना किया जा रहा था और कुएं से बरामद हुई पत्थरकुला बंदूक़ से चंद फ़ायर करके निकलने वाली गोलियों से मुक़ाबला करके यह तय करने की कोशिश की जा रही थी कि मृतक के बदन से निकाले हुए गराब इसी बंदूक़ से सर किए गए थे। मगर चूंकि तोड़ेदार बंदूक़ों की नाल में अंदरूनी सतह पर ख़ार (grooves) नहीं होते थे, लिहाज़ा उनसे फ़ायर की हुई गोलियों पर चक्करदार निशान (जिन्हें rifling कहते हैं) भी न होते थे, इसलिए यह फ़ैसला करना नामुमकिन था, सिर्फ़ एक आम राय दी जा सकती थी। ज़ाहिर है कि फ्रेज़र और लॉरेंस अपने मुक़द्दमे की कमज़ोरी को छुपाकर रखना चाहते थे। लेकिन उन्हें यह भी मंज़ूर न था कि करीम ख़ां कोई ऐसा बयान दे या किसी सवाल का ऐसा जवाब दे जिससे उनके मुक़द्दमे के कमज़ोर पड़ने की संभावना हो।

सारी रात यूं ही गुज़र गई। पौ फटने के वक़्त की धुंधली सफ़ेदी में करीम ख़ां का चेहरा कुछ कलौंस लिए और कुछ पिचका हुआ सा मालूम होने लगा था। उसके बदन पर जगह-जगह अंग्रेज़ों के थूक और उसके अपने कफ़ के मलगजे निशान थे। उसकी अधखुली आंखें अंदर को धंस गई थीं और रात भर की जिस्मानी हिंसा, ओस और शीत ने उसका जिस्म अकड़ा दिया था। पहाड़ी की झाड़ी-झुंडियों में सोए हुए जानवर जागे। मस्जिदों और मंदिरों में इबादत की तैयारियां होने लगीं। और आख़िर में मार्च की सर्द हवा उत्तर-पश्चिम से बहने लगी। जेल के सहन में जलती हुई मशालों और फ़ानूसों का रंग फीका पड़ने लगा, तो फ़िरंगी साहबों ने, जो कि ख़ुद भी बहुत निचुड़े हुए और निढाल हो चुके थे, एक आख़री कोशिश की। फ्रेज़र ने बुलंद आवाज़ में कहा, "सुनो, करीम ख़ां!" करीम ख़ां ने जब ध्यान न दिया तो एक सिपाही ने आगे बढ़कर उसका कंधा झंझोड़ा और उसका सर हिलाकर कहा, "अबे, सुनता नहीं है मां का यार! साहब बहादुर कुछ फ़रमा रहे हैं।"

करीम ख़ां ने गर्दन सीधी की, इधर-उधर देखा और एक बनावटी सी जम्हाई लेकर बोला, "जी सरकार, हाज़िर हूं।"

फ्रेज़र ने कहा, "करीम ख़ां, जुर्म तुम पर साबित है। तुम तो बेशक फांसी पर लटकोगे... लेकिन तुम अगर सच्ची बात बता दो कि तुमने शम्सुद्दीन अहमद के कहने पर यह काम किया है तो हम तुमको वादामाफ़ गवाह बना लेंगे। फिर तुम्हारी जान बच जाएगी... और नवाब को अपने किए की सज़ा मिलेगी।"

करीम ख़ां ने सर उठाया और खोखली सी आवाज़ में कहा, गोया उसके सीने में ताक़त न हो, "सरकार, झूठ बोलने से तो मर जाना ही अच्छा।"

फ्रेज़र और लॉरेंस एक दूसरे का मुंह देखने लगे। आख़िरकार फ्रेज़र ने अंग्रेज़ी में कहा, "अब इस शख़्स पर आगे सख़्ती बेकार है। इसका ख़्याल रहे कि मुक़द्दमा खुली अदालत में चलाया जाएगा लेकिन फांसी तो इस हरामी को होगी ही। हमें शम्सुद्दीन अहमद के ख़िलाफ़ और सुबूत जमा करने होंगे।"

लॉरेंस ने पूरे भरोसे के साथ जवाब दिया, "फ्रेज़र, तुम इत्मीनान रखो। उस दोग़ले कुत्ते नवाब को फांसी के तख़्ते तक लाना मेरा ज़िम्मा है।"

जब नवाब शम्सुद्दीन अहमद ख़ां को क़रीम ख़ां की गिरफ़्तारी और वफ़ादारी की ख़बरें मिलीं और इस बात की संभावना भी ज़ाहिर की गई कि ख़ुद उन्हें भी इस जुर्म में गिरफ़्तार किया जा सकता है, तो उन्होंने गवर्नर जनरल को 11 अप्रैल 1835 और 27 अप्रैल 1835 को दो अर्ज़ियां भेजीं जिनका लब्बे-लुबाब यह था कि मेरे नौकर करीम ख़ां को मैक्फ़र्सन साहब की कोठी से बिना जुर्म गिरफ़्तार किया गया है। यह सारी शरारत फ़तहुल्लाह बेग ख़ां की है जिसने मेरी दुश्मनी में और मुझे बदनाम करने और नुक़सान पहुंचाने की ग़रज़ से करीम ख़ां को फंसवाया और मेरे ख़िलाफ़ भी मुख़बिरी की। मुझे मालूम हुआ है कि फ़तहुल्लाह बेग कहता फिर रहा है कि मैंने तो सोलह हज़ार रुपए की रक़म बतौर इनाम उन लोगों के लिए रख छोड़ी है जो नवाब शम्सुद्दीन अहमद ख़ां और करीम ख़ां के ख़िलाफ़ गवाही देंगे। लेकिन जहां तक मेरा मामला है तो नवाब गवर्नर जनरल बहादुर को मालूम हो कि मैंने अपने प्यारे मोहतरम चचा जान विलियम फ्रेज़र साहब बहादुर के क़ातिल का पता लगाने वाले के लिए दो हज़ार रुपए के इनाम का ऐलान किया है। साहब कलां बहादुर मरहूम मेरे मेहरबान और मेरे बाप फ़ख़रुद्दौला दिलावरुलमुल्क नवाब अहमदबख़्श ख़ां रुस्तमे-जंग के ख़ास दोस्तों में थे। इस बात का सवाल ही नहीं उठता कि मैं उन्हें नुक़सान पहुंचाने के लिए कोई क़दम उठाऊं। चूंकि मेरी जान, रियासत और इज़्ज़त सब इंग्लिशिया हुकूमत की मेहरबानियों का फल है, सो मैं यह अर्ज़ी भेज रहा हूं कि मेहरबान हज़रत नवाब मुस्तताब गवर्नर जनरल बहादुर पर मेरा सब हाल आईना हो जावे।

यह कहना मुश्किल है कि इन ख़तों को गवर्नर जनरल की नज़र में आने का गौरव प्राप्त हुआ कि नहीं लेकिन ये काग़ज़ात, और इस मामले में शम्सुद्दीन अहमद की तरफ़ से भेजे गए दूसरे काग़ज़ात भी, दरबार कलकत्ता के लॉ डिपार्टमेंट (Law Department) में नहीं बल्कि पॉलीटिकल डिपार्टमेंट (Political Department) में दाख़िल दफ़्तर किए गए। इससे मालूम होता है कि कंपनी की हुकूमत ने शुरू से

ही इस मामले को क़ानून और अदालत के नज़रिए से नहीं बल्कि सियासी नज़रिए से देखा।

करीम ख़ां पर फ्रेज़र के क़त्ल का मुक़द्दमा चलाने की तैयारियां तेज़ी से होने लगीं। जुमेरात 30 अप्रैल 1835 को देहली के कोतवाल ने साइमन फ्रेज़र की अदालत में, कि वह देहली का सिटी मजिस्ट्रेट था, शम्सुद्दीन अहमद और करीम ख़ां के ख़िलाफ़ चालान दाख़िल कर दिया। शम्सुद्दीन अहमद ख़ां के ख़िलाफ़ अभी सबूत तो क्या, शहादत भी एक न थी लेकिन जॉन लॉरेंस ने मैटकाफ़ के सामने यह दलील रखी कि करीम ख़ां और नवाब के बीच नौकर और आक़ा (Master and Servant) का रिश्ता था और अंग्रेज़ी क़ानून के मुताबिक़ नौकर के हर काम का ज़िम्मेदार उसका आक़ा क़रार दिया जाता है। लॉरेंस की दूसरी दलील यह थी कि जब यह ख़बर फैलेगी कि नवाब के ख़िलाफ़ चालान दाख़िल किया है तो कुछ गवाहियां या नए सुराग़ भी मिल सकते हैं। नवाब पर बुरा वक़्त पड़ते देखकर बहुत से लोग उसका साथ छोड़ देंगे। और यह बात एक हद तक सही भी निकली। मुक़द्दमा क़ायम होने की ख़बर फैलते ही एकाध लोग यह कहते हुए सुने गए कि करीम ख़ां अकेला थोड़े ही मुजरिम है। उसका साथी और नवाब का ख़ास हरकारा अनिया भी तो इस काम में शरीक था। यह पहला मौक़ा था कि इस मामले में अनिया का नाम लिया गया था और जासूसों ने यह ख़बर फ़िरंगी हाकिमों तक फ़ौरन पहुंचा दी। लेकिन शम्सुद्दीन अहमद ख़ां के क़रीबी लोगों या उनके तब्क़े के लोगों, यहां तक कि अमीनुद्दीन अहमद ख़ां बहादुर की तरफ़ से भी कोई इशारा इस बात का न हुआ कि वो शम्सुद्दीन अहमद ख़ां के ख़िलाफ़ गवाही देने को तैयार हैं। ले-देकर एक मिर्ज़ा ग़ालिब साहब थे लेकिन शम्सुद्दीन अहमद से उनका बैर कुछ ढका-छुपा न था। टॉमस बेकन (Thomas Bacon) ने लिखा है कि शहर के ऊंचे तब्क़े में शम्सुद्दीन अहमद ख़ां के दोस्त और भला चाहने वाले बहुत थे।

जॉन लॉरेंस ने अनिया की तफ़्तीश शुरू की तो पहली बात उसे यह मालूम हुई कि पिछली दो बार से ऐसा हुआ था कि करीम ख़ां और अनिया दोनों साथ ही साथ देहली आए थे और क़त्ल की रात के बाद से अनिया को किसी ने देखा न था। करीम ख़ां से फिर जिरह हुई कि वह और अनिया साथ ही साथ दो बार देहली क्यों आए थे। लेकिन करीम ख़ां ने हमेशा की तरह ऐसे जवाब दिए कि लॉरेंस को तसल्ली न हुई, लेकिन जांच के आगे बढ़ने का रास्ता भी न मिल सका। लॉरेंस अपनी बोटियां नोचता रह जाता लेकिन करीम ख़ां की तक़दीर उसके दुश्मनों के आगे-आगे चलकर उन्हें रास्ता दिखा रही थी। अनिया के बारे में लॉरेंस की तफ़्तीश सिरे चढ़ती चलती गई। उसने एक जासूस फ़ीरोज़पुर झिरका भेजा जिसने वापस आकर ख़बर दी कि क़त्ल के दूसरे दिन अनिया वहां आया था लेकिन दो ही दिन बाद भूमिगत हो गया

और सुना जाता है कि वह इस वक़्त बरेली में है।

इधर मुक़द्दमे की कार्रवाई और फ़ौजदारी क़ानून के मुताबिक़ चालान की तस्दीक़ के बाद मामला इस लायक़ क़रार दिया गया कि नामज़द मुलज़िम करीम ख़ां और शम्सुद्दीन अहमद पर इरादी क़त्ल का मुक़द्दमा, जज साहब बहादुर सर्किट कोर्ट (Circuit Court) के सामने पेश किया जाए। उस ज़माने में सेशन अदालत को सर्किट कोर्ट कहते थे। बाद में जब ज़िले का इंतज़ाम कंपनी बहादुर ने और फिर मलिका बर्तानिया ने पूरी तरह अपने हाथ में ले लिया तो सर्किट कोर्ट को सेशन कोर्ट (Sessions Court) और बाद में डिस्ट्रिक्ट एंड सेशन कोर्ट (District and Sessions Court) कहने लगे। साइमन फ़्रेज़र ने अपनी कार्रवाई बंद कर दी क्योंकि बहैसियत सिटी मजिस्ट्रेट वह इससे ज़्यादा का अधिकारी न था। चंद दिनों के अंदर-अंदर टॉमस मैटकाफ़ ने एक बहुत अनुभवी अंग्रेज़ जॉन एलेक्ज़ेंडर कॉल्विन (John Alexander Colvin) को स्पेशल जज और कमिश्नर मुक़र्रर किया कि वो इस मुक़द्दमे की सुनवाई और फ़ैसला करेंगे। यह मई 1835 का पहला हफ़्ता था।

कहा गया है कि जब मुक़द्दमे और उसके संभावित अंजाम की ख़बर फैली (और यह ख़बर कंपनी के ख़ैरख़्वाहों ने ज़ोर-शोर से फैलाई थी) तो अनिया ने अपने भाई धन्ने ख़ां को एक शख़्स के साथ जॉन लॉरेंस के पास भेजा कि अगर अनिया को वादामाफ़ गवाह बना दिया जाए तो वह सारी बात एकदम साफ़ कर देगा। एक क़ौल यह भी है कि जॉन लॉरेंस ने अपनी कोशिश से बरेली में अनिया का पता चलाया और उसे वादामाफ़ गवाह बनाने का लालच वरना फांसी का ख़ौफ़ दिलाकर देहली बुलवा लिया और लूडलो कैसल के जेलख़ाने भिजवा दिया। अनिया का बयान कई दिनों तक लिखा गया और तरह-तरह से उससे सवाल-जवाब किए गए। लेकिन उसके पास प्रत्यक्ष और प्राथमिक साक्ष्य तो कोई था नहीं। नवाब और करीम ख़ां के बीच दोनों बार की बातचीत में से किसी एक के भी वक़्त वह मौजूद न था। फिर जब वह ख़ुद फ़्रेज़र के क़त्ल की ख़बर लेकर फ़ीरोज़पुर झिरका में नवाब के सामने पेश हुआ था तो दोनों में कोई ऐसी बात नहीं हुई जिससे नवाब का इस मामले में प्रत्यक्ष रूप से शामिल होना साबित हो सकता। कुएं से बरामद हुए ख़त के बारे में उसने ज़रूर कहा कि हां, यह लिखाई नवाब शम्सुद्दीन अहमद साहब की है। लेकिन उसने यह भी क़ुबूल किया कि मैं निपट निरक्षर हूं, अलबत्ता नवाब साहब की मुहर पहचान सकता हूं। लेकिन उस काग़ज़ पर कोई मुहर तो थी नहीं। बंदूक़ के बारे में उसकी गवाही और भी बेकार थी क्योंकि वह यह न बता सका कि क़त्ल की रात को करीम ख़ां के हाथ में कौन सी बंदूक़ थी।

करीम ख़ां के ख़िलाफ़ अनिया की यह गवाही बहरहाल वज़नी थी कि मुश्की घोड़े के पांवों में उल्टी नालें करीम ख़ां ने उसके सामने ख़ुद ठोंकी थीं और फिर वह दोनों क़त्ल

की मुहिम पर एक ही वक़्त और साथ-साथ निकले थे। हालांकि उसने अपनी आंखों के सामने करीम ख़ां को फ़ायर करते हुए नहीं देखा था, लेकिन दोनों में यह बात तय हुई थी कि क़त्ल की ख़बर लेकर अनिया फ़ौरन से पेशतर भागकर नवाब शम्सुद्दीन अहमद के पास चला जाएगा। लिहाज़ा उसने जब फ़ायर की आवाज़ सुनी और बाद में मुश्की सवार को भागते देखा तो समझ लिया कि काम हो गया है। मुश्की सवार के बारे में वह हलफ़िया कह रहा था कि वह करीम ख़ां ही था, हालांकि उसने सवार को दूर ही से देखा था और उस वक़्त अंधेरी रात और जंगल की घनेरी के अलावा यह बात भी थी कि मुश्की सवार सर से पांव तक सियाहपोश था।

अनिया के बयान की बदौलत करीम ख़ां के ख़िलाफ़ तो मुक़द्दमा मज़बूत हो गया लेकिन उसके आक़ा के ख़िलाफ़ अब भी कोई ठोस सुबूत न था। मैटकाफ़ की अध्यक्षता में प्रेस्कॉट, फ्रेज़र और लॉरेंस ने एक अनौपचारिक परिषद गठित की और फ़ैसला किया कि मुक़द्दमा अपनी जगह मुकम्मल समझा जाए। अब नवाब के ख़िलाफ़ अदालत की तसल्ली करना कंपनी बहादुर की तरफ़ से इस्तग़ासे के हाकिमों और मुद्दई के वकील का काम है। लिहाज़ा नवाब को फ़ौरन हिरासत में लेकर उससे पूरी पूछताछ की जाए। मुमकिन है कि सवालों के दौरान शम्सुद्दीन अहमद अपनी हिमाक़त या ज़िद्दीपन के चलते कोई ऐसी बात उगल ही दे जिससे उस पर जुर्म और भी साबित हो सकता हो। परिषद की सर्वसम्मत राय बनी कि नवाब को गिरफ़्तार करने और उस पर मुक़द्दमा चलाने में देरी अब कंपनी के हित को नुक़सान पहुंचाएगी और हिंदियों के बीच में ग़लतफ़हमियां पैदा होंगी कि कंपनी बहादुर अपने इतने बड़े हाकिम के क़ातिल के सामने मजबूर है।

चूंकि मुलज़िम शम्सुद्दीन अहमद अभी फ़ीरोज़पुर में ही था और वहां कंपनी के पुलिसदारों का हुक्म न चलता था, और यह भी ख़तरा था कि शम्सुद्दीन अहमद की गिरफ़्तारी के लिए अगर कंपनी के सिपाही और कमीदान भेजे गए तो मुक़ामी रैयत और किसान बाग़ी होकर बलवे में कंपनी के मुलाज़िमान को ही मार देंगे या क़ैद कर लेंगे। लिहाज़ा 31 मई, 1835 को एजेंट नवाब गवर्नर जनरल बहादुर और कमिश्नर देहली की तरफ़ से निम्नलिखित पत्र शम्सुद्दीन अहमद ख़ां को भेजा गयाः

ऊंचे मर्तबे वाले और गवर्नमेंटे-कंपनी इंग्लिशिया बहादुर के ख़ास दोस्त और नवाब मुस्तताब सर चार्ल्स मैटकाफ़ गवर्नर जनरल बहादुर के प्यारे दिलावरुलमुल्क नवाब शम्सुद्दीन अहमद ख़ां बहादुर रईस फ़ीरोज़पुर झिरका, बाद आफ़ियत की दुआ के मुलाहिज़ा फ़रमाएं। जैसा कि मालूम हुआ है कि आप वालाजाह का एक नौकर नाम करीम ख़ां, साहब कलां मरहूम विलियम फ्रेज़र जिन पर ईश्वरीय कृपा हो और जो अच्छों में गिने जाएं, के क़त्ल के जुर्म में गिरफ़्तार है और आप आलीजाह का एक और नौकर नामी अनिया मेवाती भी इस मामले में शक के दायरे में आया है

और इन दोनों नामज़दों के बयान से मालूम होता है कि मुमकिन है कि इस सानिहे के बारे में कुछ ज़रूरी बातें आप वालाजाह के इल्म में हों। लिहाज़ा अदब के साथ गुज़ारिश है कि यह ख़त देखते ही इस मामले की तफ़्तीश करने वालों और मुद्दइयों की मदद और सहयोग के लिए देहली तशरीफ़ लाएं। फ़क़त वस्सलाम अनुरोधकर्ता इख़्तसास यार ख़ां टॉमस थियोफ़िलस मैटकाफ़, साहब क़ायम मुक़ाम एजेंट नवाब गवर्नर जनरल बहादुर और मुख़्तारे-उमूरे-सरकारे-दौलतमदार कंपनी बहादुर, व क़ायम मुक़ाम साहब कमिश्नरे-इलाक़ा बहादुर दारुल-ख़िलाफ़ा शाहजहानाबाद व देहली।

लिखा गया शहर देहली में, जुमेरात, 3 मई 1835 ईसवी, मुताबिक़ 5 मुहर्रम 1251 हिजरी, हद।

कंपनी के दो भरोसेमंद हरकारों ने, जो जासूसी भी करते थे, यह ख़त 5 मई, 1835 को नवाब शम्सुद्दीन अहमद ख़ां की ख़िदमत में पेश कर दिया।

□□

शशजेहत (छहों दिशाओं) से इसमें ज़ालिम बू-ए-ख़ूं की राह है

थोड़ी ही देर में यह ख़बर सारे शहर में फैल गई कि हमारे नवाब को फ़्रेज़र के क़त्ल के सिलसिले में देहली तलब किया गया है। शाम तक यह अफ़वाह भी गर्म हुई कि कंपनी बहादुर ने धमकी दी है कि अगर नवाब साहब जल्द से जल्द देहली की रेज़ीडेंटी में हाज़िर न हुए तो कंपनी अपनी फ़ौज भेजकर चढ़ाई कर देगी। इस पर कई मनचलों ने हथियारबंदी और शहर की हिफ़ाज़त के लिए क़दम बढ़ाने शुरू कर दिए और आस-पास के किसानों ने शहर में आ-आकर ऐलान करना शुरू कर दिया कि कंपनी की फ़ौज अगर हमारे शहर में आई तो हम उसे गाजर-मूली की तरह काट डालेंगे। पहले हमारी जान जाएगी, पीछे कंपनी की फ़ौज हमारे नवाब को ले जाएगी। सुबह होते-होते रियासत के अहलकारों के अलावा चारों तरफ़ के ज़मींदारों ने एक-एक, दो-दो करके क़िला फ़ीरोज़पुर में हाज़िर होकर कंपनी के ख़िलाफ़ मुक़ाबले की अपनी क़ुव्वत और जद्दोजेहद का नवाब को यक़ीन दिलाया। रियासत के दीवान राजा मलखान सिंह ने बार-बार अर्ज़ किया कि हमें तो इस ख़त में कुछ फ़रेब मालूम होता है। हुज़ूर देहली न तशरीफ़ ले जाएं, यहीं रहें। हम कंपनी की फ़ौज का मुंह फेर देंगे। कितनी ही बड़ी ताक़त क्यों न हो लेकिन रैयत से बढ़कर कोई ताक़त नहीं। एक ज्योतिषी भी पेश हुआ जिसने हुक्म लगाया था कि बेहतरी इसी में है कि नवाब साहब दो महीने तक शहर न छोड़ें। अभी चंद्रमा को वृश्चिक से निकलने में दो महीने बाक़ी हैं। फिर सब ठीक हो जाएगा। लेकिन शम्सुद्दीन अहमद ने एक न सुनी।

कंपनी का ख़त पहुंचने पर शम्सुद्दीन अहमद ख़ां का पहला ख़्याल यही था कि मैं हरगिज़ न जाऊंगा, लेकिन थोड़ी ही देर बाद उसने अपना ख़्याल बदल दिया।

चुनांचे हुक्म जारी हो गया कि हम अभी देहली जाएंगे, हमारे सफ़र का सामान ठीक किया जाए। अपनी रैयत और रईसों से भी नवाब ने कहा कि ख़तरे या फ़िक्र की कोई बात नहीं है, कोई मेरा कुछ बिगाड़ नहीं सकता। मैं जब चाहूंगा वापस आ जाऊंगा, अंग्रेज़ मुझे रोक थोड़े ही सकते हैं। ज्योतिषी को हुक्म हुआ कि हिसाब लगाकर बताए कि अशुभ साअतों में सबसे कम अशुभ कौन सी है ताकि उसी के मुताबिक़ सफ़र शुरू किया जाए। हर तरह की जांच-पड़ताल और हिसाब-किताब के बाद ज्योतिषी ने अनुमान लगाया कि परसों, इतवार के रोज़ ग्यारह बजे दिन को राहु का काल गुज़रने के बाद सितारों की चाल ज़रा कम दुश्मनाना होगी। लिहाज़ा नवाब अगर जाना ही चाहें तो इतवार को ग्यारह और बारह बजे दिन के बीच शहर से कूच कर जाएं।

अगले दिन 6 मई की दोपहर को एक बुज़ुर्ग सिख क़िले पर आकर दरबार में आने की इजाज़त मांगने लगा। उसने अपना नाम उजागर सिंह बताया और नवाब से अर्ज़ किया कि आपके वालिदे-माजिद बड़े नवाब साहब के ज़माने में मैं उनका ख़ास हरकारा था। उनका स्वर्गवास होने के कुछ दिन पहले मैं नवाब की मुलाज़िमत से उम्दा ख़िदमत का वज़ीफ़ा लेकर वापस चला गया था और आज सुबह ख़बर सुनकर गांव से दौड़ा चला आया हूं।

"सरकार का इक़बाल बुलंद रहे। मेरी सांडनी सौ कोस से इधर दम लेने वाली नहीं," उसने अर्ज़ किया। "आलीजाह थोड़ी देर के लिए मेरा लिबास पहन लें और मेरी सांडनी पर सवार होकर आज ही रात सिखों के मुल्क के लिए निकल चलें। मैं वाहेगुरु की क़सम खाकर कहता हूं, सरहद पर मेरी क़ौम के लोग आपको हाथों-हाथ लेंगे और पूरी इज़्ज़त-आबरू से आपको लाहौर के क़िले में पहुंचा देंगे।"

नवाब शम्सुद्दीन अहमद ने उजागर सिंह का शुक्रिया अदा किया, उसे दस अशर्फ़ियां इनाम दिलवाईं और यह कहकर पूरी इज़्ज़त के साथ रुख़सत कर दिया कि हम भगोड़े बनकर महाराजाधिराज के सामने और अपने बराबर वालों और अपनी रिआया की निगाह में शर्मिंदा नहीं होना चाहते। उजागर सिंह ने हज़ार कहा कि महाराज शेरे-पंजाब आपको भाई की तरह रखेंगे, अंग्रेज़ का बैरी उनका दिली दोस्त है, लेकिन नवाब शम्सुद्दीन अहमद ख़ां ने एक न मानी।

अगले दिन सनीचर की दोपहर का वक़्त था, नवाब दरबार में मीर मुंशी को कुछ हिदायतें और हुक्म लिखवा रहे थे कि चोबदार ने आकर अर्ज़ किया, "आलीजाह, सुबह दौलत हाज़िर होना चाहती है।"

"मुझे मालूम है वह किसलिए आई है," नवाब ने कहा। "कहला दिया जाए कि हम एक-दो घड़ी में यहां का काम ख़त्म करके अंदर आएंगे और ख़ासा वहीं खाएंगे।"

अफ़ज़लुन्निसा बेगम के हिस्से वाली हवेली में दस्तरख़ान बिछा हुआ था और

कुछ खाने भी चुने हुए थे, ख़ादिमाएं इधर-उधर मसरूफ़ियत से आ-जा रही थीं। लेकिन खाना खिलाए जाने या खाने पर बैठने के कोई आसार न थे। अफ़ज़लुन्निसा बेगम के लंबे-चौड़े कमरे में दीवार से दीवार तक कश्मीर, तुर्की और भदोही के क़ालीन थे। कमरा नीम-अंधेरा था और इस ग़रज़ से कि गर्मी का अहसास ज़्यादा न हो, रोशनी सिर्फ़ चार कोनों में थी जहां सफ़ेद शीशे के दो-दो मृदंग रोशन थे। उनकी दूधिया रोशनी और पाईं बाग़ की तरफ़ से ख़स की टट्टियों से छनकर आने वाली हल्की सब्ज़ रोशनी ने कमरे में इंतेहाई पुरसुकून और नींद लाने वाला माहौल पैदा कर दिया था। लेकिन कमरे में मौजूद तीनों औरतों के चेहरे पर तनाव और घबराहट के निशान थे। एक तख़्त पर अफ़ज़लुन्निसा बेगम और उनकी दोनों बच्चियां अहमदुन्निसा और शम्सुन्निसा चुपचाप बैठी थीं। उनसे कुछ फ़ासले पर एक बड़ी कुर्सी थी जिस पर हुसैनी बेगम और नीचे उनके पास क़ालीन पर लेकिन नुमायां अंदाज़ में चंपा बीबी बैठी हुई थीं। चंपा की नन्ही बच्ची रहमतुन्निसा उसकी गोद में बैठी हुई थी लेकिन बार-बार उठकर अहमदुन्निसा और शम्सुन्निसा से खेलने और उन्हें छेड़ने की कोशिश करती थी। कमरे के दरवाज़ों पर भारी पर्दे गिरे हुए थे। पीछे का दरवाज़ा और ऊंची खिड़कियां सब पाईं बाग़ पर खुलती थीं। उन पर ख़स की टट्टियां थीं जिन पर बाहर से छिड़काव हो रहा था और अंदर बड़े-बड़े पंखे हिलाए जा रहे थे। दोनों बेगमें भिंडे से शौक़ फ़रमा रही थीं। नवाब के लिए भी भिंडा ताज़ा करके लाया गया था।

महल के अंदर सुबह दौलत के सिवा कोई और असील हाज़री में न थी। नवाब के अंदर आने पर सबने उठकर तसलीम की। सुबह दौलत ने सात तस्लीमें कीं। बेगमों ने तीन तस्लीमें कीं, चंपा ने पांच और बच्चियों ने जिस तरह हो सका एक-एक, दो-दो तस्लीमें कीं। नवाब ने सबका जवाब एक तस्लीम से और फिर दायां हाथ दिल पर रखकर दिया। तस्लीम का तरीक़ा यह था कि ज़रा सा झुककर दायां हाथ ज़मीन पर इस तरह रखते थे कि हथेली ऊपर की तरफ़ रहती थी। फिर कमर को सीधा करते हुए हाथ को उठाकर सर पर रखते थे। मुंह से कुछ बोलना मना था। तस्लीम के बरअक्स, कि इसका रिवाज आम था, कोर्निश सिर्फ़ बादशाह को की जाती थी, यानी कोई और कोर्निश का हक़दार न समझा जाता था। कोर्निश हमारे आजकल के सलाम से मिलती-जुलती थी यानी दाईं हथेली को पेशानी पर रखते थे, फिर सर को झुका लेते थे।

नवाब ने सर झुकाए हुए आगे क़दम बढ़ाया और अफ़ज़लुन्निसा बेगम के सामने बड़ी चौकी पर बैठ गए, इस तरह कि उनका रुख़ हुसैनी बेगम और चंपा की भी तरफ़ था। रहमतुन्निसा नवाब को देखते ही हुमककर उनके पास आ गई। शम्सुन्निसा भी तस्लीमें करती हुई आकर उनके क़दमों में बैठ गई। नवाब ने दोनों

को प्यार किया और उनके बालों में उंगलियों से कंघी करते हुए और उनका कंधा थपथपाते हुए मुस्कुराकर बोले, "साहब, यह अदालते-आलिया क्यों बुलाई गई है? भई वल्लाह, क्या हम आप सबके मुजरिम हैं? और ये बी अहमदुन्निसा क्यों अलग-अलग बैठी हैं? क्या अपने बिलावल के पास न आवेंगी?"

आम बेगमों के बिल्कुल बरख़िलाफ़ अफ़ज़लुन्निसा बेगम अपने शौहर को नवाब साहब या मिर्ज़ा साहब वग़ैरा के बजाय दिलावरुलमुल्क कहती थीं। बेटी अहमदुन्निसा ने भी अपनी मां की देखादेखी शम्सुद्दीन अहमद को दिलावरुलमुल्क कहना शुरू कर दिया लेकिन उसकी तोतली ज़बान से 'बिलावल' ही निकलता था और वह अपने बाप को बराबर इसी नाम से पुकारने लगी थी। उस वक़्त उसकी उम्र ठीक पांच साल की थी, शम्सुन्निसा डेढ़ साल छोटी थी और रहमतुन्निसा कोई ढाई साल की थी। अफ़ज़लुन्निसा बेगम ने अहमदुन्निसा के सर पर हल्की सी चपत लगाकर उसकी ओढ़नी ठीक करते हुए कहाः "अरे, अब तू जावती क्यों नीं बिलावल पास? अभी तक तो ठुनक रही थी कि बिलावल आए क्यों नहीं, कहां रह गए।"

अहमदुन्निसा शर्माई-शर्माई सी उठी और नवाब को दोबारा तस्लीम करती हुई उनकी संदली के दूसरे पाए से लगकर बैठ गई। नवाब ने उसकी ठोड़ी पकड़कर उसका चेहरा उठाया तो यह देखकर उनके दिल पर घूंसा सा लगा कि उसकी बड़ी-बड़ी करेलियों जैसी रोशन हरी आंखों में आंसुओं की नमी थी। उन्होंने झुककर उसकी आंखें चूम लीं और उसे ज़मीन से उठाकर गले से लगाते हुए फ़ारसी में बोले, "अरे-अरे, भई वल्लाह जानी बेगम, यह क्या भेद है? मेरी आंखों के तारे की आंखें नम हैं। खुदानख़्वास्ता बीमार तो नहीं? क्या आपने हकीम को तलब किया?"

"दिलावरुलमुल्क, आपकी साहबज़ादी बिल्कुल बीमार नहीं हैं।" नवाब से वह ज़्यादातर फ़ारसी में बात करती थीं। नवाब हिंदी में जवाब देते लेकिन कभी-कभी ज़हनी या जिस्मानी खिंचाव या दबाव के कारण खुद ही फ़ारसी में बात शुरू कर देते। "साहबज़ादी दुखी हैं कि आप इन मनहूस हालात में उन्हें पीछे छोड़कर और उन्हें वियोग देकर देहली की राह ले रहे हैं।"

शम्सुद्दीन अहमद एक पल के लिए चुप हो गए। उन्हें हालात की संगीनी का अहसास था लेकिन इस क़दर नहीं। कमरे में कुछ देर ख़ामोशी रही। शम्सुद्दीन अहमद बड़ी बेटी को कांधे से लगाए हुए उसकी पीठ हल्के-हल्के थपथपाते रहे। तीनों औरतों की आंखें उन पर लगी हुई थीं और शम्सुन्निसा और रहमतुन्निसा भी बिल्कुल चुप थीं, गोया उन्हें भी माहौल के तनाव का अहसास हो गया था।

"जानी बेगम, ग़ौर से सुनिए। और अमीर बहू, आप भी ध्यान दें... चंपा बी, तुम भी मौजूद हो तो बहुत ख़ूब, तुम भी सुनती रहो। काम की बात है।" शम्सुद्दीन अहमद ने अपने कंधे बराबर किए, अहमदुन्निसा को कंधे से हटाकर गोद में बिठाया

और बोलेः "मैं सिपाही हूं। सिपाही का क़दम आगे न बढ़े तो काट देने के क़ाबिल है... मैं अपनी मर्ज़ी से जा रहा हूं, अपनी मर्ज़ी से आऊंगा। लेकिन अगर न आ सकूं, तो ख़ुदा सबका मालिक है।"

चंपा सर झुकाए सुनती रही। उसका जी चाहता था, पूछे, सिपाही अपनी इज़्ज़त का रखवाला है लेकिन सिपाही की गृहस्थी का रखवाला कौन होगा। पर वह जानती थी कि मेरी हैसियत सिर्फ़ सुनना और अमल करना है, समझना भी ज़रूरी नहीं।

"जी सरकार," उसने सर झुकाए-झुकाए बहुत धीमी आवाज़ में कहा। लेकिन शम्सुद्दीन अहमद अपनी बेगमों से कुछ ज़्यादा की उम्मीद रखते थे। उन्होंने दोनों पर एक निगाह डाली और कहा, "भई वल्लाह, आप लोग अक़्ल और समझ ज़्यादा रखती हैं, कुछ अपनी चमत्कारी ज़बान से फ़रमाएं।"

अमीर बहू के चेहरे पर एक रंग आता था, एक रंग जाता था। साफ़ मालूम होता था कि वह बहुत बिफरी हुई हैं और उन्हें यह बात अच्छी नहीं लगी है कि नवाब ने फ़ैसला कर भी लिया और अब हमारी ज़बान से वही फ़ैसला सुनना चाहते हैं। उन्होंने एक-दो पल अपने ऊपर क़ाबू पाने की कोशिश की। लेकिन जब बोलीं तो आवाज़ भर्राई हुई सी थी, "सिपाही की दुनिया उसकी तलवार की नोक तक है। हम पर्देवालियों की दुनिया है ही नहीं। सिर्फ़ राहें हैं और पर्दा रखने वाला न हो तो हर राह बंद होकर गले का फंदा बन जाती है। आप हमें घुट-घुटकर मरने के लिए छोड़े जा रहे हैं।"

अमीर बहू बूटे से क़द, छरेरे बदन और चंपई रंगत की बीबी थीं। उनके चेहरे पर दिलकशी इस क़दर थी कि बिल्कुल हिरन का बच्चा मालूम होती थीं; बस हाथ से छू लो और देखते जाओ। उनका सीना और कूल्हे इतने भरे-भरे थे और सारा बदन इस क़दर सही अनुपात में ढला था कि गर्मी के ढीले-ढाले लिबास में भी बदन की बोटी-बोटी से जवानी झलक रही थी। लेकिन मिज़ाज की वह बहुत तेज़ थीं, शायद हुस्न के ग़ुरूर की वजह से हो। बहरहाल उन्होंने जो बात कही वह दूसरे अमीरों की बेगमें भी कभी न कभी महसूस तो करती होंगी लेकिन उसे अदा करने के लिए मामूली से कुछ ज़्यादा जुरअत दरकार थी। नवाब शम्सुद्दीन अहमद ख़ां के चेहरे पर नाख़ुशी के बादल आए लेकिन एक पल ठहरकर उन्होंने मुलायम लेकिन सर्द आवाज़ में कहाः "हम सब उसी आसमानी शतरंज के मोहरे हैं। कोई हाथी बनता है, कोई घोड़ा, कोई पियादा। और शतरंजी का कुछ पता नहीं कि उसके जी में क्या है। जब वक़्त आता है तो सबको अपना अंजाम क़ुबूल करना पड़ता है।"

कमरे में सन्नाटा सा छा गया। अहमदुन्निसा ने बाप की तरफ़ देखा, चाहा कुछ पूछे, मगर उसकी हिम्मत न पड़ी। शम्सुद्दीन अहमद ने महसूस किया कि बच्चा कुछ कहना चाहता है। "अहमदी बेगम, आप कुछ कह रही थीं," उन्होंने कहा।

बाप का ध्यान अपनी तरफ़ देख अहमदुन्निसा और भी शर्मा गई और हाथों से चेहरा छुपाकर बोलीः "जी... कुछ नहीं, मैं कुछ भी नहीं कह रही थी... लेकिन..."

"हां, कहिए, कहिए, लेकिन क्या?"

"जी वो... वो, कुछ भी नहीं... लेकिन आप तो कहते हैं शतरंज बुरी चीज़ है?"

"जी हां, जिसे शतरंज की लत पड़ गई, वह किसी काम का नहीं रहता।"

"तो फिर हम-आप किसी शतरंज के मोहरे क्यों हैं, बिलावल?"

शम्सुद्दीन अहमद के चेहरे पर उदास सी मुस्कुराहट आई। उन्होंने हंसने की कोशिश की, लेकिन ख़ुद उन्हें ही अपनी कोशिश खोखली मालूम हुई।

"जोगी का बच्चा सांप से खेलता है। हम सिपाही बच्चे हैं, मौत से खेलते हैं। आप हमारे बच्चे हैं। शाहो-शहरयार के बच्चों की ज़िंदगी की कश्ती दम-बदम तूफ़ानी रहती है।"

अहमदुन्निसा कुछ समझी, कुछ न समझी। अभी वह कुछ और कहने की कोशिश में थी कि अफ़ज़लुन्निसा बेगम बोल पड़ीं। उन्होंने फ़ारसी में कहा, "जिस कश्ती के मांझी आप जैसे सिपाही बच्चे हों, वह तूफ़ान के हिचकोलों के तमाचे तो खाएगी ही।"

शम्सुद्दीन अहमद के चेहरे पर नाराज़गी के आसार साफ़ उभरे। लेकिन उन्होंने पस्त आवाज़ में कहा, "आपने शायद मामले को ठीक से समझा-बूझा नहीं। मैं कहीं और चला जाऊं तो भी आप फ़िरंगियों के ही रहमो-करम पर रहेंगी। सारे हिंदुस्तान जन्नतनिशान पर शैतान का साया है। मैं जहां जाऊंगा, यह साया मुझ पर छाया रहेगा। अगर मैं यहीं रहा तो फ़िरंगी लुटेरे आज नहीं तो कल, चढ़ दौड़ेंगे। लोहारू तो वो ले ही चुके हैं। फ़ीरोज़पुर उनका मुक़ाबला करेगा? ...मगर कब तक? एक दिन हथियार डालना होगा। उस दिन मैं न हूंगा। फिर वह सुलूक भी आप लोगों के साथ न होगा, जो टीपू शहीद के घरवालों के साथ हुआ।"

अफ़ज़लुन्निसा बेगम से कुछ जवाब बन न पड़ता था, लेकिन अमीर बहू ने कुछ इल्ज़ामी लहजे में कहा, "वहां जाने पर आपका अंजाम क्या होगा, यह भी आपने कुछ ख़्याल फ़रमाया?"

"मुझे उम्मीद है कि मेरा कोई कुछ न बिगाड़ सकेगा। लेकिन मैं जानता हूं कि इसके उलट भी हो सकता है। मैं आप लोगों के लिए मुनासिब इंतज़ाम किए जाता हूं।"

"ख़ुदानख़्वास्ता आप न हुए तो इंतज़ाम हमारे किस काम का?"

अभी शम्सुद्दीन अहमद ने कुछ जवाब न दिया था कि चंपा ने झुककर अफ़ज़लुन्निसा बेगम से कुछ इशारे और कुछ सरगोशी में कोई बात कही। अफ़ज़लुन्निसा बेगम बात सुनकर थोड़ी याचना के लहजे में बोलीं: "सरकार, वह महाराजा रंजीत सिंह..."

"यह ख़्याल दिल से निकाल दें, जानी बेगम," शम्सुद्दीन अहमद ने मिन्नत भरे

लहजे में कहा। "किसी का अहसान क़ुबूल करूं और आप लोगों को यहां छोड़ जाऊं, भला यह ग़ैरमुमकिन नहीं तो क्या है। और हम राजपूत या पठान तो हैं नहीं कि ज़न-बच्चों को तलवार के घाट उतार दें और सर से कफ़न बांध लें। और आप यह भी तो ख़्याल करें कि रंजीत सिंह ही का राज कै रोज़ का है। सिखों के भी ख़ून से फ़िरंगी के पंजे और दांत रंगीन होकर रहेंगे।"

अफ़ज़लुन्निसा बेगम की आंखों से आंसू फूट बहे। नन्ही शम्सुन्निसा ने दौड़कर अपनी ओढ़नी से उनके आंसू पोंछे और उन्हें यूं चुमकारने लगी गोया वह उसकी मां नहीं, प्यारी गुड़िया हों।

बोझल से एक वक़्फ़े के बाद शम्सुद्दीन अहमद ने खंखारकर गला साफ़ किया और बोलेः "और अमीर बहू, सब अपनी ज़िंदगी जीते हैं और अपनी मौत मरते हैं। कोई किसी और के लिए नहीं मरता। अल्लाह तआला का भी यही फ़रमान है। क़ुरआन में है कोई भी किसी दूसरे का बोझ नहीं उठाएगा। आप उम्मीद अच्छी और ख़्याल अच्छा रखिए। जी को मज़बूत और दिल को ताक़तवर रखिए... कल का इंतज़ाम न होगा तो कुछ न हो सकेगा।"

शम्सुद्दीन अहमद ने ताली बजाई। चोबदार अंदर आया तो उन्होंने कहा, "ख़ज़ांची जी से थैलियां ले आओ।"

पलक झपकते कई बदरे एक बड़ी सीनी पर रखे हुए लाए गए। शम्सुद्दीन अहमद ने कहा, "अमीर बहू, आपका महर मुब्लिग़ ढाई सौ अशर्फ़ी बंधा था। एक तिहाई उसका फ़ौरन तय था जो मैंने फ़ौरन अदा कर दिया था। कहिए, ठीक है?"

अमीर बहू की सारी तेज़ी रुख़सत हो चुकी थी। उन्होंने रुंधे हुए गले और फंसी-फंसी आवाज़ में जवाब दिया, "जी, बिल्कुल ठीक है।"

"मैं फ़ौरन देय की रक़म दोबारा मिलाकर ये ढाई सौ अशर्फ़ियां, आपका पूरा महर आपकी ख़िदमत में पेश करता हूं," नवाब ने कहा।

अब अमीर बहू की आंखों से आंसू रवां हो गए जिन्हें सुखाने की भी उनमें ताक़त न थी।

"सरकार, मैंने माफ़ किया। पूरा महर माफ़ किया।"

"आपके माफ़ करने से कुछ नहीं होता। आप माफ़ कर भी नहीं सकतीं। आइए, क़ुबूल कीजिए।"

यह कहकर शम्सुद्दीन अहमद सीधे खड़े हो गए। सीनी को दोनों हाथों में लेकर उन्होंने हाथ आगे बढ़ाए गोया नज़्र पेश कर रहे हों। अमीर बहू ने दुपट्टा सर पर रखा, फिर सर झुकाए हुए आगे आईं और शौहर को तस्लीम करके सीनी क़ुबूल कर ली। शम्सुद्दीन अहमद ने दायां हाथ अमीर बहू के सर पर रखा और उन्हें अपने पास बिठा लिया। वह बदन सिमटाए हुए बैठ गईं लेकिन अब वह आहिस्ता-आहिस्ता

सिसकियां भी ले रही थीं। "अमीर बहू, ख़ुदा पर भरोसा रखिए। दिल छोटा न कीजिए। अभी कुछ नहीं गया। मैं जो भी कर रहा हूं सिर्फ़ मोमिनों की एहतियात को ध्यान में रखकर कर रहा हूं। मैंने कुछ मकानात आपके नाम कर दिए हैं। क़बाले उनके आपको आज-कल में मिल जाएंगे।"

अमीर बहू ने अब ज़ार-ज़ार रोना शुरू कर दिया था। लेकिन शम्सुद्दीन अहमद ने उनसे आगे कुछ कहना ग़ैर-मुनासिब जाना और अफ़ज़लुन्निसा बेगम की तरफ़ रुख़ करके बोले, "जानी बेगम, आपका महर ढाई लाख रुपए शाहआलमी था। वह मैंने अभी तक अदा नहीं किया। लेकिन मेरे स्वर्गीय बाप ने जो ढाई लाख रुपए कंपनी को मुस्तक़िल मुद्दत पांच फ़ीसद पर क़र्ज़ दिए थे, निकाह के वक़्त क़रार पाया था कि वह मोहर लगा हुआ काग़ज़ आपकी ख़िदमत में देन महर के बदले पेश कर दिया जाएगा। वह अभी तक आपके हाथ में नहीं दिया गया था लेकिन वह मेरे क़ब्ज़े में भी नहीं है, रियासत के ख़ज़ाने में आपके नाम से दर्ज और महफ़ूज़ है।"

अफ़ज़लुन्निसा बेगम ने कुछ कहना चाहा लेकिन नवाब ने हाथ उठाकर उन्हें रोक दिया और कहा, "ख़ता माफ़ लेकिन बात मेरी अभी पूरी नहीं हुई, वह आप पहले सुन लें। मैं यह अर्ज़ कर रहा था कि कंपनी के क़र्ज़ का मोहरी काग़ज़ जो ख़ज़ाने में आपके नाम से मौजूद है, उस पर मैंने गवाहों और अदालत के मुख़्तार की मौजूदगी में दोबारा मुहर करके आपके नाम से हमेशा के लिए स्थानांतरित कर दिया है।"

नवाब ने ताली बजाई। चोबदार हाज़िर हुआ तो उन्होंने हुक्म दिया कि ख़ज़ांची जी से अर्ज़ करो कि कंपनी वाले क़र्ज़े का मोहरी काग़ज़ लेकर बेगम साहब कलां की ख़िदमत में पेश हों। पलक झपकने की देर थी कि लाला पराग नारायण ख़ज़ांची बस्ता संभाले हुए हाज़िर हुए। शम्सुद्दीन अहमद ने मुहरबंद थैली उनके हाथ से लेकर मुहर तोड़ी और काग़ज़ निकालकर उठे, फिर आगे बढ़कर उन्होंने अफ़ज़लुन्निसा बेगम के क़दमों में वह काग़ज़ रख दिया और भर्राई हुई आवाज़ में बोलेः "अफ़ज़लुन्निसा बेगम, यह देन महर क़ुबूल फ़रमाकर मुझे सुर्ख़रू करें।" अचानक उनकी आवाज़ में हल्की सी सिसकी की झलक उभर आई, "अफ़सोस, सौ बार अफ़सोस कि मैं इससे ज़्यादा का अहल न हो सका।"

अफ़ज़लुन्निसा बेगम ने अपनी आंखें पोंछीं, झुककर काग़ज़ उठाया और फिर नवाब का हाथ पकड़कर फ़ारसी में बोलींः "लिल्लाह नवाब साहब, इस बेचारी कनीज़ को और शर्मिंदा न करें।"

आम हालात में यह नामुमकिन था कि अफ़ज़लुन्निसा बेगम सबके सामने अपने शौहर का हाथ पकड़ लेतीं। लेकिन आज के दिन किसी को अपने अल्फ़ाज़ और जज़्बात पर क़ाबू न था। फूट पड़ने से यही बेहतर था कि अल्फ़ाज़ और आंसुओं की बजाय हाथों के इशारों पर भरोसा किया जाए। नवाब एक पल के लिए तो सन्नाटे में आ गए कि

बेगम ने यूं मेरा हाथ अपने हाथ में ले लिया लेकिन फिर उन्हें इसमें छुपे भेद का अहसास हो गया। फिर उन्होंने बहुत मुहब्बत और मेहरबानी से, गोया शौहर नहीं कोई पहुंचे हुए बुज़ुर्ग हों, अफ़ज़लुन्निसा बेगम के सर पर हाथ रखा और बोलेः "अल्लाह सबका मददगार है। अल्लाह की पनाह से बढ़कर कोई पनाह नहीं।"

इस जुम्ले में इशारा यह था कि आप मेरी पनाह में नहीं रहेंगी तो कोई डर नहीं, अल्लाह तआला की पनाह आपको हासिल है और हासिल रहेगी।

"दोनों बेटियों के लिए भी सारा इंतज़ाम मैंने कर दिया है। ख़ज़ांची जी आपको समझा देंगे," नवाब ने पिछली बात का सिलसिला फिर से शुरू किया। "और अगर हवेली छोटे भाइयों के क़ब्ज़े में आ गई तो यक़ीन है कि आप दोनों यहां सुकून से रह सकेंगी।" नवाब ने अफ़ज़लुन्निसा बेगम और अमीर बहू की तरफ़ देखकर कहा, "और कुछ नहीं तो किराया अदा करके आप यहां रह सकेंगी।" उनके चेहरे पर फीकी सी मुस्कुराहट आई। दोनों बेगमें दुपट्टे से सरों को ढांके, नज़रें झुकाए चुप खड़ी थीं। चंपा का जी चाहता था चीख़कर रोए। लेकिन बेगमों के होते उसे रोने का भी हक़ न था। वह हसरत भरी, डबडबाई हुई आंखों से नवाब को तक रही थी।

"और चंपा बी," शम्सुद्दीन अहमद ने कहा। चंपा यूं चौंक पड़ी गोया किसी ने सुई चुभो दी हो।

"जी सरकार।"

"तुम्हारा इंतज़ाम हमने दिल्ली के चांदनी चौक वाले घर में करवा दिया है। तुम जब तक चाहो, वहां रह सकती हो। चाहो तो अपना चौका-बर्तन अलग कर लेना। बंदोबस्त उसका भी हमने कर दिया है... अरी रहमतुन्निसा, आज तू अपने नाब साब से कुछ इनाम नहीं लेगी क्या?" शम्सुद्दीन अहमद ने मुड़कर रहमतुन्निसा का हाथ पकड़ा और उसे उठा लिया, "अच्छा, तू कुछ भी न कहेगी तो भी हम इनाम दिए देते हैं। पर यह तेरी अम्मा को मिलेगा, तेरे नाम से।"

यह कहकर उन्होंने चंपा की तरफ़ हल्का-सा इशारा किया। चंपा आगे आई लेकिन उसके क़दम लड़खड़ा रहे थे। आंसू और सिसकियां पीने की कोशिश से उसका चेहरा लाल हो रहा था। ज्यों-त्यों करके वह नवाब के पास आई और दोबारा झुककर तस्लीम बजा लाकर उसने रहमतुन्निसा को नवाब की गोद से लेना चाहा। वह बोलीः "सरकार के क़दमों पर वारी जाए, छोकरी मुझे दे दें। सरकार थक गए होंगे।" वह मुस्कुराने की कोशिश कर रही थी लेकिन अब उसके आंसू थम न सके। उसने दुपट्टे से सर पूरी तरह ढांककर सिसकियां भरनी शुरू कर दीं। शम्सुद्दीन अहमद ने रहमतुन्निसा को गोद से न उतारा और बनावटी तौर पर चंपा को डांटने के लहजे में कहा, "बस करो...यह रोना-धोना। हम कोई मरे थोड़ी जाते हैं।" फिर उन्होंने मुड़कर लाला पराग नारायण को हुक्म दिया, "ख़ज़ांची जी, चंपा बी की थैली उनकी

ख़िदमत में पेश कर दी जाए।"

"ख़ज़ांची ने पर्दा हटाकर ख़ज़ाने के चोबदार को झांका और उसे इशारा किया कि अंदर आ जाए। चोबदार मज़बूत लाल कपड़े की बनी हुई दस थैलियां उठाए हुए अंदर आया और नवाब को सलाम करके एक तरफ़ खड़ा हो गया। ख़ज़ांची ने पांच-पांच थैलियां करके दो बार में पूरे रुपए चंपा को दे दिए। चंपा ने आंचल फैलाकर थैलियों को लेना चाहा था लेकिन नवाब ने कहा, "नहीं, यूं नहीं। कोई मामा बुलाई जाए। वह इन थैलियों को चंपा बी के कमरे में पहुंचाएगी।"

चंपा ने कुछ कहना चाहा, लेकिन शम्सुद्दीन अहमद ने उसे रुकने का इशारा करते हुए सबसे मुख़ातिब होकर कहाः "आप सबको अल्लाह की पनाह में देता हूं। मेरे लिए दुआ करती रहिएगा। यह न भूलिएगा कि हम कोई सांप-बिच्छू नहीं हैं कि बिलों में छुपते रहें और मौक़ा पाकर डस लें। हम उस नबी के मानने वाले हैं, जान के ख़ौफ़ के वक़्त भी जिसके पांव कभी नहीं डगमगाए। हम अगर डरकर अधर्मी फ़िरंगियों से छुप गए तो आख़िरत में अपने आक़ा को क्या मुंह दिखाएंगे... और आप देख लीजिएगा, मेरा कोई कुछ बिगाड़ नहीं सकता। आख़िर मैं फ़ीरोज़पुर झिरका का हाकिम हूं।"

फिर नवाब ने सब बच्चों को बारी-बारी से प्यार किया, गले से लगाया, दोनों बेगमों और चंपा ने अलग-अलग तस्लीम कही। अफ़ज़लुन्निसा और फिर अमीर बहू ने जल्द-जल्द इमाम-ज़ामिन नवाब के बाज़ू पर बांधे। फिर अफ़ज़लुन्निसा ने नवाब के सर से पानी का कटोरा वार कर पानी का घूंट पिया और सिसक-सिसककर हिंदी में बोलीं: "जैसे पीठ दिखाते हैं, वैसे ही मुंह भी दिखाइएगा। आपको इमाम-ज़ामिन की पनाह में दिया।"

फिर उन्होंने मुस्कुराने की कोशिश करते हुए फ़ारसी में कहा, "आपके हर क़दम पर हज़ार क़ीमती जानें फ़िदा हों। हम दुआ करते हैं ख़ुदा से कि आपके हर क़दम पर आपका इक़बाल और बढ़े। आमीन या रब्बुलआलमीन बजाह सय्यदुल-मुरसलीन।"

सभी ने बुलंद अवाज़ में आमीन कहा और बढ़-बढ़कर जो दुआ बन पड़ी, पढ़-पढ़कर नवाब पर दम की। फिर उधर नवाब की पीठ फिरी और इधर अफ़ज़लुन्निसा बेगम ग़श खाकर गिरीं। अमीर बहू ने हिचकियां ले-लेकर दुआएं मांगनी शुरू कीं। फिर बच्चों के रोने की आवाज़ें बुलंद हुईं और आख़िरकार चंपा के रोने की आवाज़ भी उन दुआओं में शामिल हो गई। थोड़ी देर बाद छठवीं की मजलिसों, नौहा पढ़ने वालों और मर्सिया पढ़ने वालों की भी आवाज़ें हवेली के इमामबाड़े और शहर के गली-कूचों से उठीं और शाम के धुंधले जंगल में खोए हुए मुसाफ़िरों की पुकार की तरह धीरे-धीरे फैलती हुई आसमानों में घुल गईं:

हैफ़ हल्क़े-तश्ना-ए-जो था नबी का बोसागाह

तिस गले ऊपर चलाया शिम्र ख़ंजर या इमाम
हे दोस्त...
दर हुज़ूरे-तू गए मारे ज़-जौरे-कूफ़ियां
दो पिसर तेरे अली अकबर व असग़र या इमाम
हे दोस्त...
ज़-आतिशे-ग़म जल के ख़ाकिस्तर हुआ है आसमां
कौकबो-अंजुम हुए मानिंदे-अख़गर या इमाम
हे दोस्त...

अगली सुबह की पौ फटते ही क़ासिम बिन हुसैन की मेंहदी और उनकी बेवा के नौहों ने उगते हुए सूरज के मुंह पर तमाचे मारे और पच्छिम से उठती हुई हवाओं की सरसराहट सिसकियों में बदल गई। नौहा पढ़ती पर्दादारनियां जिनके घरों की खिड़कियां मिली हुई थीं, एक-एक दो-दो करके एक बेवा बुज़ुर्ग सैदानी के घर जमा हुईं और थोड़ी देर में उस घर का आंगन और आसमान दर्द भरी आवाज़ों की बुझी-बुझी गूंज से भर गयाः

रन से चले आओ मुंह मुझको दिखाओ
साहब मेरे बचपन के रंडापे को निभाओ
मैके की है अब आस न ससुराल का घर पास
किस जाए रहूं मेरा ठिकाना तो बताओ

शाम ढले फ़िरोज़पुर के इमामबाड़े में मर्दाना मजलिस के बाद नौहे पढ़े गएः

आं दम उरूस है-है रो-रो कहे ज़नां सूं
जाते हैं वाह वेला तन्हा सितमगरां सूं
मिलना जो फिर कहां है वा हसरता जहां सूं
करके चले अंधारा दिन को चु शाम क़ासिम
हे दोस्त...
तुझ दर्द तुझ अलम सूं रोवें तमाम आलम
हम तायरो-बहाइम हम जिन्नियाने-दाइम
गुफ़्ता सईद कोई ख़ाली नहीं ज़-मातम
वा हसरता दिरेग़ा है है मुदाम क़ासिम
हे दोस्त... हे दोस्त...
हुसैन हुसैन वा हुसैना...वा हुसैना...

मजलिस ख़त्म होने के बाद लड़कों, नौजवानों और बहुत से बूढ़ों ने जुलूस की शक्ल बना ली और नौहा पढ़ते हुए बाज़ारों के लंबे रास्तों से होकर शहर के बाहर

की कर्बला तक गए। कुछ देर वहां नौहा पढ़ने के बाद जुलूस एक अलग ही रास्ता पकड़कर शहर की जामा मस्जिद तक गया और जामा मस्जिद के सामने मैदान में देर तक नौहा पढ़ने के बाद आहिस्ता-आहिस्ता बिखराः

क़ासिम की शादी उस दिन रचाई
जिस दिन कि शह को कुछ बन न आई

शाम तक सारे फ़ीरोज़पुर झिरका के बाज़ार सुनसान हो गए। ऐसा लगता था सारी आबादी ने वनवास ले लिया है।

□□

क़दम शरीफ़

मंगलवार 5 मई, 1835, मुताबिक़ सात मुहर्रम, 1251 हिजरी नबवी को ग्यारह बजे दिन को नवाब शम्सुद्दीन अहमद ख़ां ने देहली के लिए कूच किया। शहर के बाहर भी दूर-दूर तक जो गांव राह में थे उनके आसपास से मेहंदी के बैन धीमे और तेज़ सुनाई देते रहे। दस हथियारबंद सवार और छह बरछैत उनके साथ थे। वह ख़ुद पालकी पर थे और पालकी के बारह कहारों के सिवा कोई और नौकर उनके साथ नहीं था। उनकी सवारी जिस बड़ी आबादी से गुज़रती, वहां के अमीर, रईस और छोटे-बड़े शरीफ़ उनके स्वागत के लिए आबादी से बाहर जमा होकर शर्बत और पान से ख़ातिर के बाद सलाम और दुआ के साथ उनको रुख़सत करते। उन्होंने अपना सफ़र न बहुत जल्दी में तय किया और न ही किसी झिझक या सुस्ती को राह में रुकावट बनने दिया। 7 मई, 1835 को ज़ोहर के बाद वह पालम गांव पहुंचे और गांव के पुराने क़िले में उतरे जहां उनके स्वागत और आराम का पूरा इंतज़ाम पहले से मौजूद था। दो सवारों को उन्होंने देहली भेजा कि जाकर टॉमस मैटकाफ़ साहब बहादुर को नवाब के आने की इत्तेला दें। लूडलो कैसल में सवारों की हाज़री मग़रिब के बाद हुई। उनसे कहा गया कि दरियागंज वाली हवेली में ठहरें और हुक्म का इंतज़ार करें।

नवाब के मंज़िल दर मंज़िल सफ़र की इत्तेला तो अंग्रेज़ों को मिल ही रही थी। उनके स्वागत और हिंदुस्तान में उनकी मक़बूलियत पर मैटकाफ़ और फ्रेज़र दांत पीसकर रह जाते थे लेकिन कर भी क्या सकते थे। वैसे उन्हें करना ही क्या था, उनका शिकार ख़ुद ही और अपनी मर्ज़ी से जाल में फंसने के लिए चला आ रहा था। शम्सुद्दीन अहमद को और भी बेफ़िक्र रखने की ग़रज़ से मिर्ज़ा मुग़ल बेग ख़ां को भी रिहा कर दिया गया। यह ख़बर सुनते ही कि शम्सुद्दीन अहमद अब पालम पहुंच गया है, मैटकाफ़ ने फ्रेज़र और लॉरेंस को लूडलो कैसल बुलवाकर मशवरा करना शुरू किया। सबसे पहली बात लॉरेंस ने कही और वह यह कि लेफ़्टिनेंट कर्नल जेम्स स्किनर (सिकंदर साहब) को भी मशवरे में शरीक कर लिया जाए।

स्किनर हालांकि ख़ालिस ख़ून का न था लेकिन उसमें कई ख़ूबियां थीं। पहली बात तो यह कि आधा हिंदुस्तानी होने और हिंदुस्तानियों में घुले-मिले होने की वजह से वह हिंदियों और ख़ासकर हिंदी मुसलमानों के मिज़ाज से ख़ूब वाक़िफ़ था।

दूसरी बात यह है कि नवाब अहमदबख़्श ख़ां का पुराना दोस्त होने की वजह से वह शम्सुद्दीन अहमद से भी निहायत अच्छी जान-पहचान रखता था। स्किनर अपनी निजी फ़ौज स्किनर्स हॉर्स, जिसको हिंदियों की ज़बान में 'सिकंदर साहब के सवार' कहा जाता था, के अच्छे इंतज़ाम और बहादुरी और अंग्रेज़ों से वफ़ादारी के कारण कंपनी के हाकिमों में रसूख़ रखता था, लेकिन इतना नहीं कि समाजी और जंगी तौर पर वह फ़िरंगियों के बराबर क़रार दिया जाए। अपनी फ़ौज में उसने लेफ़्टिनेंट कर्नल का ओहदा अपना रखा था लेकिन अंग्रेज़ी फ़ौज में उसे बमुश्किल कारगुज़ार कप्तान (Acting Captain) का दर्जा हासिल था और वह भी उसने बहुत दौड़-धूप के बाद हासिल किया था। स्किनर के ख़्याल में वह भी बड़ी चीज़ थी क्योंकि उस ज़माने में किसी ग़ैर-ख़ालिस नस्ल वाले फ़िरंगी को, हिंदी की तो बात ही क्या है, कंपनी की फ़ौज में कोई भी ओहदा न मिलता था। कंपनी की फ़ौज में कटने-मरने वाले सब हिंदी थे। बहरहाल उस वक़्त यह फ़ैसला बड़ी अहमियत रखता था कि एक दोग़ले अफ़सर को देहली के फ़िरंगी साहिबान के सबसे बड़े और खुफ़िया सलाह-मशवरे में शरीक किया जाए। वक़्त ने साबित किया कि यह फ़ैसला अंग्रेज़ों के लिए बहुत अनुकूल और निर्णायक साबित हुआ।

स्किनर की लंबी-चौड़ी कोठी रेज़ीडेंटी के बहुत पास थी, लिहाज़ा वह एक घड़ी से भी कम अरसे में मैटकाफ़ के दफ़्तर पहुंच गया जहां सलाह-मशवरे की मजलिस जारी थी। स्किनर की उम्र उस वक़्त 60 से ऊपर थी मगर वह लंबे क़द, कसरती बदन वाला और फुर्तीला शख़्स था और अपनी उम्र से कम लगता था। रंग उसका काला था, बाल घुंघराले जो अब खिचड़ी हो चुके थे और आंखें करंजी थीं। काले रंग को छोड़ उसकी चाल-ढाल, उठने-बैठने का अंदाज़ सब बिल्कुल अंग्रेज़ों जैसे थे। मजलिस के कमरे में दाख़िल होते ही उसे मैटकाफ़ ने बड़ी आवभगत के साथ अपने क़रीब बिठाया। उस वक़्त गुफ़्तगू यह हो रही थी कि शम्सुद्दीन अहमद को गिरफ़्तार करके जेल भेज दिया जाए या उसे शहर देहली में कहीं किसी महफ़ूज़ हवेली में नज़रबंद रखा जाए। मैटकाफ़ का ख़्याल था कि नवाब की गिरफ़्तारी से देहली की रिआया में हंगामा और बदअमनी फैलने का अंदेशा है। लिहाज़ा उसे नज़रबंद ही रखना चाहिए और मुक़द्दमे की कार्रवाई जल्द पूरी करा के मुजरिमों को फ़ौरन फांसी दे दी जाए। और फांसी भी शहर से बाहर बल्कि देहली से कुछ दूर दी जाए, मसलन पानीपत की राह में मुग़लसराय नाम का पुराना क़स्बा है। वहां जलालुद्दीन मुहम्मद अकबर बादशाह के ज़माने की एक सराय मुद्दतों से वीरान पड़ी थी। उसी सराय के

अहाते में फांसी के तख़्ते खड़े किए जाएं और फांसी के बाद उनको दफ़्न भी वहीं जल्द से जल्द करा दिया जाए। जॉन लॉरेंस चूंकि पानीपत की मजिस्ट्रेटी पर था, लिहाज़ा वह वहां के चप्पे-चप्पे से वाक़िफ़ था। उसने प्रस्ताव का समर्थन किया और कहा कि सारा काम वहां पुरअमन तरीक़े से, चुपचुपाते हो जाएगा।

साइमन फ्रेज़र के सीने में बदले की आग तो भड़क ही रही थी, यह मौक़ा उसे बहुत अच्छा मिल गया था कि अपने चचाज़ाद भाई के नाहक़ खून का बदला भी ले और बादशाह समेत तमाम देसी लोगों को सख़्त सबक़ और हिदायत भी दे दी जाए कि फ़िरंगी हाकिमों की जान से खेलना कोई बच्चों का खेल नहीं है। उसे यक़ीन था कि मुल्के-हिंद में हमारा वजूद और ठिकाना ताक़त और ख़ौफ़ के बूते है। अगर ताक़त में कहीं कोई कमी हुई या भयभीत करने में कहीं कोई नुक़्स आया तो ये लोग हमें पलक झपकते इस तरह नोचकर खा जाएंगे जैसे हिमालय के भालू शहद की मक्खियों का छत्ता नोचकर सारा शहद पी लेते हैं और मोम को टुकड़े-टुकड़े करके नीचे फेंक देते हैं। शहद की मक्खियां ग़ुस्से में भिनभिनाती, नाचती बार-बार हमला करती हैं और रीछ को लिपट-लिपट जाती हैं लेकिन उसका कुछ बिगाड़ नहीं सकतीं। अगर हिंदियों को ज़रा मौक़ा मिल जाए तो हमारी ये मुट्ठी भर फ़ौजी छावनियां, हमारी कचहरियां और गोदाम दो ही तीन घंटों में लुट-पिटकर नंगे हो जाएंगे। हमारी औरतें काले वहशियों के लिए रंडियां और बदसूरत, मोटे, भोंडे, अय्याश बनियों और ज़मींदारों की रखैलें बनेंगी। मुल्के-हिंद और मुल्के-दकन में भी उस वक़्त तो बहुत से इलाक़े ऐसे थे कि सैकड़ों वर्गमील के इलाक़े में बस एक अंग्रेज़ घर था और ज़मीन के उस सारे ख़ित्ते में हिकमते-अमली, दांव-पेंच, इक़बाल और सल्तनत के रौबदाब की बुनियाद पर उस घर वाले की हुकूमत आसमान से बातें करती थी।

फ्रेज़र ने जॉन लॉरेंस को विलियम फ्रेज़र के क़त्ल के मुक़द्दमे की तफ़्तीश निहायत मुस्तैदी और दौड़-धूप से करते हुए यह ख़्याल किया था कि लॉरेंस को कंपनी बहादुर की सरकार का दबदबा क़ायम रखने में उतनी ही गर्मी और नस्लीय उच्चता की अनुभूति होगी लेकिन आज उसका मशवरा सुनकर फ्रेज़र को सख़्त ताज्जुब और नागवारी हुई। फिर भी नागवारी का खुला इज़्हार इस वक़्त भली बात न थी कि उसके साथी और उनसे बढ़कर यह आधा हिंदुस्तानी कप्तान स्किनर यह ख़्याल कर सकते थे कि मैं अपने भाई के ख़ून का बदला लेने को मुल्की और इंतज़ामी मामलों से ऊपर रख रहा हूं। लिहाज़ा उसने बहुत संतुलित लहजे में, हर लफ़्ज़ बहुत तोल-तोलकर कहाः "मेरा ख़्याल है कि मुलज़िम की गिरफ़्तारी और मुजरिमों की फांसी यहीं देहली में होनी चाहिए। हमने ज़रा भी ढील दी या रिआयत की तो देसी लोग उसे हमारी कमज़ोरी समझ बैठेंगे। यहां के लोगों के बारे में मेरा तजुर्बा यह है कि ये हाकिमों के ख़िलाफ़ अफ़वाहें बेसबब भी बहुत फैलाते हैं और मौक़ा मिलते

ही शेर हो जाते हैं और अगर दबाव में रखा जाए तो कीचड़ में सने कुत्ते की तरह भीगी बिल्ली बने रहते हैं।"

"तो फिर तुम्हारी राय क्या है मिस्टर फ्रेज़र?" मैटकाफ़ ने पूछा।

"मुझे जो इत्तेलाएं मिली हैं उनके हिसाब से मुक़ामी रिआया की हमदर्दियां शम्सुद्दीन अहमद और करीम ख़ां के साथ हैं। लोग यह कहते फिर रहे हैं कि दो... हिंदी..." वह एक लम्हे के लिए ठहरा और फिर खंखारकर बोला, "...जियालों ने फ़िरंगी साहब का मुंह झुलस दिया है... ऐसी सूरत में हमारे लिए और भी ज़रूरी है कि हम सख़्त से सख़्त दंडात्मक कार्रवाई करें और खुलकर करें।"

"तो आपके ख़्याल में रिआया की तरफ़ से कोई जवाबी कार्रवाई न होगी? बरेली का मामला..."

"बरेली वाला मामला और था, उसे भूल जाइए। दिल्ली के ऐशपसंद मिर्ज़ा लोग और जवाबी कार्रवाई?" साइमन फ्रेज़र हंसा। "हम अगर ताकत और दृढ़ता का मुज़ाहिरा मुनासिब मौक़ों और मुनासिब जगहों पर करेंगे तो जवाबी कार्रवाई की किसी को सुध भी न होगी। दिल्ली के अमीर अब लौंडों और तवायफ़ों पर मरते हैं, इज़्ज़त पर नहीं।" फ्रेज़र फिर हंसा। इस बार उसकी हंसी में हिक़ारत के खट्टे नशे की महक और भी नुमायां थी।

"मगर बादशाह को तो हमवार करना ही होगा, और बाज़ ख़ास-ख़ास मुल्लाओं को भी। मुल्ला लोग ख़तरा पैदा कर सकते हैं," मैटकाफ़ ने कहा। उसने लफ़्ज़ 'मुल्ला' का उच्चारण 'पल्ला' किया था।

"मुल्लाओं की न पूछिए," फ्रेज़र ने जवाब दिया। "अब्दुल अज़ीज़ के बाद अब उनमें कोई ऐसा नहीं जो चूं भी करे। और बादशाह के इशारे बग़ैर मुल्ला लोग यूं भी कुछ न करेंगे। और बादशाह को हमारा एक इशारा काफ़ी होगा।"

स्किनर ने अब तक बहस में हिस्सा न लिया था। अब वह बोला, "मैं मिस्टर फ्रेज़र के ख़्याल से सहमत हूं। बड़ी बात यह है कि हम शम्सुद्दीन की गिरफ़्तारी किसी सियासी बुनियाद पर नहीं बल्कि इरादी क़त्ल के इल्ज़ाम में कर रहे हैं। देसी रिआया इस बात को ताज्जुब और सम्मान की निगाह से देखती है कि हम कोई काम क़ानून की पुश्तपनाही के बग़ैर नहीं करते।"

"कैप्टन स्किनर। तो आपकी राय में शम्सुद्दीन को शहर में दाख़िल होने के साथ ही गिरफ़्तार करके जेल भेज दिया जाए?" लॉरेंस ने पूछा।

"जी नहीं," स्किनर ने एक पल ठहरकर जवाब दिया। "हमें थोड़ी सी हिकमते-अमली से काम लेना चाहिए। मैं इन लोगों से ख़ूब वाक़िफ़ हूं। ये लोग परम्परागत बातों को निभाने, ऊपरी दिखावे और पुरानी रस्मों पर जान देते हैं।"

"तो फिर?" मैटकाफ़ ने कुछ तेज़ लहजे में बेसब्री से कहा।

"मैं एक तजवीज़ पेश करना चाहता हूं। आप इस पर ग़ौर कर लें।"

लॉरेंस कुछ कहना चाहता था लेकिन मैटकाफ़ ने उसे इशारे से रोक दिया। जेम्स स्किनर ने मैटकाफ़ की आंखों में आंखें डालकर बहुत ठहरे हुए लहजे में कहा, "शम्सुद्दीन अहमद को शहर के बाहर गिरफ़्तार किया जाए और वह इस तरह कि पहले मैं उससे मुलाक़ात करूं और उसके हथियार रखवा लूं, उसके बाद कंपनी के हथियारबंद मुलाज़िमों का एक दस्ता मजिस्ट्रेट फ्रेज़र की अगुवाई में पहुंचकर उसे गिरफ़्तार कर ले। उसे हथकड़ी-बेड़ी वग़ैरा न डाली जाए, बस हमारे आदमी उसकी पालकी को घेरे में लेकर यहां रेज़ीडेंटी में ले आवें। शम्सुद्दीन को मुझ पर एतबार है। वह मुझसे मुलाक़ात करने और मेरे कहने पर अपने हथियार अलग करने को राज़ी हो जावेगा। देसी रिआया को शिकायत का मौक़ा न मिलेगा क्योंकि गिरफ़्तारी शहर के बाहर होगी और निहत्थे होकर शम्सुद्दीन ने गोया ख़ुद को हमारे हवाले कर दिया होगा। पालकी में बदस्तूर सफ़र करने की बिना पर उसकी कोई तौहीन भी बज़ाहिर न होगी।"

स्किनर की लंबी तक़रीर सबने पूरे ध्यान से सुनी लेकिन चंद पलों के लिए कोई कुछ बोला नहीं। फिर मैटकाफ़ ने अपने सामने की मेज़ पर मुक्का मारा और ख़ुश होकर कहा, "कैप्टन स्किनर, आपके तजवीज़ें वाक़ई निहायत उम्दा हैं। गोया आम के आम और गुठलियों के दाम।"

गोया कि मैटकाफ़ ने स्किनर की बात पर सहमति दी, लेकिन बाद में ख़ुद अंग्रेज़ों का ख़याल था कि शम्सुद्दीन अहमद को इस तरह धोखे से गिरफ़्तार करना आला फ़िरंगी हाकिमों की शान के मुताबिक़ न था।

स्किनर ने महफ़िल में हाज़िर लोगों को विजयी नज़रों से देखा। फिर सभी तफ़्सीलें पलक झपकते में तय कर ली गईं और थोड़ी ही देर में स्किनर घोड़े पर तन्हा सबके आगे और उससे कोई सौ क़दम पीछे फ्रेज़र और पचास हथियारबंद सवार पालम के लिए रवाना हो गए। पालम क़िले पर पहुंचकर फ्रेज़र और सिपाही क़िले की चारदीवारी के अंदर लेकिन सदर दरवाज़े से बाहर ठहरे रहे। स्किनर ने तन्हा अंदर जाकर इत्तेला कराई तो उसकी उम्मीद के मुताबिक़ शम्सुद्दीन अहमद ख़ुद उसके स्वागत को बाहर आ गया और बड़ी गर्मदिली से बोला, "भई वल्लाह सिकंदर साहब, अरे आपका आना हमारे लिए ख़ुशी की बात है," उसने फ़ारसी में कहा। और फिर बोला "जनाब का मिज़ाज कैसा है?"

यह कहता हुआ शम्सुद्दीन अहमद उसे अपने साथ क़िले के अंदर ले गया जहां दीवाने-आम की तरह के एक हॉल में नवाब का पड़ाव था। शम्सुद्दीन अहमद को ख़्याल आया कि शायद सिकंदर साहब अंग्रेज़ों की तरफ़ से कोई पैग़ाम लाए हों और पैग़ाम बयान करने या आगे बातचीत के लिए तन्हाई पसंद करें।

"तशरीफ़ रखें। भिंडा अभी हाज़िर किया जाता है, इतने आप शर्बत से शौक़ फ़रमाएं।"

यह कहकर नवाब ने स्किनर को अपने बराबर दाईं तरफ़ बिठाया और उम्मीद भरी निगाहों से उसे देखा।

"दिलावरुलमुल्क, मैं आपसे झूठ न बोलूंगा। आप बड़ी मुश्किल में हैं," स्किनर ने आंखें झुकाकर कहा।

"जी, मैं समझता हूं। लेकिन साहिबाने-आलीशान को मेरे बारे में कुछ ग़लतफ़हमी है। मेरे ख़िलाफ़ कोई सुबूत उनके पास नहीं। मैं क़समिया कहता हूं, 'इस ख़ता पर मुझे मारा कि गुनहगार न था' वाली बात और है।"

"दिलावरुलमुल्क, आप अभी नौजवान हैं और तजुर्बेकार नहीं हैं। मुल्की मामलों में तरह-तरह के पेंच होते हैं, रंग-रंग की बारीकियां होती हैं... किस मौक़े पर कौन मुलज़िम से मुजरिम बन जाए, इसके बारे में कुछ कहा नहीं जा सकता।"

शम्सुद्दीन अहमद का मुंह सूख सा गया, "मैं जनाब का मतलब समझने से असमर्थ रहा।"

"मेरी राय यह है कि आप ख़ुद को मैटकाफ़ साहब की हिफ़ाज़त में दे दें। अपनी तलवार और दूसरे हथियार मेरे हवाले कर दें, मैं आपके साथ-साथ चलूंगा।"

स्किनर के चेहरे पर पूरी गंभीरता और संजीदगी थी गोया उसे ख़ुद पूरा यक़ीन था कि दिलावरुलमुल्क का मुस्तक़बिल मेरे हाथों में बिल्कुल महफ़ूज़ है। उसने टॉमस मैटकाफ़ की बजाय सिर्फ़ मैटकाफ़ जान-बूझकर कहा था कि वक़्ते-ज़रूरत उससे चार्ल्स मैटकाफ़ या टॉमस मेटकाफ़ या दोनों ही मुराद लिए जा सकें।

शम्सुद्दीन अहमद को अपना बचपन याद आया जब विलियम फ्रेज़र और जेम्स स्किनर दोनों का उसके बाप के यहां बराबर आना-जाना था और स्किनर से तो अहमदबख़्श ख़ां को इस क़दर मुहब्बत थी कि उन्होंने बल्लीमारान में नई हवेली बनवाई तो उस पर अपना नाम लिखवाने की बजाय 'हवेली जेम्स स्किनर साहब बहादुर' खुदवाया और संगमरमर की वह तख़्ती हवेली के सदर दरवाज़े के मेहराब पर उसी तरह अब भी मौजूद थी। शम्सुद्दीन अहमद ने दिल में ख़याल किया कि मैं अंग्रेज़ों के घेरे में तो हूं ही, ज़िल्लत से गिरफ़्तार होने से बेहतर है कि हथियार रखकर सिकंदर साहब के साथ चला चलूं। आगे जो होगा, देख लेंगे, जैसा कि फ़ारसी में कहावत है 'अब आगे जो हो सो हो, अब हमने तो नाव पानी में डाल दी।' इसी बात पर चलने में बेहतरी है।

यह सोचकर शम्सुद्दीन अहमद ने सोने की नक़्क़ाशी वाली अपनी इस्फ़हानी तलवार, जड़ाऊ बेदरी ख़ंजर और फ्रांसीसी जड़ाऊ तमंचा स्किनर के हवाले कर दिए और बोला, "लीजिए, इन अमानतों को संभालिए, मैं आपका बंदा हूं।"

स्किनर ने तीनों हथियार अपने क़ब्ज़े में किए और फ़ौरन उठ खड़ा हुआ। "मैं इन्हें किसी भरोसेमंद सरदार के यहां महफ़ूज़ रखवाता हूं, इतने आप कूच का इंतज़ाम करें," कहता हुआ वह बाहर निकल गया। फ्रेज़र और उसके सिपाहियों ने स्किनर को तन्हा, हथियारों का बोझ उठाए बाहर आते देखा और बिना देर किए अंदर दाख़िल हो गए। शम्सुद्दीन अहमद अभी समझ भी न पाया था कि ये लोग क्यों इस तरह अंदर आ गए हैं कि फ्रेज़र ने तमंचा हाथ में लिया और बढ़कर बोला, "नवाब शम्सुद्दीन अहमद, आप पर मिस्टर विलियम फ्रेज़र के क़त्ल का इल्ज़ाम है। आपको सरकार कंपनी बहादुर की हिरासत में लिया जाता है।"

शम्सुद्दीन अहमद हक्का-बक्का रह गया। "सिकंदर साहब!" बेसाख़्ता उसके मुंह से निकला, गोया वह स्किनर को मदद के लिए पुकार रहा हो। लेकिन पल भर में फ्रेज़र के सिपाहियों ने नवाब को घेरे में ले लिया। स्किनर तो ज़ाहिर है बाहर निकलते ही अपने घोड़े पर सवार होकर दिल्ली की तरफ़ सरपट निकल गया था और अगर वह होता भी तो उसकी तरफ़ से किसी राहत भरे जवाब का सवाल न था। लेकिन शम्सुद्दीन अहमद की आवाज़ सुनकर उसके कई सवार और बरछैत अंदर आ गए और उन्होंने चाहा कि मुक़ाबला करें और नवाब को आज़ाद करा लें। लेकिन शम्सुद्दीन अहमद ने उन्हें इशारे से मना किया और जब वो लोग ठहर गए तो उसने कहा, "गोरिंदर सिंह, अब यहां ठहरने की ज़रूरत नहीं। पालकी का इंतज़ाम किया जाए। हम फ़ौरन दिल्ली जाएंगे।"

गोरिंदर सिंह "जो हुक्म" कहकर बाहर जाने लगा तो फ्रेज़र ने उसे रोककर सख़्ती से कहा, "तुम यहीं ठहरो। पालकी अभी लगवा दी जाएगी। हमने हुक्म दे दिया है।"

यह जुमला सुनकर शम्सुद्दीन अहमद के चेहरे पर फीकी सी ही मुस्कुराहट आई। "सैमन साहब, आप में झलक आपके मरहूम भाई की ख़ूब नज़र आती है। ख़ुदा उन्हें बख़्शे, मेरे तो वो बहुत ही ख़ास मेहरबानों में से थे।"

साइमन फ्रेज़र की समझ में न आया कि क्या यह वाक़ई शोक के शब्द हैं या इसमें किसी तरह का व्यंग्य या कोई और भेद छुपा हुआ है। वह अभी सोच ही रहा था कि क्या जवाब दे कि नवाब ने आगे बढ़कर उसके कंधे पर बड़े-बूढ़ों के से अंदाज़ में हाथ रखा और कहा, "पालकी का इंतज़ाम पहले से ही कर दिया गया था तो अब चलें, फिर देर काहे की?"

शम्सुद्दीन अहमद का चेहरा उस वक़्त इतना शांत और गंभीर था और उसके पूरे तन-बदन से इस क़दर आत्मविश्वास टपक रहा था कि फ्रेज़र अपने आप एक क़दम पीछे हट गया। फिर खुद को संभालकर वह बोला, "अब देर कुछ नहीं। अंजाम नज़दीक है, नवाब साहब।"

"हमको सौ कोस से आता है नज़र घर अपना," शम्सुद्दीन अहमद ने क़हक़हा

मारा। "तो आएं, अब चलते हैं। हमने तो आईना-ए-ज़ानू (घुटने की हड्डी) में अपना अंजाम देख लिया है।"

फ्रेज़र गड़बड़ा गया। उसकी समझ में बिल्कुल न आया कि नवाब ने दरअसल क्या कहा है। 'आईना-ए-ज़ानू' से वह वाक़िफ़ न था और न उसने मीर का मिसरा कभी सुना था। वह दांत पीसकर लेकिन बज़ाहिर ठंडे लहजे में बोला, "आप हर जगह मेरे सिपाहियों के घेरे में रहेंगे। चलिए, यहां से उठिए।"

नवाब शम्सुद्दीन अहमद की पालकी के पर्दे छूटे हुए थे। किसी ने उसे शहर में दाख़िल होते न देखा। मिर्ज़ा मुग़ल बेग के आदमियों ने दिन ढलने के बहुत बाद उन्हें ख़बर दी कि आपके दामाद नवाब शम्सुद्दीन अहमद ख़ां साहब को लूडलो कैसल के एक कोने में क़ैद रखा गया है। मिर्ज़ा मुग़ल बेग, जो पहले ही अपने हिरासत में लिए जाने के बाद पस्तहिम्मती का शिकार हो चुके थे, बहुत उलझन में पड़े कि अब क्या किया जाए। आख़िरकार उन्होंने मिर्ज़ा इस्फ़ंदयार बेग को बुलवाया कि वह फ़ीरोज़पुर झिरका और लोहारू रियासतों के मामलों में अंग्रेज़ साहबों के दफ़्तरों और अदालतों में पैरवी करते थे। मिर्ज़ा मुग़ल बेग ने मिर्ज़ा इस्फ़ंदयार बेग को रेज़ीडेंटी भेजा कि मालूम करें नवाब की मौजूदा हालत क्या है और मुलाक़ात उनसे कब हो सकती है। कोई तीन घंटे बाद इस्फ़ंदयार बेग सिर्फ़ यह ख़बर लेकर वापस हुए कि नवाब को इज़्ज़त और सम्मान के साथ उन्हीं के आदमियों की निगरानी में रखा गया है। लेकिन क़ानूनी तौर पर उनकी हैसियत मुलज़िम, बल्कि मुजरिम की है। जहां तक सवाल मुलाक़ात का है, तो सिविल दफ़्तर अभी बंद है। कल सुबह दस और ग्यारह के बीच बाक़ायदा मुलाक़ात की दर्ख़ास्त की जाए तो उस पर ग़ौर किया जा सकेगा। मिर्ज़ा मुग़ल बेग ने इस्फ़ंदयार बेग को दस्तख़त करके मुख़्तारनामा दिया और हिदायत की कि अगले रोज़ जल्द ही नवाब शम्सुद्दीन अहमद से मुलाक़ात की दर्ख़ास्त सिविल दफ़्तर में लगा दें और पूरी कोशिश करें कि नवाब और मिर्ज़ा मुग़ल बेग की मुलाक़ात कल शाम से पहले-पहले हो सके और इस्फ़ंदयार बेग भी बतौर वकील वहां मौजूद हों।

अगला दिन 8 मई 1835, दिन जुमा और मुहर्रम दसवीं तारीख़ का दिन था लेकिन इस्फ़ंदयार बेग ने वह सारा दिन रेज़ीडेंटी और अंग्रेज़ी दफ़्तर और सिविल दफ़्तर के बीच कोशिश और दौड़-धूप में गुज़ार दिया। मुलज़िम से मुलाक़ात के लिए दर्ख़ास्त और चालान की नक़ल मांगने के अलावा उन्होंने सदर दीवानी अदालत, इलाहाबाद की ख़िदमत में एक दर्ख़ास्त एक तेज़-रफ़्तार हरकारे के हाथ भिजवाई। उस दर्ख़ास्त में नवाब की गिरफ़्तारी के वाक़ए के संक्षिप्त वर्णन के बाद लिखा था कि प्रार्थी इस मुक़द्दमे की आगे पैरवी के लिए जल्द से जल्द कलकत्ता रवाना हो रहा है, लेकिन नवाब शम्सुद्दीन अहमद का तफ़सीली बयान लेने के लिए एक सदर

अमीन इलाहाबाद से देहली फ़ौरन डाक गाड़ी से रवाना किया जाए ताकि मुक़द्दमे की तमाम कैफ़ियतें और सारे पोशीदा हालात सब पर ज़ाहिर हों और खुल जाएं।

मिर्ज़ा मुग़ल बेग और शम्सुद्दीन अहमद ख़ां की मुलाक़ात तो 8 मई यानी 10 मुहर्रम को ही मुमकिन हो गई लेकिन सदर दीवानी अदालत, इलाहाबाद ने 'मुहर्रम की छुट्टियों' के कारण इस्फ़ंदयार बेग की दर्ख़ास्त पर कार्रवाई की ज़रूरत न समझी। बल्कि हक़ीक़त तो यह है कि शम्सुद्दीन अहमद के मुक़द्दमे के बारे में जितनी भी अर्ज़ियां इस्फ़ंदयार बेग ने कलकत्ता भेजीं उनमें से भी किसी पर ग़ौर न हुआ। साहब गवर्नर जनरल बहादुर के दफ़्तर में सारे काग़ज़ात क़ानून व इंसाफ़ के महकमे में नहीं बल्कि सियासी महकमे में दाख़िल किए गए और किसी पर भी कोई निशानी इसकी नहीं थी कि उसे नवाब गवर्नर जनरल बहादुर की तो क्या कंपनी के किसी बड़े ओहदेदार की भी नज़रों से गुज़ारा गया था।

मिर्ज़ा इस्फ़ंदयार बेग ने मुलाक़ात की दर्ख़ास्त हिदायत के मुताबिक़ कचहरी में पेश की लेकिन उस पर कोई हुक्म सादिर न हुआ। सिर्फ़ यह कहा गया कि आज बारह बजे साइमन फ़्रेज़र साहब बहादुर, मजिस्ट्रेट शहर देहली की अदालत में मुलज़िम को पेश किया जाएगा। आप उससे वहां मिल सकते हैं।

शम्सुद्दीन अहमद को बारह बजे के कुछ बाद अदालत में पेश किया गया तो वह अपने आम लिबास में थे लेकिन उनके चेहरे पर थकन और नींद न आने के आसार थे। इस्फ़ंदयार बेग और मिर्ज़ा मुग़ल से उन्होंने सिर्फ़ इतना कहा कि मेरी तरफ़ से मामले की वकालत और पैरवी कलकत्ते तक कीजिए। फ़ीरोज़पुर में सबको ख़बर कर दीजिए कि दुखी न हों। मेरे ख़िलाफ़ कोई सुबूत नहीं है और मैं बहुत जल्द बरी हो जाऊंगा।

अंग्रेज़ों की तरफ़ से इस्तग़ासा दायर करने वाले की हैसियत से जॉन लॉरेंस ने अदालत के सामने चालान पेश करते हुए ज़ोरदार बहस की कि मुलज़िम और उसके करीम ख़ां नामक नौकर पर जुर्म पूरी तरह साबित है। आगे यह कि करीम ख़ां पर कमिश्नर ख़ुसूसी आलीजनाब मिस्टर जॉन एलेक्ज़ेंडर कॉल्विन की अदालत में मुक़द्दमा चल ही रहा है, उसी मुक़द्दमे में मुलज़िम शम्सुद्दीन अहमद को भी शरीक कर लिया जाए। शम्सुद्दीन अहमद ने कोई बयान नहीं दिया और न उनसे कोई पूछताछ हुई, सिवाय इसके कि जब उनसे पूछा गया कि क्या तुम इक़बाले-जुर्म करते हो तो उन्होंने साफ़ और खुली हुई आवाज़ में कहा, "हरगिज़ नहीं। इल्ज़ाम बिल्कुल झूठा और साज़िश पर आधारित है।"

दो घंटे की रस्मी कार्रवाई के बाद फ़्रेज़र ने जॉन लॉरेंस की मर्ज़ी के मुताबिक़ हुक्म जारी कर दिया। मुलज़िम को दोबारा लूडलो कैसल में बंद कर दिया गया।

इस्फ़ंदयार बेग के सिवा किसी को उससे मिलने की इजाज़त न थी लेकिन इस्फ़ंदयार बेग ने उसी दिन (8 मई 1835) तीन पहर दिन ढले कश्ती के ज़रिये फ़र्रुख़ाबाद की राह पकड़ ली। फ़र्रुख़ाबाद में कश्तियां छोड़कर तेज़-रफ़्तार घोड़ों और बहली के ज़रिये इलाहाबाद और फिर कलकत्ता की राह ली गई। सारी रात और आधे दिन के बिना ठहराव सफ़र के बाद इलाहाबाद में इस्फ़ंदयार बेग के क़ाफ़िले का सिर्फ़ दो घंटे रुकना हुआ ताकि सदर दीवानी अदालत में एक और अर्ज़ी पेश कर सके। 10 मई 1835 को जल्द से जल्द कलकत्ते के लिए रवाना होकर इस्फ़ंदयार बेग मंज़िलों पर मंज़िलें मारता, 11 मई की आधी रात के क़रीब कलकत्ते में अपने ठिकाने पर पहुंच गया, लेकिन अभी उसे कमर खोलने की मोहलत न थी। नवाब शम्सुद्दीन अहमद ने कलकत्ते में एक अंग्रेज़ वकील सैनफ़र्ड थैकरी (Sanford Thackeray) को अपना मुख़्तारे-कार बना रखा था। लिहाज़ा कलकत्ता पहुंचकर पहला काम अंग्रेज़ वकील को पूरे हालात से आगाह करना और ज़रूरी अर्ज़ियां तैयार करना था। चुनांचे दोनों ने सारी रात काम करके एक तफ़्सीली अर्ज़ी नवाब गवर्नर जनरल बहादुर के नाम फ़ारसी ज़बान में तैयार की और थैकरी ने उसे अगले दिन, 11 मई की ही तारीख़ डालकर गवर्नर जनरल बहादुर के सेक्रेटरी के यहां जमा करा दिया।

इधर देहली में दूसरे ही दिन से अंग्रेज़ हाकिमों की बेजा गिरफ़्त शम्सुद्दीन अहमद के ऊपर और भी सख़्त होनी शुरू हो गई। फ़ौरी तौर पर तो नवाब के क़ैदख़ाने पर उन्हीं के आदमी पहरे पर रखे गए थे, लेकिन 11 की रात को वो सब पहरेदार सिर्फ़ इस जुर्म पर हटा लिए गए कि शम्सुद्दीन अहमद ने एक मुहाफ़िज़ से यह पूछ लिया था कि क्या आधी रात हो गई, या शायद यह पूछ दिया कि अभी आधी रात होने में कितनी देर है? शायद अंग्रेज़ों का ज़हन इस संभावना से परेशान था कि अपने मुहाफ़िज़ों से इस आम से बातचीत के पर्दे में शम्सुद्दीन अहमद कोई साज़िश न रच रहा हो। बहरहाल, न सिर्फ़ यह कि शम्सुद्दीन अहमद को अपने ख़ादिमों और मुहाफ़िज़ों से महरूम कर दिया गया, अंग्रेज़ों ने यह हुक्म भी रातोंरात गश्त करा दिया कि नवाब शम्सुद्दीन अहमद का कोई भी मुलाज़िम या रिश्तेदार अगर शहर में घूमता हुआ पाया जाएगा, चाहे वह किसी भी ज़रूरत या मजबूरी से बाहर निकला हो, उसे बेधड़क क़ैदख़ाने भेज दिया जाएगा। लिहाज़ा घड़ी भर में शहर देहली ऐसा हो गया कि गोया वहां शम्सुद्दीन अहमद का कोई हामी या मददगार कभी था ही नहीं।

जॉन एलेक्ज़ेंडर कॉल्विन की अदालत में नवाब के ख़िलाफ़ मुक़द्दमे का सारा दारोमदार अनिया की गवाही पर था और जॉन लॉरेंस ने उसे हर मुमकिन तफ़्सील के साथ ड्रामाई अंदाज़ में इस्तेमाल किया। अनिया की शहादत के हर धज्जी-धागे को उलझाने, सुलझाने, अलग-अलग करके पेश करने और फिर सबको आपस में जोड़ने की पूरी कोशिश के बावजूद इस्तग़ासा यह साबित करने में नाकाम रहा कि

अनिया ने कभी सीधे नवाब के मुंह से क़त्ल का हुक्म सुना था, या कि नवाब ने करीम ख़ां को या किसी और शख़्स को अनिया की मौजूदगी में कोई ऐसी हिदायत दी थी जिससे पता चलता हो कि नवाब की मर्ज़ी है कि विलियम फ्रेज़र साहब बहादुर को शहीद कर दिया जाए। फ्रेज़र के क़त्ल के बाद अनिया की सरगर्मियों को ख़ूब फैलाकर दिखाया गया और ये साबित करने की कोशिश की गई कि अनिया ने नवाब के हुक्म की तामील के बाद तीन दिन का सफ़र एक दिन में करके फ़ीरोज़पुर जाकर नवाब को इस क़त्ल की इत्तेला दी। लेकिन अनिया सिर्फ़ यह कह सका कि करीम ख़ां ने मुझे हिदायत की थी कि मेरे पीछे-पीछे आओ और गोली की आवाज़ सुनते ही फ़ीरोज़पुर के लिए रवाना हो जाओ और वहां पहुंचते ही नवाब को ख़बर करो कि फ्रेज़र साहब मार दिए गए। शम्सुद्दीन अहमद के वकीलों की दलील थी कि फ्रेज़र का क़त्ल कोई मामूली वाक़ेआ न था और शम्सुद्दीन अहमद के लिए मृतक की अहमियत को देखते हुए यह नामुनासिब न था कि क़त्ल की ख़बर सुनते ही उनका मुलाज़िम भागता हुआ फ़ीरोज़पुर जाए और नवाब को यह ख़बर पहुंचाए।

शम्सुद्दीन अहमद से भी अदालत में जिरह की गई लेकिन वहां पूछने और साबित करने को कुछ था ही नहीं। शम्सुद्दीन अहमद मौक़ा-ए-वारदात पर तो क्या, जुर्म होने के वक़्त शहर देहली में ही मौजूद न था। बंदूक़ के बारे में यह साबित न हो सका कि वह नवाब की मिल्कियत थी। घोड़े की उल्टी नालों की गवाही बेशक बहुत अहम थी लेकिन यह साबित न था कि यह वही घोड़ा है जो क़ातिल की सवारी में था जब उसने क़त्ल किया। इस बात की भी कोई गवाही न मिली कि करीम ख़ां ने कहा था कि फ्रेज़र का क़त्ल मैं करूंगा और नवाब के हुक्म से करूंगा।

संक्षेप में यह कि इस्तग़ासे का सारा मुक़द्दमा बस इतना था कि अनिया की गवाही और करीम ख़ां के बयानों से ख़ुद क़रीम ख़ां पर जुर्म साबित है। क़रीम ख़ां क़ुबूल करता है कि मैं नवाब शम्सुद्दीन अहमद का नौकर हूं और अंग्रेज़ी क़ानून में मालिक को नौकर के कामों का ज़िम्मेदार क़रार दिया जाता है। इसे 'मालिक और नौकर का नज़रिया' (Master and Servant Theory) कहते थे। लिहाज़ा जब करीम ख़ां पर जुर्म साबित हो गया और सारी गवाहियां इस बात के काफ़ी सुबूत मुहैया करती हैं कि मुलज़िम शम्सुद्दीन अहमद को मृतक फ्रेज़र से दुश्मनी थी, दुश्मनी का बुनियादी सुबूत फ़तहुल्लाह बेग ख़ां का वह नारा था जो फ्रेज़र की लाश देखकर उसके मुंह से निकला था कि 'हाय, शम्सुद्दीन ने तुझे न छोड़ा,' तो करीम ख़ां के मालिक मुलज़िम शम्सुद्दीन अहमद पर भी इरादी क़त्ल का जुर्म पूरी तरह साबित हो जाता है और दोनों को फांसी की सज़ा मिलनी चाहिए।

मिर्ज़ा इस्फ़ंदयार बेग और दूसरे हिंदुस्तानी क़ानूनविदों के पास मालिक-नौकर नज़रिए का कोई तोड़ न था, सिवाय इसके कि यह नज़रिया न इस्लामी शरीअत में

था और न मुग़ल क़ानून में। न ही हिंदुओं की किताबों में इसका कोई ज़िक्र था। लिहाज़ा ऐसे किसी नज़रिए को सज़ा की बुनियाद बनाना इंसाफ़ और इंसानियत से बहुत दूर था। मगर यह दलील कॉल्विन साहब के यहां क़ुबूल न हुई। मुलज़िम शम्सुद्दीन अहमद के ख़िलाफ़ आख़री साक्ष्य यह था कि उसने करीम ख़ां को ख़त में डांटा था कि फ़्रेज़र साहब का क़त्ल अब तक अंजाम क्यों नहीं दिया गया। पर उस चिट्ठी पर नवाब के दस्तख़त न थे और न फ़्रेज़र का कोई ज़िक्र था, सिर्फ़ शिकारी कुत्तों की ख़रीदारी की बात कही गई थी, हालांकि लहजा ज़रा सख़्त था। ख़त पर तारीख़ तो थी पर साल दर्ज न था, लिहाज़ा यह पूरी तरह साबित न हो सका कि ख़त 1835 ही में लिखा गया था। बस एक शुब्हा था और इस्तग़ासे ने उस शुब्हे को बहुत ज़ोर देकर पेश किया। पर करीम ख़ां ने हर तरह के सख़्त-नर्म दबाव और बहकावे के बावजूद यह क़ुबूल न किया था कि उस ख़त को लिखने वाला मुलज़िम शम्सुद्दीन अहमद था और शिकारी कुत्तों की ख़रीदारी से मुराद फ़्रेज़र का क़त्ल था।

इस्तग़ासे ने कई गवाह ऐसे गुज़ारे जिनका दावा था कि वो मुलज़िम शम्सुद्दीन अहमद की लिखाई से वाक़िफ़ हैं और उसे आसानी से पहचान सकते हैं। उन गवाहों ने भी यही कहा कि उस ख़त को लिखने वाला मुलज़िम शम्सुद्दीन अहमद ही मालूम होता है और इससे अलग राय क़ायम करने की कोई वजह नहीं है। शम्सुद्दीन अहमद ने बहरहाल अदालत के सामने कोई इबारत लिखने और इस तरह अपनी लिखाई का नमूना मुहैया करने से इंकार किया। मुलज़िम का दावा था कि यह सारी अदालती कार्रवाई उसकी नज़र में इस्लामी शरीअत क़ानून और हिंदी मुग़ल क़ानून दोनों के ख़िलाफ़ थी, इसलिए ग़ैरक़ानूनी थी। लिहाज़ा मुलज़िम की तरफ़ से कोई सुबूत पेश करने या इस्तग़ासे की किसी दलील को रद्द करने का सवाल ही बेमानी था। इसके जवाब में इस्तग़ासे ने खारी बावली के मदरसे के एक मौलवी को पेश किया जिनका बयान था कि इस्लामी शरीअत क़ानून और औरंगज़ेब के मुग़लिया क़ानून और आलमगीरी फ़तवों के लिहाज़ से विलियम फ़्रेज़र ज़िम्मी का दर्जा रखता था और ज़िम्मी के क़ातिल पर भी बदला लाज़िम है। लिहाज़ा शम्सुद्दीन अहमद और उसके नौकर करीम ख़ां को फ़्रेज़र के क़त्ल के लिए सज़ा दी जा सकती है।

इस पर अदालत में क़हक़हा तो न सुनाई पड़ा कि जान सबको प्यारी है, लेकिन हल्की सी खी-खी जगह-जगह से सुनाई दी। कॉल्विन ने ख़फ़ा होकर अपनी मेज़ को बेंत से ज़ोर से खटखटाया ही था कि शम्सुद्दीन अहमद के वकील ने गवाह की जिरह के लिए इजाज़त मांगी और इजाज़त मिलने पर उसने पूछा, "मुल्लाजी, मृतक विलियम फ़्रेज़र ने आख़री बार जज़िया कब अदा किया था?"

मुल्लाजी इस सवाल का जवाब देने में असमर्थ रहे तो दूसरा सवाल यह पूछा गया, "मौलाना, अगर मृतक जज़िया अदा करके सल्तनते-मुग़लिया में ज़िम्मी की हैसियत

हासिल कर चुका था तो उसके क़त्ल का बदला तय करने और लागू करने के लिए कौन सी अदालत अल्लाह की तरफ़ से आदेशित और बादशाह की तरफ़ से मुक़र्रर ठहरेगी?" सवालों के जवाब न मिलने के कारण गवाह को अदालत ने जाने की इजाज़त देकर आगे कार्रवाई का हुक्म दिया।

मुक़द्दमा सात दिन चला और हर दिन अदालत मामूल से ज़्यादा देर चली। अदालत की इमारत के क़रीब फटकने की इजाज़त किसी को न थी, हर तरफ़ सख़्त पहरा था। मुलज़िमों की तरफ़ से मिर्ज़ा इस्फ़ंदयार बेग (जब वह दिल्ली में मौजूद होते, कि अक्सर वो कलकत्ते के सदर दफ़्तरों में अर्ज़ियां लगाने और उन पर कार्रवाई कराने की कोशिश में होते), उनके नायब मिर्ज़ा भच्चू और शम्सुद्दीन अहमद ख़ां के मुख़्तारे-कार दीवान अब्दुल्लाह ख़ां को अदालत में हाज़िर होने की सहूलत थी। लेकिन मिर्ज़ा भच्चू और अब्दुल्लाह ख़ां किसी गवाह से जिरह न कर सकते थे। उनको सिर्फ़ यह इख़्तियार था कि गवाह की गवाही पर मुद्दे तय करके उस पर कुछ सफ़ाई मांग सकें और ज़रूरी समझें तो उस पर अपना वकीलाना बयान दें।

नवाब शम्सुद्दीन अहमद ख़ां के बरख़िलाफ़ करीम ख़ां ने पूरी रज़ामंदी के साथ अपना बयान दिया और इस्तग़ासे के वकीलों की जिरह भी क़ुबूल की। लेकिन इस कार्रवाई से मुलज़िमों को कोई फ़ायदा न हुआ क्योंकि मुलज़िम को यह इख़्तियार न था कि चालान का निषेध या गवाहों के बयानों की काट में अपनी तरफ़ से कोई बयान दे या अलग से कुछ कह सके। उसका इख़्तियार सिर्फ़ इतना था कि अपने हलफ़ी बयान में और जिरह के दौरान वह अपनी कहानी अपने तौर पर कहे। मुक़द्दमे की पूरी मुद्दत में करीम ख़ां के मुंह से एक लफ़्ज़ भी मुलज़िम शम्सुद्दीन अहमद के ख़िलाफ़ न निकला। वह यही कहता रहा मैं बेगुनाह हूं, मेरे ऊपर जुर्म साबित ही नहीं है और मरहूम साहब कलां बहादुर को क़त्ल करने के लिए दिलावरुलमुल्क नवाब शम्सुद्दीन अहमद ख़ां बहादुर, उनका इक़बाल हमेशा रहे, ने मुझे कोई हुक्म नहीं दिया। अदालत की तरफ़ से जब पूछा गया कि मान लो अगर नवाब कोई ऐसा हुक्म तुम्हें देता तो क्या तुम उसका पालन करते, करीम ख़ां ने जबाब दियाः "तौबा-तौबा। अल्लाह-अल्लाह करो साहब, भला किसी बेगुनाह की जान लेना... यह मेरे दीन में सख़्त गुनाह है।"

इस्तग़ासे का मुक़द्दमा ज़ाहिर है कि वादामाफ़ गवाह अनिया की गवाही के बग़ैर ठोस शक्ल ही नहीं ले सकता था। उसे बड़ी मेहनत से और हर संभावना के हिसाब से ठोक-बजाकर पुख़्ता कर लिया गया कि वह कहीं भी पलट न जाए। लेकिन अनिया की गवाही में कोई ऐसी बात न थी जिससे मुलज़िमों का जुर्म सीधे-सीधे साबित होता और वही सबसे मज़बूत गवाही थी। लेकिन अब मुक़द्दमा क़ानून का पालन कराने और जुर्म किए जाने और उसका बदला लेने का खेल नहीं रह गया

था। अब यह मामला ख़ुद फ़िरंगियों के क़ाबू से बाहर होकर राज-काज के तौर-तरीक़ों और हुक्मरानी के उसूल की हदों में लोहे की लाठ की तरह गड़ गया था और उसकी नोक को हिंदुस्तान की हुकूमत के सीने में पैवस्त होना था। मुक़द्दमे के आठवें दिन दोपहर के बाद जॉन एलेक्जेंडर कॉल्विन ने पचास पृष्ठों पर फैला अपना फ़ैसला खुली अदालत में पढ़कर सुनाया। मुलज़िम करीम ख़ां और शम्सुद्दीन अहमद ख़ां इरादी क़त्ल के मुजरिम क़रार दिए गए और ताज़ीराते-दौलते-इंग्लिशिया की रू से दोनों ही फांसी की सज़ा के हक़दार ठहराए गए। अदालत ने आगे हुक्म दिया कि मुजरिमों को जल्द से जल्द आम मजमे में सूली दी जाए ताकि औरों को सबक़ मिले। यह वाक़ेआ मंगलवार 8 अगस्त 1835 का है।

फ़ैसले की इत्तेला मिलते ही मैटकाफ़ ने फिर अपने सलाहकारों को इस बात पर ग़ौर करने के लिए तलब किया कि मुलज़िमों को गवर्नर जनरल बहादुर की ख़िदमत में सज़ा के ख़िलाफ़ अपील की इजाज़त दी जाए कि नहीं, और फांसियां कहां और किस दिन दी जावें। सलाह-मशवरे में पहली बात तो यह कही गई कि कंपनी के क़ानून के लिहाज़ से कोई धारा ऐसी नहीं जिसके तहत गवर्नर जनरल बहादुर के यहां अपील दायर और क़ायम हो सके। जॉन कॉल्विन को इस मुक़द्दमे की सुनवाई की ग़रज़ से स्पेशल जज और कमिश्नर मुक़र्रर किया गया था और इस मुक़द्दमे की हद तक उसके ऊपर कोई अदालत न थी जिसके सामने अपील पेश हो सके। कलकत्ता में कंपनी की सुप्रीम कोर्ट ज़रूर थी लेकिन हुकूमत सूबा-ए-आगरा और कमिश्नरी देहली के मामलों की सुनवाई उसके इख़्तियार में न थी। इलाहाबाद की सदर दीवानी अदालत का सदरुस्सुदूर बेशक उसूली तौर पर मिस्टर कॉल्विन से ओहदे में ऊपर था, लेकिन क़त्ल, डकैती वग़ैरा के मामलों की सुनवाई का उसे भी इख़्तियार न था, अपील या पुर्नविचार की बात ही क्या थी। और यह अदालत भी अपने कमतरीन हक़ को इस्तेमाल करने यानी मुलज़िम का आज़ाद बयान सुनने में भी कई कारणों से असमर्थ रही थी। 17 सफ़र 1251 यानी 14 जून 1835 को आख़िरकार जब सदर दीवानी अदालत इलाहाबाद का एक सदर अमीन नवाब शम्सुद्दीन अहमद का बयान लेने देहली पहुंचा तो उससे कहा गया कि मुक़र्ररा अदालत ने मुलज़िमों के ख़िलाफ़ चालान क़ायम कर दिया है, लिहाज़ा अब सदर अमीन के सामने बयान की ज़रूरत नहीं।

सलाह-मशवरे की परिषद में एकमत से फ़ैसला किया गया कि मुजरिमों को अपील की इजाज़त न दी जाए। फ़िलहाल तो अपील के तौर पर कोई अर्ज़ी भी उनकी तरफ़ से प्राप्त नहीं हुई है। लेकिन अगर आइंदा हो भी तो स्पेशल जज और कमिश्नर साहब उसे फ़ौरन रद्द कर देंगे। इस मौक़े पर मैटकाफ़ या शायद प्रेस्काट ने यह सवाल उठाया कि मुजरिम शम्सुद्दीन अहमद ख़ां कंपनी सरकार का ख़िताबदार सरदार

और एक रियासत का मालिक है, लिहाज़ा क्या यह मुनासिब न होगा कि उसकी फांसी की तजवीज़ पर गवर्नर जनरल बहादुर की पुष्टि हासिल कर ली जाए। साइमन फ्रेज़र और जॉन लॉरेंस दोनों ने इसकी मुख़ालिफ़त की। जब बहस ज़्यादा तल्ख़ होने लगी तो मैटकाफ़ ने यह कहकर सबको ख़ामोश कर दिया कि क्या आपके ख़्याल में गवर्नर जनरल के यहां इस सज़ा की पुष्टि न होगी।

"होगी, यक़ीनन होगी। ख़ुदा की कसम, होकर रहेगी," फ्रेज़र गर्म होकर बोला।

"मिस्टर साइमन फ्रेज़र, क़सम खाने का यह कौन सा मौक़ा था?" मैटकाफ़ ने चेतावनी के लहजे में कहा। "मजलिस के आदाब को हर वक़्त ध्यान में रखना हर गोरी चमड़ी वाले ओहदेदार का फ़र्ज़ है।"

फ्रेज़र ने अपनी ग़लती महसूस की और उसका चेहरा शर्मिंदगी से और भी सुर्ख़ हो गया जिसे अंग्रेज़ लोग 'चुक़ंदरी रंग' (beetroot colour) कहते हैं। फ्रेज़र ने रूमाल से मुंह पोंछा और थूक निगलकर बोलाः "Sorry I got carried away. Shan't happen again, I am sure."

"मिस्टर फ्रेज़र का शायद ख़्याल है कि कलकत्ते से जवाब आने में देर होगी," प्रेस्कॉट ने सुलह कराने के अंदाज़ में कहा। "लेकिन अव्वल तो देर की संभावना नहीं, दूसरे, मुजरिम शम्सुद्दीन अभी जवान और तंदुरुस्त है, चार-छह हफ़्तों में मर थोड़े ही जाएगा।"

"लेकिन पहरे के सिपाहियों का बयान है कि सज़ा-ए-मौत की ख़बर सुनकर शम्सुद्दीन ने अपना सर बार-बार दीवारों से दे मारा, गोया ख़ुदकुशी करना चाहता हो," जॉन लॉरेंस ने कहा।

मैटकाफ़ के चेहरे पर शिकन सी उभरी। "लेकिन मिस्टर लॉरेंस, आपको मालूम है कि पहरे वालों ने फ़ौरन उसका समाधान किया और अब तो कई दिनों से उसका खाना भी कंपनी के एक अंग्रेज़ सिपाही की निगरानी में तैयार होता है ताकि शम्सुद्दीन ज़हर न खा सके।"

"गोया वह उसी वक़्त मरेगा जब हम उसे मारेंगे," प्रेस्काट ने मुस्कुराकर कहा।

इस पर सबके चेहरों का खिंचाव कुछ कम हुआ और माहौल में ख़ुशगवारी वापस आ गई। एकमत से तय किया गया कि मुक़द्दमे का सारा हाल और कॉल्विन के फ़ैसले की नक़ल, शम्सुद्दीन अहमद की फांसी की तजवीज़ की पुष्टि और उसके प्रमाणित होने के लिए नवाब मुस्तताब नवाब गवर्नर जनरल बहादुर की ख़िदमत में ख़ास हरकारे के ज़रिए फ़ौरन भिजवा दी जाए और करीम ख़ां को फांसी चढ़ाने के इंतज़ाम फ़ौरन शुरू किए जाएं। यह फ़ैसला भी एक राय से हुआ कि करीम ख़ां को फांसी चांदनी चौक में फ़तेहपुरी की जामा मस्जिद के सामने खुले मैदान और आम मजमे के सामने 26 अगस्त 1835 को दोपहर के वक़्त दी जाएगी।

करीम ख़ां की फांसी के वक़्त चार सौ हथियार बंद तिलंगे चांदनी चौक, जामा मस्जिद, फ़तेहपुरी और उसके आसपास फैले हुए थे। अंग्रेज़ ओहदेदारों में डॉक्टर के सिवा कोई न था। करीम ख़ां की आख़री ख़्वाहिश पूछी गई तो उसने कहा: "मेरी कोई ख़्वाहिश नहीं, बस इल्तजा है कि अहले-हिंद मेरे हक़ में दुआ-ए-ख़ैर करें।"

फांसी के तख़्ते पर गुले-सुर्ख़ की ज़िंदगी का फूल पलक झपकते मुरझा गया लेकिन ज़ोहर और अस्र की नमाज़ों के बाद देहली की तमाम मस्जिदों में उसके लिए बख़्शिश की दुआ की गई और शाम को कालका जी के मंदिर, जोगमाया मंदिर, जैनियों के लाल मंदिर और गुरुद्वारा सीसगंज में उसके लिए भजन-कीर्तन गाए गए। करीम ख़ां की लाश उसके बहनोई वासिल ख़ां के सुपुर्द कर दी गई लेकिन इस हिदायत के साथ कि मय्यत को चुपचुपाते दफ़्न करा दिया जाए, कोई हू-हक़, कोई हुल्लड़ न हो, कोई जनाज़े का जुलूस न उठे। आज उसकी क़ब्र का निशान नहीं मिलता बल्कि यह भी नहीं मालूम कि उसकी क़ब्र थी कहां? लेकिन उसको ख़ामोशी से दफ़्नाए जाने ने उस ज़माने में उसके शुभचिंतकों और मातमदारों को उसके मज़ार को ज़ियारतगाह बनाने से न रोका। लोग मुद्दतों उसकी क़ब्र पर फूल चढ़ाते और चिराग़ जलाते रहे। पाबंदी से उसका उर्स किया जाता और उसमें आम क़व्वालियों के अलावा ख़ुद उसकी तारीफ़ में बनाई गई क़व्वालियां भी गाई जातीं।

मुजरिम शम्सुद्दीन अहमद को इस बात की कोई इत्तेला नहीं दी गई कि उसके मुक़द्दमे की मिसिल गवर्नर जनरल बहादुर की पुष्टि के लिए कलकत्ते भेजी गई है या भेजी जाएगी। शम्सुद्दीन अहमद के पैरोकारों को भी कुछ मालूम न हो सका कि फ़ैसले पर अमल न होने की वजह क्या है। इस बीच दिल्ली के ख़बरतराशों ने मशहूर करना शुरू कर दिया कि फ़िरंगियों के बादशाह ने शहर लंदन में कौंसिल करके फ़ैसला किया है कि नवाब शम्सुद्दीन अहमद ख़ां को माफ़ी दी जाए। कुछ हवा बांधने वालों ने यह भी हवा उड़ाई कि ख़ुद जनाब अमीर हैदरे-कर्रार ग़ैरे-फ़र्रार ने अंग्रेज़ बादशाह के ख़्वाब में आकर उसे हुक्म दिया था कि शम्सुद्दीन अहमद बाप की तरफ़ से मेरी औलाद है, उसे कुछ नुक़्सान पहुंचा तो तेरी हड्डियां सुरमा हो जाएंगी। बादशाह ने ख़ौफ़ से थर्राकर फ़ौरन नवाब शम्सुद्दीन अहमद ख़ां के हक़ में हुक्मे-रिहाई जारी कर दिया। रेज़ीडेंटी के मुख़बिरों ने साइमन फ़्रेज़र के यहां परचा लगाया कि शहर में आम ख़ुशी के आसार नज़र आते हैं कि नवाब शम्सुद्दीन अहमद जल्द ही अपनी रियासत को वापस चले जाएंगे।

इन अफ़वाहों को देखते हुए फ़िरंगी हाकिमों के लिए यह ज़रूरी क़रार पाया कि सरकारी तौर पर ऐलान कर दिया जावे कि मुजरिम शम्सुद्दीन अहमद का मामला नवाब गवर्नर जनरल बहादुर की ख़िदमते-आली में पुष्टि की ग़रज़ से पेश कर दिया गया है। चुनांचे 4 सितंबर 1835 को एक गज़ट जारी किया गया जिसमें शम्सुद्दीन

अहमद के लिए फांसी तजवीज़ की ख़बर और यह ख़बर आम इत्तेला के लिए प्रकाशित की गई कि अब मामला कलकत्ते में ज़रे-ग़ौर है।

उधर कलकत्ते में मिर्ज़ा इस्फ़ंदयार बेग ने यह ख़बर पढ़ी तो उन्होंने मुजरिम शम्सुद्दीन अहमद की तरफ़ से एक अर्ज़ी गवर्नर जनरल के नाम तैयार की जिसका सारांश यह था कि मुझे गज़ट के ज़रिये इत्तेला मिली है कि मेरे मुक़द्दमे के काग़ज़ात आलाहज़रत नवाब गवर्नर जनरल बहादुर के अध्ययन और आख़री प्रस्ताव के लिए भेजे गए हैं। मैं मिर्ज़ा इस्फ़ंदयार बेग को अपना वकील मुक़र्रर करके आपकी ख़िदमत में भेजता हूं। उनके बयानों और गवाहियों से आपकी रोशन राय पर यह हक़ीक़त साफ़ हो जाएगी कि देहली की अदालत ने मेरे एतराज़ों और बयानों और गवाहियों पर कोई ध्यान नहीं दिया। मुझे साज़िश की बिना पर बेगुनाह फंसाया गया और सज़ा सुनाई गई है। मेरी गुज़ारिश है कि जनाबे-वाला मेरे वकील मिर्ज़ा इस्फ़ंदयार बेग की अर्ज़ी को ध्यान और हमदर्दी से सुन लें और उनकी तरफ़ से दाख़िल काग़ज़ात और दस्तावेज़ात को ग़ौर से मुलाहिज़ा फ़रमाएं। मुझे आपकी ज़ाते-वाला सिफ़ात के सिवा इस दुनिया में किसी से भी कुछ उम्मीद नहीं और न ही किसी से कुछ ग़रज़ है।

यह अर्ज़ी मिर्ज़ा इस्फ़ंदयार बेग ने 10 सितंबर 1835 को कलकत्ता गवर्नर जनरल की कचहरी में थैकरी की मार्फ़त दाख़िल कर दी। इसी मज़मून की एक और अर्ज़ी 28 सितंबर को भेजी गई। कलकत्ते में हज़ार दौड़-धूप के बाद उसकी मुलाक़ात गवर्नर जनरल के सेक्रेटरी से हो सकी, लेकिन बेनतीजा। फांसी के हुक्म की पुष्टि गवर्नर जनरल ब-इजलासे-कौंसिल के यहां से जारी हो गई। 7 अक्टूबर, 1835 को पुष्टिपत्र देहली पहुंचा। वहां अंग्रेज़ हाकिमों को पहले ही यक़ीन था कि शम्सुद्दीन की फांसी बहाल रहेगी, लिहाज़ा सब तैयारियां कलकत्ते रिपोर्ट भेजते ही शुरू कर दी गई थीं। फ़ैसला किया गया कि फांसी अगले दिन 8 अक्टूबर को नौ बजे सुबह कश्मीरी दरवाज़े के बाहर आम मजमे में दी जाए। 7 अक्टूबर की रात को तख़्ता खड़ा किया गया। चारों तरफ़ सागवान की ऊंची बल्लियां गाड़कर तख़्ते को अलग और महफ़ूज़ कर लिया गया था। मेरठ और कोल से फ़ौज पहले ही तलब की जा चुकी थी और बारह सौ सिपाही, जिनमें सौ गोरे और बाक़ी देसी थे, आला अफ़सरों की कमान में तैयार थे कि तय समय पर पूरे इलाक़े को घेरे में ले लें ताकि रैयत को कुछ फ़साद या हंगामा करने की जुरअत न हो।

मिर्ज़ा इस्फ़ंदयार बेग अपनी नाकामी पर इतना शर्मिंदा और दुखी हुआ कि उसने पगड़ी बांधनी छोड़ दी और सारी उम्र महज़ एक छोटा सा दुपट्टा सर पर बांधता रहा और अवाम में 'मिर्ज़ा फेंटेबाज़' कहलाया। उसकी ग़ैरमामूली सलाहियतों की वजह से शम्सुद्दीन अहमद के मुक़द्दमे में उसकी नाकामी उसकी तरक़्क़ी और उरूज को न रोक सकी। चंद बरस बाद वह अलवर में नायब दीवान और फिर दीवान हो

गया। उसका 1862 में इंतक़ाल हुआ।

शाम के वक़्त साइमन फ़्रेज़र को मुख़बिरों से कुछ इत्तेला मिली कि इस बात का ख़तरा है कि शम्सुद्दीन अहमद को छुड़ाने की कोशिशें हों। लिहाज़ा 7 अक्टूबर की रात को मैटकाफ़ ने फ़ैसला किया कि मुजरिम को रात ही रात लूडलो कैसल से कश्मीरी दरवाज़े की गोरा बारक में पहुंचा दिया जाए। यह इस ख़्याल से किया गया कि लूडलो कैसल से कश्मीरी दरवाज़े तक का फ़ासला बहुत है, नवाब की पालकी को कश्मीरी दरवाज़े पहुंचने में वक़्त लगेगा और रास्ते में जगह-जगह बाज़ार और आबादियां हैं। ऐसा न हो कि देसी रिआया भड़क जाए और मौक़ा देखकर नवाब की रिहाई के लिए बलवा कर दे। शम्सुद्दीन अहमद रात का खाना इत्मीनान से खाकर सो चुका था जब पहरेदारों के कमांडर अंग्रेज़ ब्रिगेडियर ने उसे जगाया और कहा कि फ़ौरन सवार हूजिए, आपको कश्मीरी दरवाज़े की बारक जाना है। शम्सुद्दीन अहमद ने विरोध किया कि मैं तो ख़्याल करता था कि इस आख़री रात मुझे चैन से सोने दिया जाएगा। लेकिन मैटकाफ़ के हुक्म के आगे क़ैदी की एक न चली।

अंग्रेज़ अफ़सर लेफ़्टिनेंट टॉमस बेकन उस रात कश्मीरी दरवाज़े की बारक के एक बड़े कमरे में दो और अफ़सरों के साथ सोया हुआ था। ये तीनों रात ही को यहां आ गए थे कि सुबह उन्हें अच्छी जगह मिल सके और फांसी के मंज़र का नज़ारा वह ठीक से कर सकें। बेकन ने लिखा है कि शम्सुद्दीन अहमद की अचानक आमद पर हम लोगों ने कमरा ख़ाली करने की पेशकश की लेकिन नवाब ने कहा कि इसकी ज़रूरत नहीं, मैं यहीं अपना बिस्तर लगवा लूंगा। थोड़ी देर में नवाब के मुलाज़िम उसका पलंग और बिस्तर लेकर आ गए। शम्सुद्दीन अहमद ने बेकन से पूछा कि क्या मुझे सब्ज़ नवाबी लिबास पहनने की इजाज़त मिल सकती है, यह सफ़ेद मलमल तो बस रात के आराम के लिए ठीक है। बेकन ने जवाब में कहा कि मैटकाफ़ साहब ही इस बारे में कुछ कह सकते हैं। शम्सुद्दीन अहमद ने पलंग पर दराज़ होकर अंग्रेज़ों की तरफ़ पीठ कर ली। दो चप्पीवालों ने उसके बदन को आहिस्ता-आहिस्ता दबाना शुरू किया और शम्सुद्दीन अहमद, जिसे अगली सुबह फांसी के तख़्ते की बुलंदी पर हमेशा की नींद सोना था, चंद पलों में बेख़बर सो गया। टॉमस बेकन को अलबत्ता रात भर नींद न आई।

शम्सुद्दीन अहमद ने बहुत सवेरे जागकर फ़ज्र की नमाज़ पढ़ी। फिर एक मौलवी साहब तशरीफ़ लाए जिन्होंने उसे क़ुरआन शरीफ़ की सूरा-ए-यासीन पढ़वाई और ख़ुद भी सूरा-ए-यासीन पढ़कर शम्सुद्दीन अहमद पर दम की (टॉमस बेकन ने इन मौलवी साहब को 'पादरी' लिखा है और कहा है कि पादरी जी ने कुछ दुआएं पढ़ीं और शम्सुद्दीन अहमद को पढ़वाई)। इतनी देर में शम्सुद्दीन अहमद का नाई बाल बनाने के लिए हाज़िर हो गया। शम्सुद्दीन अहमद बाल बनवाने के दौरान बार-बार

आईना देखता और टॉमस बेकन से वही बात पूछता कि क्या मुझे सब्ज़ लिबास पहनने की इजाज़त मिल सकती है? लेकिन बेकन के पास ख़ामोशी के सिवा कुछ न था।

जब टॉमस मैटकाफ़ दो अफ़सरों और बीस सिपाहियों के साथ मुजरिम को फांसी स्थल तक ले जाने के लिए पहुंचा तो उसने शम्सुद्दीन अहमद ख़ां को हर तरह तैयार और मुस्तैद पाया। अक्टूबर की हल्की सर्दी, सुबह का वक़्त और नवाब का लंबा रौबदार क़द, कुछ पीलापन लिए चमकता हुआ चेहरा, उस पर सफ़ेद लिबास ख़ूब सज रहा था। बाल बनाने वाले ने भी बहुत जी लगाकर बाल तराशे थे। दाढ़ी और मूंछों का एक-एक बाल अपनी जगह पर तरशे हुए नगीने सा जड़ा हुआ था। सब्ज़ पोत की पगड़ी, जिस पर गहरी सब्ज़ छोटी-छोटी बूटियां गुलाब की कलियों की तरह कढ़ी हुई थीं। उसी कपड़े की क़बा, सब्ज़ मलमल का अंगरखा और सब्ज़ मशरू का पजामा, जूतियां भी शीराज़ी और चमड़े की सब्ज़ सामने रखी हुई थीं। शम्सुद्दीन अहमद ने मैटकाफ़ से हिंदी में कहा, "साहब कलां बहादुर। मुझे इस मामूली सफ़ेद लिबास में मरना मंज़ूर नहीं। क्या आप मुझे सब्ज़ लिबास पहनने देंगे?"

मैटकाफ़ उन्हें देखता का देखता रह गया। उसने दिल में कहा कि इस वक़्त और इस मौक़े पर सरासर सब्ज़ लिबास पहनने की क्या वजह हो सकती है। उसे ख़बर मिल गई थी कि मुजरिम रात ही से सब्ज़ लिबास पहनने का तक़ाज़ा कर रहा है। उसे ख़्याल आया कि सब्ज़ रंग मुसलमानों का रंग है... और शायद इसमें कुछ मज़हबी संकेत है। उसे डर हुआ कि नवाब को इस लिबास में फांसी दिए जाने पर दिल्ली के मुसलमान कहीं जोश में न आ जाएं और कुछ फ़साद, या फ़साद नहीं तो हंगामा न खड़ा हो जाए। उसने नवाब से फ़ारसी में कहाः "शम्सुद्दीन अहमद ख़ां, बतौर ऐसे मुजरिम के जिसे सज़ा-ए-मौत दी जानी है, यह लिबास आपको ज़ेब नहीं देता। मैं समझता हूं कि आप किसी और रंग का लिबास पहन लेते तो ठीक था।"

एक मर्तबा शम्सुद्दीन अहमद के जी में आई कि इंकार कर दें। मौत तो आनी ही है, यह मसख़रा हमारा क्या कर लेगा। लेकिन एक पल की सोच ने नवाब को एक बेहतर तजवीज़ सुझा दी।

"हमने तो सुना था कि मरने वाले की आख़री ख़्वाहिश ज़रूर पूरी की जाती है," नवाब ने मुस्कुराकर लेकिन सर्द लहजे में कहा। "लेकिन अगर कंपनी बहादुर को मेरी ज़िंदगी के पेड़ को फलने-फूलने न देने पर भी इत्मीनान नहीं है और मेरे जोगिया बाने का हरापन भी गवारा नहीं तो यह भी न सही। हम सफ़ेद लिबास को कफ़न जानकर पहन लेंगे लेकिन पगड़ी हरी ही रहने देंगे।"

मैटकाफ़ कुछ समझा, कुछ न समझा लेकिन क़रीने से इतना तो समझ ही गया कि नवाब ने सफ़ेद लिबास पहनना मंज़ूर कर लिया है। नवाब ने तमाम हरे कपड़े

और जो कपड़े वह पहने हुए थे उनमें से पगड़ी और पटका वहीं ख़ैरात में दिलवा दिए और पालकी में बैठकर इस शान से कश्मीरी बारक से कश्मीरी दरवाज़े को चले कि दोनों तरफ़ मद्रास पलटन के चार-चार सवार थे और चार अंग्रेज़ अफ़सरों समेत मैटकाफ़ घोड़े पर साथ-साथ था। एक गोरा अफ़सर पालकी के अंदर भी शम्सुद्दीन अहमद के साथ था। बीच राह में एक जगह कसेरू बिकते हुए नज़र आए तो नवाब ने पालकी रुकवाकर कसेरू ख़रीदे और उन्हें छोटे जेबी चाक़ू से .खुद छील-छीलकर खाना शुरू कर दिया। छिलकों को वह पालकी के दोनों तरफ़ एक .खुशदिल बेपरवाही के अंदाज़ में फेंकते जाते थे गोया राहगीरों को छेड़ रहे हों। गोरे से उन्होंने दो-एक बार हंसकर कहा कि लो साहब, आप भी कसेरू खाओ, लेकिन उसने हर बार शर्मिंदगी से इंकार कर दिया।

कश्मीरी दरवाज़े तक का रास्ता पलक झपकते में तय हो गया लेकिन एकाध बार कहारों का पांव डगमगाया तो नवाब ने बनावटी .गुस्से से उन्हें डांटा कि अजी, यह क्या मस्तानी चाल चल रहे हो, ज़रा शाही चाल चलो। तारीख़ 8 अक्टूबर 1835, दिन जुमेरात, वक़्त 8 बजे दिन, नवाब शम्सुद्दीन अहमद ख़ां को फांसी के तख़्ते पर खींचा गया। जैसा कि बयान हुआ, कश्मीरी दरवाज़े के बाहर खुली जगह पर फांसी खड़ी की गई थी ताकि ज़्यादा से ज़्यादा लोग तमाशा देख सकें। अंग्रेज़ों के अपने मुल्क में फांसी का नज़ारा देखने के लिए हमेशा भारी भीड़ जमा होती थी। ज़्यादातर हाकिमों को उम्मीद थी कि देहली में भी ऐसा ही होगा। देशी और गोरा पलटनों की बड़ी तादाद के बावजूद फ़साद का फिर भी अंदेशा था या इसका अब भी इमकान था कि अवाम ग़मो-.गुस्से से बेक़ाबू होकर नवाब को बचाने और रिहा करने की कोशिश करेंगे। ऐसी कोशिश कामयाब तो न होती लेकिन ख़ून की नदियां ज़रूर बह जातीं। तमाशा देखने वाले चंद ही लोग थे। ज़्यादातर भीड़ सरकारी कर्मचारियों और देशी व गोरा सिपाहियों की थी। दिल्ली वालों में से कुछ ही बड़े लोग थे। अलबत्ता बाहर से आने वालों में राजा हिंदूराव, महाराजा ग्वालियर, महाराजा अलवर, महाराजा नाभा, महाराजा पटियाला और दूसरे छोटे-बड़े हिंदू-मुसलमान रईस मौजूद थे।

फांसी के तख़्ते पर पहुंचकर मैटकाफ़ ने हिंदी में बुलंद आवाज़ में कहा, "मुजरिम शम्सुद्दीन अहमद, तुम पर विलियम फ्रेज़र साहब कलां बहादुर के क़त्ल का जुर्म साबित है। क्या तुम अपने जुर्म का इक़बाल करते हो?"

"मैं बेक़ुसूर हूं," शम्सुद्दीन अहमद ने गर्दन उठाकर कहा।

मैटकाफ़ के इशारे पर दो जल्लाद आगे आए। फांसी के तख़्ते पर चढ़ने से पहले शम्सुद्दीन अहमद ख़ां ने कलमा-ए-तौहीद और फिर कलमा-ए-शहादत पढ़ा। फांसी पर पहला क़दम रखते हुए एक ज़रा सी दुखी मुस्कान उनके मुंह पर आई। उन्होंने जल्लादों से सरगोशी के लहजे में उनकी ज़ात और मज़हब के बारे में पूछा। जवाब

सुनकर, जो उसी तरह धीमे से दिया गया था, शम्सुद्दीन अहमद ने आहिस्ता से ख़ुद से बात करने के लहजे में, लेकिन इस तरह कि जल्लाद और डॉक्टर और बहुत पास के लोग सुन सकें, कहा, "अल्लाह जाने, मेरे ढेर को भी मुसलमान के हाथ की मिट्टी नसीब होगी कि नहीं। इसलिए मैं ख़ुद ही अपनी मिट्टी की दुआ पढ़ लूं।"

यह कहकर उन्होंने सर झुकाया और बुलंद आवाज़ में पढ़ा, "बिस्मिल्लाहि व बिल्लाहि व अला मिल्लति-रसूलुल्लाहि सल्लल्लाहु तआला अलैहि व आलिही वसल्लम।" फिर दोबारा दरूद पढ़कर दिलावरुलमुल्क नवाब शम्सुद्दीन अहमद ख़ां बहादुर हाकिम फ़ीरोज़पुर झिरका व लोहारू ने जल्लादों से कहा, "चलिए साहब, हम तैयार हैं।" ऊपर पहुंचकर एक जल्लाद ने शम्सुद्दीन अहमद के गले में फंदा लगाना चाहा लेकिन मुजरिम ने हाथ बढ़ाकर फंदा ख़ुद ही गले में डाल लिया। फिर फांसी की टोपी, जो किसी नामालूम वजह से काली की बजाय लाल रंग की थी, वह टोपी भी दूसरे जल्लाद से लेकर शम्सुद्दीन अहमद ने ख़ुद पहन ली। उस वक़्त उनकी उम्र छब्बीस साल और कुछ महीने थी।

फांसी का झटका लगते ही मरने वाले की गर्दन टूट गई, बदन एक पल को भी न फड़का। मुंह ख़ुद-बख़ुद काबे की तरफ़ हो गया; इतनी कंपकपी भी न हुई कि पांव से जूती निकल जातीः

मंसूर तुझे इश्क़ का टुक मानियो एहसां
पस्ती से बुलंदी के तईं दार ने खेंचा

मौत और वह भी फांसी की मौत के सामने शम्सुद्दीन अहमद ख़ां की आन-बान-शान बल्कि लापरवाही और ग़ैर-जज़्बाती सब्र और ज़ब्त को देखकर कुछ अंग्रेज़ फड़क उठे और टॉमस बेकन के क़रीब खड़े एक फ़िरंगी अफ़सर ने बेसाख़्ता कहा, "वल्लाह, ऐसा लगता है गोया हर सुबह को फांसी पर चढ़ना इस बदमाश की तफ़रीह रही हो!" लाश एक घंटे तक लटकती रही और उसी वक़्त फांसी के तख़्ते से उतारी गई जब फ़िरंगी डॉक्टर को पूरा यक़ीन हो गया कि अब रूह के परिंदे ने मिट्टी के पिंजरे को हमेशा के लिए अलविदा कह दिया है।

लाश के काबे की तरफ़ होने ने शक करने वालों को यक़ीन दिला दिया कि नवाब की मौत शहीद की मौत थी। हर तरफ़ एक मातम की सी गूंज उठी, जो सावन-भादों के बादलों की तरह तेज़ी से सारे शहर में फैल गई। लाश को काले कपड़े में लपेटकर नवाब शम्सुद्दीन अहमद ख़ां के बड़े ससुर मिर्ज़ा मुग़ल बेग ख़ां के सुपुर्द किया गया और साइमन फ्रेज़र ने यह इशारा भी कर दिया कि कफ़न-दफ़न में देर न हो। उसे अब भी ख़ौफ़ था कि लाश अगर देर तक मुंह-दिखाई के लिए रखी रही तो अमन में ख़लल पैदा हो सकता है।

यहां देर का सवाल यूं भी नहीं था। मिट्टी को लोग उसी काले कपड़े में लपेटे

हुए और ताबूत में डालकर, कांधों पर रखकर नवाब शम्सुद्दीन अहमद की बल्लीमारान वाली हवेली में लाए कि मिर्ज़ा मुग़ल बेग ख़ां की हवेली भी उसके क़रीब थी और औरतें सब वहीं जमा थीं। नवाब को उनके अपने ख़ास कमरे में गुस्ल दिया गया। कफ़न पहनाने और दुआओं के बाद सूरा-ए-यासीन शरीफ़ के पढ़े जाने की छांव में जनाज़ा उठा और क़दम शरीफ़ ले जाया गया। नमाज़े-जनाज़ा आठ हज़ार के मजमे में मौलाना शाह मुहम्मद इसहाक़ के नवासे हज़रत शाह अब्दुल अज़ीज़ ने पढ़ाई।

क़दम शरीफ़ की तारीख़ी हक़ीक़त तो कुछ भी न थी लेकिन अवाम के विश्वास में यह बिल्कुल असली, सच्ची पाक यादगार हज़रत मुहम्मद की समझी जाती थी। कहा जाता था कि उसे हज़रत मख़दूम जहानियां जहांगश्त पांच सौ बरस पहले मदीना मुनव्वरा से लाए थे। मशहूर था कि जब हज़रत मख़दूम ने पाक रौज़े के अंदर हाज़िर होना चाहा तो वहां के पहरेदारों ने कहा कि मज़ारे-मुबारक का दरवाज़ा सिर्फ़ हज़रत मुहम्मद की औलादों के लिए खुल सकता है तुम्हारे पास कोई सुबूत हो कि तुम हज़रत मुहम्मद की औलाद में से हो, तो लाओ। आपने फ़रमाया कि यहां जितने आलिम, नेक लोग और परमात्मा से डरने वाले लोग तशरीफ़ रखते हैं, आ जाएं तो मैं उनके सामने दरवाज़ा खुलने की दर्ख़ास्त करूं। जब सब जमा हो गए तो हरेक ने अपनी-अपनी बारी पर कहा, "अस्सलातु वस्सलामु अलैकः या रसूलुल्लाह।" लेकिन कोई जवाब न आया। जब हज़रत मख़दूम की बारी आई, तो आपने फिर से वज़ू किया, दो रकअत नमाज़ अदा की और फ़रमाया, "अस्सलातु वस्सलामु अलैकः या रसूलुल्लाह।" फ़ौरन जवाब आया, "अस्सलातु वस्सलामु अलैकः या अहसन वलदी" (ऐ मेरे अच्छे बेटे तुझ पर दरूद व सलाम), और दरवाज़े का ताला आप से आप खुलकर गिर गया। आपका यह दर्जा देखकर सब हैरान रह गए। वहां के ख़लीफ़ा ने आपको हज़रत मुहम्मद साहब के क़दम मुबारक की ज़ियारत कराई और आपने रसूलुल्लाह सल्लल्लाहु अलैहि वसल्लम के हुक्म के मुताबिक़ उसे ख़लीफ़ा से हासिल कर लिया और इस भारी सरमाये को अपने सीने से लगाए हुए देहली तशरीफ़ ले आए। यहां फ़ीरोज़शाह ख़िल्जी के हुक्म से क़दम शरीफ़ को फ़ीरोज़ाबाद में रखा गया और सुल्तान ने वसीयत की कि मेरी वफ़ात के बाद क़दम मुबारक को मेरे सीने पर रखकर मुझे दफ़्न किया जाए।

ख़ुदा का करना ऐसा हुआ कि यह दौलत सुल्तान फ़ीरोज़शाह की बजाय उसके प्यारे और यतीम पोते फ़तह ख़ां के नसीब में आई। फ़तह ख़ां की वफ़ात पर सुल्तान ने क़दम शरीफ़ उसके सीने पर रखवा दिया और कुछ और भी तबर्रुकात उसकी क़ब्र में रख दिए गए। फ़ीरोज़ तुग़लक़ ने एक मस्जिद, एक मदरसा और एक कुआं वहां बनवाया, उसके ख़ज़ाने में जितना आबे-ज़मज़म था सब उस कुएं में डलवा दिया गया और उसके पानी से दस मन मिसरी का शर्बत लंगर के साथ राहगीरों में रोज़

बांटा जाता। फ़ीरोज़ तुग़लक़ ने कुछ ज़मीन 'ज़रीह ख़ास' नाम देकर क़दम शरीफ़ और उसकी इमारत के लिए वक़्फ़ कर दी।

क़दम शरीफ़, ज़मज़म का कुआं और कुछ दूसरे बुज़ुर्गों की क़ब्रों के अलावा उसकी इमारत के पास एक मज़ार था जिस पर एक इमली का पेड़ साया किए हुए था। इस मज़ार पर औरतें मन्नत मानती थीं और निशानी के तौर पर अपने पहनने की कांच की चूड़ियां पेड़ की शाख़ों से लटका देती थीं। मुराद पूरी होने पर चावलों से तैयार किया हुआ खाना और चूड़ियों का जोड़ा नज़्र के तौर पर चढ़ाया जाता। क़दम शरीफ़ के सहन में हौज़ की शक्ल में संगमरमर का एक कटहरा था। यह हौज़ शक्कर, दूध, गुलाब की पंखुड़ियों और पानी से हर वक़्त भरा रहता। लोग यह पानी प्रसाद के तौर पर पीते थे।

तारीख़ी हक़ीक़त कुछ भी सही, लेकिन अवाम के दिलों में क़दम शरीफ़ की इमारत और उसके इर्द-गिर्द का स्थान बेहद पवित्रता और सम्मान रखता था। बड़े-बड़े लोग यहां दफ़्न होने की आरज़ू रखते थे और इसके लिए पहले से बंदोबस्त करते रहते थे। लिहाज़ा जब नवाब शम्सुद्दीन अहमद ख़ां के बारे में देहली के अवाम की एक राय बनी कि वह शहीद हुए और उन्हें क़दम शरीफ़ में दफ़्न किया जाए तो अंग्रेज़ों को बहुत बुरा लगा और उन्हें फ़िक्र भी हुई कि नवाब का मज़ार कहीं हमारे ख़िलाफ़ फ़ित्ने और फ़साद का केंद्र न बन जाए। लेकिन लोगों के तेवर इस क़दर बिगड़े हुए थे कि टॉमस मैटकाफ़ और साइमन फ्रेज़र को चुप साधे रहने में ही भलाई मालूम हुई। इस वाक़ए के दस साल बाद टॉमस मैटकाफ़ की बेटी एमिली बेली ने अपनी डायरी में लिखा कि क़दम शरीफ़ की पवित्रता अब बहुत घट गई है और नवाब शम्सुद्दीन अहमद जैसे ख़ूनी और बदमाश मुजरिम भी वहां दफ़्न होने लगे हैं।

एमिली बेली की नज़र में क़दम शरीफ़ का महत्व वहां शम्सुद्दीन अहमद के दफ़्न होने ने भले ही कम कर दिया हो, लेकिन नवाब शम्सुद्दीन अहमद के मज़ार पर बहुत दिनों तक लोगों की भीड़ लगती रही। हर साल वहां उर्स होता और उर्स के मौसम के अलावा भी क़दम शरीफ़ के तमाम यात्री, क्या सुन्नी, क्या शिया, क्या नानकपंथी, क्या दूसरे मज़हबों के, नवाब शम्सुद्दीन अहमद के मज़ार पर चढ़ावा चढ़ाना या नियाज़ दिलवाना या फ़ातिहा पढ़ना अपना फ़र्ज़ जानते थे।

□□

आया था एक सैलाब सा

उर्स के मौसम में तो वज़ीर ख़ानम घर से निकलती ही न थी लेकिन आम दिनों में वह रोज़ाना चिराग़ जले हबीबा या राहतअफ़्ज़ा को या दोनों को साथ लेकर मज़ार पर झाडू-बुहारू करने और चिराग़ जलाने जाती, फिर वहीं देर तक ध्यान में बैठी रहती। बीचा महसिती का यह शेर अक्सर उसकी ज़बान पर रहताः

कौकब बेख़ात्म कि बूद अज़्वे-मुनव्वर आसमां
बिनगर ऐ मह कज़ फ़िराक़त दर ज़मीनस्त ईं ज़मां

(मेरी तक़दीर का सितारा कि जिससे पूरा आसमान रोशन था, ऐ चांद (माशूक़) देख कि तेरे फिराक़ में अब वो ज़मीन के नीचे है)

लेकिन शम्सुद्दीन अहमद ख़ां के नाम के जोड़ पर दूसरा मिसरा वह यूं पढ़तीः

बिनगर ऐ ख़ुर कज़ फ़िराक़त दर ज़मीनस्त ईं ज़मां

उन दिनों हाफ़िज़ की एक ग़ज़ल के शेर भी उसकी ज़बान पर आते रहते। कभी वह उन्हें होंठों में गुनगुनाती, कभी सुबहदम उठकर मुसल्ला बिछाकर नमाज़ पढ़ती, फिर दो रकअत नफ़्ली नमाज़ पढ़कर नवाब की रूह को सवाब पहुंचाती और दुआ ख़त्म होते-होते उसकी ज़बान पर शेर शुरू हो जाते। लेकिन बहुत जल्द फिर उसकी आवाज़ सिसकियों में डूबने लगती। जब सिसकियां रुकतीं, तो वह फिर से दरूद पढ़कर और दुआ मांगकर नवाब की रूह को सवाब पहुंचाती और दिल ही दिल में, कभी-कभी सरगोशी के लहजे में, शेर पढ़तीः

शर्बते अज़ लबे-लालश न चशीदेमो-बरफ़्त
रू-ए-मह पैकरे-ऊ सीर न दीदेमो-बरफ़्त
गोई अज़ सोहबते-मा नेक बतंग आमदा बूद
बार बरबस्तो-बगर्दश न रसीदेमो-बरफ़्त
इश्वा दादंद कि बर मा गुज़रे ख़्वाही कर्द
दीदी आख़िर कि चुनीं इश्वा ख़रीदेमो-बरफ़्त
शुद चमां दर चमने-हुस्नो-लताफ़त लेकिन
दर गुलिस्ताने-विसालश न चमीदेमो-बरफ़्त
हम चू हाफ़िज़ हमा शब नाला-ओ-ज़ारी कर्देम
काय दिरेग़ा ब विसालश न रसीदेमो-बरफ़्त

(मैंने उसके लाल जैसे होंठों का शर्बत न चखा और वह चला गया, उस चंद्रबदन के चेहरे से मेरी प्यास न बुझी और वह चला गया गोया कि वो हमारी सोहबत से बहुत तंग आ गया था। उसने सामान बांधा और हम उसकी गर्द को भी न पहुंचे, वो चला गया। हमको लोगों ने झूठी ख़बर दी थी कि वह हमारी तरफ़ से गुज़रेगा। तो देखा न, कि हमने ये धोखा खा लिया और वो आया भी नहीं, चला गया। हुस्न और नज़ाकत के बाग़ में वह ख़ूब चमका मगर हम उसकी मिलनबाड़ी में न चमक सके, और वो चला गया। हाफ़िज़ की तरह हम भी रातभर रो-रो कर कहते रहे कि हाय अफ़सोस हम उसके मिलन को न पा सके, और वो चला गया)

अपने नवाब के मज़ार पर जाने के अलावा वज़ीर ख़ानम ने घर से निकलना छोड़ दिया था। यहां तक कि वह मंझली बेगम के यहां भी न जाती। बड़ी ने और फिर

बाप ने भी उसके घर आकर रस्मी तौर पर सोग के शब्द कह दिए थे। उन जुमलों की याद उसे उतनी ही अज़ीज़ थी जितनी शम्सुद्दीन अहमद की यादें उसे अज़ीज़ थीं। उसे इस बात से भी कुछ तसल्ली हुई कि उसके बाप और बड़ी बहन दोनों का दिल नवाब मिर्ज़ा की बचकाना अदाओं और दिलचस्प शोख़ियों ने मोह लिया था। आना-जाना तो उन्होंने शुरू न किया लेकिन मुहम्मद यूसुफ़ सादाकार अक्सर नवाब मिर्ज़ा के लिए कुछ न कुछ भिजवाता रहता। और कभी-कभी उसे ख़ुद भी बुलवा कर अपने पास सारा-सारा दिन रखता और शाम को बड़े दुखी मन से मां के यहां इस पैग़ाम के साथ भिजवाता कि बहुत जल्द फिर बुलवाऊंगा।

बड़ी बेगम ने रुख़सत के वक़्त आंखों में आंसू भरकर वज़ीर को गले से लगाकर कहा था कि तेरी जवानी को इस तरह उजड़ते देखकर कलेजा मुंह को आता है। काश मैं तेरे कुछ काम आ सकती। लेकिन वज़ीर से कुछ मुनासिब जवाब न मिलने के कारण बड़ी बेगम ने पुरानी बेताल्लुक़ी के अंदाज़ दोबारा इख़्तियार कर लिए थे। मंझली ने आना-जाना पहले की तरह बरक़रार ही नहीं रखा बल्कि और भी बढ़ा दिया। नवाब मिर्ज़ा से मुहब्बत उसे भी बहुत थी। ख़ुद बेऔलाद होने की वजह से नवाब मिर्ज़ा उसे और भी प्यारा लगता था।

माली हैसियत से वज़ीर ख़ानम पहले की तरह मज़बूत न रही थी लेकिन बदहाल भी न थी। अंग्रेज़ों ने फ़ीरोज़पुर झिरका की रियासत और क़िले को अपने क़ब्ज़े में ले लिया था। इसलिए अफ़ज़लुन्निसा बेगम और हुसैनी बेगम को अपनी इद्दत का वक़्त पूरा किए बिना ही वहां से निकलना पड़ा। उधर शम्सुद्दीन अहमद ख़ां के ख़िलाफ़ कई लाख का बक़ाया साबित करके दरियागंज की हवेली और उसके तमाम क़ीमती साज़ो-सामान वग़ैरा को औने-पौने नीलाम कराने के बाद साहिबान वाला शान ने यह दावा भी किया कि अभी शम्सुद्दीन अहमद के बक़ायों का पूरा भुगतान नहीं हुआ है। लिहाज़ा उन्होंने एक तरफ़ तो अफ़ज़लुन्निसा बेगम के महर की रक़म जो कंपनी बहादुर के पास थी, ज़ब्त कराने की कार्रवाई शुरू की, तो दूसरी तरफ़ चांदनी चौक में वज़ीर ख़ानम के मकान को क़ब्ज़े में लेने और वज़ीर को वहां से बेदख़ल करने की भी कोशिश की। वज़ीर के पास चूंकि मकान के मालिकाना क़ब्ज़े के तमाम काग़ज़ात ठीक और मौजूद थे, इसलिए बेदख़ली के हुक्म और क़दम बेअसर रहे। अलबत्ता अफ़ज़लुन्निसा बेगम को सरकार कंपनी के ख़ज़ाना ज़िला हांसी हिसार से अपनी रक़म निकलवाने में कई बरस लगे। इस दौरान वह अपनी बच्चियों के साथ अपने बाप की हवेली बल्लीमारान में रही।

चंपा और रहमतुन्निसा को वज़ीर ख़ानम ने नवाब शम्सुद्दीन अहमद ख़ां की वसीयत के मुताबिक़ अपने पास बुलवाकर रखा और हर तरह उनका ख़र्च भी उठाती रही। हुसैनी बेगम उर्फ़ अमीर बहू को जहांगीरा बेगम ने अपने पास अकबराबाद

बुलवा लिया। बेवगी के चंद साल मोटा-झोटा पहन-खाकर गुज़ारने के बाद भी उनके हुस्न में कोई फ़र्क़ न आया और आख़िरकार अमीर बहू ने दूसरा निकाह कर लिया और ज़िंदगी के बाक़ी दिन चुपचाप, बाइज़्ज़त गुमनामी में काट ले गईं। चंपा का भी निकाह नवाब झज्जर के एक बूढ़े पुश्तैनी ख़िदमतगुज़ार के अधेड़ दोहाजू बेटे मुहम्मद अली से हो गया और वह भी अपनी बेटी के साथ अपने घर की हो रही। अफ़ज़लुन्निसा बेगम ने दावा दायर किया कि नवाब शम्सुद्दीन अहमद ने अपने किए की सज़ा पाई लेकिन उनकी रियासत फ़ीरोज़पुर झिरका उनके वारिसों यानी उनकी दो क़ानूनी और जायज़ औलादों अहमदुन्निसा बेगम और शम्सुन्निसा बेगम को मिल जानी चाहिए कि वो बेगुनाह और मासूम हैं। यह दावा रेज़ीडेंट व साहब कमिश्नर टॉमस मैटकाफ़ साहब बहादुर ने पहली ही सुनवाई में ख़ारिज कर दिया।

इस बीच ख़बर उड़ी कि कंपनी बहादुर के आला ओहदेदारों और बड़े हाकिमों ने फ़ैसला किया है कि शम्सुद्दीन अहमद के पीछे कोई ऐसा बाक़ी न रखा जाए जो आइंदा उनकी रियासत का दावेदार हो सके या उनकी मौत के लिए कुछ हर्जाना तलब करे। अफ़वाहें गर्म होने लगीं कि नवाब मिर्ज़ा हालांकि शम्सुद्दीन अहमद की ब्याहता के पेट से नहीं हैं, और इस्लामी क़ानून की रू से उनका हक़ बाप के छोड़े हुए पर नहीं है लेकिन अंग्रेज़ी क़ानून की रू से वह पूरे-पूरे हक़दार हैं और इसीलिए फ़िरंगी क़ानून में ऐसी औलाद को 'फ़ितरी बेटा' (Natural Son) और ऐसी औलाद की मां को अपने मर्द की 'ज़ौजा अज़-रू-ए-क़ानूने-आम्मा' (Common Law Wife) कहते हैं। लिहाज़ा कंपनी बहादुर की खुफ़िया राय है कि नवाब मिर्ज़ा को किसी तौर ज़हर दिलवा दिया जाए या किसी पेशेवर बच्चा-चोर के हाथों से उठवाकर कहीं दूर-दराज़ किसी राजा या नवाब के यहां चुपचाप रखवा दिया जाए कि वहां वह गुमनामी में परवरिश पाए और उसका निशान नहीं तो नाम ज़रूर मिट जाए।

ज़ाहिर है कि इन ख़बरों और अफ़वाहों में कुछ सच न था लेकिन वज़ीर की तो जान ही सूख गई कि अब मेरे बच्चे का रखवाला कौन बनेगा और मैं उसे लेकर कहां छुप जाऊं कि उस पर फ़िरंगी की नज़र न पड़े। उन्हीं दिनों वज़ीर को टिंडेल भाई-बहन का एक फ़ारसी में लिखा हुआ ख़त मिला जिसमें दर्ज था कि वज़ीर ख़ानम उर्फ़ छोटी बेगम का नाम एक सज़ायाफ़्ता ख़ूनी की रखैल के तौर पर मशहूर हो चुका है, इसलिए हमें पसंद नहीं कि मार्स्टन ब्लेक साहब जैसे एक ऊंचे अंग्रेज़ की नस्ली औलादें छोटी बेगम जैसी गिरी हुई औरत से जोड़ी जाएं। लिहाज़ा आज की तारीख़ से मार्टिन ब्लेक और सोफ़िया ब्लेक को ईसवी मज़हब में दाख़िल कर लिया गया है और अब उन्हें अपनी मां से मिलने की इजाज़त न होगी। जब मार्टिन ब्लेक और सोफ़िया ब्लेक अंग्रेज़ी क़ानून के हिसाब से बालिग़ हो जाएंगे, उस वक़्त उन्हें अपने भविष्य के बारे में फ़ैसला करने का अधिकार होगा। फ़िलहाल उन्हें ईसाई मज़हब

और फ़िरंगी तरीक़े पर चलाया जाएगा। अपनी शादियां वो अपनी मर्ज़ी से लेकिन हमसे इजाज़त लेकर करेंगे। अब उन्हें इस बात का पूरा यक़ीन है कि हिंद वालों के मुक़ाबले इंग्लिस्तान के साहिबान बहुत बेहतर हैं। आख़िर में यह भी दर्ज था कि अब चूंकि वज़ीर ख़ानम उर्फ़ छोटी बेगम का सारा ताल्लुक़ मास्टर मार्टिन ब्लेक और मिस सोफ़िया ब्लेक से टूट गया है, इसलिए छोटी बेगम को अब से उन दोनों बच्चों की परवरिश या तालीम के लिए पैसा भेजने की ज़रूरत नहीं।

वज़ीर सन्नाटे में आ गई। बड़ी देर तक वह ग़म, ग़ुस्से और रूहानी उलझाव के आलम में चुप बैठी रही। जब ज़्यादा बेचैन हो जाती तो सिसकियां भरकर रोने लगती कि या अल्लाह, क्या सारे सितम मेरे ही लिए लिख दिए गए हैं। हबीबा और राहत अफ़्ज़ा की दिलजोइयों, मुहब्बत और दुख बंटाने के बाद जब उसका दिल कुछ ठहरा तो उसका जी चाहा कि अभी किसी तरह जयपुर चली जाए और टिंडेल भाई-बहन के ख़िलाफ़ दावा दायर कर दे और फिर उनके घर जाकर उनसे ख़ुद बहस करे, लड़े-झगड़े और अपने बच्चे उनसे वापस ले ले। लेकिन ज़ाहिर है कि इस पर अमल नामुमकिन था और जब मार्स्टन ब्लेक साहब के गुज़रने पर... अल्लाह, उस हादसे को लगता है एक उम्र गुज़र गई... मेरा और टिंडेल भाई-बहन का झगड़ा बच्चों के बारे में हुआ था उस वक़्त भी उन लोगों ने कह दिया था कि हमारी क़ानूनी हैसियत पक्की है और अगर तुम हम पर दावा लाओगी तो हमारा कुछ न होगा... और सबसे बढ़कर यह कि राज उनका, फ़ौज और पुलिसदार, चौकी-सिपाही सब उनके, और मैं अकेली औरत। यह दुनिया मर्द की ग़ुलाम और औरत की दुश्मन है, मैं इस भंवर की गिरह नहीं खोल सकती...

अगले दिन जब वज़ीर की होश कुछ ठीक हुए तो उसने मिर्ज़ा इस्फ़ंदयार बेग को बुलवाकर उनसे मशवरा किया। इस्फ़ंदयार बेग का दिल यूं ही टूटा हुआ था कि नवाब शम्सुद्दीन अहमद की वकालत में वह नाकाम रहे थे। कलकत्ता जाकर उन्होंने अंग्रेज़ों की हुकूमती आन-बान और सियासी निज़ाम में मुरव्वत की कमी और इंसानियत और दर्दमंदी की जगह बेरहमी और विद्वेष की ज़्यादती देखकर यह भी समझ लिया था कि यह क़ौम अपने बनाए हुए क़ानूनों और अपनी हुक्मरानी के तरीक़ों से इधर-उधर होना नहीं जानती और इसके क़ानून और क़ायदे असलन व उसूलन इसके ही लिए फ़ायदेमंद हैं। इस कारण से इस्फ़ंदयार बेग ने गोल-मोल शब्दों में वज़ीर को यही मशवरा दिया कि इस वक़्त हालात आपके मुआफ़िक़ नहीं हैं, इंतज़ार उस वक़्त का कीजिए जब तक़दीर कोई अच्छी करवट ले।

नवाब मिर्ज़ा के बारे में अंग्रेज़ों के मंसूबों की अफ़वाहें (हालांकि वो बिल्कुल झूठी थीं) सुन-सुनकर वज़ीर यूं ही बहुत वहशत खा रही थी; अब पहलौटी के बच्चों की तरफ़ से मायूसी ने नवाब मिर्ज़ा की हिफ़ाज़त और उसे हर मुमकिन तकलीफ़ से

बचाने का ख़्याल और भी पक्का कर दिया। कई दिन के सोच-विचार के बाद, लेकिन अनिच्छा और दिली रंज के साथ, वज़ीर ने फ़ैसला किया कि नवाब मिर्ज़ा की सलामती और मुनासिब देख-रेख के लिए ज़रूरी है कि उसे मंझली बाजी और नवाब यूसुफ़ अली ख़ां की पनाह में दे दिया जाए। मंझली बेगम के माध्यम से वज़ीर ने नवाब साहब के सामने यह पेशकश रखी तो वह इस क़दर खुश हुए गोया इस बात के इंतज़ार में रहे हों।

बातचीत के बाद तय हुआ कि हबीबुन्निसा को नवाब मिर्ज़ा के साथ कर दिया जाएगा और नवाब मिर्ज़ा की तालीम, देख-रेख नवाब यूसुफ़ अली ख़ां की निगरानी में उसी तरह होगी जिस तरह दूसरे रईसों और शरीफ़ों के बच्चे पलते हैं। नवाब मिर्ज़ा की हैसियत उम्दा ख़ानम के सगे भांजे की होगी। उसे नवाब यूसुफ़ अली ख़ां या उम्दा ख़ानम का मुतबन्ना या मुंहबोला बेटा न बनाया जाएगा और उसे नवाब शम्सुद्दीन अहमद ख़ां शहीद और वज़ीर ख़ानम की औलाद ही कहा जाएगा। नवाब की अकेली नर औलाद होने के कारण नवाब मिर्ज़ा से ही नवाब शम्सुद्दीन अहमद की नस्ल के क़ायम रहने की संभावना थी। वज़ीर का आना-जाना नवाब यूसुफ़ अली ख़ां के यहां और नवाब मिर्ज़ा का आना-जाना वज़ीर ख़ानम के यहां पहले की तरह बेरोक-टोक होगा।

यह बात 1836 की शुरुआत की है। वज़ीर ने आंसू पी-पीकर नवाब मिर्ज़ा की सलामती के लिए दुआएं की, उसके बाज़ू पर कई-कई इमामज़ामिन बंधवाए और कई-कई बार सीने से लिपटाकर, भींच-भींचकर प्यार किया और नवाब यूसुफ़ अली ख़ां के भिजवाए हुए रथ में उसके सारे कपड़े-लत्तों, खिलौनों, अलिफ़-बे की तख़्ती, गिनती गिनने की तस्बीह वग़ैरा सारे साज़ो-सामान के साथ बालों में तेल, आंखों में काजल और माथे पर नज़र का टीका देकर रुख़सत किया। नवाब मिर्ज़ा की उम्र तब कोई पांच साल की थी। उसके बाप की मौत को अभी एक साल भी न हुआ था लेकिन बाप से जुदाई को बहुत मुद्दत गुज़र चुकी थी। इस पूरे ज़माने में बच्चे ने बाप को याद न किया था, इस मानी में कि जिस तरह मसलन जी बुरा होने या चोट लग जाने या दोस्तों के साथ खेलकूद में झड़प होने पर बच्चा अपने बाप या बाप-मां दोनों को पुकारता है या रोता है कि हमारे अब्बा कहां हैं, ऐसी कोई बात कभी नवाब मिर्ज़ा के साथ नहीं हुई थी।

शुरू-शुरू में तो उसे यह कहकर बहलावा दिया जाता था कि आपके अब्बा जान इलाक़े पर हैं और वहां के इंतज़ाम में लगे हुए हैं। कभी-कभी हबीबा कहती कि कल रात तो वह आए थे पर आप सो गए थे, हम लोगों ने जगाया नहीं कि सोते से बेवक़्त उठा देने पर जी आपका मांदा न पड़ जाए। फिर वह कुछ मिठाई या कपड़े या कोई तोहफ़ा-चीज़, कभी कोई ख़ूबसूरत चिड़िया यह कहकर उसे देती कि लीजिए बच्चे

मियां साहब, आपके अब्बा जान यह आपके लिए लाए थे।

लेकिन ये बहाने-फुसलावे कब तक चल सकते थे। तेरा बाप एक बड़े हकीम के इलाज में है और वहीं वह आराम की नींद सोता रहता है, यह एक नई बात नवाब मिर्ज़ा को उस वक़्त बताई गई थी जब एक बार उसने बहुत ज़िद की थी कि मुझे अब्बा जान कने जाना है, मुझे तोहफ़े नहीं चाहिए, मैं उनके साथ बाज़ार की सैर को जांगा। उसे यह कहकर तसल्ली दी गई कि बेटा, तुम्हारे अब्बा जान को लड़ाई में चोट लग गई है, शहर से बहुत परे एक हकीम जी रहते हैं, वह उन्हीं हकीम जी के पास हैं।

"फिर वह वापस आते क्यों नहीं? छोते कब होंगे भला?" वह राहत अफ़्ज़ा से पूछता।

राहत अफ़्ज़ा मुंह मोड़कर, दुपट्टे से आंसुओं को चुपके-चुपके पोंछती हुई कहती, "बच्चे मियां, तुम्हारे अब्बा जान को कहीं किसी चीज़ की कमी तो है नहीं। वहां भी वह बड़े आराम से हैं। तुम कुछ भी फ़िक्र न करो। नहीं तो अपनी अम्मा जान या ख़ाला जी से पूछ लो।"

अब कोई बाहर वाला बेसमझ शख़्स कभी पूछ देता कि नवाब मिर्ज़ा जी, आपके अब्बा जान कहां हैं, तो वह बहुत गंभीर और कुछ उम्मीद भरे लहजे में जवाब देता, "वो क़मम शरीफ़ में छो लहे हैं। हकीम जी उन्हें वहां दबा पिलाते हैं।"

इसके कई महीने बाद जब शम्सुद्दीन अहमद की ज़िंदगी का दरख़्त पतझड़ का शिकार हो चुका और मिट्टी का जिस्म क़दम शरीफ़ के आंगन में मौलसिरी के एक पेड़ के नीचे हमेशा की नींद सुला दिया गया और जुलाई 1834 की उस इश्क़ और ज़िंदगी के रहस्यों से भरी रात के बाद वज़ीर ख़ानम के दिल का सुख पहली बार उसके पहलू में था हालांकि ख़ाक के नीचे था और वज़ीर ख़ानम उसके बेटे को लेकर उसकी ख़िदमत में हाज़िर हुई थी, तो वज़ीर के कुछ कहे बग़ैर नवाब मिर्ज़ा ने आपी-आप कहा, "अम्मा जान, मेले अब्बा जान के हकीम छाब कहां हैं?"

वज़ीर ख़ानम एक पल के लिए भौचक्का रह गई कि हकीम का यहां क्या ज़िक्र है। अचानक उसे ख़्याल आया कि बच्चा किसी वजह से इस भ्रम में है कि क़दम शरीफ़ ही वह जगह है जहां उसका बाप हकीम साहब के इलाज में है। वह अपनी सिसकी दबाकर बोली, "बेटा, वह दोनों इसी मज़ार के नीचे एक कमरे में हैं।"

"अम्मा जान, मैं भी वहां जांगा," नवाब मिर्ज़ा ने कुछ मचलकर कहा।

"नहीं, नहीं," वज़ीर ने घबराकर कहा। "ऐसी बात नहीं कहते, अल्लाह मियां को बुरा लगेगा। जब तुम्हारे अब्बा जान अच्छे हो जाएंगे तो हकीम साहब उन्हें ख़ुद ही वापस भेज देंगे।"

मालूम नहीं नवाब मिर्ज़ा ने इस बात पर किस हद तक यक़ीन किया और किस

हद तक उसके तसव्वुर ने उसके दिल के अंदर और आंखों के सामने ऐसी तस्वीर खींच दी जो उसके लिए हक़ीक़त थी, लेकिन नवाब मिर्ज़ा ने उसके बाद से मुद्दतों यही कहा कि हमारे अब्बा जान हकीम साहब के पास क़दम शरीफ़ में हैं। होश की उम्र को पहुंचने के बाद उसने अपने दिल के ताक़ में शम्सुद्दीन अहमद ख़ां की बजाय मिर्ज़ा फ़तहुलमुल्क बहादुर की छब रख दी लेकिन ज़िंदगी के अक्सर कठिन मौक़ों पर वह ख़्वाब में एक ख़ूबसूरत, गंभीर, ख़ुद को लिए-दिए हुए, रौबदार शख़्स को देखता जिसके बारे में उसे यक़ीन होता कि ये क़दम शरीफ़ के हकीम साहब हैं और वह मुझे मेरे बाप के बारे में बताने आए हैं।

अब 1836 में फ़रवरी की किसी तारीख़ में सुबह का वक़्त था जब बेटा ख़ुशी-ख़ुशी मां से जुदा हुआ। शाम होते-होते वज़ीर ख़ानम को सख़्त बुख़ार चढ़ आया। वह कई दिन बिस्तर पर पड़ी रही, और बुख़ार की तेज़ी में वह कभी नवाब मिर्ज़ा को बुलवाने के लिए वावेला करती, कभी अमीर मिर्ज़ा और बादशाह बेगम को पुकारती। लेकिन मार्स्टन ब्लेक या शम्सुद्दीन अहमद का नाम उसकी ज़बान पर कभी न आया। उसकी सारी ख़िदमतें राहत अफ़्ज़ा और विनीसी ने अंजाम दीं। मंझली कभी तन्हा, कभी नवाब मिर्ज़ा के साथ दूसरे-तीसरे दिन छोटी बहन को देखने और दिलजोई करने आ जाती थी। तेरहवें दिन वज़ीर के पेट और सीने पर मोतीझरे के दाने नमूदार हुए। बुख़ार तो कुछ कम हुआ लेकिन कमज़ोरी और भी बढ़ गई और उस ज़माने के हकीम (बल्कि मौजूदा ज़माने में कुछ मुद्दत पहले तक डॉक्टर भी) मोतीझरे के मरीज़ को ख़ाली पेट ही रखना पसंद करते थे। कई दिन तक सिर्फ़ अर्क़ बादियान, अर्क़ ज़ंजबील और शर्बत अनार शीरीं पर वज़ीर की क़ुव्वत का दारोमदार रहा। ख़ुदा-ख़ुदा करके इक्कीसवें दिन दाने मुरझाने लगे और बाईसवें दिन बुख़ार उतरा लेकिन कमज़ोरी ने और कई हफ़्ते उसका पीछा न छोड़ा। बच्चे की जुदाई और लंबी बीमारी ने उसे अपने बदले हुए हाल पर और भी दिल का टूटा हुआ और दुखी बना दिया लेकिन उसे अपने भविष्य के लिए कोई राह नज़र न आती थी।

दिसंबर 1835 आते-आते अंग्रेज़ों को इत्मीनान हो गया कि नवाब शम्सुद्दीन अहमद ख़ां को सूली देने के नतीजे में किसी फ़ित्ने या फ़साद के बरपा होने का डर अब नहीं रहा। जासूसों की इत्तेला थी कि अवाम में शम्सुद्दीन अहमद की जवान मौत मरने पर रंज का जज़्बा तो था लेकिन मौला की मर्ज़ी और तक़दीर की कारस्तानी पर सब्र और बर्दाश्त का जज़्बा भी था।

आम ख़्याल यही था कि फ्रेज़र के क़त्ल के पीछे नवाब शम्सुद्दीन अहमद का हाथ रहा हो या न रहा हो, लेकिन यह महज़ तक़दीर की मनहूसियत थी कि कई सुराग़ ऐसे मिल गए जो उनके ख़िलाफ़ पड़ते थे और उससे भी बढ़कर ये कि अनिया ने अपने मालिक के साथ दग़ा करके नमकहरामी की। एक ख़्याल यह भी था कि

गोली तो शम्सुद्दीन अहमद के हाथ से चली न थी, फिर उन्हें भला किस तरह सज़ा का हक़दार क़रार दिया जा सकता था? फ़ैनी पार्क्स ने इलाहाबाद में अपनी डायरी में लिखा कि लोग यहां आमतौर पर कह रहे हैं कि करीम ख़ां को फांसी देना ठीक मान भी लिया जाए तो भी नवाब को सूली देने के फ़ैसले की कोई तुक न थी कि नौकर के किए की सज़ा मालिक को देना इंसाफ़ से बहुत दूर है।

बदअमनी का कोई ख़तरा न देखकर अंग्रेज़ों की सलाह परिषद में सिकंदर साहब के मशवरे पर यह तय किया गया कि क़त्ल के फ़ौरन बाद तो विलियम फ्रेज़र साहब को रेज़ीडेंटी के क़ब्रिस्तान में चुपचाप दफ़्ना देना तो ठीक था, लेकिन अब उनकी शान के मुताबिक़ मक़बरा बनना चाहिए और उनका जनाज़ा भी उसी धूमधाम, शानो-शौकत और दबदबे से उठना चाहिए जिस तरह से वो ज़िंदगी बसर करते थे। सिकंदर साहब ने कश्मीरी दरवाज़े पर स्थित सेंट जेम्स नामक अपने गिरजाघर में मुनासिब ज़मीन की पेशकश की और यह भी कहा कि मक़बरे की तामीर का ख़र्च उठाने को वह तैयार हैं। ज़ाहिर है कि ज़मीन, ख़र्च और तामीर के मुद्दे हल हो जाने के बाद बाक़ी कुछ न रहता था। पेशकश .ख़ुशी से मंज़ूर कर ली गई।

जेम्स स्किनर ने रुपया बेहिसाब ख़र्च किया और बहुत जल्द सफ़ेद संगमरमर की एक आठ पहलू इमारत तैयार करा दी जो अपने तर्ज़ के लिहाज़ से फ़िरंगियाना थी, लेकिन संगमरमर की पच्चीकारी में मुग़ल तर्ज़ की थोड़ी-बहुत नक़ल करने की कोशिश की गई थी। इमारत पुरानी यूनानी तर्ज़ के आठ खंभों पर खड़ी की गई थी लेकिन उसका चबूतरा, जो दूसरी कुर्सी का भी काम देता था, संगे-सुर्ख़ का भी था और उस पर बिल्कुल सादी लेकिन मुग़ल अंदाज़ की नक़्क़ाशी थी। चबूतरे की कुर्सी भी लाल पत्थर की और बिल्कुल सादी थी। इमारत की छत को संभालने के लिए वही आठ खंभे ऊपर जाकर यूनानी तर्ज़ में चौड़े कर दिए गए थे और चारों तरफ़ सादी कार्निस सी बना दी गई थी जिसके नीचे संगमरमर की चौड़ी पट्टी पर संगे-सियाह की पच्चीकारी थी। इमारत का सबसे नुमायां हिस्सा उसका भारी और ऊंचा कलश था जिसे बहुत ही नीचे गुंबद पर उठाया गया था। गुंबद और कलश दोनों ही संगमरमर के थे और उन्हें कुछ हिंदुवाना, कुछ फ़िरंगियाना तर्ज़ में कंवलनुमा तराशा गया था। पूरी इमारत से यह आभास पैदा होता था गोया एक भारी-भरकम ताज रखा हुआ हो।

मज़ार की तख़्ती पर स्किनर ने नीचे लिखी इबारत खुदवाईः

THE REMAINS
INTERRED BENEATH THE MONUMENT
WERE ONCE ANIMATED
BY AS BRAVE AND SINCERE
A SOUL
AS WAS EVER VOUCHSAFED TO MAN

BY HIS
CREA TOR.
A BROTHER IN FRIENDSHIP
HAS CAUSED IT TO BE ERECTED
THAT WHEN HIS OWN FRAME IS DUST
IT MAY REMAIN
AS A
MEMORIAL
FOR THOSE WHO CAN PARTICIPATE IN LAMENTING
THE SUDDEN AND MELANCHOLY LOSS
OF ONE
DEAR TO HIM AS LIFE
WILLIAM FRASER
DIED 22ND MARCH 1835

इसमें कोई शक नहीं कि मज़ार पर लिखे शब्द निहायत असरदार, रौबीले और मुनासिब हद तक दर्द में डूबे हुए थे। इस बात में कुछ कसर न छोड़ी गई थी कि फ्रेज़र को एक मिसाली, आला-किरदार, हरदिल-अज़ीज़ इंसान की हैसियत से याद किया जाए, लेकिन उसके क़त्ल का कुछ ज़िक्र न किया जाए। स्किनर ने अपना नाम तो न लिया लेकिन खुद को दोस्ती के एतबार से मरने वाले का भाई क़रार दिया, और इशारा इस बात का रखा कि मैं तो ज़िंदगी भर विलियम फ्रेज़र का मातम करूंगा ही, मेरे बाद और भी मातमदार होंगे और यह यादगार दरअसल मुस्तक़बिल के लिए क़ायम की जा रही है। पूरी इबारत में ग़म और ग़म से ज्यादा फ़िरंगियों का नस्ली गुरूर और उससे भी ज्यादा फ़िरंगी शान के क़यामत तक क़ायम रहने के इशारे थे। लेकिन यहां तारीख़ ने अपने रहस्यों और संकेतों को बहुत लंबे वक़्त तक छुपाकर न रखा। पच्चीस साल भी न गए थे कि कश्मीरी दरवाज़े के इलाक़े की हर-हर ईंट के लिए आज़ादी के मतवालों ने अपना ख़ून पानी की तरह बहाया। उस कूचा-कूचा जंग की एक झड़प में फ्रेज़र का मज़ार भी ज़द में आ गया। गिरजाघर और फ्रेज़र की क़ब्र और मज़ार की तख़्ती तो महफ़ूज़ रही लेकिन वह अलामती ताजनुमा कलश जो मज़ार पर था, उसे ख़ाक में मिला दिया गया।

□□

रामपुर

वज़ीर का ग़म बहुत आहिस्ता-आहिस्ता कम हुआ और दरगाह क़दम शरीफ़ में उसकी हाज़री भी कम होने लगी। आख़िरकार अब वह सिर्फ़ उर्स के एक दिन पहले वहां जाती, शम्सुद्दीन अहमद ख़ां के मज़ार पर आंसू बहाती और नवाब के नाम पर कुछ ख़ैर-ख़ैरात करके वापस आ जाती। नवाब मिर्ज़ा की परवरिश का बोझ अब बहुत कम हो जाने के कारण उसके ख़र्चे कम हो गए थे लेकिन इतने नहीं कि अपने

सीमित स्रोतों के अंदर वह आराम से रह सकती। शरीफ़ों जैसी ज़िंदगी गुज़ारने के लिए क़ीमती ज़ेवर, भारी कपड़े, सवारी के साधन और बहुत से नौकर दरकार थे। ख़र्च को कम से कम करने के बावजूद उसकी मुस्तक़िल आमदनी इन ख़र्चों का बोझ न उठा सकती थी। लिहाज़ा उसने मंझली से छुपाकर अपने कुछ क़ीमती जवाहरात और भारी जोड़े चुपके-चुपके बेचने शुरू कर दिए। अब वह घर से इतना कम निकलती थी कि मंझली बेगम के यहां भी दो-चार महीने में तीज-त्योहार के दिन चार घड़ी के लिए हो आती, और बस। उसने अपने दिल को समझा लिया था कि मेरी ज़िंदगी की किताब का धागा बस अब शम्सुद्दीन अहमद का ग़म है। मैं उस ग़म को अपने दिल में सहेज लूं तो बाक़ी दिन दिली सुकून से न सही, दिल जलाकर और सब्र से गुज़ार लूंगी। अब मुझे आना-जाना कहीं नहीं है। अक्सर वह सैदी तेहरानी का यह शेर पढ़ती और तकिये में सर देकर घंटों चुपचाप पड़ी रहतीः

बेमुहब्बत पारा-ए-दिलहा ज़ हम पाशीदा शवद
महरे-ऊ औराक़े-ईं ग़मनामा रा शीराज़ा शुद

(मुहब्बत के बग़ैर दिलों के टुकड़े अलग-अलग बिखर जाते हैं, उसकी मुहब्बत इस ग़मनामे के लिए बंधन सूत्र बन गई)

लेकिन तक़दीर को लिखने वाले ने वज़ीर की तक़दीर का नक़्शा शायद सुर्मे के क़लम से खींचा था कि उसमें रद्दोबदल की, मिटाने और नए सिरे से बनाने की बड़ी गुंजाइश थी।

अगस्त 1840 में नवाब मुहम्मद सईद ख़ां को डिप्टी कलेक्टरी से बुलाकर रामपुर का हाकिम मुक़र्रर कर दिया गया और उनके बुलंद-इक़बाल साहबज़ादे नवाब मुहम्मद यूसुफ़ अली ख़ां उनके वलीअहद हुए। यह नवाब यूसुफ़ अली ख़ां के उत्कर्ष की शुरुआत लेकिन उनकी बेफ़िक्री के ख़ात्मे की भी शुरुआत थी। अब उन्हें देहली का निवास छोड़कर रामपुर (जिसका नाम मुहम्मद अली ख़ां ने बदलकर मुस्तफ़ाबाद रख दिया था) में मुस्तक़िल रिहाइश इख़्तियार करनी पड़ी। उम्दा ख़ानम और नवाब मिर्ज़ा भी नवाब के साथ मुस्तफ़ाबाद चले गए। वज़ीर ख़ानम बिल्कुल तन्हा रह गई। मंझली बेगम ने वादा किया था कि कभी-कभी नवाब मिर्ज़ा को लेकर तुमसे मिलने-मिलाने शाहजहानाबाद आ जाया करूंगी। लेकिन रामपुर के छोटे लेकिन नए माहौल और पूरे नवाबी रंग ने बहुत सी नई ज़िम्मेदारियां उन पर डाल दीं और उन्हें कम से कम फ़ुर्सत मिलने लगी। इधर नवाब मिर्ज़ा भी नवाब यूसुफ़ अली ख़ां के बेटे नवाब कल्बे-अली ख़ां के साथी बनाकर रामपुर के सबसे बड़े आलिमो-फ़ाज़िल मुल्ला ग़यासुद्दीन इज़्ज़त रामपुरी के सामने बिठा दिए गए। अब नवाब मिर्ज़ा की भी ज़िंदगी में लड़कपन की बेफ़िक्री की बजाय इल्म की मेहनततलबी और शेरो-शायरी में नए-नए मज़मून निकालने का बोलबाला होने वाला था। इस तरह

उम्दा ख़ानम हवेली के अंदर की ज़िम्मेदारियों और नवाब मिर्ज़ा तालीम के बंधनों कह वजह से मुस्तफ़ाबाद में क़ैद होकर रह गए।

नवाब मिर्ज़ा के रामपुर चले जाने का एक नतीजा यह भी हुआ कि वज़ीर ख़ानम और मुहम्मद यूसुफ़ सादाकार के बीच वह नया ताल्लुक़ जो नवाब मिर्ज़ा के कारण क़ायम हुआ था, अब टूट गया। मुहम्मद यूसुफ़ की उम्र कुछ ज़्यादा न थी लेकिन उसे जिगर की गर्मी और मेदे की कमज़ोरी की पुरानी शिकायत थी जो रोज़-बरोज़ बढ़ती जाती थी। बीवी की मौत के बाद वह खाने के मामले में बिल्कुल बेपरवाह हो गया था और हकीमों की हिदायत के बरख़िलाफ़ खट्टी, तली हुई, मसालेदार चीज़ें बेतकल्लुफ़ खा लिया करता था। गोश्त से भी उसे कुछ परहेज़ न था। शाहआलम के फ़रमान के बाद से दिल्ली में गाय अब कभी-कभी ही ज़िबह की जाती थी। लेकिन भेड़ और दूसरे छोटे जानवरों का गोश्त ख़ूब मिलता था। बकरी का गोश्त आमतौर पर मरीज़ों या नफ़ासत पसंद अमीरों के लिए था। अवाम और मध्यम वर्ग के लोग भेड़ का गोश्त ज़्यादा इस्तेमाल करते थे। इत्तफ़ाक़ की बात कि उसी ज़माने में अलाउद्दीन अहमद ख़ां अलाई और मिर्ज़ा ग़ालिब के बीच मुहब्बत भरी बेतकल्लुफ़ नज़्मों का लेन-देन हुआ और उनके क़तआत से उस ज़माने के खानों और अमीरों के ज़ौक़ का कुछ अंदाज़ा होता है। पहला क़तआ ग़ालिब का है और दूसरा अलाई काः

ख़ुशी है ये आने की बरसात के
पिएं बादा-ए-नाब और आम खाएं
सर-आग़ाज़े-मौसम में अंधे हैं हम
कि दिल्ली को छोड़ें लोहारू को जाएं
सिवा नाज़ के जो हैं मक़लूबे-जां
न वां आम पाएं न अंगूर पाएं
हुआ हुक्म बावर्चियों को कि हां
अभी जाके पूछो कि कल क्या पकाएं
वो खट्टे कहां पाएं इमली के फूल
वो कड़वे करेले कहां से मंगाएं
फ़क़त गोश्त सो भेड़ का रेशेदार
कहो उसको क्या खाके हम हज़ उठाएं

अलाई ने जवाब में लिखाः

सर-आग़ाज़े-मौसम में क्या ख़ूब है
कि दिल्ली से हज़रत लोहारू को आएं
सरौली के वो डाक पर सब्ज़ आम

वो दिल्ली के अंगूर हर शाम आएं
करें हुक्म बावर्चियों को कि हां
अभी जाके हर चीज़ जल्दी पकाएं
वो लें बाग़ से जाके इमली के फूल
वो जंगल से कड़वे करेले मंगाएं
वो बे-रेशा बकरी का लहमे-तरी
कि क्या-क्या उसे खाके हम हज़ उठाएं

भेड़ का रेशेदार गोश्त देर से पचता भी था और पेट में अपहारा भी पैदा करता था। लेकिन मुहम्मद यूसुफ़ को अपनी सेहत का अब कुछ ख़्याल न रह गया था और उसे चटपटी चीज़ें खाने का शौक़ भी था। बदपरहेज़ी और खाने में ग़ैरपाबंदी की वजह से उसका जिगर ख़राब होता गया। जिगर की ख़राबी की वजह से उसे भूख भी कम लगती थी और पेट में अपहारे और मतली की शिकायत उसे ऊपर से हो गई थी। उसका वज़न घटते-घटते बमुश्किल मन, सवा मन रह गया था, आंखों के गिर्द काले घेरे पड़ गए थे। नवाब मिर्ज़ा की बदौलत उसे छोटी बेगम की देखभाल और खाने-पीने के लिए परहेज़ी चीज़ें और सेहत के सिलसिले में आम एहतियात फिर नसीब होने लगी थी। वह सारी एहतियात और देखभाल अब ख़त्म हो गई और मुहम्मद यूसुफ़ का वह हाल होने लगा जो बीवी के गुज़र जाने के बाद हुआ था।

नवंबर 1840 यानी शव्वाल 1256 का आख़री दिन था जब अचानक मुहम्मद यूसुफ़ सादाकार को ख़ून की क़ै हुई। उसने समझ लिया कि अब मेरी आख़री घड़ियां हैं। जैसे-तैसे ग़ुस्ल करके उसने दो रकअत नमाज पढ़ी और क़ुरआन पाक लेकर बैठ गया। मुहल्ले के एक लौंडे को उसने बड़ी बेगम के यहां दौड़ा दिया था कि आजा और मेरी आख़री रस्मों का इंतज़ाम कर दे। बड़ी के दिल में बहन की मुहब्बत ने जोश मारा तो वह छोटी को भी ख़बर कराती हुई पालकी में बैठकर ज्यों-त्यों बाप के यहां पहुंची। मुहम्मद यूसुफ़ को मुसल्ले पर बैठे ही बैठे एक ख़ूनी क़ै और हुई थी और वह नीम बेहोशी के आलम में सर निहुड़ाए हुए मुसल्ले पर बैठा कांपते हाथों से क़ुरआन पाक के पृष्ठों को ख़ून की कुल्लियों से महफ़ूज़ रखने की कोशिश कर रहा था। हकीम ग़ुलाम नजफ़ ख़ां साहब भी उसी वक़्त आ गए थे। उन्होंने नब्ज़ देखी तो बिल्कुल धीमी थी, गोया थी ही नहीं। उन्होंने धीमी आवाज़ में कहा, "अब कुछ नहीं रहा। इन्हें पलंग पर लिटाकर क़िब्ला-रुख़ कर दें और सूरा-ए-यासीन पढ़ें। ग़ुस्ल और कफ़न का बंदोबस्त शुरू कर दें।" यह कहकर वह घर से बाहर निकल रहे थे कि छोटी बेगम उन्हें दरवाज़े पर मिली और उसने रोते हुए पूछा, "हकीम साहब, मेरे अब्बाजी कैसे हैं? उन्हें बचा लीजिए, लिल्लाह।"

"अब सब कुछ अल्लाह के हाथ में है बीबी। हम लोग यहां बेबस हैं।"

छोटी बेगम दौड़ती, लड़खड़ाती, आंसुओं को ज़ब्त करने की कोशिश करती बाप के पलंग तक आई। मुहम्मद यूसुफ़ का एक हाथ बड़ी बेगम के हाथ में था और वह उसे आहिस्ता-आहिस्ता सहला रही थी। उसका चेहरा आंसुओं से तर था। सामने क़ुरआन शरीफ़ का वही नुस्ख़ा था जिसकी तिलावत के वक़्त मुहम्मद यूसुफ़ को ग़शी आ गई थी। बड़ी बेगम का मियां सूरा-ए-यासीन पढ़ रहा था। मुहम्मद यूसुफ़ की आंखें पथराने लगी थीं लेकिन छोटी को गुमान हुआ कि उसे देखकर बाप की आंखों में फिर से कुछ रोशनी आ गई है। उसने दौड़कर मुहम्मद यूसुफ़ के क़दमों में सर रख दिया और कहा, "अब्बाजी, बस एक बार मेरी तरफ़ देख लें, मेरी ख़ताएं माफ़ कर दें।"

मुहम्मद यूसुफ़ के दूसरे हाथ को ज़रा सी हरकत हुई। छोटी बेटी ने बेइख़्तियार बाप का हाथ थाम लिया। "कलमा-ए-शहादत पढ़ो, छोटी, कलमा-ए-शहादत पढ़ो। रोओ मत," बड़ी ने इतना कहा ही था कि मुहम्मद यूसुफ़ को बड़ी सी हिचकी के साथ फिर ख़ूनी क़ै हुई। बेटियों ने हाथ बढ़ाकर ख़ून की बौछार को रोक लेना चाहा मगर मुहम्मद यूसुफ़ की ज़िंदगी के कारवां को रोकना अब मुमकिन न था।

बाप का वाक़ेआ सुनते ही मंझली भी रोती-पीटती रामपुर से आई। उसे आख़री दीदार नसीब न हुआ लेकिन बाप की मौत ने बहनों को एक बार फिर मुहब्बत के रिश्ते में बांध लिया। तीनों का आपस में पहले की तरह मिलना-जुलना होने लगा, पुरानी शिकवे-शिकायत भुला दिए गए। बड़ी ने एक तजवीज़ यह रखी कि दोनों बड़ी बहनें अपने-अपने हिस्से छोड़ दें और अब्बाजी का मकान और घर का सामान और नक़दी वग़ैरा कुछ हो तो वो सब छोटी को दे दी जाए। मंझली ने फ़ौरन अपनी सहमति ज़ाहिर की लेकिन छोटी राज़ी न हुई। वो ख़ूब समझती थी कि इस तजवीज़ के पीछे मेरी मुहब्बत है लेकिन इसमें कहीं मेरे बेसहारा होने के अहसास की भी झलक है। उसने कहा कि मकान और सामान से जो कुछ हासिल हो उसे फ़तेहपुरी के मदरसे और जामा मस्जिद को दे दिया जाए ताकि वालदैन की तरफ़ से कोई हमेशा का सदक़ा जारी हो जाए। सबने इस तजवीज़ को सराहा और इस पर अमल किया गया। चेहलुम के बाद मंझली वापस रामपुर चली गई। छोटी ने चांदनी चौक ख़ानम के बाज़ार में और बड़ी ने फाटक हबश ख़ां में स्थित अपनी ससुराल में ज़िंदगी पहले की तरह गुज़ारनी शुरू कर दी।

पूरा एक साल यूं ही गुज़रा। नवाब मिर्ज़ा ने देहली ही में फ़ारसी में अच्छी महारत हासिल कर ली थी और अरबी में भी मीज़ाने-मुंशअब से भी बहुत आगे निकल चुके थे। दूसरे इल्मों, ख़ासकर गणित, तर्क, पिंगल और अलंकार शास्त्र वग़ैरा में भी उनकी अच्छी मश्क़ थी और सही रुचि थी। वह मां को याद तो करते लेकिन पढ़ने-पढ़ाने, अपने सहपाठियों के साथ वक़्त गुज़ारने और बड़ों जैसी बातें करने में उन्हें बहुत

लुत्फ़ आने लगा था। दूसरी बात यह कि उन्हें अहसास था कि जब भी और जैसे भी देहली जाना मुमकिन हुआ, ख़ाला ख़ुद ही मुझे लेकर देहली चलेंगी। अब मैं अगर अपनी तरफ़ से ज़िद करूं तो उन पर एक दबाव सा होगा और उन्हें मुफ़्त के तनाव, शायद उलझन और बेबसी की सी भावना हो। लिहाज़ा उन्होंने ख़ामोश रहने में बेहतरी समझी।

चंद्रमास के हिसाब से (मई 1842 में) नवाब मिर्ज़ा ग्यारह बरस के हो गए। उनकी मसें भीगने लगी थीं और उम्दा ख़ानम ने मसों का कूंडा करने की बड़ी लंबी-चौड़ी तजवीज़ बनाई जिसे वज़ीर ने ज़माने की नज़र लगने के डर और फ़िरंगी अदावत के डर से सख़्ती से रद्द कर दिया। लेकिन उम्दा ख़ानम ने बहुत ज़िद की और बार-बार लिखा कि बाक़ायदा मेहमानों, मीरासनों और मुल्लों वग़ैरा को बुलाकर धूमधाम न सही, लेकिन कूंडों की रस्म तो होनी ही चाहिए। कई ख़तों के आने-जाने के बाद जुलाई 1842 के आख़री हफ़्ते में वज़ीर रामपुर पहुंची और नवाब यूसुफ़ अली ख़ां की हवेली के पास एक मकान में उतारी गई। उम्दा ख़ानम ने यह मकान और उसके सब साज़ो-सामान, फ़र्श-फ़रूश, शीशे के सामान सब पहले ही से दुरुस्त करा रखे थे और छोटी के आराम का सब इंतज़ाम वहां मौजूद था। सबसे बढ़कर यह कि उसकी आमद के एक ही दो घड़ी के अंदर नवाब मिर्ज़ा भी वहीं आ गए। वज़ीर ने बेटे को कलेजे से लगाकर बार-बार ऊपर से नीचे तक देखा और चटाचट बलाएं लीं। और आंखों में आंसू लिए हुए हंसकर बोली, "अल्लाह, नवाब मिर्ज़ा, आपने तो ख़ुदा रक्खे, बिल्कुल जवानों के से हाथ-पांव निकाले हैं।"

अभी नवाब मिर्ज़ा ने कुछ जवाब न दिया था कि राहत अफ़्ज़ा बोल पड़ी, "जी हां, और दूर-पार बिल्कुल बड़े नवाब साहब पर गए हैं। बस रंग ज़रा कम है, नहीं तो ठीक-ठीक वही नक़्शा है।"

यह कहकर उसने वज़ीर ख़ानम की तरफ़ देखा तो सन्नाटे में आ गई। काश मेरी ज़बान कट जाती, उसने दिल में कहा। वज़ीर ख़ानम के चेहरे पर एक रंग आता था, एक रंग जाता था। वह मुंह को सख़्ती से बंद किए हुए, सर झुकाए यूं बैठी थी जैसे बस अब फूट बहेगी लेकिन अभी उसकी सारी ताक़त ख़ुद को ज़ब्त में रखने में लगी हुई थी। आम हालात होते तो नवाब मिर्ज़ा अपनी मां के गले में हाथ डालकर झूल जाता, उसके सीने और बग़ल में ख़रगोश या बिल्ली की तरह खुसर-पुसर करता हुआ गुदगुदी सी करता और पल भर में मां की नाराज़गी या रंजीदगी दूर कर देता। लेकिन अब उसे कुछ अजीब-सा तकल्लुफ़, बल्कि अजनबीयत का एहसास हो रहा था। अब उनके बीच कोई डेढ़-दो साल के फ़ासले की ही अजनबीयत न थी; नवाब मिर्ज़ा अच्छे हाथ-पांव निकालकर लंबाई व डीलडौल में अपनी मां से बहुत बढ़ गया था। ख़ैर, डीलडौल में मां तो हमेशा की धान-पान थी और अब पांच-छह साल तक

मर्द की सोहबत से परहेज़ ने उसके बदन में कुछ और भी नज़ाकत पैदा कर दी थी और उसके चेहरे पर पाकीज़गी की हल्की सी छब भी पड़ने लगी थी। उस वक़्त उसकी उम्र 30 या 31 साल की थी लेकिन उसकी चाल-ढाल, उठना-बैठना, दुपट्टा, दामन और पांयचे संभालने के अंदाज़ में कुआरपते की ख़ुशबू बिखरती हुई सी, और सबसे बढ़कर उसकी आवाज़ में अल्हड़ जवानी की झांझन बजती हुई सी लगती थी।

नवाब मिर्ज़ा का जी चाहता था कि वह मां की गोद में सर रखकर, उसका चेहरा अपने दोनों हाथों में लेकर उसे चुमकारे और हंसाए, जैसा कि वह पहले किया करता था। लेकिन अब...। कई बातें और कई तरह के ख़्यालात रुकावट बन गए थे। सबसे बड़ी बात यह थी कि हालात ही बिल्कुल नए थे। नवाब मिर्ज़ा ने वज़ीर ख़ानम को शम्सुद्दीन अहमद ख़ां का मातम आंसुओं से करते कभी न देखा था। और उससे भी बढ़कर यह कि नवाब मिर्ज़ा के दिल में शम्सुद्दीन अहमद ख़ां की तस्वीर दुखभरी लेकिन पल-पल धुंधलके में गुम होती हुई तस्वीर थी। जिसकी ख़ुशबू और गर्मी उसके बदन में ज़रूर ताज़ा थी लेकिन बचपन के किसी ख़्वाब की तरह जो भूलता नहीं लेकिन पूरी तरह याद भी नहीं आता। ख़ुद अपने वजूद की अंदरूनी बनावट, उसका ख़ाका, रंगों का मिश्रण, बोलचाल और तर्कशक्ति की क्षमता, शायरी में किसी छंद के होने या न होने की पहचान, नफ़ासत, हुस्न और ख़ुशनुमा चीज़ों के लिए दिल में कशिश, यह सब उसे वज़ीर ख़ानम की तरफ़ से मिली विरासत लगती थी। सूरत-शक्ल, मिज़ाज, बातचीत, हर चीज़ में वह ख़ुद को वज़ीर ख़ानम की छंगुली से भी कम सही, उसके बदन का अंग नहीं तो एक हिस्सा ज़रूर समझता था।

बाप के घरवालों में, ख़ुद बाप के अलावा किसी को उसने देखा न था और सच पूछिए तो बाप की तरफ़ से उसका था ही कौन जिसे वह देखता और जिसके मुक़ाबले में रखकर बाप की शख़्सियत, मिज़ाज और अपने साथियों और नीचे वालों में उसकी महबूबियत और मक़बूलियत का कुछ अंदाज़ा करता। सगा चचा कोई था नहीं, सौतेले चचाओं, फूफियों से उसके मेलजोल का सवाल नहीं था। सगी फूफियों में एक यानी नवाब बेगम को उसने देखा ही न था और दूसरी यानी जहांगीरा बेगम एक-दो बार उसके घर मिलने-मिलाने वालियों की तरह आई थी। उसके लिए जहांगीरा बेगम का चेहरा ख़ुशगवार लेकिन उसके जीवन केंद्र से दूर हटे हुए कई असंबद्ध चेहरों में से एक चेहरा था, और कुछ नहीं। दस साल की उम्र को पहुंचकर उसे अपने साथी-संगियों से, और अपने आप भी, बहुत सी बातें औलाद और उसको पैदा करने के बारे में और औरत-मर्द के फ़र्क़ के बारे में भी मालूम हो गई थीं। और अब तो वह अपने जिस्म, मिज़ाज के बदलाव और तसव्वुर के बदलते हुए रंगों को कुछ ज़्यादा गहराई से महसूस करने लगा था, वरना सात-आठ साल की उम्र तक तो वह ख़ुद को बे-बाप ही का नहीं बल्कि बाप के किसी साझे के बग़ैर, सीधे वज़ीर ख़ानम की औलाद समझता

आया था। आज जब उसने अपनी और शम्सुद्दीन अहमद ख़ां की चेहरे-मोहरे और चाल-ढाल के लिहाज़ से समानता की बात सुनी और इस ज़िक्र पर अपनी मां को इस दर्जे दुखी पाया तो कुछ देर तक तो वह बेबस खड़ा हाथ मलता रहा कि अब मैं क्या करूं कि अम्मांजान का ग़म ग़लत हो।

ग्यारह, सवा ग्यारह बरस का नवाब मिर्ज़ा उस वक़्त चौदह-पंद्रह बरस का जवान लगता था। सीधा बदन, मां से कुछ ही दबता हुआ क़द, पक्का काला रंग लेकिन चेहरे पर ग़ज़ब की नर्माहट और नमकीनी, जिस पर रेख की हरियाली कुछ अजब बहार दिखा रही थी। भरे-भरे डंड, चौड़ी कलाइयां, बड़ी-बड़ी शर्बती आंखें जो बिल्कुल मां पर गई थीं लेकिन तुर्काना नाक और ऊंची पेशानी बाप की विरासत थी। निहायत बारीक, आसमानी मलमल का कुर्ता, जिस पर फूलाम की क़बा, उस पर आसमानी रंग का धारीदार संगी का अंगरखा जिसकी आस्तीनें आगे से कटी हुई थीं, दिल्ली वालों की तर्ज़ का गुलाबी-मशरू का दोबर का पजामा, सर पर रामपुरी ऊंची मख़मली टोपी की जगह दिल्ली की ही तर्ज़ की कलाबत्तू के काम वाली पांच कोनों की काली टोपी, निहायत चमकदार घने बाल जो उस वक़्त के रिवाज के मुताबिक़ कांधों से ज़रा ऊपर तक लाए गए थे और टोपी सर पर ज़रा तिरछी रखी गई थी। उस वक़्त नवाब मिर्ज़ा के चेहरे पर जवानी की गंभीरता और सलोनापन गले मिलते हुए कुछ इस तरह दिखाई देते थे कि इंसान का दिल ख़्वामख़्वाह खिंचता था। मां, ख़ाला और असीलें तो देख-देखकर निहाल होती ही थीं, लेकिन उस वक़्त मौक़े की नज़ाक़त इस बात का तक़ाज़ा करती थी कि मां का रंज भी हल्का हो और बेटा अपनी मुहब्बत का खुला इज़हार भी कर सके। यह नवाब मिर्ज़ा की तेज़ अक़्ल और दिलजोई की आंतरिक क्षमता का अदना सा करिश्मा था कि उसने बिल्कुल सही क़दम उठाया।

नवाब मिर्ज़ा ने ज़रा आगे बढ़कर और मां के क़दमों में बैठकर जूतियों समेत उसके पांव अपनी गोद में रखे और कहाः "अम्मांजान, मैं तो आपकी ख़िदमत में हाज़िर हूं। छोड़िए इन छोकरियों की बातों को..." वह ज़रा सा मुस्कुराया। "राहत अफ़्ज़ा मुझे छोकरा समझती हैं तो ख़ुद भी तो छोकरी हुईं... मैं आपका बच्चा हूं और कुछ नहीं।"

"छोकरी क्या, छकरिया कहें तो वाजिब है," उम्दा ख़ानम ने राहत अफ़्ज़ा के गाल पर हल्की सी चपत मारकर कहा। "बन्नो की ज़बान क्या है, कतरनी है। मगर अल्लाह, नवाब मिर्ज़ा, आप तो भूईं से उठिए। क्या भवइयों (भाव बताने वाले) की तरह फ़र्श ही पर हाथ-पैर मारते रहेंगे?"

यह कहकर उम्दा ख़ानम अपनी ख़ास हंसी-हंसी। इस हंसी में हल्की सी दोस्ताना चाशनी थी गोया वह नवाब मिर्ज़ा को बराबरी का दर्जा दे रही हों और मां को भी इशारा दे रही हों कि बेटा अब नामे-ख़ुदा जवान होने लगा है, अब बाप को भूलो

और बेटे को गले से लगाओ।

"ख़ालाजान, आप फ़रमाती हैं तो मैं भूचंपा के झाड़ की तरह अभी इसी वक़्त उठ खड़ा होता हूं, लेकिन अम्मांजान तो मुझसे बोलती भी नहीं हैं," नवाब मिर्ज़ा ने मां के झुके हुए सर को उठाने की कोशिश करते हुए कहा। "अच्छी अम्मांजान, ज़रा देखिए तो सही, सुनिए तो सही। मुझे लफ़्ज भूचंपा पर याद आया। मियां नज़ीर मरहूम का क्या उम्दा शेर अभी कुछ दिन हुए नज़र से गुज़रा था। लीजिए आप भी मुलाहिजा फ़रमाइए,

यूं तो हम कुछ न थे पर मिस्ले-अनारो-महताब
जब हमें आग लगाई तो तमाशा निकला

और ये ख़ालाजान हमें तमाशा और तमाशागर दोनों ही बनाए देती हैं।"

वज़ीर ख़ानम ने आंसू पीकर सर उठाया और बेटे की बलाएं लेकर बोलीं, "हाय नवाब मिर्ज़ा, आप नीचे मेरे क़दमों में। इलाही तौबा! ये क्या बदशगुनी है। आप को तो हम सर आंखों पर लें, कलेजे में रखें तो कम है। अच्छी अब तो उठिए। देखिए अब तो हम हंस भी रहे हैं," ये कहते हुए वज़ीर ख़ानम ने अपने पांव परे खेंचकर नवाब मिर्ज़ा के दोनों हाथ अपने हाथों में लेकर उसे उठाने की कोशिश की तो नवाब मिर्ज़ा ने कहा, "जी नहीं, अम्मांजान, यूं आपका छुटकारा न होगा..."

"बच्चे मियां साहब, अब मुझे और शर्मिंदा न करें," वज़ीर ने जल्दी से बात काटकर कहा।

"जी नहीं, इसमें शर्मिंदगी काहे की। आपने बेवजह सबको रुलाया और तिस पर ये कि मैंने आपको मियां नज़ीर साहब का इतना उम्दा शेर सुनाया तमाशा के मज़मून पर, और आपने दाद भी न दी। लिहाज़ा पहला जुर्माना तो ये कि आप वादा करें इस दुनिया में मेरे होते हुए आप रोएंगी नहीं..."

"ऐ लो नवाब मिर्ज़ा, आप तो बड़ा जुर्म करते हैं। भला आंसुओं से रोने या फिर दिल से रोने पर किसी का हुक्म चला है?"

"न सही। लेकिन मेरी इतनी सी बात तो आप मानेंगी कि रह जाने वालों का हक़ चले जाने वालों से कुछ कम नहीं होता।"

वज़ीर को सक्ता सा आ गया। नवाब मिर्ज़ा के लहजे में अजब तरह का प्यार भरा आदेश का सा रंग था। और एक तरह का ज़िंदगी का तजुर्बा भी। और ये पहली बार हुआ था कि नवाब मिर्ज़ा ने अपने बाप की मौत की हक़ीक़त को सबके सामने क़ुबूल किया था और वो भी ऐसे अंदाज़ में कि मां का वजूद बाप के न होने से बढ़कर अहम मायने रखता था। वज़ीर ने कुछ लम्हे चुप रहकर अपने हवास जमा किए और फिर बोली, "भला इसे कौन न मानेगा। सच्चाई तो वही है जो आप कहो हो।"

"तो फिर ठीक है। मेरा हक़ आप पर ये है कि आप हमेशा ख़ुश रहें। और अब

रही दूसरी बात...”

“ऐ लीजिए, अब कौन सी दूसरी बात रही जाती है। ज़मीन को, अपने बालाक़द को ऊपर लाइए, फिर सुनेंगे आपके बतंगड़े।”

“अच्छा हम उठे जाते हैं। लेकिन मियां नज़ीर की दाद न देने का जुर्माना फिर भी अता हो। तमाशा के मज़मून पर अच्छा सा शेर एक सुनाइए तो हम जानें।”

इस बार वज़ीर ने कुछ ज़्यादा ज़ोर देकर नवाब मिर्ज़ा के हाथों को अपनी तरफ़ खींचा। दोनों ही ने हल्के बदन के साथ अपनी जगह छोड़ दी और नवाब मिर्ज़ा अपनी मां के गले में दायां हाथ डालकर खड़ा हो गया।

“सुब्हानल्लाह। मदरसे में तो नवाब मिर्ज़ा पढ़े और इम्तेहान मुझ बंदी का हो,” वज़ीर कुछ हंसते हुए से लहजे में बोली लेकिन उसमें थोड़ी घबराहट भी थी। “ये बैत बहसी आप मुल्ला जी ग़यासुद्दीन साहब के सामने खेलें तो ख़ूब हो।”

“सही। लेकिन शेर आपसे तो हम ज़रूर ही सुनेंगे। ढेर सारे शेर मुझे ज़बरदस्ती याद कराती थीं। आज कुछ तो कसर निकले। चलिए फ़ारसी शेर सुना दीजिए हिंदी न सही।”

“मैं बूढ़ी-बावली, अब मुझे शेर कहां से याद आवें जो मैं अपने बच्चे मियां की दिल तसल्ली करूं।” वज़ीर ने कुछ बनावटी नाराज़गी और उलझन के लहजे में कहा। “अच्छा लीजिए, मौलाना नादिम लाहीजानी का एक टूटा-फूटा सा शेर सुन लीजिए।”

“जी बहुत ख़ूब। इरशाद।”

वज़ीर ने निहायत सादा लेकिन दिलनशीं अंदाज़ में शेर पढ़ाः

बिसियार दरीं कुहना सरा मार्का दीदम
बाज़ीचा-ए-अत्फ़ाल तमाशा-ए-दिगर दाश्त

(मैंने इस पुरानी दुनिया में बड़ी-बड़ी लड़ाइयों के मैदान देखे लेकिन बच्चों के खेल के मैदान का तमाशा कुछ और ही था)

“सुब्हानल्लाह अम्मांजान, क्या शेर इरशाद हुआ। वल्लाह तबीयत में सुरूर आ गया,” नवाब मिर्ज़ा ने हंसकर कहा। लेकिन उसने शेर के मज़मून में एक इशारा भी देखा कि अम्मा का इशारा है कि तुझमें अभी बचपना बहुत है। नवाब मिर्ज़ा तो अब ख़ुद को अच्छा ख़ासा मर्द समझने लगा था। अपनी मां का भोलापन देखकर उसके दिल में मुहब्बत की एक नई लहर सी दौड़ गई कि बेचारी अम्मां कितनी सादा हैं। उसने फ़ौरन जवाब दियाः “मगर बच्चों के खेल के मैदान की नहीं सही अम्मांजान। सुनिए मिर्ज़ा बेदिल क्या फ़रमाते हैं।” ये कहकर उसने बेदिल का शेर बड़ी ही सुरीली आवाज़ में पढ़ाः

नौबहार अस्तो-जहां सैरे-तमाशा दारद
वज़ा-ए-दीवाना-ए-मा नीज़ तमाशा दारद

(बहार नई-नई आई है और दुनिया बाग़ों की सैर कर रही है, लेकिन हमारे दीवाने की वजह और तौर भी बेतमाशे के हैं)

"ऐ क्या ख़ूब शेर पढ़ा," उम्दा ख़ानम और वज़ीर ख़ानम तक़रीबन एक साथ बोल पड़ीं। "हे, हे, क्या बात कही कि वज़ा-ए-दीवाने-मा नीज़ तमाशा दारद!"

नवाब मिर्ज़ा ने झुककर सलाम किया, गोया शेर उन्हीं का हो और सारी दाद उन्हीं का हिस्सा हो।

"मैं मान गई कि अब आप बच्चों के खेल के मैदान में नहीं रह गए, मुबारक हो," वज़ीर ने नवाब मिर्ज़ा का हाथ दोबारा अपने हाथ में लेकर कहा। "क्या आप भी शेर कहेंगे? फ़ारसी में या रेख़्ता में?"

"जी तो मेरा भी बहुत चाहता है," नवाब मिर्ज़ा ने कुछ सोचते हुए कहा।

"लेकिन कहूंगा तो रेख़्ता ही कहूंगा। अभी तो उस्ताद है न कोई तख़ल्लुस!"

"आप इरादा तो बांध लें। फिर तख़ल्लुस और उस्ताद सब मुहैया हो जाएगा।" वज़ीर ने कहा।

"जी मगर मुल्ला जी तो शायद बेदिमाग़ हों। कहते हैं कि शेर कहना बेकारों का काम है," नवाब मिर्ज़ा ने एक हल्की सी मुस्कुराहट के साथ कहा। फिर कुछ पल रुकने के बाद उनकी मुस्कुराहट और भी मनमोहनी हो गई जब उन्होंने कुछ शरमाते हुए कहा, "अम्मांजान, आप ही मुझे शागिर्द कर लीजिए ना, और कोई अच्छा सा तख़ल्लुस भी बता दीजिए, फिर तो मैं मदरसे के साथियों में बहुत ही ख़ास हो जाऊंगा।"

"ऐ है, बेटा। मुझे एक मिसरा भी लिखे हुए मुद्दतें बीत गईं। अल्लाह बख़्शे मियां शाह नसीर साहब होते तो उनके क़दमों में आपको बिठा देती। ख़ुद भी कुछ सीखती। हाय ऐसे मेहरबान उस्ताद अब कहां मिलेंगे लेकिन उनको तो मुए दकन की पड़ी थी। फिर वह जगह सौकन की तरह उन्हें अपनी आग़ोश में छुपा ही ले गई।"

वज़ीर का चेहरा कुछ रंजीदा होते देखकर नवाब मिर्ज़ा ने मचलकर कहा "अच्छी, इन बातों की नहीं सही... आख़िर कब तक आप गुज़रे हुए ज़मानों में ख़ुद को मीनारबंद किए रहेंगी। दुनिया बदल गई, दुनिया वाले बदल गए।"

उम्दा ख़ानम ने नवाब मिर्ज़ा को कुछ मानीख़ेज नज़रों से देखा गोया लड़के ने वो बात कह दी हो जो वह खुद कहना चाहती थी लेकिन कह न सकी हो। राहत अफ़्ज़ा ने अलबत्ता कुछ बनावटी और कुछ असली ग़ुस्से से कहा, "ऐ है नवाब मिर्ज़ा, आपकी ज़बान बहुत चल निकली है, कहीं रह न जाए।" ज़रा आगे आकर उसने वज़ीर के गले में हाथ डाला और उसके सर पर हाथ फेरते हुए रामजियाई असील को पुकार कर हुक्म दिया कि वज़ीर ख़ानम साहब के लिए अनार का शर्बत ले आ।

लेकिन नवाब मिर्ज़ा अब कल का बच्चा न था। उम्दा ख़ानम की निगाह के मानी

उस पर छुपे हुए न थे। और अगर वह अपनी उमर में बढ़ोतरी और बालिग़ उम्र के बढ़ते हुए क़दमों की आहट से ज़रा घबराकर पहले की तरह मां की गोद में सर रखने, उसे गुदगुदाने, उसका हाथ अपने हाथ में लेकर उसे अपने सर और सीने पर रखने से बाज़ रहने लगा था, तो दूसरी तरफ़ उम्र में इसी बढ़ोतरी के अहसास ने उसकी ज़बान को पहले से ज़्यादा आज़ादी भी अता कर दी थी। राहत अफ़्ज़ा की तरफ़ मुंह करके वह हंसकर बोला, "बी राहत अफ़्ज़ा, अपनी ख़ैर मनाओ। ताड़ की तरह आसमान में छेद करती नज़र आती हो। मेरी अम्मांजान ही क्यों कल के अंधियारों में पड़ी अकेली घबराती रहें... अच्छा अम्मांजान, कोई तख़ल्लुस तो मेरे लिए बता ही दीजिए, उस्ताद बाद में ढूंढ़ लेंगे।"

"अच्छा भई, तुम्हारी ही सही। मंझली बाजी दीवाने-हाफ़िज़ हो तो मंगवाओ," वज़ीर ख़ानम ने कुछ ज़िच होकर लेकिन .ख़ुशमिज़ाजी से कहा। "लिसानुलग़ैब से तख़ल्लुस मांगते हैं। देखिए ग़ैब के पर्दे से क्या ज़ाहिर होता है?"

"छोटी, इस वक़्त दीवाने-हाफ़िज़ तो है नहीं। हां दीवाने-दर्द की एक अच्छी सी प्रति कल कोई नवाब साहब को नज़्र कर गया था, मैं उसे देखते ही देखते यहां ले आई थी। कहो तो उसी को मंगवाएं।"

"दीवाने-दर्द में तो फ़ाल कोई देखता नहीं। लेकिन क्या हर्ज है, वो शैख़े-शीराज़ थे, ये शैख़े-जहानाबाद। इनसे पूछ सकते हैं," वज़ीर ने जवाब दिया।

अभी ये बातें ही हो रही थीं कि किसी फ़क़ीर ने बाहर की ड्योढ़ी से ज़रा दूर सेहतार पर निस्बती थानेसरी की ग़ज़ल छेड़ दी:

यक दिल व ख़ैले-आरज़ू दिल ब चे मुद्दआ निहम
तन हमा दाग़ दाग़ शुद पंबा कुजा कुजा निहम

(एक दिल और आरज़ुओं की भीड़, दिल को मैं किस मुद्दे में लगाऊं, बदन सारे का सारा दाग़ों से भर गया, फाहा कहां-कहां रखूं)

निहायत खुली हुई और पुरसोज़ आवाज़ और उस पर सेहतार का उदास एक लय का तराना, लगता था तारों ने मिलकर लफ़्ज़ की सूरत इख़्तियार कर ली है।

"भई बच्चे मियां साहब, तन हमां दाग़-दाग़ शुद क्या अच्छा जुमला है," मंझली बेगम ने कहा।

इतने में दीवान-ए-दर्द भी आ गया। छोटी को वो दिन और वो ज़माने याद आ गए जब उसने दीवाने-हाफ़िज़ से फ़ाल लेने के लिए पंडित नंद किशोर को बुलवाया था। वो सारी गुज़री हुई तस्वीर उसके सामने अचानक लहरा सी गई। उसका हाथ कांप गया और क़रीब था कि किताब उसके हाथ से छूट जाए। लेकिन उसने ख़ुद को संभालकर एक घूंट शर्बत पिया और कहा, "भई हम लोगों को फ़ाल देखनी तो आती नहीं। यह काम तो पंडित और मौलाना ही कर सकें हैं। मैं तो बस सीधे-सादे

तौर पर बिस्मिल्ला शरीफ़ पढ़कर दीवान के वर्क़ पलटूंगी। जहां निगाह रुक जाए वही फ़ाल है। कहो मंज़ूर है?"

"जी, बहुत बेहतर," नवाब मिर्ज़ा ने कहा।

दीवान को आंखों से लगा कर बिस्मिल्लाह करके वज़ीर ने एक जगह वर्क़ खोला तो ये शेर सामने था

अपनी क़िस्मत के हाथों दाग़ हूं मैं
नफ़स-ए-ईस्वी चिराग़ हूं मैं

"भई, क्या उम्दा शेर निकला," मंझली ने बेसाख़्ता कहा। "हालांकि शेर हमारे हाल पर नहीं है लेकिन शायर के लिए मुनासिब भी है कि शायर का काम ही दिल जलाना और दाग़ खाना है। हमारे नवाब कहते हैं कि जब तक इंसान दर्दमंद न हो शेर कहां से निकालेगा। दर्दो-दाग़ ही तो शेर में ढल कर निकलते हैं। यह मीर दर्द साहब की दर्दमंदी ही तो है जिसकी बदौलत आज भी उनका कलाम सबकी ज़बानों पर है।"

"हां, और दर्द और दाग़ में अनुकूलता भी है," वज़ीर ने कहा। "और अभी-अभी मियां निस्बती का भी क्या अच्छा मतला दाग़ के मज़मून पर गोया कानों की फ़ाल बन गया है।"

"अम्मांजान, चिराग़ और नफ़से-ईसवी को हमारे तूती-ए-हिंद अमीर ख़ुसरो, अल्लाह उनके दर्जे बुलंद करे, की भी सहमति हासिल है। फ़रमाते हैं:

गर दद ज़े नफ़स चिराग़ मुर्दा
गर ख़ुद नफ़से-मसीह बाशद"

(फूंक मारे तो चिराग़ बुझ जाता है, चाहे मुर्दों को जिलाने वाले ईसा मसीह ही क्यों न फूंक मारें)

"तो बस अल्लाह रखे, आज से आप हज़रत नवाब मिर्ज़ा दाग़ देहलवी रामपुरी हो गए। शार्गिदी का भी एक दो दिन में मामला तय कर देंगे। दिल्ली में उस्ताद ज़ौक़ के बड़े चर्चे हैं। लखनऊ में शैख़ नासिख़ नहीं रहे लेकिन उनके बड़े-बड़े नामी-गिरामी शागिर्द हैं। फिर नवाब सैयद मुहम्मद ख़ां साहब रिंद हैं।"

"बहुत मुबारक, लेकिन अम्मांजान मैं देहलवी रामपुरी न कहाऊंगा। मैं तो सीधा-सच्चा देहलवी हूं। हिंदोस्तां में धूम हमारी ज़बां की है। रामपुरी कहाने में वो बात कहां।" नवाब मिर्ज़ा ने हंसकर कहा।

मंझली बेगम एक लम्हे को तो घबरा गईं कि कहीं नवाब यूसुफ़ अली ख़ां तक ये फ़िक़रा न पहुंचे। नवाबों के आंख नहीं होती सिर्फ़ कान होते हैं। लेकिन फिर सोचीं कि लड़कों की बात का किसने बुरा माना है। उन्होंने मुस्कुराती हुई खुली पेशानी के साथ कहा, "चलिए साहब, आप दिल्ली के रोड़े, हम यमुना के परले किनारे

की कंकरीली रेती। दिल्ली की उस्तादी आपको मुबारक हो।"

"हुक्म की तामील करूंगा। अम्मांजान, आइए, दो-चार शेर मौज़ूं करें। आख़िर तख़ल्लुस रखने का गुनाह तो हमसे हो ही चुका है। चलिए कोई मिसरा दीजिए, फिर देखिएगा हम क्या-क्या मज़मून निकालते हैं।"

"अच्छा, तमाशे की बात हो ही रही थी, तो लीजिए, मीर तक़ी साहब का एक मिसरा है। मतले का मिसरा था, आप भी उसे मतला कीजिए।"

"बहुत ख़ूब, बहुत मुबारक।"

वज़ीर ने अपने ख़ूबसूरत अंदाज़ और निहायत मीठी आवाज़ में मिसरा पढ़ाः

देखा जो ख़ूब तो है दुनिया अजब तमाशा

"ऐ लीजिए अम्मांजान, आप भी ग़ज़ब करती हैं, भई वल्लाह," नवाब मिर्ज़ा ने कुछ ठुनककर कहा। "एक तो उस्ताद के मिसरे पर इम्तेहान लेती हैं और फिर मिसरा ऐसा भरपूर कि हाथ मलते रह जाइए। उस पर मतला किसके नसीब में होगा।"

"चलिए, बातें न बनाइए, साहबज़ादे," मंझली बेगम ने हंसकर कहा। "बल्कि ऐसी ही बातें बनाते-बनाते मिसरा बना डालिए।"

"मगर मतला बनाना शर्त है, बच्चे मियां।"

"जी, बहुत ख़ूब," नवाब मिर्ज़ा ने आहिस्ता से कहा और फ़ौरन ही मतला पेश कियाः

करते हैं बे-अदब का यां बा-अदब तमाशा
देखा जो ख़ूब तो है दुनिया अजब तमाशा

'माशाअल्लाह, सुब्हानल्लाह' की आवाज़ें गूंजीं। वज़ीर ने बेटे की पेशानी चूमी, सर पर हाथ फेरा और आंचल फैलाकर दुआ मांगी, "अल्लाह, मेरे बच्चे का नाम रोशन हो। दुनिया उसे जहां-उस्ताद कहे।"

सबने आमीन कही। मंझली बेगम ने फ़ौरन ग्यारह रुपए की शीरीनी मंगाकर हर तरफ़ बंटवाई कि मियां दाग़ सल्लमहू आज अपनी वालिदा माजिदा के फ़ने-शेर में शागिर्द हुए हैं। इस बीच वज़ीर ख़ानम ने कहा, "बच्चे मियां, मतला तो ख़ूब कहा आपने। लीजिए, इस पर भी फड़कता हुआ सा मिसरा लग जाए तो मैं आपको इस्लाह से फ़ारिग़ शागिर्द मान लूं।" यह कहकर वज़ीर ने मुस्कुराते हुए अपना मिसरा पढ़ाः

महफ़िल में कहकशां की इक आदमी नहीं है

वज़ीर का मिसरा पढ़ना था कि नवाब मिर्ज़ा ने बेसाख़्ता कहाः

फैला दिया फ़लक ने क्या बेसबब तमाशा

हर तरफ़ से दाद के डोंगरे फिर बरसे। नवाब मिर्ज़ा ने ख़ुश हो-होकर सबको तस्लीम की, लेकिन फिर कहा, "हम इस्लाह से फ़ारिग़ शागिर्द न बनेंगे। हम अपनी मेहनत से शेर कहेंगे। कभी-कभी अम्मांजान की तांबे को सोना बनाने वाली नज़र

से गुज़ार भी देंगे। लेकिन अभी तो हमें इल्म हासिल करना है। अल्लाह की ज़ात से उम्मीद है कि अम्मांजान की दुआएं क़ुबूल होंगी।"

इस पर सबने आमीन कही। अब खाने का वक़्त होने लगा था। आज का खाना मंझली बेगम के यहां से कई सीनियों में आया था।

□□

माल तो इकट्ठा करो शायद लुटेरा भी आ जाए

खाने के बाद अपनी हवेली को जाते हुए मंझली ने नवाब मिर्ज़ा को दोबारा कुछ मानीख़ेज़ निगाहों से देखा और बोलीः "नवाब मिर्ज़ा, मदरसे के पास ही तो हमारी नई हवेली है। शाम को उधर से होते हुए जाइए तो क्या ख़ूब हो।"

नवाब मिर्ज़ा की समझ में कुछ ठीक से नहीं आया लेकिन यह बात साफ़ थी कि मंझली ख़ाला उससे कुछ कहना चाहती हैं। नवाब मिर्ज़ा का दिल कुछ उलझन और जिज्ञासा से भर गया। लेकिन वह बज़ाहिर इत्मीनान से और ठहरे हुए लहजे में बोला, "क्यों नहीं मंझली ख़ाला, मैं कल ही शाम आपके क़दम चूमूंगा।"

"बहुत ख़ूब, तब तक के लिए आप सबको अल्लाह की अमान में दिया।"

यह कहकर मंझली सवार हुई। नवाब मिर्ज़ा और वज़ीर ख़ानम अपने-अपने कमरों में आराम के लिए चले गए। दूसरी शाम को नवाब मिर्ज़ा जब मंझली बेगम की हवेली पर पहुंचा तो दरवाज़े पर एक सजी-सजाई बहल और ड्योढ़ी के मुहाफ़िज़ख़ाने में कुछ नए चेहरों की आवाजाही देखकर उसे हैरत हुई। लड़कपन के कारण और इस वजह से भी कि यह उसकी सगी ख़ाला का घर था, वह इत्तेला भिजवाए बग़ैर अंदर दाख़िल हो गया। ड्योढ़ी पार करते ही उसे उम्दा ख़ानम की असील मिली जिसने सलाम किया और कहा कि बीबी जी आपको दीवानख़ाने में बुलवा रही हैं।

दीवानख़ाने में उम्दा ख़ानम के पास एक नई सी सूरत देखकर नवाब मिर्ज़ा ज़रा लिहाज़ से ठिठका तो उम्दा ख़ानम वहीं से बोलीं, "आइए, आइए, हमारी आंखें रोशन और दिल शाद है। क्या आपने इन्हें पहचाना?"

नवाब मिर्ज़ा ने अब जो ज़रा नज़र भरकर देखा तो सूरत कुछ जानी-पहचानी लगी, लेकिन नाम न याद आया। सीधा क़द, भरा-भरा बदन, सुर्ख़ व गोरा रंग, सीधी नाक, रोशन काली आंखें जिनके कोने बादाम की तरह नोकदार थे, नाज़ुक गुलाबी होंठ, दोनों हाथों की तीन-तीन उंगलियों पर अलमास, याक़ूत और जामुनिया की अंगूठियां, सादा मगर क़ीमती लिबास, पूरी शख़्सियत से हुस्न, सेहत और जवानी का आत्मविश्वास टपकता हुआ। नवाब मिर्ज़ा को देखकर वह मुस्कुराती हुई, आधा उठकर बोलीं, "आइए, नवाब मिर्ज़ा, आपने हमें न पहचाना हो लेकिन हमने तो एक ही नज़र में आपके क़द के अंदाज़ से पहचान लिया..."

"ऐ सुब्हानल्लाह, जहांगीरा फूफी, तस्लीमात... अब मैंने पहचाना, आप बिल्कुल बदलीं नहीं!" नवाब मिर्ज़ा ने हाथ फैलाकर आगे बढ़ते हुए कहा।

नवाब मिर्ज़ा की आवाज़, उसकी चाल, हर चीज़ में नवाब शम्सुद्दीन अहमद की झलक इस क़दर नुमायां हो चली थी कि जहांगीरा का दिल भर आया। उसके जी में आई, शहीद भाई की इस यादगार को कलेजे से लगा ले। लेकिन नवाब मिर्ज़ा के अंदर हल्की सी झिझक महसूस करके वह बाज़ रही। नवाब मिर्ज़ा ने दोनों को फिर तस्लीम की और उनके क़दमों के पास गद्दे पर बैठ गया।

"अरे-अरे वहां नहीं, यहां मेरे पास बैठिए, बच्चे मियां," उम्दा ख़ानम ने कहा और नवाब मिर्ज़ा का हाथ पकड़कर उसे अपने पास संदली पर बिठा लिया।

"कहिए, आपके सबक़ कैसे चल रहे हैं? क्या पढ़ रहे हैं आजकल?" जहांगीरा ने पूछा।

नवाब मिर्ज़ा ने अपने दिल में कुछ बेचैनी सी महसूस की। यह तो साफ़ ज़ाहिर था कि ये छोटी-मोटी इधर-उधर की बातें इस मुलाक़ात का असल मक़सद नहीं और जहांगीरा फूफी का इस वक़्त यहां आना बेवजह नहीं। फूफी यहां क्यों हैं और मुझसे क्या बात कहने वाली हैं? यह पहेली जल्द से जल्द हल हो जाए तो अच्छा है, उसने सोचा।

"जी, सब ठीक है। मुल्ला ग़यास साहब आजकल 'शरहेए-मैबज़ी' और 'हिदाया' पढ़ा रहे हैं। खगोल शास्त्र और गणित के सबक़ अलग हैं। गणित में शरहे-चिग़मनी अब ख़त्म होने वाली है... आप अकबराबाद से कब तशरीफ़ लाईं? सब ख़ैरियत तो है? फूफाजान कैसे हैं?"

"सब ठीक है, मौला का करम है। आपकी अम्मांजान कैसी हैं? मुझे उनसे भी मिलना है। जब उन्हें फ़ुर्सत हो, मुझे बुलवा भेजें। मैं फ़ौरन आ जाऊंगी।"

"जी, बहुत बेहतर। जब आप फ़रमाएं। कल ही मुलाक़ात हो सकती है। अभी कुछ दिन आपका क़याम रामपुर में रहेगा?"

"हां, आं। अभी कुछ दिन तो ठहरना होगा। मेरे जेठ जी को आप जानते होंगे? उनका एक काम आन पड़ा है।"

"जी, वह आग़ा मिर्ज़ा तुराब अली साहब? मैं उनके नामे-नामी से तो आशना हूं, आमने-सामने मुलाक़ात का गौरव हासिल नहीं है।"

"ख़ानदानी शख़्स हैं, ख़ालिस ईरानी घराना है। वो लोग अब भी आपस में फ़ारसी में बातचीत करते हैं," उम्दा ख़ानम ने कहा।

नवाब मिर्ज़ा की समझ में बिल्कुल न आ रहा था कि ये तफ़्सीलें क्यों बयान हो रही हैं। उसे कुछ उलझन और उकताहट होने लगी। लेकिन आदाब के मारे वह कुछ कह न सका, सर झुकाए हुए 'जी बहुत ख़ूब' कहकर ख़ामोश हो गया।

"नवाब साहब क़िब्ला-ओ-काबा के हाथीख़ाने और ख़ेमों व शामियानों के दारोग़ा हैं। माशाअल्लाह, अच्छी हैसियत है और बहुत अच्छी आमदनी भी है। नवाब साहब उनका बहुत लिहाज़ करते हैं।"

इस बार नवाब मिर्ज़ा बिल्कुल चुप रहा। उम्दा ख़ानम और जहांगीरा बेगम ने आंखों ही आंखों में एक दूसरे से कुछ कहा। नवाब मिर्ज़ा ने दिल में सोचा, 'आख़िर यह मामला क्या है? क्या इन आग़ा साहब की कोई लड़की वग़ैरा है जिससे मेरे ब्याह की पेशकश है, वरना इन बातों से मुझे क्या मतलब हो सकता है?

एक लम्हे की और ख़ामोशी के बाद जहांगीरा बोलीं: "आप की अम्मांजान तो अब बहुत तन्हाई महसूस करती होंगी कि अब आप भी दिल्ली छोड़कर रामपुर आ गए हैं। दिल्ली में भी सुना है कहीं आती-जाती नहीं हैं।"

"जी हां, तन्हा तो बहुत हो गई हैं। मेरा दिल बहुत कुढ़ता है उनके लिए लेकिन..."

"मेरा तो जी चाहता है कि छोटी बेगम यहीं आ जातीं लेकिन वह मेरे पास रहना चाहती ही नहीं," उम्दा ख़ानम ने कहा।

"मैं तो कहता हूं कि गुज़रा हुआ ज़माना कोई रहने की जगह थोड़ी है...," नवाब मिर्ज़ा कुछ कहते-कहते रुक गया। उसने सोचा, यह मैं क्या कहने लगा था... फूफी बेगम कहीं बुरा न मान जाएं... अब्बाजान मरहूमो-मग़फ़ूर की सगी बहन हैं... उन्हें वह भी तो हर वक़्त याद ही करती होंगी।

"हां, कितना अच्छा होता..." जहांगीरा बेगम कुछ रुकती हुई बोली गोया कुछ सोच रही हो। "सुनिए। एक सूरत निकली तो है। इसमें सभी का फ़ायदा शायद अल्लाह ने छुपा रखा हो।" अब जहांगीरा ने उम्दा ख़ानम की तरफ़ देखा गोया याचना कर रही हो कि अगली बात आप कहें तो ख़ूब हो।

उम्दा ख़ानम ने हल्के से गला साफ़ किया, दुपट्टे को ठीक से सर पर जमाया, फिर बहुत ठहर-ठहरकर बोलीं, "नवाब मिर्ज़ा, मेरी बड़ी तमन्ना है कि मेरी बहन के लिए ज़िंदगी का कुछ मुनासिब ढब निकल आता और... और... मैं उसका घर दोबारा रसता-बसता देख लेती। उसकी तन्हाई दूर हो, उसका ग़म कुछ ग़लत हो..."

उम्दा ख़ानम ने यह कहते-कहते सर उठाकर नवाब मिर्ज़ा को ग़ौर से देखा, गोया अंदाज़ा लगाना चाह रही हों कि लड़के पर उनकी बात का कोई बुरा असर तो नहीं पड़ रहा है। लेकिन नवाब मिर्ज़ा जिसके दिल की उलझन अब कुछ हल्की होने लगी थी, सर झुकाए हुए ख़ामोश सुन रहा था। "...मैंने जहांगीरा बेगम से यह बात कही तो उन्हें भी अपना हमख़्याल पाया... सुन रहे हैं आप?"

"जी हां, मंझली ख़ाला, आप फ़रमाएं।"

"तो...तो ऐसा है कि तुम्हारी फूफी बेगम के जेठ जी की तरफ़ से... तुम्हारी

अम्मांजान के लिए पैग़ाम आया है...।"

"जी, क्या फ़रमाया आपने?"

"हां, मैं यही कह रही हूं। आग़ा मिर्ज़ा तुराब अली तुम्हारी मां के ख़्वाहां हैं।"

"तो क्या अब तक वह ग़ैर-शादीशुदा हैं?"

"नहीं," जहांगीरा ने कहा। "लेकिन उनकी बीवी कुछ दिन हुए अल्लाह को प्यारी हुईं। औलाद कोई है नहीं। इतनी बड़ी हवेली भांय-भांय करती लगे है... उन्होंने... उन्होंने वज़ीर ख़ानम की बहुत तारीफ़ें सुनीं और हालात मालूम किए तो ख़ासतौर पर मुझे बुलवाया कि मैं बात करूं।"

"तो...तो... इस सिलसिले में आप मुझसे क्यों बात कर रही हैं?" नवाब मिर्ज़ा के लहजे में उलझन और साथ ही साथ शायद थोड़ी सी नाराज़गी भी थी। उसकी समझ में न आ रहा था कि मां की ज़िंदगी में किसी मर्द के दाख़ले पर क्या सोचे। और उसे इस मामले में कुछ सोचने या कोई राय रखने का हक़ है भी या नहीं। बाप की मौत, जिन्हें वह शहीद समझता था, उसकी याददाश्त में सीधे-सीधे न थी लेकिन उस हादसे की एक-एक तफ़्सील घर और बाहर की बातचीत और ज़िक्र के सहारे उसने अपनी चेतन और अचेतन में बसा ली थी और वक़्त गुज़रने के साथ वो तफ़्सीलें उसकी रूह में इस क़दर बैठ गई थीं कि उसकी याददाश्त नहीं, तजुर्बे का हिस्सा बन गई थीं। कई बार वह रातों को चौंककर अपना बिस्तर टटोलता कि उसने ख़्वाब में ख़ुद को अपने बाप की गोद में जागते देखा था। मां के दूसरे निकाह या अपने ऊपर किसी सरपरस्त के साये की ज़रूरत के बारे में उसने कभी सोचा ही न था। रूहानी सतह पर बाप की कमी क़दम-क़दम पर महसूस होना और बात थी और घर के अंदर, मां के बिस्तर पर, आम ज़िंदगी में किसी नए बाप की आमद का ख़्याल और बात थी। सच पूछिए तो नवाब मिर्ज़ा अपने में इस क़दर मुकम्मल और अपनी ज़हनी ज़िंदगी को किसी कफ़ील या वकील की ज़रूरत से इस क़दर बेनियाज़ समझता था कि उसे कभी ख़्याल ही न आया था कि ज़िंदगी के मौजूदा तर्ज़ में किसी तब्दीली की भी ज़रूरत है। हालांकि वयस्कता के आगमन ने अपनी हल्की-हल्की आहटों से उसे ख़बरदार कर दिया था कि ख़ुद उसकी जिस्मानी और रूहानी ज़िंदगी में कुछ बड़ी तब्दीलियों का वक़्त आ गया है, लेकिन इन तब्दीलियों के साथ समझौता करने या इन तब्दीलियों के लाए हुए तक़ाज़ों को फ़ौरी तौर पर पूरा करने के लिए घर में बीवी या दिल में माशूक़ की भी कोई जगह हो सकती है, इसका उसे कोई ख़्याल न था। अभी तो उसे अपने साथियों, सहपाठियों और हमजोलियों में खेलकूद करने, अशआर सुनने-सुनाने, याददाश्त की क़ुव्वत का मुक़ाबला करने और कभी-कभी किसी दिलकश, दिलचस्प चेहरे वाले साथी को छेड़ने में जो लुत्फ़ आता था उसे ही वह अपनी बाहरी ज़िंदगी का हासिल समझता था... और अंदरूनी

ज़िंदगी? उसमें तो जागते-सोते उसकी मां और बाप की हुक्मरानी थी। बाप की सूरत उसे याद न थी, उसकी जगह उसका तसव्वुन कभी अपनी मां को, कभी क़दम शरीफ़ में बाप के मज़ार को और कभी अबा-क़बा पहने हुए लंबे क़द वाले सेहतमंद हकीम साहब को बिठा देती थी। ऐसे में किसी और के गुज़र का सवाल कहां था... लेकिन अम्मांजान की तन्हाई और... और बेचारगी? बच्चे आमतौर पर अपने मां-बाप को उनकी जवानी के आलम में भी उम्रदार या बिल्कुल बूढ़ा समझते हैं। ख़ासकर जब बच्चे ख़ुद बड़े होने लगें तो उन्हें अपने मां-बाप बहुत ही पुरातन और घिसे-पिटे मालूम होते हैं, चाहे घिसे-पिटेपन के इस अहसास में नुक्ताचीनी या सिरफिरेपन हो जाने का कुछ दख़ल न भी हो। मगर नवाब मिर्ज़ा के ज़हन में बाप की छब के साथ अपनी मां की छब भी वक़्त और ज़माने के गुज़रने से बेनियाज़ हो गई थी। अपनी मां उसे अब भी बहुत कमउम्र और लगभग कुंआरी मालूम होती थी। मां का ख़्याल आने पर उसका दिल अक्सर ऐसी मुहब्बत के अहसास से भर जाता था जिसमें ज़माने और ज़माने वालों के सितम के ख़िलाफ़ अपनी मां की हिफ़ाज़त और हर वक़्त मां के बचाव का जज़्बा दूसरे तमाम जज़्बों पर हावी होता था। उसे यह ख़्याल कभी न आता था कि कभी जब मैं बड़ा हूंगा तो मेरी भी शादी होगी, कोई घर होगा, औलादें होंगी, फिर ऐसी ज़िंदगी के चलने में मेरी मां की जगह क्या और कहां होगी। वह किसी ऐसे मुस्तक़बिल का ख़्याल न कर सकता था जिसमें वह अपनी मां से अलग ज़िंदगी गुज़ारे, ख़ासकर ऐसी हालत में कि उसकी मां दुनिया में मौजूद हो। लेकिन मां की तन्हाई...? यह ख़्याल उसे बार-बार आता तो था लेकिन उसके मानी और मतलब पर उसने कभी ग़ौर न किया था। शायद उसके दिल में यह बात कहीं छुपी हुई थी कि अम्मांजान मुझे अपनी रूहानी और ज़हनी ज़िंदगी का केंद्र बना लें, अब्बाजान की जगह रूहानी तौर पर मुझे दे दें, और हमारी ज़िंदगी यूं ही हल्के क़दमों गुज़र जाए। यह बात उसके ख़्याल में न आई थी कि ज़िंदगी इस तरह नहीं गुज़रा करती। ख़ुद उसे भी किसी न किसी दिन बाल-बच्चों वाला घर बनाना होगा और अगर उसे मां का घर छोड़ना न भी पड़े तो भी मां को उसकी ज़िंदगी का केंद्र उस वक़्त तो ख़ाली करना ही होगा जब वह ख़ुद बाल-बच्चों वाला हो जाएगा।

अब जो जहांगीरा बेगम और उम्दा ख़ानम ने तजवीज़ रखी कि उसकी अम्मांजान एक बार फिर घर-गृहस्थी के साथ-साथ शादीशुदा ज़िंदगी के बोझ को भी उठा लें तो उसे एक तरह की बेचैनी का सा अहसास हुआ। हालांकि वह ख़ुद कह चुका था कि अम्मांजान के लिए अच्छा नहीं है कि वह माज़ी में रहें, लेकिन अब जब अम्मांजान को माज़ी से खींचकर हाल में लाए जाने की बात हो रही थी, तो उसे रंजीदगी, घबराहट और किसी बेनाम सी नाराज़गी का अहसास हो रहा था। क्यों, आख़िर इन झगड़ों-झमेलों की क्या ज़रूरत है? लेकिन अम्मांजान की तन्हाई...

"आपसे इसलिए बात कर रहे हैं...," जहांगीरा बेगम ने नवाब मिर्ज़ा के ख़्यालात की लहरों को तोड़ते हुए कहा। "...इसलिए कि हम आपकी मर्ज़ी के बग़ैर कोई काम नहीं करना चाहते।"

"मेरी मर्ज़ी? मैं क्या और मेरी मर्ज़ी क्या? अम्मांजान राज़ी न हुईं तो?" नवाब मिर्ज़ा के लहजे में तो नहीं लेकिन दिल में उम्मीद की हल्की सी मुस्कान दर आई।

"छोटी से मैं बात करूंगी," उम्दा ख़ानम ने कहा। "यह तो है ही कि छोटी न चाहे तो कुछ नहीं हो सकता... लेकिन... लेकिन ज़िंदगी ऊंच-नीच की जगह है, औरत के लिए मर्द बड़ा सहारा और बड़ी ताक़त होता है। उम्र का सूरज ढलने के साथ ज़िंदगी की धूप में तेज़ी आने लगती है। उस वक़्त औरत के सर पर कोई छांव न हो तो सब झुलस जाए, कुछ बाक़ी न रहे।"

"मंझली ख़ाला," नवाब मिर्ज़ा ने समझाने के अंदाज़ में कहा। "वह सब तो अपनी जगह पर, लेकिन मैं इस मामले में अम्मांजान से बात नहीं कर सकता।"

"अल्लाह मेरी तौबा," उम्दा ख़ानम ने कहा। "आपसे कौन कह रहा है कि छोटी से बात करें। हमारा मुद्दा सिर्फ़ यह है कि अगर आपको यह बात पसंद हो तो ही हमारा क़दम उठेगा, वरना कोई बात नहीं।"

"पसंद...?" नवाब मिर्ज़ा एकदम गड़बड़ा गया। "इसमें पसंद की क्या बात, और वह भी मेरी पसंद! मैं तो कह चुका कि फ़ैसला अम्मांजान का है, मेरा नहीं।"

उम्दा ख़ानम कुछ और कहना चाहती थी लेकिन जहांगीरा ने महसूस कर लिया था कि नवाब मिर्ज़ा पर इस वक़्त ज़हनी और जज़्बाती बोझ बहुत ज़्यादा है। यह बात तो साफ़ थी कि वह मां के लिए इस रिश्ते या किसी भी मुनासिब रिश्ते का ज़ोरदार मुख़ालिफ़ नहीं है। लेकिन इसके आगे उससे कुछ कहलाना इस वक़्त शायद मुमकिन न था। लिहाज़ा जहांगीरा ने उम्दा ख़ानम को आंख के इशारे से मना किया और कोई और बात छेड़ दी।

अपने ख़्यालों में जलता-भुनता, बाज़ारों में बेमतलब फिरता नवाब मिर्ज़ा देर से घर वापस आया। लेकिन नवाब मिर्ज़ा के उठते ही उम्दा ख़ानम पालकी पर सवार होकर वज़ीर के आरज़ी ठिकाने पर आई और फिर उसने ज़्यादा भूमिका के बग़ैर जहांगीरा बेगम के बीच में पड़ने और आगा मिर्ज़ा तुराब अली के पैग़ाम की बात वज़ीर को बता दी।

"देखो बीबी, यह रंजीदा होने या नाराज़गी की बात नहीं, सारी ज़िंदगी का सौदा है। सोच-समझकर जवाब दो, अगर तुम्हें नहीं पसंद तो कोई बात नहीं। हम..."

वज़ीर ख़ानम के मुंह पर बहुत तल्ख़ और बहुत दुख भरी मुस्कान आई, "सारी ज़िंदगी, बल्कि अपनी जान का सौदा मैंने कितनी ही बार किया, और अब कितनी बार करूंगी, मंझली बाजी।"

"तक़दीर लिखने वाले के एक हाथ में क़लम होता है और एक में तलवार। क़लम जो लिखता है, तलवार उसे काट भी देती है। हममें से कुछ की तक़दीरें बार-बार लिखी और काटी जाती हैं। हमारी बाज़ियां बार-बार खेली और जीती जाती हैं..."

"ऐसी जीत से क्या फ़ायदा जब बाज़ी बार-बार खेलनी पड़ी?"

"तुम न खेलना चाहो तो कोई और तुम्हारी तरफ़ से बाज़ी खेल देगा। ज़िंदा पांसों और मुर्दा पांसों में यही फ़र्क़ है।"

"क्यों? क्यों खेल देगा? और कौन खेलेगा?" वज़ीर की आवाज़ में न जाने कैसे ग़ुस्सा, रंज और प्रतिरोध सब एकजुट हो गए थे। "क्या हमारी ज़िंदगी और क्या हमारी बाज़ियां और क्या हमारी हार-जीत, ये सब कुछ किसी शरारती बूढ़े के रचे हुए स्वांग हैं? मंझली बाजी, तुम्हें यह सब कहने का कोई हक़ नहीं।"

"मैं तो कुछ नहीं कह रही। कुछ भी नहीं कह रही। लेकिन तू ही बता, इंसान दुनिया में अकेला क्यों रहे जब उसकी तरफ़ किसी का हाथ मुहब्बत से बढ़ा हो?"

"मुहब्बत से या अपने मतलब से?" वज़ीर जलकर बोली।

"मुहब्बत भी एक तरह का मतलब ही है। शायद सबसे ज़्यादा जब्र और क़हर ढाने वाला। छोटी, ज़रा होश के नाखुन लो। जहांगीरा और मैं तुम्हारे दुश्मन नहीं हैं।"

वज़ीर ख़ानम देर तक ख़ामोश रही, फिर थकी हुई सी आवाज़ में बोली, "अच्छा, मैं सोचूंगी।" उसने यह कहा और उम्दा ख़ानम की तरफ़ देखे बग़ैर बारादरी से उठकर अंदर चली गई। उम्दा ख़ानम ने कुछ देर इंतज़ार किया कि शायद नवाब मिर्ज़ा इस तरफ़ आते हों, या शायद वज़ीर ही बाहर आए, लेकिन जब दोनों में से कोई बात होती नज़र न आई तो वह भी अपनी हवेली को वापस चली गई।

वज़ीर ख़ानम को रात भर नींद न आई। लेकिन वह अपने दिल का हाल किससे कहती? एक मंझली थी लेकिन वह तो ख़ुद ही उसकी ज़िंदगी के धागों को बारीक सूत के लच्छे की तरह उलझाने और काट-काटकर उसे नई शक्लें देने पर आमादा थी। नवाब मिर्ज़ा मेरा बेटा है, उसके सामने ऐसी बातें क्योंकर मुमकिन हो सके हैं। फिर वह तो ख़ुद अभी बच्चा है... और कोई उससे कुछ कहे भी तो वह क्या सोचेगा? कि अम्मांजान को बुढ़ापे में यह क्या चोंचले सूझे हैं... और उससे बढ़कर ये कि कहीं उसके दिल को ठेस न लगे। अपने बाप की याद पर जान छिड़कता है... और मैं? मेरे लिए भी उनकी यादें... कोई मेरा दिल चीरकर देखे तो उसे मालूम हो कि मैं तो एक वीरान मज़ार हूं जिस पर नवाब शम्सुद्दीन अहमद ख़ां की याद चिराग़े-लौह की तरह रोशन है। वह चिराग़ न हो तो मज़ार हमेशा के लिए अंधेरे में डूब जाए... और ब्लाक साहब और मेरे बच्चे... ब्लाक साहब को मुझसे छीना गया तो मेरे बच्चे भी जबरन मुझसे ले लिए गए। लेकिन अल्लाह, मैं उन बच्चों को किस

तरह पालती-पोसती? क्यों न पालती-पोसती, जिस तरह नवाब मिर्ज़ा की ज़िंदगी के दरख़्त को गुले-बकावली के पौधे की तरह अपने आंसुओं से सींचती आई हूं। लेकिन अगर अमीर मिर्ज़ा और बादशाह बेगम मेरे साथ होते तो क्या नवाब साहब मुझे उसी तरह चाहते? पराए बच्चों को सभी टेढ़ी आंख से देखते हैं... अपना बच्चा और पराई औरत ही सबको भाती है।

और ये आग़ा साहब कौन हैं, मुझसे क्या चाहते हैं? सुना है, शिया हैं। तो क्या मुता करेंगे, या निकाह में लेंगे? मेरे बेटे और मेरे बिछड़े हुए बच्चों का क्या होगा? उम्मीद तो नहीं कि अमीर मिर्ज़ा या बादशाह बेगम अब मेरे पास लौटकर आएंगे, लेकिन हो भी सकता है। दुनिया तो संभावनाओं का समंदर है। और अगर उन्होंने लौटकर आना चाहा तो क्या ये आग़ा साहब राज़ी होंगे?

दो दिन इसी उधेड़बुन में गुज़र गए। जहांगीरा को अब वापस अकबराबाद जाने की जल्दी थी। वह चाहती थी कि यह बेल मेरे सामने ही मंढे चढ़ जाए। लेकिन उसे वज़ीर के मिज़ाज का भी ख़ूब अंदाज़ा था कि वह किसी के कहने में नहीं है। होश संभालने की उम्र आते ही वज़ीर को अपने हुस्न की जादुई कशिश और अपनी रूह में अंगड़ाइयां लेती हुई मोहिनी का अहसास हो गया था। ख़ुद पर भरोसा और फिर मुद्दतों की माशूक़ी ने उसमें एक दिलफ़रेब मगर आसानी से जीते न जा सकने वाले घमंड का अंदाज़ पैदा कर दिया था। ज़िंदगी के तजुर्बे ने उसे भले-बुरे की तमीज़ और आम चाहने वालों के बारे में आमतौर पर ग़ुरूर का बर्ताव भी सिखा दिया था। उसे अपने मुकम्मी होने के लिए मर्द की ज़रूरत न थी। मर्द के ज़रिए वह अपनी शख़्सियत और वजूद की पुष्टि चाहती थी। उसका गुमान था कि अगर दुनिया में मुहब्बत कहीं है तो वह औरत के लिए है। यानी औरत चाहे, और अपनी मर्ज़ी के अलावा किसी की पाबंद न हो। वह कहती थी कि मर्द चाहते नहीं हैं, वो चाहे जाने के अहसास के दीवाने हैं। अगर उनको चाहे जाने में लुत्फ़ आने लगे तो यही गोया उनका चाहना है। असल चाह तो औरत की होती है। लेकिन औरत अगर सोच-समझकर न चाहे, फ़रेब में आ जाए, तो उसे अपनी भूल की बहुत भारी क़ीमत भी अदा करनी पड़ सकती है। मगर यह क़ीमत भी गवारा है अगर वह मर्द में चाहे जाने का अहसास पैदा कर सके और इस तरह मर्द की छब में अपनी छब देख सके।

मुहब्बत की तलाश में मारे-मारे फिरना ही शायद हमारा मुक़द्दर है, वज़ीर ने एक रात चौंककर, अधूरी नींद और ख़्वाब के बीच किसी कैफ़ियत से बाहर आकर ख़ुद से कहा। लेकिन उसका बुलंद आवाज़ में यह कहना महज़ बड़बड़ न था, फ़ैसला था। सुबह को उसने पालकी मंगवाकर उम्दा ख़ानम की हवेली का रुख़ किया और जहांगीरा को कहला भेजा कि आने की ज़हमत न फ़रमाएं। मंझली का सामना होते ही वज़ीर ने किसी भूमिका या मिज़ाजपुर्सी के बग़ैर कहा, "मंझली बाजी, तुम इस

मामले में मेरा क्या फ़ायदा देखती हो?"

"लड़की, तू बावली हो गई है क्या?" उम्दा ख़ानम ने हंसकर प्यार से कहा। "अब तुझे यह भी समझाना पड़ेगा कि औरत के लिए मर्द उसके बदन की चादर है, उसके सर के ऊपर की छत है, उसकी जवानी की पनाह, उसके बुढ़ापे का सहारा है।"

"वाह मंझली बाजी, तुम्हें तो किसी मस्जिद का वाइज़ या इमाम होना चाहिए था।"

"छोटी बेगम, इन बातों को इस तरह हंसी में न उड़ा। यह तेरे लिए सोच-विचार का मुक़ाम है।"

"अब तक मुझे मर्दों से कौन-सा सहारा मिला है कि अब मिल जाएगा?" वज़ीर ने तुनककर कहा।

"ज़रा ठंडे दिल से सोच। नवाब मिर्ज़ा अब नामे-ख़ुदा जवान होने को है। वह अपना घर बसाएगा, अपनी गृहस्थी जमाएगा। ख़ुदा मालूम देहली में रहे कि रामपुर में, कि कहीं और चल दे। इस ज़माने के लड़के घर से आज़ाद रहना पसंद करते हैं, ख़ासकर जब बाप का पांव बीच में न हो।"

"मेरा नवाब मिर्ज़ा ऐसा नहीं। वह मुझे कभी न छोड़ेगा।"

मंझली के जी में आई, पूछे कि अमीर मिर्ज़ा और बादशाह बेगम की तरह? लेकिन बहन का दिल दुखाना उसे मंज़ूर न था। वह तहे-दिल से इस बात की तमन्ना करती थी कि छोटी की नाव कहीं ठीक से पार-घाट लग जाए।

"न सही, लेकिन आख़िर तुम खाओगी क्या और नवाब मिर्ज़ा को खिलाओगी क्या? तुमने ज़िंदगी का बड़ा हिस्सा सुख से गुज़ारा है। नौकर-चाकर, दरबान-मुहाफ़िज़, पालकी-नालकी सब कुछ मुहैया था। नवाब मिर्ज़ा को भी तुमने बड़े नाज़ से पाला। लेकिन आख़िर कब तक? क्या मैं देखती नहीं हूं कि तुम्हारी आर्थिक स्थिति अब बिगड़ती जा रही है?"

वज़ीर कहां तो उम्दा ख़ानम से बहस पर आमादा थी और कहां एकदम चुप हो गई। उसके चेहरे पर ज़र्दी की लहर सी आई, होंठ ख़ुश्क होने लगे। उसने कुछ कहना चाहा लेकिन कोई लफ़्ज़ ज़बान तक न आ सका। मंझली ने छोटी की यह हालत देखी तो उसने घबराकर अपनी ख़ास असील चांदनी को आवाज़ दी कि वज़ीर ख़ानम के लिए अर्क़ बेदे-मुश्क बर्फ़ डालकर जल्दी ला, उनका जी कुछ मांदा हो रहा है। फिर उसने बहन से कहा, "देखो बन्नो, मैं कोई ज़बरदस्ती नहीं करती। फ़ैसला तुम्हारा ही है, तुम्हारे ही हाथ में है। और मैं यह भी नहीं कहती कि तुम मेरी ही पसंद को क़ुबूल करो। तुम सोच-समझ लो, चाहो तो देखभाल भी लो। अगर रिश्ता पसंद आए तो मंज़ूर करो, वरना सहज भाव से इंकार कर दो। देखो, एक फ़ायदा इस रिश्ते में यह भी है कि तुम रामपुर में रहोगी, नवाब मिर्ज़ा तुम्हारे साथ रहेंगे।"

"ये कौन साहब हैं, मैं कुछ नहीं जानती। कहां उन्होंने मेरे बारे में सुना, या मुझे

देखा। मैं उन्हें क्यों पसंद आ गई?" वज़ीर ने कुछ परेशानी के लहजे में कहा।

उम्दा ख़ानम, जो बचपन ही से वज़ीर पर जान छिड़कने वालों की भीड़ अपने और वज़ीर के चारों तरफ़ देखती रही थी, अपनी ख़ास दिलकश हंसी हंसकर बोली, "ऐ सुब्हानल्लाह। गोया अब आपको ये भी समझाना पड़ेगा कि आपके चर्चे और ज़िक्र सारे रामपुर में हैं। वारी जाऊं, अभी तो तुम बिल्कुल कंवारी लगती हो।"

"मंझली बाजी, हमें बनाओ नहीं। सच-सच पूरा हाल कहो तो मैं कुछ सोचूं भी।"

"पूरा हाल कुछ भी नहीं। जहांगीरा के जेठ हैं, उन्होंने जहांगीरा से तुम्हारा ज़िक्र सुना और... और... सच तो ये है कि नवाब शहीद के हादसे के बाद कौन है जिसने तुम्हारी चर्चा यूं भी न सुनी हो। अब जो तुम रामपुर आईं और यहां की बीबियों ने तुमको देखा तो बयान और उम्मीद से बढ़कर पाया। आग़ा साहब की बीवी को गुज़रे कोई एक साल हो रहा है। उन्होंने जहांगीरा से तुम्हारे बारे में पूछा..."

"तो क्या निकाह के ख़्वाहिशमंद हैं?"

"लो, और क्या? आख़िर जहांगीरा बीच में हैं।"

"नहीं, मैं समझी शायद मुता चाहते हों।"

"तौबा, तौबा। रामपुर में इमामिया मज़हब के नवाब का राज है तो क्या हुआ, ये लोग असलन तो अहले-सुन्नत ही थे। यहां ऐसी चीज़ों को अच्छी निगाह से नहीं देखा जाता।"

"और अगर कोई औलाद हुई तो क्या उसे शिया बनाएंगे?"

"ऐ बीबी, तुम्हें इतनी दूर तक सोचने की क्या पड़ी है? जब औलाद होगी तब देखेंगे।"

"नहीं, यह बात साफ़ होनी चाहिए। औलाद अगर हुई तो वो हमारे मसलक पर चलेगी।"

"ठीक है, मैं जहांगीरा से कहूंगी। और कुछ?"

वज़ीर ख़ानम फिर कुछ सोच में पड़ गई। कुछ देर बाद सर उठाकर बोली, "मैंने इन आग़ा साहब को देखा तक नहीं है। किस तरह के मर्द हैं, क्या मिज़ाज है, कड़वे स्वभाव के तो नहीं हैं, नवाब मिर्ज़ा के लाड़-प्यार में कमी तो न करेंगे?"

"अगर उनके स्वभाव या ज़ात-पात या शराफ़त में कोई कमी होती तो न जहांगीरा बेगम यह बात उठातीं और न मैं। लेकिन क्या तुम उनके सामने होना चाहती हो?"

"न... नहीं, यह बात नहीं। लेकिन मैंने ऐसा मेल कभी किया नहीं। बिन देखे का सौदा करते मुझे उलझन भी होती है और थोड़ी सी दहशत भी।"

अब उम्दा ख़ानम कुछ सोच में पड़ गई। "आग़ा साहब पुराने तौर-तरीक़ों के आदमी हैं। अल्लाह जाने वह क्या ख़्याल करें।"

"इसमें सोचने की क्या बात है? यह तो शरीअत में भी हुक्म है।"

"ऐ बीबी, इन मामलों में रिवाज और रस्म ज़्यादा ताक़तवर होते हैं। ख़ैर, तू आज रात की रात यहीं ठहर जा। मैं अस्र की नमाज़ के बाद जहांगीरा के यहां चली जाऊंगी, सब बातें साफ़ कर लूंगी, कि अगर अगला क़दम उठाना है तो वह कल यहीं से उठे। मैं अपने नवाब साहब से भी मशवरा कर लूंगी।"

"मगर एक बात और है," वज़ीर ने कहा। "मैं नवाब मिर्ज़ा को किसी हाल में दुखी नहीं देख सकती।"

उम्दा ख़ानम ने बहन का मतलब समझ लिया। "नवाब मिर्ज़ा से हम बात कर लेंगे। उनकी मर्ज़ी अगर ख़िलाफ़ हुई तो बस मामला यहीं ख़त्म समझो।"

आग़ा मिर्ज़ा तुराब अली के शायद दिल को लगी हुई थी। उस शाम उम्दा ख़ानम और जहांगीरा बेगम की बातचीत को बहुत वक़्त न गुज़रा था और उम्दा ख़ानम अभी अपनी हवेली पर आई ही आई थी कि ड्योढ़ी पर एक सोंटाबरदार ख़ादिम और दो मज़दूर हाज़िर हुए। उन्होंने अंदर इत्तेला भिजवाई कि हम आग़ा साहब के भेजे हुए आए हैं; आग़ा साहब ने कुछ सौग़ात भेजी है। मुरादाबादी पीतल के चार घड़ों में ख़ुश्क मेवे थे और सहारनपुर के नाज़ुक काम का, शीशम की लकड़ी का एक छोटा तालाबंद संदूक़चा था जिसकी कुंजियां मुहरबंद थैली में अलग से रखी हुई थीं। सोंटाबरदार और मज़दूरों को इनाम देकर रुख़सत कराने के बाद उम्दा ख़ानम ने संदूक़चा वज़ीर के हाथ में दिया कि लो भई, इसे तुम ही खोलो। ये मेवे के घड़े, मैं अभी मोदीख़ाने में रखवाए देती हूं। वज़ीर के चेहरे पर शर्म की लाली दौड़ गई। ख़ुदा जाने इस संदूक़चे में क्या है? कहीं कोई क़ीमती चीज़ न हो। मुझे ऐसा कोई तोहफ़ा उनसे लेना हरगिज़ मंज़ूर नहीं। लेकिन संदूक़चा खोले और उसके अंदर क्या है, यह देखे बग़ैर कोई फ़ैसला भी क्योंकर हो सके है।

इन्हीं ख़्यालों में गुम संदूक़चा लिए-लिए वह अंदर के एक कमरे में चली गई। घबराहट में कुंजी उसके हाथ से फिसल-फिसल जाती थी। बारे संदूक़चा खुला तो उसमें दो काग़ज़ गोलाकार लंबे लपेटे हुए और कलाबत्तू से बंधे हुए थे। अल्लाह तेरा शुक्र है, कोई हीरे-जवाहर की चीज़ नहीं है, उसने सोचा और एक काग़ज़ उठाकर खोला तो उस पर सादी के अशआर निहायत .ख़ुशनुमा लिखावट में लिखे हुए थे। साफ़ मालूम होता था कि लिखने वाले ने कोई ख़ास कोशिश नहीं की है लेकिन उसकी लिखाई इस क़दर पाकीज़ा और संतुलित है कि उसे किसी ख़ास कोशिश की ज़रूरत थी भी नहीं। अशआर ये थे:

हदीसे-इश्क़ ब-तूमार दर नमी गुंजद
बयाने-शौक़ ब-गुफ़्तार दर नमी गुंजद
समा-ए-अंस कि दीवानगां अज़ू मस्तंद

ब-सम-ए-मर्दुमे-हुशियार दर नमी गुंजद
तुरा चुनांकि तुई मन सिफ़त न ख़्वाहम कर्द
कि अर्ज़े-जामा ब-बाज़ार दर नमी गुंजद
दिगर ब सूरते-हेच आफ़रीदा दिल न दिहम
कि बा तू सूरते-दीवार दर नमी गुंजद
ब-चश्मे-दिल नज़रत मी कुनम कि दीदा-ए-सर
ज़ बर्क़े-शोला-ए-दीदार दर नमी गुंजद

(मुहब्बत की दास्तान क़ागज़ों के किसी गट्ठे में नहीं समाती और इश्क़ का बयान बातचीत में नहीं समाता। प्यार के गीत जिनसे दीवाने मस्त हैं वो होशियारों के कान में नहीं समाते। तू जैसा, वैसी है तेरी अच्छाई। मैं बयान नहीं कर सकता क्योंकि मेरे गीत की चौड़ाई बाज़ार में नहीं समाती। किसी भी सृजित रूप को अब मैं दिल नहीं दे सकता क्योंकि जहां तू होता है वहां दीवार पर भी तस्वीर नहीं ठहरती। मैं तुझे दिल की आंखों से देखता हूं क्योंकि जो आंखें मेरी अपनी हैं वो तेरे दीदार की बिजली के शोले के सामने नहीं ठहर पातीं)

वज़ीर अशआर पढ़कर दंग रह गई। ऐसा लगता था कि शायर ने ये शेर ख़ास करके उसी के लिए और इसी मौक़े के लिए कहे थे। हर शेर में मानी की तहें पुकार-पुकारकर कह रही थीं कि वज़ीर तुम्हारे हर सवाल का जवाब यहां मौजूद है। जब वज़ीर की हैरत कुछ कम हुई तो अचानक उसकी आंखें भीग गईं। कभी नवाब शम्सुद्दीन अहमद शहीद से भी इसी तरह अशआर का लेन-देन हुआ करता था। हाय वो दिन और वो रातें अब मैं कहां से लाऊं लेकिन अब तो दुनिया उन दिनों और रातों को पांव तले रौंदकर और पाताल में दफ़्न करके आगे बढ़ गई थी। दुनिया तो पीछे मुड़कर देखती भी नहीं, दिन और रात के पहिए पीछे की तरफ़ दौड़ने या चंद लम्हों के लिए रुक ही जाने का सवाल कहां है। नवाब शम्सुद्दीन अहमद शहीद की सूरत अभी उसकी आंखों में धुंधली तो न हुई थी। लेकिन अब उस ख़्याली छब में अमीर मिर्ज़ा, नवाब मिर्ज़ा और शायद उसके अपने बाप की भी कुछ झलक दिखाई देने लगी थी। उसे इस बात का तो अहसास हो गया था कि कोई कितना ही आज़ादीपसंद क्यों न हो, कितना ही अपनी मर्ज़ी और इंतख़ाब पर ज़िद क्यों न करे, लेकिन कोई चीज़ पूरी तरह तन्हा, पूरी तरह अपने ही वजूद पर क़ायम नहीं होती। नवाब मिर्ज़ा की हस्ती ने शम्सुद्दीन अहमद ख़ां शहीद की हस्ती में कुछ फेरबदल बरपा कर दिया था और अमीर मिर्ज़ा और बादशाह बेगम उससे अलग हो चुके थे, लेकिन तो भी मार्स्टन ब्लेक तक एक हद तक उन्हीं के माध्यम से उसके लहू में ज़िंदा था... और अब... यह नई लहर मेरी ज़िंदगी के साहिल को सींचना (या बर्बाद करना) चाहती है, तो इसके भी निशानात दूर-दूर तक और कई लोगों की ज़िंदगियों

पर पड़ेंगे। क्या मैं इसके लिए तैयार हूं?

उसने अपने सरापा पर एक उड़ती सी निगाह डाली। अंदर कहीं वह टूट चली थी लेकिन ऊपर-ऊपर तो उसकी शख़्सियत अभी कमोबेश वैसी ही थी जैसी नवाब शहीद छोड़ गए थे। क्या वह ख़राशें जो मेरी रूह पर हैं, जल्द या देर मेरे बदन पर भी क़ब्ज़ा जमा लेंगी और क्या यह सारा बेबनाव का बनाव, बेसिंगार का सिंगार सिकुड़कर और तुड़-मुड़कर झुर्रियों और सिल्वटों का लुक़्मा बन जाएगा...

उसे मंझली की बात याद आई कि कोई दिन जाता है जब नवाब मिर्ज़ा अपनी गृहस्थी अलग बनाएगा और तुझे बिल्कुल तन्हा रहना होगा। फिर बुढ़ापा होगा और तू होगी... लेकिन... इस रिश्ते में यह फ़ायदा है कि मैं रामपुर में हूंगी। नवाब मिर्ज़ा मेरे साथ रहेगा, मुझे देहली के शोर मचाते सन्नाटों से भी निजात होगी और बेटे की उठान देख-देखकर मेरा भी जी बढ़ेगा। क्या मेरी तक़दीर में औलाद पैदा करना इसीलिए लिखा है कि मुझे अपने जिगर के टुकड़ों से बलपूर्वक अलग कर दिया जाए, मेरा पहलू चीरकर उसमें से दिलो-जिगर नोचकर मुझे वीरान कर दिया जाए?

...अरे मैंने दूसरा काग़ज़ तो अभी खोला ही नहीं, उसे ख़्याल आया। उसने सुनहरे धागे के बंद खोलकर काग़ज़ को सीधा किया। रंग और रोशनी के झमाके उसकी आंखों के सामने कौंध गए। बेहद रौबदार मगर ज़रा अधेड़ मर्द की दोचश्मी तस्वीर थी। कोई 40-45 की उम्र, गोरा रंग, ज़िंदा दमकती हुई आंखें, बुलंद पेशानी पर लटपटी पगड़ी का थोड़ा-सा साया, पगड़ी अमुवे रंग की रेशमी, जिसमें बारीक ज़र्द धारियां झलक मार रही थीं। ईरानी तर्ज़ की नोकदार दाढ़ी, बहुत हल्की, थोड़ी सी नुमायां मूंछें, बदन में हल्की सब्ज़ फूलदार मलमल का निहायत बारीक कुर्ता जिस पर मुग़ल तर्ज़ का नीमा। तस्वीर की हर रेखा और हर चिन्ह से खुशमिज़ाजी और रसानुभव टपक रहा था। वज़ीर की निगाहें जमी की जमी रह गईं। अचानक उसने झुरझुरी ली गोया नींद से उठी हो या बेहोशी से होश में आई हो। तस्वीर को खिड़की के क़रीब ख़ुद से परे रखकर उसने दोबारा देखा, रंगों और तस्वीर वाले के खिले पड़ने का वही आलम था।

अचानक उस पर झल्लाहट सी तारी होने लगी, ऐसी झल्लाहट जिसमें बेबसी का अंश ज़्यादा था। मैं तो चाहती थी कि अपनी मर्ज़ी सब पर जारी करूं। लेकिन अब तो कुछ और हुआ चाहता है। मंझली बाजी, जहांगीरा बेगम, ये आग़ा साहब, ये लोग क्यों मुझ पर अपनी मर्ज़ी और अपना इरादा थोपने पर लगे हैं? कौन होते हैं ये लोग किसी की ज़िंदगी की नींव डालने वाले? इंसान अपनी चाहत से जी नहीं सकता, पर मर तो सकता है।

शायद अब भी जो होगा, मेरी मर्ज़ी ही से होगा। नहीं, मंझली और जहांगीरा की मंसूबाबंदी न सही, लेकिन नवाब मिर्ज़ा की मर्ज़ी तो इसमें शामिल होगी। अब मैं

आज़ाद नहीं रह गई।

कमरे से बाहर निकलकर उसकी निगाहों ने मंझली को ढूंढ़ा। वह तो वहीं दालान में तख़्त पर बैठी हुई बारीक, नफ़ीस छालिया कतर रही थी गोया उसे कोई और काम ही न हो।

"मंझली बाजी, नवाब मिर्ज़ा से तुमने बात की?" उसने झिझकते हुए पूछा।

"तुम इत्मीनान रखो बीबी, मैंने और जहांगीरा ने उनसे देर तक बात की है।"

"तो फिर? क्या कहा उन्होंने? बुरा तो नहीं मान गए?"

"ऐ है, काहे को बुरा मानते। उन्होंने कहा कि फ़ैसला तो अम्मांजान का होगा। मुझे तो यही लगा कि वह ख़ुद तुम्हारी तन्हाई को ख़त्म करना चाहते हैं।"

"अच्छा," वज़ीर ने एक लंबी सांस लेकर कहा। "तो मैं क़िस्मत ठोंके लेती हूं। अब जो हो सो हो...।" यह जुम्ला कहते-कहते उसकी आंखें छलक उठीं। उसने मुंह फेरकर आंसुओं को छिपाया और अंदर जाकर क़लमदान से क़लम लेकर सादी की ग़ज़ल के नीचे साइब का शेर लिखाः

गंज रा ज़ीं पेश दर वीराना मी कर्दम निहां
ईं ज़मां दर गंज पिनहां मी कुनम वीराना रा

(आज से पहले तो मैं ख़जाने को वीराने में छिपाए रखती थी। अब मैं वीराने को ख़जाने में छिपाए देती हूं)

अगले चांद की पहली जुमेरात (4 शाबानुल-मुअज्ज़म 1258 यानी 11 अगस्त 1842) को वज़ीर ख़ानम और आग़ा मिर्ज़ा मौलवी तुराब अली का निकाह सुन्नी तरीक़े से और फिर शिया तरीक़े से पढ़वाया गया। ढाई सौ अशर्फ़ियों का महर मुक़र्रर हुआ, आधा उसका तत्काल देय था जो फ़ौरन अदा कर दिया गया। वज़ीर ख़ानम देहली वापस नहीं गई; उसकी रुख़सती मंझली की हवेली से की गई। देहली से बड़ी बेगम और उसका मियां बहुत कुछ सामान लेकर ख़ुश-ख़ुश आए और पूरी दिलजमई से शादी की रस्मों में शामिल हुए। उनका दिल ठंडा हुआ कि छोटी आख़िर सीधी राह और निजात की राह पर आ गई है। नवाब युसूफ़ अली ख़ां ने शादी की दावत, घोड़े-जोड़े और रुख़सती का बंदोबस्त बड़ी शान और धूमधाम से किया और सारा ख़र्च अपने ज़िम्मे ले लिया। दूसरे दिन वलीमे में नवाब युसूफ़ अली ख़ां और शहर के दूसरे रईस मौजूद थे। नवाब मुहम्मद सईद ख़ां बहादुर की तरफ़ से दूल्हा और दुल्हन दोनों के लिए शीरीनी, जोड़े और अंगूठियां आईं।

वज़ीर ने देहली का घर अपने क़ब्ज़े में ही रखा लेकिन उसे बंद करा के कुंजियां बड़ी के हवाले कर दीं कि कभी-कभी खुलवाकर सफ़ाई और मरम्मत ज़रूरत के मुताबिक़ कराती रहे। चौथी की मामूली रस्मों के बाद वज़ीर और नवाब मिर्ज़ा नए

घर में चले गए। आग़ा मिर्ज़ा तुराब अली ने उनकी ख़ातिरदारियों में कोई कमी उठा न रखी। वज़ीर ख़ानम को मुद्दतों बाद महसूस हुआ कि अमन-अमान और सलामती के चांद उसके गिर्द हाला किए हुए हैं और बाहरी दुनिया का मनहूस अंधेरा अब उसे और उसके बेटे को कभी न छू सकेगा।

आग़ा मिर्ज़ा तुराब अली कहने को तो मौलवी भी कहलाते थे लेकिन उनमें मौलवियों जैसा रूखापन और मक्तब के मुल्लाओं जैसी अकड़ नाम को भी न थी। न ही उन्हें अपने ख़ानदानी ऊंचेपन का कोई ऐसा अतिरंजित वहम था कि वह छोटी बेगम को अपने से कमतर समझते। उनका मिज़ाज सही मानों में शायराना और आशिक़ाना था और वज़ीर का वह इतना लिहाज़ करते थे कि एक तरफ़ तो वह उसे 'छोटी बेगम' कभी न कहते और न वज़ीर ख़ानम, बल्कि हमेशा 'वज़ीर बेगम' कहकर मुख़ातिब करते थे। अपने घरवालों से वह फ़ारसी बोलते थे लेकिन वज़ीर से उनकी बातचीत बामुहावरा रेख़्ता-उर्दू ही में होती थी। और यह भी उसी लिहाज़ और ख़्याल का एक हिस्सा था कि फ़ारसी बोलेंगे तो कहीं वज़ीर को यह गुमान न गुज़रे कि अपना विलायती होना जता रहे हैं। इसी तरह उन्होंने वज़ीर की भूली-बिसरी शेरगोई के निशान दोबारा उजालने की कोशिश की। उम्दा ख़ानम को वह ज़ोर दे-देकर और इसरार से कहते कि वज़ीर ख़ानम, तख़ल्लुस ज़ोहरा देहलवी के अशआर वह सोच-सोचकर हाफ़िज़े से निकालें। अगर कोई हस्तलिपि हो तो उसे ढूंढ़ निकालें। हम अगर वज़ीर बेगम के कमाल-सूरत और जमाल-सीरत के दीवाने हैं तो उनकी शायरी के भी चाहने वाले हैं। हम तो रामपुर के उस्तादों को बताना चाहते हैं कि हमने दिल्ली से एक मोनाल तीतर ही नहीं बल्कि एक शामा भी हासिल की है।

"ऐ चलिए आग़ा साहब," वज़ीर कभी-कभी तुनककर कहती। "हमें अपनी खाल में मस्त रहने दीजिए। कहीं आपका वही हाल न हो कि लोग कहें: ईतर के घर तीतर, बाहर रक्खूं कि भीतर।"

आग़ा तुराब अली ने क़हक़हा मारा और बोले, "आपको मालूम है वज़ीर बेगम, अंग्रेज़ी शतरंज में फ़र्ज़ी को मलिका या बेगम कहते हैं और हमारी शतरंज में फ़र्ज़ी को वज़ीर कहा जाता है तो आपके तो दोनों तरफ़ से पौ-बारा हैं, खाल में मस्त रहने का भला क्या ज़िक्र है।"

"तौबा है, घर-गृहथी हो या शायरी, कोई शतरंज या चौसर का खेल थोड़े ही है। यहां तो आलम यह है कि आपके ख़मीरे की महक से दम उल्टा आता है, सांस बराबर होने में नहीं आती और आपको शायर की आवाज़ और गवैय्ये के बोल की सूझी है!"

आग़ा तुराब अली फिर हंसकर बोले, "यूनानी दार्शनिक तो सितारों की गर्दिश की आवाज़ को हर नग़मे बल्कि हर वजूद की बुनियाद क़रार देते थे।"

"छोड़िए इन फ़ैलसूफ़ों को," वज़ीर ने दिलबरी की अदा से कहा। "यह नहीं कि

रटौल या गंगोह से हरी ताज़ा कैरियां मंगवा देते।"

"अरे, हम तो आपको बताना बिल्कुल ही भूल गए थे। हमने दो घुड़सवार कल भेजे हैं, एक मुज़फ़्फ़रनगर और रटौल गया है और दूसरा गंगोह और सहारनपुर। देखिएगा, कल शाम फूलते-फूलते दोनों इतनी कैरियां ले आएंगे कि शाम की सुर्ख़ी को उनकी हरियाली से जलन होगी।"

वज़ीर को निकाह के चंद ही दिनों बाद गर्भ रह गया था। हकीमों के इलाज, हबीबुन्निसा की ज़बरदस्त देखभाल और तजुर्बेकार दाई-जनाइयों की सीधी निगरानी का फल जून 1843 में वज़ीर के तीसरे बेटे की शक्ल में सामने आया। बिल्कुल बाप की शक्ल और अच्छे हाथ-पांव वाले बेटे का नाम आग़ा मिर्ज़ा तुराब अली ने वज़ीर के कहने पर शाह मुहम्मद आग़ा मिर्ज़ा रखा। बड़ा होकर यह बेटा भी शायर बना। फ़ारसी में 'शायक़' और हिंदी में 'शाग़िल' तख़ल्लुस इख़्तियार करके आइंदा ज़मानों में उस्तादी का दर्जा हासिल किया और बहुत नाम कमाया।

छठी और ज़चगी से छुट्टी पाते-पाते बरसात के दिन आ गए। आग़ा मिर्ज़ा तुराब अली की हवेली के आंगन और चमन में वह गुल-ज़मीनें जिनके बारे में गर्मी के मौसम में लगता था कि दुनिया जब से बनी है उस दिन से यहां हरियाली की परछाईं भी नहीं गुज़री, अब अचानक अंगड़ाई लेकर लहलहाने लगीं। गली-कूचों में जंगली फूल-पौधों, घरों में खेती की तरकारियां, बाग़ों में आमों से लदे दरख़्त, बारिश और हरियाली का इस क़दर जोश कि दोनों एक दूसरे से हर वक़्त बातें करते मालूम होते थे। कोसी में बाढ़ का सा समां पैदा हो गया, उसकी लहरों को देखकर मीर तक़ी मीर साहब के शिकारनामों के शेर याद आते थे कि कहां तो पहले यह हाल थाः

किनारों में उसके कहीं कोई खेत
वगर्ना यही संग बे-रुत्बा रेत
न सब्ज़ा कहीं था न आबे-रवां
न दामन में उसके चिकारा दवां
न फूली थी सरसों न कुछ थी बहार
न ज़ाहिर में उसके कहीं लालाज़ार
यही सींक या कांस पानी की घांस
ज़मीनो-हवा, आबो-आतिश उदास
कहीं दौं लगी है तमामी है दूद
कहीं दो शजर हैं तो क्या बद-नमूद
न पत्ता न शाख़ें न कुछ उनको बार
सरापा है ख़ुश्को-ज़बूं ज़र्दो-ज़ार

और कहां बरसात की झड़ी लगते ही वह हाल हुआ जैसा कि मीर फ़रमाते हैं:

अजब लुत्फ़ का था वो कोहे-गिरां
कि सद चश्मे का उसमें पानी रवां
शजर सब्ज़ो-पत्थर बहुत साफ़ थे
सभी जैसे अलमास शफ़्फ़ाफ़ थे
हुआ एक अब्र उस जबल से बुलंद
हवा पर बिछे उसके यज़्दी परंद
पहर दिन से बारिश लगी होने ज़ोर
रहा सारी वह रात तूफ़ां का शोर
निकलता हुआ खेंचकर यह अज़ाब
बला बेशतर एक तहदार आब
रवां था किसू की तरफ़ तुंदो-तेज़
हवा उसके चलने की थी पेशख़ेज़
वो पानी जो चलता न था ढंग से
कि था रहगिरा सर ज़नां संग से
सफ़ा और ख़ूबी में कुछ बढ़ गया
कई हाथ मिक़दार से चढ़ गया
कहीं सब्ज़ा-ए-तर से जी जा लगे
कहीं सरसों फूले दिलों को ठगे
वो पानी चला वां से दरिया हुआ
रवां गर्मतर सू-ए-सेहरा हुआ
बहा दामने-कोह में संग पर
किया संगरेज़ों को भी रंग पर
कि लोग उनको हाथों में रखने लगे
जवाहर के रंगों परखने लगे
बहा संगरेज़ों पे इस रंग आब
कि क़द्र उनकी जूं क़द्रे-याक़ूते-नाब
बुहैरा न दरिया-ए-आज़म से कम
उठा करते थे लज्जे लत्मे बहम
किनारे पे थी उसके इक गुल-जमीं
सरासर हरी जूं-ज़मर्रुद नगीं

ज़मीन के ऐसे ही गुलिस्तां जैसे टुकड़ों और बाग़ों में झूले पड़ गए, पकवानों की महक से सारा माहौल शाही बावर्चीख़ाना बन गया। मोरों की झंगार, कोयलों की कूक और टिटहरी की पुकार ने ज़मीन-आसमान एक कर रखा था। रामपुर सही मानों में

दारुस्सुरूर बन गया। मुद्दतों बाद वज़ीर के आंगन में हर तरह की बहार थी। गोद में बेटा, चाहने वाला मर्द, ख़ौफ़ से आज़ादी, शेरो-शायरी और शिक्षा-दीक्षा में नवाब मिर्ज़ा की लगातार तरक़्क़ी, उसकी रोज़-ब-रोज़ बढ़ती सआदतमंदी, अब भला और क्या चाहिए था। वज़ीर ख़ानम के लिए दिन ईद और रातें शबे-बरात से कम न थीं। ऐसी सूरत में अगर वज़ीर के दिल में शेरो-शायरी की लहरें भी मौजें मारने लगीं तो ताज्जुब की कोई बात न थी, ख़ासकर जब मौलवी तुराब अली उसको शायरी की तरफ़ प्रेरित करने के जतन भी करते रहते थे। ख़ुद शहर रामपुर में भी शेरो-सुख़न की महफ़िलें जगह-जगह सजने लगी थीं। रामपुर की अदबी सरज़मीन में नए-नए बूटे फूटने और नए-नए फूल खिलने का मौसम आ गया था।

नवाब मुहम्मद सईद ख़ां की बरकत भरी आमद के बाद से रामपुर, जो उस वक़्त तक इल्मो-तालीम का एक बड़ा केंद्र बन चुका था, शायरी की बिसात पर भी नए नक़्शे जमाने लगा था। नवाब यूसुफ़ अली ख़ां तो बाक़ायदा शायर थे। देहली में वह हकीम मोमिन ख़ां साहब के शागिर्द थे और 'यूसुफ़' तख़ल्लुस करते थे। जब वह 1855 में नवाबी की मसनद पर बैठे, उस वक़्त तक हकीम मोमिन साहब दूसरी दुनिया के लिए जा चुके थे; लिहाज़ा नवाब यूसुफ़ अली ख़ां ने मिर्ज़ा ग़ालिब की शागिर्दी इख़्तियार की। नए उस्ताद ने नया तख़ल्लुस 'नाज़िम' तजवीज़ किया और इसी तख़ल्लुस ने शोहरत पाई। उनकी देखा-देखी उनके कई चचाज़ाद भाई भी हकीम साहब के शागिर्द हुए थे। उनमें अब्बास अली ख़ां बेताब, इनायत अली ख़ां इनायत, हिदायत अली ख़ां गुरबत और अब्दुल वहाब ख़ां सरोश ख़ास तौर से क़ाबिले-ज़िक्र हैं। ये सब भाई अब रामपुर में बस रहे थे। नवाब यूसुफ़ अली ख़ां ने 1840 में रामपुर आकर यहां माहाना मुशायरा शुरू किया। देहली से कुछ और शायर, मसलन मूजिद रामपुरी, मीर तस्कीन देहलवी और उनके बेटे मीर ग़मगीन भी नवाब के कहने से यहां आ गए। अलीबख़्श बीमार के शागिर्द मीर अहमद अली रसा भी उन दिनों शायरी के नए मज़मून निकाल रहे थे। इन शायरों में से किसी ने, या शायद ख़ुद नवाब यूसुफ़ अली ख़ां ने, अपने तौर पर शाह सिराज औरंगाबादी का कलाम दरियाफ़्त किया और फिर हर तरफ़ शाह सिराज के चर्चे होने लगे। सिराज की ग़ज़लों पर ग़ज़लें कही गईं और नवाब यूसुफ़ अली ख़ां ने एक मुशायरे में सिराज के इस मिसरे को तरह (आधार) क़रार दियाः

है ज़ुल्फ़े-यार हल्क़ा-ए-ज़ंजीर हूबहू

ऐसा बोलता हुआ मिसरा था कि सभी शायरों के बल्कि ग़ैरशायरों के भी जी ललचाए कि इस पर ऐसा ही सुडौल और पुरबहार मिसरा लगा दें। आग़ा तुराब अली शाम को जब घर वापस आए तो उन्होंने वज़ीर से इसरार किया कि इस मिसरे पर गिरह तो लगनी ही चाहिए और पूरी ग़ज़ल भी होनी चाहिए। नवाब के किताबख़ाने

में वह 'दीवाने-सिराज' से पूरी ग़ज़ल भी नक़ल करा लाए थेः

है ज़ुल्फ़े-यार हल्क़ा-ए-ज़ंजीर हूबहू
अबरू है ज्यों कमान पलक तीर हूबहू
दिल के वरक़ पे ज़ख़्मे-जुदाई से यार के
शंगर्फ़ सी लहू की है तहरीर हूबहू
कहते हैं इत्तफ़ाक़ सें सब बुलबुलाने-हिंद
तेरी गली है गुलशने-कश्मीर हूबहू
रुख़सारे-यार देख के मालूम यूं हुआ
मुसहफ़ लिखा है कातिबे-तक़दीर हूबहू
गुल लेने अश्के-गर्म का पुतली की शमा से
हैं दो पलक सिराज की गुलगीर हूबहू

आग़ा तुराब अली ग़ज़ल पढ़ते जाते थे और वज़ीर हर-हर मिसरे की चुस्त बंदिश, मुश्किल रदीफ़ के साथ क़ाफ़िये के बिठाव और निभाव को देख-देखकर दंग थी। ग़ज़ल ख़त्म होते ही उसके मुंह से निकला, "सुब्हानल्लाह, यह शायरी नहीं, एजाज़ है।"

"अब इस ग़ज़ल पर आपको ग़ज़ल कहे ही बने, वज़ीर बेगम। हमने आपको ख़ुश किया, आप हमें ख़ुश करें।"

"यह आपकी अच्छी ज़बरदस्ती है, साहब। ऐसे शेरों के सामने ऐसी ज़मीन में क्या कोई हाथ-पांव हिलाएगा।"

आग़ा तुराब अली का इसरार जिस क़दर बढ़ता, उसी क़दर वज़ीर का इंकार तेज़ होता जाता। लफ़्ज़ों के इसी लेन-देन में वज़ीर अचानक बोल उठी, "अबरू कमान हैं तो नज़र तीर हूबहू।"

आग़ा तुराब अली के मुंह से तारीफ़ का कलमा निकलने ही वाला था कि वज़ीर कुछ ठिठकी, फिर बोलीः "नहीं, नहीं, यह तो ज़रा बदलकर उस्ताद का ही मिसरा हो गया। आपके दोस्त-यार कहेंगे मैंने चोरी की है। मैं और कोशिश करती हूं।"

फिर एक ही दो पल बाद वह मुस्कुराती हुई बोली, "लीजिए, अब सही मिसरा बन ही गयाः रखती है आंख सहर सी तासीर हूबहू।"

"बहुत ख़ूब, बहुत दुरुस्त। और 'तासीर' क़ाफ़िया भी आपने क्या ख़ूब ढूंढ़ा।"

"रहने दीजिए, आप तो बनाते हैं। मेरा मिसरा उस्ताद के मिसरे के बराबर तो नहीं। लेकिन गिरह की हद तक ठीक है।"

"जी नहीं, मानी के एतबार से आपके यहां नाज़ुक ख़्यालियां हैं। पहले आंख जादू चला कर आशिक़ और दीवाना करेगी, फिर ज़ुल्फ़ की ज़ंजीर से दीवाने को बांधा और पाबंद किया जाएगा।"

"बहरहाल इतना तो है कि आपने मुझसे मतला कहला लिया, दिल्ली की लाज रह गई।"

"जी नहीं, इतनी आसानी से दिल्लीवालियों का पिंड न छूटेगा। आप लोगों ने तो शेख़ मुसहफ़ी तक की बोलती बंद कर रखी थी। हम तो आपसे पूरी ग़ज़ल लेंगे।"

"अच्छा साहब, पहले तबीयत तो रवां हो; आपका यह हुक्म भी पूरा होगा।"

दूसरे दिन शाम को जब आग़ा मिर्ज़ा तुराब अली रात का खाना खाने के लिए हवेली के अंदर आए तो वज़ीर ने कुछ शरमाए-शरमाए से अंदाज़ में उन्हें एक काग़ज़ थमा दिया और ख़ुद बच्चे को देखने के बहाने इधर-उधर हो गई। आग़ा साहब ने काग़ज़ खोला तो देखा कि वज़ीर की ख़ूबसूरत लेकिन ज़रा बचकाना लिखावट में एक पूरी ग़ज़ल लिखी हुई है। उन्होंने बड़े शौक़ और फिर ताज्जुब के साथ ग़ज़ल को पढ़ाः

है ज़ुल्फ़े-यार हल्क़ा-ए-ज़ंजीर हूबहू
रखती है आंख सहर सी तासीर हूबहू
उसके बयाज़े-रुख़ पे वो नूरे-सहर की छूट
छलका पड़े है रंगे-तबाशीर हूबहू
उस कूचे में दिल अपना जहां छोड़ आए हम
जन्नत सी एक है वहीं तामीर हूबहू
बालीं पे मेरी शमए-रुख़े-यार वक़्ते-नज़अ
जैसा था ख़्वाब वैसी है ताबीर हूबहू
गुमगश्ता दश्ते-शब में वो नन्ही सी आबजू
है मेरे बख़्ते-खुफ़्ता की तस्वीर हूबहू
ताबे-नज़ारा किसको है गुलशन में सुबह के
उसका जमाल महर की तनवीर हूबहू
उस पाए-मरमरीं पे नहीं बर्गे-गुल का दाग़
मंशूरे-शह पे ज़र की है तहरीर हूबहू

आग़ा तुराब उस ग़ज़ल को पढ़कर इस दर्जा ख़ुश और विभोर हुए कि, हालांकि यह बात तहज़ीब के ख़िलाफ़ थी, लेकिन उन्होंने वहीं दालान में बैठे ही बैठे पुकारा, "अरे भाई वज़ीर बेगम, आप कहां हैं? इधर तो आइए।"

वज़ीर ने बच्चे को दाई-पिलाई के हवाले किया और दुपट्टा संभालती हुई मियां के पास आई।

"जी, फ़रमाइए," उसने मुस्कुराकर कहा, "क्या हुआ। हौला दिया मुझे तो आपने... क्या ग़ज़ल जी को पसंद नहीं आई?"

"ऐ सुब्हानल्लाह, वज़ीर बेगम, जी को पसंद आने के क्या मानी। लाजवाब ग़ज़ल

कही है आपने। वल्लाह क्या-क्या मज़मून लाई हैं। इन अशआर की दाद तो शाह नसीर मरहूम या स्वर्गीय शैख़ नासिख़ ही दे सकते थे।"

वज़ीर का चेहरा शर्म और खुशी से गुलाबी हो गया, "अल्लाह, आपने कैसी बात कही। वह लोग शायरी के मुल्क के बादशाह, मैं उनकी नाचीज़ बांदी से ज़्यादा नहीं।"

"वह लोग शायरी के मुल्क के बादशाह हैं तो क्या हुआ। आप भी तो अपने नाम की वज़ीर हैं।"

"जी। फ़ारसी की कहावत है न कि हब्शी का नाम काफ़ूर रखते है लेकिन आपने ग़ज़ल पसंद की, यही मेरे लिए बड़ी बात है।"

इस बात का सवाल ही नहीं था कि नवाब यूसुफ़ अली ख़ां के मुशायरे में वज़ीर अपनी ग़ज़ल खुद पढ़े, या किसी से पढ़वा ही दे, लेकिन जब आग़ा तुराब अली ने नवाब यूसुफ़ अली ख़ां को वज़ीर की ग़ज़ल पढ़वाई तो वह भी दाद और तारीफ़ में मिर्ज़ा तुराब अली से हेठे न रहे। फिर उन्होंने 'बख़्ते-ख़ुफ़्ता' वाला शेर पढ़ा और बोले, "लोग कहते हैं कि मर्द और औरत की ज़ात में शेर कहने की हद तक कुछ फ़र्क़ नहीं। दोनों एक ही तरह के मज़मून बांधते हैं और औरतें भी शायरी में अपने लिए पुल्लिंग ही प्रयोग करती हैं। लेकिन यह ग़ज़ल और ख़ासकर नन्ही सी आबजू का मज़मून कोई बेगम ही लिख सकती थी। सुब्हानल्लाह।"

एक तो ग़ज़ल खुद ही बेहद ऊंचे दर्जे की, उस पर नवाब यूसुफ़ अली ख़ां से मिली तारीफ़ और उनकी इस नुक्तादानी के सबब कि ऐसी ग़ज़ल किसी पर्देवाली बेगम ही से मुमकिन थी, वज़ीर की ग़ज़ल सारे रामपुर में शायरी के शौक़ीनों की ज़बानों पर आ गई। नवाब मिर्ज़ा ने जब यह ग़ज़ल और इसके बारे में नवाब यूसुफ़ अली ख़ां का जुम्ला सुना तो उसने यह बात भी महसूस की कि सारी ग़ज़ल में कोई मिसरा ऐसा न था जिसमें पुलिंग में प्रथम पुरुष का इस्तेमाल किया गया हो। अपनी मां के लिए उसके दिल में मुहब्बत और एहतेराम दोनों पहले से कई गुना बढ़ गए।

शाह मुहम्मद आग़ा मिर्ज़ा भी अपने बड़े हालांकि सौतेले भाई नवाब मिर्ज़ा की तरह चोंचलेबाज़ निकल रहा था। पांच ही छहे महीने की उम्र से उसकी क़िलक़ारियां और गों-गों के चहचहों से घर भरा रहता था। आग़ा मिर्ज़ा तुराब अली पहले तो दिन में सिर्फ़ एक बार, आमतौर पर रात के खाने के वक़्त यानी मग़रिब की नमाज़ के बाद, ज़नानख़ाने में आते थे। अब उन्होंने कई-कई बार हवेली के अंदर आना और बेटे के साथ खेलना-खिलाना शुरू कर दिया। मुहम्मद आग़ा मिर्ज़ा भी बाप से ख़ूब हिल मिल गया था और जब तुराब अली घर में होते तो बेटा बमुश्किल ही उनकी गोद से उतरता था।

□□

सोनपुर

नवंबर 1843 की शुरुआत थी जब आग़ा मिर्ज़ा तुराब अली ने हाथियों और घोड़ों की ख़रीद के लिए सोनपुर (बिहार) जाने का इरादा किया। मवेशियों, घोड़ों, हाथियों और दूसरे जानवरों का मुल्के-हिंद में सबसे बड़ा मेला वहां हर साल पूस की तीसरी तारीख़ से लेकर माघ के बीच यानी मकर संक्रांति (14 जनवरी) के दिन तक गंडक नदी के किनारे एक लंबे-चौड़े मैदान में लगता था। चारों तरफ़ से व्यापारी और ख़रीदार जमा होते थे और खेलकूद, दंगल, जानवरों की दौड़, नाच-गाने की महफ़िलों, नटों के तमाशों वग़ैरा के कारण उस सारी मुद्दत में वहां जश्न सा माहौल रहता था।

नवाब के हुक्म और इजाज़त से आग़ा मिर्ज़ा तुराब अली ने 15 अगहन यानी 9 दिसंबर 1843 को सोनपुर के लिए कूच किया। चलने के पहले उन्होंने शाह मुहम्मद आग़ा को ख़ूब प्यार किया, नवाब मिर्ज़ा को गले लगाया और अकेले में वज़ीर ख़ानम के आंसू पोंछकर उसके साथ दिल खोलकर प्यार किया। हबीबा, राहत अफ़्ज़ा, मंझली बेगम और वज़ीर ख़ानम ने मिर्ज़ा तुराब अली को अलग-अलग इमाम ज़ामिन बांधे, उनके ऊपर से वार के पानी का घूंट पिया, उन पर सदक़े हुईं और सबने यकज़बान होकर कहा, "जाइए, जिस तरह पीठ दिखाते हैं, उसी तरह मुंह भी दिखाइएगा।" आग़ा साहब ने सबको मौला की पनाह में दिया, बेटों पर दुआ पढ़कर फूंकी और अव्वल वक़्त शहर के फाटक से निकलकर मुरादाबाद वाली सड़क के रास्ते बरेली की तरफ़ चले। उनके साथ चार निजी मुलाज़िम, बारह बरछैत, चार सईस और दो फ़ीलबान थे। कुछ ख़ुश्की और कुछ पानी का सफ़र बीस दिन तक रहा। 29 दिसंबर को दिन चढ़े उनका क़ाफ़िला ख़ैरो-आफ़ियत के साथ सोनपुर पहुंच गया।

आग़ा मिर्ज़ा तुराब अली ने सोनपुर के मेले में आला दर्जे के जानवरों की रेलपेल देखकर अंदाज़ा लगा लिया कि यहां एक हफ़्ते से ज़्यादा क़याम की ज़रूरत न होगी। वह यह भी चाहते थे कि मकर संक्रांति के कई दिन पहले यहां से निकल चलना बेहतर होगा क्योंकि दूर से आए हुए व्यापारी और ख़रीदार आमतौर से मकर संक्रांति का नहान नहाकर फ़ौरन सोनपुर छोड़ देते थे। नतीजे में तमाम राहें और सरायें मुसाफ़िरों से भर जाती थीं। राहों का भर जाना तो अच्छा था लेकिन सरायों में मुसाफ़िरों की भीड़ के कारण अच्छी जगह मिलना ग़ैर-मुमकिन हो जाता था। मकर संक्रांति के पहले चल निकलने में सुनसान राहों का जोखिम तो था लेकिन ठहरने की अच्छी जगहों का आसानी से मुहैया रहना बहुत बड़ा फ़ायदा भी था।

पांच दिन के अंदर-अदंर हमारे रामपुरी मुसाफ़िरों का काम क़रीब-क़रीब ख़ात्मे को पहुंच चुका था। नेपाल की तराई से हाथियों के कुछ व्यापारी अगले दिन पहुंचने वाले थे; उनका माल देखकर हाथियों की ख़रीदारी का फ़ैसला हो जाना था। चुनांचे 11 जनवरी को जब मिर्ज़ा तुराब अली ने जायज़ा लिया तो मालूम हुआ छह हाथी

और आठ घोड़े ख़रीदे गए थे और सईसों और फ़ीलवानों के मेहनतानों समेत उनकी पूरी क़ीमत 52, 500 (बावन हज़ार पांच सौ) रुपए थी। अतिरिक्त सईस और महावत वापसी के सफ़र के लिए थे लेकिन मुमकिन था कि रामपुर पहुंचकर उनको नवाब की ख़िदमत में मुलाज़िम रख लिया जाए। रक़म की अदायगी कुछ मुश्किल न थी क्योंकि आग़ा तुराब अली के पास नवाब के मुख़्तारे-कार महाजन की दर्शनी हुंडी एक लाख रुपए की मौजूद थी। सबका हिसाब बेबाक़ करके अगले दिन, 12 जनवरी 1844 को वह रामपुर के लिए चले।

इलाहाबाद तक का सफ़र कहीं-कहीं .ख़ुश्की से और कहीं-कहीं, जहां जंगलों और दरिंदों का ख़ौफ़ ज़्यादा था, दरिया-ए-गंगा से हुआ। यहां पहुंचकर मिर्ज़ा तुराब अली ने हुक्म दिया कि अब फ़तेहगढ़ तक का सफ़र दरिया-ए-गंगा ही से हो ताकि नए ख़रीदे हाथियों और घोड़ों पर सफ़र का बोझ ज़्यादा न हो। नदी का सफ़र हालांकि सुस्त-रफ़्तार था लेकिन आंधी या उथले पानी में कश्तियों के किसी टापू से टकराने या रेते में फंस जाने के ख़ौफ़ को छोड़कर बहुत आरामदेह था। खाने-पीने की किसी तंगी का सवाल न था, फिर भी एक बड़ी कश्ती में जानवरों का चारा और एक बड़ी कश्ती में इंसानों के लिए खाने-पीने के सामान लाद लिए गए थे। 20 जनवरी की सुबह को पानी क़ाफ़िले ने फाफामऊ के मुक़ाम से इलाहाबाद को छोड़ा और आग़ा तुराब अली चार घोड़ों, दो सईसों, दो बरछैतों और ख़च्चरों पर सवार चार निजी ख़ादिमों के साथ कड़ा मानिकपुर के लिए वहीं से चले। वहां से उन्हें कड़ा मानिकपुर, फ़तेहपुर होते हुए कानपुर निकल जाना था। कश्ती की राह भी कड़ा मानिकपुर होती हुई बिंदकी के रास्ते कानपुर पहुंचती थी। हालांकि .ख़ुश्की का रास्ता एक और भी था लेकिन कड़ा मानिकपुर वाली सड़क को ज़्यादा चलती हुई और ज़्यादा महफ़ूज़ समझा जाता था। एक बूढ़े तजुर्बेकार सईस ने दबी ज़बान से आग़ा तुराब अली का ध्यान ठगों के ख़तरे की तरफ़ दिलाना चाहा लेकिन मिर्ज़ा तुराब अली ने उसकी बात को हंसी में उड़ा दिया।

"कंपनी बहादुर ने ठगों की कमर तोड़ दी है। उन्हें जेलख़ानों में सड़ा दिया है या फांसी पर खेंच दिया है। अब कैसे ठग और कहां के ठग! मुनीर ख़ां, तुम सठिया तो नहीं गए।"

"हुज़ूर ज़्यादा बेहतर जानते हैं। हम लोग तो सुनते हैं कि ठग ज़हरीले सांप की तरह हैं। जब तक सांप का सर काटकर धड़ से अलग न कर दिया जाए, उसके डसने का ख़तरा बाक़ी रहता है।"

□□

ज़ख़्मी सांप

आग़ा मिर्ज़ा तुराब अली के मिज़ाज में हठ आम से कुछ ज़्यादा ही था और रामपुर

के पठानों में रहते-रहते उनके अड़ियलपन में कुछ इज़ाफ़ा भी हो गया था। कड़ा मानिकपुर, फ़तेहपुर और कानपुर के रास्ते .ख़ुश्की के रास्ते सफ़र की उन्हें कुछ ज़िद आ गई थी और हालांकि उनका लहजा अच्छा था लेकिन इस बात को सब समझते थे कि आग़ा साहब अपने फ़ैसले से टलने वाले नहीं हैं। वह ख़ूब जानते थे कि हिंदुस्तान के ठग अगहन का पूरा महीना विंध्याचल की देवी के मंदिर में इबादत और पूजा-पाठ और दर्शन में गुज़ारते हैं। अगहन ख़त्म होता है तो वो दूर-दूर फैल जाते हैं और मकर संक्रांति लगते ही ठगी का ख़ास मौसम शुरू हो जाता है। कंपनी के अफ़सरों और ख़ैरख़्वाहों के ऊंचे-ऊंचे दावों के बावजूद ऐसा नहीं था कि ठगों का नामो-निशान दुनिया के पन्ने से मिट गया हो। उन्होंने यह भी सुन रखा था कि अंग्रेज़ के दबाव के सबब बहुत से ठगों ने अंग्रेज़ी अमलदारी छोड़कर अवध में पनाह ले रखी है, और वो इलाक़े जहां मुल्के-अंग्रेज़ और मुल्के-अवध की सरहदें मिलती थीं, ख़ासतौर पर ख़तरों से भरे समझे जाते थे। कानपुर के आसपास कई जगहें ऐसी थीं जिनके बारे में मशहूर था कि वहां ठगों ने अपनी बेल बना रखी है। 'बेल' ज़मीन के उस टुकड़े या जगह को कहते थे जिसे ठग अपने शिकार को मारने और गाड़ने के लिए पहले से तजवीज़ कर रखते थे। ऐसी जगहें चूंकि महफ़ूज़ और .ख़ुफ़िया होती थीं, इसलिए उन्हें बार-बार काम में लाया जाता था। जिस ज़माने का हम ज़िक्र लिख रहे हैं उन दिनों में कानपुर और फ़तेहपुर के बीच चुटकिया नाम की एक जगह और कानपुर के इलाक़े में चपरघटा नाम की एक जगह की बेलें मशहूर थीं।

यह सब था लेकिन आग़ा तुराब अली की गर्दन की रग ने टेढ़ी होने के बाद नर्म होना जाना ही कहां था। उनकी आंखों में ग़ुस्से का खिंचाव देखकर सभी मुलाज़िमों ने दम साध लिया। कड़ा मानिकपुर और फ़तेहपुर तक का सफ़र शेरशाही सड़क पर बहुत आराम और अच्छी रफ़्तार से हुआ। सड़क चौड़ी और मज़बूत थी, ठहरने की जगहें साफ़-सुथरी, और पानी ख़ूब था। हर मुक़ाम पर उनकी ख़ातिर हुई। एक बार तो उन्होंने अंग्रेज़ हाकिमों के डाक बंगले में रात गुज़ार ली और वहां के बंदोबस्त ने उनके दिलों को मोह लिया। बिंदकी पहुंचते-पहुंचते मंज़र ज़्यादातर उजाड़ और सुनसान नज़र आया और सड़क के दोनों तरफ़ मिट्टी के धसों और टीलों से भर गया। कहीं-कहीं बीहड़ और कहीं-कहीं झड़बेरी और जंगल-जलेबी की घनी बाड़ें बल्कि छोटे-मोटे बन भी दिखाई दिए। मिर्ज़ा तुराब अली का सधा हुआ क़ाफ़िला और उनके घोड़े और ख़च्चर उन दुश्वार रास्तों से आसानी से गुज़रे, लेकिन वह दुनिया ऐसी थी कि उससे गुज़रते वक़्त डाकुओं, बटमारों, ठगों और जोगी-साधुओं की सूरत ख़्वामख़्वाह आंखों में फिरने लगती थी।

बिंदकी के कई कोस आगे, जब कानपुर मुश्किल से तीन कोस रहा होगा, उन्हें अपने ज़रा आगे हिंदुओं का एक क़ाफ़िला दिखाई दिया जो बहुत आहिस्ता चल रहा

था, गोया बहुत थक गया हो। नज़दीक पहुंचने पर मालूम हुआ कि कोई 15-20 मर्द हैं, औरतें और बच्चे एक भी नहीं। बज़ाहिर मध्यमवर्गीय और मिली-जुली ज़ातों के ये हिंदू आमतौर पर अधेड़ उम्र के या बूढ़े थे। उनके कपड़े मामूली, कुछ मलगुजे लेकिन पैवंद से ख़ाली थे, और न कहीं से फटे या मरम्मत किए हुए थे। ग़ौर से देखने पर मिर्ज़ा तुराब अली को अंदाज़ा हुआ कि इनमें एकाध अच्छी ज़ात के भी हैं, बक़िया शक्ल-सूरत के लिहाज़ से किसान, अहीर, लोहार और चरवाहे वग़ैरा और चालढाल, स्वभाव, जिस्मानी हाव-भाव से निहायत नेक, क़ायदे-क़ानून और रिवाज-समाज का एहतेराम करने वाले, मेहनत की रोटी खाने वाले लगते थे।

क़ाफ़िले के बुजुर्ग ने मिर्ज़ा तुराब अली और उनके सवारों को आते देखकर अपने लोगों को इशारा किया कि हट जाओ, राह दे दो। लेकिन जब मिर्ज़ा तुराब अली का घोड़ा नज़दीक आया तो उसने बीच राह में घुटने टेककर आग़ा मिर्ज़ा तुराब अली को सलाम किया और कहा, "सलाम माई-बाप, सरकार का इक़बाल बुलंद रहे।"

उसका लहजा विनम्रता और प्रार्थना से भरपूर था, गोया उसे हाकिमों और रईसों से अक्सर साबक़ा पड़ता रहा हो। आग़ा मिर्ज़ा तुराब का दिल कुछ पसीजा, लेकिन उन्होंने तीखे लहजे को मौक़े की ज़रूरत जानते हुए सलाम का जवाब दिए बग़ैर डपटकर कहा, "कौन हो तुम लोग? और क्यों हमारा रास्ता रोके खड़े हो?"

"आपका रास्ता रोकें, यह हमारी मज़ाल नहीं, सरकार। हम जात्री हैं, बिंदकी से क़न्नौज देवी दर्शन को जा रहे हैं।"

"तो जाओ," आगा मिर्ज़ा तुराब अली ने कड़ककर कहा। "हटो, हमारी राह न काटो।"

अब बूढ़ा और भी प्रार्थना भरे और नर्म लहजे में बोला, "हुज़ूर, हम अकेले हैं। कोई नफ़री-अहदी साथ नहीं, कोई बटमार दबोच ले तो बचाने वाला कोई नहीं।"

इतनी देर में एक दूसरा बूढ़ा सामने आ गया। उसने अपने साथी से भी कुछ बढ़कर मीठी बोली में कहा, "जी हां, आलीजाह, हममें बिराम और कमजोर भी हैं। सरकारे-आली की छतरछाया मिल जाती तो हमारी जात्रा बेखटके पूरी हो जाती।"

आग़ा मिर्ज़ा तुराब अली ने दोनों बूढ़ों को ग़ौर से देखा। उनकी निगाहें झुकी हुई और उनके बदन सिमटे-सिकुड़े हुए, निरीह बेचारगी की तस्वीर थे। लेकिन मिर्ज़ा तुराब अली को यह भी महसूस हुआ कि पैदल क़ाफ़िले वाले किसी आहिस्ता, ग़ैर-महसूस ढंग से कुछ इतना आगे आ गए थे कि उनके क़ाफ़िले के गिर्द ढीला-ढाला सा घेरा बन गया था। उनके बदन में हल्की सी सनसनी दौड़ गई। "ये लोग ठग तो नहीं?" उनके दिल में यह सवाल तेज़ाब की बूंद की तरह जलता-जलता उतर गया। "नहीं, ठग भला क्या होंगे, बिल्कुल मासूम मालूम होते हैं।" लेकिन शायद वह घेरा कुछ और भी क़रीब आ गया था। उन्होंने मुनीर ख़ां की तरफ़ देखा।

उसकी आंखों में बेचैनी के साथ कुछ बेयक़ीनी भी थी। मुनीर ख़ां आंखों ही आंखों में कुछ कहता हुआ मालूम होता था। लेकिन मुमकिन है कि यह मेरा वहम हो, आग़ा तुराब अली ने अपने दिल में कहा। अचानक उनकी बाईं आंख के कोने के दिखाई देने वाले दायरे के सबसे दूर सिरे पर उन्हें एक नौजवान शख़्स की झलक दिखाई दे गई। दूसरे राहगीरों के बरख़िलाफ़ वह अपना बदन चुराए हुए न था और उसकी आंखों में कुछ ऐसी चमक थी जो बेरहम होने के साथ-साथ उम्मीद से भरपूर थी, जैसे किसी अजगर ने ऊंघता हुआ ख़रगोश देख लिया हो। उन्हें अचानक कुछ डर महसूस हुआ। वह कुछ कहना चाहते थे कि पेड़ों के पीछे झुंड से एक कौआ कांव-कांव करता हुआ गुज़रा। आग़ा तुराब अली ने देखा, बल्कि महसूस किया कि क़ाफ़िले वालों की आंखें हालांकि ज़मीन की तरफ़ झुकी हुई हैं लेकिन दरहक़ीक़त सब उस कौए को देखने के लिए जिज्ञासु हैं कि कौआ किसी शाख़ पर उतरता है या उड़ जाता है। मुनीर ख़ां हल्के से खंखारा, शायद उसने होंठ खोलने की जुरअत कर ली थी। लेकिन अभी उसने कुछ कहा न था कि कौआ बुलंद आवाज़ में पुकारता हुआ आगे बढ़ गया।

कौए के गुज़रते ही क़ाफ़िले वालों के चेहरे-मोहरे से कुछ मायूसी झलकी, गोया उन्होंने समझ लिया हो कि इन नवाब साहब की रक्षा हमें नसीब न होगी, हमें अपनी राह लगना चाहिए। लेकिन यह मायूसी किसी और बात का इशारा तो नहीं? आग़ा तुराब अली ने दिल में सोचा। ऐसा तो नहीं कि ये वाक़ई ठग हों और मेरे बात करने की सख़्त तर्ज़ से समझ गए हों कि मैं छनक गया हूं और अब इन मुर्दारख़ोरों का शिकार न बन सकूंगा? पैदल क़ाफ़िले वालों का घेरा उनके गिर्द कुछ ग़ैर-महसूस तौर पर ढीला हो गया था लेकिन कोई अपनी जगह से हटने या हिलने को तैयार न लगता था।

"सरकार," मुनीर ख़ां ने फंसी-फंसी आवाज़ में कहा। "सरकार, निकल चलें।"

मुनीर ख़ां की आवाज़ ने आग़ा तुराब अली के दिल पर गोया घड़ियाल सा असर किया। वह चौंके और भर्राई सी आवाज़ में बोले, "एं, हां ठीक है।" फिर उन्होंने गला साफ़ करके सामने वाले बूढ़ों से कड़ककर कहा, "चलो, हटो तुम सामने से।" दोनों बूढ़ों के चेहरे पर कुछ ऐसा असर था जिसे वह साफ़ समझ न सके। मगर यह ज़रूर था कि रास्ता देने के लिए इन बज़ाहिर बेचारे बूढ़ों की तरफ़ से ख़ास जल्दी भी न दिखाई देती थी। आग़ा तुराब अली ने अपना घोड़ा एक क़दम पीछे हटाकर चाबुक हवा में लहराया और घोड़े की पसलियों को रानों में मज़बूत दाबकर कहा, "उड़ चल बेटे!" घोड़े ने गर्दन उठाई, दांत निपोटे और काली घनी अयाल हवा में परचमों की तरह लहराई। अगले दोनों पांव समेटकर उसने कमर की पूरी क़ुव्वत के साथ अपना बदन आगे को हेल दिया। अगले पांव सिमटकर पेट से लगभग लगे हुए, पिछले

पांव सिकुड़कर कमर के नीचे, बूढ़े अभी कुछ समझ न पाए थे कि क्या बचाव करें और घोड़े ने अपने सवार को लिए हुए बर्फ़ के गाले की सी ख़ामोशी के साथ कई गज़ आगे उतार दिया। घोड़े के गुज़रने की सनसनाहट और फिर उसके ज़मीन पर उतरने की धमक से ख़ौफ़ खाकर बूढ़े ज़मीन को चूम रहे थे और उनके क़ाफ़िले वालों का घेरा तीलियों की तरह बिखर गया था। थोड़ी ही देर में आग़ा तुराब अली और उनके साथी ग़ुबार और फिर फ़ासले की वजह से नज़रों से ओझल हो चुके थे।

कई कोस की दौड़ के बाद सांसें बराबर करने और घोड़ों को पानी पिलाने के लिए वह एक कुएं पर रुके तो मुनीर ख़ां ने आहिस्ता से कहा, "वो लोग ठग थे सरकार... यहां ज़्यादा न ठहरते तो अच्छा था।"

"क्यों?" तुराब अली की ज़िद फिर उभर आई। "यहां ठहरने में क्या परेशानी है? अब ठग यहां कहां?"

"जनाब, ये लोग शिकार को ताककर उस पर अपना पंजा जमाने के लिए कई टुकड़ियों में आगे पीछे बंटकर वारदात करते हैं। कुछ अजब नहीं कि उनकी एक टुकड़ी यहीं कहीं आगे घात में हो।"

"यह क्या फ़िज़ूल बयान है। तुम लोग पठान हो या चरवाहे और घसियारे हो! बेवजह डरे जाते हो और बेमौत के मरे जाते हो।"

"जनाब," एक बूढ़े बरछैत ने सीने पर हाथ रखकर कहा। "मैं इन राहों से पहले भी गुज़रा हूं। वह सामने पांडव नदी है। मैंने अक्सर सुना है कि नाबकार ठग इसी नदी के घाट में छुपकर घात लगाते हैं और वारदात करके क़रीबी गांव में छुप जाते हैं। गांव यहां से आधा कोस भी नहीं है।"

"ख़ैर, मेरा भी इरादा यहां कोई रात गुज़ारने का नहीं था। चलो, आगे बढ़ो।"

शाम होते-होते वो कानपुर पहुंचे लेकिन मिर्ज़ा तुराब अली के क़ाफ़िले को वहां उनकी हैसियत के मुआफ़िक़ कोई सराय न मिली। इसलिए वो तेज़ धावे के तौर पर चलते हुए बिठूर और फिर बिल्हौर पहुंचे जहां उन्होंने रात का पड़ाव किया और हिफ़ाज़त के साथ सुबह के बंसलोचन से अपनी आंखें ठंडी कीं। सर्दियों का मौसम, दरिया-ए-गंगा बिल्कुल पास, लिहाज़ा ठंडक और कोहरा दोनों ग़ज़ब के थे। लेकिन मिर्ज़ा तुराब अली ने जल्द से जल्द वहां से कूच किया। दिन ढलने के कुछ पहले क़न्नौज कोई ढाई कोस रह गया था। एक मुनासिब सराय में रात गुज़ारकर अगली सुबह उन्होंने क़न्नौज के लिए कूच किया। वो थोड़ी ही दूर गए होंगे कि उन्हें कोई 20-22 मुसलमानों का एक पैदल क़ाफ़िला मिला। उनमें भी कोई औरत या बच्चा न था लेकिन वो लोग शक्ल से इंतहाई नेक तबीयत, धार्मिक व नमाज़ी मालूम होते थे। ज़्यादातर की दाढ़ियां लंबी, मूंछें कतरी हुई, पजामे ऊंचे और सरों पर गोल चार कोने वाली टोपियां थीं। उनमें से एक अधेड़ शख़्स ने पिछले दिन के क़ाफ़िले वाले

बूढ़े की तरह बीच सड़क में ठहरकर मिर्ज़ा तुराब अली को शरई सलाम किया, “अस्सलामु-अलैकुम, सरकार। जनाब किस तरफ़ तशरीफ़ ले जाते हैं?”

मिर्ज़ा तुराब अली को उस शख़्स के स्वभाव, साफ़-सुथरे हालांकि मोटे-झोटे कपड़ों और पेशानी पर सजदे के निशान ने बहुत प्रभावित किया। उन्होंने यह भी न ग़ौर किया कि बाक़ी क़ाफ़िले वाले किसी ख़ास तरतीब से सड़क के बीच ठहर गए हैं। लेकिन उनकी मिर्ज़ाई अकड़ ने पसंद न किया कि बीच राह रुककर किसी मामूली कारीगर क़िस्म के शख़्स से बात करें।

“शरीफ़ लोग रास्ते में रुककर बात नहीं करते। चलो बढ़ो, चलते-फिरते नज़र आओ।”

“आलीजाह, हम ग़रीब कारीगर मुसलमान, हमारे पास कोई दौलत नहीं, कोई ताक़त नहीं और यह रास्ता बड़े जोखिम का है। हम कब से उम्मीद लगाए हुए हैं कि अल्लाह आप जैसा कोई बहादुर रईसज़ादा भेज दे तो उसके दामन से लगकर हम भी पार-घाट लग जाएं।”

मिर्ज़ा तुराब अली ने महसूस किया कि मुनीर ख़ां और उनके दूसरे नौकरों के दिलो-ज़ेहन में कुछ भारी तनाव है और यह तनाव उनके बदन के हाव-भाव से भी ज़ाहिर है। वह दिल ही दिल में कुछ चिड़चिड़ाए कि ये कमबख़्त बेवजह मरे जाते हैं। लेकिन उन्हें यह भी अहसास था कि पिछले दिन के पैदल राहगीरों और इन लोगों में कुछ रहस्यमय सी समानता है। उन्होंने अपनी कमर में बंधे हुए तमंचे पर हाथ डाला और कहा, “तो क्या तुमने हमें अपना मुहाफ़िज़ मुक़र्रर किया है? तुम्हारे अपने मेट और चौधरी कहां हैं?”

अधेड़ उम्र के मुसाफ़िर ने तमंचे पर हाथ जाता देखकर, ज़मीन को छूकर सलाम किया और एक क़दम पीछे हटकर गिड़गिड़ाते हुए कहा, “सरकार बहादुर, हम कंपू में जॉन कंपनी के मुलाज़िम हैं। थोड़ी रुख़सत मिली है तो क़न्नौज अपने घर जा रहे हैं। हम कारीगर हैं, चोट्टे-चूहड़े नहीं हैं।”

उस शख़्स के लहजे में इस क़दर आजिज़ी थी कि मिर्ज़ा तुराब अली को अपना दिल पसीजता हुआ महसूस हुआ। लेकिन उन्हें बूढ़े बरछैत मुन्ने ख़ां की बात याद आ गई कि ठग लोग कई टुकड़ियों में आगे-पीछे बंटकर मुसाफ़िरों का शिकार करते हैं। इतनी दूर तक भला उनका दौरा क्या होगा, लेकिन एहतियात शर्त है, उन्होंने दिल में कहा।

“ठीक है, लेकिन हमारा-तुम्हारा साथ नहीं। चलो हटो, नहीं तो गोली मार दूंगा।”

निहायत मायूसी के लहजे में और पस्त, हारी हुई सी आवाज़ में, “जो मर्ज़ी मालिक की” कहकर अधेड़ उम्र के आदमी ने रास्ता छोड़ दिया और अपने क़ाफ़िले वालों में मिल गया।

मिर्ज़ा तुराब अली के क़ाफ़िले वालों ने आगे बढ़ते ही एक ज़बान में कहा, "सरकार की अक़्लो-फ़िरासत के क़ुर्बान जाइए। सरकार ने फ़ौरन पहचान लिया कि वह लोग ठग हैं।"

"हुंह, ठग भला क्या होंगे," आग़ा तुराब अली ने कहा। "अच्छे-भले नेक मुसलमानों को तुम लोग ठग बनाए दे रहे हो।"

पलटकर जवाब देने की हिम्मत तो किसी में न थी लेकिन सबने दिल में कहा, जान बची लाखों पाए, चाहे वह किसी बहाने से बची हो, जान बच तो गई। आग़ा तुराब अली के दिल में भी इस बार कुछ घबराहट और ख़ौफ़ का मिला-जुला मलगुजा सा ग़ुबार उड़ रहा था। ख़ूबी की बात यह थी कि धूप चमकी हुई थी, मौसम .ख़ुशगवार था और राह बहुत हमवार। आसानी से तेज़-तेज़ चलते हुए उन्होंने क़न्नौज से दो मंज़िल आगे क़याम किया। यहां से फ़तेहगढ़ कोस, डेढ़ कोस के फ़ासले पर था। सराय की चहल पहल, ऊंटगाड़ियों का हुजूम, बच्चों की चीख़-पुकार और किलकारियां, पास के मंदिरों और मस्जिदों से इबादत और अज़ान की आवाज़ों के शोर में मिर्ज़ा तुराब अली की तबीयत कुछ हल्की हुई। उन्होंने हुक्म दिया कि क़ाफ़िले के सभी लोग आराम से पांव फैलाकर देर तक सोएं, सुबह गर्म पानी से नहा-धो, ताज़ादम होकर दिन चढ़े रवाना होंगे।

अगली सुबह आग़ा तुराब अली कपड़े पहनकर नाश्ते के लिए तैयार हो रहे थे कि मुनीर ख़ां ने आकर सलाम किया और कुछ झिझकते हुए, कुछ शरमाते हुए, याचना भरे लहजे में बोला, "सरकार, कुछ अर्ज़ करना है।"

"कहो, कहो," मिर्ज़ा तुराब अली ने महसूस किया कि उस वक़्त मुनीर ख़ां के चेहरे पर वही शर्मिंदगी भरी .ख़ुशामद थी जैसी कल और परसों के पैदल क़ाफ़िले वालों का सामना करते वक़्त नज़र आई थी। लेकिन जब मुनीर ख़ां ने बात कही तो वह कुछ और ही थी।

"सरकार, ये मेरे घर के हैं। मेरे मामूं के बेटे," वह बोला। फिर उसे शायद ख़्याल आया कि बात अभी साफ़ नहीं हुई। "जी, यह मेरा मामूंज़ाद भाई है। सादिक़ ख़ां इसका नाम है।" यह कहकर उसने पीछे मुड़कर किसी शख़्स को इशारा किया कि आगे आ जाओ। तीस-पैंतीस साल की उम्र, पस्ता क़द, गठा हुआ बदन, सर पर रंगीन फेंटा, बदन पर रंगीन गज़ी का कुर्ता और उसी रंग व कपड़े का पजामा एक बर का, दोनों कपड़े बिल्कुल साफ़ धुले हुए और पैवंद या चाक से ख़ाली, जैसे किसी मामूली लेकिन शरीफ़ घराने का ग़रीब आदमी हो।

"तस्लीमात अर्ज़ करता हूं सरकार," उसने झुककर दो तस्लीमें कीं और एक तरफ़ सिकुड़कर खड़ा हो गया। उसने अपनी निगाहें अपने पांव पर मज़बूती से जमा रखी थीं।

"क्या नाम है तुम्हारा? कहां से आ रहे हो?"

आने वाले ने अपनी आंखें ज़मीन पर क़ायम रखीं। "गुलाम को सादिक़ ख़ां कहते हैं। हम कंपू से आ रहे हैं।"

"तो क्या तुम तन्हा नहीं हो?"

"ज... जी नहीं, आलीजाह।"

आग़ा तुराब अली के दिल में कुछ सनसनाहट सी हुई। "कुल कितने लोग हो तुम?"

"प... पंद्रह... बीस हैं, सरकार।"

"औरतें और बच्चे?"

"कोई भी नहीं, जनाब। हम लोग अपनी नौकरी से घर वापस जा रहे हैं। हमारे घर वाले वहीं पर हैं।"

मिर्ज़ा तुराब अली कुछ देर चुप रहे। फिर उन्होंने कहा, "मुनीर ख़ां?"

"जी, सरकार।"

"यह तुम्हारे सगे मामूं का बेटा है?"

"जी... जी... नहीं सरकार। रिश्ते का भाई है।"

"तुम इसे पहले से जानते हो?"

यह सवाल सुनकर नया शख़्स कुछ और भी सिकुड़ गया। लेकिन फिर भी वह कुछ कहना चाहता था कि मिर्ज़ा तुराब अली ने डांटकर कहा, "मुनीर ख़ां, मैंने तुमसे पूछा है।"

अब मुनीर ख़ां और नए शख़्स दोनों के चेहरों पर परेशानी के आसार उभरे। नए शख़्स ने मुनीर ख़ां को कुछ आंख का इशारा करना चाहा लेकिन मिर्ज़ा तुराब अली ने उसे झिड़क दिया, "तुम चुप रहो जी। मुनीर ख़ां, तुम नमकहरामी पर तो आमादा नहीं हो गए?" यह कहते-कहते आग़ा तुराब अली ने तमंचा उठा लिया।

नए शख़्स ने तेज़ी से क़दम पीछे उठाया और दरवाज़े से टकराता हुआ हड़बड़ाकर निकल गया। मिर्ज़ा तुराब अली ने चाहा कि उसका पीछा करें लेकिन फिर रुककर उन्होंने मुनीर ख़ां के सीने पर तमंचा रखा और गरजकर कहा, "हरामज़ादे, तू मुझे ठगों से ख़बरदार करता था और अब तूने उन्हीं के हाथ अपना ईमान बेच दिया!" मिर्ज़ा तुराब अली के बदन में कुछ ग़ुस्से और कुछ घबराहट के सबब कंपकपी थी। "तूने मेरे दूध पीते बच्चे का भी कुछ ख़्याल किया।"

मुनीर ख़ां ने सीना तानकर और गर्दन सीधी करके कहा, "मुझे बेशक गोली मार दें। हुज़ूर मालिक हैं, मैं नमकख़्वार बंदा। मेरा ईमान तो आपके हाथों पहले ही दिन से गिरवी है। मैं आपका दोखी हूं। मुझसे आदमी पहचानने में ग़लती हुई।"

"शैतान की औलाद, बातें मत बना। मैं तेरे दोनों हाथ-पांव तोड़कर तुझे हमेशा

के लिए अपाहिज कर दूंगा।"

"आलीजाह, मैं मरने के लिए तैयार हूं। मेरी भूल की यही सज़ा है। लेकिन मैं ग़द्दार नहीं हूं। मैं अल्लाह का कलाम सर पर रखकर कह सकता हूं..."

"यह भूल थी? दुनिया तो इसे दग़ाबाज़ी ही का नाम देगी। एक अनजान आदमी को तूने अपना मामूंज़ाद बताया और उसे मेरे क़त्ल के लिए मेरे ही सामने लाकर खड़ा कर दिया।"

"बताया नहीं सरकार, धोखे में आकर मान लिया।"

"हरामज़ादे, कुछ तो जांच-पड़ताल की होती।"

"आलीजाह, उन्होंने जैसे मेरे सर पर उल्लू की हड्डी फेर दी थी... मैं कुछ भी समझ न पाया कि कैसा बुरा फ़रेब खा रहा हूं," अब मुनीर ख़ां की गर्दन झुकने और आंखें धुंधलाने लगी थीं। मिर्ज़ा तुराब अली के भी हाथ का तनाव अब कम हो गया था और क़रीब था कि वह तमंचा नीचे कर लें, लेकिन उन्होंने दांत भींचकर हाथ को वहीं मज़बूत रखा। उन्हें कुछ जिज्ञासा भी थी कि आख़िर एक निपट अजनबी ने मुनीर ख़ां जैसे चलत-फिरत के शख़्स को कैसे यक़ीन दिला दिया कि वह उसका मामूंज़ाद भाई था। मामूंज़ाद भाई न सही, दूर का रिश्तेदार है। मुनीर ख़ां ने जैसे मिर्ज़ा तुराब अली के दिल की बात जान ली। वह यूं ही सर झुकाए-झुकाए बोला, "सरकार, उसने और उसके एक-दो साथियों ने मुझसे ऐसी चिकनी-चुपड़ी बातें की कि क्या अर्ज़ करूं। न जाने कहां-कहां के रिश्ते-नाते जोड़कर उन्होंने मुझे यक़ीन दिला दिया... मैं आपसे हाथ जोड़कर याचना करता हूं। आपकी गोली मेरे सीने में उतर जाए तो मैं दीन-दुनिया में सफल हो जाऊं।"

"और मैं तुम्हारे क़त्ल का मुजरिम ठहरूं... तुम्हारे घरवालों को क्या जवाब दूंगा... और तुम्हारी बदनामी उन्हें ज़िंदा क़ब्र में न गाड़ देगी? अब तुम इसी वक़्त मेरे सामने से दफ़ा हो जाओ। जाओ, मैंने तुम्हारा क़ुसूर बख़्श दिया। मैंने यह मामला यहीं पर ख़त्म किया। बाक़ी दिलों का हाल अल्लाह बेहतर जानता है।"

मौत के जोखिम के इस क़दर नज़दीक आ जाने की ज़हनी थकान और मुनीर ख़ां जैसे पुराने और भरोसेमंद ख़िदमतगुज़ार को नौकरी से निकालने और वह भी इन नामुबारक हालात में निकालने का अफ़सोस और रंज, इन बातों ने आग़ा तुराब अली का दिल उदास कर दिया था। उन्होंने कुछ खाए-पिए बग़ैर बोझल क़दमों से अगले पड़ाव के लिए सफ़र शुरू किया। मुनीर ख़ां की बर्ख़ास्तगी के बाद उनके मुलाज़िमों की तादाद सात रह गई थी। लेकिन तजुर्बे और होशियारी के लिहाज़ से मुनीर ख़ां इन सातों से बढ़कर था। और जब मुनीर ख़ां जैसा जहांदीदा शख़्स ठगों का फ़रेब खा सकता था तो फिर औरों का क्या ठिकाना था...

इन्हीं ख़्यालों में गुम, हर तरफ़ चौकन्नी निगाहों से देखते हुए, अपने नौकरों में से कुछ को ज़रा आगे हरावल के तौर पर, कुछ को अपने दाएं-बाएं और दो को अपने पीछे रखते हुए वह धीरे-धीरे बढ़ते गए। उनका मंसूबा था कि आज दिन डूबते-डूबते क़ायमगंज होते हुए ककराला पहुंच जाएं। वहां से बदायूं, आंवला और शाहाबाद होते हुए रामपुर कोई बहत्तर कोस या साढ़े चार दिन की राह था। लेकिन एहतियात, बल्कि लगभग फूंक-फूंककर क़दम रखने की वजह से उनकी रफ़्तार बहुत धीमी हो गई थी। कश्ती वाले क़ाफ़िले को फ़तेहगढ़ पर दरियाई रास्ता छोड़कर .खुश्की के रास्ते दस कोस क़ायमगंज और फिर ककराला पहुंचना था। एक ख़्याल यह था कि अगर मिर्ज़ा तुराब अली के क़ाफ़िले ने अपनी रफ़्तार कम रखी और दो-चार दिन कहीं राह में क़याम भी कर लिया तो दोनों क़ाफ़िले बदाऊं और आंवला के बीच मिल भी सकते हैं। बड़ी तादाद का अपने साथ मिल जाना बहुत दिलकश और उम्मीद जगाने वाला ज़रूर था लेकिन आग़ा तुराब अली अब कहीं ठहरने को तैयार न थे। उस वक़्त उनकी रफ़्तार यूं ही मद्धम हो रही थी जो उनकी मर्ज़ी के ख़िलाफ़ था। लेकिन संभल-संभलकर चलने के सिवा कोई चारा न था।

इस उधेड़बुन में रास्ता तय करते हुए वो कुछ दूर निकल आए। जब मिर्ज़ा तुराब अली ने चौंककर आसमान पर नज़र डाली तो मालूम हुआ कि दिन बहुत चढ़ चुका है। वह पूरब से पच्छिम की तरफ़ जा रहे थे, इसलिए सूरज अभी उनके पीछे था और घुड़सवारों, ख़च्चरसवारों और पैदल सिपाहियों के लंबे साए सड़क पर फैल रहे थे। बज़ाहिर अभी क़ायमगंज बहुत दूर था। चारों तरफ़ दूर तक बंजर मैदान धूप में सुस्त फैला हुआ था, उसकी इंतेहा ही न मिलती थी। लंबे सायों को उजाड़ और सुनसान रास्तों पर रेंगते देखकर मिर्ज़ा तुराब अली का जी चाहा कि कोई और क़ाफ़िला या कुछ सवार, नहीं तो दो-चार पैदल मुसाफ़िर ही मिल जाते तो कुछ मनभावना हो जाती... कितना सूना रास्ता है, भेड़िया ही मिल जाए। या शायद रास्ता इतना डरावना न था; यह आग़ा तुराब अली के दिल में बैठी हुई दहशत थी जो किसी पिछलपाई की तरह उनके आगे-आगे भी चल रही थी और कभी-कभी मुड़कर अपना भयानक चेहरा और बिगाड़कर गोया उनका मुंह चिढ़ाती हुई मालूम होती थी। मिर्ज़ा तुराब अली ने सड़क पर दूर तक निगाह की लेकिन कुछ नज़र न आया। कुछ आगे जाकर सड़क एक तेज़ ख़म खाकर उत्तर की तरफ़ मुड़ती थी। ख़म इतना तेज़ था कि उसके आगे कुछ नज़र न आता था। मिर्ज़ा तुराब अली को वहम होने लगा कि कहीं इस मोड़ के परली तरफ़ ठगों का कोई गिरोह उनकी ताक में बैठा हुआ हो तो हम लोग उन शैतानों से किस तरह निबटेंगे। उन्होंने सुन रखा था कि घुड़सवारों पर क़ाबू पाने के लिए दो की बजाय तीन ठग हमला करते हैं। एक घोड़े की रास पकड़ लेता है, इस क़दर मज़बूत और सख़्त पकड़ के साथ कि घोड़ा एक क़दम हरक़त नहीं कर

सकता। दूसरा ठग सवार की कमर में हाथ डालकर उसे नीचे खींच लाता है और तीसरा ठग सवार के गिरते-गिरते अपने हथियार यानी सफ़ेद और पीली पट्टियों वाले मोटे कपड़े के अंगोछे (ठगों की ज़बान में 'रूमाल') से पलक झपकते में उसका गला घोंट देता है, शिकार को ठीक से तड़पने की मोहलत भी नहीं मिलती... मिर्ज़ा तुराब अली को दूर सड़क पर कुछ सायानुमा सियाही दिखाई दी जैसे दरख़्तों का कोई झुंड हो। अगर उस झुंड में दुश्मन...

"लाहौल-वला-क़ुव्वह, ये क्या औरतों जैसे वहम हैं," मिर्ज़ा तुराब अली ने बुरे ख़्यालात को दिल से झटकते हुए खुद से कहा। लेकिन उनका दिल फिर भी बार-बार उन्हीं भयानक परछाइयों में उलझ जाता। उन्होंने नादे-अली पढ़ना शुरू किया और दिल ही दिल में मन्नत मानी कि सुरक्षित घर पहुंच जाऊं तो पहली फ़ुर्सत में हाफ़िज़ शाह जमालुल्लाह साहब के मज़ारे-मुबारक पर चादर चढ़ाऊंगा और लंगर करूंगा और सरकारी कामों से मोहलत मिलते ही अमरोहा जाकर दरगाह हज़रत मख़दूम शाह विलायत पर हाज़री दूंगा। मिर्ज़ा तुराब अली को अब महसूस हुआ कि मोड़ से ज़रा पहले जो सियाही सी नज़र आती थी और जिसे वह दरख़्तों का कोई झुंड समझे थे कि सड़क के बीच तक साया किए हुए है, दरअसल चंद मुसाफ़िरों का गिरोह था। कोई आठ-दस आदमी रहे होंगे। उनमें से एक आदमी चादर लपेटे हुए पड़ा सो रहा था। शायद बीमार हो या ज़ख़्मी हो। तीन चार आदमी लेटे हुए शख़्स के सिरहाने और पायंती बैठे हुए कुछ बातें कर रहे थे, या शायद कुछ दुआ वग़ैरा पढ़ रहे हों। बाक़ी तीन-चार शख़्स कंधे झुकाए हुए, मायूसी की तस्वीर बने, सड़क के किनारे खड़े हुए आग़ा तुराब अली के क़ाफ़िले को उम्मीद और ख़ौफ़ भरी निगाहों से देख रहे थे।

□□

कस्सी

आग़ा मिर्ज़ा तुराब अली के हरावली सवारों ने उन्हें ठहरने का इशारा किया और खुद अजनबियों के पास जाकर उन्हें ग़ौर से देखा। सात-आठ आदमी थे। वो सिपाहियों के लिबास में थे लेकिन निहत्थे और मिस्कीन लग रहे थे। वो तीन-चार आदमी जो लेटे हुए शख़्स के सरहाने और पायंती बैठे हुए थे उनके चेहरे पर इंतेहाई उदासी बरस रही थी। वह तो अपनी जगह से न उठे और जो कुछ पढ़ रहे थे उसे ही पहले की तरह पस्त आवाज़ में पढ़ते रहे... हरावल सवारों से साफ़ न सुना गया लेकिन वह अरबी में कुछ मुसलमानों वाली दुआ या क़ुरआन की आयतें मालूम होती थीं। चार आदमी सड़क के किनारे खड़े थे, उनके भी चेहरों पर रंज और अफ़सोस की मटियाली रंगत दौड़ी हुई थी। उनके बदल ढीले और झुके हुए थे, गोया आजिज़ी और थकान की आख़री मंज़िल तय कर चुके हों। उनका रंग कालापन लिए हुए और नाक-नक़्शा

अवध वालों जैसा था। उनके भी हाथ में कोई हथियार न था लेकिन उनके पीछे चार-छह बड़ी-बड़ी गठरियों में कुछ सामान बंधा हुआ था और गठरियों की लंबाई-चौड़ाई से गुमान गुज़रता था कि इनमें हथियार भी होंगे। उन्होंने उम्मीद से भरी मिस्कीन निगाहों से सवारों को देखा। और उनमें से एक ने झुककर तस्लीम की और मुर्दा सी आवाज़ में बोला, "ज़हे-नसीब कमीदान साहब कि आपका गुज़र इधर से हुआ। हमारी तो आस टूट चुकी थी..."

सवारों में से एक ने बात काटकर ग़ुस्से के लहजे में कहा, "क्या बात है, कौन लोग हो तुम? यहां क्यों खड़े हो?"

मिस्कीन सूरत वाले शख़्स ने जो खिचड़ी बालों, क़ड़बड़ी दाढ़ी और झुर्रीदार गर्दनवाला अधेड़ उम्र मालूम होता था, कुछ आगे आने की कोशिश की लेकिन सवार ने उसे घुड़क दिया, "वहीं रहो। जो कहना है वहीं से कहो।"

"कमीदान जी, करीमुद्दीन मेरा नाम है। हम सिपाही नवाब साहब चांदपुर के हैं। हम मुसलमान हैं। ककराला छुट्टी पर गए थे। अब नौकरी पर लौट रहे हैं..."

सवार के मना करने के बावजूद अब आग़ा तुराब अली राहगीरों के इतने नज़दीक आ चुके थे कि उनकी बातचीत बख़ूबी सुन सकते थे। उन्होंने देखा कि राहगीर वाक़ई सिपाही हैं और मुसलमान हैं। उन्होंने मामूली सिपाहियों की तरह गज़ी के तंग और ऊंचे पजामे पहन रखे थे। बदन पर नीली सूसी या महमूदी का तंग शलूका, उसके ऊपर फूलदार छाल्टी की क़बा जिसका दामन मुसलमानों के तर्ज़ पर बाएं से दाएं ऊपर को आता था, सर पर मुसलमानों के तर्ज़ की साफ़े जैसी पगड़ी, कमर में मज़बूत पटके जैसा दुपट्टा लेकिन ख़ंजर या तमंचे से ख़ाली, पांव में नीची एड़ी की नोकदार जूतियां जिनकी अड्डियां ऊंची थीं ताकि तेज़ चलने में आसानी हो। सर से पैर तक वो थके हुए, बल्कि हारे हुए सिपाही मालूम होते थे। लेकिन हथियार नाम की कोई चीज़ उनके पास न थी।

आग़ा तुराब अली का ध्यान अपनी तरफ़ देखकर कड़बड़ी दाढ़ी वाले मिस्कीन सिपाही करीमुद्दीन ने ज़ोर का नारा बुलंद किया, "अल्लाह तेरा शुक्र, नवाब साहब तशरीफ़ ले आए! रहमत का फ़रिश्ता उतर आया!" यह कहते-कहते वह झुककर ज़मीन को चूमने लगा। सड़क पर खड़े बाक़ी तीन राहगीरों ने भी झुक-झुककर तस्लीमें कीं और पुकारे, "अल्लाह सरकार को सलामत रखे। अब हमारे मुर्दे को ज़िदंगी मिल जाएगी।"

"शोर मत मचाओ," मिर्ज़ा तुराब अली ने ज़रा नर्म लहजे में कहा। "क्या मामला है? यह मुर्दे की ज़िंदगी का क़िस्सा क्या है?"

जो चार राहगीर लेटे हुए शख़्स के पैताने और सिरहाने थे, अब उनकी आवाज़ें साफ़ सुनाई देने लगी थीं। वह अर्धशिक्षितों के लहजे में सूरा-ए-फ़ातिहा और सूरा-ए-

इख़लास पढ़ रहे थे। करीमुद्दीन ने ज़मीन से सर उठाया और रुआंसे गले से बोला, "सरकारे-वाला, वह जो ज़मीन पर पड़ा हुआ है, वह हमारा भाई है। आज सुबह मैदान जा रहा था कि उसे सांप ने डस लिया, चटपट मर गया; हाय क्या जवान मौत आई!" यह कहते-कहते उसने ज़मीन पर पड़े शख़्स के सर से चादर सरकाई। उसका चेहरा नीला पड़ रहा था और मुंह पर हरा-सफ़ेद झाग था।" हम तब से यहां पड़े हैं कि कोई मौलवी, आलिम, शरीफ़ इंसान नमाज़े-जनाज़ा इसकी पढ़ दे तो हम इसे मुसलमान की तरह दफ़्न कर दें। हम बेलिखे-पढ़े, फ़र्ज़ नमाज़ थोड़ी-बहुत जानते हैं, जनाज़े की नमाज़ कैसे पढ़ाएं..."

"हूं। तो तुम लोग यहां किस तरह पहुंचे?"

पास खड़े दूसरे सिपाही ने फिर झुककर तस्लीम की और बोला, "सरकार, हम ककराला से चांदपुर जा रहे हैं। नवाब साहब के अहदी हैं। छुट्टी पर ककराला अपने वतन गए थे।"

मिर्ज़ा तुराब अली को मालूम था कि चांदपुर नाम की एक छोटी सी रियासत बिल्हौर और क़न्नौज के बीच है। उसके नवाब से उनकी पहचान न थी लेकिन उसका नाम उन्होंने सुना था। "क्या नाम है तुम्हारे नवाब का?"

"अज़ीमुद्दौला नवाब मुस्तक़ीमुद्दीन ख़ां साहब बहादुर, सरकार।"

राहगीरों के मुंह से नवाब का सही नाम सुनकर मिर्ज़ा तुराब अली को कुछ इत्मीनान हुआ। "अच्छा तो हम तेज़-तेज़ जाते हैं और अगले गांव से तुम्हारे लिए कोई मौलवी भिजवाने का बंदोबस्त करते हैं।"

"आलीजाह," दूसरे सिपाही ने कहा। "यहां से कई कोस तक कोई गांव नहीं। दो कोस पर एक नगला है, वहां सिर्फ़ डोम और चमार रहते हैं, ऊंची ज़ात का हिंदू भी नहीं।" वह कुछ हिचकिचाया, "सरकार, देर होने में लाश के बिगड़ने का अंदेशा है। अगर आप ही..."

"जी सरकार बहादुर," अब वह शख़्स बोला जो लाश के सरहाने आयतें पढ़ रहा था। "हम ग़रीब परदेसियों पर इतनी मेहरबानी कर देते कि नमाज़े-जनाज़ा पढ़ा देते तो हम सरकार की सात पुश्तों को दुआएं देंगे। अल्लाह के यहां आपको सवाब मिलेगा।"

"तुम लोग सुन्नी हो?" मिर्ज़ा तुराब अली ने कशमकश के आलम में पूछा।

"सरकार, हम सारे ही सुन्नी हैं।"

"मगर मैं तो शिया हूं। क्या नमाज़ तुम्हारी हो जावेगी?"

वह सब कुछ सोच में पड़ गए। फिर पहला सिपाही आहिस्ता से बोला, "सरकार बहादुर का इक़बाल बुलंद रहे। आपकी नमाज़ भी तो अल्लाह ही मियां की नमाज़ है। हम तो बस यह चाहते हैं कि इसे क़ाफ़िरों की तरह न तोपना पड़े।"

आग़ा मिर्ज़ा तुराब अली ने मुड़कर अपने आदमियों की तरफ़ देखा। उनके चेहरे कशमकश और कुछ नाराज़गी का आईना थे। बज़ाहिर वो यहां और रुकने के हक़ में न थे। नमाज़े-जनाज़ा वग़ैरा तो बहुत दूर की बातें थीं। मिर्ज़ा तुराब अली ने उनकी ख़फ़गी भांप ली लेकिन इससे उनकी ज़िद्दी तबीयत को और भी बढ़ावा मिला। नमाज़े-जनाज़ा तो मैं पढ़ाकर रहूंगा, उन्होंने अपने दिल में कहा। बेचारे को इस तरह बेगोरो-कफ़न छोड़ देना कहां की आदमीयत है!

"साबिर बख़्श," उन्होंने कहा। "वुज़ू के लिए पानी लाओ। और तुम लोग भी वुज़ू कर लो। पानी कम हो तो मिट्टी पर हाथ मार लेना।" ये कहकर उन्होंने अपने हथियार अलग करने शुरू कर दिए। "तुम लोग भी हथियार अपने अलग कर लो," उन्होंने हुक्म दिया। "और जल्दी करो। देखते नहीं हो, हमें दूर जाना है।"

त्योरी पर बल लिए हुए साबिर बख़्श और दूसरे नौकरों ने जैसे-तैसे अपने हथियार उतारे, वुज़ू किया और सफ़ बांधकर खड़े हो गए। राहगीर सिपाहियों में एक के सिवा बाक़ी ने अपनी सफ़ पहले ही बना ली थी। हिफ़ाज़त के ख़्याल से मिर्ज़ा तुराब अली के आदमियों ने अपनी सफ़ राहगीर सिपाहियों की सफ़ के आगे रख ली। एक जो सफ़ के बाहर था उसकी तरफ़ इशारा करके करीमुद्दीन ने कहा, "सरकार नवाब साहब और मुलाज़िमों के हथियार हिफ़ाज़त से रहेंगे। हमारे भी हथियार इन गठरियों में बंधे हुए हैं। यह सरबुलंद ख़ां रखवाली उनकी करेगा। नवाब साहब हुज़ूर, नमाज़ पढ़ा दें।"

सरबुलंद ख़ां का नाम करीमुद्दीन की ज़बान से अदा होते ही आग़ा मिर्ज़ा तुराब अली को कुछ ऐसा लगा जैसे सिपाहियों में कुछ बिजली सी चमक गई हो। उनके ढीले बदन चुस्त और मुस्तैद व ढली हुई गर्दनें सख़्त और बुलंद मालूम होने लगीं। आग़ा तुराब अली के सीने में अचानक ज़ोर की धड़कन हुई जैसे किसी ने घूंसा मार दिया हो। कुछ नहीं, शायद धूप का असर है, उन्होंने दिल में कहा। जाड़ों की धूप बड़ी फ़रेबकार होती है। वह नमाज़ के लिए आगे बढ़े जहां एक सिपाही का चौड़ा रूमाल जानमाज़ के तौर पर बिछा हुआ था।

मिर्ज़ा तुराब अली ने तकबीर कहकर नीयत बांध ली। दोनों सफ़ों ने भी हाथ बांध लिए।

चंद ही पल गुज़रे थे कि अचानक किसी ने बातचीत के लहजे में आहिस्ता से कहा, "तंबाकू खा लो।"

यह आवाज़ होते ही मुर्दा सिपाही, जिसकी नमाज़े-जनाज़ा पढ़ाई जा रही थी, तेंदुए की तरह उछलकर आग़ा तुराब अली पर टूट पड़ा और उसने उनके दोनों हाथ पकड़ लिए। उधर करीमुद्दीन ने पलक झपकने से भी कम मुद्दत में अपने गरेबान से ज़र्द और सफ़ेद पट्टियों वाला मोटे कपड़े का कोई पौन गज़ का रूमाल निकाला जिसके

एक सिरे पर गिरह दी हुई थी। उसने सियाहगोश या नेवले की सी तेज़ी से आगे बढ़कर रूमाल यूं घुमाया जैसे सांप ने फन काढ़कर हमला किया हो। रूमाल का घेरा मिर्ज़ा तुराब अली की गर्दन में कस गया। उनके मुंह से आवाज़ भी न निकल सकी। रूमाल का दूसरा सिरा करीमुद्दीन ने ऐसे ज़ोर से खींचा कि आग़ा तुराब अली की गर्दन की हड्डी जगह-जगह से टूटकर उनके गले की पुश्त में धंस गई। उन्होंने सांस लेने के लिए मुंह खोलना चाहा लेकिन मुंह उनसे खोला न गया। फिर उनके सीने और गले में तेज़ दर्द उठा और उन्हें न मालूम हुआ कि कब वह ज़मीन पर आ रहे, कब तक उनका तड़पना जारी रहा और कब उनकी रूह ने ऊपर की दुनिया का रुख़ किया। मुकम्मल ख़ामोशी के साथ सात तंदुरुस्त और अच्छे हाथ-पांव वाले मर्दों को रूमाल के ज़रिए ठिकाने लगाने में चौथाई घड़ी यानी छह मिनट भी न लगे।

अभी तमाम मृतकों के बदन की ऐंठन और एड़ियों की रगड़ और हाथों की अकड़ थमी भी न थी कि सातों लाशों के ऊपरी कपड़े, जूतियां, बदन के ज़ेवर और अंगूठियां वग़ैरा उतार लिए गए और उन्हें हथियारों के साथ गठरियों में लपेटकर गोला लाठी की शक्ल दे दी गई। इतनी ही देर में दूर आसमान पर गिद्धों के भूरे, कत्थई साए लहराते नज़र आने लगे थे। करीमुद्दीन ने कहा, "कस्सी निकालो।"

यह हिदायत सुनकर एक शख़्स ने अपनी गठरी खोलकर सफ़ेद कपड़े में लिपटी कुदाल बेहद एहतियात और एहतेराम से निकाली। बारी-बारी सारे ठगों ने मौक़ा-ए-वारदात से कुछ नीचे उतरकर एक क़ब्र जैसे गड्ढे को चौड़ा करना शुरू किया। गड्ढा चूंकि पहले ही खोद लिया गया था, इसलिए बमुश्किल आधी घड़ी में क़ब्र या गड्ढा इतना चौड़ा और गहरा हो गया कि सातों लाशें उसमें एक के ऊपर एक ठूंस दी गईं, इस तरह कि एक के पांव पर दूसरे का सर रखा गया। सातों को गड्ढे में गाड़ने के बाद पहले ही जैसी फुर्ती से ज़मीन बराबर करके उस पर घास, छोटे पत्थर, रोड़े, सूखी हुई कांटेदार शाख़ें इस तरह फैला दी गईं कि देखने वाले को गुमान भी न हो कि यहां कोई क़ब्र है, और कांटेदार झाड़ियों के डर से सियार और भेड़िये भी वहां ज़मीन खोदने की हिम्मत न करें। कस्सी को धोकर सफ़ेद कपड़े में दोबारा निहायत एहतेराम से लपेटा गया। फिर सबने पच्छिम की तरफ़ रुख़ करके ऊंची आवाज़ में कहा, 'जय देवी मां की' और कस्सी को बोसा देकर गठरी में वापस रख लिया।

क़ाफ़िले के घोड़ों और ख़च्चरों के साज़ उतारकर उन्हें वहीं कोतल छोड़ दिया गया कि जहां चाहें निकल जाएं या भेड़ियों और गुलदारों या तेंदुओं की .ख़ुराक बनें। 'मुर्दा' राहगीर को मिलाकर वो नौ ठग थे। लूट का सामान और अपना सामान आसानी से उठाकर वो बज़ाहिर आहिस्ता मगर दरअसल तेज़ क़दम चलते हुए बहुत जल्द ग़ायब हो गए।

□□

महाकाली

यह उन दिनों की बात है जब देवी-देवता, जिन्न-परी, देव और देवनियां, भूत और शैतान, और असुर और राक्षस, मुर्दाख़ोर और प्रेत, इंसान की धरती पर आज़ाद घूमते थे और कभी-कभी आम इंसानों को नज़र भी आते थे।

इन्हीं देवियों में एक देवी भवानी भी थीं। धरती वालों पर एक कठिन वक़्त ऐसा आया जब एक भारी-भरकम प्रेत कहीं से पैदा होकर दुनिया के तमाम जानदारों पर हावी हो गया। इंसानों के पैदा होते ही वह उन्हें खा जाता। कुछ ही ज़माना गुज़रा था कि दुनिया में इंसानों की गिनती कम होने लगी और जानवर बढ़ने लगे। जानवरों के बढ़ने से दूसरा ख़तरा पैदा हुआ कि इंसानों को प्रेत अलग खाएगा और दरिंदे उनका ख़ून अलग बहाएंगे। थोड़ी ही मुद्दत में सुनसान जगहें, फिर देहात, फिर बड़ी बस्तियां और फिर शहर, यहां तक कि राजाओं के महल भी शेरों, बबर शेरों, गुलदारों, चीतों, भेड़ियों, सियाहगोशों, लकड़बग्घों और सियारों से भर जाएंगे। लोगों ने फ़ौजों और गिरोहों की शक्ल में प्रेत के क़त्ल को निकलना शुरू किया। कई जगह तो हाथियों, गेंडों और अरने भैंसों के झुंड इस काम के लिए जमा किए गए। लेकिन प्रेत को मारने की तमाम कोशिशें नाकाम हुईं। वह क़द में इतना बुलंद था कि गहरे से गहरा समंदर भी उसकी कमर तक न पहुंचता था। इंसान हो या हैवान, सभी उसके सामने आते ही ख़ौफ़ से बेहोश हो जाते और वह प्रेत आसानी से उन्हें दबोचकर अपने मुंह में डाल लेता था।

एक रिवायत यह है कि वह प्रेत नहीं, राक्षस था और उसका नाम रकतबैज था।

जब सारे आलम में त्राहि-त्राहि मच गई तो देवी भवानी को, जिन्हें काली मां और दुर्गा माता भी कहते हैं, धरती वालों पर रहम आ ही गया। उन्होंने अपनी हीरे जड़ी सुनहरी तलवार से राक्षस का सर क़लम कर दिया लेकिन सर क़लम होने पर ख़ून का फ़व्वारा छूटा और उसकी बूंदें ज़मीन पर गिरीं तो हर क़तरे से एक और प्रेत पैदा हुआ जो हूबहू असल प्रेत की तरह था। अब तो भवानी को ग़ुस्सा आ गया। उन्होंने तलवार को दोनों हाथों में लेकर प्रेतों का सफ़ाया करना शुरू कर दिया। लेकिन मरने वाले हर प्रेत के ख़ून के हर क़तरे से एक नया प्रेत फ़ौरन पैदा हो जाता। सारा मैदान प्रेतों के शरीर और उनकी चिंघाड़ से भर गया। मारते-मारते और काटते-काटते भवानी मां के हाथ निढाल हो गए और वह पसीने-पसीने हो गईं।

तब उन्होंने अपने बाज़ू पोंछे और दोनों बाज़ुओं से एक-एक क़तरा पसीना युद्धभूमि पर टपकाया। पसीने की बूंदों का मिट्टी पर पड़ना था कि गुंधी हुई मिट्टी से दो सूरमा पैदा हुए। भवानी मां ने अपने पीले-सफ़ेद दामन का किनारा फाड़कर दो लंबी धज्जियां निकालीं और दोनों सूरमाओं को एक-एक धज्जी देकर कहा, "एक-एक करके इन नाबकार प्रेतों का गला घोंट दो। ख़ून हरगिज़ न बहे।"

जियाले सूरमाओं ने थोड़ी ही मुद्दत में सारे प्रेतों का सफ़ाया कर दिया। भवानी ने ख़ुश होकर एक धज्जी उन्हें बख़्श दी और कहा, "आज से तुम्हारा धरम यही है। इस धज्जी से इंसानों का ख़ून करो लेकिन ख़ून न बहे। तुम्हारे मारे हुओं को मैं खा जाया करूंगी। लेकिन मारने के बाद पलटकर न देखना। तुम्हारा मारा हुआ क्योंकि मेरे आदेश से मरेगा, इसलिए मरने के बाद न वह भूत बनेगा और न इस पर कोई जांच-पड़ताल होगी। उसका दोबारा जन्म न होगा और वह सीधा बैकुंठ जाएगा। नरक का मुंह कभू न देखेगा।"

एक रिवायत यह है कि रकतबैज को मां ने ख़ुद अपने अंगोछे से गला घोंटकर मारा था और फिर वही अंगोछा काचिनी क़ौम के एक टुकड़ख़ोर को बख़्शकर यह वरदान दिया था कि ले, इससे मुसाफ़िरों को मारकर अपनी रोज़ी पैदा कर। लाशों को गाड़ना और तेरी और तेरे क़बीले की हिफ़ाज़त करना हमारा काम है।

भवानी ने कुछ शर्तें और कुछ अपवाद भी मुक़र्रर किए, मसलन यह कि औरत को न मारना, अपने अज़ीज़ों में से किसी को न मारना, माली फ़ायदे की उम्मीद न हो तो हरगिज़ मत मारना, साते का ध्यान रखना, वग़ैरा लेकिन असल हुक्म यही दिया कि इस धज्जी (या अंगोछे) या इसकी तरह के रूमाल से गला घोंटकर मारना और बाद मारने के पलटकर न देखना। भवानी के ये पुजारी सारे जहान में फैल गए और बेफ़िक्री से इंसानी नस्ल का शिकार करने लगे। भवानी उनके शिकारों की लाशें फ़ौरन हड़पकर जाती और किसी को पता न चलता कि आख़िर वह शख़्स गया कहां और उसे क्या हो गया था।

हज़ारों साल तक यह सिलसिला चलता रहा। लेकिन इंसान-बच्चा बिला वजह अहमक़ नहीं कहलाता। एक बार एक मनचले ने सोचा, ज़रा पलटकर देख तो लूं कि मां मेरे शिकार को कैसे खाती है। फिर उसने राह में एक राहगीर को मारा और भाग निकला। लेकिन भागते-भागते उसने पलटकर देखा... देवी मां निहायत ज़ौक़ो-शौक़ से और निहायत तेज़ी से लाश को निगलती जा रही हैं...

एक रिवायत यह है कि मनचले ठग ने जब अपना मुंह फेरा तो क्या देखा कि देवी नंगे बदन, अपनी असल सूरत में मौजूद हैं और लाश को उठाकर अपने रथ पर लाद रही हैं।

एक रिवायत यह है कि देखने वाले ने देखा कि करामात से देवी उस लाश को अपने पांवों के नाख़ून से निगल रही थीं।

एक रिवायत यह है कि देवी ने लाश को इतनी आसानी से उठा लिया जैसे वह सूखा पत्ता हो, और लाश को आसमान की तरफ़ उछालकर उसे ग़ायब कर दिया।

देवी की नज़र उस देखने वाले गुस्ताख़ पर पड़ी तो वह ग़ुस्से से बिफर गईं और बोलीं, "अब मुझको लाश ढोने से जो मेरा ज़िम्मा था, कुछ काम नहीं। अब से तुम

जानो और लाशें जानें।" यह कहकर देवी रथ समेत ग़ायब हो गईं। तब से लाचारी के सबब कुदाल यानी कस्सी बनवाना, उससे क़ब्र खोदना और लाशों को गाड़ना ज़रूरी हो गया।

एक रिवायत यह है कि गुस्ताख़ ठग के रोने-धोने और माफ़ी मांगने पर भवानी को रहम आ गया। लिहाज़ा उन्होंने हालांकि इसके बाद लाशों को ठिकाने लगाने से इंकार किया लेकिन अपना एक दांत तोड़कर उन्होंने ज़मीन पर फेंक दिया और कहा कि इसे ले जा और इसकी कुदाली बना ले। उसे कस्सी कहकर पुकारियो। जब तक तू कस्सी की इज़्ज़त और पूजा करेगा, यह तेरा साथ देगी, तुझे राह सुझाएगी, ग़लतियों से बचाएगी, और क़ब्र का गड्ढा इसके ज़रिए बहुत जल्द बन जाया करेगा। और काम हो जाने के बाद कस्सी को कुएं में फेंक दिया कीजो। फिर तू जब भी काम अपना करने को, जिसे जिताई पर जाना कहेंगे, और गला घोंटने को भटौती कहेंगे, घर से निकले तो उसी कुएं पर जाइयो और मेरा नाम लेकर कस्सी को बुलाइयो। कस्सी अपने आप ऊपर आ जाएगी।

मेजर जनरल विलियम हेनरी स्लीमन, जिसे कंपनी ने दो बड़ी ख़िदमतों (ठगी के उन्मूलन और अवध की शाही के ख़िलाफ़ रिपोर्ट) के बदले में ज़िंदगी के बिल्कुल आख़री वक़्तों में 'सर' का ख़िताब और 'नाइट कमांडर ऑफ़ बाथ' का तमग़ा दिया, अपने संस्मरण में लिखता है कि कई ठगों ने उससे हलफ़िया बयान किया कि उन्होंने अपनी आंख से यह मंज़र देखा है कि ठगों के जमादार ने कुएं पर जाकर अपनी कस्सी को पुकारा है और वह फ़ौरन, अपने आप से ऊपर आ गई है। एक ने तो यहां तक बयान किया कि अगर किसी कुएं में एक से ज़्यादा जमादारों की कस्सियां हों तो पुकारने पर हर एक की कस्सी अलग-अलग बेख़ता ऊपर आ जाती है।

बर्तानवी हिंदुस्तान में अंग्रेज़ फ़ौजों की तारीख़ का एक दिलचस्प हालांकि गुमनाम कोना यह है कि ठगी के उन्मूलन के सात दहाई बाद प्रथम विश्व युद्ध के कुछ पहले जब इसी जनरल स्लीमन के पोते कर्नल जेम्स स्लीमन ने चाहा कि हिंदुस्तानी फ़ौज के लिए ज़मीन खोदने के लिए कोई उम्दा आला तैयार कराए तो कई नक़्शे, अभ्यासों और तजुर्बों को अमल में लाने के बाद कर्नल जेम्स स्लीमन ने जो कुदाली ईजाद की वह ठगों की कस्सी के कमोबेश हूबहू थी हालांकि कर्नल जेम्स स्लीमन ने कस्सी कभी देखी न थी।

जब कोई ठगों का जमादार कस्सी तैयार करना चाहता है तो सबसे पहले अच्छा शगुन देखकर लोहार से कस्सी बनवाता है और इस बात का लिहाज़ रखता है कि कस्सी बनाने के दौरान लोहार कोई और काम न करे और कोई ग़ैर आदमी उसके घर आने न पावे। जब कस्सी तैयार हो जाती है तो कोई अच्छा सा दिन देखकर उसे धूप देते हैं कि उसमें लगाव और बरकत पैदा हो। फिर अगर घर पर हैं तो मकान

के दरवाज़े बंद करके और अगर सफ़र में हैं तो किसी बहुत ही महफ़ूज़ जगह बैठकर, सिवाय सनीचर और इतवार के, ठगों की एक मजलिस जमाते हैं। किसी साफ़-सुथरी जगह को लीप-पोत कर चौका देते हैं यानी सीधी लकीरों से बड़ा सा चौखटा बना देते हैं, और एक ठग जो होम की रस्मों से ख़ूब वाक़िफ़ होता है, उस चौके के अंदर बैठ जाता है और दूसरे ठगों को भी अपने पास बिठाता है। फिर एक थाली में कुदाली को साफ़ पानी से धो-धाकर पानी को एक गड्ढे में, जो चौके के पास पहले ही खोद लिया गया हो, डाल देते हैं। बाद इसके, गुड़ के शर्बत से, फिर दही से, फिर शराब से उस कस्सी को धोकर सारा पानी उसी गड्ढे में डालते जाते हैं। फिर उस कुदाली पर जो अभी तक गीली हो, सात टीके सिंदूर के कुदाली की नोक तक लगाकर होम करने वाला कुदाली की नोक को थाली के किनारे पर अपने सामने रखता है। एक और थाली में एक नारियल और पांच या सात पान और लौंग के चंद फूल, गोगल जौ, इंदर जौ, सफ़ेद तिल और गुड़ रखते हैं। फिर एक कटोरी में घी रखते हैं। फिर चौके के भीतर कंडों की आग जलाते हैं और थोड़ी सी आम और बेर की लकड़ी पहले बरकत के लिए जलाते हैं। जब आग ख़ूब रोशन हो ले तो नारियल छट थाली की हर चीज़ पुरानी रस्मों से वाक़िफ़ वह ठग आग में यूं फेंकता है कि शोला उठे। उसी शोले पर कुदाली को सात दफ़ा फेरकर होम करने वाला नारियल का छिलका दूर करके सभी ठगों से इजाज़त लेकर कुदाली का सर जिस तरफ़ बेंट लगाने के लिए छेद होता है, जय देवी माई की कहता हुआ नारियल पर इस ज़ोर से मारता है कि एक ही चोट में नारियल टुकड़े-टुकड़े हो जाए। फिर सब ठग भी, क्या मुसलमान और क्या हिंदू, चिल्लाकर बोलते हैं: जय देवी माई की। फिर ज़रा सी नारियल की गरी और तमाम उसका रेशा और खोपरा उस आग में डाल देते हैं और फिर सारे ठग पश्चिम की ओर सजदा करके बाक़ी बची गरी को खा जाते हैं।

सिवाय ज़मींदार के कोई शख़्स कस्सी बनवा नहीं सकता। नापाकी या गंदगी की हालत में कस्सी को हाथ लगाना या आम हालत में भी उसको लांघना निहायत दर्जा बेअदबी है। ठग लोगों का विश्वास है कि जिस तरफ़ जाने का इरादा होवे कस्सी की नोक उधर रखकर उसे ज़मीन में गाड़ देना चाहिए। अगर उस तरफ़ जाने में बेहतरी न होवे तो कस्सी उस तरफ़ से मुंह फेरकर दूसरी तरफ़, जिस तरफ़ जाने में भलाई होवे, कर लेती है।

जब शिकार को मारने का मौक़ा पास आता है और अपने गिरोह को ख़बरदार करना होता है कि तैयार हो जाएं, तो उनमें से एक शख़्स या जमादार किसी बहाने सरबुलंद ख़ां, दल्लड़ ख़ां या सरमस्त ख़ां नाम लेता है। उस नाम को सुनकर ठग मुस्तैद होकर झिरनी का इंतज़ार करता है। झिरनी बज़ाहिर वो मासूम सा लफ़्ज़ है जो जमादार इशारतन यह बताने को बोलता है कि अब क़त्ल कर डालो। आमतौर

पर ये अल्फ़ाज़ तंबाकू खा लो, सुर्ती खा लो, तबक लाओ, हुक़्क़ा पी लो, पान दो, कबित पढ़ लो, आए हो तो गहरे चलो वग़ैरा होते हैं। इनमें से कोई इशारा (जो पहले से आपस में तय कर लेते हैं) सुनकर हर भटौत अपना काम कर डालता है।

तयशुदा शगुनों और अपवादों के अलावा ठगों के तमाम गिरोह साते का भी पूरा लिहाज़ रखते हैं। यानी जिताई पर निकलने के दिन से सात दिनों को साता कहते हैं और इन दिनों में तमाम ठग यहां तक कि उनके घरवाले भी कुछ कामों से मुकम्मल परहेज़ करते हैं। मसलन ख़ैरात देना। यहां तक कि इसकी एहतियात भी करते हैं कि कुत्ता या बिल्ली रोटी न ले जावे। उन दिनों में वो मछली के सिवाय कोई मांस नहीं खाते, सर नहीं मुंडाते, कपड़े धोबी को नहीं देते। इन सात दिनों में उनके घरवाले दूसरे ठगों के रिश्तेदारों को, अगर उनके ठग अलग से जिताई पर गए हों, तो उन्हें अपने घर आने बल्कि अपना दरवाज़ा भी लांघने से मना करते हैं।

जो क़ौमें और लोग अपवाद में शामिल हैं उनमें से ख़ास यह हैं: अतीत, अंधा, बूचा, भाट, तेली, जटाधारी, जोगी, चमार, धोबी, सुनार, औरत, फ़क़ीर, क़ुल्तबान, कायथ, कसबी, कलावंत, कंगाल, कोढ़ी, लंगड़ा, लूला, नानकपंथी और नकटा।

ईटब की वर्जित चीज़ों में से कुछ इस तरह हैं:

आगे दर्ज दिनों को ईटब कहते हैं: जब किसी ठग की जोरू बच्चा जने या उसकी जोरू या बेटी पहली बार कपड़ों से होवे, या किसी ठग की बेटी ब्याही जावे, या उसके बेटे की मुसलमानी होवे, तो उस दिन से लेकर बारह दिन तक सफ़र को न निकलें और अगर सफ़र में हों तो वापस चले आवें। किसी ठग के यहां कोई ग़मी हो जावे तो यही पाबंदी दस दिन की है। अगर किसी ठग की सवारी का घोड़ा या घोड़ी मर जावे तो भी यही पाबंदी दस दिन की है। किसी ठग की गाय या कोई और चौपाया मर जावे तो यही पाबंदी सात दिन की है। किसी ठग की औरत मामूल के तौर पर मासिक धर्म में होवे या उसकी बकरी-कुतिया-बिल्ली बच्चा जने तो यही पाबंदी तीन दिन की है। और यह नहीं है कि जिस ठग के यहां ऐसा होवे तो उसी को ईटब लगेगा। अगर कोई ठग बारह कोस की राह से भी सुन लेवे कि फ़लाने ठग के यहां ऐसा हुआ है तो उसको भी ईटब लग जावेगा। ठग लोग ईटब लगे ठगों को अगर छू भी लें या उनका कपड़ा ही उनको छू जावे तो उन्हें भी ईटब लग जाता है। और हिंदुस्तानी ठग ईटब को ईटक कहते हैं।

कहा गया है कि ठगों की क़ौम जिनके गिरोह हिंदुस्तान के अलग हिस्सों में अलग नाम रखते थे, ठगी के अलावा आम दिनों में अक्सर निहायत साफ़- सुथरे, सादे, अपने मज़हब की इबादतों और रस्मो-रिवाज के पूरे पाबंद और बहुत रहम दिल और ख़ैरात करने वाले होते थे। यह भी कहा जाता है कि स्लीमन साहब ने सिर्फ़ ऊपर-ऊपर सफ़ाई की, वरना ठगों के गिरोह या ठग लोग तो अभी भी ख़ुफ़िया तौर

पर मौजूद हैं और अपना काम करते हैं। कहा गया है कि आजकल के ठगों का मुल्के-दकन में दौर-दौरा ज़्यादा है। इसकी वजह यह है कि दकन में औरंगाबाद से लेकर दौलताबाद तक का इलाक़ा उनका ख़ास गढ़ रहा है। एक ठग ने तो स्लीमन साहब के सामने बयान दिया कि और लोग समझें या न समझें, लेकिन एलोरा के ग़ारों में जो छोटी मूर्तियां और पत्थर की चित्रकारी है उनमें ठगी के पूरे अमल, मस्लन रूमाल से गला घोंटना, दो ठगों का अपने शिकार के हाथ-पांव जकड़ना, कुदाली से क़ब्र खोदना, फिर लाश को तोपना, इन सबकी तस्वीर बनाई गई है। एक कथन तो यह भी है कि बदमाश ठग अब अमरीका और लंदन में भी सरगर्म हैं। यह भी कि सारे ठग अब भी अपनी ख़ास बोली इस्तेमाल करते हैं जिसे वो रमासी कहते हैं।

यह भी कहा गया है कि स्लीमन साहब ने ठगों के ज़ुल्म और उनकी गिनती दोनों को बहुत बढ़ाकर बयान किया, वरना दरअसल ठगी इस क़दर आम न थी। हक़ीकत में चंद ही बदनसीब गुनाहगार चोट्टे, उचक्के और शिकार को गला घोंटकर मारने वाले जरायमपेशा क़ौमों के लोग थे जिनको कुछ इलाक़ों में ठग कहते थे। यह सिर्फ़ जॉन कंपनी और अंग्रेज़ी राज की बरकतों को बढ़ा-चढ़ाकर बयान करने की एक तरकीब थी कि अमन-अमान क़ायम करने के बहाने हज़ारों को ठगी के नाम पर पकड़ा दिया, सैकड़ों को फांसियां दी गईं, सैकड़ों को समंदर पार भेज दिया गया। कुछ को वादा-माफ़ गवाह बना लिया गया और बीसियों यहीं शाहजहांपुर, इंदौर, सागर, जबलपुर और लखनऊ वग़ैरा के जेलख़ानों में उम्रक़ैद में सड़ा दिए गए। बड़ी तादाद में ठगों के धरे-पकड़े जाने के वक़्त से पहले के ज़माने में, यानी जनरल स्लीमन की कारगुज़ारियां शुरू होने के पहले, किसी मुजरिम को सज़ा-ए-मौत उसी वक़्त दी जा सकती थी जब सज़ा-ए-मौत के समर्थन में शहर का क़ाज़ी भी क़त्ल का फ़तवा जारी करे। ठगों की बड़ी से बड़ी तादाद को सज़ा-ए-मौत दी जा सके, इस ग़रज़ से जॉन कंपनी ने नया क़ानून तैयार किया जिसके मुताबिक़ क़ाज़ी के फ़तवे की ज़रूरत न थी, सिर्फ़ अंग्रेज़ अदालत का फ़ैसला काफ़ी था। यह सारा खटराग कंपनी की शोहरत और नेकनामी के लिए बरपा किया गया था। ख़ुदा बेहतर जानता है।

□□

बिस्तरे-बेगानगी

इस वाक़ए के सातवें दिन आग़ा मिर्ज़ा तुराब अली के कश्तीवालों का बेड़ा फ़र्रुख़ाबाद के घाट पर उतरा और किसी ग़ैरज़रूरी देरी के बग़ैर अगली मंज़िल के लिए रवाना हो गया। फ़तेहगढ़ और फिर क़न्नौज में और बीच राह में भी उन्होंने आगे जाने वालों के बारे में पूछा लेकिन कहीं कोई इत्मीनानबख़्श जवाब न मिल सका और न कोई ख़बर मिली कि वो लोग अब कहां होंगे। उन्होंने गुमान कर लिया कि घोड़ों और नौकरों समेत आग़ा साहब अब तक रामपुर पहुंच चुके होंगे। लेकिन क़ायमगंज के

बाज़ार में उन्हें किसी रामपुरी रईस के एक ख़ादिम की ख़बर, बल्कि अफ़वाह मिली कि उसने अपने मालिक के एक घोड़े या किसी और सवारी को कोतल भटकता हुआ पाया और आख़िर उसे पकड़ भी लिया था। अब तो कश्तीवालों में कुछ घबराहट सी फैली। वह कौन रईस और कौन ख़ादिम हो सकता था? ऐसा तो नहीं कि हमारे आग़ा साहब का कोई आदमी हो? मगर फिर आग़ा साहब कहां तशरीफ़ ले गए? घोड़े को बेसवार क्यों छोड़ दिया?

कश्ती वाले क़ाफ़िले के दारोग़ा शाह नूर ख़ां ने बहुत सोचने के बाद दिल में ख़्याल किया कि शहर में कोई शातिर या क़दमों के निशान पहचानने वाला हो तो उसे तफ़्तीश के लिए लगाया जाए। ऐसे लोग अक्सर काठियावाड़ इलाक़े के और हब्शी नस्ल के होते थे। नस्ल के लिहाज़ से उन्हें 'सीदी' और काम के एतबार से 'खोजिया' कहा जाता था और वो क़दम के निशान पहचानने, फ़रारों का पता लगाने और लापता चीज़ों को ढूंढ़ने में ख़ास महारत रखते थे। ये लोग लंबे अरसे से गुजरात के सुल्तानों और फिर नवाबों और रईसों के यहां यही ख़िदमत अंजाम देते आए थे। हालांकि शुरू-शुरू में वो अफ्रीक़ा के साहिलों से ग़ुलामों की तरह गुजरात और दकन में लाए गए थे। आहिस्ता-आहिस्ता उनकी क़दर पहचानने वालों का दायरा देहली, अवध और रुहेलखंड तक फैल गया था। आपस में वो अब भी स्वाहिली बोलते थे लेकिन बाहर के लोगों से वो कभी-कभी गुजराती लेकिन.ज्यादातर गूजरी यानी हिंदी में बात करते थे। बहुत पुराने ज़माने से उनके बुज़ुर्गों ने कुछ मुनाजातें और नातिया गीत लिखकर उनमें प्रचलित किए थे। इन गीतों को 'ज़िक्र' कहा जाता था, उनकी ज़बान स्वाहिली, गुजराती और गूजरी की खिचड़ी थी और ये अब भी पहले जैसी श्रद्धा और दर्दमंदी के साथ गाए जाते थे। मसलन उनका एक 'ज़िक्र' नीचे दर्ज है। इसे वो नाचते हुए गाते थे लेकिन उनका नाच किसी गुजराती नाच जैसा न थाः

कौन अमर लाया जग मूं
किसने अमर देखा जग मूं
अमर नाम अल्लाह का जग मूं
अमर नाम लायो नबी जग मूं

हाल के ज़माने में सीदियों की तादाद कम होती जाती थी लेकिन फिर भी इक्का-दुक्का वो हर अहम शहर में मिल जाते थे। क़ायमगंज नहीं तो फ़तेहगढ़-फ़र्रुख़ाबाद में उनका मिलना लगभग यक़ीनी था। लिहाज़ा शाह नूर ख़ां ने क़ायमगंज में तलाश शुरू कराने के साथ ही अपने एक साथी को फ़तेहगढ़ रवाना किया। आख़िर दोनों जगह कामयाबी हुई और उन्हें दो निशानिए, सीदी इकराम और सीदी मुनइम मिल गए जिन्होंने फ़ौरन फ़तेहगढ़ के कुछ ऊपर यानी बिल्हौर से तफ़्तीश शुरू कर दी। उनका पहला मक़सद रामपुर के कथित रईस के नौकर और उसके घोड़े

का पता लगाना था। दूसरा, ज़ाहिर है कि आग़ा तुराब अली और उनके क़ाफ़िले के बारे में पक्की ख़बर लाना था और मुमकिन हो तो उनका मौजूदा ठिकाना मालूम करना था।

सीदी इकराम तो फ़ौरन फ़तेहगढ़ को रवाना हुआ, इधर क़ायमगंज में दो-तीन दिन की कोशिश-तलाश में मुनइम ने उस भागे मुलाज़िम का पता-निशान मालूम कर लिया कि वह अभी क़ायमगंज के आसपास ही कहीं है। जब आख़िरकार वह उस तक पहुंचने में कामयाब हुआ तो वह मुलाज़िम एक बाज़ारी औरत के घर में भगोड़ों की तरह छुपा हुआ था। उसने इक़बाल किया कि मेरा नाम मुनीर ख़ां है और मुझे अपने मालिक का एक घोड़ा आवारा भटकता हुआ मिला था। मालिक ने चूंकि उसे नौकरी से निकाल दिया था इसलिए घर वापस लौटने में उसे शर्मिंदगी और ज़िल्लत महसूस होती थी। लेकिन घोड़े को कोतल फिरते देखकर उसके दिल में शक और ख़ौफ़ पैदा हुआ था कि मेरे मालिक को कुछ हो गया है।

"और अब... और अब... मेरे लिए और भी मुसीबत और जोखिम है," वो लगभग रोता हुआ बोला। "मैं किस मुंह से रामपुर जाऊं, किसको मुंह दिखाऊं और किस बूते पर यह बुरी ख़बर पहुंचाऊं। मजबूरन मैं छुपा इंतज़ार कर रहा हूं यहां कि शुभ संदेसा मालिक के बारे में मिले तो मुझे राह वापसी की शायद सूझे। नहीं तो मैं ख़ुद अपनी जान ले लूंगा, नहीं तो पहाड़ों में जाकर बनबासी हो जाऊंगा।"

"पहले ज़रूरत इस बात की है कि हम सब मिलकर ख़बरगीरी तुम्हारे मालिक की करें। मार-मरने या बनबास लेने की बात बाद में होगी," सीदी मुनइम ने जवाब दिया। "तुम अपन साथ चलो। इस वक़्त तो तुम्हारे आक़ा की ख़बर तुमसे ज़्यादा किसू को नईं। दारोग़ा हिमायत की सराय में तुम्हरे संगी-साथियों का डेरा है।"

"मैं यूं तुम्हारे साथ चलने का नहीं। अगर तुम कश्तीवालों की तरफ़ से आए हो, तो कुछ पता-निशानी तो तुम्हारे पास होगी। दिखाओ।"

मुनइम ने अपनी पगड़ी उतारकर उसके नीचे से एक तहरीर निकाली जो पीले अंग्रेज़ी क़ागज़ पर लिखी हुई थी। दारोग़ा शाह नूर ख़ां ने अपनी मुहर के ऊपर हिंदी में परवाना लिखा था कि ये रुक़्क़े वाला हमारा आदमी है और नवाब साहब रामपुर के काम पर तैनात है। ऐसी ही तहरीर सीदी इकराम को भी दी गई थी।

मुनीर ख़ां बहुत मन मारकर, बुझे हुए दिल और डूबी हुई उम्मीद के साथ मुनइम के हमराह चला। दारोग़ा हिमायत की सराय पर पहुंचकर शाह नूर ख़ां का सामना होते ही वह ग़श खाकर गिर पड़ा। शाह नूर ख़ां और उसके साथियों ने शक किया कि यह सब बनावट है लेकिन जब वह दो घड़ी के बाद बदन में चुटकियां काटने और मुंह पर ठंडे पानी के छिड़काव के बावजूद होश में न आया तो बैद स्याने तलब किए गए। उन्होंने तजवीज़ किया कि दिल पर असर है। विभिन्न दवाओं और

झाड़-फूंक के बाद मुनीर ख़ां को होश आया लेकिन उसका चेहरा ज़र्द था, आंखें आंसुओं से भरी हुई थीं और गाल पिचके हुए थे गोया उसके दांत टूट गए हैं।

शाह नूर ख़ंन ने मुनासिब जाना कि उस वक़्त डांटने-लताड़ने की बजाय प्यार और चुमकार से काम लिया जाए। चुनांचे उसने धीरे-धीरे करके मुनीर ख़ां से उसकी पूरी कहानी मालूम कर ली। उस पर जो गुज़री उसमें सबसे अहम पहलू यह था कि मुनीर ख़ां के दिल में डर बैठ गया था कि ठग लोग दोबारा कोशिश कर सकते हैं और ऐसे वक़्त में मिर्ज़ा साहब के साथ मेरा न होना बड़े रंज और शर्म की बात होगी। सामने जाना तो फ़िलहाल मुमकिन न था लेकिन उसने यह कोशिश रखी कि पैदल होने के बावजूद वह मिर्ज़ा तुराब अली की राह पर इस तरह चले कि उनसे चंद ही घड़ी पीछे रहे और अगर वह कहीं मिर्ज़ा साहब के लिए कोई ख़तरा या ख़ौफ महसूस करे या उसे किसी बात पर कोई शक पैदा हो तो वह जल्द से जल्द मिर्ज़ा साहब के क़ाफ़िले तक पहुंच जाए। दूसरी बात यह थी कि नौकरी से निकाले जाने के बावजूद मुनीर ख़ां के दिल में धुंधली सी उम्मीद थी कि शायद उसे आइंदा जल्द ही माफ़ी मिल जाए। लिहाज़ा उसने भारी क़दमों के साथ लेकिन मुमकिन तेज़ रफ़्तारी के साथ मिर्ज़ा साहब का पीछा शुरू कर दिया। वह यह तो न कह सका कि वह मिर्ज़ा साहब के कितने पीछे था लेकिन क़ायमगंज का बाहरी इलाक़ा उसे दिखाई देने लगा था जब उसने दिल में सख़्त बेचैनी और दहशत महसूस की गोया उसके पीछे कोई चल रहा हो। उसने बार-बार चौकन्ना होकर चारों तरफ़ देखा। राह सुनसान पड़ी थी और सूरज उतार पर था। साए हर तरफ़ लंबे हो रहे थे। उसने तेज़-तेज़ क़दम मारना शुरू किया कि सूरज डूबने के पहले-पहले क़ायमगंज पहुंच जाए।

क़ायमगंज दरअसल कोई बहुत दूर न था और वह सूरज डूबने के कुछ बाद वहां पहुंच गया। कहीं आराम की जगह ढूंढ़ने के बजाय उसने मिर्ज़ा साहब के क़ाफ़िले और शाह नूर ख़ां के क़ाफ़िले के बारे में पूछना शुरू किया। उसका दिल ख़ौफ़ और रंज से ख़ून हो गया जब उसे मिर्ज़ा साहब की कोई भी ख़बर, ज़रा भी सुन-गुन न मिली, न शाह नूर ख़ां के बारे में किसी ने कुछ सुना था कि वह फ़र्रुख़ाबाद भी पहुंचे कि नहीं। ख़ैर, शाह नूर ख़ां के लिए अभी परेशानी नहीं थी, पर मिर्ज़ा साहब...? उन्हें तो यहां से गुज़र चुकना, या सच पूछो तो यहां मौजूद ही होना चाहिए था।

रात एक सराय में गुज़ारकर मुनीर ख़ां हिम्मत करके वापस बिल्हौर की सड़क पर चला और तीसरे पहर के बाद वहां से ख़ाली हाथ लौटते हुए उसने क़ायमगंज से कुछ कोस पहले फिर कल वाली दहशत और बेचैनी महसूस की। पहले तो उसने चाहा कि ठहरकर छानबीन करे कि यहां क्या है या क्या हुआ है। लेकिन उसकी हिम्मत फिर जवाब दे गई। उसने वापसी का सफ़र जारी रखा लेकिन रफ़्तार इस बार ज़रा धीमी रखी कि शायद कोई सुराग़ दिखाई पड़ जाए। वह कोई आध कोस

गया होगा कि दूर मैदान में उसे कुछ साये से लहराते नज़र आए। घबराहट के मारे उसके पांव कांपने लगे। अब उसने तेज़ भागना चाहा। लेकिन उससे न भागा जाता था न ठहरा जाता था। जी कड़ा करके उसने फ़ैसला किया कि जानवर होंगे, नहीं तो भटके हुए मुसाफ़िर होंगे। भूत-प्रेत तो मज़हबे-इस्लाम में हैं नहीं। लेकिन क्या मालूम जिन्नात हों, बदरूहें हों। ऊबड़-खाबड़ सन्नाटे मैदान में चोर-डाकू तो हो नहीं सकते। उसने कई बार आयतुल-कुर्सी पढ़ी और दिल ही दिल में 'या ग़ौस पाक' कहते हुए वहीं ठहरकर उन सायों को कुछ और नज़दीक आने दिया...

अल्लाह रहम करे, ये तो मिर्ज़ा साहब के जानवर हैं, उसने दिल में कहा। दो घोड़े थे और एक ख़च्चर। तीनों के बदन पर जगह-जगह ख़राशें थीं, जैसे वो सख़्त कांटेदार झाड़ियों में उलझकर मुश्किल से निकल पाए हों, या... शायद दरिंदों ने उन पर हमला किया हो। मुनीर ख़ां को अपने रोंगटे खड़े होते महसूस हुए। तेंदुआ हो सकता था या शेर... लेकिन शेर तो इधर होते नहीं शायद, और चीतों के तो कुत्ते जैसे पंजे होते हैं, वह नाख़ुन से हमला नहीं करता। तेंदुआ तो निहायत ही चालाक और कमीनी तबीयत का जानवर होता है। वह घंटों घात लगाए चुपचाप पड़ा रह सकता है या किसी घने पेड़ की डाली पर छुपा रात पूरी-पूरी गुज़ार सकता है कि शिकार पेड़ के नीचे से गुज़रे तो मैं ऊपर से कूदकर उसकी कमर तोड़ दूं... अल्लाह बचाए। लेकिन ख़ैर, अभी तो रोशनी थी, अभी इतना ख़तरा न था। जानवर अभी कई हाथ फ़ासले पर थे। नज़दीक आ जाएं तो मैं उन्हें पकड़ने की कोशिश करूं। पर ये जानवर यहां और इस तरह कैसे? अगर मिर्ज़ा साहब के क़ाफ़िले पर जंगली जानवरों ने हमला किया होता तो भला कितने जानवर रहे होंगे? मिर्ज़ा साहब के साथ तो बरछैत भी थे और दुगाड़े वाले भी थे, कुछ तो ख़ून-ख़राबा होता। कुछ तो निशान कहीं होते या कहीं कुछ तो ख़बर उड़ी होती... यह तो ठगों का खेल मालूम होता है। ज़ालिमों ने बेगुनाह मुसाफ़िरों को ठिकाने लगाकर उनका माल लूट लिया होगा और जानवर कोतल छोड़ दिए होंगे।

जानवर अब क़रीब आ गए थे। मुनीर ख़ां ने पहचाना कि एक उनमें मिर्ज़ा साहब की ख़ास सवारी का घोड़ा था, दूसरा सोनपुर में ख़रीदा हुआ था। ख़च्चर भी पुराना मगर अड़ियल और मुश्किल से हुक्म मानने वाला जानवर था। मुनीर ख़ां बढ़ा कि तीनों को इकट्ठा समेट ले पर नया घोड़ा बिदक गया और उसके साथ बूढ़ा ख़च्चर भी भड़ककर एक तरफ़ को निकल भागा। मिर्ज़ा साहब के घोड़े ने अलबत्ता मुनीर ख़ां को पहचाना और ख़ुद उसके पास आकर उसकी बग़ल में मुंह डाल दिया। मुनीर ख़ां ने उसे चुमकारा, थैले से गुड़ की डली निकालकर उसे खिलाई और उससे बातें करने लगा गोया वह इंसान की बोली समझता हो और जवाब भी दे सकता हो। घोड़े की हालत का ग़ौर से मुआयना करके वह इस नतीजे पर पहुंचा कि उसे आवारा

फिरते कम से कम दो दिन हो गए हैं। अल्लाह जाने असल बात क्या थी, लेकिन अगर वह ठगों की वारदात न थी तो जिन्नाती कारनामा मालूम होता था।

वह घोड़े को साथ लिए हुए क़ायमगंज आया लेकिन अब उसके दिल में डर घर करने लगा कि अगर मिर्ज़ा साहब का क़ाफ़िला ठगों के हत्थे चढ़ गया है तो इस घोड़े का मेरे पास से बरामद होना मुझे और भी शक में ला देगा। लिहाज़ा जब तक कोई बात पक्की नहीं मालूम हो जाती, घोड़े को छुपा देना और ख़ुद कहीं और छुप रहना बेहतर है। यह सोचकर उसने घोड़ा एक मुक़ामी अस्तबल में कुछ रक़म अदा करके रखवा दिया और कहा कि मेरे मालिक का घोड़ा है, अचानक भड़ककर भाग गया था। मैं इसे पकड़ लाया हूं। मेरे मालिक शिकार पर हैं, एक-दो दिन में आ जाएंगे, तब तक आप घोड़े की हिफ़ाज़त से देखभाल करें। ख़ुद मुनीर ख़ां ने एक तवायफ़ के कोठे पर पनाह ली। तवायफ़ से उसकी कुछ आशनाई पहले की थी।

शाह नूर ख़ां ने यह पूरा बयान सीदियों की मौजूदगी में सुना था और अब उनसे मशवरा करके वह इस नतीजे पर पहुंचा कि मुनीर ख़ां झूठ नहीं बोल रहा था, ख़ासकर जबकि उसने घोड़ा भी बरामद करा दिया था।

"अगर हुज़ूर साहब को ठगों ने क़त्ल किया है और इसी इलाक़े में गाड़ा है तो आप जान लें कि दो-तीन दिन में अल्लाह चाहे, हम उन्हें ढूंढ़ निकालेंगे," सीदी मुनइम और सीदी इकराम ने कहा।

"पर सुना है ठग अपने शिकार को इस तरह ठिकाने लगाते हैं कि ज़मीन पर कोई पता-निशान ही नहीं रहता," शाह नूर ख़ां ने कहा।

"सो तो है जनाब जी। पर हमन भी अपने काम में पक्के हैं। आप देखिएगा पता कैसे न लगेगा।"

शाह नूर ख़ां ने मुनासिब मुआवज़ा तय करके सीदी इकराम और सीदी मुनइम को आधा उसका उसी वक़्त अदा किया और उनके साथ पैदल चला। थोड़ी ही देर में उसने देखा कि सड़क, मैदान, दरख़्त, झाड़ियां, फलियां और बीज जो जानवरों या चिड़ियों ने खाकर या कुतरकर छोड़ दिए थे, यहां तक कि जानवरों का गोबर और चिड़ियों की बीट, वह तमाम चीज़ें जो उसके लिए कोई ख़ास मानी न रखती थीं, सीदियों के लिए बच्चों की किताब की तरह थीं जिन पर मोटे-मोटे हर्फ़ों में अलिफ़-बे-पे लिखा हुआ था। पिछले कई दिनों के वाक़ेआत वो यूं बयान कर रहे थे गोया वो क़िस्से हों जो उन्होंने पहले से याद कर रखे थे। पहली बार वो क़ायमगंज से बिल्हौर तक तेज़-तेज़ गए, यानी उन्होंने घंटे भर में कोई एक कोस का फ़ासला तय किया। फिर भी उन्हें जहां-जहां भी शक गुज़रता कि यह जगह और तफ़्तीश चाहती है, वहां थोड़ी देर रुककर वो लाल कपड़े का एक टुकड़ा रखकर उस पर कोई

हाथ भर की गिल्ली मज़बूत गाड़ देते। वापसी में वो हर संदेहास्पद जगह पर ठहरते और देर तक ज़मीन पर निशानों को देखते हालांकि शाह नूर ख़ां को कुछ भी पहचान वहां क़ाफ़िले के ठहराव या अंजाम की दिखाई न देती थी। इस तरह उन्होंने दो जगहें तय कीं जहां मिर्ज़ा तुराब अली का क़ाफ़िला थोड़ी देर के लिए राह में ठहरा था।

"तुम लोग कैसे कह सकते हो कि ये निशान हमारे ही मालिक के क़ाफ़िले के हैं जो तुमने दरियाफ़्त किए हैं?" शाह नूर ख़ां ने शक से भरे हुए लहजे में पूछा।

"सौं खाकर तो हम भी नहीं कह सकते, मियां जी," सीदी मुनइम ने जवाब दिया। "लेकिन हमारी विद्या कहती है कि यहां जो क़ाफ़िला रुका था उसमें चार घोड़े, चार ख़च्चर और सात आदमी थे।"

"ख़च्चर, घोड़े और आदमी में तुम फ़र्क़ भला कैसे करते होगे?"

"हर एक की बू अलग होती है और निशान भी उनके उठने-बैठने के अलग होते हैं। देखिए यहां ख़च्चरों के निशान हैं। मिट गए हैं लेकिन पहचान में आते हैं। ख़च्चर यहां कुछ देर ठहरे थे और उनके ऊपर किसी और जानवर का निशान नहीं है। यह हमारे भाग की बात है कि भूंई भी यहां कुछ नर्म है, निशान आसानी से ले लेती है।"

शाह नूर ने ग़ौर से देखा तो उसे वाक़ई सुम के कुछ बिल्कुल धुंधले निशान दिखाई दिए, या सुम के निशान का वहम सा दिखाई दिया। उसे इंकार का चारा न था कि कुछ न कुछ तो वहां था ज़रूर। अब उसके दिल में कुछ उम्मीद जगी कि उसके मालिक का कुछ पता-निशान लग जाएगा। लेकिन क्या पता लगेगा? इस ख़्याल से उसका दिल डूबा जाता था कि कहीं यह पता परदेस के क़ब्रिस्तान की सूरत में न हो।

क़ायमगंज कोई तीन कोस था जब सीदी लोग अपनी गाड़ी हुई आख़री गिल्ली पर पहुंचे। यहां उन्होंने ज़मीन के एक बड़े टुकड़े पर लकीर खींचकर चौखटा सा बनाया, फिर उस चौखटे को उन्होंने छोटे-छोटे चौखटों में बांटा। एक तरफ़ से एक सीदी और दूसरी तरफ़ से दूसरे ने ज़मीन पर पेट के बल लेटकर एक-एक चौखटे को ग़ौर से देखना, सूंघना और आहिस्ता-आहिस्ता कुरेदना शुरू किया। उस वक़्त उनके चेहरों पर इतनी गहरी एकाग्रता और उनके जिस्मों में इतना तनाव और हल्की-हल्की कंपकपी थी गोया वो इंसान से ज़्यादा बूदार कुत्ते हों। कोई दो-ढाई घंटे तक ज़मीनी चौखटे के हर-हर अंगुल को ग़ौर से देखते, कुरेदते, सूंघते-सूंघते दोनों एक-दूसरे के आमने-सामने कोई आठ-दस हाथ की दूरी पर रुक गए और नारे के अंदाज़ में बोले, "वो मारा! जमादार जी, यहां खुदाई कराओ।"

शाह नूर ख़ां और उसके साथियों ने दोनों तरफ़ से खुदाई फ़ौरन शुरू कर दी। कोई दो घड़ी के अंदर क़ब्र का गढ़ा साफ़ नज़र आने लगा, और उसके अंदर जो जिस्म

क़ैद थे... शाह नूर ख़ां और उसके साथी उबकाइयां लेते हुए, "या अल्लाह, तौबा! या अल्लाह, तौबा!" पुकारते हुए लड़खड़ाकर पीछे हट गए। सिर्फ़ दोनों सीदी अपनी जगह पर जमे रहे। ऊपर-तले आठ क़रीब-क़रीब नंगी लाशें, बाहरी कपड़ों से ख़ाली, सबसे नीचे मज़लूम आग़ा मिर्ज़ा तुराब अली की लाश थी। ख़ून का दौरान और सांस का सिलसिला बंद हो जाने से सबके बदन पहले तो अकड़ गए थे और फिर चौबीस घंटे या उससे ज़्यादा मुद्दत गुज़रने के बाद दोबारा नर्म पड़ गए थे। लेकिन अकड़न के दौरान जगह की तंगी के सबब सभी लाशें कुछ न कुछ क्षतविक्षत हो गई थीं। कुछ के जबड़े टेढ़े होकर फिर सीधे न हुए थे, कुछ की आंखें खुली रह गई थीं, कुछ की पीठ, कुछ के हाथ-पांव टेढ़े होकर रह गए थे। सबकी सियाह ज़बानें बाहर निकली हुई, कुछ की नाक से और एक के नाक-कान दोनों से ख़ून बहकर जम गया था लेकिन कहीं-कहीं मिट्टी में मिली हुई किसी ख़राब चीज़ के कारण जमने के पहले सड़ने लगा था। कुछ को जान निकलने की हालात में अपने जिस्म पर क़ाबू न रहा था और उन्होंने ख़ुद को गंदा कर लिया था। गढ़े पर से मिट्टी पूरी तरह हटने से पहले ही बदबू के भभके आने लगे थे और जब लाशें पूरी तरह खुल गईं तो ख़ून, बदन में क़ैद हवाएं और बाहर की गंदगी की बदबूएं मिलकर बर्दाश्त से बाहर हो गईं।

शाह नूर ख़ां ने घबराकर चाहा कि लाशों को वहीं दोबारा तोप दे या उन पर कोई तिरपाल या भारी कपड़ा वग़ैरा ओढ़ा दे। लेकिन ज़रा सी सोच ने उस पर ज़ाहिर कर दिया कि ऐसा करना अच्छा न था। सीदियों ने भी उसकी तरफ़ कुछ इस तरह देखा गोया उम्मीद कर रहे हों कि इन लाशों के कफ़न-दफ़न का इंतज़ाम जल्द किया जाएगा। उसने सीदी मुनइम से, कि वह दोनों में ज़्यादा उम्र का था, पूछा, "क्या इन्हें यहीं दफ़्न कर दिया जाए?"

मुनइम ने सर हिलाया, "जमादार जी, अभी तो लाशें ख़राब नहीं हुई हैं, मुल हवा लगकर फ़ौरन बिगड़ने लगेंगी। मतलब यहां गाड़ने का यह है कि आपको बहुत कुछ बंदोबस्त करना होगा। कई तगाड़े पानी, कई थान कफ़न, क़ब्र खोदने वाले, जनाज़ा पढ़ाने वाला... इन चीज़ों का सेंताव करते-करते बहुत समां निकल जाएगा, बदन बिगड़ जाएंगे।

"तो क्या करूं, इन्हें किसी तरह उठा-लपेटकर रामपुर ले जाऊं?"

"न, न, मैं यह थोड़ी कह रहा हूं... इस तरह तो जब आप रामपुर पहुंचेंगे तो लाशें नहीं, सड़े-गले टुकड़े ही बचेंगे। आप किसी को भेजकर फ़ौरन क़ायमगंज से कई थान कोरा लट्ठा और चार-पांच पालकियां मंगवाइए। साथ ही साथ क़ब्रिस्तान कोई और आदमी जाकर इंतज़ाम मुर्दों के नहवाने और क़ब्रों के खुदवाने का करे। जब तक क़ब्रें तैयार होती हैं, इतने में वही आदमी जनाज़े की निवाज के लिए मुल्लाने का बंदोबस्त कर लेगा। इधर आप लाशों को लट्ठे में अच्छी तरह लपेट, पालकियों

में डाल क़ायमगंज क़ब्रिस्तान ले चलें।"

"जी, बात तो सीदी ठीक कर रहे हैं," शाह नूर का एक साथी बोला। "इस तरह रात पड़ते-पड़ते सब काम हो जावेंगे इंसाल्ला।"

शाह नूर ख़ां और उसके साथियों ने अब तक अपने ऊपर क़ाबू रखा था। मगर जब मुर्दे क़ब्र में उतारे जाने लगे तो उसे बेइख़्तियार रोना आ गया। हाय क्या बेकसी की मौत थी कि घरवालों में कोई न था जो देखभाल के आख़री मंज़िल तक पहुंचा देता। वह तो कहिए कि मौला के करम से एक शिया साहब भी नमाज़े-जनाज़ा पढ़ने वालों में शरीक हो गए; उन्होंने आग़ा मिर्ज़ा साहब के लिए जवाबनामा हासिल करके उनके कफ़न में रखवा दिया और इमामिया तरीक़े की दुआएं, जैसी उनसे बन पड़ीं, पढ़ दीं। बाक़ी मुर्दे सुन्नियों के थे। जब आख़री दीदार का वक़्त आया तो मुनीर ख़ां दहाड़ें मारकर रोया कि मेरे मालिक मुझसे ख़फ़ा गए हैं, कैसे उनको मुंह दिखाऊं।

दफ़्न के दूसरे ही दिन शाह नूर ख़ां और उसके साथी अपने जानवरों के साथ और मुनीर ख़ां आग़ा मिर्ज़ा साहब मरहूम शहीद के घोड़े को लेकर रामपुर चले। कूच करने से पहले शाह नूर ख़ां ने कोतवाल क़ायमगंज को मुनीर ख़ां का, दोनों सीदियों का और अपना मुकम्मल बयान लिखवाकर याचना की कि हमारे मालिक और उनके नौकरों के ज़ालिम क़ातिलों का पता लगाकर उन्हें सूली दी जाए। लूटा हुआ सामान हमें दरकार नहीं, जो कुछ बरामद हो सके वह सब कुछ कोतवाली के उन बहादुर दौड़ वालों को इनाम में दे दिया जाए जिनके हाथों हरामज़ादे मुजरिमों की गिरफ़्तारी अमल में आवे। कोतवाल ने वादे तो बहुत किए लेकिन उसकी आंखों में बेयक़ीनी की झलक इतनी नुमायां थी कि किसी को उन वादों पर एतबार न आया। बल्कि यूं कहें कि अगर दोनों सीदी भरोसेमंद और मशहूर लोग न होते तो कोतवाल ख़ुद शाह नूर और उनके साथियों को क़त्ल के मुक़द्दमे में पकड़ लेने के बारे में ग़ौर कर सकता था।

बदायूं और आंवला के कुछ हिस्से नाम के लिए लखनऊ की शाही अमलदारी में और कुछ नाम भर को बादशाह देहली की अमलदारी में थे, वरना हक़ीक़त यह थी कि यहां अंग्रेज़ों का राज था और कमिश्नर बरेली का हुक्म सारे में चलता था। अंग्रेज़ साहबों ने जगह-जगह पुलिस थाने और चौकियां क़ायम कर रखी थीं। ऐसी पहली ही चौकी पर शाह नूर ख़ां ने अपना तफ़्सीली बयान लिखवाया और यहां भी वही दर्ख़ास्त दर्ज कराई कि जॉन कंपनी बहादुर अपने इक़बाल को काम में लाकर ज़ालिम मुजरिमों को पकड़कर सूली दिलवा दे। जो पुलिसदार क़ातिलों को पकड़ेगा उसे भारी बख़्शीश नवाब साहब बहादुर रामपुर की सरकार से दी जाएगी।

पांचवें दिन की शाम को सोगवारों का यह क़ाफ़िला रामपुर पहुंचा। उस रात

रामपुर के कई घरों में देर तक रोना-धोना चलता रहा। कई घरों में कोई सोया नहीं। वज़ीर को सकता सा हो गया। वह सारी रात दरवाज़े की तरफ़ टकटकी बांधे रही कि मेरे आग़ा साहब आते ही होंगे। उसे कुछ ख़बर न हुई कि उसकी चूड़ियां कब ठंडी की गईं और कब उसे सफ़ेद दुपट्टा ओढ़ाया गया।

□□

बहारे-बाग़ तो यूं ही रही लेकिन...

1844, शहर रामपुर, नवाब सैयद मुहम्मद सईद ख़ां का शुभ निशान और आसमानी इक़बाल वाला ज़माना, सजधज में, बाज़ारों की चहल-पहल में, मजलिसों और गली-कूचों की रौनक़ में, ज़िक्र और फ़िक्र की महफ़िलों में, तालीम और शिक्षा-दीक्षा के हलक़ों में, अंजुमनआराई, शेरगोई और दास्तानगोई में रामपुर देहली और लखनऊ के लिए रश्क का सबब बना चाहता था। बस घनी आबादियों के लिहाज़ से लखनऊ और इमारतों के हुस्न और लंबाई-चौड़ाई के लिहाज़ से देहली अभी बहुत आगे थे। नजीबुद्दौला और नवाब फ़ैज़ुल्लाह ख़ां और हाफ़िज़ुल्मुल्क के ज़मानों में तामीर की हुई रोहिल्लों की इमारतें नजीबाबाद, बिजनौर, मीरानपुर कटड़ा, सहसवां, बदायूं और बरेली में कुछ अच्छे हाल में और कुछ टूटी-फूटी हालत में बीते दिनों की शानो-शौकत के क़िस्से ज़बाने-हाल से पढ़ रही थीं। तरक़्क़ी, अमन-अमान, ख़ुशहाली और चमक-दमक के लिहाज़ से आसपास के तमाम शहर, आंवला, संभल, अमरोहा, हसनपुर, शाहाबाद, यहां तक कि मुरादाबाद और बरेली भी रामपुर के आगे मांद पड़ते नज़र आते थे। नवाब फ़ैज़ुल्लाह ख़ां मरहूम के वक़्तों (1774 से 1794) से ही पूरा रामपुर अमन और ख़ुशहाली का शहर बन गया था। दूर-दूर से अलग-अलग क़ौमियतों के लोग यहां आने और बसने लगे थे। इतिहासकार मुन्नूलाल रामपुरी के अनुसार रामपुर में कोई पांच सौ विद्वान ऐसे थे जिन्हें रियासत के ख़ज़ाने से माक़ूल वज़ीफ़ा मिलता था और सरकारी ख़िदमत की कोई शर्त न थी। उन्हें आज़ादी थी कि सरकारी मदरसे में पढ़ाएं या अपने मकानों पर इल्म के प्यासों की प्यास बुझाएं। दीनदार लोगों और सूफ़ियों में देहली और मुल्क के बाहर से आकर यहां बस जाने वालों में हाफ़िज़ जमालुल्लाह, शाह दरगाही, शाह बग़दादी, शाह जमालुद्दीन के सिवा भी कई नामी हस्तियों ने रामपुर को अपने बा-बरकत क़दमों से सरसब्ज़ और मुबारक किया। नवाब मरहूम के बनाए हुए कुतबख़ाने और मदरसे ने बहुत शोहरत पाई। कुतबख़ाने को बाद में 'रज़ा लाइब्रेरी' और मदरसे को 'मदरसा-ए-आलिया' कहा गया। नवाब फ़ैज़ुल्लाह ख़ां ने बहरुल-उलूम मुल्ला अब्दुल अली फ़िरंगी महली और मुल्ला मुहम्मद हसन फ़िरंगी महली को लखनऊ से बुलवाकर मदरसे में अध्यापक और मुख्य अध्यापक मुक़र्रर किया। जल्द ही रामपुर में ग़ैर मुल्कों के भी विद्यार्थी इल्मो-कमाल हासिल करने के लिए आने लगे और रामपुर को आमतौर पर बुख़ारा-ए-हिंद कहा

जाने लगा। नवाब मरहूम को शेरो-सुख़न से कोई लगाव न था। यह कमी उनके छोटे भाई नवाब मुहम्मद यार ख़ां तख़ल्लुस 'अमीर' ने टांडे में अपने छोटे से दरबार में पूरी कर दी थी। क़ायम मुसहफ़ी, क़ुदरतुल्लाह शौक़, फ़िदवी लाहौरी, कबीर अली कबीर संभली जैसे कमाल के शायर वहां थोड़ी मुद्दत के लिए जमा हो गए थे।

टांडे और आंवले की तबाही ने मुहम्मद यार ख़ां 'अमीर' के महफ़िल वालों को पतझड़ के पत्तों की तरह बिखरा दिया तो नवाब मरहूम ने मुहम्मद यार ख़ां को रामपुर बुलवा लिया। उनके साथ उस्ताद क़ायम चांदपुरी, कबीर अली कबीर संभली और आंवले के आसमान के कुछ और सितारे भी रामपुर आए और यहीं के हो रहे। नवाब अहमद अली ख़ां रिंद की हुकूमत का लंबा दौर यूं बहुत क़ाबिले-ज़िक्र न था लेकिन शेरो-शायरी की चर्चा रामपुर में वैसी ही रही, बल्कि रोज़-बरोज़ बढ़ती रही। नवाब सैयद मुहम्मद सईद ख़ां हालांकि मज़हब में लखनऊ के रंग में रंगे हुए थे लेकिन उन्होंने रामपुर को लखनऊ की नक़ल बनाने की बजाय एक अलग रामपुरी रंग क़ायम करने की कोशिश की। उस रंग में मुग़ल चमक-दमक और मर्दाना शानो-शौकत की झलक ज़्यादा थी, लखनऊ की बारीकियों और मज़हबी संकीर्णता की परछाईं कम से कम थी।

यह सब था लेकिन आग़ा तुराब अली की बेवक़्त मौत का मातम करने वाली वज़ीर ख़ानम, उनकी बुलबुले-शैदा, वह महबूबी के गुलज़ार की फूल और महकते शबिस्तान और ख़ुशबू बिखेरती आशिक़ी और माशूक़ी की बग़िया को महकाने वाली, रामपुर में न थी। आग़ा तुराब अली के बाद उनकी हवेली, जो उन्हें नवाब की तरफ़ से मिली थी, पुराने दरबारी दस्तूर के मुताबिक़ नवाबी की मिल्कियत में वापस चली गई थी। आग़ा तुराब अली के क़रीबी लोगों में सिर्फ़ एक बेवा बहन और बूढ़ी बेवा फूफी थीं। वज़ीर भी अपना बच्चा लेकर आग़ा के पुराने घर में चली गई। नवाब मिर्ज़ा ने बहुत चाहा कि मां के दामन से लगे रहें लेकिन आग़ा मिर्ज़ा तुराब अली के छोटे से पुश्तैनी घर को देखकर वज़ीर ने सख़्त इसरार किया कि आप अपनी मंझली खाला के पास चले जाएं और वहीं रहें। पुराने ढंग की ईंटों और गच से बने इस घर में तंग सी ड्योढ़ी के आगे आंगन था जिसके दो तरफ़ दो-दो हुजरे या कमरे थे और सामने एक दालान और फिर सेहदरी। ड्योढ़ी के दोनों तरफ़ एक-एक बावर्चीख़ाना और शौचालय, कुल इतनी ही मकानियत थी। आंगन में चमन, कुएं, नहर या हौज़ का कोई ज़िक्र न था। पानी के लिए दूसरे आम घरों की तरह भिश्ती मुक़र्रर था जो कोसी नदी का पानी सुबह-शाम लाकर भर दिया करता था।

ज़िंदगी ने फ़ौरन अपना रंग बदल लिया था। नौकरों, मामाओं की वह बड़ी तादाद न थी, दरवाज़े की बहल, रथ, घोड़े, पालकी, सब पुरानी हवेली के साथ छुट गईं। सोग

के दिनों और सोयम चेहलुम की मजलिसों के सिवा आने-जाने वालों का तांता टूटकर नाम भर को रह गया। हबीबा और राहत अफ़्ज़ा का साथ न होता तो वज़ीर शायद कुएं में कूदकर जान दे देती। एक तो आग़ा साहब की मौत का ग़म, और मौत भी कैसी मौत, गोया मारने वालों का ख़ुदा ही न था या मारने वालों को मौत ही न आनी थी, और तिस पर नन्हे बच्चे का पालना-पोसना जिसके लिए अब दाई-खिलाई या मामा-छूछू जैसी अब कोई नौकरानी न थी और फिर ससुराल की बेवा ननद और फूफिया सास का आंखें तरेरना और इशारों-इशारों में यह ज़ाहिर करना कि छोटी बेगम उनकी नज़र में आग़ा साहब की निकाही तो क्या, मुताही का भी दर्जा न रखती थी। माना कि वह आग़ा साहब की निकाह की बीवी थी लेकिन फूफिया सास के बक़ौल ऐसों के निकाह क्या और उनके साथ क़ौल-करार क्या, और इन बन्नो का तो हाल ही कुछ और था। जिसका हाथ इन्होंने पकड़ा, उसे फिर यमदूत ने सीधा जा पकड़ा।

वज़ीर को साफ़ दिखाई दे रहा था कि यहां अब उसका रहना बहुत देर तक न होगा। वह यह भी जान रही थी कि राहत अफ़्ज़ा की जुदाई भी अब ज़्यादा देर टल नहीं सकती। शरीफ़ घरानों की बेटियों के हिसाब से तो उसकी शादी की उम्र निकल चुकी थी, लौंडी-बांदी-असील-ख़वास के एतबार से भी अब उसकी उम्र क़रीब-क़रीब जा ही चुकी थी, और कुछ मुद्दत बाद तो उसे घर में डाल लेने वाला भी कोई न मिलता। हबीबुन्निसा ने वज़ीर की मुहब्बत से बोझल होकर अब तक बेटी की शादी के लिए ज़ोर न दिया था, लेकिन अब जब वज़ीर ख़ानम ख़ुद बेठिकाने हुई जाती थी, राहत अफ़्ज़ा का इंतज़ाम बेहद ज़रूरी हो गया था। राहत अफ़्ज़ा की सूरत-शक्ल और सुघड़ापे की वजह से उसके लिए अच्छा वर मिलना ग़ैर मुमकिन न था, शर्त सिर्फ़ हबीबुन्निसा और वज़ीर ख़ानम की रज़ामंदी और नौब्याहता जोड़े के रहने-सहने के लिए घर व घर के सामान के मुनासिब इंतज़ाम की थी। वज़ीर ने अपनी अक़्लमंदी से समझ लिया था कि हबीबुन्निसा अभी भी अपने आपसे ख़ुद कुछ न कहेगी। लिहाज़ा उसने मुनासिब मौक़ा देखकर हबीबा से कहा कि इद्दत के दिन गुज़ारते ही वह राहत अफ़्ज़ा की शादी के सामान की फ़िक्र शुरू कर देगी और मुनासिब लड़का ढूंढ़ने में भी उसकी मदद करेगी।

"मेरा बस चलता तो मैं राहत अफ़्ज़ा को कभी अपने से अलग न करती और उसके मियां को घरजमाई बना कर रख लेती। लेकिन..."

"ख़ानम साहब," हबीबा ने आंसू पोंछते हुए कहा। "राहत अफ़्ज़ा के लिए आप पहले दिन से बाप, मां, रहमत का फ़रिश्ता सब कुछ थीं। काश आपकी तक़दीर यूं टेढ़े क़लम से न लिखी गई होती। ख़ैर, मैं तो आपके क़दमों से लगी ही रहूंगी... लेकिन..." अब उसके आंसू फूट बहे, "राहत अफ़्ज़ा की जुदाई कैसे बर्दाश्त होगी?"

"हिम्मत से काम लो हबीबा," वज़ीर के लहजे में दृढ़ता मिली ग़मज़दगी थी।

"अगर हालात सही ढब के होते तो राहत अफ़्ज़ा कभी की ब्याह गई होती। अब और देर करना ठीक नहीं है। और यहां का रंग तुम देख ही रही हो..."

"तेरह सद्दी है, ख़ानम साहब। जो न हो जाए थोड़ा है। लेकिन..."

"अभी तो मुझ दुखारी के घर में क़ैद रहने के दिन हैं, पता नहीं उनके गुज़र जाने पर ये मिर्ज़ा बेगमाएं क्या-क्या फ़ैल मचाएं।"

"मुझे तो इनके लच्छन न इनके सुभाव कुछ भले लगते हैं। अल्लाह जाने हमारे आग़ा साहब को इन्हीं की नज़र खा गई..."

"तौबा करो हबीबा, तौबा करो। कोई अपने वारिस को बुरी नज़र से क्यों देखेगा? इन दोनों का तो सारे जहान में कोई और हाथ थामने वाला न था।"

"सही, लेकिन अगर आग़ा साहब से इनको लगाव था तो आपसे लाग क्यों हो? आप आग़ा साहब से अलग तो थीं नहीं।"

"थी भी और नहीं भी थी," वज़ीर ख़ानम ने ठंडी सांस खींची। "एक तो मैं उनके ख़ानदान की नहीं, दूसरे ग़ैर-मज़हब और तीसरे यह कि बिल्कुल बाहर वाली और... और बदनाम अलग।"

"ये बदनामी और नेकनामी आप क्या ले बैठीं," नवाब शम्सुद्दीन शहीद के पैर के एक नाखुन पर इन जैसों को क़ुर्बान करूं। कोई आपको टेढ़ी आंख से देखे तो उसकी ही फूटें। इंसान की नेकनामी उसकी इंसानियत से होती है। बड़ी आई हैं गुनूं न गूथूं मैं दुल्हे की ख़ाला।"

"छोड़ो तुम ये ईरान-तूरान की कहानियां। पहली बात की पहले फ़िक्र ज़रूरी है। राहत अफ़्ज़ा के लिए कोई लड़का तुम्हारी नज़र में है?"

हबीबुन्निसा सोच में पड़ गई। बड़ी देर तक सर झुकाए रहने के बाद वह दबे पांव उठी, जिस कमरे में वह दोनों बैठी थीं उसका दरवाजा ठीक से बंद किया और फिर वापस आकर वज़ीर के ज़ानू से ज़ानू क़रीब-क़रीब मिलाकर ज़मीन पर बैठ गई।

"क्यों क्या हुआ हबीबा?" वज़ीर ने सरगोशी के लहजे में कहा।

"कुछ नहीं," हबीबुन्निसा ने उसी लहजे में जवाब दिया। "मुझे ख़्याल सा हुआ कि आपकी फूफिया सास जी कहीं पास ही में कान लगाए बैठी हैं।"

"तौबा, तुम्हारे भी वहम क्या हैं, हिंदनियों के वहम हैं कि वो हर घने पेड़ पर बरम राक्षस की छाया देखती हैं। ख़ैर कहो तो सही, कोई बात ध्यान में आई है क्या?"

"जी, वह जो शाह नूर ख़ां हैं न, हमारे मरहूम आग़ा साहब के ख़रीदे हुए जानवरों को सोनपुर से लाए थे..."

"हां, तो फिर?"

"जी, वह मेरे मरहूम के घर के हैं, मेरठ के। यहां के नहीं हैं।"

"यानी एतबार के लोग हैं। ख़ूब, तो उनके यहां कोई रिश्ता है?"

"एक बार उनकी ख़ाला जी आई थीं, इशारों-इशारों में कुछ कह गई थीं। लेकिन उस वक़्त समां और था। मैंने भी इशारे-इशारे में इंकार कर दिया था।"

"दोबारा बात शुरू की जाए, यही तुम्हारी मर्ज़ी है? और राहत अफ़्ज़ा?"

"अल्लाह मेरी तौबा, राहत अफ़्ज़ा का क्या ज़िक्र है। जो आप कहेंगी, जो मैं चाहूंगी, वही होगा।"

"न, न, उसकी मर्ज़ी लेना ज़रूर है।"

हबीबुन्निसा के चेहरे पर ज़रा सी नागवारी दौड़ी लेकिन उसने बात टालकर कहाः "इधर चंद दिन हुए, शाह नूर ख़ां की एक रिश्ते की बहन मुझे उम्दा ख़ानम साहब के यहां मिली थीं। कहने लगीं, हमारी ख़ालाजी हमारे भाई के लिए रिश्ते देख रही हैं। मुझे लगा किसी मतलब ही से उन्होंने ऐसा कहा होगा।"

"हां, बात तो दिल को लगती हुई है, तो तुमने कुछ पूछगछ की?"

"नहीं, अभी कुछ भी नहीं किया है। आपसे पूछे बग़ैर कुछ कहती या करती, मेरी क्या मजाल।"

"ख़ैर, अब देर न करो। मगर छानबीन कर लेना। मैं भी मंझली बाजी से बात करूंगी। सही पता लगाने में उनसे मदद मिलेगी।"

कुछ दिनों बाद उम्दा ख़ानम और दूसरे ज़रियों से पूरा पता लग गया कि लड़के वाले शरीफ़ पठान हैं, घर में बाप-मां कोई नहीं, एक बेवा बूढ़ी बहन है, सगी नहीं बल्कि रिश्ते की। वह और उसका अंधा बेटा शाह नूर ख़ां के संरक्षण में हैं। ख़ुद शाह नूर ख़ां एक बीवी को तलाक़ दे चुके हैं। तलाक़शुदा बीवी से एक लड़की है जिसकी उम्र अब कोई बारह-पंद्रह साल की होगी। वह अपने बाप के ही यहां रहती है। शाह नूर ख़ां यही कोई चालीस के पेटे में होंगे, हुज़ूर नवाब साहब बहादुर के हाथीख़ाने में बीस-पच्चीस साल से नौकर हैं। आमदनी अच्छी है, दो वक़्त की रोटी आराम से चल जाती है। पहली बीवी को तलाक़ देने की वजह बीवी की बदमिज़ाजी और झगड़ालूपन बतलाया गया। कहा गया कि उसे अपनी बेवा बूढ़ी ननद और उसका अंधा बेटा एक आंख न भाते थे। माली हैसियत से तो रिश्ता ठीक मालूम होता था। सबसे बड़ी ख़ूबी यह थी कि दूल्हे का घराना कुछ लंबा-चौड़ा न था और सास-ससुर से निबाह करने का कोई मामला था ही नहीं। रही बेवा बहन और उसका बेटा तो वो ग़रीब रिश्तेदारों की तरह दूल्हे के यहां रहते थे, उनके साथ किसी क़िस्म की खींचातानी या माथापच्ची की गुंजाइश न थी।

"लड़के का असल स्वभाव कैसा है, लोग कैसे हैं, यह तो कुछ दिन साथ रहने-बरतने से ही मालूम होगा," उम्दा ख़ानम ने वज़ीर से कहा। "आदमी जाने बसे, सोना जाने कसे। लेकिन बज़ाहिर तो रिश्ता ठीक ही लगता है। बाक़ी अल्लाह मालिक है।"

शादी की बात ऐब की तरह होती है, कितना ही छुपाओ छुपती नहीं, और ख़ासकर उन लोगों को ज़रूर उसका पता लग जाता है या पता नहीं तो सुन-गुन ही लग जाती है जिनकी तरफ़ से विरोध या अड़चन का अंदेशा हो। इस बार भी यही हुआ। शाह नूर ख़ां के घर वालों तक हबीबा की तरफ़ से इशारा पहुंचते ही पहुंचते वज़ीर की ननद नूर फ़ातिमा और फूफिया सास अमीरुन्निसा बेगम को ख़बर लग गई। फूफिया सास ने उसी दिन वज़ीर को अपने कमरे में बुलवा भेजा और किसी भूमिका के बग़ैर कहना शुरू किया, "देखिए छोटी बेगम, अभी आपकी इद्दत पूरी नहीं हुई है, आपको शादी-मंगनी की बात करना शोभा नहीं देता।"

वज़ीर का चेहरा तमतमा उठा। कानों की लवें लाल हो गईं। उसने ज़रा तेज़ लहजे में कहा, "मैं समझी नहीं कि किस रिश्ते या ब्याह-शादी की बाबत आपको ये वहम दामनगीर हैं। आप..."

"यह राहत अफ़्ज़ा...," अमीरुन्निसा बेगम ने वज़ीर की बात काटकर कहा।

वज़ीर ने भी बात काटी और कहा, "आपको इस तरह बात करना सुहावता नहीं, फूफीजान। बेबाप की और बेसहारा बच्ची के दो बोल पढ़वाकर उसे घर-घाट लगा देना तो आपके यहां भी सवाब का काम होगा।

"अज़ाब-सवाब की बात मुल्ला-मुज्तहिद जानें होंगे। हम तो यह कहते हैं कि तुम्हीं सोचो। तुम्हें इद्दत और रंडापा किस तरह गुज़ारना है।"

"मैं क्या ख़ुदा-नख़ास्ता अपने निकाह-ब्याह का सिलसिला कर रही हूं? यह आप लोगों को क्या हो गया है?" ग़ुस्से की ज़्यादती से वज़ीर की आवाज़ भर्राने लगी थी।

"अल्लाह झूठ न बुलवाए, तुम तो इन गलियों में ख़ूब खाई-खेली हो," नूर फ़ातिमा ने ज़हरीली हंसी के साथ कहा। अपने मरहूम भाई की इकलौती और वह भी छोटी बहन होने की वजह से उसकी ज़बान बहुत खुली हुई थी और वज़ीर का घर में आना उसे ही सबसे ज़्यादा बुरा लगा था।

वज़ीर ने यह कहते हुए उठकर दरवाज़े का रुख़ किया कि "आप लोगों को बात करने की तमीज़ नहीं है।" लेकिन सास ने अपनी आवाज़ कुछ बुलंद करके कहा, "हम घर में बैठने वालियां तुम लोगों जैसा तमीज़ कहां से लावेंगी। लेकिन छोटी बेगम, इतना समझ लो कि इस दरवाज़े पर किसी सईस फ़ीलबान की बारात कभी आई है और न अब ही आवेगी।"

"यह दरवाज़ा मेरा नहीं है क्या?" वज़ीर पलटकर बोली।

"ऐ सुबहानल्लाह, कभी कुएं में झांककर मुंह तो देखा होता। मेरे मां-जाए की औलाद, दोनों तरफ़ से खरा सैयद तुमने कोई बुर्की डाल दी होगी कि ज़रा होश खो बैठा। मेरा भतीजा ले आया तो अब सतवंती होकर बैठी हो, वरना तुम कहां और यह चौखट कहां।"

"जी, बहुत ख़ूब। लेकिन लाई तो मैं निकाह करके गई थी, और आपके लाड़ले भतीजे का बेटा मेरे ही पेट का पैदा है। वह न हो तो आपकी सारा सैयद होना धरा रह जाए। आपके बाप-दादा का नाम चलेगा तो उसी से चलेगा।"

"उसको हम अलग से सुलट लेंगे। तुम पहले अपनी इद्दत पूरी करो, छोटी बेगम। और हबीबुन्निसा को तो हम खड़े-खड़े निकाल बाहर करेंगे। उससे कह दो इस ख़्याल में न रहे कि उसकी बेटी का डोला इस घर से उठेगा।"

"हबीबुन्निसा और उसकी बेटी के बारे में बोलने की ज़हमत आप न करें, अमीरुन्निसा बेगम। देहली और रामपुर दोनों जगह मेरे घर हैं। आपके मां-जाए का मरहूम बेटा मुझे हज़ार मिन्नतों से लाया था वरना मेरी जूती भी यहां न आती।" वज़ीर ने ग़ुस्से से कांपते हुए कहा। "और आप जैसियों से तो मैं चौकी पर लोटा भी न रखवाती। ग़ज़ब ख़ुदा का, जिसका आशियाना ख़ुद ही टूटी शाख़ पर हो, वह दूसरे को बेघर करने की धमकी दे। राहत अफ़्ज़ा की बारात आएगी और यहीं आएगी।" यह कहकर उसने दुपट्टा कमर पर कसकर बांधा। शर्बती आंखें गहरी काली, चेहरे पर वही तेज जिसने कभी नवाब शम्सुद्दीन अहमद की जुरअतें पस्त कर दी थीं। वह कमरे से बाहर चली गई, लेकिन दोनों औरतों को वह कमरा बहुत देर तक उसकी मौजूदगी से भरा हुआ महसूस होता रहा।

कमरे से बाहर आते ही वज़ीर ख़ानम ने परचा भेजकर मंझली को बुलवाया और उसे पूरी बात बताई।

"अभी तो राहत अफ़्ज़ा की निस्बत ठहरी नहीं है लेकिन इस जगह नहीं तो और कहीं न कहीं ठहर ही जाएगी। मुझे यह गवारा नहीं कि ये दोनों बेवाएं अपने दिल की कड़वाहटें उस बेचारी पर उड़ेंलें, उसे ज़लील करें और मुझे भी बदनाम करें," वज़ीर ने अपने आम ठंडे गंभीर लहजे के उलट इंतेहाई तेज़ी और जोश से कहा। "शादी तो मैं यहीं से करूंगी, आख़िर यह घर मेरा भी है। लेकिन फिर मैं यहां रहूंगी नहीं।"

"वह तो कोई बात नहीं, मेरा घर मौजूद है। इद्दत के बाद तुम जब चाहो, उठ आओ," मंझली ने कहा।

"नहीं मंझली बाजी, मैं दिल्ली में रहूंगी। मेरा घर तो वहां है ही, उजड़ा-पुजड़ा सही। फ़क़ीर को कंबल ही दोशाला है। लेकिन ये सब बाद की बातें हैं। अव्वल बात यह है कि मुझे तुम्हारी, तुम्हारे नवाब की और बंदगाने-आली की पुश्तपनाही दरकार है।"

"मैं और मेरे नवाब साहब तो बेशक तुम्हारी पीठ पर हाथ रखे हुए हैं, पहले की तरह। आला हज़रत का ज़िम्मा मैं नहीं ले सकती लेकिन कोशिश में कमी न होगी। मैं आज ही अपने नवाब साहब से ज़िक्र करूंगी," उम्दा ख़ानम ने जवाब दिया।

कुछ दिनों तक कोई बात सामने न आई लेकिन राहत अफ़्ज़ा के लिए शाह नूर ख़ां के घरवालों से बात लगभग पक्की हो गई। तारीख़, महर, बारातियों की तादाद और दूसरी तफ़्सीलें तय होना बाक़ी थीं। अमीरुन्निसा बेगम और नूर फ़ातिमा ने वज़ीर ख़ानम से बिल्कुल किनारा कर लिया था, यहां तक कि अपने खाने-पीने के बर्तन-बासन भी अलग कर लिए थे। छोटा सा घर, एक का दूसरे के पांव तले आना लाज़मी था। लेकिन वज़ीर ने अपने बर्ताव को हमेशा सहज और मीठा रखा हालांकि अमीरुन्निसा बेगम यह जताने का कोई मौक़ा न छोड़ती थीं कि वज़ीर का वजूद उन्हें क़ुबूल नहीं और राहत अफ़्ज़ा को तो अगर सांप डस लेता या बिजली उसे जलाकर ख़ाक कर देती तो अमीरुन्निसा घी के चिराग़ जलातीं। यह बात भी सास-ननद ने जता दी थी कि राहत अफ़्ज़ा की बारात सातवें आसमान पर आकर ठहरे या बाज़ार में ऐन चौराहे पर टिके, उनके घर पर उसका उतरना ग़ैर-मुमकिन था।

वज़ीर की इद्दत ख़त्म हुई, राहत अफ़्ज़ा की तारीख़ भी ठहर गई और सांचिक-मेहंदी-बारात-रुख़सती के इंतज़ाम भी ज़ोर पकड़ने लगे, लेकिन शादी के रुक़्क़े न बंट सके थे। उम्दा ख़ानम ने यह इत्तेला तो दे दी थी कि नवाब यूसुफ़ अली ख़ां ने बहुत ज़ोर देकर यह बात कही कि आग़ा मिर्ज़ा तुराब अली मरहूम के घर पर वज़ीर का पूरा-पूरा हक़ है कि आख़िर वह उस घर की बहू है। लेकिन आला हज़रत, हुज़ूरे-पुरनूर बंदगाने-आली ने इस बारे में अपना कोई इरादा ज़ाहिर किया कि नहीं, यह गिरह अभी तक खुल न सकी थी। इस कशमकश के बावजूद वज़ीर का इरादा उसी तरह बरक़रार था कि शादी उसी घर से होगी और हबीबुन्निसा की नहीं, वज़ीर ख़ानम की शान के मुताबिक़ होगी। यह इरादा सोच से अमल में किस तरह आएगा, इस बात का नक़्शा वह अभी अपने ज़हन में तैयार न कर सकी थी लेकिन उसे कुछ अजीब तरह का इत्मीनान था कि उसका इरादा पूरा होकर रहेगा। उसने अपने दिल में सोचा कि शादी को एक हफ़्ता रह जाए और फिर भी बड़े नवाब के आस्ताने से कोई हुक्म जारी न हो तो मैं मंझली बाजी को लेकर नवाब यूसुफ़ अली ख़ां और मुमकिन हुआ तो ख़ुद हुज़ूर की मुबारक बारगाह में पेश होने की कोशिश करूंगी।

बारात की आमद को दस दिन रह गए थे और अब वज़ीर ख़ानम को तशवीश होने लगी थी। एक बार तो उसके जी में यहां तक आई कि फ़ीरोज़पुर झिरका हज़ार फ़िरंगियों के कब्ज़े में हो, लेकिन नवाब शहीद को प्यार और इज़्ज़त के साथ याद करने वाले वहां अब भी बहुत से होंगे, क्यों न रुक़्क़ा भेजकर दस-बीस जियालों को बुला लूं कि शादी का इंतज़ाम करना है, आप लोगों के बग़ैर मेरी मर्ज़ी के मुताबिक़ पूरा न हो सकेगा। लेकिन यह ख़्याल उसने फ़ौरन ही रद्द कर दिया कि इस पर अमल नामुमकिन न सही, यह कई पहलुओं से कोई अच्छी तजवीज़ न था। माना कि फ़ीरोज़पुर के जवानों की निगरानी में निकाह अमन-अमान के साथ हो जाएगा लेकिन

अगर आला हज़रत को पर्चा लगा, और पर्चा उन्हें ज़रूर लगेगा, कि बाहरी लठैतों को बुलवाकर शादी का इंतज़ाम कराया गया तो वह नाराज़ भी हो सकते हैं। दरिया में रहकर मगरमच्छ से बैर अच्छी बात नहीं। और फिर यह भी है कि ऐसी शादी किस क़दर बेलुत्फ़ समझी जाएगी जिसमें बाहर के लोगों का चौकी-पहरा दरकार होवे।

ज़ोहर की नमाज़ पढ़कर वह पालकी मंगवाकर मंझली बाजी के यहां जाने का ख़्याल कर रही थी कि बाहर कुछ शोर सा हुआ। एक-दो पल बाद ख़बर लगी कि आस्ताना-ए-आली से हुज़ूर-पुरनूर ने पालकी भेजकर वज़ीर ख़ानम को तलब फ़रमाया है। पालकी के अग़ल-बग़ल दो सोंटाबरदार और साथ में चलने के लिए एक सवार मौजूद हैं, जिनकी हिफ़ाज़त में वज़ीर ख़ानम को क़िले में पहुंचा दिया जाएगा।

वज़ीर सन्नाटे में आ गई। उसे दरबार से किसी इशारे की उम्मीद थी कि अमीरुन्निसा बेगम को कुछ मुनासिब हिदायत कहला दी जाएगी। या बहुत हुआ तो निकाह-बारात के वक़्त आला हज़रत की तरफ़ से दो-चार सवार गली में तैनात रहेंगे कि सब काम ख़ैर-ख़ूबी से अंजाम को पहुंचें। मगर यह तलबी...? और मैं उनका सामना किस तरह करूंगी, पता नहीं हुज़ूरी के तरीक़े वहां क्या हैं। तस्लीमात कैसे बजा लाऊंगी... शायद मुझे खड़े रहने को कहा जाए? और ये मेरे रंडापे के बेरंग बाने... कपड़े तो आज ही बदले हैं, बनाव-सिंगार का सवाल तो यूं भी नहीं उठता। दो छपक्के पानी के मुंह पर मार लूं और बाल ज़रा ठीक करके दुपट्टे का घूंघट सा बना लूं। यही बहुत होगा।

आज उसने मुद्दतों बाद आईना देखा था। चेहरे पर ताज़गी न थी लेकिन बज़ाहिर कोई शिकन भी न थी। बाल और हाथ-पांव रूखे, बेआब से थे, मगर सर में एक सफ़ेद बाल न था और बदन पर बुढ़ापे की सिकुड़न न थी। वह बालों में जल्द-जल्द कंघी फेर रही थी कि बाहर से किसी के पुकारने की सी कुछ आवाज़ आई। हबीबा ने आकर बताया कि सवार ने कहलाया है, हुज़ूर नवाब साहब इंतज़ार फ़रमा रहे हैं।

"बिस्मिल्लाह शरीफ़ पढ़कर तशरीफ़ ले जाइए, ख़ानम साहब, मौला की मेहरबानी से बड़ा अच्छा मौक़ा मिला है। रास्ते में दरूद पढ़कर, 'या वदूदु' की तस्बीह पढ़कर ख़ुद पर फूंकती जाइएगा। सामने होते वक़्त या अल्लाह या रहमान या रहीम पढ़ना न भूलिएगा।" हबीबा के लहजे में ताकीद थी, लेकिन घबराहट न थी।

वज़ीर ने जल्दी-जल्दी बाल ठीक किए, कपड़ों से जहां तक हो सका शिकनें दूर कीं और चादर लपेटकर पालकी में सवार हो गई। उसे रास्ते का ज़्यादा अंदाज़ा न था और बंद पालकी से बाहर का हाल कुछ ज़्यादा दिखाई भी न देता था। बाज़ार की थोड़ी-बहुत आवाज़ें उसके कानों में पड़ रही थीं लेकिन कितनी राह तय हुई, उसका कुछ पता न चलता था। सोंटाबरदार पालकी के दोनों तरफ़ बेथकान और बेआवाज़ पालकी के साथ-साथ चलते जाते थे। आगे के सवार के घोड़े की टापें

कभी-कभी सुनाई दे जाती थीं। समतल सड़क और कहारों के सधे हुए क़दमों की लय की वजह से वज़ीर को झटके न लगते थे और पालकी की चाल में कश्ती के बहाव की सी कैफ़ियत थी।

पालकी एक पल के लिए धीमी हुई, फिर रुक गई और कहारों ने पालकी को आहिस्ता से ज़मीन पर रख दिया। किसी ने आवाज़ लगाई, "पर्दा लगाओ।"

अंधियारी पालकी में वज़ीर को कुछ पता न लग रहा था कि मैं कहां हूं लेकिन थोड़ी देर बाद आवाज़ आई, "पर्दा लग गया है, सरकार तशरीफ़ ले आवें।" वज़ीर ने एहतियात के साथ पांव बाहर निकाले। उसने बदन पर चादर इस तरह लपेट रखी थी कि जूतियों से लेकर सर तक सब कुछ ढका हुआ था, सिर्फ़ आंखें और पेशानी का एक हिस्सा खुला हुआ था। पांव बाहर निकालने में उसने एक ख़्याल रखा कि जूतियों के सिवा टख़ने भी दिखाई न दें। चादर बराबर करके और हाथों को चादर में छुपाए जब वह बाहर आई तो उसे देखकर हैरत हुई कि वह क़िले के सदर दरवाज़े या दीवान दफ़्तर के सामने नहीं बल्कि कूचा सलामत जैसी राहदारी में है। पालकी के पीछे पर्दा खिंचा हुआ है, दोनों तरफ़ दीवारें और सामने अंदरूने-हवेली का बुलंद दरवाज़ा है। छहों कहार, दोनों सोंटाबरदार और सवार सब पर्दे के पीछे थे।

वज़ीर एक पल को डरी कि मैं यहां कहां लाई गई हूं। उसने हिम्मत करके इधर-उधर देखा लेकिन मुहाफ़िज़ख़ाने के दरवाज़े पर चार क़ुलमाक़नियों के सिवा कोई न था। वह अभी इसी सोच में थी कि क़ुलमाक़नियों को सलाम करूं या न करूं कि एक क़ुलमाक़नी ने क़दम आगे बढ़ाकर उसे तस्लीम की और कहा, "आइए, बेखटके तशरीफ़ ले जाइए। क़िब्ला-ए-आलम हुज़ूर नवाब साहब आपके मुंतज़िर हैं।"

वज़ीर ने दिल में इत्मीनान की सांस ली और हाथ के इशारे से चारों क़ुलमाक़नियों को सलाम करके आगे बढ़ी। दरवाज़े के अंदर चंद ही क़दम जाने पर उसे नवाब यूसुफ़ अली ख़ां बहादुर के यहां की एक असील नज़र आई। वज़ीर को सलाम करके असील ने कहा, "यह चादर मुझे दे दें, ख़ानम साहब। अंदर बड़े ऐवान में बड़े हुज़ूर नवाब साहब बहादुर आपसे मुलाक़ात फ़रमाएंगे।"

चादर की ओट हटते ही ऐसा लगा जैसे वज़ीर का बदन अचानक किसी फूल की तरह खिल उठा हो। पालकी में सवार होने के वक़्त से लेकर उतरने के बाद तक उसके ज़हन में हलचल सी थी जो अब दूर होती नज़र आती थी। इस हलचल के सबब उसके बदन में एक तनाव था जिसकी वजह से उसे अपना उठना-बैठना सब बनावटी महसूस होता था। अब उसके दिलो-दिमाग़ की फ़िज़ा खुलती हुई मालूम हुई तो एक स्वचालित और अंजाने तौर पर उसके बदन की रगों में ख़ून की चहल-पहल और चहक तेज़ हो गई और जिस्म हल्का महसूस होने लगा। उसकी रूह रंडापे के सबब यूं ही लुटी-पिटी और ख़स्ता थी, अब राहत अफ़ज़ा की शादी की

उलझन ने उसे और भी बोझल बना दिया था। अब उस पस्ती और उलझन के निशान वक़्ती तौर पर मद्धम पड़ गए। तबीयत हल्की हो जाने के बावजूद वज़ीर ने अपनी नज़रें अपने क़दमों पर जमाए रखीं और नवाब यूसुफ़ अली ख़ां की असील के पीछे चलती हुई ऐवान में दाख़िल हुई। ऊंची दीवारें, फ़र्श पर हर तरफ़ तुर्की और कश्मीरी क़ालीन, छत झाड़ों और कंवलों से पटी हुई, लेकिन उस वक़्त सिर्फ़ कोई तीन सौ क़ुमक़ुमों वाला एक बीच का झाड़ रोशन था। बीच में संगमरमर का छोटा सा चलता हुआ फ़व्वारा जो लाले के फूल की शक्ल में था। क़ालीनों पर जगह-जगह छोटे गाव तकिये, उनके सामने चांदी के उगालदान और संदली तिपाई पर चांदी की तश्तरी में .ख़ुश्क मेवे, हवा में हल्की-हल्की ख़ुशबू, पूरे माहौल से नफ़ासत और सलीक़ामंदी बरस रही थी। लेकिन कमरा इतना बड़ा था कि वह चलती गई और कमरा था कि ख़त्म होने में न आता था। ख़ादिमा उसके साथ दाईं तरफ़, ज़रा पीछे चल रही थी। लिहाज़ा वज़ीर को इत्मीनान था कि अभी ठहरने की मंज़िल नहीं आई है। ऐवान के अगले सिरे पर कमख़्वाब का पर्दा दीवार की तरह खिंचा हुआ था। पर्दे के पास पहुंचकर ख़ादिमा ने वज़ीर को बैठने का इशारा किया। वह ज़रा से फ़ासले पर बैठी ही थी कि पर्दे के पीछे हल्की सी आहट हुई और पर्दा बीच से खिंचकर एक-दो अंगुल भर खुल गया। असील ने पर्दे की तरफ़ इशारा करते हुए सरगोशी के लहजे में वज़ीर से कहा: "हुज़ूरे-वाला तशरीफ़ ले आए हैं। तस्लीमात बजा लाएं।"

वज़ीर कुछ हड़बड़ाकर उठी और पर्दे की तरफ़ रुख़ करके तीन तस्लीमें करके बोली, "सरकार का इक़बाल बुलंद रहे, हुमा का शुभ साया हुज़ूर के मुबारक सर पर क़यामत तक रहे।"

पर्दे के पीछे से निहायत शिष्ट, गंभीर और रौबदार आवाज़ आई, "वज़ीर ख़ानम, आग़ा मिर्ज़ा तुराब अली हमारे ख़िदमतगार और वफ़ादार थे। हमें उनकी शहादत का रंज है, लेकिन मर्ज़ी-ए-मौला अज़ हमा औला।"

"बंदी उनके मातम में सुबह-शाम सियाहपोश है, उनकी यादगार को कलेजे से लगाए जी रही है।"

"हमें यक़ीन है कि वो शहादत के मर्तबे पर आसीन किए गए होंगे।"

वज़ीर को लगा, इस जुम्ले में शायद यह इशारा छुपा हुआ है कि जाने वाला तो उस दुनिया में आराम से होगा, तुम्हें अपने हाल और आइंदा की फ़िक्र करनी चाहिए। वह अभी कोई मुनासिब जवाब सोच ही रही थी कि नवाब साहब ने आगे फ़रमाया "और आपकी भलाई भी हमें मंज़ूर है।"

"हुज़ूर की दौलत और इक़बाल रोज़ बढ़े, सरकार की रिआयापरवरी तो चारों तरफ़ मशहूर है।"

"आप हमारी रिआया ही नहीं, हमारी बहू भी हैं। हम यह हरगिज़ पसंद न करेंगे

कि ससुराल में आपको घर का सा आराम और लिहाज़ न मिले।"

वज़ीर के ख़्याल में नवाब का मतलब बिल्कुल साफ़ थाः अमीरुन्निसा की कुछ न चल सकेगी। वज़ीर अपनी मंशा के मुताबिक़ बारात की आमद, शादी, रुख़सती वग़ैरा का इंतज़ाम करे, कोई रोकने वाला न होगा। वज़ीर अभी तक सर झुकाए खड़ी थी, पर्दे की झिरी से उसे कुछ नज़र न आता था। सिर्फ़ आबनूस की संदली का पाया और नवाब की जड़ाऊ जूती की धुंधली सी झलक दिखाई देती थी। उसने उसी जूती पर नज़र जमाए-जमाए जवाब दिया, "हुज़ूर के अहसान से यह बंदी कभी रिहाई न पा सकेगी। अल्लाह आपकी सुल्तानी को क़यामत तक क़ायम रखे और आपके मुल्क को शाद और आबाद रखे।"

वज़ीर ने यह कहकर तीन तस्लीमें कीं और पर्दे की तरफ़ मुंह किए हुए उल्टे क़दमों वापस जाने के लिए तैयार हुई कि नवाब साहब की आवाज़ फिर सुनाई दी, "नवाब यूसुफ़ अली ख़ां बहादुर सल्लमहू को अपना सरपरस्त समझें, जब भी कुछ अर्ज़ करना हो, बेतकल्लुफ़ गुज़ारिश करें। अब जाएं, अल्लाह आपका मुहाफ़िज़ और मददगार हो।"

"मुझ बंदी का रोयां-रोयां आपको दुआ देता रहेगा। कनीज़ आख़री सांस तक आपके गुन गाती रहेगी। जनाब बीबी फ़ातिमा और बारहों इमामों की बरकत सदा आपके हाल में शामिल रहे।"

क़िला मुबारक से वापस आते में एक पल के लिए वज़ीर के दिल में ख़्याल आया कि नवाब यूसुफ़ अली ख़ां बहादुर से यह दर्ख़ास्त करना चाहिए कि आग़ा मिर्ज़ा तुराब अली की हवेली जो सरकार के हक़ में वापस ले ली गई थी, शादी तक के लिए फिर उसे मिल जावे। लेकिन थोड़े से ग़ौर ने उसे इस इरादे से बाज़ रखा। अगर नवाब साहब क़िब्ला की मर्ज़ी यह होती तो उन्होंने हवेली के बारे में ख़ुद ही हुक्म जारी कर दिया होता। सच पूछो तो जो कुछ मुझे मिल गया है वह बहुत ग़नीमत है, उसने दिल में सोचा।

राहत अफ़्ज़ा की शादी तयशुदा तारीख़ और वक़्त पर मुनासिब इंतज़ाम और धूमधाम के साथ हुई। बारात के इस्तक़बाल के लिए शाही अमला तो मौजूद था ही, नवाब यूसुफ़ अली ख़ां बहादुर की तरफ़ से दूल्हा-दुल्हन के जोड़े और दहेज के बर्तन-बासन और नवाब रामपुर की तरफ़ से दस अशर्फ़ियां दूल्हे की सलामी के तौर पर और उसके तमाम घरवालों के लिए तशरीफ़ी जोड़े भी थे। फूफिया सास जी और ननद जी भी मन मारकर शादी की रस्मों में शामिल हुईं। अगले दिन दोपहर के बाद राहत अफ़्ज़ा रोती-पीटती रुख़सत हुई। नवाब मिर्ज़ा ने भाई की हैसियत से उसे सेहरा बांधा और उससे बढ़कर यह कि जो रुख़सती उन्होंने ख़ासतौर पर लिखी थी उसमें भी उन्होंने राहत अफ़्ज़ा को बड़ी बहन कहा। रुख़सती के अशआर बहन के बिछड़ने

के रंज और बचपन से लेकर बड़े होने की उम्र तक उसकी नाज़बरदारियों और लुत्फ़ो-करम की यादों की हल्की बनफ़्शई-गुलाबी रोशनी से भरे हुए थे। हबीबुन्निसा और वज़ीर ख़ानम दीवार की तरह चुप थीं। उनका जी चाहता था कि रोएं मगर लाचार चुप थीं। घर में किसी तजुर्बेकार और होशियार उम्र वाले मर्द के न होने की वजह से सारे काम उन्हीं के ज़िम्मे थे।

चौथी और फिर चौथी के बाद की रस्मों में कई दिन बिजली की सी तेज़ी से निकल गए। फूफिया सास और ननद की नाराज़गी वैसी ही थी। वज़ीर से उनकी बोलचाल न थी लेकिन अब उन्होंने शाह मुहम्मद आग़ा को अपने ध्यान का केंद्र ज़्यादा से ज़्यादा बनाना शुरू कर दिया था। मुहम्मद आग़ा अब साल से कुछ ऊपर के थे, अभी गूं-ग़ां करते थे लेकिन बात ख़ूब समझ लेते थे और लोगों को ख़ूब पहचानने लगे थे। नूर फ़ातिमा उन्हें तरह-तरह के बहानों से अपने पास बुलवाती और सारा-सारा दिन अपने पास रखती, उन्हें खिलाती-पिलाती, नहलाती-धुलाती, यहां तक कि सोने के लिए भी मां के पास न जाने देती। वज़ीर को दूध इस बार बहुत कम हुआ था और वह बच्चों को दूध पिलाने से मुमकिन हद तक कतराती भी थी। अब जबकि अच्छी ज़ात की दाई-पिलाई को नौकर रखना मुमकिन न था, वह मजबूरी में बच्चे को अपना ही दूध पिलाती थी लेकिन वह कम पड़ता था। साल भर का होते-होते वज़ीर ने उसे हल्की ख़ुराक भी देनी शुरू कर दी कि दूध की चाह उसे कम से कम हो। ये बातें अमीरुन्निसा और नूर फ़ातिमा से छुपी न थीं। आग़ा मिर्ज़ा को अपने पास देर-देर तक रखने में सास-ननद की मस्लेहत यह भी थी कि बच्चे का दूध जल्द से जल्द छुड़ा दिया जाए और मां पर उसकी निर्भरता और मां से उसका लगाव कम होता जाए।

वज़ीर इन बातों को ख़ूब समझती थी लेकिन दुनिया देखी हुई फूफिया सास और लड़ाका ननद से खुला झगड़ा मोल लिए बग़ैर इस हालत का निबटारा मुमकिन न था। राहत अफ़्ज़ा की शादी की बात और थी। लेकिन बच्चे के बारे में नवाब साहब से कुछ अर्ज़ करना वह अपने मर्तबे और वक़ार से गिरा हुआ समझती थी। वह चुपचाप मुनासिब वक़्त के इंतज़ार में थी। रामपुर छोड़ देना और देहली चले जाना नामुमकिन तो न था लेकिन मुहम्मद आग़ा की कम उम्री और फूफी से उसका लगाव आड़े आते थे। वज़ीर को ख़ौफ़ था कि इतना कमउम्र बच्चा शायद उसके तन्हा हाथों ठीक से पल न पाएगा। और इस बात की गुंजाइश तो थी ही कि रामपुर छूट जाने के बाद शुरू में कई महीने तक वह फूफी और दादी को याद करके हुड़कता रहे और शायद बीमार भी पड़ जाए।

नवाब मिर्ज़ा इस बात से बेख़बर न था कि उसकी मां के दिल में कशाकशों और उलझनों का हुजूम है जो बज़ाहिर तो नज़र नहीं आता लेकिन अंदर ही अंदर उसके

ख़्यालों की दुनिया में ज़हरीले सांपों और धुआं उगलने वाले अजगरों की तरह लहराता रहता है। उसकी अम्मांजान के चेहरे पर वह ताज़ा शबाब अब न था जो मुहम्मद आग़ा की पैदाइश से कुछ पहले और फिर उसकी पैदाइश के बाद, फिर शेरगोई के मौक़े दोबारा मिलने से, और सबसे बढ़कर यह कि आगक़ा साहब मरहूम की नाज़बरदारी और उनकी नेकदिली और शराफ़त की वजह से हर वक़्त खिला रहता था। वज़ीर ख़ानम जो हमेशा अपनी उम्र से बहुत कम लगती थी, अब अचानक अपनी उम्र से ज़्यादा लगने लगी थी। ऐसा तो न था कि उसके हुस्न के शबिस्तान पर सुबह की सफ़ेदी झलक दिखाने लगी हो, लेकिन यह ज़रूर था कि अंदर पल रहे ख़्यालों ने उसे कुछ निढाल सा कर दिया था। नवाब मिर्ज़ा अक्सर फ़िक्र में रहता कि अम्मांजान के दुखों का इलाज क्या हो और क्योंकर हो। एक बात तो उसे साफ़ नज़र आती थी। रामपुर में रहकर उसकी मां को दिली सुकून न मिल सकता था। दिली सुकून तो दूर रहा, ज़रा से आराम का भी अहसास मुमकिन न था। और यह बात भी साफ़ थी कि ख़ुद उसकी मां इन बखेड़ों को हल करने के लिए तैयार न थी। बजा कि एक बार अम्मांजान ने कहा था कि मैं रामपुर में न रहूंगी। लेकिन वह एक वक़्ती सी बात थी, पलभर की कैफ़ियत में मुंह से निकल गई थी। उसके बाद तो अम्मांजान ने कभी वह ज़िक्र छेड़ा ही न था।

बहुत सोचकर नवाब मिर्ज़ा ने फ़ैसला किया कि मंझली ख़ाला साहब के सामने बात रखी जाए लेकिन इस तरह कि अम्मांजान को अभी ख़बर न हो। यह बात अपने दिल में ठहराकर नवाब मिर्ज़ा पहले मां के घर गया कि वहां के ताज़ातरीन हालात की ख़बर हो जाए। वहां पहुंचकर उसकी बेचैनी और घबराहट में और भी गहराई आ गई कि वहां तो हालात बद से बदतर हो गए थे। उसकी मां ने कल रात से खाना न खाया था और न ही मुहम्मद आग़ा पिछली रात से उसके पास आया था। मालूम हुआ फूफीजान ने उसे वहीं खिला-पिलाकर अपने पास सुला लिया था और मुहम्मद आग़ा ने एक बार भी मां के पास जाने की ज़िद न की थी। नवाब मिर्ज़ा के सामने वज़ीर ख़ानम आंसुओं से तो न रोई लेकिन उसकी आंखों की सुर्ख़ी और मुंह की ज़र्दी साफ़ पता देती थी कि वह कई बार रो चुकी है।

"अम्मांजान, वह लोग मुहम्मद आग़ा को आपसे लेना चाहते हैं," नवाब मिर्ज़ा ने कहा।

वज़ीर की आंखें भर आईं, "मालूम होता है मेरा मुक़द्दर यही है कि बच्चे जनूं और फिर उनसे हाथ धो लूं।"

"ख़ुदा न करे। आप ऐसा क्यों सोचती हैं? भला मैं भी तो आपका जाया हूं। मुझे कोई आपसे दूर नहीं कर सकता।" वज़ीर ने आंखें मींचकर आंसू की बूंदों को आंखों में ही ठहराना चाहा लेकिन उसके गाल आंसुओं से तर होने लगे। उसने दुपट्टे को

मुंह पर लपेटते हुए सर झुकाकर कहा, "जाने-मादर, वह ज़माना और था। अंग्रेज़ के ख़ौफ़ से किसी में जुरअत न थी कि तुम्हें अपनाता... मशहूर था कि फ़िरंगी हाकिमान दूर-पार तुम्हें मरवा देना चाहते हैं। और लोहारू वालों को तो यूं भी तुम्हारा वजूद एक आंख न भाता था।"

"चलिए यूं ही सही। लेकिन हमेशा-हमेशा के लिए मैं आप ही का हूं। आपका बेटा हूं और आपका साया मेरे सर पर रहे तो मैं कुछ न कुछ करके दुनिया को दिखा दूंगा कि मेरी रगों में दौड़ता-फिरता नवाब शम्सुद्दीन अहमद शहीद का ख़ून बेकार नहीं गया है। और आपके लिए भी ज़माने की आफ़तों के ख़िलाफ़ सिकंदरी दीवार बन जाऊंगा। आपको किसी और की परवाह क्यों हो?"

यह ज़िंदगी में पहला मौक़ा था कि नवाब मिर्ज़ा ने मां से इतने खुलकर और इतने भरोसे के साथ बात की थी। वज़ीर के सीने में फ़ख़्र और अहसान की एक शमा सी रोशन हुई लेकिन नवाब मिर्ज़ा के आख़री जुम्ले के मानी उसकी रूह में शोला बनकर चमके।

"मुझे आग़ा साहब शहीद मरहूम की मिल्कियत या उनकी विरासत नहीं चाहिए," उसने सर उठाकर कहा। "लेकिन उनकी यादगार जिसे मैंने जान देकर अपने अंदर पाला और पेट के बाहर गुलाब के फूल की तरह संभाल-संभालकर रखा, उसे क्यों छोड़ दूं और किस दिल से छोड़ दूं? नवाब मिर्ज़ा, आख़िर आप चाहते क्या हैं?"

नवाब मिर्ज़ा को महसूस हुआ कि मैंने फ़ैसलाकुन बात कहने में ग़ैरज़रूरी जल्दबाज़ी की। "मैं कुछ नहीं चाहता, अम्मांजान," उसने ज़रा शर्मिंदगी के साथ कहा। "मुझे सिर्फ़ आपका दिली सुकून मंज़ूर है। मैं आपको दुखी नहीं देख सकता।"

वज़ीर ने ठंडी सांस भरकर कहा, "मुझे तो लगता है अल्लाह मियां ने मुझे ऐसे ही किसी लम्हे में बनाया था जब बदनसीब ही बदनसीब बनाए जा रहे थे।"

"हर बात के दो रुख़ होते हैं साहब," नवाब मिर्ज़ा ने बातचीत को ज़रा शगुफ़्ता बनाने की कोशिश में कहा। "नसीब न मिले अक़्ल तो मिली, और हुस्न ऊपर से।"

"ऐसी अक़्ल से महामूर्ख होना बेहतर और ऐसी सूरत जाए भाड़ में। अपने जिगर के टुकड़ों को छाती से लिपटा सकूं न अपने क़द्रदां के पहलू में बैठ सकूं। नवाब मिर्ज़ा, आप मुझे बच्चा समझते हैं क्या?"

नवाब मिर्ज़ा से कोई जवाब न बन पड़ा। एक-दो पल चुप रहकर उसने कुछ और बात छेड़ने की कोशिश की, "मैं अभी मंझली ख़ाला साहब की ख़िदमत में हाज़िर होने जा रहा था। वह आपको भी याद कर रही थीं, आप चाहें तो तशरीफ़ ले चलें। मैं पालकी मंगवाए लेता हूं।"

"वहां जाकर क्या नई बात हो जावेगी? मुहम्मद आग़ा तो यहां हैं।"

"सही, लेकिन ज़रा इस घर की तंग फ़िज़ा से निकलें, तो क्या बुराई है।"

“जाने वाला तो मुझे इसी घर में छोड़ गया,” वज़ीर के लहजे में तल्ख़ी थी गोया आग़ा मिर्ज़ा तुराब अली ने जानबूझकर मौत को गले लगाया था।

“लेकिन आप इस घर में क़ैद तो नहीं हैं,” नवाब मिर्ज़ा ने ज़रा तेज़ लहजे में कहा।

वज़ीर ने जवाब न दिया लेकिन नवाब मिर्ज़ा को उसने अजीब सी निगाहों से देखा, गोया कह रही होः हर बात हर शख़्स के समझने की नहीं होती। नवाब मिर्ज़ा अंदर ही अंदर लडखड़ा गया। अब क्या कहूं और क्या न कहूं। जो बात भी इस वक़्त मेरे मुंह से निकलती है, उल्टा ही काम दिखाती है। वह कोई मुनासिब बात सोच ही रहा था कि वज़ीर ने ज़रा ख़ुश्क लहजे में कहा, “आप मंझली बाजी के यहां शौक़ से तशरीफ़ ले जाएं लेकिन मुझे उनके या अपने ख़्यालों का पाबंद न समझें।”

नवाब मिर्ज़ा एक पल के लिए चकरा गया। क्या अम्मांजान ने मेरे इरादे जान लिए हैं, उसने अपने दिल में सोचा। लेकिन अब नहीं तो तब, बात उनके सामने खोलकर रखनी ही पड़ती। लिहाज़ा अभी सही, मगर... ख़ाला साहब से मशवरा भी तो ज़रूरी है। कम से कम इतना तो हो जाए कि अम्मां यहां से उठकर ख़ाला साहब के पास चली जावें। उन्होंने पहले एक बार कहा भी था। लेकिन क्या अम्मांजान यहां मेरे छोटे भाई को छोड़ने पर राज़ी हो जाएंगी...? यह सारा बखेड़ा तो इसी बात का मालूम होता है कि छोटे को वह लोग रिझाकर अपना कर लेना चाहती हैं।

अभी वह इन्हीं ख़्यालों में गुम था कि वज़ीर ने कुछ बैठे हुए से गले के लहजे में कहा, “नवाब मिर्ज़ा साहब, आपकी हर बात सर आंखों पर, लेकिन आप यह न समझिए कि आप मां की आत्मा और बच्चे के तईं उसके दर्द को समझ सकते हैं।”

“मैं ऐसी गुस्ताख़ी हरगिज़ नहीं कर सकता...,” नवाब मिर्ज़ा ने घबराकर जवाब दिया। लेकिन वज़ीर ने गोया उसकी बात सुनी ही नहीं, जैसे वह किसी और ही आलम में थी।

“आप मेरे जिगर के टुकड़े हैं लेकिन आप अव्वल और आख़िर मर्द हैं। मर्द ज़ात समझती है कि सारी दुनिया के भेद और तमाम दिलों के छुपे कोने उस पर ज़ाहिर हैं, या अगर नहीं भी हैं तो न सही लेकिन वह सबके लिए फ़ैसला करने का हक़दार है। मर्द ख़्याल करता है कि औरतें उसी ढंग और मिज़ाज की होती हैं जैसा उसने अपने दिल में, अपनी बेहतर अक़्ल और समझ के बल पर गुमान कर रखा है...।” वह एक पल चुप रहकर फिर बोली, “और अगर औरतें उस ढंग और मिज़ाज की नहीं भी हैं तो क़ुसूर मर्द ज़ात का नहीं, औरत ज़ात का है कि वह ऐसी क्यों न हुई जैसी कि मर्द चाहता या समझता है।”

वज़ीर का चेहरा तमतमाया हुआ था और उसकी आवाज़ ऊंची हो गई थी, “अल्लाह आग़ा मिर्ज़ा साहब शहीद को करवट-करवट जन्नत बख़्शे मगर उनको

गुमान था कि मर्द का दर्जा औरत से ऊपर है। औरत गुलाम है, मर्द हाकिम... ।"

अब नवाब मिर्ज़ा ने हिम्मत करके बात काटी और धीमी आवाज़ में बोला, "अम्मांजान, मुझे ख़ुदा ने मर्द बनाया और शरीअत और रिवाज ने मुझे कुछ बातें सिखाईं लेकिन सब कुछ के बावजूद मैंने हमेशा यही कहा और समझा कि मेरी मां का क़ौल, मेरी मां का ख़्याल, मेरी मां का फ़ैसला, सब मर्दों पर लाज़िम है। जब मंझली ख़ाला और फूफी साहब ने मुझसे आप... आपके... आपके बारे में बात की तो मैंने यही जवाब दिया कि मेरी अम्मां जो चाहें वही मुनासिब है।"

"यह आपकी सआदतमंदी है, बच्चे मियां, लेकिन रिवाज और शरीअत, बल्कि शरीअत के ग़लत मानी निकालना और फिर उन ग़लत मानी पर लोगों के बेसोचे-समझे अमल की मिसालें हमारे चारों तरफ़ फैली हुई हैं। और बुरा न मानें, आप भी उससे ख़ाली नहीं हैं। आख़िर..."

"माफ़ी चाहता हूं, आपकी बात कटती है," नवाब मिर्ज़ा ने बेचैनी से कहा।

"नहीं, मैं आपकी बात काटती हूं और पूछती हूं कि आपने यह नतीजा क्योंकर निकाला कि मेरी मुश्किल हल करना आपका फ़र्ज़ है।"

नवाब मिर्ज़ा अब बिल्कुल ही ज़हनी बिखराव के आलम में था। उसने कुछ कहना चाहा लेकिन मुंह खुला का खुला रह गया, कोई लफ़्ज़ अदा न हुआ। थोड़ी देर की ख़ामोशी के बाद उसने अपनी हथेलियां और फिर पेशानी पोंछी और रुक-रुक कर बोला, "जी। जी... वो... ऐसा है कि मैं आपका मतलब समझने में नाकाम रहा। शायद... बेटे और बहन का... यह शायद फ़र्ज़ नहीं है कि मां या बहन की मुश्किलों में उनके काम आएं?"

"लेकिन बेटा मां को या भाई-बहन को लाचार क्यों समझे? यह क्यों क़रार दिया जाए कि औरत है, इसलिए उसकी मुश्किल कोई मर्द ही या कोई उसका बुज़ुर्ग ही हल कर सकता है?"

नवाब मिर्ज़ा बिल्कुल सिटपिटा गया। उसने कभी ख़्याल ही न किया था कि यह भी कोई मसला हो सकता है। आख़िर बेटा होता किसलिए है? मां का हाथ बेटा न पकड़ेगा तो कौन पकड़ेगा? वज़ीर ने शायद उसके दिल में उठते हुए ख़्यालात, बल्कि अल्फ़ाज़ ही पढ़ लिए और ज़रा समझाने के लहजे में बोलीः "ज़रा सोचिए, अगर आप मां की जगह बाप को मुश्किल में देखते तो भी यह क़रार दे लेते कि बाप का हाथ पकड़ना मेरा फ़र्ज़ है?"

नवाब मिर्ज़ा ने बिल्कुल बेचैनी से और ग़ैर-इरादी तौर पर कहा, "जी नहीं, बिल्कुल नहीं। मर्द तो अपने मामलात..."

यह कहते-कहते उसने अपना मुंह सख़्ती से बंद कर लिया। लाहौल-वला-क़ुव्वह, यह क्या बयान है। अम्मांजान यही तो कह रही हैं कि आप मर्द हैं, आपको यक़ीन

है कि दुनिया का सारा काम आप ही के सहारे चलता है।

"जी, देखा आपने बच्चे मियां," वज़ीर ने कुछ रंजीदा और तल्ख़ मुस्कान के साथ कहा। "आप मुहब्बत के जोश में बहकर मुझे सबसे ऊपर समझ लें तो समझ लें, लेकिन आपकी अक़्ल आपको कुछ और राह सुझाती है।"

"लेकिन... लेकिन... शरीअत भी तो कहती है कि मर्द औरत से बरतर है," नवाब मिर्ज़ा ने कुछ गड़बड़ाकर कहा। "हमारी किताबें तो यही कहती हैं, हमारे बुज़ुर्ग तो यही सिखाते हैं।"

"आपकी किताबों के लेखक सब मर्द, आपके क़ाज़ी, मुफ़्ती-बुज़ुर्ग भी कौन, सबके सब मर्द। मैं शरई हैसियत नहीं जानती, लेकिन मुझे बाबा फ़रीद साहब की बात याद है कि जब जंगल में शेर सामने आता है तो कोई यह नहीं पूछता कि शेर है या शेरनी। आख़िर हज़रत राबिया बसरी भी तो औरत थीं।"

"वह तो वली अल्लाह थीं।"

"जी हां। और मैं एक बेख़ुदा, दुनियादार बंदी जिसका बाल-बाल गुनाहों से पिरोया हुआ है।"

"अम्मांजान, ख़ुदा के लिए मेरी बात को यूं तोड़-मरोड़कर बयान न करें," नवाब मिर्ज़ा हाथ मलता हुआ, लगभग रुआंसा होकर बोला।

वज़ीर की ममता फ़ौरन जोश में आ गई। आंखों में शर्मिंदगी के आंसू लिए हुए वह उठी और उसने चटाचट नवाब मिर्ज़ा की बलाएं ले डालीं। "हाय-हाय, अल्लाह मुझे माफ़ करे, मैंने आपको शर्मिंदा करने की ग़रज़ से कुछ नहीं कहा, नवाब मिर्ज़ा। मेरे बच्चे को मुझसे कोई शिकायत हो, इससे पहले मैं मर जाऊं तो मैं अपने को भागवान जानूं। आप ऐसी बातें न सोचिए, लिल्लाह।"

नवाब मिर्ज़ा की भी आंखें भर आईं, "अम्मांजान, आपकी छोटी से छोटी ख़ुशी पर मैं निछावर हो जाऊं। आपको देख-देखकर तो मैं जीता हूं, आपको दुखी और उदास कैसे देख सकूंगा।"

"आप दिल छोटा न करें। दो-चार दिन में सब ठीक हो जाएगा। अब आप अपनी ख़ाला साहब के घर वापस जाएं। उनसे कह दीजिएगा मैं कल-परसों में मिलने आऊंगी।"

नवाब मिर्ज़ा उलझन के आलम में, मन मारकर मां के पास से उठा। उधर वज़ीर ने बेवगी के बाद पहली बार मुंह-हाथ ठीक से धोए और मुंह को रूमाल से ख़ूब रगड़ा कि आंसुओं की लाई हुई बेरौनक़ी जाती रहे, अच्छे और साफ़ लेकिन सफ़ेद कपड़े पहने, बालों में कंघी की, कानों में बुंदे डाले, दो उंगलियों में अंगूठियां पहनीं, फिर हबीबा को फूफिया सास की तरफ़ यह इत्तेला करने के लिए भेजा कि ख़ानम साहब

तशरीफ़ ला रही हैं।

वज़ीर को अपनी तरफ़ आता देखकर अमीरुन्निसा के हाथों के तोते उड़ गए। उसे हरगिज़ उम्मीद न थी कि छोटी बेगम इतनी जुरअतमंदी से काम लेगी। वह देख ही चुकी थी कि क़िला मुअल्ला में वज़ीर का क्या रसूख है, और शुरू-शुरू में उसे अंदेशा था कि वज़ीर इस रसूख़ का इस्तेमाल करके हम लोगों के लिए मुश्किलें पैदा करेगी या और कुछ नहीं तो शाह मुहम्मद आग़ा को हम लोगों से बिल्कुल अलग कर लेने के लिए प्रभावी क़दम उठाएगी। लेकिन अमीरुन्निसा और नूर फ़ातिमा ने भी ठान रखी थी कि बच्चे को वज़ीर के क़ब्ज़े में न जाने देंगी और इस ग़रज़ से वह न सिर्फ़ यह कि शाह मुहम्मद आग़ा को अपनी तरफ़ रोके रहने और उसे अपने से हिलाने और परचाने की पूरी कोशिश कर रही थीं बल्कि क़िला मुअल्ला में कुछ बेगमों के ज़रिए हुज़ूर नवाब साहब बहादुर तक यह बात भी पहुंचाने की तरकीब कर रही थीं कि वज़ीर के पास रहकर बच्चे की परवरिश सच्चे इमामिया मज़हब के हिसाब से न हो सकेगी। अभी इस बारे में उनको कुछ धुंधले से मुआफ़िक़ इशारे ही मिले थे, लेकिन उम्मीद उन्हें पूरी-पूरी थी कि नतीजा हमारा मनचाहा होगा।

वज़ीर जब अमीरुन्निसा के कमरे में आई तो नूर फ़ातिमा बड़े पलंग के पास चौकी पर खेलते हुए मुहम्मद आग़ा को यूं ज़ाहिर करने की कोशिश कर रही थी गोया वह अभी-अभी खेलते-खेलते सो गया हो। लेकिन बच्चा बार-बार उसकी पकड़ से निकलकर खिलौनों की तरफ़ हुमकता था। वज़ीर ने उसे उठा लेने के लिए बाज़ू बढ़ाए तो मां को देखकर उसने क़िलक़ारी मारी लेकिन उसकी गोद में आने के लिए बदन को कुछ भी आगे न बढ़ाया। उसका ध्यान खिलौनों की तरफ़ ही रहा। नूर फ़ातिमा ने उसे बनावटी तौर पर थपकने की कोशिश करते हुए कहा, "अल्लाह, अभी सो रहिए, शाह साहब। अभी कुछ बहुत दिन नहीं चढ़ा है। देखिए न आपकी अंखियों में निन्नी बेगम बैठी हुई हैं, कहती हैं कि ये पलकें झपकतियां तो हम भी ज़री सा आराम कर लेते।"

बच्चे को इन चिकनी-चुपड़ी बातों से बेताल्लुक़ बार-बार नूर फ़ातिमा के हाथों से निकलकर खिलौनों की तरफ़ लपकते देखकर वज़ीर ख़ानम ने कहा, "भई वाह, बच्चे को रिझाने के ख़ूब ही जतन हो रहे हैं।"

नूर फ़ातिमा ने चमककर कहा, "जी हां, भला कोई मर्दों को रिझाए, कोई नन्हे मासूमों को बहलाए।"

"बेशक। और कुछ-कुछ बीबियां तो किसी को रिझाने के अरमानों में ज़िंदगी गुज़ार देती हैं। उन्हें कोई जुड़े तो सही।"

"जिन्हें आबरू प्यारी होती है, वो मालिक से लौ लगाती हैं, और जिन्हें माल प्यारा होता है, उनका जोबन रकाबी में फलता-फूलता है।"

"नंगी क्या नहाएगी क्या निचोड़ेगी, बी नूर फ़ातिमा। इस छोटी सी कोठरिया के बाहर भी दुनिया है। वहां ये तिरिया चरित्तर नहीं चलेंगे। मगर छोड़िए, मेरे बच्चे पर आप अपना अमल कर चुकी हों, तो लाइए, मुझे दीजिए। इस बेचारे को पता तो लगे कि इसकी कोई मां भी है।"

अमीरुन्निसा आगे बढ़कर मुहम्मद आग़ा के सर पर हाथ रखकर बोली, "ऐ है, बीबी की ज़बान क्या है, रांड का चरख़ा है कि चले ही जाता है। कान खोलकर सुन लो। तुम इसकी मां होगी लेकिन हम इसके वारिस हैं और वह हमारा वारिस है।"

"सुब्हानल्लाह, आज तक तो सुना था कि बच्चे के बाप-मां उसके वारिस होते हैं और बच्चा उनकी विरासत पाता है। अब ये बूढ़ी जुरुवा नाम ख़तीजा इसकी वारिस बनने आई हैं। खाने को रोटी नहीं और पहनने को लत्ता नहीं और मेरा पला-पलाया बच्चा हथियाने के फ़िराक़ में हैं। सुना नहीं क्या? हाथी फिरे गांव-गांव, जिसका हाथी उसका नांव।"

"सीधे सुभाव बात करो, छोटी। यह दिल्ली नहीं है, रामपुर है। घड़ी भर में सारे बल निकलवा दिए जाएंगे।"

"मेरा बल मेरा अल्लाह है और मेरे नवाब हैं।"

"तुम्हारे नवाब कहां से हो गए, बेगमा? तुम ग़ैर ज़ात, ग़ैर मज़हब, ग़ैर घर की लुगाई, जिसने चार पैसे दिखाए उसी की हो रहीं।"

"फूफी साहब, आपकी गालियों का गाजा बनाकर हवा में उड़ा दूंगी। लाम-काफ़ बकने से बच्चा आपका न हो जाएगा।"

"क्या बच्चा तुम्हारे हाथ में दे दूं कि तुम इसका पुश्तैनी मज़हब छुड़ा दो, इसकी दुनिया और आख़िरत दोनों ख़राब हो जाएं। यही तो तुम चाहती हो, क्यों?

"मां का मज़हब उसकी ममता है, और कुछ नहीं। और इंसाफ़ करने वाले बादशाह का मज़हब रिआया के साथ इंसाफ़। इस धोखे में न रहिएगा कि नवाब का मज़हब शिया है तो वो मां से उसका बच्चा छीन लेंगे, सिर्फ़ इसलिए कि बच्चे का बाप उनका हममज़हब था। राहत अफ़ज़ा की बारात के मामले में आप मुंह की खा चुकी हैं।"

ऊंची और नाराज़गी भरी आवाज़ों से शायद घबराकर शाह मुहम्मद आग़ा ने अब खेलने और सोने दोनों से दिल हटा लिया था और चौकी से उतरकर वो मां की तरफ़ आने की कोशिश कर रहा था। 'ऐ देखिए शाह साहब, कहीं गिर न पड़ें,' वज़ीर ने बेक़रार होकर कहा और बढ़कर बच्चे को गोद में उठाती हुई बोली। "मुझे ख़ूब पता है कि आप दोनों क्या चाहती हैं। आपको यह घर और मेरे शहीद शौहर की सारी मिल्कियत चाहिए। वह है ही कितनी, लेकिन आप जैसी कंगालियों के लिए वह तो सारी बादशाहत है। मेरे मरहूम शौहर आपके खाने-कपड़े का सामान थे।

"तो तुम्हारे ही पास क्या है, छोटी बेगम? तुम भी तो उन्हीं के टुकड़ों की मोहताज हो," अमीरुन्निसा ने कहा।

"मेरे पास कुछ नहीं, लेकिन मुझे अपनी .ख़ुद्दारी प्यारी है। मुझे अपनी इज़्ज़त का लिहाज़ है।"

"तो तुम यहां हमारी छाती पर मूंग दलती रहोगी? यही तुम्हारी .ख़ुद्दारी है?"

"वज़ीर ख़ानम ने ग़ुरूर से भरपूर व्यंग्यात्मक हंसी-हंसकर कहा, "तो यूं कहिए, सास गई गांव भूखी मैं क्या-क्या खाऊं वाला मामला है!"

नूर फ़ातिमा ने उठकर बच्चे को वज़ीर की गोद से लेना चाहा और बोली, "चुप रहिए। हमारी ग़रज़ सिर्फ़ इस मासूम से है।"

वज़ीर ने बच्चे को अपने सीने से मज़बूत लगा लिया और उसी तरह मुस्कुराकर बोली, "तुम शायद सुन नहीं रही हो ननद जी, तुम्हारी प्यारी फूफी साहब को सिर्फ़ मुझसे ग़रज़ है, इस मानी में कि मैं अपना घर इनके हवाले करके जंगल की राह लूं।"

"छोटी बेगम, जैसा आपका नाम बदनाम है वैसा ही आपका दिल भी बुराई की पोट है," नूर फ़ातिमा भिन्नाकर बोली।

"नूर बीबी, ज़रा कान खोलकर सुनो और आंख खोलकर देखो। इनकी क़िस्मत से आग़ा साहब मरहूम को अल्लाह ने बुला लिया, तो आप इन ख़्यालों में हैं कि बेचारा शहीद जो कुछ छोड़ गया उसे मैं ही हथिया लूं और किसी को कुछ न मिले, चाहे वह उनकी औलाद ही क्यों न हो, बहन ही क्यों न हो।"

"तुम हम दोनों को लड़वाकर अपना काम निकालना चाहती हो तो सुन लो, यह कभी न होगा। नूर फ़ातिमा तुम्हारी ज़ात और औक़ात से ख़ूब वाक़िफ़ हैं।"

"मगर बेचारी आपकी ज़ात और औक़ात से तो वाक़िफ़ नहीं है," वज़ीर ने हंसकर कहा "ख़ैर, छोड़िए। काम की बात कीजिए। यह बात तो खुल ही गई है कि आपको शाह मुहम्मद आग़ा से कुछ लेना-देना नहीं है।"

"है क्यों नहीं? क्या हम इसे अपने बुज़ुर्गों के तरीक़ों से महरूम रखें और ख़ुद भी गुनाहगार हों?"

"असल दीन तो दीने-इस्लाम ही है..." वज़ीर बोली।

उसकी बात काटने की कोशिश करते हुए नूर फ़ातिमा ने कहा, "लेकिन..."

"ज़री ग़म खाओ, नूर फ़ातिमा, मेरी बात पूरी होने दो," वज़ीर ने गंभीर लहजे में कहा। "मैं कहती हूं दीन तो एक ही है, बात सिर्फ़ तौर-तरीक़ों की है। तो मैं इमाम जाफ़र सादिक़ अलैहिस्सलाम को गवाह करके आपसे अहद बांधती हूं कि शाह साहब को उनके बाप के मज़हब पर ही रखूंगी।"

फूफी-भतीजी एक पल के लिए सन्नाटे में आ गईं। फिर अमीरुन्निसा ने बेचारगी की दलील से काम लिया, "और जो तुम अपने क़ौल से फिर जाओ?"

"तौबा है। इमाम जाफ़र सादिक़ अलैहिस्सलाम को गवाह करके अपने क़ौल से मुकर जाऊं, जहन्नुम का कुंदा बनूं?"

"नहीं, हमें कुछ और मज़बूती चाहिए," अमीरुन्निसा ने कहा। फिर कुछ सोचती हुई वो बोली, "और... और वह जो दूसरी बात है...?"

"कहिए कहिए, साफ़ कहिए," वज़ीर ने मुस्कुराकर कहा। "अच्छा जाने दीजिए, क्यों आपको शर्मिंदा करूं। सुनिए, मैं यहां न रहूंगी, जहानाबाद अपने घर में रहूंगी। ये घर और सामान और जायदाद आपको मुबारक रहे।"

फूफिया सास और ननद दोनों ने कुछ कहने के लिए एक साथ मुंह खोला मगर कुछ कह न सकीं, अहमक़ों की तरह एक दूसरे को तकती रहीं। इस दौरान वज़ीर अपने बच्चे को चुमकारती और तोतली ज़बान में उससे बोलती रही। कुछ देर बाद नूर फ़ातिमा को जैसे होश आया। वह कुछ घबराई हुई सी बोली, "और शाह मुहम्मद आग़ा...?"

"उनकी परवरिश और तालीम शिया मज़हब के मुताबिक़ होगी। मैं काग़ज़ लिख दूंगी। यहां की जायदाद आपकी, इस शर्त पर कि बालिग़ होने पर वह इसके हक़दार होंगे। उस काग़ज़ पर आप दोनों के भी दस्तख़त होंगे। सुन लिया आप लोगों ने?"

"हां, सुन लिया," दोनों औरतों ने मुश्किल से ये दो लफ़्ज़ अदा किए थे कि वज़ीर ख़ानम "अच्छा, बहुत ख़ूब, तो मैं चली" कहकर बच्चे को गोद में उठाए बाहर आ गई।

□□

नवाब मिर्ज़ा, शायर

देहली, 1844। अबू ज़फ़र सिराजुद्दीन मुहम्मद बहादुर शाह सानी की देहली में अंदरूनी और बाहरी लुटेरों की धर-पकड़ एक मुद्दत से बंद थी। हुस्नो-इश्क़, शिक्षा-दीक्षा, खगोल शास्त्र, तर्क और गणित, नजूम और रमल, शेर और अदब, धर्मार्थ कार्य और सूफ़ीमत की शम्ओं की जगमगाहट ने देहली की हर गली को बग़दाद और क़ुर्तबा के रश्क का पात्र बना दिया था। खेल-कूद, गीत-संगीत, चित्रकारी और ख़ुशनवीसी, हाथ की हर कला, सादा और जड़ाऊ ज़ेवर बनाना, खाना पकाना, दवासाज़ी, हर फ़न के माहिर जन्नत समान शाहजहानाबाद में पटे पड़े थे कि एक ढूंढ़ो तो चार का पता मिलता था। राजकाज, हुकूमत, फ़ौजकशी, राज्यों को जीतने के तरीक़े और ज्ञान के सिवा ज़िंदगी का कोई दायरा ऐसा न था जिसके आलिम और माहिर देहली में न हों। और इन इल्मों और इन मैदानों में भी उम्दतुल हुकमा हाज़िकुज़्ज़मां हकीम मुहम्मद अहसुनल्लाह ख़ां के कमालात का दर्जा ऐसा था कि अगर उनकी वज़ीरी वाक़ई वज़ीरी और उनका बादशाह वाक़ई बादशाह होता तो जहांगीर और शाहजहां न सही, बहादुरशाह अव्वल के दिन वापस आ सकते थे और

बदनसीब दिल्ली की तक़दीर पलटा खा सकती थी। लेकिन दिल्ली की क़िस्मत में तो लुटना और उजड़ जाना ही नहीं, बेवा होना और दर-बदर होना भी लिखा था।

बहादुरशाह सानी की तख़्तनशीनी के दिन वह मनहूस दिन बहरहाल बीस बरस आगे के काले ग़ुबार में गुम था और उस वक़्त किसी को यह ख़्याल न था कि हम पतन के दरवाज़े में दाख़िल हो चुके हैं। हुकूमत और सत्ता के लिए ख़ूंरेज़ियों का खेल तो देहली बीसियों बार खेल चुकी थी। ज़माना बदलता था लेकिन ज़माने का दस्तूर कभी न बदलता था। और ज्ञान और कला, हुनर और हस्तशिल्प जैसी चीज़ों को हासिल करना तो इंसानी वजूद की ज़रूरत और उसकी श्रेष्ठता का तर्क था। दिल्ली वाले इल्म और कारीगरी में अब भी सबसे आगे थे और नई रौशनियां तो उनके पुराने फ़ानूसों और फ़र्शी मृदंगों, यहां तक कि मिट्टी के चिराग़ों में भी झिलमिलाने लगी थीं। अंग्रेज़ी किताबों के पढ़ने वाले, फ़िरंगी आस्थाओं पर ज़िंदगी का ढांचा खड़ा करने वाले, भाप और लोहे की कलों को बनाने और चलाने वाले, ये लोग भी अब देहली के हृदय में नज़र आने लगे थे। कश्मीरी दरवाज़े पर सिकंदर साहब का गिरजाघर आसपास की मस्जिदों की बराबरी करता मालूम होता था। सब यही समझते थे कि देहली की कुठाली अब भी वही कुठाली है जिसमें सोना-चांदी-तांबा सब गलकर और घुलकर एक हो जाते हैं। किसी को यह गुमान न था कि अब की बार पत्थरों और लोहे की जो बारिश होगी उसमें सारी कुठालियां टूट जाएंगी और अबकी बार ख़ून की जो होली खिलेगी उसमें लाल हवेली के रंगों का भी ख़ून हो जाएगा।

तारीख़ 28 शाबान, 1189 हिजरी यानी 30 अक्टूबर, 1775 को मिर्ज़ा बुलाक़ी शाह आलम बहादुर शाह सानी के बड़े बेटे मिर्ज़ा मुईनुद्दीन की हिंदू बेगम लाल बाई के पेट से पैदा होने वाले बेटे सिराजुद्दीन उर्फ़ मिर्ज़ा इब्बन की तक़दीर बज़ाहिर बहुत अच्छी न थी। हालांकि मुईनुद्दीन सबसे बड़े थे लेकिन देहली से शाह आलम सानी की लंबी ग़ैरहाज़री के सबब मुल्क और माल के सारे इंतज़ाम बादशाह के मंझले बेटे मिर्ज़ा सुलेमान शिकोह के हाथ में थे और बख़ूबी पूरे हो रहे थे। ऐसी हालत में तख़्ते-शाही के ख़ाली होने पर बादशाह कौन बनेगा, यह किसी को मालूम न था। शाह आलम सानी की देहली में वापसी के बाद पहले तो मिर्ज़ा गुलाम नजफ़ ख़ां, फिर नजीबुद्दौला, फिर महादाजी सिंधिया और सबसे आख़िर में बड़े लाट साहब लार्ड लेक साहब बहादुर की हिफ़ाज़त में फ़िरदौस मंज़िल शाह आलम बहादुरशाह सानी ने 1771 से 1806 तक देहली की राजधानी से हुकूमत की और अंग्रेज़ की निगरानी में बादशाहत आसानी से मुइज़्ज़ुदुनिया-वद्दीन मुईनुद्दीन मुहम्मद अकबर शाह सानी (1806 से 1837) को हस्तांतरित हो गई। लेकिन अकबर शाह सानी मरहूम को मिर्ज़ा सिराजुद्दीन से ज़्यादा अपने दूसरे बेटे मिर्ज़ा जहांगीर बख़्त से मुहब्बत थी और उन्हें वलीअहद मनवाने के लिए मरहूम ने कोशिशें कीं। लेकिन कुछ तो मिर्ज़ा

जहांगीर बख़्त की अंग्रेज़-दुश्मनी और कुछ उनकी शराबनौशी की आदत, ये बातें वलीअहदी की राह में रुकावट बनती रहीं, यहां तक कि मिर्ज़ा जहांगीर बख़्त को दो बार जिलावतनी पर बनारस और इलाहाबाद जाना पड़ा और वहीं 1821 में उनका इंतक़ाल हो गया। लाश देहली लाई गई और सुल्तानुल-औलिया सुल्तान जी साहब की मस्जिद के सहन में दफ़्न की गई।

अंग्रेज़ों ने ऐलान कर दिया कि अब सिराजुद्दीन वलीअहद होंगे। चुनांचे अकबर शाह सानी, मरहूम बादशाह ने जब प्राण त्यागे तो 28/29 सितंबर, 1837 की रात को तीन बजे मिर्ज़ा सिराजुद्दीन ने हज़रत ज़िल्ले-सुब्हानी अबुल मुज़फ़्फ़र सिराजुद्दीन मुहम्मद बहादुर शाह ग़ाज़ी कई बहुत लंबे-चौड़े ख़िताबों के साथ तख़्त पर जलवा अफ़रोज़ हुए। इमामबख़्श सहबाई जो नए बादशाह की शहज़ादगी के ज़माने से ही उनसे संबंधित थे, शेर की फ़िक्र के समंदर में ग़ोता लगाकर तीन चमकदार मोतियों का क़ता कहकर इनाम और ख़िताब के हक़दार ठहरे। तीनों शेरों का अर्थ ये थाः (बहादुरशाही हुकूमत के नशे से देहली का जाम .खुशियों की शराब बन गया है। रोज़-बरोज़ फलने-फूलने वाली बादशाहत के तख़्त पर वह बैठे हैं और उनके कारण देहली के बाग़ में ख़ुशबू बढ़ गई है। आलाक़द्र बादशाह के तख़्त पर बैठने की तारीख़ 'अक़्ल के होंठों पर यह शब आएः चिराग-ए-देहली' (1253 हिजरी) है।)

बाद के लोगों ने इसे अंग्रेज़ के दबदबे की बरकत क़रार दिया, या इसे देहली का आख़री संभाला कहा, या हिंद-इस्लामी तहज़ीब की शाश्वत रोशनी का करिश्मा समझा, लेकिन हक़ीक़त बहरहाल यही थी कि बहादुरशाह सानी की देहली में वह सब कुछ था जो दुनिया के बड़े से बड़े शहर में उस वक़्त एक जगह मिलना मुश्किल था। और सबसे बढ़कर यह कि शहर आबाद, रिआया दिलशाद, अमीर अपने माल में मस्त, फ़क़ीर अपनी खाल में मस्त। देहली सही मानों भरा पूरा शहर थी।

लेकिन वज़ीर का दिल तो रंज से भरा हुआ था। वह रामपुर से शाह मुहम्मद आग़ा और नवाब मिर्ज़ा को लेकर यहां चली तो आई थी लेकिन दिल्ली का घर और शाहजहानाबाद का शहर उसे काटे खाते थे। बाप-मां की पुरानी यादें और बचपन के दिनों की बेफ़िक्रियों और हर नए दिन के साथ बढ़ते हुए और नई-नई बहारें लाते हुए अपने नाज़-नख़रों और अदा की यादें, वह चाहने वालों की भीड़ और उसके दिल में सितम ढाने का जोश और फिर माट्टन ब्लाक साहब के गुज़र जाने के बाद नवाब शम्सुद्दीन अहमद के आत्मसमर्पण और उसकी अपनी बेक़रारियां और नवाब की शहादत और अपनी बेकसी, ये सब यादें उसके ज़हन के पर्दे पर चित्रित पन्नों की तरह रोशन थीं, एक ही साथ दिल को नाकामी के लहू से भर देने वाली और जो न हो सका उसके होने की तमन्ना की खटक दिल में डालने वाली। ख़ुशगवार यादों के साथ भी इस क़दर अफ़सोस और दिलगीरी और कुढ़न जुड़ी हो सकती है, उसने

कभी सोचा न था। गुलाब को बेख़्याली से तोड़ना चाहें तो कांटा चुभकर प्रतिरोध करता है कि हमारे फूल को इतना सरसरी क्यों पकड़ा। लेकिन यहां तो गुलाब ही कांटा था और उसकी हर पंखड़ी अतीत के रंगो-ख़ुशबू में ग़र्क़ थी लेकिन उसे छुएं तो वह बिच्छू पौधे की तरह डंक मारती थी। और कैसे न छुएं, कि उसकी ख़ुशबू हर सांस के साथ थी और उसका रंग हर निगाह के अंदर था।

ऐसे आलम में वज़ीर को देहली में रहना गवारा न था। लेकिन रामपुर भी रहने के क़ाबिल कब था। मंझली बाजी के सर पर वह कितना और किस-किसका बोझ डालती। एक वह ख़ुद और तिस पर दो बच्चे कि दोनों ही अपने-अपने आलम में बढ़ते हुए पौधों की तरह थे कि हरदम देखरेख और खाद-पानी का तक़ाज़ा करते थे। और क्या रामपुर की यादें देहली की यादों से कुछ बहुत हटकर थीं? देहली जितनी गहरी और शाख़-दर-शाख़ न सही, लेकिन रामपुर से जुड़ी यादों की जड़ें भी मज़बूत थीं और उनके फल-फूल एक ही साथ कड़वे और मीठे थे। जब वह रामपुर से चली तो उसे ऐसा लगा जैसे किसी जीते, सांस लेते पौधे को पानी और साए से बिल्कुल और अचानक महरूम कर दिया गया हो। लेकिन ख़ुद उस पौधे के साए में सांपों की भी बांबियां थीं और वो सांप उसे सुबह-शाम डसते भी थे।

अल्लाह की शान कि ऐसा बाग़ जो बज़ाहिर तो कभी पतझड़ का शिकार हो ही न सकता हो, बार-बार पतझड़ की भूरी-सियाह आंखें उस पर पड़ें और उसकी हवाओं को ज़हर से भर दें। जिन हवाओं के कंधों पर नौजवान बुलबुलों के गीत हुमकते, अठखेलियां करते बाग़ के एक सिरे से दूसरे सिरे तक उड़ते फिरे हों, अब वह हवाएं ख़ुद मातमी हो जाएं। वो दोरंगी गुलाब और चमेली के फूल और जंगली गुलाब फूल जिनकी नाज़ुक चुलबुली अदाओं पर बाग़ के फ़व्वारे सर पटकते थे और नहरों के अंदर लहरें बेक़रार होती थीं, अब सर झुकाए अपने वजूद पर रंज करें! वज़ीर ने आईना देखना और बालों में कंघी करना छोड़ दिया था। बत्तीस-तैंतीस साल की उम्र में अक्सर औरतें बूढ़ी हो जाती थीं, ख़ासकर अगर वो बार-बार मां बन चुकी हों। लेकिन वज़ीर के बदन में खिंचावट और कसावट वैसी ही थी और उसके मुंह पर नर्मी और भोला अल्हड़पन वैसा ही था। चेहरे पर एक शिकन न थी और शाह मुहम्मद आग़ा को अब भी थोड़ा-बहुत दूध पिलाने की मजबूरी के बावजूद उसकी गात में मुरझाव का कुछ भी असर न था। वज़ीर को अपना रूप-स्वरूप एक आंख न भाता था। अब तक उसे इस रूप ने कैसे-कैसे कुढब घाट दिखाए थे जो अब उसकी ज़िंदगी की कश्ती को महफ़ूज़ किसी के घाट पर ले जाएगा। उसे मीर तक़ी साहब के शेर याद आएः

मस्तूरी ख़ूबरूई हरगिज़ न जमा होवें
ख़ूबी का काम किसकी इज़्हार तक न पहुंचा
यूसुफ़ से लेके ता-गुल फिर गुल से लेके ता-शमा

ये हुस्न किसको लेकर बाज़ार तक न पहुंचा

हुंह, भला मीर साहब को बसंत की क्या ख़बर थी। शायरों का क्या है, बस मज़मून बांधते रहिए। मुझे छुप जाना ख़ुद ही मंज़ूर न था, पर मुझे तक़दीर के बाज़ार का बिकाऊ माल बनना ज़रा सा भी मंज़ूर न था। जाती मेरी जूती बाज़ार में। मगर मैं तो मर्दों के बाज़ार में गए बग़ैर ही बदनाम हो गई। शायद अंजाम हर सूरत में एक है। ब्लाक साहब कभी कहते थे कि उनके किसी बहुत बड़े शायर ने लिखा है कि यह इंसान क्या है, देवी-देवताओं के सामने वैसा ही है जैसे शोख़ बच्चों के सामने तितलियां कि वो उन्हें पकड़ते हैं और खेल-खेल में उनके पर-बाज़ू नोच डालते हैं, उनकी जान ले लेते हैं। हमारे यहां देवी-देवता नहीं हैं लेकिन हिंदुओं के यहां तो हैं। शायद तक़दीर को ये लोग देवी-देवता कहते हों... मेरी सारी कोशिश कि अपनी ज़िंदगी की राहें ख़ुद तय करूं... अब भी यही कोशिश है शायद? लेकिन इस वक़्त तो बस इन दो बच्चों के लिए जीना ही सबसे सीधी और सच्ची राह लगती है।

ऐ लो, राह के नाम पर मीर साहब का एक और शेर याद आ गया। क्या रौंगटे खड़े करने वाली बात कही है जैसे ख़ूबी के काम के इज़हार तक पहुंचने वाले शेर का जवाब कहा है:

पहला क़दम है इंसां, पामाले-मर्ग होना
क्या जाने रफ़्ता-रफ़्ता क्या हो मआल तेरा

पामाले-मर्ग होने के बाद बचा ही क्या होगा जो मआल की बातें हों। ज़िंदगी मर-मर के जिए जाने ही को कहते हैं। शायद पैदा होना मौत से भी बदतर है, कि तुम पैदा ही नहीं हुए, मर गए हो। लेकिन इस मौत में भी लज़्ज़तें क्या-क्या है, राहतें क्या-क्या... उसे किसी बच्चे के रोने की आवाज़ सुनाई दी। शायद शाह मुहम्मद आग़ा दोपहर की नींद से जाग पड़े हैं। वह हड़बड़ाकर उठी। कमरे में गई तो बच्चे को गहरी नींद में पाया। शायद कोई और बच्चा रो रहा हो... या शायद मुझे यूं ही वहम हुआ हो। पास की पलंगड़ी पर हबीबुन्निसा सिकुड़ी पड़ी सो रही थी। घर में सिर्फ़ एक ख़ादिमा और थी। बाहर का काम करने के लिए मुहल्ले का एक लौंडा सुबह-शाम आ जाता था। उसे वो दिन याद आए जब घर में हर तरफ़ नौकर ही नौकर थे। उसे उन दिनों के ऐशो-आराम के जाते रहने का इतना अफ़सोस न था जितना उस मौज और सरमस्ती के उड़ जाने का जो उसे नवाब शम्सुद्दीन अहमद की मुहब्बत में मिली थी। और फिर घर की वह चहल-पहल, वह हर दिन का नई उम्मीदों के साथ सामने आना... लेकिन वह जलसा कितनी जल्द बिखर भी तो गया। क्या उसे नवाब मिर्ज़ा से उम्मीदें थीं कि वह उस तन्हाई का इलाज और उसके बुढ़ापे का सहारा बनेंगे? और शाह मुहम्मद आग़ा? उनके तो बड़े होते-होते मैं दुनिया ही से चल बसूंगी। अब तो जो कुछ है और जो कुछ होगा वह नवाब मिर्ज़ा ही के दम

से है और उन्हीं के दम से होगा। लेकिन अब और क्या होना है? अब और बचा ही क्या है होने को? क्या अब भी मुझे ज़िंदगी से और हुस्नो-इश्क़ के मामलों से कुछ उम्मीदें हैं? हक़ीम मोमिन ख़ां साहब ने क्या ख़ूब कहा हैः

एक हम हैं कि हुए ऐसे पशेमान कि बस
एक वो हैं कि जिन्हें चाह के अरमां होंगे

लेकिन नहीं, क्या वह सारा क़िस्सा चाहने और चाहे जाने की भूलभुलैया था? उसकी आंखों के सामने अचानक ख़्वाजा साहब से वापसी की वह आंधी भरी रात सनसनाती हुई आ खड़ी हुई जब उसने माष्टन ब्लाक साहब को पहली बार देखा था... उसे लगा जैसे वह फ़िरंगी संदूक़चे पर झुकी हुई तस्वीरें देख रही हो।

उनका इरादा तो मुझसे नज़रें मिलाने का न था, बल्कि सच पूछो तो मेरी तरफ़ देख भी न रहे थे। वह तो हवा के झोंके ने मेरी चादर उड़ाकर मुझे गोया सबके सामने खुला कर दिया। मैंने घबराकर आंख उठाई थी कि उनकी निगाह को एक पल के लिए अपने मुंह पर देखा। अल्लाह, क्या ढीठ आंखें थीं गोया मेरा सरापा टटोल रही हों... उस रात मुझे पहली बार मालूम हुआ था कि मर्द की आंख किस तरह एक नुक़्ते पर ठहरी रहने के बावजूद चक्कर खाते शोले की तरह किसी के पूरे बदन को घेरे में ले सकती है। किस तरह वह आंख जिज्ञासा और सवाल दोनों की मिसाल बन सकती है। जिज्ञासा कि अभी और क्या-क्या बेनक़ाब होना है, और सवाल कि इसमें हमारे लिए क्या और कितना है... मेरा तो सारा पिंडा मुझे ख़ुद ही कुछ गर्म लगने लगा, जैसे उन्होंने मुझे देखा न हो, छू लिया हो। मर्द की चाहत और मर्द के लिए चाहत एक साथ पैदा होते मैंने सुनी थी, देखी कभी न थी।

उस वक़्त तक तो दिल में मेरे कुछ न था इस बारे में कि मैं ज़िंदगी किस तरह करूंगी। बड़ी को ज़िच करने के लिए मैं कुछ भी कह देती। लेकिन मैं इतना ही जानती थी कि मुझे मेरी मर्ज़ी के बग़ैर निकाह की हथकड़ी-बेड़ी कोई नहीं पहना सकता, और मर्ज़ी मेरी तो शायद शादी करने की थी भी नहीं। फिर क्या थी मर्ज़ी मेरी, मंसूबा क्या था मेरा? पता नहीं, वह दिल ही दिल में उकताकर ख़ुद से बोली। कोई ज़रूरी है कि हर चीज़ किसी मंसूबे के एतबार से हो। लेकिन मैं तो यह जानती हूं कि मर्दों का खिलौना बनना हो या मर्दों की कनीज़ या मर्दों की रखैल, ये सब इज़्ज़त को बेचने के धंधे हैं। और मैं तो औरत की इज़्ज़त ही की रखवाली बनने को दुनिया में आई थी शायद। तो फिर ब्लाक साहब की एक निगाह ने मुझे ख़ाक क्यों कर दिया? ऐसा तो नहीं कि मैं सोचती किसी और ढंग पर थी और करनी मेरी सब की सब उन्हीं बेअक़्ल की लुगाइयों जैसी थी जो बिस्तर के मज़े और दो वक़्त की गुलामाना रोटी को दुनिया की हर चीज़ पर तरजीह देती हैं? ख़सम किया सुख सहने को या पेट से लगकर रहने को।

नहीं, मैं तो कुछ और बनने वाली थी, कुछ और थी। ब्लाक साहब ने यूं कहो कि मुझे रिझा लिया। लेकिन मैं तो खुली आंखों उन पर रीझी थी। या शायद ये तो नहीं कि उस रात वह हमें मिले न होते तो हमारा बहुत बुरा दिहाड़ा होना था। मेरी उम्र की लड़कियां राहों के लुटेरों के हाथ लग जाएं तो पहले तो उनकी इज़्ज़त लगातार लूटी जाए और फिर वो चंद टकों के बदले किसी नायिका के हाथों बेच दी जाएं। और सच पूछो तो अच्छे भाग उनके जो चकलों में बिक जावें, कि जिन्हें ये ज़ालिम ख़ुद ही रख लेवें उन्हें तो लौंडी-बांदी से भी बदतर जानें और ज़रा सा बदन ढला, रूप ज़रा सा उतरा कि बेचारियां बूढ़ी गाय की तरह हंकाकर निकाल बाहर, और मियां हैं कि दूसरी-तीसरी करने पर मुस्तैद। बीसी-खीसी, साठा-पाठा जैसी मसलें मर्दों की ही बनाई हुई तो हैं।

मगर शुक्राने का जज़्बा अपनी जगह, क्या मैं ऐसी भोली थी जो किसी अनजाने मुस्टंडे मर्दुवे अंग्रेज़ की झोली में अपना पत, अपना सारा दीन-ईमान इस बेपरवाही से डाल देती? मुझे ब्लाक साहब के साथ जाना ही जाना था, कि बड़ी को और अब्बाजी को मैं और किस तरह से आगाह करती कि मैं कल की गुड़िया न थी, अपनी मर्ज़ी की औरत थी, और वह मुझे अच्छे भी बहुत लगते थे। और यूं भी नहीं कि मैं पहली मुसलमान औरत थी जिसने फ़िरंगी मर्द किया था। फ़ैज़ुन्निसा बेगम, वह तो आला हज़रत आली गौहर शाह आलम बहादुरशाह मरहूम की मुंहबोली बेटी थीं, जिन्होंने पामर साहब से ब्याह रचाया था। क्या हुस्नो-जमाल था, हुस्न का क्या रौब था, सच में बादशाह की बेटी लगती थीं। और फिर वह दकन वाली बेगम, भला सा नाम था उनका... ख़ैरुन्निसा बेगम, कि आसिफ़जाह निज़ामुलमुल्क बहादुर के दरबार में जो कंपनी फ़िरंगी का वकील रेज़ीडेंट था, कहते हैं उन्होंने उससे शादी से पहले ही रिश्ता गांठ लिया था, इतना कि उनका आगा भारी हो गया था, फिर तो अम्मा-नानी को उसी मुवे मुस्टंडे फ़िरंगी को दामाद बनाना पड़ा। उसने रखा तो फूल-पान की तरह लेकिन कुछ बरस बाद उधर उसने औलादों को क्रिस्टान बनाकर विलायत भेजा और इधर ख़ुद भी पट से मर गया। बेटा-बेटी कुछ दिन बाद अपनी असल जड़, अपना दीन-मज़हब सब भूल गए और ख़ैरुन्निसा बेगम किसी और फ़िरंगी से नथ गईं। और बादशाह शाह आलम की ही एक और बेटी, जो लखनऊ के नवाब के यहां ब्याही थीं और उसके ज़ुल्मों से तंग आकर निकल गई थीं, फिर गाडनर साहब अंग्रेज़ के बेटे से उन्होंने दूसरा ब्याह रचाया था।

ग़रज़ कि कहां तक कोई नाम गिनवाए, मैंने वही किया जो मुझसे बेहतर बेगमातों ने किया था। नहीं, पर एक बात और है। इन बेगमों की ज़िंदगी का धुरा बस यही तो था कि किसी अच्छे से मर्द से निकाह-ब्याह और फिर उसकी हवेली में ताउम्र घर में क़ैद कि आवाज़ तो आवाज़, साया भी चादर में लिपटा रहे। वज़ीर,

तू तो ऊंचे ख़्यालात और बड़े खेल वाली बेगमा थी। क्या तूने भी आख़िरकार, नहीं बल्कि जल्द ही, पहला मौक़ा मिलते ही, मर्द का पट्टा ख़ुशी-ख़ुशी गर्दन में नहीं पहन लिया? नहीं, मैं पट्टा क्यों पहनती, मैं तो...

...मगर इन बातों से क्या हासिल? अरी नेकबख़्त, हासिल क्यों नहीं? इस दुनिया में मर्द क्या है और औरत क्या है, मुझे तो इसी सवाल का जवाब दरकार है। क्या दोनों बस लिखे-पढ़े, बोलते-सोचते चौपाये हैं और उनका जीना सिर्फ़ खाने और अपने जैसी औलादें पैदा करने और मौत को दूर से दूरतर रखने की कोशिशों का नाम है या कुछ और? लेकिन मुझे इससे क्या? मैं तो अपनी ही कह सकूं हूं। कोई रोए या गाए या चुपशाह का रोज़ा रखे-रखे ज़िंदगी गुज़ार दे लेकिन सब आमाल उसी के हैं और अपनी ज़िंदगी की अच्छाई-बुराई के बारे में फ़ैसला उसे ही करना होगा। मैं तो बस यह जानती हूं कि मुझे अपने औरत बनाए जाने पर सख़्त शिकवा है... लोग कहते हैं ऐसी दवाएं होती हैं, नहीं तो ऐसे अमल होते हैं जिन्हें सही-सही पढ़ा जाए तो उनकी क़ुव्वत से नर औलाद पैदा होती है। मेरे ही मुहल्ले में तो एक हाफ़िज़ जी थे जिनके बारे में मशहूर था कि वह कोई अमल जानते हैं, जिसके ज़ोर से उनके यहां बेटे ही बेटे पैदा होते हैं। मैं कहती हूं मेरे अब्बा जी ने क्यों नहीं वह अमल सीख लिया... मगर सुना, हाफ़िज़ जी किसी को बताते न थे। न सही, और भी तो तरकीबें होंगी। या अगर, मुझे लड़की ही बनाना मंज़ूर था कि उन्हें लड़कियां बहुत प्यारी थीं... ऐसा ही होगा, नहीं तो ताबड़तोड़ तीन-तीन बेटियां पैदा करके वो दोनों इस क़दर ख़ुश न होते... अम्मा कहती थीं, तेरी पैदाइश पर तो तेरे अब्बाजी खिलखिलाए पड़ते थे...

...पर मुझे यह मंज़ूर नहीं कि दुनिया के आधे लोग और वह भी सत्ताधारी लोग, मुझे अपनी एड़ी तले दबाने को अपना हक़ जानें। खेती रक्खे बाड़ को, बाड़ रक्खे खेती को, ये बस कहने ही कहने की बातें हैं, अमल कोई नहीं करता... मगर इस तरह उलझने और अपना कलेजा चबाने से क्या हासिल... हाय, यह ब्लाक साहब का ख़ास अंग्रेज़ी जुम्ला था। जब मैं रंजीदा होती या ऐसी ही किसी बात के चलते मुंह लपेटकर चुप कहीं पड़ जाती तो वह कहते थे, शायद उनकी फ़िरंगी ज़बान में कोई मुहावरा था, अपना कलेजा मत चबाओ छोटी बेगम, काहे को ग़म करती हो, मैं तो तुम्हारा हूं... पर वह सब भी मुंह देखे की बातें थीं, मेरा और मेरे बच्चों का इंतज़ाम करने को एक उम्र पड़ी थी कि जो उम्र एक दिन को भी काफ़ी न हुई। लेकिन मेरे नवाब साहब मरहूम, वह भी मेरे लिए क्या कर गए जो मैं उनकी याद को कलेजे से लगाए, अपनी रूह को रंडसाला पहनाए दिन-रात एक करूं। लेकिन वह बेचारे आग़ा साहब भी तो मुझ पर जान छिड़कते थे और क्यों नहीं, आख़िर मैं उनकी बुढ़ापे की बीवी और बुढ़ापे की औलाद की मां थी मगर मैं ही उनकी जान

को न सुहाई, बेचारे शहीद की मौत मरे और कैसी बेकसी और वतन से दूरी की मौत मरे। मुझे उनसे लगाव तो था ही और उनकी नाज़बरदारियों की वजह से यह लगाव और भी बढ़ गया था। लेकिन ये नाज़बरदारियां मेरे दिल से नवाब शहीद की याद छुड़ा न सकीं। ब्लाक साहब भी मुझे याद आते रहे हैं लेकिन उनसे ज़्यादा मुझे मेरे बच्चों की याद सताती रही है। पर मेरे नवाब साहब तो जाने किस दुनिया से कितनी मोहनियां मेरे लिए सीखकर पैदा हुए थे कि उनकी एक बात, एक याद ऩाखुन तले की फांस की तरह हर वक़्त मेरे जी में ज़िंदा है। वह मेरी बोटियां काट डालते, पर फिर भी मेरे बदन का हर रेशा, मेरे लहू की हर बूंद उन्हीं का नाम पुकारती। और यह इस वजह से नहीं कि वह जवान, ख़ूबसूरत थे, मज़लूम थे, दौलत वाले थे। नहीं, मेरे-उनके दिल का संजोग ही कुछ और था।

मगर मैं तो अपने को बड़ी सख़्तगीर जांच-पड़ताल वाली समझ रही थी कि जो मर्द मुझे पसंद करे तो मैं उसके बारे में सोचूं कि मैं उसे पसंद करती हूं कि नहीं। तो फिर यह सब इश्क़ो-आशिक़ी वाली बातें क्या मानी रखती हैं कि नवाब साहब मेरी बोटी-बोटी भी काट डालते तो भी...

ख़्याल की लहर क्या जाने कहां-कहां के साहिलों और टापुओं को छूकर बहे जा रही थी। न जाने कितने दिन इस तरह गुज़रे, या शायद यह सब ख़्याल और अपने दिल से ये सब बातें एक ही दिन और एक ही वक़्त की थीं। वज़ीर की दिनचर्या कुछ बदल गई थी, उसे वक़्त का अंदाज़ा भी ठीक से न होता था। हबीबा के बार-बार कहने पर भी वक़्त पर खाना न खाती, कई बार तो खाना रखा-रखा ठंडा होकर आख़िर उठा दिया जाता। नवाब मिर्ज़ा को खाना खिलाना कुछ मुश्किल न था कि वह दिन का खाना घर में न खाता था और रात के खाने के लिए कुछ तय न था। वह जब घर आता और जब उसे भूख लगती, हबीबा से खाना मांग लेता। मां की हालत उससे छुपी न थी, लेकिन इस हालत को सुधारा कैसे जाए यह उसकी समझ में न आता था। चौदह बरस की उम्र में लोग शादीशुदा और घर-गृहस्थी वाले बन जाते हैं लेकिन नवाब मिर्ज़ा की तरफ़ से कोई हल्का सा इशारा या उसके तौर-तरीक़ों में कोई मामूली सी बात भी ऐसी नज़र न आती थी जिससे पता लगता कि वह शादी की तरफ़ कोई रुझान रखता है। वज़ीर को रह-रहकर ख़्याल आता कि नवाब मिर्ज़ा की बारात अब चढ़नी चाहिए, लेकिन किसी नामालूम ज़हनी रुकावट के सबब वह नवाब मिर्ज़ा से इस मामले में सरसरी शुरुआती बातें करने पर ख़ुद को आमादा न देखती थी। यूं तो इस उम्र और इस ज़माने में और नवाब मिर्ज़ा जैसे बेहद ख़ूबसूरत जवान के लिए मुआशक़े के दरवाज़े हर तरफ़ खुले हुए थे और ज़नाना या मर्दाना, दिल लगाने की गुंजाइशें बेनिहायत थीं, और नवाब मिर्ज़ा की परनानी का घराना भी था जहां कभी-कभी वह रस्मन जा निकलता था, लेकिन कहीं पर दिल अटकने का सिलसिला

अभी पैदा न हुआ था।

नवाब मिर्ज़ा की तालीम अलबत्ता अब रुक गई थी, कुछ तो इस वजह से कि मुल्ला ग़यास साहब रामपुरी की उम्दा तालीम और अनथक मेहनत की बदौलत वह फ़ारसी, तारीख़ और फलसफ़े में अपने हमउम्रों से बढ़कर था, और कुछ इस वजह से कि अब उसे बतौर शायर अपनी पहचान बनाने की लगी थी। उसे यक़ीन था कि मैं बहुत अच्छा शायर बन सकता हूं और बहुत जल्द उस्ताद का मर्तबा हासिल कर लूंगा। उसे शेर कहने में मज़ा आता था और शेर पढ़ने में भी उतना ही, बल्कि उससे भी कुछ बढ़कर मज़ा आता था। उसने अपनी बौद्धिक क्षमता की बदौलत अपने साथियों में अपना सिक्का बिठा रखा था कि पुराने फ़ारसी उस्तादों से लेकर मिर्ज़ा ग़ालिब तक और हिंदी में हज़रत मीर तकी मीर से लेकर उस्ताद ज़ौक़ तक उस्तादों के हज़ारों अशआर उसे याद थे। सनद देने में तो उस ज़माने में उससे बढ़कर कोई न था कि उसके किसी शेर में किसी तरकीब या लफ़्ज़ के इस्तेमाल पर किसी दोस्त या शरीके-महफ़िल ने कुछ उंगली रखी और उधर उसने बेखटके रेख़्ता या फ़ारसी के किसी माने हुए उस्ताद की सनद पेश की और एतराज़ करने वाला अपना सा मुंह लेकर रह गया। हाल ही में नवाब मिर्ज़ा का एक शेर बहुत मशहूर हुआ था:

हो न क्यों बामे-बुलंदे-दोस्त पर अपनी निगाह
कब बने है पस्तियों में आशियाने-शाहबाज़

शेर तो अच्छा था ही, उसकी शोहरत की एक और वजह यह हुई कि बदायूं के एक सैयदज़ादे, दिलवाले और सूफ़ी-मिज़ाज शायर दिलदार अली 'मज़ाक़' उन दिनों देहली आकर नए-नए ख़ाक़ानी-ए-हिंद उस्ताद ज़ौक़ के शागिर्द हुए थे। उस्ताद के वह इस दर्जा मानने वाले थे, हालांकि उनसे मुलाक़ात न थी कि उन्होंने उस्ताद की निस्बत से अपना तख़ल्लुस 'मज़ाक़' क़रार दिया था। चुनांचे वह शागिर्दी की नीयत से उस्ताद के आस्ताने पर हाज़िर हुए तो नीचे लिखा शेर भी ख़िदमत में पेश किया:

ज़ौक़ था ये तेरे तलम्मुज़ का
कि तख़ल्लुस किया मज़ाक़ अपना

हज़रत ख़ाक़ानी-ए-हिंद बेहद ख़ुश हुए और मज़ाक़ को सिलसिला-ए-ज़ौक़ में दाख़िल किया। 'देहली उर्दू अख़बार' में 15 दिसंबर, 1844 को यह ख़बर छपी:

> इन दिनों एक शायर-मुसाफ़िर यहां वारिद हुए हैं। हमसे भी उनकी मुलाक़ात हुई। निहायत ज़हीन और प्रखर हैं, शायरी के फ़न में अच्छी लियाक़त रखते हैं। ख़ाक़ानी-ए-हिंद शैख़ मुहम्मद इब्राहीम ज़ौक़ के रंग-ढंग की तबीयत इस शख़्स को क़ुदरत ने शुरू से ही अता की है। इस शहर में आकर शैख़ ज़ौक़ साहब से शागिर्दी का रिश्ता बांधा। बहुत ख़ुश हुए। नाम

> उनका मौलवी दिलदार साहब और वतन शहर बदायूं है जो कि हज़रत सुल्तान जी साहब का वतन है। हक़ीक़त में वहां की ख़ाक से अच्छे लोग उठते हैं और अक्सर अहले-दिल वहां के सुने गए हैं। क़रीबी रिश्ता ज़हूरुल्लाह ख़ां 'नवा' से रखते हैं जो नामी शायर थे और मिर्ज़ा सौदा साहब के समकालीन थे। उन्होंने हिंदी और फ़ारसी दोनों में दीवान लिखे हैं। तीन-चार बार हमारी उनसे मुलाक़ात हुई। कुछ अशआर महफ़िल में हाज़िर लोगों की फ़रमाइश के मुताबिक उसी वक़्त कहे और सुनाए। ग़रज़ इतनी तेज़ तबीयत का और सरल विचार वाला शख़्स कम देखने में आया।

इत्तफ़ाक़ की बात कि ऐसी ही किसी महफ़िल में नवाब मिर्ज़ा भी मौजूद थे। नवाब शम्सुद्दीन अहमद शहीद की फ़रज़ंदी और लोहारू ख़ानदान से ताल्लुक़ के सबब सभी उन्हें जानते थे और यह भी जानते थे कि नवाब मिर्ज़ा 'दाग़' हालांकि शायरी की दुनिया में नए हैं लेकिन उसकी राहों के ख़मोपेच से ख़ूब वाक़िफ़ हैं। मज़ाक़ साहब ने जब अपने शेर सुना लिए तो देहली के शायरों से भी दर्ख़ास्त की गई। सबसे आख़िर में नवाब मिर्ज़ा ने ग़ज़ल पढ़ी। जब वह ऊपर दर्ज शेर पर पहुंचे तो उन्होंने एक साहब को पहलू बदलते देखा। ये हक़ीम गुलाम मौला 'क़लक़' मेरठी थे, रेख़्ता में मोमिन के शागिर्द और मोमिन की तरह ही फ़ारसी तरकीबों के दीवाने। फ़ारसीयत का रंग इसलिए और भी चोखा था कि फ़ारसी में मौलाना सहबाई उनके उस्ताद थे। जब दाग़ की ग़ज़ल ख़त्म हुई और महफ़िल बर्ख़ास्त होने को हुई तो नवाब मिर्ज़ा ने हकीम साहब के पास जाकर सलाम किया और अपने ख़ास शीरीं लहजे में पूछा, जिस पर रामपुरी पठानी रंग बहुत हल्का सा था और भला मालूम होता थाः "बंदे ने क़िब्ला को कुछ पहलू बदलते देखा था। अगर ख़ादिम के किसी शेर में कुछ ख़ामी मुलाहिज़े में आई हो तो अर्ज़ करता हूं कि अपनी कमी पर मुझे इत्तेला फ़रमाई जाए।"

हकीम ग़ुलाम मौला क़लक़ साहब की तबीयत में हया बहुत थी और इसीलिए उन्होंने दाग़ को महफ़िल में न टोका था। अब जो दाग़ ने सीधे उन्हें मुख़ातिब कर लिया, तो वह एक ज़रा चुप रहे, फिर गंभीरता से बोले, "जी, ख़ामी तो कुछ नहीं, एक मुश्किल अलबत्ता थी।"

तमाम अहले-महफ़िल जाना मुल्तवी करके जहां-जहां थे वहीं ध्यान लगाकर बैठ गए। "जी इरशाद, हमा-तन गोश हूं," नवाब मिर्ज़ा ने विनम्रता के लहजे में कहा।

हकीम साहब के चेहरे से साफ़ ज़ाहिर होता था कि उन्हें कुछ पछतावा सा है कि मैंने मुश्किल की बात क्यों कही। कह देता नहीं कोई बात नहीं तो मामला ख़त्म हो जाता। अब उन्हें कहना ही पड़ाः "मियां साहब, मुश्किल बस इतनी सी है कि

'आशियाने-शाहबाज़' की तरकीब तो ख़ूब है लेकिन शहबाज़ के बारे में कहते हैं कि वह आशियां बनाता ही नहीं, इसलिए..." बहुत ज़्यादा हया के सबब हकीम ख़ामोश हो रहे।

"हुज़ूर की करमफ़रमाई है कि इस क़दर तवज्जोह फ़रमाते हैं, लेकिन आशियाने-शाहबाज़ की तरकीब कलीम हम्दानी ने बांधी है। मुलाहिज़ा हो," यह कहकर दाग़ ने बड़ी खुली हुई, साफ़-सुथरी आवाज़ में शेर पढ़ाः

अज़ निशाने-ख़ूने-नाहक़ कुश्तगां ऊ रा चे बाक
बाले-कुंजश्क अस्त फ़र्शे-आशियाने-शाहबाज़

(नाहक़ मारे जाने वाले लोगों के ख़ून के निशान से उसे क्या डर। शाहबाज़ के आशियाने में गौरैया के परों का फ़र्श है)

कुछ तो कलीम हम्दानी के शेर की ख़ूबी और कुछ फ़ौरी सनद की तारीफ़, महफिल के हाज़रीन की तरफ़ से दाद का शोर उठा। हकीम साहब ने आगे बढ़कर दाग़ को गले लगा लिया और बोले, "सुब्हानल्लाह, ख़ुदा ख़ुश रखे। क्या बेतकल्लुफ़ सनद दी है और क्या उम्दा शेर पढ़ा। मैं उस्ताद की मजलिस में भी आपका ज़िक्र करूंगा। यूं ही शेर कहते रहें, आप इंशाअल्लाह दिल्ली की आबरू होंगे।"

हकीम ग़ुलाम मौला क़लक़ तो कलीम हम्दानी का शेर होंठों ही में गुनगुनाते हुए रुख़सत हुए, इधर मीर दिलदार अली मज़ाक़ ने नवाब मिर्ज़ा की पीठ ठोंकी और कहा, "बदायूं वापसी से पहले आपसे एक और मुलाक़ात की ख़्वाहिश रहेगी।" दिल में उन्होंने यह भी सोचा कि मैं भी उस्ताद से आज ही इन साहबज़ादे का ज़िक्र करूंगा। ऐसा न हो हकीम साहब उन्हें मोमिन ख़ां साहब का शार्गिद बनवा दें; इन्हें तो हमारा उस्ताद-भाई बनना चाहिए।

शेरो-शायरी की दुनिया में ऊपर आने वाले तारे की चमक और गर्मी से शेर-शायरी से जुड़े लोगों के दिल रोशन और गर्म होने लगे थे। बुज़ुर्गों को शौक़ था कि देखें यह नए-नए परों वाला गौरैया का बच्चा कभी गरुड़ बनता है या नहीं, और जवानों का एकमत था कि इस उम्र में ऐसा तेजस्वी कम देखने में आया है। दाग़ को जिस तरह दूसरों के ढेरों अशआर याद थे उसी तरह वह तेज़ी से शेर कहने में भी कमाल रखता था। अब क़हवाख़ानों में उसके दोस्त-हमजोली अक्सर शर्त लगाकर शतरंज खेलते थे कि हारोगे तो अभी-अभी ग़ज़ल कहनी होगी। फिर नवाब मिर्ज़ा का खेल देखने और उसके सामने वाले को उम्दा-उम्दा चालें बताने के लिए लोगों का ठट्ठ जमा हो जाता। जुम्लेबाज़ियां होती रहतीं, अच्छी चालें बताने के शौक़ में कई-कई लोग एक साथ बोल पड़ते और नवाब मिर्ज़ा की बाज़ी जो सुस्त होती नज़र आ रही थी, अब तेज़ हो जाती। सारा मक़सद यह होता कि नवाब मिर्ज़ा को हराकर उन्हें कोई टेढ़ी ज़मीन दे देंगे और कहेंगे कि अभी लाओ सात शेर की ग़ज़ल। नवाब मिर्ज़ा

की शतरंज अच्छी थी, इसलिए सामने वाले को मशवरा देने वालों के बावजूद उसे हराना आसान न होता था।

"अबे यार हमीद, तेरा तो घोड़ा गधा बना बैठा हुआ है। इसे उठाकर वज़ीर के पीछे लगा लो, मेरे भाई।"

"न, न, ऐसा न कीजो, भाई हमीद। इन मियांख़ां की अक़्ल तो घास खा गई है। हमीद मियांसाहब, तुम तो वज़ीर वाले पियादे को इनके ऊंट पे बढ़ाइयो, फिर देखियो। इसे कहवे हैं खेल।"

"अजी वाह, क्या दोस्त हैं कि दुश्मन के भी कान काटे हैं। ए जी भाई जान, पियादा आगे जाए तो नवाब मिर्ज़ा का घोड़ा आज़ाद हो जावेगा।"

"यार तुम लोग तो ख़च्चरों से भी बढ़कर घोड़े-गधे के पगहे से बंधे वे हो। देखते नईं कि नवाब मिर्ज़ा पांच चालों में मात दे रए हैं। मियां, मेरी मानो तो अपने बादशाह को वापस क़िले में ले चलो, हियां का मोर्चा ख़तरे में आरिया है।"

इसी तरह बातों-बातों में एक फ़रीक़ मात खा जाता, और मात खाने वाला अगर नवाब मिर्ज़ा होता तो महफ़िल के यारों में जो शायर होते उनसे कहा जाता किस तरह का मिसरा तजवीज़ करें। "लेकिन रदीफ़ हो ज़रा ठनकती वी सी कि घोड़े की तरियों कड़क दौड़ती हुई जाए, ज़रा इन मियांसाहब को पता तो लगे कि रामपुर से पोइयां-पोइयां क्योंकर दिल्ली आते हैं।" इस पर एक क़हक़हा लगता जिसमें नवाब मिर्ज़ा की आवाज़ सबसे बुलंद होती। फिर नवाब मिर्ज़ा महफ़िल में से किसी को मुख़ातिब करके कहते, "हां भई, इन बेज़ंजीर हाथी को संभालना, बिलबिलाए फिर रहे हैं, कहीं अपनी ही सफ़ों पर न चढ़ दौड़ें।"

इस पर ज़ोरदार क़हक़हा उड़ा कि बहुतों के ज़हन में एक अश्लील कहावत भी कौंध गई जो ऐसे हाथी के बारे में थी जो अपनी ही फ़ौज पर हल्ला बोल देता है।

चार-पांच मिसरों और फ़िक़रों के बाद कहीं तरह का मिसरा तजवीज़ होता, मसलन—

आते हुए इस घर में क़ज़ा को नहीं देखा

मिसरा पूरा होते ही नवाब मिर्ज़ा ने मिसरा लगाया—

जन्नत है मगर ख़ाना-ए-दुश्मन भी इलाही

और अभी तारीफ़ों के शोर की गूंज बाक़ी थी कि दाग़ ने दो शेर और पढ़ दिए—

इतना तो बता दे मुझे ऐ नासिहे-मुशफ़िक़
देखा है कि उस माह-लक़ा को नहीं देखा
अफ़सोस की फ़ुर्सत में कभी ग़ौर से तुमने
अफ़साना-ए-अरबाबे-वफ़ा को नहीं देखा

"नहीं, नहीं, यह इन साहबों की मिलीभगत थी। कोई भी इतनी कमाल की तेज़ी से

ऐसे व्यवस्थित, चुस्त बंदिशवाले शेर नहीं कह सकता," एक साहब ने फ़रमाया। वह फ़ख़्रुल-शोअरा अमीर निज़ामुद्दीन 'ममनून' के शागिर्द और छोटे भाई मीर बाक़र अली तख़ल्लुस जाफ़री थे और भाई के इंतक़ाल के कई महीने बाद अब तक उनके ग़म में काला रूमाल कमर में बांधते थे। अभी उनकी बात पूरी न हुई थी कि दाग़ ने मक़्ता पढ़ाः

जब दाग़ को देखा किसी बुतख़ाने में पाया
घर में कभी उस मर्दे-ख़ुदा को नहीं देखा

दाद के शोर से क़हवाख़ाने की छत उड़ी जा रही थी मगर मीर बाक़र अली जाफ़री ने कहा, "ठीक है, मुनासिबतें ख़ूब हैं, शेर रंगीन हैं, पर मतला तो अभी कहा ही नहीं।"

एक-दो हाज़रीन ने घूरकर देखा मगर मीर मुहम्मद अली तिश्ना, कि अब उनकी मस्ती और नंगे फिरने का ज़माना शुरू हो रहा था, लेकिन निगाह और ज़हन तेज़ रखते थे, मानीख़ेज़ मुस्कुराहट मुस्कुराकर बोले, "तो हुज़ूर ख़ुद ही इरशाद फ़रमा देते, इस कमसिन छोकरे को कहां तक मजबूर करेंगे।"

नवाब मिर्ज़ा ने फ़ौरन समझ लिया कि मीर साहब का इशारा किस तरफ़ है, उन्होंने सीधे खड़े होकर सलाम किया और कहा, "आला हज़रत को ज़हमत क्यों देते हैं सरकार, मतला हाज़िर करता हूं।" यह कहकर उन्होंने मतला पढ़ा—

गर मेरे बुते-होशरुबा को नहीं देखा
फिर देखनेवाले ने ख़ुदा को नहीं देखा

दाद के डोंगरों के बीच मुहम्मद अली तिश्ना चुप बैठे झूमते रहे। जब शोर थमा तो उन्होंने कहा, "सुब्हानल्लाह मियां साहबज़ादे, एक दिन तुम हम सब शायरी के प्यासों को तृप्त करोगे। बस एक बात थी कि 'फिर देखने वाले' की जगह 'उस देखने वाले' हो जाता तो शेर रंगो-संग में क़ीमती शाही मोती जैसा हो जाता।"

नवाब मिर्ज़ा ने आगे बढ़कर तिश्ना के पांव पकड़ लिए और फ़ारसी में कहा, "उस्ताद की जगह ख़ाली है।"

"मियां, हम कहां के उस्ताद और कहां के नक़्क़ाद, तुम्हें तो मियां इब्राहीम साहब के दर पर दस्तक देनी चाहिए।"

"जी बहुत बेहतर। इंशाअल्लाह, वहां हाज़री की कोई सबील जल्द निकालूंगा।"

ऐसी ही एक महफ़िल किसी दोस्त के यहां जमी थी। मुंशी घनश्याम लाल 'आसी', शाह नसीर के नामी शागिर्द, मियां ज़ौक़ से चिढ़े हुए, कुछ लोग उन्हें उस्तादी के दर्जे पर ही बैठा क़रार देते थे, वह भी मौजूद थे। मुश्किल ज़मीनों में माहिर, नए-नए मज़मून लाने में ज़माने भर में मशहूर, ज्ञान और चरित्र से भरे हुए, ख़ुशनवीसी,

तैराकी, संगीत, यह सब उनकी नस-नस में भरा हुआ था। तमाम उम्र देहली से बाहर न गए और ख़ुद को बजा तौर पर देहली की तहज़ीब का रखवाला समझते रहे। उन्हें नवाब मिर्ज़ा के तत्काल शेर कह लेने के क़िस्से सुन-सुनकर शौक़ था कि ज़रा हम भी तो देखें। ज़ौक़ से उनकी बनती न थी और ग़ालिबन इसी वजह से बादशाह सलामत से भी ख़फ़ा रहते थे कि शाह नसीर मरहूम की 'तीलियां' वाली ग़ज़लों के मार्के में क़ुदरती तौर पर आसी ने शाह नसीर साहब का साथ दिया था और प्रतियोगियों की बोलती बंद कर दी थी। लेकिन हज़रत अबू ज़फ़र सिराजुद्दीन ने भी क़ुदरती तौर पर अपने उस्ताद ज़ौक़ का साथ दिया था। बल्कि एक रिवायत तो यह भी थी कि हज़रते-वाला ने (वह ज़माना बहादुरशाह ज़फ़र की वलीअहदी का था) किसी मौलवी रशीदुद्दीन को लिखा था कि 'हिंदू काफ़िर की तारीफ़ न करना।' वह ख़त मुशायरे में पेश हुआ और सब शायरों ने उसे अनैतिक क़रार देकर ईमानन कहा कि आसी की ग़ज़ल लाजवाब है और ज़ौक़ की ग़ज़ल पर बरतरी रखती है। अबू ज़फ़र सिराजुद्दीन बहादुरशाह की तबीयत में सर्वप्रियता और अपनी रिआया के लिए बेलौस और बेलाग मुहब्बत का जो माद्दा बेपनाह था, उसे नज़र के सामने रखें तो यह रिवायत बिल्कुल मनगढ़ंत लगती है। वलीअहद बहादुर दिल से ज़रूर चाहते रहे होंगे कि उनके उस्ताद की फ़तह हो, लेकिन वह इतने अहमक़ और तंगनज़र भी न थे कि किसी मामूली से दरबारी से ऐसी बात कहें और वह भी लिखकर। बहरहाल, आसी के दिल में अबू ज़फ़र बहादुरशाह के ख़िलाफ़ एक गिरह पड़ ही गई थी और इसीलिए उस्ताद ज़ौक़ से भी वह साफ़ न थे। उन्होंने शायद मीर मुहम्मद अली तिश्ना की बात के बारे में सुन लिया था कि नवाब मिर्ज़ा को तो ज़ौक़ का शागिर्द होना चाहिए था। चुनांचे ग़ालिबन उनके इशारे पर एक साहब ने दाग़ से कहा, "मियां साहबज़ादे, हम ज़रा उत्सुक हैं, तत्काल शेर कहने के आपके चर्चे बहुत सुने हैं।"

"जी, मैं हाज़िर हूं। फ़रमाएं।"

"लीजिए, मियां जुरअत के मिसरे पर कुछ शेर सुनाइए, लेकिन अनिवार्यता वही हो जो उस्ताद ने रखी है। सुनिए, उनका मतला है—

आवाज़ के तसद्दुक़ और गुफ़्तगू के सदक़े
इस नाज़ के तसद्दुक़ और गुफ़्तगू के सदक़े

लिहाज़ा आप भी यूं ही कहें।"

मुंशी घनश्याम लाल आसी के चेहरे पर नागवारी के हल्के से आसार पैदा हुए गोया इम्तहानी मिसरा उन्हें पसंद न आया हो। लेकिन उन्होंने कुछ कहा नहीं, नवाब मिर्ज़ा ने अलबत्ता जवाब दिया, "हज़रत, शेर तो मैं इस ज़मीन और बहर में अभी कह दूं लेकिन ये कुछ मुश्किल इम्तहान न हुआ। यहां तो एक मिसरा और एक

लफ़्ज़ ही कहना है, यह तो आसान सी बात है। मसलन शैख़ जुरअत साहब ही का यह मतला मुलाहिज़ा हो।" यह कहकर नवाब मिर्ज़ा ने शेर पढ़ा—

हंसते आना तेरा क़यामत है
मुस्कुराना तेरा क़यामत है

फिर हंसकर नवाब मिर्ज़ा ने कहा, "साहब, आप मुलाहिज़ा करते हो? हर बार एक लफ़्ज़ ढूंढ़ लीजिए और मिसरा तैयार। सुनिए—

दमसाज़ के तसद्दुक़ और गुफ़्तगू के सदक़े
हमराज़ के तसद्दुक़ और गुफ़्तगू के सदक़े
जिस साज़ में हो सोज़िश जिस बात में हो शोरिश
उस साज़ के तसद्दुक़ और गुफ़्तगू के सदक़े

फिर एक लम्हे से भी कम ठहरकर नवाब मिर्ज़ा ने और भी हंसकर कहा, "लीजिए, और सुनिए—

रात आना तेरा क़यामत है
आके जाना तेरा क़यामत है
ग़र्रा-ए-ईद सा बस इक लम्हा
ऐसा आना तेरा क़यामत है

फ़रमाइश करने वाले मुंह फाड़े शायरी की बहार की इस आमद-आमद को तक रहे थे लेकिन घनश्याम लाल आसी के चेहरे पर हल्की सी मुस्कान थी। उन्होंने कहा, "मियां नवाब मिर्ज़ा, बात तो आपने बेशक दुरुस्त कही। ग़ज़ल में ऐसे शेर कहना आसान है। मालूम हुआ आपका ज़ौक़ सीधा और सच्चा और शायरी के फ़न पर आपकी तबीयत हावी है। लेकिन रुबाई, वह और ही चीज़ है..."

"जी हां, क्योंकि वहां दो नहीं, चार मिसरे जोड़ने होते हैं।"

"बहुत ख़ूब, बहुत दुरुस्त।"

नवाब मिर्ज़ा के चेहरे पर एक ज़रा चालाक सी मुस्कुराहट आई। इत्तफ़ाक़ से उसने कल ही कमाल इस्माईल की ऐसी ही एक रुबाई की तर्ज़ पर एक रुबाई कही थी। "तो हुज़ूर, इरशाद हो तो रुबाई अर्ज़ कीजिए।"

"क्या अभी, फ़ौरन?"

"हज़रत जो भी समझ लें, मैं अभी पेश कर सकता हूं," नवाब मिर्ज़ा ने गोलमोल सा जवाब दिया।

"तो क्यों नहीं," आसी ने कहा। "अभी सुनवा दीजिए, सब अभिलाषी हैं।"

"बहुत बेहतर। मैं तो हुक्म का बंदा हूं। अर्ज़ करता हूं।" यह कहकर नवाब मिर्ज़ा ने निहायत रवानी के साथ रुबाई पढ़ी, किसी को महसूस भी न हुआ पहले की कही हुई है:

समझा ही नहीं कोई कि दुनिया क्या है
कहता ही नहीं कोई कि दुनिया क्या है

घनश्याम लाल आसी अपनी जगह पर उछल पड़े और दोनों हाथ उठाकर बोले, "हाय ज़ालिम, क्या मिसरे जोड़े हैं। देखूं अब तीसरा मिसरा क्या लगता है। साहब पढ़िए, पढ़े जाइए।"

नवाब मिर्ज़ा ने आधा उठकर सलाम किया और रुबाई दोबारा शुरू की–

समझा ही नहीं कोई कि दुनिया क्या है
कहता ही नहीं कोई कि दुनिया क्या है

"जी और तीसरा मिसरा हाज़िर करता हूं–

अफ़लाक पहेलियां बुझाते ही रहे"

अभी नवाब मिर्ज़ा की आवाज़ गूंज ही रही थी कि सुनने वालों में से एक साहब ने आधा उठकर नारा किया, "ऐ वल्लाह बूझा ही नहीं कोई कि दुनिया क्या है। सुब्हानल्लाह, जी चाहता है मुंह चूम लीजिए। मियां दाग़, अल्लाह आपको और भी चमकाए।" ये साहब भी शाह नसीर के शागिर्द थे, नवाब हातिम ख़ां के पोते थे, फ़िदा तख़ल्लुस और मिर्ज़ा फ़िदा हुसैन नाम था।

दाग़ के चेहरे के बेहद सलोनेपन और नर्माहट को देखते हुए, 'जी चाहता है मुंह चूम लीजिए' वाले जुम्ले ने कई लोगों को मुस्कुराने पर मजबूर कर दिया लेकिन दाद देने में सब बराबर के शरीक थे। दाग़ ने पूरी रुबाई "वाह-वाह, दुरुस्त, निहायत दुरुस्त, सुब्हानल्लाह" के डोंगरों में नहाते हुए फिर पढ़ी:

समझा ही नहीं कोई कि दुनिया क्या है
कहता ही नहीं कोई कि दुनिया क्या है
अफ़लाक पहेलियां बुझाते ही रहे
बूझा ही नहीं कोई कि दुनिया क्या है

जब दाद का शोर कुछ थमा तो घनश्याम लाल आसी ने बढ़कर नवाब मिर्ज़ा के सर पर हाथ फेरा और कहा, "वल्लाह, अगर आज हमारे शाह साहब, अल्लाह उनके मुक़ाम बुलंद करे, तशरीफ़-फ़रमा होते तो मैं आपको उनके पास ले चलता। यह नायाब जौहर उन्हीं के शाही ख़ज़ाने की रौनक़ के क़ाबिल था।"

नवाब मिर्ज़ा ने झुक-झुककर सलाम किए, आसी और अपने मेज़बान से रुख़सत ली और वहां से उठकर सीधे मां की ख़िदमत में हाज़िर हुआ।

"अल्लाह, बच्चे मियां आपका चेहरा क्यों तमतमाया हुआ है? नसीबे-दुश्मनां, जी तो मांदा नहीं?" वज़ीर घबराकर बोली।

"जी नहीं, अम्मांजान," नवाब मिर्ज़ा ने एक थकी सी मुस्कुराहट के साथ कहा। "मैं सोचता हूं..." लेकिन उसे फ़ौरन ही ख़्याल आया कि मां की तन्हाई या बेसहारा

होने के बारे में कुछ भी कहूंगा कि मैं फ़िक्रमंद हूं, आपका दुख कैसे दूर करूं, तो वह फ़ौरन बुरा मान जाएंगी। हमदर्दी के लहजे की झलक भी हो तो वह फ़ौरन महसूस कर लेती हैं। लेकिन नवाब मिर्ज़ा को यह बात साफ़ नज़र आ रही थी कि तन्हाई और हालात की तंगी ही उसकी मां के लिए मुक़द्दर बन चुके थे। जिस आज़ादी बल्कि अक्सर ऐश की ज़िंदगी की वज़ीर ने आदत डाल ली थी उसकी राहें सब बंद थीं। ख़र्च कम करते-करते वज़ीर ने अब घर के कामों में भी हबीबा का हाथ बंटाना शुरू कर दिया था। मंझली के रामपुर चले जाने के बाद वज़ीर का बाहर आना-जाना तो यूं ही नहीं के बराबर था, अब उम्दा ख़ानम जब देहली आती भी, और कभी-कभी वह कई महीने ठहरने के लिए आती, तो वह ख़ुद ही वज़ीर के घर चली आती कि वज़ीर को पालकी की सवारी और आने-जाने के लिए अच्छे कपड़ों का इंतज़ाम न करना पड़े। नवाब शहीद के मज़ार पर भी वज़ीर की हाज़री इसीलिए बहुत कम रह गई थी कि क़दम शरीफ़ तक भी पालकी-कहारों का इंतज़ाम और वहां के ज़रूरतमंदों को कुछ देने-दिलाने का इंतज़ाम उस पर भारी पड़ने लगा था।

दूसरी तरफ़ नवाब मिर्ज़ा पर यह बात बिल्कुल खुली हुई थी कि मुझे शेरो-शायरी ही को अपना फ़न बनाना और शेरो-शायरी ही को अपनी रोज़ी का सहारा बनाना है। मां की ख़िदमत और उसको ज़िंदगी के सामानों की कमी को कम करना भी उसी वक़्त मुमकिन था जब नवाब मिर्ज़ा ख़ुद बतौर शायर इस लायक़ हो जाए कि कोई रईस उसे अपने यहां नौकर रख ले।

लेकिन होनहारपन और पक्के इरादे के बावजूद वह मंज़िल अभी नवाब मिर्ज़ा के लिए दूर थी। अब वह या तो शेरो-शायरी की मश्क़ को एक हद तक नज़रअंदाज़ करके किसी रईस के यहां किसी ग़ैर-शायराना काम पर ख़ुद को नौकर रखवा ले, या फिर अपने साथ अपनी मां को भी तंगी-तुर्शी में रखे। लेकिन नौकरी मिलना इतना आसान भी न था। उसके शहीद बाप का कोई ऐसा संबंधी यहां न था जिसे नवाब मिर्ज़ा या वज़ीर से कुछ आपसी लगाव या दिली हमदर्दी हो। अफ़ज़लुन्निसा बेगम, उसकी बड़ी मां तो नवाब मिर्ज़ा और वज़ीर ख़ानम के वजूद से इंकार करना ही बेहतर समझती थीं कि उन्हें मालूम था कि फ़िरंगी क़ानून की रू से ग़ैर-ब्याहता बीवी का बेटा भी बाप की मिल्कियत पर हक़ रखता था। लिहाज़ा अगर नवाब मिर्ज़ा या वज़ीर ख़ानम को कहीं भी पांव जमाने का कुछ मौक़ा मिला तो मां-बेटा नवाब शहीद की विरासत पर दावा भी कर सकते थे। आख़िर उन लोगों का कोई ख़ानदान था न निजी रईसी, न पुरखों से मिली हुई कोई दौलत। ऐसे लोग कुछ भी कर सकते हैं, ऐसा उनका ख़्याल था। दूसरी तरफ़ यह बात भी थी कि यह देहली वही देहली थी जहां उसकी मां के बक़ौल अंग्रेज़ बहादुर ने फ़्रेज़र के क़त्ल के ज़माने में उसके बाप के रिश्तेदार ही नहीं, नौकरों-चाकरों तक का बाज़ारों में निकलना भी बंद कर

दिया था। और तब से लेकर अब तक रिआया के दिलों में अंग्रेज़ों का डर और भी बढ़ चुका था। ऐसे में किस देहलवी रईस का बूता था कि वह नवाब शम्सुद्दीन अहमद के बेटे और वह भी नाजायज़ बेटे को अपने यहां नौकर रखे।

तो बज़ाहिर यही राह बेहतर थी कि नवाब मिर्ज़ा पूरी तेज़ी से ख़ुद को शायर की हैसियत से क़ायम और मज़बूत कर ले और फिर किसी रईस से जुड़कर अपनी मां के लिए और अपने लिए मुनासिब रोज़ी का बंदोबस्त करे।

"किस सोच में डूब गए नवाब मिर्ज़ा, आप कुछ कह रहे थे?"

मां की प्यार भरी आवाज़ सुनकर नवाब मिर्ज़ा अपने बिखरे ख़्यालात की तंग गलियों से निकला लेकिन उसने कुछ कहा नहीं, एक पल मां का मुंह तकता रहा।

"ऐ, ये क्या हवन्नक़ों की तरह मुंह फाड़े तक रहे हैं मियां साहब, कुछ तो कहिए क्या दिल को कोई उलझन है?" वज़ीर ने बेटे की बलाएं लेते हुए कहा। फिर पुकारी, "ऐ बी हबीबा, बच्चे मियां के लिए खाने का बंदोबस्त नहीं कर रही हो क्या?"

"जी हां, ख़ानम साहब, खाना ही लगवाने जा रही थी," हबीबा ने पास आकर नवाब मिर्ज़ा को मुस्कुराकर देखते हुए कहा। "जानीराम को बाज़ार भेजा है रोटियों के लिए। बस वह आ जाए तो झपाझप खाना लगा दूंगी। क्या बात है, आज मियां साहब की भूख कुछ चमकी हुई है क्या?"

दिल्ली के मध्यवर्गीय घरानों की तरह अक्सर वज़ीर के यहां भी अब रोटी बाहर से वक़्त पर मंगा ली जाती थी, सिर्फ़ सालन घर में पकता था। "जी, तो आप क्या चाहती हैं कि हम खाना न खाया करें?" नवाब मिर्ज़ा ने हंसकर कहा।

"साहबज़ादे, बात यह है कि नामे-ख़ुदा आप हैं शायर, बल्कि उस्ताद शायर। और शायरों को देखकर भूख भाग जाती है," हबीबा ने शरारत और मुहब्बत भरे लहजे में कहा। जुम्ले के दो मानी वज़ीर और नवाब मिर्ज़ा दोनों पर ज़ाहिर थे।

वज़ीर मुस्कुराकर बोली, "ऐ चलो हटो बी हबीबा, शायर लोग क्या भूखे रहें हैं?"

लेकिन शायरों के ज़िक्र ने नवाब मिर्ज़ा को अपनी बात कहने का मौक़ा दे दिया। उसने कुछ झिझकते हुए कहा, "अम्मांजान, वो... बात वो ये है कि मुझे शायर ही बनना है। शेर से रोटी कमानी है, आपकी देखभाल करनी है। शायरी के सिवा कोई दूसरा काम मुझे नहीं आता।"

वज़ीर के चेहरे पर मुहब्बत भरा तबस्सुम आया लेकिन तबस्सुम उसकी बड़ी-बड़ी शर्बती आंखों तक न पहुंच सका। उसकी आंखों से हल्की सी सोच, बल्कि फ़िक्रमंदी झलक रही थी। फिर भी उसने एक पल रुककर कहा, "लो भई, सिपाहीज़ादा और शायरी करे, ख़ूब। बहुत ख़ूब। अब मैं क्या कह सकूं हूं, शेर की तलवार भी कोई शै होवे है!"

"मिर्ज़ा नौशा भी तो सिपाहीज़ादे हैं, तो क्या वह शायर नहीं हैं, अम्मांजान?"

नवाब मिर्ज़ा ने बहस के अंदाज़ में नहीं बल्कि बातचीत के लहजे में कहा।

"ऐ बेटा, वह तो अपने को नवाबज़ादा भी कहें हैं..."

"तो मैं भी तो नवाबज़ादा हूं, अम्मांजान।"

वज़ीर कहना चाहती थी, पर तेरे आसमान का सूरज तो कब का डूब चुका, मेरे बेटे। तेरे दूसरे बाप को भी मौत के क़ज़्ज़ाक ने परदेस में लूट लिया। अब तू किस बिरते पर तत्ता पानी कहता है। लेकिन उसकी हिम्मत न हुई। उसने फ़िक्रमंद आंखों से बेटे पर दोबारा नज़र की। वह सियाह शोले की तरह तपता हुआ किताबी चेहरा, सुतवां नाक और चेहरे के नक़्श बिल्कुल बाप जैसे, लेकिन रंग मां से भी ज़्यादा दबता हुआ, आंखें मां के दीदों जैसी शर्बती, निहायत बड़ी-बड़ी जिनमें हल्के गुलाबी डोरे, गर्दन सीधी, पेशानी ऊंची और क़द लंबा, उठने-बैठने का अंदाज़ भी बिल्कुल बाप जैसा। चेहरे पर निकलती रेख इस क़दर भली लगती थी कि जी चाहता था सामने बिठा लीजिए और देखते रहिए। सर पर ज़माने की रिवायत के मुताबिक़ चमकीले पट्टेदार बाल गर्दन से ज़रा नीचे तक, चौकोनी काली मख़मली टोपी, जिसके कोनों और किनारों पर सुनहरी काम, बदन में सब्ज़ गुलबदन का ढीला पाजामा, जामाज़ेबी ऐसी कि गुलदाऊदी भी निसार हो... ऐसे शख़्स को तो बादशाह होना चाहिए था, वज़ीर ने दिल में कहा। लेकिन हाय अफ़सोस कि इस वक़्त बादशाही तो क्या, मेरे लाल के लिए दो वक़्त की शरीफ़ाना रोटी और रात का आराम भी नसीब नहीं, तिस पर यह शौक़ कि शायरी को रोज़ी-रोटी की तलाश का बहाना बनाएंगे। लोग दिन-रात कोशिश करते हैं, किसी बड़े और मशहूर उस्ताद का दामन पकड़ते हैं, तब कहीं जाकर मुद्दतों में उस्ताद का दर्जा हासिल करते हैं और वह भी तब जब उस्ताद कह दे कि इस्लाह की ज़रूरत नहीं। शायर बनना कुछ हंसी नहीं है, इतने पापड़ बेलने पड़ते हैं कि बस दिन भर पीसते हैं तो चुटकी भर उठाते हैं। और फिर भी कामयाबी मुक़द्दर की पाबंद है...

उसने दोबारा सर उठाकर बेटे की तरफ़ देखा। उसके चेहरे पर कुछ एमताद, कुछ ज़िद और कुछ बच्चों की तरह मचल जाने के भाव घुल-मिल गए थे। वज़ीर ने दिल में कहाः शायद यह महज़ कोई बाल-हठ सी बात है, बच्चा ही तो है। समझाऊं-बुझाऊं या अभी बात को टाल जाऊं तो शायद इरादा बदल ले। मुझे जल्दी भी क्या है। फिर उसे अचानक सूझी कि इरादे की मज़बूती फ़ौरन मालूम करने का एक तरीक़ा और भी है। उसने मुस्कुराकर गला साफ़ किया और अपनी निहायत सुरीली आवाज़ और बातचीत के लहजे में मुसहफ़ी की रुबाई पढ़ीः

है हमको तो शेर का फ़क़त एक सौदा
हो हमसे न कारे-दीन कारे-दुनिया
होती है जिन्हें कि मुसहफ़ी अक़्ले-मआश

पत्थर से भी करते हैं वो रोटी पैदा

रुबाई पढ़कर वज़ीर ने नवाब मिर्ज़ा को कुछ सवालिया, कुछ छेड़ने वाली मुस्कुराती निगाह से देखा, गोया पूछ रही होः लाइए, अब इसका जवाब लाइए। नवाब मिर्ज़ा के चेहरे पर कुछ बेचारगी सी आई। इतने उम्दा कलाम का जवाब लाना या इसके सामने कोई बात इस तरह कहना कि अपनी भी बन जाए, बड़ा मुश्किल लग रहा था। फिर अचानक वह कुछ ज़ोर से हंसकर बोला, "मगर अम्मांजान, पत्थर से पैदा की हुई रोटी गले का फंदा भी तो बन सकती है।"

वज़ीर मुस्कुराई। बेटे की बात की तह में छुपे इशारे तक वह पहुंच गई थी। "माना कि रोटी के फेर में इंसान अपने दिल की सफ़ाई का गला भी घोंट दे सके है।" उसने ज़रा रुककर कहा, "मगर यह भी तो हो सके है कि कोई सौदे को अक़्ल पर हावी न होने देवे, और न चर्बी और ख़ून को दिल पर चढ़ जाने देवे।"

नवाब मिर्ज़ा के दिल में कुछ झल्लाहट सी आईः यह बेगम साहिबा आख़िर चाहती क्या हैं; ख़ुदा की तमन्ना और कमीनी दुनिया की तमन्ना साथ-साथ नहीं चल सकते, यह ख़्याल है, मुहाल है, और जुनून है। इसकी बात तो नहीं हो रही। और न ही मैं यह कह रहा हूं कि मैं गरेबां फाड़कर शेर की वहशत के असर से आवारागर्द हो जाऊंगा। मैं तो सिर्फ़ यह कह रहा हूं कि इंसान शायरी के बलबूते पर भी दुनिया में जगह बना सकता है, रोटी खा सकता है। उसने अपनी झल्लाहट को दबाकर कुछ शर्मिंदा से लहजे में कहाः "लेकिन मियां मुसहफ़ी तो शायद यह कह रहे हैं अम्मांजान कि मैं अपने सौदे को बरक़रार रखूंगा और रोज़ी कमाने की अक़्ल को भी काम में लाऊंगा।"

"भई, ये मानी तो मुझे इस रुबाई में दिखाई नहीं देते। शैख़ साहब तो साफ़ कह रहे हैं कि जिसे शेर का सौदा है वह न दुनिया का रहे है न दीन का।"

नवाब मिर्ज़ा के दिल में फिर नाराज़गी का एक उबाल सा उठा। "हर शख़्स अपने-अपने तौर पर मानी निकालता है अम्मांजान। लेकिन आप चाहती क्या हैं?"

"चाहती कुछ नहीं," वज़ीर ने गंभीरता से कहा। "जानना चाहती हूं।"

"क्या?" नवाब मिर्ज़ा ने मुख़्तसर लहजे में कहा।

"यही... कि शेरगोई की ललक..." अचानक उसने बात बदल दी, वरना वह कहने वाली थी कि यह ललक पेटभरों ही को शोभा देती है। "...आपको कहां ले जाएगी?"

"तौबा है अम्मांजान," नवाब मिर्ज़ा ने मां की आंखों में आंखें डालकर कहा। "यह मेरे लिए रोज़ी का रास्ता खोलेगी और मेरी... मेरी... रूहानी, नहीं... आत्मिक और मानसिक ज़िंदगी में रौनक़ें बरपा करेगी।"

"यही तो मुझे खौफ़ था..." वज़ीर ने कहना शुरू किया। ज़िंदगी में पहली बार

नवाब मिर्ज़ा ने मां की बात काटी और ज़रा तेज़ लहजे में कहा, "वल्लाह अम्मांजान, आपको मुझ पर इतना भी भरोसा नहीं कि मैं शायर बन सकता हूं और मेरे दिल में इस बात की तड़प है कि आपकी देखभाल करूं, आपको आराम से रखूं? कामयाबी-नाकामी अल्लाह के हाथ में है, लेकिन इंसान कोशिश तो कर सकता है।"

वज़ीर की ज़बान भी ज़िंदगी में पहली बार बेटे के सामने लड़खड़ाई, "म... मैं सिर्फ़ यह... सिर्फ़ यह कह रही थी कि आप अभी बहुत... छोटे हैं।"

नवाब मिर्ज़ा ने तल्ख़ सा क़हक़हा लगाया।

"छोटे की ख़ूब कही, अम्मांजान। मेरी तालीम जितनी मुमकिन थी, हो चुकी। हमारा कोई सरपरस्त होता, तो अब तक मेरी शादी करके मुझे घर-गृहस्थी वाला बना चुका होता। मुझ से कम उम्र के लोग दुनिया के कारोबार में झोंक दिए जाते हैं और नफ़ा-नुक़सान कुछ न कुछ हासिल कर ही लेते हैं। हमारा हाल यह है कि आपका चेहरा बेरौनक़ी और आपका बदन बेआरामी की तस्वीरें हैं। जिस तरह की ज़िंदगी आपका हक़ है वह मेरे लिए ऐसा शमादान है जो आसमानों के आसमान से भी कहीं ज़्यादा बुलंदी पर टांग दिया गया है। यही रंग रहा तो कोई दिन जाता है कि आपकी ज़िंदगी कल की दास्तान बन जाएगी, आप की ज़िंदगी का पौधा पूरी तरह मुरझाएगा भी नहीं कि काट डाला जाएगा? एक मैं हूं जो घर के बाहर निकल सकता हूं, कुछ कर सकता हूं, और आप समझ रही हैं कि अभी मुझे हबीबा की लोरियों और आपकी गोद की ज़रूरत है। आख़िर आप मुझे कब तक भंवरे में रखकर पालिएगा।"

जज़्बात की मार से नवाब मिर्ज़ा का गला रुकने लगा। उधर वज़ीर सर झुकाए, चेहरा आंसुओं से तर, दिल में जगह ढूंढ़ रही थी कि कहां जाकर छुप जाऊं, और हबीबा दीवार का सहारा लिए बुत बनी खड़ी थी। मां से ज़्यादा उसे नवाब मिर्ज़ा की उलझन और मुश्किल का अहसास था लेकिन अब तक वह कुछ कह न सकी थी। आज उसने हिम्मत की।

"ख़ानम साहब," वह दुपट्टे से अपनी आंखे पोंछती हुई बहुत धीमी आवाज़ में बोली, "ईमान की पूछें तो हक़ बात वही है जो बच्चे मियां साहब कहते हैं। दुनिया बहुत बड़ी है, हमारी जानें बहुत हक़ीर हैं। दुनिया के सामने जाए बग़ैर पनाह की जगह भी नहीं मिल सकती। बच्चे मियां, अल्लाह रखे, घर के मर्द हैं। उनको अगर घर चलाने की फ़िक्र है... तो ठीक ही है।"

"तो मैं कब कह रही हूं कि वह मेरे कलेजे से लगे बैठे रहें?" वज़ीर ने थकी हुई सी आवाज़ में कहा। "क्या मैं ये बातें समझती नहीं हूं? लेकिन मेरे घर का जो भी मर्द बाहर गया, फिर वापस नहीं आया... मैं किस दिल से अपने जिगर के टुकड़े को अपने पहलू से जुदा करूं?"

"गुस्ताख़ी की माफ़ी हो," हबीबा ने रुकते हुए कहा। "सो तो ठीक है ख़ानम

साहब, लेकिन दुनिया फिर भी दुनिया है। आज हमारे नवाब साहब..."

"उनका नाम मत लो हबीबा, मेरे दिल पर कटारी सी चल जाती है," वज़ीर ने कहा। "अल्लाह उनको करवट-करवट जन्नत नसीब करे। उन्हीं की फ़याज़ियां थीं कि हमारे सर पर छत है और चूल्हे में दो वक़्त आग जल जाती है।"

वह थोड़ी देर ख़ामोश रही, फिर ठंडी सांस भरकर कहने लगी, "...सुना फिरंगियों ने उन जैसे कई रईसों को यूं ही बहाने-बहाने से बेदख़ल कर डाला या उनकी जानें ले लीं। यह तेरह सद्दी है... सच बात तो वही है जो तुम कहती हो। बुज़ुर्गों ने कहा तो है कि दुनिया में यूं रहिए जैसे साबुन में तार, लेकिन उलझना आसान है और सुलझना मुश्किल। जब तक जी है तब तक जंजाल भी है।"

नवाब मिर्ज़ा पालथी मारकर मां के क़दमों में बैठ गया। "अच्छा अम्मांजान, इस वक़्त बात को यहीं ख़त्म कर दें कि मुझे भी दुनिया का सामना करने का हक़ है। और शायरी ऐसा पेशा नहीं जिसमें इज़्ज़त न हो, और यह मेरे दिल की मर्ज़ी के मुआफ़िक़ भी है... चलिए, अब ग़ुस्सा और रंज दोनों को भुला दीजिए, हमें भूख लगी है।"

वज़ीर ने सर उठाकर देखा तो धूप आंगन से जा चुकी थी। "हाय, मैं अपनी बकवास में ऐसी लगी कि अस्र का वक़्त होने लगा और नवाब मिर्ज़ा को खाना भी न मिला। हबीबा, रोटियां जल्द से जल्द दूसरी मंगवाइए। वह तो ठंडी होकर मिट्टी हो गई होंगी।"

"अब नानबाई के झमेले में क्या पड़ें ख़ानम साहब, मैं ही झपाक से चार रोटियां डाल देती हूं। घड़ी भर से कम ही में हमारे बच्चे मियां और ख़ानम साहब खाना खा लेंगे।"

यह कहकर हबीबा तो बावर्चीख़ाने की तरफ़ चली गई और वज़ीर ने मुंह-हाथ धोने के लिए आबदारख़ाने का रुख़ किया। लेकिन नवाब मिर्ज़ा के दिल में शर्मिंदगी थी और शक था कि मुंह-हाथ धोना सिर्फ़ बहाना है, अम्मांजान दरअसल अपने आंसू पोंछने और चेहरे पर से आंसुओं के दाग़ मिटाने गई हैं। उसके दिल में बड़ी ज़ोर की हूक उठी कि काश वह किसी भी तरह, चाहे अपने को बेचकर सही, अपनी मां के लिए इतनी दौलत ला देता कि वह चार को उम्दा से उम्दा खाना खिलाकर ही ख़ुद खाती और उसे ज़िंदगी भर मेरे बारे में किसी क़िस्म का ख़ौफ़ न सताता। अचानक उसकी आंखों के सामने क़दम शरीफ़ की दरगाह और अपने बाप के मज़ार की तस्वीर रोशन हो गई। क्या इसमें मेरे लिए कोई इशारा है? उसने ख़ुद से कहा। न सही, लेकिन उनके मुक़द्दस मज़ार की ज़ियारत किए मुझे कई दिन हो गए हैं। कल ज़रूर जाऊंगा।

□□

नवाब ज़ियाउद्दीन अहमद ख़ां

अगले दिन तो नहीं लेकिन तीसरे-चौथे दिन नवाब मिर्ज़ा ने क़दम शरीफ़ जाने का बंदोबस्त किया। मां से बातचीत का ज़हनी दबाव बेटे पर था तो बेटे से बातचीत का ज़हनी दबाव मां पर भी था। वज़ीर ने तो ज्यों-त्यों करके ख़ुद को संभाल लिया और बेटे की रोज़मर्रा की ख़ातिरदारियों में लगी रही लेकिन नवाब मिर्ज़ा को सर्दी लगकर बुख़ार चढ़ आया। कुछ दवा-इलाज और कुछ मां की तीमारदारी और हबीबा की ख़िदमतगुजारियों की वजह से तीसरे दिन उसका जी अच्छा हुआ और चौथे दिन उसने क़दम शरीफ़ की ठानी लेकिन मां से न बताया। जैसा कि कहा गया, क़दम शरीफ़ पर वज़ीर का जाना अब बहुत कम हो चुका था। नवाब मिर्ज़ा ने दिल में ख़्याल किया कि इस वक़्त अम्मांजान पर न ज़ाहिर करना ही ठीक है। शायद वह चलना चाहें लेकिन तंगदस्ती के आलम में जाने से उन्हें रंज ही होगा।

क़दम शरीफ़ पहुंचकर नवाब मिर्ज़ा ने दरगाह के अंदर एक घड़ी आंखें बंद करके ध्यान किया, फिर बाप के मज़ार पर फ़ातिहा पढ़ी। बाक़ी तमाम मज़ार वालों के हक़ में ख़ैर की दुआ पढ़कर वह निकल ही रहा था कि हल्का सा शोर बुलंद हुआ, कुछ 'तुर्रक़ू!' 'हटकर चलो साहिबान! बढ़ाओ क़दम को जा-बजा से! बढ़े जाओ साहब!' जैसी आवाज़ें सुनाई दीं। नवाब मिर्ज़ा की निगाह सदर दरवाज़े पर गई तो लाल बानात की क़बाएं पहने, हरी खिड़कीदार पगड़ियां बांधे हुए चोबदारों और सफ़ेदपोश बरछैतों से घिरा, एक सजा-सजाया हवादार नज़र आया जिसमें कोई बेहद भारी-भरकम और सुंदर शख़्स सवार था। नवाब मिर्ज़ा ने बादशाह सलामत को कभी न देखा था लेकिन उनकी ताजपोशी वाली तस्वीर की नक़्लें जगह-जगह मिलती थीं और नवाब मिर्ज़ा को इसके सबब बादशाह ज़िल्ले-इलाही की शक्ल से शनासा कहा जा सकता था। हवादार के मुसाफ़िर को देखकर उसे धोखा हुआ कि यह बादशाह सलामत तो नहीं, लेकिन फ़ौरन ही उसका वहम दूर हो गया। ज़िल्ले-इलाही होते तो हाथी पर सवार होते और मुलाज़िमों के अलावा अमीरों और शाहज़ादों का हुजूम भी होता। मगर ज़ियारत को आने वाला अमीर अगर बादशाह नहीं तो कोई शाहज़ादा ज़रूर था। नवाब मिर्ज़ा ने निगाह नीची किए-किए जहां तक संभव था ग़ौर से देखा। कोई तीस-पैंतीस बरस का सिन, लंबा क़द, दुबला लेकिन ताक़तवर डील, अंडाकार चेहरा, कल्ले की हड्डियां उभरी हुई, नाक पतली और सुतवां, गर्दन ऊंची और सुडौल, बड़ी-बड़ी सियाह आंखें, अ़क्लमंदी और होशियारी के नूर से रोशन, हल्का सांवला रंग, काली दाढ़ी पूरे चेहरे पर लेकिन बहुत घनी नहीं, मूंछें बहुत नफ़ीस बनी हुई, कुछ गुंजान लेकिन नाक के नीचे कतरी हुई और मुंह के दोनों तरफ़ रेशमी मोरछल की तरह पड़ी हुई। हरे कमख़्वाब का दोबर का पाजामा, उस पर हल्के हरे, ढाके की मलमल का कुर्ता, कुर्ते के ऊपर जामावार की चार क़ुब, सर पर भारी कारचोबी से

पटी हुई चार कोने वाली काली मख़मली टोपी, पतली कमर में हरे बनारसी पोत का दुपट्टा जिस पर एक तरफ़ जड़ाऊ ख़ंजर और एक तरफ़ चांदी का जड़ाऊ तमंचा बंधा हुआ था। गले में सात लड़ों की मोतियों की माला, टोपी में कोई ज़ेवर नहीं लेकिन दोनों हाथों की दो-दो उंगलियों में बेशक़ीमत अलमास, याक़ूत और ज़मर्रुद की अंगूठियां। हाथ में कोई किताब या शायद दुआओं का संग्रह। चारों तरफ़ से लोग सलाम कर रहे थे और वह मुस्कुरा-मुस्कुराकर सीने पर हाथ रख लेते थे, मुंह से बोलते कुछ न थे। किसी ने कहा, “मिर्ज़ा फ़तहुलमुल्क बहादुर हैं, माशाअल्लाह, किस क़दर जामा-ज़ेब और शाहाना हस्ती हैं, हूबहू हमारे बादशाह सलामत की सूरत पाई है।”

नवाब मिर्ज़ा के क़दम शाहज़ादे के जुलूस की तरफ़ बढ़ते चले गए। उसे एक पल को ख़्याल गुज़रा कि यह बदतमीज़ी में शुमार होगा लेकिन कोई कशिश उसे खींचे लिए जाती थी। पास पहुंचकर वह कोर्निश बजा लाया और आगे बढ़कर दरगाह से निकलने ही वाला था कि शाहज़ादे के किसी इशारे पर एक चोबदार ने उसके कंधे पर हल्का सा हाथ रखा और कहा, “जनाब को साहिबे-आलमो-आलमियान याद फ़रमाते हैं।”

याद फ़रमाते हैं? मुझे? नहीं, कोई भूल हुई है। साहिबे-आलम मुझे क्या जानें, नवाब मिर्ज़ा ने घबराकर दिल में कहा। वह कुछ विरोध करने ही वाला था कि कहारों ने फ़तहुलमुल्क बहादुर का हवादार ज़मीन पर रख दिया और चोबदार ने नवाब मिर्ज़ा के कंधे पर हाथ रखे-रखे उसे मिर्ज़ा फ़तहुलमुल्क बहादुर के सामने कर दिया। नवाब मिर्ज़ा ने डरते-सहमते हुए तस्लीम की और निगाह झुकाकर ठहर गया।

“जीते रहो,” बेहद शिष्ट आवाज़ आई। नीची लेकिन बिल्कुल साफ़ और ऐसी ठुकी हुई जैसे पीतल की थाली बज उठी हो। “हमें तुम्हारी बाअदब कोर्निश पसंद आई। क्या नाम है तुम्हारा, किसके बेटे हो?”

“स... सरकार... म... मैं... नवाब शम... शम्सुद्दीन अहमद ख़ां का बेटा हूं, नवाब मिर्ज़ा मुझे कहते हैं।”

“अच्छा, शम्सुद्दीन अहमद हाकिम फ़ीरोज़पुर झिरका और लोहारू के बेटे हो?”

“सरकार ने दुरुस्त फ़रमाया।”

“भई सुबहानल्लाह, रईसाना सुभाव के शख़्स थे, यहीं तो दफ़्न हैं। और तुम लोग अब...?”

“आलीजाह, ख़ानाज़ाद अब अपनी वालिदा साहब के साथ चांदनी चौक, ख़ानम के बाज़ार में हुज़ूर के साए तले दिन गुज़ारता है।”

“वो... तुम्हारी वालि...” इतना कहकर शाहज़ादा रुक गया। उसे शायद यह ख़्याल आ गया था कि औरतों के बारे में कुछ पूछना तहज़ीब के ख़िलाफ़ है। “अच्छा, हमारा सलाम कहना।” मिर्ज़ा फ़तहुलमुल्क बहादुर ने कुछ होंठों ही होंठों में कहा और

हवादार को कुछ इशारा किया जिसे नवाब मिर्ज़ा न देख सका, मगर कहारों ने उसे फ़ौरन समझकर हवादार को उठा लिया और चलने पर आमादा हुए।

"परवरिश है हुज़ूर की," कहकर नवाब मिर्ज़ा ने तीन तस्लीमें कीं और जुलूस के मुकम्मल गुज़र जाने तक वैसे ही खड़ा रहा, गोया किसी फ़िक्र में हो। वापसी का रास्ता नवाब मिर्ज़ा ने इसी उधेड़बुन में गुज़ारा कि साहिबे-आलमो-आलमियान ने मुझे ख़ासतौर पर तवज्जोह के लिए क्यों चुना। लेकिन घर पहुंचकर उसने मां से कुछ न बताया। अपने हमजोलियों में पूछताछ करने पर भी उसे मिर्ज़ा फ़तुहलमुल्क बहादुर के बारे में कोई ऐसी बात न मालूम हो सकी जिससे कुछ हाल खुलता कि उन्होंने अपना हवादार रोककर नवाब मिर्ज़ा से बातें क्यों की थीं। बस यही मालूम हुआ कि निहायत मज़हबी, नेकदिल शाहज़ादे हैं, शायर भी हैं, रम्ज़ तख़ल्लुस करते हैं, उस्ताद ज़ौक़ के शागिर्द हैं। नवाब मिर्ज़ा ने ख़्याल किया कि इधर-उधर लोगों से मिलने-मिलाने जाऊंगा तो बात शायद कुछ खुल सके। शहर के उस्तादों से मिलने का ख़्याल उसे पहले ही से था। उसने शाम को अपनी मां से कहा, "अम्मांजान, मैं कल किसी वक़्त मिर्ज़ा नौशा साहब के यहां जाऊंगा।"

वज़ीर उलझन में पड़ गई। "मिर्ज़ा ग़ालिब के बारे में... आप जानते तो हैं?" उसने कुछ रुक-रुककर पूछा।

"जी, क्यों नहीं, फ़ारसी के बहुत बड़े उस्ताद हैं, रेख़्ता में भी उनका पाया सब मानते हैं।"

"मगर... मगर... आपके मरहूम बाप के बारे में... तो उन्होंने कुछ अच्छे ख़्याल न रखे थे।"

"जी हां, मैंने भी कुछ सुना तो है। लेकिन वह वक़्त और था।"

"और यह भी सोच लीजिए कि आज के लोहारू वालों से ग़ालिब साहब का बहुत याराना है, और सारे लोहारू वाले आपके दुश्मन नहीं तो दोस्त भी नहीं हैं।"

"लेकिन अम्मांजान, यह तो शायरों की दुनिया है। यहां सब आलम दीगर हैं।"

"उफ़्फ़ोह भई, मेरा मुंह ही खुलवाइएगा? मैं पूछती हूं, अपने बाप के मुख़ालिफ़ के यहां जाना आपको फबता है क्या?" वज़ीर ने तेज़ लहजे में कहा।

"'अम्मांजान," नवाब मिर्ज़ा ने बहुत ठहरे हुए गंभीर लहजे में कहा "मैं हमेशा से कहता हूं कि हुआ-सो-हुआ पर अमल करना और बीते ज़मानों को याददाश्त में कहीं दफ़्न कर देना ही मुनासिब है।"

"अल्लाह, अब आप मुझे अक़्ल सिखाएंगे! आपके बाप के क़ातिलों को तो बहुत अच्छा मालूम होगा कि साहबज़ादे ने सब कुछ माफ़ कर दिया," वज़ीर ग़ुस्से से रुआंसी हो रही थी।

नवाब मिर्ज़ा फ़ौरन पलट गए, "अम्मांजान, आप ख़फ़ा न हों। आप जो चाहेंगी,

वही होगा। मैंने तो एक बात कही थी कि शेरो-सुख़न वाले अपना अलग ही आलम रखते हैं। और मिर्ज़ा साहब का तो सीधे-सीधे इस मामले में कुछ दख़ल भी न था। मैं अगर शायर बना तो इन्हीं लोगों से मेरे साबक़े पड़ेंगे। कोई मेरा उस्ताद होगा, कोई रहनुमा होगा। कोई साथी-संगी भी बन सकता है," वह मुस्कुराया। "उस्ताद तो मुझे भी होना है।"

वज़ीर ने भी फ़ौरन रुख़ बदला। अपने बेटे को ख़फ़ा देखना उसके लिए ग़ैर-मुमकिन था: "बेटा, मैं तुम्हारे ही भले की कहती थी। ऊंच-नीच देख लो, फिर पांव बाहर रखो। शहर में बहुतेरे उस्ताद पड़े हैं।"

"जी, बजा इरशाद। आप फ़िक्रमंद न हों।"

नवाब मिर्ज़ा ने मिर्ज़ा नौशा के यहां जाने का ख़्याल छोड़ दिया, पर अभी वह कहीं और भी न गया था कि उसका नाम ज़बानों पर चढ़कर सारे शहर में फैल गया और बजाय इसके कि वह मिर्ज़ा ग़ालिब के दरवाज़े पर दस्तक देता, ख़ुद मिर्ज़ा साहब को फ़िक्र हुई कि इस होनहार लड़के को बुलवाइए और इसकी हिम्मतअफ़्ज़ाई कीजिए।

ख़्वाजा हैदर अली 'आतिश' मुद्दतों से अंधे थे, दरवेशों वाला मिज़ाज अलग। कहीं जाना तो बड़ी बात थी, किसी से मिलते भी कम ही थे। लेकिन जब भी कभी कोई ताज़ा कलाम कहते, शागिर्दों और प्रशंसकों के ज़रिए सारे लखनऊ में बहुत जल्द फैल जाता और फिर दिल्ली तक पहुंच जाता। शैख़ नासिख़ के इंतक़ाल (1838) के बाद पूरब में अब यही ख़्वाजा साहब थे जिनका नाम दिल्ली वाले भी अदब से लेते थे। ख़्वाजा आतिश के बारे में भी सुनते थे कि अब उनका चल-चलाव ही है, देखना-मिलना जो हो जाए ग़नीमत समझो, ख़ुदा जाने कल ये हममें हों या न हों। चुनांचे जब उनकी ताज़ा ग़ज़ल देहली आई, मतला यह था—

मगर उसको फ़रेबे-नरगिसे-मस्ताना आता है
उलटती हैं सफ़ें गर्दिश में जब पैमाना आता है

तो देहली के बहुत से शायरों ने इस पर ग़ज़ल कही। कई महफ़िलें तरतीब दी गईं जिनमें ख़्वाजा साहब के मिसरा-ए-अव्वल (मगर उसको फ़रेबे-नरगिसे-मस्ताना आता है) को तरह क़रार दिया गया। यह सिलसिला कई दिन से चल रहा था और दाग़ ने भी इस ज़मीन में ग़ज़ल कही थी। उसके कई शेर फ़ौरन लोगों की ज़बान पर चढ़कर उस्तादों के मकानों तक पहुंचे। मतला तो ख़ैर ज़रा सुस्त था—

मुझे ऐ अहले-काबा याद क्या बुतख़ाना आता है
उधर दीवाना जाता है इधर मस्ताना आता है

मगर बाद के कई शेर तो क़यामत का शोर बरपा करने वाले थे। ख़ासकर ये शेर

तो दाग़ की ज़बान से अदा होते ही सारे शहर में मशहूर हो गया था कि ऐसी अदाबंदी, ऐसा नया और रंगीन मज़मून कभी सुना न गया था, शेर में क्या बंधता—

रुख़े-रोशन के आगे शमा रखकर वो ये कहते हैं
उधर जाता है देखें या इधर परवाना आता है

मीर के रेख़्तों की तरह लोग नवाब मिर्ज़ा दाग़ के शेर को लोग गलियों में गाते फिरते थेः

जिगर तक आते-आते सौ जगह गिरता हुआ आया
तेरा तीरे-नज़र आता है या मस्ताना आता है
दग़ा, शोख़ी, शरारत, बेहयाई, फ़ितनापरदाज़ी
तुझे कुछ और भी ऐ नरगिसे-मस्ताना आता है

नवाब मिर्ज़ा के साथ शहर की सैर करने वालों और जगह-जगह शेर की महफ़िलों में कलाम पढ़ने वालों में एक तो ख़्वाजा अमान के बेटे क़मरुद्दीन राक़िम थे कि जिनकी उम्र यही कोई बारह-तेरह बरस की होगी और जिन्होंने राक़िम तख़ल्लुस के साथ शेर कहना अभी-अभी शुरू किया था और मिर्ज़ा नौशा से भी, जिनसे कुछ रिश्तेदारी थी, शागिर्दी का धागा बांधा था। ज़ाहिर है कि अभी शेर क्या कहते, लेकिन हवेली के ताल्लुक़ की वजह से लोग उन्हें हाथोंहाथ लिए रहते थे कि वह हज़रत ज़िल्ले-सुब्हानी से तीरअंदाज़ी सीखते थे और फ़ुर्सत के वक़्तों में शेर कहने की मश्क़ करते थे। नवाब मिर्ज़ा के दूसरे दोस्त सैयद ज़हीरुद्दीन हुसैन 'ज़हीर' देहलवी, उम्र में कुछ बढ़े हुए थे, यही कोई अट्ठारह-उन्नीस का सिन होगा, लेकिन शादी नहीं हुई थी, इसलिए मिज़ाज उनका उस वक़्त लड़कों में ज़्यादा मिलता था। शेर में मिर्ज़ा नौशा के शागिर्द, ख़ुशनवीसी में कभी-कभी बादशाह सलामत से इस्लाह लेते थे। ज़हीर के वालिद हलाजुद्दौला सैयद जलालुद्दीन हैदर मुरस्सा-रक़म ख़ां बहादुर व याक़ूत-रक़म सानी ने बादशाह को ख़ुशनवीसी की तालीम दी थी। ये तीन दोस्त या हमजोली, अलग-अलग उम्रें लेकिन एक तरह का मिज़ाज, ज़हीरुद्दीन हुसैन को उनमें नेतृत्व हासिल था लेकिन वह बाक़ी दो से एक हद के अंदर बेतकल्लुफ़ भी थे। शहर के लोगों की निगाहों में वो आ ही चुके थे कि तीन होनहार और साफ़-सुथरे सुभाव वाले नौजवान हैं, और नवाब मिर्ज़ा दाग़ से मिर्ज़ा ग़ालिब की दिलचस्पी ऊपर से। संजोग तो होना ही था। 'रुख़े-रोशन' वाले शेर ने शहर में धूम मचा ही रखी थी कि उन्हीं दिनों में एक बार मिर्ज़ा साहब ने अपने घर के बालाख़ाने वाली कोठरी से तीनों को देखा कि कलाइयों में गजरे डाले, पांव में घेतली जूतियां और बर में ढीले पाजामे पहने, सर पर मुरस्सा टोपियां ओढ़े, आंखों में हल्की सी सुरमे की लकीर, ग़रज़ सैलानी बेफ़िक्रों की तरह बाज़ार की सैर को चले जाते हैं।

मिर्ज़ा साहब ने बेताब होकर वहीं से पुकारा, "अबे ओ लमडो! कहां निकले जाते

हो, इधर तो आओ, मेरे पास आओ!"

तीनों दोस्तों ने एक साथ चौंककर ऊपर नज़र की तो मिर्ज़ा ग़ालिब साहब का चेहरा, ख़ूबसूरती में गुलशन जैसा और अक़्लमंदी के नूर से रोशन, सामने था। हड़बड़ाकर तीनों 'जी बहुत अच्छा' कहते हुए ऊपर पहुंचे और मिर्ज़ा साहब के कमरे के दरवाज़े में खड़े होकर तीन-तीन तस्लीमात बजा लाए। ज़हीर और राक़िम तो मिर्ज़ा साहब से बख़ूबी वाक़िफ़ थे, नवाब मिर्ज़ा के दिल में घबराहट थी कि देखें, हमारे साथ कैसी गुज़रे। मां से जो बातें मिर्ज़ा नौशा और लोहारू वालों के बारे में हुई थीं, वह सब उसे ब़ख़ूबी याद थीं। अब जो हो सो हो कहकर उसने दहलीज़ पर क़दम रखा और एक बार फिर तस्लीम कीः "तस्लीमात अर्ज़ करता हूं, हुज़ूर।"

मिर्ज़ा ग़ालिब ने नवाब मिर्ज़ा के ख़ूबसूरत सरापे को सर से पांव तक देखा। नवाब मिर्ज़ा के चेहरे पर हिचकिचाहट और शक के से आसार थे लेकिन बदन के सुभाव में आत्मविश्वास था, कमर सीधी थी और निगाह मिर्ज़ा साहब पर। लंबे क़द की वजह से नवाब मिर्ज़ा का पूरा बदन कोठरी की दहलीज़ में समा गया था। मिर्ज़ा साहब ने हाथ फैलाया और ख़ुश होकर बोलेः "अमां तुम ही नवाब मिर्ज़ा हो, भाई शम्सुद्दीन अहमद के बेटे। आओ, आओ, मैं तो तुम्हें ही ढूंढ़ रहा था।" उन्होंने नवाब मिर्ज़ा का गाल थपथपाया और उसे अंदर आ जाने का इशारा करते हुए क़मरुद्दीन राक़िम के कान हल्के से पकड़कर कहा, "अंदर आ जा बेटे, आराम से फसक्कड़ा मारकर बैठ।" फिर उन्होंने ज़हीर का कंधा छुआ और बोले, "आओ मियां ज़हीर, अंदर आ जाओ। दहलीज़ पे क्यों खड़े हो।" मिर्ज़ा साहब ने तीनों को यूं बिठाया कि नवाब मिर्ज़ा उनकी दाईं तरफ़ लेकिन ज़रा आगे को था, इस तरह कि दोनों कमोबेश आमने-सामने थे। ज़हीर देहलवी सीधे दाईं तरफ़ और राक़िम बाईं तरफ़ को बैठे। यह सब इतने सुंदर ढंग से हुआ गोया अपने आप ही हो गया हो। ग़ालिब साहब ने नवाब मिर्ज़ा की तरफ़ तारीफ़ी नज़रों से देखा और बोले, "अजी, इस वक़्त तुम अच्छे आ निकले। सारी दिल्ली में आपके चर्चे हैं और नहीं मिलना हो रहा है तो हमीं से।" फिर उन्होंने बड़े साफ़ खुले हुए और दिलकश लहजे में शेर पढ़ाः

ऐ आतिशे-फ़राक़त दिलहा कबाब कर्दा
सैलाबे-इश्तियाक़त जां-हा ख़राब कर्दा

(ऐ तू जिसके वियोग की आग ने बहुत से दिलों को जलाकर कबाब कर दिया, और तेरी चाहत के सैलाब ने कितनी ही जानों को उजाड़ दिया)

"साहबज़ादे, हम तो आज तुमसे वही ग़ज़ल सुनेंगे। ऐ सुब्हानल्लाह, यह उम्र और ये मज़मूनयाबियां! सच है साहब, ख़ुदा जिसको दे... लेकिन यह तो बताओ कि तुम लोग खाओगे क्या।" फिर ज़रा ठहरकर एक हल्की सी शरारत भरी मुस्कान से मिर्ज़ा ग़ालिब साहब बोले, "...और पियोगे क्या?"

नौउम्र मेहमान अभी सोच ही रहे थे कि क्या जवाब दें, किस तरह अच्छे ढंग से उज़्र कर दें कि हमें भूख नहीं है कि एक बूढ़ा लेकिन तंदुरुस्त नौकर, कुर्ता-पाजामा पहने हुए, कंधे पर सूती मगर साफ़ रूमाल समोसा किया हुआ, गले में चांदी का कंठा, दाएं हाथ की कलमे की उंगली में फ़ीरोज़े की अंगूठी, एक बड़ी थाली में तरह-तरह के ख़ुश्क मेवे लिए हुए हाज़िर हुआ।

"ऐ लो भई मियां कल्यान ख़ुद ही आ गए," ग़ालिब साहब ने हंसकर कहा। "जानते हैं कि रईसों के बेटे हैं, ताक़त देने वाला ही माल खाएंगे।"

मिर्ज़ा ग़ालिब ने क़मरुद्दीन राक़िम की गर्दन पर हाथ रखकर उसे थाली पर झुकाया और खिलखिलाकर हंसे, "अबे छोकरे, दांतों से उठा-उठाकर मुंह में रख। सब लोग देखें तो सही कि शेर का बच्चा है, ये दो-एक दाने उठाकर टूंगना तो मुर्ग़ियों की हरकत है।"

मिर्ज़ा साहब ने क़मरुद्दीन की गर्दन यूं ही झुकाए रखी लेकिन उनके हर लफ़्ज़ और हर अमल से मुहब्बत और तबीयत की ख़ुशगवारी फुहार की तरह टपक रही थी। "नवाब मिर्ज़ा, आप जानते हो, इस लड़के का बाप मेरा भतीजा है। इस एतबार से मैं इसका दादा हूं, और दिलदादा भी।"

मिर्ज़ा साहब की खुली हुई लेकिन नर्म हंसी में अजब छूत का सा रंग था कि सभी हंस पड़े। नवाब मिर्ज़ा ने दिल में कहा, मैं नाहक़ ही घबरा रहा था। वो मिर्ज़ा नौशा ही क्या जो वक़्त और हालात के मुताबिक सही और मज़ेदार बात न कहें। नवाब मिर्ज़ा को बख़ूबी मालूम था कि इसी क़मरुद्दीन राक़िम के दादा ख़्वाजा हाजी को मिर्ज़ा साहब ने बारहा बेईमान, बल्कि चोर ज़ाहिर किया था और कहा था कि ख़्वाजा हाजी का हमसे कोई रिश्ता नहीं है, हमारी मरहूम दादी साहब की एक बेवा भांजी का बेटा है। हमारी दादी ने यतीमनवाज़ी और ग़रीबपरवरी के जज़्बे से उस भांजी की शादी अपने किसी नौकर से कर दी थी। ख़्वाजा हाजी उसी रिश्ते की पैदावार है। लिहाज़ा हमारी ख़ानदानी पेंशन में ख़्वाजा हाजी का कोई भी हिस्सा न होना चाहिए, इसकी बात क्या कि आधा-आधा यानी पांच हज़ार सालाना उसको दिलवा दिए जाएं। ये और बात कि सिफ़ारिशें और पैरवियां ग़ालिब साहब की सब बेकार गई थीं, ख़्वाजा हाजी बराबर पांच हज़ार सालाना पर क़ाबिज़ रहा था और अब उसके दोनों बेटे शम्सुद्दीन उर्फ़ ख़्वाजा जान और बदरुद्दीन उर्फ़ ख़्वाजा अमान उस पेंशन के मालिक थे।

जब हंसी थमी और माहौल संजीदा हुआ तो मिर्ज़ा साहब ने नवाब मिर्ज़ा से पहले तो रुख़े-रोशन वाली ग़ज़ल सुनी और दिल खोलकर दाद दी, फिर उन्होंने ज़हीर से पूछा, "क्यों मियां, कुछ कहकर लाए हो?"

"हज़रत सलामत, मैं बहुत शर्मिंदा हूं; इधर शेर की कुछ ख़ास फ़िक्र न हो

सकी।"

"भला क्यों?"

"जी, वह क़िला मुअल्ला में नौकरी के कुछ आसार हैं..."

"क्या मतलब? तुम तो वहां लंबी मुद्दत से मुलाज़िमत में हो?"

"जनाब बजा फ़रमाते हैं। यह हक़ीर बारह साल की उम्र में दारोग़गी और क़ोरबेगी की ख़िदमत पर लगाया गया था; आज से अरसा कोई छह-सात साल का होता है। लेकिन अब... ज़रा ऊंचे ओहदे और शाही जुलूस के कारख़ाने जैसी माही मरातिब वग़ैरा की बात है। लिहाज़ा कई-कई बार हुज़ूर में बुलावा होता है, जान सूली पर अटकी रहती है।"

"ख़ूब, तो मुबारक हो। मौला चाहेंगे तो सब काम बन जाएंगे।"

"सरकार की दुआओं का मोहताज हूं पर इन दिनों तो मियां दाग़ की तेज़ तबीयत ख़ूब चमकी हुई है।"

"अजी, इस ग़ज़ल को सुनकर तो मुद्दई भी क़ायल हो जावें। मियां नवाब मिर्ज़ा, कभी-कभी मिलते रहियो और हां, देखियो, अब के आइयो तो शैख़ जुरअत की ज़मीन में ग़ज़ल के साथ। मतला सुनते हो साहब–

न लोटना दिले-पुरइज़्तराब से छूटा
बला से जान गई मैं अज़ाब से छूटा

मिर्ज़ा साहब ने दाद के दौरान जुरअत का मतला फिर सुनाया और कहा, "है है, न लोटना दिले-पुरइज़्तराब से छूटा और छूटा तो जान निकलने के बाद कि जान निकलने का आलम ख़ुद ही तड़पने और बेचैनी का आलम है, सुब्हानल्लाह।"

"मेरी बिसात क्या है लेकिन आला हज़रत के हुक्म की तामील में दिल से कोशिश करूंगा," नवाब मिर्ज़ा ने हाथ जोड़कर जवाब दिया।

"बहुत ख़ूब," मिर्ज़ा साहब बोले। "और मियां ज़हीरुद्दीन, तुम भी कुछ कह लाना।" एक पल ठहरकर उन्होंने उसी नर्म लेकिन ख़ुशगवार लहजे में कहा, "मेरी ज़रा भी नीयत तुम दोनों में टकराव लाने की नहीं। लेकिन ज़मीन अच्छी है और मियां ज़हीर भी निहायत दर्जा अच्छी सोच रखने वाले शायर हैं।"

"मेहरबानी है हुज़ूर की। मैं भी कुछ हाथ-पांव हिलाऊंगा," ज़हीर ने जवाब दिया। फिर नौ उम्र मेहमानों ने उठकर तीन-तीन बार तस्लीमात कीं और 'अब इजाज़त अता हो' कहकर मिर्ज़ा ग़ालिब साहब की तरफ़ पीठ किए बग़ैर तीनों ने दहलीज़ पर आकर जूतियां पहनीं और नीचे गली में आ गए।

"अच्छा हुआ कि हम बच निकले, मिर्ज़ा साहब ने हमसे नहीं कहा," क़मरुद्दीन राक़िम ने लंबी सांस लेकर कहा।

"इसका कारण आपकी नौउम्री थोड़ी है," ज़हीर ने कहा। "असल बात यह है

कि मिर्ज़ा ग़ालिब साहब यह नहीं चाहते कि शहर वालों को बदाबदी करने का मौक़ा मिले।"

"बदाबदी क्या?" राक़िम ने पूछा।

"अजी बेवक़ूफ़, सारा शहर जानता है कि मिर्ज़ा साहब जुए का शौक़ बेअंदाज़ा रखते हैं। अगर उन्होंने तीन-तीन नौसिखियों को एक साथ एक ही ज़मीन में तबीयत आज़माने को कहा तो यारों को गुमान होगा कि ये भी कोई जुए की शर्त का मामला है। फिर तो मियां, सारे शाहजहानाबाद में हम लोगों पर शर्तें लगेंगी।"

"अल्लाह तेरी पनाह!" राक़िम और दाग़ के मुंह से एक साथ निकला। फिर नवाब मिर्ज़ा ने कहा, "यह शहर है कि जुआख़ाना, यहां वालों को और कुछ काम ही नहीं।"

"बेटे और क्या," ज़हीर ने कहा। "यह जुए की लत कोई ऐसी-वैसी लत नहीं, पूरी इल्लत है। दिल्ली वालों में तो बात-बात पर शर्त लगती है, बल्कि बेबात की बातों पर और भी ज़्यादा शर्तें लगती हैं।"

नवाब मिर्ज़ा ने दो ही दिन में ग़ज़ल कह ली और उसे लेकर तीसरे दिन मुनासिब वक़्त पर मिर्ज़ा ग़ालिब साहब को सुनाने पहुंच गया।

"तो आपने ग़ज़ल कह ली? भई क्या आमद है, सुब्हानल्लाह। ज़रा सुनाइए तो सही," मिर्ज़ा ग़ालिब ने बहुत ख़ुश होकर लालसा के लहजे में कहा। दाग़ के यहां उन दिनों आमद ही आमद थी, मालूम होता था शेर क़तार बांधे इंतज़ार में खड़े हैं। जुरअत की ख़ासी ठस ज़मीन में नौउम्र शायर ने बाईस शेर कहे थे। मतलाः

ये इश्क़ कब दिले-ख़ानाख़राब से छूटा
बहिश्त में भी न मैं इस अज़ाब से छूटा

'अज़ाब' का क़ाफ़िया मतले में मियां जुरअत के यहां भी था पर हक़ की बात यह है कि नौउम्र दाग़ ने पुराने अभ्यासी और मीर व सौदा की आंखें देखे हुए उस्ताद को इस क़ाफ़िये में पीछे छोड़ दिया था। कुछ दूसरे शेर जिन पर मिर्ज़ा साहब ने दाद दी, इस तरह से थेः

निगाहे-मस्त ने सरशार कर दिया मुझको
शराब मुझसे छुटी मैं शराब से छूटा
न क्यों हो रश्क मुझे ऐसे मिलने वालों पर
न रंग गुल से न नश्शा शराब से छूटा
बयान उनके हों औसाफ़ 'दाग़' से क्या-क्या
कोई न वस्फ़ शहे-बूतराब से छूटा

मक़्ता तो मामूली था पर मिर्ज़ा ग़ालिब साहब की पसंद का मज़मून था, इसलिए

उन्होंने ख़ूब जमकर दाद दी और इतने खुश हुए कि अपना पेचवान पीने के लिए इनायत किया। दाग़ ने शर्मिंदा सी मुस्कान मुस्कुराकर इंकार किया तो गुड़हल का शर्बत मंगाकर इसरार से पिलवाया, फिर एक गिलौरी अता की। एकाध शेर में मिर्ज़ा साहब किसी तरकीब या लफ़्ज़ को बदलना चाहते थे लेकिन उन्होंने कुछ कहा नहीं कि कहीं यह गुमान न गुज़रे कि मैं इस्लाह देकर इसे अपना शागिर्द करना चाहता हूं। दाग़ के मौजूदा, ज़रा लड़कपन लिए हुए मज़मून बनाने के अंदाज़ में ग़ालिब के लिए दिलकशी तो बहुत थी लेकिन वह यह भी जानते थे कि उनकी अपनी मज़मूनबंदियां और ख़्यालआफ़रीनियां और तरह की थीं और नौउम्र दाग़ की मज़मूनयाबी कुछ और तरह की थी। उसकी तबीयत ज़बान के मज़े और आशिक़ों की आपसी बातचीत की तरफ़ ज़्यादा झुकी हुई थी।

नवाब मिर्ज़ा डरता था कि ग़ालिब साहब के पास कहीं ज़्यादा देर तक न बैठ जाऊं और यह उनके मिज़ाज पर भारी गुज़रे, लेकिन ग़ालिब थे कि इजाज़त ही न देते थे। जब-जब नवाब मिर्ज़ा उठने का इरादा करता, मिर्ज़ा साहब उससे कुछ और पल बैठने को कहते। दाग़ ने दिल में सोचाः काश मिर्ज़ा साहब अपने एक-दो शेर ही सुना देते, इतनी देर से बिठाए हुए हैं। दाग़ का बहुत जी चाहता था कि मैं ख़ुद ही मिर्ज़ा साहब से शेर की फ़रमाइश करूं पर उसकी हिम्मत न खुलती थी। तीसरी बार जब नवाब मिर्ज़ा कह ही रहा था कि "हुज़ूर थक गए होंगे, अब बंदे को इजाज़त दी जाए" कि कल्यान ने ऊपर आकर कहा, "सरकार, नवाब ज़ियाउद्दीन ख़ां बहादुर तशरीफ़ लाते हैं।"

ग़ालिब गोया दोबारा खिल उठे। "भई सुब्हानल्लाह, ख़ूब आए मियां नय्यर," उन्होंने हाथ उठाकर कहा। "आओ, तुम्हें तुम्हारे एक रिश्तेदार और होनहार शायर से मिलाएं।"

इतनी देर में नवाब ज़ियाउद्दीन अहमद ख़ां अंदर आए और मिर्ज़ा साहब को एक तस्लीम करके उनके दाएं पहलू में बैठ गए। नवाब मिर्ज़ा ने सीधे खड़े होकर दो तस्लीमें कीं और बाहर जाने का दोबारा इरादा किया, लेकिन मिर्ज़ा ग़ालिब ने इशारे से कहाः बैठो। नवाब मिर्ज़ा अपनी पुरानी जगह पर यानी मिर्ज़ा ग़ालिब के कुछ बाईं तरफ़ लेकिन ज़रा आगे को बैठ गया। जियाउद्दीन अहमद ख़ां का नाम सुनकर उसके दिल में फिर बेचैनी उठने लगी थी कि खुदा जाने मेरा इनसे क्या मामला हो, और मिर्ज़ा साहब मेरा किस तरह उनसे परिचय कराएं। लेकिन उसके ये डर-ख़दशे भी बेअसर निकले क्योंकि मिर्ज़ा साहब ने अपनी हमेशा की फ़राख़दिली, मेहमाननवाज़ी और मौक़ाशनासी को काम में लाते हुए दोनों से यूं बातचीत की गोया पुराने वाक़ेआत का अब वजूद भी नहीं रह गया। और यह बात एक हद तक सही भी थी।

देहली के लोग नवाब शम्सुद्दीन अहमद ख़ां को भूले न थे लेकिन उनके बारे में

खुले आम गुफ़्तगू भी न करते थे। उनके मज़ार पर उर्स अब कई साल से न होता था लेकिन क़दम शरीफ़ में ज़ियारत करने वाले कमोबेश हमेशा ही नवाब शहीद की क़ब्र पर फ़ातिहा पढ़ लिया करते थे। रईसों के एक तब्के में यह ख़्याल भी चल रहा था कि छोटी बेगम के सख़्त हालात को देखते हुए रियासत लोहारू से उनके लिए वज़ीफ़ा मुक़र्रर हो जाता तो नामुनासिब न होता। नवाब ज़ियाउद्दीन अहमद ख़ां बहादुर भी इसी ख़्याल के थे और वह छोटी बेगम से मुलाक़ात के भी ख़्वाहिशमंद थे। छोटी बेगम को लोहारू से वज़ीफ़ा मिलने की राय के मवाफ़िक वह इसलिए थे कि उनमें और बड़े भाई नवाब अमीनुद्दीन अहमद ख़ां में पूरी तरह दिल की सफ़ाई न थी। ज़ियाउद्दीन अहमद ख़ां के ख़्याल में अमीनुद्दीन अहमद का रवैया छोटे भाई के साथ नाइंसाफ़ी भरा था और उन्हें रियासत की आमदनी और एहतेराम में बराबर का हिस्सा न मिलता था जिसके वह अपने ख़्याल में हक़दार थे। दोनों भाइयों की उम्रों में ख़ासा फ़र्क़ था (अमीनुद्दीन अहमद पैदाइश 1814, जियाउद्दीन अहमद पैदाइश 1821) और छोटे भाई के बक़ौल इस फ़र्क़ के नतीजे में बाप जैसी दिलजोई और मेहरबानी की जगह अमीनुद्दीन अहमद ख़ां उनके साथ ज़ालिमाना रवैया रखते थे। ज़ियाउद्दीन अहमद ख़ां ने कई बार अंग्रेज़ के यहां अर्ज़ी दी कि रियासत दो हिस्सों में बांट दी जाए ताकि हम दोनों अपनी-अपनी जगह आज़ाद हो जाएं। लेकिन ये दर्ख़ास्तें नामंज़ूर कर दी गई थीं। अब ज़ियाउद्दीन अहमद ख़ां की मांग यह थी कि मेरे हिस्से की आमदनी मुझे सीधे मिल जाया करे और उसके लिए मुझे रियासत लोहारू का मुंह न देखना पड़े। यह अर्ज़ी अभी साहब गवर्नर जनरल बहादुर के दरबार कलकत्ता में ज़ेरे-ग़ौर थी।

आम रईसज़ादों के उलट ज़ियाउद्दीन अहमद ख़ां ने अपनी दौलत और फ़िक्रों से आज़ादी को इल्म हासिल करने के लिए इस्तेमाल किया। फ़ारसी, अरबी, तुर्की वह ख़ूब जानते थे, अदब, इंशा, तारीख़, पुराने लोगों की जीवनियां, क़ुरआन की टीका व हदीस, ज्योतिष और खगोल विज्ञान, हर फ़न में पूर्ण अधिकार रखते थे। अंग्रेज़ी से भी बेगाने न थे। रफ़्ता-रफ़्ता उन्होंने एक लंबा-चौड़ा और क़ीमती कुतबख़ाना बना लिया था। छोटी बेगम में उनकी दिलचस्पी अब तक बिना देखे थी, आज शायद संजोग से इसमें कुछ तब्दीली आने वाली थी। उन्होंने नवाब मिर्ज़ा पर उड़ती हुई सी निगाह डाली, कई बातों में उन्हें नवाब मिर्ज़ा में अपने मरहूम सौतेले बड़े भाई की छब झलक मारती हुई सी महसूस हुई। अमीनुद्दीन अहमद और ज़ियाउद्दीन अहमद दोनों को ही शम्सुद्दीन अहमद से डरना और नफ़रत करना सिखाया गया था, लेकिन हक़ीकत यह है कि शम्सुद्दीन अहमद ने घरेलू बर्ताव की हद तक दोनों सौतेले छोटे भाइयों के साथ मुहब्बत और मेहरबानी का ही सुलूक किया था। आज ज़ियाउद्दीन अहमद को सौतेले भाई का मरहूम वजूद कई तरह की ज़हनी उथल-पुथल में डाल

गया था। अगर बड़े भाई और वह भी सौतेले और दुश्मनी वाला क़ब्ज़ा रखने वाले भाई की छोड़ी हुई औरत मेरे क़ब्ज़े में आ जाए... लेकिन भाई शम्सुद्दीन अहमद ने मेरे साथ तो निजी तौर पर मेहरबानी ही का सुलूक रखा था... मुझे उस वक़्त तो उनके मरने का रंज न हुआ था, मेरी उम्र ही कितनी थी, लेकिन अब इस लड़के को देखकर कुछ रंज हो रहा है। यही ख़ुद्दारी, यही शान उन मरहूम के भी चेहरे और रोएं-रोएं से टपकती थी... ऐसी ही ऊंची और सीधी गर्दन। इन लोगों के असल हालात क्या हैं, इस लड़के को देखकर कोई गुमान भी नहीं कर सकता... आंखों में क़तई धुंधलाहट नहीं, पेशानी पर घबराहट का ज़रा सा भी निशान नहीं, बड़ा इक़बाल वाला निकलेगा... बेटे पर हुस्न की यह छब है तो मां का क्या हाल होगा... लेकिन मैं क्या... भाई साहब मरहूम अगर आज होते... ख़ुदा मालूम छोड़ ही चुके होते। निकाह तो किया नहीं था और निकाह भी होता तो कौन सी रुकावट होता... भाई अमीनुद्दीन अहमद का ख़्याल न जाने क्या हो, लेकिन उनसे मतलब ही क्या...

नवाब मिर्ज़ा ने इस बीच में ज़ियाउद्दीन अहमद ख़ां बहादुर को सर से पांव तक लेकिन चुपके-चुपके देखा। बाईस-तेईस की उम्र, लंबा क़द, छरहरा बदन लेकिन चौड़ा सीना, ऊंची पेशानी, दाढ़ी अभी पूरी तरह घनी न थी लेकिन चौकोर, कुछ मुग़ल, कुछ राजपूत तर्ज़ की तरशी हुई, मूंछें बहुत घनी नहीं लेकिन नवाबी अंदाज़ में चढ़ी हुई। ऊपरी सारा लिबास सफ़ेद ढाके की मलमल का, निचले धड़ में बनारसी धारीदार रेशमी आड़े का पाजामा, हर-हर अंदाज़ और हर-हर तौर से नवाबी और आलादिमाग़ी टपकती थी।

"बरख़ुरदार नवाब मिर्ज़ा, दाग़ तख़ल्लुस, तुम्हारे भाई मरहूम की यादगार हैं," मिर्ज़ा ग़ालिब ने बुज़ुर्गों वाली मेहरबानी के साथ कुछ इस तरह कहा गोया दाग़ शम्सुद्दीन अहमद और ज़ियाउद्दीन अहमद के बीच कोई पिछली तारीख़, कोई तनाव, कुछ वाक़ए थे ही नहीं।

"तो ये हैं नवाब मिर्ज़ा, बहुत ख़ूब," ज़ियाउद्दीन अहमद ख़ां ने कुछ ख़ुश्क से तबस्सुम के साथ कहा। "अभी घनश्याम लाल आसी साहब किसी महफिल में इनका ज़िक्र कर रहे थे।"

"हां मियां, इनसे तो हमें बड़ी उम्मीदें हो गई हैं कि तुम लोगों के बाद दिल्ली में कोई शायर एक मुद्दत से न उठा था।" मिर्ज़ा साहब ने कहा "भला इनका वह शेर तो तुम लोगों ने सुना होगाः रुख़े रोशन के आगे शमा रखकर वो ये कहते हैं..."

"जी दुरुस्त, उधर जाता है देखें या इधर परवाना आता है। क्या अच्छा ख़्याल बांधा।"

"मैं इन्हें तुमसे मिलाना चाहता था, इस वक़्त अच्छा संजोग हो गया," मिर्ज़ा साहब ने कहा। "अच्छा मियां दाग़, ये तख़ल्लुस तुम्हें किसने दिया?"

"जनाब, यह मेरी वालिदा साहब का अता किया हुआ है।"

"भई अच्छा तख़ल्लुस हासिल किया... अजी, वह तो ख़ुद भी शायरा हैं?" मिर्ज़ा साहब ने कहा। "किसको कलाम दिखाती हैं?"

"शाह नसीर साहब मरहूम से कभी-कभी मशवरा था, लेकिन अब मुद्दत से वह सिलसिला टूटा हुआ है और शेर कहने की मश्क़ भी अब छूट गई।"

ज़ियाउद्दीन अहमद ख़ां ने अचानक पहलू बदला और बोले, "लेकिन उनकी एक रामपुरी ग़ज़ल ने तो बड़ी शोहरत पाई थी, क्या ज़मीन थी उसकी...," उन्होंने एक पल रुककर कहा, "हां, तस्वीर हूबहू, शमशीर हूबहू।"

नवाब मिर्ज़ा को कुछ हैरत हुई कि नवाब ज़ियाउद्दीन ख़ां बहादुर को मेरी वालिदा में इतनी दिलचस्पी क्यों और कैसे पैदा हुई। मगर इस सवाल का यह मौक़ा न था।

"जी हां, बस वह एक ग़ज़ल हो गई थी," नवाब मिर्ज़ा को आग़ा मिर्ज़ा तुराब अली का हंसमुख चेहरा याद आया और एक लम्हे के लिए वह चुप हो रहा, गोया शेर याद कर रहा हो। फिर थोड़ी सी हिचक के बाद उसने मतला पढ़ाः

है ज़ुल्फ़े-यार हलक़ा-ए-ज़ंजीर हुबहू
रखती है आंख सहर सी तासीर हुबहू

मिर्ज़ा ग़ालिब और ज़ियाउद्दीन अहमद ख़ां दोनों ने शेर की तारीफ़ की। नवाब मिर्ज़ा ने झुककर आदाब किया और थोड़ी सी और मगर रस्मी बातचीत के बाद सलाम करके रुख़सत हुआ।

वापसी में नवाब मिर्ज़ा को रास्ते भर उलझन रही। उसे कुछ गुस्सा भी था और कुछ अफ़सोस भी था कि दिली सुकून और ज़हनी इत्मीनान की कोई सूरत निकलती नहीं और नए-नए झगड़े सामने आ जाते हैं। पहले मिर्ज़ा फ़तहुलमुल्क बहादुर और अब ये ज़ियाउद्दीन अहमद ख़ां। इन्हें मेरी मां से वास्ता और मेरी मां की तरफ़ उनके दिल का झुकाव क्यों हो...? दिल का झुकाव, या सिर्फ़ हवस और बेहयाई का बेलिबास शैतानी नाच इन लोगों को क़साईख़ाने जैसी भोंडी हलचल पर मजबूर कर रहा है। क्या हम लोगों के लिए सुकून के दो पल कहीं नहीं? उन दिनों उसे तक़दीर की गिरह, तदबीर के नाख़ुन, ऐसी मौत जो टल सकती हो, ऐसी मौत जो टल न सकती हो, दुआ, दुआ क़ुबूल होने की घड़ी, तावीज़ और नक़्श, अमल और वज़ीफ़ा, इन सब बातों के बारे में बड़ी बेचैनी रहने लगी थी। उसे मालूम था कि शकों के जानलेवा जाल से कोई भी शख़्स नहीं भाग सकता... या शायद बुज़ुर्गाने-दीन और अल्लाह वालों के लिए ज़िंदगी शकों से ख़ाली हो। लेकिन शकों का इज़हार करना या उनका अक़्ली हल तलाश करना या ज़िंदगी को शकों पर ठहरा देना, ये सब बातें ख़तरों से भरी हुई थीं। ख़तरों से भरी न सही, लेकिन दिली सुकून की दुश्मन ये बातें भी उसी कद़र थीं जिस कद़र तदबीर की नाकामियों और तक़दीर की विडंबनाओं के

शिकवे और तजुर्बे दिल के सुकून के लिए ज़हर थे। फिर यह भी था कि इन ख़्यालों की सरहदें आप से आप बढ़ते-बढ़ते कुफ़्र की सरहदों से मिल जाती हैं। ये मुल्ले और ये मौलवी, इनसे ख़ुदा महफ़ूज़ रखे। कुफ़्र के फ़तवे, निकाह टूट जाने के हुक्म, बिरादरी में हुक़्क़ा-पानी बंद किए जाने के ऐलान, जो न कर दें थोड़ा है।

तक़दीर में जो लिखा है... मगर क्या लिखा है और क्यों? नवाब मिर्ज़ा ने दिल में कहाः अक्सर ख़ुद से नफ़रत हो जाती है कि हम इंसान क्यों बनाए गए। सवालों के हल हमारे पास हैं न परिंदों-चरिंदों के पास। तो कहिए, फिर कौन बेहतर हुआ, वो कि हम? न बादशाह का ज़ोर न नैतिक अनुपालन का शोर, न कोतवाल का पुकारना चोर-चोर। सवालों की मार न जवाबों पर तकरार। हम शायर लोग तो फिर भी अच्छे हैं कि कभी फ़लक, कभी तक़दीर और उसक फ़ैसले, कभी वाइज़, कभी बुत, कभी सिर्फ़ 'वो' या 'उन' कहकर काम निकाल लेते हैं, नहीं तो रोज़ ही काफ़िर ठहराए जाते और फिर कभी फांसी के तख़्ते पर भी खिंच जाते। मुद्दतों बाद भी नवाब मिर्ज़ा इन्हीं सवालों की कंटीली झाड़ियों में उलझा हुआ दामन बचाकर निकलने की कोशिश कर रहा था। उस वक़्त उसने एक बड़ा अजीब सा शेर कहा था—

है वही जब्र वही क़हर वही किब्रो-गुरूर
बुत ख़ुदा हैं मगर इंसाफ़ न करने वाले

यानी कि ख़ुदा इंसाफ़ करने वाला है मगर जब्र और क़हर और घमंड उसकी आदत है? मगर जिसमें ये सब हों वह फिर मुंसिफ़ क्योंकर हो सके है? या फिर यह कहना मक़सद है कि बुत अगर इंसाफ़ करने लग जाएं तो उन्हें ख़ुदा कह दिया जाए! या ऐसा कुछ इशारा तो नहीं कि दो ख़ुदा हैं और एक ही ख़ुदाई। एक ख़ुदा तो वह जो कहीं ऊंचे अर्श पर है और एक ख़ुदा ये बेरहम बुत यानी माशूक़ जो नाइंसाफ़ी के आसमान में सुरैया तारे की बुलंदी पर हैं। दोनों को इस कमीनी दुनिया पर या कम से कम आशिक़ों के गिरोह पर क़ाबू हासिल है। मगर ये तो कुफ़्र से भी बढ़कर, ख़ुदा की ख़ुदाई में किसी और को शरीक करने जैसी बात हो गई। नाइंसाफ़ी से फिर शायद मुराद यह थी कि बुतों का ज़िक्र तो बहाना है, दरअसल ख़ुदा ही की ख़ुदाई में जब्र, क़हर, घमंड का दौर-दौरा है। भला कोई इंसाफ़ वाला हो और जब्र-क़हर ढाने वाला भी हो तो समझ में आता है, लेकिन उसका रहम और उसकी रहमत, उसकी दयालुता की सिफ़त, वह कब अपना काम करेगी? अगर जानने वाले पर ये सब कुछ ज़ाहिर है तो वह यह भी तो देखता होगा कि हम लोग मजबूर ज़्यादा हैं, आज़ाद कम हैं।

□□

वलीअहद सोयम

नवाब मिर्ज़ा ने अपनी मां से न साहिबे-आलम मिर्ज़ा फ़तहुल मुल्क बहादुर का ज़िक्र

किया था न अब ज़ियाउद्दीन अहमद ख़ान का ज़िक्र किया। लेकिन उसे फ़िक्र दामनगीर रही कि मेरी मां की तरफ़ इन लोगों के रुझान में असल में कुछ है भी या नहीं, और अगर है तो मेरा उसके बारे में क्या रवैया हो। लेकिन पहले मुझे अम्मांजान को कुछ इशारा तो कर देना चाहिए। कहीं कोई बात अचानक हो गई तो अम्मांजान के दिल पर बुरा असर पड़ सकता है। दूसरी मुश्किल यह थी कि बात को किस तौर से अम्मांजान के सामने रखूं कि गुस्ताख़ी न मालूम हो। उधर यह परेशानी भी थी कि बताने में देर करना ठीक नहीं। साहिबे-आलम की तरफ़ से तो कोई सिलसिला एहतियात के साथ शुरू होता लेकिन ज़ियाउद्दीन अहमद से तो एक तरह की रिश्तेदारी भी थी; वह शायद तकल्लुफ़ को ताक़ पर रखकर ख़ुद ही आ धमकते। नवाब मिर्ज़ा अपने दिल में बेहद चिढ़ा हुआ था कि आख़िर मेरी मां को इन लोगों ने क्या समझ रखा है। लेकिन उसे दुनिया के तौर-तरीक़ों से थोड़ी-बहुत जानकारी तो थी ही कि दुनिया सत्ता वालों के आगे ख़ुद-बख़ुद झुकती है और कमज़ोरों, ख़ासकर औरतों को वह कभी माफ़ नहीं करती। उसे मालूम था उसकी वालिदा उन औरतों में से है जिनकी अपनी तारीख़ होती है, अपना अतीत होता है, और ऐसी औरतों को दुनिया हमेशा शक, ख़ौफ़ और उम्मीद भरी नज़रों से देखती आई थी। यह कोई नया विश्वास न था कि ऐसी औरत गुमराह है और हर मर्द को उसका हाथ पकड़ने का हक़ है।

यह सोच-समझकर नवाब मिर्ज़ा ने अपनी मां को संक्षेप में दोनों मुलाक़ातों का हाल बता दिया। वज़ीर ख़ानम चुप सुनती रही। उसे मर्द की नहीं, सहारे की ज़रूरत थी। लेकिन इस बाज़ार में सहारा और मर्द, दोनों एक ही माल थे। आग़ा मिर्ज़ा तुराब अली से उसे मुहब्बत शायद न थी लेकिन वह मरहूम उसे भले ज़रूर लगते थे। और... उसकी शर्त तो यही थी कि मैं पसंद करूंगी... पर यह सब आख़िर कब तक चल सकेगा?

इस बातचीत के दो ही दिन बाद एक बूढ़े मगर हट्टे-कट्टे चोबदार ने वज़ीर ख़ानम के घर की सीढ़ियों पर आवाज़ दीः "नवाब ज़ियाउद्दीन अहमद ख़ां बहादुर तशरीफ़ लाए हैं।"

हबीबा ने यह ख़बर वज़ीर तक पहुंचाई। संजोग से नवाब मिर्ज़ा भी मौजूद था; उसने जल्द निचली मंज़िल पर उतरकर वहां का दीवानख़ाना दुरुस्त किया। अब तक उसके दोस्त ही इक्का-दुक्का आ जाते तो दीवानख़ाना काम में आता था। जल्दी में जो कुछ हो सका, साफ़-सुथरा बनाकर उसने जानीराम से कहा कि जा, नवाब साहब को बाइज़्ज़त पालकी से उतरवा ला, सदर में उनको बिठाकर पान और भिंडा पेश कीजियो और कहियो कि नवाब मिर्ज़ा साहब अभी हाज़िर होते हैं।

ज़ियाउद्दीन अहमद ख़ां ने हमेशा की तरह सफ़ेद लिबास पहना था लेकिन आज

एहतमाम कुछ ज़्यादा था। सर पर टोपी के बजाय सफ़ेद रेशमी पगड़ी थी, जिस पर जंगली मुर्ग़े के सुर्ख़ नीले परों का एक तुर्रा लगा हुआ था। बाज़ुओं पर जड़ाऊ जौशन, कमर में सुनहरा पटका, चांदी का तमंचा उससे लटकता हुआ, सफ़ेद हिरन की खाल की मुग़ल तर्ज़ की जूतियां; जिन पर नन्हे-नन्हे सुनहरे पुखराज टंके हुए थे। जवानी के दिन, छरहरा बदन, सीधा क़द, चेहरे पर इल्म और शराफ़त का नूर। ज़ियाउद्दीन अहमद ख़ां एक तो ख़ुद ही ख़ूबसूरत शख़्स थे, उस पर ऐसे सादा और ऐसे कढ़े हुए लिबास ने सोने पर सुहागा कर दिया था। उनके पीछे-पीछे एक चोबदार बड़ी सी सीनी में डाली लिए हुए आया और उसे जानीराम के हाथ में देकर नीचे उतर गया। उसी पल नवाब मिर्ज़ा अंदर दाख़िल हुआ।

नवाब मिर्ज़ा को अंदर आता देखकर जिय़ाउद्दीन अहमद ख़ां अपनी जगह से आधे उठे। दोनों के हाथ तस्लीम के लिए एक साथ उठे।

"बंदगी अर्ज़ करता हूं। बड़ी ख़ुशी है कि आप तशरीफ़ लाए," यह कहता हुआ वह ज़ियाउद्दीन अहमद ख़ां के सामने घुटनों के बल बैठ गया। "भिंडा मुलाहिज़ा फ़रमाएं, हुक्म हो तो शर्बत हाज़िर किया जाए।"

"न, न साहबज़ादे, कुछ ज़हमत न करें। मिलना-मिलाना ही सब कुछ है।"

चंद पलों के लिए ख़ामोशी रही। नवाब मिर्ज़ा के पास कहने को कुछ था नहीं और ज़ियाउद्दीन अहमद को मुनासिब लफ़्ज़ न मिल रहे थे। बातचीत शुरू करने की ग़रज़ से आख़िर उन्होंने कहा, "आपके अशआर तो ख़ूब से ख़ूबतर हो रहे हैं, हर तरफ़ आपके चर्चे हैं।"

"जनाब की ज़र्रानवाज़ी और क़द्रअफ़ज़ाई है, वरना बंदा अभी मकतब के बच्चे से ज़्यादा नहीं। यह उम्मीद अलबत्ता रखता है कि आप जैसे कामिल उस्तादों की तवज्जोह से कुछ बन सकेगा।"

वह कहने को तो यह कह गया लेकिन नवाब मिर्ज़ा को फ़ौरन ख़्याल आया कि इसके मानी कुछ और भी निकाले जा सकते हैं। उसे अपनी नातजुर्बेकारी और अहमक़पन पर अफ़सोस हुआ कि अगर दुनिया देखे हुए और ज़माने का सर्द-गर्म चखे हुए होता या दर्शन और तर्क की बारीक रगों के पेचो-ख़म से बाख़बरी हासिल की होती तो ऐसी बात कभी न कहता। लेकिन अब तो तीर कमान से निकल चुका था, ख़ैरियत इसी में थी कि आगे कुछ न कहा जाए। उधर ज़ियाउद्दीन अहमद ख़ां भी कशमकश में पड़े कि नवाब मिर्ज़ा की बात में जो छुपे हुए मानी हैं, वो सादापन की वजह से हैं या जानबूझकर हैं। एहतियात का तक़ाज़ा यही था कि जब तक कोई और पक्का इशारा न मिले, इस बारे में ख़ामोशी ही बेहतर है। उन्होंने बात का रुख़ फ़ौरन बदल दिया: "बेशक, कामिल उस्ताद नसीब हो जाए तो ये राहें आसान हो जाती हैं। आप किससे शायरी में मशवरा करते हैं?"

"जी, अभी तक तो किसी को कलाम दिखाया नहीं है। और सच्ची बात यह है कि मैं ख़ुद को किसी बड़े उस्ताद की शागिर्दी के क़ाबिल नहीं समझता।"

"क्यों, भला यह क्या बात हुई?" ज़ियाउद्दीन अहमद ने मुस्कुराकर कहा। "जहां तक मेरी समझ में आता है, आपको तो कोई भी उस्ताद ख़ुशी से क़ुबूल कर लेगा।"

इस बार बात कहकर ज़ियाउद्दीन अहमद ख़ां को दिल में थोड़ी सी शर्मिंदगी हुई। कहीं नवाब मिर्ज़ा यह गुमान न कर लें कि मैं उन्हें अपनी या मिर्ज़ा ग़ालिब साहब की शागिर्दी में लेना चाहता हूं। मिर्ज़ा ग़ालिब ने ज़ियाउद्दीन अहमद ख़ां को अपना ख़लीफ़ा क़रार दिया था और हालांकि ख़ुद ज़ियाउद्दीन अहमद ने किसी को अभी शागिर्द न बनाया था लेकिन आइंदा तो मुमकिन था ही। ज़ियाउद्दीन अहमद ख़ां ने दिल ही दिल में ख़ुद को बुरा-भला कहा। लेकिन जब असल मतलब की बात मुमकिन न हो रही हो तो इंसान ख़ामोशी के ख़ालीपन को भरने के लिए इधर-उधर की बेकार बातें बकने ही लगता है। ज़ियाउद्दीन अहमद ख़ां ने पेचवान मुंह से लगाया। तंबाकू बहुत ताज़ा था लेकिन हुक़्क़े की फ़र्शी पर कुछ गर्द सी थी। शायद भिंडे का शौक़ यहां किसी को नहीं है। वह तंबाकू की तारीफ़ में एक-दो बातें कहने ही वाले थे कि उन्हें ख़्याल आयाः यह भी ख़ामोशी को पाटने की बेअसर सी कोशिश है, इसका नतीजा भला क्या निकलेगा। चुप रहना ही बेहतर है। और यूं भी उस वक़्त बारी नवाब मिर्ज़ा की थी।

"जनाब का करम है कि मुझ नाक़िस को इस क़ाबिल समझते हैं। लेकिन बिना शक मुझे किसी अच्छे और मेहरबान उस्ताद से बहुत फ़ायदा हासिल होगा। दिल्ली तो इस वक़्त नए शायर के लिए असीम संभावनाएं रखती है। हज़रत ग़ालिब यहां के अज़ीम उस्तादों में सबसे ऊपर हैं।"

"बेशक, जनाब मिर्ज़ा साहब की कीमिया जैसी नज़र ने जाने कितनों को कच्चे तांबे से पक्का कुंदन बना दिया।"

ज़ियाउद्दीन अहमद ख़ां के चेहरे पर अब एक ज़रा सी परेशानी झलक मारने लगी थी। भला मेरी बातचीत कब तक और किस तरह इन रस्मी और मानी से ख़ाली जुम्लों के धागों में उलझी रहेगी! नवाब मिर्ज़ा से भला कितनी दूर तक इस नीरस सिलसिले को खींचना ठीक होगा। उनके दिल में वज़ीर ख़ानम के ख़िलाफ़ कुछ ग़ुस्से की तपिश भी रोशन होने लगी थी। कहां की इंसानियत है यह कि इस तरह मुझे इंतज़ार में डाल रखा है। नवाब मिर्ज़ा भी अब कुछ घबराने लगा था कि या तो इन्हें रुख़सत कीजिए या फिर इनसे पूछिए कि अम्मांजान से मिलने की ख़्वाहिश इन्हें क्यों है। लेकिन उस वक़्त तो यही ज़ाहिर करना था कि कोई बात है ही नहीं, ज़ियाउद्दीन अहमद का अचानक चला आना न था, रोज़ की बिरादराना भाईचारे की मुलाक़ातों में से एक मुलाक़ात थी।

"उस्ताद ज़ौक़ साहब की ख़िदमत में बहुत जल्द मिलने के लिए हाज़िर हूंगा।"

नवाब मिर्ज़ा का जुम्ला ख़त्म न होने पाया था कि ऊपरी मंज़िल से उतरने वाले ज़ीने का दरवाज़ा खुला और वज़ीर ख़ानम ने दरवाज़े पर से बेहद मीठी लेकिन स्वागत के लहजे से बिल्कुल ख़ाली आवाज़ में कहाः "आदाब बजा लाती हूं नवाब साहब, ज़हे-नसीब कि आपको यहां देखती हूं।"

ज़ियाउद्दीन अहमद और नवाब मिर्ज़ा कुछ अपने आप ही से बेइरादा खड़े हो गए और ज़ियाउद्दीन अहमद ने कुछ फंसी-फंसी आवाज़ में कहाः "नसीब तो हमारे आला हैं कि आपकी ज़ियारत हो सकी... तशरीफ़ लाएं, इधर पांवों को तकलीफ़ दें।"

वज़ीर इस वक़्त काली चादर के सिवा बिल्कुल सफ़ेद लिबास में थी। चादर को उसने ईरानी तर्ज़ पर इस तरह लपेट रखा था कि मुंह का सिर्फ़ थोड़ा सा हिस्सा नज़र आता था, यानी थोड़ी सी पेशानी, पेशानी के ऊपर चमकीले काले महकते हुए बालों की हल्की सी झलकार, आंखें, नाक और मुंह इस तरह कि अगर एक पहलू से देखें तो सिर्फ़ नाक और मुंह की रेखा दिखाई देती और अगर सामने से देखें तो आंखें और आंखों के पास का चेहरा बाक़ी हर चीज़ पर हावी होता। वज़ीर अंदर आकर ज़ियाउद्दीन अहमद से कुछ अलग इस अंदाज़ से बैठी कि न तो उसकी पीठ नवाब की तरफ़ थी और न उसे नवाब के सामने कह सकते थे।

नवाब मिर्ज़ा किसी बहाने से उठ आया। जाते वक़्त उसने पर्दा बराबर करके दरवाज़ा हल्के से बंद कर दिया था। अब वज़ीर और नवाब ज़ियाउद्दीन अहमद अकेले थे।

दरवाज़े पर दाख़िल होने से लेकर अब तक वज़ीर ने कई बार कनखियों से नवाब ज़ियाउद्दीन अहमद ख़ां की तरफ़ देखा था। नवाब शम्सुद्दीन अहमद ख़ां से समानता जगह-जगह साफ़ नज़र आती थी। उस वक़्त छोटे भाई की उम्र भी वही थी जो नवाब शम्सुद्दीन अहमद ख़ां की उस वक़्त थी, जब उनकी पहली मुलाक़ात वज़ीर से हुई थी। ज़ियाउद्दीन अहमद ख़ां को देख-देखकर वज़ीर के दिल में हूक सी उठती थी और बीते ऐश की याद उसकी रूह में चिंगारी की तरह चुभने लगती थी। उसे ज़ियाउद्दीन अहमद ख़ां पर ज़रा सा प्यार भी आता और नफ़रत की लहर भी सांप की तरह उसके दिल पर लोटती कि इन्हें ज़िंदा रहने का क्या हक़ है जब मेरे नवाब की जान चली गई और इन्हीं लोगों की वजह से गई। न ये लोग अंग्रेज़ से साज़-बाज़ करके बड़े भाई को बेदख़ल कराते और न वह मनहूस हादसा पेश आता। अब भला ये क्या करने मेरे पास आए हैं! शायद मेरे हाल पर हंसने और ख़ुश होने आए हों। मगर मैं भी अपने नाम की वज़ीर नहीं जो इन्हें ख़ुश होने या बग़लें बजाने का मौक़ा दूं।

"मुझे आपको देखने की लालसा बहुत थी," ज़ियाउद्दीन अहमद ख़ां के अल्फ़ाज़ ने वज़ीर के ख़्यालों का सिलसिला बिखेर दिया। 'देखने' के लफ़्ज़ का अर्थ वज़ीर

को ख़ूब पता था लेकिन वह अपनी तरफ़ से कोई मौक़ा न देना चाहती थी।

"तक़दीर और यमदूत ने हमें अलग कर दिया, वरना मिलना और मिल जाना ग़ैर-मुमकिन न था," वज़ीर ने कुछ रूखे लहजे में जवाब दिया।

ज़ियाउद्दीन अहमद ख़ां ने इस जुम्ले में छुपे एतराज़ को महसूस किया लेकिन उस वक़्त उनके लिए भी बहस का मौक़ा न था। उन्होंने दर्द भरे लहजे में कहा, "जी हां, हम इंसान अपने ख़्याल में बहुत सरकश और घमंडी हैं लेकिन ख़ुदा के बनाए हुए नक़्शे पर सूखी घास की एक पत्ती से ज़्यादा नहीं।" फिर एक पल ख़ामोश रहकर उन्होंने साइब का शेर पढ़ा और इस तरह गोया वज़ीर ख़ानम का जवाब दियाः

हर कि आमद दर ग़म आबादे-जहां चूं गिर्दबाद
रोज़गारे-ख़ाक ख़ुर्द आख़िर ब हम पेचीदो-रफ़्त

(दुनिया के इस ग़मख़ाने में जो भी आया वो बगुले की तरह कुछ दिन तो ख़ाक उड़ाता रहा और आख़िर अपने ही में पेंच खाकर चला गया)

"जी हां," वज़ीर के लहजे में थोड़ी सी कड़ुवाहट थी। "लेकिन हमें दुनिया के ग़मख़ाने में लाया कौन था?"

ज़ियाउद्दीन अहमद ख़ां एक पल के लिए लाजवाब से हो गए। उन्होंने आहिस्ता से खंखारकर गला साफ़ किया और धीमी सी मुस्कुराहट मुस्कुराकर बोले, "यह सवाल तो उमर ख़य्याम से पूछने का था। लेकिन सच ये है वज़ीर ख़ानम कि जिन्हें कुछ मिलता है वो कुछ और के ख़्वाहिशमंद रहते हैं और जिन्हें नहीं मिलता वो पाने की तमन्ना करते हैं।"

अपने ख़्याल में ज़ियाउद्दीन अहमद ख़ां ने वज़ीर की दोनों बातों का जवाब दे दिया और मतलब भी साफ़ कर दिया, लेकिन वज़ीर के मिज़ाज की गर्मी यूं कम न हो सकती थी। उसने कुछ तेज़ लहजे में कहाः "नवाब साहब ने शायद ग़ौर न फ़रमाया कि ऐसे भी हो सकते हैं जिनके लिए तमन्ना को छोड़ देना ही सब कुछ मिलने के बराबर ठहरे।"

"भला वह कौन?" ज़ियाउद्दीन अहमद ने शायद जानबूझकर अनभिज्ञता से काम लिया। वज़ीर ने जवाब में कलीम हम्दानी का शेर पढ़ाः

क़ता-ए-उम्मीद कर्द न ख़्वाहद नईमे-दहर
शाख़े-बुरीदा रा नज़रे बर बहार नीस्त

(जिसकी उम्मीदें सब कट चुकी हों वो दुनिया की नेमतें नहीं चाहता, जो डाली अपने पेड़ से कट गई हो उसे बहार से कोई उम्मीद नहीं होती)

"आप ख़ुदा न करे पेड़ से कटी शाख़ क्यों होने लगीं? अभी तो आपके आरज़ू के पौधे में फूल-फल के बहुत से भेद छुपे हुए हैं," ज़ियाउद्दीन अहमद ने कहा।

"मुझे ख़ुशफ़हमी में डालने की इस कोशिश का शुक्रिया लेकिन घरवाला ही घर

की कमी-ज़्यादती को समझता है। और फिर यह भी है कि ज़िंदगी के हर पौधे को फलदार करने का गुन हर बाग़बान को नहीं आता। हर पेड़ के लिए एक अलग बाग़बान होता है। ये बात आपके मुबारक कानों तक पहुंची तो होगी सरकार।"

यह जुम्ला कहकर वज़ीर ने अपने ख़्याल में तमाम बातें साफ़ कर दी थीं: नवाब ज़ियाउद्दीन अहमद को इस बाग़ से फल की उम्मीद न रखनी चाहिए। लेकिन हज़ार सूझ-बूझ के बावजूद ज़ियाउद्दीन अहमद अपने वक़्त के इंसान थे; उनके हिसाबों तो यह नामुमकिन था कि कोई औरत चुनाव और पसंद के सवालों से कोई सरोकार भी रखे। चुनाव तो मर्द का हक़ था और पसंद करना न करना भी मर्द ही का मामला था। या शायद ऐसा था कि नवाब ज़ियाउद्दीन अहमद में मनोविनोद शायद कम था और वह इस सूरते-हाल के हास्यात्मक पहलू तक न पहुंच सके थे कि कोई औरत उन्हें बातों में उड़ाकर लुत्फ़ ले सकती थी और बहरहाल उसके लिए ज़ियाउद्दीन अहमद ख़ां का उसके यहां आना किसी दिलकशी की वजह न था।

ज़ियाउद्दीन अहमद ख़ां ने इतिहास का ज्ञान बहुत हासिल किया था, दर्शन और तर्क भी ख़ूब जानते थे और दिल्ली शहर में भी, जो उस वक़्त बाकमालों से भरा हुआ था, ज़ियाउद्दीन अहमद का जोड़ मिलना आसान न था। लेकिन वह छोटे भाई भी थे और अमीनुद्दीन अहमद ख़ां के ही नहीं, शम्सुद्दीन अहमद ख़ां के भी छोटे भाई थे। छोटे भाई को बड़े भाई से कुछ न कुछ शिकायत बराबर रहती आई है और अगर मिल्कियत और जायदाद झगड़े की बुनियाद हो तो तल्ख़ी वहां भी आ जाती है, जहां उसकी जगह न हो। ज़ियाउद्दीन अहमद ख़ां ने छोटी उम्र से ही शम्सुद्दीन अहमद ख़ां की ख़ूबसूरती, जामाज़ेबी, गर्ममिज़ाजी और सौतेले भाइयों के तईं नाइंसाफ़ी के चर्चे बराबर सुने थे। शम्सुद्दीन अहमद ख़ां का फांसी पर खींचा जाना उनके ख़्याल में अपने किए की सज़ा के सिवा कुछ और न था। मिर्ज़ा ग़ालिब के वह बहुत प्रशंसक थे और मिर्ज़ा साहब मौक़ा-बेमौक़ा शम्सुद्दीन अहमद की बुराइयां करते रहते थे। सौतेले बड़े भाई के ख़िलाफ़ ज़ियाउद्दीन अहमद का गुस्सा इस वजह से और भी चमक गया था। जब ज़ियाउद्दीन अहमद शऊर को पहुंचे तो उन्होंने छोटी बेगम के क़यामतख़ेज़ हुस्न और शम्सुद्दीन अहमद से उनके इश्क़ के क़िस्से सुने थे और एक दबी-दबी सी ईर्ष्या महसूस की थी। लेकिन वह सब बातें सोच और ख़्याल के आलम से थीं, ज़ियाउद्दीन अहमद ने उनकी अमली हैसियत का कभी तसव्वुर भी न किया था। बड़े भाइयों के ख़िलाफ़ शिकायतों में बहरहाल यह बात भी शामिल थी, धुंधले तौर पर सही, कि शम्सुद्दीन अहमद ने बाप की विरासत पूरी-पूरी हथिया लेनी चाही और मुद्दतों उस पर क़ाबिज़ भी रहे, और हुस्न के देश में उन्होंने वो मोर्चे जीते जो हम छोटों को न मिल सके। अमीनुद्दीन अहमद ने लोहारू के क़िले और दरबार पर अपना क़ब्ज़ा कर रखा था और छोटे भाई को हुकूमत में शरीक न समझते थे।

ज़ियाउद्दीन अहमद की ये शिकायत अंग्रेज़ के दरबार तक पहुंच चुकी थी।

लिहाज़ा ज़ियाउद्दीन अहमद अगर छोटी बेगम पर रीझ रहे थे तो अपने ख़्याल में एक क़िस्म का बदला उतारने को अमल में ला रहे थे और इस बदले में छोटी बेगम का बराबर से शरीक होना बिल्कुल मुनासिब था। अब जो वज़ीर ख़ानम ने इस साझेदारी से साफ़ इंकार कर दिया तो उनकी मर्दानगी से ज़्यादा उनके इंसाफ़ के तसव्वुर को ठेस लगी। वह इस बात का ख़्याल भी न कर सकते थे कि वज़ीर ख़ानम को भी ज़माने या तक़दीर से कुछ शिकायतें हो सकती थीं। उन्होंने कुछ ताज्जुब से कहा, लेकिन बहुत पस्त आवाज़ में गोया ख़ुद से बातें कर रहे हों: "ज़िंदगी के जिस पौधे को लगातार बाग़बान हासिल होते जाएं उसे तक़दीर का शिकवा भला काहे को हो सके!"

"हर बाग़बान कुछ तराशता और काट-छांट भी करता है। वह कुछ ले भी लेता है, सिर्फ़ बख़्शीश देता नहीं है। और जब ख़ुद बाग़बान की ज़िंदगी का पौधा पतझड़ का शिकार हो जाए तो वह जिस पौधे की बाग़बानी करता था उसे भी पतझड़ की ज़हरीली ज़बान चाट लेती है। आप अभी..."

वह कहना चाहती थी, 'आप अभी बच्चे हैं, इन भेदों को क्या समझें' मगर उसने ख़ुद को वक़्त पर रोक लिया। इसकी बजाय उसने दूसरी बात कही, "आप अभी इस बात पर ग़ौर फ़रमाएं नवाब साहब कि जिस तरह असमतल होना ज़िंदगी के लिए अनिवार्य है उसी तरह इंसान भी अपनी तबीयत का बंदा है। कभी नर्म बिस्तर उसे सख़्त और नागवार लगता है, कभी गर्म राख उसे मां की गोद लगती है।"

ज़ियाउद्दीन अहमद के चेहरे पर नागवारी उभर आई, "ऐसी बाल की खाल निकालने वाली बातें तो हम भी कर सकते हैं, छोटी बेगम।"

"यही तो बंदी भी अर्ज़ कर रही है। बंदी किसी के लिए छोटी बेगम है, किसी के लिए वज़ीर ख़ानम।" इस व्यंग्य और इस इशारे को समझना ज़ियाउद्दीन अहमद के लिए कुछ मुश्किल न था। वह अंदर ही अंदर तिलमिला से गए लेकिन पलटना इतना आसान भी न था, और वह भी आख़िर मिर्ज़ा थे, सिर्फ़ सैयद न थे।

"ख़ैर, हमें आपसे मुलाक़ात की आकांक्षा थी। सो वह अभी पूरी न हुई," ज़ियाउद्दीन अहमद ने रुक-रुककर कुछ-कुछ कड़वी मुस्कान के साथ कहा। "क्या हमें दोबारा यहां सर झुकाने की इजाज़त है?"

"यह दरवाज़ा किसी के लिए खुला हुआ नहीं है, नवाब साहब। लेकिन आप ग़ैर नहीं हैं, आपकी बात और है।" वज़ीर ने गर्दन ज़रा सी मोड़ी, इस तरह कि अब उसका लगभग पूरा मुंह नवाब की तरफ़ था। ज़ियाउद्दीन अहमद ने वज़ीर के चेहरे को टटोला कि उस पर शायद कुछ हिम्मत बढ़ाने वाली मुस्कान या लगावट से भरी नर्मी की झलक रोशन हो। लेकिन वज़ीर का चेहरा कुछ सख़्त और कुछ खिंचा हुआ

मालूम हो रहा था।

ज़ियाउद्दीन अहमद एक बेपरवाही के अंदाज़ से उठे और जूतियों में पांव डालने से पहले उन्होंने ज़हूरी का शेर पढ़ाः

मी तुवां कर्द मुद्दआबाफ़ी
ता नफ़स तारे-गुफ़्तगू दारद

(जब तक सांस में बातचीत का तार है, मतलब की बात बुनी जा सकती है)

फिर उन्होंने कोर्निश के अंदाज़ में सर झुकाकर और सीने पर हाथ रखकर कहा, "क्या मुझे यह भी कहने की इजाज़त है कि हमारे आपसे सैकड़ों हिसाब बाक़ी हैं।"

वज़ीर अपनी जगह से न उठी। उसके बदन का तनाव उसके मिज़ाज की अशांति का पता दे रहा था। उसने ताली बजाई और जब तक जानीराम आए, उसने बैठे ही बैठे नवाब की तरफ़ पीठ किए हुए हल्की सी हंसी हंसकर कहाः "सुब्हानल्लाह, अब यहां क्या रखा है!" फिर उसने फ़ारसी का मिसरा पढ़ा जिसका अर्थ यह था कि मैंने अपना दिल दोनों जहान से धो लिया है और हिसाब साफ़ कर दिया है।

ज़ियाउद्दीन अहमद ने ऐसी नर्म और लय भरी हंसी पहले काहे को सुनी थी। उनके दिल से लेकर कमर के बीच तक हलचल सी उठी, लेकिन हंसने वाली ने उनकी तक़दीर ही पर हंस दिया था।

उस मुलाक़ात के बेफ़ायदा होने का असर नवाब ज़ियाउद्दीन अहमद ख़ां के दिल पर मुद्दतों रहा लेकिन इसके बावजूद उन्होंने वज़ीर ख़ानम के यहां अगले दो महीनों में और दो-तीन बार हाज़री दी। वह मुलाक़ात आख़री साबित हुई जब वज़ीर ने तंग आकर उनसे इशारतन कह दिया कि हमारी उम्रों में बहुत फ़र्क़ है, आप मुझसे बहुत छोटे हैं। अपने बराबर की उम्रवालों से दिल का मक़सद हासिल करने की कोशिश करें तो बेहतर होगा। नवाब मिर्ज़ा ने इस बीच में कभी कोई जिज्ञासा ज़ाहिर न की थी हालांकि ज़ियाउद्दीन अहमद के आने-जाने का मक़सद उसे पता था। उसे अपनी मां से ऐसी मुहब्बत थी जिसमें फ़ैसले, भरोसे, सवाल, जांच किसी चीज़ की ज़रूरत न थी। नवाब मिर्ज़ा के ख़्याल में उसकी मां दुनिया की बेहतरीन और सबसे मुकम्मल शख़्स थी। उसकी मां का कोई फ़ैसला, कोई क़दम, कोई लगाव-अलगाव, किसी बाहरी सफ़ाई या दलील का मोहताज न था। उसके सही होने की यही दलील बहुत थी कि यह काम या यह फ़ैसला वज़ीर ख़ानम ने किया है। नवाब मिर्ज़ा की ये परेशानी तो बदस्तूर थी कि मुझे अपनी मां को उनके रुत्बे और शान के मुताबिक़ आराम से रखना है और इसके लिए अब तक कोई मनचाही सूरत पैदा न हुई थी। लेकिन अगर अम्मांजान अपनी मर्ज़ी और पसंद से किसी मर्द का साथ अपना लें तो यह बात भी उसे क़ाबिले-क़ुबूल लगती थी। ऐसी सूरत में अगर उसकी अपनी

और मुहम्मद आग़ा की देखभाल पर कोई सवाल उठता तो उसे यक़ीन था कि अम्मांजान मुहम्मद आग़ा को साथ ही रखेंगी और ख़ुद नवाब मिर्ज़ा रामपुर वापस जाकर नवाबी दरबार में कोई छोटी-मोटी नौकरी हासिल कर सकता था। या अगर शाह मुहम्मद आग़ा को अम्मांजान अपने साथ न ले जा सकें तो मंझली ख़ाला उन्हें ख़ुशी से रामपुर में रखकर बिल्कुल मां की तरह पाल-पोस सकती थीं। आख़िर उन्होंने नवाब मिर्ज़ा को भी तो मां की कमी महसूस होने न दी थी। वह ख़ुद भी चाहत वाले स्वभाव की थीं और बेऔलाद होने की वजह से उनकी सारी ममता छोटी बहन और उसकी औलाद पर आकर टिक गई थी।

अपने और अपने सौतेले भाई के सिलसिले में एक और संभावना नवाब मिर्ज़ा के ज़हन में थी। देहली में वापसी के बाद उसने अनवरी ख़ानम यानी अपनी बड़ी ख़ाला के यहां सलाम के वास्ते हाज़री दी थी। बड़ी ख़ाला ने कुछ तो इस बिना पर कि मरहूम बाप को नवाब मिर्ज़ा से बहुत मुहब्बत थी, कुछ ख़ुद नवाब मिर्ज़ा की हसीन सूरत और बातमीज़ तौर-तरीक़ों और कुछ छोटी बेगम की ममता के कारण नवाब मिर्ज़ा की बड़ी ख़ातिरदारियां कीं। छोटी बहन को तो न बुलाया लेकिन ख़ुद नवाब मिर्ज़ा से कहा कि तुम और नन्हे आग़ा मियां जब चाहो, आओ-जाओ, घर तुम्हारा है। अगली कई मुलाक़ातों में छोटी का पूरा हाल बड़ी पर खुला तो इसने उस बात का इशारा भी दिया कि अगर वज़ीर निकाह करके किसी शरीफ़ आदमी के घर बैठ जाए और हालात तक़ाज़ा करें, तो वज़ीर के दोनों बेटों को वह ख़ुशी से अपने पास रख लेगी।

बड़ी ख़ाला के घर में नवाब मिर्ज़ा के लिए दिलकशी और दिल लगाने की एक और चीज़ उसकी ख़ालाज़ाद बहन फ़ातिमा थी। तेरह-चौदह साल की फ़ातिमा शक्ल-सूरत, बातचीत, सुघड़ापे, रोज़ा-नमाज़, बड़ों की ख़िदमतगुज़ारी इन सब बातों में अपनी मां पर गई थी। मामूली हिसाब और थोड़े-बहुत इस्लामी इतिहास के अलावा वह फ़ारसी से भी आशना थी और हिंदी की शायरी, ख़ासकर हम्द, नात, मर्सिया, मनक़िबत, जंगनामे वग़ैरा वह ख़ूब पढ़ती और ज़नाना मज़हबी महफ़िलों में सुनाती थी। छोटी बेगम की तरह आवाज़ भी उसने बहुत अच्छी पाई थी। नवाब मिर्ज़ा का दिल .ख़ुद-बख़ुद फ़ातिमा की तरफ़ खिंचता चला गया था। अभी यह बात ज़ाहिर न थी कि फ़ातिमा, जिसे नवाब मिर्ज़ा कुछ चिढ़ाने के लिए और कुछ अपने हाले-दिल के इज़हार के लिए "परी बानो" कहकर पुकारता था, अपने हसीन और लोकप्रिय नौजवान शायर और ख़ालाज़ाद भाई के लिए कैसे ख़्यालात रखती है। लेकिन परी बानो की मुहब्बत बहुत तेज़ी से नवाब मिर्ज़ा के दिल में घर करती चली गई थी।

ज़ाहिर है कि हुस्न बेचने वाले कोठों की बदौलत नवाब मिर्ज़ा की उम्र और तब्क़े के अक्सर नौजवानों को हमबिस्तरी के तौर-तरीक़ों से बेगानगी न थी। उस ज़माने में यह क़ौल आम था कि जिसने लौंडों की गालियां और तवायफ़ों की जूतियां नहीं

खाईं, वह आशिक़ ही नहीं हुआ। मसल मशहूर थीः

आशिक़ की आबरू है गाली व मार खाना

नवाब मिर्ज़ा की तो उम्र ही ऐसी थी कि कमउम्र लड़कों और हसीन लड़कियों के लिए दिल ख़्वाहमख़्वाह मचलता था, लेकिन फ़ातिमा की बात और थी। वह उसे परी बानो यूं ही नहीं कहता था। फ़ातिमा उसे सचमुच कुछ इंसानों से बढ़कर लगती थी, बल्कि उसे कभी-कभी यह भी ख़ौफ़ लगता था कि फ़ातिमा जैसी नाज़ुक, धान-पान, दूध-मिसरी के शर्बत जैसी मीठी और कोमल माशूक़ों के साथ जिस्मानी इश्क़ पूरी करने की मंज़िलें तय भी की जाती हैं या नहीं...

ख़ैर, उस वक़्त तो नवाब मिर्ज़ा के बेसब्र दिल को भी वह बात बहुत दूर बल्कि अविश्वसनीय और असंभव लगती थी। उसे पहली फ़िक्र इस बात की थी कि बड़ी ख़ाला मुझे हज़ार चाहती हों लेकिन अम्मांजान से तो नाखुश हैं, भला मेरे बारे में कभी ग़ौर भी करेंगी। दुनिया के काम में तजुर्बा न रखने वाले लड़के को यह न मालूम था कि लड़कीवाले ऐसे हालात में दामाद को देखते हैं, दामाद की मां को नहीं, और छोटी बेगम बहरहाल अनवरी ख़ानम की सगी बहन थी और नवाब मिर्ज़ा निरा शायर न था। वो बहरहाल नवाब शम्सुद्दीन अहमद जैसे भारी क़द्र रखने वाले हाकिमे-रियासत का इकलौता बेटा था। रियासत और अमारत चाहे न रही हो, लेकिन बाप का ख़ानदान तो बाक़ी था और हमेशा बाक़ी रहने वाला था।

दाग़ की बिल्कुल शुरुआती शायरी में जगह-जगह मामले और वाक़ए यूं नज़्म में बंधकर आए हैं कि निजी हालात की पर्दे-पर्दे में झलक नज़र आ जाती है। एक अहम बात यह है कि दाग़ की शायरी में जिस्मानी हुस्न का बयान कम-कम है और शुरू के कलाम में तो नहीं के बराबर है, गोया उसे अपनी ख़ालाज़ाद बहन की इज़्ज़त और पर्दादारी का लिहाज़ हो। नीचे के अशआर में नौजवान आशिक़ के .ख़ुद पर घमंड और हुस्न के बयान और तमन्ना के इज़हार में एहतियात ग़ैरमामूली लुत्फ़ देते हैं—

तुम्हीं कहो कि कहां थी ये वज़ा ये तरकीब
हमारे इश्क़ ने सांचे में तुमको ढाल दिया
बताएं लफ़्ज़े-तमन्ना के तुमको मानी क्या
तुम्हारे कान में इक हर्फ़ हमने डाल दिया

बाद के समीक्षकों ने दाग़ की शायरी को बाज़ारी नर्तकियों की पसंदीदा शायरी कहा। मुमकिन है उन्होंने ऐसा ही देखा हो, लेकिन ऊपर दर्ज किए गए अशआर की नफ़ासत, शान और .ख़ुद को लिए-दिए रहने के भोले-भालेपन से तो ऐसा कहीं से नहीं लगता। नवाब मिर्ज़ा के मिज़ाज में कुछ शोख़ी और खिलंदड़ापन ज़रूर था मगर उसका इज़हार मौक़े से ही होता था। हम जिस ज़माने का ज़िक्र कर रहे हैं वह ज़माना तो नवाब मिर्ज़ा के लिए कई तरह के मुसीबतों का ज़माना था और उस वक़्त

उसका खिलंदड़ापन, ख़ासकर इश्क़ के मामले में, बिरले ही सामने आता था—

परवाना पास शमा के, बुलबुल है गुल के पास
इक मैं कि तेरी बज़्म में ख़ल्वतगज़ीदा हूं
ऐ आरज़ू-ए-ताज़ा न कर मुझसे छेड़छाड़
मैं पा-ए-शौक़ो-दस्ते-तमन्ना बुरीदा हूं

पंद्रह-सोलह साल का लड़का ऐसे शेर तभी कह सकता था जब शायरी की सरहदें सिर्फ़ मज़मून लाने के काम से आगे निकल जाएं। माशूक़ से मामला जब घरेलू सतह पर और जाने-पहचाने माहौल में हो तो ही ऐसे शेर हो सकते हैं—

तुमको आशुफ़्ता मिज़ाजों की ख़बर से क्या काम
तुम संवारा करो बैठे हुए गेसू अपना

इसी ग़ज़ल में यह शेर भी है, और कुछ अजीब बात नहीं कि पंद्रह बरस की उम्र का दाग़ जब ज़ीनतबाड़ी के मुशायरे में इसे पढ़े तो इमामबख़्श सहबाई जैसा दबंग उस्ताद अपनी जगह से उठे और शायर को गले लगा ले—

लग गई चुप तुझे ऐ दाग़े-हज़ीं क्यों ऐसी
मुझको कुछ हाल तो कमबख़्त बता तू अपना

इसी रंग में एक और भी दिलकश और नया मज़मून बांधने का नमूना मुलाहिज़ा हो, ऐसा शेर दर्शन और बनावट दोनों से परे है—

सादगी, बांकपन, इग़माज़, शरारत, शोख़ी
तूने अंदाज़ वो पाए हैं कि जी जानता है

इसी मज़मून को उर्फ़ी ने अपने बेमिसाल, पेचीदा और दार्शनिक शैली में यूं बयान किया था—

अज़ां ब दर्दे-दिगर हर ज़मां गिरिफ़्तारम
कि शेवाहाए-तुरा बाहम आशनाई नीस्त

(मैं इस वजह से हर वक़्त नए-नए दर्द में गिरफ़्तार रहता हूं कि तेरी अदाएं एक-दूसरे से कुछ मेल नहीं रखतीं)

हक़ीक़त यह है कि उर्फ़ी के मज़मून की नज़ाकत और उससे बढ़कर मानी की संभावनाओं का फैलाव ऐसा है कि दाग़ का शेर बज़ाहिर फीका और घरेलू मालूम होता है। लेकिन यही घरेलूपन तो इस मामले की जान है और 'अंदाज़' के लफ़्ज़ का घरेलूपन 'शेवा' के मुक़ाबले में अपने हुस्न को मनवा रहा है। फिर उससे बढ़कर 'जी जानता है' इस क़दर बेतकल्लुफ़ और मुहावरे का ज़ोर रखता है कि हिंदी ज़बान की संक्षिप्तता और हिंदी शायर के चमत्कार पर ईमान लाना पड़ता है।

अंदाज़ जो बाद में दाग़ की शायरी की अपनी पहचान बना, दरअसल शुरू ही से दाग़ के यहां मौजूद था जिसकी वजह ग़ालिबन फ़ातिमा का इश्क़ ही था कि

जवानी के फल-फूल लाते हुए, हर बात को शेर में कह लेने की क्षमता के मज़े उठाते हुए शेरो-शायरी के बाग़ के इस नए पौधे का जी चाहता था कि ग़ैर-पेचीदा और रूपकों से ख़ाली बेतकल्लुफ़ ज़बान में अपने माशूक़ से अपने दिल का हाल कहे—

शबे-हिज्रां से मौत बेहतर है
ख़्वाब आराम से तो आएगा
कभी अपना भी दौरे-खुश ऐ दाग़
दौरे-अय्याम से तो आएगा
चैन देते नहीं वो दाग़ किसी तरह मुझे
मैं जो मरता हूं तो कहते हैं कि जीना होगा
कहा ज़ालिम ने मेरा हाल सुनकर
वो इस जीने से मर जाए तो अच्छा
शमा-रू आप गो हुए लेकिन
लुत्फ़े-सोज़ो-गुदाज़ क्या जानें
अपनी तारीफ़ से चिढ़ते हो अगर, जाने दो
चश्मे-बद्दूर हमारा ही जमाल अच्छा है
आप पछताएं नहीं जौर से तौबा न करें
आप घबराएं नहीं दाग़ का हाल अच्छा है

इसमें कोई शक नहीं कि मज़मून के लिहाज़ से ये अशआर आशिक़-माशूक़ के बीच के मामलों की रस्मी दुनिया से बाहर नहीं हैं। लेकिन इनके लहजे में कुछ ऐसा फ़ौरी तक़ाज़ा, याचना की कुछ ऐसी जल्दी थी कि इन अशआर के मज़मून को असलियत पर आधारित मानते ही बनती थी। फ़ातिमा को खुश रखना, फ़ातिमा की एक मुस्कान की तमन्ना में तरह-तरह के मंसूबे बनाना, फ़ातिमा की ज़रा सी अनदेखी, असली हो या महज़ फ़र्ज़ी उस पर पहरों दुखी रहना और कुढ़ना, इन सब कैफ़ियतों का निचोड़ दाग़ के उन दिनों के कलाम में जगह-जगह नुमायां है। किसी न किसी बहाने से एक-दो बार फ़ातिमा के यहां का चक्कर ज़रूर लगा लेना, बाज़ार-दुकान के काम ख़ुद कर लाने की पेशकश करना, किसी वजह से फ़ातिमा उस वक़्त घर में न हुई तो हज़ारों तरह के शिकवे दिल में तब तक पालते रहना जब तक फ़ातिमा से मिलना न हो, और वह मुस्कुराकर न पूछ ले कि आप अब तक कहां थे, ये नवाब मिर्ज़ा के रोज़ाना के काम थे।

उधर यह भी है कि नवाब मिर्ज़ा को शर्बत या पान पेश करते हुए फ़ातिमा के मुंह पर हया की हल्की सी रमक़, ढलके हुए आंचल को जल्दी से बराबर करके एक हाथ से सीना ढांकने और दूसरे हाथ से पान की तश्तरी संभालने की कोशिश, दस्तरख़ान पर इस बात का ख़ास इंतज़ाम कि कोई ख़ास कोशिश नज़र न आए

लेकिन खाने की हर अच्छी चीज़ सबसे पहले नवाब मिर्ज़ा के सामने रखी जाए, ये सब किसी ताल्लुक़ की चुग़ली न खाते थे तो और क्या थे? नवाब मिर्ज़ा की दस्तक में अपनाइयत का एक अंदाज़ था, एक आहंग था जिसे फ़ातिमा पहचान गई थी। अगर वह दस्तक किसी दिन सूरज चढ़ने के बाद तक न सुनाई देती तो फ़ातिमा की निगाहें बार-बार दरवाज़े की तरफ़ उठतीं। नवाब मिर्ज़ा को इस बात की ख़बर न थी लेकिन दस्तक होते ही जिस मुस्तैदी से वह मीठी आवाज़ सुनाई देती, जिस हल्की सी मुस्कुराहट और हल्की सी हया के साथ वह दोपहर के फूल जैसी नाज़ुक और धूप से कुछ बेपरवाह सी लेकिन धूप ही को देख-देखकर जीती हुई ज़िंदगी से भरी हुई आवाज़ उसके कानों तक आती, "आ जाइए, पर्दा नहीं है," उससे नवाब मिर्ज़ा को साफ़ मालूम होता था कि बुलाने वाली उसे महज़ रस्मन घर के अंदर नहीं बुला रही है बल्कि दिली इच्छा से मिर्ज़ा बेदिल का शेर पढ़ रही है–

जब दिल के आस्तां पर इश्क़ आन कर पुकारा
पर्दे से यार बोला बेदिल कहां है हम में

नवाब मिर्ज़ा के दिल को अब एक नहीं, दो बातें लगी हुई थीं। एक तो अपनी मां के लिए मुस्तक़िल आराम और सुकून की ज़िंदगी का सामान करना और दूसरी, फ़ातिमा को अपनी दुल्हन बनाना। लेकिन इस वक़्त दोनों ही मामलों में कोई प्रगति न हो रही थी। उसकी शायरी यक़ीनन शोहरत पा रही थी लेकिन अभी उससे रोटी पैदा करने की कोई सबील समझ में न आती थी। कभी-कभी वह सोचता कि ज़हीर देहलवी से कह देखें, शायद क़िला-ए-मुअल्ला में अपने लिए भी कुछ नौकरी की सूरत निकल आए। लेकिन सच यह है कि उसे दीवानी और ख़ानसामानी वग़ैरा में नौकरी से कुछ भी दिलचस्पी न थी। उसका ख़्याल, बल्कि यक़ीन था कि शायर के लिए शायरी ही बहुत है, क्या पेशा, क्या मशग़ूलियत, क्या मसरूफ़ियत, हर हैसियत से शायरी अकेले काफ़ी है। मगर उसकी शायरी उस वक़्त तक तो मुसहफ़ी की रुबाई के पहले दो मिसरों की तस्वीर पेश कर रही थी कि शायरी के सिवा दीन या दुनिया का कोई काम उससे न बन पड़ता था। और ज़िंदगी की ज़रूरतें, फ़र्ज़ के तक़ाज़े, ज़िंदगी के लुत्फ़ और ज़िंदगी के मज़े को पूरा करने की जवान होती हुई उमंगें थीं कि उसके दिलो-दिमाग़ पर दस्तकें दिए जा रही थीं। उन दिनों में नवाब मिर्ज़ा को पूरा-पूरा यक़ीन था कि सारी देहली में मुझसे बढ़कर बदनसीब और दुखारा कोई नहीं।

मां के बारे में नवाब मिर्ज़ा को इतना ज़रूर मालूम था कि अगर वह चाहें तो कहीं मुनासिब जगह निकाह या कुछ और इंतज़ाम कर सकती हैं। लेकिन वह यह भी देखता था कि उसकी अम्मांजान के चेहरे और बदन ही पर नहीं, उनकी रूह पर भी अब कुछ थकन सी छाने लगी थी जैसे इतना सब कुछ गंवाने के बाद अब उनमें

कुछ और हासिल करने का हौसला न हो। दूसरी तरफ़ उसने यह भी उड़ती-उड़ती सुन रखी थी कि साहिबे-आलम मिर्ज़ा फ़ख़रू बहादुर का कुछ रुझान वज़ीर ख़ानम की तरफ़ अब भी है। ज़हीर देहलवी ने एक दिन क़िले से वापसी पर नवाब मिर्ज़ा को बताया कि साहिबे-आलमो-आलमियान मिर्ज़ा फ़तहुलमुल्क बहादुर ने देहली के मशहूर मुसव्विर उस्ताद ग़ुलाम अली ख़ां को बुलवाकर उनसे कहा है कि हमें छोटी बेगम की तस्वीर दरकार है। मियां ग़ुलाम अली ख़ां अब बहुत बूढ़े हो चुके थे लेकिन उनकी कारगाह में कई होनहार शागिर्द चित्रकारी और नक़्शाकशी करते थे। उस्ताद ग़ुलाम अली ख़ां बुढ़ापे के बावजूद शाही दरबार से अब भी जुड़े थे और ज़िल्ले-सुब्हानी के यहां उनकी बड़ी आवभगत थी। वो मुसव्विरी के अलावा ख़ुशनवीसी में भी पूरी महारत रखते थे और मजलिसी इल्म में बेजोड़ थे और बेहद अच्छी बातचीत करते थे। उनके वालिद उस्ताद मज़हर अली ख़ां भी हज़रत अकबर शाह सानी मरहूम के दौरे-बाबरकत के बेहद मशहूर मुसव्विर थे। उन्हें इमारतों की तस्वीर बनाने में महारत हासिल थी। उनके छोटे बेटे यानी मियां ग़ुलाम अली ख़ां के छोटे भाई उस्ताद फ़ैज़ अली ख़ां कुछ तो बाप की रस्म का लिहाज़ करके और कुछ शरीअत के दबाव के ख़्याल से इंसानों की तस्वीर बनाना छोड़कर सिर्फ़ इमारतों की तस्वीर बनाते थे। ज़हीर देहलवी ने नवाब मिर्ज़ा से कहा कि साहिबे-आलम ने छोटी बेगम की तस्वीर के वास्ते उस्ताद ग़ुलाम अली ख़ां को मुंहमांगा इनाम देने का वादा किया है।

नवाब मिर्ज़ा सोच में पड़ गया कि यह बात अम्मांजान को बताऊं या फ़िलहाल उनसे पोशीदा ही रखूं। और उनकी तस्वीर मियां ग़ुलाम अली ख़ां को कहां से मिल जाएगी? अम्मांजान से कुछ पूछना गोया बात ही को खोल देना था। लिहाज़ा इस गुत्थी को वह फ़ौरन हल न कर सका। इत्तफ़ाक़ से एक दिन बड़ी ख़ाला के यहां बातों-बातों में उसे मालूम हो गया कि उसकी मां की एक तस्वीर ऐन जवानी के दिनों में बनी थी और वह शायद अब किसी रईस के पास थी। बड़ी ख़ाला ने यह ख़बर कुछ बहुत ख़ुशी के साथ नहीं बल्कि नाख़ुशी के लहजे में बताई थी और मौक़ा इसका यह था कि तस्वीर बनाने से अल्लाह और उसके रसूल ने इसलिए भी मना किया है कि यह बेपर्दगी की वजह बनती है। नवाब मिर्ज़ा के जी में आया था कि किसी तरह फ़ातिमा की तस्वीर बनवाकर अपने कलेजे में रख ले और मुसव्विरी की बात उसने इसी ग़रज़ से शुरू भी की थी। ख़ैर वह मक़सद तो हासिल न होना था, और न हुआ लेकिन मां की तस्वीर के बारे में उसे एक काम की बात मालूम हो गई।

उस्ताद ग़ुलाम अली ख़ां अपने वक़्त के माने हुए नक़्क़ाश तो थे ही, उन्हें तस्वीरों के बारे में जानकारी बहुत थी कि किसकी तस्वीर किस नक़्क़ाश ने कब बनाई और अब वह तस्वीर कहां है। उन्होंने थोड़ी सी कोशिश के बाद पता लगा लिया कि वज़ीर की वह पुरानी तस्वीर तो किसी अंग्रेज़ ने ख़रीद ली थी। लेकिन उसकी एक अधूरी

नक़्ल पुरानी चीज़ों के एक व्यापारी के यहां मौजूद है। मियां ग़ुलाम अली ख़ां ने उस तस्वीर को बीस रुपए में ख़रीदकर अपने शागिर्दों को दिया कि तस्वीर वाली की उम्र में कुछ इज़ाफ़ा करके एक नई तस्वीर बना दो लेकिन वह पूरे चेहरे की हो। यह तस्वीर जल्द ही तैयार हो गई, फिर मियां ग़ुलाम अली ख़ां ने उसकी नोक-पलक दुरुस्त की। उनकी हिदायत के मुताबिक़ शागिर्दों ने तस्वीर वाली को मुसव्विरी के आम मुग़ल रिवाज के ख़िलाफ़ कुछ इस तरह पेश किया था गोया उसे इस बात का पूरा इल्म हो कि हमारी तस्वीर खिंच रही है। तस्वीर जब पूरी तरह बन-संवर चुकी तो उस्ताद ख़ुद भौंचक से हो गए। उन्होंने दिल ही दिल में सल्लेअला कहा... और एक पल के लिए उनके हाथ में कंपकपी पैदा हो गई कि यह तस्वीर तो ज़िंदा आदमी से ज़्यादा जानदार मालूम होती थी। क्या वज़ीर ख़ानम की रूह कहीं से आकर चंद लम्हों के लिए तस्वीर के अंदर समा गई थी?

मियां ग़ुलाम अली ख़ां को झुरझुरी आ गई। नहीं, किसी गोश्त-पोस्त के इंसान को चीज़ों पर ये क़ाबू कहां नसीब हो सकता है। और इन बीबी साहब को तो हवा भी न लगी होगी इस बात की कि उनकी तस्वीर खींची जा रही है। पर यह क्या भेद है कि तस्वीर वाली लगता है अब तस्वीर से बाहर आकर... यह चेहरे की तस्वीर बनाना नहीं, जादूगरी है और जादू सारे का सारा तस्वीर वाली में है। चेहरा बनाने वाले को तो ख़बर भी न होगी कि उसके होश और फ़न दोनों पूंजियों को उस तस्वीर ने अपना कर लिया है।

उस्ताद ने अपने बूढ़े कांपते हाथों से तस्वीर को एक रेशमी बस्ते में रखा और साहिबे-आलम के दरबार के वक़्त क़िला मुबारक में हाज़िर हो गए। वहां तस्वीर की बस एक झलक देखकर साहिबे-आलमो-आलमियान ने अपने पास निजी संदूक़चे में रख लिया और मियां ग़ुलाम अली ख़ां को दो सौ रुपए इनाम में दिलवाए।

मिर्ज़ा फ़तहुलमुल्क बहादुर को दरबार ख़त्म करने की जल्दी थी लेकिन वह हर काम निहायत वज़ादारी और क़ायदे के मुताबिक़ करते थे। बदलते हुए दिन-रात का अहसास भी उन्हें दूसरे शाहज़ादों-शाहज़ादियों से ज़्यादा था। शायद बादशाह-ज़ीजाह ही उनसे ज़्यादा इस बात का शऊर रखते हों कि हमारी सल्तनत का सूरज अब दोबारा किसी उफ़क़ पर बुलंद न होगा और इसकी वजह बादशाहत की अंदरूनी कमज़ोरियां ही नहीं बल्कि सल्तनत चलाने के तरीक़े और बादशाहत के उसूल की बिसात पर एक ग़ैर वजूद की मौजूदगी थी। अंग्रेज़ ने आकर तौर-तरीक़े, रस्म-रिवाज, जड़ें और डालियां, तारीख़ो-अफ़साना सबकी शक्ल बदल दी थी। अंग्रेज़ ने हिंदवालों को यक़ीन दिलाना शुरू कर दिया था कि हिंदवाले जिन बातों के दीवाने हैं और जिन ख़्यालों की रोशनी में ज़िंदगी की राह ढूंढ़ते हैं, वो सब बातें अब ग़लत नहीं तो बीती और बेकार बातें ज़रूर हो चुकी हैं। लेकिन मिर्ज़ा फ़तहुलमुल्क बहादुर का यक़ीन

था कि हालात के बदलाव में ही यह राज़ भी छुपा हुआ है कि उन्हें अपनी मर्ज़ी के मुआफ़िक़ बदला जा सकता है या .ख़ुद को इस लायक़ बनाया जा सकता है कि हालात की तब्दीली से फ़ायदा उठाया जा सके। उन्होंने एक अंग्रेज़ को नौकर रखकर अंग्रेज़ी पढ़नी शुरू कर दी थी और क़िले की सभी रस्मों के साथ मज़हबो-शरीअत के तमाम आदेशों की वह पाबंदी करते थे। बादशाहत तो मिर्ज़ा दाराबख़्त वलीअहद अव्वल को मिलनी थी लेकिन मिर्ज़ा फ़तहुलमुल्क को तख़्ते-शाही से ज़्यादा अपने पुरखों की रिवायतें और तारीख़ अज़ीज़ थे, लिहाज़ा उन्होंने अपने लिए अमल का दस्तूर और जीने का तरीक़ा वही रखा था जिसका तक़ाज़ा उनकी शाहज़ादगी करती थी। बादशाह कोई भी हो, बादशाही सब कुछ नहीं। जिनके पुरखों में बाबर और अकबर हों, उन शाहज़ादों के भी अंदाज़ अपने थे।

दरबार बर्ख़ास्त करते ही मिर्ज़ा फ़ख़रू अपने ख़ास महल में चले गए। चोबदार उनका संदूक़चा उठाए हुए उनके पीछे-पीछे था, दो चोबदार उनके आगे चल रहे थे। महल में पहुंचते ही मिर्ज़ा फ़ख़रू ने एकांत का इशारा किया और संदूक़चा खोलकर तस्वीर निकाली...

...आंखों में कामुकता और जवानी का ऐसा भरपूर शऊर था कि शाहज़ादा मिर्ज़ा ग़ुलाम फ़ख़रुद्दीन फ़तहुलमुल्क बहादुर के हाथ से तस्वीर छूटते-छूटते बची। लगता था तस्वीर अपनी आंख या भौं से कोई इशारा करने वाली है। लेकिन उसकी अदा में कोई घटियापन या बाज़ारूपन न था। सुडौल चेहरे पर बड़ी-बड़ी आंखें, उन पर लंबी-लंबी पलकें लेकिन आंखें झुकी हुई नहीं, कुछ उठी हुई। आंखों का रंग शर्बती और चेहरे में हल्की सी ठंडक की ऐसी कैफ़ियत जैसे ताज़ा खिला हुआ जंगली गुलाब। हिरन की सी लंबी सुडौल गर्दन में ज़मर्रुद की माला। गले के नीचे तक की वादी में चने की दाल के बराबर ज़मर्रुद ही ज़मर्रुद थे जिनकी हरियाली आंखों में हरी दूब की तरह खुबी जाती थी। आंचल सर पर न था, और साफ़ मालूम हो रहा था कि तस्वीर वाली को आंचल के ढलक जाने का इल्म है...

उम्र यही कोई मेरी ही उम्र, या शायद एकाध बरस कम या ज़्यादा हो। मगर यहां उम्रों के मेल या फ़र्क़ का क्या ज़िक्र था। अहम बात तो यह थी कि यह चेहरा, यह गर्दन, ये हाथ और ये कंधे किसी ज़िंदगी भरी हुई ख़्वाहिश के जादू से ज़िंदा मालूम होते थे। यह तस्वीर न थी, तस्वीर वाली के रवां-दवां लहू से सींचे हुए हुस्न की बहती हुई नहर थी, जिससे सेराब होने और जिसमें डूब जाने को दिल चाहता था।

मिर्ज़ा मुहम्मद सुल्तान फ़तहुलमुल्क शाह बहादुर उर्फ़ मिर्ज़ा ग़ुलाम फ़ख़रुद्दीन उर्फ़ मिर्ज़ा फ़ख़रू की उम्र उस वक़्त कोई बत्तीस-चौंतीस की होगी। क़ुरआन शरीफ़ की सूरा-ए-फ़तह की मुबारक आयत 'इन्ना फ़तहना लका फ़त्हम्मुबीना' से उनकी

पैदाइश की तारीख़ 1233 हिजरी यानी 1812 निकलती है। वो अबू ज़फ़र मुहम्मद सिराजुद्दीन बहादुरशाह के चौथे बेटे थे। अबू ज़फ़र मुहम्मद सिराजुद्दीन बहादुरशाह सानी 29 सितंबर 1837 को सल्तनत के तख़्त पर रौनक़ अफ़रोज़ हुए थे। उस वक़्त मिर्ज़ा दाराबख़्त बहादुर उर्फ़ मुहम्मद मीरानशाह सबसे बड़े बेटे थे और टॉमस मैटकाफ़ ने उन्हें पांच अशर्फ़ियां उसी वक़्त नज़्र करके उनकी वलीअहदी का ऐलान कर दिया था। मीरानशाह बहादुर के बाद बहादुरशाह के दूसरे बेटे मिर्ज़ा मुहम्मद शाहरुख़ बहादुर थे। उन्हें वज़ीरे-आज़म और मुख़्तारे-आम का ओहदा दिया गया। तीसरे बेटे मिर्ज़ा कयूमर्स बहादुर को वलीअहद दोयम का दर्जा दिया गया। उनके बाद मिर्ज़ा मुहम्मद सुल्तान फ़त्हुलमुल्क बहादुर थे जिन्हें सोयम वलीअहद मुक़र्रर किया गया। यह बात साफ़ नहीं हुई है कि मिर्ज़ा मुहम्मद शाहरुख़ बहादुर को वलीअहद दोयम क्यों नहीं बनाया गया और क्या वजह थी कि वज़ीरे-आज़म और मुख़्तारे-आम जैसे ऊंचे मंसबों पर बैठने के बावजूद उन्हें बादशाही की विरासत में कोई दर्जा नहीं दिया गया था। मुमकिन है उसकी वजह यह हो कि बादशाह की नज़र में मिर्ज़ा मुहम्मद शाहरुख़ बहादुर किसी नामालूम वजह से बहुत प्रिय न थे।

मिर्ज़ा कयूमर्स बहादुर के बारे में मशहूर किया गया है कि वह अपनी लियाक़त की बिना पर या महज़ हवस के सबब ख़ुद को वलीअहदी का सबसे बेहतर हक़दार समझते थे। दौलते-मुग़लिया में वलीअहद नाम का कोई मंसब न था और बादशाह के मरने या हटने की सूरत में ख़ानाजंगी या ख़ूंरेज़ी के बाद ही नए बादशाह का फ़ैसला होता था। लेकिन अंग्रेज़ों ने यहां भी दख़ल देकर अबू ज़फ़र मुहम्मद सिराजुद्दीन बहादुरशाह सानी की वलीअहदी के वक़्त से यह तय कर दिया था कि हुक्मरान का सबसे बड़ा बेटा वलीअहद और फिर ताजो-तख़्त का वारिस होगा। लिहाज़ा ख़ुद टॉमस मैटकाफ़ ने ही मिर्ज़ा दाराबख़्त की वलीअहदी का ऐलान अबू ज़फ़र सिराजुद्दीन बहादुरशाह की तख़्तनशीनी के वक़्त कर दिया था। लेकिन इसका मतलब यह न था कि वलीअहदी और फिर विरासत के झगड़े फिर आगे न पैदा हो सकेंगे या शाहज़ादे अपने लिए, अपने तौर पर वलीअहदी या बादशाहत के लिए कोशिश न करेंगे।

उस ज़माने के शाहज़ादों की तरह मिर्ज़ा फ़ख़रू ने भी आला तालीम हासिल की थी। वह कई तरह के सुलेख निहायत उम्दा लिखते थे और नाच-संगीत में कलावंत और महाराज का दर्जा रखते थे तो शहसवारी और तीरअंदाज़ी में भी उस्ताद थे। अंग्रेज़ी वो अच्छी-ख़ासी सीख चुके थे। रेख़्ता में वह उस्ताद ज़ौक़ के शागिर्द थे और रम्ज़ उनका तख़ल्लुस था। फ़ारसी में उन्होंने मौलाना सहबाई के आगे शागिर्दी के घुटने टेके थे हालांकि ख़ुद फ़ारसी न कहते थे। उनकी सूरत-शक्ल हूबहू बाप जैसी थी, दूसरे शाहज़ादों से अलग, वह अक्सर सवार होकर शहर में निकलते और कुछ

ख़ास हिंदियों और अंग्रेज़ों से मुलाक़ात का सिलसिला भी रखते थे। इन सब बातों के बावजूद मिर्ज़ा फ़ख़रू अपने बाप के बहुत चहेते न थे। मुमकिन है उनके मिज़ाज की यह सब ख़ूबियां, यानी उनकी बौद्धिकता और प्रखरता, नए हालात का शऊर और उन हालात से तालमेल बिठाने या उनसे मुक़ाबला करने के लिए उनकी तैयारियां बादशाह के लिए ख़फ़गी का सामान जुटाती हों। और शायद इन्हीं बातों की वजह से कि मिर्ज़ा फ़ख़रू ख़ुद को बदली हुई व और भी बदलती हुई तेरहवीं सदी के क़ाबिल बनाना चाहते थे, बादशाहे-जमजाह को मिर्ज़ा फ़ख़रू से कुछ बहुत लगाव न था और वह उन्हें ज़्यादातर दूर ही दूर रखते थे, पर मिर्ज़ा फ़ख़रू ने अपनी राह तय कर ली थी।

मिर्ज़ा फ़तहुलमुल्क के वैवाहिक और यौन रिश्ते आम तैमूरियों के बरख़िलाफ़ बहुत सीमित थे। उनकी पहली शादी चहेती चचाज़ाद फ़ज़ीलतुन्निसा बेगम से हुई थी जो शाहज़ादा जहांगीर मिर्ज़ा यानी अबू ज़फ़र सिराजुद्दीन बहादुरशाह ज़फ़र के ख़ूबसूरत, आज़ादीपसंद लेकिन मनमानी करने वाले छोटे भाई की बेटी थीं। जिस तरह बाप का हुस्न अपनी मिसाल आप था उसी तरह बेटी के हुस्न से भी सारा क़िला रोशन कहा जाता था। जैसा कि पहले ज़िक्र हुआ, मिर्ज़ा जहांगीर ने दो बार अंग्रेज़ के साथ विद्रोह और सख़्ती का बर्ताव किया था और दो बार जलावतन होकर बनारस और फिर इलाहाबाद भेज दिए गए थे। दूसरी जलावतनी उनकी मौत का परवाना साबित हुई। शराब और परदेस के पानी ने इकतीस की उम्र में ही उनका काम तमाम कर दिया था। यह साल 1821 का था। उनकी चहेती बेटी भी बहुत दिन न जी सकीं। इन्हीं फ़ज़ीलतुन्निसा बेगम की कोख से मिर्ज़ा अबूबक्र पैदा हुए थे। मिर्ज़ा अबूबक्र सन 1857 के ज़माने में अंग्रेज़ की मुख़ालिफ़त में पेश-पेश थे और अपने चचा मिर्ज़ा ज़हीरुद्दीन उर्फ़ मिर्ज़ा मुग़ल बहादुर (बहादुरशाह ज़फ़र के छठे बेटे) के साथ अंग्रेज़ के ख़िलाफ़ लड़े। उन्होंने मिर्ज़ा मुग़ल और मिर्ज़ा ख़िज़्र सुल्तान (बहादुरशाह ज़फ़र के आठवें बेटे) के साथ दिल्ली की फ़तह के बाद अंग्रेज़ अफ़सर हाडसन के हाथों शहादत का जाम पिया।

मिर्ज़ा मुहम्मद सुल्तान फ़तुहलमुल्क बहादुर ने पहली बीवी के इंतक़ाल के बाद ही दूसरी शादी की। यह मिर्ज़ा हिदायत अफ़्ज़ा उर्फ़ मिर्ज़ा इलाहीबख़्श की बेटी हातिम ज़मानी बेगम थीं। उनसे एक बेटी पैदा हुई थी। बहादुरशाह ने इसी बेटी की दूधछुड़ाई के मौक़े पर नाच-गाने की महफ़िलों में शिरकत की थी और सभी शरीक होने वालों को इनामात से नवाज़ा था। यह मिर्ज़ा इलाहीबख़्श वही हैं जिनके बारे में मशहूर है कि अंग्रेज़ों के जासूस व शुभचिंतक और बादशाह का बुरा चाहने वालों में थे। देहली की फ़तह के बाद अंग्रेज़ों ने उन्हें बहुत नवाज़ा और शाही ख़ानदान का सरपरस्त तस्लीम कर लिया था। गुमान किया जाता था कि हातिम ज़मानी बेगम

और फ़तहुलमुल्क बहादुर में बनती न थी।

मिर्ज़ा मुहम्मद सुल्तान फ़तहुल मुल्क बहादुर ने तस्वीर हाथ से रख दी लेकिन उसे अपने सामने ही रखा। नवाब मिर्ज़ा को वह क़दम शरीफ़ की उस ज़रा सी मुलाक़ात के सिवा भी कई बार देख चुके थे। मां से उसकी समानता और काले रंग के बावजूद उसके बेमिसाल हुस्न की वजह अब उन पर कुछ ज़ाहिर हो गई थी। वह चाहते थे कि तस्वीर को संभालकर संदूक़चे में रख दें ताकि किसी नामुनासिब आदमी की नज़र न पड़े। लेकिन उन्हें अंदेशा था कि तस्वीर उठा लूंगा तो कलेजे ही से लगाए बन पड़ेगी। मियां ग़ुलाम अली ख़ां भी क्या कमाल के आदमी हैं। लेकिन वज़ीर ख़ानम से मिलने की राह क्या हो? निकाह का पैग़ाम दूं या यूं ही अपने पास रहने के लिए कहूं? और अगर उन्होंने पाबंद रहने या पास रहने से इंकार कर दिया? मिर्ज़ा फ़ख़रू ने कहीं उड़ती-उड़ती सुनी थी कि नवाब अहमदबख़्श ख़ां के छोटे बेटे ज़ियाउद्दीन अहमद ने भी वज़ीर ख़ानम की तरफ़ कुछ सिलसिला शुरू किया था। उसका कुछ नतीजा निकला कि नहीं, और अगर कोई नतीजा था तो क्या था, इसकी उन्हें ख़बर न थी। लेकिन वज़ीर ख़ानम अगर वाक़ई इस शान और सोच या जज़्बे में उसी गहराई वाली औरत थीं जितना उनकी तस्वीर से लगता था तो बिला शुब्हा उन्होंने ज़ियाउद्दीन अहमद ख़ां को महज़ एक छोकरे की तरह अपने आस्ताने से चलता कर दिया होगा। लेकिन हम उनसे बातचीत का दरवाज़ा कैसे खोलें... बजा कि शहर के कुछ रईसों और कुछ अंग्रेज़ों के यहां हमारा कभी-कभी का आना-जाना है, लेकिन वह मिलना-मिलाना, जाना-आना और है और हमारा वज़ीर ख़ानम के दर पर जाकर दस्तक देना और है। और फिर यह भी है कि कामयाबी न हुई तो बड़ी ही हेठी होगी। लेकिन अगर कामयाबी न हुई तो हमारी ज़िंदगी...

एक चोबदार ने आहिस्ता से पर्दा हटाकर झांका और हिम्मत करके बहुत धीमी आवाज़ में बोला, "सरकार साहिबे-आलम, उस्ताद तशरीफ़ लाने की इजाज़त के ख़्वाहां हैं।"

मिर्ज़ा ग़ुलाम फ़ख़रुद्दीन ज़रा सा चौंके। उन्होंने जल्दी से वज़ीर ख़ानम की तस्वीर को संदूक़चे में रखा और दोनों हाथ मुंह पर फेरकर आंखों को मला गोया अभी नींद से जागे हों, "उस्ताद तशरीफ़ ले आए। बहुत ख़ूब। उन्हें बारयाबी दी जाए।"

"जी आला हज़रत," कहकर चोबदार ने अपने पीछे खड़े हुए उस्ताद ज़ौक़ को हल्का सा इशारा किया और उस्ताद पर्दा उठाकर लालसा भरे लहजे में यह कहते हुए अंदर तशरीफ़ लाएः "बंदगी अर्ज़ करता हूं साहिबे-आलम, सरकार का मिज़ाज कैसा है?"

"अह्लन व सह्लन आएं हज़रत, मेरे क़रीब तशरीफ़ लाएं," मिर्ज़ा फ़ख़रुलमुल्क ने अपनी जगह पर सीधे खड़े होकर कहा।

शैख़ मुहम्मद इब्राहीम ज़ौक़ की उम्र कोई साठ बरस की थी। दरमियाना क़द, दरमियाना बदन, ख़ूबसूरत, मुट्ठी भर से कुछ ज़्यादा तिल-चावली दाढ़ी लेकिन मुनासिब तराशी हुई और ज़रा नोकीली, बहुत घनी नहीं लेकिन छिदरी भी नहीं। मूंछें हल्की लेकिन ऐसी नहीं कि मौलवियों जैसी कतरी हुई मालूम हों। सर पर चौकोनी काली मख़मली टोपी। जिस पर कारचोबी की बेल, गले में हल्के सब्ज़ रंग के मलमल का कुर्ता, लेकिन इतना बारीक नहीं कि बदन झलके जैसा उस ज़माने का दस्तूर था। कुर्ते के ऊपर सफ़ेद मशरू का नीमा, उसके ऊपर बहुत हल्के रंग की फूलाम की कफ़्तान, बर में धारीदार संगी का ढीला पजामा जिसकी मोहरियां इतनी चौड़ी थीं कि जूती ढक गई थी, यानी जूती उनके पांव में होती तो ढक गई होती। हमेशा की तरह कमरे में दाख़िल होने से पहले उन्होंने जूतियां बाहर ही उतार दी थीं। रंग उनका अच्छा सांवला और चेहरे का नक़्शा खड़ा-खड़ा था। चेहरे पर चेचक के दाग़ बहुतेरे थे लेकिन उनकी सूरत पर ख़ुशमिज़ाजी और हाज़िरजवाबी इस क़दर बरसती थी कि चेचक के दाग़ों का ऐब महसूस न होता था। आंखें बड़ी-बड़ी और रोशन, निगाहें तेज़, चाल-ढाल से ज़हनी फुर्ती और आत्मविश्वास टपकता था।

उस्ताद आगे बढ़ते आए। क़रीब पहुंचकर उन्होंने निहायत गर्मजोशी के साथ शाहज़ादे से हाथ मिलाया। मिर्ज़ा फ़तहुलमुल्क ने उनके हाथों को बोसा दिया और अपने पहलू में जगह देकर सामने रखी हुई सोने की जालीदार डिबिया से चिकनी डली और इलायची लेकर अपने हाथों पर रखी और उस्ताद से कहा, "शौक़ फ़रमाएं हुज़ूर, इतने भिंडा तैयार होता है।"

"जी, बड़ा करम है साहिबे-आलम का, लेकिन भिंडा इस वक़्त न आता तो ऐन बंदापरवरी होती," उस्ताद ज़ौक़ ने इलायची के दो दाने सलाम करके उठाते हुए अर्ज़ किया।

शाहज़ादे की पेश की हुई मेहमाननवाज़ी को क़ुबूल न करना आम लोगों के लिए बड़ी गुस्ताख़ी होती, लेकिन उस्ताद ज़ौक़ चूंकि बादशाह के उस्ताद थे इसलिए वह ग़ैर-वलीअहद शाहज़ादे से इतनी बेतकल्लुफ़ी बरत सकते थे। लेकिन वह भी कभी-कभी और ख़ास हालात में ही मुमकिन था।

मिर्ज़ा फ़ख़रू मुस्कुराए, "उस्ताद, आपके बारीक नुक्ते भी ख़ूब हैं कि हमारी कोई चीज़ आप तक न पहुंचे तो यह हमारी बंदापरवरी ठहरे।"

शैख़ ज़ौक़ को शाहज़ादे के इस जुम्ले में नाराज़गी की हल्की सी झलक दिखाई दी। भिंडे का क़ुबूल न करना शायद साहिबे-आलम को बुरा लगा था।

"साहिबे-आलम की बंदापरवरी तो सूरज से बढ़कर ज़ाहिर है और हम सब ही

साहिबे-आलम की मेहरबानियों के भंडार से ही कुछ पाते रहे हैं," ज़ौक़ ने मुस्कुराकर कहा। "आपके आस्ताने से भिंडा नसीब हो, यह हमारी ख़ुशनसीबी है। मगर दो-तीन दिन से तेज़ खांसी से तंग हूं। रातों की नींद हराम हो गई है। उम्दतुल-हुकमा हकीम अहसनुल्लाह ने हुक्म दिया है कि धुएं और धक्कड़ की हर चीज़ से परहेज़ करो।"

इस लंबी जवाबदेही ने शाहज़ादे की ख़ुशमिज़ाजी बहाल कर दी। उन्होंने कहा, "नहीं, हम भला आपकी बेराहती का सबब क्योंकर बन सकते हैं। आप न चाहें तो शग़ल न फ़रमाएं।"

इस बीच एक चोबदार ने चांदी की सीनी में लगाकर ख़ुश्क मेवों की दो तश्तरियां हाज़िर कीं। उस्ताद ने झुककर शाहज़ादे को तस्लीम की और बादाम के दो दाने मुंह में डालते हुए मुस्कुराकर अर्ज़ किया, "हुज़ूर, इन बादामों पर तो किसी की आंखें निसार हों..."

"जी हां," फ़तहुलमुल्क शाह बहादुर ने मुस्कुराकर कहा। "लीजिए, यह तो मिसरा ही हो गया—ईमा ये है कि भेज दे आंखें निकालकर।" यह कहकर शाहज़ादे ने उस्ताद ज़ौक़ की तरफ़ कुछ उम्मीद भरी नज़रों से देखा गोया मिसरे पर गिरह लगवाना चाहते हों। वहां तो मज़मून सफ़ बांधे खड़े ही रहते थे, जैसे अरबी शायर इम्रुल-क़ैस ने लिखा है कि क़ाफ़ियों की मेरे सामने वह कसरत है जैसे बच्चे के आगे टिड्डी दल, कि एक को पकड़ता है तो दो हाथ से निकल जाते हैं। उस्ताद ने हाथ बांधकर अर्ज़ कीः "मुर्शिदज़ादे के सामने मुंह खोलूं, यह मेरी हक़ीक़त क्या, लेकिन आपके हुक्म की तामील के लिए अर्ज़ करता हूं कि मतला हुआ है..."

"ख़ूब उस्ताद, बहुत ख़ूब, इरशाद हो।"

ज़ौक़ ने यूं ही हाथ बांधे-बांधे मतला पढ़ाः

बादाम दो जो भेजे हैं बटुवे में डालकर
ईमा ये है कि भेज दें आंखें निकालकर

"अमां उस्ताद, आप दुनिया भर के लिए ग़नीमत हैं। वल्लाह क्या मतला सर किया है, जी चाहता है हाथ चूम लीजिए," मिर्ज़ा फ़तहुल मुल्क बहादुर ने फ़रमाया।

उस्ताद ने आधे उठकर सलाम किया और कहा, "यह सब हुज़ूर ही के ख़ानवादे की मेहरबानी है... लेकिन साहिबे-आलम ने भी तो इधर कुछ कहा होगा। क्या हम सुख़न के आबे-हयात के प्यासों को सूखा-सूखा ही वापस भेज देंगे?"

मिर्ज़ा ग़ुलाम फ़ख़रुद्दीन के चेहरे पर कुछ तकल्लुफ़, कुछ शर्मिंदगी के आसार नुमायां हुए। एक पल चुप रहकर उन्होंने कहा, "उस्ताद, कल रात ख़ुदा जाने मुझ पर क्या मुसीबत थी कि न चैन पड़ता था न आंख लगती थी। सारी रात करवटें बदलते गुज़री, और वह जो शैख़ नासिख़ की ग़ज़ल है न—

वो नहीं भूलता जहां जाऊं

हाय मैं क्या करूं कहां जाऊं

बस उसी का जाप किए बनती थी। बार-बार दरूद-शरीफ़ पढ़ा, चप्पी वालियों ने आयतुल-कुर्सी शरीफ़ पढ़-पढ़कर दम की लेकिन नींद न आनी थी न आई। आख़िरकार उस्ताद, आपका ही क़ता हालात के मुताबिक़ निकला कि—

मुअज़्ज़िन मरहबा बरवक़्त बोला
तेरी आवाज़ मक्के और मदीने

उधर ज़ीनतुल मस्जिद से फ़ज्र की अज़ान सुनाई दी, इधर बंदे ने वज़ू करके, नीयत बांधकर ज्यों-त्यों करके सुन्नतें और फ़ज्र अदा किए और तब जाकर पलंगड़ी पर पड़ रहा कि किसी तरह, कुछ झपकी सी आ गई। आंख खुली तो फिर वही शेख़ साहब का मतला ज़बान पर था कि वह नहीं भूलता जहां जाऊं...।"

उस्ताद ज़ौक़ ने फ़ौरन कान खड़े किए। क़िले में नई-नई अफ़वाहें रोज़ फैलती थीं। एक अफ़वाह की उम्र पूरी होती या वह ग़लत साबित होती तो उसकी तरह की और दो अफ़वाहें गश्त करने लगतीं। हर अच्छे दरबारदार की तरह उस्ताद ज़ौक़ भी क़िले में दौड़ती-फिरती तमाम ख़बरों, अफ़वाहों, गप्पों और हवाइयों की इत्तेला रखते थे। लिहाज़ा उन्होंने सुन रखा था कि साहिबे-आलमो-आलमियान को छोटी बेगम की तस्वीर की तलाश है और इस ग़रज़ से उन्होंने मियां ग़ुलाम अली नक़्क़ाश को दरबार में तलब किया है। अब जो साहिबे-आलम की ज़बान से शेख़ नासिख़ का मतला और रात की कमख़्वाबी का हाल सुना तो गुमान कियाः हो न हो साहिबे-आलम का दिल उधर जा अटका है। अब ख़ुदा ही ख़ैर करे। लेकिन ज़ाहिर है कि कुछ कहने या पूछने की ताब तो थी नहीं, वह पूरे ध्यान और ग़ौर से शाहज़ादे की बात सुनते रहे। जब शाहज़ादे ने शेख़ साहब का शेर पढ़ा और फिर एक लम्हे के लिए ठहरे तो उस्ताद ज़ौक़ ने अर्ज़ कियाः "लेकिन मुझे यक़ीन है कि हज़रत साहिबे-आलम ने भी तो इस ज़मीन में तबीयत को दौड़ाया होगा। भला वो तबीयतें जो मौज़ूं हैं और मज़मूनों से भरी हुई हैं, उन्हें ठहराव कहां?"

शाहज़ादे ने हल्की सी मुस्कुराहट के साथ कहा, "जी, एक-दो शेर तो ज़रूर हो गए थे, कभी ग़ज़ल भी हो जाएगी। फ़िलहाल ये दो-चार शेर इस्लाह की ग़रज़ से हाज़िर करता हूं।"

"ऐ सुब्हानल्लाह, इरशाद फ़रमाएं"

शाहज़ादे ने सीने पर हाथ बांधकर मतला पढ़ाः

नहीं उसका निशां जहां जाऊं
मैं यह दिल ले के अब कहां जाऊं

"सुब्हानल्लाह साहिबे-आलम, क्या ख़ूब मतला फ़रमाया," उस्ताद ज़ौक़ ने बेसाख़्ता कहा। "वल्लाह, शेख़ साहब की रूह भी झूम उठी होगी।"

"हुज़ूर तो कांटों में घसीटते हैं," मिर्ज़ा फ़ख़रू ने मुस्कुराकर कहा। मतले के बाद का शेर मुलाहिज़ा फ़रमाएं, शायद किसी लायक़ हो–

थाम ले गर न मुझको तेरा ग़म
ये जहां छोड़ उस जहां जाऊं

शेर पढ़कर मिर्ज़ा फ़ख़रू ने ज़ौक़ की तरफ़ दाद-तलब निगाहों से देखा। उस्ताद ने भी कमी न की और दिल खोलकर दाद देने के बाद कुछ कहना चाहा तो मिर्ज़ा फ़ख़रू ने कहा, "उस्ताद ज़रा यह शेर भी आपके मुबारक कानों तक पहुंच जाए।"

"बेशक, बेशक। ज़रा इससे भी बेहतर मज़मून निकाला हो तो हम भी देखें। इन दिनों तो साहिबे-आलम की तबीयत की रवानी गंगो-जमन के बाढ़ के ज़माने के पानी को भी मात कर रही है।" ज़ौक़ ने कहा और शाहज़ादे ने शेर पढ़ाः

मैं हूं ज़ाहिर वो रूहे-आलमे-ग़ैब
मैं नहीं हूं जहां-वहां जाऊं

उस्ताद ज़ौक़ ने मस्ती के आलम में ज़ानू पर हाथ मारा और बोले, "अब तो साहिबे-आलम ने उस्तादी का दर्जा ही हासिल कर लिया है। ऐसी ग़ज़ल और किससे मुमकिन थी। अल्लाह बढ़ाए, और बढ़ाए।"

मिर्ज़ा ग़ुलाम फ़ख़रुद्दीन बहादुर की आंखों में हल्की सी नमी का शक झलका। उन्होंने आधे खड़े होकर उस्ताद को तस्लीम की और दिल में कहा कि आलमे-इंसानी पर अब हमारा दख़ल कुछ नहीं के बराबर है; आलमे-दिल भी एक दुनिया है, एक जहन्नम भी और एक फ़िरदौस भी... लेकिन उस पर भी हमारा कुछ दख़ल हो सकता तो... उनकी आंख के सामने वज़ीर ख़ानम की वह भेद भरी सी मुस्कान कौंध गई जिसमें लगावट का रत्ती भर भी इशारा न था लेकिन वह मुस्कान यह भी कहे देती थी कि अगर कोई जौहर क़ाबिल हो तो यही मुस्कान ख़ुशियों और मस्तियों की एक पूरी दुनिया के दर खोल सकती है; ज़िंदगी और मौत के लज़्ज़त के नए पौधे रूह के और चमन की हर रविश में खिला सकती है। वह ऊंची गर्दन, हुस्न का ग़ुरूर और ज़िंदगी के भरोसे से भरपूर, जिसे कोई झुका नहीं सकता लेकिन जो अपने चाहे जाने वाले की उंगली में रगे-गुल की फांस चुभ जाने पर ग़म के बोझ से दोहरी भी हो जाने का वादा या इमकान रखती थी... मैं तो ज़ाहिरी दुनिया की तरह गंदा और दिखने वाला और पवित्रता से बहुत दूर, और वह न दिखाई देने वाली दुनिया की तरह कोमल। मैं वहां जाऊं तो किस तरह जाऊं, पहुंचूं तो किस तरह पहुंचूं।

उस्ताद शैख़ मुहम्मद इब्राहीम ज़ौक़ अपने बादशाह और क़िले में अपने हर मेहरबान के मिज़ाज की बनावट से वाक़िफ़ थे। उन्हें पूरी तरह अंदाज़ा था कि साहिबे-आलम का यह खोया-खोयापन, अशआर की यह कैफ़ियत, यह सब कुछ मानी रखता है। उन्हें ख़्याल आया कि छोटी बेगम के लिए एक और दरवाज़ा खुलता

हुआ लगता है, लेकिन हमें इससे क्या? बादशाही कारोबार तो अब रहा नहीं, अब दिल की ज़मीनों में हुकूमत को ही मुल्कगीरी और बादशाही कहना है। ख़ुदा शाहज़ादे को मुबारक करे। छोटी बेगम ऐसा हीरा थीं कि जिसकी पगड़ी में लगीं उसे आख़िरकार सड़ना और गलना ही नसीब हुआ।

फ़त्हुलमुल्क साहिबे-आलमो-आलमियान मिर्ज़ा मुहम्मद सुल्तान ग़ुलाम फ़ख़रुद्दीन बहादुर ने सर उठाया तो उस्ताद ज़ौक़ को यह देखकर झुरझुरी सी आ गई कि शाहज़ादे के चेहरे पर कुछ ऐसी शान और जलाल था गोया वह बीच तेरहवीं सदी में पतनोन्मुख बाग़ का उजड़ा हुआ बेजान बरगद न हो बल्कि समरक़ंद और ख़ीवा की दूर तक फैली हुई वहशी हरियालियों में ग़ुरूर से सर उठाए हुए और उदारता से छाती फैलाए हुए दूर-पास के लोगों को अपने साए से ठंडक और आराम पहुंचाने वाला कज़म का छतनार दरख़्त हो। और..."उस्ताद, हम आपके बहुत अहसानमंद हैं," मिर्ज़ा फ़ख़रुलमुल्क बहादुर ने कहा।

उस्ताद ज़ौक़ ने समझ लिया कि अब बारयाबी की मुद्दत पूरी हुई और यह रुख़सत का इशारा है। उन्होंने उठकर तीन तस्लीमें कीं, शाहज़ादे ने बैठे ही बैठे अपना दायां हाथ सीने पर बाईं तरफ़ रखकर "अल्लाह की अमान में दिया" कहा और दोबारा सर झुका लिया। उन्हें ख़बर न हुई कि कब चोबदार ने पर्दा हटाया, कब उस्ताद ज़ौक़ ने महल के बाहर क़दम रखा, कब चरनबरदार ने उन्हें जूतियां पहनाईं। उस्ताद भी महल से बाहर होते ही निगाहें सामने किए, उर्दबिगनी के पीछे-पीछे आहिस्ता, नर्म चाल चलते, सावन-भादों के बाग़ की रविशों से गुज़रते हुए पानी के गहरे कुएं तक पहुंचे जहां एक क़ुलमाक़नी ने उन्हें अपने साथ लेकर क़िले के लाहौरी दरवाज़े के सामने तक पहुंचा दिया। वहां से दो लठैतों ने उन्हें पूरी हिफ़ाज़त से लाहौरी दरवाज़े के पहरेदारों के कमरे तक लाकर छोड़ दिया और सलाम करके रुख़सत हुए। साहिबे-आलम ने तो उस्ताद की पीठ फिरते ही संदूक़चा खोलकर वज़ीर ख़ानम की तस्वीर निकाल ली थी।

□□

इमामबख़्श सहबाई

वह सारी रात मिर्ज़ा फ़ख़रू पर भारी गुज़री। वज़ीर ख़ानम से रस्मो-राह, और रस्मो-राह ही नहीं, ज़िंदगी भर का निबाह उनके वजूद की अहमतरीन ज़रूरत बन गया था। वज़ीर अगर उनकी निगाह में कोई ख़ानगी या डेरादारनी होती तो काम आसान था। लेकिन उनका दिल उसे सिर्फ़ औरत समझने और लेन-देन के क़ाबिल औरत समझने से इंकार कर रहा था। ऐसा नहीं कि उन्हें वज़ीर के हालात और ज़िंदगी की पूरी ख़बर न थी। सच पूछिए तो यह ख़बर सारी दिल्ली को थी। नूरबाई के बाद अगर कोई पर्दानशीनों के तब्क़े या शरीफ़ों के दायरे के बाहर की कोई औरत या कोई

ग़ैर-बेगमाती औरत (या बाज़ारी औरत, जो जैसा भी समझता) ऐसी थी कि उसका नाम और उसके हुस्नो-जमाल और दिलबरी की .ख़ूबियों के चर्चे सब ज़बानों पर थे तो वह छोटी बेगम थी। यह कहें तो ग़लत न होगा कि एक ज़माना उसका अनदेखा दीवाना था लेकिन यह भी था कि हर कोई उसके आस्ताने तक पहुंचने की सोच भी न सकता था। नवाब ज़ियाउद्दीन अहमद ख़ां बहादुर के साथ जो गुज़री थी उसकी ख़बर या अफ़वाह या गप धीरे-धीरे उन सब दिल्लीवालों में आम हो चुकी थी जो इश्क़ो-आशिक़ी की गलियों की हवा खाने को ज़िंदगी के लिए लाज़िमी समझते थे या अगर लाज़िमी नहीं तो वहां के हालात से बाख़बर होना उनके लिए ख़ुशवक़्ती का एक मशग़ला ज़रूर था।

लेकिन मिर्ज़ा फ़तहुलमुल्क बहादुर का मामला और था। अपने बाप के बरख़िलाफ़ उन्हें नई-नवेली दुल्हनें लाने और ढेरों शादियां रचाने का शौक़ न था। नाचने-गाने वालियों और दिल लगाने और दिल देने के मामलों में उनकी दिलचस्पी बस इतनी ही थी जितनी उस ज़माने के रईसों में आम थी। वज़ीर ख़ानम में उन्हें शरीके-बिस्तर नहीं शरीके-हयात की तलाश थी। और यह तलाश सिर्फ़ इस बिना पर न थी कि वज़ीर के हुस्न के चर्चे जो उन तक पहुंचे थे उनकी तस्दीक उसकी तस्वीर ने कर दी थी। दिल लगाने को वह ज़िंदगी का अहम मक़सद समझते थे लेकिन दिल लगाना और दिल बहलाना उनके कोश में दो अलग बातें थीं।

बहुत रात गए मिर्ज़ा फ़ख़रू को अपने उस्ताद और दोस्त इमामबख़्श सहबाई का ख़्याल आया। सहबाई ने मिर्ज़ा फ़ख़रू को फ़ारसी के सबक़ मुद्दतों पढ़ाए थे लेकिन उनकी उम्रों में बहुत फ़र्क़ न होने की वजह से दोनों में जल्द ही उस्तादी-शागिर्दी या शाहज़ादे और दरबारी की बजाय रईस और मुसाहिब का रिश्ता क़ायम हो गया था। इसकी एक वजह यह भी थी कि सहबाई में हास्यात्मकता बहुत अच्छी थी। शाहज़ादा अगर कभी बेदिमाग़ या चिड़चिड़ा भी होता तो वह अपने ताज़गी भरे जुम्लों से उसे खिला देते थे। सहबाई से मशवरा करने में यह फ़ायदा भी था कि वज़ीर ख़ानम से जो भी मामले तय होते, उन्हीं की मार्फ़त होते, किसी और मुल्ला या मध्यस्थ को बीच में लाने की ज़रूरत न थी।

अगली सुबह को मौलवी सहबाई अभी चाश्त की नमाज़ से फ़ारिग़ हुए ही थे कि साहिबे-आलमो-आलमियान का एक चोबदार एक कुल्हड़ में ठंडा दूध और एक कोरी हांडी में गर्म गुलाब जामुनें और दूसरी हांडी में मालपुए लेकर मौलवी साहब के दरवाज़े पर पहुंचा कि साहिबे-आलम ने नाश्ता भिजवाया है और इरशाद फ़रमाया है कि मौलाना साहब जल्द ही हवेली मुबारक में साहिबे-आलमो-आलमियान मिर्ज़ा मुहम्मद सुल्तान ग़ुलाम फ़ख़रुद्दीन बहादुर के ख़ास महल में तशरीफ़ ले आवें। चोबदार को

तो इनाम देकर रुख़सत किया गया और सहबाई दो घड़ी बाद बरामद होकर क़िले के लिए सवार हुए। सहबाई की उम्र उस वक़्त चालीस से कुछ कम थी लेकिन चेहरे की नर्मी और बदन के बहुत दुबले-पतले बल्कि धान-पान होने की वजह से तीस-पैंतीस से ज़्यादा के न लगते थे। चेहरे पर ख़सख़सी दाढ़ी मुग़ल तर्ज़ की, यानी कल्लों पर ज़रा छिदरी और ठोड़ी पर ज़्यादा नुमायां। सफ़ेद पजामा एक बर का, सर पर सफ़ेद चौकोनी टोपी जिसके किनारों पर हल्की नीली और सुनहरी बेल, उस ज़माने के रिवाज के मुताबिक़ पट्टेदार घने चमकीले बाल, गले में आबी रंग का कुर्ता, उस पर नीले रंग का अंगरखा लेकिन बिल्कुल सादा, अंगरखे पर मौसम के एतबार से हल्की या भारी अबा, ग़रज़ निहायत ख़ूबसूरत शख़्स थे और ख़ासकर इस वजह से और भी अच्छे लगते थे कि उनका चेहरा हमेशा मुस्कुराता हुआ सा मालूम होता था।

फ़ारसी ज़बान, साहित्य और गद्य में मिर्ज़ा ग़ालिब और शायद हकीम मोमिन ख़ां और अरबी में अल्लामा फ़ज़्ले-हक़ ख़ैराबादी के सिवा मौलाना सहबाई का कोई मुक़ाबला सारे हिंदुस्तान में न था। बाप की तरफ़ से वह फ़ारूक़ी थे और मां का सिलसिला ग़ौस पाक हज़रत सैयद अब्दुल-क़ादिर जीलानी से मिलता था, लेकिन वह चूंकि किसी दौलतमंद ख़ानदान के न थे इसलिए बहुत ख़ुशहाल न थे और दिल्ली कॉलेज की नौकरी से जो वजहे-मुक़र्ररी मिलती थी उसी पर उनका ज़्यादातर गुज़र होता था। हालांकि उन दिनों के हिसाब से वह तनख़्वाह बहुत थी लेकिन तंख़्वाहदारी और अमीरज़ादगी में फ़र्क़ तो है ही। इसीलिए मिर्ज़ा ग़ालिब जैसे रईस और ख़ानदानी लोग उन्हें अपने बराबर का न समझते थे। फिर यह भी था कि उम्र के लिहाज़ से मौलवी सहबाई इन सभी बाकमालों और बड़े आदमियों में कमउम्र थे। यह सब सही लेकिन मुअम्मागोई, उरूज और पिंगल, अलंकार शास्त्र में उनका लोहा सब मानते थे। मुअम्मागोई में उनकी महारत और इस फ़न से उनकी मुनासिबत का यह आलम था कि उन्होंने एक शेर ऐसा कहा था कि जिसमें कई सौ नाम पहेली की तरह छुपे हुए थे और अक्सर एक मिसरे से दस-दस नाम बरामद हो सकते थे। अच्छे-अच्छे लोग सर मारकर थक जाते लेकिन मुअम्मा हल करने में नाकाम रहकर मौलवी सहबाई के ज्ञान की महिमा के दरवाज़े पर दस्तक देते और मुअम्मे का हल मालूम करते।

उर्दू उरूज़ पर मौलाना सहबाई का बड़ा अहसान यह है कि उन्होंने मीर शम्सुद्दीन फ़क़ीर की किताब 'हदाइक़ुल बलाग़त' का उर्दू तर्जुमा किया लेकिन असल किताब में दर्ज अरबी-फ़ारसी मिसालों की जगह उर्दू मिसालें रख दीं। उनका यह तर्जुमा उसी ज़माने में मुकम्मल हुआ था जिस ज़माने का हम ज़िक्र कर रहे हैं, लेकिन उस वक़्त उस तर्जुमे से भी ज़्यादा उनके जिस काम की चर्चा थी वह उनके मुअम्मे थे जो अल्लाह-तआला के पाक नामों पर उन्होंने बनाए थे। ये मुअम्मे इस क़दर मुश्किल

थे कि लेखक के स्पष्टीकरण के बावजूद बहुत मुश्किल से ही समझ में आते थे। इस बारे में उनका रिसाला 'गंजीना-ए-रमूज़' मुअम्मागोई के फ़न पर बहुत मशहूर हुआ था और वह भी इसी क़दर मुश्किल था। शौक़ीनों का उन दिनों एक मशग़ला यह भी था कि मौलाना सहबाई के मुअम्मे हल किए जाएं और हो सके तो ऐसा एकाध मुअम्मा ख़ुद भी कहा जाए। हकीम मोमिन साहब को मुअम्मागोई में कुछ महारत थी लेकिन सच यह है कि वह भी मौलवी सहबाई के मुअम्मों को समझने में अक्सर नाकाम रहते थे। मिर्ज़ा फ़ख़रू का तरीक़ा यह था कि मुलाक़ात पर अक्सर पहले यही पूछते, "उस्ताद, कोई नया मुअम्मा इरशाद फ़रमाया?" और फिर सहबाई अगर कोई नया मुअम्मा सुनाते तो देर तक उसके हल में लगे रहते। अगर मुअम्मा हल हो जाता तो मौलाना उन्हें एक चवन्नी अता करते और अगर हल न हो सकता (और अक्सर ऐसा ही होता), तो साहिबे-आलम उन्हें एक रुपया भेंट करते।

जिस दिन का हम ज़िक्र कर रहे हैं उस दिन भी मिर्ज़ा फ़ख़रू साहब ने मौलवी सहबाई से पहली बात मुलाक़ात पर यही पूछी, "उस्ताद, कोई नया मुअम्मा?" मौलाना सहबाई ने सीने पर हाथ रखकर जवाब दिया, "साहिबे-आलम, मुअम्मे तो मैं हज़ार कह लाऊं, हस्ती हमारी ख़ुद ही मुअम्मा है। लेकिन यह मुअम्मा भी अजब बेसर-पैर की चीज़ है कि सर की जगह पैर और पैर की जगह सर रख दें तो इसकी भी हस्ती आम हो जाए। फिर मुअम्मे की क्या क़दर रही साहिबे-आलम?"

मौलाना सहबाई ने बिना शक यह जुम्ला मुअम्मे की ही तर्ज़ पर कहा था। मिर्ज़ा फ़ख़रू सोच में पड़ गए कि इसका हल निकले और उस्ताद को माक़ूल जवाब दें, और वह भी जल्द से जल्द, वरना बड़ी किरकिरी होगी। लेकिन बस बात समझ में न आती थी। अचानक मोदीख़ाने की प्रबंधक बाहर के गलियारे में बड़बड़ाती हुई गुज़री, "मुए मुंडीकाटे मौलाबख़्श को ख़स्सी का गोश्त लाने को किसने कहा था...," अचानक फ़तहुलमुल्क बहादुर की ज़हनी चाल ने उन्हें 'अख़स्स' तक पहुंचाया जिसके मानी हैं 'सबसे ज़्यादा ख़ास, ख़ासतरीन।' फिर वहां से ज़हन 'अअम्म' की तरफ़ गया यानी 'सबसे ज़्यादा आम, आमतरीन...'

फिर तो मामला आसान था, 'मुअम्मा' का सर अलग करें तो 'अम्मा' बचता है और पांव अलग करें तो सिर्फ़ 'अम' रह जाता है। अब सर (मीम) की जगह पांव (अलिफ़) रखें तो 'अअम्म' हाथ आता है। और अब पांव (अलिफ़) की जगह सर (मीम) रखें तो 'आमम' बनता है जिसका उच्चारण 'अअम्म' है, और यही मुअम्मे का हल था। मिर्ज़ा फ़तहुलमुल्क मुस्कुराए और बोलेः "हज़रत उस्ताद, 'आमा' के लिए भी कुछ इरशाद कर देते।" इसमें इशारा यह था कि हमने 'अअम्म' को हल कर लिया है। 'अअम्म' और 'अअमा' (यानी अंधा) अलग-अलग शब्दाधार से हैं लेकिन शक गुज़रता है कि दोनों एक ही मूल के हैं। "देखें वहां आपकी तबीयत

की तेज़ी और नयापन क्या ईजाद करता है।"

"साहिबे-आलम के दूरदर्शी दिमाग़ की दाद कौन न देगा," मौलाना ने गंभीरता से कहा। "लेकिन मुअम्मा का सर एक बारी और काटें और उसके पांव में जोड़ दें तो क्या आप चचा को, ख़ुदा बचाए, अंधा तसव्वुर करेंगे?"

मौलाना के चेहरे पर इस क़दर संजीदगी, बल्कि आलिमों वाली .ख़ुश्की थी कि गुमान ही न गुज़रता था कि वह मुअम्मागोई कर रहे हैं। लेकिन शहज़ादे पर ज़ाहिर था कि यह मुअम्मा है और हमें इसे अभी ही हल करना है। उन्होंने दिल में कहा: मुअम्मा का सर एक बार और काटो तो 'अमा' बचता है, 'आमा' और 'अमा' सुनने में एक तरह के मालूम होते हैं। अब रहा 'मुअम्मा' का पांव, यानी अलिफ़, तो उसे... न-न-न, हरगिज़ नहीं, इसे 'अमा' से नहीं बल्कि 'आमा' से जोड़ना चाहिए... अब मिला 'आमैम' यानी 'आमाम' जो बहुवचन है 'अम' यानी चचा की। और इफ़आल के वज़न पर 'आमाम' के मानी हैं 'बहुत से चचाओं वाला होना।'

"हरगिज़ नहीं हज़रत," मिर्ज़ा फ़ख़रू बोले, "हम तो 'कुल्लु आमिन' की भलाई के क़ायल हैं, किसी का बुरा क्यों चाहें, और ख़ासकर अपने आदरणीय अम्मान यानी चचाओं का।"

यह फ़िक़रा गर्म था क्योंकि 'आम' के मानी 'साल या बरस' के भी होते हैं और नए साल के लिए बधाई के मौक़े पर 'कुल्लु आमिन व अन्तुम बख़ैर' (सारा साल और आप सब ख़ैरियत से रहें) का जुम्ला भी उस ज़माने में प्रचलित हो रहा था। सहबाई मुस्कुराए कि शागिर्द क़ाबिल और सीखे हुए हैं। लेकिन उन्होंने दिल में कहा: साहिबे-आलम ने यहां मुझे सुबह-सुबह मुअम्माबाज़ी के लिए याद तो किया न होगा; ख़ुदा जाने क्या मस्लेहत है। लेकिन मेरा ख़ुद कुछ कहना मुनासिब न होगा, मैं तो यूं ही बातें बनाए जाऊं गोया मक़सद मुअम्मा ही है, और कुछ नहीं। यह ख़्याल करके वह बोले: "हज़रत साहिबे-आलम के मुबारक हाफ़िज़े में मेरा वो शेर तो होगा जिसमें कई सौ चीज़ों के नामों के मुअम्मे पोशीदा हैं?"

"जी, याद क्या मानी, हम तो साहब उसे अक्सर पढ़ते और हल निकालने की कोशिश में रातों को जागते भी हैं," शाहज़ादे ने कहा।

"साहिबे आलम तो मेरा क़द बढ़ाते हैं। अच्छा वह बैत फिर सुनाए देता हूं। और यह भी अर्ज़ किए देता हूं कि उसका हल 'साम' है। यानी जहां इस बैत में सैकड़ों और मुअम्मे हैं, एक मुअम्मा और भी है जिसका हल 'साम' है।"

"इरशाद हो, एक लफ़्ज़ वाला हल तो हम ढूंढ़ ही लेंगे। मौलाना, आज बंदे को आप की चवन्नी का नुक़सान मंज़ूर है।"

"बहुत ख़ूब। बैत मुलाहिज़ा हो–

चूं आं मह रू-ए-ख़ुद अज़ पर्दा-बिनमूद
दिल-अज़ मा बुर्दो-आख़िर बुर्द नाबूद

(जब उस चांद ने अपना मुंह पर्दे से निकाला तो हमारा दिल ले गया और आख़िर उसे मिटा दिया)

कहिए, कुछ समझे?"

मिर्ज़ा फ़तहुलमुल्क बहादुर सन्नाटे में आ गए। भला इन अल्फ़ाज़ में लफ़्ज़ 'साम' कहीं छुप ही न सकता है? कोई निस्बत ही न थी।

उन्होंने हल्के से ताली बजाई और जब चोबदार हाज़िर हुआ तो उससे फ़रमाया, "अरे साहब सिंह, ज़री की ज़री साहिबे-आलम मिर्ज़ा क़ादिरबख़्श साबिर साहब को तो बुलवा लाइयो। कहियो, मौलाना सहबाई महफ़िल में रौनक़अफ़्ज़ा हैं, जल्द यहां आ जावें।"

मिर्ज़ा क़ादिरबख़्श साबिर को बुलवाने में कई मस्लेहतें थीं। एक तो यह कि वह ख़ुद भी मौलाना सहबाई के शागिर्द फ़ने-शायरी में थे, दूसरी बात यह थी कि अफ़वाह थी (हवेली वालों की अफ़वाहों से अल्लाह बचाए) कि मिर्ज़ा क़ादिरबख़्श साहिबे-आलम का तज़्किरा 'गुलिस्ताने-सुख़न' जो अभी लिखा जा रहा था, पूरा का पूरा मौलवी सहबाई का देखा हुआ बल्कि लिखवाया हुआ था, लिहाज़ा मुमकिन था कि मौलवी साहब ने इस बैत का हल साबिर मिर्ज़ा को बता दिया हो। तीसरी बात यह कि साबिर मिर्ज़ा और फ़तहुलमुल्क बहादुर में हमेशा से गाढ़ी छनती रही थी।

जब तक मिर्ज़ा क़ादिरबख़्श आएं-आएं, भिंडे और गिलौरियों के दौर चले, मिर्ज़ा फ़ख़रू ने अपने दो-एक शेर सुनाए और उस्ताद से दाद पाई। मिर्ज़ा फ़ख़रू बराबर सोचते रहे कि 'साम' वाले मुअम्मे का हल निकल सके लेकिन उन्हें कामयाबी बिल्कुल न हो रही थी। इतने में मिर्ज़ा क़ादिरबख़्श तशरीफ़ लाए। उम्र में वह फ़तहुलमुल्क बहादुर से एक ही दो साल बड़े थे लेकिन ख़ानदान और ज़ाती शान की बिना पर सब उनका बेहद अदब करते थे। मिर्ज़ा क़ादिरबख़्श के वालिद मिर्ज़ा मुकर्रम बख़्त के परदादा मिर्ज़ा अइज़ुद्दीन बड़े बेटे मुइज़्ज़ुद्दीन जहांदार शाह बादशाहे-देहली के थे। इस तरह उनका सिलसिला सीधे आला हज़रत मुहीउद्दीन औरंगजेब आलमगीर शाहे-शाहान मरहूम से मिलता था। मिर्ज़ा क़ादिरबख़्श की इज़्ज़त के लिए फ़तहुल मुल्क ने सीधे खड़े होकर सलाम किया और मौलाना सहबाई ने, बावजूद ये कि उस्ताद थे, आधा झुककर सीने पर हाथ रखा। क़ादिर मिर्ज़ा ने फ़रमायाः "अमां उस्ताद, आप यहां ख़ूब मिले, मैं आपको याद ही कर रहा था। मौलाना रूम की मस्नवी कल रात देख रहा था, एक मुक़ाम बिल्कुल साफ़ नहीं था, कुछ बात समझ ही में न आती थी। ख़्याल किया कि उस्ताद मिलेंगे तो पूछूंगा। अब ख़ुदा का करना ऐसा हुआ कि आप यहीं तशरीफ़फ़रमा हैं।"

"मस्नवी के शेर तो फिर समझ लेंगे बिरादर, इस वक़्त तो उस्ताद का मुअम्मा ज़ेरे-ग़ौर है और इसी के लिए आपको ज़हमत दी गई है। भला फ़रमाइए तो सही इस बैत से इस्म 'साम' क्योंकर बरामद होता है।" फ़तहुल मुल्क बहादुर ने शेर पढ़ा लेकिन कनखियों से मिर्ज़ा क़ादिरबख़्श की तरफ़ भी देखते गए कि उन पर क्या असर पड़ता है। लेकिन मिर्ज़ा क़ादिरबख़्श साबिर के मुंह पर भी वही न समझने की उलझन थी। उन्होंने होंठों ही होंठों में शेर को दोहराया–

चूं आं मह रू-ए-ख़ुद अज़ पर्दा-बिनमूद
दिल-अज़ मा बुर्दो-आख़िर बुर्द नाबूद

"'मह' ने अपने चेहरे को पर्दे के अंदर से ज़ाहिर किया, यानी...'मह' ब-मानी महीना के मानी अरबी में 'शहर' लिए जाएं तो...," मिर्ज़ा क़ादिरबख़्श ने बुदबुदाकर कहा।

"बहुत ख़ूब साहिबे-आलम," सहबाई ने कहा। "एक क़दम आप आगे बढ़े।"

"मगर... मगर... फिर शहर गोया मह है जो पर्दे से बाहर निकला है। अच्छा, बहुत ख़ूब...," फ़तहुलमुल्क बहादुर ने कहा, "अजी, पर इसके आगे क्या है?"

"अच्छा, शहर की गिनती पांच सौ पांच हैं, कुछ ये गिनतियों का तिलिस्म तो नहीं...? लेकिन साम शब्द की गिनती तो महज़ एक सौ एक है। क्या पांच सौ पांच में जोड़ घटाकर एक सौ एक बन सकता है?" क़ादिर मिर्ज़ा ने कहा।

"बजा, मगर इससे बात क्या बनती है? हमें तो ध्यान में पूरी बैत को रखना है।"

इन बहसों के बीच मौलाना सहबाई मज़े से भिंडे के कश ले रहे थे और होंठों ही होंठों में मुस्कुरा रहे थे। जब दोनों शागिर्द आजिज़ आ गए तो मिर्ज़ा फ़तहुलमुल्क ने हाथ जोड़कर अर्ज़ की, "हुज़ूर, अब आप ही गुत्थी सुलझाएं। हम दोनों आपको नज़्र पेश करेंगे।"

सहबाई ने गला खंखारकर साफ़ किया और हल्की सी मुस्कुराहट के साथ बोले, "तो सुनिए। यहां तक तो ठीक है कि 'मह' यानी 'महीना' का पर्दा 'शहर' है कि अरबी में महीने के लिए लफ़्ज़ 'शहर' है। लेकिन आगे ज़रा टेढ़ा मामला है। 'ख़ुद' को 'ख़द' पढ़ें तो उसके मानी हैं 'लाम' और 'लाम' को 'रे' से बदल लेते हैं जैसे 'दीवार' से 'दिवाल' लिहाज़ा 'शहराम' हासिल हुआ। क्या समझे?"

"जी, हुज़ूर ने 'ख़ुद' की शक्ल ही बदल दी," "मिर्ज़ा क़ादिरबख़्श ने हल्की सी शिकायत के लहजे में कहा।

मौलाना सहबाई हंसे। "तो और मुअम्मे कैसे बनते हैं साहिबे-मन! आगे सुनिए। गिनती के एतबार से 'मा' बराबर चेहूल (चालीस) और यक (एक) है। 'दिले-अज़ मा बुर्द' की तकरार इस मानी में है कि दिल को हमसे ले गया और आख़िरकार उसे मिटा डाला। दिल को हम (मा) से ले गया, यानी 'चेहूल' का दिल, यानी 'ह' को ले गया। फिर तकरार के सबब 'यक' का दिल, यानी उसका नुक़्ता ले गया क्योंकि

यहां नुक़्ता नहीं तो लफ़्ज़ भी नहीं।"

"अल्लाह-अल्लाह, क्या पेच हैं, क्या ताव हैं। उस्ताद, हम तो कान पकड़ते हैं," क़ादिर मिर्ज़ा ने कहा।

"अभी मुअम्मा हल कहां हुआ साहिबे-आलम," मौलाना सहबाई ने जवाब दिया। "अभी सिर्फ़ यह हुआ है कि 'शहराम' का दिल यानी 'ह' और उसके नुक़्ते ख़त्म कर दिए तो 'शहराम' से 'सराम' हासिल हुआ। अब तकरार के सबब 'यके' का दिल यानी 'काफ़' ले गया कि गिनती इसकी बीस है, और 'यक' का दिल यानी इसके नुक़्ते निकाले तो फिर काफ़ रहा कि गिनती जिसकी बीस है। अब बीस के आगे नुक़्ता वापस लगा दें, तकरार के तौर पर, तो दो सौ बनते हैं। और ये गिनती है 'रे' की और यही 'रे' 'सहराम' का दिल भी है। जब यह दिल निकाला तो 'साम' बाकी रहा, यही मक़सद था।"

"उस्ताद, इन मुअम्मों पर तो मीर हैदर मुअम्माई भी आपके आगे पानी भरता," फ़तहुलमुल्क बहादुर ने कहा।

क़ादिर मिर्ज़ा ने उठकर उस्ताद के हाथों को बोसा दिया, "अल्लाह, अल्लाह, क्या तबीयत की शोख़ियां हैं, क्या नुक्ता शिगाफ़ियां हैं।"

सहबाई मुस्कुराए, "यह सब पीरो-मुर्शिद का फ़ैज़ है।"

पीरो-मुर्शिद का मतलब बादशाह सलामत से था लिहाज़ा सबने बेशक, बेशक, सल्लेअला कही।

चंद लम्हों की ख़ामोशी के बाद मिर्ज़ा क़ादिरबख़्श साबिर ने दोनों हाथों पर रखकर उस्ताद को एक रुपया नज़्र किया और इजाज़त चाही।

"क़ादिर मिर्ज़ा बिरादर, जी तो नहीं चाहता कि आपको इस जल्दबाज़ी में रुख़सत करूं," मिर्ज़ा फ़ख़रू ने कहा। "लेकिन उस्ताद को भी कुछ मामले दर पेश हैं, इसलिए यह दिलचस्प महफ़िल यहीं तमाम होती है।"

यह कहकर मिर्ज़ा फ़ख़रू ने सीधे खड़े होकर मिर्ज़ा क़ादिरबख़्श को तीन तस्लीमें कीं और चोबदार के लिए ताली बजाई। चोबदार अंदर आया तो फ़तहुलमुल्क बहादुर भाई को साथ लिए-लिए दरवाज़े तक आए और "अल्लाह की पनाह में दिया" कहकर उन्हें रुख़सत किया।

मौलाना सहबाई इंतज़ार में थे कि मुझे भी कुछ इशारा मिले तो इजाज़त तलब करें, लेकिन साहिबे-आलम तो बिल्कुल ख़ामोश थे गोया किसी फ़िक्र में हों। मौलाना पर यह बात भी स्पष्ट थी कि ख़ुद उन्हें कोई मामला दरपेश न था, जैसा कि साहिबे-आलम ने मिर्ज़ा क़ादिरबख़्श साहब से कहा था। मामले तो साहिबे-आलम के यक़ीनन होंगे, और यक़ीनन मुझसे कोई मशवरा दरकार होगा, लेकिन जब तक कोई इशारा न मिले, चुप ही रहना है और यह ज़ाहिर करना है कि मुझे कुछ काम

नहीं, कहीं जाने की जल्दी नहीं।

आख़िरकार मिर्ज़ा मुहम्मद सुल्तान फ़तहुलमुल्क बहादुर ने सर उठाया।

"उस्ताद," उन्होंने सरसरी बातचीत के लहजे में कहा। "एक बात है।"

"साहिबे-आलम इरशाद, मैं पूरी तवज्जोह से सुन रहा हूं।"

"आप छोटी बेगम से वाक़िफ़ हैं?"

"जी कौन, वही छोटी बेगम जो नवाब शम्सुद्दीन अहमद से मुताल्लिक थीं? मैंने उन्हें देखा तो नहीं लेकिन..."

"...उनके हुस्न के चर्चे सुने हैं," फ़तहुलमुल्क बहादुर ने मुस्कुराकर कहा।

"जी, वह तो है।"

"हमारे यहां तरीक़ा तो यह था, बल्कि है कि ज़िल्ले-सुब्हानी किसी के लिए इशारा कर देते थे या अलिया हज़रत साहब कोई तजवीज़ पेश करती थीं।" फ़तहुलमुल्क बहादुर एक पल ख़ामोश रहे। फिर बोले, "कभी बाक़ायदा पैग़ाम भी गया तो आपस में ही गया। बारात अक्सर घर की घर में उतरती थी, या दुल्हन का डोला सारे साज़ सामान के साथ क़िला मुबारक में आ जाता था।"

मौलाना ने पलक झपकते बात समझ ली। "दुरुस्त और बड़ी बात यह कि दोनों पक्षों की तरफ़ से बात एक ही शख़्स कर लेता था या अगर दो हुए तो दोनों पक्षों की पहली मुलाक़ात ही में बात तय हो जाती थी।"

"लेकिन यहां मामला दीगर है। बाहर पैग़ाम हम भेजते नहीं हैं। ज़िल्ले-इलाही की रज़ामंदी भी तभी होगी जब सब बातें उधर से हों लेकिन इशारों-कनायों में महाबली सलामत की मर्ज़ी भी शामिल हो।"

"छोटी बेगम की एक बड़ी बहन तो हैं...," सहबाई ने कहा।

"जी, वह तो है," मिर्ज़ा फ़ख़रू ने अल्फ़ाज़ को ज़रा खींचकर अदा किया।

"तो फिर मुश्किल क्या है साहिबे-आलम?" सहबाई ने कहा। "एहतरामुद्दौला हकीम अहसनुल्लाह ख़ां साहब यह बात महाबली के कान में डाल दें, बाक़ी काम हम कर लेंगे।"

"लेकिन महाबली की नज़र हम पर कुछ बहुत मेहरबान नहीं है...," मिर्ज़ा फ़ख़रू ने रुक-रुककर कहा जैसे अनचाहे किसी बात का इक़रार कर रहे हों।

मौलाना सहबाई को क़िले की सियासत का हालांकि इतना इल्म न था जितना उस्ताद ज़ौक़ को था लेकिन वह निपट बेइल्म भी न थे। यहां उन्होंने अपनी अक़्लमंदी और शराफ़त दोनों को काम में लाते हुए वह बात कही जिसे कहने में वलीअहद सोयम को तकल्लुफ़ हो रहा था।

"जी, वह मलिका-ए-दौरां नवाब ज़ीनत महल साहब का मामला बेशक बीच में है कि उन्हें मिर्ज़ा जवांबख़्त साहब की संभावनाएं वलीअहदी..."

"शश... दीवार के भी कान होते हैं!" वलीअहद सोयम ने कहा। "बात को उस्ताद ने समझ लिया, बहुत ख़ूब।"

"साहिबे-आलमो-आलमियान, एक बेटा आपको अल्लाह ने पहले ही अता फ़रमा दिया है। ख़ुदावंदे-आलम आलाहज़रत मीरांशाह साहब को क़ायमो-दायम रखे। इस वक़्त वलीअहदी के मामले काल्पनिक भी नहीं, वहम हैं। अलिया हज़रत मलिका-ए-दौरां को इस बारे में कुछ ख़्याल भी हो तो बेकार और बेफ़ायदा ही रहेगा। मुझे पक्का यक़ीन है कि हज़रत ज़िल्लुल्लाह उनका फ़ैज़ बाक़ी रहे, को अलिया हज़रत की बात पर ज़रा भी तवज्जोह न होगी। मेरी नाक़िस राय में तो यही आता है कि एहतरामुद्दौला की मार्फ़त आपकी बात ज़िल्ले-सुब्हानी के कानों तक पहुंचा दी जाए। रहीं ख़ानम साहब, तो उनकी बड़ी बहन को बीच में ला सकते हैं।"

मिर्ज़ा फ़ख़रू का चेहरा खिल उठा, "माशाअल्लाह उस्ताद, आपकी ख़ैरख़्वाही और अक़्लमंदी से हम ख़ुश हुए। हम कल ही एहतरामुद्दौला को इस बारे में ज़हमत देंगे।"

"बहुत मुबारक। इंशाअल्लाह, इसके फ़ौरन बाद ही बड़ी बेगम की मार्फ़त मामले को अंजाम तक पहुंचाने की पूरी कोशिश करनी होगी।"

"आपको ख़ुदा कामयाब करे," फ़तहुलमुल्क बहादुर ने ठंडी सांस लेकर कहा। "वरना आप अरबी की कहावत जानते हैं कि मौत और वियोग में कोई फ़र्क़ नहीं।"

"ऐसे कलमे मुंह से न निकालें साहिबे-आलम। वह पैदा करने वाला ख़ालिक़ है, दाता है और सख़ावत का समंदर है। आपने सुना नहीं क्या? अरबी ही की कहावत है कि समंदर को चोर का डर नहीं।" मौलाना सहबाई हंसे। "और हम तो मांग रहे हैं, चोरी भी नहीं कर रहे हैं। वह देगा और ज़रूर देगा।"

"जो भी हो, मैं तो यही जानता हूं कि मेरा दिल आरज़ुओं से भरा हुआ है।"

"साहिबे-आलम, हम भी जानते हैं कि इश्क़ से लेकर सब्र तक का फ़ासला हज़ारों मील का है। लेकिन इश्क़ की एक छलांग दूरदराज़ के फ़ासलों को चुटकियों में उड़ा देती है।"

मौलवी सहबाई की खुशमिज़ाजियों के बावजूद मिर्ज़ा ग़ुलाम फ़ख़रुद्दीन बहादुर के चेहरे पर उदासी के आसार नुमायां होने लगे। मौलाना ने दिल में कहा कि अब ज़्यादा ठहरना ग़ैर-मुनासिब है, शाहज़ादे को अब एकांत चाहिए। वह अभी सोच ही रहे थे कि इजाज़त मांगने के लिए क्या शब्द कहूं कि एक ख़वास ने हाज़िर होकर सलाम किया और कहा: "सरकारे-वाला ने उस्ताद मीर नासिर अहमद साहब बीनकार को शायद तलब फ़रमाया था, वह हुज़ूरी के दर्ख़ास्तगुज़ार हैं।"

"आं हां, अच्छा याद दिलाया। उन्हें हाज़िर करो, वक़्त के लिहाज़ से कुछ सुनवाएं, तो जी बहले," मिर्ज़ा फ़ख़रू ने कहा। मौलाना सहबाई को रुख़सत-तलबी का अच्छा बहाना हाथ आया और वह तीन तस्लीमें करके रुख़सत हुए।

"हमारा काम याद रहे," मिर्ज़ा फ़ख़रू ने आधे उठकर सलाम करते हुए मौलाना से कहा।

"जनाबे-आली, वह तो दिल के नग पर हीरे की क़लम से लिखा हुआ है। इंशाअल्लाह, बहुत जल्द नतीजे हासिल होंगे।"

"जाइए, आपका ख़ुदा हमराह," शहज़ादे ने नर्म और भारी लहजे में कहा।

मौलाना के बाहर जाते ही एक चोबदार ने दाख़िल होकर तस्लीम करके दरमियाना लहजे में आवाज़ दी, "साहिबे-आलम का इक़बाल बुलंद हो, उस्ताद मीर नासिर अहमद साहब बारयाबी के ख़्वाहिशमंद हैं।"

शहज़ादे का इशारा पाते ही चोबदार ने आवाज़ लगाई, "मुलाहिज़ा! आदाब से करें मुजरा! साहिबे-आलम वलीअहद सोयम बहादुर सलामत!"

उस्ताद मीर नासिर अहमद साहब अपने वक़्त के माने हुए बीनकार तो थे ही, सीधे-सीधे हज़रत सैयद ख़्वाजा मीर दर्द के ख़ानदान वालों में भी थे। इसलिए नस्ली तौर पर सैयद होने के सबब भी सारा शहर उन्हें इज़्ज़त की निगाह से देखता था। आमतौर पर वह कहीं जाते न थे लेकिन मिर्ज़ा फ़ख़रू के यहां तलबी पर ज़रूर हाज़िर हो जाते थे। वह अपने साथ उस्ताद निज़ाम ख़ां ध्रुपदिए, मुक्खू पखावजी और चार दूसरे साज़िंदे लिए हुए, सात तस्लीमें करते हुए हाज़िर हुए। मिर्ज़ा ग़ुलाम फ़ख़रुद्दीन फ़तहुलमुल्क शाह बहादुर की संगीत में महारत और मश्क़ के बारे में तमाम कलावंत और साज़िंदे ख़ूब सुन चुके थे, इसलिए उनके दिल में ख़ुद ही पंखे लगे हुए थे कि बेहतर से बेहतर सोज़ो-साज़ हो, मालिक अपनी इज़्ज़त रख ले। आला हज़रत ज़िल्ले-इलाही का शेर उनके दिल में गूंज रहा थाः

मत छेड़कर सुना तू क़ानूनो-बीन मुझ को
लगता है तारे-बारिश तारे-रबाब साक़ी
(क़ानून, बीन, और रबाब - वाद्य यंत्र)

अगर अच्छा बजाया और अच्छा गाया न गया तो ज़िल्ले-सुबहानी का शेर पूर्वाभास ही साबित होगा। शहज़ादे के सामने क़ालीन पर बैठते ही मीर साहब ने बीन के तारों को छेड़ना और साधना शुरू किया। दूसरे साज़िंदे ने क़ानून पर सुर मिलाने शुरू किए। बक़िया में से एक ने तानपुरा संभाला। तीसरे और चौथे साज़िंदे ने दफ़ की क़िस्म के दो छोटे नक़्क़ारों को कसना और दुरुस्त करना शुरू किया। मुक्खू पखावजी, जो कि गुलाब सिंह पखावजी मरहूम के शागिर्दों में सबसे आला थे, चुपचाप वक़्त का इंतज़ार करते रहे। जब सब तैयारी हो चुकी और तानपुरे व क़ानून पर सुर साधे जा चुके तो मीर नासिर अहमद ने बीन पर राग जौनपुरी में अलाप छेड़ा। कोई एक घड़ी के अलाप के बाद दफ़ालियों ने संगत शुरू की, फिर मुक्खू पखावजी ने पखावज पर चोट दी और उसकी संगत शुरू होते ही निज़ाम मियां ध्रुपदिए ने

निहायत कोमल सुर में अलाप शुरू किया। थोड़ी ही देर में गायकी से एकरस हो जाने के बाद साज़ मद्धम पड़ने लगे, यहां तक कि तानपुरा गोया बिल्कुल कोई धीमी बहती हुई दूध की नहर का नर्म ढाल पर से उतार बन गया और बीन किसी बिरह की मारी जोगन की सिसकी भरी थरथराहट में तब्दील हो गई। जमाल ख़लील शेरवानी की रुबाई के अल्फ़ाज़ दूर से पुकारते हुए पपीहे की आवाज़ बनकर महल में इस तरह फैले कि जिधर कान लगाएं, लगता था आवाज़ यहां से आ रही है, यहीं इसी पर्दे के पीछे कोई पुकार रहा है—

ऐ वाए तू मूनिस-ए-कसे वआं कस मन
सौदा-ए-तू मूनिसे-कसे वआं कस मन
ज़ीं ख़ूब तरम चे बायद ऐ दोस्त चू शुद
ग़महाए-तू मूनिसे-कसे वआं कस मन

(हाय अफ़सोस कि तू किसी का दोस्त हो और वो मैं हूं, तेरे लिए दीवाना होना किसी का साथी हो और वो मैं हूं। ऐ दोस्त मुझे इससे अच्छा क्या चाहिए जब तेरे ग़म किसी के साथी हों और वो मैं हूं)

मिर्ज़ा फ़तुहलमुल्क बहादुर को पहले तो सनसनी सी आ गई कि यह क्या गाया जा रहा है। क्या इन लोगों को मेरे हाल की ख़बर है? क्या ये लोग कुछ मिलीभगत करके आए हैं या मुझसे इनाम कुछ ज़्यादा ऐंठने के फ़िराक़ में हैं? लेकिन चंद ही पलों में वह संगीत, वह शेर और वह आवाज़ उनके दिल पर असर करती चली गई और वह सब कुछ भूलकर खोएपन के आलम में ज़ानुओं पर हल्की थाप देने और बीन की लय पर झूमने लगे। कई घड़ी बाद जब द्रुत लय और भी द्रुत हुई, इस क़दर द्रुत कि लगने लगा कि बीन की आवाज़ और इंसान की आवाज़ का फ़र्क़ मिट जाएगा तो फ़तहुलमुल्क की आंखों से आंसू रवां हो गए। थोड़ी देर में उनका रूमाल तर हो गया और क़रीब था कि वह ज़ानुओं में सर देकर बेहोश हो जाएं। यह हाल देखकर साज़िंदों ने लय मद्धम और फिर बहुत मद्धम कर दी और सोज़ अचानक ख़ामोश हो गया। निज़ाम मियां अपने शाली रूमाल से पसीना पोंछने लगे। अब तक उन्हें अहसास ही न था कि पसीने ने उनके चेहरे, पेशानी, बग़ल और सीने को भिगोकर रख दिया था और कभी-कभी तो उनकी उंगलियों के पोरों तक से पसीना टपक जाया करता था।

मिर्ज़ा फ़ख़रू के चोबदारों और आबदार ने साफ़ रूमाल से उनका चेहरा, पेशानी और गर्दन पोंछी। एक बहुत नाज़ुक, छोटे से चीनी प्याले में कोई ताज़गी लाने वाली चीज़ उन्हें पेश की, उनके कपड़े बराबर किए और फिर सबके सब दोज़ानू होकर कमरे में ही अलग-अलग जगहों पर बैठ गए। जैसे ही मिर्ज़ा फ़ख़रू की हालत संभली, साज़िंदों ने फिर साज़ छेड़े और इस बार मीर साहब का इंतज़ार किए बग़ैर

निज़ाम मियां साहब ने राग जय जयवंती में अलाप उठाया और बहुत जल्द कमाल इस्माईल की रुबाई के अंतरे पर आकर ठहर गए, गोया औरों का इंतज़ार कर रहे हों कि आएं और मेरा साथ निभाएं। रुबाई के अल्फ़ाज़ ये थे–

हम लब नहम ईं बा तू बहम या न मनम
इमशब मनम ईं बा तू बहम या न मनम
मै बर लबो-लबकुशादा-ओ-दरबस्ता
या रब मनम ईं बा तू बहम या न मनम

(तेरे मुंह पर मुंह रखे हुए यह तेरे साथ मैं हूं या मैं नहीं हूं। आज की रात या मैं तेरे साथ हूं या मैं नहीं हूं। होंठों पर शराब और होंठ खुले हुए और दरवाज़ा बंद। या रब ये तेरे साथ मैं हूं या मैं नहीं हूं।)

शहज़ादा फ़तहुलमुल्क बहादुर भौचक्का होकर सुनते रहे। यह राग, यह वक़्त, ये अल्फ़ाज़, गोया ख़ुदा की तरफ़ से मेरी तसल्ली और मेरे दिल की मज़बूती के लिए उतारे गए हों, और फिर मियां निज़ाम की वह कुछ बारीक, कुछ दबी-दबी सी आवाज़ जिसमें एक दिल के हज़ारों अरमान भरे हुए थे, या शायद हज़ारों दिलों का एक ही अरमान भरा हुआ था, और वह सब कुछ उस राग की शक्ल लेकर जीवनधारा की तरह गोया फ़तहुलमुल्क बहादुर की रग-रग को सींच रही हो। उनका खोया-खोयापन देखकर कि पिछली रुबाई को सुनकर जो तूफ़ान उनके ज़हनो-रूह में आया था, इस बार उसकी जगह गहरा सन्नाटा, हैरानगी की तिलिस्माती चुप और जागते-सोते के ख़्वाब की सी चलती-फिरती हैरानी थी, उस्ताद नासिर साहब ने महफ़िल को और तूल देना चाहा लेकिन एक चोबदार ने जो कि शहज़ादे का मिज़ाज पहचानता था, ख़ामोशी का इशारा किया और संगीतकारों से पूछे बग़ैर सरगोशी के लहजे में उसने शहज़ादे से कहा, "साहिबे-आलम, उस्ताद मीर नासिर अहमद साहब और मियां निज़ाम ख़ां साहब और साज़िंदगान रुख़सती की दर्ख़ास्त कर रहे हैं।"

मिर्ज़ा फ़ख़रू गोया नींद से जागे। दोपहर गुज़र चुकी थी। आसपास शमएं रोशन थीं, मशालचियों ने फ़र्शी कंवल और छत के झाड़ इस ख़ामोशी से एक-एक करके जगा दिए थे गोया किसी पोशीदा तयशुदा वक़्त पर वो आप से आप जल उठे हों। "ओहोहो, वक़्त इतना गुज़र गया," उन्होंने कहा। "भई, क़ुरबान जाइए हमारे कलावंतों के कि उन्होंने हमें थोड़ी ही देर में कहां से कहां पहुंचा दिया।"

दोनों उस्तादों ने झुककर सात सलाम किए और कहा, "सरकार, हमारे तो गले .ख़ुश्क हो रहे थे और साज़ों पर हाथ कांप रहे थे। हुज़ूर के सामने अलाप भी छेड़ना बेअदबी थी, पूरा ध्रुपद सुनाने की क्या बात। अल्लाह ने लाज रख ली।"

मिर्ज़ा फ़ख़रू ने टोली के सभी लोगों को मुनासिब इनाम और शाही लिबास के तीन-तीन कपड़े दिलवाकर विदा कराने से पहले यह कहकर दाद दी कि इसमें

गुस्ताख़ी की क्या बात है, जिसके गले में सुर और जिसकी उंगलियों में राग की थरथराहट होगी वह आप से आप सुर और आवाज़ की लहरों में गिरफ़्तार हो जाएगा—

हर तार ज़ पैराहने-फ़ानूस कमंदेस्त
गुस्ताख़ी-ए-परवाना न अज़ बालो-परे-ऊस्त

(फ़ानूस के लिबास का हर तार एक कमंद है। यह जान लेना चाहिए कि परवाना अपने बालो-पर के ज़ोर पर गुस्ताख़ी नहीं करता)

□□

एहतरामुद्दौला

उम्दतुलहुरामुद्दौला हकीम मुहम्मद अहसनुल्लाह ख़ां बहादुर कहने को तो महज़ ख़ानसामां थे और अपना दफ़्तर हमेशा ख़ानसामानी की इमारत में ही क़ायम रखते थे, वज़ीरे आज़म या मीर बख़्शी की तरफ़ वह कभी नज़र न आते थे, लेकिन हक़ीक़त यह है कि सल्तनत के कामों में वह जितना दख़ल रखते थे वलीअहद या अव्वल वज़ीरे-आज़म को भी हासिल न था। कुछ तो इस बिना पर कि वह बादशाह के ख़ास हकीम थे और कुछ इस वजह से कि उनके राजसी गुणों और वज़नदार बातों के सबब बादशाह के यहां उनकी हर राय क़ुबूल होती थी, हकीम अहसनुल्लाह ख़ां के मर्तबे बहुत थे। बादशाह के मुख़्तारे-कार ख़्वाजासरा महबूब अली ख़ां के बराबर प्रभावी शख़्स सारे क़िले में हकीम अहसनुल्लाह ख़ां ही थे। हवेली के अंदर अलबत्ता मलिका-ए-दौरां नवाब ज़ीनत महल के आगे किसी की कम ही चलती थी। फ़र्क़ बहरहाल यह था कि नवाब ज़ीनत महल हों या ख़्वाजासरा महबूब अली ख़ां, रिआया में महबूबियत और मक़बूलियत हकीम अहसनुल्लाह ख़ां के ही हिस्से में आई थी।

मुग़ल बादशाहों का दस्तूर था कि सरकारी दावतों के सिवा उनके साथ खाने में ख़ानदानवाले और ख़ानदानवालों में भी क़रीबी लोगों के सिवा कोई शरीक न होता था। शाही औरतें तो बिल्कुल ही एकांत में खाना खाती थीं। पर्दे के इस इंतज़ाम के बावजूद बादशाहों का खाने का मौक़ा अजब चहल-पहल, गहमागहमी और थोड़ी बहुत हंसी-चुहल और बहुत कुछ रश्क, बल्कि ईर्ष्या का मौक़ा होता था। खाने के बाद बादशाह कभी-कभी किसी बहुत अहम मामले पर गुफ़्तगू करने या अर्ज़ सुनने के लिए किसी बहुत ही क़रीबी अमीर या मंसबदार को गिलौरी में शरीक करता था। अबू ज़फ़र सिराजुद्दीन मुहम्मद बहादुर शाह सानी ने बावजूद इसके कि उनके संसाधन सीमित और ज़रूरतें बेहद लंबी-चौड़ी थीं, अपने पूर्वजों के तौर-तरीक़े बाक़ी रखे थे। आज के दिन भी ऐसा हुआ था कि रोज़मर्रा जैसा दरबार ख़त्म करके बादशाह उठ खड़े हुए तो जसोलिनी ने भवों के इशारे से समझ लिया कि महल के अंदर तस्बीहख़ाने की तरफ़ जाने का इरादा है। उसने आवाज़ लगाईः

"ख़बरदार! पीरो-मुर्शिद, हुज़ूरे-आली, बादशाह सलामत, उम्रदराज़।"

इधर बादशाह का क़दम तख़्त से उतरकर आगे आया कि जसोलिनी तेज़ क़दमों से आगे बढ़ी और हर चंद क़दम पर कड़कदार सुरों में सबको ख़बर करती चली, "जहांपनाह, बादशाह सलामत! महाबली, बादशाह सलामत!"

"ख़बरदार, पीरो-मुर्शिद, हुज़ूरे-आली, बादशाह सलामत, उम्रदराज़।"

"आलमपनाह, बादशाह सलामत, महाबली, उम्रदराज़, अदब से मुजरा करो।"

अंदर तमाम बेगमें इज़्ज़त देने के लिए सीधी खड़ी हो गईं; तख़्त के पीछे ख़्वाजासरा मोरछल हिला रहा है, बादशाह आकर तख़्त पर जल्वाफ़रमा हुए। बेगमों और शाहज़ादियों ने अपने-अपने रुत्बे के मुताबिक़ दूर या पास से सलाम किया। ज़नाना तस्लीमों के ख़त्म होते-होते ख़ासेवालियों ने सात गज़ लंबा, तीन गज़ चौड़ा एक चमड़ा बिछाया। उस पर एक सफ़ेद दस्तरख़ान बिछाया और फिर दस्तरख़ान के बिल्कुल बीच में दो गज़ लंबी, डेढ़ गज़ चौड़ी और छह गिरह ऊंची एक चौकी रखी। उस चौकी पर फिर एक चमड़ा और सफ़ेद दस्तरख़ान बिछाकर बेशुमार खाने सजाए कि सब मुहरबंद सीनियों में और ख़ानपोशों से ढके हुए थे। खानों पर सोने-चांदी के वर्क़ जगमगाकर बहार दे रहे हैं। मुश्क, ज़ाफ़रान, अंबर, गुलाब और केवड़े की बहुत हल्की फुहारें हो रही हैं। दाईं तरफ़ की एक ख़वास ने, जो कि इसी काम के लिए मुक़र्रर थी, बिस्मिल्लाह कहकर पहला निवाला तोड़ा और बादशाह के मुंह में दिया। इधर लुक़्मा उठा, उधर चोबदार पुकारा, "ख़ासा मुबारक।" इस आवाज़ के बुलंद होते ही बाहर भी देगों, लगनों और देगचों के मुंह खुल गए और रोज़ के आने-जाने वालों के अलावा इत्तफ़ाक़िया आने वाले मुसाफ़िर, ज़रूरतमंद, भूखे, सबने छककर खाया और मौसम के लिहाज़ से पेट भरकर शर्बत पिया। ख़ासा ख़त्म होते ही बाहर से दुआओं की आवाज़ें बुलंद हुईं, "महाबली की उम्र दराज़, पीरो-मुर्शिद का साया सलामत, अल्लाह हमारे बादशाह जमजाह को हमारे सरों पर क़ायम रखे।"

ख़ासबरदारनी ने महाबली की ख़िदमत में गिलौरियों के ख़ासदान, नागरदान रखे। हर गिलौरी सोने के वर्क़ में लिपटी हुई। पान की तहों को बराबर रखने के लिए हर गिलौरी में बारीक सी चांदी की सलाई पिरोई हुई, जहांपनाह जिस गिलौरी को मुबारक हाथों से उठाते, उसकी चांदी की सलाई ख़ासबरदारनी को बख़्श देते। इधर गिलौरी मुंह में रखी गई कि भिंडेबरदारनी ने हुज़ूर की ख़िदमत में भिंडा हाज़िर किया। ताज़ा, ख़ुशबूदार, बबूल के कोयलों के अंगारों की चमक सुनहरी रुपहली चिलम पर चांदी के चंबलपोश के पीछे से लाल याक़ूत की तरह चमकती हुई, सोने की जड़ाऊ मुंहनाल, चार गज़ की फ़तहपेच (आम लोगों की ज़बान में पेंचवान) पर रंगीन रेशम के धागे, चांदी और सोने की तारकशी, पेच पूरे का पूरा गुलाबजल में बसा हुआ, उसकी नर्म ख़ुशबू और सेब के गुड़ाकू की तल्ख़ और भीनी ख़ुशबू मिलकर अजब बहार पैदा कर रही थीं। सोने-चांदी का गंगा-जमनी नक़्क़ाशीदार हुक़्क़ा (आम

लोगों की ज़बान में फ़र्शी) चांदी के बड़े से तश्त में मज़बूत जमाया हुआ। भिंडा क्या था, ख़ुशबू और गर्मी और नक़्शो-रंग का निगारख़ाना था।

जहांपनाह जब तक भिंडे के कश लेते रहे, मोरछलबरदार और पंखाबरदार दोनों ज़रा दूर हट गए कि ख़ुदा न करे पंखे की हवा का कोई झोंका चिलम से किसी नादान चिंगारी को अपनी जगह से छलांग लगाने की जुरअत अता कर दे। नवाब ज़ीनतमहल साहब का भिंडा अलग उनकी ख़िदमत में हाज़िर किया गया। बहुत ही ख़ास मौक़ों पर महाबली अपने भिंडे की मुंहनाल किसी बेगम को ख़ास ऊलूश के तौर पर इनायत करते, वरना खाने के बाद की महफ़िलों में नवाब ज़ीनतमहल साहब के अलावा किसी को जहांपनाह के सामने भिंडे का लुत्फ़ उठाने की इजाज़त न थी। नवाब ज़ीनतमहल के दिल में थी कि जहांपनाह भिंडे से फ़ारिग़ हो लें तो इससे पहले कि वह आराम के लिए हम्माम में तशरीफ़ ले जाएं, अपने चहेते बेटे मिर्ज़ा जवांबख़्त बहादुर की पांचवीं सालगिरह के बारे में कुछ अर्ज़ करें। हम्माम में शाही बेगमों को आमतौर पर दाख़िला न मिलता था। हवेली मुबारक का हम्माम कोई नहाने-धोने का कमरा या गुसलख़ाना न था। वह एक मुकम्मल इमारत थी और इमारतों से अलग बनी हुई थी। उसे सर्दियों में गर्म और गर्मियों में सर्द रखा जाता था। बादशाह के ठहरने और आराम करने का महल बीच में था और उसके चारों तरफ़ दो गोल राहदारियां थीं, जिनमें मौसम के मुताबिक़ ठंडी या गर्म नहरें और फ़व्वारे रवां रहते थे। बीच में कई बड़े-बड़े हौज़, जिनमें मौसम के एतबार से .ख़ुशबूदार पानी भरा रहता था। झरोखों, खिड़कियों और राहदारियों की बनावट ऐसी थी कि कैसा ही उमस भरा हुआ या बेहवा मौसम हो, उनमें हल्की-हल्की हवा हर वक़्त बहती थी। और सारी इमारत में नर्म .ख़ुशबुओं की लपटें आती थीं। इमारत के दो दर्जे थे। वह दर्जा जो दरिया-ए-जमना के रुख़ पर था, उसे सर्द हम्माम और दूसरा जो मोती मस्जिद के रुख़ पर था, उसे गर्म हम्माम कहते थे।

हम्माम दरअसल बहुत ख़ास शाही मुलाक़ातों की जगह था (मसलन औरंगज़ेब ने शिवाजी को हम्माम में मुलाक़ात का सम्मान बख़्शा था), या फिर बादशाह उसे अपने लिए एकांत और आराम और ध्यान और चिंतन की जगह के लिए इस्तेमाल करता था। उस दिन भिंडे का दौर उम्मीद के ख़िलाफ़ कुछ जल्द ख़त्म हो गया और जहांपनाह किसी को मुंह खोलने का मौक़ा दिए बग़ैर उठ खड़े हुए। जसोलिनी ने तेज़ी से आगे बढ़कर आवाज़ लगाईः

"ख़बरदार, अदब से मुजरा करो। पीरो-मुर्शिद, बादशाह सलामत।"

इतनी देर में जसोलिनी और दूसरी ख़वासों ने अंदाज़े से समझ लिया कि बादशाह का रुख़ हम्माम की तरफ़ है। कई आवाज़ें बुलंद हुईं:

"हम्माम मुबारक! महाबली को सर्दो-गर्म आराम नसीब हो।"

बादशाह ने दीवाने-ख़ास से बाहर क़दम रखा तो पेशी के ख़वासी ने तीन तस्लीमें अदा कीं और हुक्म का इंतज़ार करने लगा। यह इसलिए कि जहांपनाह कभी-कभी किसी शाहज़ादे या सल्तनत के किसी बड़े मंसबदार को भी हम्माम में तलब फ़रमा लेते थे। बादशाह एक लम्हे के लिए रुके, फिर बहुत नर्म सुरों में ख़वासी से फ़रमायाः “एहतरामुद्दौला बारयाबी चाहते थे। क्या वह नशिस्त में मौजूद हैं?”

ख़ानसामां का दफ़्तर जिसे अवाम 'ख़ानसामानी' कहते थे, दीवाने-आम से बिल्कुल लगा हुआ था। हवेली के लोग उसे 'नशिस्त' कहते थे।

ख़वासी ने सीने पर हाथ रखा और झुककर अर्ज़ कियाः “हुज़ूर की तलबी पर कान लगाए हुए हैं।”

“वलीअहद सोयम बहादुर से अर्ज़ करें कि हम्माम में आने की ज़हमत करके हमसे हमकलाम हों,” बादशाह ने फ़रमाया। “वह मुजराई हो लें तो एहतरामुद्दौला बहादुर को हम्माम में तशरीफ़ लाने की ज़हमत दी जाए।”

मिर्ज़ा फ़तहुलमुल्क बहादुर अपनी तमाम ख़ूबियों और अच्छी आदतों के बावजूद बादशाह को अज़ीज़ न थे। यूं तो सबसे छोटी औलाद होने और फिर उस पर तुर्रा यह कि नवाब ज़ीनतमहल की कोख से पैदा होने के सबब मिर्ज़ा जवांबख़्त बहादुर सबके चहेते थे लेकिन जहांपनाह की निगाह में मिर्ज़ा दाराबख़्त बहादुर और फिर उनके बाद मिर्ज़ा कयूमर्स बहादुर ज़्यादा महबूब थे। मिर्ज़ा फ़तहुलमुल्क को नए ज़माने की बातों, तौर-तरीक़ों और रस्मों में दिलचस्पी थी और यह बात बादशाह-ज़ीजाह को बहुत पसंद न थी। लेकिन मिर्ज़ा फ़तहुलमुल्क बहादुर की उच्च बौद्धिक क्षमता और उनकी शैक्षिक उपलब्धियों को हज़रत ज़िल्ले-इलाही मान्यता ज़रूर देते थे और इस बात को भी पसंद करते थे कि मिर्ज़ा फ़तहुलमुल्क बहादुर की शक्ल-सूरत और पहनने-ओढ़ने का तरीक़ा बादशाह आलमपनाह से बहुत मिलता-जुलता था। बल्कि हवेली में जलने वाले तो यह भी कहते थे कि मिर्ज़ा फ़ख़रू ने जानबूझकर ज़िल्ले-सुब्हानी जैसा पहनावा और शक्ल सूरत अपनाई है कि लोग उन्हें ही बादशाह का क़ायम-मुक़ाम समझें।

हक़ीक़त यह है कि बादशाह बनने का अरमान सभी शाहज़ादों के दिल में था। सभी अपनी-अपनी जगह ख़्याल करते थे कि किसी वक़्त भी पासा यूं पलट सकता है कि हमारी ही पौ-बारह हो जाए। हालांकि अंग्रेज़ बहादुर ने मिर्ज़ा दाराबख़्त बहादुर को पहले ही दिन से वलीअहद तस्लीम कर लिया था लेकिन मुग़ल बादशाही में वलीअहदी और बादशाही किसी का हक़ न थीं। फिर यह भी था कि जिसे वलीअहद मुक़र्रर किया गया वह बादशाह बना ही नहीं। शाहज़ादा मुहम्मद दाराशिकोह की मिसाल सबके सामने थी। मुग़ल बादशाही में बादशाहत के लिए कोई रस्म, कोई क़ानून न था। लिहाज़ा मिर्ज़ा दाराबख़्त की वलीअहदी के बावजूद दूसरे शाहज़ादे भी

दिल में अरमान तो रखते ही थे कि हम ही तख़्त के वारिस हों। और उस गुंजलक, उस उलझन से भरे हुए ज़हनी व दिली माहौल में नवाब ज़ीनतमहल के दाख़िले ने एक बिल्कुल ही नया तत्व जोड़ दिया था।

नवाब ज़ीनतमहल को बादशाह ने 1840 में अपनी मलिका बनाया था। उस वक़्त बादशाह की उम्र पैंसठ साल और ज़ीनतमहल की उम्र उन्नीस साल लेकिन कुछ लोगों के मुताबिक़ सोलह साल थी। घनश्याम लाल आसी ने तो (शायद इसलिए कि वह बादशाह-जमजाह से कुछ चिढ़ उनके वलीअहदी के ज़माने से ही रखते थे; इस का ज़िक्र ऊपर आ चुका है) बादशाह की उम्र और भी ज़्यादा और बादशाह बेगम की उम्र और भी कम लिखी है। शादी के मौक़े पर उन्होंने तारीख़ लिखी, बल्कि तारीख़ के नाम पर आला हज़रत को मज़ाक़ और मख़ौल का निशाना बनाया—

बेफ़स्ले-गुल मज़ा दे हरगिज़ न सैरे-गुलशन
बरसाए लाख गौहर बेवक़्त अब्रे-बहमन
शाहो-गदा तलक है यह बात सब पे रोशन
जो काम है जवां का आए न पीर से बन
पूछा जो हातिफ़ी से दिल ने बवक़्ते-गुफ़्तन
दी ये निदा-ए-ग़ैबी बारह सौ अब हैं छप्पन
उसमें जो तर्ज़े-नौ से दिखलाए सामरी फ़न
उस्ताद तुझको जाने हर शैख़ और बरहमन
बकरे-उरूसे-नौ का लूटेगा कौन जोबन
हफ़्ताद-साला दूल्हा ग्यारह बरस की दुल्हन

ये अशआर कहकर आसी ने अपना ग़ुस्सा तो शायद ठंडा कर लिया हो पर देहली में यह नज़्म बिल्कुल गर्म न हुई। आसी को ख़्याल रहा होगा कि चंद ही दिनों में ये अशआर बच्चे-बच्चे की ज़बान पर होंगे लेकिन देहली के ठिठोलिए बात का मौक़ा-महल और मर्तबे के ख़्याल के तक़ाज़े ख़ूब समझते थे। आसी के अशआर तो फ़ौरन भुला दिए गए, उधर साल भर के अंदर ही अंदर बादशाह सलामत ने नवाब ज़ीनतमहल की गोद एक इंतेहाई हसीन और चांद-पेशानी बेटे से हरी कर दी। बदख़्वाह मुंह देखते रह गए। लेकिन नए बेटे की पैदाइश और नवाब ज़ीनतमहल की महत्वाकांक्षा अपने मसले भी लाई। ज़ीनतमहल ने अपने बेटे की वलीअहदी के ख़्वाब देखने शुरू कर दिए। मिर्ज़ा दाराबख़्त बहादुर उर्फ़ मिर्ज़ा शब्बू के होते तो किसी तब्दीली की गुंजाइश बज़ाहिर न थी और हज़रत क़द्रे-क़ुदरत बादशाह सलामत भी किसी तब्दीली की ताईद न फ़रमाते लेकिन मलिका-ए-दौरां ने चुपके-चुपके मैटकाफ़ साहब कलां बहादुर को अपने मुआफ़िक़ बनाने की कोशिशें शुरू कर दीं।

तोहफ़े-तहाइफ़ भिजवाने और साहब कलां बहादुर की दावतें करने के अलावा वह उनके यहां की मेम साहिबान से भी रब्त-ज़ब्त पैदा करने की कोशिश करने लगीं। हालांकि साहिबाने-ज़ीशान के यहां अपना रसूख़ पैदा करने की यह कोशिश अभी तक कामयाब न हुई थी लेकिन ज़ीनतमहल के सामने उम्र का लंबा अरसा था और वह इंतज़ार का भी हुनर जानती थीं।

बादशाह आहिस्ता-आहिस्ता हम्माम की तरफ़ बढ़े। उधर मिर्ज़ा फ़तहुलमुल्क बहादुर को इत्तेला हुई कि महाबली याद फ़रमाते हैं। उनकी ड्योढ़ी दीवाने-आम के सामने वाले मैदान के परली तरफ़ थी। वहां से हम्माम तक का सफ़र आधी घड़ी से भी कम था। मुग़लिया शाहज़ादों और अमीरों के तौर के मुताबिक़ और लखनऊ के रईसों के तौर के बरख़िलाफ़ शाहज़ादा ग़ुलाम फ़ख़रुद्दीन भी सवेरा होने के वक़्त से रात को आराम फ़रमाने तक पूरे दरबारी लिबास में रहते थे, चाहे वह दिन दरबार में उनकी हाज़री का हो या न हो। लिहाज़ा वलीअहद सोयम को पेशी के लिए कोई प्रबंध न करना पड़ा और वह बहुत जल्द हम्माम के दरवाज़े पर पहुंच गए। वहां चोबदार शायद उन्हीं की राह देख रहा था और वो उन्हें फ़ौरन अंदर ले गया।

बाहर की खुली हवा और रोशनी के बाद हम्माम के अंदर की फ़िज़ा धुंधली मगर सर्द और ख़ुशगवार महसूस हुई। चूंकि हम्माम में मिर्ज़ा फ़ख़रू बहादुर की तलबी कई बार हो चुकी थी इसलिए उन्हें अजनबीयत का या राह समझने में किसी मुश्किल का अहसास न हुआ। उनके दिल में उस वक़्त यह कुरेद ज़रूर थी कि उस वक़्त कोई ऐसे आसार न थे कि हुज़ूरे-पुरनूर किसी बात पर वलीअहद सोयम से मशवरा करना चाहते हैं, लिहाज़ा यह तलबी कुछ ज़रा सी फ़िक्रमंदी का सबब ज़रूर थी। लेकिन उन्हें यह इत्तेला भी मिल गई थी कि हुज़ूरे-पुरनूर क़द्रे-क़ुदरत ने एहतरामुद्दौला को भी तलब किया है। इसलिए कोई चिंता की बात न हो सकती थी।

हम्माम का ऊपरी दर्जा क़ायदे के मुताबिक़ राहदारियों से घिरा हुआ एक मंझोले दर्जे का कमरा था जिसमें हल्की हरी रोशनी हो रही थी। बीचोंबीच नहर बह रही थी जिसमें एक छोटा सा फ़व्वारा लौंग और दालचीनी के इत्र की हल्की ख़ुशबू बिखेर रहा था। संगमरमर के सफ़ेद-काले फ़र्श पर कोई दरी या क़ालीन न था। एक तरफ़ क़ो आबनूस का एक भारी और चांदी के नक़्क़ाशीदार पायों वाला तख़्त था जिस पर एक तरफ़ जानमाज़ और उसके साथ चांदी के रिहल पर कलामे-पाक का एक बड़ा, सुनहरा और जिल्द बांधा हुआ नुस्ख़ा और एक तरफ़ आला हज़रत की सब्ज़ जामावार की ख़फ़्तान और कारचोबी चौकोनी टोपी धरी थी। आबनूसी चौकी से कुछ हटकर एक सजी हुई छपरखट जिसके पाये चांदी के और पर्दों के डंडे नक़्क़ाशीदार और भारी पीतल के थे। दोनों तरफ़ रोयें वाली मख़मल के बड़े-बड़े तकियों का सहारा लिए हुए ज़िल्ले-सुब्हानी पलंग पर आधे लेटे थे। ज़मर्रुद की तस्बीह हाथ में, आंखें

अधखुली, उंगलियां आहिस्ता हरकत कर रही थीं। मिर्ज़ा फ़ख़रू के पांवों की आहट पहचानकर उन्होंने आंखें खोलीं और प्यार भरे लहजे में इरशाद फ़रमाया, "आओ, तुम्हारा आना हमारे लिए ख़ुशी का सबब है। आओ, मिर्ज़ा फ़ख़रू बैठो।"

चूंकि बादशाह के सामने किसी को बैठने की इजाज़त न थी, इसलिए पूरे कमरे में बैठने के लिए कोई संदली या कुर्सी की क़िस्म की चीज़ न थी। बेगमात और शहज़ादे आला हज़रत का इशारा समझकर पलंग की पायंती या नमाज़ की चौकी पर टिक जाते थे। इस बार हुज़ूरे-अनवर ने आंख के इशारे से फ़रमाया कि मेरी पायंती बैठो। मिर्ज़ा फ़ख़रू ने तीन तस्लीमें कीं और हुज़ूर के पांव को हाथ लगाकर पायंती की पट्टी पर टिक गए। पट्टी ख़ुद ही कोई एक बालिश्त चौड़ी थी, उस पर नर्म गद्दे का फ़र्श, बैठने में कोई ज़हमत न थी। मिर्ज़ा फ़ख़रू बहादुर ने सर झुकाकर बादशाह के पांव हल्के-हल्के दबाने शुरू किए।

"अमां मिर्ज़ा फ़तहुलमुल्क," अचानक बादशाह आलम-आगाह ने ख़ामोशी तोड़ी। "कहीं पैग़ाम भिजवाने के बारे में राय तुम्हारी क्या है और क्या अमल है?"

मिर्ज़ा फ़ख़रू सन्नाटे में आ गए। 'हुज़ूर को कैसे ख़बर लग गई,' उन्होंने घबराकर दिल में कहा। ये बातें तो एहतरामुद्दौला के सुपुर्द थीं। लेकिन हुज़ूर के सवाल में जो इशारा था उसे नज़रअंदाज़ करके जवाब दिया जाए तो... बादशाहे-मुअज़्ज़म ख़फ़ा तो न होंगे? एक पल रुककर मिर्ज़ा फ़तहुलमुल्क ने फ़रमाया, "अभी तक तो ऐसे तमाम मामले जहांपनाह की मेहरबान छांव और रहनुमाई में तय होते रहे हैं।" वह पल भर ठहरे, "दूसरे यह कि तैमूरिया ख़ानदान में शाही घराने से पैग़ाम कभी किसी के यहां जाता नहीं है।"

"दुरुस्त," बादशाह ने नर्म लहजे में कहा। "हमारी लड़कियों के लिए दर्ख़ास्तें आती हैं जो क़ुबूल या नाक़ुबूल होती हैं... या चग़ताई ख़ानदान का सरबराह जो सलतनत का हाकिम भी होता है, कभी-कभी ख़ुद कोई मुनासिब शौहर तजवीज़ कर देता है।"

"पीरो-मुर्शिद दुरुस्त फ़रमाते हैं। यूं भी हुआ है कि हमारी बेटियों के मर्तबे के मुताबिक़ वर न मिला तो इन पर्दानशीनों ने कुवांरपने को ही अपने लिए पसंद किया है।"

"लड़कों के लिए बाहर की किसी पवित्र बीबी पर हमारी नज़रे-इंतख़ाब कभी पड़े तो हम उसे निकाही करके घर ले आते हैं," बादशाह ने आगे फ़रमाया।

मिर्ज़ा फ़ख़रुलमुल्क बहादुर ने मामले को समझ लिया था लेकिन अदब के लिहाज़ की वजह से साफ़-साफ़ बात करने से कतरा रहे थे। 'आख़िर ये एहतरामुद्दौला कहां रह गए?' उन्होंने दिल ही दिल में ख़ुद से उलझते हुए कहा।

"मिर्ज़ा अबूबक्र बहादुर की वालिदा ने परलोक की राह लेकर फ़िदवी को बहुत

तन्हा कर दिया," उन्होंने रुकते हुए जवाब दिया।

"हम जानते हैं कि हातिम ज़मानी दिल तुम्हारा मोह नहीं सकीं," बादशाह ने ठहर-ठहरकर, हर लफ़्ज़ पर थोड़ा ज़ोर देकर कहा। "लेकिन मिर्ज़ा इलाहीबख़्श पर हम पूरा भरोसा रखते हैं।"

"पीरो-मुर्शिद पर रोशन है कि मैं शरीअत के ख़िलाफ़ कोई काम नहीं करता," मिर्ज़ा फ़तहुलमुल्क बहादुर के लहजे में थोड़ा रूखापन था। "और ना ही मैं अपने से जुड़े लोगों में से किसी को ख़ुद से जुदा करना चाहता हूं।"

बादशाह दीनपनाह के चेहरे पर कुछ इत्मीनान की सी लहर की रोशनी फैली। लेकिन अभी उन्होंने बातचीत का सिलसिला दोबारा शुरू न किया था कि हम्माम के दरवाज़े पर आहट हुई और चोबदार की बुलंद लेकिन अजब तरह की शीरीं और नर्म आवाज़ सुनाई दीः "एहतरामुद्दौला हकीम मुहम्मद अहसनुल्लाह ख़ां बहादुर।"

बादशाह ने ताली बजाई। ताली बजते ही पर्दा हटा और हकीम अहसनुल्लाह ख़ां ने अंदर दाख़िल होकर कोर्निश अदा की, फिर तीन तस्लीमें बजा लाए और नाफ़ पर हाथ बांधकर बिल्कुल सीधे खड़े हो गए, इस तरह कि उनकी निगाह सीधे लेकिन बादशाह के पीछे दीवार पर किसी जगह जमी हुई थी।

"एहतरामुद्दौला बहादुर," बादशाह ने खिले हुए लहजे में कहा। "अमां तुम बहुत ख़ूब आए। और शायद जिस मामले को तुम हमारे कानों में डालना चाहते थे वह मामला अभी हमारे और वलीअहद सोयम बहादुर के बीच बातचीत में आ गया।"

हकीम अहसुनल्लाह ख़ां पल भर में मामले को समझ गए। आला हज़रत को हवेली के हालात की पूरी ख़बर रहती है, उन्हें शायद पता ही चल गया हो कि वलीअहद सोयम बहादुर फ़लां बेगम से ताल्लुक़ क़ायम करने के ख़्वाहिशमंद हैं। क़ुदरती बात थी कि बादशाह पूरे मामले की इत्तेला पाना चाहें। हकीम अहसनुल्लाह ख़ां ने निगाहें उसी तरह सामने रखे हुए अर्ज़ किया, "पीरो-मुर्शिद सब के दिलों का हाल जानते हैं। यह बात आम दुनिया में मशहूर है एक आलम पर ज़ाहिर है।"

"तो क्या तुम पैग़ाम भिजवाने की इजाज़त तलब करते हो?" बादशाह ने ज़रा तेज़ लहजे में पूछा।

मिर्ज़ा फ़तहुलमुल्क बहादुर चौंककर कुछ कहने ही वाले थे कि उन्होंने इंतेहाई अक़्लमंदी से काम लेकर अपनी ज़बान रोक ली। ख़िताब हुज़ूरे-अनवर का हकीम साहब की तरफ़ था, मेरा दख़ल देना बहुत बदतहज़ीबी की बात थी, उन्होंने दिल में कहा और एहतरामुद्दौला की तरफ़ उम्मीद भरी निगाहों से देखा।

"ज़िल्ले-सुब्हानी के बुज़ुर्गों की क़ायम की हुई रस्मों से बाल बराबर भी हटे हों तो हम गर्दन काटने लायक़ होंगे," हकीम अहसनुल्लाह ख़ां ने अदब से भरे लेकिन मज़बूत लहजे में कहा।

"गोलमोल बात क्यों कहते हो, तफ़्सील से और खोलकर बयान करो," बादशाह का लहजा अब भी ज़रा तेज़ था।

"आलमपनाह, मैं थोड़ी सी गुस्ताख़ी करूं तो पहले ही से माफ़ी का तलबगार हूं। जिन ख़ातून पर साहिबे-आलमो-आलमियान वलीअहद सोयम बहादुर की निगाहे-इंतख़ाब पड़ी है, वह बेवा हैं रामपुर के एक हैसियत वाले शरीफ़ सैयदज़ादे की। ठगों के ज़ालिम हाथों ने उन्हें क़ब्र तक पहुंचा दिया और यह बीबी अब दोबारा अपने प्यारे वतन देहली वापस आ गई हैं।"

"उनके हालात का हमें इल्म है। हम उम्मीद करते हैं कि अब वह वफ़ा और पाकीज़गी की सख़्त पर्दादारियों से क़दम बाहर न निकालेंगी।"

यह इशारा था वज़ीर ख़ानम की शुरुआती ज़िंदगी के हालात की तरफ़, और हालांकि बादशाह के ख़्याल के बरख़िलाफ़ मिर्ज़ा फ़तहुलमुल्क का ख़्याल था कि वज़ीर ख़ानम हमेशा वफ़ादार और पर्दादार रही थीं, फिर भी उन्होंने इस मौक़े पर ख़ामोश रहना ही बेहतर समझा।

"इन बीबी की बड़ी बहन यहां देहली में मौलवी मुहम्मद नज़ीर रिफ़ाई मुजद्ददी को ब्याही हैं। शरीफ़ और अच्छे खाते-पीते लोग हैं। सब मामले वह तय करेंगी। मौलवी सहबाई बीच में हैं।"

"और निकाह?"

"शहर में ही पढ़वा दिया जाएगा। यहां से किसी को ज़हमत न करनी होगी। बड़ी बहन की निगरानी में डोला हिफ़ाज़त के साथ हवेली मुबारक में आ जाएगा।"

"अच्छा, मिर्ज़ा फ़तहुलमुल्क बहादुर की यही मर्ज़ी है, तो सारे काम हुस्नो-ख़ूबी के साथ इस हवेली की शान के मुआफ़िक़ अंजाम पाएं," बादशाह ने एक लम्हा ख़ामोश रहकर कहा।

मिर्ज़ा फ़ख़रू ने बाप की तरफ़ अहसानमंदी की निगाह से देखा। एहतरामुद्दौला ने किसी क़रीने से समझ लिया कि अब हाज़री ख़त्म हुई। उन्होंने रिवाज के मुताबिक़ कोर्निश की, फिर तीन तस्लीमें बजा लाए और उल्टे पांव चलते हुए हम्माम से बाहर हो गए।

बादशाह ने मिर्ज़ा फ़ख़रू के कंधे हल्के से थपथपाए और कहा, "बहुत ख़ूब। अल्लाह तुम्हारे साथ हो।" वलीअहद सोयम ने खड़े होकर कोर्निश की और फिर पलंग की पट्टी पर टिककर बाप के पांव दबाने लगे। थोड़ी देर में बादशाह की आंख लग गई और वलीअहद सोयम भी हम्माम से बाहर चले आए।

□□

बड़ी बेगम

मौलवी मुहम्मद नज़ीर रिफ़ाई मुजद्ददी असलन दिल्ली वाले न थे। वह क़ौम के शैख़

फ़ारूक़ी और जन्म से बड़ौदा, गुजरात के थे। उनके वालिद शैख़ दीन मुहम्मद ने बड़ौदा में हज़रत सैयद नूरुद्दीन सैफ़ुल्लाह अलरिफ़ाई (इंतक़ाल 1225 हिजरी यानी 1810) के हक़परस्त हाथ पर बैअत की (उन्हें अपना पीर माना) और एक मुद्दत तक उन्हीं के आस्ताने पर ध्यान और इबादत करते रहे। रिफ़ाई सिलसिले के संस्थापक शैख़ अहमद अलरिफ़ाई (1106 से 1182) अरब नस्ल के थे मगर उन्होंने उम्र का बहुत बड़ा हिस्सा दक्षिणी इराक़ के दलदली इलाक़े की एक छोटी सी बस्ती बतायह में गुज़ारा। वह ख़ुद क़ादिरी सिलसिले में बैअत थे लेकिन उनके मामूं शैख़ मंसूर अल-बतायही ने उन्हें रिफ़ाइया या बताइहया सिलसिले का पीर और शैख़ मुक़र्रर कर दिया। बाद में यह सिलसिला सिर्फ़ अलरिफ़ाई के नाम से चला और दूर-दूर फैल गया। इब्ने-ख़ल्दून ने हज़रत शैख़ अहमद अलरिफ़ाई का तफ़्सील से ज़िक्र किया है। रिफ़ाई सिलसिले की मक़बूलियत मालदीप और सरानदीप होती हुई मुल्क दकन व हिंद और लखनदीप के जज़ीरों तक चौदहवीं सदी में पहुंची। इब्ने- बतूता ने मालदीप की रिफ़ाई ख़ानक़ाहों और इस सिलसिले के फ़क़ीरों का ज़िक्र किया है। मुल्क हिंद व दकन में यह सिलसिला बहुत जल्द दूर-दूर तक क़ायम हो गया।

गुजरात में रिफ़ाई सिलसिले के बुज़ुर्गों का आना बज़ाहिर सोलहवीं सदी में शुरू हुआ और चंद ही बरसों में इनकी ख़ानक़ाहें बड़ौदा, सूरत, रांदेर और दूसरे छोटे-बड़े शहरों में क़ायम हो गईं। हज़रत शैख़ सैयद नूरुद्दीन सैफ़ुल्लाह अलरिफ़ाई अठारहवीं सदी के गुजरात में अवाम में लोकप्रिय और बाइज़्ज़त बुज़ुर्ग थे। शैख़ नूरुद्दीन सैफ़ुल्लाह पर दिलो-जान से श्रद्धा के बावजूद शैख़ दीन मुहम्मद ने हज़रत शैख़ के उन मुरीदों के हल्क़े से कोई ताल्लुक़ न रखा जिनको रिफ़ाई रातिब से लगाव था। रिफ़ाई रातिब में शामिल लोग तरह-तरह के करतबों में महारत रखते थे। नाच-गाने के दौरान ख़ुद को तलवारों से ज़ख़्मी करना, अपने सर को लोहे या कांसे के गुर्ज़ से चोट पहुंचाना, उनके ख़ास मशग़ले थे। कोई-कोई रातिबदार तो अपने बदन के विभिन्न हिस्सों, मसलन गाल, रान, पेट, यहां तक कि ज़बान को भी तलवार, लोहे की मेख़ या क़ैंची से इस तरह ज़ख़्मी करते थे कि औज़ार जिस्म के उस हिस्से के पार हो जाता जिस पर वो चोट कर रहे होते। कुछ लोग अपनी सांस अंदर रोककर फिर नाक, मुंह और कान को मुकम्मल तौर पर बंद करके सांस को इस ज़ोर से बाहर फूंकते कि उनकी आंख कोटर से बाहर निकलकर उनके गाल पर लटक आती। इन आमाल को 'ज़रबे-रिफ़ाई' कहा जाता था। अवाम की ज़बान में इसे 'खेल' और 'खेलना' कहते थे।

कुछ पुराने रिफ़ाई रातिबदारों के बारे में मशहूर था कि वो ज़िंदा सांप निगलने और दहकते अंगारों पर चलने में कमाल रखते थे। बड़ौदा के रातिबदार आमतौर पर नौजवान लड़के थे और वो अपनी अक़ीदत के जोश और अपने मुर्शिद के रूहानी

पहुंचेपन का मुज़ाहिरा उर्स के मजमों और भरे बाज़ारों में करते थे।

कोई रातिबदार 'खेल' के दौरान कभी ज़ख़्मी न होता था। ज़ख़्मी होना तो बड़ी बात थी, ज़ख़्मों से छिदे किसी बदन से ख़ून की बूंद भी न ज़ाहिर होती थी। 'खेल' शुरू करने से पहले रातिबदार लड़के हज़रत नूरुद्दीन सैफ़ुल्लाह अलरिफ़ाई से या उनके नामज़द ख़लीफ़ा की ख़िदमत में हाज़िर होकर उनसे दुआ लेते और उनसे अपने हथियार पर दुआ दम करवाते। कभी-कभी यह भी होता कि चाक़ू, क़ैंची या मोटी सुई को ज़बान या किसी और अंग के आर-पार लिए-लिए रातिबदार अपने शैख़ की ख़िदमत में हाज़िर होता और उनके सामने उस क़ातिल औज़ार को खींचकर अलग कर देता। ख़ून की छींट भी न गिरती, सिर्फ़ एक निशान सा नज़र आता और मुर्शिद इस पर अपने मुंह का लुआब लगा देते तो वह निशान भी ग़ायब हो जाता।

रिफ़ाई रातिबदारों की सनसनीख़ेज़ हरकतों और उनसे जुड़े अदभुत कामों की वजह से रिफ़ाई सिलसिले के बुज़ुर्गों को बड़ौदा में (बल्कि तमाम मुल्क में, जहां-जहां वो थे) बेहद मक़बूलियत हासिल थी। लेकिन शैख़ दीन मुहम्मद का ख़्याल था कि दीन की गंभीर शरीअत और बुज़ुर्गों के तरीक़ों की पूरी पाबंदी निहायत ज़रूरी है और ऐसे काम जिनमें जिस्म को तकलीफ़ पहुंचाने या दिखावे या करतबबाज़ी का ज़रा सा भी शक हो, उन्हें मज़हबी रस्मों का दर्जा देना या उन्हें सूफ़ियों के तरीक़े या शरीअत के लिहाज़ से मुनासिब जानना रसूलुल्लाह की तालीमों के ख़िलाफ़ है। शैख़ दीन मुहम्मद अपनी इस राय को अपने शैख़ से मुहब्बत का हिस्सा और दलील जानते थे और हज़रत शैख़ नूरुद्दीन सैफ़ुल्लाह अलरिफ़ाई भी शैख़ दीन मुहम्मद पर कोई रोक-टोक न करते थे। उर्स के ज़माने में विभिन्न रंगों की झंडियां निकाली जातीं। हर रंग उन सिलसिलों में से किसी एक की नुमाइंदगी करता था, जिनमें शैख़ नूरुद्दीन अपने मुरीदों को बैअत करते थे। झंडियों पर हज़रत शैख़ या उनका कोई नामज़द ख़लीफ़ा दुआ पढ़कर दम करता, फिर छुरियों, क़ैंचियों, मेख़ों, नेज़ों और तलवारों वग़ैरा पर भी दुआ दम की जाती थी और रिफ़ाई रातिबदारों का जुलूस निहायत शान और जोशे-अक़ीदत के साथ सारे शहर का चक्कर लगाता और 'खेल' वाले नौजवान व लड़के तमाशाइयों को अपने अदभुत कार्यों से हैरानी में डाल देते। अक़ीदतमंदों का हुजूम नारे लगाता साथ चलता, लोग बढ़-बढ़कर सूफ़ी परंपरा के परचम को बोसा देते और रातिबदारों के हाथ और दामन चूमते।

इस तमाम मुद्दत में शैख़ दीन मुहम्मद अपने घर में बैठे रहते और हज़रत शैख़ भी उन्हें कभी ख़ानक़ाह में हाज़री का हुक्म न देते। कई साल यूं ही गुज़रे। लेकिन एक बार उर्स से कुछ दिन पहले हज़रत शैख़ नूरुद्दीन अलरिफ़ाई ने उन्हें अपने ख़ास कमरे में तलब किया और यूं बोलेः "दीन मुहम्मद, हम देखते हैं कि तुम दरवेशी की मंज़िलें तय करने की हर वक़्त कोशिशें करते रहते हो। तुम्हारे क़ौल और अमल

में ज़रा भी फ़र्क़ नहीं। यह बड़ा फ़ज़्ल तुम पर अल्लाह रब्बुल-आलमीनो-करीम का और दीन के बुज़ुर्गों और बड़े औलिया की तवज्जोह और बरकतों से है।"

शैख़ दीन मुहम्मद ने सर झुकाकर हाथ बांध लिए और कांपती आवाज़ में कहा, "यह नाकारा कुछ नहीं। सरकार के आला आस्ताने की सूरज जैसी ख़ाक की एक किरण ही है जो इस बेक़ीमत ज़र्रे को रोशन कर रही है।"

शैख़ नूरुद्दीन अलरिफ़ाई ने एक पल रुककर फिर फ़रमाया, "मगर मैं इधर एक मुद्दत से देख रहा हूं कि तुम्हारी तरक़्क़ी कुछ रुक सी गई है।"

शैख़ दीन मुहम्मद की आंखें भर आईं। उनकी समझ में न आ रहा था कि सच्चे मुर्शिद का यह इरशाद डराने के लिए है या हिम्मतअफ़्ज़ाई की कोई राह निकलने की भूमिका है। कुछ देर ख़ामोश रहने के बाद उन्होंने डरते-डरते कहा, "रहनुमा भी आप हैं, मंज़िल भी आप हैं। मैं आपके ऊंचे आस्ताने से उठकर कहां जाऊं?"

"कुछ रस्में और तरीक़े यहां के तुम्हारी नज़रों में नापसंदीदा, बल्कि ग़ैर शरई हैं। और बात सही भी है, अगर सख़्त शरीअतपसंद नज़रों से देखा जाए।"

शैख़ दीन मुहम्मद की समझ में न आता था कि अब क्या जवाब दें। क्या हज़रत के लिए मुमकिन था कि वह मेरी ख़ातिर रातिब के इन तरीक़ों, और कामों को बंद करा देते...? और मान लें ऐसा हो भी जाए तो मैं हज़रत शैख़ और उनके मुरीदों को भला मुंह दिखाने लायक़ रहूंगा? और मेरी मजाल क्या कि मैं शैख़ के किसी क़ौल या अमल को अपनी नाक़िस अक़्ल पर जांचूं और तौलूं? अगर मेरा दिल इत्मीनान नहीं पाता तो मैं इनका दामन छोड़कर किसी दूसरे कामिल को ढूंढूं और उसके दरबार से बरकत तलब करूं।

"बिल्कुल यही बात है," शैख़ नूरुद्दीन सैफ़ुल्लाह अलरिफ़ाई ने फ़रमाया, गोया उन्होंने शैख़ दीन मुहम्मद के दिल की बात सुन ली हो। "औलिया और पीरों के पीर का हुक्म यही है कि अगर एक मुर्शिद के यहां कली दिल की न खिले तो उसे किसी और के दर पर दस्तक देनी चाहिए।"

"तो क्या हुज़ूर मुझे दरगाह से बाहर निकाल रहे हैं?" शैख़ दीन मुहम्मद ने थर्राकर कहा।

"नहीं, तुम जहां जाओगे, हम तुम्हारे साथ होंगे। जिन बातों पर तबीयत तुम्हारी हटती है वो एक ज़माने से हमारे बुज़ुर्गों की चलाई हुई हैं। मैं या कोई भी पूर्वजों के तरीक़ों को छोड़ने वाला नहीं बन सकता कि इसका नतीजा लोगों में बिखराव पैदा कर सकता है और तुम्हारा दिल चूंकि यहां नहीं है, इसलिए तुम्हारी तरक़्क़ियां भी रुक गई हैं।"

शैख़ दीन मुहम्मद ने बेसाख़्ता हिम्मत करके शैख़ के क़दम लिए और रोकर बोले, "सरकार, मुझे यूं ही ज़ालिम और जाहिल मर जाने दें, ख़ुद से अलग न करें।"

हज़रत सैयद नूरुद्दीन सैफ़ुल्लाह अलरिफ़ाई ने पत्थर को पानी कर देने वाली मुस्कुराहट मुस्कुराकर फ़रमाया, "हम-तुम जुदा न होंगे, इंशाअल्लाह। मगर तुम्हारी शरीअतपसंद तबीयत को तरीक़त की वो राहें ज़्यादा रास आएंगी जहां शरीअत और तरीक़त की सरहदें एक हो जाती हैं। अब जाओ, तुम्हें अल्लाह को सौंपा।"

इसके बाद शैख़ नूरुद्दीन अलरिफ़ाई ने अपने कुर्ते से एक धज्जी फाड़कर शैख़ दीन मुहम्मद के गले में नाड़े की तरह बांधी और वह दुआ पढ़ी जो शैख़े-शयूख़े-आलम हज़रत बाबा फ़रीदुद्दीन मसूद गंजे-शकर ने हज़रत बाबा निज़ामुद्दीन सुल्तान जी साहब को आख़री बार रुख़सत करते वक़्त पढ़ी थीः अल्लाह तआला तुम्हें दीन-दुनिया की सआदत नसीब करे और फ़ायदेमंद इल्म और ऐसा अमल दे जो उसके यहां क़ूबूल हो।

यह वाक़ेआ जमादुल-अव्वल 1204 यानी जनवरी 1790 का है।

दीन मुहम्मद ने कई महीने पंजाब में बुज़ुर्गों के मज़ारों पर गुज़ारे। इसी सिलसिले में उन्होंने सरहिंद में भी कई दिन क़याम किया और शैख़ अहमद सरहिंदी के मज़ार पर कई दिन ध्यान में बैठे। हज़रत मुजद्दिद साहब के सिलसिले में शरीअत के हुक्मों की पाबंदी पर इसरार उनकी शरीअतपसंद तबीयत को बहुत भला लगा और उनका दिल मुजद्दिदी पीरों की तरफ़ खिंचने लगा। वह इसी फ़िक्र में थे कि किसी पहुंचे हुए हिदायत देने वाले पीर का पता मिल जाए तो उसके सामने घुटने टेकें कि उन्हें शाह ग़ुलाम अली साहब के बारे में मालूम हुआ कि वह सरहिंद में तशरीफ़ रखते हैं। शाह ग़ुलाम अली साहब को एक दुनिया हज़रत मिर्ज़ा मज़हर जाने-जानां शहीद के सबसे बड़े ख़लीफ़ाओं में शुमार करती थी। शाह साहब क़याम तो देहली में फ़रमाते थे लेकिन मुजद्दिदी सिलसिले के एक इंतेहाई नुमायां और पवित्र शख़्स होने की वजह से सरहिंद भी अक्सर आते-जाते रहते थे। शैख़ दीन मुहम्मद ने अपने दिल रूपी शिकार को हज़रत शाह साहब की ज़ीन के तस्मे से बांध लिया और उन्हीं की तरफ़ अपना रास्ता मोड़कर उनके साथ-साथ ही देहली आ गए।

देहली में शैख़ दीन मुहम्मद शाह साहब के हुक्म की तामील में ज़ीनतुल-मसाजिद के मदरसे में उस्ताद हो गए और शाह साहब के ही हुक्म के मुताबिक़ एक ग़रीब बेवा से शादी करके गृहस्थी की और समाज के एक कारआमद शख़्स की ज़िंदगी गुज़ारने लगे। अपने शैख़ की निस्बत से वह ख़ुद को रिफ़ाई हिंदी कहने और कहलाने लगे। शाह ग़ुलाम अली साहब ने इस दुनिया से कूच फ़रमाया (1824) तो उस वक़्त तक शैख़ दीन मुहम्मद दुनियावी और दीनी दोनों लिहाज़ से मोहतरम हो चुके थे। शैख़ नूरुद्दीन सैफ़ुल्लाह अलरिफ़ाई की भविष्यवाणी हर्फ़-बहर्फ़ पूरी उतरी थी। शैख़ दीन मुहम्मद को शाह ग़ुलाम अली साहब ने ख़लीफ़ा तो नामज़द न किया

लेकिन एक दिन जब मिज़ाज में ख़ूब मस्ती थी, तो उन्होंने फ़रमाया और शैख़ दीन मुहम्मद को निहाल-निहाल कर दियाः "मियां दीन मुहम्मद, तुम और तुम्हारे पुराने शैख़ हमारे साथ हैं।"

शैख़ दीन मुहम्मद ने अपने बेटे मौलवी मुहम्मद नज़ीर को अच्छी तालीम दिलाई और उन्हें मुजद्दिदी और रिफ़ाई दोनों सिलसिलों में ख़ुद ही बैअत किया। बाप की मौत के बाद मौलवी मुहम्मद नज़ीर के मुलाक़ातियों का दायरा और भी फैला। उनमें कुछ लोग ऐसे थे जो अकबरी बाई फ़र्रुख़ाबादी और उनके दामाद मुहम्मद यूसुफ़ सादाकार से भी रस्मो-राह रखते थे। मुहम्मद नज़ीर अब शादी की उम्र को पहुंच चुके थे और माली हैसियत उनकी काफ़ी मज़बूत थी क्योंकि रिफ़ाई और मुजद्दिदी दोनों सिलसिलों के मानने वालों का उनके यहां आना-जाना था। कुछ ख़ैरख़्वाह बीच में पड़े और मुहम्मद यूसुफ़ सादाकार की बड़ी बेटी अनवरी ख़ानम शरीफ़ाना धूमधाम से ब्याह कर मौलवी मुहम्मद नज़ीर के घर आ गईं। कई साल बाद अल्लाह ने उन्हें बेटी अता की, चंदे आफ़ताब चंदे माहताब। अमतुल-फ़ातिमा नाम रखा गया। बड़े नाज़ों में पली मगर शिक्षा और घरेलू कामकाज से भी उसे पूरी तरह वाक़िफ़ रखा गया।

नवाब मिर्ज़ा अपने रोज़ के फेरे पर ख़ाला के घर में मौजूद था। फ़ातिमा से हल्की-हल्की मासूमाना छेड़छाड़ जारी थी। बड़ी ख़ालाजान से भी वह अपने रोज़ाना वाले सवाल कर रहा थाः "बड़ी ख़ालाजान, घर में घी ख़त्म हो गया हो तो ला दूं। आज मेरा गुज़र क़दम शरीफ़ की तरफ़ हुआ तो देखा कि वहां दर्जनों मेवाती उम्दा क़िस्म का घी लिए हुए बेचने को आए थे। आप हुक्म करें तो लपक-झपक दो सेर ख़ालिस घी अपने सामने तुलवाकर कुप्पी भरवा लाऊं।"

"'ए चल चख़े। एक हमें तू ही मिला है। घी से कपड़े चीकट करने के लिए मेरे घर में नौकर नहीं हैं क्या?" बड़ी बेगम हंसकर बोली।

"'अच्छा तो आज आज़ादपुर की मंडी में काबुल का सर्दा और गर्मा ख़ूब गिरा है। अभी चला जाऊं तो ऐसे फल लाऊं हूं कि ख़ालूजान भी ख़ुश हो जाएंगे।"

"'अल्लाह तुझे अक़्ल देवे," बड़ी बेगम ने वैसी ही ख़ुशदिली से कहा। "'तेरे ख़ालूजान सुन लेवेंगे कि मैंने छोटी के लाड़ले को आज़ादपुर बाज़ार करने को भेज दिया तो अल्लाह जाने वो मेरी क्या गत कर डालेंगे।"

फ़ातिमा ने कुछ शर्माते हुए हल्की सी मुस्कान के साथ कहा, "अल्लाह भाई जान आप क्या-क्या शगूफ़े छोड़ते रहते हैं," वह एक अदा से दुपट्टा मुंह पर रखकर हंसी। "यहां किसी शै की कमी तो है नहीं..."

"'जी बहुत ख़ूब," नवाब मिर्ज़ा ने तड़ से जवाब दिया। "लेकिन मैं तो हर शै में किसी शै की कमी पाता हूं...।"

फ़ातिमा शर्माई जा रही थी। इस जुम्ले का जवाब उससे बन भी न सकता था और वह इस फ़िक्र में भी थी कि भाईजान बात ख़त्म करें तो मैं किसी तरह बात बनाकर बात को टाल दूं, कि बाहर से आवाज़ आईः "'बंदगी सरकार। पर्दा करा लें। मौलाना सहबाई साहब और उनकी बेगम तशरीफ़ लाए हैं।"

बड़ी बेगम कुछ घबराकर उठीं। मौलवी सहबाई साहब की बेगम तो बहुत कम कहीं आती-जाती थीं, आज कोई ख़ास बात होगी। उन्होंने नवाब मिर्ज़ा से कहाः "बेटे, तू जल्द दीवानख़ाने में मौलवी साहब को बिठा, उनका ख़ूब एहतेराम कीजो। तेरे ख़ालू साहब शाह साहब के यहां गए हैं, आते ही होंगे। इतने तू मौलवी साहब से बातें कर, मैं अभी भिंडा और पान भेजती हूं। और चल तू जल्द यहां से हट कि मैं पर्दा कराऊं।"

नवाब मिर्ज़ा तो टोपी-कुर्ता दुरुस्त करता हुआ भागकर मर्दाने दरवाज़े पर गया और मौलवी साहब को सलाम करके, हवादार से उतारकर पूरी इज़्ज़त के साथ दीवानख़ाने में ले आया। इस बीच अंदर से आवाज़ आ चुकी थी कि पर्दा है और बेगम सहबाई साहब की पालकी ज़नाना दरवाज़े पर लगा दी गई थी और चादर का पर्दा चारों तरफ़ खिंचवा दिया गया था। ड्योढ़ी के पर्दे के पीछे बड़ी बेगम ने उनका स्वागत किया, सम्मान के साथ आंगन के पार अंदरूनी दालान में लाईं और उन्हें सदर में बिठाया। तशरीफ़ लाने का मक़सद पूछना तहज़ीब के ख़िलाफ़ था। मेहमान को बयान करने में चाहे जितनी देर लगती, मेज़बान को इंतज़ार करना पड़ता और बज़ाहिर वह मेहमान की संदर्भहीन बातों पर इस क़दर मुख़ातिब रहता गोया मेहमान की आमद सिर्फ़ मामूली मुलाक़ात और आंखें ठंडी करने की ग़रज़ से हो।

सहबाई की बीवी की उम्र तीस और पैंतीस के बीच थी लेकिन उनके बालों में कहीं-कहीं से चांदी के तार चमकते थे, शायद पुराने ज़ुकाम का असर रहा हो। लेकिन उनके चेहरे से चोंचालपन और ख़ुशदिली टपकती थी। खुलता हुआ गंदुमी रंग, ज़रा सा दोहरा गुदाज़ बदन, बूटा सा क़द, दरम्याना लेकिन रोशन आंखें, ग़रज़ बड़ी दिलकश और दिलचस्प लगती थीं। मियां पक्के दिल्ली वाले थे लेकिन वह पानीपत की थीं और उनके लहजे में थोड़ा सा हरियाणवी कड़कपन था।

मौलाना सहबाई को उम्मीद थी कि मौलवी मुहम्मद नज़ीर मौजूद होंगे। यहां उन्हें उनकी बजाय नवाब मिर्ज़ा को देखकर ज़रा सी उलझन हुई कि नवाब मिर्ज़ा की मौजूदगी में मतलब की बात ज़बान पर लाना ठीक न होता। यूं वह नवाब मिर्ज़ा को पहचानते थे और जैसा कि हम देख चुके हैं, ज़ीनतबाड़ी के मुशायरे में वह नवाब मिर्ज़ा की ग़ज़ल पर प्रमुखता से दाद भी दे चुके थे। सलाम-दुआ के बाद मौलवी साहब ने फ़रमायाः "भई नवाब मिर्ज़ा, तुम आज ख़ूब मिले। तुम्हारी शेरगोई के चर्चे माशाअल्लाह फैलते ही जाते हैं। इधर शैख़ नासिख़ के सेह-ग़ज़ले के बड़े चर्चे रहे।

पहली ग़ज़ल का पहला मिसरा थाः क्या बहरे-हुस्न की है कमर पेचो-ताब में। वह सारा ही सेह-ग़ज़ला बहुत प्रचलित हुआ।"

"'जी हां हज़रत, उसकी तो बड़ी चर्चा है। पहला मतला ही क्या ग़ज़ब का थाः

क्या बहरे-हुस्न की है कमरपेचो-ताब में
ये पेचो-ताब कब हैं भला मौजे-आब में

"सुब्हानल्लाह," मौलवी साहब बोले। "मिर्ज़ा नौशा ने भी दो-ग़ज़ला कह डाला और मियां, क्या-क्या नए ख़्याल बांधे हैं। अजी साहबज़ादे, तुम भी कुछ फ़िक्र करते तो लोग देखते कि मामले के मज़मून क्योंकर इस ज़मीन में बंधते हैं।"

नवाब मिर्ज़ा के चेहरे पर मुस्कुराहट सी आई जिसमें कुछ चालाकी भी शामिल थी और कुछ ये भाव भी था जैसे वह किसी लतीफ़े पर दिल ही दिल में हंस रहा हो लेकिन मौलाना को उस लतीफ़े की ख़बर न है। लेकिन मौलवी सहबाई ग़ैरमामूली तजुर्बे और तेज़ दिमाग़ के आदमी थे, फ़ौरन समझ गए कि इस मुस्कुराहट में कोई भेद होगा जो अभी मुझ पर छुपा हुआ है। पर इस वक़्त मुझे यूं ही अनदेखी करनी है गोया कोई बात ही नहीं है।

"'जी हां हज़रत। मगर शैख़ साहब मबरूर ने 'जवाब' का क़ाफ़िया शायद गिरा हुआ जानकर छोड़ दिया था..."

"'अच्छा, यह तो किसी ने ख़्याल ही नहीं किया?"

"जी, और मिर्ज़ा नौशा साहब ने शायद यह फ़रमाया कि शैख़ मरहूम यह क़ाफ़िया हमारे लिए छोड़ गए थे। चुनांचे मिर्ज़ा साहब ने फ़रमायाः

क़ासिद के आते-आते ख़त एक और लिख रखूं...

"हा! क्या मिसरा बांधा है मिर्ज़ा साहब ने..." मौलवी सहबाई ने ज़ानू पर हाथ मारकर मिसरा दूसरा पढ़ाः

मैं जानता हूं जो वो लिखेंगे जवाब में

"सुब्हानल्लाह, ऐसी वाक़ेआगोई और ऐसी मज़मूनआफ़रीनी," मौलवी साहब ने बड़े जोश से पूरा शेर दोहराया। इतनी देर में नवाब मिर्ज़ा की मुस्कुराहट कुछ और फैल चुकी थी, लेकिन उसने अभी कुछ कहा न था। उसकी ख़ामोश मुस्कुराहट को देखकर मौलवी साहब अब मामले की तह को पहुंच गए।

"तो नवाब मिर्ज़ा यह बात है। तुमने भी इस क़ाफ़िये को नज़्म किया है। अच्छा, ज़रा अपना शेर तो सुना दो।"

एक पल के ठहराव के बाद नवाब मिर्ज़ा ने विजयी लेकिन नर्म लहजे में पढ़ाः

क्या-क्या फ़रेब दिल को दिए इज़्तराब में

"'तो तुमने मतला किया है, ख़ूब। अच्छा मिसरा निकाला। फिर पढ़ो," मौलवी साहब ने कहा।

नवाब मिर्ज़ा ने पूरा शेर एक अजब रवानी के साथ सर झुकाए हुए पढ़ दियाः

क्या-क्या फ़रेब दिल को दिए इज़्तराब में
उनकी तरफ़ से आप लिखे ख़त जवाब में

मौलवी साहब पर जैसे सकता छा गया। वह दिल पकड़कर बैठ गए और 'उनकी तरफ़ से आप लिखे' बार-बार धीमे-धीमे पढ़ने और झूमने लगे। नवाब मिर्ज़ा तो घबरा गया कि यह क्या हाल हो रहा है। उसने दौड़कर मौलाना साहब के सामने नागरदान खोलकर रखा, उसमें से इत्र की शीशी निकाली और बहुत ज़रा सा इत्र अपने रूमाल पर लगाकर उसी से मौलाना के हाथों और कलाइयों पर हल्की-हल्की मालिश की ता कि उनका ध्यान बंटे। फिर उसने ख़ासदान से सुनहरी वर्क़ लगी गिलौरी निकालकर पेश की और बहुत आहिस्ता से कहा, "'हुज़ूर, यह गिलौरी तो नौश फ़रमा लेते।"

"'ऐं, क्या कहा? गिलौरी! बहुत ख़ूब, मगर मियां, उनकी तरफ़ से आप लिखे... वाह-वाह, वाक़ेआगोई और यह बेसाख़्ता अंदाज़ और यह खोया-खोयापन, अल्लाह बढ़ाए, और बढ़ाए। अच्छा मियां कुछ और शेर इसी ज़मीन के सुनाओ, मेरा तो जी चाहता है कि ऐसी ग़ज़लें हज़रत आलमपनाही ज़िल्ले-इलाही की ख़िदमत में पेश हों..."

ये बातें हो रही थीं कि नवाब मिर्ज़ा के ख़ालू मौलवी मुहम्मद नज़ीर साहब रिफ़ाई मुजद्दिदी तशरीफ़ ले आए। नवाब मिर्ज़ा उन्हें देखकर उन्हें और मौलवी साहब को सलाम करके भागना चाहता था लेकिन मौलवी साहब ने कहा, "साहबज़ादे, वह अपने शेर तो सुनाते जाओ। मौलवी साहब, ज़रा मुलाहिज़ा फ़रमाएं। आपके भांजे साहब की तबीयत में किस क़दर आमद है और क्या पाकीज़ा मज़मून हैं, क्या धुली हुई ज़बान है।"

नवाब मिर्ज़ा को ख़ालूजान से बहुत डर लगता था, हालांकि वह उसके साथ बहुत मेहरबानी करते थे, लेकिन उनकी धार्मिकता और गंभीरता से उसे ख़ौफ़ लगता था कि कोई ज़रा सी भी हल्की या ख़िलाफ़े-मिज़ाज बात मुझसे हो गई तो ख़ालूजान नाराज़ ज़रूर होंगे। उनके सामने शेर सुनाने से वह हमेशा भागता था। लेकिन अब उसने कोई चारा न देखा तो तबीयत को मज़बूत करके ठहरे हुए लहजे और खुली आवाज़ में कहा, "'मतला अर्ज़ करता हूं," और फिर पढ़ाः

क्या-क्या फ़रेब दिल को दिए इज़्तराब में
उनकी तरफ़ से आप लिखे ख़त जवाब में

मौलाना सहबाई तो पहले की ही तरह झूमने लगे पर मौलवी मुहम्मद नज़ीर के मुंह से "ऐ सुब्हानल्लाह, फिर पढ़ो" का जुम्ला बेसाख़्ता निकल गया। नवाब मिर्ज़ा ने सलाम करके मतला दोबारा पढ़ा, फिर हाथ जोड़कर कहाः "आप बुज़ुर्गों से माफ़ी

का तलबगार हूं। अगले शेर कुछ ज़रा शोख़ हो गए हैं।" मौलवी मुहम्मद नज़ीर तो चुप रहे पर मौलाना सहबाई ने कहा, "हां पढ़ो, पढ़ो। शोख़ी तो शेर का नमक है।"

नवाब मिर्ज़ा ने पढ़ना शुरू किया:

कुछ शाने-मग़फ़िरत से नहीं दूर ज़ाहिदो
डूबें गुनाह बादाकशों के शराब में

मौलाना सहबाई ने शेर पर "माशाअल्लाह, क्या ज़बान है। क्या मज़मून है!" वग़ैरा इरशाद किया लेकिन मौलवी मुहम्मद नज़ीर साहब सिर्फ़ मुस्कुराते रहे। अब तो नवाब मिर्ज़ा की हिम्मत और खुली। उसने कहा, "हुज़ूर इसी क़ाफ़िये को एक और पहलू से नज़्म किया है।" फिर उसने शेर पढ़ा:

ऐ शैख़ जो बताए मये-इश्क़ को हराम
ऐसे को दो लगाए भिगोकर शराब में

इस शेर पर मौलवी मुहम्मद नज़ीर रिफ़ाई मुजद्दिदी भी उछल पड़े। "वाह, क्या ख़ूब शरई तर्क दिया है।"

"मुहावरे में थोड़ा सा फेरबदल किया तो और भी लुत्फ़ और बढ़ गया। ख़ूब," सहबाई ने कहा। नवाब मिर्ज़ा ने अगला शेर पढ़ा:

पीरे-मुग़ां की दिलशिकनी का रहा ख़्याल
दाख़िल हुआ हूं तौबा से पहले सवाब में

"भई, तुमने यह शेर तो हकीम मोमिन ख़ां साहब के रंग में कह दिया, हालांकि ख़ूब कहा। किसी की दिलशिकनी न करना सवाब का काम है," मौलाना सहबाई ने कहा।

"आख़री शेर हाज़िरे-ख़िदमत करता हूं," नवाब मिर्ज़ा ने कहा और शेर पढ़ा:

ऐ दाग़ कोई मुझ सा न होगा गुनाहगार
है मासियत से मेरी जहन्नम अज़ाब में

इस शेर पर दोनों साहिबों ने एक जैसी दाद दी। मौलवी सहबाई ने अपने दिल में कहा कि लड़के ने तबीयत क्या ग़ज़ब की पाई है। जिस मंसूबे को लेकर मैं यहां आया हूं वह बेल अगर मंढे चढ़ जाए तो उसे हवेली का आला माहौल और तरबीयत हासिल हो जाएगी। फिर तो उसके जौहर और भी चमकेंगे... अब फ़ैज़ी और अबुल फ़ज़ल और टोडरमल न सही, लेकिन इस दरबार को भी अपने नौरत्नों की क़द्र मालूम है। बादशाह सलामत का बस नहीं चलता कि अपने दरबार के शायरों और हकीमों को लालो-मोती से निहाल कर दें।

नवाब मिर्ज़ा ने क़रीने से समझ लिया कि अब मौलाना सहबाई और ख़ालूजान को अकेलापन दरकार होगा। लिहाज़ा वह आदाबो-तस्लीमात अदा करके रुख़सत हुआ। उसके जी में ललक थी कि जाने से पहले फ़ातिमा को एक झलक देख लेता

लेकिन तौबा है, वहां तो पर्दे का वह बंदोबस्त था कि परिंदा पर न मार सकता था। उसने दिल ही दिल में लगावट भरे लहजे में "ख़ुदा हाफ़िज़, कल मिलेंगे" कहा और अपने घर को चल दिया।

उधर हवेली के अंदर दोनों बेगमों ने शरीफ़ों के दस्तूर के मुताबिक़ पहले तो इधर-उधर की बातें कीं, फ़ातिमा का ज़िक्र आया कि अब माशाअल्लाह उसके हाथ पीले होने के दिन हैं। नवाब मिर्ज़ा की तरफ़ भी इशारा हुआ लेकिन बहुत एहतियात से कि कहीं बीच की बात कुछ और न हो। ये सब क़िस्से बयान हो चुके तो मौलवी सहबाई साहब की बीवी ने कहा, "ऐ बुवा, हम खुदा जाने कितनी देर से बैठे हुए हैं। तुम्हें अल्लाह रखे, सैकड़ों काम होंगे। पता नहीं मौलवी नज़ीर साहब तशरीफ़ लाए कि नहीं, उनकी मुलाक़ात मौलाना जी से हो जाए तो मैं तुमसे रुख़सत लूं।"

"नहीं, नहीं, आपको आए हुए देर ही कितनी हुई है। आई थीं तो घर में जो रूखा-सूखा मयस्सर है उसे नौश कर लेतीं। और हमारे मौलवी साहब तो घड़ियां गुज़रीं आ चुके। अंदर से पान-शर्बत भिजवाया जा चुका है। बी नसीबा ने बताया कि मियां नवाब मिर्ज़ा शेर सुना रहे हैं, ख़ूब-ख़ूब तारीफ़ें हो रही हैं," बड़ी बेगम ने भांजे की शायराना .ख़ूबियों के बारे में फ़ख़्रिया लहजे में बताया।

"अजी वाह, क्या होनहार और सलीक़ेमंद लड़का है। अल्लाह उसे सलामत रक्खे..." सहबाई बीबी एक पल ठहरीं, फिर ज़रा झुककर राज़दाराना लहजे में बोलीं, "अकबरी ख़ानम एक बात है। ज़रा ध्यान से सुनो।"

"जी कहिए, कहिए, मैं सुन रही हूं।"

सहबाई बीबी ने कुछ और क़रीब आकर और भी सरगोशी के लहजे में कहा, "छोटी के लिए एक रिश्ता हमारी नज़र में है।"

अकबरी ख़ानम सन्नाटे में आ गईं। वह दिल से चाहती थीं कि छोटी कहीं पार-घाट लग जाए लेकिन वह तो पुट्ठे पर हाथ ही न रखने देती थी। और उसके लिए रिश्ता कहीं बाहर से आएगा और मौलाना सहबाई का पांव बीच में होगा, यह उन्होंने ख़्वाब में भी न सोचा था। लेकिन कैसा ही रिश्ता हो, छोटी तो शायद ना ही कर देगी। उन्हें बहुत उलझन हुई कि क्या जवाब दें। वह कुछ देर चुप रहकर बनावटी जोश और लगाव से बोलीं: "अरे वाह, जो मेरे मन में सो बामन की पोथी में। इससे बढ़कर क्या नसीब होंगे छोटी के कि आप उसका रिश्ता लेकर आईं।"

"रिश्ता मैं नहीं लाई हूं, बहन। हवेली से बात आई है, हम तो सिर्फ़ कारिंदे हैं।"

बड़ी को अपने कानों पर यक़ीन न आया। "हवेली से? किसकी हवेली से पैग़ाम है? कौन लोग हैं वो?"

"ऐ बीबी, दिल्ली में एक ही तो हवेली होवे है। वो लोग पैग़ाम नहीं देते हैं, मर्ज़ी पुछवाते हैं; फिर बाक़ी बातें तय हो जाती हैं।"

"'तो क्या... क्या... ज़िल्ले-इलाही के दरे-दौलत से किसी सुल्तानज़ादे या शहज़ादे..."

"'बस, बस यूं ही समझ लो। फ़र्क़ यह है कि साहिबे-आलमो-आलमियान मिर्ज़ा फ़ख़रू बहादुर वलीअहद सोयम तुम्हारी बहन के ख़्वाहिशमंद हैं।"

मिर्ज़ा फ़ख़रू बहादुर वलीअहद सोयम! बड़ी बेगम को मुद्दतों की भूली-बिसरी बात याद आई। हाय, एक उम्र बीत गई लेकिन छोटी के अंदाज़ वही हैं। उसने मुझसे कहा थाः शहज़ादा क़िस्मत में होगा तो आएगा ही, मैं किसी ऐसे-वैसे को मुंह नहीं लगाती। और आज वह बात सच हुई जाती है।

"ऐ बहना, ये मुंह खोले मुझे काहे को तक रही हो। कुछ मुंह से बोलो," सहबाई बीबी के दिल में भी डर था कि अगर इन्कार हो गया तो वलीअहद सोयम बहादुर को क्या मुंह दिखाएंगे। उनकी नाराज़गी अलग मोल लेनी पड़ेगी।

"'मुझे तो रिश्ता दिलो-जान से मंज़ूर है बहन, पर छोटी की मर्ज़ी मालूम किए बग़ैर मैं क़ौल नहीं दे सकती। आजकल छोटी का दिल इन बातों में नहीं है। आप जानती हैं, उसने बड़े दुख उठाए हैं।"

"ऐ बहन, तो उसे समझाओ कि अब उसके सुख के दिन आ गए। क़िले में वलीअहद सोयम की बेगम बनकर राज रजेगी। और ज़माने के इंक़लाबों का क्या है! क्या पता कल-कलां मिर्ज़ा फ़ख़रू बहादुर ही वलीअहद अव्वल और फिर अल्लाह रक्खे, बादशाह बन जाएं। फिर तो तुम्हारी बहन हिंदुस्तान की मलिका कहलाएगी।"

"'मैं हर तरह से तैयार हूं बहन," बड़ी बेगम ने कहा। "मैं अभी सवार होकर छोटी के यहां जाऊंगी। लेकिन ज़रा अपने मौलवी साहब से भी पूछ लूं कि उनकी क्या राय है।"

"उनसे भी पूछ लीजो," सहबाई बीबी ने जवाब दिया। "लेकिन असल बुज़ुर्ग तो तुम हो और असल मामला तो उन बन्नो का है। उनसे कहो अपना सूझता करें। यह दुनिया है। ऐसा अच्छा दूल्हा तो शहज़ादियों को भी नसीब न होवे।"

पर्दा कराया गया और मौलवी मुहम्मद नज़ीर साहब अंदर आए। अपनी बीवी के कमरे में कुछ देर तक उन्होंने बातचीत की। फिर वह यह कहते हुए बाहर निकले और उनके चेहरे पर मुस्कुराहट थी, "तो ठीक है बीवी, मैं मौलाना सहबाई को तुम्हारी मंशा बताए देता हूं। आगे अल्लाह मालिक है।"

"जी हां, लेकिन आप मौलवी सहबाई जी से दुआ के लिए कहें और ख़ुद भी दुआ करें कि यह बेल मंढे चढ़ जाए।"

"इंशाअल्लाह, हम सब दुआ करेंगे। तुम इत्मीनान रखो।"

मौलवी मुहम्मद नज़ीर के बाहर जाते ही सहबाई की बीवी उठ खड़ी हुईं और आंचल फैलाकर काबे की तरफ़ रुख़ किया। फिर उन्होंने दुआ मांगी, "ऐ अल्लाह,

अपने हबीब के सदक़े, यह बात पूरी हो जावे। हमारी बात रख ली जावे और छोटी बेगम इस रिश्ते में फूले-फले।"

बड़ी बेगम को रोना आ गया। उसने दुपट्टे से आंखें पोंछते हुए आमीन कही और थोड़ा सा संदल का बुरादा लेकर सहबाई बीबी की मांग में अफ़शां की तरह छिड़क दिया।

"बहन, अल्लाह आपको इस नेकी का आला से आला बदला देगा। मैं जब तक जियूंगी, आपका अहसान मानूंगी," उसकी आंखें फिर छलक आईं। "आप लोगों के मुबारक हाथ मेरी बहन की नाव के पतवार बन जाएंगे तो उसे किसी तूफ़ान का डर न रहेगा।"

"बीबी, यह तो इंसानियत की बात है जो हम कर रहे हैं, इसमें अहसान काहे का? बस अल्लाह से दुआ करो कि जल्द से जल्द यह काम बख़ूबी अंजाम पा जावे। इन दिनों जलने वालों का ज़ोर बहुत है।" फिर इधर-उधर देखकर वह झुककर राज़दाराना लहजे में बोलीं, "और देखो, नवाब ज़ीनतमहल तक बात बिल्कुल न पहुंचे।"

बड़ी बेगम ने उसी लहजे में जवाब दिया, "ऐ बहन, वो लोग कहां और हम कहां, यहां से उन तक भला कौन ख़बर ले जावेगा।"

"शश, दीवार के भी कान होते हैं... अच्छा, अब मैं चलती हूं। तुम्हारे मौलवी जी कब तक बेचारे हमारे मौलाना की ख़ातिरदारियां करेंगे।"

"नहीं, ऐसी कोई बात नहीं। पर मैं आज ही सवार होकर छोटी के यहां जाऊंगी।"

"अच्छा, तो फिर एक-दो दिन में सब मामला तय-तमाम कर लो। नेक काम में देर कैसी!"

"नहीं, कोई देर न होने पावेगी। बस छोटी की मर्ज़ी होनी चाहिए।"

"ऐ, वह तो सबसे ज़रूरी है। हम भी समझते हैं कि छोटी का दिल बहुत दुखा हुआ है। लेकिन बीबी, यह बात तुम उसे ज़रूर ही ख़ूब सा समझाइयो कि अल्लाह मियां उसके दिन फेरना चाहता है, सो वह नेमत को ठुकराए नहीं।"

सहबाई बीबी ने बदन पर चादर लपेटी, बड़ी बेगम के गले लगी और बंदगी करके दरवाज़े की तरफ़ मुड़ी। उधर पर्दे का पूरा इंतज़ाम था, मियां हवादार में सवार हो चुके थे, बीवी भी सहूलियत के साथ पालकी में बैठकर घर के लिए चलीं। अकबरी ख़ानम ने शाम के लिए पालकी मंगवाने की हिदायत देकर मुसल्ला बिछाया और कुछ वज़ीफ़ा पढ़ना शुरू किया।

□□

बाईजी

ये एक बड़े कमाल वाली औरत थीं। शहर शाहजहानाबाद के

बाहर पुरानी ईदगाह के क़रीब छप्पर में तमाम उम्र बसर कर दी। मालूम नहीं असल नाम क्या था लेकिन लोग 'बाईजी' के नाम से मशहूर करते थे। उनकी बातचीत में अक्सर क़ुरआन की आयतें ज़बान पर आती थीं, ख़ासकर 'इन्ना आतैना-कल-कौसर।' देखा कि जब कोई अपने मतलब के वास्ते उनके पास गया तो सत्तर कौड़ियां उस माल से जो उनके पास ले जाता, अलग करके सत्तर दफ़ा ज़मीन पर रखकर के ज़मीन से उठातीं और हर दफ़ा आयत 'इन्ना आतैना' की पढ़ती जातीं और बाद में जो कुछ दिल में आता, पूछने वाले को कह देतीं। लेकिन क़ुदरते-इलाही का तमाशा कहना चाहिए कि जो उस वक़्त उनकी ज़बान से निकलता, ऐन वही बात, कमोबेश के बिना सामने आती। क़रीब एक साल के हुआ कि नश्वर दुनिया से कूच किया।

जवादुद्दौला सैयद अहमद ख़ां बहादुर, 1847,
'मक़ालाते-सर सैयद,' जिल्द 16, संपादकः
मौलाना मुहम्मद इस्माईल पानीपती, से

बड़ी बेगम को उम्मीद थी कि मग़रिब से पहले-पहले छोटी के यहां पहुंच जाऊंगी, लेकिन ख़ानम के बाज़ार में छोटी के घर से ज़रा दूर अचानक उसकी पालकी के एक कहार के पेट में तेज़ दर्द उठा और वह पालकी छोड़कर सरे-राह घुटनों को पेट की तरफ़ मोड़कर और सर झुकाकर बैठ गया और उबकाइयां लेने लगा। लेकिन मज़दूरपेशा शख़्स को बदहज़मी कहां होती है। उल्टी करने की सारी कोशिशें बेकार गईं तो एक दुकानदार ने इंसानियत के नाते किसी अत्तार के यहां से कोई जवारिश या माजून लाकर उसे चटाया तो चंद लम्हों के बाद उसकी तबीयत कुछ ठहरी। फिर भी उसने ख़ुद में पालकी उठाने की हिम्मत न देखी। तीन कहारों से पालकी उठ न सकती थी, लिहाज़ा वह अपने साथियों से यह कहकर आहिस्ता-क़दम अपने घर चला गया कि चेलों के कूचे से अभी एक कहार भेजता हूं। बड़ी बेगम पालकी के अंदर बैठी ख़ुद से उलझती रही कि किस बुरी साअत में घर से निकलना हुआ था। वह घबरा भी रही थी कि कहीं यह कोई बुरा शगुन न हो; आज मुद्दतों बाद वह ऐसे काम पर निकली थी जिसे सही मानों में मुहिम क़रार दिया जा सकता था और जिसमें उसकी कामयाबी से उसकी बदनसीब छोटी बहन की तक़दीर दोबारा चमक सकती थी। सरे-राहे यूं पालकी में बंद इंतज़ार की घड़ियां काटना उसे बहुत मुश्किल हो रहा था लेकिन इंतज़ार के सिवा चारा ही क्या था। उसे यह भी फ़िक्र लगी हुई थी कि

अगर नए कहार के आने में बहुत देर हुई तो मग़रिब की नमाज़ छूट सकती थी।

वह इसी उधेड़बुन में थी कि बारे नया कहार घड़ी भर में दौड़ता हुआ आ पहुंचा और चारों कहारों ने तेज़-क़दम अपना सफ़र दोबारा शुरू किया और बात की बात में बड़ी बेगम को छोटी के दरवाज़े पर ला उतारा। उस वक़्त हर तरफ़ मग़रिब की अज़ानें हो रही थीं और वज़ीर आबदारख़ाने में वुज़ू कर रही थी। बड़ी के आने की ख़बर सुनकर वह यूं ही बाहर निकल आई कि आस्तीनें चढ़ी हुई थीं और कोहनी से कुछ ऊपर तक के बाज़ुओं की सलोनी और सुडौल गोलाइयां सुरमई शोलों जैसी लग रही थीं। माथे और ठोड़ी पर वुज़ू के पानी की बूंदें फ़ालसे के शर्बत जैसी बहार दिखा रही थीं। बड़ी-बड़ी पलकों पर एकाध बूंद यूं आकर ठहर गई थी गोया भवों की चिलमन से गालों के गुलशन में ताक-झांक कर रही हो। अकबरी ख़ानम जब भी वज़ीर को देखती थी, उसे यक़ीन न आता था कि यह वही छोटी बेगम है जो सोलह साल की होते-होते मां बन चुकी थी और जिसकी गोद के गुलशन में, अल्लाह रक्खे, एक छोड़ चार-चार गुलाब खिल चुके हैं। यह न था कि बड़ी बेगम को वज़ीर इसलिए कमसिन लगती थी कि दोनों में छोटाइ-बड़ाई थी। सच पूछिए तो उनकी उम्रों में फ़र्क़ कुछ ऐसा न था लेकिन उस ज़माने के लिहाज़ से इतना फ़र्क़ भी बहुत था और वज़ीर को इस फ़र्क़ का लिहाज़ भी था। लेकिन वज़ीर के हुस्न की जन्नत हमेशा इस क़दर यकसां क्योंकर थी, इसका जवाब बड़ी के पास न था। वह इसे ख़ुदा की क़ुदरत का करिश्मा ही समझने पर मजबूर थी। और उस पर तुर्रा, बल्कि शाही तुर्रा, वज़ीर के चेहरे की शान और तेज कि जिसके सामने विलियम फ्रेज़र जैसे जहांदीदा भी चकाचौंध हो गए थे। अकबरी ख़ानम ने अब तक किसी और लड़की के मुंह पर खुद्दारी और आत्मसम्मान को बचाए रखने और हया और अपनी बात का ख़्याल रखने की ऐसी ठंडी फुहार बरसते न देखी थी। लगता था यह हसीना किसी के रौब या दबाव में आने वाली नहीं, ख़ुद उसका अहसासे-हुस्न इस दर्जा भरपूर है कि किसी बचाव या हिफ़ाज़त के ख़्याल को जगह नहीं मिल सकती।

उस शाम भी जब अकबरी ख़ानम ने छोटी को देखा तो बेइख़्तियार उसके मुंह से सल्ले-अला निकल गई। उधर बड़ी बहन को, जिसकी मेहरबानियों की वह हमेशा अभिलाषी रही, अचानक अपने दरवाज़े देखकर वज़ीर भी ख़ुशी से बेहाल हो गई और सारा तकल्लुफ़ ताक़ पर रखकर बड़ी से लिपटकर बोलीः "हाय अल्लाह! बड़ी बाजी, आप इधर कैसे भूल पड़ीं! ज़हे क़िस्मत। मगर मुझे बुलवा लिया होता, दोनों वक़्त मिलते हैं। इस वक़्त तो आप घर से निकलती नहीं हैं..."

"बस चुप कर, पहले अपने मुखड़े को देख," बड़ी ने वज़ीर की बलाएं लेते हुए कहा। "ऐसा सोना-सलोना मुंह होगा तो उसे देखने को जी चाहेगा ही। चल जल्दी से नमाज़ पढ़ लें, फिर बातें होंगी।"

"मगर तुम इस वक़्त अचानक कैसे?" वज़ीर ने घबराए हुए लहजे में पूछा। "...भाईजान तो ठीक हैं? फ़ातिमा कैसी है?"

"ऐ है धिया, ज़बान है कि कतरनी सी चली जाती है। बाबा सब ख़ैरियत है, अभी पूरा हाल बताऊंगी। पहले जल्दी से वुज़ू कर लूं, नमाज़ पढ़ लूं..."

इतनी देर में हबीबुन्निसा सलाम करती हुई पानी से भरा लोटा ले आई और बोली, "बड़ी बेगम साहब, आप यहीं दालान में वुज़ू कर लें, चौकी भी पास में बिछी हुई है। आप नमाज़ गुज़ार लें, इतने में शर्बत बनाकर हाज़िर करती हूं।"

"हां, लाओ वुज़ू और नमाज़ तो यहीं किए लेती हूं।" अकबरी ख़ानम ने मुस्कुराकर कहा। "शर्बत की देखी जाएगी।"

वज़ीर सलाम फेरकर उठना चाहती थी कि बहन की कुछ ख़ातिर का इंतज़ाम करे लेकिन बड़ी की आंख का इशारा पाकर वह कमरे में चली गई। बड़ी बेगम भी मग़रिब बाद अपने वज़ीफ़े ख़त्म करके अंदर आ गई और दरवाज़ा बंद कर लिया।

"अल्लाह, ख़ैर तो है बड़ी बाजी, तुम..."

"शश!" बड़ी ने वज़ीर को बिल्कुल अपने पास खींचते हुए कहा। "चुप, ध्यान से सुन। अभी कुछ कहियो नहीं।"

वज़ीर की शर्बती आंखों में उलझन के आसार झलके लेकिन वह हुक्म के मुताबिक़ आकर बड़ी बहन से पहलू मिलाकर बैठ गई। एक पल चुप रहकर, गोया अपनी सांस बराबर कर रही हो, अकबरी ख़ानम ने सारी बात वज़ीर को बता दी। उस वक़्त बड़ी की बातचीत में वह रवानी और आत्मविश्वास न था जो आमतौर पर उसके लहजे का हुस्न था गोया कोई प्यारे सुरों में लेकिन धीमी आवाज़ में क़ुरआन पढ़ रहा हो। उसके दिल में डर था कि वज़ीर शायद निकाह की तजवीज़ न माने, नवाब शम्सुद्दीन अहमद मरहूम वाला मामला करना चाहे... उसे ख़बर न थी कि वज़ीर को नवाब शम्सुद्दीन हर तरह चाहिए थे, वरना निकाह की ख़्वाहिशमंद तो वह बहरहाल थी... दूसरा ख़ौफ़ उसे यह था कि वज़ीर शायद निकाह ही नहीं, किसी भी क़िस्म के ताल्लुक़ से इंकार कर दे और कहे कि अब मेरा दिल इन बातों से भर गया है, मुझे अब ओढ़नी में मुंह छुपाकर किसी कोने में पड़े रहना ही अच्छा लगता है. ..

वज़ीर को चुप किसी ख़्याल में खोया देखकर बड़ी के दिल का हौल और भी बढ़ा। अल्लाह जाने किस घड़ी में यह बात उठी थी, अब ख़ुदा ही है जो मेरी बात की पत रख ले। लेकिन वज़ीर की दुविधा किसी और वजह से थी। उसे अपने बेटों की फ़िक्र थी मगर वह इस बात का निबटारा अपने दिल में करने से ख़ुद को माज़ूर पाती थी कि पहले बेटों के बारे में बात उठाए या पहले निकाह के पैग़ाम का जवाब हां में दे और फिर बच्चों का सवाल पेश करे। यह बात कि वह इस उम्र में भी किसी की

मंज़ूरे-नज़र हो सकती थी, और वह भी वलीअहद सोयम जैसे आला मर्तबे वाले शख़्स की, उसके लिए किसी ख़ास इत्मीनान या फ़ख़्र का कारण न थी। उसे अपने बारे में पूरा इत्मीनान हासिल था। वह ख़ूब जानती थी कि उसकी ख़ूबसूरती माह-साल और वक़्त-मुक़ाम की पाबंद न थी, और यह भी कि ख़ूबसूरती सिर्फ़ अंगों के सुडौल होने या नाक-नक्शे की दुरुस्ती का नाम नहीं।

"बीबी, कुछ बोल तो सही, क्या घर पसंद नहीं है?" बड़ी ने माहौल में कुछ मज़ाक़ की लहर दौड़ाने की कोशिश की।

आख़िर वज़ीर ने ख़ामोशी की मुहर तोड़ीः "बड़ी बाजी, हमारे ऊपर तुम्हारे अहसान इतने हैं कि हम उनका बदला उतार नहीं सकते...।"

बड़ी बेगम घबराई कि यह तो इंकार की भूमिका मालूम होती है। वह कुछ कहना चाहती थी कि वज़ीर ने हाथ के इशारे से उसे रोका और कहा, "ऐसा पैग़ाम किसे क़ुबूल न होगा। यह तो हमारी ख़ुशनसीबी है और तुम्हारी मुहब्बत और दिलदारी कि हमें इस लायक़ समझती हो। पर हमें सोचने का मौक़ा चाहिए। अचानक इतनी बड़ी ख़बर सुनकर, माना कि यह एक तरह की ख़ुशख़बरी ही है, मेरा जी बैठने लगा है।"

"ऐ है बन्नो बीबी, इसमें जी बैठने की क्या बात है। अभी तेरे आगे पूरी ढंढार उम्र पड़ी है, इन बीहड़ रास्तों पर चलने के लिए कोई तेरा हाथ पकड़ना चाहे, और वह कौन, हिंदुस्तान का शहज़ादा जो कभी तख़्त का मालिक भी हो सकता है, तो ग़ौर और सोच बेशक ज़रूरी है, पर डरने या जी छोड़ने की तो कोई बात नहीं।"

वज़ीर ने गहरी सांस ली और घुटी-घुटी आवाज़ में बोली, "एक हम हैं कि हुए ऐसे पशेमान कि बस। न जाने आगे हमारे जोग-बियोग में क्या लिखा है।"

"आगे का हाल तो अल्लाह ही जाने है पर अभी जो बातें नज़र के सामने हैं वो तो उम्मीद से भरी हुई हैं, कि नहीं?"

"हां, पर अब तक तो सारे गुलाबी रंग वक़्त आने पर कालिख पुते ही निकले हैं। ख़ैर ये शिकवे तो अल्लाह मियां से हैं और उम्रभर के हैं। और तुम सच ही कहती हो, क्या जाने इसी मेल में कुछ ख़ूबी पोशीदा हो। हाय मेरे अल्लाह, मैं क्या करूं।"

अगर बड़ी बेगम को यह उम्मीद होती कि वलीअहद सोयम बहादुर की निकाही बनने की संभावना बनते देखकर छोटी फूली न समाएगी तो उन्हें छोटी की बातें सुनकर और उसका हाल देखकर बहुत मायूसी, बल्कि कुछ झुंझलाहट भी होती। लेकिन उनके दिल में ख़ुद ही चोर था कि वज़ीर की रूह में भरी हुई नाकामियां और ऊपरी मंज़िल की तरफ़ तक पहुंचकर कमंद के टूटने की कड़वी बूंदें उसे ज़िंदगी की किसी नई मुहिम की तरफ़ आकर्षित न करेंगी। बहुत सोचकर वह छोटी को कुछ जवाब देना चाहती थी कि वज़ीर फिर बोली, "बड़ी बाजी, मेरे बच्चों का क्या होगा? अपना घर आबाद करके अपने बच्चों को उजाड़ दूं या उनसे पीठ मोड़ लूं, यह क्योंकर

हो सके है?"

"बच्चों के बारे में सोचेंगे, अभी उन लोगों ने ऐसी कोई शर्त नहीं रखी है। लेकिन अगर रखी भी तो क्या हुआ। अल्लाह रक्खे, नवाब मिर्ज़ा कुछ दिन में शादी-ब्याह करके अपना घर अलग बसाएगा और शाह मुहम्मद आग़ा साहब को मैं रख लूंगी।"

"नहीं, बच्चों को छोड़ना मेरा ही मंसब मुक़र्रर हुआ है क्या? और तुम ख़ुद ही कहती हो कि नवाब मिर्ज़ा की अब शादी-ब्याह की उम्र है। भला मुझ बूढ़ी को यह क्योंकर सोहेगा कि जवान बेटा घर में हो और मैं बुड्ढी अपना ब्याह रचाती फिरूं?"

"बीबी, न तू बुड्ढी है, न ही ब्याह रचा रही है। बुड्ढी होती तो वलीअहद तेरा ख़्वाहिशमंद क्यों होता। और ब्याह रचाना, क़ुरआन के साए में डोला चढ़ना, बाबुल के गीतों के शोर में आंखें पोंछती हुई बिदा होना, ये सब तेरे काम नहीं। तेरे लिए तो अल्लाह की तरफ़ से नई राह खुल रही है जो तुझे सीधे लाहौरी दरवाज़े से होकर हवेली में ले जाती है।"

"फिर भी नवाब मिर्ज़ा से तो पूछना ही होगा।"

"ज़रूर पूछियो। कोई ऐसा काम तेरे शायान नहीं जिसमें बेटे की मर्ज़ी न शामिल हो। और रही दूसरी बात..." बड़ी बेगम कुछ कहते-कहते रुक सी गई।

"दूसरी बात कौन सी?" वज़ीर ने बड़ी बेगम को चुप देखकर उसे बोलने पर प्रेरित करने की कोशिश की।

अकबरी ख़ानम को नवाब मिर्ज़ा दिल से पसंद था। फ़ातिमा के बारे में भी उन्हें अंदाज़ा था कि वह भी नवाब मिर्ज़ा को पसंद करती है। और फ़ातिमा के ऊपर नवाब मिर्ज़ा की परवानगी उसे ख़ूब पता थी, छोटी भी शायद नवाब मिर्ज़ा के दिली हाल से बेख़बर न थी। लड़के वाली होने की हैसियत से मंगनी और निकाह के बारे में सिलसिला छोटी की तरफ़ से शुरू होना चाहिए था। लड़की वाली की तरफ़ से रिश्ते की बात या इशारा होने के मुक़ाबले तो बड़ी बेगम बेटी का घर बैठे रहना और अपनी जगह पर मर जाना बेहतर समझती थीं। लेकिन उस वक़्त अजब मरहला आ पड़ा था। छोटी को मिर्ज़ा फ़ख़रू के साथ निकाह पर राज़ी करना बहुत ज़रूरी था और उसी के बीच में यह बात आ पड़ी थी। न मालूम छोटी के दिल में कौन सा तकल्लुफ़, कौन सा परायापन छुपा हुआ था कि वह ऐसे मौक़े पर भी नवाब मिर्ज़ा की मंगनी के बारे में कोई इशारा न कर रही थी। बहुत संकोच के बाद अकबरी ख़ानम ने कहा, "ए दूसरी बात कौन सी होती। तू ही तो नवाब मिर्ज़ा की बाबत कह रही थी कि अब उनकी बारात चढ़ने के दिन हैं।"

अब वज़ीर के चुप होने की बारी थी। सोच-सोचकर उसने कहा, "जी तो मेरा बहुत चाहता है... पर यही सोचती हूं कि कहीं नौकरी से लग जाए या शायर ही कुछ ठिकाने का हो चले तब तुमसे एक बात उसके बारे में कहती।"

बड़ी बेगम की जान में जान आई। बात को मनचाहे ढंग से बढ़ाने के लिए एक रास्ता खुल गया था। "भई, हम तो समझते हैं कि लड़का ज़ात का सुभाव और घरबार देखा जाता है। रही बात गुज़ारे की तो अल्लाह का दिया हमारे घर में बहुत कुछ है।"

वज़ीर का मुंह ख़ुशी से तमतमा गया। "तो तुम्हें इस बात का कोई ख़्याल न होगा कि लड़का कमाऊ नहीं?"

"हमें जो चाहिए है उसका ज़िक्र तो हमने कर दिया है, बीबी। नवाब मिर्ज़ा जैसे तुम्हारा बेटा है वैसे हमारा भी है और फ़ातिमा जैसे हमारी बेटी है वैसे ही तुम्हारी भी है, न घर बदलेंगे न दिल बदलेंगे। बस हमारे मौलवी जी से बात करने की ज़रूरत है। वहां भी सब बातें मैं ठीक करा दूंगी," बड़ी बेगम अपनी ख़ास हंसी हंसीं। जिसने सुराही की कलकल देखी हो वह बड़ी की हंसी का कुछ अंदाज़ा कर सकता था।

"तुम्हारी तरफ़ से बुलावा तो आए। मगर तुम तो गुबंद में बिसिल्लाह के गुमसुम बैठी हुई हो।"

"नहीं बड़ी बाजी, मैं तो दिलो-जान से फ़ातिमा को चाहती हूं और मुझे लगता है नवाब मिर्ज़ा भी बहुत ख़ुश होंगे, बस मेरी हिम्मत न खुलती थी। अल्लाह तुम्हें सलामत रखे, मेरे सीने से एक बड़ा बोझ तुमने उतार लिया।"

अकबरी ख़ानम ने दोबारा छोटी की बलाएं लीं और कहा, "मेरी बच्ची, अल्लाह तुझे ख़ुश रखे और तेरी हर बात बहार के मौसम और चंपा के झाड़ की तरह खिले और फूले-फले। इंशाअल्लाह दोनों बातें बहुत जल्द अमल में आ जाएंगी।"

"लेकिन बड़ी बाजी, मुझे सोचने और नवाब मिर्ज़ा से मशवरा करने लिए थोड़ी मोहलत ज़रूर चाहिए।"

"बेशक। मैं कब कहती हूं कि तू अभी इसी वक़्त निकाह बंधा ले। पहले अपने दिल में इत्मीनान कर ले, जिस हद तक कोई इन बातों में दिल का इत्मीनान कर सकता है। मैं एक-दो दिन में दोबारा फेरा करा लूंगी।"

"और बड़ी बाजी....।"

"हां क्या बात है?" अकबरी ख़ानम ने कहा। "कोई और शक हो तो दूर कर ले।"

"मैं शाह मुहम्मद आग़ा और नवाब मिर्ज़ा को छोड़कर न जाऊंगी।"

"अभी इन बातों का ज़िक्र क्या है? तेरी शर्तें सब वहां पहुंचा दी जाएंगी। पहले तू दिल तो पक्का कर ले।"

"अच्छा, ठीक है। मुझे मालूम है तुम मेरे हक़ में बेहतर ही करोगी।"

अकबरी ख़ानम पालकी में सवार होकर रुख़सत हुईं और तो वज़ीर ने हबीबा को बुलाकर कहाः "साहिबे-आलम मिर्ज़ा फ़तहुलमुल्क बहादुर..."

"जी, जी, सब उन्हें जानते हैं। लोग कहते हैं सूरत-शक्ल, भाव-सुभाव में बिल्कुल हमारे ज़िल्ले-इलाही पर गए हैं, पर एक बात में नहीं।" हबीबा ने हल्की सी हंसी हंसकर कहा।

"वह कौन सी बात है भला?"

हबीबा फिर हंसी, "जी ज़िल्ले-सुब्हानी को निकाहों का बहुत शौक़ है पर फ़तहुलमुल्क बहादुर की एक ही बीवी थीं। वह गुज़र गईं तो उन्होंने मिर्ज़ा इलाही बख़्श की बेटी से शादी की। सुना है इन बीवी से कुछ बहुत ख़ुश नहीं हैं पर वह और किसी तरफ़ रुख़ नहीं करते। थोड़ा-बहुत शायरी का और बहुत कुछ ख़्याल का शौक़ है, इसी में डूबे रहते हैं। सुना है ख़्याल की कुछ नई बंदिशें भी उन्होंने बनाई हैं।"

"कुछ... लौंडों वग़ैरा की सोहबत तो पसंद नहीं?" वज़ीर ने झिझकते हुए पूछा।

"उई अल्लाह, तौबा कीजिए। बड़े नमाज़ी, परहेज़गार हैं। तीसों रोज़े रखते हैं, तीस हज़ारी में मुहर्रम की छबील भी चलवाते हैं।"

"मैं तो सुनती हूं क़िले वालों को बटेरबाज़ी, कनकव्वे बाज़ी, चौसर पच्चीसी छोड़ कुछ काम नहीं।"

"ख़ानम साहब, आख़िर है तो एक ही घराना। एक तवे की रोटी क्या छोटी क्या मोटी! जब हुकूमत नहीं तो इंसान क्या करे। पर ख़ुदा ने पांचों उंगलियां एक सी नहीं बनाईं। फ़तहुलमुल्क बहादुर को तो सुना है बेफ़ातिहा-दरूद कोई काम शुरू ही नहीं करते।"

"तुम्हें यह सब कहां से पता लगा, हबीबा?"

"ऐ लो ख़ानम-साहब, ये बातें तो दिल्ली का बच्चा-बच्चा जाने है। सब शाहज़ादों से ज़्यादा वो शहर में आते-जाते हैं, मुए फ़िरंगियों से भी रस्मो-राह रखते हैं, पर...," वह थोड़ा हिचकिचाई। "पर... आप ये सब क्यों पूछती हैं?"

"मैं... मैं एक बड़ी मुश्किल में हूं, हबीबा।"

हबीबा का दिल धक से हो गया। अगर कोई मुश्किल आ पड़ी है तो वलीअहद सोयम बहादुर का क्या ज़िक्र था, ख़ानम साहब के पल-पल की मुझे ख़बर है। वह कहीं आईं न गईं, किसी से भी कोई ताल्लुक़ क्या, सरसरी जान-पहचान का भी कोई संबंध उनका न था। तो फिर बात क्या हो सकती थी? कहीं नवाब ज़ियाउद्दीन बहादुर अपना मतलब पूरा करने के लिए दबाव मिर्ज़ा फ़तहुलमुल्क बहादुर का तो नहीं ला रहे? यह देखकर हबीबा की घबराहट और बढ़ी कि वज़ीर ख़ानम ने हबीबा के चेहरे पर से आंख हटा ली थी और सर झुका लिया था। शायद ख़ानम साहब को डर था कि मैं इस मामले में उनके कुछ काम न आ सकूंगी। वह बहुत सोचकर, ठहर-ठहर कर बोलीः "मेरी जान आप पर क़ुर्बान। ख़ानम साहब, आप ढांढस रखिए,

मौला मुश्किलकुशा को याद कीजिए। अल्लाह हर मुश्किल को आसान कर देगा। मेरे लायक़ जो भी हुक्म हो, मै दिलो-जान से पूरा करूंगी।"

वज़ीर को अहसास हुआ कि अपने अंदाज़ो-अल्फ़ाज़ से उसने हबीबा को कुछ ख़ौफ़ज़दा कर दिया है। ख़ौफ़ज़दा वह .ख़ुद तो थी लेकिन उसकी वजहें आसानी से बयान न हो सकती थीं और हबीबा के लिए बहरहाल ख़ौफ़ज़दगी की कोई बात न थी। उसने नाहक़ ही ऐसा लहजा इख़्तियार किया कि हबीबा घबरा गई।

"न... नहीं, ऐसी कोई बात नहीं। बात सिर्फ़ यह है कि मुझे सही जवाब की राह नहीं मिल रही है। मिर्ज़ा फ़तहुलमुल्क बहादुर ने... साहिबे-आलम मिर्ज़ा फ़तहुलमुल्क बहादुर ने मुझसे... मुझसे निकाह का इरादा ज़ाहिर किया है।"

हबीबा के बदन में सनसनी सी दौड़ गई। साहिबे-आलम मिर्ज़ा फ़तहुलमुल्क बहादुर अलीअहद सोयम! सोई हुई क़िस्मतों का जागना इसे कहते हैं। इज़्ज़त बढ़े, फ़िक्रों, दुखों से रिहाई मिले, मुल्के-हिंद के दिल में अमन-चैन के दिन-रात नसीब हों। सच है, अल्लाह जब देता है तो छप्पर फाड़कर देता है। हबीबा के ख़्याल की आंखों के सामने ज़ाफ़रान और सिंदूर से रंगी हुई मस्तकों, ज़रबफ़्त और चांदी की तारकशी से बनी हुई सरदवाली के पट्टों और टीकों से चमकती हुई पेशानियों, जगमग झालरदार रेशमी कजरियों के ऊपर चांदी के हौदों, जगमग लिबास पहने हुए चांदी या सोने के अंकुश हाथों में लिए हाथियों को हूलते हुए महावतों की क़तार गुज़र गई। आगे के हर हाथी पर ज़र्क-बर्क़ शाहज़ादे, बाद के हाथियों पर सुनहरी और मख़मली लिबास पहने हुए अमीर, और सबसे आगे, सबसे बुलंद एक हाथी जिसके दांतों पर सोने के चूड़े चढ़े हुए और गले में चांदी की घंटी, चांदी के मेघ डंबर और सुर्ख़ चतर के नीचे बादशाह फ़लक-बारगाह उस पर सवार, ख़वासी में इमाम जामा मस्जिद अल्लामा मुहम्मद शाह बुख़ारी, पीछे मोरछलबरदार, सामने लाल बानात की वर्दियों में दर्जनों कड़कैत हाथों में बरछे और सोंटे लिए कड़का करते हुए, उनके आगे दो क़तारों में हथियारबंद फ़ौजियों की क़तारें। शाहे-दीनपनाह के हाथी के ज़रा पीछे और बाईं तरफ़ जरा हटकर बेल का हाथी जिस पर सोने-चांदी के छल्लों से भरी हुई डालियां, डालियों से मुट्ठी भर-भर छल्ले निकालते और रिआया पर लुटाते हुए चार चोबदार... बादशाह जमजाह के हाथी के ज़रा पीछे बाईं तरफ़ जगमगाती हुई झलाबोर झूल पहने हुए हाथी पर जवाहरात से भरे हुए लिबास में शाहज़ादा, फूलों के सेहरे और चांदी के तारों और बादले के झमझम करते सेहरे से लदा हुआ... क्या यह साहिबे-आलम मिर्ज़ा मुहम्मद सुल्तान ग़ुलाम फ़ख़रुद्दीन फ़तहुल मुल्क बहादुर वलीअहद सोयम की बारात का जुलूस है? और यह जुलूस मेरी ख़ानम साहब के दरवाज़े उतरेगा...!

"क्या हुआ, यूं गुमसुम कहां चली गईं?" वज़ीर की आवाज़ उसके कानों में यूं

आई जैसे किसी ने दूर से पुकारकर जगा दिया हो। "सांसत में तो हम हैं और सांस रोककर तुम बैठ गईं," वज़ीर ने हल्की सी हंसी हंसकर कहा।

"तौबा है ख़ानम साहब," हबीबा ने शर्माए हुए लहजे में कहा। "मैं अपना आपा ही खो बैठी थी। पहले तो आपने डरा ही दिया था, और फिर ऐसी नवेद सुनाई कि मेरे तो औसान बजा नहीं रहे।"

"चलो, चलो," वज़ीर ने ज़रा चिड़चिड़े लहजे में जवाब दिया। "औसान बजा होने की क्या बात है, उलझन में तो मैं पड़ गई हूं।"

"उलझन, काहे की उलझन ख़ानम साहब?" हबीबा हिम्मत करके ज़रा क़रीब आई और वज़ीर की बलाएं लेते हुए बोली। "यह तो ऐसा बर आपको मिल रहा है कि सारी दिल्ली रश्क करे और बड़ी-बड़ी शहज़ादियां ज़हर खाएं। अल्लाह आपको सलामत रखे, अब आपके दिन फिरने वाले हैं और वह भी इस रंग कि इंशाअल्लाह, क़यामत तक आपको न किसी चीज़ की ज़रूरत होगी, न कमी होगी।"

"हबीबुन्निसा बेगम," वज़ीर के लहजे में अब भी चिड़चिड़ाहट थी। "तुमको हरी-हरी ही सूझती है। ज़रा अगले की आंख से भी देखतीं तो पता लगता कि क्या रंग है।"

हबीबुन्निसा बोलने के इस तरीक़े और लहजे पर थोड़ा घबराई और संजीदा मुंह बनाकर बोली, "क़ुरबान जाऊं, मैं समझी नहीं।"

"अरी नेकबख़्त, अब मेरी उम्र ख़सम करने की है कि नवाब मिर्ज़ा के लिए चांद सी बहू लाने और शाह मुहम्मद आग़ा साहब को पालने-पोसने और अल्लाह-अल्लाह करने की?"

"अल्लाह, कौन सी उम्र हुई है आपकी। अभी तो आपका सर हर महीने उसी तरह मैला होता है जैसा तब था जब आप हमारे नवाब साहब के यहां..."

"चुप, ये सब बातें मुझे पसंद नहीं। अरी कुछ सोच, दुनिया क्या कहेगी? और इन शहज़ादों का क्या है, कल-कलां किसी और को मेरे सर पर ला बिठावेंगे... और मैं शाह मुहम्मद आग़ा को छोड़ने वाली हरगिज़ नहीं हूं। क़िला जाए भाड़ में, मेरी कुटिया ही मुझे बहुत है।"

"बेशक, अपना घर सब पर भारी है। लेकिन मिर्ज़ा फ़तहुलमुल्क बहादुर... सभी जानते हैं कि वह बहुत गंभीर और नेकदिल शहज़ादे हैं। वह आपको घर लाएंगे तो बेशक निबाहेंगे ही।"

"यह तुम्हें कैसे मालूम?"

"ऐ वो बुज़ुर्गों में कहावत नहीं मशहूर कि ब्याह नहीं किया, बारात तो देखी है! वलीअहद सोयम के अहवाल और उनके नेक चलन सब पर ज़ाहिर हैं। वह कोई उछाल छक्कों में खेलने वाले रईस थोड़ी हैं।"

"और नवाब मिर्ज़ा और शाह मुहम्मद आग़ा?"

"उनका क्या है ख़ानम साहब। अल्लाह रखे नवाब मिर्ज़ा भी यह बात समझते हैं कि वलीअहद सोयम जैसा कोई बड़ा शख़्स आपका हाथ पकड़ ले तो आपके आंसू कुछ पुंछ जाएंगे... वैसे आप उनसे मशवरा ज़रूर कर लें।"

"लेकिन क़िले वाले अगर नवाब मिर्ज़ा और शाह मुहम्मद आग़ा को लेने पर तैयार न हुए तो?"

हबीबा एक पल ख़ामोश रही। "देखिए, मेरी समझ में तो यही आता है कि माशाअल्लाह, नवाब मिर्ज़ा बड़े बाप के बेटे हैं, होनहार हैं, आगे चलकर बुज़ुर्गों का नाम रोशन करेंगे। उन्हें तो लोग हाथोंहाथ लेंगे। हां नन्हे मियां साहब के लिए शायद शुरू में कुछ रुकावट हो... तो मैं तो हाज़िर ही हूं, मैं उन्हें बख़ुशी पाल लूंगी।"

"नहीं, तुझे तो मैं अपने पास ही रखूंगी... नन्ही सी जान, मां को हुड़केगा नहीं?"

"कोई आप दकन या काबुल थोड़े ही जा रही हैं..."

"बड़ी बाजी पाल लेंगी... कह रही थीं।"

"लीजिए, फिर तो कोई फेर ही नहीं रहा।"

"मुझे तो लगता है बड़ी बाजी क़ौल हार चुकी हैं; उन्होंने मेरा कुछ ख़्याल न किया।"

"क़ौल तो वह हरगिज़ नहीं हार सकतीं। जो भी आपको जाने है वह यह भी जाने है कि इन बातों में आप किसी के कहने में नहीं हैं। लेकिन यह तो है कि वह दिल से चाहती होंगी कि आप बादशाह की बहू बनें।"

वज़ीर ख़ानम बड़ी देर तक सर झुकाए रही। उसकी पलकों पर दो तारे झिलमिलाए और टपककर उसके गरेबन में जज़्ब हो गए। हबीबा उसके दोनों हाथ अपने हाथों में लेकर आहिस्ता-आहिस्ता सहलाती रही। आख़िरकार वज़ीर ने सर उठाया, दुपट्टे से आंखें .ख़ुश्क कीं और ठंडी सांस लेकर बोलीः "हबीबा, मेरा दिल अब इन बातों में नहीं है। और मैं डरती हूं कि बार-बार यही होता है कि चार दिन की .ख़ुशी के बाद मुद्दतों रोना पड़ता है।"

फिर उसने हल्की सिसकी भरी आवाज़ में शेर पढ़ाः

ज़ख़्मे-ताज़ा की तरह चर्ख़े-कुहन ऐ 'जुरअत'
टुक हंसाता है तो फिर ख़ूब रुलाता है मुझे

"ख़ानम साहब, कोई ज़रूरी नहीं कि हर बार ऐसा हो। कभी के दिन बड़े तो कभी की रात बड़ी।"

वज़ीर के चेहरे पर एक तल्ख़ और दुखी सी मुस्कान आई। "इसीलिए तो कहते हैं कि रोज़े रखे ग़रीबों ने तो दिन बड़े हुए।"

"अब आपसे शेरो-शायरी में कौन जीत सके है। आख़िर शाह नसीर साहब

आपके उस्ताद थे," हबीबा ने हंसकर कहा। "...पर एक बात मानें तो अर्ज़ करूं।"

"क्या?"

"बाईजी से पूछ लीजे। जो वह कहें वही कीजे।"

"बाईजी साहब...?" वज़ीर ने एक पल रुककर जवाब दिया। "बाईजी से मैं क्या पूछूंगी और किस तरह पूछूंगी?"

"वह सब मुझ पर छोड़ दीजिए। कल नौचंदी जुमेरात है, दिन भी अच्छा है। और फिर बाद में वहां से क़दम शरीफ़ भी हो लीजिएगा।"

"अच्छा, क्या फ़जर बाद ठीक रहेगा?"

"वह तो सबसे अच्छा वक़्त है, कि दिन चढ़ते ही वहां भीड़ लग जाती है।"

"बाईजी साहब कब जाग उठती हैं?"

"ऐ, मैंने तो सुना है वह रात भर सोतीं ही नहीं। शायद दोपहर को, ज़ोहर के पहले झपकी लगा लेती हैं। कोई कहता है वह सोती ही नहीं हैं। आंखें तो बिल्कुल लाल अंगारा सी रहती हैं।"

"अच्छा कौड़ियों का इंतज़ाम कर लेना। सुना वह कौड़ियां ख़ुशी से क़ुबूल करती हैं।"

"बहुत ख़ूब, अभी जानीराम को रोटियां लगवाने बाज़ार भेजूंगी तो उससे कौड़ियां मंगवा लूंगी। आजकल कुछ महंगी हैं, रुपए में पांच हज़ार आ रही हैं।"

"जितनी भी सही, दो रुपए की मंगवा लेना।"

हबीबुन्निसा तो घर के कामों में लग गई लेकिन क़दम शरीफ़ के ज़िक्र ने वज़ीर के दिल में एक तीर सा चुभो दिया था। अब वह नवाब शहीद के मज़ार पर कम जाती थी, लेकिन जाती फिर भी थी और पूरे इंतज़ाम के साथ। अब जो उसकी ज़िंदगी में एक नए मर्द के दाख़ले का इम्कान हो रहा था तो उसको ख़्याल आने लगा कि अगर मार्स्टन ब्लेक या आग़ा मिर्ज़ा तुराब अली या दोनों की क़ब्रें दिल्ली में होतीं तो क्या वह उनके मज़ारों पर भी उसी पाबंदी से जाती? उसने अपना दिल बहुत टटोला। इस नए ख़्याल ने उसकी रूह में नई हलचल पैदा कर दी थी।

ब्लाक साहब को वह चाहती ज़रूर थी और अब भी कभी-कभी रात की तन्हाई में उनकी हमआग़ोशियां याद करके उसके जी को कुछ होने लगता था। यह कहना मुश्किल था कि ब्लाक साहब की कौन सी अदाओं पर वह उन्हें दिल दे बैठी थी... शायद उनका डील-डौल और मर्दाना हुस्न... मगर नवाब शम्सुद्दीन अहमद ख़ां साहब के डील-डौल और क़दो-क़ामत की ख़ूबसूरती के तो अंग्रेज़ भी क़ायल थे... फिर ब्लाक साहब की .ख़ुशमिज़ाजियां, पर वह तो कुछ ऐसी दुनिया ऊपर न थीं। हां, उनके साथ उठिए-बैठिए, तो तबीयत हमेशा बहली रहती थी, कभी जी उकताती न थी... या प्रणय व मिलने के तरीक़ों में उनकी महारतें...

वज़ीर को अपने आपसे शर्म आने लगी। उसने अनजाने तौर पर बदन चुरा लिया और दुपट्टा सर पर मज़बूत रख लिया। लेकिन नहीं, ब्लाक साहब से उसे कई तरह का लगाव तो था, पर वह इज़्ज़त और सम्मान उनके लिए उसके दिल में न था जो नवाब शम्सुद्दीन अहमद की शराफ़त और तबीयत की नफ़ासत का क़ुदरती तक़ाज़ा था। यहां भी उसे मालूम था कि नवाब के ख़िलाफ़ फ्रेज़र साहब के पक्षपात की बात और थी पर दूसरे सारे अंग्रेज़ लोग नवाब साहब के रियासत के इंतज़ाम के क़ायल थे। उसे याद आया कि जिस ज़माने में फ्रेज़र के क़त्ल की तफ़्तीशें हो रही थीं, अंग्रेज़ों के हाथ नवाब शम्सुद्दीन अहमद के ख़िलाफ़ एक और हथियार लग गया था। हुआ यूं कि नवाब के इलाक़े में एक बनिये का क़त्ल हो गया और क़ातिल का सुराग़ जल्द न मिल सका था। अंग्रेज़ों ने नवाब पर दबाव डालना शुरू कियाः क़ातिल को जल्द से जल्द पकड़कर हमारे हवाले किया जाए। नवाब कहते थे कि क़ातिल हमारा मुजरिम है, हम उसे गिरफ़्तार करेंगे और हम ही उसे सज़ा को पहुंचाएंगे। इस बात को अंग्रेज़ों ने नवाब की इंतज़ामिया की कमज़ोरी और ख़ुद नवाब की भी नाअहली का रंग देकर उसकी ख़ूब चर्चा की। लेकिन तारीफ़ है नवाब शम्सुद्दीन अहमद की कि वह किसी दबाव में न आए और आख़िर बनिये के क़ातिल का सुराग़ लगवाकर उसे बीच बाज़ार फांसी लगवाई।

मिज़ाज की यह दृढ़ता और अपनी इज़्ज़तो-एहतेराम का यह लिहाज़ वज़ीर ने किसी और में न देखा और उस पर तुर्रा नवाब साहब की अच्छी पसंद, कि शेरो-शायरी से लेकर लिबास और रहन-सहन में उन्हें अपने बराबर वालों में बरतरी हासिल थी। गोल-गोल लफ़्ज़ों में सही, लेकिन अंग्रेज़ों ने यह इशारा भी दिया था कि नवाब अगर बनिये के क़ातिल को पकड़वाकर अंग्रेज़ साहिबान के सुपुर्द कर दें तो फ्रेज़र के क़त्ल की तफ़्तीश का भी रुख़ बदल सकता है। लेकिन नवाब ने इन घटिया ललचावों पर ज़रा भी कान न धरा। वज़ीर ने अपने दिल को दोबारा टटोला तो उसे बिल्कुल साफ़ यह मालूम हुआ कि ब्लाक साहब के मुहब्बत भरे तौर, और उनका ज़ाहिरी इक़बाल और दौलत और बड़ाई एक तरफ़ (और वह भी उनके किसी काम न आया), मगर नवाब शम्सुद्दीन अहमद का तो वही रंग था कि जो तमाम अच्छों के पास है वो अकेले ही तुम्हारे पास है... और रहे आग़ा मिर्ज़ा तुराब अली, तो वह शरीफ़, ख़ानदानी, मिलनसार और मुरव्वत वाले इंसान थे। वज़ीर ने उनकी क़द्रदानियों का जवाब अपनी तरफ़ से शौहरी हक़ों को अदा करने में कोई कसर न उठाकर दिया था। उसे पूरी उम्मीद थी कि आग़ा साहब उससे खुश थे और उसे पूरा यक़ीन था कि ज़माने का रंग और मिज़ाज देखते हुए वह उसके लिए बहुत अच्छे शौहर और उसकी ज़िंदगी की नाव के लिए एतबार और भरोसे के क़ाबिल नाविक थे।

फिर... क्या ऐसा भी था कि वह इन तीनों के मातम में तमाम उम्र इनके चेहरे

ग़म के नाखुन से खरोंचती रहती और अपने कलेजे को ज़िंदगी के लहू के बजाय फ़िराक़ के ज़हर की कसैली कड़वाहटों से सेराब रखती? वज़ीर का दिल एक पल को कांप उठा... नहीं, यह मुझसे मुमकिन नहीं। नवाब शम्सुद्दीन अहमद के लिए जोगन बन जाऊं, यह कुछ मुश्किल नहीं। उनके मज़ार की फ़र्श को अपने सर की छत बना लूं, यह भी हो सकता है। मगर किसी और के लिए मेरे दिल में कितनी जगह निकल सकती है, यह कहना मुश्किल है। और ये साहिबे-आलम मिर्ज़ा फ़तहुलमुल्क बहादुर, सभी उनकी तारीफ़ें करते हैं पर मैंने तो उन्हें देखा भी नहीं... सच है, औरत ख़ुद को कितना ही भारी-भरकम क्यों न समझे, मर्द के बग़ैर उसका पल्ला हल्का ही रहता है। मुझे ख़ुदा जाने अभी कितने दिन और जीना है। नवाब मिर्ज़ा की दुल्हन घर में आ जाए तो बड़ा सहारा हो जाए, लेकिन बेटों का क्या है, उन्हें अपने ही घर-बार बनाने में मज़ा आता है। मां का घर वो कब तक ताकेंगे। शाह मुहम्मद आग़ा की तो मैं ही मां हूं और बाप भी हूं। बड़ी बाजी...

न जाने कब उसे नींद आ गई। वह कुछ इस क़दर बेसुध सोई थी कि हबीबा के जगाने पर भी न जागी। रात का खाना यूं ही रखा रह गया। लेकिन तीन घड़ी रात रहे उसकी नींद खुल गई और बार-बार करवटें लेने, दिल को बहलाने और दरूद शरीफ़ पढ़ने के बावजूद नींद उसे फिर न आई। आख़िर पौ फटने की मलगुजी लकीर आसमानों में दौड़ी और चंद पलों बाद फ़जर की नमाज़ की अज़ानें होने लगीं। क़ुरआन शरीफ़ की मुबारक आयत उसके दिल में गूंज गई। सलामती और अमन की रात है यह शब, फ़जर होने तक। काश वह रातभर इस तरह बेसुध न सोई होती।

हबीबुन्निसा ने पालकी का इंतज़ाम रात ही को कर लिया था। जब वज़ीर ख़ानम की सवारी पुरानी ईदगाह की चढ़ाई पर पहुंची तो सामने, बुलंद दरवाज़े के ज़रा अंदर फूस के एक टूटे छप्पर के आगे लोगों का हुजूम जमा होता हुआ नज़र आया। एक दरम्याना सी कोठरी, उसके आगे लंबा सा दालान, कोठरी के अंदर का हाल नज़र न आता था। वज़ीर और हबीबा सर से पैर तक काली चादर में लिपटी हुई थीं; सिर्फ़ दोनों कलाइयों के पंजे और आंखों का कुछ हिस्सा नज़र आता था। पालकी से उतरकर दोनों हिचकिचाते क़दमों से बरामदे तक आईं। कौड़ियों के दो थैले लिए एक कहार पीछे-पीछे चला आता था। दालान की कुर्सी बहुत नीची थी लेकिन ऊपर चढ़ने के लिए एक क़दम का ज़ीना फिर भी बना हुआ था। दोनों औरतों की बेगमाती चालढाल और निस्बतन क़ीमती चादरों की नफ़ासत की बिना पर सबने उन्हें रास्ता दे दिया। लेकिन एक औरत ने वज़ीर का दामन थामकर उसे एक लम्हे के लिए रोका और कहाः “बी साहब, अभी कोठरी खुली नहीं है। आप यहीं ठहर जाएं... और अगर आपको हाज़री का हुक्म मिले तो अल्लाह, मुझे भी बुलवा भेजिएगा।”

वज़ीर ठहर गई और उसने हबीबा और कहार को वहीं दालान के नीचे रुकने का इशारा किया। लेकिन अभी उसने कुछ कहा न था कि दरम्याना उम्र की एक अजनबी नाक-नक़्शे वाली शरीफ़-सूरत लेकिन नौकरानी ही लगती औरत ने कोठरी का दरवाज़ा अंदर से खोला और कुछ गुफ़्तगू के से लहजे में लेकिन ज़रा बुलंद आवाज़ में कहा: "वह ख़ानम के बाज़ार वाली कौन हैं? बाईजी सरकार याद फ़रमाते हैं।" उसकी आवाज़ में दकन की राग-रागनियां लहरा रही थीं।

वज़ीर ने घबराकर इधर-उधर नज़र की लेकिन कोई औरत अपनी जगह से उठती हुई न दिखाई दी। लेकिन मुझे भला कैसे पहचान लिया गया होगा, मैं तो पहले कभी आई भी नहीं। फिर भी उसने सोचा कि उठूं लेकिन हिम्मत न पड़ती थी। उसने हबीबा की तरफ़ सवालिया देखा लेकिन हबीबा की आंखों से ख़ुद ही कुछ उलझन और कुछ ख़ौफ़ टपक रहा था। ख़ादिमा जैसी औरत ने मुड़कर कोठरी की तरफ़ देखा, अंदर से बहुत आहिस्ता सुरों में कुछ कहा गया। उसे सुनकर वह मजमे की तरफ़ मुंह करके बोली: "जनाब, मैं कहती हूं कि वह ख़ानम के बाज़ार से कौन अम्मा तशरीफ़ लाई हैं, संगबासी वाली मस्जिद के सामने से। देर न करें, बाईजी को फ़ुर्सत आज ज़्यादा नईं।"

अब मजबूर होकर वज़ीर अपनी जगह से उठी। उसने हबीबा को साथ चलने का इशारा किया और कौड़ियों की थैलियां अपने हाथों में ले लेना चाहीं। लेकिन जिस औरत ने कुछ देर पहले वज़ीर से अपने बारे में सिफ़ारिश के लिए कहा था, वह जल्दी से आगे बढ़ी और कौड़ियों के थैले अपने हाथों में लेते हुए बोली: "ऐ क़ुर्बान जाऊं, बंदी उठा लेगी। आप ज़हमत न करें।"

इस पर बाईजी की ख़ादिमा ने उस औरत को एक निगाह भर घूरा। वह औरत ज़रा सहमकर सिकुड़ सी गई लेकिन अपनी जगह से हटी नहीं। "नक्को साहब, ज़री की ज़री ग़म खाओ मेरी बन्नो," उसने कुछ व्यंग, कुछ ख़ुशमिज़ाजी से कहा, "ये थैलियां तो हम उठावेंगे। तुम चुपकी बैठी रहो।"

यह कहकर उसने दोनों थैले उस औरत से लेकर वज़ीर और हबीबा को इशारा किया कि अंदर आ जाइए। उनके दाख़िल होते ही दरवाज़ा बंद कर लिया गया। यह कुछ अनहोनी सी बात थी क्योंकि दरवाज़ा एक बार खुलने के बाद बंद न होता था। वज़ीर और हबीबा संभल-संभलकर पांव रखती हुई अंदर पहुंचीं, कोठरी में धुंधली सी रोशनी एक-दो झिरियों से झलक रही थी। कोई चिराग़ अगर था तो बुझा दिया गया था। मूंज की एक लंबी सी चटाई कोठरी के बीच में बिछी हुई थी। उस पर किसी गद्दे या तकिये के सहारे के बग़ैर बाईजी दोज़ानू बैठी थीं। यही चटाई शायद उनका बिस्तर भी थी और मुसल्ला भी क्योंकि पलंग या चौकी तख़्त वग़ैरा का कमरे में पता न था। एक कोने में साफ़ घड़ौंची पर नया घड़ा, उस पर चमचमाता हुआ

कटोरा औंधा धरा हुआ। दाईं तरफ़ ताक़ में रेहल, उस पर कलामे-पाक। बस यही बिसात उस कोठरी की थी। ग़ुसलख़ाने और शौचालय के नाम पर एक झोपड़ी शायद पीछे रही हो लेकिन कोठरी से कुछ नज़र न आता था। खाने की क़िस्म की कोई चीज़ न ही पकाने और खाने के बर्तन-भांडों का कोई पता था। बाईजी के आगे कौड़ियों का एक छोटा सा ढेर था और सामने एक पुरानी सी दरी मेहमानों और ग़रज़मंदों के लिए बिछी हुई थी।

ख़ादिमा ने थैलियों का मुंह खोलकर कौड़ियां पुराने ढेर में मिला दीं और हाथ बांधकर पीछे खड़ी हो गई। वज़ीर ने बड़ी मुश्किल से आंख उठाई और बाईजी को नज़र भर कर देखना चाहा। उनका डील बहुत दुबला था लेकिन बैठने के अंदाज़ से क़द की लंबाई ज़ाहिर थी। किताबी चेहरा, गोरा रंग, बहुत बड़ी-बड़ी आंखें लेकिन बिल्कुल झुकी हुई, गोया ध्यान में हों। आंखों के नीचे हल्के सुरमई घेरे जो लंबे रतजगों की पहचान थे। चेहरे और हाथों के सिवा उनका सारा ऊपरी बदन बहुत नाज़ुक पीली, चमेली रंग पर हल्की नीली बूटियों वाली मुल्तानी छींट की चादर में छुपा हुआ था। निचले धड़ में वह सादा, बिल्कुल सफ़ेद मलमल का, चौड़ी मोहरियों वाला देहली तर्ज़ का पजामा पहने हुए थीं। उनके चेहरे और हाथों पर कहीं झुर्रियों या उम्रदारी के ढीलेपन का निशान न था। उनके बाल तो चादर में छुपे हुए थे लेकिन एक दो लटें जो चादर की क़ैद से कुछ आज़ाद थीं, बिल्कुल काली और चमकदार नज़र आती थीं। उनकी उम्र का किसी को इल्म न था। कोई कहता था सत्तर के उधर हैं। कोई कहताः मेरे दादा कहते हैं हमारे बचपने में भी ऐसी ही थीं जैसी आज हैं। कोई कहताः मुहम्मदशाह-बादशाह ग़ाज़ी फ़िरदौस आरामगाह जब अल्लाह को प्यारे हुए (1748) तो उस वक़्त वो कहीं मुल्क कश्मीर से देहली आई थीं और यहीं की हो रहीं। इस हिसाब से उनकी उम्र सौ से बहुत ऊपर है। बहरहाल उनकी असल उम्र जो भी रही हो, वह नौउम्र हरगिज़ न थीं। उनके चेहरे और बदन के अंदाज़ से उम्र की पुख़्तगी बल्कि बुढ़ापा बहरहाल ज़ाहिर था। आंखें झुकाए हुए होने के बावजूद उनके चेहरे पर बल्कि पूरे वजूद में कुछ ऐसी पाकीज़गी, शान और ठहराव था कि वज़ीर की आंख बार-बार झपक जाती थी और उसे उस लम्हे से ख़ौफ़ लग रहा था जब बाईजी आंखें खोलकर उसे देखेंगी। उसने बदन को और समेटकर चादर को और भी मज़बूती से लपेट लिया और दरी के एक कोने पर टिककर बैठ गई। हबीबा उसके पहलू से लगकर लेकिन ज़रा पीछे की तरफ़ बैठ गई, इस तरह कि उसका एक पहलू दरी से बाहर, नंगे फ़र्श पर था। अब बाईजी ने आंखें खोलकर वज़ीर को देखा। अल्लाह कैसी आंखें थीं। गहरी काली आंखें जिनमें सुर्ख़ियों के लहरिये थे लेकिन ज़िंदगी की ताज़गी से ख़ाली। लगता था हर ख़्वाहिश, हर तमन्ना, हर ज़रूरत, दर्द या ख़ुशी का हर अहसास, हर उम्मीद इन आंखों से रुख़सत हो चुकी है। सियाह

समंदर की तरह गहरी आंखें जिनमें हर मंज़र, हर जज़्बा समा जाए और हमेशा-हमेशा के लिए गुम हो जाए। वज़ीर ने घबराकर सलाम किया और आंखें झुका लीं।

बाईजी ने निहायत मीठे लहजे में बिस्मिल्लाह शरीफ़ पढ़ी, फिर इन्ना आतैना का पाठ शुरू किया। तीन आयतों के पाठ में वक़्त ही कितना लगता, जैसे ही वह सूरह ख़त्म हुई, बाईजी ने एक मुट्ठी कौड़ियां अपने सामने की ढेरी से उठाकर अलग रख लीं और फिर बिस्मिल्लाह शरीफ़ पढ़कर फिर सूरा-ए-कौसर शरीफ़ का पाठ किया। यह अमल सत्तर बार किया गया। वज़ीर के तो औसान ही न थे, वह सिर्फ़ क़ुरआन पढ़ने की मिठास को अपनी रूह में जज़्ब करने की कोशिश में थी, लेकिन हबीबा ने बाद में बताया कि बाईजी ने गिनती गिनने का कोई हिसाब न रखा था, बस ख़ुद ही ख़ुद समझ गई थीं कि सत्तर बार सूरा-ए-कौसर की तिलावत हो गई। या शायद पीछे खड़ी हुई ख़ादिमा ने कोई इशारा कर दिया हो, अल्लाह जाने। सत्तर बार तिलावत के बाद बाईजी अब पहली बार अपनी मेहमान की तरफ़ मुख़ातिब हुईं।

"कहिए, क्या चाहती हैं?" उनकी आवाज़ में वही मिठास थी जो उनके पाठ में थी।

"बाईजी पर सब कुछ आईना है," वज़ीर ने दिक़्क़त से अटक-अटककर कहा। "नवाब शम्सुद्दीन अहमद को छोड़ना होगा।"

हाय अल्लाह, बाईजी ने यह क्या फ़रमा दिया! वज़ीर के दिल में हड़बड़ाहट उठी। उसका जी चाहा, कान बंद कर ले, कुछ और न सुने।

"क़िले की बेगमें खुलेआम मज़ारों पर नहीं जातीं," बाईजी ने समझाने के अंदाज़ में फ़रमाया। "वहां पर्दे का बड़ा ख़याल है।"

"ल... लेकिन म... मम... मेरे बच्चे? उनका क्या होगा?"

"होगा, अच्छा ही होगा।"

"तो बाईजी साहब का हुक्म है कि मैं क़िले का पैग़ाम क़ुबूल कर लूं?"

"हमारा कुछ हुक्म नहीं बाबा, ये बातें तो होने वाली हैं।"

"और... और... उसके बाद मेरे दुख दूर हो जाएंगे, बाईजी साहब?"

"दुख-सुख तो धूप और छांव की तरह हैं। हर चीज़ परिवर्तनशील है। क़िले की बादशाहत के भी दिन कभी पूरे होंगे।" यह कहकर बाईजी ने आंखें बंद कर लीं। पीछे से ख़ादिमा ने वज़ीर को हल्का सा इशारा किया कि अब आपकी मुलाक़ात ख़त्म हो गई। दोनों ने उठकर तीन तस्लीमें कीं ओर उल्टे पांव वापस होना चाहती थीं कि बाईजी ने आंखें आधी खोलीं और कहा: "थैलियां उठाने वाली से कह दें कि तेरा बच्चा तो अब वापस आता नहीं, पर तू सब्र कर, तुझे बदले में कुछ मिल जाएगा।"

"जी, बहुत ख़ूब," कहकर वज़ीर और हबीबा बाहर आईं। वह औरत सामने ही खड़ी थी, हुमककर बोली, "ऐ वारी जाऊं, मुझे बुलाया है क्या?"

"नहीं, बुलाया तो नहीं बीबी, पर कहा है कि वह बच्चा तो शायद न मिले लेकिन अल्लाह आपको बदले में कुछ देगा," वज़ीर ने कहा।

"हाय अल्लाह," औरत सिसकी भरकर बोली। "बाईजी ने तो मेरी दुनिया ही उजाड़ दी।"

उसी वक़्त ख़ादिमा ने दरवाज़े पर आकर डांट के अंदाज़ में कहा, "शश! गुनाह की बातां न बोलो। बाईजी सरकार ख़फ़ा हो जाएंगे। चलो, अब यहां से चलो।" फिर उसने बुलंद आवाज़ में कहा, "सब बीबियां अंदर आ जाएं।"

औरतों का हुजूम एक बेचैनी के आलम में लेकिन आहिस्ता चाल से अंदर आना शुरू हुआ। वज़ीर को बाहर देखकर कहारों ने पालकी दालान से लगा दी और अपनी सवारियों को लेकर ख़ानम के बाज़ार की तरफ़ चल दिए।

□□

शौकत महल

वज़ीर ख़ानम की पालकी जब दरवाज़े पर वापस पहुंची तो बाज़ार की चहल-पहल शुरू हो चुकी थी। नानबाइयों और हलवाइयों की दुकानें ख़ासतौर से कारीगरों, कामकाज वाले लौंडों और ग्राहकों की तुरत-फिरत से गर्मागर्म नज़र आ रही थीं। ग्राहकों की भीड़ में वहीं के वहीं नाश्ता करने वाले भी थे और सूखे या ताज़े पत्तों के दोनों और कोरी हांडियों या सकोरों में भरवाकर मालपुए, हलवा, पूरी, जलेबियां, तरकारियां, मलाई, मलाई बर्फ़, शीरमाल, मछली के कबाब, कबाबे-दिल, निहारी वग़ैरा बंधवाकर घर ले जाने वाले भी थे। सारा रास्ता खाने और मिठाइयों की सोंधी और नमकीन या मीठी, घी से तर ख़ुशबुओं से महक रहा था। सुबह को मंदिर जाने वालियों के लिए गजरों और फूलवालों की भी दुकानें खुल गई थीं...

> सूर्योदय का आसमान केसरी होता जाता है। चांद की टिकिया बाम के किनारे पहुंचकर तांबे की थाली की तरह बदक़लई नज़र आने लगी है... नक़्क़ारख़ानों से धीमी-धीमी नौबत की टकोर में शहनाइयों की सुहानी भैरवी की धुनें जी को बेकल किए देती हैं... लाहौरी दरवाज़े से निगमबोध के घाटों तक हुस्न का दरिया लहरें ले रहा है। चांदनी चौक की सड़क कहकशां बनी हुई है। हज़ारों चांद के टुकड़े सितारों की तरह जगमगाते चले आ रहे हैं... दरिया-ए-जमन में गुलबदन नाज़नीनों के जमघटों से बाग़ की रविश नज़र आती है... हुस्न के आसमान के हज़ारों सितारे महीन-महीन रेशमी साड़ियां ओढ़े हुए कमर-कमर पानी में ग़ोते लगा रहे हैं... कोई परी चांद सी सुंदर जमना का स्नान करके, खड़े-खड़े बालों को मिरोड़ी देकर निचोड़ रही है। कोई .ख़ुश्क

साड़ी बांधकर गीली साड़ी को मिरोड़ी दे रही है—

फ़ुशुर्द पंजा-ए-मरजां ज़ अब्रे-मरवारीद
क़मर ज़ जैबे-शब अश्कबार पैदा शुद

(मूंगे की उंगलियों यानी सूरज की किरणों ने बादल को निचोड़ कर मोती गिराए। रात के गिरेबान से चांद रोता हुआ सामने आया)

('दास्ताने-ग़दर' या 'तराज़े-ज़हीरी', यानी राक़िमुद्दौला हज़रत ज़हीर देहलवी शागिर्दे-रशीद हज़रत ज़ौक़ अलैहिर्रहमह के देहली के ग़दर के चश्मदीद हालात और अपनी जीवनी से।)

इधर वज़ीर के घर में मियां नवाब मिर्ज़ा भी बिस्तर से उठ हाथ-मुंह धो, चाक़-चौबंद बैठे थे कि अम्मा वापस आएं तो नाश्ते का डोल डालिए या जानीराम आ जाए तो उसी को बाज़ार भेजकर कुछ मंगवाइए। नवाब मिर्ज़ा को कुछ ख़बर न थी सिवाय इसके कि अम्मांजान ने रात को ही पालकी का इंतज़ाम करके सुबह-सवेरे कहीं जाने का इरादा बांधा था। उसने ख़्याल कियाः शायद क़दम शरीफ़ गई हों, और यह कोई ग़ैरमामूली बात न थी। लेकिन जब वज़ीर की सवारी दरवाज़े पर उतरी तो मां का मुंह ग़ैरमामूली तौर पर सोच भरा और संजीदा देखकर नवाब मिर्ज़ा घबरा गया।

"अम्मांजान, तस्लीमात। क्यों ख़ैर तो है? सुबह-सुबह कहां तशरीफ़ ले गई थीं? आपका मुंह क्यों उतरा हुआ है? तबीयत तो सही है? क्या हकीम साहब..."

नवाब मिर्ज़ा के सवालों की झड़ी अभी क़ायम रहती लेकिन वज़ीर ने उसे हाथ के इशारे से रोकर थोड़ी सी हंसी हंसकर कहा, "ऐ मियां साहबज़ादे, ज़रा छुरी तले दम तो लो। सब ठीक है, अभी चलो, झटपट नाश्ता करो, फिर सब बातें बताऊंगी।"

"अम्मांजान, सच कहिएगा, कोई बात तो नहीं?"

"ऐ है बेटा, बात क्या होती। मैं अच्छी-ख़ासी तो हूं। अभी सब कुछ बता दूंगी, चलो तुम फ़ाक़ा तो तोड़ लो। सुबह से बेचारे भूखे बैठे हो।"

नाश्ते और घर के ज़रूरी इंतज़ामों से फ़ारिग़ होकर वज़ीर ने नवाब मिर्ज़ा को अपने कमरे में बुलाया और सारी बातें उसको बता दीं। बाईजी के यहां जो गुज़रा था वह भी उसने बयान कर दिया, लेकिन बड़ी बाजी से फ़ातिमा के बारे में जो बात हुई थी उसका ज़िक्र उसने इस ख़्याल से न किया कि नवाब मिर्ज़ा कहीं फ़ातिमा के लालच में क़िले वाली बात पर हां न कर दे। इसके बरख़िलाफ़ वो शक और ख़ौफ़ जो वज़ीर के दिल में थे उसने पूरी तरह ज़ाहिर कर दिए। नवाब मिर्ज़ा पूरी तवज्जोह से मां की बातें सुनता रहा। जब मां सब हाल कह चुकीं तो एक पल चुप रहकर गोया अभी इस मामले पर ग़ौर कर रहा हो, नवाब मिर्ज़ा ने जवाब दिया, "अम्मांजान, मेरे ख़्याल में आप मेरी और आग़ा साहब की फ़िक्र ज़रा भी न करें। मैं तो अब अपने पांव पर खड़ा हो सकता हूं और आग़ा साहब को बड़ी ख़ालाजान बहुत अच्छी तरह

पाल लेंगी, मुझे पूरा यक़ीन है।"

कुछ मनमुटाव, कुछ नाख़ुशी और कुछ मायूसी की मिली-जुली सी परछाईं वज़ीर के दिल पर से गुज़री। गोया साहबज़ादे को यक़ीन है कि मैं हवेली वालों का पैग़ाम क़ुबूल कर लूंगी और गोया मुझे यह पैग़ाम क़ुबूल कर लेना ही चाहिए और गोया मेरे दिल में बच्चों की ज़रा भी मुहब्बत नहीं कि मैं ख़ुशी से उन्हें छोड़ने पर राज़ी हो जाऊंगी। और आग़ा साहब तो छोटे हैं, शायद रो-धोकर बहल जाएं लेकिन ये तो माशाअल्लाह जवान हैं, समझदार हैं। क्या इन्हें मेरी याद न आएगी? क्या ये अपने भावें मुझे हवेली के सुपुर्द नहीं बल्कि मेहंदियों के क़ब्रिस्तान में किसी क़ब्र के सुपुर्द कर देवेंगे और पीछे मुड़कर न देखेंगे? इनके कोई बहन होती तो क्या ये उसे भी इतनी ही आसानी से किसी ग़ैर घर में तोप देते? शायद इनका ख़्याल होगा कि अम्मां रास्ते से हटें तो मैं फ़ातिमा को ब्याहकर अपनी राह लूं... शायद दकन चले जाएं और मुझे कभी मुंह न दिखाएं। सुना है निज़ामुलमुल्क के यहां शायरों की बड़ी क़द्र है। हमारे शाह साहब भी वहीं चले गए और आख़िर वहीं के हो रहे। और क्या दकन का सफ़र यहां से कोई शाहदरे का सफ़र है कि बहल में बैठे, जमना पार की और पहुंच गए। आठ दिन में तो लोग आगरे पहुंचते हैं और दकन तो आगरे से भी कई सौ कोस दूर-दस्त है।

"किस सोच में डूब गईं, अम्मांजान?" यकायक नवाब मिर्ज़ा की आवाज़ उसके कानों से टकराई। उसने चौंककर जल्दी से मुंह पर हाथ फेरे, गोया वुज़ू करके मुंह पोंछ रही हो।

"नहीं, ऐसी कोई बात नहीं," वह गड़बड़ाकर बोली। "मैं तो सिर्फ़ यह सोच रही थी कि मेरी उम्र अब निकाह-ब्याह की नहीं है। मैं तो चाहती थी कि अब तुम दोनों के सहारे ज़िंदगी कर लेती। तुम किसी नौकरी से लग जाते तो..."

"अम्मांजान, आप मेरी नौकरी की फ़िक्र न कीजिए। वह तो इंशाअल्लाह मिल ही जाएगी। लेकिन आप... आप अभी कमसिन हैं और अगर ज़रा भी ख़ुद को ठीक-ठाक रखें तो अभी माशाअल्लाह से और भी अच्छी लगेंगी। और... और बड़ी बात यह कि अब तक तक़दीर ने आपको... आपको कहीं जमकर बैठने की मोहलत नहीं दी थी। अब शायद वह सूरत पैदा हो रही है। कोई आए या जाए लेकिन क़िला मुअल्ला तो कहीं जाएगा नहीं।"

वज़ीर के दिल की कड़वाहट कुछ कम हुई। तो नवाब मिर्ज़ा दरअसल मेरी मुहब्बत में कह रहे थे। अपनी ग़रज़ में बावले नहीं थे। लेकिन हम लोगों में जुदाई हो, यह बात उन्होंने कैसे गवारा कर ली?

नवाब मिर्ज़ा ने मां के दिल की बात शायद समझ ली थी। उसने बहुत मज़बूत लहजे में और ठहर-ठहरकर कहना शुरू किया: "देखिए अम्मांजान, आपके दामन से

छूटकर हममें से कोई नहीं रह सकता। और मैं तो हरगिज़ नहीं रह सकता। पर यह भी तो देखना चाहिए कि आप ही न होंगी तो हम तन्हा क्या जी लेंगे? और अगर आपकी ज़िंदगी में खुशगवारी और आराम आ जाए तो क्या आपकी उम्र में इज़ाफ़ा न होगा? और आप हम दोनों के लिए बेहतर से बेहतर बंदोबस्त न कर सकेंगी?"

"तुम लोगों को छोड़कर मैं अपना आराम बनाऊं, यह मुझसे न होगा।"

"छोड़ने की बात किसने कही? हो सकता है हम दोनों को या हममें से एक को क़िले में बुलवा ही लिया जाए। फिर दूसरे को आप कहीं बाहर थोड़े ही भेज रही हैं..."

वज़ीर ने बात काटकर बेचैनी से कहा, "और अगर तुम्हारी नौकरी कहीं दूर दकन में या रामपुर में लग गई तो? फिर मैं तुम्हें कहां पाऊंगी?" उसकी आवाज़ भर्राने लगी।

"नौकरी लगेगी कैसे? मैं दर्ख़ास्त दूंगा तब तो कोई मुझे नौकर रखेगा," उसने हंसकर कहा। "यह घर आप बेच देंगी क्या?"

"नौज दूर-पार ऐसी बात मुंह से निकालो मती। तुम्हारे बाप की यादगार, हम लोगों के सर छिपाने के लिए महफ़ूज़ कोना, मैं इसे क्यों बेचती?"

"तो फिर ख़ातिर जमा रखिए। आप हवेली में शाही ठाठ से रहिएगा, हम यहां खुशदिल अपनी खाल में मस्त, सर छुपाए पड़े रहेंगे।"

"चल हट, तुझे तो हर घड़ी चुहल ही सूझती है। तू बड़ी ख़ाला के यहां...," वज़ीर के मुंह से बेसाख़्ता निकला, लेकिन उसने जल्दी से ज़बान बंद कर ली।

नवाब मिर्ज़ा ने वज़ीर ख़ानम की ज़बान से अचानक निकली हुई बात को नज़रअंदाज़ किया, हालांकि वह इसके मानी एक हद तक समझता और दिल से चाहता था कि इसी वक़्त खुलकर बात हो जाए। वह चुप रहा कि शायद अम्मांजान बात को कुछ खोलें। लेकिन वज़ीर अब भी इसी ख़्याल की थी कि फ़ातिमा वाली बात अगर मैं साफ़ कह दूंगी तो उसके लालच में नवाब मिर्ज़ा मुझ पर और भी ज़ोर डालेंगे कि आप क़िले का पैग़ाम क़ुबूल कर लें।

नवाब मिर्ज़ा ने ख़ुद ही बात बना दी, "जी अम्मांजान, बड़ी ख़ालाजान तो हैं ही, वह आग़ा साहब की ख़ूब ठीक से देखभाल कर लेंगी और मैं यहां बेफ़िक्री से रहूंगा।" फिर उसने सुखराज 'शबकत' का शेर बड़े सुर में पढ़ाः

ऊ ब-फ़िक्रे-मनअस्तो-मन फ़ारिग़
बंदगी-हा खुदाइए दारद

(वह मेरी फ़िक्र में है और मैं बेपरवाह हूं कि बंदगी में भी ख़ुदाई का मज़ा है)

"सच कहिएगा अम्मांजान, कैसी पुरलुत्फ़ बात कही। आख़िर बेदिल के शागिर्द

थे। कुछ इसी तरह का आपका भी हाल हो रहा है। हमारी फ़िक्र में हल्कान हो रही हैं और हम मौजें मारते फिर रहे हैं।"

"अच्छा, और आपकी फ़िक्र में हम हल्कान न होंगे तो क्या लोहारू वाले होंगे?" वज़ीर के लहजे में ताज़गी थी लेकिन उसकी तह में उदासी भी साफ़ दिखाई देती थी। "ज़रा सोच-समझकर जवाब दो, साहबज़ादे साहब। मैं चली जाऊंगी तो तुम्हें ग़म न होगा?"

"ऐ साहब, आप ख़ुदा-नख़्वास्ता कहां दूर चली जा रही हैं, और हवेली ही तो है, कोई बंदीख़ाना थोड़ी है," नवाब मिर्ज़ा ने मां के गले में हाथ डाल दिए। "याद तो आप हर ही वक़्त आवेंगी।" उसकी आंखें छलकने को आ गईं। "लेकिन सुख-चैन-आराम, आप की ज़िंदगी में इन चीज़ों के लिए भी तो कोई जगह हो।"

"जिसे औलाद का सुख नहीं, उसे फिर काहे का सुख?" वज़ीर ने ज़रा चिड़चिड़े अंदाज़ में कहा।

"लीजिए, आप तो हर बात को बढ़ा-चढ़ाकर कहती हैं। हम लोग आप ही के क़दमों से तो लगे रहेंगे, थोड़ी दूर ही सही।"

वज़ीर को आख़िरकार यक़ीन आया कि न तो नवाब मिर्ज़ा की मुहब्बत में कमी है और न ही उसे यह बात कुछ भी नागवार गुज़री है कि उसकी मां के लिए क़िले से रिश्ता आए और अम्मां अपने बेटों को छोड़कर एक नई ज़िंदगी गुज़ारना इख़्तियार करे। अगर नवाब मिर्ज़ा इस बात पर बख़ुशी राज़ी है कि मैं वलीअहद सोयम से निकाह कर लूं तो यह रज़ामंदी उसकी ठंडी मुहब्बत या बेमुरव्वती की दलील नहीं बल्कि सरासर मुहब्बत के सबब है। लेकिन वज़ीर ने अपने दिल से कहाः नवाब मिर्ज़ा का राज़ी होना अपनी जगह पर मुझे तो फिर भी सोच-समझकर क़दम उठाना है। ये कोई दिल्लगी के मामले तो हैं नहीं कि अगला आव देखे न ताव, बस बेख़तर कूद पड़े... जैसे मैं कूद पड़ी थी... मुझे इस पुख़्ता उम्र में हर क़दम फूंक-फूंक कर रखना ही मुनासिब है।

कुछ देर तक सोचते रहने के बाद वज़ीर बोली, "एक बात और भी है, उसका भी ज़िक्र आपसे करना अब ज़रूरी हो गया है।"

"जी फ़रमाइए," नवाब मिर्ज़ा ने मां की तरफ़ कुछ और पास आकर झुकते हुए कहा, "मैं सारे बदन को कान बनाकर सुन रहा हूं।"

"वह... बात यह है... बात दरअसल यह है कि अब आपकी भी उम्र शादी के लायक़ है। क़िले वाली बात हो या न हो, पर इस घर में बहू के क़दमों से रोशनी हो जाए, यह मेरी बड़ी तमन्ना है।"

नवाब मिर्ज़ा बड़ी ज़ोर से चौंका। "शादी? मेरी शादी, लेकिन अम्मांजान, अभी तो मैं अपने भी रोज़गार के लिए आपका मोहताज हूं।"

"सोचती तो मैं भी यही थी कि पराई लड़की घर में लाऊं..."

'पराई लड़की' की बात सुनकर नवाब मिर्ज़ा को बेचैनी सी हुई कि यह किस की तरफ़ इशारा है। उसने जल्दी से कहा, "लेकिन अम्मांजान..."

वज़ीर ने उसे चुप रहने का इशारा किया और बोली, "साहबज़ादे, पहले बात तो सुन लें कि मैं कह क्या रही हूं... पराई लड़की को घर में लाऊं तो किस बूते पर लाऊं। नवाब मिर्ज़ा किसी क़ाबिल हो लें तो बात चलाई जाए। लेकिन बड़ी बाजी ने कुछ और ही बात कही।"

अब नवाब मिर्ज़ा से न रहा गया। वह लाचारी के साथ अपनी जगह से उठ खड़ा हुआ और बोला, "बड़ी ख़ाला ने क्या कहा, अम्मांजान? मेरे बारे में कुछ बात कही क्या?"

वज़ीर मुस्कुराई। वह अपने बेटे की बेताबी का राज़ ख़ूब समझती थी। "उन्हें इंतज़ार था कि मैं तुम्हारे लिए फ़ातिमा को उनसे मांग लूं पर मैं कुछ कहती न थी तो उनका भी मुंह न खुलता था। अब ये जो क़िले वाली बातें उठीं तो यह ज़िक्र भी बीच में आया। उन्होंने इशारे-इशारे में कहा कि वह तो तुझे घरदामाद की तरह भी क़ुबूल कर लेंगी।"

नवाब मिर्ज़ा के चेहरे का रंग कुछ बदला। उसे फ़ातिमा दिलो-जान से पसंद थी लेकिन घरदामाद बनने का ख़्याल उसके दिल से बहुत दूर था।

"अम्मांजान, यही घर जैसा भी है मेरा है और फ़ातिमा का भी...," उसने कहना शुरू किया।

"ऐ है बेटा, वह तो बाद की बातें हैं। सब बातों की एक बात यह है कि बड़ी बाजी ख़ुश होंगी, दिल से ख़ुश होंगी अगर फ़ातिमा तुमसे ब्याह दी जाए। और ज़ाहिर है कि मेरे भी दिल की चाहत यही है। सो मैंने उनसे कह दियाः जैसे फ़ातिमा मेरी बेटी वैसे नवाब मिर्ज़ा तुम्हारा बेटा। हमें दिल से रिश्ता मंज़ूर है।"

"ख़ुदा की क़सम अम्मांजान, आपने मेरे मुर्दा जिस्म में जान डाल दी।" नवाब मिर्ज़ा ने बढ़कर अपने बाज़ू मां की गर्दन में डाल दिए। "आपके हज़ारों अहसान मुझ पर हैं लेकिन यह अहसान तो सबसे बढ़कर है। मेरा रोयां-रोयां आपका ग़ुलाम पहले ही था, अब मैं और क्या आपकी नज़्र करूं। जब तक जियूंगा आपको दुआ दूंगा। अल्लाह आपका साया मेरे ऊपर हमेशा सलामत रखे।"

नवाब मिर्ज़ा बार-बार मां को गले लगाता, उसके हाथों को बोसा देता और कभी हंसता तो कभी भर्राए हुए गले से मां की लंबी उम्र और सलामती के लिए दुआ के अल्फ़ाज़ बोलता। वज़ीर की आंख से आंसू जारी थे। वह चटाचट बेटे की बलाएं लेती और कहती, "बच्चे मियां, मेरी लंबी उम्र की दुआ न करें, मैं तो दुआ करती हूं कि मेरी उम्र आपको लग जाए, आपकी आई मुझे आ जाए और मैं आप दोनों को

हंसता-खेलता, फलता-फूलता देखती इस जहान से रुख़सत हो जाऊं।"

जब दोनों के दिल कुछ ठहरे, तो नवाब मिर्ज़ा ने कहा, "अम्मांजान, आप यह हरगिज़ ख़्याल न कीजिएगा कि मैं जो आपको क़िले का पैग़ाम क़ुबूल करने को कहता हूं तो इसलिए कि आपकी और बड़ी ख़ाला की बात फ़ातिमा के बारे में हुई है या होनी है।"

"नहीं, अब मुझे कोई शक नहीं। पहले भी नहीं था लेकिन ईमान और इंसाफ़ का तक़ाज़ा यही था कि बड़ी बाजी की बात आपसे छुपाए रखूं ताकि आपकी जो सलाह हो वह किसी और ख़्याल के तहत न हो।"

"जी हां, मैं इस बात को और भी साफ़ करने की इजाज़त चाहता हूं कि यह दोनों अलग-अलग बातें हैं। आप क़िला मुबारक में दाख़िल हों या न हों, वह अलग मामला है और दूसरा मामला आप बहनों के दरम्यान है। मैं एक को दूसरे की शर्त नहीं क़रार देता। असल मर्ज़ी आपकी है।"

"नवाब मिर्ज़ा, मुझे आपके नेक और फ़रमांबरदार होने से यही उम्मीद थी। मैं यह सब बातें बड़ी बाजी के कान में डाल दूंगी। लेकिन आप भी यह समझ रखें कि मैं क़िले वालों के यहां शर्तें ज़रूर लगाऊंगी, वह मंज़ूर हों या न हों।"

"लेकिन अम्मांजान, अपनी शर्तों की मंज़ूरी को निकाह के ़ख़ुत्बे की मंज़ूरी शर्त हाशा न ठहराइएगा," नवाब मिर्ज़ा ने घबराकर कहा। उसने उनसे निकाह के पैग़ाम के लिए '़ख़ुत्बा' और हरगिज़ की जगह 'हाशा' कहा था।

"भई वाह नवाब मिर्ज़ा, आप तो बिल्कुल मौलवियों वाले कलाम बोल रहे हैं... सच है, शायरों को हर तरह के क़ौल और जुम्ले आते हैं।"

"अम्मांजान, हमें बातों में न उड़ाइए।"

"साहबज़ादे, पहले हमें शर्तें तो क़ायम करने दीजे, फिर देखी जाएगी।"

"बाईजी ने भी तो कहा था कि आपके बच्चों का सब हाल ठीक होगा।"

"उन्होंने तो यह भी कहा था कि क़िले की बादशाहत के भी दिन कभी पूरे होंगे।"

"अम्मांजान, यह तो आम सी बात थी। इसका कुछ और मानी क्यों निकालें?"

"अच्छा, देखी जाएगी," वज़ीर ने ठंडी सांस भरकर कहा। "मैं कल सुबह बड़ी के पास जाऊंगी और सब हाल उन्हें बता दूंगी। आगे अल्लाह मालिक है।"

"हबीबा को भी सुन-गुन दे दीजिएगा। कुछ न कुछ तैयारियां तो करनी ही होंगी। और मंझली ख़ाला साहब को तो अभी से कहला दीजिए। उन्हें सफ़र का इंतज़ाम करना होगा, नवाब साहब से इजाज़त लेनी होगी।"

वज़ीर ख़ानम एक लम्हे को दिल में ठिठकी। बड़ी बाजी के दिल में मंझली बाजी के लिए कुछ ख़ास पास और लिहाज़ न था। नवाब यूसुफ़ अली ख़ां से बेनिकाह किए संबंध रखना और इसी ग़ैरशरई ताल्लुक़ पर क़ायम रहना बड़ी को एक आंख

न भाता था। बजा कि नवाब साहब ने मंझली बाजी के साथ शिया मज़हब के मुताबिक़ 'मुता' कर लिया था लेकिन हम लोगों की निगाह में तो मुता कुछ मानी न रखता था... ऊंह होगा। छोटी बेगम ने दिल ही दिल में अंग्रेज़ों की तरह कंधे उचकाए (यह अदा उसने मार्स्टन ब्लेक से सीखी थी लेकिन किसी की मौजूदगी में वह कंधे हरगिज़ न उचकाती थी)। मंझली बाजी तो मेरी सगी बड़ी बहन हैं और उन्होंने मुझ पर अनगिनत अहसान किए हैं। मैं बड़ी बाजी को बता दूंगी, उनसे पूछने की ज़रूरत नहीं। और मुझे यक़ीन है बड़ी बाजी को इस बात पर ख़ुशी ही होगी कि मंझली बाजी इस रस्म में शरीक रहें। रहे मौलवी मुहम्मद नज़ीर साहब तो उन्हें कोई एतराज़ न हो सकता था। इस ज़माने में बड़े-बड़े मौलाना और शरीअत के पाबंद लोग भी निकाह के बाहर एक दो आशनाइयां खुले बंदों रखते हैं। ख़ुद बड़े दूल्हा भाई साहब ऐसे न हों लेकिन ज़माने का दस्तूर तो यही है।

"हां, यह ठीक है," वज़ीर ने थोड़ी देर रुककर कहा। इस बीच नवाब मिर्ज़ा उसका मुंह तकता रहा था कि अम्मांजान को जवाब देने में तकल्लुफ़ क्यों है। "आज ही तो नहीं लेकिन मामले तय होते ही मैं डाक हरकारे के हाथ मंझली बाजी को नामा भेज दूंगी और कहूंगी कि जल्द तशरीफ़ ले आवें।"

अगले पांच-सात दिनों में सब तफ़्सीलें बहस के बीच लाई गईं। बच्चों के बारे में मिर्ज़ा फ़ख़रू बहादुर ने कहलाया कि निकाह के चंद दिन बाद नवाब मिर्ज़ा को क़िले में बुला लिया जाएगा और वह वलीअहद सोयम के बेटे की हैसियत से क़िले में तरबीयत पाएंगे, तालीम हासिल करेंगे, और क़िले के अंदर मां के साथ वलीअहद सोयम के मकान में रहेंगे। उनकी तालीम, तरबीयत, देखभाल सब वलीअहद सोयम के ज़िम्मे होगी। शाह मुहम्मद आग़ा के बारे में कहा गया कि वह अभी बहुत छोटे हैं, उनकी परवरिश हवेली मुबारक के अंदर सही ढंग से न हो सकेगी। उनके लिए कुछ भत्ता मुक़र्रर हो जाएगा लेकिन उनके पालने-पोसने का इंतज़ाम वज़ीर ख़ानम को हवेली से बाहर ख़ुद करना होगा। वज़ीर ने दिल में सोचा असल वजह यक़ीनन कुछ और होगी और वह यह कि हालांकि शाह मुहम्मद आग़ा दूध पीते न थे लेकिन नन्हे बच्चे तो थे और वह साथ हुए तो मेरी बहुत सारी तवज्जोह और मसरूफ़ियत उन्हीं की तरफ़ होगी। उस सूरत में मैं रात-दिन साहिबे-आलम बहादुर की ख़िदमत न कर सकूंगी। उसे ग़ुस्सा तो बहुत आया लेकिन ठंडे दिल से सोचें तो बात में वज़न था। नवाब मिर्ज़ा को बुलवा लिया जाना एक तरह वज़ीर की बड़ी कामयाबी थी लेकिन यह ख़ुद अल्लाह रखे नवाब मिर्ज़ा के होनहारपन और नज़र वालों की निगाहों में उनकी क़द्रो-क़ीमत और आइंदा के लिए उनसे लगी उम्मीदों का सुबूत था।

महर के बारे में कहलाया गया कि एक लाख रुपए शाही मुहरें (यानी कंपनी

बहादुर का रुपया नहीं, चौदह आने ख़ालिस चांदी का मुहम्मदशाही रुपया) और सौ अशर्फ़ियां शाह आलमी की तजवीज़ है पर यह सब फ़ौरन देय न होगा। इसके बदले यह भी था कि लड़की वालों की तरफ़ से घोड़े-जोड़े, दावत-मदारात, ज़ेवर-कपड़े की मद में कुछ न चाहिए था। दुल्हन के साथ जहेज़ के तौर पर एक-दो ख़ादिमाएं बख़ुशी आ सकती हैं, उन्हें भी क़िले में जगह दी जाएगी। दुल्हन को चढ़ावे में और सलामी में जो कुछ मिलेगा वह उसका हक़ होगा। एक निकाही जोड़ा बादशाह- ज़ीजाह की तरफ़ से और एक साहिबे-आलमो-आलमियान मिर्ज़ा फ़ख़रू बहादुर की तरफ़ से अता होगा। निकाहनामा लिखा जाएगा और उस पर दस्तख़त निकाह पढ़ाने वाले के साथ दूल्हा-दुल्हन के भी होंगे। निकाह के बाद क़िला मुबारक से नालकी के दो सवार और चार चोबदार आएंगे और दुल्हन को सवार करा के हवेली में ले जाएंगे।

वज़ीर को शाह मुहम्मद आग़ा को छोड़ने के सिवा सब शर्तें मंज़ूर थीं और बार-बार उसके जी में आता था कि साफ़ कहला दूं कि आग़ा साहब नहीं तो हम भी नहीं। लेकिन एक तरफ़ बाईजी की बात याद आती थी कि बच्चों का हाल अच्छा ही रहेगा, और यह सब बातें तो होनी ही हैं, और दूसरी तरफ़ अपने और नवाब मिर्ज़ा के मुस्तक़बिल का ख़्याल आया तो क़िले की ज़िंदगी से बेहतर और कुछ समझ में न आता था। उसके जी में आया कि एक बार बाईजी के पास चलिए और फिर पूछिए कि सच मानों में मेरे हक़ में अच्छा क्या होगा। लेकिन उसकी हिम्मत न पड़ती थी कि यह सरासर गुस्ताख़ी थी।

आख़िर वज़ीर ने समझौते की एक सूरत निकाल लीः ठीक है, मैं शाह मुहम्मद आग़ा का कुछ और इंतज़ाम कर लूंगी लेकिन जब वह बड़े हो जाएंगे तो उन्हें भी क़िले में तालीम हासिल करने की इजाज़त होगी। और जब तक वह छोटे हैं, मुझे हक़ होगा कि कभी-कभी उनको क़िले में बुलवाकर देख लूं या अगर उनका जी मांदा हो तो उनके इलाज और तीमारदारी के लिए उन्हें अपने पास बुलवा लूं।

वलीअहद सोयम ने कुछ मुश्किल से यह बात मंज़ूर कर ली। शाही ज्योतिषी के मशवरे से मुबारक दिन तय किया गया। उससे एक रात पहले वज़ीर ख़ानम रुख़सती के लिए बड़ी बेगम के घर चली गई। मुक़र्रर वक़्त पर मौलवी इमामबख़्श सहबाई साहब ने वज़ीर से इजाज़त मांगी कि क्या मैं वकील बनकर तुम्हारा निकाह साहिबे-आलमो-आलमियान मिर्ज़ा मुहम्मद सुल्तान ग़ुलाम फ़ख़रुद्दीन फ़तहुलमुल्क बहादुर वलीअहद सोयम दौलते-हिंदुस्तान से एक लाख मुहरे-शाही और एक सौ अशर्फ़ियां आल्मशाही के एवज़ मौलवी मुहम्मद नज़ीर रिफ़ाई मुजद्दिदी और एहतरामुद्दौला उम्दतुलहुकमा हकीम मुहम्मद अहसनुल्लाह ख़ां बहादुर की गवाही के साथ पढ़ा दूं? वज़ीर की तरफ़ से हां का हर्फ़ साफ़ सुन लेने के बाद मौलाना सहबाई और मौलवी मुहम्मद नज़ीर सवार होकर क़िले तशरीफ़ ले गए, जहां निकाह की छोटी

सी महफ़िल बरपा की गई थी। गवाहों और मजलिस में हाज़िर लोगों की मौजूदगी में मौलाना सहबाई ने निकाह पढ़ाया और निकाहनामे पर साहिबे-आलम और गवाहों के दस्तख़त लिए। हर तरफ़ से मुबारक-सलामत का शोर उठा। मिर्ज़ा फ़तहुलमुल्क इस क़दर ख़ुश थे गोया उनकी नौउम्री हो और अरमान भरा पहला निकाह हो। शीरीनी बंटने के बाद महफ़िल बर्ख़ास्त हुई।

मिर्ज़ा फ़तहुलमुल्क बहादुर ने नवाब ज़ीनत महल की ख़ास नालकी बादशाह से कह-सुनकर अपनी दुल्हन के लिए हासिल कर ली थी। उन्होंने अपनी पहली बीवी मरहूम के ख़ास निकाही जोड़े, जो मौजूदा बीवी को न दिए थे, वज़ीर के लिए पहले ही रवाना कर दिए थे। मंझली बेगम, जिन्हें नवाबों और हुक्मरानों के तौर-तरीक़ों का तजुर्बा था, चाहती थीं कि क़िले से जो सामान, सवारी और सवार आएं उनके अलावा लड़की वालों की तरफ़ से कुछ न जाए। लेकिन वज़ीर जो अब तक सब इंतज़ाम ख़ामोशी से देख रही थी, उसने इस बारे में साफ़ कहा कि हबीबा तो जाएगी ही लेकिन हबीबा के सिवा भी बड़ी बाजी और दूल्हा भाईसाहब कुछ भेजना चाहें तो वह ज़रूर जाएगा, नहीं तो क़िले वाले जाएं चूल्हे भाड़ में।

"ऐ है बन्नो, कैसे कलाम मुंह से निकालती हो!" उम्दा ख़ानम ने कहा। "कोई सुन-सुना लेगा तो होंठों निकली कोठों चढ़ी हो जाएगी।"

"अल्लाह, आपकी बात तो ठीक है, मंझली बाजी, पर यह क्योंकर हो सके है कि मै सर डोली पांव कहार आई बीबी नौबहार की मिसाल बनकर बेहयाई से नंगी-बूची क़िले में धंस पड़ूं।"

"बात तो मंझली ठीक कहती है कि क़ायदे के मुआफ़िक़ तो यही होना चाहिए," बड़ी ने कहा। "लेकिन छोटी को ख़ासतौर पर चाहा गया है, वह कोई आम तरह की दुल्हन थोड़ी है। मैं तो समझती हूं नवाब के ज़माने के कुछ अपने क़ीमती ज़ेवर और लिबास ज़रूर साथ ले जाने चाहिए।"

वह 14 मुहर्रम 1261 यानी जनवरी 1845 की सर्द लेकिन सुहानी, धुंध और हल्के पुरअसरार मीठे धुएं में लिपटी हुई शाम थी जब मग़रिब की नमाज़ के बाद उम्दा ख़ानम, नवाब मिर्ज़ा, अमतुल-फ़ातिमा और मौलवी मुहम्मद नज़ीर रिफ़ाई मुजद्दिदी ने आरज़ुओं और उम्मीदों भरे दिल के साथ छोटी बेगम को क़ुरआन के साए में नालकी पर सवार कराया। अकबरी ख़ानम नालकी में दुल्हन के साथ सवार हुईं। पीछे-पीछे दूसरी पालकी पर हबीबुन्निसा ज़ेवरात के डिब्बे और कपड़ों के संदूक़ के साथ थी। शाह मुहम्मद आग़ा मचले हुए थे कि हम साथ जाएंगे लेकिन बड़ी बेगम की मुग़लानी ने उन्हें बहला-फुसलाकर बाज़ार की सैर करने के लिए मौलवी मुहम्मद नज़ीर के एक ख़ादिम और एक मुरीद के साथ बाहर भेज दिया। बड़ी बेगम के आंसू न थमते थे। लेकिन वो ख़ुशी के आंसू थे कि आज अल्लाह ने यह दिन नसीब किया

कि मैं ख़ुद पूरी चाह और अरमान के साथ छोटी को सजा-बनाकर, दुल्हन बनाकर उसके दूल्हा के घर भेजूं। कोई बाबुल गाने वालियां नहीं हैं तो न सही, पर दिल तो मेरा ग़मगीन भी है और ख़ुश भी। आज अम्मा और अब्बाजान होते तो उन्हें जो दुख छोटी ने दिए थे उनका मुआवज़ा वह इस मुबारक मौक़े की सूरत में मिलता देखकर किस क़दर ख़ुश होते और मुझे और छोटी को कितनी दुआएं देते। अल्लाह तआला यह जोड़ा सलामत रखे और मुझे भी ताक़त दे कि शाह मुहम्मद आग़ा को ख़ूब दुरुस्ती के साथ पालूं-पोसूं। मुद्दतें हो गईं जब से फ़ातिमा बड़ी हुई मैंने किसी बच्चे को हाथ नहीं लगाया है। यह अल्लाह ही है जो मेरी इज़्ज़त रख ले।

क़िला मुबारक के अंदर शाही महलों की तरफ़ जाने वाली राह के दरवाज़े पर क़ुलमाक़नियों, उर्दाबेगनियों और तुर्कनों की एक फ़ौज की फ़ौज स्वागत को खड़ी थी। उन्होंने नालकी को हर तरफ़ से घेर लिया और कुछ हिम्मत वालियों ने कुछ चुलबुलापन दिखाते हुए नालकी का दरवाज़ा थोड़ा सा खोलकर अंदर देखा और "सल्लेअला" कहती हुई पीछे हट गईं। एक ने ज़रा और हिम्मत की और अपनी पास वाली से कहाः "ऐ सुब्हानल्लाह, सर्दियों का चांद तो धुंधला सुना और देखा था, पर यह तो शरद पूनम का चांद है कि देखते ही जी निहाल हो जाए।"

"हां बीबी, काले गुलाब सा पड़ा दहक रहा है।"

"अरी कमबख़्तियों, जल्द जसोलिनी को महाबली के महल में भेजो, कहला दो कि चंदे आफ़ताब चंदे माहताब बहू बेगम तशरीफ़ ला चुकी हैं।"

महाबली देर गए सुख करने तशरीफ़ ले जाते थे लेकिन आमतौर पर मग़रिब की नमाज़ के बाद किसी को अंदर आने की इजाज़त न मिलती थी। इस बार ख़ास हुक्म था कि अगर दुल्हन के आने में बहुत देर न हुई हो तो हमें इत्तेला पहुंचाई जाए। दुल्हन हमसे मुंहदिखाई लेकर अपने महल में तशरीफ़ ले जाएं। हुक्म के मुताबिक़ एक जसोलिनी तेज़-तेज़ तस्बीहख़ाने की तरफ़ गई। नालकीबरदार नालकी को यूं ही लिए खड़े रहे। इस्तक़बाल करने वालियों में कुछ जो ज़ीनतमहल के लिए मुख़बिरी भी करती थीं, एक-एक बात को ग़ौर से अपने दिमाग़ में रख कर रही थीं कि किन-किन ने दुल्हन की तारीफ़ की, किनने कोई ख़ास दिलचस्पी न दिखाई और कितनी ख़ासतौर पर मुस्तैदी दिखा रही थीं।

ज़रा सी देर में मिर्ज़ा फ़तहुलमुल्क बहादुर आगे-आगे और जसोलिनी पीछे-पीछे आते दिखाई दिए। जसोलिनी ने आकर हुक्म सुनाया कि महाबली बदौलतो-इक़बाल दुल्हन बेगम को याद फ़रमाते हैं। अब यह क़ाफ़िला आगे बढ़ा और तस्बीहख़ाने के दरवाज़े पर आकर नालकीबरदारों ने दुल्हन की नालकी एक संगमरमर की चौकी पर रख दी जो दरवाज़े के सामने बनी हुई थी। मिर्ज़ा फ़ख़रू ने चाहा कि दुल्हन को गोद में लेकर नालकी से उतारें कि दो निहायत अच्छे डील-डौल वाली, उम्ररसीदा लेकिन

कसे हुए बदन वाली हब्शनों ने आगे बढ़कर हंसते हुए बहुत ही बेतकल्लुफ़ी से कहाः "ऐ है साहिबे-आलम वलीअहद बहादुर इतने उतावले हुए जाते हैं! नालकी से उतारना तो हमारा काम था और हम ग़रीबों के नेग तो हमें मिल जाते, नहीं तो आपकी बेगमा नालकी ही में अटकी लगी रहेंगी।"

इस पर एक क़हक़हा पड़ा। लेकिन मिर्ज़ा फ़ख़रू इतनी आसानी से शर्मिंदा होने वाले न थे। उन्होंने हंसकर जवाब दिया "याक़ूतुन्निसा, तुम न जाने कितनी दुल्हनों को पार-घाट लगा चुकी हो, कभी हमको भी मौक़ा देतीं।"

"सरकार, आपके तो मौक़े ही मौक़े हैं, हां पक्का सोना हम ग़रीबों के हाथ भला रोज़-रोज़ कहां लगे है।" इन दोनों जुम्लों पर कई तरफ़ मानीखेज़ मुस्कुराहटें भी हुईं कि याक़ूतुन्निसा और उसकी साथिन ज़ैतून आरा के बारे में मशहूर था कि उनमें कुछ आपसी ताल्लुक़ था।

"भई, हम तो क़ौम के तुर्क हैं, किसी को अपने माल में हाथ लगाने नहीं देते।"

"मुर्शिदज़ादा-ए-आफ़ाक़ की ख़िदमत में अर्ज़ है कि हम उठाकर आपके हाथ में देवें, तब तो वह माल आपका होवेगा।"

"बीबी, यह तो ख़ुदा का दिया हुआ तोहफ़ा है, कोई पेड़ से टपका हुआ फल थोड़ी है कि आप उठाकर किसी को दे डालें," मिर्ज़ा फ़ख़रू बहादुर ने हंसकर कहा।

"सरकार क़सम ले लें तीसों कलाम की, मैंने नालकी में झांका तो आंखें चौंधिया गईं। पेड़ से टपके फल का क्या ज़िक्र है, मुझे लगा अल्लाह पाक ने छींके में बिजली भरकर लटकवा दी थी, फिर ख़ुदावंद की क़ुदरत से मिलन की हवा चली..."

"...और वह छींका टूटकर जनाब के पाक दामन में आ रहा," ज़ैतून आरा ने जुम्ला पूरा किया।

इस पर फिर ज़ोर का क़हक़हा लगा। क़हक़हे में फ़तहुलमुल्क बहादुर भी शरीक थे।

"आप बीबी बिलाई होंठ चाटा करें।" जब हंसी कुछ थमी तो शहज़ादे ने कहा, "छींका तो जहां पहुंचना था, पहुंच चुका।"

इस बीच में मिर्ज़ा फ़ख़रू बहादुर की उर्दाबेगनी सारे मजमे में पाने वालियों की हैसियत के मुताबिक़ रुपए और सोने के छल्ले बांट रही थी। बांट अभी जारी थी कि तस्बीहख़ाने का पर्दा खिंचा और क़ुलमाक़नी ने पुकाराः "आला हज़रत दुल्हा-दुल्हन को तलब फ़रमाते हैं।"

याक़ूत और ज़ैतून ने झट आगे बढ़कर नालकी का पूरा दरवाज़ा खोला और वज़ीर को जो ज़र्क़-बर्क़ लेकिन सिमटी हुई सी बैठी थी, आसानी से हाथों पर उठाकर नालकी से बाहर ले लिया। "बिस्मिल्लाह, क़ुरआन दरम्यान, चादर लाओ" की आवाज़ों के साथ चार औरतों ने एक बड़ी, सुनहरी काम वाली चादर फैला साया कर लिया। इस तरह याक़ूत और ज़ैतून की गोद में गठरी सी बनी हुई वज़ीर ख़ानम चादर

के नीचे लाई गई और यह जुलूस आहिस्ता-आहिस्ता तस्बीहख़ाने की तरफ़ चला। हबीबा की पालकी को दो उर्दाबेगनियां अपने साथ लेकर वलीअहद सोयम की ड्योढ़ी पर चली गईं। इधर तस्बीहख़ाने की दहलीज़ पार करके याक़ूत ओर ज़ैतून ने वज़ीर ख़ानम को आहिस्ता से गोद से उतारा और सहारा देकर आगे बढ़ने का इशारा किया। लंबे घूंघट के पीछे से वज़ीर को कुछ नज़र न आता था, लेकिन दोनों हब्शनें दोनों तरफ़ से उसके बाज़ू हल्के से थामे हुए उसे रास्ता दिखाती चलीं। लिहाज़ा उसे कुछ मुश्किल न हुई।

हिफ़ाज़त और इस्तक़बाल करने वाली तुर्कनें और हब्शनें बाहर ठहर गई थीं। अब वज़ीर के साथ याक़ूत और ज़ैतून थीं और उनके आगे मिर्ज़ा फ़ख़रू बहादुर नपे-तुले, आहिस्ता लेकिन आत्मविश्वास से भरपूर क़दम उठा रहे थे। तस्बीहख़ाना रोशनी से झकाझक हो रहा था, इस क़दर कि रोशनी की लपटें घूंघट पार करके वज़ीर ख़ानम की आंखों तक पहुंची। अल्लाह, मालूम होता है सारी दिल्ली के क़ुमक़ुमे इसी जगह जमा कर दिए गए हैं, उसने अपने दिल में कहा।

"ख़बरदार हो!"

"अल्लाहो-रसूल ख़बरदार!"

"अदब से करो मुजरा। जहांपनाह महाबली सलामत! पहली आदाबगाह!"

"मुलाहिज़ा! आदाब से करो मुजरा! दूसरी आदाबगाह!"

"जहांपनाह बादशाह सलामत!"

"निगाह रूबरू! तीसरी आदाबगाह!"

पहली आदाबगाह तस्बीहख़ाने का सदर दरवाज़ा, दूसरी आदाबगाह बानात का भारी पर्दा जिसे हर आदाब करने वाले के लिए ख़ासतौर पर खींचकर खोलते थे। पर्दे के अंदर दाख़िल हों तो सामने बादशाह सलामत तशरीफ़फ़रमा नज़र आते थे। वहीं रुककर तीसरी बार तस्लीमें बजाकर हर आनेवाला अपनी तयशुदा जगह पर ठहर जाता था और हाथ नाफ़ के नीचे बांधकर बिल्कुल सामने देखता रहता था।

"नवाब दुल्हन साहब का मुजरा क़ुबूल हो।"

"बिस्मिल्लाहिर्रहमानिर्रहीम! अल्लाह रसूल की अमान! दुश्मन पायमाल, बलाएं रद्द! दुल्हन साहब तस्लीमात बजा लाती हैं।"

क़ीमती क़ालीनों का फ़र्श, चारों तरफ़ भारी रेशमी पर्दे, बीचोंबीच संगमरमर की नशिस्तगाह जिस पर बादशाह सलामत दोज़ानू बैठे हुए, चेहरे पर सैकड़ों बरस के शाही ख़ून का तेज, बदन बिल्कुल सीधा, गर्दन ऊंची और आत्मविश्वास से भरपूर, गोया जलालुद्दीन मुहम्मद अकबर की रूह जिस्म में उतर गई हो। वज़ीर ने ज्यों-त्यों करके कोर्निश अदा की, फिर एक तस्लीम करके दिल में वहशत खाने लगी कि अब किधर जाऊं। लेकिन बादशाह सलामत की आवाज़ सुनाई दी, निहायत शिष्ट लेकिन

मज़बूत, आत्मविश्वास और सत्ता के अहसास से भरपूर कि सल्तनत न सही, लेकिन हम बादशाह अब भी हैं और वक़्त आने पर मैदान भी संभाल सकते हैं: "सुब्हानल्लाह, हम मिर्ज़ा फ़ख़रू बहादुर की नज़र के क़ायल हो गए। अल्लाह बुरी नज़रों से महफ़ूज़ रक्खे।"

याक़ूतुन्निसा ने वज़ीर को हल्के से टहोका दिया कि ज़रा और आगे बढ़िए। वज़ीर ने बमुश्किल दो-तीन क़दम आगे बढ़ाए। महफ़िल का रौब इस क़दर था कि उसके पांव उठते न थे। जहांपनाह ने इशारा किया तो क़ुलमाक़नी ने उनके पहलू में रखा हुआ डिब्बा खोला और उसके अंदर से मोतियों की माला निकाली। बादशाह के दूसरे इशारे पर वह माला उसने वज़ीर के गले में डाल दी। वज़ीर ने तीन तस्लीमें अदा कीं और फिर उसी परेशानी में पड़ी कि अब क्या करूं। लेकिन जहांपनाह आगे बोले, "हम आपको शौकत महल कहकर पुकारेंगे। हमारी दिली तमन्ना है कि आप दोनों को दीन-दुनिया की सारी कामयाबियां नसीब हों और शादीशुदा ज़िंदगी की सारी मुसर्रतें आपके गिर्द हमेशा घेरा बनाए रहें।"

"आमीन! अल्लाह-रसूल की पनाह बनी रहे! बन्ना-बन्नी के दिल मिले रहें! शौकत महल साहब को ख़िताब मुबारक हो!" की आवाज़ें हर तरफ़ से उठीं। फिर फ़ौरन ही नक़ीब ने पुकारा, "सल्तनत के ताज के मोती, बादशाही के ताज के तुर्रे, वलीअहद सोयम ग़ुलाम फ़ख़रुद्दीन फ़तहुलमुल्क मिर्ज़ा मुहम्मद सुल्तान बहादुर!"

याक़ूत ने वज़ीर को हल्के से इशारा किया कि उल्टे पांव तीन क़दम वापस आकर एक तरफ़ खड़ी हो जाइए। वज़ीर अभी वापस जा ही रही थी कि मिर्ज़ा फ़ख़रू ने तीसरी आदाबगाह से मुजरा किया, फिर चार क़दम आगे आकर महाबली को नज़्र दी। बादशाह ने नज़्र को हाथ से छू लिया और नज़्रनिसार ने पीछे से बढ़कर नज़्र को लेकर अपने सर पर रखा और वलीअहद सोयम बहादुर को तस्लीम की। शाहज़ादा उल्टे पांव आदाबगाह पर वापस आया।

इससे पहले कि शाहज़ादे को ख़िल्अत अता हो, बादशाह सलामत अचानक बोले, "अमां मिर्ज़ा फ़ख़रू बहादुर।"

"हाज़िर हूं पीरो-मुर्शिद।"

"वो जो एक लमडा है शम्सुद्दीन अहमद की यादगार, अच्छे शेर कहता है।"

"बहुत दुरुस्त पीरो-मुर्शिद।"

"नज़र नहीं आया, भला सा नाम है उसका।"

"जी आलीजाह, नवाब मिर्ज़ा।"

"आ-हां, नवाब मिर्ज़ा ख़ान। तो क्या उसकी कैफ़ियत है?"

"मुझसे बहुत बड़ी भूल हो गई आला हज़रत, उसकी हाज़री का हुक्म बंदगाने-आली से न लिया।"

"उसे साए अपने ही में रखो। उसके लिए तनख़ाह का हुक्म हो जाएगा।"

"बंदापरवरी और फ़ैज़रसानी पीरो-मुर्शिद करामतपनाह की है। सरकार-दौलतमदार के इरशाद की तामील फ़ौरन होगी।"

"दुरुस्त," आलमपनाह ने फ़रमाया।

"ख़ान के ख़िताब से संबोधित और सम्मानित किए जाने पर बरखुरदार नवाब मिर्ज़ा ख़ान और उसकी वालिदा की तरफ़ से यह बंदा बारगाहे-शहंशाही के आस्ताने पर शुक्रिए के तौर पर सर झुकाता है।"

अब तोशाबरदार चांदी की एक सीनी में ख़िल्अत लिए हुए आगे बढ़ा। शाहज़ादे ने तीन तस्लीमें करके तोशाबरदार से ख़िल्अत लेकर पहनी, फिर आगे आकर बादशाह दीनपानाह की ख़िदमत में दोबारा कोर्निश अदा की। बादशाह सलामत ने बंदानवाज़ी के तौर पर जीग़ा, सिरपेच और गोशवारा अपने हाथ से शहज़ादे के सर पर बांधा। फिर मोती की माला उसके गले में डाली, सिपर को पीठ से बांधा और तलवार को गले में लटकाया। शाहज़ादे ने ख़िल्अत की नज़्र अदा की जिसे क़ायदे के मुताबिक़ बादशाह के हाथ से छुलाकर नज़्रनिसार ने अपने हाथ में ले लिया। अब बादशाह ने फ़ातिहा को हाथ उठाए। फ़ातिहा ख़त्म होते ही नक़ीब पुकारेः

"दरबार बर्ख़ास्त।"

बादशाह जमजाह ने पांव तख़्त से नीचे लटकाए। चरनबरदार ने सोने से लिपी हुई शाही जूतियां बानात से खोलकर निकालीं और पा-ए-मुबारक में पहनाईं। बादशाह आहिस्ता-आहिस्ता महल के अंदर की तरफ़ तशरीफ़ ले गए। जब आवाज़ें सुनाई दीं कि बादशाह सलामत अपने महल में तशरीफ़ ला चुके हैं, तो दरबार में मौजूद लोग भी अपनी जगह से हिले। बाहर नालकी मौजूद थी। वज़ीर को पहले की तरह सवार कराया गया और नालकीबरदारों ने बिस्मिल्लाह कहकर फ़तहुलमुल्क बहादुर की ड्योढ़ी का रुख़ किया।

□□

साहिबे-आलमो-आलमियान

मिर्ज़ा फ़ख़रू बहादुर के ठिकाने पर वज़ीर ख़ानम के पहुंचते ही हबीबा ने इंतज़ामात अपने हाथ में ले लिए। बड़ी बेगम उसकी बलाएं लेकर रुख़सत हुईं। मौलवी मुहम्मद नज़ीर की हिदायत थी कि बीवी तुम्हें क़िले में ठहरना नहीं है, बस दुल्हन का सब इंतज़ाम करके उल्टे पांव वापस आ जाइयो।

"तुम्हें अल्लाह और उसके हबीब की अमान में दिया," अकबरी ख़ानम ने आंसू पोंछते हुए कहा। "अल्लाह करे तुम्हें अब सुख ही सुख नसीब हों।"

वज़ीर ने बड़ी बहन के गले से लगकर सरगोशी में कहा, "अल्लाह बड़ी बाजी, आप मेरे लिए हर वक़्त दुआ करती रहिएगा।"

अकबरी बेगम के जाने के बाद हबीबा ने झटपट वज़ीर की ज़रूरी सजावट करके उसे दुल्हन के कमरे में पहुंचा दिया। वज़ीर को एक उम्र पहले की वह रात याद आई जब हबीबा ने नवाब शम्सुद्दीन अहमद ख़ां के मेहमानख़ाने में उसकी ख़िदमतें की थीं। उसका दिल लहू से भर गया। क्या मैं अपने नवाब शहीद को कभी न भूल सकूंगी? ऐसे मौक़े पर भी नहीं जब मेरी ज़िंदगी की किताब नए सिरे से लिखी जा रही है? वज़ीर की आंखों में आंसू छलकते देखकर हबीबा समझ गई कि ये ख़ुशी के आंसू नहीं और एक तरह से देखें तो ग़म के भी नहीं, बल्कि सीने के दाग़ों के सदाबहार फूलों पर पिछली यादों की शबनम उस रात की गुलज़मीन के सीने में पैवस्त हो जाने को बेचैन है। हबीबा ने हल्का सब्ज़ मलमल का रूमाल लेकर बहुत आहिस्ता से वज़ीर के आंसू पोंछे और सरगोशी के लहजे में बोलीः "ख़ानम साहब, जी को संभालिए। शाहज़ादे साहब आते ही होंगे। उन दिनों की याद तो हमेशा हरी रहेगी। मगर इस वक़्त नहीं। अल्लाह, इस वक़्त के नए फूलों को खिलने दीजिए।"

वज़ीर ने एक सिसकी भरकर सर के इशारे से हां कही और बोली, "जी है कि बेवजह उमड़ा आता है। पर तुम ठीक कहती हो, हबीबा। मुझे अपने को संभालना चाहिए। थोड़ा सा पानी पिलवा दो।"

"लीजिए, पानी हाज़िर है। लेकिन अब मैं रुख़सत होती हूं। देखिए, आपको मेरी जान की क़सम, ये दुख के निशान चेहरे से मिटा डालिए।"

दुल्हन के कमरे में हल्के सब्ज़ और हल्के नीले रंग के कंवल रोशन थे। रोशनी धीमी थी पर बहुत साफ़ और सारे कमरे में फैली हुई थी। छपरखट पूरा सजा हुआ और ऊंचा था, इतना कि पलंग पर पांव रखने के लिए ज़ीना दरकार था। लकड़ी का ज़ीना मगर बहुत भारी और उस पर नक़्शो-निगार ऐसे बने हुए कि उस पर पांव रखें तो फिसलने की बिल्कुल संभावना न थी। हबीबा ने वज़ीर को दुल्हनों की तरह पलंग पर बिठा दिया, दोनों घुटने सीने की तरफ़ मुड़े हुए, सर घुटनों पर टिका हुआ, घूंघट से चेहरा और सर पूरी तरह ढके हुए, दोनों हाथ दुपट्टे में छुपे हुए और गोद में हल्के रखे हुए। लेकिन वज़ीर के ज़हन में तनाव इतना था कि उसके हाथ और घुटनों में हल्की सी कंपकपी थी। हबीबा के बाहर जाने पर उसने आंखें बंद कर लीं हालांकि उसे इस तरह नवेली दुल्हन बनकर बैठने पर शर्म सी आ रही थी।

हबीबा बाहर निकलकर सदर दरवाज़े पर पहुंची ही थी कि मिर्ज़ा फ़तहुलमुल्क बहादुर तशरीफ़ ले आए, आगे-आगे दो मशालची, पीछे दो असाबरदार। क़ुलमाक़नी ने पुकारा, "वलीअहद सोयम बहादुर सलामत" और सबका सलाम लेते हुए मिर्ज़ा फ़ख़रू बहादुर दरवाज़े के अंदर दाख़िल हुए तो उनकी निगाह हबीबा पर पड़ी। ढलती उम्र की लेकिन नाक-नक़्शे से दुरुस्त, शरीफ़ों जैसा लिबास पहने हुए अजनबी औरत को देखकर वह ज़रा चौंके थे कि हबीबा ने आगे बढ़कर तीन तस्लीमें अदा कीं और

निहायत बातहज़ीब लहजे में कहाः "बंदी मुर्शिदज़ादा-ए-आफ़ाक की ख़िदमत में तस्लीमात अर्ज़ करती है। मुझे हबीबुन्निसा कहते हैं। मैं सरकार दुल्हन बेगम साहब की ख़िदमतगुज़ारी पर मुक़र्रर हूं।"

मिर्ज़ा फ़ख़रू को हबीबा का सुभाव बहुत भाया। उन्होंने मुस्कुराकर कहा, "आपका आना मेरे दिल की ख़ुशी का कारण बना। लेकिन दुल्हन बेगम साहब नहीं, शौकत महल कहिए। आपकी ख़ानम को बादशाह की बारगाह से यही ख़िताब अता हुआ है।"

"सुबहानल्लाह, क्या मुनासिब ख़िताब है। अल्लाह आप दोनों को मुबारक करे। तशरीफ़ ले चलें, दुल्हन का कमरा आपका इंतज़ार कर रहा है।"

"बिस्मिल्लाह।"

हबीबुन्निसा कमरे के दरवाज़े तक साथ गई, फिर आदाब करके उल्टे पांव वहां से हट आई। मुर्शिदज़ादा-ए-आफ़ाक़ मिर्ज़ा फ़तहुलमुल्क बहादुर नपे-तुले आहिस्ता क़दमों लेकिन कुछ धड़कते हुए दिल के साथ अंदर पहुंचे। वज़ीर को इस हाल में देखकर उनका जी चाहा कि आगे बढ़कर उसे आग़ोश में ले लें लेकिन फिर ख़्याल आया कि यह अमल बेतमीज़ी में शुमार हो सकता है, वरना ग़ैरज़रूरी बेसब्रापन तो है ही। मिर्ज़ा फ़ख़रू पहले की तरह आहिस्ता क़दम आगे बढ़े। उधर वज़ीर ने आहट जो सुनी तो सर उठाया और चाहती थी कि सीधी खड़ी होकर इस्तक़बाल करे। लेकिन मिर्ज़ा फ़ख़रू अब पलंग तक पहुंच चुके थे। उन्होंने कहा, "तस्लीमात अर्ज़ करता हूं।" फिर उन्होंने हाथ बढ़ाकर वज़ीर को रोका, "वल्लाह आप ज़हमत न करें।" फिर थोड़ा सा हंसकर बोले, "हम ख़ुद ही आए जाते हैं। इस मुबारक मौक़े पर बारगाहे-इलाही में जितना शुक्र अदा किया जाए, कम है।"

फिर मिर्ज़ा फ़तहुल मुल्क ने पलंग के बिल्कुल पास जाकर दायां हाथ वज़ीर के सर पर रखा और शेर पढ़ाः

लिल्लहिल-हम्द हर आं चीज़ कि ख़ातिर मी ख़ास्त
आख़िर आमद ज़ पसे-पर्दा-ए-तक़ीदर पिदीद

(तारीफ़ अल्लाह की कि वह हर चीज़ जो मेरे दिल ने चाही, वह तक़दीर के पर्दे से नमूदार हो गई)

छपरखट का ज़ीना तय करके मिर्ज़ा फ़ख़रू ने चाहा कि छपरखट के किनारे पर बस टिक जाएं लेकिन वज़ीर ने कुछ परेशानी के आलम में अपने पहलू की जगह ख़ाली करके अटक-अटककर कहाः "तशरीफ़ लाएं। बहुत जगह है।"

"जगह आपके दिल में हो तो एक बात भी हो। छपरखट पर आप बैठें या न बैठें, हमने अपने दिल में आपको बिठा लिया है।"

अब वज़ीर की हिम्मत कुछ खुली, "अहलनो-सहलन यह शीशा एक उम्र से

मुश्ताक़े-संग था।"

"वल्लाह क्या मिसरा निकालकर लाईं। लेकिन मुश्ताक़ी तो हम लोगों का वज़ीफ़ा है..." मिर्ज़ा फ़ख़रू ने आह भरी। "आप क्या जानें हम पर आपके फ़िराक़ में क्या-क्या गुज़रती रही है।" फिर उन्होंने ख़्वाजा-ए-शीराज़ का मिसरा पढ़ाः

इन्नी रऐतु दहरन मिन हिज्रिकल-क़ियामह

(मैंने तुम्हारे वियोग में क़यामत का ज़माना देखा है)

वज़ीर अरबी नहीं जानती थी लेकिन मिर्ज़ा फ़ख़रू बहादुर को शायद ग़लतफ़हमी थी कि वह अरबी से वाक़िफ़ है, या वह शायद समझ रहे थे कि हाफ़िज़ की ग़ज़ल है, वज़ीर तो इससे ज़रूर वाक़िफ़ होगी। दरबार की शान और पिछली ज़िंदगी की यादों के हुजूम ने वज़ीर के औसान यूं ही ख़ता कर रखे थे, ऐसे में फ़ारसी के शेर वह भी अरबी मिले हुए, उसे कहां याद रहते। लेकिन ख़ुदा की मेहरबानी कि उसे हाफ़िज़ की इसी ग़ज़ल का एक मौक़े के मुनासिब शेर याद आ गया। उसने घूंघट से कुछ आड़ से, लेकिन आंखें ज़रा उठाकर शेर पढ़ाः

दारम मन अज़ फ़िराक़त दर दीदा सद अलामत
लैसत दमूउ-ऐनी हाज़ा लनल अलामह

(मेरी आंखों में आपके वियोग की सैकड़ों निशानियां हैं। क्या मेरी आंख के आंसू हम आशिक़ों के लिए इसकी निशानी नहीं हैं?)

मिर्ज़ा फ़ख़रू फड़क गए। "वल्लाह क्या हाज़िरजवाबी है। सुब्हानल्लाह, क्या हाफ़िज़ा है। क्या हम इसकी उम्मीद रखें कि हम भी इस बेमिसाल हाफ़िज़े में कहीं क़ैद हो जाएंगे और फिर आज़ाद न किए जाएंगे?"

वज़ीर की तबीयत अब तो रवानी पर आ गई थी। अब पूरी ग़ज़ल उसके सामने किताब की तरह खुली हुई थी। उसने मुंह घूंघट से निकाला और उसी ग़ज़ल का शेर पढ़ दियाः

बादे-सबा ज़ि हालम नागह नक़ाब बर्दाश्त
कश्शम्सि फ़ी ज़ुहाहा ततलुअ मिनल ग़मामह

(ठंडी हवा ने अचानक मेरे हाल पर से नक़ाब उठा दी जैसे कि एक पहर दिन ढले का सूरज बादलों से निकल आए)

मिर्ज़ा फ़ख़रू ने वज़ीर की ठोड़ी उठाकर उसकी पेशानी चूमी और कहा, "वल्लाह जी चाहता है कि आपको यूं ही सामने बिठाए रखिए और शेर सुनते रहिए। लेकिन हमें इससे भी अहम और दिलचस्प काम दरपेश हैं।" फिर उन्होंने ख़्वाजा हाफ़िज़ की इसी ग़ज़ल का मक्ता पढ़ाः

हाफ़िज़ चू तालिब आमद जामे व जाने-शीरीं
हत्ता यज़ुक़ु मिनहु कासन मिनल करामह

(अब जब हाफ़िज़ तलबगार हुआ है तो एक जान दे और जाने-शीरीं उसे ले ले ताकि वह उदारता के जाम से एक घूंट चख सके)

वज़ीर ने सरगोशी के लहजे में कहा, "मुर्शिदज़ादा-ए-आफ़ाक के लिए सब कुछ है, मुझ बेचारी की हस्ती क्या जो आपके क़ाबिल बन सकूं।"

"वल्लाह, यह देखकर अनदेखी करना तो हमारी जान यूं ही ले लेगा। आप शायद कहना चाहती हैं कि हमारी जान इतनी क़ीमती नहीं कि एक जल्वे या एक बोसे के बराबर ठहरे। बिल्कुल दुरुस्त लेकिन कभी-कभी ख़रीदार की तबीयत का ख़्याल तो किया जाता है। तमाम माशूक़ों की तरफ़ से बाबा फ़ुग़ानी तो जवाब दे ही गए हैं...।"

"जी हां, आपको अपने मतलब की बातें बहुत मालूम हैं। पर हमें तो बाबा साहब की बात तकल्लुफ़ ही लगे है," यह कहकर वज़ीर ने बाबा फ़ुग़ानी का शेर पढ़ाः

ऐ कि मी गोई चिरा जामे-ब-जाने मी ख़री
ई सुख़न बा साक़ी-ए-मा गो कि अरजां कर्दा अस्त

(ऐ तुम कि जो ये कहते हो कि जान के बदले एक जान क्यों ख़रीदते हो, तो ये बात हमारे साक़ी से कहो कि उसने माल इतना सस्ता कर दिया है)

"लेकिन साहिबे-आलम, हमने तो अभी कुछ सस्ता नहीं किया।"

"हाय ज़ालिम, यह तूने क्या कह दिया। हम इस धोखे में थे कि हमारे दिल का जज़्बा आपको यहां खींच लाया है। लेकिन यहां तो मामला कुछ और निकला। साहब आप कुछ भी सस्ता न करें लेकिन मेहरबानियां हम पर ज़रूर ज़ाहिर करें आख़िर अमीर ख़ुसरो क्या फ़रमा गए हैंः

हर दो आलम क़ीमते-ख़ुद गुफ़्ता ई
निर्ख़ बाला कुन कि अरज़ानी हनूज़

(तूने अपनी क़ीमत दो जहान बतलाई है; अपना भाव कुछ और बढ़ा कि तू अभी भी बहुत सस्ता है)

"हुज़ूर साहिबे-आलम," अब वज़ीर ने घूंघट एकदम पलटकर, शाहज़ादे की आंखों में आंखें डालकर मुस्कुराते हुए कहा, "आपको कहीं कुछ धोखा हुआ है। निर्ख़ बाला वह करे जो कभी सस्ता हुआ हो। आपने सुना नहींः

पासबाने-ख़ुदअंद आगाहां
हमचिराग़ अस्त लाला हमफ़ानूस

(जो आत्म चेतन है वह अपना रखवाला ख़ुद है। लाले का फूल चिराग़ भी है और फ़ानूस भी।)

"हमें आप बाज़ार में न ढूंढ़ें, बाज़ारे-महबूबी में भी नहीं।"

"वल्लाह, आप तो पहेलियां बुझा रही हैं। फिर आपको कहां पाइए, वज़ीर ख़ानम?

क्या आप हमारी चाही हुई, मांगी हुई नहीं हैं?"

"हम तो आपके तलबगार बनकर यहां आए हैं साहिबे-आलम, हम तो पहले ही आपका बेदाम बंदा होने को तैयार बैठे हैं। फिर निर्ख़ बाला करने या सस्ता करने का कुछ ज़िक्र नहीं हो सकता। लेकिन..."

"फिर लेकिन क्या?" मिर्ज़ा फ़ख़रू ने बेचैन होकर पूछा और चाहा कि बढ़कर वज़ीर के गले में हाथ डाल दें।

वज़ीर ने मिर्ज़ा फ़ख़रू का हाथ अपने हाथ में लेकर ख़ुद ही अपने गले में डाल लिया और शाहज़ादे के और भी क़रीब होकर सरगोशी के लहजे में बोली, "मैं पूजा नहीं, स्थायित्व को ढूंढ़ती हूं। मैं भी आपकी ही तरह ख़्वाजा हाफ़िज़ की ज़बान से अर्ज़ करती हूं:

अज़ मन जुदा मशौ कि तू अम नूरे-दीदा ई

(मुझसे तू जुदा मत होना कि तू ही मेरी आंखों का नूर है)
मुझे अंधेरे में न छोड़ जाइएगा।"

फ़तहुलमुल्क बहादुर ने वज़ीर के हाथ अपने हाथ में लेकर उन्हें बोसा दिया और इंतिहाई नर्म और मीठे लहजे में बोले, "साहिबे-मन कुछ जुदाइयां ऐसी होती हैं जिन पर किसी का इख़्तियार नहीं। लेकिन और कोई सूरत ऐसी हो ही नहीं सकती कि आप हमसे जुदा हों:

तू ख़ुश मी बाश बा हाफ़िज़ बिरौ गो ख़स्म जां मी दिह
चू गर्मी अज़ तू मी बीनम चे बाक अज़ ख़स्मे-दमे-सर्दम"

(तू ख़ुश रह हाफ़िज़ के साथ, और जा दुश्मन से कह कि तू जान दे दे। जब तुझसे मुझे गर्मी मिलेगी तो ठंडी सांस भरने वाले दुश्मन का मुझे क्या डर)

"मैं तो अल्लाह से दुआ करती हूं कि काश कोई ऐसी सूरत हो जाती कि मिलन ही मिलन रह जाता।"

"वज़ीर बेगम जो जितना ही जुड़ा हुआ है उतना ही ठीक है; जितना मिलन मुमकिन है उतना हम अल्लाह से अपने लिए मांगते हैं। दुनिया इससे बेहतर मुमकिन होती तो क्या अल्लाह इससे बेहतर दुनिया न बनाता?

शायद बिखरना ही ज़िंदगी की कुंजी है। हिंदू को देखिए, मुर्दे अपने को आग के हवाले करके ख़ाक में ख़ाक मिला देते हैं लेकिन अल्लाह तआला बेशक उसे वापस लाने की ताक़त रखता है, जब सब इकट्ठा किए जाएंगे।"

"पर इंसानों की तबीयत में भूल और ख़ुदग़र्ज़ी भर दी गई तो मिलन के क्या मानी हैं? साहिबे-आलम, आप मुर्शिदज़ादा-ए-आफ़ाक़ हैं, आप ही ये गुत्थी हल करें।"

"साहब, आप इंसान से इंसानियत ही तो तलब कर सकती हैं? कोई जवाब आपके सवालों का जवाब दे भी दे तो इससे हक़ीक़त तो न बदलेगी? हम अपनी

हक़ीक़त पर सब्र करें तो ही ठीक है... लेकिन यह आप कैसी बातें ले बैठीं? क्या ये शाम और रात तर्क की छोटी और बड़ी प्रस्तावनाओं के लिए ही बनी हैं, या यह भी हमारे इश्क़ की आग को तेज़ करने का एक बहाना है? क्या आपको हमारे दिल के जोश और ख़्वाहिश के शोर का कुछ ख़्याल नहीं?"

साहिबे-आलमो-आलमियान एक पल के लिए रुके, फिर उन्होंने बढ़कर वज़ीर के मुंह को हल्का सा बोसा दिया और उसका हाथ अपने हाथ में लेकर कहा, "क्या आपने मियां सलीम का शेर नहीं सुनाः

हवस चूं शेर बर अतराफ़े-आं सीमीं बदन गर्दद
कि ज़ेरे-दामने-ऊ दीदा नक़्शे-पा-ए-आहूए?"

(हवस उस रुपहले बदन वाले के आसपास शेर की तरह मंडराती रहती है कि उसने उसके दामन के नीचे हिरन के पांवों का निशान देख लिया है)

यह शेर पढ़ते-पढ़ते मिर्ज़ा फ़ख़रू के चेहरे पर हया की सुर्ख़ी सी दौड़ गई। इतनी खुली हुई बात अभी पहली मुलाक़ात में उनसे कहे न बनती थी लेकिन सच यह है कि वज़ीर ख़ानम की बातों से अब उनका दिल उलझने लगा था। शेर पढ़कर मिर्ज़ा फ़ख़रू ने चाहा कि वज़ीर को पूरी तरह आग़ोश में भर लें। इधर होंठ पर ज़रा से प्यार और फिर इस शेर के सुनने के बाद अचानक वज़ीर के सारे बदन में हया और ख़्वाहिश की गर्मी भर गई थी। ऐसा शोख़ शेर तो औरतें भी आपस में न पढ़ती होंगी। वज़ीर के दिल में अब तक मिर्ज़ा फ़ख़रू के लिए रस्मी लगाव के सिवा, कि वो उसके शौहर थे, और कुछ न था। उनकी ख़ुशमिज़ाजी, ख़ूबसूरती और हाज़िरजवाबी सब ठीक थी लेकिन वज़ीर के दिल में बसने वाले अभी कोई और थे। वह साहिबे-आलमो-आलमियान को एक फ़र्ज़ के तौर पर निभाने को बिल्कुल तैयार थी लेकिन माशूक़, या आशिक़, या वह भी नहीं तो दोस्त ही के रुत्बे पर उन्हें बैठे देखने पर उसका दिल राज़ी न होता था।

लेकिन मिर्ज़ा फ़ख़रू की ज़बान से यह शेर अदा होना था कि वह रस्मी धागे या झाड़फूंक के बेहक़ीक़त गंडे जैसा शौहर-बीवी का रिश्ता जिसमें वह ख़ुद को और वलीअहद सोयम को बंधा हुआ देखती थी, वज़ीर के दिल से मकड़ी के जाले की तरह ग़ायब हो गया। उसके जिस्म के मुर्दा रेशों में नया कस-बल, नया तनाव आ गया। उसे अपनी छातियां खिंचती और तनती हुई महसूस हुईं। जहां मुद्दतों किसी गुस्ताख़ ने सर न उठाया था वहां गर्दन उठाने वाले दो सुरमई नुक़्ते पैदा हो गए, गोया किसी जादू के ज़ोर से उसकी शर्बती आंखों का अक्स वहां छब दिखाने लगा हो। उसके स्तन ऊपर उठते ही गए और उसकी काफ़िर आंखों का अक्स उन पर पड़ ही गया। उसके जी में सनसनाहट सी होने लगी और ज़िंदगी के पानी के भंवर के नीचे आबे-हयात की सोत में नए सिरे से आबे-हयात छल-बल करने लगा और पलक झपकते

में वह जगह ज़ाहिदों के पैर फिसलाने वाले चश्मे में तब्दील हो गई। अब कुछ मज़े पे आया शायद वह शोख़ दीदा, आब उसके पोस्त में है जूं मेवा-ए-रसीदा। फूल की पत्ती पर हिरन के पांव का नक़्श रोशन हुआ और आशिक़ के छुपे हुए ज़ख़्म की तरह खुलने लगा। आशिक़ की उम्मीदों की सुबह के नीचे चांद के फट जाने के आसार पर्दे के पीछे पैदा होने लगे। लाम अलिफ़ में 'ला' (नहीं) की जगह 'बला' (हां) का रंग उभरने लगा। दूज के दो चांद जो मुद्दतों से यकजा थे अब नमक का पानी पाकर अपनी पैवस्तगी छोड़ने लगे।

वज़ीर को बिल्कुल उम्मीद न थी कि अब वह सुरमई ताला कभी खुल सकेगा। वह तो मीर इंशाअल्लाह ख़ां के बक़ौल इन सब चीज़ों को एक ही बार रो-पीटकर बैठी हुई थी। लेकिन मुर्शिदज़ादा-ए-आफ़ाक़ कोई तावीज़ पहने हुए थे या सलीम के शेर में कोई मोहिनी छुपी थी या फिर वज़ीर की मुहब्बत उनके जिस्मो-जान को इस तरह घेरे हुए थी कि वज़ीर के भी जिस्मो-जान को फ़रार की जगह न बची थी। मिर्ज़ा फ़ख़रू ने आहिस्ता-आहिस्ता वज़ीर के तलवे सहलाए, पांव की उंगलियों को बोसा दिया, फिर चाहा कि नसरीन की शाख़ जैसी नाज़ुक लेकिन संदल की शाख़ जैसी सुडौल पिंडलियों को दरयाफ़्त करें और मुमकिन हो तो ज़ानुओं के शराबे-हुस्न से भरे शीशे और जाम से क़तरा-क़तरा प्यास बुझाएं। पिंडलियों पर मिर्ज़ा फ़ख़रू का लम्स पहुंचते ही वज़ीर की बेक़रारी और बढ़ी। उसने बेतकल्लुफ़ उनके दोनों हाथ पकड़ लिए और सरगोशी के लहजे में लेकिन कुछ शोख़ मुस्कान के साथ बोली, "कुत्ता बनूं शिकारी..."

एक पल के लिए मिर्ज़ा फ़तहुलमुल्क बहादुर चकरा गए कि वज़ीर ख़ानम क्या कह रही हैं। वज़ीर की पिंडलियों और ज़ानुओं की सैर करते-करते उन्होंने हैरत से सर उठाया और एक पल ठहरने के बाद वज़ीर का मतलब पूछने ही वाले थे कि वज़ीर ने एक पूरा मिसरा उसी सरगोशी के लहजे में पढ़ा—

वो आहू-ए-रमीदा (भागा हुआ हिरन) मिल जाए तीराशब गर

फ़तहुलमुल्क बहादुर की हैरानी एक हद तक दूर हुई कि यह उसी आहू (हिरन) की सोच थी जो ख़ुद उन्होंने शुरू किया था। लेकिन कुत्ता...? उन्होंने दोबारा कनखियों से वज़ीर को देखा। वज़ीर ने कुछ आगे बढ़कर ख़ुद को फ़तहुलमुल्क बहादुर के और भी क़रीब कर लिया, कि दोनों कुछ हमआग़ोश से हो गए। फिर उसने अपने पांयचे ऊपर खींचे। पिंडलियों और रान के पूरे हसीन नज़ारे को सामने देख मिर्ज़ा फ़ख़रू की आंखें चकाचौंध होने लगीं। वज़ीर ने उनके हाथ अपने सीने पर रख लिए; अब उसकी सांस कुछ तेज़ हो चली थी। उसने इशारे की ज़बान में कुछ यूं कहा कि ये दुपट्टा और शलूका और अंगिया मेरे बदन से नुच जाएं तो क्या अच्छा हो। एकाएक मिर्ज़ा फ़तहुलमुल्क के ज़हन में मियां मुसहफ़ी का पूरा शेर गूंज उठाः

वो आहू-ए-रमीदा मिल जाए तीराशब गर
कुत्ता बनूं शिकारी उसको भंभोड़ डालूं

अल्लाह-अल्लाह क्या जुरअतें हैं! क्या अचपलाइयां हैं और क्या ढिठाइयां हैं! शाह हातिम ने तो सिर्फ़ सोचा होगा, हम तो अपनी आंखों से देख रहे हैं। उन्होंने बुलंद आवाज़ में शेर को पढ़ा और बोलेः "छोटी बेगम, आप आहू-ए-रमीदा क्यों हों? आप हमारी मुहब्बत के कुंज में मंज़िल का सुकून हासिल करें। हम आपके रखवाले और आपके ख़िदमतगुज़ार रहेंगे... और हमारे-आपके बीच ये लिबासी पर्दे क्यों बाक़ी रहें।" यह कहकर मिर्ज़ा फ़तहुलमुल्क बहादुर ने वज़ीर का दुपट्टा खींचकर अलग कर दिया और अपनी भी क़बा के डोरे खोल डाले। वज़ीर ने हाथ आगे बढ़ाकर फ़तहुलमुल्क के सीने को टटोला। थोड़ी देर बाद शम्ओं की रोशनी आपसे आप मद्धम पड़ने लगी।

वज़ीर को सुबह के वक़्त उठने की आदत पड़ गई थी। आज भी, जब क़रीब-क़रीब सारी रात जागने और जोशो-हेजान के उतार-चढ़ाव में गुज़री थी, और मिर्ज़ा फ़तुहलमुल्क की नाज़बरदाराना हवस के सबब उसका जोड़-जोड़ एक पुरलुत्फ़ और नशे भरे दर्द से चूर था, उसकी आंख बहुत सवेरे खुल गई। वह मुश्किल से दो-एक घड़ी सोई होगी। साहिबे-आलमो-आलमियान अलबत्ता गहरी नींद में थे और बज़ाहिर आज बहुत देर से जागने वाले थे।

अभी मोती मस्जिद में फ़ज्र की अज़ान नहीं हुई थी। बाहर गहरे अंधेरे का सा हाल महसूस होता था; अभी तो हबीबा भी सो रही होगी पर ख़ुदा जाने उसकी कोठरी कहां है, उसने कहा तो था कि मैं आपकी चौखट से लगे-लगे सो जाऊंगी लेकिन उसे कहीं दूर ही जगह मिली होगी। वज़ीर ने चाहा कि करवट बदलकर सो जाऊं। लेकिन अब नींद उसकी आंखों से बहुत दूर चली गई थी। उसने अक्सर देखा और सुना था कि साथ सोने और दिल की हलचलों के लंबे या मुख़्तसर जोशो-ख़रोश के बाद मर्द थोड़ी देर लगाव की बातें करते या इधर-उधर की जानी-पहचानी घरेलू बातें करते, फिर करवट बदलकर गहरी नींद में चले जाते। इसके उलट औरत को अक्सर नींद न आती, और आती भी तो बहुत गहरी नहीं और बहुत कम देर के लिए। उसे यह बात हमेशा अजीब लगती थी। रखवाली का काम तो मर्द का था कि औरत के बदन में उसका बीज था लेकिन मर्द अपने माल को और माल ढोने वाली को ग़ैर-महफ़ूज़ छोड़कर सो जाता था। ख़ुदा जाने इसमें मिज़ाजों का कौन सा फ़र्क़ काम कर रहा था या शायद मर्द लोग समझते हों कि औरत को हमारी हिफ़ाज़त बहरहाल हासिल है। जब तक हम उसके पहलू में हैं, सोए हुए ही सही, उसे कोई ख़तरा नहीं। लेकिन शायद असल बात यह है, वह कभी-कभी ज़रा कड़वी होकर ख़ुद से कहती,

कि मर्द को सिर्फ़ अपनी ग़रज़ से काम है। मतलब पूरा होने के बाद वह इस बात से बेताल्लुक़ हो जाता था कि मेरी शरीके-बिस्तर किस हाल में है। या फिर मर्द अपना जिस्म ख़ाली कर देने के बाद एक छोटी सी मौत से दो-चार हो जाता था, जैसा कि कुछ बड़ी-बूढ़ियां कहती थीं, और उसे दोबारा ज़िंदगी हासिल करने के लिए कुछ मोहलत और कुछ राहत की ज़रूरत रहती है। राहत की भी अच्छी रही, वज़ीर अपने दिल में कहती, गोया जो कुछ बिस्तर पर लूटमार की, वह राहत न थी। ख़ूब!

या फिर इस तरह पीठ फेरकर फ़ौरन सो जाना किसी क़िस्म के भरोसे की निशानी था, कि हमें अपनी हमख़्वाबा के बारे में पूरा इत्मीनान है, वह हमारी हमबग़ल होकर पूरी तरह महफ़ूज़ है, और हर तरह हमसे वफ़ादार भी है... लेकिन यह कुछ बनावट की बात लगती थी। असल बात तो शायद यही थी कि मतलब पूरा होने के बाद लगावट कम हो जाती थी।

वज़ीर को यक़ीन हो गया कि अब नींद न आएगी। क्यों न गर्म पानी से नहाकर बदन का आलस दूर कर लीजे, उसने दिल में सोचा। मुर्शिदज़ादा-ए-आफ़ाक़ तो अभी लंबी ताने हुए हैं लेकिन ऐन मुमकिन यही है कि जब उठेंगे तो फिर साथ सोने की ख़्वाहिश करेंगे। नाश्ते वग़ैरा से कुछ ग़रज़ वज़ीर को न थी और उसे लगता था कि मिर्ज़ा फ़तहुलमुल्क बहादुर को भी फ़ौरी तौर पर नाश्ता दरकार न होगा। ऐसे में बेहतर यही है कि जल्द उठकर नहा-धो, कपड़े बदल, ताज़ादम हो लीजिए।

यह सोचकर वह आहिस्ता से बिस्तर से उठी, लिबास से आज़ाद होने के सबब उसे अच्छी-ख़ासी ठंड लग रही थी। उसने अपने कपड़े उठाए, बदन पर दोशाला लपेटा और आबदारख़ाने में चुपके से दाख़िल हुई। यहां हर तरह के सामान मौजूद थे, अंग्रेज़ी साबुन, खुशबूदार बेसन, चिकनी मिट्टी, सर धोने के मसाले, तेल और इत्र की कुप्पियां, जिस्म को रगड़ने और साफ़ करने के लिए तरह-तरह के झांवे और अंग्रेज़ी स्पंज, छोटी क़ैंची और नाखुनतराश, बदन सुखाने के लिए भारी-भारी रंगीन और सादा भारी रूमाल, नहाने की चौकी संदल की खुशबूदार लकड़ी की, कई क़द्दे-आदम आईने, कपड़ों के लिए संदूक़ की जगह आबनूसी अलमारी जिसमें वज़ीर के अपने कपड़े जो वो साथ लाई थी, और बहुत से दूसरे कपड़े जो बज़ाहिर उसके लिए ख़ास तौर पर तैयार कराए गए थे, सलीक़े के साथ तह करके रखे गए थे।

एक नई चीज़ जो वज़ीर ने देखी वह चौड़े मुंह के बांस के दो नल थे जो कहीं ऊपर छत में सूराख़ करके नीचे लाए गए थे। वज़ीर ने सुना था कि क़िले के कुछ हम्मामों और आबदारख़ानों में बांस के या मिट्टी की नरियों के ज़रिए ठंडा ताज़ा पानी और गर्म पानी हर वक़्त दस्तयाब रहता था। उसे यक़ीन न था लेकिन उसने सुना था कि देहली के कुछ रईस और कुछ बड़े अंग्रेज़ साहिबान के यहां भी ऐसा ही इंतज़ाम था। नवाब शम्सुद्दीन अहमद ख़ां की किसी हवेली में अंदर जाने का उसे

इत्तफ़ाक़ न हुआ था लेकिन उनके जिस मेहमानख़ाने में उसने रात गुज़ारी थी उसके आबदारख़ाने में ऐसा कोई इंतज़ाम न था। दोनों के नीचे पानी जमा करने के लिए बड़े-बड़े तश्त धरे हुए थे। उनके पास कांसे की गड़वी जिसे क़िले में मुशरिबा भी कहते थे, पानी निकालने के लिए रखी हुई थी। वज़ीर ने अटकल लगाकर नल खोले तो वाक़ई एक में ठंडा पानी और एक में गर्म पानी आ रहा था।

उसने सर्दी के बावजूद ठंडे पानी का छपका मुंह पर मारा और फिर गर्म पानी के छींटे उड़ाए जैसे वह बच्ची हो और उसे पहली बार अपने आप ग़ुस्ल करने और हम्माम या आबदारख़ाने के मज़े उठाने की इजाज़त मिली हो। फिर उसने एक तश्त में गर्म पानी भरा और उसमें कुछ ठंडा पानी मिलाया, दोशाला उतारा और लुत्फ़ और लज़्ज़त के एक नए अहसास के साथ गर्म पानी गड़वी में भर-भरकर बदन पर लुंढ़ाया। बिस्तर की गर्मी और सांसों की तेज़ी और सुपुर्दगी और बेहोशी और थी, उस वक़्त थकन दूर करने और दुखते हुए अंगों को हल्की गर्मी पहुंचाने अैर नींद के आख़री ज़र्रे को आंखों से बहा डालने के मज़ों में और ही तरह का लेकिन कुछ उससे मिलता-जुलता भी अहसास था। मुद्दतों बाद उसके जी में आई कि कुछ गाइए और वह हाफ़िज़ की वही ग़ज़ल आप से आप गुनगुनाने लगी जिसके अशआर की कुछ अंताक्षरी उसके और साहिबे-आलम के बीच उस रात के शुरू में हुई थी–

इन्नी रऐतु मिन हिज्रिकल क़यामह

वह लिसानुल-ग़ैब के कलाम की रवानी और मिठास में कुछ ऐसी डूबी कि कई मिसरे जो उसे ख़ासतौर पर पसंद थे उन्हें बार-बार दोहराती रही। जब पानी ठंडा होने लगा तब वह हम्माम से उठी और उसी ग़ज़ल के अशआर गुनगुनाते हुए निहायत नर्म, मलमली रूमाल से अपना बदन खुश्क करने लगी। बेइरादा तौर पर उसकी निगाह अपने बदन पर पड़ी जो सामने के क़द्दे-आदम आईने में अपनी पूरी क़यामत के साथ झलक रहा था। ख़्वाजा-ए-शीराज़ के मीठे अल्फ़ाज़ उसके ज़हन से मिट गए और एक बेइख़्तियार हूक के साथ उसके दिल में उस रात की यादें लहरें मारने लगीं जब कुछ ऐसे ही मौक़े पर हबीबा ने आंखों ही आंखों में उसकी बलाएं लेकर उसे रात के लिए तैयार किया था। उस लम्हे उसने अपनी पहली मुहब्बत को और उसके खो जाने को याद किया था और ग़मगीन हुई थी। उस पल उसे बेयक़ीनी का अहसास भी था कि न जाने तक़दीर लिखने वाले ने नवाब शम्सुद्दीन अहमद ख़ां के साथ उसका क्या मुस्तक़बिल लिखा है और नवाब के साथ उसकी बराबरी ब्याहता की होगी या रखैल की, या फिर आज की रात भर की कहानी थी जिसे अप्रत्याशित तौर पर रंगीन क़लम से लिखा गया था... अगर रहेगी तो एक रात रहेगी दूसरी रात न रहेगी... और आज उसकी रूह और दिल में सुकून की मंज़िल और ज़िंदगी के क़िस्से के ख़ुशगवार अंजाम का अहसास था लेकिन फिर भी कुछ ग़म सा उसके दिल में

पेचो-ताब खा रहा था...

...क्या मेरी ज़िंदगी की तमाम कहानी खोए हुओं और गुज़रे हुओं की तलाश या उनकी यादों ही में तमाम हो जाएगी? उसके दिल में ख़ौफ़ भर उठा। उनसे सुना था कुछ लोग ऐसे होते हैं जो शुरू करते हैं लेकिन ख़त्म नहीं कर सकते... मैं उन्हीं में से तो नहीं हूं? लेकिन हम लोग ख़त्म करने वाले कौन और सच पूछो तो शुरू भी करने वाले कौन हैं? चाहते हैं सो आप करे हैं, हमको अबस बदनाम किया। नहीं, यह बात इंसाफ़ पर आधारित नहीं। तक़दीर की राहें भी अमल से, तदबीर से, कुछ नहीं तो दुआ से बदल सकती हैं। और शायद यह भी एक तरह से तक़दीर का बदलना ही कहा जाएगा कि इंसान अपनी हालत पर सब्र कर ले, कि जब सब्र है तो ग़म नहीं। लेकिन फिर क़ुरआन में यह क्यों कहा कि 'हमारे रब, और हम पर कोई सख़्त हुक्म न भेजिए जैसे हमसे पहले लोगों पर आपने भेजे थे। हमारे रब, हम पर कोई ऐसा बोझ (दुनिया या आख़िरत का) न डालिए जिसकी हमको सहार न हो... ? शायद यह भी तक़दीर बदलने की एक सूरत हो? दुआ से तक़दीर बदल जाती होगी, तब ही तो ऐसा कहा गया। लेकिन फिर लोग यह भी क्यों कहते हैं कि तक़दीर का लिखा अटल है, पत्थर की लकीर है, कभी मिट नहीं सकता? पर यह भी तो कहा गया कि जो पत्थर पर पानी पड़े मुतस्सिल, तो घिस जाए बेशुब्हा पत्थर की सिल... तो इसके क्या मानी हैं? हां, जिसने लिखा है वह काट भी सकता है, मिटा भी सकता है या फिर सहारने और शायद ख़ुश रहने की क़ुव्वत भी दे सकता है। वह किसका शेर था कि अगर हममें यह क़ुव्वत नहीं कि किसी को कुछ दे सकें तो अलहम्दुलिल्लाह, यह क़ुव्वत तो है कि किसी से कुछ न लें...

उसे सर्दी लगने लगी थी। अपने ख़्यालों में गुम वह यह भी भूल गई थी कि वह बेलिबास है और गर्म पानी का लाया हुआ राहतबख़्श और ख़ुशगवार माहौल भी ठंडक में घुलकर आहिस्ता-आहिस्ता दरवाज़े और खिड़की की झिरियों की राह से बाहर जा चुका था। उसे झुरझुरी सी आ गई। नंगे बदन पर हल्की कंपकपी महसूस करके उसने सोचा कि थोड़ा सा गर्म पानी बदन पर और डाल लूं, फिर कपड़े पहनूं... पर ख़ुदा जाने मुझे कितनी देर यहां हो चुकी है। कहीं फ़तहुलमुल्क बहादुर जाग न पड़ें और मुझे ढूंढ़ने लगें। नहीं, पानी से और खेलना अब ठीक नहीं, जल्द कपड़े पहन लेने चाहिए, उसने अपने दिल में कहा। उसने चाहा कि अलमारी खोलकर देखूं कि उसमें क्या कपड़े और लिबास हैं कि आबदारख़ाने के दरवाज़े पर आहट सी हुई और मिर्ज़ा फ़तहुलमुल्क बहादुर ने हल्के सुरों में पुकाराः “वज़ीर ख़ानम, आप वहां हैं? सब ठीक तो है, मैं अंदर आ सकता हूं?”

अभी वह कुछ जवाब न दे पाई थी कि दरवाज़ा खुला और मिर्ज़ा फ़तहुलमुल्क बहादुर रात के सोने की एक ढीली सी अबा बदन पर डाले हुए अंदर दाख़िल हो

गए। वज़ीर ने घबराकर चाहा कि दोशाला उठाकर बदन पर लपेट ले लेकिन जल्दी में दोशाला उसके हाथ से छूटकर फ़र्श पर गिर पड़ा और वह उसे उठाने के लिए झुकी। मिर्ज़ा फ़तहुलमुल्क बहादुर जहां थे वहीं ठिठककर सन्नाटे में आ गए। सुडौल कसे हुए कूल्हे और ज़ानू गोया सांचे में ढाले हुए, चीते की सी पतली कमर में ख़म, पेट बिल्कुल सपाट और बेशिकन, उस पर फ़ालतू चर्बी क्या, फ़ालतू बोटी का भी नाम न था, झुकी हुई कमर और पीठ की वजह से छातियों का ज़मीन की ओर रुख़, लेकिन ढलकन या ढीलेपन से एकदम ख़ाली। घुंडियों की सख़्ती और सुरमई रंग बख़ूबी नुमायां। लंबे घने गेसुओं का झरना था कि पीठ और चेहरे पर से गुज़रकर ज़मीन की ओर बढ़ रहा था। सुराहीदार गर्दन और नाज़ुक गला बेशिकन, सारा बदन ज़ेवर या सजावट से ख़ाली होने के बावजूद जगमगाता हुआ सा लग रहा था...

रात का बड़ा हिस्सा उस बदन के रहस्यों और संभावनाओं की छानबीन में गुज़ारने के बावजूद मिर्ज़ा फ़ख़रू को लगा जैसे वह बिल्कुल अजनबी हों और मुहब्बत का यह बाग़ पहली बार उनके लिए अपने दरवाज़े खोल रहा हो। उन्हें मालूम हुआ कि उन्हें अब तक इस बदन के अनुपात, उस क़द का गठन, उन नाज़ुक हाथ-पैर पर कुंवारी जवानी की छूट, पांव के नाखुनों से लेकर सर व गर्दन की घनी ज़ुल्फ़ों तक की उस शादाबी का कुछ अंदाज़ा ही न था। कई पल वह इस पल के जादू में गिरफ़्तार रहे। और इस बीच दोशाला उठाकर वज़ीर ने इस तरह बदन पर लपेटा कि सीने से ज़ानू तक का बदन तो छुप गया लेकिन मिर्ज़ा फ़खरू ने दिल में कहा कि जो खुला रहा वह ढके हुए से भी ज़्यादा दिलरुबा और दिलचस्प लगता है। वज़ीर ने चाहा कि कुछ बोलने से पहले आगे बढ़कर फ़तहुलमुल्क बहादुर के पास आ जाऊं ताकि आवाज़ बुलंद न करनी पड़े लेकिन लिहाज़ और पर्दादारी ने उसे वहीं का वहीं रोके रखा। उसने हाथ के इशारे से कुछ कहना चाहा या मिर्ज़ा फ़ख़रू को बाहर जाने का बहुत हल्का और धुंधला सा इशारा किया लेकिन फ़तहुलमुल्क बहादुर तो अभी वज़ीर के हुस्न को अपने गले का हार बनाए हुए चुप खड़े थे। वज़ीर ने आख़िरकार लगभग सरगोशी के लहजे में कहाः "अल्लाह, मैं माफ़ी चाहती हूं, मुझे क्या ख़बर थी कि आप मुझे ढूंढ़ते हुए..."

वह कहना चाहती थी कि आप मुझे ढूंढ़ते हुए यूं बेधड़क अंदर आ जाएंगे और यूं खुले तौर पर मुझे बेपर्दा देख लेंगे, लेकिन ज़ाहिर है कि वह यह सब कह न सकती थी और न ही यह सब कहना ज़रूरी था। उसे तो बस कोई बात शुरू करके शर्म के उस लम्हे से बाहर आना था। और वही हुआ। वज़ीर की आवाज़ सुनते ही मिर्ज़ा फ़तहुलमुल्क बहादुर अपनी हैरत के तिलिस्म से बाहर आए। मुस्कुराते हुए आगे बढ़े और कहने लगेः "माज़रत और माफ़ी-तलाफ़ी किस बात की, आज तो मुझ पर वह अहसान आपने किया है कि ताउम्र उसका बदला मुझसे न होगा।"

मिर्ज़ा फ़ख़रू ने आगे बढ़कर वज़ीर को अपनी बांहों में जकड़ लिया, उसका दोशाला अलग फेंका और उसके सर, सीने, बदन पर बोसों की बौछार कर दी। वज़ीर बार-बार कहने की कोशिश करती रही कि अब बस भी कीजिए, चलिए ख़्वाबगाह में चलिए, यहां आपको ठंडक लग जाएगी, लेकिन फ़तहुलमुल्क बहादुर उसका जुम्ला पूरा न होने देते और उसके मुंह पर मुंह या हाथ रखकर उसे ख़ामोश कर देते।

"अल्लाह, साहिबे-आलम, मैं आपके पास से उठ आई तो सज़ा उसकी आप मुझे किस क़दर देंगे?" वज़ीर ने छोटी सी हंसी हंसते हुए कहा।

मिर्ज़ा फ़ख़रू ने दोशाला उठाकर अपने हाथों पर लिया और फिर वज़ीर को आसानी से अपनी गोद में उठा लिया और फिर उसे दोशाले में लगभग लपेट लिया, जैसे कोई किसी बच्चे की हिफ़ाज़त की ख़ातिर उसे ख़ूब उढ़ा-लपेटकर कहीं ले चले। "अच्छा साहब, सज़ा की हक़दार तो आप बहुत सी हैं, लेकिन चलिए, आपके मुक़द्दमे का ख़्वाबगाह में फ़ैसला होगा।"

फ़तहुलमुल्क बहादुर ने वज़ीर को लाकर छपरखट पर बिठाया, पीछे कई तकिये लगा दिए और हल्का मख़मली लिहाफ़, जिस पर संजाफ़ की बेल टकी हुई थी, उसे उढ़ा दिया, गोया प्रसाधिकाएं अभी दोबारा आएंगी और उसे नए सिरे से सजाना शुरू कर देंगी। वज़ीर बार-बार कसमसाकर फ़तहुलमुल्क बहादुर के बाज़ुओं से निकल जाना चाहती, कभी अपने घुटने मोड़कर पिंडलियों और पैरों को छुपाती, कभी दोनों हाथों से सीने और कमर को ढांकने की कोशिश करती। फ़तहुलमुल्क बहादुर ने कहा, "यूं नहीं छोटी बेगम, ज़रा पांव फैलाकर आधी लेट जाएं। यूं पांव मोड़े-मोड़े तो आप थक जाएंगी, फिर ख़ुदा-नख़्वास्ता हमें कहां मौक़ा मिल सकेगा कि आपको थकाएं और फिर तरो-ताज़ा करें।"

"तौबा, अभी और भी थकाएंगे क्या," वज़ीर ने एक अदा के साथ कहा। "बंदी में तो अब कुछ रहा नहीं, फ़तहुलमुल्क बहादुर।"

"सही, लेकिन अभी तो आराम से हो जाएं," मिर्ज़ा फ़ख़रू ने जवाब दिया। "आइए, आप हमारी बात मान लेंगी तो हम आपको कुछ गाकर सुनाएंगे।"

वज़ीर ने कान खड़े किए। उसने तो सुना था कि मिर्ज़ा फ़ख़रू को संगीत में वह कमाल हासिल है कि बड़े-बड़े डोम और कलावंत उनका नाम सुनकर कान पकड़ते हैं, लेकिन साहिबे-आलम ख़ुद गाते भी हैं, यह उसे ख़बर न थी। और वह अपनी घरवाली को कुछ गाकर सुनाएं, यह तो अनसुनी बात थी।

"ज़हे-नसीब कि सरकार का दाऊदी सुर मेरे कानों के लिए जन्नत बने," वज़ीर ने दिली ख़ुशी के लहजे में कहा। "फ़रमाइए, आपकी हम क्या ख़िदमत करें कि उसके इनाम में हमें आपका अमर बोल सुनने को मिले?"

"कुछ नहीं" मिर्ज़ा फ़ख़रू ने मुस्कुराकर कहा। "बस पांव पसारे रहें। पांव तलवों

के चिराग़ और पिंडलियों की शम्ओं और उनके ज़रा ऊपर जन्नत के पेड़ की शाख़ों के नज़ारे से हमें आंखें ठंडी करने दें।"

"ऐ तो क्या बिल्कुल नंगी ही कर छोड़ेंगे, साहिबे-आलम," वज़ीर ने कुछ शर्माते हुए कहा। "क्या कुछ भी पर्दा न छोड़ेंगे?"

"हम तो समझे थे कि अब हमारे आपके बीच कोई पर्दा न रहेगा," मिर्ज़ा फ़ख़रू ने हंसकर कहा। "ख़ैर, देखिए क्या मौक़े के शेर याद आए हैं। मुलाहिज़ा हो।"

"बंदी तन-मन से सुन रही है।"

मिर्ज़ा फ़ख़रू ने कुछ देर गुनगुनाकर राग नट भैरो के तर्ज़ पर इंतेहाई सुरीली और मंझी हुई लेकिन ज़रा दबी आवाज़ में गाना शुरू कियाः

गुले दारम ज़ रंगो-बू बरहना
सही सर्वे चू आबे-जू बरहना
चू शाख़े-सौसनश अंदाम उरियां
चू शाख़ो-सुंबुलश बाज़ू बरहना
ज़ आबे-जल्वा अश ता बुगज़रद कब्क
दो पारा कर्दा ता ज़ानू बरहना
ज़ हिंदू ज़ादगां तिफ़्ले कि बाशंद
दवां चूं शोला बर हर सू बरहना
चू जोगी शोलस-ए-आतिश नशिस्ता
ब-ख़ाकिस्तर ज़ इश्क़े-ऊ बरहना
सलीम अज़दिल बरूं कुन ख़ारे-हसरत
कि आमद यारो पा-ए-ऊ बरहना

(मेरे पास रंगों और महक से भरा हुआ एक फल है, जो सर्व के पेड़ की तरह सीधा और पानी की नहर की तरह नंगा है। सौसन की डाली की तरह उसका बदन निर्वस्त्र है और सुम्बुल के डंठल की तरह उसकी बांहें नंगी हैं। उसने ज़ानुओं तक अपने दोनों पांव खोल दिए हैं ताकि पहाड़ी बटेर उसकी चमक से बेहोश हो जाए। वो हिंदुस्तानी बच्चों की तरह है जो हर तरफ़ आग के शोलों की तरह नंगे दौड़ते रहते हैं। उसके इश्क़ में आग का नंगा शोला जोगियों की तरह राख में बैठ जाता है। ऐ सलीम, अपने दिल से हसरत का कांटा निकाल डाल कि तेरा यार आ गया और वो नंगे पांव है)

वह आवाज़ और वह समां, और फिर शेर इस क़दर मौक़े के कि वज़ीर के सलोनेपन तक का लिहाज़ रखा था, गोया ढाई सौ बरस पहले सलीम तेहरानी ने वज़ीर को कहीं ख़्वाब में देख लिया था और ये शेर उसके लिए कहकर छोड़ गया था। वज़ीर की ज़बान से तारीफ़ के बोल न निकलते थे। मिर्ज़ा फ़ख़रू ने जब अलाप

के बाद अंतरा उठाया था तो वज़ीर के मुंह से बेसाख़्ता "ऐ वाह, सुबहानल्लाह" के बोल निकल गए थे। लेकिन उसके बाद तो उसकी ज़बान गोया गूंगे की ज़बान हो गई थी। उसका दिल नग़मे की उमड़ती हुई लहरों के साथ उमड़ा आ रहा था। हाय वो मर्दाना लेकिन कुछ सारंगी के ज़ोटे जैसी झनझनाती हुई आवाज़, हाय वो गला न खोलते हुए गाने के बावजूद लफ़्ज़ों की अदायगी में बांसुरी के झालों जैसी कैफ़ियत, गायक का वह खोयापन और उसके तन-बदन से फूटती हुई इश्क़ की लज़्ज़त की धीमी-धीमी गर्म रोशनी। वज़ीर के लिए कुछ कहना मुमकिन न रहा था। नट भैरो की धुन उसके दिल में दूर तक फैली जा रही थी और आंखों में आंसू छलक आए थे।

□□

नवाब मिर्ज़ा ख़ां दाग़

पलक मारते एक साल गुज़र गया। शादी का दसवां महीना (अक्टूबर 1845) ख़त्म होते-होते वज़ीर ने एक बेटे को जन्म दिया। बच्चा सही मायने में चांद का टुकड़ा था। निहायत गोरा, सुर्ख़ सफ़ेद रंग, बड़ी-बड़ी आंखें, चमकीले सियाह घुंघराले बाल। लोगों ने कहा कि बाल और आंखें तो मां पर हैं, बाक़ी चेहरा-मोहरा मरहूम हज़रत अकबर शाह सानी पर गया है। ज़िल्ले-इलाही अबूज़फ़र बहादुर शाह तो सांवले रंग के थे और मिर्ज़ा फ़तहुलमुल्क बहादुर का भी रंग उन्हीं की तरह का दबा हुआ था। लेकिन मरहूम अकबर शाह सानी तो बेहद .ख़ूबसूरत होने के साथ-साथ तुर्कों की तरह मैदा-शहाब रंगत के थे। ख़ुर्शीद आलम तारीख़ी और पुकार का नाम रखा गया (ख़ुर्शीद=1120 + आलम=141, जोड़: 1261), शाही काग़ज़ात में मिर्ज़ा ख़ुर्शीद आलम दर्ज हुआ और ख़ुर्शीद मिर्ज़ा प्यार का नाम क़रार पाया। वलीअहद सोयम की ख़ुशी का ठिकाना न था; एक साल में दो-दो बेटे उन्हें मिले। ख़ुर्शीद मिर्ज़ा तो बाद में आए, नवाब मिर्ज़ा को शाही हुक्म और मिर्ज़ा ग़ुलाम फ़ख़रुद्दीन बहादुर और छोटी बेगम की मर्ज़ी के मुताबिक़ उसी हफ़्ते हवेली में बुला लिया गया। ख़ासो-आम में ख़ान ख़िताब के साथ मिर्ज़ा ख़ां मशहूर हुए, इस हद तक कि 'ख़ां' उनके नाम का एक अभिन्न हिस्सा बन गया। 'दाग़' तख़ल्लुस पहले से ही मशहूर था, अब 'नवाब मिर्ज़ा ख़ां दाग़' को देहली वाले मिर्ज़ा फ़तहुलमुल्क बहादुर के मुंहबोले बेटे और होनहार शायर के रूप में जानने लगे। शाही आस्ताने से नवाब मिर्ज़ा ख़ां के लिए पांच रुपए माहाना तनख़ाह मुक़र्रर हो गई जो आधी ही ख़र्च हो पाती थी; नवाब मिर्ज़ा ख़ां बाक़ी रक़म मां को दे देते। वह उसे उनके नाम से एक संदूक़ में रख छोड़ती और मौक़े-मौक़े पर ख़ैर-ख़ैरात के लिए भी काम में लाती। नवाब मिर्ज़ा ख़ां की तालीम का ख़र्च वलीअहद सोयम के ज़िम्मे था।

ख़ुदा-ए-सुखन मीर तक़ी 'मीर' के शागिर्द मीर ग़ुलाम हुसैन शिकेबा के बेटे

मौलवी अहमद हुसैन को नवाब मिर्ज़ा के लिए अरबी और फ़ारसी का उस्ताद मुक़र्रर किया गया। मशहूरे-ज़माना ख़ुशनवीस और पंजाकश सैयद मुहम्मद अमीर से नवाब मिर्ज़ा ने ख़ुशनवीसी, पंजाकशी, बांक और बिन्नौट के सबक़ लिए। सैयद मुहम्मद अमीर से बादशाह सलामत ने भी शाहज़ादगी के ज़माने में कई फ़न सीखे थे। सैयद मुहम्मद अमीर यूं तो पंजाकश के लक़ब से मशहूर थे, मगर उनके कमालात की फ़हरिस्त बहुत लंबी थी। उन्हें ख़ुशनवीसी और पंजाकशी के अलावा कुश्ती, बांक और बिन्नौट में उस्ताद का दर्जा हासिल था। इसके अलावा वह नक़्क़ाशी, मुसव्विरी, पत्थर पर लिखने, सफ़हे पर हाशिए खींचने, सफ़हे जोड़ने, संगतराशी और ज़ेवरों को बांधने में भी महारत रखते थे।

क़िले में नवाब मिर्ज़ा ख़ां की आमद के चंद ही दिन बाद मिर्ज़ा फ़ख़रू ने उनको ख़ाक़ानी-ए-हिंद उस्ताद मुहम्मद इब्राहीम ज़ौक़ का शागिर्द बनवा दिया। मेहरबान उस्ताद ने दाग़ का तख़ल्लुस बरक़रार रखा और थोड़े ही दिनों बाद कह दिया कि यूं ही मश्क़ और अध्ययन करते रहो, बहुत जल्द तुम फ़ारिग़ुल इस्लाह ही नहीं, जहां-उस्ताद बन जाओगे। दाग़ ने क़िले के अंदर शाहज़ादों और सुल्तानज़ादों की निजी महफ़िलों और शहर के ख़ास-ख़ास मुशायरों में बाक़ायदा शिरकत शुरू कर दी। हवेली की औलाद न होने की वजह से दाग़ को यह फ़ायदा था कि वह मिर्ज़ा फ़ख़रू की इजाज़त लेकर क़िले के बाहर कहीं भी जा सकता था। इस रिआयत ने उसके अदबी मशग़लों को तरक़्क़ी तो दी ही, लेकिन उससे बड़ी बात यह थी कि वह अक्सर बड़ी ख़ाला के यहां भी जा सकता था और फ़ातिमा के दीदार और उसकी बातचीत से दिल को तसल्ली दे सकता था। उसका जी तो चाहता था कि मां से पूछे आपका वादा कब पूरा होगा, लेकिन हिम्मत न पड़ती थी। यह बात तो उसे मालूम हो गई थी कि अम्मांजान ने साहिबे-आलमो-आलमियान से इस बात का ज़िक्र करके उनकी भी मंज़ूरी हासिल कर ली है। और यह बात भी वह समझता था कि ख़ुर्शीद मिर्ज़ा जब तक पेट में थे, और फिर अब जब तक कि वह बहुत छोटे और बिल्कुल दूध-पीते हैं, शादी वग़ैरा के झंझट का सवाल नहीं उठता। यूं भी इस वक़्त उसका दिल बहलाने, अध्ययन और सोच और छानबीन के लिए क़िले की दुनिया बहुत थी।

नवाब मिर्ज़ा ख़ां को ज़हीर देहलवी और क़मरुद्दीन राक़िम की दोस्ती की वजह से क़िले की कुछ छोटी-मोटी बातें मालूम थीं लेकिन अंदर इतनी लंबी-चौड़ी दुनिया होगी और चहल-पहल, ज़िंदगी, शाहाना रस्मों और रिवायतों और शाही रौब और आदाब से इस क़दर भरपूर होगी, इसका अंदाज़ा उसे बिल्कुल न था। ज़िल्ले-सुब्हानी के 16 बेटों में, जो इंतज़ाम के कामों और दरबार और सल्तनत के मामलों में सरगर्म थे, मिर्ज़ा मुहम्मद दाराबख़्त मीरांशाह बहादुर वलीअहद अव्वल, मिर्ज़ा मुहम्मद शाहरुख़ बहादुर वज़ीरे-आज़म और मुख़्तारे-आम, मिर्ज़ा कयूमर्स बहादुर वलीअहद

दोयम और मिर्ज़ा मुहम्मद सुल्तान ग़ुलाम फ़ख़रुद्दीन बहादुर वलीअहद सोयम ख़ास तौर पर क़ाबिले-ज़िक्र थे। बाद के दिनों में छठे बेटे मिर्ज़ा ज़हीरुद्दीन बहादुर उर्फ़ मिर्ज़ा मुग़ल इंतज़ामी मामलों में बहुत आगे हो गए थे। इन सब शाहज़ादों के अपने दरबार लगते थे जो शाही दरबार के नमूने पर, अलबत्ता बहुत मुख़्तसर पैमाने पर लगाए जाते थे। ख़ुद ज़िल्ले-इलाही के दरबार को औरंगज़ेबी और शाहजहानी दरबार क्या, मरहूम मुहम्मद शाह बादशाह ग़ाज़ी के दरबार से भी कोई निस्बत न थी। मुंशी फ़ैज़ुद्दीन ने जश्न के एक दरबार का आम हाल यूं बयान किया है:

> देखो, सब अमीर नक़्क़ारख़ाने के दरवाज़े पर से उतरकर पैदल दीवाने-आम में चले आते हैं। यह पहली आदाबगाह है। दीवाने-आम में जाली के दरवाज़े में देखना कैसी मोटी सी लोहे की ज़ंजीर अड़ी पड़ी हुई है कि आदमी सीधा नहीं जा सकता, सब झुककर ज़ंजीर के नीचे से जाते हैं। यह दूसरी आदाबगाह है। ऐ लो! दीवाने-ख़ास के दरवाज़े पर क्या बड़ा सा पर्दा लाल बानात का खिंचा हुआ है; यह लाल पर्दा कहलाता है। मिर्दहे, प्यादे, दरबान, सिपाही, क़लार। हाथों में लाल-लाल लकड़ियां लिए खड़े हैं। जो कोई ग़ैर अंदर जाने का इरादा करे तो क़लार वही लाल लकड़ी अंकड़ेदार गर्दन में डालकर निकाल देते हैं... लाल पर्दे के पास खड़े होकर पहले मुजरा करके कि यह तीसरी आदाबगाह है, फिर दीवाने-ख़ास में तख़्त के सामने आदाब बजा लाकर अपनी-अपनी जगह पर खड़े होते जाते हैं।
>
> दीवाने-ख़ास में... बीचोंबीच में संगमरमर के आठ कोने वाले चबूतरे पर तख़्ते-ताऊस लगा हुआ है, उसके आगे मोटा पर्दा खिंचा हुआ है... चारों तरफ़ तीन-तीन दर कैसे ख़ुशनुमा मेहराबों के हैं, गिर्द कटहरा, पुश्त पर तकिया, आगे तीन सीढ़ियां और बंगलेनुमा गोल छत मेहराबदार, उस पर सोने की कलसियां। सामने मेहराब पर दो मोर आमने-सामने मोतियों की माला मुंह में लिए हुए खड़े हैं... दो ख़वास हुमा के मोरछल लिए अहलू-पहलू में खड़े हैं। पीछे जानमाज़ बिछी है।
>
> मोतबरुद्दौला एतबारुलमुल्क बहादुर वज़ीर, उम्दतुलहुकमा हाज़िक़े-ज़मां एहतरामुद्दौला बहादुर... राजा मिर्ज़ा बहादुर, राजा बहादुर... मीरे-अद्ल बहादुर, मीर मुंशी दारुल-इंशा-ए-सुल्तानी, मीर तूज़ुक वग़ैरा अपने-अपने मर्तबे और क़ायदे से दोनों हाथ जरीब पर रखे दाएं-बाएं खड़े हैं...

> दीवाने-ख़ास के सहन में एक तरफ़ ख़ासे के घोड़े, चांदी के साज़ लगे हुए, एक तरफ़ हाथी, मौलाबख़्श, ख़ुर्शीदगंज, चांदमूरत वग़ैरा, रंगे हुए माथों पर फ़ौलाद की ढालें सोने के फूलों की, कानों में रेशम और कलाबतून के गुच्छे और लड़ियां, कारचोबी झूलें पड़ी हुई, एक तरफ़ माही-मरातिब, चतर, निशान, रोशन चौकी वाले, झंडियों वाले, ढलैत जमे खड़े हैं। हब्शी, क़लार, चांदी के शेरदहां सोंटे, ख़ासबरदार बंदूक़ें लिए हुए, कटहरे के नीचे खड़े हैं।
>
> ...बादशाह बरामद हुए। नक़ीब चोबदार पुकारे, "बिस्मिल्लाहिर्रहमानिर्रहीम! अल्लाह रसूल की अमान! दोस्त शाद दुश्मन पायमाल, बलाएं रद्द!" कहारों ने झट हवादार कहारों से ले लिया। पहले बादशाह ने तख़्त के पीछे उतरकर नमाज़ की दो रकअतें खड़े होकर पढ़ीं, दुआ मांगी, फिर हवादार में सवार हुए। कहारों ने हवादार तख़्ते-ताऊस के बराबर लगा दिया। बादशाह ने तख़्त पर जुलूस फ़रमाया। झंडियां हिलीं, दनादन तोपें चलने लगीं। सब फ़ौज ने सलामी उतारी। शादियाने बजने लगे। सल्तनत के ताज के मोती, ख़िलाफ़त के बड़े बेटे वलीअहद बहादुर बाईं तरफ़ और तख़्त के शाहज़ादे नामदार वालातबार, ख़िलाफ़त की आंख की रोशनी, सल्तनत के माथे के चांद, दाईं तरफ़ तख़्त के बराबर, अमीर-उमरा के आगे खड़े हुए।

क़िले में महाबली से सीधे जुड़े लोगों, जैसे शहज़ादों, शहज़ादियों, सुल्तानज़ादों, सुल्तानज़ादियों की तादाद दो हज़ार से भी ज़्यादा थी। इन सबका जेबख़र्च मर्तबे के मुताबिक़ शाही ख़ज़ाने से माह-दर-माह मिलता था। वज़ीरों, ओहदेदारों, मुंशियों, सिपाहियों और मोटा काम करने वाले अहलकारों वग़ैरा की तनख़ाहें अलग थीं। त्योहार और जश्न के मौक़ों पर, शादी, मुंडन, ख़त्ना, पैदाइश, मौत, सफ़र को जाने या सफ़र से वापसी के मौक़ों पर ख़र्च आम ख़र्चों से अलग था। जैसा कि पहले बयान हुआ है, शाहजहां के वक़्त से बादशाह को 'पीरो-मुर्शिद' कहने की रस्म शुरू हुई लेकिन आलमगीर सानी मरहूम के वक़्तों से ख़ुद बादशाह को पीरी-फ़क़ीरी में और पीरों-फ़क़ीरों में उठने-बैठने में दिलचस्पी पैदा हो गई थी; इसलिए बादशाह को आम तौर पर 'ज़िल्ले-इलाही' और 'पीरो-मुर्शिद' दोनों तरह से ख़िताब किया जाने लगा था। और अब हुज़ूरे-अनवर बहादुरशाह ज़फ़र चूंकि ख़ुद सूफ़ी मिज़ाज के थे और क़िब्ला काले साहब से ख़लीफ़ा होने की सनद और लोगों को मुरीद बनाने और उन्हें

बैअत करने की इजाज़त हासिल कर चुके थे, इसलिए आपके रोज़ाना के कामों में एक अहम काम मुरीदों को मुलाक़ात का सम्मान बख़्शना, उन पर तवज्जोह देना, उनके रूहानी मसलों का हल तजवीज़ करना और नए मुरीद बनाना था। पुराने मुरीदों से आप मामूली नज़्र के सिवा, जो आमतौर पर दो रुपए होती थी, कुछ क़ुबूल न करते थे। इसके बरख़िलाफ़ हर नए मुरीद को वह अपनी तरफ़ से दो रुपए अता फ़रमाते थे।

इन तमाम मदों में जो रक़म ख़र्च होती थी वह ज़िल्ले-सुब्हानी की ज़ाहिरी आमदनी से यक़ीनन ज़्यादा होती होगी। उस पर पहाड़ जैसे क़िले की सफ़ाई-सुथराई, रोशनी, मामूली मरम्मत, क़लई-चूना ये सब ख़र्चे अलग थे। माना कि क़िला मुअल्ला की हालत जगह-जगह से ख़राब हो गई थी, नहरें सब रवां न थीं, फ़व्वारे कई ख़ुश्क हो चुके थे, सावन-भादों का चबूतरा और नहरें और फ़व्वारे गर्द से अटे पड़े थे। रोहिल्लागर्दी, फिर जाटगर्दी और मराठागर्दी में दीवारों और छतों और बुर्जों का सोना-चांदी बहुत कुछ उतर गया था। नक़्क़ाशीदार दरो-दीवार के क़ीमती पत्थर अक्सर उखाड़ लिए गए थे, और इन नुक़्सानों की भरपाई न पहले हो सकी थी न ही अब होने की गुंजाइश थी, लेकिन कुल मिलाकर क़िला अब भी क़िला मुअल्ला कहलाने के लायक़ था। बाग़-बग़ीचे सब हरे-भरे और मौसम के फूलों और फलों से संपन्न। दीवाने-आम, दीवाने-ख़ास, हम्माम, तस्बीहख़ाना, मोती मस्जिद, ये सब इमारतें अब भी चमकती-दमकती नज़र आती थीं।

लेकिन यह सब क़ायम रखने के लिए रुपया कहां से आता था, यह राज़ अब तक पूरी तरह हल नहीं हो सका है। मरहूम हज़रत शाह आलम बहादुर शाह सानी ने अपने इंतज़ाम की ख़ूबी की वजह से बहुत सा ख़ज़ाना जमा कर लिया था जो हज़रत अबुल-नस्र मुईनुद्दीन अकबरशाह सानी मरहूम के ज़माने में ख़र्च हो गया। उनके दौर में और फिर हज़रत अबू ज़फ़र के ज़माने में हवेली मुबारक के मुलाज़िमों और उससे जुड़े लोगों की तादाद में भारी इज़ाफ़ा भी हुआ था। नौबत यहां तक पहुंची कि यह भी कहा जाने लगा कि इन सत्तर शहज़ादों-शहज़ादियों के अलावा जो हज़रत मरहूम और आला हज़रत ज़िल्ले-सुब्हानी अबूज़फ़र के ख़ानदानी हैं, बाक़ी सबको क़िले के बाहर कर दिया जाए और ज़िल्ले-सुब्हानी उनके बोझ से अपने को अलग कर लें। लेकिन ज़ाहिर है कि यह मुमकिन न हो सका था। तो हज़रत अबूज़फ़र सिराजुद्दीन बहादुर के ख़र्च किस तरह पूरे होते थे? अंग्रेज़ ने उनका वज़ीफ़ा एक लाख माहाना मुक़र्रर किया था जिसमें बार-बार की दर्ख़ास्त और गुज़ारिश के बावजूद बादशाह सलामत की ख़्वाहिश के मुताबिक़ इज़ाफ़ा न हुआ था।

आमदनी की एक सूरत यह थी कि दोनों ईदों, नौरोज़ और बादशाह की सालगिरह के मौक़ों पर अंग्रेज़ गवर्नर जनरल बहादुर और कमांडर इन चीफ़ बहादुर की तरफ़

से नज़्रें पेश होती थीं। लेकिन यह क़ायदा हज़रत अबूज़फ़र की तख़्तनशीनी के थोड़े ही दिन बाद मंसूख़ हुआ। वजह इसकी यह हुई कि अपनी तख़्तनशीनी के वक़्त हज़रत ज़िल्ले-सुब्हानी ने अपने लिए एक गंगा-जमनी अष्टकोणीय तख़्त तैयार कराया था (उसे कुछ लोगों ने तख़्ते-ताऊस लिखा है लेकिन दरअसल उसका नाम तख़्ते-हुमा था)। ताजपोशी के वक़्त शाहे-जमजाह तो तख़्त पर तकिया लगाकर बैठे लेकिन साहब गवर्नर जनरल बहादुर को तशरीफ़ रखने के लिए कुर्सी नहीं पेश की गई। इस बात पर नाराज़ होकर अंग्रेज़ बहादुर ने बादशाह के लिए तख़्ते-हुमा पर बैठने पर रोक लगा दी। और जब तख़्त पर जल्वाअफ़रोज़ी बंद हुई तो नज़्रें भी बंद हुईं। इस तरह शाही आमदनी का एक माक़ूल ज़रिया हाथ से जाता रहा।

कई साल की दौड़-धूप और काग़ज़ी घोड़ों की आवाजाही के बाद अंग्रेज़ बहादुर ने दिसंबर 1844 में हुक्म जारी किया कि शाहे-जमजाह के वज़ीफ़े में नक़द तीन लाख सालाना का इज़ाफ़ा किया जाता है। लेकिन इस हुक्म की भी तामील होते-होते अप्रैल 1849 हो गया और ग़ालिबन दिसंबर 1844 से मार्च 1849 तक का बढ़ा हुआ बक़ाया भी बादशाह को नहीं दिया गया। एक अंदाज़े के मुताबिक़ 1846 में सिर्फ़ शहर देहली की चुंगी से अंग्रेज़ को कमोबेश सैंतालीस लाख की आमदनी हुई थी लेकिन आला साहिबों की तंगनिगाही थी कि इस रक़म में से एक फूटी कौड़ी भी शाही क़िले में न पहुंच सकती थी। ख़ालसे की ज़मीनों और बाग़ों से बादशाह सलामत को 25 हज़ार रुपए माहाना की और आमदनी थी (मौलवी ज़काउल्लाह का अंदाज़ा इससे भी कम का है)। लेकिन ज़ाहिर है कि सवा लाख माहाना हो या इससे कुछ ज़्यादा, शाही ख़र्चों को यह रक़म किसी भी तरह पूरी न पड़ती थी।

ज़हीर देहलवी ने लिखा है:

> एक छोटी से छोटी हिंदुस्तानी रियासत के बराबर भी देहली के बादशाह की हैसियत और इस्तेताअत न रही थी। बक़ौल सौदा–
>
> कि एक शख़्स है बाईस सूबे का ख़ाविंद
> रही न उसके तसर्रुफ़ में फ़ौजदारी-ए-कोल
>
> फ़क़त एक लाख रुपया माहवार तो अंग्रेज़ी सरकार से आता था और किसी क़दर परगनों, महलों, तहबाज़ारी, दुकानों के किराये और बाग़ों या ख़ालसा ज़मीनों वग़ैरा की आमदनी थी। सब कुछ मिलाकर सवा लाख रुपया माहवार मान लेना चाहिए। लेकिन रौबदार शान-शौकत, नौकरों की भीड़भाड़, दरबारी अदबो-आदाब और जुलूस-सवारी के इंतज़ाम को देखकर मालूम होता था कि हां, किसी ज़माने में यह ख़ानदान आलीशान, हिंदुस्तान जन्नत

निशान की हुकूमत के लायक़ होगा, बड़ी शान है ख़ुदा की मगर पतन और दौलत की कमी और जीवन बिताने की चीज़ों की तंगी के बावजूद दो बातें ताज्जुबअंगेज़ ऐसी नज़रों से गुज़री हैं कि मुझे आज तक हैरत के आलम में डाल रखा है। अव्वल तो ख़ुदा-ए-आलम ने इस लाख रुपए में ऐसी बरकत अता फ़रमाई थी कि वह ख़ैरो-बरकत, विस्तार और क्षमता करोड़ों रुपए की रियासत में भी न देखीः

शरीफ़ गर मुतज़इफ शवद ख़्याल बंद
कि पा-ए-गाह-ए-बुलंदश ज़ईफ़ ख़्वाहद शुद

(शरीफ़ आदमी अगर माली हैसियत से पिछड़ जाए तो भी ये ख़्याल न करो कि उसकी ऊंची चौखट भी कमज़ोर हो जाएगी) चार रुपए का सिपाही है, वह भी ख़ुशहाल है और बड़ी तनख़्वाह पाने वाला है वह भी मालामाल है। किसी को गर्दिशे-रोज़गार की शिकायत करते न पाया। यह फल अच्छी नीयत और नतीजा ऊंची हिम्मत का है। दूसरी बात ये कि सुल्तानी दरबार के जो तौर-तरीक़े और जहांबानी, और बादशाही की शान क़िले के दरबार में देखी, किसी रियासत में न पाई। शाही ख़र्चों पर जो ग़ौर से नज़र डाली जाती है तो अक़्ल हैरान रह जाती है कि या इलाही, यह क्या मामला था, शाही ख़ज़ाने में इतनी बरकत कहां से आ गई थी कि ख़र्चे पूरे होते रहते थे?

नवाब मिर्ज़ा ख़ां के तो होश उड़े जाते थे। जिस क़दर वह शाही महकमों और कारख़ानों को देखता-समझता, उसी क़दर नए-नए दीवान और महकमों की ख़बर उसको मिलती जाती। क़िले के बाहर के मुलाज़िमों और ठेकेदारों का तो ज़िक्र अलग रहा, ख़ुद क़िला मुबारक के अंदर निम्नलिखित महकमे काम कर रहे थे। ये सब 'कारख़ाना' यानी आज की ज़ुबान में 'दफ़्तर' कहे जाते थेः

ख़ासा कलां, ख़ासा ख़ुर्द, आबदारख़ाना, दवाख़ाना, तोशाख़ाना, जवाहरख़ाना, सलहख़ाना, ख़ानसामानी, फ़ीलख़ाना, अस्तबल, बग्गीख़ाना, तोपख़ाना, शुतरख़ाना, रथख़ाना, कारख़ाना जुलूस, माही-मरातिब (चतर और अलम), फ़ौज का बख़्शीख़ाना, दारोग़ा-ए-नज़्रनिसार, दारोग़ा फ़राशख़ाना, पालकीख़ाना, कहारों का दारोग़ा, ख़ासाबरदारों का दारोग़ा, जमादार सबियान, नवाब नाज़िर (ख़्वाजासराओं का अफ़सर)।

अगर किसी को गुमान गुज़रे कि यह सब नाम ही नाम हैं, ज़ेबे-दास्तान के लिए दर्ज कर दिए गए हैं, तो ज़हीर देहलवी का बयान है कि "कारख़ानादारों के नाम

उल्लखित नहीं किए गए कि विवरण बहुत लंबा हो जाता।" लेकिन हम जानते हैं कि उनमें कई माननीय हिंदू भी थे, ख़ासकर माली और फ़ौजी मामले अक्सर उनके सुपुर्द थे। मिसाल के तौर पर राजा ज़ोरावर चंद, रायबहादुर गेंदामल, कुंवर देबीसिंह, राजा जयसुखराय वग़ैरा के नाम फ़ौरी तौर पर ज़हन में आते हैं। इन कारख़ानों के मातहत क्या सीग़े और दीवान थे, उनकी ज़रूरी तफ़्सील मालूम होते-होते नवाब मिर्ज़ा ख़ां को कई हफ़्ते लग गए। मसलन, फ़ौजें, जो कि अब बराय-नाम और सिर्फ़ शान के लिए रह गई थीं और जिन्होंने मरहूम हज़रत शाह आलम सानी के ज़माने के बाद एक गोली भी किसी जंग में न चलाई थी, उनके सीग़े नीचे दर्ज हैः

सियाह पलटन, अगरई पलटन, बछेरा पलटन, ख़ासबरदारान, रिसालाबरदारान।

दरबारे मुअल्ला के माननीय सदस्यों को भी एक तयशुदा फ़हरिस्त थी और इस फ़हरिस्त में किसी के नाम का इज़ाफ़ा बड़ी इज़्ज़त की बात थी। इसी तरह नाकारापन या रिश्वत या ग़बन के इल्ज़ाम में निकाले जाने के बाद नाम फ़हरिस्त से ख़ारिज कर दिया जाता और यह बात निष्कासन से भी अधिक ज़लील करने वाली होती थी। ज़हीर देहलवी ने दाग़ को बतलाया कि आम तौर पर इन बड़े लोगों के नाम फ़हरिस्त में दाख़िल किए जाते थेः शहज़ादे, वज़ीर, उस्ताद, आलिम, हकीम, नवाब नाज़िर, फ़ौज का बख़्शी, कमीदान, फ़नों में कामिल लोग, दफ़्तरों के अधीक्षक, अर्ज़ बेगी।

तनख़ाहों को मुहैय्या करना और उनकी अदायगी अपने आपमें एक बहुत बड़ी मसरूफ़ियत थी और इसके लिए कई विभाग मुक़र्रर थे। ज़हीर देहलवी ने इनकी तफ़्सील लिखी हैः महल्लात और शहज़ादों की तनख़ाहें, सीग़ा सरकार क़दीम, सीग़ा इलाक़ा अस्करी, सीग़ा रोज़ीनादारान, नज़ारत का ताल्लुक़ा और फ़ौज के मुलाज़िम। हर तनख़ाह, चाहे वह दो रुपए माहवार ही क्यों न हो, तनख़ाह पाने वाले के लिए बड़ी इज़्ज़त की बात थी। इन तनख़ाहों के अलावा वह माहाना वेतन थे जो क़िले के बाहर रहने वाले सुल्तानज़ादों और शाही मुलाज़िमों, मसलन शायर, ज्योतिषी, पैरोकार, मुअल्लिम, विभिन्न इल्मों और फ़नों के उस्ताद वग़ैरा के लिए निर्धारित थे।

इन ख़र्चों के अलावा कई ख़ास मौक़ों पर (जो दरअसल इस क़दर ज़्यादा थे कि उन्हें ख़ास न कहकर दरबार के आम ख़र्चों में शुमार किया जाए तो बेजा न हो) हज़रत क़द्रे-क़ुदरत अपने शहज़ादों, रिश्तेदारों और बाहर के लोगों को ख़िलअत व नक़द से नवाज़ते थे। मसलन मिर्ज़ा शाहरुख़ बहादुर ने जब हरिद्वार के कुंभ मेले में जाने का इरादा किया तो उन्हें ख़िलअत और सफ़र-ख़र्च आस्तान-ए-आली से मिला। इसी तरह शादी-ग़मी, हज का सफ़र, सैर-शिकार, इन सब मौक़ों पर नक़द, ख़िलअत या जोड़े दरबारे-मुअल्ला से अता होते थे।

हज़रत बादशाह ख़ूब शादियां करते थे और उनकी काफ़ी औलादें थीं। हर बेगम के लिए तनख़ाह, नौकर-चाकर और ड्योढ़ी रहने के लिए मुक़र्रर थी। इस तरह के

कई ख़र्चे वक़्त-वक़्त पर पेश आया करते थे। बादशाह सलामत को ख़ुशनवीसी, घुड़सवारी, तीरअंदाज़ी, निशानेबाज़ी और लड़ाई के दूसरे फ़नों में बहुत महारत थी और इन सब फ़नों के लिए उस्ताद मुक़र्रर थे। ज़हीर देहलवी ने अपने वालिद बुज़ुर्गवार के हवाले से दाग़ को बताया कि बादशाह सलामत बंदूक़ तो ऐसी लगाते थे कि क्या कहने। कई बार देखने में आया कि जानवर उड़ता हुआ जाता है, हवादार पर बंदूक़ धरी है, उठाई और बेतकल्लुफ़ दाग़ दी, बंदूक़ छतियाने की भी नौबत न आई। जानवर लोटपोट हुआ और हवादार में आ रहा। तीरअंदाज़ी में बादशाह जमजाह का उस्ताद एक नामी निशानेबाज़ आपा सिंह नाम का था जो क़ौम का सिख था। बादशाह ने वलीअहदी के ज़माने में दीवाने-ख़ास में एक भारी घिर्री लगा रखी थी, तीन मन चने का बोरा उससे बंधा हुआ था। उस घिर्री के ज़रिए उसे चुटकी से खींच लेते थे, तीन टांक कमान खींचने की ताक़त रखते थे। पहलवानी के दांव-पेंच के फ़न में हुज़ूर के उस्ताद मीर हामिद अली साहब थे और जवानी के ज़माने में हुज़ूर की मश्क़ इतनी थी कि अकेले आठ आदमियों से कसरत करते थे और बराबर उन आठों की चोट रोकते रहते थे।

नवाब मिर्ज़ा ख़ां को मालूम हुआ कि शहसवारी में बादशाह सलामत के कमाल का यह आलम था कि यह बात ज़माने में मशहूर थी कि हिंदुस्तान में महज़ ढाई सवार हैं: एक मिर्ज़ा अबू ज़फ़र बहादुर और एक आप के भाई मिर्ज़ा जहांगीरबख़्त जिन्होंने अंग्रेज़ों से शर्त बदकर इलाहाबाद के क़िले की ख़ंदक़ को घोड़ा दौड़ाकर पार किया था। तीसरे शहसवार के बारे में कहते थे कि कोई मराठा है। इस बात की तस्दीक़ फ़ैनी पार्क्स के रोज़नामचे से होती है जहां उसने इलाहाबाद में रह रही ग्वालियर की रानी साहब का ज़िक्र किया है कि उनके सहयोगियों में एक मराठिन शहसवार थी जो महज़ शहसवारी की महारत के ज़ोर पर एक हज़ार सवारों के बीच से बेदाग़ निकल जाती थी।

ये सब ख़र्च आम ख़र्चों से अलावा थे। एक आम अंदाज़े के मुताबिक़ बादशाह की आमदनी और ख़र्च में कम से कम दोगुने का फ़र्क़ रहा होगा। तो फिर दरबारे-गौहरबार के ख़र्च पूरे किस तरह होते थे? नवाब मिर्ज़ा ख़ां ने इसकी तहक़ीक़ करनी चाही लेकिन तसल्लीबख़्श कोई जवाब न मिला। आला हज़रत क़र्ज़ लेते थे, यह बात तो सब पर ज़ाहिर थी। पिछले ज़मानों में एकाध बार कंपनी बहादुर को भी कहा गया कि क़र्ज़ों की अदायगी में बादशाह की मदद करे लेकिन कुछ ख़ास कामयाबी न हुई। यह भी दाग़ के सुनने में आया कि दरबार के माननीय सदस्यों में अक्सर ऐसे थे जो अपनी दौलत बादशाह पर ज़ाहिर न करते थे, कुछ तो इस ख़्याल से कि पड़ताल न हो कि इतना माल आया कहां से और कुछ इस ख़्याल से

कि बादशाह कहीं क़र्ज़ न मांग लें। अगर यह बात ठीक थी, नवाब मिर्ज़ा ख़ां ने अपने दिल में कहा, तो फिर आला हज़रत को क़र्ज़ भी कितना मिल जाता होगा! ज़ाहिर है कि कुछ और ज़रिया भी होगा।

एक दो बार ओहदादारों की नियुक्ति और बर्ख़ास्तगी का मौक़ा आया तो नवाब मिर्ज़ा ख़ां को मालूम हुआ कि नई नियुक्ति के लिए उम्मीदवार साहिब नज़राने देते थे और कभी-कभी तो नियुक्ति के लिए कुछ नीलाम की सूरत पैदा हो जाती कि जो सबसे ज़्यादा नज़राना हाज़िर करे उसे ओहदा मिले। तो आमदनी की एक सूरत यह भी है, नवाब मिर्ज़ा ने अपने दिल में कहा। लेकिन फिर भी इन ज़रियों से भला कितना मिल जाता होगा? यही दस हज़ार बीस हज़ार। पर यहां तो रुपया ठीकरों की तरह उठता था।

कुछ लोगों को यक़ीन था कि बादशाह के क़ब्ज़े में पारस पत्थर है और वह जब और जितना चाहते हैं, सोना बना लेते हैं। लेकिन दाग़ का ख़्याल था कि पारस पत्थर होता तो फिर और भी उजले ख़र्च होते, हर चीज़ में बढ़-चढ़कर फ़ालतू ख़र्च क्यों न होता? एक ख़्याल यह था कि हुज़ूर के पास दस्ते-ग़ैब है, जब चाहते हैं, जितना चाहते हैं, उन्हें मिल जाता है। एक और राय यह थी कि बादशाह के क़ब्ज़े में कई ज़बरदस्त जिन्न हैं, वह हर मांगी हुई चीज़ पलक झपकते में हाज़िर कर देते हैं। इन बातों पर भी वही ऐतराज़ था कि अगर ऐसा है तो और भी ज़्यादा शानो-शौकत होनी चाहिए थी। कुछ नहीं तो क़िले के लूटे हुए क़ीमती पत्थर सोने-चांदी के पत्तर तो दोबारा लगवा लिए गए होते। यहां तो उल्टा था कि क़िले के बुर्ज का तांबे का कलश जिस पर सोने का मुलम्मा था, वह ग़ायब हो गया और उसकी जगह नया लगवाने की ताक़त आला हज़रत में न पाई गई। बात घूम फिरकर उसी पुरानी अफ़वाह पर आ जाती कि हज़रत शाहजहां साहब क़िरान सानी के ज़माने का ख़ज़ाना क़िले की किसी ख़ुफ़िया जगह पर दफ़्न है, वही अब काम आ रहा है। कुछ यह भी कहते थे कि हवेली शाहजहानाबाद से अकबराबाद के लाल क़िले तक सुरंग है जिसका मुंह दोनों तरफ़ बंद कर दिया गया है, सिर्फ़ बादशाहे-वक़्त को उसका राज़ मालूम है। क़िला अकबराबाद में भी एक ख़ुफ़िया ख़ज़ाना है, महाबली वहां से भी ज़रूरत के मुताबिक़ मंगवा लिया करते हैं।

"अमां मियां साहब, यह तो दिल्ली है," ज़हीर देहलवी ने एक बार नवाब मिर्ज़ा ख़ां से कहा जब वह ख़ुफ़िया सुरंग और ख़ज़ाने की बात बहुत खोदकर पूछ रहा था। "हम लोग अफ़वाहें गढ़ने, ख़बरें सुनने-सुनाने और खेल-तमाशों में बेपर की उड़ाने में पुरानी महारत रखते हैं। और हम लोग जो बात कहते हैं, वह एक-दो घड़ी में नहीं बस उसी वक़्त ग़ैबी आवाज़ की तरह चहुंदेस फैल जाती है।"

"मगर कुछ तो असलियत होगी?" दाग़ ने ज़ोर देकर कहा। "आख़िर इतना बड़ा

कारख़ाना हुज़ूरे-आली का किसके बल पर चलता है?"

"साहबज़ादे, इलाही कारख़ाने का सुराग़ कोई जान सका है? न कमीदान, न नाज़िर, न मीरबख़्शी, न सूबेदार, पर सब चीज़ वक़्त से होती है। सूरज निकले है, डूबे है, गर्मियों के बाद बरसातें आती हैं... तो मियां विसी पर क़यास कर लो अल्लाह बड़ा बाश्शा है," ज़हीरुद्दीन हुसैन ने कुछ-कुछ करख़नदारी लहजे में कहा।

दाग़ का इत्मीनान इन बातों से न हुआ लेकिन ऐसे हुस्नो-ख़ूबी से शाही इंतज़ाम चलने का राज़ भी वह कभी हल न कर सका। ख़ैर इससे क्या फ़र्क़ पड़ता है, उसने अपने दिल में कहा। ज़िल्ले-सुब्हानी मुझ पर मेहरबान हैं, मिर्ज़ा फ़ख़रू साहब बहादुर की शफ़क़तें मुझ पर इतनी हैं कि अब पहली बार मैंने समझा है कि बाप कितनी बड़ी नेमत और कितनी बड़ी क़ुव्वत होता है। और मियां नवाब मिर्ज़ा ख़ां उसने दिल ही दिल में कुछ अकड़कर और कुछ ख़ुद पर नमकीन सा व्यंग्य करते हुए कहा, कल किसने देखा है? आज के लिए अल्लाह का शुक्र अदा करो, बक़िया के लिए सैयद ख़्वाजा मीर दर्द साहब की ज़बान से कह लोः

साक़िया यां लग रहा है चलचलाव
जब तलक बस चल सके साग़र चले

ख़ुदाया, तू अम्मांजान को, फ़ातिमा को, मिर्ज़ा फ़ख़रू साहब बहादुर को, बड़ी ख़ाला और मंझली ख़ाला को सलामत रखियो कि मेरी दुनिया उन्हीं की सांसों से रोशन और आबाद है। रहा क़िले की ज़िंदगी का बाक़ी बाज़ार और ज़िंदगी का कारख़ाना तो हज़रत ज़िल्ले-सुब्हानी कई बार मेरी मौजूदगी में इरशाद फ़रमा चुके हैं कि मेरे बाद यह क़िला और यह बादशाहत नहीं। पर यह भी ख़ूब है कि हवेली के वासियों में ज़ाहिरी एका है लेकिन अंदर-अंदर फूट है। हर किसी को बादशाह बनने के अरमान हैं। बादशाहत की, राजपाट की, तरक़्क़ी की किसी को फ़िक्र नहीं है।

हवेली के अंदर चार-छह महीने के क़याम ने दाग़ पर अंदरूनी सियासत के कई पहलू रोशन कर दिए थे। मिर्ज़ा दाराबख़्त वलीअहद और मिर्ज़ा फ़ख़रू बहादुर में भाइयों वाला प्यार बहुत न था। वलीअहद बहादुर की कोशिश रहती थी कि बादशाह सलामत के कान मिर्ज़ा फ़ख़रू बहादुर के ख़िलाफ़ भरे जाते रहें। आला हज़रत को यक़ीन आए न आए लेकिन मिर्ज़ा फ़ख़रू बहादुर के ऐब और बुराइयां, वह हक़ीक़ी हों या फ़र्ज़ी हों, हुज़ूर ज़िल्ले-सुब्हानी के सामने इशारतन ही सही बयान होते रहें। यह काम कुछ आसान इसलिए भी था कि आला हज़रत भी किसी नामालूम वजह से मिर्ज़ा फ़तहुलमुल्क बहादुर से कुछ बहुत ख़ुश न रहते थे। उधर मिर्ज़ा कयूमर्स बहादुर के बारे में मशहूर था कि वह ख़ुद को तैमूरी विरासत का सच्चा हक़दार गरदानते हैं और यह बात वह अंग्रेज़ साहिबान के मुबारक कानों तक कई बार पहुंचा चुके हैं। मिर्ज़ा शाहरुख़ बहादुर को सैर-शिकार से दिलचस्पी ज़्यादा थी। वह

भोले-भाले क़िस्म के नेकदिल शहज़ादे थे। उन्हें बज़ाहिर इस बात की शिकायत न थी कि वह वज़ीरे-आज़म और मुख़्तारे-आम तो हैं लेकिन वलीअहद दोयम का दर्जा उनसे छोटे भाई मिर्ज़ा कयूमर्स के पास है। मिर्ज़ा शाहरुख़ की वालिदा अलबत्ता इस बात की तमन्ना रखती थीं कि अगर ख़ुदा न करे दाराबख़्त बहादुर को कुछ हो गया तो वलीअहदी के लिए मेरे बेटे का ख़्याल रखा जाए।

लेकिन मिर्ज़ा शाहरुख़ की वालिदा मामूली नवाब की बेटी थीं; उनके असर का दायरा कुछ न था। उनके बरख़िलाफ़ नवाब ज़ीनत महल बार-बार इस बात पर ज़ोर देती थीं कि वह हुज़ूरे-पुरनूर की सिर्फ़ चहेती ही नहीं हैं बल्कि उनके बाप नवाब अहमद कुली ख़ां बड़े आली-ख़ानदान थे और सीधे-सीधे अहमद शाह अब्दाली दुर्रानी के ख़ानदान के थे। मशहूर था कि नवाब ज़ीनत महल का दावा था कि क्या मिर्ज़ा दाराबख़्त बहादुर और क्या कोई और, वलीअहदी और फिर बादशाही तो उनके अपने बेटे मिर्ज़ा जवांबख़्त ही को सजती है। आला हज़रत अपनी तमाम अक़्लमंदी और आनबान के बावजूद नवाब ज़ीनत महल की किसी बात से असहमति न ज़ाहिर करते थे। यही फ़रमाते थे कि जब वक़्त आएगा तो देखेंगे, अभी तो नवाब गवर्नर जनरल बहादुर की ख़िदमत में कुछ लिखना बेमानी है। मिर्ज़ा जवांबख़्त मुश्किल से पांच बरस के हैं और मिर्ज़ा शब्बू नामे-खुदा जवांउम्र और बिल्कुल सेहतमंद हैं। और बादशाही का ही कुछ ठिकाना नहीं। इन बातों के बावजूद नवाब ज़ीनत महल अपने बेटे के लिए अंग्रेज़ी दरबार में ख़ुफ़िया इशारे दौड़ाती रहती थीं और जब से उन्होंने सुना था कि टॉमस मैटकाफ़ साहब कलांबहादुर का कोई रुझान मिर्ज़ा जवांबख़्त बहादुर की तरफ़ नहीं है, वह साहब कलांबहादुर की जानी दुश्मन हो गई थीं और उन्हें उठते-बैठते कोसने दिया करती थीं।

अगर क़िले के बंदोबस्त के भेद की पूरी थाह नवाब मिर्ज़ा को न मिल सकी तो बादशाह ज़ीजाह के करम और मेहरबानियों की भी, जो बादशाह सलामत ने नवाब मिर्ज़ा पर काफ़ी फ़रमाई थीं, उनकी भी थाह नवाब मिर्ज़ा को न मिल सकी। हज़रत बादशाह ने नवाब मिर्ज़ा ख़ां को शहसवारी, बांक और तीरअंदाज़ी में अपना शागिर्द मुक़र्रर किया और पूरी तवज्जोह से उसकी तालीम का बंदोबस्त किया। शायरी के फ़न में उस्ताद ज़ौक़ की शागिर्दी के अलावा बादशाह भी कभी-कभी दाग़ को बुलवाकर उससे कलाम सुनते और कभी-कभी सुधार या परिवर्तन इनायत फ़रमाते जिसे दाग़ पूरी ख़ुशी और दिल से क़ुबूल कर लेता। क़िले की शेरी महफ़िलों और शहर में भी, कभी उस्ताद ज़ौक़ के आस्ताने पर, कभी नवाब मुस्तफ़ा ख़ां शेफ़्ता की हवेली पर शेरो-शायरी की महफ़िलों में दाग़ की शिरकत ज़रूरी समझी जाने लगी थी। इसकी कुछ वजह तो ख़ुद दाग़ के कलाम की ख़ूबी थी लेकिन कुछ दख़ल इसमें

बादशाह सलामत की मुहब्बत और मेहरबानी की नज़र का भी था। यह महज़ इत्तफ़ाक़ नहीं कि पहला बाज़ाब्ता मुशायरा जो दाग़ ने पढ़ा, वह क़िले में उसकी आमद के बाद 1845 की पहली चौथाई में नवाब मुस्तफ़ा ख़ां साहब शेफ़्ता के यहां आयोजित हुआ था। उस मुशायरे में दाग़ का मतला बहुत पसंद किया गया थाः

शररो-बर्क़ नहीं शोला-ओ-सीमाब नहीं
किसलिए फिर ये ठहरता दिले-बेताब नहीं।

मज़मून तो बहुत चलता हुआ था लेकिन ज़बान की सफ़ाई और कलाम की रवानी दाद के लायक़ थी। शोहरत, और फिर नौउम्री की शोहरत, उस्ताद ज़ौक़ और मिर्ज़ा फ़तहुलमुल्क बहादुर तो ख़ुश होते ही थे, मिर्ज़ा ग़ालिब और हकीम मोमिन ख़ां साहब भी तारीफ़ें करते थे कि हिंदी शायरी के गुलज़ार में एक नया पौधा सर निकालकर पुराने गुलाबों से आंख लड़ा रहा है। देखें इसकी आलाहिम्मती इसे कहां तक ले जाती है। इन उस्तादों को अब तक जो रंज था कि हमारे बाद कोई नज़र नहीं आता जो रेख़्ता की सरज़मीन को सींचे और हरा-भरा रखे अब वह रंज दूर होने लगा था।

शोहरत और मक़बूलियत के साथ दाग़ के साथ वालों में उसकी इज़्ज़त भी बढ़ी। मुंशी घनश्याम लाल आसी तो रंज ही करते रहे कि शाह साहब मरहूम होते तो इस बच्चे को उनका शागिर्द कराता, वरना अब वह मेरा ही शागिर्द हो जाता। लेकिन मुंशी घनश्याम लाल आसी और मिर्ज़ा नौशा, ये सब दाग़ की तलबी क़िले में हो जाने के बाद अपनी जगह पर समझ चुके थे कि यह बड़ा शिकार है लेकिन हमारे जाल के नसीब में नहीं है। ज़ौक़ की शागिर्दी और मिर्ज़ा नौशा की सोहबतों ने दाग़ की महारत और लियाक़त दोनों को रोशनी की रफ़्तार से चमकाना शुरू कर दिया था। कभी-कभी रश्क या जलन के मारे हुए लोग दाग़ पर एतराज़ भी कर देते लेकिन ऐसे मौक़ों पर दाग़ अपने उस्ताद की तरह अपना बचाव ख़ुद कर लेता और उस्ताद भी उसकी हिम्मत बढ़ाते कि ख़ुद कहते हो तो ख़ुद जवाब भी तैयार करो, वरना आख़िरकार हम तो हैं ही। तुम्हारी मदद को हर वक़्त मुहैया हैं।

एक बार शहर की एक महफ़िल में दाग़ ने ग़ज़ल पढ़ीः

ख़ातिर से या लिहाज़ से मैं मान तो गया
झूठी क़सम से आपका ईमान तो गया

ज़बान का लुत्फ़, बंदिश की चुस्ती, मज़मून की शोख़ी, उस पर बेतकल्लुफ़ गुफ़्तगू के अंदाज़ में मामलाबंदी, देहली वालों ने ये अदाएं सौदा और क़ायम के बाद न देखी थीं। तारीफ़ और तहसीन का शोर हर तरफ़ से गर्म हुआ। बाद में जो शेर दाग़ ने पढ़े वो भी अपनी मिसाल आप थे—

अफ़शा-ए-राज़े-इश्क़ में गो ज़िल्लतें हुईं
लेकिन उसे जता तो दिया जान तो गया

दिल ले के मुफ़्त कहते हैं कुछ काम का नहीं
उल्टी शिकायतें हुईं अहसान तो गया

दाद के डोंगरों के बीच दाग़ ने मक़्ता पढ़ा—

होशो-हवासो-ताबो-तवां दाग़ जा चुके
अब हम भी जाने वाले हैं सामान तो गया

जब दाद का शोर कुछ थमा तो एक बुज़ुर्ग ने फ़रमाया, "सुब्हानल्लाह, यह उम्र और यह शेर!"

एक और साहब ने हंसकर कहा, "साहबज़ादे, अभी तो नामे-ख़ुदा उठती जवानी है, अभी से यह मज़मून कहां से सूझ गया?"

"जी, मैं अर्ज़ करूं?" ढलती उम्र के एक शख़्स ने, जो सूरत से किसी मदरसे के मौलवी मालूम होते थे, ज़रा बुलंद आवाज़ में कहा।

"ज़रूर, मौलवी साहब, ज़रूर फ़रमाएं" मजमे से आवाज़ें आईं।

मौलवी साहब ने खंखारकर कहा, "अजी हज़्ज़त, यह मज़मून ख़ुदा-ए-सुख़न मीर तक़ी साहब मीर साहब का है।" फिर उन्होंने नीचे के शेर पढ़े—

क्या फ़हम क्या फ़िरासत ज़ौक़े-बसर समाअत
ताबो-तवानो-ताक़त ये कर गए सफ़र अब
मंज़िल को मर्ग की था आख़िर मुझे पहुंचना
भेजा है मैंने अपना असबाब पेशतर सब

एक पल के लिए ख़ामोशी छा गई। फिर नवाब मुस्तफ़ा ख़ां शेफ़्ता ने फ़रमाया, "भई, यह तो दुरुस्त है कि मीर साहब इस मज़मून को पहले बांध गए हैं लेकिन मियां दाग़ के मक़्ते में एक बरजस्तगी है जो बहुत भली मालूम होती है..."

"सरकार, बात कटना माफ़ हो," दाग़ ने खड़े होकर हाथ जोड़ते हुए कहा, "बंदे को बिल्कुल नहीं याद कि ख़ुदा-ए-सुख़न के ये शेर कब मेरी नज़र से गुज़रे, और गुज़रे भी कि नहीं...!"

"न सही चोरी," मौलवी साहब ने ज़रा तेज़ी से कहा। "मज़मून लड़ तो गया।"

"बेशक लड़ गया," दाग़ ने हल्की सी मुस्कुराहट के साथ कहा। "बंदा तो चोरी का इल्ज़ाम भी अपने सर लेने को तैयार है। लेकिन मैं दो शेर पढ़ता हूं, एक ख़ुदा-ए-सुख़न मीर तक़ी साहब का और एक उनसे पहले एक शायर गुज़रे हैं, अमीर मुइज़्ज़ी, उनका है। मौलवी साहब इन्हें सुनकर हुक्म फ़रमावें कि चोरी या मज़मून का लड़ना किससे हुआ।"

मौलवी साहब थोड़ा गर्म होकर बोले, "अपनी बहस अपने ही शेर तक रखिए..."

मज्मे में से कुछ आवाज़ें आईं, "नहीं साहब, ज़रा वो शेर भी सुन लें।"

दाग़ ने कहा, “बहुत ख़ूब, हाज़िर करता हूं।” यह कहकर उसने पहले मुइज़्ज़ी का शेर पढ़ा, फिर हज़रत मीर तक़ी साहब काः

हमीं गोई कि बा तू इत्तहादेस्त
बिगो ज़ालिम कि मारा एतमादेस्त

(तू कहता हैः तेरे साथ मेरा मेल-मिलाप है। ऐ ज़ालिम, यह बात तू कहे जा, कि हमें तुझ पर पूरा भरोसा है)

शेर पर वाह-वाह ख़त्म हुई तो दाग़ ने पढ़ा—

कहते हो इत्तहाद है हमको
हां कहो एतमाद है हमको

लोग एक पल चुप रहे, फिर किसी ने कहा, “अगर मुइज़्ज़ी पहले हैं तो यह सरासर चोरी है मीर साहब मरहूम की।”

अब मामला फ़ारसी शायरी की तारीख़ का था, इसलिए कुछ लोगों ने नवाब मुस्तफ़ा ख़ां की तरफ़ देखा और कुछ ने मौलाना सहबाई की तरफ़। मौलाना ने फ़रमाया, “अमीरुल-शुअरा अमीर मुइज़्ज़ी सलजूक़ी दौर के हैं; सुल्तान संजर ने उन्हें अमीरुल-शुअरा का ख़िताब दिया था। उनका इंतक़ाल हिजरी 520 के आसपास हुआ, यानी मीर तक़ी साहब के सात सौ बरस पहले, जो हिजरी 1225 में अल्लाह को प्यारे हुए।”

“तो गोया मीरसाहब ने चोरी की,” एक साहब बोले।

“नहीं, चोरी और मज़मून के क़ायदे बहुत पेचीदा हैं। इमाम अब्दुल-क़ाहिर जुरजानी तो चोरी के वजूद से तक़रीबन इंकार ही करते हैं,” मौलाना सहबाई ने कहा।

“फ़िदवी की अर्ज़ यह है जनाब कि चोरी हो या टकराव, सभी से सरज़द हो सकता है। यह वह गुनाह है जो आपके शहर के लोग भी करते हैं,” दाग़ ने कहा जो अब तक पहले की ही तरह महफ़िल के बीच में खड़ा था।

“मुमकिन है मीर साहब ने अमीर मुइज़्ज़ी का अनुवाद किया हो। यह भी एक फ़न है,” मौलाना सहबाई ने फ़रमाया।

“बेशक, लेकिन बड़ाई तो पहले आने वाले की है ही,” नवाब मुस्तफ़ा ख़ां ने जवाब दिया।

“जी हां, इसी ऐतबार से बंदा भी ख़ुदा-ए-सुखन की बड़ाई को दिलो-जान से तस्लीम करता है,” दाग़ ने झुककर दोनों बुज़ुर्गों को सलाम करते हुए अर्ज़ किया।

इस महफ़िल के चर्चे बहुत दिनों तक रहे। आम तौर पर लोगों का ख़्याल था कि दाग़ ने अगर चोरी भी की तो बड़े लुत्फ़ के साथ, और उसका इल्ज़ामी जवाब भी ख़ूब था।

□□

ज़रा से बहाने पर हम जीवन से उखाड़ दिए जाते हैं
गोया हम ज़माने के मुंह में कीड़ा लगा दांत हैं

दो साल गुज़र गए। इस दौरान का अहम वाक़ेआ दाग़ और अम्तुल-फ़ातिमा की शादी थी। मिर्ज़ा फ़तहुलमुल्क बहादुर ख़ुद तो बारात में न गए लेकिन उन्होंने पूरे एहतमाम से दाग़ को सवार कराया, बारात को रुख़सत किया और दूसरे दिन क़िले में दुल्हन की आमद के वक़्त इस्तक़बाल के लिए मौजूद थे। हालांकि दाग़ की परवरिश और देखरेख में उम्दा ख़ानम का बड़ा हिस्सा था लेकिन बड़ी बहन का दिल रखने के लिए उम्दा ख़ानम ने दुल्हन को घरवाली क़रार दिया और शादी के हर काम में लड़की वालों की तरफ़ से पेश-पेश रहीं। फ़ातिमा कुछ दिन हवेली में रही, फिर सब की सहमति से यह तय हुआ कि वह ख़ानम के बाज़ार वाले घर में ही रहे और जब जी चाहे यहां आ जाया करे, या नवाब मिर्ज़ा ख़ां ही चले जाया करें।

वज़ीर ख़ानम और मिर्ज़ा फ़तहुलमुल्क बहादुर की मुहब्बत दिन दूनी रात चौगुनी होती जाती थी। ख़ुर्शीद मिर्ज़ा भी घुटनों चलने और ग़ों-ग़ां करने लगे थे। पूरी उम्मीद थी कि बड़े होकर लायक़ और फ़रमांबरदार साबित होंगे। वज़ीर ने दिल में यक़ीन कर लिया था कि अब ये अच्छे दिन-रात यूं ही रहेंगे। बहुत कुछ गंवाकर अब वह उस मंज़िल पर पहुंची थी कि मौलाना रूम की मस्नवी की ज़बान में कह सकती थी—

जौहरे-इंसां बि-गीरद बरों-बहर
पीसा गावां बिस्मिलाने-रोज़े-नहर

(इंसान का जौहर जल-थल को अपने दायरे में समेट लेता है। सफ़ेद और सियाह जानकर क़ुर्बानी के दिन ज़िबह हो जाते हैं)

वह कह सकती थी कि अब तक जो कुछ उससे छीना गया वह उस दौलत के सामने तुच्छ था जो उसे अब नसीब थी; जो उससे ले लिया गया वह उन सफ़ेद-सियाह जानवरों जैसा था जिन्हें बक़रीद में क़ुर्बान किया जाता है।

एक दिन अचानक शोर उठा कि ज़िल्ले-इलाही का मिज़ाज बहुत नासाज़ है। हालांकि बादशाहों की बीमारी हमेशा इंतेहाई राज़ में रखी जाती थी लेकिन बादशाह सलामत ने कई दिनों तक दरबार न किया और तस्बीहख़ाने में भी किसी को हाज़री न मिली और हकीम अहसनुल्लाह ख़ां बहादुर उम्दतुल-हुकमा रोज़ाना कमोबेश अठारह-बीस घंटे क़िला मुअल्ला में गुज़ारने लगे तो लोगों के माथे ठनके और अफ़वाह की ज़बान तेज़ी से गश्त करने लगी। एक ख़बर यह भी थी कि मिर्ज़ा कयूमर्स बहादुर वलीअहद दोयम ने बादशाह सलामत को ज़हर दिलवा दिया है ताकि बादशाह का क़िस्सा पाक हो और तख़्त हमें मिल जाए। यह बात दिल को लगती न थी कि मीरांशाह मिर्ज़ा दाराबख़्त बहादुर वलीअहद अव्वल अभी मौजूद थे और

जहांपनाह के इंतक़ाल के बाद बादशाहत उन्हें मिलती न कि मिर्ज़ा कयूमर्स बहादुर को। पर जैसे झूठ के पांव नहीं होते वैसे ही अफ़वाह के सौ मुंह होते हैं। अर्श तैमूरी ने अपनी किताब 'क़िला मुअल्ला की झलकियां' में यह दास्तान यूं लिखी है:

> *(बादशाह) के फ़र्जंद शाहज़ादा कयूमर्स बहादुर वलीअहद ने लालच में आकर शेर की मूंछ का बाल पान में रखकर खिला दिया था, इस उम्मीद में कि अगर बादशाह की मौत हुई तो ख़ुद मुझको बादशाहत मिल जाएगी... बहरहाल जब आपकी हालत ग़ैर हुई तो वक़्त के बड़े-बड़े हकीमों की तरफ़ से क़ै लाने वाली दवाओं का इस्तेमाल कराने से डकले के डकले ख़ून के निकले, और इतने कि कई चिलमचियां भर जाती थीं। आख़िर उस ख़ून में बाल की किर्ची भी निकल आई। तहक़ीक़ात हुई... आख़िरकार मालूम हुआ कि यह काम शाहज़ादा कयूमर्स बहादुर का है। जब हुज़ूर बादशाह को इस मर्ज़ुल्मौत से छुटकारा हुआ तो आपने ऐन सेहतयाबी के जश्न में शाहज़ादा कयूमर्स को तलब फ़रमाया और अपने पास एक प्याला ज़हर मिला शर्बत तैयार रखा। मनचला फ़र्ज़ंद सहमा हुआ सर झुकाए हाज़िर हुआ। आदाब बजा लाया और इंतज़ार में खड़ा रहा कि बाप के हुक्म की तामील करे। बादशाह ने शर्बत का प्याला हाथ में लेकर बेटे की तरफ़ इशारा किया और फ़रमाया, "बेटा, जिस तरह तुमने मुझे शेर का बाल खिलाया अब उसकी भरपाई करो और लो यह ज़हर का प्याला अभी पियो।"*
>
> *मिर्ज़ा कयूमर्स ने हाथ बांधकर कुछ अर्ज़ करना चाहा था कि बाप ने ललकारकर कहा, "ओ मूज़ी, क्या अब नालायक़ औलाद भी बनना चाहता है?"*
>
> *मिर्ज़ा कयूमर्स हाथ बांधे अदबगाह पर आए। आदाब बजा लाए और "बहुत बेहतर" कहकर ग़टाग़ट ज़हर का प्याला चढ़ा गए। और थोड़ी देर में बाप के क़दमों में गिरकर सर्द हो गए।*

बयान की ड्रामाइयत क़ाबिले-दाद है मगर इसमें कुछ भी सच नहीं, सिवाय इसके कि मिर्ज़ा कयूमर्स बहादुर 1847 के आसपास अचानक चल बसे। बादशाह को शेर की मूंछ का बाल खिलाने या ज़हर दिलवाने की रिवायत किसी समकालीन स्रोत में नहीं मिलती और न ही शेर की मूंछ का बाल कोई ज़हरीली चीज़ है कि जो उसे खाए उसे ख़ून की उल्टियां हों और वह मर जाए। और यह वाक़ेआ अगर 1847 के पहले का है तो उस वक़्त मिर्ज़ा शाहरुख़ ज़िंदा थे और इस तरह बादशाहत और मिर्ज़ा

कयूमर्स के बीच दो वलीअहद मौजूद थे। और अगर यह वाक़ेआ 1847 के बाद का है तो भी 1849 तक मिर्ज़ा मुहम्मद दाराबख़्त वलीअहद ज़िंदा थे। और अगर यह वाक़ेआ 1849 के बाद का है तो उस ज़माने में बादशाह और अंग्रेज़ों के बीच मिर्ज़ा फ़ख़रू बहादुर की वलीअहदी के लिए ख़तो-किताबत चल रही थी और ख़ुद मिर्ज़ा फ़ख़रू बहादुर भी इस बारे में अंग्रेज़ हाकिमों की ख़िदमत में और बादशाह सलामत की ख़िदमत में अर्ज़ियां रवाना कर रहे थे। लिहाज़ा यह ग़ैर-मुमकिन है कि मिर्ज़ा कयूमर्स ने कभी ऐसा अहमक़ाना और बेअसर क़दम उठाया हो।

यह सही है कि बादशाह सलामत को एक वक़्त में पेट का मर्ज़ हुआ था और यह बड़ा तकलीफ़देह मर्ज़ था। मगर यह बात बहुत बाद की है और उस ज़माने में तो पेट का मर्ज़ आम था। अंग्रेज़ हाकिमों के लिए तो पेट का मर्ज़ अक्सर मौत की वजह बनता था। मिर्ज़ा कयूमर्स के इंतक़ाल की सही तारीख़ कहीं दर्ज नहीं मगर इस बात का ज़्यादा इम्कान है कि उनका इंतक़ाल 1847 के शुरू में हुआ और अचानक हुआ। अचानक मौतों पर ज़हर दिए जाने की अफ़वाह उस ज़माने में आम तौर पर उड़ जाया करती थी। मिर्ज़ा कयूमर्स के गुज़रने के थोड़े ही अरसे बाद मिर्ज़ा शाहरुख़ बहादुर वलीअहद दोयम भी अप्रैल 1847 में अल्लाह को प्यारे हुए।

इन मौतों ने बादशाही निज़ाम में कोई ख़लल पैदा न किया कि मिर्ज़ा दाराबख़्त बहादुर वलीअहद अव्वल मौजूद थे और ख़ासो-आम में लोकप्रिय थे। ज़ीनत महल की गहरी ख़्वाहिश के बावजूद मिर्ज़ा जवांबख़्त के लिए अभी कोई राह न निकल सकती थी। पर 1849 की बिल्कुल शुरुआत में, यानी 11 जनवरी 1849 को, मिर्ज़ा मुहम्मद दाराबख़्त चल बसे। पहले उन्हें हल्का सा ज़ुकाम और बुख़ार हुआ जिसे बलग़मी मिज़ाज का नतीजा क़रार दिया गया और उन्हें बलग़म निकालने की दवाएं दी गईं। लेकिन दो ही दिन में बुख़ार हद से बढ़ गया और फेफड़ों में सूजन आ गई। चार दिन बीमार रहकर शहज़ादे ने मौत को गले लगाया। जहांपनाह बादशाह सलामत और सारे क़िले ने उनका सोग किया। कई दिन तक दरबार नहीं हुआ और रोने की आवाज़ें क़िले की दीवारों से टकराती रहीं। आंसू बहा रहे बादशाह ने तारीख़ कहीः

आं वली अहदे कि दाराबख़्त बूद
कर्द चूं रेहलत अज़ीं दुनिया-ए-दूं
शुद दरूने-ख़ल्क़ दाग़ अज़ सोज़े-गम
गश्त साले-रहल्तश दाग़े-दरूं 1265

(वह वलीअहद जिसका नसीबा दारा जितना बुलंद था, जब इस कमीनी दुनिया से गया तो अवाम के दिलों पर ग़म की तपिश का दाग़ छोड़ गया। उसके इंतक़ाल के साल की तारीख़ 'दाग़े-दरूं' 1265 हिजरी है)

तीसरे दिन फूलों की तैयारी हुई, फ़ातिहे के खाने पके। लोगों ने जमा होकर एक-एक सिपारा कलामे-पाक का पढ़ा। इलायची दानों पर सत्तर-सत्तर हज़ार मर्तबा कलमा शरीफ़ पढ़ा गया, फिर इलायची दाने सब में बांटे गए, मरहूम के नाम पर खाना और जोड़ा और दोशाला ख़ैरात किया गया। फ़ातिहा के बाद बादशाह महल में आए। मरहूम के बेटों, बहुओं, दामादों और बेटियों को सोग उतरवाने के दोशाले और बीवियों को रंडसाले अता किए गए। हर तरफ़ मातम का कोहराम बरपा हुआ। हुज़ूर की आंखें भी नम हो गईं और उन्होंने फ़रमाया, "अमां सब्र करो। तक़दीरे-इलाही में किसी को दम मारने का यारा नहीं।" फिर नवें दिन, उन्नीसवें दिन, और चालीसवें दिन के फ़ातिहे हुए। क़ब्र पर फिर से चादर चढ़ी, ख़त्म के इलायची दाने सब में बांटे गए।

मिर्ज़ा दाराबख़्त का ग़म अगर न किया तो ज़ीनत महल ने। थोड़ी मुद्दत के अंदर जवांबख़्त की राह से तीन-तीन कांटों का हट जाना ज़ीनत महल की निगाह में उनके बेटे के हक़ में ख़ुदा की ताईद का दर्जा रखता था। उन्होंने जवांबख़्त की वलीअहदी के लिए जानतोड़ कोशिशें शुरू कर दीं। बादशाह पर तो वह ज़ोर डालती ही रहीं, इस बार उन्होंने अंग्रेज़ साहबों और ख़ासकर टॉमस मैटकाफ़ साहब कलां बहादुर और उनके नायब साइमन फ्रेज़र साहब के यहां तोहफ़े-तहाइफ़ और दर्ख़ास्तों की भरमार कर दी। सूफ़ी-संतों के मज़ारों पर भी ख़ूब जा-जाकर उन्होंने दुआएं कीं और मन्नतें मानीं। बादशाह के दिल में दो ख़्याल थे। एक तो यह कि ज्योतिषियों के क़ौल के मुताबिक़ मेरे बाद बादशाही नहीं और दूसरा यह कि जवांबख़्त अगर वलीअहद और फिर फ़र्ज़ किया कि बादशाह हुए भी तो उनमें क्षमता न थी कि वह शाही क़र्ज़ अदा कर दें। इधर मिर्ज़ा फ़ख़रू ने वादा किया था कि मुझे वलीअहद बना दें, मैं बादशाह हुआ तो जहांपनाह के तमाम क़र्ज़े अदा कर दूंगा चाहे इसमें मुझे अपने को बेचना ही क्यों न पड़े।

उधर अंग्रेज़ बहादुर अपनी चालें चल रहा था। साफ़ ज़ाहिर था कि शाही का नाम मिटा डालने और तैमूरिया ख़ानदान वालों के दिमाग़ से हुकूमत का धुआं हमेशा के लिए उड़ा देने का यह बेमिसाल मौक़ा था। बादशाह को बड़ी हद तक नज़रअंदाज़ करके (ज़ीनत महल तो अभी किसी शुमार में न थीं) आला अंग्रेज़ साहबों ने मिर्ज़ा फ़तहुलमुल्क बहादुर से सीधे बातचीत शुरू कर दी। बल्कि अगर मिर्ज़ा ख़ुर्शीद आलम के क़ौल पर एतबार किया जाए तो मिर्ज़ा मुहम्मद दाराबख़्त के गुज़रने के पहले ही मिर्ज़ा फ़तहुलमुल्क बहादुर और अंग्रेज़ों के बीच बातचीत जारी हो चुकी थी। लेकिन यह बात जंचती नहीं है। बहरहाल इसमें तो कोई शक नहीं कि 1849 में मिर्ज़ा फ़ख़रू ने अंग्रेज़ों से बातचीत शुरू की और सब बातें तय हो जाने के बाद हज़रत बादशाह की ख़िदमत में एक ही तारीख़ (3 सितंबर 1852) को तीन अर्ज़ियां

इस मज़मून की भेजीं कि वलीअहद मुक़र्रर हो जाने पर मैं तमाम ज़िंदगी बादशाह की इताअत और ग़ुलामी करूंगा और हज़रत मलिका-ए-दौरां नवाब ज़ीनत महल साहब को अपनी वालिदा से ज़्यादा समझूंगा। दूसरी अर्ज़ी में उन्होंने शाही क़र्ज़ की मुकम्मल अदायगी का वादा किया और तीसरी में उन्होंने यक़ीन दिलाया कि वह नवाब ज़ीनत महल की मर्ज़ी के ख़िलाफ़ कभी न चलेंगे और नवाब ज़ीनत महल और मिर्ज़ा जवांबख़्त की तमाम सुविधाएं बरक़रार रखेंगे। गुमान ग़ालिब है कि ये ख़त बादशाह ने मिर्ज़ा फ़ख़रू पर अख़लाक़ी दबाव डालकर उस वक़्त लिखवाए जब उन्हें अंग्रेज़ साहब के फ़ैसले का पता चल गया जो कलकत्ता से उनकी ख़िदमत में रवाना किया गया था कि हुकूमते-इंग्लिशिया मिर्ज़ा फ़ख़रू को वलीअहद तस्लीम करती है और नवाब ज़ीनत महल ही नहीं, मिर्ज़ा जवांबख़्त के लिए भी किसी तरह की सुविधा दिया जाना ग़ैर-मुमकिन है।

अंदाज़े और निशानियों से पता चलता है कि अंग्रेज़ ने मिर्ज़ा मुहम्मद दाराबख़्त के इंतक़ाल की ख़बर सुनते ही ख़ुद फ़ैसला कर लिया था कि वलीअहदी मिर्ज़ा फ़ख़रू को मिलेगी और अबू ज़फ़र सिराजुद्दीन मुहम्मद बहादुरशाह के इंतक़ाल के बाद बादशाही ख़त्म कर दी जाएगी। चुनांचे साहब कलां बहादुर और साहब गवर्नर जनरल बहादुर ने बादशाह की तजवीज़ को तारीफ़ी नज़रों से देखा लेकिन वलीअहदी की शर्तें सीधे मिर्ज़ा फ़ख़रू बहादुर से तय कीं।

कई साल की बातचीत के बाद अंग्रेज़ ने फ़तहुलमुल्क बहादुर को वलीअहद तस्लीम कर लिया लेकिन इस शर्त पर कि हुज़ूर बादशाह पीरो-मुर्शिद के इंतक़ाल के बाद बादशाही ख़त्म हो जाएगी, क़िला मुअल्ला ख़ाली कर दिया जाएगा और संप्रभुता के तमाम निशानात बिल्कुल मिटा दिए जाएंगे। न चतर होगा न मेग डंबर, न माही-मरातिब, न नौबत। शाही सिक्कों का ढलना तो मुद्दतों से बंद था, ग्वालियर और इलाहाबाद की टकसालों में शाह आलमी सिक्के ढलते थे, लोग उन्हीं से काम चलाते थे। कंपनी बहादुर के सिक्के भी रोज़-बरोज़ ज़ोर पकड़ते जाते थे। कंपनी अंग्रेज़ बहादुर ने मुद्दतों पहले से अर्काट, सूरत और मुर्शिदाबाद से कई शाही टकसालों में सिक्के ढालने शुरू कर दिए थे लेकिन उन पर शाह देहली का नाम होता था। फिर 1835 के सिक्कों पर बादशाह देहली के बजाय अंग्रेज़ बादशाह विलियम चतुर्थ का नाम और चेहरा दिया गया और 1840 के सिक्कों पर मलिका विक्टोरिया नमूदार हुईं। अब यही सिक्के हर जगह चल रहे थे।

मुल्के-हिंद में बादशाही की अलामत ले-देकर एक जुमे का ख़ुत्बा था जिसमें बादशाह का नाम लिया जाता था। अब तय हुआ कि जुमे के ख़ुत्बे में भी बादशाह का नाम न लिया जाएगा। मिर्ज़ा फ़ख़रू तैमूरी ख़ानदान के सरदार तस्लीम किए जाएंगे लेकिन उन्हें महरौली में मकान बनाकर रहना होगा और नवाब गवर्नर जनरल

बहादुर और उत्तर-पश्चिम सूबों के नवाब लेफ़्टिनेंट गवर्नर बहादुर को बराबरी के ओहदे से कुर्सी देनी होगी। क़िला मुअल्ला ख़ाली करने के एवज़ में किसी क़िस्म की रक़म का वादा न किया गया।

मिर्ज़ा फ़तहुलमुल्क बहादुर 3 सितंबर 1852 को साहिबे-आलमो-आलमियान, मुर्शिदज़ादा-ए-जहानियान, मिर्ज़ा मुहम्मद सुल्तान ग़ुलाम फ़ख़रूद्दीन फ़तहुलमुल्क शाह बहादुर दाम हशमहू व इक़बालहू के लक़बों और ख़िताबों के साथ वलीअहद मुक़र्रर किए गए लेकिन इस मौक़े पर किसी तरफ़ से किसी ख़ास ख़ुशी या जश्न का इंतज़ाम न हुआ। फ़तहुलमुल्क बहादुर रंजीदा थे कि चग़ताई ख़ानदान की सुल्तानी का चिराग़ उनके हाथों बुझ रहा था। लेकिन वह शायद अपने दिल में यह ख़्याल करते हों कि बादशाही तो अब बराए-नाम ही बाक़ी थी; रही न रही, इससे फ़र्क़ कुछ नहीं रहता। मैंने कम से कम अपने घराने के नाम को महफ़ूज़ कर लिया। नवाब ज़ीनत महल की ड्योढ़ी में तो मातम का सा माहौल था। मलिका-ए-दौरां हाथ उठाकर बुलंद आवाज़ में मैटकाफ़ साहब को कोस रही थीं और पुकार-पुकार कर कह रही थीं कि साहिबे-कलां को इस नाइंसाफ़ी का सिला ज़रूर मिलेगा। कुछ का क़ौल है कि मलिका-ए-दौरां ने यह भी ऐलानिया कहा कि साहब कलां और उसकी मेम दोनों ही ज़हर खाएंगे और ख़ूनी क़ै कर-कर मरेंगे। नवाब ज़ीनत महल ने झटपट एक अर्ज़ी सीधे मलिका-ए-मुअज़्ज़मा मलिका विक्टोरिया की भी ख़िदमत में भेज दी कि हमारे साथ इंसाफ़ किया जाए। लेकिन उनकी वहां कौन सुनता था। शहर और क़िले में बहरहाल आमतौर पर लोग ख़ुश थे कि मिर्ज़ा फ़तहुलमुल्क बहादुर जैसा उम्दा चाल-चलन वाला और नेक सीरत और इल्मवाला और सही मानों में हक़दार शाहज़ादा वलीअहद बनाया गया।

मिर्ज़ा फ़तहुलमुल्क शाह बहादुर की वलीअहदी के चंद ही महीने गुज़रे थे कि टॉमस मैटकाफ़ साहब कलां बहादुर को पेट की तकलीफ़ शुरू हुई। पेट में मरोड़, मतली, दस्त और हल्के तप ने जल्द ही उन्हें बेहाल कर दिया। जब अंग्रेज़ डॉक्टरों का इलाज कामयाब न हुआ तो यूनानी हकीम, हिंदुस्तानी वैद्य और फिर स्याने और मौलवी भी बुलाए गए लेकिन मर्ज़ कम होने के बजाय बढ़ता ही गया। मैटकाफ़ साहब बार-बार कहते कि मुझे ज़हर दिया जा रहा है और अब मैं हरगिज़ न बचूंगा। डॉक्टरों, मौलवियों, और स्यानों, झाड़-फूंक-मंतर करने वालों सबने बार-बार कहा कि सरकार के बदन और रूह में ज़हर का कोई असर नहीं, लेकिन मैटकाफ़ को यक़ीन न आता था। और यक़ीन क्योंकर आता जब उसे किसी तरह आराम ही न होता था। खाने और दवा के तौर पर वह जो कुछ भी खाता उसका एक बड़ा हिस्सा उल्टी के ज़रिए बाहर हो जाता।

दिल्ली के अफ़वाहगरों के लिए तो यह ख़ुदादाद मौक़ा था। सारे में मशहूर हो

गया कि नवाब ज़ीनत महल मलिका-ए-दौरां ने साहब कलां को ज़हर दिलवा दिया है, इस बात की सज़ा में कि मिर्ज़ा जवांबख़्त बहादुर को वलीअहदी से महरूम उन्होंने ही रखा। बादशाह की तरफ़ से इस अफ़वाह का बार-बार खंडन भी हुआ लेकिन जब साहब रेज़ीडेंट व कमीश्नर बहादुर ख़ुद फ़रमाते थे कि मुझे ज़हर दिया गया है तो किसी के इंकार से क्या बनता।

टॉमस मैटकाफ़ साहब बहादुर ने हुक्म दिया कि दिल्ली की ज़हर भरी और गर्म से अटी हवा में मैं अच्छा नहीं हो सकता, मुझे पहाड़ों पर ले चलो। दिल्ली से दूर ज़हर देने वालों को मौक़ा भी न मिलेगा। हुक्म के मुताबिक़ साहब कलां बहादुर मैटकाफ़ ओर रेज़ीडेंटी का बहुत सारा अमला और सामान पालकियों, बहलियों और रथों पर लादकर शिमला ले जाया गया। दिल्ली से अंबाला तक शेरशाही सड़क थी और अच्छी हालत में थी। लेकिन उसके बाद जल्द ही हिचकोलों और धचकों से भरा पहाड़ी रास्ता आ गया जिसके पेच-ख़म और सख़्त चढ़ाइयों के सबब सफ़र और भी तकलीफ़देह था। आगे-आगे दौड़ने वाले हरकारों ने वापस आकर ख़बर दी कि पहाड़ की ऊंचाइयों पर घने जंगलों, बर्फ़बारी और पहाड़ के टूटकर गिरने की वजह से रास्ता अगर दुरूह नहीं तो दुश्वार बेशक है। मैटकाफ़ की बीवी, जो ख़ुद पेट के मर्ज़ में गिरफ़्तार थी, इन ख़तरनाक हालात में आगे सफ़र करने और अपने शौहर की हालत के और भी बिगड़ने का जोखिम लेने को तैयार न हुई। लिहाज़ा सारा क़ाफ़िला उल्टे पांव दिल्ली वापस आने पर मजबूर हो गया। अक्तूबर के आख़िर में दोनों पस्त होकर दारुल-ख़िलाफ़ा शाहजहानाबाद वापस पहुंचे। मैटकाफ़ यही कहे गया कि मुझे ज़हर दिया गया है। उसका वज़न घटता गया और बदन में पानी कम होता गया।

आख़िरकार मिर्ज़ा फ़ख़रू के हक़ में वलीअहदी के ऐलान के चौदह महीने बाद, 3 नवंबर 1853 को फ़िदवी-ए-ख़ास, फ़र्ज़दे-अर्जुमंदे-सुल्तानी, मुअज़्ज़मुद्दौला अमीनुलमुल्क इख़्तसास यार ख़ां टॉमस थियोफ़िलिस मैटकाफ़ साहब बहादुर फ़ीरोज़जंग, एजेंट नवाब गवर्नर-जनरल बहादुर मुख़्तार उमूरे-सरकारे-दौलतमदार कंपनी-ए-अंग्रेज़ बहादुर व साहब कमिश्नर बहादुरे-माल दायर-सायर इलाक़ा-ए-दारुल-ख़िलाफ़ा-ए-शाहजहानाबाद अपनी जान जानआफ़रीं के सुपुर्द की। अगले दिन 4 नवंबर को सिकंदर साहब के गिरजाघर से लगे क़ब्रिस्तान में उन्हें दफ़्न किया गया। यह वही क़ब्रिस्तान था, जहां अठारह साल पहले विलियम फ्रेज़र साहब को भी ख़ाक के हवाले किया गया थाः

देखा मैं क़स्रे-फरेदूं के दर ऊपर एक शख़्स
हलक़ाज़न होके पुकारा कोई यां है कि नहीं

कुछ मुद्दत बाद साहब कलां बहादुर की मेम भी पेट के मर्ज़ से इस दारे-फ़ानी से उठ गई। इस बार तो अंग्रेज़ साहबों ने भी शुब्हे का इज़हार किया कि मैटकाफ़

मेमसाहब को ज़हर दिया गया था। आस्ताना-ए-आली से इस बार कोई खंडन न आया कि पिछले खंडन के बावजूद नवाब ज़ीनत महल के बारे में इल्ज़ामी अफ़वाहें उड़ती रही थीं। कुछ अंग्रेज़ हलक़ों में अब भी यही मशहूर है कि मैटकाफ़ और उसकी मेम दोनों की मौत ज़हर देने से हुई और मलिका-ए-दौरां का हाथ दोनों मौतों में था। बहरहाल नवाब गवर्नर जनरल बहादुर के आला दफ़्तर से इस बारे में कोई जांच नहीं हुई और न ही कंपनी अंग्रेज़ बहादुर के काग़ज़ों में इस बारे में कोई इज़हारे-ख़्याल मिलता है।

नया अंग्रेज़ी साल शुरू हुआ। क़िले वाले और ख़ासकर बादशाह सलामत क़द्रे-क़ुदरत, वलीअहद मिर्ज़ा फ़तहुलमुल्क शाह बहादुर और वज़ीर ख़ानम ने उम्मीद और दुआ की कि अब जो दिन ज़िंदगी के बाक़ी हैं वो अमन-चैन से गुज़रें। लेकिन साल ख़त्म होते-होते 16 नवंबर 1854 को सुल्तानुश्शुअरा ख़ाक़ानी-ए-हिंद शैख़ मुहम्मद इब्राहीम ख़ंन ज़ौक़ उस्तादे-शाह इंतकाल कर गए। हकीम मोमिन ख़ां मोमिन पहले ही दुनिया से कूच कर चुके थे (14 मई 1852)। अब शहर देहली में मिर्ज़ा असदुल्लाह ख़ां ग़ालिब ही उस्तादों की निशानी, फ़ारसी-उर्दू शायरी के चमन के हज़ार बोलियों वाले बुलबुल और तमाम शायरों पर ग़ालिब रह गए। ज़िल्ले-सुब्हानी ने मिर्ज़ा साहब को तलब करके अपना उस्ताद मुक़र्रर किया और नज्मुद्दौला दबीरुलमुल्क के ख़िताबात अता किए।

आस्ताना-ए-ख़िलाफ़त से हज़रत ग़ालिब को उस्तादी का दर्जा मिलने के बाद मिर्ज़ा फ़तहुलमुल्क शाह बहादुर वलीअहद सल्तनत, तख़ल्लुस 'रम्ज़' ने भी उनकी शागिर्दी इख़्तियार कर ली। लेकिन बावजूद इसके कि मिर्ज़ा साहब की मेहरबानी और क़द्रदानी की निगाह दाग़ पर पड़ती थी, दाग़ ने मिर्ज़ा नौशा का शागिर्द बन जाने का कोई इरादा न किया। शायद उसे यह ख़्याल रहा हो कि शैख़ ज़ौक़ ने उसे कामिल कर ही दिया था, या उसने पुरानी बातें याद की हों और अपनी मां का लिहाज़ किया हो कि मैं अगर मिर्ज़ा साहब की शागिर्दी में आऊंगा तो अम्मांजान को दुख हो सकता है। बहरहाल यह हक़ीक़त है कि शागिर्द न बनने के बावजूद दाग़ के मरासिम मिर्ज़ा नौशा से हमेशा बहुत ख़ुशगवार रहे और दरबार रामपुर से ग़ालिब के ताल्लुक़ात बनाए रखने और वहां उनके मामलों की सुनवाई होने में दाग़ ने कई अहम कारनामे अंज़ाम दिए।

चंद ही महीने गुज़रे थे कि पहली अप्रैल 1855 को नवाब सैयद मुहम्मद सईद ख़ां बहादुर, हाकिमे-रामपुर फेफड़ों में ख़ूनी ज़ख़्म के मर्ज़ में जन्नत रवाना हुए और वलीअहद सल्तनत नवाब यूसुफ़ अली ख़ां बहादुर 'नाज़िम' सुल्तानी मसनद पर जल्वाअफ़रोज़ हुए। नवाब और उम्दाख़ानम के ताल्लुक़ात को देखते हुए कुछ दोस्तों ने मशवरा दिया कि दाग़ के लिए रामपुर को अब ठिकाना बनाना ही ज़्यादा अच्छा

होगा। लेकिन दाग़ ने मां का साया और मिर्ज़ा फ़तहुलमुल्क शाह बहादुर का दामन छोड़ना पसंद न किया। वज़ीर भी यही चाहती थी। उसे उम्मीद थी कि ख़ुर्शीद मिर्ज़ा की तरह नवाब मिर्ज़ा और उसकी दुल्हन भी दिल्ली के दारुलअमान व दारुलइज़्ज़त में रहें और फलें-फूलें। नवाब मिर्ज़ा की अपने सौतेले भाई मिर्ज़ा अबूबक्र बहादुर से अच्छी बनती थी। उधर मिर्ज़ा ख़ुर्शीद आलम भी दस बरस का हो रहा था और शाह मुहम्मद आग़ा का पंद्रहवां साल था। ये चारों सौतेले भाई थे लेकिन उनमें दिली लगाव और प्यार सगे भाइयों जैसा था। मिर्ज़ा अबूबक्र तो शेर न कहते थे लेकिन शाह मुहम्मद आग़ा की तबीयत अभी से देहली वालों के फ़ैज़े-मुहब्बत से मंझने लगी थी। उन्होंने 'शायक़' तख़ल्लुस अपनाया मगर रेख़्ता से ज़्यादा उनका रुझान फ़ारसी की तरफ़ था। शायद यह बाप का असर रहा हो। मिर्ज़ा ख़ुर्शीद आलम भी शायर होने के शौक़ में अपना तख़ल्लुस 'ख़ुर्शीद' रखकर एक-दो शेर मौज़ूं करने लगे थे। वलीअहद बहादुर फ़रमाया करते कि वज़ीर ख़ानम, यह तुम्हारा असर है जो नवाब मिर्ज़ा, शाह मुहम्मद आग़ा और ख़ुर्शीद मिर्ज़ा शायर हैं, वरना अकेले मेरे किए से तो कोई औलाद शायर न बन सकी। वज़ीर ख़ानम जवाब देती कि वलीअहद बहादुर, अल्लाह आपको सलामत-बा-करामत रखे, शायर तो बहुतेरे हो जाएंगे। लेकिन मिर्ज़ा फ़तहुलमुल्क शाह बहादुर कभी-कभी सोचते कि काश मैं ग़ुलाम फ़ख़रुद्दीन ही रहता।

हिंद के कोने-कोने से अंग्रेज़ बहादुर की मनमानियों की ख़बरें आती रहती थीं। 1856 का साल शुरू होते-होते सबसे बड़ी घटना सल्तनत अवध के ख़ात्मे की थी। 7 फ़रवरी 1856 को अंग्रेज़ फ़ौजें लखनऊ में दाख़िल हो गईं, बादशाह को हथियारबंद मुहाफ़िज़ों के घेरे में और बड़ी तकलीफ़ों के साथ पहले इलाहाबाद, फिर कलकत्ता ले जाया गया। अपदस्थ बादशाह ने अपनी मस्नवी 'हुज़्ने-ए-अख़्तर' में अपना हाल लिखा और अवध के ख़िलाफ़ फ़िरंगी साहबों की रिपोर्ट 'ब्लू बुक' का जवाब भी फ़ारसी, हिंदी व अंग्रेज़ी ज़बानों में लिखवाकर प्रकाशित कराया। लेकिन देहली की वलीअहदी व शाही की तरह यहां भी फ़ैसले पहले ही हो चुके थे, तक़दीरें पहले ही लिखी जा चुकी थीं।

देहली में इस वाक़ए की गूंज देर तक सुनी गई। ज़िल्ले-सुबहानी को भी सख़्त परेशानी थी। हालांकि अंग्रेज़ ने दिल्ली के सामने अवध को ख़ुदमुख़्तार सल्तनत तस्लीम कर लिया था, लेकिन क़िले वाले, बल्कि तमाम दिल्लीवाले भी यही गुमान करते थे कि अवध को हमसे जब्र से नहीं तो सियासत से अलग किया गया है। बादशाह के बहुत से रिश्तेदार लखनऊ में रहते थे और उनकी तनख़ाहें माह-ब-माह क़िले से जाती थीं। मिर्ज़ा सुलेमान शिकोह बहादुर की नस्ल तो अब कर्नल गार्डनर साहब की नस्ल में खोकर रह गई थी लेकिन अकबर शाह सानी के बेटे मिर्ज़ा जहांगीर बख़्त के वंशज इलाहाबाद में और शाहआलम सानी के बेटे मिर्ज़ा जहांदार

शाह के वंशज बनारस में मौजूद थे। लिहाज़ा सियासी और ख़ानदानी दोनों पहलुओं से सल्तनत अवध का अंग्रेज़ के हाथ में चले जाना हज़रत रैयत पनाही के लिए सदमे का सबब था। कहा गया है कि हज़रत बादशाह ने यह शेर सुल्तान टीपू शहीद के पर्दे में बादशाह वाजिद अली शाह पर भी फ़रमाया थाः

एतबारे-सब्रो-ताक़त ख़ाक मैं रक्खूं ज़फ़र
फ़ौजे-हिंदुस्तान ने कब साथ टीपू का दिया

चूंकि दकन के इलाक़े को आमतौर पर 'हिंदुस्तान' न कहते थे, इसलिए इस शेर में ज़िल्ले-इलाही ने लफ़्ज़ 'हिंदुस्तान' लाकर एक अधिक विस्तृत हक़ीक़त की तरफ़ इशारा फ़रमाया था। शहर देहली में अवध के ख़ात्मे की ख़बर ने क्या क़ैफ़ियत पैदा की, इसका कुछ अंदाज़ा मिर्ज़ा ग़ालिब साहब के एक ख़त से हो सकता है! क़दर बिलग्रामी को ग़ालिब साहब ने 23 फ़रवरी 1856 को लिखाः

"रियासत अवध की तबाही ने, हालांकि मैं उससे बिल्कुल बेगाना हूं, मेरे दिल को भी दुखी कर दिया। बल्कि मैं कहता हूं कि सख़्त नाइंसाफ़ हैं वो अहले-हिंद जो दिल से दुखी न हुए होंगे। अल्लाह ही अल्लाह है।"

उस साल दिल्ली में गर्मियां बहुत सख़्त थीं। दिल्ली में लूएं कभी न चलती थीं लेकिन उस साल ख़ुदा जाने किस तरह से पछुआ हवाओं का तांडव राजपूताना के आगे के जंगल और पहाड़ियां पार करके शहर के गली-कूचों में आ गया। अलीपुर से लेकर दिल्ली दरवाज़े तक रोज़ ही हर मुहल्ले में कई-कई बच्चे और मज़दूरपेशा या दूसरों के घरों में काम करने वाली औरतें लू का शिकार होकर तेज़ बुख़ार और हथेलियों व तलवों की जलन से झुलस-झुलसकर इस आलम में मौत की गोद में चली गईं कि प्यास से बुरा हाल था लेकिन ठंडा पानी या कोई भी ठंडाई पीने से जिस्म में आग और भी भड़क उठती थी। फिर जून के बीच में बारिश आ गई और इस क़दर कि चंद दिनों में जमना का पानी सुल्तान जी निज़ामुद्दीन साहब की दरगाह और हुमायूं के मक़बरे के सामने लहरें मारकर गोया .ख़ुश्की को मुंह चिढ़ाने लगा। फिर जो कसके धूप निकली है तो सैकड़ों कच्चे और कमज़ोर मकान ढह गए और जो बच निकले उनमें से बहुतों की दीवार फटी या चौखट बैठ गई या छत टपकने लगी। ऐसे में बारिश फिर से जारी हुई और पानी ने मलबे और खर-पतवार और नीचे गिरे लकड़ी के शहतीरों को गलाकर सड़ांध पैदा कर दी। फिर हैज़ा फैल गया।

कंपनी अंग्रेज़ बहादुर के अहलकार माली हालात के मुताबिक़ शहर छोड़कर महफ़ूज़ जगहों को भागने लगे, ग़रीबों के लिए दवा-दारू का बंदोबस्त कौन करता? शहर के हकीमों-बैदों से कुछ बन पड़ा, कुछ बन न पड़ा लेकिन कूड़े के सड़ते हुए ढेरों को कौन उठाता और जगह-जगह रुकी हुई नालियों और संडासों को कौन साफ़ करता? शाहजहानाबाद तो ऊंचाई पर था और शाही वक़्तों से वहां पानी के निकास

का इंतज़ाम बहुत अच्छा था लेकिन बक़िया इलाक़ों की यह कैफ़ियत न थी।

जुलाई 1856 की 9 तारीख़ थी जब साहिबे-आलमो-आलमियान मुर्शिदज़ादा-ए-जहानियान मिर्ज़ा फ़तहुलमुल्क शाह बहादुर का मिज़ाज सुबह-सुबह कुछ नासाज़ हुआ। हल्की तप के साथ, मतली की शिकायत और कुछ पेट के ख़ाली-ख़ाली लगने का अहसास हुआ गोया बहुत देर से कुछ खाया न हो। हकीम मुहम्मद नक़ी ख़ां ख़ास हकीम को तलब किया गया। वह आए और उन्होंने मरीज़ की कमज़ोरी और भूख के मद्देनज़र बलग़मी कैफ़ियत समझी। उनके मशवरे पर मरीज़ को कुछ खाना खिलाया गया और यख़नी पिलाई गई। खाना पेट में जाते ही उल्टी में तेज़ी आई और मरीज़ पर बेहोशी छाने लगी। शाम को हकीम मुहम्मद अहसनुल्लाह ख़ां बुलाए गए। उन्होंने हुक़्ना (एनिमा) दिलवाया पर उससे कुछ फ़ायदा न हुआ। थोड़ी देर बाद मरीज़ ने कुछ कहे-सुने बग़ैर करवट ली और बेहोश हो गया। होश में लाने की तमाम कोशिशें बेकार रहीं और अगले दिन सुबह के छह बजते-बजते वलीअहद की रूह आलमे-बाला को परवाज़ कर गई। क़िले में कोहराम मच गया लेकिन किसी की समझ में न आता था कि यह हो क्या गया। मौत की ख़बर के साथ-साथ, बल्कि उससे पहले ही शहर में अफ़वाह दौड़ गई कि हकीम मुहम्मद नक़ी ख़ां ने नवाब ज़ीनत महल के साथ साज़-बाज़ करके वलीअहद बहादुर को ज़हर दिलवा दिया। किसी ने उड़ाई कि बादशाह को भी इलाज पर इत्मीनान नहीं है और वह अंग्रेज़ डॉक्टर बुलवा रहे हैं कि वह बताए कि वलीअहद को बीमारी क्या थी। लेकिन यह ख़बर झूठी थी, अस्सी साल के बादशाह के होश बजा न थे, उसे इन साज़िशों में उलझने की ताक़त कहां थी।

यह बात दुरुस्त है कि वलीअहद बहादुर के मर्ज़ के तमाम लक्षण आम हैज़े के मुताबिक़ न थे। लेकिन हैज़ा बहरहाल कई तरह अपना काम करता है और शहर में हैज़ा फैला हुआ था। इस बात का कोई सबूत नहीं और सबूत क्या, कोई सरगोशी भी नहीं कि मिर्ज़ा फ़तहुलमुल्क बहादुर की मौत स्वाभाविक वजहों से नहीं हुई थी। वज़ीर पागलों की तरह एक-एक का मुंह तकती और कहती कि नब्ज़ ज़रा ठीक से देख लीजिए, मेरे साहिबे-आलम बेहोश हैं, उनकी जान नहीं निकली है। नवाब ज़ीनत महल ने अलबत्ता हंसकर कहा, "वो मारा! अब मेरे जबांबख़्त को वलीअहद बनने से कोई नहीं रोक सकता।"

बादशाह की तबीयत थोड़ी संभली तो आपने अपनी ख़वासे-ख़ास को भेजकर वज़ीर को तसल्ली के बोल कहलाए और जनाज़े के कफ़न-दफ़न का हुक्म सादिर फ़रमाया। मय्यत को तैयार करने और दफ़्नाने की तैयारियां जल्द-जल्द की गईं कि सख़्त गर्मी और उमस की वजह से लाश के ख़राब होने का डर था। वज़ीर पछाड़ें खा रही थी, मिर्ज़ा अबूबक्र, नवाब मिर्ज़ा ख़ां और ख़ुर्शीद मिर्ज़ा अम्मां को तसल्ली

देने की कोशिश में ख़ुद रोने लगते। हातिम ज़मानी बेगम सौतापे के बावजूद बाल बिखराए, रोती हुई आंखें लिए वज़ीर की ड्योढ़ी में आईं और शौहर के मुर्दे की बलाएं लीं मगर अब वहां क्या रखा था। शहर से अकबरी ख़ानम, मौलवी मुहम्मद नज़ीर और शाह मुहम्मद आग़ा रोते हुए आए। मौलवी साहब और शाह मुहम्मद आग़ा मय्यत के सरहाने बैठकर क़ुरआन की तिलावत करने लगे और अकबरी बेगम ने वज़ीर को गले से लगाकर सिसकियां भरते हुए छोटी बहन के सर पर हाथ फेरा और कहा, "बीबी सब्र करो, मौला की मर्ज़ी के आगे चारा नहीं।" वज़ीर ने रो-रोकर हाल बुरा कर लिया था, बड़ी बहन ने गले लगाया तो ग़श खाकर गिर पड़ी। उसे लख़लख़े सुंघाए जाने और मुंह पर गुलाब छिड़के जाने के दौरान बाहर शहज़ादे को आख़री सफ़र के लिए तैयार किया गया। ग़ुस्ल और कफ़न के बाद शहज़ादे की मय्यत ताबूत में रखी गई और ताबूत को शहज़ादे उठाकर जनाज़े की नालकी तक लाए।

> सर से पांव तक तमामी नालकी पर लिपटी हुई है। बेटे, भतीजे, अमीर-उमरा नालकी के साथ मुंह पर रूमाल रखे, आंखों से आंसू ज़ारो-क़तार बहाते, किस ग़म की हालत में अदब से चले जाते हैं। देखने वालों के दिल फिरे जाते हैं, कलेजे मुंह को आते हैं। आगे-आगे ख़ासे के घोड़े, सिपाहियों के दस्ते उल्टी बूंदक़ें कंधों पर रखे, ताशामर्फा उल्टा किए, पीछे हाथी, हाथियों पर शीरमालें, रुपए, अठन्नियां, चवन्नियां, दुवन्नियां और टके ख़ैरात के रखे हुए चले आते हैं। सारे शहर की ख़िलक़त देखने को उमड़ी चली आती है। औरत-मर्द बेइख़्तियार ढांढ़े मार-मारकर रोते हैं। जामा मस्जिद पर जनाज़ा आया। हौज़ पर जनाज़े की नालकी रखी गई। हज़ारों आदमी जमा हो गए। सबने जनाज़े की नमाज़ पढ़ी, वहां से शहर के बाहर जनाज़ा आया। सब जुलूस रुख़सत हुआ, ख़ास-ख़ास लोग जनाज़े के साथ गए। हज़रत ख़्वाजा साहब की दरगाह में जनाज़ा दफ़्न किया। शीरमालें, अठन्नियां, चवन्नियां, दुवन्नियां और टके मौहताजों को बांटे, ख़ादिमों को रुपए दिए, फ़ातिहा पढ़ी, क़ब्र पर दोशाला डाला, एक हाफ़िज़ क़ुरआन पढ़ने को, एक पहरा-हिफ़ाज़त को मुक़र्रर करके सब रुख़सत हुए। बादशाह के यहां से बर्दाश्त और हाज़री का मामूल भेजा गया।
>
> ('बज़्मे-आख़िर', मुंशी फ़ैज़ुद्दीन)

साहिबे-आलमो-आलमियान मुर्शिदज़ादा-ए-जहानियान मिर्ज़ा मुहम्मद सुल्तान ग़ुलाम फ़ख़रुद्दीन फ़तहुलमुल्क शाह बहादुर को 10 जुलाई 1856 की शाम को

दरगाह ख़्वाजा साहब में हज़रत मरहूम शाह आलम बहादुर शाह अव्वल की बग़ल में ख़ाक के सुपुर्द किया गया। नवाब मिर्ज़ा दाग़ ने तारीख़ कहीः

ग़मे-फ़त्हमुल्क-सुल्तां चू बलाए-जानो-दिल शुद
दहदश मुक़ामे-जन्नत ज़ करम करीमे-ग़फ़्फ़ार
चू ज़ दाग़ साले-रहलत दिले-दर्दमंद पुरसीद
बेकशीद आहे-हसरत दो सदो-दवाज़दह बार

(फ़तहुलमुल्क सुल्तान का ग़म जानो-दिल के लिए बला की तरह हो। अल्लाह करीम और गफ़्फ़ार का करम उन्हें जन्नत में जगह दे। उनके इंतक़ाल के साल की दर्दमंद दिल ने दाग़ से तारीफ़ पूछी तो उसने हसरत की आह दो सौ बारह बार खींची।)

□□

शाख़ों पे जले हुए बसेरे

फ़तहुलमुल्क बहादुर का सोयम और सोग ख़त्म होते ही नवाब ज़ीनत महल ने बादशाह पर दबाव डालना शुरू कर दिया कि जवांबख़्त की वलीअहदी के लिए सरकार कंपनी अंग्रेज़ बहादुर को लिखें। बादशाह सलामत कुछ तो उम्र के तक़ाज़े के सबब, और कुछ सेहत और हिम्मत की कमज़ोरी की वजह से और कुछ इस यक़ीन की वजह से कि मेरे बाद बादशाही न रहेगी, इस मामले में कुछ ज़्यादा पुरजोश न थे लेकिन ज़ीनत महल की मुहब्बत उन्हें मजबूर कर रही थी। दूसरी बात यह थी कि नवाब ज़ीनत महल को भी हज़रत बादशाह से महज़ मुंहदेखे की या ग़रज़मंदी की मुहब्बत न थी। सोलह साल पहले जब उन्हें बताया गया था कि उनका निकाह बादशाह जमजाह से हो रहा है तो उन्हें बदन में थोड़ी-बहुत थरथरी और जिस्म में कुछ सनसनी लेकिन बहुत ज़्यादा उलझन का भी अहसास हुआ था। महज़ नाम का बादशाह और वह भी ऐसा जिसकी उम्र सत्तर के लगभग हो रही थी, ऐसा दूल्हा भला किस तरह का ऐश दे सकता था? लेकिन ज़ीनत महल ने क़िले में बादशाह का ठाट-बाट देखा, फिर शाह आसमां-बारगाह का अच्छा बर्ताव, नर्म सुलूक और शाइस्तगी देखी और सबसे बढ़कर यह देखा कि बावजूद बुढ़ापे के, बादशाह सलामत में बीवी के लिए शौहर का फ़र्ज़ अदा करने की पूरी ताक़त थी। इन सब बातों ने आहिस्ता-आहिस्ता नवाब ज़ीनत महल का दिल बादशाह की तरफ़ फेर दिया और उन्हें अपने शौहर से एक तरह की मुहब्बत हो गई। इस तरह शाह जमजाह और मलिका-ए-दौरां के बीच सिर्फ़ हवस न थी, मुहब्बत और उल्फ़त भी थी। इसलिए बादशाह के लिए मुमकिन न था कि वह ज़ीनत महल की बात को बिल्कुल नज़रअंदाज़ कर दें।

बहुत सोच-विचार के बाद हज़रत आलीजाह ने कंपनी अंग्रेज़ बहादुर को जवांबख़्त की वलीअहदी की सिफ़ारिश का ख़त लिखवा दिया। उन दिनों साहब कलां बहादुर के ओहदे पर साइमन फ़्रेज़र आरज़ी तौर पर काम कर रहा था। फ़्रेज़र

और बादशाह सलामत के बीच दोस्ताना ताल्लुक़ात उस वक़्त से थे जब वलीअहदी के ज़माने में उन्होंने नवाब शम्सुद्दीन अहमद की गिरफ़्तारी और फिर मुक़द्दमे और सज़ा-ए-मौत के मामले में अंग्रेज़ों की कोशिशों के ख़िलाफ़ कोई दख़ल न दिया था और अपने वालिद मरहूम हज़रत अकबरशाह सानी को भी दख़ल न देने का मशवरा दिया था। ज़िल्ले-सुब्हानी ने फ्रेज़र के पास अपने नुमाइंदे इस दर्ख़ास्त के साथ भेजे कि मिर्ज़ा जवांबख़्त की वलीअहदी मंज़ूर करा दें।

लार्ड गवर्नर जनरल बहादुर को जो ख़त बादशाह सलामत ने जवांबख़्त की वलीअहदी की सिफ़ारिश में भेजे उनमें मिर्ज़ा जवांबख़्त के ऊंचे ख़ानदान का ख़ासतौर पर ज़िक्र था। यह भी कहा गया था कि शहज़ादा कई ज़बानें जानता है और आला दर्जे की तालीम से लैस है। उधर नवाब ज़ीनत महल ने या मिर्ज़ा जवांबख़्त बहादुर ने दूसरे शहज़ादों पर दबाव डालकर कई शहज़ादों के दस्तख़त से एक ख़त इस मज़मून का अंग्रेज़ को भिजवाया कि हम सब मिर्ज़ा जवांबख़्त की वलीअहदी पर सहमत हैं। इस काग़ज़ पर मिर्ज़ा क़ुवैश बहादुर और मिर्ज़ा ज़हीरुद्दीन बहादुर उर्फ़ मिर्ज़ा मुग़ल ने दस्तख़त नहीं किए थे कि अपनी-अपनी जगह पर ये दोनों भी वलीअहदी पर दावा रखते थे। लेकिन अंग्रेज़ तो मिर्ज़ा दाराबख़्त मीरांशाह की मौत के वक़्त ही फ़ैसला कर चुके थे कि अब बादशाहत का ख़ात्मा करना बेहतर है। कुछ तो मिर्ज़ा फ़तहुलमुल्क की हरदिल अज़ीज़ी और कुछ इंग्लिशिया हुकूमत के दरबार में नवाब ज़ीनत महल के बारे में अच्छी राय न पाई जाने के सबब एक आरज़ी तौर का फ़ैसला यह कर लिया गया था कि मिर्ज़ा फ़तहुलमुल्क बहादुर वलीअहद तो बन जाएं लेकिन बादशाहत न रहे। फिर जब मिर्ज़ा फ़ुतहुलमुल्क भी अल्लाह को प्यारे होंगे तो देखा जाएगा।

इन वजहों से अंग्रेज़ बहादुर ने मिर्ज़ा जवांबख़्त या किसी भी शहज़ादे की वलीअहदी के लिए कोई तसल्लीबख़्श कार्रवाई न की। वलीअहदी के मामले पर जो काग़ज़ात और सिफ़ारिशें देहली में साहब कलां बहादुर को प्राप्त हुई थीं वह औपचारिक रूप से साहब लिफ़्टन गवर्नर बहादुर सूबा उत्तर-पश्चिम की ख़िदमत में आगरा भेज दी गईं।

मिर्ज़ा फ़तहुलमुल्क शाह बहादुर जन्नतमकानी के चालीसवें की तारीख़ मुक़र्रर हुई, सफ़ेद काग़ज़ पर रुक़्क़े लिखवाकर पूरे क़िले में बंटवाए गए। उधर मीर इमारत ने कच्ची क़ब्र को थोड़ा खुलवाकर गुलाब, केवड़ा और इत्र अंदर डाला, ऊपर से क़ब्र पुख़्ता कराई, संगमरमर का चौकोर चबूतरा बनवाया, फिर चारों तरफ़ संगमरमर की जालियां खड़ी कीं और फ़र्श लगाकर क़ब्र मुबारक तैयार कर दी। उन्तालीसवीं रात को सब रिश्तेदार वलीअहद बहादुर मरहूम की ड्योढ़ी पर जमा हुए। जिस जगह, मुर्शिदज़ादा-ए-जहानियान ने दम तोड़ा था वहां खाने की सीनी और जोड़ा, दोशाला,

जानमाज़, तस्बीह, जूती, कंघी और मिसवाक कश्तियों में लगाकर रख दिए गए। तांबे और चीनी के छोटे-बड़े बर्तन, चमचे, थाली, सरपोश, लोटा, बेसनदानी सब मुहैया किए गए। दो लाल-हरी बहुत बड़ी-बड़ी मोमबत्तियां सवा-सवा मन चर्बी की, सरहाने रोशन की गईं। लोबान और अगर के धुएं में रात भर रोना-धोना जारी रहा। सुबह को पहले तमाम मर्द रिश्तेदार क़ब्र पर तशरीफ़ ले गए; क़ब्र के ऊपर कमख़्वाबी शामियाना चांदी के खंभों पर खड़ा कर दिया गया था। अब क़ब्र शरीफ़ के गिर्द फूलों का छपरखट बनाया गया, बीच में कमख़्वाब का क़ब्रपोश, उस पर फूलों की चादर डाली गई। खाने की सीनी और बर्तन और दूसरे सामान क़ब्र के सरहाने रखे गए, पायंती जूती रखी गई। अब ज़नाना हुआ; बेगमातों ने नंगे सर बाल बिखराए आकर स्यापा किया। उधर बाहर फ़ातिहा ख़त्म हुआ, इलायची दाने सब में बांटे गए, फिर क़व्वाली हुई। क़व्वाली के बाद खाना खाया गया और ग़रीबों को खिलाया गया। तीसरे पहर को दूसरा ख़त्म पढ़कर सीनी, जोड़ा, बर्तन, तमाम सामान ख़ादिमों में बांटकर सब शहज़ादे और बेगमात क़िला मुअल्ला में वापस आ गए।

वज़ीर की आंखों के गिर्द रोते-रोते सूजन आ गई थी। उसके साहिबे-आलम जिस दिन मरे थे उसके बाद से न वह बिस्तर पर लेटी थी और न ही किसी दिन उसने दो वक़्त का खाना खाया था। ज़मीन पर सोना और एक वक़्त मोटा-झोटा खाकर गुज़र करना उसका मामूल हो गया था। मुर्शिदज़ादा-ए-आफ़ाक़ की ज़िंदगी में वह उनकी मुहब्बत में इतनी गुम और इस क़दर ख़ुश रहती थी कि शौकत महल के ख़िताब के बावजूद वह क़िले की सरगर्मियों में बहुत कम हिस्सा लेती थी। जब मिर्ज़ा मुहम्मद दाराबख़्त वलीअहद बहादुर अल्लाह को प्यारे हुए तो उसने उनके कफ़न-दफ़न से लेकर दोयम, सोयम, चालीसवें और फिर छमाही और बरसी की रस्मों में अलबत्ता पूरा-पूरा हिस्सा लिया। इसे तक़दीर की विडंबना कहिए कि इन रस्मों और मरने वाले के तईं क़िले और क़िले से बाहर के लोगों की मुहब्ब्त और श्रद्धा को देखकर उसे एक तरह का इत्मीनान महसूस हुआ। उसे हमेशा स्थायित्व की तलाश रही थी और वह चाहने से ज़्यादा चाही जाने वाली बनकर रहना चाहती थी। हवेली मुबारक में उसे दोनों चीज़ें मयस्सर होती नज़र आ रही थीं। मरने वाले के तईं इतनी विस्तृत और लंबी मुद्दत की रस्मों का आयोजन देखकर उसे एक तरह की ख़ुशी हुई कि मेरे साहिबे-आलम का ख़ुदा न करे, जब वक़्त आया तो उनका वह हाल न होगा जो ब्लाक साहब, नवाब साहब और आग़ा साहब का हुआ कि जब उन्हें मौत ने पुकारा तो उन पर रोने वाला कोई न था। मैं रहूं या न रहूं, उसने अपने दिल में कहा, लेकिन क़िले की रस्में तो बाक़ी रहेंगी।

चेहलुम के तीसरे दिन वज़ीर ख़ानम की ख़िदमत में मलिक-ए-दौरां का पैग़ाम आया कि आपकी याद हो रही है, जल्द तशरीफ़ ले चलिए। वज़ीर का माथा ठनका।

मलिका-ए-दौरां ने पहले कभी इस तरह याद न फ़रमाया था। शायद शोक के बोल कहना चाहती हों, उसने दिल में कहा। हालांकि मिर्ज़ा फ़तहुलमुल्क शाह बहादुर की वलीअहदी के बाद ज़ीनत महल ने वज़ीर और उसके बच्चों से बोलचाल कमोबेश बंद ही कर दी थी, लेकिन शायद इस मौक़े पर उनके दिल में कुछ दर्द आ गया हो। वज़ीर ने जल्द-जल्द मुंह पर चार छींटे मारे और आईना देखे बग़ैर अटकल से बालों में कंघी की और सफ़ेद लेकिन साफ़ कपड़े पहनकर नवाब ज़ीनत महल की ड्योढ़ी पर ख़िदमत में हाज़िर हुई। नवाब ज़ीनत महल ने मामूली तौर पर उसका इस्तक़बाल किया और अपने सामने बिठाया। कुछ देर ख़ामोशी रही, फिर मलिका-ए-आलिया ने इरशाद फ़रमायाः "छोटी बेगम, हमें तुम्हारी बेवगी पर बहुत अफ़सोस है।" वह एक पल रुकीं। वज़ीर शुक्रिये के कुछ रस्मी बोल कहने ही वाली थी कि मलिका-ए-दौरां ने बात का सिलसिला जारी रखते हुए फ़रमाया, "लेकिन तुम तो ऐसे हादसों की आदी हो चुकी हो; इसे भी सह जाओगी। अनवासी का कलेजा मज़बूत होता है, लोग कहे हैं।"

मलिका-ए-दौरां की कुछ मुंहलगी मुसाहिबों ने दुपट्टा मुंह पर रखकर हंसी रोकने की कोशिश की पर कुछ दूसरी ख़वासों के चेहरों पर नाराज़गी के आसार नुमायां हुए।

वज़ीर को यह समझने में कोई मुश्किल न हुई कि इन अपमानजनक बोलों का मक़सद महज़ तौहीन नहीं। असल मक़सद यह था कि वज़ीर से तहज़ीब या अदब के ख़िलाफ़ कोई बात कहलवा दी जाए और बाद में उसे वज़ीर के ख़िलाफ़ इस्तेमाल किया जाए। उसने सर झुकाकर कहाः "नींद तो सूली पर भी आ जाती है, मलिका-ए-दौरां। वाक़ेआ कितना ही सख़्त हो लेकिन ताब लाए ही बनती है। मैं तो अल्लाह के हुज़ूर में आप और ज़िल्ले-सुब्हानी की लंबी उम्र, सेहत और दौलत और इक़बाल की दुआ करती हूं। आप दोनों का साथ मेरे लिए बहुत है।"

ज़ीनत महल एक लम्हे के लिए ख़ामोश हो गईं। उन्हें ऐसे जवाब की उम्मीद न थी। फिर गला साफ़ करके बोलींः "वलीअहद बहादुर मरहूम तुम्हारे लिए क्या-क्या छोड़ गए हैं, छोटी बेगम?"

अब वज़ीर ने सर उठाकर और कमर सीधी करके जवाब दिया, "वलीअहद बहादुर का अहवाल मुझसे ज़्यादा मलिका-ए-दौरां और ज़िल्ले-इलाही पर रोशन है।"

"तुम्हें उनकी ड्योढ़ी ख़ाली करनी होगी।"

"मलिका-ए-दौरां शायद भूलती हैं। मैं छोटी बेगम ही नहीं, शौकत महल भी हूं।"

"तुम शौकत महल थीं। अब नहीं हो," ज़ीनतमहल ने एक-एक लफ़्ज ज़ोर देकर कहा।

"यह फ़ैसला तो वही करेगा जिसने मुझे यह ख़िताब अता किया था।"

"छोटी बेगम, किसी फ़रेब में न रहना। तुमने हमारे भोले-भाले मिर्ज़ा फ़ख़रू

बहादुर को शीशे में उतारकर शाही क़िले में पांव धंसा लिए, इस उम्मीद पर कि तुम भी तैमूरी शहज़ादियों में शुमार होगी। फिर बिल्ली के भागों छींका टूटा और तुम वलीअहद सोयम की बेगम की बजाय हिंदुस्तान की मलिका बनने की संभावनाओं में मगन हो गईं। तुम जैसियों ने कितने ही ईंट के घर मिट्टी कर दिए लेकिन क़ुदरते-ख़ुदावंदी भी कोई चीज़ है..."

वज़ीर से ज़ब्त न हो सका और उसने मलिका की बात काटने की गुस्ताख़ी की परवाह किए बग़ैर नर्म लेकिन मज़बूत आवाज़ में कहा, "मलिका-ए-आलम पर ख़ूब ज़ाहिर है कि मैं किन हालात में क़िला मुबारक में आई। मैं तो अपने साहिबे-आलम-आलमियान की ख़ाक बराबर भी नहीं। उन्होंने मुझे ज़र्रे से आफ़ताब किया, वरना मैं अपनी काल कोठरी में सब्र से रंडापा काट रही थी।"

"ठीक है," ज़ीनत महल ने तेज़ लहजे में कहा। "जिसने तुम्हें ज़र्रे से आफ़ताब किया अब वह ख़ुद तहे-ख़ाक है। अब तुम ख़ाक का वही ज़र्रा हो जो यहां आने के पहले थीं।"

"लेकिन सरकारे-आलिया," वज़ीर ने थोड़े से व्यंग्य से कहा। "मैं फिर भी वलीअहदे-हिंदुस्तान की बेवा ही कहलाऊंगी। आगे कोई वलीअहद हो, कोई बादशाह हो, लेकिन यह चतर मेरे हक़ीर सर के ऊपर से कोई उतार नहीं सकता।"

"क्यों नहीं?" ज़ीनत महल को जोश आ गया। "हम उतार सकते हैं।"

"मलिका-ए-दौरां, आप अपने क़िला मुअल्ला में कुछ भी ढिंढोरा पिटवा दें, लेकिन नक़्क़ारा-ए-ख़ुदा की आवाज़ बंद नहीं कर सकतीं," वज़ीर ने गंभीरता से कहा। "मगर आप फ़रमाएं, इस बंदी से क्या ख़िदमत लेना चाहती हैं। बंदी हर तरह से तैयार है।"

"यह सिर्फ़ हमारे क़िले की बात नहीं। हम अब भी हिंदुस्तान की मलिका हैं। हमारे सर पर जो मुकुट है वह नूरजहां और अर्जुमंद बानो के सर पर था। हमारे प्यारे फर्ज़ंद मिर्ज़ा फ़ख़रू बहादुर का इस दारे-फ़ानी से मुंह मोड़ लेना इस बात का इशारा रखता है कि अल्लाह को मंज़ूर नहीं कि उनके बाद कोई ग़ैर शख़्स यहां ताजो-तख़्त का वारिस बने।"

"ताजो-तख़्त आपको और मिर्ज़ा जवांबख़्त बहादुर को मुबारक हो, मुझे उससे कोई ग़रज़ नहीं।"

"लेकिन हमें परचा लगा है कि तुम मिर्ज़ा मुग़ल बहादुर से मिलकर साज़-बाज़ कर रही हो कि मिर्ज़ा मुग़लबहादुर बादशाह हों और ख़ुर्शीद मिर्ज़ा को वलीअहद क़रार दिया जाए।"

वज़ीर सन्न रह गई। साफ़ ज़ाहिर था कि उसके ख़िलाफ़ कोई साज़िश तरतीब दी जा रही है। या फिर नवाब ज़ीनत महल के कान झूठ से भर दिए गए हैं। दोनों सूरतों में नतीजा एक थाः क़िले से वज़ीर ख़ानम और उसकी औलाद का निकाला

जाना। वज़ीर ने गहरी सांस लेकर ख़ुद पर क़ाबू पाने की कोशिश की, फिर कहाः "मलिका-ए-आलिया, ज़रा यह तो ग़ौर फ़रमा लेतीं कि मिर्ज़ा मुग़ल बहादुर मुझ निकम्मी बेवा की मदद से क्या साज़िश बरपा कर सकते हैं। फिर मिर्ज़ा अबूबक्र बहादुर के होते बेचारा ख़ुर्शीद मिर्ज़ा किस शुमारो-क़तार में है?"

"हमें बताया गया है कि यही तो तुम लोगों की चालें हैं। मिर्ज़ा अबूबक्र बहादुर बे मां का था, अब बे बाप का भी हो गया। उसे किसी तौर बहला-फुसला लिया जाएगा।"

"अल्लाह रक्खे मिर्ज़ा अबूबक्र बहादुर जवान हैं, इल्म और लियाक़त वाले हैं..."

"हमारे सामने हमारी औलादों का बखान न करो, छोटी बेगम। मिर्ज़ा अबूबक्र बहादुर की ख़ूबियां हम पर स्पष्ट हैं लेकिन उनका मिर्ज़ा मुग़ल बहादुर से मेलजोल भी कुछ छुपा नहीं है।"

"सरकार मालिक हैं। लेकिन मुझे महाबली की ख़िदमत में एक बार पेश हो लेने दीजिए। मैं अपनी बेक़ुसूरी तो उन पर ज़ाहिर कर दूं।"

"हुज़ूर पुरनूर पर सब कुछ ज़ाहिर है। यह उन्हीं का फ़ैसला है कि तुम दो दिन के अंदर हवेली ख़ाली कर दो। ख़ुर्शीद मिर्ज़ा को भी अपने साथ ले जाओ। और मिर्ज़ा अबूबक्र बहादुर को भी, अगर वह जाना चाहें," ज़ीनत महल ने सर्द लहजे में कहा।

वज़ीर एक बार फिर सन्नाटे में आ गई। उसे उम्मीद न थी कि ज़ीनत महल इस तरह टुकड़ा सा तोड़कर उसके हाथ में दे देंगी। वह समझ रही थी कि बहुत से बहुत यह होगा कि मिर्ज़ा फ़ख़रू बहादुर की ड्योढ़ी उससे ख़ाली करा ली जाएगी और किसी कोने-खुदरे में एक-दो कमरे उसे मिल जाएंगे। नवाब मिर्ज़ा की तनख़ाह बंद हो जाएगी और उसकी भी तनख़ाह बहुत कम कर दी जाएगी। ख़ुर्शीद मिर्ज़ा की शिक्षा-दीक्षा सब ख़त्म कर दी जाएगी लेकिन क़िले से बाहर निकलना, यह उसने अपने बदतरीन ख़्वाबों में भी ख़्याल न किया था। अब तो यह क़यामत उसके सर पर थी तो उसने दिल पर क़ाबू पाने और अपने हवास ठीक करने की कोशिश की। यह बात तो उस पर बिल्कुल ज़ाहिर थी कि ज़ीनत महल के फ़ैसले के ख़िलाफ़ जद्दोजहद या प्रतिरोध करना बेकार था बल्कि और भी ख़राबी, बल्कि ज़िल्लत का सबब बन सकता था। बादशाह के यहां पेशी नामुमकिन थी लेकिन अगर वह पेश हो भी जाती तो बादशाह अब इक्यासी बरस के हो चुके थे, वह अगर बदहवास बूढ़े नहीं तो इरादे के कमज़ोर और बज़ाहिर ज़ीनत महल की मुट्ठी में ज़रूर थे। उनसे यह उम्मीद बेकार थी कि वह ज़ीनत महल के फाड़े हुए को सी सकेंगे। वज़ीर ने मुमकिन हद तक तमाम पहलुओं पर इस ज़रा सी मुद्दत में ग़ौर किया और बोलीः "मलिका-ए-आलिया का हुक्म सर-आंखों पर। लेकिन एक दिन वह भी होगा जब

किसी बादशाह, किसी हाकिम का हुक्म न चलेगा, सिर्फ़ अल्लाह होगा और इंसाफ़ की तराज़ू होगी। उस दिन सारे मामलों का फ़ैसला अल्लाह के यहां होगा। अल्लाह सबके दिलों का हाल ख़ूब जानता है, आपने भी कलाम-शरीफ़ में पढ़ा होगा। बंदी नहीं जानती कि मलिका-ए-दौरां के दिल में मेरे ख़िलाफ़ ज़हर के बीज किसने बोए। मैं अपना हाल जानती हूं कि मेरे दिल में मेरे मरहूम साहिबे-आलम, बादशाह ज़िल्लुल्लाह और मलिका-ए-दौरां के लिए सम्मान व मुहब्बत के सिवा कुछ नहीं।"

"वह सब दुरुस्त, लेकिन ज़िल्ले-सुब्हानी के इरशाद की तामील जल्द से जल्द हो," ज़ीनत महल ने एक .ख़ुश्क मुस्कुराहट के साथ कहा।

"बेशक," वज़ीर ने उठते हुए कहा। उसने मलिका के सामने से उठ जाने की इजाज़त भी न ली और न बरख़ास्तगी के हुक्म का इंतज़ार किया। "मैंने किसी सिलसिले में अब तक मलिका को मायूस नहीं किया। अब भी इंशाअल्लाह ऐसा ही होगा। आपके दामने-दौलत में जगह नहीं तो न सही, हम और आबादी में जा ठिकाना अपना पाएंगे। ख़ल्क़े-ख़ुदा, मुल्के ख़ुदा। तस्लीमात।"

वज़ीर ने उल्टे पांव वापस होने की बजाय ज़ीनत महल की तरफ़ पीठ की और महल से बाहर हो गई। उस वक़्त ज़ीनत महल के सामने तो उसने यूं ज़ाहिर किया था कि उसे क़िला छोड़ने का न कुछ ग़म होगा और न सर छुपाने की जगह की तलाश में दर-बदर होना पड़ेगा। लेकिन अब अपनी ड्योढ़ी तक तन्हा राह तय करते-करते उसकी आंखों के आगे अंधेरा छाने लगा और क़दम लड़खड़ाने लगे। हज़ार ख़राबी से वह घर पहुंची और टूटी हुई शाख़ की तरह अपने कमरे में पलंग पर गिर पड़ी। इत्तफ़ाक़ से उस वक़्त मिर्ज़ा अबूबक्र, मिर्ज़ा ख़ुर्शीद आलम और नवाब मिर्ज़ा ख़ां तीनों ड्योढ़ी पर मौजूद थे। उन्होंने घबराकर पूछा, "अम्मांजान, ख़ैर तो है? मिज़ाज कैसा है?" लेकिन वज़ीर की बत्तीसी बैठ गई थी, उसके चेहरे पर मुर्दनी थी और मुंह से एक लफ़्ज़ न निकल सकता था। मिर्ज़ा अबूबक्र ने फ़ौरन एक चोबदार हकीम मुहम्मद नक़ी ख़ां के लिए रवाना किया। नवाब मिर्ज़ा ख़ां और ख़ुर्शीद मिर्ज़ा ने लख़लख़े और अंग्रेज़ी नमक मां को सुंघाए। हकीम साहब के आते-आते वज़ीर को होश आ गया था लेकिन उसके चेहरे पर मुर्दनी उसी तरह बाक़ी थी। हकीम साहब ने नब्ज़ देखी और कहा कि ग़म और सदमे की वजह से जिगर का काम सुस्त पड़ गया है। उन्होंने नुस्ख़ा लिखा, चंद बूंदें एक राहत और ताक़त की दवा की अपने सामने पिलवाईं और मुकम्मल आराम की हिदायत देकर रुख़सत हुए।

वज़ीर से सब हाल सुनकर नवाब मिर्ज़ा और ख़ुर्शीद मिर्ज़ा ने बिगड़कर कहा कि हम अभी इस जगह की ख़ाक अपने दामन और जूती से झाड़ते हैं। अम्मांजान जहां दिल करे वहां चली चलें। कुछ नहीं तो ख़ानम के बाज़ार वाला घर तो मौजूद है ही,

वरना हम तो उनके साथ जंगल-बयाबान में घर बनाने को तैयार हैं। हम लकड़ियां काटेंगे, जंगली फलों पर गुज़ारा करेंगे लेकिन क़िले का मुंह न देखेंगे।

"अमां नहीं भई, इतनी जल्दी न करो," मिर्ज़ा अबूबक्र ने कहा। "मैं अभी ख़ानसामानी को जाता हूं। हकीम मुहम्मद अहसनुल्लाह ख़ां बहादुर को बीच में डालूंगा। ज़िल्ले-सुब्हानी उनका मशवरा आसानी से रद्द नहीं फ़रमाते।"

"साहिबे-आलम, ज़रा सोच लीजिए," वज़ीर ने मिर्ज़ा अबूबक्र की आस्तीन थामकर कहा। "अगर ख़ानसामां बहादुर इस मामले में पड़ने को तैयार भी हो गए, हालांकि मुझे इसमें शक है, और नवाब ज़ीनत महल को शिकस्त पहुंच भी गई तो यह सूरत कब तक रहेगी? वह तो अपनी सी करने से बाज़ आने से रहीं और यह जो साज़िश का शैतान उन्होंने गढ़ा है, या लोगों ने उनको यक़ीन दिलाया है, वह फिर भी सर उठाता रहेगा। हम सबकी ज़िंदगी और भी अजीरन हो जाएगी।"

"तो फिर आप क्या चाहती हैं, अम्मांजान? क्या नवाब ज़ीनत महल को मनमानी करने दिया जाए?"

"साहिबे-आलम, इसमें मनमानी क्या है? वह जो चाहें कर ही सकती हैं, हुज़ूरे-अनवर की चहेती बेगम जो ठहरीं। उनके दिल में आपके अब्बा मरहूम के ख़िलाफ़ कीना उसी दिन से है जब, अल्लाह बख़्शे, वह वलीअहद अव्वल हुए थे और कोशिशें नवाब ज़ीनत महल की नाकाम हुई थीं। अब तो ज़्यादा ज़रूरी यह है कि मैं अपने बच्चों की हिफ़ाज़त करूं और इसे हर दूसरी चीज़ के ऊपर जानूं।"

मिर्ज़ा अबूबक्र सोच में पड़ गए, फिर बोले, "मैं मिर्ज़ा मुग़ल बहादुर चचाजान से तो मशवरा कर लूं।"

"काहे को मशविरा आप करें, साहिबे-आलम? ज़ीनत महल उनके और मिर्ज़ा क़ुवैश के जलापे से यूं ही तप रही हैं। अब मिर्ज़ा मुग़ल बहादुर को और उत्तरदायी ठहराना क्या ज़रूर है?" वज़ीर ने जवाब दिया।

"आपको अपना हक़ तो लेना चाहिए," मिर्ज़ा मुग़ल ने फ़रमाया।

"हक़ क्या चीज़ है, साहिबे-आलम?" वज़ीर ने ज़हर भरी हंसी के साथ कहा। "सारी ज़िंदगी मैं हक़ की ही तलाश में रही हूं। वह पहाड़ों की किसी खोह में मिलता हो तो मिलता हो, वरना इस आसमान तले तो कहीं देखा नहीं गया।"

मिर्ज़ा अबूबक्र ने वज़ीर के लहजे में तल्ख़ी कभी न देखी थी। वह सोचने लगे कि सौतेली मगर ग़मज़दा मां को क्या जवाब दें जिससे उसकी कुछ तसल्ली हो, कि नवाब मिर्ज़ा बोलाः "साहिबे-आलम, मेरी मानें तो आप भी हमारे साथ चलें। मुझे लगता है यह क़िला मुबारक अब ज़्यादा देर तक मुबारक और महफ़ूज़ न रहेगा।" नवाब मिर्ज़ा ने कुछ फ़िक्र के लहजे में कहा और यह फ़िक्र सिर्फ़ मां की और अपनी हालत के बारे में न थी।

"क्या मतलब है तुम्हारा, नवाब मिर्ज़ा? मैं क़िला क्यों छोड़ूं?" मिर्ज़ा अबूबक्र ने कहा। दोनों कमोबेश हमउम्र थे, इसलिए उनमें बेतकल्लुफ़ी बहुत थी। एक पल रुककर उन्होंने राज़दाराना लहजे में कहा, "हम और मिर्ज़ा मुग़ल चचा बहादुर तो इस ख़्याल में हैं कि मौक़ा मिले तो इन क्रिस्टान फ़िरंगियों ही को अपने मुल्क से निकाल बाहर करें।"

नवाब मिर्ज़ा का चेहरा फ़िक्रमंदी से भर गया। वह कुछ देर सर झुकाए रहने के बाद बोला, "बिरादर, यह बात तो है कि क्रिस्टान हाकिमों के ख़िलाफ़ रिआया के दिलों में और ख़ासकर देसी सिपाहियों के दिलों में कुछ नाइत्मीनानी है। और उधर लखनऊ में कोई पहुंचे हुए बुज़ुर्ग मौलवी अहमदुल्लाह शाह साहब हैं जिन्हें डंका पीर कहा जाता है। वह ऐलानिया लोगों से कहते हैं कि अंग्रेज़ हिंदू के धरम और मुसलमान के दीन का दुश्मन है। अंग्रेज़ यहां रहेगा तो दोनों क़ौमें तबाह हो जाएंगी। मगर मैं सोचता हूं... कि सूरमा चना भला भाड़ फोड़ सकता है?"

"इन्हीं ख़्यालों के सबब तो हम बेअमल हो गए हैं, नवाब मिर्ज़ा ख़ां," मिर्ज़ा अबूबक्र ने ज़रा तेज़ लहजे में कहा।

नवाब मिर्ज़ा ने मुस्कुराकर कहा, "साहिब-आलम, आप हज़रत ज़हीरुद्दीन बाबर की औलाद हैं, जिन्होंने एक आलम की मुख़ालिफ़त के बावजूद तन्हा अकेली जान घर से निकलकर बुख़ारा पर क़ब्ज़ा कर लिया था और मुट्ठी भर जांनिसारों की मदद से काबुल और फिर मुल्के-हिंद को समंदर तक ले लिया था। लेकिन आपकी तेज़ तबीयत पर रोशन होगा कि इमाम अबू हनीफ़ा फ़रमा गए हैं कि ज़ालिम बादशाह के ख़िलाफ़ बग़ावत उसी वक़्त जायज़ है जब फ़तह की गुंजाइश हो।"

मिर्ज़ा अबूबक्र हंसे। "बग़ावत की बात अभी बहुत दूर है, नवाब मिर्ज़ा। पर तुम ख़ुद ही कहते हो कि रिआया में बहुत बेइत्मीनानी है।"

"सही, लेकिन भाई ज़हीरुद्दीन हुसैन ने मुझसे कहा कि उनके ससुर फ़रमा रहे थे कि ऐसा मालूम होता है कि शहर में तलवार चले और भारी ख़ूंरेज़ी हो। भाई ज़हीरुद्दीन हुसैन ने पूछा क्या रूस की फ़ौज आने वाली है तो उन्होंने फ़रमाया कि यह बात तो अल्लाह को ही मालूम है।"

"अल्लाह आप लोग यह तीर-तलवार की बातें न करें," वज़ीर ने याचना के अंदाज़ में कहा। "ख़ुदा जाने कौन सुन रहा हो, और क्या मतलब इसका निकाले। मैं तो सिर्फ़ यह पूछती हूं कि मिर्ज़ा अबूबक्र बहादुर हमारे साथ आ सकें तो बहुत ख़ूब हो। पर वह शाही तौर-तरीक़ों के आदी हैं और हम लोग..."

"क़ता कलाम माफ़, अम्मांजान। यह शाही तौर-तरीक़े की बात नहीं, क़ौल और उसूल की बात है। मेरा घर क़िला है। यह कोई नवाब ज़ीनत महल की मिल्कियत नहीं है। मैं इसे क्यों छोड़ूं?"

"साहिब-आलम, मुझे तो यहां आपके लिए ख़तरा मालूम होता है," वज़ीर ने कहा। "और यह नवाब मिर्ज़ा जो राक़िमुद्दौला साहब से ख़बर लाए हैं वह तो और भी वहशत पैदा करने वाली है।"

"राक़िमुद्दौला साहब तो यह भी कह रहे थे कि एक फ़क़ीर ने उनसे कहा कि तुम शहर में बैठे क्या कर रहे हो। दुनियादार आदमी हो, जाओ रजवाड़ों की सैर करो," नवाब मिर्ज़ा ने कहा।

"अमां नवाब मिर्ज़ा," मिर्ज़ा अबूबक्र ने ज़रा चिढ़कर कहा, "मुझे पता न था कि तुम और राक़िमुद्दौला इतने अंधविश्वासी हो। छोड़ो इन बातों को। मैं यहीं रहूंगा।"

वज़ीर इसके आगे कुछ न कह सकी। उसे ख़बर थी कि मिर्ज़ा अबूबक्र के लिए ख़तरा था लेकिन क़िले के बाहर से था। यमदूत उन्हें अपने लिए ताक चुका था। चंद महीनों बाद अंग्रेज़ के ख़िलाफ़ जो क़हर बरपा होना था और फिर देहली के बचाव के लिए जो मार्का गर्म होना था, मिर्ज़ा अबूबक्र और मिर्ज़ा मुग़ल को उसमें बढ़-चढ़कर हिस्सा लेना था और बादशाह की शिकस्त के बाद एक मामूली अंग्रेज़ फ़ौजी अफ़सर की गोली का निशाना बनना था। मौत ने उनके पांव में ज़ंजीर डाल दी थी, वह भला क़िला किस तरह छोड़ सकते थे।

"मलिका-ए-दौरां ने इशारा कर दिया है कि मैं कोई ऐसी चीज़ यहां से नहीं ले जा सकती जो मरहूम साहिबे-आलमो-आलमियान ने मुझे या मेरे बच्चों को अता की हो," वज़ीर ने कहा। "नवाब मिर्ज़ा और ख़ुर्शीद मिर्ज़ा, आप मज़दूरों और पियादों का इंतज़ाम करें, कल हम अपना निजी सामान नवाब नाज़िर और ख़ानसामां बहादुर के आदमियों की मौजूदगी में बंधवाकर, बहल पर लदवाकर शाम से पहले-पहले क़िला छोड़ देंगे।"

"लेकिन जाएंगे कहां?" ख़ुर्शीद मिर्ज़ा ने कहा।

वज़ीर कुछ सोच में पड़ गई, "अभी तो ख़ानम के बाज़ार वाला घर है ही... लेकिन अब मुझे दिल्ली पनाह की जगह नहीं लगती... बड़ी बाजी से बात करके फ़ैसला करूंगी।"

"मैं अर्ज़ करूं?" नवाब मिर्ज़ा ने झिझकते हुए कहा।

"हां हां, कहो ना, क्या कोई और तजवीज़ है?" मिर्ज़ा अबूबक्र ने फ़रमाया।

"जी, वह रामपुर में मंझली ख़ालाजान हैं... वहां हर तरह की हिफ़ाज़त भी रहेगी।"

सब एक लम्हे के लिए चुप हो गए। दिल्ली छोड़ने का ख़्याल रूह में रेती की तरह दुखद था।

"ठीक है," वज़ीर ने सोचकर कहा। "लेकिन मंझली बाजी से बात तो करनी होगी। और ख़ानम के बाज़ार वाला मकान..."

“उसे आप न छोड़ें,” मिर्ज़ा अबूबक्र ने कहा, “रखवाली का उसकी बंदोबस्त हो जाएगा।”

अगले दिन मग़रिब के बाद क़िला मुबारक के लाहौरी दरवाज़े से एक छोटा सा क़ाफ़िला बाहर निकला। एक पालकी में वज़ीर, एक बहल पर उसका घरेलू सामान, और पालकी के दाएं-बाएं घोड़ों पर नवाब मिर्ज़ा ख़ां और ख़ुर्शीद मिर्ज़ा। दोनों की पुश्त सीधी और गर्दन तनी हुई थी। मुहाफ़िज़ख़ाने वालों ने रोकने के लिए हाथ फैलाए तो मिर्ज़ा ख़ुर्शीद आलम ने एक-एक मुट्ठी अठन्नियां, चवन्नियां दोनों तरफ़ लुटाईं और यूं ही सर उठाए हुए निकल गए। उनके चेहरे हर तरह के भाव से ख़ाली थे लेकिन पालकी के भारी पर्दों के पीछे चादर में लिपटी और सर को झुकाए बैठी हुई वज़ीर ख़ानम को कुछ नज़र न आता था।

□□

Envoi

My prime of life in wandering spent and care
Impelled with steps unceasing to pursue
Some fleeting good that mocks me with the view.
Oliver Goldsmith, 1728-1774
The Traveller, 1764

समापन

मेरी जवानी के दिन दरबदरी में गए और परेशानी और दुख में,
न थमने वाले क़दमों के साथ किसी दूर-दूर भागने वाली अच्छाई का पीछा करने पर मजबूर,
जो अपनी झलक दिखा-दिखाकर मेरा मुंह चिढ़ाती रहती है

'मुसाफ़िर', (The Traveller) प्रकाशित 1764 ओलिवर गोल्डस्मिथ, 1728-1774

आभार

यह कहना शायद ज़रूरी न हो कि 'कई चांद थे सरे-आसमां' जैसी किताब के मुसन्निफ़ की गर्दन करमफ़रमाओं, दोस्तों, अज़ीज़ों और दूसरी किताबों के मुसन्निफ़ों के अहसान के बोझ से दबी रहती है। दोस्तों, करमफ़रमाओं और अज़ीज़ों का ज़िक्र तो सोच-सोचकर मुकम्मल किया जा सकता है लेकिन वो किताबें जिनके इल्मो-मालूमात के ख़ज़ाने से मुसन्निफ़ ने फ़ैज़ उठाया है, उनमें सिर्फ़ कुछ ही का ज़िक्र हो सकता है क्योंकि फ़ैज़ पाने का अमल एक लंबी मुद्दत पर फैला हुआ होता है और बहुतों के बारे में मुझे याद क्या, अहसास तक नहीं है कि मैंने उनसे कुछ हासिल किया है। जिन किताबों से मैंने ख़ासकर इस उपन्यास के लेखन के दौरान कुछ हासिल किया या फ़ैज़ उठाया है उनके नाम चूंकि लेखन के दौरान महफ़ूज़ करता गया था, लिहाज़ा वह सब यहां दर्ज करता हूं, और उन तमाम करमफ़रमाओं, दोस्तों, अज़ीज़ों, आलिमों, शायरों और इतिहासकारों के हक़ में भलाई की दुआ करता हूं जिनकी मदद के बग़ैर इस किताब का तसव्वुर ही नहीं हो सकता था, लिखे जाने और पूरा होने की बात तो बहुत दूर रही। यह बात स्पष्ट कर दूं कि हालांकि किताब में दर्ज अहम तारीख़ी वाक़ेआत की प्रमाणिकता का हर मुमकिन हद तक लिहाज़ रखा है लेकिन यह तारीख़ी उपन्यास नहीं है। इसे 18वीं-19वीं सदी की हिंद-इस्लामी तहज़ीब और इंसानी और सांस्कृतिक और साहित्यिक सरोकारों का चित्रण समझकर पढ़ा जाए तो बेहतर होगा।

क. महान शायर, मेरे करमफ़रमा दोस्त और भाई अहमद मुश्ताक़, जिनका एक मिसरा मैंने मांगकर इस उपन्यास का शीर्षक बना लिया। पूरा शेर यूं हैः

कई चांद थे सारे-आसमां कि चमक-चमक के पलट गए
न लहू मेरे ही जिगर में था न तुम्हारी ज़ुल्फ़ सियाह थी

(कुल्लियाते-अहमद मुश्ताक़, शबख़ून किताबघर, पृष्ठ 61)

ख. असलम फ़रुख़ी, जिन्होंने सलीम जाफ़र के बारे में कुछ जानकारी फ़राहम कीं।

ग. अफ़ग़ानुल्लाह (गोरखपुर यूनीवर्सिटी) जिन्होंने 'तराज़े-ज़हीरी' के पहले एडीशन की एक प्रति मुझे प्रदान की।

घ. आसिफ़ फ़रुख़ी, जिन्होंने इस उपन्यास को पूरा करने के लिए मुझसे बार-बार इसरार किया और शहरज़ाद कराची की तरफ़ से पाकिस्तान में इसके प्रकाशन का प्रबंध किया।

ड़. करनसिंह (मीरपुर ख़ास, पाकिस्तान), जिन्होंने सलीम जाफ़र के बारे में जानकारी मुहैया की और इस बारे में मेरी ग़लतियों को सुधारा।

च. क्रांति शुक्ल मेरे मित्र बल्कि छोटे भाई, जिन्होंने उपन्यास के हिंदी रूपांतरण का एक-एक शब्द मेरे साथ पढ़ा और उसके सुधारों में महत्वपूर्ण सहयोग दिया।

छ. मेरे करमफ़रमा दोस्त और विख्यात आलोचक मेरे मित्र (बी.एच.यू.) कृष्णमोहन ने शब्दशः पढ़ा और कई अच्छे मशवरे दिए।

ज. क़ाज़ी नूरुस्सलाम फ़ारूक़ी (कानपुर), जिनको इस बात में कोई शक न था कि उपन्यास बहुत जल्द पूरा और कामयाब होगा। पहली बात तो उनकी दिलचस्पी और हिम्मतअफ़्ज़ाई की वजह से बड़ी हद तक पूरी हुई, दूसरी का हाल अल्लाह को मालूम है।

झ. ख़लीक़ अंजुम जिन्होंने 'क़त्ले-फ्रेज़र' की फ़ोटोकॉपी मुझे इनायत की। यह छोटी सी किताब जो दरअसल पर्सिवल स्पियर (Percival Spear) की किताब Twilight of The Mughals के उस अध्याय का अनुवाद है जो फ्रेज़र के क़त्ल से मुताल्लिक़ है, अब बहुत दुर्लभ है। उसकी एक अहमियत इस वजह से भी है कि उसके अनुवादक नासिरुद्दीन ख़ुसरो मिर्ज़ा लोहारू ख़ानदान के सदस्य थे।

ञ. घर के लोगों में ख़लीलुर्रहमान देहलवी ने नवाब शम्सुद्दीन अहमद ख़ां के मुक़द्दमे के बारे में नेशनल आर्काइव्स से एक अहम दस्तावेज़ की नक़ल मुझे प्राप्त कराई।

ट. जमीला ने किताब का बड़ा हिस्सा पढ़ा और कई मशवरे दिए। उन्होंने हज़रत क़ासिम की मेहंदी और शादी के बारे में कई पुराने नौहे मेरे लिए मुहैया किए। मुहम्मद याहया बडगामी के सामने जो नौहा पढ़ा गया है वह भी मैंने सबसे पहले उन्हीं की ज़बान से सुना था। जमीला ने हमेशा की तरह ज़िंदगी मुझ पर आसान रखी और मेरी बीमारियों में तीमारदारी ज़रूर की लेकिन कभी यह न कहा कि तुमको यह नावेल मारे डाल रहा है। उन्होंने उपन्यास के उर्दू रूप के दोनों प्रकाशन (कराची और देहली) तो देखे लेकिन अफ़सोस कि अक्तूबर 2007 में उनका देहांत हो गया और उसके बाद से मैं उनकी सहायता और प्रेम से वंचित हो गया।

ठ. जयंत परमार (अहमदाबाद), जिन्होंने गुजरात के सीदियों के बारे में सूचना मुहैया करवाई और उनका 'ज़िक्र' मुझे उपलब्ध कराया।

ड. अज़ीज़ दोस्त और नामवर शायर और चित्रकार ज़ुल्फ़क़ार अहमद ताबिश (लाहौर), जिन्होंने उपन्यास के मुखपृष्ठ के लिए बेहद ख़ूबसूरत तस्वीर बनाई।

ढ. बशीर उन्वान (मीरपुर ख़ास, पाकिस्तान), जिन्होंने सलीम ज़ाफ़र के बारे में बहुत सी महत्वपूर्ण सूचनाएं मुहैया कीं और इस बारे में मेरी ग़लतियों को सुधारा।

ण. मेरी छोटी बेटी बारां (नई देहली), उसने नॉवेल का बड़ा हिस्सा पढ़ा, उसके बारे में मुफ़ीद मशवरे दिए और अंग्रेज़ी में इसका अनुवाद करने की तजवीज़ को

ख़ुशी से माना। उसने उपन्यास के कुछ हिस्से भी अपनी बेटी नैसां फ़ातिमा को सबक़ के तौर पर पढ़ाए।

त. तनवीर एज़ाज (अहमदाबाद), जिन्होंने अहमदाबाद की सीदी सईद मस्जिद के बारे में मालूमात मुहैया कीं।

थ. नसीम अहमद (बनारस हिंदू यूनीवर्सिटी), जिन्होंने राजपूताना के पुराने गज़ेटियर देखकर मार्स्टन ब्लेक के आला अफ़सर कर्नल एल्विस (Alves) का सही नाम मुझे बताया जो कहीं से मुझे मिल न रहा था। बाद में बेकन की किताब से इसकी और भी तस्दीक़ हो गई।

द. सुप्रसिद्ध इतिहासकार और मेरे छोटे भाई नईमुर्रहमान फ़ारूक़ी ने कई जानकारियां उपलब्ध करवाईं, जो आसानी से नहीं मिलतीं।

ध. नैयर मसूद, असलम महमूद और बेशुमार दोस्त और करमफ़रमा, जो हर मुलाक़ात, हर टेलीफ़ोन बातचीत में यह ज़रूर पूछते थे कि उपन्यास कब पूरा होगा। अफ़सोस कि उनमें से एक बेहद प्यारा दोस्त इरफ़ान सिद्दीक़ी हमसे जुदा हो चुका है।

न. मुबीन मिर्ज़ा, जिनसे मैंने वादा किया था कि पाकिस्तान में उपन्यास का प्रकाशन उनकी संस्था अकादमी बाज़याफ़्त से होगी, लेकिन बाद में मैंने भूल से यही वादा आसिफ़ फ़र्रुख़ी से भी कर लिया कि उपन्यास का प्रकाशन उनकी संस्था शहरज़ाद से होगा। मुझे शर्मिंदगी से बचाने के लिए मुबीन मिर्ज़ा ने बहुत खुले दिल के साथ इस बात को मंज़ूर कर लिया कि उपन्यास का प्रकाशन आसिफ़ फ़र्रुख़ी की संस्था से हो।

प. महमूद फ़ारूक़ी (नई देहली), जिन्होंने नेशनल आर्काइव्स (National Archives) की फ़ाइलों में से कुछ अहम काग़ज़ात की नक़ल उपलब्ध कराई। उन्होंने उपन्यास के बारे में कुछ मशवरे दिए और इसके अनुवाद के प्रस्ताव का स्वागत किया और उर्दू सलाहकार के तौर पर पेंगुइन बुक्स को इस किताब से परिचित कराया।

फ. मेरी बेटी मेहर अफ़शां (शार्लेट्स विल) ने नॉवेल के भिन्न-भिन्न अध्याय पढ़े और अपनी छोटी बहन बारां और चचाज़ाद भाई महमूद फ़ारूक़ी के साथ मिलकर इसका अनुवाद कर डालने का प्रस्ताव रखा।

ब. प्रसिद्ध अनुवादक नरेश नदीम, जिन्होंने बहुत कम समय में उपन्यास का हिंदी रूपांतर तैयार किया।

भ. पेंगुइन ग्रुप इंडिया और ख़ासकर उसके एडिटर-इन चीफ़ और पब्लिशर रवि सिंह और सलाहकार एडिटर नमिता गोखले, जिनकी दिलचस्पियों के कारण पेंगुइन बुक्स ने इस किताब को प्रकाशित करना मंज़ूर किया। रवि सिंह और

नमिता गोखले ने इस किताब का हिंदी और अंग्रेज़ी रूप भी प्रकाशित करने की योजना बनाई है जिसके लिए मैं उनका और भी शुक्रगुज़ार हूं। पेंगुइन में पूर्व एडिटर नवेद अकबर, मौजूदा कमिशनिंग एडिटर रेणु आगाल और एडिटर रेयाज़ुल हक़ ने इस किताब के प्रकाशन के सिलसिले में बहुत तवज्जोह और मेहनत सर्फ़ की। मैं उनका भी शुक्रगुज़ार हूं। किताब के आवरण के लिए मैं गेविन मौरिस और आवरण चित्र के लिए ब्रियाना ब्लास्को के लिए आभारी हूं।

म. रियाज़ अहमद कातिब जिन्होंने बहुत कुशलता से ग़लतियां ठीक कीं और प्रेस कॉपी बनाई।

य. विलियम डैलरिंपल (Willian Dalrymple), जिनकी किताबों से मैं तो लाभान्वित हुआ ही, इसके अलावा उन्होंने देहली और लाहौर के दफ़्तरख़ानों में नवाब शम्सुद्दीन अहमद के मुक़द्दमे, टॉमस मैटकाफ़ की आख़री बीमारी जिससे उसकी मौत हुई, मिर्ज़ा फ़तहुलमुल्क बहादुर की मौत के बाद मिर्ज़ा जवांबख़्त की वलीअहदी के लिए बहादुर शाह की कोशिशों के बारे में मुझे बातचीत के दौरान जानकारी दी और टॉमस बेकन (Thomas Bacon) की लगभग नायाब किताब *First Impressions* के उन पृष्ठों की नक़ल मुझे प्रदान की जिन पर नवाब शम्सुद्दीन अहमद को फांसी लगाए जाने की विस्तृत चर्चा है।

र. सैयद इरशाद हैदर (इलाहाबाद) जिन्होंने प्रूफ़ पढ़ने में बहुत परिश्रम किया।

ल. अज़ीज़ बिरादर शफ़ीक़ सोपोरी (श्रीनगर), जिनसे 'तालीम' के बारे में मुकम्मल तफ़्सीलात के साथ 'तालीम' लिखाई का एक दुर्लभ नमूना भी मिला।

ग्रंथ सूची

क. उर्दू-फ़ारसी

आज़ाद, मुहम्मद हुसैनः *आबे-हयात*

असलम परवेज़ः *बहादुरशाह ज़फ़र*

तनवीर अहमद अलवीः *ग़ालिब की सवानेह-उमरी, .ख़ुतूते-ग़ालिब की रोशनी में*

हाली, ख़्वाजा अल्ताफ़ हुसैनः *हयाते-जावेद*

हामिद हसन क़ादरी, मौलानाः *.ख़ुतूते-क़ादरी, संपादनः ख़ालिद हसन क़ादरी*

हसरत मोहानी, मौलानाः *तज़्किरा-ए-शुअरा, संपादनः शफ़क़त रिज़्वी*

हसन निज़ामी, ख़्वाजाः *बहादुरशाह का रोज़नामचा*

ख़लीक़ अंजुमः *ग़ालिब का सफ़रे-कलकत्ता और कलकत्ते का अदबी मार्का*
दरगाह क़ुली ख़ां, नवाबः *मुरक़्क़ा-ए-देहली*
संगीन बेग देहलवी, मिर्ज़ाः *सैरुल-मनाज़िल*
सैयद अहमद ख़ां बहादुर, जवादुद्दौला, सरः *मज़ामीने-सर सैयद, खंड 16, संपादनः मौलवी मुहम्मद इस्माइल पानीपती*
सैयद अहमद ख़ान बहादुर, जवादुद्दौला, सरः *आसारुस्सनादीद, संशोधनः ख़लीक़ अंजुम*
शब्बीर अली ख़ां शकेबः *रामपुर का दबिस्ताने-शायरी*
शौक़ रामपुरी, अहमद अली ख़ांः *तज़्किरा-ए-कामिलाने-रामपुर*
सफ़ा बदायूनीः *तज़्किरा-ए-शमीमे-सुख़न*
ज़फ़रुर्रहमान देहलवी, मौलवीः *इस्तलाहाते-पेशावरां*
ज़हीर देहलवी, राक़िमुद्दौला ज़हीरुद्दीन हुसैनः *तराज़े-ज़हीरी*
अर्श तैमूरीः *क़िला-ए-मुअल्ला की झलकियां*
अली अकबर इलाहाबादीः *मुस्तलहाते-ठगी, संपादन व संशोधनः रशीद हसन ख़ां*
ग़ालिब, मिर्ज़ा असदुल्लाह ख़ानः *.ख़ुतूते-ग़ालिब, पांच खंड में, संपादनः ख़लीक़ अंजुम*
फ़रहतुल्लाह बेग देहलवी, मिर्ज़ाः *देहली की आख़री शमा*
फ़ैज़ुद्दीन देहलवी, मुंशीः *बज़्मे-आख़िर*
कालिदास गुप्ता रज़ा, अल्लामाः *चार तौक़ीतें*
मालिक रामः *तलामज़ा-ए-ग़ालिब*
महर, मौलाना गुलाम रसूलः *ग़ालिब*
नासिर, सआदत ख़ांः *ख़ुशमार्का-ए-ज़ेबा, संपादनः शमीम इनहोनवी*
नासिरुद्दीन .ख़ुसरो, मिर्ज़ाः *क़त्ले-फ़्रेज़र*
यूसुफ़ शाह बुख़ारी देहलवी, सैयदः *यह दिल्ली है*

ख. अंग्रेज़ी

Bacon, Nicholas : *First Impressions, Vol-II*
Bayley, Emily : *The Golden Calm (Diaries, Ed. M.M. Kaye)*
Cheema, G.S. : *The Forgotten Mughals*
Dalrymple, William : *The City of Djinns*
Dalrymple, William : *White Mughals*
Keene, H.G. : *Madhava Rao Sindhia*
Mcfie, J.M. : *Thug, or One Million Murders*

Mustas'ad Ahmad, Lt. Col. History of the Rajput Regiment
Omar Khalidi : "The Rifa'i Sufi Order and the Faqirs in India" (Essay published in *Hamdard Islamicus,* Vol. 25, April-June 2002)
Parkes, Fanny : *The Journal of Fanny Parkes (Ed. William Dalrymple)*
Patnaik, Naveen : *A Second Paradise, Indian Courtly Life, 1590-1947*
Spear, Percival : "Ghalib's Delhi" in Ralph Russell, Ed., *Ghalib the Poet and His Age*
Woodruff, Phillip : *The Men Who Ruled India*

ग. शब्दकोश

मैंने इस बात का ख़ास ख़्याल रखा है कि संवादों में, और अगर आख्यान किसी पुराने किरदार की ज़बानी या किसी पुराने किरदार के दृष्टिकोण से बयान किया जा रहा है तो आख्यान में भी, कोई ऐसा लफ़्ज़ न आने पाए जो उस ज़माने में प्रचलन में न था। ज़ाहिर है कि यह बात शब्दकोश की मदद के बिना मुमकिन न थी। मुझे सबसे ज़्यादा मदद जॉन शेक्सपियर (John Shakespeare) के शब्दकोश (प्रकाशितः 1834) से मिली, फिर डंकन फ़ोर्ब्स (Duncan Forbes) के शब्दकोश (1866) से। यह बाद का शब्दकोश इसलिए भी बहुत उपयुक्त था कि इसमें अंग्रेज़ी से उर्दू की भी एक विस्तृत शब्दावली है। चूंकि यह शब्दकोश उस ज़माने का है जब ज़बान अच्छी तरह क़ायम हो चुकी थी, और उर्दू ज़बान पर डंकन फ़ोर्ब्स की महारत जॉन गिलक्रिस्ट (John Gilchrist) से बेहतर थी, इसलिए हालांकि गिलक्रिस्ट को डंकन फ़ोर्ब्स पर ज़माने के हिसाब से वरीयता हासिल है, मेरे दृष्टिकोण से डंकन फ़ोर्ब्स की उपयोगिता जॉन गिलक्रिस्ट के शब्दावली जैसे शब्दकोश से ज़्यादा निकली। आधुनिक कोशों में तरक़्क़ी-ए-उर्दू बोर्ड, कराची के 'उर्दू लुग़त, तारीख़ी उसूल पर' ने भी बहुत सी समस्याएं हल कीं। मैं इन तमाम कोशों के संपादकों और उनके सहयोगियों का शुक्रिया अदा करता हूं और उनके हक़ में भलाई की दुआ करता हूं।